GEORGE R.R. MARTIN

LE TRÔNE DE FER

L'intégrale 5

roman

Traduit de l'américain par Patrick Marcel

Pygmalion

Titre original :
A SONG OF ICE AND FIRE, BOOK FIVE
A DANCE WITH DRAGONS

Cet ouvrage a paru en langue française
sous les titres suivants :
Le Bûcher d'un roi, Paris, 2012
Les Dragons de Meereen, Paris, 2012
Une danse avec les dragons, Paris, 2013
réunis ici en un seul volume sous le titre :
Le Trône de fer, l'intégrale 5

Texte intégral

Sur simple demande adressée à
Pygmalion, 87 quai Panhard-et-Levassor 75647 Paris Cedex 13,
vous recevrez gratuitement notre catalogue
qui vous tiendra au courant de nos dernières publications.

Ce volume est pour mes fans

pour Lodey, Trebla, Stego, Pod,
Caress, Yags, X-Ray et Mr. X,
Kate, Chataya, Mormont, Mich,
Jamie, Vanessa, Ro,
pour Stubby, Louise, Agravaine,
Wert, Malt, Jo,
Mouse, Telisiane, Blackfyre,
Bronn Stone, Coyote's Daughter
et le reste des cinglés et des folles furieuses de
la Confrérie sans Bannières

pour les sorciers de mon site web
Elio et Linda, seigneurs de Westeros,
Winter et Fabio de WIC,
et Gibbs de Dragonstone, à l'origine de tout

pour les hommes et les femmes d'Asshai en Espagne
qui nous ont chanté un ours et une gente damoiselle
et les fabuleux fans d'Italie
qui m'ont tant donné de vin

pour mes lecteurs en Finlande, Allemagne,
Brésil, Portugal, France et Pays-Bas
et tous les autres pays lointains
où vous attendiez cette danse

et pour tous les amis et les fans
qu'il me reste encore à rencontrer

Merci de votre patience

Une argutie
sur la chronologie

Du temps a passé entre les tomes, je sais. Aussi n'est-il peut-être pas superflu de rappeler certaines choses.

Le livre que vous tenez entre les mains marque le début du cinquième volume de l'intégrale du *Trône de Fer*. Toutefois, ce volume ne succède pas au précédent dans un sens traditionnel : il se déroule plutôt simultanément à lui.

Ces deux volumes reprennent l'intrigue immédiatement après les événements du troisième volume de l'intégrale. Alors que le quatrième se concentrait sur les événements de Port-Réal et de ses environs, sur les îles de Fer et à Dorne, celui-ci nous entraîne au Nord, à Châteaunoir et au Mur (et au-delà), et traverse le détroit jusqu'à Pentos et la baie des Serfs, pour reprendre l'histoire de Tyrion Lannister, de Jon Snow, de Daenerys Targaryen et de tous les autres personnages que vous n'avez pas vus dans le volume précédent. Davantage que consécutifs, les deux volumes sont parallèles... Divisés géographiquement, plutôt que chronologiquement.

Mais dans certaines limites.

Ce cinquième volume sera plus long que le précédent, et couvrira une période plus étendue. Dans la deuxième moitié du livre, vous remarquerez le retour des points de vue de certains personnages du tome 4. Et cela signifie exactement ce que vous supposez : la narration a dépassé le cadre du quatrième opus et les deux courants ont fusionné de nouveau.

La prochaine étape parlera des Vents de l'Hiver. Là, j'espère, tout le monde grelottera de nouveau de concert.

George R.R. Martin
Avril 2011

La liste complète des personnages se trouve en fin d'ouvrage.

PROLOGUE

L'odeur de l'homme empuantissait la nuit.

Le zoman s'arrêta sous un arbre et flaira, sa fourrure gris-brun toute mouchetée d'ombre. Un soupir de vent résineux lui apporta les relents de l'homme, par-dessus des fumets plus ténus qui disaient le renard et le lièvre, le phoque et le cerf, et même le loup. C'étaient aussi des odeurs d'homme, le zoman le savait ; la rancissure de vieilles toisons, mortes et sauvagines, presque noyées sous le remugle plus fort de la fumée, du sang et de la putréfaction. Seul l'homme dépouillait les autres bêtes de leurs peaux pour se couvrir de cuir et de fourrure.

Différant en cela des loups, les zomans ne craignent pas l'homme. La haine et la faim se nouèrent dans son ventre et il poussa un grondement sourd, pour appeler son frère borgne, sa sœur menue et rusée. Tandis qu'il s'élançait entre les arbres, ses compagnons de meute suivirent avec ardeur dans ses traces. Eux aussi avaient capté l'odeur. Dans sa course, il voyait également par leurs yeux, et il s'aperçut en tête. Le souffle de la meute s'échappait de leurs longues mâchoires grises en bouffées chaudes et blanches. Entre leurs pattes, la glace avait pris, dure comme pierre, mais la chasse était lancée, la proie au-devant. *De la chair*, songea le zoman, *de la viande*.

Isolé, l'homme était une créature faible. Grand et robuste, avec de bons yeux perçants, mais dur d'oreille et sourd aux effluves. Le daim, l'orignac et même le lièvre étaient plus prompts, les ours et les sangliers plus féroces au combat. Mais en meute, les hommes devenaient dangereux. Tandis que les

11

loups avançaient sur leur proie, le zoman entendit vagir un petit, craquer la carapace de neige tombée la veille sous de balourdes pattes d'hommes, s'entrechoquer les peaux-dures et les longues griffes grises qu'ils portaient.

Des épées, chuchota une voix en lui, *des piques.*

Aux arbres avaient poussé des crocs de glace, en rictus sur les branches brunes et nues. Le borgne coupa au plus court en crevant les taillis, faisant jaillir la neige. Ses frères de meute le suivirent. Au faîte d'une colline, puis au bas de la pente suivante, jusqu'à ce que le bois s'ouvre devant eux et que les hommes soient là. Il y avait une femelle. Le ballot enveloppé de fourrures qu'elle serrait contre elle était son petit. *Garde-la pour la fin*, souffla la voix, *le danger vient des mâles.* Ils rugissaient entre eux à la mode des hommes, mais le zoman sentait leur terreur. L'un d'eux avait un croc de bois aussi haut que lui. Il le projeta, mais sa main tremblait et le croc passa en hauteur.

Puis la meute fut sur eux.

Le frère borgne culbuta le lanceur à la renverse dans un monticule de neige et lui arracha la gorge pendant que sa proie se débattait. Sa sœur se glissa dans le dos de l'autre mâle et l'attaqua par-derrière. Ce qui laissa au mâle la femelle et son petit.

Elle portait un croc, elle aussi, minuscule et fait d'os, mais le laissa choir quand les dents du zoman se refermèrent sur sa jambe. En tombant, elle enveloppa de ses deux bras son petit gueulard. Sous ses fourrures, la femelle n'avait que la peau sur les os, mais ses mamelles étaient gorgées de lait. La meilleure viande se trouvait sur le jeune. Le loup réserva les morceaux les plus savoureux pour son frère. Tout autour des dépouilles, la neige gelée vira au rose et au rouge tandis que la meute se remplissait la panse.

À des lieues de là, dans l'unique pièce d'une hutte en torchis avec un toit de chaume, un trou pour la fumée et un sol de terre battue, Varamyr frissonna, toussa et se lécha les babines. Il avait les yeux rouges, les lèvres gercées, la gorge sèche et assoiffée, mais un goût de sang et de graisse lui emplissait la bouche, alors même que son ventre dilaté réclamait à manger. *De la chair d'enfant*, songea-t-il en se souvenant de Cabosse. *De la chair humaine.* Était-il si bas tombé qu'il avait faim de chair humaine ? Il entendait presque Haggon gronder : « Les hommes peuvent consommer la viande des bêtes et les bêtes celle des hommes, mais l'homme qui se repaît de chair humaine est une abomination. »

Une abomination. Ce mot avait toujours eu la faveur d'Haggon. *Abomination, abomination, abomination.* Manger de la chair humaine était une abomination ; copuler sous forme de loup avec un loup, une abomination ; et s'emparer du corps d'un autre homme, la pire des abominations. Haggon était un faible, que son propre pouvoir effrayait. *Il a crevé seul, tout chialant, lorsque je lui ai arraché sa Seconde Vie.* Varamyr lui avait dévoré le cœur. *Il m'a enseigné tant et plus de choses, et le goût de la chair humaine aura été ce que j'ai appris de lui en dernier.*

Mais cela s'était passé en tant que loup. Jamais il n'avait mangé de chair humaine avec des dents d'homme. Néanmoins, il ne voulait pas priver la meute d'un festin. Faméliques et glacés, les loups avaient autant besoin de subsistance que lui, et leur proie... *Deux hommes et une femme, un bébé dans les bras, fuyant de la défaite vers la mort. De toute façon, ils n'auraient pas tardé à périr, de froid ou de faim. Cela valait mieux ainsi. Un acte de miséricorde.*

« Une miséricorde », prononça-t-il à voix haute. Il avait la gorge irritée, mais c'était bon d'entendre une voix humaine, fût-ce la sienne. L'atmosphère suintait le moisi et l'humide, le sol était dur et gelé, et son feu dégageait plus de fumée que de chaleur. Il s'approcha des flammes autant qu'il osa, toussant et grelottant tour à tour, son flanc l'élançant à l'endroit où sa blessure s'était rouverte. Le sang avait poissé ses chausses jusqu'au genou et séché en formant une croûte brune et rigide.

Cirse l'avait mis en garde : cela risquait d'arriver. « J'ai r'cousu de mon mieux, avait-elle dit, mais t'as besoin de te r'poser et d'laisser guérir, ou la chair s' déchirera d'nouveau. »

Cirse avait été la dernière de ses compagnons, une piqueuse coriace comme une vieille racine, mouchetée de verrues, recuite par le vent et toute ridée. Les autres les avaient quittés en cours de route. Un par un, ils avaient dérivé en arrière-garde ou forcé la marche en tête, vers leurs anciens villages, la Laiteuse, Durlieu ou une mort solitaire dans la forêt – Varamyr n'en savait rien, et n'en avait cure. *J'aurais dû m'emparer de l'un d'eux quand j'en avais la possibilité. Un des jumeaux, le gaillard défiguré ou le jeune rousseau.* Mais il avait eu peur. L'un des autres aurait pu comprendre ce qui se produisait. Là, ils se seraient retournés contre lui, pour le tuer. Les paroles d'Haggon le hantaient. Et l'occasion était passée.

Après la bataille, ils avaient été des milliers à s'égailler dans la forêt, affamés, terrifiés, pour fuir le carnage qui s'était abattu sur eux, au Mur. Certains parlaient de regagner les foyers qu'ils avaient abandonnés, d'autres de lancer un deuxième assaut contre la porte ; la plupart, désemparés, ne savaient où aller ni que faire. Ils avaient échappé aux corbacs tout de noir vêtus et aux chevaliers d'acier gris, mais désormais de plus impitoyables ennemis les traquaient. Chaque jour égrenait davantage de corps au long des pistes. Certains crevaient d'inanition, d'autres de froid, d'autres encore de maladie. D'aucuns étaient tués par leurs anciens compagnons d'armes, du temps où ils marchaient vers le sud avec Mance Rayder, le Roi-d'au-delà-du-Mur.

Mance est tombé, se répétaient les rescapés avec des accents désespérés, *Mance est pris, Mance est mort*. « Harma est occise et Mance captif, l'reste a déguerpi en nous laissant », avait affirmé Cirse, tout en recousant sa plaie. « Tormund, l'Chassieux, Sixpeaux, tous de hardis pillards. Où y sont, à présent ? »

Elle ne me reconnaît pas, comprit alors Varamyr, *et comment le pourrait-elle ?* Sans ses bêtes, il n'avait rien d'un grand homme. *J'étais Varamyr Sixpeaux, qui a rompu le pain avec Mance Rayder.* Il s'était octroyé ce nom de Varamyr à l'âge de dix ans. *Un nom digne d'un lord, un nom fait pour les chansons, un nom puissant, et terrible.* Et pourtant, face aux corbacs, il avait détalé comme un lièvre affolé. Le terrible seigneur Varamyr avait tourné pleutre, mais il n'aurait pas supporté qu'elle le sache, aussi avait-il conté à la piqueuse qu'il s'appelait Haggon. Par la suite, il se demanda pourquoi ce nom, ce nom-là, lui était venu aux lèvres, entre tous ceux qu'il aurait pu choisir. *J'ai dévoré son cœur et bu son sang, et toujours il me hante.*

Un jour, durant leur fuite, un cavalier arriva au galop à travers bois sur un cheval blanc étique, criant à tous de se diriger vers la Laiteuse, car le Chassieux assemblait des guerriers pour franchir le pont des Crânes et s'emparer de Tour Ombreuse. Beaucoup le suivirent ; plus encore n'en firent rien. Plus tard, un guerrier sombre, de fourrure et d'ambre, passa de feu de camp en feu de camp, pour presser tous les survivants de prendre la route du nord afin de se réfugier dans la vallée des Thenns. Pourquoi pensait-il qu'ils seraient en sécurité là-bas alors que les Thenns eux-mêmes avaient fui les lieux ? Varamyr ne l'apprit jamais, mais des centaines s'en furent avec le guerrier. D'autres centaines partirent avec la sorcière des bois, qui avait eu la vision d'une flotte de navires venus transporter le peuple libre vers le sud. « Nous devons chercher la mer », cria la Mère Taupe, et ses fidèles obliquèrent vers l'est.

Varamyr aurait pu faire partie du nombre, si seulement il avait été plus fort. Mais la mer était grise, glacée et lointaine, et jamais il ne vivrait assez longtemps pour la voir, il le savait. Neuf fois il avait péri ; il agonisait, et son trépas marquerait sa fin véritable. *Un manteau d'écureuil*, se souvint-il, *il m'a poignardé pour un manteau d'écureuil.*

La propriétaire était morte, la nuque enfoncée et réduite en une bouillie rouge cloutée de petites éclisses d'os, mais son manteau paraissait chaud et épais. Il neigeait, Varamyr avait perdu ses propres affaires au Mur. Ses pelisses de nuit et ses dessous en laine, ses bottes en toison de mouton et ses gants doublés de fourrure, ses provisions d'hydromel et la nourriture qu'il avait mise de côté, les poignées de cheveux qu'il avait prises aux femmes avec lesquelles il couchait, et même les torques de bras en or que lui avait donnés Mance, tout cela était égaré, dispersé derrière lui. *J'ai brûlé, je suis mort, et puis j'ai couru, à moitié fou de douleur et de terreur.* Ce souvenir le mortifiait encore, mais il n'avait pas été le seul. D'autres aussi avaient fui, par cent, par mille. *La bataille était perdue. Les chevaliers avaient surgi, invincibles sous leur acier, tuant tous ceux qui restaient combattre. Il fallait courir ou périr.*

On ne distançait pas si aisément la mort, toutefois. Et ainsi, quand Varamyr tomba sur la dépouille dans les bois, il se mit à genoux pour la délester du manteau et n'aperçut pas le gamin jusqu'à ce que celui-ci bondisse de sa cachette pour planter dans son flanc le long couteau en os et arracher le manteau à ses doigts serrés. « Sa mère », lui expliqua Cirse par la suite, une fois le garçonnet enfui. « C'était l'manteau de sa mère, et quand y t'a vu le voler…

— Elle était morte », protesta Varamyr, grimaçant tandis que l'aiguille d'os lui perçait la chair. « On lui avait défoncé le crâne. Sans doute un corbac.

— Un corbac, non. Des Pieds Cornés. J'ai tout vu. » Elle tira sur l'aiguille pour clore la plaie à son flanc. « Des sauvages, et y' reste qui, maint'nant pour les mater ? » *Personne. Si Mance est mort, le peuple libre est condamné.* Les Thenns, les géants et les Pieds Cornés, les troglodytes avec leurs dents limées et les hommes de la côte occidentale avec leurs chariots en os… Tous perdus, eux aussi. Même les corbacs. Ils l'ignoraient peut-être encore, mais ces carognes en manteau noir allaient périr avec le reste. L'ennemi arrivait.

La voix rauque d'Haggon résonna sous son crâne. *De mille morts tu mourras, petit, et à chacune tu souffriras... Mais quand viendra ta mort véritable, tu vivras de nouveau. La Seconde Vie est plus simple, plus douce, dit-on.*

Varamyr Sixpeaux ne tarderait plus à juger de la vérité de cette affirmation. Il respirait sa mort véritable dans la fumée âcre en suspension dans les airs, la percevait sous ses doigts quand il glissait la main sous ses vêtements pour tâter sa blessure. Mais un frisson l'avait envahi, aussi, jusque dans sa moelle. Cette fois-ci, ce serait au tour du froid de le tuer.

La dernière fois, il avait péri par le feu. *J'ai brûlé.* Tout d'abord, dans sa confusion, il avait cru qu'un archer sur le Mur l'avait percé d'une flèche enflammée... Mais le brasier avait ardé *en lui*, en le consumant. Et la douleur...

Varamyr avait connu neuf trépas, auparavant. Une fois, d'un coup de lance ; une autre, les crocs d'un ours plantés dans sa gorge, et une autre aussi, dans un épanchement de sang, en mettant bas un chiot mort-né. Il avait péri pour la première fois à l'âge de six ans seulement, quand la hache de son père lui avait enfoncé le crâne. Même cela ne l'avait pas torturé autant que ce feu dans les tripes qui crépitait sur son envergure *pour le dévorer.* Lorsqu'il avait tenté de fuir à tire-d'aile, sa terreur avait attisé les flammes et redoublé leur ardeur. Un moment, il planait au-dessus du Mur, épiant de ses yeux d'aigle les mouvements des hommes en contrebas. Puis les flammes avaient réduit son cœur en charbon noir, expulsé dans sa propre peau son esprit hurlant et, durant un court instant, il avait totalement perdu la raison. Ce souvenir suffisait encore à lui donner des frissons.

C'est alors qu'il remarqua que le feu s'était éteint dans l'âtre.

Ne restait qu'un amas gris et noir de bois calciné, avec quelques braises qui rutilaient dans les cendres. *Il y a encore de la fumée, il n'est besoin que de bois.* Serrant les dents contre la douleur, Varamyr avait rampé jusqu'au tas de branches brisées assemblé par Cirse avant de partir à la chasse, et il jeta des cotrets sur les cendres. « Prends, croassa-t-il. *Brûle.* » Il souffla sur les charbons ardents et adressa une prière muette aux dieux sans nom du bois, de la colline et de la prairie.

Les dieux ne répondirent pas. Au bout d'un moment, la fumée cessa également de monter. Déjà, le froid envahissait la petite cahute. Varamyr n'avait ni silex, ni amadou, ni fagotin. Jamais il ne rallumerait le feu, pas tout seul. « Cirse », appela-t-il, la voix enrouée et empreinte de douleur. « *Cirse !* »

Elle avait le menton pointu et le nez plat et, sur une joue, un poireau où poussaient quatre crins noirs. Des traits durs et laids, et pourtant il aurait donné cher pour l'apercevoir à la porte de la cabane. *J'aurais dû la prendre avant qu'elle s'en aille.* Depuis combien de temps était-elle partie ? Deux jours ? Trois ? Varamyr ne se rappelait pas bien. La cabane était plongée dans le noir, et il entrait et sortait du sommeil sans en avoir conscience, sans jamais savoir vraiment si régnait dehors le jour ou la nuit. « Attends, lui avait-elle dit. J' vais revenir avec d'quoi manger. » Et donc, il avait attendu, l'imbécile, en rêvant d'Haggon, de Cabosse et de tous les méfaits qu'il avait commis au cours de sa vie, mais les jours et les nuits avaient passé et Cirse n'était pas revenue. *Elle ne reviendra pas.* Varamyr se demanda s'il s'était trahi. Pouvait-elle deviner ses pensées rien qu'en le regardant, avait-il marmonné dans ses rêves de fièvre ?

Abomination, entendit-il Haggon répéter. On aurait cru qu'il se trouvait ici, dans la pièce. « C'est rien qu'une piqueuse avec une sale gueule, lui répliqua Varamyr. Je suis un grand homme. Je suis Varamyr le zoman, le change-peau, il est pas juste qu'elle vive et que je meure. » Nul ne répondit. Il n'y avait personne. Cirse était loin. Elle l'avait abandonné, comme tous les autres.

Jusqu'à sa propre mère, qui l'avait abandonné. *Elle a pleuré pour Cabosse, mais pour moi, jamais.* Le matin où son père l'avait tiré du lit pour le livrer à Haggon, elle n'avait même pas voulu le regarder. Il avait hurlé et flanqué des coups de pied tandis qu'on le traînait dans les bois, avant que son père lui colle une mornifle en lui ordonnant de se taire. « Ta place est parmi ceux de ta race », voilà tout ce qu'il avait déclaré en le jetant aux pieds d'Haggon.

Il avait pas tort, songea Varamyr, en grelottant. *Haggon m'a enseigné tant de choses. Il m'a appris à chasser et à pêcher, à dépouiller une carcasse et à ôter les arêtes d'un poisson, à m'orienter dans les bois. Et il m'a enseigné les voies du zoman et les secrets du change-peau, et pourtant mon don surpassait le sien.*

Des années plus tard, il avait cherché à retrouver ses parents, pour leur apprendre que leur Bosse était devenu le grand Varamyr Sixpeaux, mais tous deux étaient morts et incinérés. *Partis dans les arbres et les rivières, partis dans les rochers et la terre. Partis en cendres et en poussière.* Voilà ce qu'avait raconté la sorcière des bois à sa mère, le jour où Cabosse était mort. Bosse ne voulait pas devenir une motte de terre. Le gamin avait rêvé d'un jour où les bardes chanteraient sa geste et de jolies donzelles le couvriraient de baisers. *Quand je serai grand, je serai Roi-d'au-delà-du-Mur*, s'était-il juré. Il n'y avait jamais réussi, mais il s'en était approché. Les hommes craignaient le nom de Varamyr Sixpeaux. Il partait à la bataille, juché sur une ourse des neiges haute de treize pieds, tenait sous son joug trois loups et un lynx-de-fumée, et siégeait à la main droite de Mance Rayder. *C'est Mance qui m'a conduit à ma situation actuelle. Je n'aurais pas dû l'écouter. J'aurais dû me glisser à l'intérieur de mon ourse et le déchiqueter.*

Avant Mance, Varamyr Sixpeaux avait été peu ou prou un lord. Il vivait seul, avec des bêtes comme cour, dans une demeure de mousse, de boue et de rondins taillés, qui avait jadis appartenu à Haggon. Une douzaine de villages lui rendaient un hommage de pain, de sel et de cidre, lui offrant les fruits de leurs vergers et les légumes de leurs jardins. La viande, il se la procurait lui-même. Chaque fois qu'il désirait une femme, il envoyait son lynx-de-fumée la traquer, et la jouvencelle sur laquelle il avait jeté son dévolu, quelle qu'elle soit, suivait humblement la bête jusqu'à sa couche. D'aucunes venaient en pleurs, certes, mais elles venaient quand même. Varamyr leur octroyait sa semence, prélevait une poignée de cheveux pour conserver un souvenir d'elles et les renvoyait. De temps en temps, un héros de village, épieu en main, se présentait pour occire l'homme féral et sauver une sœur, une maîtresse ou une fille. Ceux-là, il les tuait, mais jamais il ne portait atteinte aux femmes. À certaines, il accordait même la bénédiction d'enfants. *Des avortons. De petits êtres rabougris, comme Bosse, et pas un qui porte le don.*

La peur le remit debout, tout chancelant. Se tenant le flanc pour réprimer l'effusion du sang de sa blessure, Varamyr tituba jusqu'à la porte et écarta la fourrure en lambeaux qui la masquait pour affronter un mur tout blanc. *De la neige.* Pas étonnant que l'intérieur soit si rempli d'ombre et de fumée. Les chutes de neige avaient enseveli la cabane.

Quand Varamyr pesa contre elle, la neige céda et croula, molle et humide encore. Au-dehors, la nuit avait une blancheur de mort ; de pâles nuages maigres dansaient autour d'une lune d'argent, sous le regard froid de mille étoiles. Il voyait d'autres cabanes enfouies bosseler les congères de neige et, au-delà, l'ombre pâle d'un barral en armure de glace. Au sud-ouest, les collines formaient un vaste désert blanc où rien ne bougeait, hormis les bourrasques de neige. « Cirse, appela Varamyr d'une voix faible en se demandant jusqu'où elle avait pu aller. *Cirse. Femme. Où es-tu ?* »

Très loin, un loup hurla.

Un frisson traversa Varamyr. Il connaissait ce hurlement aussi bien que Bosse avait jadis connu la voix de sa mère. *Le borgne.* C'était le plus vieux de ses trois, le plus grand, le plus féroce. Chasseur était plus fin, plus vif, plus jeune, Matoise plus rusée, mais tous deux craignaient le borgne. Implacable, sauvage, le vieux loup ne connaissait pas la peur.

Varamyr avait perdu le contrôle de ses autres animaux dans les tourments de la mort de l'aigle. Son lynx-de-fumée avait détalé dans les bois tandis que son ourse des neiges retournait ses griffes contre ceux qui l'entouraient, taillant quatre hommes en pièces avant de tomber, percée d'une lance. Elle aurait tué Varamyr s'il s'était trouvé à sa portée. L'ourse le haïssait, avait enragé chaque fois qu'il revêtait sa peau ou grimpait sur son dos.

Ses loups, en revanche…

Mes frères. Ma meute. Par bien des nuits glacées, il avait dormi avec ses bêtes, leurs corps velus entassés autour de lui pour aider à lui tenir chaud. *Quand je mourrai, ils se repaîtront de ma chair, et ne laisseront que des os pour accueillir le dégel, le printemps venu.* Curieusement, cette pensée le réconfortait. Ses loups avaient souvent chassé pour lui dans leurs errances ; qu'il finisse par les nourrir ne semblait que justice. Autant entamer sa Seconde Vie en déchiquetant la chair morte et chaude de son propre cadavre.

Les chiens étaient les animaux les plus aisés avec lesquels fusionner ; ils vivaient dans une telle proximité des hommes qu'ils en étaient presque humains eux-mêmes. Se glisser dans une peau de chien se comparait à enfiler une vieille botte, au cuir assoupli par l'usage. Comme la botte était conformée afin de recevoir un pied, un chien l'était pour accepter le collier, fût-il invisible à l'œil humain. Les loups étaient plus ardus. L'homme pouvait devenir l'ami d'un loup, voire le briser, mais personne *n'apprivoisait* vraiment un loup. « Les loups et les femmes s'apparient pour la vie, répétait souvent Haggon. Si tu en possèdes un, c'est un mariage. À partir de ce jour, le loup fera partie de toi et tu feras partie de lui. Vous changerez tous deux. »

Mieux valait laisser de côté les autres animaux, avait assuré le chasseur. Les félins étaient arrogants et cruels, toujours prêts à se rebeller. L'élan et le daim étaient des proies ; à force de trop endosser leurs peaux, même le plus brave devenait couard. Ours, sangliers, blaireaux et furets... Haggon n'en faisait pas grand cas. « Il y a des peaux qu'il ne faudrait jamais endosser, petit. Ce que tu deviendrais te plairait pas. » À l'entendre, les pires étaient les oiseaux. « Les hommes ont pas vocation à quitter le sol. Passe trop de temps dans les nuages et plus jamais tu voudras redescendre. Je connais des change-peaux qui ont essayé les faucons, les hiboux, les corbeaux. Même dans leur propre corps, ils restent assis, l'esprit dans la lune, les yeux levés vers ce foutu ciel. »

Néanmoins, tous les change-peaux ne partageaient pas cette opinion. Une fois, quand Bosse avait dix ans, Haggon l'avait emmené à une réunion de ceux-là. Les zomans, les frères des loups, formaient le plus gros de la compagnie, mais le petit garçon avait trouvé les autres plus étranges et plus fascinants. Borroq ressemblait tellement à son sanglier qu'il ne lui manquait plus que les défenses, Orell avait son aigle, Ronces son lynx-de-fumée (à l'instant où il les vit, Bosse voulut avoir un lynx-de-fumée à lui), et la femme chèvre, Grisella...

Toutefois, aucun d'eux n'était aussi puissant que Varamyr Sixpeaux, pas même Haggon, grand et sévère, avec ses mains dures comme pierre. Le chasseur avait crevé en pleurant après que Varamyr se fut accaparé Griserobe, en l'expulsant pour revendiquer l'animal. *Pas de Seconde Vie pour toi, vieil homme.* Il se faisait appeler Varamyr Troispeaux, à l'époque. Avec Griserobe, il en compta quatre, mais le vieux loup, faible et presque édenté, suivit bientôt Haggon dans la mort.

Varamyr pouvait s'emparer de toutes les bêtes qu'il voulait, les plier à sa volonté, faire sienne leur chair. Chien ou loup, ours ou blaireau...

Cirse, se dit-il.

Haggon aurait qualifié cela d'abomination, le plus noir de tous les péchés, mais Haggon était mort, dévoré et incinéré. Mance aussi l'aurait maudit, mais Mance avait été tué ou capturé. *Nul ne saura jamais. Je serai Cirse la piqueuse, et Varamyr Sixpeaux sera mort.* Son don périrait avec son corps, il s'y attendait. Il perdrait ses loups et finirait ses jours sous l'aspect d'une maigre femme couverte de verrues... Mais il vivrait. *Si elle revient. Si je suis encore assez fort pour la prendre.*

Une vague de vertige déferla sur Varamyr. Il se retrouva à genoux, les mains enfouies dans une congère. Il ramassa une poignée de neige et s'en emplit la bouche, frictionnant sa barbe et ses lèvres gercées, suçant l'humidité. L'eau était si froide qu'il ne put l'avaler qu'à grand-peine, et il prit de nouveau conscience de la force de sa fièvre.

La neige fondue ne réussit qu'à exaspérer sa faim. Son estomac réclamait de la nourriture, pas de l'eau. La neige avait cessé de tomber, mais le vent se levait, chargeant l'air de cristaux de glace, lui battant le visage tandis qu'il s'évertuait à traverser les amas de neige, et que sa blessure au flanc béait et se refermait. Son souffle s'épanouissait en un nuage blanc irrégulier. En atteignant le barral, il trouva une branche morte, juste à la bonne taille pour servir de béquille. Lourdement appuyé sur elle, il tituba en direction de la plus proche cahute. Dans leur fuite, les villageois avaient pu oublier quelque chose... Un sac de pommes, de la viande séchée, n'importe quoi qui le garderait en vie jusqu'au retour de Cirse.

Il y était presque arrivé quand sa béquille cassa sous son poids et que ses jambes se dérobèrent sous lui.

Combien de temps il resta là, gisant de tout son long tandis que son sang rougissait la neige, Varamyr n'aurait su le dire. *La neige va m'ensevelir.* Ce serait un trépas calme. *On raconte qu'on se sent tout chaud, vers la fin, chaud et somnolent.* Ce serait bon de connaître à nouveau la chaleur, mais l'idée qu'il ne verrait jamais les terres vertes, les terres tièdes au-delà du Mur que chantait Mance, le désolait. « Le monde au-delà du Mur n'est pas pour ceux de notre espèce, avait coutume de dire Haggon. Le peuple libre craint les change-peaux, mais ils nous honorent, également. Au sud du Mur, les agenouillés nous traquent et nous égorgent comme pourceaux. »

Tu m'avais mis en garde, songea Varamyr, *mais c'est toi qui m'as montré Fort-Levant, également.* Il ne devait pas avoir plus de dix ans. Haggon avait troqué une douzaine de colliers d'ambre et un traîneau de pelleteries entassées bien haut contre six outres de vin, un bloc de sel et une bouilloire en cuivre. Pour le commerce, Fort-Levant surpassait Châteaunoir ; c'était là qu'arrivaient les navires chargés de marchandises venues des terres fabuleuses par-delà la mer. Les corbacs connaissaient Haggon comme trappeur et ami de la Garde de Nuit, et ils accueillaient favorablement les nouvelles qu'il apportait de la vie au-delà du Mur. Certains le savaient aussi change-peau, mais nul ne parlait de cela. C'était là, à Fort-Levant, que le petit garçon qu'il avait été avait commencé à rêver du Sud chaud.

Varamyr sentait les flocons de neige fondre sur son front. *C'est pas aussi mauvais que de brûler. Que je dorme et que je ne m'éveille jamais, que j'entame ma Seconde Vie.* Ses loups étaient proches, à présent. Il percevait leur présence. Il laisserait derrière lui cette chair faible, ne ferait qu'un avec eux, chassant la nuit et hurlant à la lune. Le zoman deviendrait un véritable loup. *Mais lequel ?*

Pas Matoise. Haggon aurait qualifié cela d'abomination, mais Varamyr s'était souvent glissé dans sa peau tandis que le borgne la couvrait. Il ne voulait pas passer sa nouvelle vie en femelle, toutefois, pas s'il avait un autre choix. Chasseur lui conviendrait mieux, le plus jeune des mâles... Mais le borgne était plus grand, plus féroce, et c'était lui qui couvrait Matoise, chaque fois qu'elle était en chaleur.

« On assure que l'on oublie », lui avait enseigné Haggon, quelques semaines avant sa propre mort. « Quand périt la chair de l'homme, son esprit continue à vivre à l'intérieur de la bête, mais chaque jour ses souvenirs s'effacent, et l'animal devient un peu moins zoman, un peu plus loup, jusqu'à ce que ne reste plus rien de l'homme et que ne subsiste plus que la bête. »

Varamyr savait que c'était vrai. En s'emparant de l'aigle qui avait appartenu à Orell, il avait senti l'autre change-peau rager contre sa présence. Orell avait été tué par Jon Snow, ce traître de corbeau, et avait accumulé tant de haine envers celui qui lui avait ôté la vie que Varamyr l'avait à son tour ressentie contre le jeune zoman. Il avait perçu la nature réelle de Snow à l'instant où il avait vu le loup géant blanc qui chassait en silence à ses côtés. Un change-peau en reconnaît toujours un autre. *Mance aurait dû me laisser prendre le loup-garou. Voilà une Seconde Vie digne d'un roi.* Il en aurait été capable, il n'en doutait pas. Le don était fort en Snow, mais le jeune homme n'avait pas reçu de formation, toujours en lutte contre sa nature alors qu'il aurait dû s'en glorifier.

Varamyr voyait les yeux rouges des barrals le contempler sur le tronc blanc. *Les dieux me jaugent.* Un frisson le traversa. Il avait commis des actions mauvaises, terribles. Il avait volé, tué, violé. Il s'était repu de chair humaine et avait lapé le sang des mourants tandis qu'il giclait, rouge et chaud, de leur gorge lacérée. Il avait traqué ses ennemis à travers bois, s'abattant sur eux dans leur sommeil, leur arrachant à coups de griffes les entrailles du ventre pour les répandre sur le sol bourbeux. *Quel goût délicieux avait eu leur viande.* « C'était la bête, pas moi, assura-t-il dans un chuchotement rauque. C'était le don que vous m'avez accordé. »

Les dieux ne répondirent pas. Son souffle était suspendu dans les airs, pâle et brumeux. Il sentait de la glace se former dans sa barbe. Varamyr Sixpeaux ferma les yeux.

Il fit un vieux rêve d'un taudis au bord de la mer, trois chiens qui geignaient, les larmes d'une femme.

Cabosse. Elle pleure Cabosse, mais moi, elle m'a jamais pleuré.

Bosse était né un mois avant l'échéance et il était si souvent malade que nul ne s'attendait à le voir survivre. Sa mère patienta, qu'il ait presque quatre ans pour lui donner un nom convenable, mais il était désormais trop tard. Tout le village avait pris l'habitude de l'appeler Bosse, du nom que lui avait donné sa sœur Méha lorsqu'il était encore dans le ventre de leur mère. Méha avait aussi attribué son nom à Cabosse, mais le petit frère de Bosse était né à l'heure due, fort, rougeaud et robuste, tétant avec avidité les mamelles de Mère. Elle voulait lui donner le même nom que Père. *Mais Cabosse est mort. Il est mort quand il avait deux ans et que j'en avais six, trois jours avant celui où il aurait reçu ce nom.*

« Ton petit est auprès des dieux, à présent, avait dit la sorcière des bois à sa mère en larmes. Il n'aura plus jamais mal, plus jamais faim, il ne pleurera plus jamais. Les dieux l'ont emporté dans la terre, dans les arbres. Les dieux sont tout autour de nous, dans les rochers et les rivières, dans les oiseaux et les animaux. Ton Cabosse est allé les rejoindre. Il sera le monde et tout ce qu'il contient. »

Les paroles de la vieille avaient frappé Bosse comme un couteau. *Cabosse voit. Il me surveille. Il sait.* Bosse ne pouvait pas se cacher de lui, se glisser derrière les robes de sa mère, ni s'enfuir avec les chiens pour échapper à la fureur de son père. *Les chiens. Queue-coupée, Flaire, Grondeur. C'étaient de bons chiens. C'étaient mes amis.*

Quand son père avait retrouvé les chiens en train de renifler autour du corps de Cabosse, il n'avait aucun moyen de savoir lequel avait agi, aussi les avait-il tués tous trois avec sa hache. Ses mains tremblaient tant qu'il lui avait fallu deux coups pour réduire Flaire au silence, et quatre pour abattre Grondeur. L'odeur du sang poissait l'air et les chiens agonisants poussaient des plaintes épouvantables à entendre, et pourtant Queue-coupée avait quand même répondu à l'appel de Père. C'était le plus vieux des chiens et son dressage avait primé sur sa terreur. Le temps que Bosse se glisse dans sa peau, il était trop tard.

Non, Père, je t'en prie, avait-il essayé de dire, mais les chiens ne parlent pas la langue des hommes, si bien que seul émergea un gémissement lamentable. La hache frappa le crâne du vieux chien en plein centre et, dans le taudis, le garçon poussa un hurlement. *C'était ainsi qu'ils avaient su.* Deux jours plus tard, son père l'avait entraîné dans les bois. Il avait apporté sa hache, aussi Bosse avait-il cru qu'il voulait l'abattre de la même façon que pour les chiens. Mais il l'avait donné à Haggon.

Varamyr s'éveilla subitement, violemment, tout le corps agité de spasmes. « Debout, s'égosillait une voix, debout, faut qu'on parte. Y sont des centaines. » La neige l'avait recouvert d'une dure couche blanche. *Si froide.* En essayant de bouger, il découvrit qu'il avait la main collée au sol par la glace. En se dégageant, il laissa un peu de peau derrière lui. « Debout, clamat-elle de nouveau. Y-z-*arrivent.* »

Cirse lui était revenue. Elle le tenait par les épaules et le secouait, lui criant au visage. Varamyr sentait son souffle et sa chaleur, contre des joues engourdies par le froid. *Maintenant*, se dit-il, *agis maintenant, ou tu vas mourir.*

Il invoqua toutes les forces qu'il contenait encore, bondit hors de sa peau et se força en elle.

Cirse cambra l'échine en poussant un hurlement.

Abomination. Était-ce elle, lui ou Haggon ? Il ne le sut jamais. Sa vieille chair retomba dans l'amas de neige tandis que les doigts de Cirse se dénouaient. La piqueuse se tordit avec violence, en glapissant. Le lynx-de-fumée avait coutume de combattre sauvagement Varamyr, et l'ourse des neiges était une fois devenue à moitié folle, mordant les arbres, les rochers et les airs, mais ici, c'était pire. « Sors, *sors !* » entendit-il sa propre bouche beugler. Le corps de la piqueuse oscilla, tomba pour se relever, ses mains battaient, ses jambes se détendaient dans un sens et dans l'autre, en une danse grotesque, tandis que leurs esprits se disputaient sa chair. Elle aspira une gorgée d'air glacé et Varamyr disposa d'un demi-battement de cœur pour en savourer le goût, et la force de ce corps jeune, avant qu'elle ne claque des mâchoires et ne lui inonde la bouche de sang. Elle leva les mains vers son visage. Il tenta de les rabaisser, mais les mains refusaient d'obéir et elle lui griffa les yeux. *Abomination*, se souvint-il, en se noyant dans le sang, la douleur et la folie. Lorsqu'il voulut crier, elle recracha leur langue.

Le monde blanc bascula et s'en fut. Un moment, il se crut à l'intérieur du barral. Par les yeux rouges sculptés, il contemplait au-dehors un agonisant qui tressautait faiblement sur le sol, et une folle, aveugle et sanglante, qui dansait sous la lune, en versant des pleurs de sang et lacérant ses vêtements. Puis ils disparurent tous deux et il s'éleva, il fondit, l'esprit porté par un vent froid. Il était dans la neige et les nuages, il était un moineau, un écureuil, un chêne. Un hibou cornu vola en silence entre les arbres, chassant un lièvre ; Varamyr se trouvait dans l'oiseau, dans le lièvre, dans les arbres. Dans les profondeurs, sous le sol gelé, les vers de terre creusaient en aveugles dans le noir et il était eux, également. *Je suis le bois, et tout ce qu'il contient,* exulta-t-il. Cent corbeaux prirent leur essor, croassant en le sentant passer. Un orignac brama, troublant les enfants accrochés à son dos. Un loup géant assoupi leva la tête pour grogner dans le vide. Avant que tous leurs cœurs aient pu battre de nouveau, il les avait tous dépassés, à la recherche des siens, du borgne, de Matoise et de Chasseur, de sa meute. Ses loups allaient le sauver, se dit-il.

Ce fut sa dernière pensée d'homme.

La mort véritable fut instantanée ; il ressentit brutalement le froid, comme s'il avait plongé dans les eaux gelées d'un lac pris par les glaces. Puis il se retrouva en train de filer au-dessus de neiges éclairées par la lune, ses frères de meute directement derrière lui. La moitié du monde était obscure. *Le borgne,* comprit-il. Il hurla, et Matoise et Chasseur lui firent écho.

En atteignant la crête, les loups s'arrêtèrent. *Cirse,* se souvint-il ; une partie de lui pleura ce qu'il avait perdu, et une autre ce qu'il avait fait. Au-dessous, le monde s'était changé en glace. Des doigts de givre gravissaient lentement le barral, convergeant les uns vers les autres. Le village vide ne l'était plus. Des ombres aux yeux bleus avançaient entre les monticules de neige. Certains portaient du brun, d'autres du noir et plusieurs allaient nus, leur chair devenue blanche comme neige. Un vent soupirait à travers les collines, lourd de leurs odeurs : chair morte, sang séché, peaux qui puaient le moisi, la pourriture et l'urine. Matoise gronda et découvrit ses crocs, sa fourrure se hérissant sur sa nuque. *Pas des hommes. Pas des proies. Pas ceux-là.*

Les choses en bas bougeaient, mais ne vivaient pas. Une par une, elles levèrent la tête vers les trois loups sur la colline. La dernière à regarder fut la créature qui avait été Cirse. Elle portait de la laine, de la fourrure et du cuir et, par-dessus le tout, une cape de givre qui craquait quand elle remuait et scintillait au clair de lune. Des glaçons pâles et roses pendaient au bout de ses doigts, dix longs poignards de sang gelé. Et dans les creux où avaient logé ses yeux, tremblotait une pâle lueur bleue, parant ses traits ingrats d'une beauté étrange qu'ils n'avaient jamais connue durant sa vie.

Elle me voit.

TYRION

Il passa tout le détroit à boire.

Le navire était petit, et sa cabine plus encore, mais le capitaine refusa de le laisser monter sur le pont. Le plancher qui tanguait sous ses pieds lui soulevait le cœur et la mauvaise chère avait un goût pire encore en remontant. Mais quel besoin avait-il de bœuf salé, de fromage sec et de pain grouillant d'asticots, tant qu'il avait du vin pour se sustenter ? C'était un cru rouge et aigre, très fort. Parfois, Tyrion vomissait également sa boisson, mais les bouteilles ne manquaient pas.

« Le monde regorge de vin », marmonna-t-il dans la moiteur de sa cabine. Son père n'avait jamais aimé les ivrognes, mais quelle importance ? Son père était mort. Il l'avait tué. *Un carreau dans le ventre, messire, rien que pour vous. Si seulement j'étais plus habile avec une arbalète, je vous l'aurais planté dans cette queue avec laquelle vous m'avez fait, espèce d'ordure.*

Sous le pont n'existait ni la nuit ni le jour. Tyrion tenait le décompte du temps grâce aux allées et venues du garçon de cabine qui apportait les repas que le nain ne mangeait pas. Le garçon avait toujours avec lui une brosse et un balai, pour nettoyer. « C'est du vin de Dorne ? » s'était enquis Tyrion, une fois, en débouchant une outre. « Il me rappelle un serpent de ma connaissance. Un personnage plein d'esprit, jusqu'à ce qu'une montagne lui croule dessus. »

Le garçon de cabine n'avait rien répondu. Le drôle était assez laid ; quoique plus séduisant qu'un certain nain avec sa moitié de nez et sa cicatrice qui courait de l'œil au menton. « Je t'ai

27

offensé ? demanda Tyrion tandis que le garçon briquait. As-tu reçu consigne de ne pas me parler ? Ou un nain aurait-il lutiné ta mère ? » Pas de réponse, là non plus. « Vers où naviguons-nous ? Dis-le-moi. » Jaime avait évoqué les Cités libres, mais sans jamais préciser laquelle. « Est-ce Braavos ? Tyrosh ? Myr ? » Tyrion aurait préféré aller à Dorne. *Myrcella est plus âgée que Tommen. Selon la loi de Dorne, le Trône de Fer lui revient. Je l'aiderai à faire valoir ses droits, comme me l'a suggéré le prince Oberyn.*

Mais Oberyn était mort, la tête réduite en débris sanguinolents par le poing en armure de ser Gregor Clegane. Et sans la Vipère Rouge pour l'aiguillonner, Doran Martell envisagerait-il seulement un plan aussi hasardeux ? *Il pourrait bien préférer me jeter aux fers, et me restituer à ma tendre sœur.* Le Mur serait probablement plus sûr. Mormont le Vieil Ours répétait que la Garde de Nuit avait besoin d'hommes comme Tyrion. *Mais il n'était pas impossible que Mormont ait rendu l'âme. Slynt doit occuper le poste de lord Commandant, à présent.* Ce fils de boucher ne risquait pas d'avoir oublié qui l'avait expédié au Mur. *Ai-je vraiment envie de passer le reste de mon existence à manger du bœuf salé et du gruau d'avoine en compagnie d'assassins et de voleurs ?* Non que le reste de son existence durerait très longtemps. Janos Slynt y veillerait.

Le garçon de cabine trempa sa brosse et continua à frotter mâlement. « As-tu jamais visité les maisons de plaisir de Lys ? voulut savoir le nain. Se pourrait-il que ce soit là que vont les putes ? » Tyrion ne semblait plus capable de retrouver le mot valyrien pour *pute* et, de toute façon, c'était trop tard. Le garçon jeta sa brosse dans le seau et prit congé.

Le vin m'a brouillé l'esprit. Il avait appris à lire le haut valyrien aux genoux de son mestre, mais ce qu'on parlait dans les neuf Cités libres... eh bien, c'était moins un dialecte que neuf dialectes en bonne voie de devenir des langues à part entière. Tyrion connaissait des bribes de braavien, avait de vagues notions de myrien. En tyroshi, il arriverait à maudire les dieux, traiter un homme de tricheur et commander une bière, grâce à une épée-louée qu'il avait autrefois connue au Roc. *Au moins, à Dorne, on parle la Langue Commune.* Comme sa cuisine et ses lois, le parler de Dorne s'épiçait des saveurs de la Rhoyne, mais on parvenait à le comprendre. *Dorne, oui, Dorne a ma faveur.* Il réintégra sa couchette, se raccrochant à cette idée comme un enfant à une poupée.

Le sommeil n'était jamais venu aisément à Tyrion Lannister et, à bord de ce navire, il visitait rarement le nain, mais, de temps en temps, celui-ci réussissait à boire assez de vin pour perdre un moment conscience. Au moins ne rêvait-il pas. Il avait assez rêvé pour une courte vie entière. *Et de tant de folies ! L'amour, la justice, l'amitié, la gloire. Autant rêver d'être grand.* Tout cela était hors d'atteinte, Tyrion le savait à présent. Mais il ne savait pas où vont les putes.

« Là où vont les putes », avait dit son père. *Ses dernières paroles, et quelles paroles !* L'arbalète avait *vrombi*, lord Tywin s'était rassis, et Tyrion Lannister s'était retrouvé en train de se dandiner dans le noir, Varys à ses côtés. Il avait dû redescendre le goulet, deux cent trente échelons jusqu'au lieu où des brandons orange couvaient dans la gueule d'un dragon de fer. Il n'en gardait nul souvenir. Rien que le son produit par l'arbalète, et le remugle des boyaux de son père qui se relâchaient. *Même en crevant, il a trouvé moyen de me chier dessus.*

Varys l'avait escorté au long des tunnels, mais ils n'avaient rien dit jusqu'au moment où ils avaient émergé près de la Néra, où Tyrion avait remporté une fameuse victoire et perdu un nez. Là, le nain s'était tourné vers l'eunuque pour annoncer : « J'ai tué mon père », sur le même ton qu'on emploierait à dire : « Je me suis cogné le pied. »

Le maître des chuchoteurs était vêtu en frère mendiant, dans une coule mitée de tissu brun dont le capuchon gardait dans l'ombre ses joues lisses et dodues et son crâne rond et chauve. « Vous n'auriez pas dû gravir cette échelle », lui reprocha-t-il.

« Là où vont les putes. » Tyrion avait averti son père de ne pas prononcer ce mot. *Si je n'avais pas décoché le vireton, il aurait vu que mes menaces étaient vides. Il m'aurait arraché l'arbalète des mains, comme il m'a jadis arraché Tysha des bras. Il se levait lorsque je l'ai tué.*

« J'ai également tué Shae, confessa-t-il à Varys.

— Vous saviez ce qu'elle était.

— Oui. Mais pas ce qu'il était, lui. »

Varys gloussa. « Et maintenant, vous savez. »

J'aurais également dû tuer l'eunuque. Un peu plus de sang sur les mains, quelle importance ? Il n'aurait su dire ce qui avait retenu son poignard. Pas la gratitude. Varys l'avait sauvé de l'épée du bourreau, mais uniquement sur l'ordre de Jaime. *Jaime… Non, mieux vaut ne pas penser à Jaime.*

Il se rabattit sur une nouvelle outre de vin qu'il biberonna comme un sein de femme. Le rouge aigre lui dégoulina sur le menton et détrempa sa tunique crasseuse, celle-là même qu'il portait dans sa cellule. Le pont tanguait sous ses pieds et, quand Tyrion chercha à se lever, le parquet s'exhaussa sur un côté et l'envoya durement valdinguer contre une cloison. *Une tempête,* comprit-il, *sinon je suis plus soûl que je ne pensais.* Il vomit le vin et y resta un moment vautré, à se demander si le navire allait sombrer. *Est-ce là ta vengeance, Père ? Le Père d'En-Haut t'a-t-Il fait Sa Main ?* « Voilà bien le salaire du tueur des siens », conclut-il tandis que la bourrasque mugissait au-dehors. Il ne semblait pas juste de noyer le garçon de cabine, le capitaine et tous les autres pour punir un de ses actes, mais depuis quand les dieux étaient-ils justes ? C'est à peu près à ce moment-là que les ténèbres l'engoulèrent.

Lorsqu'il recommença à bouger, sa tête lui parut près d'éclater et le navire décrivait des cercles vertigineux, bien que le capitaine insistât pour dire qu'ils étaient arrivés à bon port. Tyrion le pria de garder le silence et décocha de faibles coups de pied tandis qu'un énorme marin chauve l'emportait tout gigotant dans la cale où l'attendait un barricaut de vin, vide. C'était un petit fût, trapu et exigu, même pour un nain. Tyrion se pissa dessus au cours de la lutte – ce qui n'améliora nullement la situation. On l'enfonça tête la première dans le baril, les genoux remontés contre les oreilles. Le moignon de son nez le démangeait horriblement, mais ses bras étaient si étroitement coincés qu'il ne pouvait tendre la main pour le gratter. *Un palanquin digne d'un homme de ma stature,* songea-t-il pendant qu'on clouait le couvercle en place. Il entendit des clameurs tandis qu'on le hissait. Chaque cahot cognait son crâne contre le fond de la barrique. Le monde tourbillonna quand la futaille dévala une pente en roulant, puis elle s'arrêta avec un impact qui donna à Tyrion envie de hurler. Une autre barrique vint percuter la sienne, et il se mordit la langue.

Ce fut le plus long périple qu'il ait jamais effectué, même si sa durée n'avait pas dû dépasser la demi-heure. On le souleva et le déposa, le roula et l'empila, le bascula et le redressa pour le rouler à nouveau. À travers les douves de bois, il entendit crier des hommes et, une fois, hennir un cheval à proximité. Des crampes se mirent à saisir ses jambes torses, et ne tardèrent pas à le faire tant souffrir qu'il en oublia les coups de tambour sous son crâne.

Cela s'acheva comme cela avait commencé, avec un nouveau roulage qui lui donna le tournis, et d'autres cahots. Au-dehors, des voix inconnues parlaient une langue qu'il ne connaissait pas. Quelqu'un entreprit de marteler le sommet de la futaille et le couvercle céda soudain dans un craquement. La lumière déferla, ainsi que l'air frais. Tyrion avala avec avidité et essaya de se redresser, mais ne réussit qu'à renverser la barrique sur le flanc et à s'étaler sur un sol dur en terre battue.

Au-dessus de lui se tenait un homme grotesque d'embonpoint avec une barbe jaune en fourche, armé d'un maillet de bois et d'un ciseau de fer. Sa robe de chambre était assez immense pour servir de pavillon de tournoi, mais sa ceinture vaguement nouée s'était défaite, exposant une énorme panse blanche et une paire de pesants tétins qui ballaient comme des sacs de lard couverts de crin jaune. Il rappela à Tyrion une vache de mer crevée qui s'était un jour échouée dans les grottes au-dessous de Castral Roc.

Le gros homme baissa les yeux et sourit. « Un nain soûl, dit-il dans la Langue Commune de Westeros.

— Une vache de mer en décomposition. » Tyrion avait du sang plein la bouche. Il le cracha aux pieds du pansu. Ils se trouvaient dans une longue cave obscure aux plafonds voûtés, aux murs de pierre plaqués de salpêtre. Des muids de vin et de bière les entouraient, plus de boisson qu'il n'en fallait pour assurer à un nain assoiffé de tenir la nuit. *Ou toute une vie.*

« Vous êtes impertinent. Ça me plaît, chez un nain. » Lorsque le pansu s'esclaffa, ses chairs ballottèrent avec tant de vigueur que Tyrion craignit de le voir tomber et l'écraser. « Vous avez faim, mon petit ami ? Vous êtes fatigué ?

— Assoiffé. » Tyrion se mit à genoux tant bien que mal. « Et crasseux. »

Le pansu renifla. « En premier lieu un bain, tout à fait. Ensuite, à manger, et un lit moelleux, non ? Mes serviteurs vont y veiller. » Son hôte rangea son maillet et son burin. « Ma maison est la vôtre. Tout ami de mon ami au-delà de la mer est un ami d'Illyrio Mopatis, oui. »

Et tout ami de Varys l'Araignée est un personnage auquel je me fierai aussi peu qu'il me sera possible.

Mais le pansu tint parole quant au bain promis. À peine Tyrion entra-t-il dans l'eau chaude et ferma-t-il les yeux qu'il s'endormit profondément. Il s'éveilla nu dans un lit en plume d'oie si douillet qu'il crut avoir été gobé par un nuage. Sa langue paraissait tapissée de poils et sa gorge était irritée, mais il avait la queue aussi dure qu'une barre de fer. Il roula hors du lit, trouva un bourdalou qu'il se mit en devoir de remplir, avec un grognement de plaisir.

La pénombre régnait dans la chambre, mais des barres de lumière jaune passaient entre les lattes des volets. Tyrion secoua pour faire choir les dernières gouttes et traversa en se dandinant les tapis myriens ornementés, veloutés comme l'herbe nouvelle au printemps. Gauchement, il escalada la banquette sous la fenêtre et repoussa avec énergie les volets afin de les ouvrir et de voir où Varys et les dieux l'avaient expédié.

Sous sa fenêtre, six cerisiers se tenaient en sentinelle autour d'un bassin en marbre, leurs branches fines dénudées et brunes. Un garçon nu s'élançait sur l'eau, paré à livrer un duel, une lame de spadassin à la main. Il était souple et beau, seize ans, pas plus, avec de longs cheveux blonds qui frôlaient ses épaules. Il manifestait tant de vie qu'il fallut au nain un long moment avant de comprendre qu'il était en marbre peint, malgré son épée qui luisait comme de l'acier véritable.

De l'autre côté du bassin s'élevait un mur en brique, haut de douze pieds et garni de piques de fer à son faîte. Au-delà s'étendait la ville. Une mer de toits tuilés se pressait autour d'une anse. Il vit des tours carrées de brique, un grand temple rouge, une demeure reculée sur une colline. Dans le lointain, le soleil miroitait sur une eau profonde. Des bateaux de pêche sillonnaient la baie, leurs voiles se ridant sous le vent, et il apercevait les mâts de vaisseaux plus importants hérissés le long de la côte. *Il y en a sûrement un en partance pour Dorne, ou pour Fort-Levant.* Il n'avait aucun moyen de payer la traversée, cependant, et n'était pas bâti pour tirer sur une rame. *Je suppose que je pourrais m'engager comme garçon de cabine et acquitter mon passage en laissant l'équipage me sodomiser d'un bord à l'autre du détroit.*

Il se demanda où il se trouvait. *Même l'air sent différemment, ici.* Des épices inconnues embaumaient la brise fraîche d'automne, et il distinguait des cris dériver faiblement par-dessus le mur depuis les rues au-delà. Cela ressemblait un peu à du valyrien, mais Tyrion ne reconnaissait pas plus d'un mot sur cinq. *Pas Braavos*, conclut-il, *ni Tyrosh.* Ces branches nues et la froideur dans l'air plaidaient également contre Lys, Myr et Volantis.

Quand il entendit la porte s'ouvrir derrière lui, Tyrion se tourna pour tomber face à face avec son hôte ventripotent. « Je suis à Pentos, c'est ça ?

— Exactement. Où d'autre pourriez-vous être ? »

Pentos. Enfin, ce n'était pas Port-Réal, c'était déjà un point en sa faveur. « Où s'en vont les putes ? s'entendit-il demander.

— On trouve ici les putains dans des bordels, comme à Westeros. Vous n'en aurez nul besoin, mon petit ami. Choisissez parmi mes servantes. Aucune n'osera se refuser.

— Des esclaves ? » s'enquit le nain sur un ton lourd de sous-entendus.

Le pansu caressa une des pointes de sa barbe jaune et huilée, un geste que Tyrion trouva remarquable par son obscénité. « L'esclavage est interdit à Pentos, aux termes du traité que nous ont imposé les Braaviens il y a un siècle. Toutefois, elles ne vous refuseront rien. » Illyrio exécuta une lourde courbette. « Mais pour l'heure, mon petit ami devra m'excuser. J'ai l'honneur d'être un magistrat de cette grande cité, et le prince nous a convoqués en session. » Il sourit, exposant une bouche garnie de chicots jaunis et tordus. « Explorez la demeure et les terrains à votre guise, mais en aucune façon ne vous aventurez au-delà des murs. Il vaut mieux que nul ne sache que vous étiez ici.

— *Étiez* ? Serais-je parti ailleurs ?

— Nous aurons ce soir le temps d'en discuter. Mon petit ami et moi, nous mangerons, boirons et dresserons de grands plans, hein ?

— Oui, mon ami pansu », répliqua Tyrion. *Il envisage de m'utiliser à son profit.* Tout était profit avec les princes marchands des Cités libres. « Soldats d'épices et seigneurs de fromages », les appelait son père avec mépris. Si devait poindre un jour où Illyrio Mopatis verrait plus de profit dans un nain mort qu'en un vivant, Tyrion se retrouverait encaqué dans une nouvelle barrique avant le coucher du soleil. *Mieux vaudrait que je sois loin avant que ce jour n'arrive.* Il viendrait, Tyrion n'avait aucun doute sur ce point ; Cersei avait peu de chances de l'oublier, et même Jaime avait pu se sentir contrarié en découvrant un carreau planté dans le ventre de Père.

Une légère brise froissait les eaux du bassin au-dessous, tout autour du spadassin nu. Cela rappela au nain comment Tysha lui ébouriffait les cheveux, au faux printemps de leurs noces, avant qu'il n'assiste les gardes de son père pour la violer. Il avait réfléchi à ces gardes durant sa fuite, en essayant de se remémorer leur nombre. On aurait pu croire qu'il s'en souviendrait, mais non. Une douzaine ? Une vingtaine ? Une centaine ? Il n'aurait pu le dire. Tous avaient été des adultes, grands et forts... Même si tous les hommes sont grands, pour un nain de treize ans. *Tysha a su leur nombre.* Chacun d'eux l'avait payée d'un cerf d'argent, il lui suffisait de compter les pièces. *Une d'argent chacun, et une d'or pour moi.* Son père avait insisté pour qu'il verse aussi son écot. *Un Lannister paie toujours ses dettes.*

« Là où vont les putes », entendit-il une nouvelle fois lord Tywin répéter, et une fois de plus la corde de l'arbalète vrombit.

Le magistrat l'avait invité à explorer la demeure. Il trouva des vêtements propres dans un coffre en cèdre marqueté de lapis-lazuli et de nacre. La tenue avait été taillée pour un petit garçon, s'aperçut-il en l'endossant tant bien que mal. Ses étoffes étaient riches, certes, bien qu'un peu moisies, mais coupées trop long sur les jambes et trop court sur les bras, avec un collet qui aurait rendu son visage noir comme celui de Joffrey, s'il avait réussi à le fermer. Les vêtements étaient mités, également. *Ils n'empestent pas le vomi, c'est déjà ça.*

Tyrion entama ses explorations par la cuisine, où deux grosses femmes et un marmiton l'observèrent avec méfiance tandis qu'il se servait en fromage, pain et figues. « Bien le bonjour, accortes dames, déclara-t-il avec une inclinaison du buste. Savez-vous où vont les putes ? » Face à leur absence de réponse, il répéta sa question en haut valyrien, bien qu'il fût forcé d'avoir recours à *courtisane* au lieu de *pute*. La cuisinière la plus jeune, la plus grassouillette, lui adressa cette fois un haussement d'épaules.

Il se demanda comment elles réagiraient s'il les prenait par la main pour les entraîner vers sa chambre à coucher. *Aucune n'osera se refuser*, avait affirmé Illyrio, mais Tyrion ne pensait pas qu'il parlait de ces deux-ci. La plus jeune était assez vieille pour être sa mère, et l'aînée probablement la mère de la première. Toutes deux étaient presque aussi rebondies qu'Illyrio, avec des mamelles plus grosses que la tête de Tyrion. *Je pourrais m'étouffer de chair.* Il existait de pires trépas. Celui qu'avait connu son père, pour commencer. *J'aurais dû lui faire chier un peu d'or avant d'expirer.* Si lord Tywin avait compté son approbation et son affection, il avait toujours eu la main large en matière de numéraire. *La seule chose plus lamentable qu'un nain sans nez est un nain sans nez qui n'a pas d'or.*

Tyrion avait abandonné les femmes dodues à leurs pains et à leurs bouilloires pour partir en quête de la cave où Illyrio l'avait décanté, la veille au soir. Il n'eut aucun mal à la trouver. S'amassait là assez de vin pour lui assurer cent ans d'ébriété ; des rouges liquoreux du Bief et d'aigres clairets de Dorne, de pâles ambrés pentoshis, le nectar vert de Myr, une soixantaine de barriques de La Treille auré, même des crus de l'Orient fabuleux, de Qarth, de Yi-Ti et d'Asshaï-lès-l'Ombre. Au final, Tyrion jeta son dévolu sur un fût de brandevin marqué comme issu de la réserve personnelle de lord Runceford Redwyne, grand-père de l'actuel sire de La Treille. Il avait un goût langoureux et chaud sur les papilles, une robe à la pourpre si sombre qu'elle paraissait presque noire dans le mauvais éclairage de la cave. Tyrion s'en remplit une coupe, et une carafe pour bonne mesure, et les emporta dans les jardins afin de boire sous les cerisiers.

À ce qu'il se révéla, le nain emprunta la mauvaise porte et ne retrouva jamais le bassin qu'il avait aperçu de sa fenêtre, mais cela n'eut aucune importance. Les jardins à l'arrière de la demeure avaient tout autant de charme et bien plus d'étendue. Il y vagabonda un moment, tout en buvant. Les murs auraient fait honte à ceux d'un véritable château et les piques de fer ornementales à leur sommet paraissaient étrangement nues, sans têtes pour les décorer. Tyrion se représenta l'effet que produirait là-haut le chef de sa sœur, avec du goudron dans ses cheveux d'or et un essaim de mouches qui entraient et sortaient de sa bouche. *Oui, et Jaime se doit d'occuper la pique voisine,* décida-t-il. *Que nul jamais ne s'interpose entre mon frère et ma sœur.*

Avec une corde et un grappin, il devrait pouvoir franchir ce mur. Il avait des bras robustes et ne pesait guère. Il l'escaladerait, s'il ne s'empalait pas sur une pique. *Je chercherai une corde demain,* se promit-il.

Il nota trois grandes portes au cours de sa promenade – l'entrée principale avec sa guérite ; une poterne près des chenils ; et une porte de jardin dissimulée derrière un embarras de lierre pâle. Cette dernière était verrouillée d'une chaîne, les autres gardées. Les gardes étaient replets, le visage aussi lisse qu'un cul de bébé, et chacun portait un casque de bronze avec une pointe. Tyrion savait reconnaître des eunuques quand il en voyait. Il connaissait leur race, de réputation. Intrépides et insensibles à la douleur, à ce qu'on racontait, ils étaient loyaux à leur maître jusqu'à la mort. *J'aurais bon usage de quelques centaines d'entre eux qui m'appartiendraient*, songea-t-il. *Dommage que je n'y aie point songé avant de devenir mendiant.*

Il suivit une galerie bordée d'une colonnade et franchit une arche en ogive pour se retrouver dans une cour dallée où une femme lavait des vêtements à un puits. Elle paraissait avoir son âge, avec des cheveux d'un roux terne et un large visage piqué de taches de son. « Veux-tu du vin ? » lui proposa-t-il. Elle le regarda d'un air indécis. « Je n'ai pas de coupe pour toi, nous allons devoir partager. » La lavandière se remit à essorer des tuniques pour les accrocher à sécher. Tyrion s'installa sur un banc de pierre avec sa carafe. « Dis-moi, dans quelles limites devrais-je me fier à maître Illyrio ? » Le nom fit lever la tête à la femme. « À ce point-là ? » En gloussant, il croisa ses jambes torses, et but. « Je répugne à tenir le rôle que le marchand de fromages a prévu pour moi, et pourtant, comment pourrais-je refuser ? Les portes sont gardées. Peut-être pourrais-tu me passer en contrebande sous tes jupes ? Je t'en saurais fort gré ; parbleu, j'irais même jusqu'à t'épouser. J'ai déjà deux femmes, pourquoi pas trois ? Ah, mais où irions-nous vivre ? » Il lui adressa le plus gracieux sourire possible à un homme avec une moitié de nez. « J'ai une nièce à Lancehélion, te l'ai-je dit ? Je serais capable de causer bien du tracas à Dorne, avec Myrcella. Je pourrais pousser mes nièce et neveu à la guerre, voilà qui serait cocasse, non ? » La lavandière fixa avec des épingles une des tuniques d'Illyrio, assez ample pour servir de voile à un bateau. « Je devrais avoir honte de telles idées, tu as parfaitement raison. Mieux vaudrait que j'opte pour le Mur. Tous les crimes sont effacés dès qu'on s'engage dans la Garde de Nuit, dit-on. Je crains toutefois qu'ils ne t'autorisent à rester, ma douceur. Pas de femmes dans la Garde, pas de tendres épouses tachées de son pour réchauffer le lit la nuit, rien que des vents froids, de la morue salée et de la petite bière. Crois-tu que je paraîtrais plus grand en noir, belle dame ? » Il remplit de nouveau sa coupe. « Qu'en dis-tu ? Le Nord ou le Sud ? Dois-je expier d'anciens péchés ou en commettre de nouveaux ? »

La lavandière lui lança un dernier coup d'œil, ramassa sa corbeille et s'en fut. *Décidément, je n'arrive pas à retenir mes épouses très longtemps*, constata Tyrion. Il ne savait comment, sa carafe s'était tarie. *Peut-être devrais-je tituber jusqu'aux caves.* Le brandevin lui avait tourné la tête, toutefois, et l'escalier de la cave était très raide. « Où s'en vont les putes ? » demanda-t-il à la lessive qui claquait sur son fil. Peut-être aurait-il dû poser la question à la lavandière. *Loin de moi l'idée de sous-entendre que tu en es une, ma chère, mais se pourrait-il que tu saches où elles s'en vont ?* Ou, mieux encore, il aurait dû interroger son père. « Là où s'en vont les putes », avait déclaré lord Tywin. *Elle m'aimait. Elle était fille de vilain, elle m'aimait et m'a épousé, elle a placé sa confiance en moi.*

La carafe vide glissa de sa main et roula à travers la cour. Tyrion se souleva du banc et alla la ramasser. Ce faisant, il vit des champignons qui poussaient au travers d'une dalle cassée du sol. Ils présentaient un blanc livide, avec des taches et des lamelles rouges, aussi sombres que le sang. Le nain en cassa un pour le humer. *Délicieux*, jugea-t-il, *et mortel*.

Il y avait sept champignons. Peut-être les Sept tentaient-ils de lui dire quelque chose. Il les cueillit tous, attrapa un gant sur la ligne, les enveloppa avec soin et les plongea au fond de sa poche. L'effort lui donna le tournis, aussi regagna-t-il ensuite son banc, sur lequel il se roula en boule, et il ferma les yeux.

Lorsqu'il se réveilla, il était revenu dans sa chambre, à se noyer de nouveau dans son lit de plume d'oie tandis qu'une jeune blonde lui secouait l'épaule. « Messire, dit-elle, votre bain est prêt. Maître Illyrio vous attend à table dans l'heure. »

Tyrion se redressa contre les oreillers, la tête entre les mains. « Je rêve ou tu parles la Langue Commune ?

— Oui, messire. On m'a élevée pour plaire au roi. » Elle avait des yeux bleus et était belle, jeune et souple.

« Je veux bien le croire. J'ai besoin d'une coupe de vin. »

Elle lui en versa une. « Maître Illyrio a dit que je devais vous frotter le dos et réchauffer votre lit. Mon nom...

— ... ne m'intéresse point. Sais-tu où vont les putes ? »

Elle rougit. « Les putains se vendent pour de l'argent.

— Ou des bijoux, des robes ou des châteaux. Mais où vont-elles ? »

La jeune femme ne parvenait pas à saisir la question. « Est-ce une devinette, messire ? Je n'excelle pas aux jeux d'énigmes. Voulez-vous m'en donner la réponse ? »

Non, se reprit-il. *J'ai moi-même les devinettes en horreur.* « Je ne te dirai rien. Accorde-moi la même faveur. » *La seule part de toi qui m'intéresse est la fente entre tes jambes*, faillit-il ajouter. Il avait les mots sur le bout de la langue, mais, sans qu'il sût pourquoi, ils ne passèrent pas ses lèvres. *Ce n'est pas Shae,* se reprocha le nain, *rien qu'une petite idiote qui croit que je lui pose des devinettes.* À parler franc, même son connil ne l'intéressait guère. *Je dois être malade, ou mort.* « Un bain, disais-tu ? Il ne faut pas faire attendre le grand marchand de fromages. »

Tandis qu'il trempait, la fille lui lava les pieds, lui frotta le dos et lui peigna les cheveux. Ensuite, elle frictionna ses mollets avec un onguent parfumé pour en soulager les douleurs, et le revêtit de nouveau d'une tenue de garçonnet, d'une paire de chausses bordeaux moisies et d'un pourpoint en velours bleu doublé de fil d'or. « Votre Seigneurie aura-t-elle besoin de moi après avoir dîné ? s'enquit-elle en lui laçant les bottes.

— Non. J'en ai fini avec les femmes. » *Des putes.*

La fille accueillit trop bien cette déception, à son goût. « Si Votre Seigneurie préfère un garçon, je peux en envoyer un l'attendre dans son lit. »

Ma Seigneurie préférerait sa femme. Ma Seigneurie préférerait une fille nommée Tysha. « Seulement s'il sait où vont les putes. »

La bouche de la fille se pinça. *Elle me méprise,* comprit-il, *mais pas plus que je ne me méprise moi-même.* Qu'il ait baisé bien des femmes que son aspect rebutait, Tyrion Lannister n'en doutait pas, mais les autres lui avaient au moins fait la grâce de feindre l'affection. *Un peu de franc dégoût pourrait être rafraîchissant, comme l'est un vin acide après trop de doux.*

« J'ai changé d'avis, je crois, lui déclara-t-il. Attends-moi au lit. Nue, ne te déplaise, je serai bien trop soûl pour farfouiller dans tes vêtements. Tiens la bouche close et les cuisses ouvertes, et nous devrions fameusement nous entendre, tous les deux. » Il lui adressa une grimace égrillarde, dans l'espoir d'un avant-goût de crainte, mais elle ne lui renvoya que de la révulsion. *Un nain ne fait peur à personne.* Même lord Tywin n'avait pas tremblé, malgré l'arbalète que tenait Tyrion entre ses mains. « Est-ce que tu geins quand on te baise ? demanda-t-il à la réchauffeuse de lit.

— S'il plaît à Votre Seigneurie.

— Il pourrait plaire à Ma Seigneurie de t'étrangler. C'est ainsi que j'ai honoré ma dernière catin. Crois-tu que ton maître y verrait une objection ? Que nenni. Il en possède encore cent comme toi, mais comme moi, personne d'autre. » Cette fois-ci, lorsqu'il grimaça un sourire, il obtint la peur souhaitée.

Illyrio était allongé sur une banquette rembourrée, à gober des piments et des oignons perlés piochés dans une jatte de bois. Son front était ponctué de gouttes de transpiration, ses yeux porcins luisant au-dessus de ses bajoues grasses. Des pierres précieuses dansaient à chaque mouvement de ses mains, l'onyx et l'opale, l'œil-de-tigre et la tourmaline, le rubis, l'améthyste, le saphir, l'émeraude, le jais et le jade, un diamant noir et une perle verte. *Je pourrais vivre des années, avec ces bagues*, pensa Tyrion, *mais j'aurais besoin d'un couperet pour m'en emparer.*

« Venez vous asseoir, mon petit ami. » Illyrio lui fit signe d'approcher.

Le nain grimpa sur un siège. Celui-ci était bien trop grand pour lui, un trône garni de coussins, conçu pour recevoir le vaste postérieur du magistrat, avec des pieds épais et robustes pour soutenir son poids. Tyrion Lannister avait vécu toute sa vie dans un monde trop grand pour lui, mais dans la demeure d'Illyrio Mopatis ce sentiment de disproportion prenait une ampleur extravagante. *Je suis une souris dans l'antre d'un mammouth*, songea-t-il, *mais au moins le mammouth possède-t-il une bonne cave.* Cette pensée lui donna soif. Il réclama du vin.

« Avez-vous apprécié la drôlesse que je vous ai envoyée ? » s'enquit Illyrio.

— Si j'avais voulu une fille, j'en aurais demandé une.

— Si elle n'a pas plu...

— Elle a accompli tout ce qu'on exigeait d'elle.

— J'espère bien. On l'a formée à Lys, où l'on élève l'amour au niveau d'un art. Le roi l'a grandement appréciée.

— Je tue les rois, vous ne l'avez pas ouï dire ? » Tyrion afficha un sourire malveillant au-dessus de sa coupe de vin. « Je ne veux pas de leurs rogatons.

— Comme il vous plaira. Mangeons. » Illyrio claqua des mains et des serviteurs accoururent.

Le banquet commença par un bouillon de crabe et de lotte, et une soupe froide aux œufs et au citron vert. Puis vinrent des cailles au miel, une selle d'agneau, des foies d'oie imbibés de vin, des panais au beurre et du cochon de lait. La vue de tout cela souleva le cœur de Tyrion, mais il se força à essayer une cuillère de bouillon par courtoisie et une fois qu'il eut goûté, il fut perdu. Les cuisinières pouvaient bien être vieilles et ventrues, elles connaissaient leur affaire. Jamais il n'avait fait si bonne chère, même à la cour.

Tout en aspirant la viande attachée aux os de sa caille, il interrogea Illyrio sur sa convocation de la matinée. Le pansu haussa les épaules. « Il y a des troubles à l'est. Astapor est tombée, Meereen aussi. Des cités d'esclavagistes ghiscaris qui étaient vieilles à la jeunesse du monde. » On découpa le cochon de lait. Illyrio tendit la main vers un morceau de couenne rôtie, le plongea dans une sauce aux prunes et le mangea avec les doigts.

« La baie des Serfs est bien loin de Pentos. » Tyrion piqua un foie d'oie sur la pointe de son couteau. *Nul homme n'est plus damné que le parricide, mais je pourrais apprendre à goûter cet enfer.*

« Certes, reconnut Illyrio, mais le monde est une grande toile d'araignée où l'on n'ose toucher un fil, de crainte de faire frémir tous les autres. Encore du vin ? » Illyrio se jeta un piment dans la bouche. « Non, j'ai mieux. » Il claqua des mains.

À ce signal, un serviteur entra avec un plat couvert. Il le déposa devant Tyrion, et Illyrio se pencha au-dessus de la table pour retirer la cloche. « Des champignons, annonça le magistrat tandis que l'arôme s'en dégageait. Rehaussés d'une pointe d'ail et baignant dans le beurre. Le goût en est délicieux, me dit-on. Prenez-en un, mon ami. Et même deux. »

Tyrion avait porté un gros champignon noir à mi-chemin de sa bouche, quand quelque chose dans la voix d'Illyrio le figea subitement. « Après vous, messire. » Il poussa le plat vers son hôte.

« Non, non. » Maître Illyrio éloigna les champignons. L'espace d'un battement de cœur, un gamin facétieux parut aux aguets à l'intérieur de la chair bouffie du marchand de fromages. « Après vous. J'insiste. La cuisinière les a spécialement préparés à votre intention.

— Vraiment ? » Il se souvenait de la cuisinière, de ses mains enfarinées, de ses lourdes mamelles marquées de veines bleues. « Fort aimable de sa part, mais... non. » Tyrion reposa le champignon dans le lac de beurre d'où il avait émergé.

« Vous êtes trop soupçonneux. » Illyrio sourit à travers sa barbe jaune fourchue. Huilée chaque matin pour la faire luire comme de l'or, soupçonnait Tyrion. « Seriez-vous un poltron ? Je n'avais pas entendu dire cela de vous.

— Dans les Sept Couronnes, on considère comme un très grave manquement à l'hospitalité le fait d'empoisonner son invité durant le repas.

— Ici aussi. » Illyrio Mopatis tendit la main vers sa coupe de vin. « Cependant, lorsqu'un invité désire clairement mettre fin à ses jours, ma foi, son hôte se doit de l'obliger, non ? » Il but une gorgée. « Maître Ordello a été empoisonné par un champignon, il n'y a pas six mois. La souffrance n'est pas grande, me suis-je laissé dire. Quelques crampes d'estomac, une douleur subite derrière les yeux, et tout est fini. Mieux vaut un champignon qu'une épée dans la gorge, vous ne croyez pas ? Pourquoi mourir avec un goût de sang sur les papilles, alors que ce pourrait être celui de l'ail et du beurre ? »

Le nain étudia le plat en face de lui. L'arôme d'ail et de beurre lui mettait l'eau à la bouche. Une partie de lui désirait ces champignons, même en connaissant leur nature. Il n'était pas assez brave pour recevoir de l'acier froid dans le ventre, mais une bouchée de champignons ne serait pas si terrible. Cela l'effrayait plus qu'il n'aurait su l'avouer. « Vous vous méprenez sur mon compte, s'entendit-il déclarer.

— Vraiment ? Je m'interroge. Si vous préférez vous noyer dans le vin, vous n'avez qu'un mot à dire et ce sera accompli, et prestement. Se noyer dans une coupe à la fois représente une perte de temps autant que de vin.

— Vous vous méprenez sur mon compte », répéta Tyrion, plus fort. Noirs et tentants, les champignons au beurre luisaient à la clarté des lampes. « Je n'ai aucun désir de mourir, je vous le garantis. J'ai... » Sa voix s'éteignit, indécise. *Mais qu'ai-je donc ? Une existence à mener ? Une tâche à accomplir ? Des enfants à élever, des terres à gouverner, une femme à aimer ?*

« Vous n'avez rien, acheva maître Illyrio, mais nous pouvons changer cela. » Il cueillit un champignon dans le beurre et le mâcha avec appétit. « Délicieux.

— Les champignons ne sont pas empoisonnés. » Tyrion était ulcéré.

« Non. Pourquoi vous voudrais-je du mal ? » Maître Illyrio en dégusta un autre. « Nous devons user un peu de confiance, vous et moi. Allons, mangez. » Il claqua de nouveau des mains. « Nous avons du travail. Mon petit ami doit prendre des forces. »

Les serviteurs apportèrent un héron farci de figues, des escalopes de veau pochées au lait d'amande, des harengs à la crème, des oignons confits, des fromages au fumet infâme et un cygne noir dans tout son plumage. Tyrion refusa le cygne, qui lui rappelait un souper en compagnie de sa sœur. Il se servit du héron et des harengs, par contre, et de quelques oignons doux. Et les serviteurs remplissaient sa coupe à chaque fois qu'il la vidait.

« Vous buvez beaucoup de vin pour un si petit homme.

— C'est une rude tâche que de tuer les siens. Elle donne soif. »

Les yeux du gros homme scintillèrent comme les gemmes à ses doigts. « Il est des gens en Westeros qui diraient que tuer lord Lannister n'était qu'un bon début.

— Mieux vaudrait pour eux ne point le dire à portée d'ouïe de ma sœur, ou ils se trouveraient privés de langue. » Le nain déchira une miche de pain en deux. « Et mieux vaudrait pour vous prendre garde à ce que vous dites de ma famille, maître. Tueur des miens ou pas, je demeure un lion. »

La déclaration parut amuser infiniment le seigneur des fromages. Il se claqua une cuisse charnue et lança : « Ah, les Ouestriens ! Vous êtes tous les mêmes. Vous cousez un animal sur un bout de soie, et vous voilà soudain des lions, des dragons ou des aigles. Je peux vous mener devant un vrai lion, mon petit ami. Le prince en garde une troupe dans sa ménagerie. Aimeriezvous partager leur cage ? »

Les seigneurs des Sept Couronnes faisaient bien grand cas de leurs blasons, Tyrion se devait de le reconnaître. « Fort bien, concéda-t-il. Un Lannister n'est point un lion. Je reste néanmoins le fils de mon père, et c'est à moi de tuer Jaime et Cersei.

— Curieux que vous évoquiez votre gente sœur, repartit Illyrio entre deux escargots. La reine a offert une seigneurie à l'homme qui lui rapportera votre chef, quelle que soit la modestie de sa naissance. »

C'était ce à quoi Tyrion s'attendait. « Si vous souhaitez profiter de l'offre, priez-la d'écarter les cuisses pour vous, par la même occasion. La meilleure partie de moi contre la meilleure d'elle, voilà un marché équitable.

— Je préférerais recevoir mon propre poids en or. » Le marchand de fromages rit si fort que Tyrion craignit qu'il n'éclate. « Tout l'or de Castral Roc, pourquoi pas ?

— L'or, je vous l'accorde », répondit le nain, rassuré de ne plus risquer la noyade dans un déferlement d'anguilles et de friandises à demi digérées. « Mais le Roc m'échoit.

— Assurément. » Le maître se couvrit la bouche et émit un rot puissant. « Croyez-vous que le roi Stannis vous le donnera ? On le dit fort pointilleux en matière de loi. Votre frère a revêtu le manteau blanc, vous êtes donc l'héritier selon toutes les lois de Westeros.

— Stannis pourrait certes m'accorder Castral Roc, sans le léger problème du régicide et du parricide. Pour cela, il me raccourcirait d'une tête, et je ne suis point si grand tel que je suis. Mais qu'est-ce qui vous fait croire que j'ai l'intention de rejoindre lord Stannis ?

— Pour quelle autre raison iriez-vous au Mur ?

— Stannis est au Mur ? » Tyrion frotta son moignon de nez. « Mais que fout Stannis au Mur, au nom des sept enfers ?

— Il grelotte, je pense. Il fait plus chaud à Dorne. Peut-être aurait-il dû faire voile dans cette direction. »

Tyrion commençait à soupçonner qu'une certaine lavandière tachée de son connaissait mieux la Langue Commune qu'elle ne le laissait paraître. « Il se trouve que ma nièce Myrcella vit à Dorne. Et j'ai à moitié envie de la faire reine. »

Illyrio sourit tandis que ses serviteurs remplissaient à la cuillère des bols de cerises noires dans de la crème sucrée pour eux deux. « Qu'a donc commis la pauvre enfant pour que vous souhaitiez sa mort ?

— Même un tueur des siens n'est pas tenu de massacrer *tous* les siens, répliqua Tyrion, vexé. La faire reine, ai-je dit. Non la tuer. »

Le marchand de fromages piocha une cuillerée de cerises. « À Volantis, on use d'une monnaie qui porte une couronne sur une face et une tête de mort sur l'autre. Pourtant, c'est la même pièce. La faire reine, c'est la tuer. Dorne pourrait se soulever pour Myrcella, mais Dorne seule ne suffit pas. Notre ami soutient que vous êtes fort habile. Si tel est le cas, vous le comprenez vous-même. »

Tyrion considéra le pansu avec un nouvel intérêt. *Il a raison sur les deux chapitres. La faire reine serait la tuer. Et je le savais.* « Il ne me reste plus que des gestes futiles. Au moins celui-ci ferait-il couler d'amères larmes à ma sœur. »

Du revers de sa grosse main, maître Illyrio essuya la crème sucrée sur sa bouche. « La route de Castral Roc ne passe pas par Dorne, mon petit ami. Et pas non plus sous le Mur. Pourtant, cette route existe, je vous le dis.

— Je suis un traître frappé de mort civile, régicide et parricide. » Ces histoires de route l'agaçaient. *Est-ce qu'il prend cela pour un jeu ?*

« Ce qu'un roi a fait, un autre le peut défaire. À Pentos, nous avons un prince, mon ami. Il préside aux bals et aux banquets, et parade dans la cité dans un palanquin d'ivoire et d'or. Trois hérauts le précèdent avec la balance d'or du commerce, l'épée de fer de la guerre, et le fléau d'argent de la justice. Le premier jour de chaque année nouvelle, il doit déflorer la vierge des champs et la vierge des mers. » Illyrio se pencha en avant, coudes sur la table. « Et pourtant, il suffit que périclite une récolte ou que soit perdue une guerre pour que nous lui tranchions la gorge dans l'espoir d'apaiser les dieux. Alors nous choisissons un nouveau prince au sein des quarante familles.

— Rappelez-moi de ne jamais devenir prince de Pentos.

— Vos Sept Couronnes sont-elles tellement différentes ? Il n'y a pas de paix, à Westeros, pas de justice, pas de foi... Et bientôt, plus de nourriture. Quand les hommes crèvent de faim et de peur, ils se cherchent un sauveur.

— Qu'ils cherchent, mais s'ils ne trouvent que Stannis...

— Pas Stannis. Ni Myrcella. » Le sourire jauni s'élargit. « *Un autre sauveur.* Plus robuste que Tommen, plus doux que Stannis, avec des droits plus directs que votre Myrcella. Un sauveur venu d'au-delà de la mer, panser les blessures de Westeros ensanglantée.

— Belles paroles. » Elles n'impressionnaient pas Tyrion. « Les mots sont du vent. Qui est votre foutu sauveur ?

— Un dragon. » Le marchand de fromages vit l'expression de son visage à ces mots, et il rit. « Un dragon à trois têtes. »

DAENERYS

Elle entendait le mort gravir les marches. Un bruit de pas, lent et mesuré, le précédait, résonnant entre les colonnes pourpres de sa salle. Daenerys Targaryen l'attendait sur le banc d'onyx qu'elle avait élu pour trône. Le sommeil lui brouillait les yeux, avait emmêlé ses cheveux d'or et d'argent.

« Votre Grâce... », suggéra ser Barristan Selmy, lord Commandant de sa Garde Régine. « Il n'est pas nécessaire que vous voyiez cela.

— Il est mort pour moi. » Daenerys serra sa peau de lion contre sa poitrine. Au-dessous, une tunique en lin blanc translucide la couvrait jusqu'à mi-cuisse. Elle rêvait d'une maison avec une porte rouge quand Missandei l'avait réveillée. Elle n'avait pas eu le temps de s'habiller.

« *Khaleesi*, chuchota Irri, vous ne devez pas toucher le mort. Toucher les morts porte malheur.

— Sauf si vous l'avez tué vous-même. » Jhiqui avait une constitution plus massive qu'Irri, des hanches larges et des seins lourds. « C'est connu.

— C'est connu », approuva Irri.

Si, en matière de chevaux, les Dothrakis étaient savants, ils pouvaient se révéler parfaitement stupides sur bien d'autres plans. *De plus, ce sont encore des jouvencelles.* Ses caméristes avaient son âge – des femmes faites à les regarder, avec leur chevelure noire, leur peau cuivrée et leurs yeux en amande, mais des jouvencelles cependant. Elles lui avaient été données lorsqu'elle avait épousé le *khal* Drogo. Drogo, qui lui avait offert la peau qu'elle portait, la tête et la fourrure d'un *hrakkar*, le lion blanc de la mer Dothrak. L'oripeau était trop grand pour elle et exhalait une odeur de moisi, mais il donnait à Daenerys l'impression d'avoir encore auprès d'elle son soleil et ses étoiles.

Ver Gris apparut le premier au sommet des marches, une torche à la main. Son casque de bronze était surmonté de trois pointes. Derrière lui venaient quatre de ses Immaculés, portant le mort sur leurs épaules. Sur leurs casques se dressait une seule pointe, et leurs visages trahissaient si peu d'expression qu'ils auraient tout aussi bien pu être coulés dans le même métal. Ils étendirent le cadavre aux pieds de Daenerys. Ser Barristan retira le linceul taché de sang. Ver Gris abaissa la torche, pour qu'elle puisse voir.

Le mort avait un visage lisse et glabre, bien que ses joues eussent été tranchées d'une oreille à l'autre. Il avait été un homme de haute stature, aux yeux bleus, au visage avenant. *Un enfant de Lys ou de l'Antique Volantis, capturé sur un navire par des corsaires et vendu comme esclave à Astapor la rouge.* Bien qu'il eût les yeux ouverts, c'étaient ses blessures qui pleuraient. Il en portait plus qu'elle n'en pouvait compter.

« Votre Grâce, annonça ser Barristan, il y avait une harpie dessinée sur les briques de la ruelle où on l'a retrouvé…

— … tracée avec du sang. » Daenerys connaissait désormais la procédure. Les Fils de la Harpie pratiquaient leur boucherie la nuit et laissaient leur marque au-dessus de chacun de leurs crimes. « Ver Gris, pourquoi cet homme était-il seul ? N'avait-il pas de partenaire ? » Sur son ordre, quand les Immaculés empruntaient de nuit les rues de Meereen, ils allaient toujours par paires.

— Ma reine, répondit le capitaine, votre dévoué Bouclier Loyal n'était pas de service, la nuit dernière. Il s'était rendu en… en un certain lieu… pour boire et trouver quelque compagnie.

— Un certain lieu ? Que veux-tu dire ?

— Une maison de plaisir, Votre Grâce. »

Un bordel. La moitié de ses affranchis venaient de Yunkaï, où les Judicieux étaient réputés pour former des esclaves pour le lit. *La méthode des sept soupirs.* Les bordels s'étaient propagés à travers tout Meereen comme des champignons. *Ils ne connaissent rien d'autre. Il faut bien qu'ils survivent.* La nourriture coûtait chaque jour davantage, tandis que le prix de la chair baissait. Dans les quartiers les plus pauvres séparant les pyramides à degrés de la noblesse esclavagiste de Meereen, existaient des bordels se vantant de satisfaire tous les goûts érotiques concevables, elle le savait. *Et pourtant...* « Qu'est-ce qu'un eunuque peut espérer trouver dans un bordel ?

— Même ceux qui sont dépourvus de parties viriles ont pu garder un cœur d'homme, Votre Grâce, répondit Ver Gris. Votre humble serviteur a entendu raconter que votre dévoué Bouclier Loyal donnait parfois de l'argent aux femmes des bordels pour qu'elles couchent avec lui et le serrent dans leurs bras. »

Le sang du dragon ne pleure pas. « Bouclier Loyal, répéta-t-elle, les yeux secs. Était-ce là son nom ?

— N'en déplaise à Votre Grâce.

— C'est un beau nom. » Leurs Bontés d'Astapor n'autorisaient même pas leurs soldats esclaves à porter un nom. Certains de ses Immaculés avaient repris le nom de leur naissance après qu'elle les eut libérés ; d'autres s'en étaient choisi un nouveau. « Sait-on combien d'assaillants se sont abattus sur Bouclier Loyal ?

— Votre serviteur l'ignore. Beaucoup.

— Six ou plus, indiqua ser Barristan. D'après l'aspect des blessures, ils l'ont assailli de tous côtés. On l'a retrouvé avec un fourreau vide. Il se peut qu'il ait blessé plusieurs de ses agresseurs. »

Elle prononça une prière silencieuse pour que, quelque part, un des Fils de la Harpie soit à l'heure actuelle en train d'agoniser, en se tenant le ventre et en se tordant de douleur. « Pourquoi lui ont-ils tranché les joues de cette façon ?

— Gracieuse reine, expliqua Ver Gris, ses assassins avaient enfoncé les organes génitaux d'un bouc dans la gorge de votre dévoué Bouclier Loyal. Votre humble serviteur les a retirés avant de l'apporter ici. »

Ils ne pouvaient pas le forcer à avaler ses propres organes génitaux. Les Astaporis ne lui ont laissé ni tige ni racine. « Les Fils s'enhardissent », observa Daenerys. Jusqu'ici, ils avaient borné leurs attaques à des affranchis désarmés, les frappant dans la rue ou s'introduisant chez eux sous le couvert des ténèbres afin de les assassiner dans leur lit. « C'est le premier de mes soldats qu'ils tuent.

— Le premier, la mit en garde ser Barristan, mais pas le dernier. »

Je suis toujours en guerre, comprit Daenerys, *mais à présent, je combats des ombres.* Elle avait espéré un répit dans les tueries, du temps pour édifier et se rétablir.

Se débarrassant de sa peau de lion avec un mouvement d'épaules, elle s'agenouilla auprès du cadavre et lui referma les paupières, ignorant le hoquet de Jhiqui. « Bouclier Loyal ne sera pas oublié. Faites-le laver, parez-le pour la bataille, et ensevelissez-le avec son casque, son bouclier et ses lances.

— Il sera fait selon les désirs de Votre Grâce, assura Ver Gris.

— Envoyez des hommes au Temple des Grâces et demandez si quiconque est venu consulter les Grâces Bleues pour une blessure d'épée. Et répandez la nouvelle que nous paierons en bon or le braquemart de Bouclier Loyal. Renseignez-vous sur les bouchers et les chevriers, et voyez qui a castré des boucs, récemment. » Peut-être un berger avouerait-il. « Désormais, aucun de mes hommes ne doit se déplacer seul la nuit.

— Vos humbles serviteurs obéiront. »

Daenerys repoussa ses cheveux en arrière. « Retrouvez-moi ces pleutres. Débusquez-les, afin que je puisse enseigner aux Fils de la Harpie ce qu'il en coûte d'éveiller le dragon. »

Ver Gris la salua. Ses Immaculés refermèrent le suaire, soulevèrent le mort sur leurs épaules et l'emportèrent hors de la salle. Ser Barristan Selmy demeura en arrière. Il avait les cheveux blancs et des pattes d'oie au coin de ses yeux bleu pâle. Cependant, son dos restait droit et les années ne lui avaient pas dérobé son habileté aux armes. « Votre Grâce, dit-il, je crains que vos eunuques soient peu aptes aux tâches que vous leur confiez. »

Daenerys s'installa sur un banc et s'enveloppa de nouveau les épaules dans sa peau de lion. « Les Immaculés sont mes meilleurs guerriers.

— Des soldats, pas des guerriers, n'en déplaise à Votre Grâce. On les a créés pour le champ de bataille, pour se tenir épaule contre épaule derrière leurs boucliers, leurs lances brandies devant eux. Leur formation leur apprend à obéir, sans crainte, à la perfection, sans réfléchir ni hésiter... et non pas à démêler des secrets et à poser des questions.

— Des chevaliers me serviraient-ils mieux ? » Selmy formait pour elle des chevaliers, en enseignant aux fils d'esclaves à combattre avec la lance et l'épée à la mode ouestrienne... Mais à quoi bon des lances, contre des lâches qui tuaient dans l'ombre ?

« Pas en ce domaine, reconnut le vieil homme. Et Votre Grâce n'a point de chevalier, hormis moi. Il faudra des années avant que les jeunes ne soient prêts.

— Alors qui, sinon des Immaculés ? Les Dothrakis seraient encore pires. » Les Dothrakis combattaient à cheval. Des cavaliers étaient plus utiles en terrain découvert, plaines ou collines, que dans les rues et ruelles étroites de la cité. Au-delà des murailles en briques multicolores de Meereen, Daenerys exerçait au mieux une emprise ténue. Des milliers d'esclaves continuaient à s'échiner dans les collines sur de vastes propriétés, à cultiver le blé et les olives, garder des moutons et des chèvres, et extraire des mines le sel et le cuivre. Les entrepôts de Meereen renfermaient d'amples provisions de grain, d'huile, d'olives, de fruits séchés et de viande salée, mais les réserves diminuaient. Aussi avait-elle dépêché son petit *khalasar* afin de mater l'arrière-pays, sous le commandement de ses trois Sang-coureurs, tandis que Brun Ben Prünh menait ses Puînés au sud, en protection contre les incursions yunkaïies.

C'était à Daario Naharis qu'elle avait confié la plus cruciale de toutes les missions, Daario à la langue agile, avec sa dent en or et sa barbe en trident, au sourire canaille derrière des moustaches mauves. Au-delà des collines à l'est s'étendaient une chaîne de montagnes en grès érodé, le col du Khyzai et Lhazar. Si Daario parvenait à convaincre les Lhazaréens de rouvrir les routes commerciales terrestres, on pourrait faire venir à volonté du grain par le fleuve ou par-dessus les collines... Mais les Agnelets n'avaient aucune raison d'apprécier Meereen. « Quand les Corbeaux Tornade rentreront de Lhazar, peut-être pourrai-je les employer dans les rues, déclara Daenerys à ser Barristan, mais d'ici là, je ne dispose que des Immaculés. » Elle se leva. « Vous allez devoir m'excuser, ser. Les pétitionnaires seront bientôt à mes portes. Je me dois de revêtir mes longues oreilles et de redevenir leur reine. Convoquez Reznak et le Crâne-ras. Je les verrai quand je serai habillée.

— Aux ordres de Votre Grâce. » Selmy s'inclina.

La Grande Pyramide se haussait de huit cents pieds dans le ciel, de son immense base carrée jusqu'à la pointe élevée où la reine avait ses appartements privés, environnés de verdure et de bassins parfumés. Tandis que se levait sur la cité une aube bleue et fraîche, Daenerys s'avança sur la terrasse. À l'ouest, le soleil embrasait les dômes dorés du Temple des Grâces, et gravait des ombres profondes derrière les pyramides à degrés des puissants. *Dans certains de ces bâtiments, les Fils de la Harpie trament en ce moment même de nouveaux meurtres, et je suis impuissante à les arrêter.*

Viserion capta son trouble. Le dragon blanc était lové autour d'un poirier, sa tête posée sur sa queue. Au passage de Daenerys, ses yeux s'ouvrirent, deux flaques d'or fondu. Ses cornes aussi étaient d'or, ainsi que les écailles qui couraient sur son dos de la tête à la queue. « Tu es un flemmard », lui dit-elle en le grattant sous la mâchoire. Il avait les écailles brûlantes au toucher, comme une armure trop longtemps exposée au soleil. *Les dragons sont le feu incarné.* Elle avait lu cela dans un des ouvrages offerts par ser Jorah en cadeau de noces. « Tu devrais chasser avec tes frères. Est-ce que vous vous êtes encore battus, Drogon et toi ? » Ses dragons devenaient sauvages, ces temps-ci. Rhaegal avait claqué des mâchoires devant Irri, et Viserion avait mis le feu au *tokar* de Reznak, lors de la dernière visite du sénéchal. *Je les ai trop laissés livrés à eux-mêmes, mais où puis-je trouver le temps de m'occuper d'eux ?*

La queue de Viserion fouetta l'air de côté, frappant le tronc de l'arbre si fort qu'une poire dégringola pour atterrir aux pieds de Daenerys. Ses ailes se déployèrent et, mi-vol, mi-bond, il gagna le parapet. *Il grandit*, songea-t-elle alors qu'il s'élançait dans le ciel. *Tous les trois grandissent. Bientôt, ils seront assez vastes pour supporter mon poids.* Alors, elle volerait comme avait volé Aegon le Conquérant, de plus en plus haut, jusqu'à tant rétrécir Meereen que Daenerys pourrait l'oblitérer de son pouce.

Elle suivit des yeux Viserion qui montait en cercles croissants jusqu'à ce qu'il se perde au regard, au-delà des flots limoneux de la Skahazadhan. Alors seulement Daenerys réintégra la pyramide, où Irri et Jhiqui attendaient pour brosser et démêler ses cheveux et lui faire endosser une tenue digne de la reine de Meereen, un *tokar* ghiscari.

Ce vêtement était une affaire malcommode, un pan de tissu long, lâche et informe qu'on devait lui enrouler autour des hanches, sous un bras et par-dessus une épaule, ses franges pendantes soigneusement étagées et présentées. Pas assez serré, il risquait de tomber ; trop, il embarrassait, comprimait et faisait trébucher. Même convenablement ajusté, le *tokar* exigeait de son porteur qu'il le maintînt en place de la main gauche. Marcher en *tokar* requérait d'avancer à petits pas précieux, en parfait équilibre, de crainte de se prendre les pieds dans les lourdes franges de sa traîne. Ce n'était pas un vêtement conçu pour un ouvrier, quel qu'il fût. Le *tokar* était une tenue de maître, un signe de richesse et de puissance.

Daenerys avait voulu bannir le *tokar* lorsqu'elle avait pris Meereen, mais ses conseillers l'en avaient dissuadée. « La Mère des Dragons doit revêtir le *tokar*, sous peine de s'attirer une haine éternelle », l'avait mise en garde la Grâce Verte, Galazza Galare. « Sous les laines de Westeros ou une parure de dentelle myrienne, Votre Radieuse Majesté restera à jamais une étrangère parmi nous, une immigrée monstrueuse, une conquérante barbare. La reine de Meereen se doit d'être une dame de la Ghis ancienne. » Brun Ben Prünh, capitaine des Puînés, avait usé d'une formule plus succincte. « Quand on veut être roi des lapins, vaut mieux s' coller une paire de grandes oreilles. »

Les grandes oreilles qu'elle choisit ce jour-là étaient tissées de lin blanc transparent, avec une frange de glands dorés. Avec l'aide de Jhiqui, elle enroula correctement le *tokar* autour d'elle à la troisième tentative. Irri alla chercher sa couronne, ouvragée à l'effigie du dragon à trois têtes de sa maison. Il présentait des anneaux d'or, des ailes d'argent, trois têtes d'ivoire, d'onyx et de jade. Avant la fin de la journée, le cou et les épaules de Daenerys se contracteraient douloureusement sous son poids. *On ne doit pas porter la couronne sans peine.* Un de ses royaux ancêtres avait déclaré cela, un jour. *Un Aegon, mais lequel ?* Cinq d'entre eux avaient régné sur les Sept Couronnes de Westeros. Il y en aurait eu un sixième, si les chiens de l'Usurpateur n'avaient pas assassiné le fils de son frère alors qu'il était encore à la mamelle. *S'il avait vécu, j'aurais pu l'épouser. Aegon aurait été plus proche de mon âge que Viserys.* Daenerys venait à peine d'être conçue lorsque Aegon et sa sœur avaient été assassinés. Leur père, son frère Rhaegar, avait péri encore plus tôt, tué sur le Trident par l'Usurpateur. Son frère Viserys était mort en hurlant à Vaes Dothrak, coiffé d'une couronne d'or fondu. *Moi aussi, ils me tueront, si je les laisse faire. Les poignards qui ont transpercé mon Bouclier Loyal me visaient.*

Elle n'avait pas oublié les enfants esclaves que les Grands Maîtres avaient cloués le long de la route de Yunkaï. Il y en avait eu cent soixante-trois, un enfant tous les milles, cloués aux poteaux milliaires, un bras tendu pour lui indiquer le chemin. Après la chute de Meereen, Daenerys avait fait clouer un nombre identique de Grands Maîtres. Des nuées de mouches avaient présidé à leur lente agonie, et la puanteur avait longtemps subsisté sur la plaza. Pourtant, certains jours, elle craignait de n'être point allée assez loin. Sournois, entêtés, ces

Meereeniens lui résistaient à chaque pas. Oh, certes, ils avaient affranchi leurs esclaves... Mais pour aussitôt les engager de nouveau comme serviteurs, pour de si piètres salaires que la plupart avaient à peine les moyens de manger. Ceux qui étaient trop vieux ou trop jeunes pour avoir une utilité avaient été jetés à la rue, en même temps que les infirmes et les estropiés. Et les Grands Maîtres continuaient de se réunir au sommet de leurs pyramides altières pour se lamenter sur la reine dragon qui avait empli leur noble cité de hordes de mendiants crasseux, de voleurs et de traînées.

Pour régner sur Meereen, je dois gagner à moi les Meereeniens, malgré tout le mépris qu'ils m'inspirent. « Je suis prête », annonça-t-elle à Irri.

Reznak et Skahaz attendaient au sommet de l'escalier de marbre. « Grande reine, déclara Reznak mo Reznak, vous êtes si radieuse en ce jour que j'appréhende de poser les yeux sur vous. » Le sénéchal arborait un *tokar* de soie bordeaux avec une frange dorée. Petit homme moite, il embaumait comme au sortir d'un bain de parfums et parlait une forme abâtardie de haut valyrien, très corrompue et assaisonnée d'un lourd grommellement ghiscari.

« Vous êtes aimable de le dire, répondit Daenerys dans la même langue.

— Ma reine », gronda Skahaz mo Kandaq, à la tête rasée. Les Ghiscaris avaient des chevelures denses et crépues ; longtemps la mode avait voulu que les hommes des Cités de l'esclavage les arrangent en cornes, en pointes et en ailes. En se rasant, Skahaz avait tourné le dos à la vieille Meereen pour accepter la nouvelle, et ses pareils avaient agi de même, en suivant son exemple. D'autres avaient emboîté le pas, mais étaient-ils inspirés par la crainte, la mode ou l'ambition ? Daenerys n'aurait su le dire. Des crânes-ras, on les nommait. Skahaz était *le* Crâne-ras... et le plus ignoble des traîtres, aux yeux des Fils de la Harpie et de leur engeance. « On nous a appris, pour l'eunuque.

— Il s'appelait Bouclier Loyal.

— D'autres périront, à moins que les assassins ne soient punis. » Même avec sa tête lisse, Skahaz avait un visage odieux – une arcade sourcilière proéminente, de petits yeux avec de lourdes poches au-dessous, un gros nez assombri de points noirs, une peau grasse qui paraissait plus jaune que l'ambre habituel des Ghiscaris. C'était un visage grossier, brutal et furieux. Elle formait des vœux pour qu'il soit également honnête.

« Comment pourrais-je les punir alors que j'ignore leur identité ? lui demanda Daenerys. Dites-le-moi, hardi Skahaz.

— Vous ne manquez point d'ennemis, Votre Grâce. Vous pouvez contempler leurs pyramides depuis votre terrasse. Les Zhak, les Hazkar, les Ghazîn, les Merreq, les Loraq, toutes les vieilles familles esclavagistes. Les Pahl. Les Pahl, tout particulièrement. Une maison de femmes, désormais. Vieilles, aigries, sanguinaires. Les femmes n'oublient pas. Elles ne pardonnent pas. »

Non, songea Daenerys, *et les chiens de l'Usurpateur l'apprendront, quand je reviendrai à Westeros.* Il était vrai qu'il y avait du sang entre elle et la maison de Pahl. Oznak zo Pahl avait été tué par Belwas le Fort en combat singulier. Son père, commandant de la garde de Meereen, avait péri en défendant les portes quand la Bite à Joso les avait pulvérisées. Trois oncles figuraient parmi les cent soixante-trois de la place. « Combien d'or avons-nous offert pour toute information sur les Fils de la Harpie ? demanda Daenerys.

— Cent honneurs, s'il plaît à Votre Radieuse Majesté.

— Mille nous plairaient davantage. Faites-le.

— Votre Grâce ne m'a pas demandé conseil, intervint Skahaz Crâne-ras, mais je dis que le sang doit payer le sang. Prenez un homme dans chacune des familles que j'ai nommées et tuez-le. La prochaine fois que l'un des vôtres sera abattu, prenez-en deux dans chaque grande maison, et tuez-les tous les deux. Il n'y aura pas de troisième meurtre. »

Reznak émit un couinement de détresse. « Noooon… Douce reine, tant de sauvagerie abattrait sur vous l'ire des dieux. Nous découvrirons les meurtriers, je vous le promets, et lorsque nous le ferons, ils se révéleront être de la racaille de vile extraction, vous verrez. »

Le sénéchal était aussi chauve que Skahaz, bien qu'en son cas, la responsabilité en incombât aux dieux. « Si un cheveu avait l'impertinence d'apparaître, mon barbier se tient prêt, rasoir en main », avait-il assuré à la reine quand elle l'avait élevé à sa station actuelle. Par moments, Daenerys se demandait s'il ne vaudrait pas mieux réserver ce rasoir à la gorge de Reznak. L'homme était utile, mais elle l'aimait peu et se fiait à lui moins encore. Les Nonmourants de Qarth lui avaient prédit qu'on la trahirait trois fois. Mirri Maz Duur avait été la première, ser

Jorah le second. Reznak serait-il le troisième ? Le Crâne-ras ? Daario ? *Ou s'agira-t-il d'une personne que je n'aurais jamais soupçonnée, ser Barristan ou Ver Gris, ou Missandei ?*

« Skahaz, dit-elle au Crâne-ras. Je te remercie de ton conseil. Reznak, vois ce que pourront accomplir mille honneurs. » Agrippant son *tokar*, Daenerys les dépassa pour descendre le large escalier de marbre. Elle avançait d'un pas à la fois, de crainte de se prendre les pieds dans la frange et de dégringoler, tête la première, au milieu de sa cour.

Missandei l'annonça. La petite scribe avait une voix douce et forte. « Que tous s'agenouillent devant Daenerys Typhon-Née, l'Imbrûlée, Reine de Meereen, Reine des Andals, des Rhoynars et des Premiers Hommes, *Khaleesi* de la Grande Mer d'Herbe, Briseuse des fers et Mère des Dragons. »

La salle s'était remplie. Des Immaculés se tenaient dos aux colonnes, boucliers et lances en main, les pointes de leurs casques dressées comme une rangée de poignards. Les Meereeniens s'étaient réunis sous les fenêtres à l'est. Ses affranchis maintenaient une distance nette avec leurs anciens maîtres. *Tant qu'ils ne seront pas rassemblés, Meereen ne connaîtra pas la paix.* « Levez-vous. » Daenerys prit place sur son banc. La salle se leva. *Voilà au moins une chose qu'ils accomplissent ensemble.*

Reznak mo Reznak avait une liste. La coutume exigeait que la reine commence par l'émissaire astapori, un ancien esclave du nom de lord Ghael, sans que personne sache de quoi il était seigneur.

Lord Ghael avait une bouche garnie de chicots bruns et gâtés et un visage jaune et pointu de belette. Il avait également un présent. « Cleon le Grand envoie ces pantoufles en gage de son amour à Daenerys Typhon-Née, Mère des Dragons. »

Irri chaussa des pantoufles les pieds de Daenerys. Elles étaient en cuir doré, décorées de perles d'eau douce vertes. *Le Roi Boucher se figure-t-il qu'une jolie paire de sandales lui gagnera ma main ?* « Le roi Cleon est fort généreux. Vous pouvez le remercier de son charmant présent. » *Charmant, mais taillé pour une enfant.* Bien que Daenerys eût les pieds petits, les pantoufles pointues lui écrasaient les orteils en les comprimant.

« Le Grand Cleon aura plaisir à savoir qu'elles vous ont plu, déclara lord Ghael. Sa Magnificence me prie de dire qu'il se tient prêt à défendre la Mère des Dragons contre tous ses ennemis. »

S'il suggère que j'épouse le roi Cleon, je lui jette une sandale à la tête, songea Daenerys, mais pour une fois l'émissaire astapori n'évoqua pas un mariage royal. Il poursuivit : « L'heure est venue pour Astapor et Meereen de mettre un terme au règne féroce des Judicieux de Yunkaï, ennemis jurés de tous ceux qui vivent libres. Le Grand Cleon me prie de vous apprendre que lui et ses nouveaux Immaculés se mettront bientôt en route. »

Ses nouveaux Immaculés sont une plaisanterie morbide. « Le roi Cleon serait sage de veiller sur ses propres jardins et de laisser les Yunkaïis s'occuper des leurs. » Non que Daenerys éprouvât beaucoup d'affection pour Yunkaï. Elle commençait à regretter de ne pas avoir pris la Cité Jaune après avoir défait son armée sur le champ de bataille. Les Judicieux avaient rétabli l'esclavage dès qu'elle avait levé le camp et s'occupaient à percevoir les impôts, engager des épées-louées et conclure des alliances contre elle.

Cleon qui se disait Grand ne valait guère mieux, toutefois. Le Roi Boucher avait restauré l'esclavage en Astapor, avec pour seule différence le fait que les anciens esclaves régnaient désormais en maîtres et les anciens maîtres vivaient en nouveaux esclaves.

« Je ne suis qu'une jeune fille et je connais peu de chose à la conduite de la guerre, dit-elle à lord Ghael, mais nous avons entendu dire que la famine régnait à Astapor. Que le roi Cleon nourrisse son peuple avant de les mener à la bataille. » Elle fit un geste pour lui donner congé. Ghael se retira.

« Votre Magnificence, suggéra Reznak mo Reznak, voulez-vous entendre le noble Hizdahr zo Loraq ? »

Encore ? Daenerys acquiesça et Hizdahr s'avança : un homme grand, très mince, à la peau d'ambre sans défaut. Il s'inclina à l'endroit précis où Bouclier Loyal avait reposé mort peu de temps auparavant. *J'ai besoin de cet homme*, se rappela Daenerys. Hizdahr était un riche marchand avec de nombreux amis à Meereen, et davantage encore de l'autre côté des mers. Il avait visité Volantis, Lys et Qarth, avait de la parentèle à Tolos et Elyria, et l'on disait même qu'il exerçait quelque influence à la Nouvelle-Ghis, où les Yunkaïis essayaient d'exciter de l'animosité contre Daenerys et son règne.

Et il était riche. Fameusement et fabuleusement riche…

Et destiné à le devenir plus encore, si j'accède à sa requête. Lorsque Daenerys avait fermé les arènes de combat de la cité, leur valeur s'était effondrée. Hizdahr zo Loraq avait alors saisi des deux mains toutes les parts disponibles ; désormais, il était propriétaire de la majorité des arènes de Meereen.

Le noble arborait des ailes de cheveux crépus rouge et noir qui jaillissaient de ses tempes. Elles donnaient l'impression que sa tête allait prendre son envol. Son visage allongé était rendu plus long encore par une barbe emprisonnée dans des anneaux d'or. Son *tokar* mauve se frangeait d'améthystes et de perles. « Votre Radieuse Majesté connaît sûrement la raison de ma présence ici.

— Assurément, ce doit être que vous n'avez d'autre but que de me harceler. Combien de fois vous ai-je déjà dit non ?

— Cinq fois, Votre Magnificence.

— En voilà désormais six. Je refuse de rouvrir les arènes de combat.

— Si Votre Majesté voulait écouter mes arguments…

— Je l'ai fait. Cinq fois. M'en apportez-vous de nouveaux ?

— Les anciens, reconnut Hizdahr, mais formulés sous de nouveaux aspects. Des mots charmants et courtois, plus propres à émouvoir une reine.

— C'est votre cause qui ne me convainc point, et non votre courtoisie. J'ai si souvent entendu vos raisons que je pourrais moi-même plaider votre cause. Puis-je ? » Daenerys se pencha en avant. « Les arènes de combat font partie de Meereen depuis la fondation de la cité. Les combats ont une nature profondément religieuse, un sacrifice de sang aux dieux de Ghis. L'*art de la mort* de Ghis ne se borne pas à une simple boucherie mais constitue une démonstration de courage, d'habileté et de force particulièrement agréable à vos dieux. Les combattants victorieux sont choyés et acclamés, et les morts honorés, leur souvenir perpétué. En rouvrant les arènes, je démontrerai au peuple de Meereen que je respecte ses us et coutumes. La réputation des arènes s'étend loin de par le monde. Elles attirent du commerce à Meereen et emplissent les coffres de la ville avec de l'argent venu de l'autre bout de la terre. Tous les hommes ont du goût pour le sang, un goût que les arènes aident à étancher. De cette façon, elles contribuent à maintenir la paix à Meereen. Pour les criminels condamnés à périr sur le sable, les arènes représentent un jugement par le combat, la dernière chance pour un homme de prouver son innocence. » Elle se redressa, avec un mouvement de la tête. « Voilà. Qu'en dites-vous ?

— Votre Radieuse Majesté a plaidé ma cause bien mieux que je n'aurais espéré le faire moi-même. Je vois que votre éloquence n'a d'égale que votre beauté. Je suis pleinement convaincu. » Elle ne put se retenir de rire. « Hélas, pas moi.

— Votre Magnificence, lui chuchota Reznak mo Reznak à l'oreille, il est de coutume pour la cité de prélever une dîme sur tous les profits des arènes de combat, après déduction des frais. On pourrait employer ces sommes à bien des nobles usages.

— On le pourrait... Mais si nous *devions* rouvrir les arènes, nous percevrions notre dîme *avant* déduction des frais. Je ne suis qu'une jeune fille, et je m'y connais fort peu sur de tels sujets, mais j'ai vécu assez longtemps chez Xaro Xhoan Daxos pour avoir retenu cela. Hizdahr, si vous pouviez déployer des armées comme vous le faites de vos arguments, vous seriez capable de conquérir le monde... Mais ma réponse reste *non*. Pour la sixième fois.

— La reine a parlé. » Il s'inclina de nouveau, aussi profondément qu'auparavant. Ses perles et ses améthystes cliquetèrent doucement contre le sol de marbre. Un homme fort souple, cet Hizdahr zo Loraq.

Il pourrait avoir du charme, sans cette coiffure ridicule. Reznak et la Grâce Verte pressaient Daenerys de prendre un noble meereenien pour époux, afin de réconcilier la cité avec son autorité. Hizdahr zo Loraq pourrait mériter une étude attentive. *Plutôt lui que Skahaz.* Le Crâne-ras avait offert de répudier sa femme pour elle, mais cette idée donnait des frissons à Daenerys. Hizdahr au moins savait sourire.

« Votre Magnificence, annonça Reznak en consultant sa liste, le noble Grazdan zo Galare souhaiterait s'adresser à vous. Voulez-vous l'écouter ?

— J'y aurais plaisir », répondit Daenerys en admirant les reflets de l'or et le lustre des perles vertes sur les sandales de Cleon tout en s'efforçant d'ignorer le pincement de ses orteils. Grazdan, l'avait-on prévenue, était un cousin de la Grâce Verte, dont elle avait trouvé le soutien inestimable. La prêtresse s'exprimait en faveur de la paix, de l'acceptation et du respect d'une autorité légitime. *Je peux accorder à son cousin de l'écouter avec respect, quoi qu'il puisse désirer.*

Ce qu'il désirait se révéla être de l'or. Daenerys avait refusé de dédommager aucun des Grands Maîtres pour la valeur de leurs esclaves, mais les Meereeniens ne cessaient de deviser de nouvelles méthodes pour lui soutirer de l'argent. Le noble Grazdan avait naguère possédé comme esclave une excellente tisserande, apparemment. On prisait fort les fruits de son ouvrage, tant à Meereen, qu'à la Nouvelle-Ghis, à Astapor et à Qarth. Quand cette femme était devenue vieille, Grazdan avait acheté une demi-douzaine de jeunes filles et ordonné à l'aïeule de leur enseigner les arcanes de son art. Depuis lors, la vieillarde était morte. Les jeunes filles, affranchies, avaient ouvert un atelier sur le port, près de la digue pour vendre leurs tissages. Grazdan zo Galare demandait à ce qu'on lui accorde une portion de leurs gains. « Elles me doivent leur talent, insista-t-il. Je les ai ramassées sur le billot des enchères pour les donner au métier à tisser. »

Daenerys écouta en silence, le visage immobile. Quand il eut terminé, elle s'enquit : « Comment se nommait la vieille tisserande ?

— L'esclave ? « C'était... Elza, je crois bien. Ou Ella. Voilà six ans qu'elle est morte. J'ai possédé tant d'esclaves, Votre Grâce.

— Disons Elza. Voici notre jugement. Des jeunes femmes, tu ne recevras rien. C'est Elza qui leur a enseigné le tissage, pas toi. De toi, les jeunes filles recevront un nouveau métier à tisser, le plus beau qui se puisse acheter. Cela, c'est pour avoir oublié le nom de la vieille femme. »

Reznak aurait ensuite appelé un autre *tokar*, mais Daenerys insista pour qu'il fasse venir un affranchi. Dès lors, elle alterna entre anciens maîtres et anciens esclaves. Tant et plus d'affaires présentées à elle portaient sur des réparations. Après sa chute, Meereen avait été sauvagement mise à sac. Les pyramides à degrés des puissants avaient été préservées des pires ravages, mais les plus humbles quartiers de la cité avaient été livrés à une orgie de pillage et de meurtre, quand les esclaves s'étaient soulevés et que les hordes affamées qui avaient suivi Daenerys depuis Yunkaï et Astapor avaient déferlé par les portes défoncées. Ses Immaculés avaient fini par rétablir l'ordre, mais le sac avait laissé dans son sillage une épidémie de problèmes. Et donc, ils venaient voir la reine.

Une riche femme se présenta, dont le mari et les enfants avaient péri en défendant les remparts de la cité. Durant le sac, elle avait fui avec son frère, effrayée. À son retour, elle avait retrouvé sa maison convertie en bordel. Les filles se pavanaient sous ses bijoux et ses vêtements. Elle voulait récupérer ses bijoux et sa demeure. « Qu'elles gardent les vêtements », concédait-elle. Daenerys lui accorda les premiers, mais jugea que la seconde avait été perdue quand elle l'avait abandonnée.

Un ancien esclave se présenta, pour accuser certain noble des Zhak. L'homme avait récemment pris pour femme une affranchie qui avait été chaufferette du noble avant la chute de la cité. Le noble l'avait dépucelée, avait usé d'elle pour son plaisir et l'avait engrossée. Son nouvel époux demandait la castration du noble pour le crime de viol, et exigeait également une bourse d'or, afin de le dédommager d'élever le bâtard du noble comme son propre fils. Daenerys lui accorda l'or, mais pas la castration. « Lorsqu'il couchait avec elle, ta femme lui appartenait, pour qu'il en use à sa guise. Selon la loi, il n'y a pas eu viol. » La décision de Daenerys déplut à l'homme, elle le vit bien, mais si elle castrait tous les hommes qui avaient un jour forcé une esclave de couche, elle régnerait bientôt sur une cité d'eunuques.

Un jeune garçon se présenta, plus jeune que Daenerys, menu et balafré, vêtu d'un *tokar* gris délavé traînant une frange d'argent. Sa voix se brisa quand il raconta comment deux des esclaves de la maison de son père s'étaient révoltés la nuit où les portes avaient été enfoncées. L'un d'eux avait tué son père, l'autre son frère aîné. Les deux avaient violé sa mère avant de la tuer à son tour. Le jeune homme s'en était tiré sans rien d'autre que la cicatrice sur son visage, mais un des assassins occupait toujours la demeure de son père et l'autre s'était engagé dans les soldats de la reine, pour devenir un des Hommes de la Mère. Il exigeait que tous deux soient pendus.

Je suis reine d'une cité bâtie sur la poussière et la mort. Daenerys n'avait d'autre choix que de lui refuser. Elle avait décrété une amnistie générale pour tous les crimes commis durant le sac. Et elle ne voulait pas non plus punir des esclaves pour s'être soulevés contre leurs maîtres.

Lorsqu'elle le lui annonça, le garçon se rua sur elle, mais ses pieds se prirent dans son *tokar* et il vint s'étaler de tout son long sur le marbre mauve. Belwas le Fort fut dans l'instant sur lui. L'énorme eunuque brun le souleva brutalement d'une main et le secoua, comme un dogue le fait d'un rat. « Il suffit, Belwas, lança Daenerys. Lâche-le. » Au garçon, elle déclara : « Chéris ce *tokar*, car il t'a sauvé la vie. Tu n'es qu'un enfant, aussi oublierons-nous ce qui s'est passé ici. Tu devrais en faire autant. »

Mais en s'en allant, le garçon jeta un coup d'œil par-dessus son épaule et, en voyant son regard, Daenerys comprit : *La Harpie a gagné un autre fils.*

Quand midi arriva, Daenerys commençait à sentir le poids de sa couronne sur sa tête et la dureté du banc sous ses fesses. Face à tant de gens qui attendaient son bon plaisir, elle ne s'interrompit pas pour manger. Mais elle expédia Jhiqui aux cuisines pour qu'elle en rapporte un plateau de pain plat, d'olives, de figues et de fromage. Elle grignota tout en écoutant, et but du vin coupé d'eau. Les figues étaient bonnes, les olives meilleures encore, mais le vin lui laissa en bouche un arrière-goût âpre et métallique. Les grappes de petits raisins jaune pâle de ces régions produisaient un cru de qualité nettement inférieure. *Nous n'aurons pas de marché, pour les vins.* D'ailleurs, les Grands Maîtres avaient incendié les meilleures vignes en même temps que les oliviers.

Dans l'après-midi, un sculpteur se présenta, pour proposer de remplacer la tête de la grande harpie de bronze sur la Plaza de la Purification par une nouvelle, coulée à l'image de Daenerys. Celle-ci refusa, avec toute la courtoisie dont elle fut capable. On avait pêché dans la Skahazadhan un brochet d'une taille sans précédent, et le pêcheur souhaitait en faire présent à la reine. Elle manifesta une admiration extravagante devant le poisson, récompensa le pêcheur par une bourse d'argent et envoya le brochet dans ses cuisines. Un dinandier lui avait confectionné une tenue d'anneaux polis à porter à la guerre. Elle l'accepta avec force remerciements ; la tenue était superbe à regarder, et tout ce cuivre doré devait miroiter joliment au soleil, mais si une véritable bataille menaçait, elle préférerait se parer d'acier. Même une jeune fille qui ne connaissait rien aux us et coutumes de la guerre savait *cela*.

Les sandales envoyées par le Roi Boucher devenaient trop inconfortables. Daenerys s'en débarrassa d'un coup de pied et resta assise, un pied replié sous elle et l'autre se balançant d'avant en arrière. Ce n'était pas une posture très royale, mais elle était lasse de se montrer royale. La couronne lui avait infligé une migraine et elle avait le postérieur tout ankylosé. « Ser Barristan, appela-t-elle, je sais quelle qualité est la plus nécessaire à un roi.

— Le courage, Votre Grâce ?

— Des fesses en fer, le taquina-t-elle. Je passe mon temps assise.

— Votre Grâce se charge de trop de choses. Vous devriez permettre à vos conseillers d'endosser une plus grande part de vos fardeaux.

— J'ai trop de conseillers et trop peu de coussins. » Daenerys se tourna vers Reznak. « Combien encore ?

— Vingt et trois, n'en déplaise à Votre Magnificence. Tous avec des revendications. » Le sénéchal consulta quelques papiers. « Un veau et trois chèvres. Le reste concernera des moutons ou des agneaux, à n'en pas douter.

— Vingt et trois. » Daenerys soupira. « Mes dragons ont pris un goût prodigieux pour le mouton depuis que nous avons commencé à payer les bergers pour leurs ravages. Est-ce que ces revendications ont été prouvées ?

— Certains ont apporté des os brûlés.

— Les hommes font du feu. Ils cuisent des moutons. Des os calcinés ne prouvent rien. Brun Ben prétend qu'il y a des loups rouges dans les collines à l'extérieur de la cité, et des chacals et des chiens sauvages. Devons-nous payer en bon argent chaque agneau qui s'égare entre Yunkaï et la Skahazadhan ?

— Non, Votre Magnificence. » Reznak s'inclina. « Dois-je chasser ces canailles, ou voulez-vous les faire fouetter ? »

Daenerys changea de position sur son banc. « Nul homme ne devrait craindre de venir me voir. » Certaines revendications étaient mensongères, elle n'en doutait pas, mais davantage étaient authentiques. Ses dragons avaient trop grossi pour se contenter de rats, de chats et de chiens. *Plus ils mangent, et plus ils grandiront,* l'avait mise en garde ser Barristan, *et plus ils grandiront, plus ils mangeront.* Drogon en particulier couvrait de vastes distances et pouvait aisément dévorer un mouton par jour. « Payez-leur la valeur de leurs bêtes, ordonna-t-elle à Reznak. Mais, dorénavant, les requérants devront se présenter au Temple des Grâces et prêter un serment sacré devant les dieux de Ghis.

— Il en sera ainsi. » Reznak se tourna vers les pétitionnaires. « Sa Magnificence la reine a consenti à dédommager chacun de vous pour les bêtes que vous avez perdues, leur annonça-t-il en ghiscari. Présentez-vous demain à mes commis et l'on vous paiera, en argent ou en troc, à votre convenance. »

La déclaration fut accueillie dans un silence morose. *On aurait cru les voir plus heureux que cela,* jugea Daenerys. *Ils ont ce pour quoi ils sont venus. N'y a-t-il jamais moyen de satisfaire ces gens ?*

Un homme s'attarda tandis que tous les autres sortaient à la file – un homme trapu au visage tanné, aux vêtements rudes. Ses cheveux formaient une calotte de crin raide, d'un rouge tirant sur le noir, coupée autour des oreilles, et dans une main il serrait un pauvre sac de jute. Il se tenait, tête basse, contemplant le sol de marbre comme s'il avait totalement oublié où il se trouvait. *Et que veut-il, celui-ci ?* s'étonna Daenerys.

« Que tous s'agenouillent devant Daenerys Typhon-Née, l'Imbrûlée, Reine de Meereen, Reine des Andals, des Rhoynars et des Premiers Hommes, *Khaleesi* de la Grande Mer d'Herbe, Briseuse des fers et Mère des Dragons », clama Missandei, de sa voix aiguë et douce.

Lorsque Daenerys se releva, son *tokar* commença à glisser. Elle le retint et le tira de nouveau en place. « Toi, avec le sac, lança-t-elle, tu souhaitais nous parler ? Approche. »

Quand il leva la tête, il avait des yeux rouges et meurtris comme des plaies ouvertes. Daenerys observa que ser Barristan se coulait plus près d'elle, une ombre blanche à son côté. L'homme avança maladroitement, en traînant des pieds, un pas, puis un autre, en serrant son sac. *Est-il ivre, ou malade ?* se demanda-t-elle. Il avait de la terre sous ses ongles jaunes et cassés.

« Qu'y a-t-il ? s'enquit Daenerys. As-tu quelque grief à nous exposer, une requête ? Que désires-tu de nous ? »

La langue de l'homme passa nerveusement sur ses lèvres gercées et fendues. « Je... j'ai apporté...

— Des os ? interrompit-elle avec impatience. Des os brûlés ? »

Il leva le sac pour en répandre le contenu sur le marbre.

Des os, en effet, des os rompus et noircis. Les plus longs avaient été brisés pour en manger la moelle.

« C'était l'noir, déclara l'homme avec le grommellement ghiscari. L'ombre ailée. L'est descendu du ciel et... et... »

Non. Daenerys frissonna. *Non, non, oh non.*

« Tu es sourd, imbécile ? demanda Reznak mo Reznak à l'homme. Tu n'as pas entendu ma proclamation ? Va voir mes commis demain, et l'on te paiera ton mouton.

— Reznak, répliqua d'une voix grave ser Barristan, tenez votre langue et ouvrez les yeux. Ce ne sont pas des os de mouton. »

Non, pensa Daenerys, *ce sont des ossements d'enfant.*

JON

Le loup blanc filait à travers un bois noir, sous une falaise pâle, haute comme le ciel. La lune courait avec lui, glissant à travers un désordre de branches nues en hauteur, dans le ciel étoilé.

« Snow », murmura la lune. Le loup ne répondit rien. La neige crissait sous ses pattes. Le vent soupirait dans les arbres.

Au loin, il entendait ses frères de meute l'appeler, de congénère à congénère. Eux aussi chassaient. Une pluie sauvage s'abattait sur son frère noir tandis que celui-ci déchirait la chair d'une énorme chèvre ; elle lavait le sang de son flanc à l'endroit où la longue corne du ruminant l'avait labouré. En un autre lieu, sa petite sœur leva la tête pour chanter à la lune, et cent petits cousins gris interrompirent leur chasse pour chanter avec elle. Les collines, plus chaudes à l'endroit où ils se trouvaient, abondaient en nourriture. Maintes nuits, la meute de sa sœur s'était repue de la viande des moutons, vaches et chevaux, les proies des hommes, et parfois de la chair de l'homme lui-même.

« Snow », appela de nouveau la lune en ricanant. Le loup blanc trottinait en suivant la piste des hommes sous la falaise de givre. Il avait le goût du sang sur sa langue, et le chant des cent cousins résonnait à ses oreilles. Jadis, ils avaient été six, cinq à gémir, aveugles, dans la neige autour de leur mère morte, à suçoter le lait froid à ses tétines durcies et glacées tandis qu'il s'écartait, tout seul. Il en restait quatre... et un dont le loup blanc ne percevait plus la trace.

« Snow », insista la lune.

Le loup blanc courut pour la fuir, galopant vers la grotte de nuit où s'était tapi le soleil, son souffle givrant en l'air. Par les nuits sans étoiles, la grande falaise était noire comme la pierre, des ténèbres qui dominaient de toute leur masse le vaste monde ; mais quand la lune paraissait, la falaise luisait, pâle et transie comme un fleuve gelé. Le loup pouvait porter une épaisse toison laineuse – quand le vent filait sur la glace, une fourrure n'aurait pu tenir le froid en respect. Sur l'autre versant, soufflait une bise plus rigoureuse encore, le loup le sentait. C'était là que se trouvait son frère, ce frère gris à l'odeur d'été.

« Snow. » Un glaçon se décrocha d'une branche. Le loup blanc se retourna et découvrit ses crocs. « *Snow !* » Sa fourrure se hérissa, tandis que la forêt se dissolvait autour de lui. « *Snow, Snow, Snow !* » Il entendit battre des ailes. Dans la pénombre un corbeau s'envola.

Il atterrit sur la poitrine de Jon Snow avec un choc et un raclement désordonné de serres. « *SNOW !* » lui hurla-t-il au visage.

« Je t'ai entendu. » La pénombre régnait dans la chambre, sa couche était dure. Une lumière grise suintait par les volets, promesse d'un nouveau jour triste et froid. « C'est ainsi que tu réveillais Mormont ? Dégage tes plumes de ma figure. » Jon parvint à extraire un bras de sous les couvertures pour repousser le corbeau. C'était un gros volatile, vieux, impudent et ébouriffé, totalement imperméable à la crainte. « *Snow*, criailla-t-il en battant des ailes jusqu'au montant du lit. *Snow, Snow.* » Jon referma le poing sur un oreiller et le lança, mais l'oiseau prit son essor. L'oreiller vint percuter le mur et éclata, répandant à l'envi son rembourrage, juste au moment où Edd-la-Douleur Tallett passait la tête par la porte. « Bien l'pardon, déclara-t-il en ignorant la tempête de plumes, y faut vous apporter un petit déjeuner, messire ?

— *Grain*, s'écria le corbeau. *Grain, grain.*

— Du corbeau rôti, suggéra Jon. Et une demi-pinte de bière. » Disposer d'un écuyer pour aller chercher les affaires et le servir continuait à lui paraître étrange ; il y avait peu de temps encore, c'était lui qui aurait apporté le petit déjeuner du lord Commandant Mormont.

« Trois grains et un corbeau rôti, lança Edd-la-Douleur. Fort bien, messire, sauf que Hobb, il a préparé des œufs à la coque, du boudin noir et de la compote de pommes et de pruneaux.

La compote de pommes et de pruneaux est un régal, hormis les pruneaux. Pour ma part, les pruneaux, j'en mange pas. Enfin, à part la fois où Hobb les a débités en p'tits bouts, avec des châtaignes et des carottes, et en a fourré une poule. Vous fiez jamais à un cuistot, messire. Ils vous farcissent de pruneaux quand z'y attendez le moins.

— Plus tard. » Le petit déjeuner pouvait attendre ; mais non Stannis. « Des problèmes aux enclos, la nuit dernière ?

— Pas depuis qu'zavez fait surveiller les gardes, messire.

— Bien. » Un millier de sauvageons avaient été parqués au-delà du Mur, ceux que Stannis Baratheon avait capturés quand ses chevaliers avaient enfoncé l'ost disparate de Mance Rayder. Beaucoup de prisonniers étaient des femmes, et certains gardes les avaient exfiltrées en catimini pour réchauffer leur lit. Gens du roi ou de la reine, peu importait, apparemment ; quelques frères noirs s'étaient risqués au même exercice. Les hommes restaient des hommes, et il n'y avait pas d'autres femmes dans un rayon de mille lieues.

« Deux nouveaux sauvageons se sont présentés pour se rendre, continua Edd. Une mère avec une gamine cramponnée à ses robes. Elle avait un nourrisson, aussi, un garçon, tout emballé dans des fourrures, mais il était mort.

— *Mort* », répéta le corbeau. C'était un des mots préférés de l'oiseau. « *Mort, mort, mort.* »

Des membres du peuple libre venaient se livrer chaque nuit ou presque, de pauvres bougres affamés et à demi morts de froid qui avaient fui la bataille sous le Mur pour revenir en rampant quand ils avaient compris qu'il n'y avait aucun refuge où courir. « On a interrogé la mère ? » demanda Jon. Stannis Baratheon avait écrasé l'armée de Mance Rayder et capturé le Roi-d'au-delà-du-Mur... Mais les sauvageons couraient encore, le Chassieux, Tormund Fléau-d'Ogres et des milliers d'autres.

« Oui-da, messire, dit Edd, mais tout ce qu'elle sait, c'est qu'elle s'est carapatée durant la bataille pour se cacher ensuite dans les bois. Nous l'avons gavée de gruau et renvoyée dans les enclos, avant de brûler le bébé. »

Incinérer des enfants morts avait cessé de troubler Jon Snow ; les problèmes des vivants avaient précédence. *Deux rois pour éveiller le dragon. D'abord le père et puis le fils, ainsi périssent-ils tous deux rois.* Ces mots avaient été murmurés par l'un des hommes de la reine tandis que mestre Aemon nettoyait ses blessures. Jon avait tenté de les balayer : délires de fièvre. Aemon s'était inscrit en faux. « Il y a de la puissance dans le sang d'un roi, l'avait mis en garde le vieux mestre, et de meilleurs hommes que Stannis ont commis bien pire. » *Le roi sait être dur et impitoyable, certes, mais un bébé encore au sein ? Seul un monstre livrerait aux flammes un enfançon vivant.*

Jon pissa dans le noir, remplissant son vase de nuit tandis que le corbeau du Vieil Ours maugréait des protestations. Les rêves de loup devenaient plus forts, et Jon se surprenait à en conserver le souvenir, même éveillé. *Fantôme sait que Vent Gris est mort.* Robb avait péri aux Jumeaux, trahi par des hommes qu'il croyait ses amis, et son loup avait trépassé avec lui. Bran et Rickon avaient été assassinés eux aussi, décapités sur l'ordre de Theon Greyjoy, jadis pupille du seigneur leur père... Mais si les rêves ne mentaient pas, leurs loups géants avaient survécu. À Reine-Couronne, l'un d'eux avait jailli des ténèbres pour sauver la vie de Jon. *Été, forcément. Il avait une toison grise, et Broussaille est noir.* Il se demanda si une part de ses frères défunts ne survivait pas à l'intérieur de leurs loups.

Il remplit sa cuvette avec la carafe d'eau placée près de son lit, se débarbouilla le visage et les mains, revêtit une nouvelle tenue de laine noire, laça un justaucorps de cuir noir et enfila une paire de bottes fatiguées. Le corbeau de Mormont observa avec de rusés yeux noirs, puis voleta jusqu'à la fenêtre. « Tu me prendrais pas pour ton serf ? » Quand Jon ouvrit la fenêtre avec ses épais carreaux losangés de verre jaune, la froideur du matin lui gifla le visage. Il inspira profondément pour chasser les toiles d'araignée de la nuit tandis que le corbeau s'éloignait à tire-d'aile. *Ce volatile est bien trop rusé.* Il avait tenu de longues années compagnie au Vieil Ours, mais cela ne l'avait pas empêché de picorer le visage de Mormont, à la mort de celui-ci.

À l'extérieur de sa chambre, une volée de marches descendait vers une pièce plus grande meublée d'une table en pin balafré et d'une douzaine de chaises en chêne et en cuir. Avec Stannis à la tour du Roi et la tour du lord Commandant réduite à une coquille délabrée, Jon avait établi ses quartiers dans les modestes appartements de Donal Noye, derrière l'armurerie. Avec le temps, sans doute aurait-il besoin d'un logis plus spacieux, mais pour l'heure celui-ci conviendrait, le temps qu'il s'habitue à commander.

L'octroi que le roi lui avait présenté à signer se trouvait sur la table sous une coupe à boire en argent qui avait autrefois appartenu à Donal Noye. Le forgeron manchot n'avait guère laissé d'effets personnels derrière lui : la coupe, six sous et une étoile en cuivre, une broche niellée au fermoir cassé, un pourpoint de brocart moisi armorié du cerf d'Accalmie. *Pour trésors il avait ses outils, et les épées et les couteaux qu'il façonnait. Sa vie se déroulait à la forge.* Jon écarta la coupe et relut une nouvelle fois le parchemin. *Si j'appose mon sceau sur ce document, on se souviendra à jamais de moi comme du lord Commandant qui a cédé le Mur,* songea-t-il, *mais si je refusais…*

Stannis Baratheon se révélait un invité irascible, et remuant. Il avait remonté la route Royale pratiquement jusqu'à Reine-Couronne, exploré les taudis désertés de La Mole, inspecté les forts en ruine à Porte Reine et Bouclier de Chêne. Chaque nuit, il arpentait le sommet du Mur avec dame Mélisandre et, le jour, il visitait les enclos, choisissant des captifs afin que la femme rouge les interroge. *Il n'aime pas être bloqué.* La matinée ne s'annonçait pas comme une partie de plaisir, Jon le craignait.

De l'armurerie montait un tintamarre de boucliers et d'épées : le dernier groupe de garçons et de nouvelles recrues s'armait. Il entendait la voix d'Emmett-en-Fer les presser. Cotter Pyke n'avait pas été ravi de le perdre, mais le jeune patrouilleur avait un don pour former les hommes. *Il adore se battre et transmettra ce goût à ses recrues, également.* Du moins Jon l'espérait-il.

Le manteau de Snow était accroché à une cheville près de la porte, son baudrier à une autre. Il enfila les deux et gagna l'armurerie. La carpette où dormait Fantôme était vide, nota-t-il. Deux gardes se tenaient devant la porte, arborant manteaux noirs et demi-heaumes de fer, la pique à la main. « Messire, vous voudrez une escorte ? demanda Garse.

— Je crois que j'arriverai tout seul à trouver la tour du Roi. » Jon détestait avoir des gardes sur les talons partout où il se rendait. Il se sentait comme une mère cane menant sa procession de canetons.

Les gars d'Emmett-en-Fer étaient à l'ouvrage dans la cour, les épées émoussées claquant contre les boucliers et tintant l'une contre l'autre. Jon s'arrêta un moment pour observer, tandis que Tocard repoussait Hop Robin vers le puits. Tocard avait l'étoffe d'un bon guerrier, décida-t-il. Il était costaud, sa vigueur croissait sans cesse, et il avait un instinct sûr. Pour Hop Robin, c'était une autre affaire. Déjà handicapé par son pied bot, il craignait les coups, en sus. *Peut-être pourrons-nous en tirer un intendant.*

Le combat prit brusquement fin, et Hop Robin se retrouva vautré par terre.

« Bon combat, lança Jon à Tocard, mais tu abaisses trop ton bouclier en redoublant ton attaque. Faudra corriger cela, ou ça pourrait te faire tuer.

— Bien, m'sire. J'le lèverai davantage, la prochaine fois. » Tocard aida Hop Robin à se redresser, et le plus petit des combattants s'inclina avec gaucherie.

Quelques chevaliers de Stannis s'entraînaient de l'autre côté de la cour. *Les gens du roi dans un coin, ceux de la reine dans l'autre*, ne manqua pas de noter Jon, *mais une partie seulement. Pour la plupart, il fait trop froid.* Au moment où il passait près d'eux, une voix de tonnerre le héla : « P'TIT ! HÉ, TOI LÀ-BAS ! *P'TIT !* »

Petit n'était pas la pire épithète dont on ait usé pour désigner Jon Snow depuis qu'il avait été élu lord Commandant. Il l'ignora.

« *Snow*, insista la voix. *Lord Commandant.* »

Cette fois-ci, il s'arrêta. « Ser ? »

Le chevalier le dépassait de six bons pouces. « Quand on porte de l'acier valyrien, on devrait l'employer à autre chose qu'à se gratter le cul. »

Jon avait aperçu l'individu dans le château – un chevalier de grand renom, à l'entendre. Au cours de la bataille sous le Mur, ser Godry Farring avait tué un géant en fuite, galopant à bride abattue sur son cheval pour lui planter une lance dans le dos, avant de mettre pied à terre et de trancher la pitoyable petite tête de la créature. Les gens du roi avaient pris l'habitude de le surnommer Godry Mort-des-Géants.

Jon se remémora Ygrid, en pleurs. *Je suis le dernier des géants.* « J'use de Grand-Griffe quand je le dois, ser.

— Le faites-vous bien, toutefois ? » Ser Godry tira sa propre lame. « Faites-nous une démonstration. Je promets de pas vous faire de mal, p'tit. »

Trop aimable. « Une autre fois, ser. J'ai bien peur que d'autres devoirs ne m'appellent, pour l'heure.

— Vous avez bien peur. J' vois ça. » Ser Godry grimaça un sourire à destination de ses amis. « Il a bien peur, répéta-t-il pour les plus lents.

— Vous m'excuserez. » Jon leur tourna le dos.

Châteaunoir paraissait lugubre et solitaire dans la pâleur de l'aube. *Mon commandement*, jugea Jon Snow avec tristesse, *tant ruine que forteresse.* La tour du lord Commandant était réduite à ses seules murailles, la salle commune à un enchevêtrement de poutres calcinées, et la tour d'Hardin laissait penser que la prochaine bourrasque allait la jeter à bas... Mais elle présentait cet aspect depuis des années. Derrière elle se dressait le Mur : immense, menaçant, glacé, grouillant d'ouvriers qui élevaient un nouvel escalier en lacet pour relier ensemble les vestiges de l'ancien. Ils travaillaient du lever au coucher du soleil. Sans escalier, il n'y avait d'autre ressource que la poulie pour atteindre le sommet du Mur. Cela ne suffirait pas si les sauvageons devaient lancer une nouvelle attaque.

Au-dessus de la tour du Roi, le grand étendard de bataille doré de la maison Baratheon claquait comme un fouet sur le toit où Jon Snow avait rampé, l'arc à la main, peu de temps auparavant, abattant des Thenns et des gens du peuple libre aux côtés de Satin et de Sourd-Dick Follard. Deux des gens de la reine se tenaient sur le parvis, tout grelottant, les mains enfoncées sous les aisselles et leurs lances appuyées à la porte. « Ces gants de tissu sont inadaptés, leur expliqua Jon. Passez voir Bowen Marsh demain, il vous fournira à chacun une paire de gants en cuir doublé de fourrure.

— On y manqu'ra pas, m'sire, et grand merci, répondit l'aîné des gardes.

— Enfin, si le gel nous fait pas tomber les pognes d'ici là, ajouta le cadet, son souffle changé en brume pâle. J' trouvais que ça caillait dans les Marches de Dorne. J'y connaissais vraiment rien. »

Rien, approuva Jon Snow, *tout comme moi.*

À mi-hauteur de l'escalier courbe, il rencontra Samwell Tarly qui descendait. « Viens-tu de chez le roi ? lui demanda Jon.

— Mestre Aemon m'a envoyé porter une lettre.

— Je vois. » Certains lords s'en remettaient à leurs mestres pour lire leurs missives et leur en relayer la teneur, mais Stannis insistait pour briser lui-même les sceaux. « Comment Stannis a-t-il pris la chose ?

— Pas heureux, d'après sa figure. » Sam baissa sa voix au niveau d'un chuchotis. « Je suis supposé ne rien dire.

— Alors, ne dis rien. » Jon se demanda quel banneret de son père avait refusé hommage au roi Stannis, cette fois-ci. *Il a été fort prompt à répandre le bruit lorsque Karhold s'est déclaré pour lui.* « Comment t'entends-tu, avec ton arc ?

— J'ai trouvé un bon ouvrage qui parle d'archerie. » Sam se rembrunit. « Il est plus ardu de pratiquer que de lire, cependant. J'attrape des ampoules.

— Continue. Nous risquons d'avoir besoin de ton arc sur le Mur si les Autres se présentent par une nuit noire.

— Oh, j'espère bien que non. »

D'autres gardes veillaient à l'extérieur de la loggia du roi. « Aucune arme n'est autorisée en présence de Sa Grâce, messire, annonça leur sergent d'armes. Je vais prendre cette épée. Vos poignards également. » Il n'aurait servi à rien de protester, Jon le savait. Il leur remit ses lames.

À l'intérieur de la loggia, l'air était doux. Dame Mélisandre était assise près de l'âtre, son rubis rutilant sur la peau pâle de sa gorge. Du feu, Ygrid avait reçu un baiser ; la prêtresse rouge *était* le feu, et ses cheveux, sang et flammes. Stannis se tenait derrière la table mal dégrossie où le Vieil Ours avait jadis coutume de s'asseoir pour prendre ses repas. Couvrant la table, une grande carte du Nord, dessinée sur une peau défraîchie. Une chandelle de suif en calait un bord, un gantelet d'acier l'autre.

Le roi portait des chausses en laine d'agneau et un pourpoint matelassé, et pourtant, il paraissait aussi roide et emprunté que s'il avait été caparaçonné de plate et de mailles. Sa peau était du cuir pâle, sa barbe taillée si court qu'elle aurait pu être peinte. Une frange sur ses tempes constituait la somme totale de ses cheveux noirs. Dans sa main, il tenait un parchemin arborant un sceau de cire vert sombre, brisé.

Jon mit un genou en terre. Le roi le regarda avec mauvaise humeur, et agita le parchemin avec colère. « Levez-vous. Dites-moi donc, qui est *Lyanna Mormont* ?

— Une des filles de lady Maege, sire, la benjamine. On l'a nommée en l'honneur de la sœur du seigneur mon père.

— Pour courtiser la faveur du seigneur votre père, à n'en pas douter. Je sais bien les règles de ce jeu. Quel âge a cette regrettable enfant ? »

Jon dut prendre un temps de réflexion. « Dix ans. Ou il s'en faut d'assez peu pour ne point importer. Pourrais-je savoir en quoi elle a offensé Votre Grâce ? »

Stannis lut la missive. « *L'île-aux-Ours ne se reconnaît d'autre roi que le Roi du Nord, qui a pour nom STARK.* Une fillette de dix ans, dites-vous, et elle a le front de sermonner son roi légitime. » Sa barbe taillée ras faisait comme une ombre sur ses joues creuses. « Veillez à garder ces nouvelles pour vous, lord Snow. J'ai Karhold avec moi, voilà tout ce que les hommes ont besoin de savoir. Je ne veux pas que vos frères colportent des racontars sur la façon dont cette drôlesse m'a craché à la face.

— À vos ordres, sire. » Maege Mormont avait pris la route du Sud en compagnie de Robb, Jon le savait. Son aînée également avait rejoint l'ost du Jeune Loup. Quand bien même toutes deux auraient péri, cependant, lady Maege avait d'autres filles, certaines avec leurs propres enfants. Étaient-elles aussi parties avec Robb ? Assurément, lady Maege avait dû laisser derrière elle au moins une des aînées comme gouverneur. Il ne comprenait pas pourquoi Lyanna écrivait à Stannis et ne put s'empêcher de se demander si la réponse de la fillette aurait été différente dans le cas où la missive aurait porté un loup-garou au lieu d'un cerf couronné, et la signature de Jon Stark, sire de Winterfell. *Trop tard pour ressentir des regrets. Tu as fait ton choix.*

« Quarante corbeaux ont été dépêchés, se plaignit le roi, mais nous ne recevons en retour que silence et défi. L'hommage est un devoir de tout sujet féal envers son roi. Pourtant, les bannerets de votre père me tournent tous le dos, fors les Karstark. Arnolf Karstark est-il le seul homme d'honneur, dans le Nord ? »

Arnolf Karstark, oncle de feu lord Rickard, avait été fait gouverneur de Karhold quand son neveu et ses fils étaient partis pour le Sud avec Robb. Il avait été le premier à répondre à la demande d'hommage du roi Stannis, par un corbeau déclarant son allégeance. *Les Karstark n'ont point d'autre choix*, aurait pu commenter Jon. Rickard Karstark avait trahi le loup-garou et versé le sang des lions. Le cerf représentait le seul espoir de Karhold. « En des temps si troublés, les hommes d'honneur eux-mêmes doivent s'interroger sur la destination de leur devoir. Votre Grâce n'est pas le seul roi en ce royaume à requérir hommage. »

Dame Mélisandre s'anima. « Dites-moi, lord Snow... Où étaient ces autres rois lorsque les sauvageons ont assailli votre Mur ?

— À mille lieues d'ici et sourds à nos besoins, répondit Jon. Je ne l'ai pas oublié, madame. Je ne l'oublierai pas. Mais les bannerets de mon père ont des épouses et des enfants à protéger, et des petites gens qui périront s'ils devaient se fourvoyer dans leur choix. Sa Grâce leur en demande beaucoup. Laissez-leur du temps, et vous recevrez vos réponses.

— De telles réponses que celle-ci ? » Stannis froissa du poing la lettre de Lyanna.

« Même dans le Nord les hommes craignent l'ire de Tywin Lannister. Les Bolton aussi font de mauvais ennemis. On n'inscrit pas par hasard un écorché sur sa bannière. Ils ont chevauché au Nord avec Robb, saigné avec lui, péri pour lui. Ils ont fait longue chère de chagrin et de mort, et vous venez à présent leur proposer un deuxième service. Les blâmez-vous de traîner des pieds ? Pardonnez-moi, Votre Grâce, mais d'aucuns vous jaugent et ne voient qu'un prétendant condamné de plus.

— Si Sa Grâce est condamnée, votre royaume l'est aussi, assura dame Mélisandre. Souvenez-vous-en, lord Snow. C'est le seul vrai roi de Westeros qui se tient devant vous. »

Le visage de Jon demeura un masque impassible. « Comme vous dites, madame. »

Stannis poussa un hoquet de dérision. « Vous dépensez vos mots comme si chacun était un dragon d'or. Je me demande combien d'or vous avez économisé.

— D'or ? » *Sont-ce là les dragons que la femme rouge a l'intention de réveiller ? Des dragons tout en or ?* « Les taxes que nous collectons sont acquittées en nature, Votre Grâce. La Garde est cossue de navets, mais pauvre en numéraire.

— Des navets ont peu de chance d'apaiser Sladhor Saan. C'est d'or ou d'argent que j'ai besoin.

— Pour cela, il vous faut Blancport. Si la cité ne se compare ni à Villevieille ni à Port-Réal, elle demeure un port prospère. Lord Manderly est le plus riche banneret du seigneur mon père.

— Lord Trop-Gras-pour-chevaucher. » La missive qu'avait renvoyée lord Wyman Manderly de Blancport s'étendait sur son âge et ses infirmités, et guère plus. De celle-là non plus, Stannis avait ordonné à Jon de ne point parler.

« Peut-être Sa Seigneurie apprécierait-elle une épouse sauvageonne, glissa dame Mélisandre. Ce plantureux personnage est-il marié, lord Snow ?

— La dame son épouse est de longue date morte. Lord Wyman a deux fils adultes et, par l'aîné, des petits-enfants. Et il est pour de bon trop gras pour tenir sur le dos d'un cheval, pas loin de quatre cents livres. Jamais Val ne voudrait de lui.

— Une fois au moins, vous pourriez m'apporter une réponse qui me comble, lord Snow, maugréa le roi.

— J'ose espérer que la vérité vous comble, sire. Vos hommes traitent Val de princesse mais, pour le peuple libre, elle est simplement la sœur de feu la femme de leur roi. Si vous la forcez à épouser un homme dont elle ne veut pas, elle risque fort de lui couper la gorge durant leur nuit de noces. Quand bien même elle accepterait son mari, cela ne signifie pas que les sauvageons le suivront, non plus que vous. Le seul homme capable de les attacher à votre cause est Mance Rayder.

— Je le sais, reconnut Stannis avec regret. J'ai passé des heures à m'entretenir avec cet homme. Il en sait tant et plus sur notre ennemi véritable, et il a en lui de la ruse, je vous l'accorde. Même s'il venait à renoncer à sa royauté, toutefois, l'homme demeure un violeur de serment. Si l'on tolère qu'un déserteur survive, l'on en encourage d'autres à l'imiter. Non. Les lois doivent se forger de fer, et non de gruau. La vie de Mance Rayder est condamnée par toutes les lois des Sept Couronnes.

— La loi s'arrête au Mur, Votre Grâce. Vous pourriez faire bon emploi de Mance.

— J'y compte bien. Je l'enverrai *au bûcher* et le Nord verra comment je traite les tourne-casaque et les traîtres. J'ai d'autres hommes pour mener les sauvageons. Et j'ai aussi le fils de Rayder, ne l'oubliez pas. Une fois le père mort, son rejeton sera Roi-d'au-delà-du-Mur.

— Votre Grâce se méprend. » *T'y connais rien, Jon Snow*, lui répétait Ygrid, mais il avait appris. « L'enfant n'est pas plus prince que Val n'est princesse. On ne devient pas Roi-d'au-delà-du-Mur parce que son père l'était.

— À merveille, déclara Stannis, car je ne souffrirai nul autre roi à Westeros. Avez-vous signé l'accord ?

— Non, Votre Grâce. » *Nous y voilà.* Jon referma ses doigts brûlés et les rouvrit. « Vous en demandez trop.

— *Demander* ? Je vous ai *demandé* d'être sire de Winterfell et gouverneur du Nord. J'ai *besoin* de ces châteaux.

— Nous vous avons cédé Fort-Nox.

— Des rats et des ruines. C'est un don de ladre qui ne coûte rien à qui le donne. Votre propre homme, Yarwyck, assure qu'il faudra la moitié d'un an avant que le château puisse être habitable.

— Les autres forts ne valent pas mieux.

— Je le sais. N'importe. Ils sont tout ce que nous avons. Il y a dix-neuf forts au long du Mur, et vous n'avez des hommes que dans trois d'entre eux. J'entends les doter chacun d'une nouvelle garnison avant que l'an n'expire.

— Je n'ai nulle querelle sur ce point, sire, mais l'on dit que vous avez également l'intention d'octroyer ces châteaux à vos chevaliers et seigneurs, pour domaines comme vassaux de Votre Grâce.

— On attend des rois qu'ils donnent à pleines mains à leurs fidèles. Lord Eddard n'a-t-il rien appris à son bâtard ? Nombre de mes chevaliers et seigneurs ont abandonné de riches terres et des châteaux solides dans le sud. Leur loyauté devrait-elle rester sans récompense ?

— Si Votre Grâce souhaite s'aliéner tous les bannerets du seigneur mon père, il n'est plus sûre méthode que d'allouer des forteresses nordiennes à des seigneurs sudiers.

— Comment puis-je perdre des hommes que je ne possède point ? J'avais espéré confier Winterfell à un Nordien, il vous en souviendra. Un fils d'Eddard Stark. Il m'a jeté mon offre au visage. » Stannis Baratheon s'attaquait aux griefs comme un mastiff à son os : il le rongeait pour n'en laisser qu'éclisses.

« De plein droit, Winterfell devrait revenir à ma sœur Sansa.

— Lady Lannister, voulez-vous dire ? Êtes-vous si pressé de voir le Lutin perché sur le siège de votre père ? Je vous promets, cela n'arrivera pas tant que je vivrai, lord Snow. »

Jon n'était pas assez sot pour insister. « Sire, certains prétendent que vous avez l'intention d'accorder terres et château à Clinquefrac et au Magnar de Thenn.

— Qui vous a raconté cela ? »

Le sujet courait tout Châteaunoir. « Puisque vous tenez à le savoir, je tiens l'affaire de Vère.

— Qui est *Vère* ?

— La nourrice, répondit dame Mélisandre. Votre Grâce lui a laissé licence d'aller dans tout le château.

— Pas pour colporter des fables. On a besoin d'elle pour ses tétons, pas pour sa langue. Je veux d'elle plus de lait et moins de *messages*.

— Châteaunoir n'a nul besoin de bouches inutiles, acquiesça Jon. J'envoie Vère au Sud par le prochain navire qui quittera Fort-Levant.

Mélisandre toucha le rubis à sa gorge. « Vère donne à téter au fils de Della en même temps qu'au sien. Il semble cruel de votre part de séparer notre petit prince de son frère de lait, messire. »

Attention, maintenant, attention. « Ils ne partagent que le lait de la mère. Le fils de Vère est plus grand et plus robuste. Il donne coups de pied et pinçons au prince, et le repousse du sein. Son père était Craster, un homme cruel et avide, et le sang parle. »

Le roi parut désorienté. « Je croyais que la nourrice était *la fille* de ce Craster.

— Sa femme et sa fille à la fois, Votre Grâce. Craster a épousé toutes ses filles. Le fils de Vère est le fruit de leur union.

— Son propre *père* lui a donné cet enfant ? » Stannis parut choqué. « En ce cas, bon débarras. Je ne souffrirai pas de telles abominations ici. Nous ne sommes pas à Port-Réal.

— Je peux chercher une autre nourrice. Si l'on n'en trouve point parmi les sauvageons, j'enverrai voir dans les clans de la montagne. Jusque-là, le lait de chèvre devrait satisfaire le garçon, n'en déplaise à Votre Grâce.

— Piètre chère pour un prince... Mais assurément préférable au lait d'une puterelle. » Stannis tambourina des doigts contre la carte. « Si nous pouvions revenir sur le chapitre de ces forts...

— Votre Grâce, répliqua Jon avec une courtoisie glacée, j'ai logé et nourri vos hommes, à un coût dévastateur pour nos réserves d'hiver. Je les ai vêtus afin qu'ils ne gèlent point. »

Stannis ne s'apaisa pas. « Certes, vous avez partagé votre porc salé et votre gruau, et vous nous avez jeté quelques guenilles noires pour nous tenir chaud. Des guenilles dont les sauvageons auraient dépouillé vos cadavres si je n'étais pas venu au Nord. »

Jon ignora la remarque. « Je vous ai donné du fourrage pour vos chevaux et, une fois que l'escalier sera achevé, je vous prêterai des ouvriers pour restaurer Fort-Nox. J'ai même accepté de vous laisser installer des sauvageons sur le Don, qui a été octroyé à la Garde de Nuit en perpétuité.

— Vous m'offrez terres vides et désolations, et me refusez pourtant les châteaux que je requiers pour récompenser mes seigneurs et bannerets.

— La Garde de Nuit a bâti ces châteaux...

— Et la Garde de Nuit les a délaissés...

— ... pour défendre le Mur, acheva avec obstination Jon, et non pour qu'y siègent des seigneurs sudiers. Les pierres de ces forts sont scellées par le sang et les os de mes frères, morts il y a bien longtemps. Je ne puis vous les donner.

— Vous ne pouvez ou ne voulez ? » Les tendons se dessinaient sur le cou du roi avec la netteté du fil d'une épée. Je vous ai offert un nom.

— J'en ai déjà un, Votre Grâce.

— Snow. Fut-il jamais nom de plus mauvais augure que ce *neige* ? » Stannis toucha la poignée de son épée. « Qui donc imaginez-vous être ?

— Le veilleur sur les remparts. L'épée dans les ténèbres.

— Ne me jetez pas vos mots à la face. » Stannis dégaina le glaive qu'il appelait Illumination. « *La voici*, votre épée dans les ténèbres. » De la lumière ruissela tout au long de la lame, tour à tour rouge, jaune ou orange, dessinant le visage du roi avec des couleurs crues et vives. « Même un béjaune devrait le voir. Seriez-vous aveugle ?

— Non, sire, je vous accorde que ces châteaux doivent être pourvus d'une garnison…

— Le petit commandant m'accorde. Quelle chance.

— … par la Garde de Nuit.

— *Vous n'avez pas assez d'hommes pour cela.*

— En ce cas, donnez-m'en, sire. Je procurerai des officiers pour chacun des forts abandonnés, des commandants aguerris qui connaissent le Mur et les terres au-delà et sauront survivre au mieux à l'hiver qui arrive. En retour pour tout ce que nous vous avons fourni, procurez-moi les hommes pour remplir les garnisons. Gens d'armes, arbalétriers, novices. J'accepterai même vos blessés et vos infirmes. »

Stannis le considéra d'un œil incrédule, puis il poussa un aboi de rire. « Vous ne manquez pas d'audace, Snow, je vous le concède, mais vous avez perdu la tête si vous imaginez que mes hommes prendront le noir.

— Qu'ils portent la couleur de manteau qu'il leur siéra, tant qu'ils obéissent à mes officiers comme ils le feraient avec les vôtres. »

Le roi resta de marbre. « J'ai à mon service des chevaliers et des seigneurs, des fils de nobles maisons vieillies dans l'honneur. On ne peut attendre d'eux qu'ils servent sous des braconniers, des vilains et des assassins. »

Ou des bâtards, sire ? « Votre propre Main est un contrebandier.

— *Il l'était.* Je lui ai raccourci les doigts pour cela. On me dit que vous êtes le neuf cent quatre-vingt-dix-huitième homme à commander la Garde de Nuit, lord Snow. Que croyez-vous que dirait le neuf cent quatre-vingt-dix-neuvième, pour ces châteaux ? Le spectacle de votre tête plantée au bout d'une pique pourrait lui inspirer un regain d'obligeance. » Le roi posa sa lame rutilante sur la carte, le long du Mur, l'acier ondoyant comme le soleil sur les eaux. « Vous n'êtes lord Commandant que par ma tolérance. Vous feriez bien de vous en souvenir.

— Je suis lord Commandant parce que mes frères m'ont choisi. » Certains matins, Jon Snow n'y croyait pas tout à fait lui-même, lorsqu'il s'éveillait, à peu près convaincu de vivre un rêve insensé. *C'est comme lorsqu'on enfile des vêtements neufs,* lui avait dit Sam. *Tout d'abord, on les trouve étranges au contact, mais une fois qu'on les a portés assez longtemps, on commence à se sentir à l'aise.*

« Alliser Thorne s'est plaint de la manière par laquelle on vous a désigné, et je ne puis nier que son grief est recevable. » La carte s'étendait entre eux comme un champ de bataille, noyé sous les chamarrures de l'épée lumineuse. « Le décompte a été effectué par un *aveugle*, avec votre gras ami à ses côtés. Et Slynt vous traite de tourne-casaque. »

Et qui mieux que Slynt saurait les reconnaître ? « Un tourne-casaque vous dirait ce que vous souhaitez entendre pour vous trahir plus tard. Votre Grâce sait que j'ai été choisi honnêtement. Mon père a toujours dit que vous étiez un homme juste. » *Juste, mais dur,* étaient les termes exacts employés par lord Eddard, mais Jon ne jugea pas judicieux de le lui préciser.

« Lord Eddard n'était pas mon ami, mais il ne manquait pas de bon sens. Il m'aurait cédé ces châteaux. »

Jamais. « Je ne saurais dire ce qu'aurait fait mon père. J'ai prêté serment, Votre Grâce. Le Mur m'appartient.

— Pour l'heure. Nous verrons comment vous le conservez. » Stannis tendit le doigt vers lui. « Gardez vos décombres, puisqu'ils représentent tant, pour vous. Je vous promets, cependant, que s'il demeure un seul fort vide au terme de l'an, je le prendrai, avec ou sans votre consentement. Et si un seul devait tomber à l'ennemi, votre tête ne tardera pas à le suivre. À présent, sortez. »

Dame Mélisandre se leva de son siège près de l'âtre. « Avec votre permission, sire, je vais raccompagner lord Snow à ses appartements.

— Pourquoi ? Il connaît le chemin. » Stannis les congédia tous deux d'un geste. « Faites à votre guise. Devan, à manger. Des œufs à la coque et de l'eau citronnée. »

Après la chaleur de la loggia, l'escalier d'accès semblait froid à glacer les os. « Le vent se lève, madame. » Le sergent d'armes mit Mélisandre en garde tandis qu'il restituait ses armes à Jon. « Vous devriez peut-être prendre un manteau plus chaud.

— J'ai ma foi pour me réchauffer. » La femme rouge descendit l'escalier auprès de Jon. « Son Altesse vous prend en amitié.

— J'en ai conscience. Il n'a menacé que deux fois de me décapiter. »

Mélisandre rit. « Ce sont ses silences que vous devriez craindre, pas ses paroles. » Tandis qu'ils sortaient dans la cour, le vent gonfla le manteau de Jon et l'envoya claquer contre elle. La prêtresse rouge écarta la laine noire et glissa son bras sous celui de Jon. « Il se peut que vous n'ayez pas tort, sur le compte du roi sauvageon. Je prierai le Seigneur de Lumière pour qu'il me guide. Quand je contemple les flammes, je vois à travers la pierre et la terre, et je trouve la vérité au fond de l'âme des hommes. Je parle à des rois depuis longtemps morts et à des enfants encore à naître, et je regarde défiler les ans et les saisons en un clin d'œil, jusqu'au terme des jours.

— Vos feux ne se trompent jamais ?

— Jamais… Mais nous autres prêtres, sommes mortels et parfois, nous nous abusons, confondant *telle chose adviendra* et *telle chose pourrait advenir*. »

Jon percevait sa chaleur, même au travers de la laine et du cuir bouilli. La vision du couple, bras dessus bras dessous, attirait des regards curieux. « Si vous pouvez véritablement voir demain dans vos flammes, dites-moi où et quand se produira la prochaine attaque des sauvageons. » Il dégagea son bras.

« R'hllor nous envoie les visions qu'il lui plaît, mais je chercherai ce Tormund dans les flammes. » Les lèvres rouges de Mélisandre se tordirent en un sourire. « Je vous ai vu dans mes feux, Jon Snow.

— Serait-ce une menace, madame ? Avez-vous l'intention de me faire brûler moi aussi ?

— Vous vous méprenez sur mes paroles. » Elle lui lança un regard pénétrant. « Je vous mets mal à l'aise, je le crains, lord Snow. »

Jon ne le nia pas. « Le Mur n'est pas un endroit pour une femme.

— Vous avez tort. J'ai rêvé de votre Mur, Jon Snow. Vaste est le savoir qui l'a dressé, et puissants les sortilèges enclos sous la glace. Nous cheminons sous une des charnières de ce monde. » Mélisandre leva les yeux vers la muraille, son haleine laissant dans l'air une nuée chaude et humide. « J'ai autant ma place ici que vous, et vous pourriez bientôt avoir fort besoin de moi. Ne refusez pas mon amitié, Jon. Je vous ai vu dans la tourmente, en grand péril, des ennemis de tous côtés. Vous avez tant d'ennemis. Dois-je vous donner leurs noms ?

— Je les connais.

— N'en soyez pas si certain. » Le rubis à la gorge de Mélisandre rougeoya. « Ce ne sont pas les ennemis qui vous maudissent face à face que vous devez redouter, mais ceux qui sourient quand vous regardez et émoulent leurs poignards dès que vous leur tournez le dos. Vous feriez bien de conserver votre loup près de vous. De la glace, je vois, et des dagues dans le noir. Du sang gelé, rouge et dur, et l'acier nu. Il fait très froid.

— Il fait toujours froid, sur le Mur.

— Croyez-vous ?

— Je le *sais*, madame.

— Alors, vous n'y connaissez rien, Jon Snow », souffla-t-elle.

BRAN

Est-ce qu'on arrive bientôt ?

Si Bran ne prononça jamais ces mots à haute voix, il les eut souvent sur le bout de la langue durant la progression de la compagnie dépenaillée à travers des futaies de chênes anciens et d'immenses vigiers gris-vert, croisant de lugubres pins plantons et des marronniers bruns dénudés. *Est-ce qu'on approche ?* se demandait le jeune garçon, pendant qu'Hodor gravissait une pente empierrée ou s'enfonçait dans une crevasse sombre où des traînées de neige sale lui crissaient sous les pieds. *Combien de temps encore ?* s'interrogeait-il, tandis que le grand orignac soulevait des gerbes d'eau en franchissant un ruisseau à demi pris par les glaces. *Combien de trajet reste-t-il ? Qu'il fait froid. Où est la corneille à trois yeux ?*

Tanguant dans sa hotte d'osier sur le dos d'Hodor, le garçon se tassa, baissant la tête alors que le colossal garçon d'écurie passait sous une branche de chêne. La neige avait recommencé à tomber, humide et lourde. Hodor avançait, un œil clos par la glace, sa barbe brune et drue changée en hallier de givre, des glaçons accrochés au bout de sa moustache épaisse. Une main gantée empoignait encore la longue épée bâtarde en fer rouillé qu'il avait prise dans les cryptes sous Winterfell et, de temps en temps, il en frappait une branche, libérant une averse de neige. « Hod-d-d-d-dor », grommelait-il, en claquant des dents.

Ce bruit procurait un étrange réconfort. Tout au long du périple qui les avait conduits de Winterfell au Mur, Bran et ses compagnons avaient rendu les lieues plus courtes en discutaillant et en échangeant des histoires, mais il en allait autrement, ici. Même Hodor le sentait. Il poussait ses *hodors* moins souvent qu'il n'en avait eu coutume au sud du Mur. Régnait dans cette forêt une immobilité qui ne ressemblait pour Bran à rien de connu. Avant le début des chutes de neige, le vent du nord avait tourbillonné autour d'eux et des nuées de feuilles mortes et brunes s'envolaient soudain avec un petit chuintement léger qui lui rappelait une carapate de cafards dans un placard, mais désormais toutes les feuilles mortes étaient enfouies sous une couverture blanche. De temps en temps un corbeau les survolait, de grandes ailes noires claquant contre l'air froid. À part cela, le monde était silence.

Juste devant eux, l'orignac zigzaguait entre les monticules de neige, la tête baissée, ses énormes andouillers cuirassés de glace. Le patrouilleur siégeait à califourchon sur sa vaste échine, austère et silencieux. *Mains-froides*, l'avait baptisé le gros Sam, car malgré son visage blême le patrouilleur avait les mains noires et dures comme fer, et froides comme le fer également. Tout le reste de sa personne était bardé de couches de laine, de cuir bouilli et de maille, les traits de son visage noyés dans l'ombre de sa cape cagoulée et une écharpe en laine noire nouée sur le bas de son visage.

Derrière le patrouilleur, Meera Reed serrait de ses bras son frère, pour l'abriter du vent et du froid avec la chaleur de son propre corps. Une croûte de morve gelée s'était formée sous le nez de Jojen et, de temps en temps, il tressaillait d'un violent frisson. *Il a l'air si petit*, songea Bran en le regardant vaciller. *On le croirait plus menu que moi, à présent, et plus faible, aussi, alors que c'est moi, l'estropié.*

Été fermait la marche de leur petite bande. Le souffle du loup géant givrait l'air de la forêt tandis qu'il avançait sur leurs talons, en clopinant toujours de la patte arrière qui avait reçu la flèche, à Reine-Couronne. Bran éprouvait la douleur de la vieille blessure chaque fois qu'il se glissait dans la peau du grand loup. Ces derniers temps, Bran avait endossé le corps d'Été plus souvent que le sien propre ; le loup ressentait la morsure du froid, en dépit de l'épaisseur de sa toison, mais il pouvait voir plus loin, mieux entendre et flairer davantage de choses que le jeune garçon dans sa hotte, emballé comme un marmot dans ses langes.

En d'autres occasions, quand il se fatiguait d'être un loup, Bran se glissait plutôt dans la peau d'Hodor. Le doux géant geignait en percevant sa présence et agitait sa tête hirsute d'un côté à l'autre, mais pas aussi violemment qu'il l'avait fait la première fois, à Reine-Couronne. *Il sait que c'est moi*, aimait à se répéter le garçon. *Il s'est habitué à moi, maintenant.* Quand bien même, il n'avait jamais vraiment ses aises dans la peau d'Hodor. L'énorme garçon d'écurie ne comprenait toujours pas la situation – et Bran sentait au fond de sa bouche un goût de peur. On était mieux à l'intérieur d'Été. *Je suis lui, et il est moi. Il ressent ce que je ressens.*

Parfois, Bran sentait le loup-garou flairer l'orignac, en se demandant s'il pourrait le jeter à bas. Été s'était accoutumé aux chevaux, à Winterfell, mais les orignacs étaient des proies. Le loup géant percevait le sang chaud qui circulait sous la peau hirsute de l'orignac. L'odeur seule suffisait à faire couler la bave de ses mâchoires et, lorsque cela arrivait, des chimères de viande riche et sombre mettaient l'eau à la bouche de Bran.

Depuis un chêne proche, un corbeau croassa et Bran entendit battre des ailes tandis qu'un autre des gros volatiles noirs descendait pour venir se poser près de lui. Le jour, une demi-douzaine de corbeaux demeuraient avec eux, voletant d'arbre en arbre ou se laissant transporter sur les bois de l'orignac. Le reste du groupe partait en éclaireur ou s'attardait en arrière. Mais ils revenaient dès que le soleil baissait, fondant du ciel sur des ailes noires comme la nuit, surchargeant enfin chaque branche de chaque arbre à plusieurs pas à la ronde. Certains planaient jusqu'au patrouilleur pour lui marmotter on ne savait quoi, et il semblait à Bran que celui-ci interprétait leurs croassements et leurs jacasseries. *Ce sont ses yeux et ses oreilles. Ils partent en éclaireurs pour lui, et lui soufflent les dangers en avant et en arrière.*

Comme en ce moment. L'orignac fit subitement halte, et le patrouilleur sauta de son dos avec légèreté pour atterrir dans la neige qui lui montait aux genoux. Été gronda à son adresse, sa fourrure hérissée. L'odeur de Mains-froides ne plaisait pas au loup géant. *Viande morte, sang séché, un vague relent de pourri. Et le froid. Par-dessus tout, le froid.*

« Qu'y a-t-il ? voulut savoir Meera.

— Derrière nous », annonça Mains-froides, sa voix étouffée par l'écharpe en laine noire sur son nez et sa bouche.

« Des loups ? » demanda Bran. Ils savaient depuis des jours qu'on les suivait. Chaque nuit ils entendaient le hurlement lugubre de la meute, et chaque nuit les loups semblaient un peu plus proches. *Des chasseurs, et affamés. Ils ont senti notre fai-blesse.* Souvent Bran s'éveillait en frissonnant des heures avant l'aube, et il écoutait le son de leurs appels de l'un à l'autre, au loin, tandis qu'il attendait le lever du soleil. *Si ce sont des loups, il doit y avoir des proies,* avait-il pensé, jusqu'à ce que l'idée lui vienne que les proies, c'étaient *eux.*

Le patrouilleur secoua la tête. « Des hommes. Les loups conti-nuent à tenir leurs distances. Ces hommes sont moins timides. »

Meera Reed repoussa sa cagoule en arrière. La neige détrem-pée qui l'avait couverte croula au sol avec un choc mou. « Com-bien d'hommes ? Qui est-ce ?

— Des ennemis. Je me chargerai d'eux.

— Je vous accompagne.

— Vous restez ici. Il faut protéger le petit. Il y a un lac en avant, pris par les glaces. Quand vous y arriverez, tournez au nord et suivez la berge. Vous parviendrez à un village de pêcheurs. Réfugiez-vous-y jusqu'à ce que je puisse vous rattraper. »

Bran eut l'impression que Meera allait protester jusqu'à ce que son frère dise : « Fais ce qu'il dit. Il connaît le pays. » Jojen avait des yeux vert sombre, couleur de mousse, mais chargés d'une lassitude que Bran n'y avait encore jamais vue. *Le petit grand-père.* Au sud du Mur, le gamin des huttes de pierre avait semblé doté d'une sagesse qui dépassait son âge, mais ici, il était aussi désorienté et effrayé que le reste de la bande. Cependant Meera l'écoutait toujours.

Cela restait vrai. Mains-froides se glissa entre les arbres, rebroussant le chemin qu'ils avaient parcouru, avec quatre cor-beaux battant des ailes derrière lui. Meera le regarda partir, les joues rougies de froid, le souffle fumant de ses narines. Elle remonta sa cagoule et donna une bourrade à l'orignac, et leur périple reprit. Avant qu'ils n'eussent parcouru vingt pas, toute-fois, elle se retourna pour regarder en arrière et releva : « *Des hommes,* il a dit. Quels hommes ? Est-ce qu'il parle de sauva-geons ? Pourquoi ne veut-il rien dire ?

— Il a dit qu'il allait s'en charger, répondit Bran.

— Oh certes, il l'a dit. Il a aussi dit qu'il nous mènerait à cette corneille à trois yeux. La rivière que nous avons traversée ce matin est la même que nous avions franchie il y a quatre jours, j'en jurerais. Nous tournons en rond. »

— Les rivières serpentent et forment des méandres, avança Bran en hésitant, et quand il y a des lacs et des collines, on est obligé de contourner.

— Nous contournons beaucoup trop de choses, insista Meera, et il y a trop de cachotteries. Ça ne me plaît pas. Et lui non plus, il ne me plaît pas. Je n'ai pas confiance en lui. Ses mains, déjà, ce n'est rien de bon. Mais il cache son visage et refuse de donner un nom. Qui est-il ? Qu'est-il ? N'importe qui peut endosser une cape noire. N'importe qui et *n'importe quoi*. Il ne mange rien, il ne boit jamais, il ne semble pas sensible au froid. »

C'est vrai. La peur avait retenu Bran d'en parler, mais il l'avait remarqué. Chaque fois qu'ils s'abritaient pour la nuit, alors qu'Hodor, lui et les Reed se pelotonnaient les uns contre les autres pour se tenir chaud, le patrouilleur restait à l'écart. Mains-froides fermait parfois les yeux, mais Bran ne pensait pas qu'il dormait. Et il y avait autre chose...

« L'écharpe. » Bran jeta un coup d'œil circulaire, inquiet, mais il n'y avait pas de corbeau en vue. Les gros oiseaux noirs les avaient tous quittés en même temps que le patrouilleur. Personne n'écoutait. Quand bien même, il continua de parler à voix basse. « L'écharpe qui lui cache la bouche, elle ne se couvre jamais de glace, comme la barbe d'Hodor. Pas même quand il parle. »

Meera lui lança un regard pénétrant. « Tu as raison. Nous n'avons jamais vu son souffle, si ?

— Non. » Une bouffée blanche annonçait chaque *hodor* d'Hodor. Lorsque Jojen ou sa sœur parlaient, on voyait aussi leurs paroles. Même l'orignac lâchait dans l'air un brouillard tiède en expirant.

« S'il ne respire pas... »

Bran se surprit à se remémorer les contes que lui disait sa vieille nourrice quand il était enfant. *Outre-Mur vivent les monstres, les géants et les goules, les ombres qui chassent et les morts qui marchent*, disait-elle en le bordant sous sa couverture en laine qui grattait, *mais ils peuvent pas passer, tant que le Mur se dressera solide et que les hommes de la Garde de Nuit seront loyaux. Alors, dors, mon petit Brandon, mon bébé, et fais de beaux rêves. Il n'y a pas de monstres ici.* Le patrouilleur portait le noir de la Garde de Nuit, mais... et si ce n'était pas du tout un homme ? Si c'était un genre de monstre qui les conduisait vers les autres monstres pour se faire dévorer ?

« Le patrouilleur a sauvé Sam et la fille des spectres, rappela Bran avec hésitation, et il me mène à la corneille à trois yeux.

— Et pourquoi cette corneille à trois yeux ne peut-elle pas venir à notre rencontre ? Pourquoi ne pouvait-elle pas nous retrouver au Mur ? Les corneilles ont des ailes. Mon frère s'affaiblit de jour en jour. Combien de temps pourrons-nous encore continuer ? »

Jojen toussa. « Jusqu'à ce que nous arrivions là-bas. »

Ils atteignirent peu après le lac promis, et tournèrent au nord comme le patrouilleur le leur avait demandé. C'était la partie facile.

L'eau était gelée, la neige tombait depuis si longtemps, changeant le lac en vaste désert blanc, que Bran avait perdu le compte des jours. Aux endroits où la glace était plane et le sol bosselé, ils progressaient facilement, mais lorsque le vent avait accumulé la neige en ondulations, il devenait parfois difficile de départager la fin du lac et le début de la berge. Même les arbres ne fournissaient pas le repère infaillible qu'ils auraient pu espérer, car le lac comportait des îlots boisés et sur de larges zones de terre ne poussait aucune végétation.

L'orignac allait à sa guise, n'ayant cure des exigences de Meera et de Jojen sur son dos. Pour l'essentiel il se tenait sous le couvert des arbres, mais lorsque la côte s'incurvait vers l'ouest il coupait par la voie la plus directe à travers le lac gelé, se forçant un passage au milieu de congères plus hautes que Bran tandis que la glace craquait sous ses sabots. À découvert, le vent soufflait plus fort, une bise du nord qui hurlait en courant sur le lac pourfendait leurs couches de laine et de cuir et les faisait grelotter. Quand elle leur giflait le visage, elle leur chassait la neige dans les yeux et les laissait pratiquement aveugles.

Des heures s'écoulèrent dans le silence. Devant eux, des ombres commencèrent à se faufiler entre les arbres, les longs doigts du crépuscule. Le noir tombait tôt, si loin au nord. Bran en était venu à le redouter. Chaque jour semblait plus court que la veille et, si les jours étaient froids, les nuits avaient une rigueur cruelle.

Meera leur imposa de nouveau une halte. « Nous aurions déjà dû atteindre le village. » Sa voix paraissait retenue, bizarre.

« Est-ce qu'on aurait pu le dépasser ? demanda Bran.

— J'espère que non. Nous avons besoin de trouver un abri avant la tombée de la nuit. »

Elle n'avait pas tort. Les lèvres de Jojen étaient bleues, les joues de Meera d'un rouge profond. Le visage de Bran lui-même avait perdu toute sensation. La barbe d'Hodor formait une masse de glace. La neige lui bottait les jambes presque jusqu'aux genoux et, plus d'une fois, Bran l'avait senti tituber. Personne n'était aussi fort qu'Hodor, personne. Si sa force prodigieuse elle-même faillait...

« Été saura localiser le village », déclara soudain Bran, ses mots brouillant l'air. Il n'attendit pas d'écouter ce que pourrait répondre Meera, mais ferma les yeux et se laissa couler hors de son corps brisé.

Quand il se glissa sous la peau d'Été, les bois morts accédèrent subitement à la vie. Où jusqu'ici régnait le silence, il entendait à présent : le vent dans les arbres, le souffle d'Hodor, l'orignac qui grattait le sol de son sabot en quête de nourriture. Des senteurs familières lui emplissaient les narines : les feuilles humides et l'herbe morte, la carcasse putréfiée d'un écureuil en train de se décomposer dans les taillis, la puanteur aigre de la sueur humaine, les relents musqués de l'orignac. *De la nourriture. De la viande.* L'orignac perçut son intérêt. Il tourna la tête vers le loup géant, méfiant, et abaissa ses grands andouillers.

Ce n'est pas une proie, chuchota le garçon à la bête qui partageait sa peau. *Laisse-le. Cours.*

Été courut. Il fila à travers le lac, ses pattes soulevant des projections de neige derrière lui. Les arbres se rangeaient côte à côte, comme des hommes en ligne de bataille, tous mantelés de blanc. Par-dessus racines et rochers, le loup-garou galopa, traversant un banc de neige ancienne, la surface craquant sous son poids. Ses pattes devinrent humides et froides. La colline suivante était couverte de pins, et l'odeur forte de leurs aiguilles emplit l'atmosphère. Lorsqu'il parvint au sommet, il tourna en rond, flairant l'air, puis il leva la tête et hurla.

Les odeurs étaient là. Les odeurs de l'homme.

Des cendres, analysa Bran, *vieilles et effacées, mais des cendres.* C'était l'odeur du bois brûlé, de la suie et du charbon. Un feu mort.

Il secoua la neige de son museau. Le vent soufflait en rafales, si bien que le loup avait du mal à suivre les odeurs. Il tourna d'un côté puis de l'autre, en reniflant. Tout autour se dressaient des monticules de neige et de grands arbres revêtus de blanc. Le loup laissa pendre sa langue entre ses crocs, goûtant l'air glacé, son souffle formant une brume tandis que des flocons de neige venaient lui fondre sur la langue. Dès qu'il partit en trottant vers l'odeur, Hodor le suivit d'un pas lourd. L'orignac mit plus de temps à se décider, si bien que Bran réintégra à regret son corps pour annoncer : « Par là. Suivez Été. Je l'ai senti. »

Alors que la première lamelle d'un croissant de lune venait jeter un œil à travers les nuages, ils débouchèrent finalement sur le village près du lac. Ils avaient failli le traverser sans s'arrêter. Vu de la glace, le village ne différait pas d'une dizaine d'autres lieux au long des berges. Enfouies sous des congères de neige, les maisons rondes en pierre auraient tout autant pu être des rochers, des buttes ou des branches tombées, comme les chutes de bois morts que Jojen avait confondues avec une construction, la veille, avant qu'ils creusent et ne trouvent que des ramures cassées et des bûches pourries.

Le village était vide, abandonné par les sauvageons qui l'habitaient naguère, comme tous les autres villages qu'ils avaient croisés. Certains avaient été incendiés, comme si les habitants avaient voulu s'assurer qu'ils ne pourraient pas y revenir en tapinois, mais la torche avait épargné celui-ci. Sous la neige ils découvrirent une douzaine de cabanes et une maison commune, avec son toit en terre et ses épais murs de rondins mal dégrossis.

« Au moins, nous serons à l'abri du vent, déclara Bran.

— Ho*dor* », approuva Hodor.

Meera se laissa glisser à bas du dos de l'orignac. Son frère et elle aidèrent à soulever Bran hors de sa hotte d'osier. « Il se pourrait que les sauvageons aient laissé à manger derrière eux », dit-elle.

L'espoir se révéla vain. À l'intérieur de la maison commune, ils trouvèrent les cendres d'un feu, des sols de terre battue, un froid qui pénétrait jusqu'à l'os. Mais au moins avaient-ils un toit au-dessus de leurs têtes et des parois de rondins pour tenir le vent en respect. Un ruisseau coulait tout près, caparaçonné d'une pellicule de glace. L'orignac dut la briser de son sabot pour boire. Une fois Bran, Jojen et Hodor installés en lieu sûr, Meera leur rapporta des brisures de glace à sucer. L'eau de fonte était si froide qu'elle faisait frissonner Bran.

Été ne les suivit pas à l'intérieur de la maison commune. Bran percevait la faim du grand loup, comme une ombre de la sienne. « Va chasser, lui dit-il, mais laisse l'orignac en paix. » Une partie de lui regrettait de ne pouvoir l'accompagner. Peut-être en serait-il capable, plus tard.

Le souper se résuma à une poignée de glands, broyés et martelés pour les transformer en une pâte, tellement âcre que Bran hoqueta en voulant la garder en lui. Jojen Reed ne s'y essaya même pas. Plus jeune et plus frêle que sa sœur, il s'affaiblissait de jour en jour.

« Jojen, il faut que tu manges, lui dit Meera.

— Plus tard. J'ai juste envie de me reposer. » Jojen afficha un pâle sourire. « C'est pas aujourd'hui que je mourrai, ma sœur.

— Tu as failli tomber de l'orignac.

— Failli. J'ai froid et j'ai faim, c'est tout.

— Alors, mange.

— De la purée de glands ? J'ai mal au ventre, mais ça ne servira qu'à aggraver les choses. Laisse-moi donc, ma sœur. Je rêve de poulet rôti.

— Ce ne sont pas les rêves qui te rassasieront. Pas même les rêves verts.

— Nous n'avons que cela, des rêves. »

Et rien d'autre. Dix jours plus tôt, ils avaient épuisé les derniers vivres qu'ils avaient apportés du sud. Depuis lors, la faim cheminait à leurs côtés jour et nuit. Été lui-même n'arrivait pas à trouver de gibier dans ces bois. Ils survivaient avec des glands broyés et du poisson cru. La forêt abondait de ruisseaux gelés et de lacs froids et noirs, et Meera se débrouillait aussi bien pour pêcher avec sa foëne à rainettes que la plupart des hommes avec un hameçon et une ligne. Certains jours, le temps qu'elle leur rapporte sur la berge sa prise qui se tortillait au bout de ses fourchons, elle avait les lèvres bleuies de froid. Mais voilà trois jours que Meera n'avait plus piqué de poisson. Bran avait le ventre si creux que cela aurait pu être trois ans.

Après qu'ils eurent ingurgité leur maigre souper, Meera s'assit dos à un mur, aiguisant son poignard sur une pierre à ciseau. Hodor s'accroupit près de la porte, se balançant d'avant en arrière en psalmodiant : « Hodor, hodor, hodor. »

Bran ferma les yeux. Il faisait trop froid pour discuter, et ils ne pouvaient pas prendre le risque d'allumer un feu. Mains-froides les avait mis en garde. *Ces bois ne sont pas aussi déserts que vous le pensez*, avait-il dit. *Vous ne savez pas ce que la lumière pourrait appeler des ténèbres.* Ce souvenir fit frissonner Bran, malgré la chaleur d'Hodor à côté de lui.

Le sommeil ne voulait pas venir, ne pouvait pas venir. À sa place, il y avait le vent, le froid mordant, le clair de lune sur la neige, et le feu. Bran était revenu à l'intérieur d'Été, à de longues lieues de là, et la nuit puait le sang. La piste était forte. *Une mort, pas loin.* La chair serait encore chaude. La bave lui coula entre les crocs tandis que la faim se réveillait en lui. *Pas un orignac. Ni un daim. Pas cette fois-ci.*

Le loup-garou s'approcha de la viande, une ombre grise et efflanquée qui se coulait d'arbre en arbre, traversant des flaques de clair de lune et franchissant des monticules de neige. Le vent poussait ses rafales autour de lui, changeant de direction. Il perdit la piste, la retrouva puis la perdit encore. Alors qu'il la recherchait à nouveau, un bruit au loin lui fit dresser les oreilles.

Un loup, sut-il immédiatement. Été progressa vers le son, prudent à présent. Assez vite l'odeur de sang revint, mais il y en avait d'autres, maintenant : de la pisse et des peaux mortes, des fientes d'oiseau, des plumes et un loup, un loup et un loup. Une *meute.* Il devrait se battre pour sa viande.

Ils le flairèrent aussi. Tandis qu'il quittait l'ombre des arbres pour s'avancer dans la clairière sanglante, ils l'observèrent. La femelle mâchait une botte en cuir qui contenait encore une moitié de jambe, mais elle la laissa choir à son approche. Le chef de la meute, un vieux mâle au museau gris et blanc avec un œil aveugle, se détacha pour venir à sa rencontre, grondant, crocs exposés. Derrière lui, un mâle plus jeune montrait les dents lui aussi.

Les yeux jaune pâle du loup-garou absorbèrent les images qui les entouraient. Un nid d'entrailles était pris dans un buisson, emmêlé dans les branches. De la vapeur montait d'un ventre béant, riche des exhalaisons du sang et de la viande. Une tête contemplait sans la voir la lune en croissant, ses joues lacérées et arrachées jusqu'à l'os sanglant, des trous à la place des yeux, le cou qui se terminait sur un moignon déchiqueté. Une mare de sang gelé, miroitant de rouge et de noir.

Des hommes. Leur puanteur emplissait le monde. Vivants, ils avaient été aussi nombreux que les doigts sur une patte humaine, mais à présent il n'y en avait plus. *Morts. Finis. De la viande.* Encapés et capuchonnés, avant, mais les loups avaient déchiqueté leurs vêtements dans leur fièvre de parvenir à la chair. Ceux qui avaient encore un visage portaient de lourdes barbes, encroûtées de glace et de morve gelée. La neige en tombant avait commencé à ensevelir ce qu'il restait d'eux, si pâle contre le noir des capes et des chausses en lambeaux. *Noir.*

À de longues lieues de là, le garçon s'agita dans un malaise. *Noir. La Garde de Nuit. Ils appartenaient à la Garde de Nuit.* Le loup géant n'en avait cure. C'était de la viande. Il était affamé.

Les yeux des trois loups se mirent à luire jaune. Le loup géant balança sa tête d'un côté à l'autre, dilatant ses narines, puis il découvrit ses crocs avec un grognement. Le plus jeune mâle recula. Le loup-garou sentit la peur en lui. *Subalterne*, comprit-il. Mais le loup borgne répondit par un grondement et se déplaça pour lui couper la route. *Chef. Et il ne me craint pas, malgré ma taille deux fois supérieure.*

Leurs yeux se rencontrèrent.

Un zoman !

Puis tous deux se ruèrent l'un sur l'autre, loup et loup-garou, et il n'y eut plus le temps de penser. Le monde se réduisit à la griffe et à la dent, la neige volant tandis qu'ils roulaient, viraient et se déchiraient, les autres loups grognant et claquant des mâchoires autour d'eux. Ses mâchoires se refermèrent sur une fourrure hirsute et glissante de givre, sur une patte mince comme un bâton sec, mais le loup borgne lui griffa le ventre et se dégagea de sa prise, roula et se jeta sur lui. Des crocs jaunes se refermèrent en grinçant sur sa gorge, mais il repoussa son vieux cousin gris en s'ébrouant comme il l'aurait fait d'un rat, puis chargea à sa suite, le précipitant à terre. Roulant, mordant, donnant des coups de patte, ils luttèrent jusqu'à ce que tous les deux soient lacérés et que du sang frais mouchette les neiges autour d'eux. Mais enfin le vieux loup borgne se coucha et exposa son ventre. Le loup-garou claqua encore deux fois des mâchoires vers lui, lui renifla le postérieur, puis leva la patte sur lui.

Quelques claquements de dents, un grondement de mise en garde, et la femelle et le subalterne se soumirent aussi. La meute lui appartenait.

La proie également. Le loup géant passa d'homme en homme, reniflant, avant de choisir le plus gros, une chose sans visage qui serrait du fer noir dans une main. L'autre main avait disparu, sectionnée au poignet, le moignon ligaturé de cuir. Du sang coulait, épais et lent, de l'entaille en travers de sa gorge. Le loup le lapa avec sa langue, lécha la ruine lacérée et énucléée de son nez et de ses joues, puis il fourra son museau dans le cou et l'ouvrit en le déchirant, gobant une bouchée délicieuse de viande. Aucune chair n'avait jamais eu la moitié de cette saveur.

Quand il en eut fini avec celui-ci, il passa au suivant, et dévora aussi les meilleurs morceaux de cet homme. Des corbeaux l'observaient du haut des arbres, tassés, l'œil noir et silencieux sur les branches tandis que la neige descendait lentement autour d'eux. Les autres loups se contentèrent de ses restes ; le vieux mâle se nourrit le premier, ensuite la femelle, puis le subalterne. Ils lui appartenaient, à présent. Ils formaient une meute.

Non, chuchota le garçon, *nous avons une autre meute. Lady est morte et peut-être aussi Vent Gris, mais quelque part, il reste Broussaille, Nymeria et Fantôme. Tu te souviens de Fantôme ?*

La neige qui tombait et les loups qui se repaissaient commencèrent à se brouiller. De la chaleur battit contre son visage, aussi réconfortante que les baisers d'une mère. *Du feu*, se dit-il, *de la fumée*. Son nez se fronça à l'odeur de la viande rôtie. Puis la forêt bascula et il fut de retour dans la maison commune, de retour dans son corps cassé, les yeux posés sur un feu. Meera Reed faisait tourner une pièce de viande rouge crue au-dessus des flammes, pour la laisser charbonner et crachoter. « Juste à temps », commenta-t-elle. Bran se frotta les yeux du bas de la paume et se tortilla à reculons contre le mur pour se rasseoir. « Tu as failli manquer le repas, à force de dormir. Le patrouilleur a trouvé une truie. »

Derrière elle, Hodor déchirait à belles dents un morceau de chair brûlante et carbonisée, alors que du sang et de la graisse lui dégoulinaient dans la barbe. Des fumerolles montaient d'entre ses doigts. « Hodor, marmonnait-il entre deux bouchées, hodor, hodor. » Sa bâtarde était posée sur le sol en terre à côté de lui. Jojen Reed grignotait son propre rôti à petits coups de dents, mâchant chaque morceau de viande une douzaine de fois avant d'avaler.

Le patrouilleur a tué un cochon. Mains-froides se tenait à côté de la porte, un corbeau perché sur son bras, et tous deux fixaient le feu. Le reflet des flammes brillait sur quatre prunelles noires. *Il ne mange pas*, se remémora Bran, *et il a peur des flammes.*

« Vous aviez dit pas de feu, rappela-t-il au patrouilleur.

— Les murs autour de nous masquent la lumière, et l'aube approche. Nous ne tarderons pas à reprendre la route.

— Qu'est-il arrivé aux hommes ? Les ennemis derrière nous ?

— Ils ne vous ennuieront pas.

— Qui était-ce ? Des sauvageons ? »

Meera tourna la viande pour cuire l'autre face. Hodor mastiquait et avalait, marmonnant d'un ton heureux pour lui-même.

Seul Jojen sembla conscient de ce qui se passait, quand Mains-froides tourna la tête pour considérer Bran. « C'étaient des ennemis. »

Des hommes de la Garde de Nuit. « C'est toi qui les as tués. Toi et les corbeaux. Ils avaient la face toute déchiquetée, et plus d'yeux. » Mains-froides ne nia rien. « C'étaient tes *frères.* J'ai vu. Les loups avaient déchiré leurs vêtements, mais je pouvais quand même voir ça. Ils portaient des capes noires. Comme tes mains. » Mains-froides ne dit rien. « Qui es-tu ? *Pourquoi as-tu les mains noires ?* »

Le patrouilleur examina ses mains comme s'il ne les avait encore jamais remarquées. « Une fois que le cœur a cessé de battre, le sang d'un homme reflue vers ses extrémités, où il s'alourdit et se fige. » Sa voix raclait dans sa gorge, aussi légère et maigre que lui-même. « Ses mains et ses pieds gonflent et deviennent noirs comme du boudin. Le reste de son corps a la blancheur du lait. »

Meera Reed se leva, sa foëne à rainettes en main, un morceau de viande fumante encore piqué à ses fourchons. « Montre-nous ton visage. »

Le patrouilleur ne fit pas un geste pour obéir.

« Il est mort. » Bran sentait la bile au fond de sa gorge. « Meera, c'est une créature morte. Les monstres ne peuvent pas passer tant que le Mur se dressera solide et que les hommes de la Garde de Nuit seront loyaux, c'est ce que me disait ma vieille nourrice. Il est venu à notre rencontre au Mur, mais il ne pouvait pas le franchir. Il a envoyé Sam à sa place, avec sa sauvageonne. »

La main gantée de Meera se resserra sur la hampe de sa foëne. « Qui t'a envoyé ? Qui est cette corneille à trois yeux ?

— Un ami. Rêveur, sorcier, appelez-le comme vous voudrez. Le dernier vervoyant. » La porte en bois de la maison commune s'ouvrit avec fracas. Au-dehors, le vent de la nuit hurlait, lugubre et noir. Les arbres étaient chargés de corbeaux, qui criaillaient. Mains-froides ne bougea pas.

« Un monstre », déclara Bran.

Le patrouilleur regarda Bran comme si le reste n'existait pas. « Ton monstre à toi, Brandon Stark.

— *À toi* », reprit le corbeau en écho, de son épaule. Devant la porte, les corbeaux dans les arbres répercutèrent le cri, jusqu'à ce que la forêt nocturne résonne du chahut de la volée : « *Toi, toi, toi.*

— Jojen, avais-tu rêvé de ça ? demanda Meera à son frère. Qui est-il ? Qu'est-ce qu'il est ? Qu'allons-nous faire, à présent ?

— Nous allons suivre le patrouilleur, décréta Jojen. Nous sommes allés trop loin pour rebrousser chemin maintenant, Meera. Jamais nous ne rejoindrions le Mur vivants. Nous allons suivre le monstre de Bran, ou nous mourrons. »

TYRION

Ils quittèrent Pentos par la porte du Levant, bien que Tyrion Lannister n'eût pas même aperçu le soleil levant. « Il semblera que vous n'êtes jamais venu à Pentos, mon petit ami, promit maître Illyrio en tirant les rideaux de velours pourpre de la litière pour les clore. Personne ne doit vous voir quitter la cité, de même façon qu'aucun ne vous a vu y entrer.

— Aucun, hormis les marins qui m'ont enfourné dans mon barricaut, le garçon de cabine qui nettoyait derrière moi, la fille que vous avez envoyée réchauffer mon lit et cette fourbe de lavandière aux taches de rousseur. Oh, et vos gardes. À moins que vous ne leur ayez retiré l'entendement en même temps que les couilles, ils savent que vous n'êtes pas seul là-dedans. » La litière était suspendue entre huit énormes percherons par de lourdes sangles de cuir. Quatre eunuques marchaient au pas à côté des chevaux, deux de chaque côté, et d'autres cheminaient à la suite pour garder le train de bagages.

« Les Immaculés ne parlent pas, lui assura Illyrio. Et la galère qui vous a livré vogue en ce moment même vers Asshaï. Il lui faudra deux ans pour revenir, si les mers sont favorables. Quant à ma maison, tous m'y aiment bien. Personne ne me trahirait. »

Berce-toi de cette pensée, mon ami pansu. Un jour, nous grave-rons ces mots sur ta crypte. « Nous devrions être à bord de cette galère, répondit le nain. Le plus court chemin vers Volantis passe par la mer.

— La mer est périlleuse, répliqua Illyrio. L'automne est une saison riche en tempêtes, et les pirates continuent d'établir leurs repaires sur les Degrés de Pierre, et de courir les mers pour s'en prendre aux gens honnêtes. Il ne faudrait pas que mon petit ami tombe en de telles mains.

— Il y a aussi des pirates sur la Rhoyne.

— Des pirates d'eau douce. » Le marchand de fromages poussa un bâillement, se couvrant la bouche avec le revers d'une main. « Des capitaines cafards se démenant pour des miettes.

— On entend parler d'hommes de pierre, également.

— Ils existent bel et bien, ces pauvres damnés. Mais à quoi bon évoquer de telles choses ? Il fait bien trop beau pour de pareils sujets de conversation. Nous ne tarderons pas à voir la Rhoyne, et là-bas, vous y serez débarrassé d'Illyrio et de sa grosse panse. D'ici là, buvons et rêvons. Nous avons du vin doux et des friandises à déguster. Pourquoi s'appesantir sur la maladie et la mort ? »

Pourquoi, en effet ? Tyrion entendit une fois de plus vibrer une arbalète, et il s'interrogea. La litière oscillait d'un bord sur l'autre, un mouvement apaisant qui lui donnait l'impression d'être un marmot bercé dans les bras de sa mère pour l'endormir. *Non que cette sensation me soit familière.* Des coussins de soie rembourrés de duvet d'oie confortaient ses fesses. Les pans de velours pourpre s'incurvaient au-dessus pour former un toit, faisant régner une agréable chaleur en dépit de la fraîcheur automnale à l'extérieur.

Une file de mulets s'étirait derrière eux, transportant coffres, barils et fûts, et des malles de délectables provendes afin d'épargner au seigneur des fromages l'irruption d'une petite fringale. Ils grignotèrent ce matin-là du saucisson épicé, arrosé d'un brun de fumevigne bien sombre. Des anguilles en gelée et des rouges de Dorne remplirent leur après-midi. Le soir venu, il y eut du jambon en tranches, des œufs à la coque et des alouettes rôties fourrées à l'ail et aux oignons, avec des bières pâles et des feuvins de Myr pour faciliter leur digestion. La litière était cependant aussi lente que douillette, et le nain se retrouva bientôt démangé d'impatience.

« Combien de jours avant que nous n'atteignions le fleuve ? demanda-t-il à Illyrio ce soir-là. À cette allure, les dragons de votre reine seront plus grands que les trois d'Aegon avant que je puisse poser les yeux sur eux.

— Si seulement c'était vrai. Un grand dragon inspire plus de terreur qu'un petit. » Le maître haussa les épaules. « Malgré tout le plaisir que j'aurais à accueillir la reine Daenerys à Volantis, je dois m'en remettre à vous et à Griff, pour cela. Je puis mieux la servir à Pentos, en aplanissant la voie pour son retour. Tant que je suis avec vous, ma foi... Eh bien, un vieil homme gras doit avoir son petit confort, non ? Allons, buvez une coupe de vin.

— Dites-moi, demanda Tyrion tout en s'exécutant, pourquoi un maître de Pentos se soucierait-il plus que d'une guigne de la personne qui coiffe la couronne de Westeros ? Où se situe votre profit, dans cette entreprise, messire ? »

Le pansu essuya la graisse de ses lèvres. « Je suis un vieil homme, qui s'est lassé de ce monde et de ses traîtrises. Est-il tellement étrange que je souhaite faire du bien avant le terme de mes jours, en aidant une douce jeune femme à recouvrer ce qui lui revient de droit par la naissance ? »

Et vous n'allez pas tarder à me proposer une armure magique et un palais à Valyria. « Si Daenerys n'est qu'une douce jeune femme, le Trône de Fer va la débiter en douces jeunes pièces.

— Ne craignez rien, mon petit ami. Le sang d'Aegon le Dragon coule dans ses veines. »

En même temps que celui d'Aegon l'Indigne, de Maegor le Cruel et de Baelor le Hagard. « Dites-m'en plus long sur son compte. »

Le pansu devint méditatif. « Daenerys était à moitié une enfant lorsqu'elle est venue me trouver, et pourtant plus belle encore que ma deuxième épouse, tellement charmante que j'ai été tenté de me l'approprier. Mais une créature si craintive, si furtive, que j'ai su que je ne tirerais aucune joie à m'accoupler avec elle. J'ai plutôt convoqué une chaufferette que j'ai baisée avec vigueur jusqu'à ce que cette folie me passe. À parler franc, je n'imaginais pas que Daenerys survivrait longtemps parmi les seigneurs des chevaux.

— Ça ne vous a pas empêché de la vendre au *khal* Drogo...

— Les Dothrakis n'achètent ni ne vendent. Dites plutôt que son frère Viserys l'a donnée à Drogo pour se gagner l'amitié du *khal*. Un jeune fat, cupide. Viserys guignait le trône de son père, mais guignait tout autant Daenerys, et répugnait à la céder. La nuit précédant les noces de la princesse, il a cherché à s'introduire dans son lit, clamant avec insistance, que, puisqu'il ne pouvait avoir sa main, il revendiquait sa virginité. Si je n'avais pas pris la précaution de poster des sentinelles à sa porte, Viserys aurait pu anéantir des années de plans.

— À vous entendre, c'est un parfait imbécile.

— Viserys était le fils d'Aerys le Fol, précisément. Daenerys... Daenerys est tout à fait différente. » Il laissa choir une alouette rôtie dans sa bouche et la croqua bruyamment, avec les os. « L'enfant craintive qui s'est réfugiée dans ma demeure est morte sur la mer Dothrak, pour renaître dans le sang et le feu. Cette reine dragon qui porte son nom est une Targaryen authentique. Lorsque j'ai envoyé des navires pour la ramener chez elle, elle s'est tournée vers la baie des Serfs. En quelques jours de temps, elle a conquis Astapor, fait plier le genou à Yunkaï et mis Meereen à sac. Mantarys va suivre, si elle marche vers l'ouest en suivant les anciennes routes valyriennes. Si elle vient par la mer, eh bien... Sa flotte devra se ravitailler en nourriture et en eau à Volantis.

— Par terre ou par mer, il y a bien des lieues entre Meereen et Volantis, fit observer Tyrion.

— Cinq cent cinquante, à vol de dragon, à travers des déserts, des montagnes, des marais et des ruines hantées par les démons. Tant et plus périront, mais ceux qui survivront seront plus forts en atteignant Volantis... où ils vous trouveront, avec Griff, à les attendre, avec des forces fraîches et assez de navires pour tous les transporter de l'autre côté de la mer à Westeros. »

Tyrion médita sur ce qu'il savait de Volantis, la plus ancienne et la plus orgueilleuse des neuf Cités libres. Quelque chose clochait dans l'histoire. Même avec un demi-nez, il le sentait. « On dit qu'à Volantis, il y a cinq esclaves pour chaque homme libre. Pourquoi les triarques viendraient-ils en aide à une reine qui a brisé le commerce des esclaves ? » Il tendit le doigt vers Illyrio. « Et d'ailleurs, pourquoi le feriez-vous, vous ? L'esclavage peut bien être proscrit par les lois de Pentos, mais vous trempez vous aussi dans ce négoce. Au moins le doigt, sinon toute la main. Et pourtant, vous conspirez en faveur de la reine dragon, et non contre elle. Pourquoi ? Qu'espérez-vous gagner de la reine Daenerys ?

— Nous y voilà donc revenus ? Vous êtes un petit homme obstiné. » Illyrio poussa un rire et se claqua la bedaine. « Comme vous voulez. Le Roi Gueux a juré que je serais son maître des finances, et lord de plein droit, par-dessus le marché. Une fois qu'il porterait sa couronne d'or, je devais avoir mon choix d'un château... Même Castral Roc, si tel était mon désir. »

Le vin de Tyrion lui remonta par le moignon balafré qui avait été son nez. « Mon père aurait été ravi d'entendre cela.

— Le seigneur votre père n'aurait eu nulle cause d'émoi. Que voudrais-je d'un roc ? Ma demeure est assez vaste pour un seul homme, et plus confortable que vos châteaux ouestriens si pleins de courants d'air. Grand Argentier, en revanche... » Le pansu écala un nouvel œuf. « J'aime la monnaie. Y a-t-il son aussi doux que le tintement de l'or contre l'or ? »

Les hurlements d'une sœur. « Êtes-vous bien certain que Daenerys tiendra les promesses de son frère ?

— Elle les tiendra ou pas. » Illyrio sectionna l'œuf en deux d'un coup de dents. « Je vous l'ai dit, mon petit ami, tous les actes d'un homme ne visent pas le profit. Croyez ce qu'il vous plaira, mais même de vieux imbéciles gras tels que moi ont des amis, et des dettes d'affection à payer. »

Menteur, songea Tyrion. *Il y a dans cette entreprise quelque chose qui vaut pour toi plus que de l'or ou des châteaux.* « On rencontre tellement peu de gens qui placent l'amitié au-dessus de l'or, de nos jours.

— Ce n'est que trop vrai, répondit le pansu, sourd à son ironie.

— Comment se fait-il que l'Araignée vous soit devenu si cher ?

— Nous avons été jeunes ensemble, deux jouvenceaux à Pentos.

— Varys est originaire de Myr.

— Certes. Je l'ai rencontré peu de temps après son arrivée, avec quelques pas d'avance sur les négriers. Le jour, il dormait dans les égouts ; la nuit, il rôdait comme un chat sur les toits. J'étais presque aussi pauvre, un spadassin en soies crasseuses, vivant de ma lame. Peut-être avez-vous eu l'occasion de remarquer la statue près de mon bassin ? Pytho Malanon l'a sculptée lorsque j'avais seize années. Une œuvre charmante, même si je pleure, de nos jours, en la regardant.

— L'âge nous délabre tous. Je porte toujours le deuil de mon nez. Mais Varys...

— À Myr, c'était un prince des voleurs, jusqu'à ce qu'un larron concurrent le dénonce. À Pentos, son accent le trahissait, et une fois qu'on a su qu'il était eunuque, on l'a méprisé et battu. Pourquoi il m'a choisi pour le protéger je ne le saurai sans doute jamais, mais nous avons conclu un arrangement. Varys surveillait les petits voleurs et s'appropriait leurs larcins. J'offrais mon secours à leurs victimes, en promettant de recouvrer leurs objets précieux, pour un salaire. Très vite, quiconque avait subi une perte sut qu'il fallait venir me voir, tandis que les malandrins et les vide-gousset de la cité allaient trouver Varys... Une moitié pour lui trancher la gorge, l'autre pour lui vendre ce qu'ils avaient volé. Nous nous sommes tous deux enrichis, et plus encore quand Varys a formé ses souris.

— À Port-Réal, il avait des oisillons.

— Il les appelait des souris, à l'époque. Les voleurs plus âgés étaient des imbéciles qui ne réfléchissaient pas plus loin que pour troquer une nuit de butin contre du vin. Varys préférait les orphelins et les jeunes filles. Il choisissait les plus menus, ceux qui étaient vifs et silencieux, et leur apprenait à escalader les murs et à descendre par les cheminées. Il leur enseignait également à lire. Nous laissions l'or et les joyaux aux voleurs ordinaires. Nos souris volaient plutôt des lettres, des registres, des cartes... Par la suite, ils les ont lus et laissés en place. *Les secrets ont plus de prix que l'argent ou les saphirs*, affirmait Varys. Précisément. Je suis devenu tellement respectable qu'un cousin du prince de Pentos m'a laissé épouser sa pucelle de fille, tandis que la rumeur du talent d'un certain eunuque franchissait le détroit pour parvenir aux oreilles d'un certain roi. Un roi fort *inquiet*, qui ne se fiait pas absolument à son fils, ni à sa femme, ni à sa Main, un ami de jeunesse devenu arrogant et trop orgueilleux. Je crois bien que vous connaissez le reste de l'histoire, n'est-ce pas ?

— En grande partie, reconnut Tyrion. Je constate que vous êtes un peu plus qu'un marchand de fromages, finalement. »

Illyrio inclina la tête. « C'est aimable de votre part de dire cela, mon petit ami. Et, pour ma part, je vois que vous êtes aussi vif que lord Varys l'affirmait. » Il sourit, exposant tous ses chicots jaunes et tordus, et demanda en criant une autre amphore de feuvin myrien.

Quand le maître sombra dans le sommeil avec l'amphore de vin près de son coude, Tyrion avança à croupetons sur les coussins pour l'extraire de sa prison de chair et s'en verser une coupe. Il la vida, bâilla, et remplit de nouveau sa coupe. *Si je bois assez de feuvin*, se dit-il, *peut-être rêverai-je de dragons.*

Lorsqu'il était encore un enfant solitaire dans le tréfonds de Castral Roc, il avait maintes fois chevauché des dragons au fil des nuits, se prenant pour un jeune prince targaryen perdu, ou un seigneur des dragons valyrien planant haut au-dessus des prairies et des montagnes. Un jour que ses oncles lui avaient demandé quel cadeau il voulait pour son anniversaire, il les supplia de lui offrir un dragon. « Point besoin qu'il soit grand. Il pourrait être tout petit, comme moi. » Son oncle Gerion estima qu'il n'avait jamais rien entendu de plus drôle, mais son oncle Tygett lui expliqua : « Le dernier dragon est mort il y a un siècle, mon garçon. » L'injustice lui avait paru si monstrueuse que le garçonnet s'était endormi en pleurant, cette nuit-là.

Et pourtant, s'il fallait en croire le seigneur des fromages, la fille du Roi Fou avait fait éclore trois dragons vivants. *Deux de plus qu'il n'était nécessaire, même pour une Targaryen.* Tyrion regrettait presque d'avoir tué son père. Il aurait aimé voir la trogne de lord Tywin en apprenant qu'une reine targaryen faisait route vers Westeros avec trois dragons, soutenue par un eunuque machiavélique et un marchand de fromages gros comme la moitié de Castral Roc.

Le nain était tellement repu qu'il dut lâcher sa ceinture et le lacet supérieur de ses chausses. Les vêtements de garçonnet dont l'avait revêtu son hôte lui donnaient l'impression d'être une saucisse de dix livres engoncée dans une peau de cinq. *Si nous nous empiffrons de la sorte tous les jours, j'aurai les mensurations d'Illyrio avant de rencontrer cette reine dragon.* À l'extérieur de la litière, la nuit était tombée. À l'intérieur, tout était noir. Tyrion perçut les ronflements d'Illyrio, le grincement des sangles de cuir, le lent martèlement des sabots ferrés de l'équipage sur la solide route valyrienne, mais son cœur écoutait battre le cuir de grandes ailes.

À son réveil, l'aube était venue. Les chevaux avançaient toujours, la litière craquant et tanguant entre eux. Tyrion écarta le rideau d'un pouce ou deux pour jeter un coup d'œil au-dehors, mais il n'y avait pas grand-chose à voir, sinon l'ocre des champs, des ormes nus et bruns et la route elle-même, une large chaussée empierrée qui courait, droite comme une lance, jusqu'à l'horizon. Ses lectures lui avaient parlé des routes valyriennes, mais c'était la première qu'il voyait. L'emprise des Possessions s'était exercée jusqu'à Peyredragon, jamais sur le continent de Westeros proprement dit. *Curieux, ça. Peyredragon n'est qu'un caillou. Les richesses se trouvaient plus loin à l'ouest, mais ils avaient des dragons. Assurément, ils devaient connaître leur présence.*

Il avait trop bu, la soirée précédente. Sa tête cognait et même le doux balancement de la litière suffisait à lui mettre le cœur au bord des lèvres. Bien qu'il n'ait pas proféré un mot de plainte, sa détresse avait dû apparaître clairement à Illyrio Mopatis. « Allons, trinquez avec moi, proposa le pansu. Il faut reprendre une écaille au dragon qui vous a brûlé, comme on dit. » D'une carafe, il versa pour eux deux un cru de fumevigne si sucré qu'il attirait plus de mouches que le miel. Tyrion les chassa du revers de la main et lampa une longue gorgée. Le goût en était si écœurant qu'il eut grand mal à ne pas le rendre. La deuxième coupe passa plus facilement, toutefois. Quand bien même, il n'avait aucun appétit et lorsque Illyrio lui proposa un bol de mûres à la crème, il le repoussa d'un geste. « J'ai rêvé de la reine, confia-t-il. J'étais agenouillé devant elle, lui jurant allégeance, mais elle m'a confondu avec mon frère Jaime, et m'a donné à dévorer à ses dragons.

— Espérons que le rêve n'était pas prophétique. Vous êtes un habile lutin, ainsi que Varys l'affirmait, et Daenerys aura besoin de s'entourer d'hommes habiles. Ser Barristan est un chevalier vaillant et loyal ; mais nul, ce me semble, ne l'a jamais accusé de ruse.

— Les chevaliers ne connaissent qu'une méthode pour résoudre un problème. Ils abaissent leurs lances et chargent. Un nain porte sur le monde un point de vue différent. Mais qu'en est-il de vous ? Vous êtes habile homme, vous aussi.

— Vous me flattez. » Illyrio agita la main. « Hélas, je ne suis pas bâti pour les voyages, aussi dois-je vous envoyer à Daenerys en remplacement de moi. Vous avez rendu à Sa Grâce un signalé service en tuant votre père, et j'ai bon espoir que vous lui en rendrez bien d'autres. Daenerys n'est pas l'imbécile qu'était son frère. Elle saura vous employer à bon escient. »

Comme petit bois ? se demanda Tyrion en affichant un aimable sourire.

Ils ne changèrent d'attelage qu'à trois reprises ce jour-là, mais semblaient s'arrêter au moins deux fois par heure pour qu'Illyrio puisse descendre de la litière et pisser son content. *Notre seigneur des fromages a beau avoir la taille d'un éléphant, sa vessie est grosse comme une cacahuète*, jugea le nain. Au cours d'une halte, il mit son temps à profit pour inspecter la route de plus près. Tyrion savait ce qu'il allait trouver : non point de la terre damée, ni briques, ni pavés, mais un ruban de pierre fondue surhaussé d'un pied au-dessus du sol pour laisser les pluies et l'eau de fonte des neiges s'écouler sur les accotements. À la différence des sentiers bourbeux qui tenaient lieu de routes dans les Sept Couronnes, les routes valyriennes étaient assez larges pour que trois chariots y passent de front, et ne subissaient l'outrage ni du temps ni de la circulation. Elles résistaient, immuables, quatre siècles après que Valyria elle-même avait affronté son Fléau. Il chercha des ornières et des fissures, mais ne trouva qu'un tas de crottin chaud déposé par un des chevaux.

Le crottin lui fit penser au seigneur son père. *Êtes-vous au fond de quelque enfer, Père ? Un gentil petit enfer glacé d'où vous pouvez lever les yeux pour me voir aider à réinstaller la fille d'Aerys le Fol sur le Trône de Fer ?*

Quand ils reprirent leur voyage, Illyrio présenta un sac de marrons grillés et se remit à parler de la reine dragon. « Nos dernières nouvelles sur la reine Daenerys sont anciennes et rassises, je le crains. Désormais, elle a dû quitter Meereen, nous devons le supposer. Elle dispose enfin de son ost, une armée dépenaillée d'épées-louées, de seigneurs des chevaux dothrakis et d'infanterie d'Immaculés, et elle va certainement les mener vers l'ouest, pour reprendre le trône de son père. » Maître Illyrio dévissa le couvercle d'un pot d'escargots à l'ail, les renifla et sourit. « À Volantis, vous aurez des nouvelles fraîches de Daenerys, il nous faut l'espérer, dit-il en en aspirant un hors de sa coquille. Tant dragons que jeunes filles sont des créatures capricieuses, et il se pourrait que vous ayez besoin de rajuster vos plans. Griff saura quoi faire. Voulez-vous un escargot ? L'ail vient de mes propres jardins. »

Je pourrais chevaucher un escargot et abattre plus de route que ta litière. Tyrion refusa le mets d'un geste. « Vous placez bien de la confiance en ce Griff. Un autre de vos amis d'enfance ?

— Non. Une épée-louée, diriez-vous, mais ouestrien de naissance. Daenerys a besoin d'hommes dignes de sa cause. » Illyrio éleva la main. « Je sais ! *Les épées-louées placent l'or avant l'honneur*, vous dites-vous. *Ce Griff va me vendre à ma sœur.* Point du tout. Je donne à Griff la confiance que j'accorderais à un frère. »

Nouvelle erreur fatale. « Alors, j'en ferai de même.

— La Compagnie Dorée marche sur Volantis en ce moment même, pour y attendre notre reine arrivée d'Orient. »

Sous l'or, l'aigre acier. « J'avais entendu dire que la Compagnie Dorée était sous contrat avec une des Cités libres.

— Myr. » Illyrio eut un sourire goguenard. « Les contrats se rompent.

— Il y a plus d'argent à gagner en négociant des fromages que je l'imaginais. Comment avez-vous réussi ce tour ? »

Le maître agita ses doigts boudinés. « Certains contrats sont écrits à l'encre, et d'autres avec du sang. Je n'en dirai pas plus. »

Le nain médita la remarque. La Compagnie Dorée avait la réputation d'être la plus grande des compagnies libres, fondée un siècle plus tôt par Aigracier, un bâtard d'Aegon l'Indigne. Lorsqu'un autre des Grands Bâtards d'Aegon tenta d'arracher le Trône de Fer à son demi-frère de naissance légitime, Aigracier se joignit à la révolte. Daemon Feunoyr avait péri sur le champ de bataille d'Herberouge, toutefois, et sa rébellion avec lui. Ceux qui avaient suivi le Dragon Noir et survécu à la bataille, mais qui refusaient toujours de plier le genou, fuirent de l'autre côté du détroit ; parmi eux, les fils cadets de Daemon, Aigracier et des centaines de seigneurs sans terre et de chevaliers qui se virent vite contraints de louer leur épée pour pouvoir manger. Certains se rangèrent sous l'Étendard en Loques, d'autres avec les Puînés ou les Hommes de la Pucelle. Aigracier voyait la puissance de la maison Feunoyr s'égailler aux quatre vents, aussi constitua-t-il la Compagnie Dorée afin de lier ensemble les exilés.

Depuis ce jour, les hommes de la Compagnie Dorée avaient vécu et péri dans les Terres Disputées, combattant pour Myr, Lys ou Tyrosh dans leurs absurdes petites guerres, et rêvant du pays qu'avaient perdu leurs pères. Ils étaient des exilés et des fils d'exilés, sans biens ni pardon... Et cependant toujours de formidables combattants.

« J'admire vos capacités de persuasion, confia Tyrion à Illyrio. Comment avez-vous convaincu la Compagnie Dorée de soutenir la cause de notre douce reine alors qu'ils ont passé l'essentiel de leur histoire à se battre *contre* les Targaryen ? »

Illyrio chassa l'objection comme on le fait d'une mouche. « Noir ou rouge, un dragon reste un dragon. La mort de Maelys le Monstrueux sur les Degrés de Pierre a mis un terme à la lignée mâle de la maison Feunoyr. » Le marchand de fromages sourit dans sa barbe fourchue. « Et Daenerys donnera aux exilés ce qu'Aigracier et les Feunoyr n'ont jamais pu leur offrir. Elle les ramènera chez eux. »

Avec le feu et l'épée. Voilà le genre de retour à la maison que Tyrion désirait aussi. « Dix mille épées représentent un don princier, je vous l'accorde. Sa Grâce devrait être très satisfaite. »

Le maître opina modestement du chef, ses mentons ballottant. « Je ne me permettrais pas de préjuger de ce qui pourrait satisfaire Sa Grâce. »

Voilà qui est prudent de ta part. Tyrion avait tant et plus d'expérience de la gratitude des rois. Pourquoi devrait-il en aller différemment des reines ?

Avant peu, le maître dormit à poings fermés, laissant Tyrion méditer seul. Il se demanda ce que Barristan Selmy dirait de chevaucher à la bataille avec la Compagnie Dorée. Durant la guerre des Rois à Neuf Sous, Selmy s'était ouvert un chemin sanglant à travers leurs rangs pour abattre le dernier des prétendants Feunoyr. *La rébellion met dans le même lit d'étranges compagnons. Nul couple plus étrange que ce pansu et moi.*

Le marchand de fromages s'éveilla lorsqu'ils firent halte pour changer de chevaux, et demanda un nouveau panier. « Où en sommes-nous arrivés ? » s'enquit le nain tandis qu'ils s'empiffraient de chapon froid assorti d'un condiment composé de carottes, de raisins secs et de fragments de citron vert et d'orange.

« Nous sommes à Andalos, mon ami. Le pays d'où sont venus vos Andals. Ils l'ont pris aux hommes velus qui vivaient là avant eux, cousins des hommes velus d'Ib. Le cœur de l'ancien royaume d'Hugor s'étend au nord d'ici, mais nous traversons ses marches méridionales. À Pentos, on les appelle les Basses Landes. Plus loin à l'est se dressent les Collines de Velours, notre destination. »

Andalos. La Foi enseignait que les Sept en personne avaient jadis foulé les collines d'Andalos sous forme humaine. « Le Père tendit sa main vers les cieux pour en décrocher sept étoiles, récita Tyrion de mémoire, et une par une il les déposa sur le front d'Hugor de la Colline pour forger une lumineuse couronne. »

Maître Illyrio lui jeta un curieux regard. « Je n'imaginais pas mon petit ami si dévot. »

Le nain haussa les épaules. « Un vestige de mon enfance. Je savais que je ne serais jamais chevalier, aussi ai-je décidé de devenir Grand Septon. La couronne de cristal ajoute un bon pied à la stature d'un homme. J'ai étudié les saints Écrits et prié jusqu'à avoir des cals aux deux genoux, mais ma quête a connu une fin tragique. J'ai atteint l'âge fatal et je suis tombé amoureux.

— Une pucelle ? Je connais cela. » Illyrio plongea sa main droite dans sa manche gauche et en tira un médaillon d'argent. À l'intérieur se trouvait le portrait peint d'une femme aux grands yeux bleus et à la chevelure d'un blond pâle strié d'argent. « Serra. Je l'ai découverte dans une maison de plaisir lysienne et je l'ai ramenée chez moi pour réchauffer ma couche, mais en fin de compte je l'ai épousée. Moi, dont la première épouse avait été une cousine du prince de Pentos. Dès lors, les portes du palais m'ont été fermées, mais je m'en moquais. C'était un prix assez mince à payer, pour Serra.

— Comment est-elle morte ? » Tyrion savait qu'elle était morte ; personne ne parlait avec tant de tendresse d'une femme qui l'aurait abandonné.

« Une galéasse de commerce braavienne a fait escale à Pentos à son retour de la mer de Jade. Le *Trésor* transportait des clous de girofle et du safran, du jais et du jade, du samit écarlate et de la soie émeraude... Et la mort grise. Nous avons abattu ses rameurs quand ils ont débarqué à terre et nous avons incendié le navire à l'ancre, mais les rats étaient descendus le long des rames et ont trottiné jusqu'au quai sur des pattes en pierre froide. La peste a emporté deux mille personnes avant de s'épuiser. » Maître Illyrio referma le médaillon. « Je conserve ses mains dans ma chambre à coucher. Ses mains qui étaient si douces... »

Tyrion songea à Tysha. Il jeta un coup d'œil à l'extérieur sur ces champs qu'avaient autrefois foulés les dieux. « Quelle sorte de dieu faut-il être pour créer les rats, les épidémies et les nains ? » Un autre passage de *L'Étoile à Sept branches* lui revint. « La Jouvencelle lui présenta une pucelle aussi souple que le saule, avec des yeux comme de profonds bassins bleus, et Hugor déclara qu'il la prendrait pour épouse. Aussi la Mère la rendit-elle fertile, et l'Aïeule prédit-elle qu'elle donnerait au roi quarante et quatre fils vaillants. Le Guerrier donna force à leurs bras, tandis que le Forgeron façonnait pour chacun une armure de plaques de fer.

— Votre Forgeron devait être rhoynar, plaisanta Illyrio. Les Andals ont appris des Rhoynars qui vivaient sur les bords du fleuve l'art de travailler le fer. C'est connu.

— Pas de nos septons. » Tyrion indiqua d'un geste les champs. « Qui peuple vos Basses Landes ?

— Serfs et laboureurs, enchaînés à la terre. Il y a des vergers, des fermes, des mines... Je possède moi-même un peu de tout cela, mais je le visite rarement. Pourquoi devrais-je perdre mon temps ici, avec la myriade de plaisirs de Pentos si proche ?

— Une myriade de plaisirs. » *Et ses énormes remparts bien épais.* Tyrion fit tourner son vin dans sa coupe. « Nous n'avons plus vu de ville depuis Pentos.

— Il y a des ruines. » Illyrio agita une cuisse de poulet en direction des rideaux. « Les seigneurs des chevaux viennent par ici, chaque fois qu'un *khal* se met en tête de contempler la mer. Les Dothrakis n'aiment guère les villes, vous devez le savoir, même à Westeros.

— Abattez-vous sur un de ces *khalasars* et détruisez-le, et vous pourriez constater que les Dothrakis sont moins enclins à franchir la Rhoyne.

— Il coûte moins cher de payer le départ des ennemis avec de la nourriture et des cadeaux. »

Si seulement j'avais eu l'idée d'emporter un bon fromage, lors de la bataille de la Néra, je posséderais peut-être encore mon nez dans son intégralité. Lord Tywin avait toujours tenu les Cités libres en grand mépris. *Ils se battent avec des pièces au lieu d'épées*, disait-il. *L'or a son emploi, mais c'est le fer qui remporte les guerres.* « Donnez de l'or à un ennemi, et il reviendra simplement en réclamer davantage, disait toujours mon père.

— C'est bien le père que vous avez assassiné ? » Illyrio jeta son os de poulet hors de la litière. « Les épées-louées ne tiennent pas face aux gueulards dothrakis. Cela a été prouvé à Qohor.

— Pas même votre vaillant Griff ? se moqua Tyrion.

— Griff est différent. Il a un fils dont il est fou. Griff le Jeune, le garçon s'appelle. Jamais il n'y a eu plus noble jeune homme. »

Le vin, la chère, le soleil, le balancement de la litière, le bourdonnement des mouches, tout conspirait à rendre Tyrion somnolent. Et donc il somnola, s'éveilla, il but. Illyrio rendit coupe pour coupe. Et tandis que le ciel virait à un mauve crépusculaire, le pansu se mit à ronfler.

Cette nuit-là, Tyrion Lannister rêva d'une bataille qui teignait les collines de Westeros d'un rouge de sang. Il se trouvait en plein milieu, octroyant la mort avec une hache aussi grande que lui, combattant aux côtés de Barristan le Hardi et d'Aigracier tandis que tournoyaient des dragons au-dessus d'eux dans les cieux. Dans le rêve, il avait deux têtes, toutes deux dépourvues de nez. Son père menait l'ennemi, aussi le tua-t-il une fois de plus. Puis il tua son frère Jaime, le frappant au visage jusqu'à ce que n'en reste que ruines sanglantes, riant à chaque coup qu'il portait. Ce ne fut qu'une fois le combat terminé qu'il s'aperçut que sa seconde tête pleurait.

Quand il s'éveilla, ses jambes rabougries étaient raides comme du fer. Illyrio picorait des olives. « Où sommes-nous ? lui demanda Tyrion.

— Nous n'avons pas encore quitté les Basses Landes, mon impatient ami. Bientôt notre route nous conduira dans les Collines de Velours. Là débute notre ascension vers Ghoyan Drohe, sur la Petite Rhoyne. »

Ghoyan Drohe avait été une cité rhoynar jusqu'à ce que les dragons de Valyria la réduisent à une désolation embrasée. *Je parcours les années en même temps que les lieues*, songea Tyrion, *en remontant l'histoire jusqu'à l'époque où les dragons dominaient la Terre.*

Tyrion dormit, s'éveilla et se rendormit, et jour ou nuit semblait sans importance. Les Collines de Velours se révélèrent décevantes. « La moitié des putains de Port-Lannis ont des seins plus gros que ces collines, déclara-t-il à Illyrio. Vous devriez les appeler les tétines de velours. » Ils virent un cercle de pierres dressées dont Illyrio affirma qu'elles avaient été mises en place par des géants, et plus tard un lac profond. « Ici se situait un repaire de brigands qui s'en prenaient à tous ceux qui passaient par ici, raconta Illyrio. On prétend qu'ils vivent toujours sous l'eau. Ceux qui pêchent dans le lac sont entraînés sous les flots et dévorés. » Le soir suivant, ils arrivèrent devant un énorme sphinx valyrien accroupi au bord de la route. Il avait un corps de dragon et un visage de femme.

« Une reine dragon, fit remarquer Tyrion. Agréable présage.

— Son roi a disparu. » Illyrio indiqua le piédestal de pierre lisse sur lequel se dressait jadis le second sphinx, désormais couvert de mousse et de lianes en fleur. « Les seigneurs des chevaux ont construit au-dessous des roues de bois pour le tirer jusqu'à Vaes Dothrak. »

Encore un présage, songea Tyrion, *mais pas aussi encourageant.*

Cette nuit-là, plus soûl qu'à l'ordinaire, il se lança subitement dans une chanson :

Il chevauchait par les rues de la cité,
Descendu du haut de sa citadelle,
Par les tours, les détours, les marches et pavés,
Il allait vers un soupir de sa belle.
Car elle était son trésor secret,
Honte autant que joie de l'âme.
Chaîne et donjon sont lors frivolité,
Comparés aux baisers d'une femme.

Il ne connaissait que ces paroles, hormis le refrain. *Des mains d'or sont toujours froides, mais chaudes sont celles d'une femme.* Les mains de Shae l'avaient martelé tandis que les mains d'or s'enfonçaient dans sa gorge. Il ne se souvenait pas si elles avaient été chaudes ou pas. Plus ses forces la quittaient, et plus ses coups devenaient papillons, qui voletaient autour du visage de Tyrion. Chaque fois qu'il donnait un tour supplémentaire à la chaîne, les mains d'or s'enfonçaient un peu plus. *Chaîne et donjon sont lors frivolité, comparés aux baisers d'une femme.* Lui avait-il donné un dernier baiser, une fois morte ? Il ne parvenait pas à se souvenir... Mais il se rappelait encore leur premier, dans sa tente sur les rives de la Verfurque. Que le goût de sa bouche avait été doux.

Il se souvenait également de sa première fois avec Tysha. *Elle ne savait pas y faire, pas plus que moi. Nous n'arrêtions pas de nous cogner le nez, mais quand j'ai touché sa langue de la mienne, elle a frémi.* Tyrion ferma les yeux pour invoquer son visage dans son esprit, mais il vit à la place son père, accroupi sur une chaise percée, sa chemise de nuit remontée autour de sa taille. « Où vont les putes », déclara lord Tywin, et l'arbalète vrombit.

Le nain se retourna, pressant un demi-nez dans les profondeurs des oreillers de soie. Le sommeil s'ouvrit sous lui comme un puits, et il s'y jeta avec décision et laissa les ténèbres le dévorer.

LE DOMESTIQUE DU MARCHAND

L'*Aventure* puait.

Il s'enorgueillissait de soixante rames, d'une seule voile et d'une longue coque mince, promesse de vitesse. *Petit, mais ça pourrait faire l'affaire*, avait songé Quentyn en le voyant. Toutefois, c'était avant de monter à bord et de bien le humer. *Des cochons*, avait-il d'abord pensé, mais après avoir reniflé une deuxième fois, il se ravisa. L'odeur des pourceaux était plus propre. Ici régnait un remugle de pisse et de viande en putréfaction, d'excréments, une infection de chair de cadavre et de plaies purulentes, de blessures gangrenées, d'une telle puissance qu'elle couvrait l'air marin et l'odeur de poisson du port.

« J'ai envie de vomir », confia-t-il à Gerris Boisleau. Ils attendaient qu'apparaisse le maître à bord, transpirant sous la chaleur tandis que les relents immondes montaient du pont sous leurs pieds.

« Si le capitaine pue autant que son navire, il risque de prendre votre vomi pour du parfum », répliqua Gerris.

Quentyn allait suggérer d'essayer un autre bâtiment lorsque le commandant fit enfin son apparition, flanqué de deux membres d'équipage d'aspect crapuleux. Gerris l'accueillit avec un sourire. Malgré une maîtrise du volantain inférieure à celle de Quentyn, leur ruse exigeait qu'il parlât pour eux deux. À Bourg-Cabanes, Quentyn avait joué les marchands de vin, mais cette comédie l'avait irrité, si bien qu'en changeant de bateau à Lys, les Dorniens avaient par la même occasion interverti les rôles. À bord de la *Sternelle*, Cletus Ferboys était devenu le marchand, et Quentyn le valet ; à Volantis, avec Cletus mort, Gerris avait endossé le rôle du maître.

Grand et blond, avec des yeux bleu-vert, des cheveux pâles éclaircis par le soleil, et un corps mince et agréable, Gerris Boisleau marchait avec un air conquérant, une assurance qui confinait à l'arrogance. Jamais il ne donnait l'impression d'être mal à l'aise et même lorsqu'il ne parlait pas la langue du cru, il savait se faire comprendre. Quentyn avait piteuse mine, en comparaison – jambes courtaudes et carrure râblée, massive, avec des cheveux bruns comme la terre fraîchement retournée. Il avait le front trop haut, la mâchoire trop carrée, le nez trop épaté. *Un brave et honnête visage*, l'avait décrit un jour une fille, *mais vous devriez sourire davantage.*

Les sourires n'étaient jamais venus aisément à Quentyn Martell, non plus qu'au seigneur son père.

« Quelle vitesse peut atteindre votre *Aventure* ? » s'enquit Gerris dans une approximation trébuchante du haut valyrien.

Le maître de l'*Aventure* reconnut l'accent et répondit dans la Langue Commune de Westeros. « Il en est pas de plus véloce, honorable seigneur. L'*Aventure* peut distancer le vent même. Dites-moi où vous avez l'intention de naviguer, et promptement je vous y mènerai.

— Je cherche à traverser jusqu'à Meereen, pour moi et deux domestiques. »

Cela fit réfléchir le capitaine. « Meereen m'est certes pas étrangère. Je pourrais retrouver la cité, oui... Mais pourquoi ? On vend pas d'esclaves à Meereen, aucun bénéfice à en tirer. La reine d'argent a mis un terme à tout cela. Elle a même fermé les arènes de combat, si bien qu'un pauvre matelot peut même pas se distraire en attendant de remplir ses cales. Dites-moi, ami ouestrien, qu'y a-t-il à Meereen qui vous donne envie d'y aller ? »

La plus belle femme du monde, songea Quentyn. *Ma future épouse, si les dieux sont bons.* Parfois la nuit, il restait éveillé à imaginer son visage et son corps, et à se demander pourquoi une femme pourrait même avoir envie de l'épouser, lui, entre tous les princes de ce monde. *Je suis Dorne*, se répéta-t-il. *De Dorne, elle voudra.*

Gerris répondit par le conte qu'ils avaient échafaudé. « Notre famille fait le négoce du vin. Mon père possède à Dorne

---

d'immenses vignobles et souhaite que je trouve d'autres marchés. Il faut espérer que le bon peuple de Meereen accueillera avec faveur ce que j'ai à vendre.

— Du vin ? Du vin *de Dorne* ? » Le capitaine n'était pas convaincu. « Les cités esclavagistes sont en guerre. Se pourrait-il que vous l'ignoriez ?

— Les combats opposent Yunkaï et Astapor, à ce que nous avons entendu dire. Meereen n'est pas concernée.

— Pour le moment, non. Un émissaire de la Cité Jaune visite Volantis en ce moment même, pour engager des épées. Les Longues Lances ont déjà mis les voiles pour Yunkaï, et les Erreau-Vent et la Compagnie du Chat suivront, une fois qu'ils auront fini d'étoffer leurs rangs. La Compagnie Dorée marche également vers l'est. Tout ceci est connu.

— Si vous le dites. Je m'occupe de vin, pas de guerres. Les vins ghiscaris sont de mauvaise qualité, tout le monde s'entend là-dessus. Les Meereeniens paieront un bon prix pour mes excellents crus dorniens.

— Les morts se fichent bien du vin qu'ils boivent. » Le maître de l'*Aventure* tripotait sa barbe. « M'est avis que je suis pas le premier capitaine que vous approchez. Ni même le dixième.

— Non, reconnut Gerris.

— Combien, alors ? Cent ? »

Pas loin, songea Quentyn. Les Volantains aimaient à se vanter, disant qu'on pouvait engloutir les cent îles de Braavos dans le profond de leur rade sans laisser de traces. Quentyn n'avait jamais vu Braavos, mais il voulait bien le croire. Riche, mûre et gâtée, Volantis enveloppait l'embouchure de la Rhoyne comme un grand baiser humide, s'étendant sur les collines et les marais des deux côtés du fleuve. Partout, des navires, qui descendaient le fleuve ou prenaient la mer, occupant les quais et les pontons, chargeant ou déchargeant leurs cargaisons : des bâtiments de guerre et des baleiniers, des galéasses de commerce, des caraques et des yoles, des cogues grandes et petites, des drakkars et des bateaux-cygne, des navires de Lys, de Tyrosh et de Pentos. Des vaisseaux d'épice qarthiens vastes comme des palais, des bateaux de Tolos, de Yunkaï et des Basilics. Tellement nombreux qu'en découvrant le port du pont de la *Sternelle*, Quentyn avait annoncé à ses amis qu'ils ne s'attarderaient pas ici plus de trois jours.

Vingt avaient passé, pourtant, et ils étaient encore là, et toujours sans bateau. Les capitaines de la *Mélantine*, de la *Fille du*

Triarque et du *Baiser de la Sirène* leur avaient tous dit non. Le second du *Hardi Voyageur* leur avait ri au nez. Le maître du *Dauphin* les avait rabroués de lui faire perdre son temps, et le propriétaire du *Septième fils* les avait accusés d'être des pirates. Et tout cela, le premier jour.

Seul le capitaine du *Faon* leur avait donné les raisons de son refus. « C'est vrai, je fais voile vers l'est, leur avait-il dit, tandis qu'ils buvaient du vin coupé. Au sud pour contourner Valyria et, de là, vers le soleil levant. Nous chargerons de l'eau et des vivres à la Nouvelle-Ghis, pour faire ensuite force de rames vers Qarth et les Portes de Jade. Tout voyage a ses périls, et les longs plus que les autres. Pourquoi devrais-je m'en ajouter en entrant dans la baie des Serfs ? Le *Faon* est mon seul moyen de subsistance. Je ne vais pas le mettre en danger pour conduire trois cinglés de Dorniens au beau milieu d'une guerre. »

Quentyn commençait à se dire qu'ils auraient mieux fait de s'acheter un navire à Bourg-Cabanes. Toutefois, cela aurait attiré une attention indésirable. L'Araignée avait des espions partout, même dans les palais de Lancehélion. « Le sang de Dorne coulera si vos buts sont dévoilés », l'avait mis en garde son père tandis qu'ils regardaient les enfants s'ébattre dans les bassins et fontaines des Jardins aquatiques. « Ne t'y trompe pas, nous sommes en train de commettre une trahison. Ne te fie qu'à tes compagnons, et efforcez-vous de ne pas attirer les regards. »

Et donc, Gerris Boisleau adressa au capitaine de l'*Aventure* son plus désarmant sourire. « Pour parler franc, je n'ai pas tenu le décompte de tous les poltrons qui ont refusé, mais au Comptoir des Marchands, j'ai entendu dire que vous étiez un individu d'une trempe plus hardie, du genre à tout risquer pour une quantité suffisante d'or. »

Un contrebandier, songea Quentyn. C'était ainsi que les autres négociants lui avaient décrit le maître de l'*Aventure*, au Comptoir des Marchands. « C'est un contrebandier et un trafiquant d'esclaves, moitié pirate et moitié maquereau, mais il pourrait bien représenter votre meilleur espoir », leur avait déclaré l'aubergiste.

Le capitaine frotta ensemble son pouce et son index. « Et combien d'or jugeriez-vous suffisant pour un tel voyage ?

— Trois fois votre prix habituel pour un passage vers la baie des Serfs.

— Pour chacun de vous ? » Le capitaine découvrit ses dents d'une façon qui pouvait vouloir représenter un sourire, mais dotait son visage étroit d'une expression animale. « Il se peut. Au vrai, je suis plus audacieux que la moyenne. Quand voudriez-vous partir ?

— Demain ne serait pas trop tôt.

— Marché conclu. Revenez une heure avant le point du jour, avec vos amis et vos vins. Mieux vaut prendre la mer tant que Volantis dort, pour que personne pose de questions indiscrètes sur notre destination.

— Comme vous dites. Une heure avant l'aube. »

Le sourire du capitaine s'élargit. « Heureux de pouvoir vous aider. Nous ferons bon voyage, hein ?

— J'en suis certain », répondit Gerris. Le capitaine commanda alors de la bière, et ils burent tous deux à leur entreprise.

« Un homme délicieux », déclara Gerris ensuite, tandis qu'il regagnait avec Quentyn la base de la jetée où attendait leur *hathay* de louage. L'air était chaud et lourd, et le soleil si éclatant que les deux hommes plissaient les yeux.

« Toute la ville est délicieuse », acquiesça Quentyn. *Tellement qu'on s'y pourrirait les dents.* On cultivait des profusions de betterave sucrière, dans la région, et on en servait presque à chaque repas. Les Volantains la préparaient en soupe froide, aussi épaisse et riche que du miel mauve. Leurs vins également étaient délicieux, et très sucrés. « Je crains toutefois que notre beau voyage ne soit bref. Ce délicieux personnage n'a aucune intention de nous emmener à Meereen. Il a accepté ton offre trop rapidement. Il va encaisser le triple du prix habituel, sans aucun doute, et, une fois que nous serons à bord et la terre hors de vue, il va nous couper la gorge et récupérer le reste de notre or, par-dessus le marché.

— Ou nous enchaîner à un banc de nage, à côté de ces pauvres diables dont nous humions les relents. Il faudrait trouver un contrebandier de plus haute volée, à mon avis. »

Leur conducteur les attendait auprès de son *hathay*. À Westeros, on aurait parlé de char à bœuf, même si le véhicule était considérablement plus ornementé que n'importe quelle carriole que Quentyn avait eu l'occasion de voir à Dorne, et dépourvu de bœuf. Le *hathay* était tracté par un éléphant nain au cuir couleur de neige sale. Les artères de l'antique Volantis étaient remplies de ses congénères.

Quentyn aurait préféré marcher, mais ils se trouvaient à des milles de leur auberge. D'ailleurs, l'aubergiste du Comptoir des

Marchands l'avait mis en garde : aller à pied risquait de les déprécier à la fois aux yeux des capitaines étrangers et des Volantains de souche. Les gens de qualité se déplaçaient en palanquin, ou à l'arrière d'un *hathay*... Et, tenez, justement, l'aubergiste avait un cousin qui possédait plusieurs de ces véhicules et se ferait un plaisir de se mettre à leur service en ce domaine.

Leur conducteur était un des esclaves du cousin, un petit bonhomme portant une roue tatouée sur la joue, vêtu uniquement d'un pagne et d'une paire de sandales. Il avait la peau couleur de teck, les yeux en éclats de silex. Après les avoir aidés à se hisser sur le banc capitonné placé entre les deux énormes roues de bois, il grimpa sur le dos de l'éléphant. « Le Comptoir des Marchands, lui indiqua Quentyn. Mais en suivant les quais. » Au-delà du front de mer et de ses brises, les rues et ruelles de Volantis étaient assez torrides pour vous noyer dans votre propre sueur, du moins sur cette rive du fleuve.

Le conducteur cria quelque chose à son éléphant dans la langue du cru. L'animal se mit en marche, balançant sa trompe d'un côté à l'autre. Le chariot s'ébranla à sa suite, le conducteur hurlant indifféremment aux matelots et aux esclaves de dégager le passage. Distinguer les uns des autres ne présentait guère de difficultés. Les seconds arboraient tous des tatouages : un masque de plumes bleues, un éclair qui courait de la mâchoire au front, une pièce sur une joue, des taches de léopard, un crâne, une cruche. D'après mestre Kaedry, Volantis comptait cinq esclaves pour un homme libre, mais il n'avait pas vécu assez longtemps pour vérifier son assertion. Il avait péri le matin où des corsaires avaient pris la *Sternelle* à l'abordage.

Quentyn avait perdu deux amis, ce même jour – William Puits, avec ses taches de rousseur et ses dents en désordre, intrépide avec une lance, et Cletus Ferboys, bel homme malgré son strabisme, toujours à courir, toujours à rire. Cletus avait été l'ami le plus cher de Quentyn pendant une moitié de sa vie, un frère à tous égards, sinon par le sang. « Donne un baiser à ta femme pour moi », lui avait chuchoté Cletus, juste avant de mourir.

Les corsaires avaient lancé l'abordage dans les ténèbres qui précèdent l'aube, alors que la *Sternelle* flottait à l'ancre au large des Terres Disputées. L'équipage les avait repoussés, au prix de douze vies. Les marins avaient ensuite dépouillé les cadavres des corsaires de leurs bottes, de leurs ceinturons et de leurs armes, partagé le contenu de leurs bourses, arraché les pierres précieuses à leurs oreilles et les bagues à leurs doigts. Un des corps était tellement obèse que le coq du navire avait dû lui trancher les doigts au couperet afin de s'emparer de ses bagues. Il avait fallu trois hommes pour rouler le cadavre à la mer. On avait précipité les autres pirates à sa suite, sans prières ni cérémonie.

Ils avaient traité leurs propres morts avec plus de tendresse. Les marins avaient cousu les corps à l'intérieur de toiles, lestées de pierres en ballast, afin qu'ils coulent plus vite. Le capitaine de la *Sternelle* avait prononcé une prière avec son équipage pour l'âme de leurs amis défunts. Puis il s'était tourné vers ses passagers dorniens, les trois rescapés sur les six qui étaient montés à bord à Bourg-Cabanes. Même le mastodonte avait émergé, pâle, verdâtre, le pied vacillant, quittant les profondeurs de la cale pour rendre un dernier hommage. « L'un d'entre vous devrait dire quelques mots pour vos trépassés, avant que nous les donnions à la mer », suggéra le capitaine. Gerris s'en était chargé, mentant un mot sur deux, puisqu'il ne pouvait pas révéler la vérité sur leur compte, ni la raison de leur voyage.

Les choses n'auraient pas dû s'achever ainsi, pour eux. « Ce sera une histoire à raconter à nos petits-enfants », avait décrété Cletus le jour où ils avaient quitté le château de son père. Will avait fait une grimace en entendant ces mots et répondu : « Une histoire à raconter aux serveuses, tu veux dire, dans l'espoir qu'elles troussent leurs jupons. » Cletus lui avait flanqué une claque dans le dos. « Pour avoir des petits-enfants, faut des enfants. Pour avoir des enfants, faut trousser quelques jupons. » Plus tard, à Bourg-Cabanes, les Dorniens avaient bu à la santé de la future épouse de Quentyn, ri de quelques ribauderies sur sa future nuit de noces, et parlé des merveilles qu'ils allaient voir, des exploits qu'ils allaient accomplir, de la gloire qu'ils allaient remporter. *Tout ce qu'ils y avaient gagné, c'était un sac en toile de voile lesté de pierres pour ballast.*

Malgré tout le chagrin qu'il ressentait pour Will et Cletus, c'était la perte du mestre qui affectait le plus vivement Quentyn. Kaedry parlait couramment les langues de toutes les cités libres, et même le ghiscari abâtardi qu'emploient les hommes sur les côtes de la baie des Serfs. « Mestre Kaedry vous accompagnera, lui avait déclaré son père, la nuit de leur départ. Écoute ses avis. Il a consacré la moitié de sa vie à l'étude des neuf Cités libres. »

Quentyn se demandait si leur situation n'aurait pas été facilitée avec lui, ici, pour les guider.

« Je vendrais ma mère pour un souffle de brise, se plaignit Gerris tandis qu'ils roulaient à travers la foule des quais. Pas encore midi, et il fait moite comme dans le con de la Pucelle. Je déteste cette ville. »

Quentyn partageait son sentiment. La morne touffeur de Volantis sapait ses forces et le laissait avec une impression de crasse. Le pire, c'était de savoir que la nuit n'apporterait aucun soulagement. Dans les hautes pâtures au nord des domaines de lord Ferboys, l'air était frais et sec en permanence après la tombée de la nuit, si chaud qu'ait pu être la journée. Pas ici. À Volantis, la nuit était presque aussi étouffante que le jour.

« Demain, la *Déesse* prend la mer pour la Nouvelle-Ghis, lui rappela Gerris. Ça nous rapprocherait un peu.

— La Nouvelle-Ghis est une île, et un port bien plus petit qu'ici. Nous serions plus près, certes, mais nous pourrions nous y retrouver bloqués. Et la Nouvelle-Ghis s'est alliée aux Yunkaïis. » La nouvelle n'avait pas surpris Quentyn. La Nouvelle-Ghis et Yunkaï étaient deux cités ghiscaries. « Si Volantis se mêlait de les rejoindre…

— Nous devons trouver un navire ouestrien, suggéra Gerris, un marchand de Port-Lannis ou de Villevieille.

— Il en vient peu jusqu'ici, et ceux qui le font chargent leurs cales de soie et d'épices de la mer de Jade, avant de rentrer chez eux.

— Un navire braavien, peut-être ? On a signalé des voiles pourpres jusqu'à Asshaï et aux îles de la mer de Jade.

— Les Braaviens descendent d'esclaves évadés. Ils ne commercent pas dans la baie des Serfs.

— Aurait-on assez d'or pour *acheter* un navire ?

— Et qui le pilotera ? Toi ? Moi ? » Les Dorniens n'avaient jamais été un peuple de marins, pas depuis que Nymeria avait brûlé ses dix mille vaisseaux. « Les mers qui entourent Valyria sont dangereuses, et grouillent de corsaires.

— Les corsaires, j'en ai eu mon content. N'achetons pas de navire. »

Ce n'est toujours qu'un jeu, pour lui, s'aperçut Quentyn, *sans différence avec la fois où il mena six d'entre nous dans les montagnes trouver l'ancien repaire du Roi Vautour*. Il n'était pas dans la nature de Gerris Boisleau d'imaginer qu'ils puissent échouer, et moins encore qu'ils puissent périr. Même la perte de trois amis n'avait pas réussi à l'assagir, apparemment. *Il me laisse ce soin. Il sait que je suis aussi prudent de nature qu'il est téméraire.*

« Peut-être que le mastodonte a raison, suggéra ser Gerris. La mer, je lui pisse dessus ! On peut achever le voyage par voie de terre.

— Tu sais bien pourquoi il dit ça. Il préférerait mourir que de poser à nouveau le pied sur un bateau. » Le mastodonte avait souffert du vert-mal chaque jour de leur voyage. À Lys, il avait mis quatre jours pour recouvrer ses forces. Ils avaient dû prendre une chambre à l'auberge afin que mestre Kaedry puisse le caler dans un lit de plume et lui donner la becquée de bouillons et de potions jusqu'à ce que le rose lui revienne aux joues.

On pouvait atteindre Meereen par voie de terre, certes. Les anciennes routes valyriennes les y conduiraient. *Les routes des dragons*, appelait-on les grandes voies empierrées des Possessions, mais celle qui courait vers l'est de Volantis à Meereen avait gagné un nom plus sinistre : *la route des démons.*

« La route des démons est dangereuse, et trop *lente*, répondit Quentyn. Tywin Lannister enverra ses propres hommes contre la reine dès que la nouvelle de son existence parviendra à Port-Réal. » Son père en avait eu la conviction. « Ils arriveront l'arme au poing. S'ils l'atteignent les premiers…

— Espérons que ses dragons les renifleront et les dévoreront, répliqua Gerris. Bon, s'il n'y a pas moyen de trouver de bateau et que vous refusez que nous partions à cheval, autant prendre la mer et retourner à Dorne. »

Rentrer tout piteux à Lancehélion, la queue entre les jambes ? Jamais Quentyn ne pourrait affronter la déception de son père, et les Aspics des Sables l'écraseraient de leur mépris. Doran Martell avait placé entre ses mains le destin de Dorne ; il ne pouvait pas échouer, pas tant qu'il vivait encore.

Des ondulations de chaleur montaient de la rue tandis que le *hathay* grinçait et cahotait sur ses roues cerclées de fer, parant leur environnement d'un caractère onirique. Parmi les entrepôts et les quais, des boutiques et des étals de maintes sortes encombraient le front de mer. Ici on pouvait acheter des huîtres fraîches, là des fers et des menottes, là des pièces de *cyvosse* sculptées dans l'ivoire et le jade. Il y avait aussi des temples, où les marins venaient sacrifier à des dieux étrangers, côte à côte avec des maisons de plaisir où les femmes hélaient depuis leurs balcons les hommes de passage en contrebas. « Regardez-moi celle-là, le pressa Gerris, alors qu'ils longeaient un tel établissement. Je crois qu'elle en pince pour vous. »

Et combien coûte l'amour d'une putain ? À vrai dire, les filles désarçonnaient Quentyn, surtout lorsqu'elles étaient jolies.

En arrivant à Ferboys, il s'était amouraché d'Ynys, l'aînée des filles de lord Ferboys. Bien qu'il n'ait jamais soufflé mot de ses sentiments, il avait caressé ce rêve des années... jusqu'au jour où on l'avait envoyée épouser ser Ryon Allyrion, l'héritier de la Gracedieu. La dernière fois qu'il l'avait vue, elle avait un garçon qui lui tétait le sein et un autre qui s'agrippait à ses jupes.

Après Ynys, il y avait eu les jumelles Boisleau, deux jeunes pucelles aux cheveux fauves qui adoraient chasser au faucon et à courre, escalader les rochers et faire rougir Quentyn. L'une des deux lui avait donné son premier baiser, mais il n'avait jamais su laquelle. Comme filles d'un chevalier fieffé, les jumelles étaient de trop basse naissance pour se marier avec lui, mais Cletus n'avait pas estimé cette raison suffisante pour cesser de les embrasser. « Une fois marié, tu pourras en prendre une comme maîtresse. Voire les deux, pourquoi pas ? » Mais Quentyn avait vu plusieurs raisons pour ne pas le faire, aussi s'était-il efforcé par la suite d'éviter les jumelles, et il n'y avait jamais eu de second baiser.

Plus récemment, la benjamine de lord Ferboys s'était mis en tête de le suivre à travers tout le château. Gwyneth n'avait que douze ans, une petite fluette dont les yeux sombres et les cheveux bruns la singularisaient dans cette maison de blonds aux yeux bleus. Mais elle était fine, aussi vive avec les mots qu'avec ses mains, et aimait affirmer à Quentyn qu'il devait patienter, le temps qu'elle s'épanouisse, afin qu'elle puisse l'épouser.

Cela, c'était avant que le prince Doran le convoque dans les Jardins Aquatiques. Et à présent, la plus belle femme du monde attendait à Meereen, et il avait l'intention d'accomplir son devoir et de la prendre pour femme. *Elle ne refusera pas. Elle honorera l'accord.* Daenerys Targaryen aurait besoin de Dorne pour remporter les Sept Couronnes, et cela signifiait qu'elle aurait besoin de lui. *Mais cela ne veut pas dire qu'elle m'aimera pour autant. Je pourrais même lui déplaire.*

La rue tournait à la rencontre du fleuve et de la mer, et là, le long du virage, divers vendeurs d'animaux étaient agglutinés ensemble, proposant des lézards joyaux, des serpents corail géants et d'agiles petits singes avec des queues annelées et d'habiles mains roses. « Peut-être qu'un singe plairait à ta reine d'argent », suggéra Gerris.

Quentyn n'avait aucune idée de ce que Daenerys Targaryen pourrait aimer. Il avait promis à son père de la ramener à Dorne, mais se demandait de plus en plus s'il était à la hauteur de la tâche.

Je n'ai jamais voulu ça, se dit-il.

De l'autre côté du vaste flot de la Rhoyne, il voyait le Mur Noir édifié par les Valyriens à l'époque où Volantis n'était qu'une colonie de leur empire : un grand ovale de pierre fondue haut de deux cents pieds et si large que six chariots à quatre chevaux pouvaient galoper de front au sommet, comme ils le faisaient chaque année, lors des courses commémorant la fondation de la cité. Ni les étrangers ni les affranchis n'avaient l'autorisation de pénétrer dans l'enceinte du Mur Noir sinon sur l'invitation de ceux qui y vivaient, les fils de l'Ancien Sang qui pouvaient remonter leur lignée jusqu'à Valyria elle-même.

Par ici, la circulation était plus dense. Ils approchaient de l'extrémité ouest du Long Pont, qui réunissait les deux moitiés de la ville. Charrettes, carrioles et *hathays* congestionnaient les rues, empruntant tous le pont dans les deux sens. Partout une foison d'esclaves, comme des cafards, galopaient aux affaires de leurs maîtres.

Pas loin de la place des Poissonniers et du Comptoir des Marchands, des cris jaillirent d'une rue adjacente, et une dizaine de piqueurs immaculés en armure ouvragée et manteau en peau de tigre semblèrent surgir de nulle part, écartant tout le monde à grands signes de bras pour que le triarque puisse circuler au sommet de son éléphant, un géant à peau grise, caparaçonné d'une armure émaillée qui battait doucement au rythme de ses mouvements, le castel sur son dos si haut qu'il frôlait le faîte de l'arche de pierre ornementale sous laquelle il passait. « Les patriarches sont considérés comme des êtres d'un statut si élevé que leurs pieds ne doivent pas toucher le sol au cours de leur année de service, expliqua Quentyn à son compagnon. Ils se déplacent partout à dos d'éléphant.

— En bloquant les rues et en laissant le commun des mortels que nous sommes se dépêtrer de leurs piles de bouse, commenta Gerris. Pourquoi Volantis a besoin de trois princes alors que Dorne se débrouille avec un seul, je ne le comprendrai jamais.

— Les triarques ne sont ni des rois ni des princes. Volantis est une Possession, comme l'antique Valyria. Tous les propriétaires terriens libres en partagent le gouvernement. Même les femmes ont le droit de vote, à condition de posséder une terre. Les trois triarques sont choisis parmi les nobles familles capables de prouver une descendance ininterrompue depuis l'ancienne Valyria, pour servir jusqu'au premier jour de l'an. Et tout cela, tu le saurais si tu t'étais donné la peine de lire le livre que mestre Kaedry t'a offert.

— Il n'y avait pas d'illustrations.

— Il y avait des cartes.

— Ça ne compte pas, les cartes. S'il m'avait dit que ça parlait de tigres et d'éléphants, j'aurais pu m'y risquer. J'ai soupçonné son bouquin d'être une chronique historique. »

Lorsque leur *hathay* atteignit la limite de la place des Poissonniers, leur éléphant leva sa trompe et produisit un son de cor, comme une énorme oie blanche, rechignant à plonger dans l'encombrement de charrettes, de palanquins et de piétons devant lui. Leur conducteur l'encouragea du talon et le maintint en mouvement.

Les poissonnières étaient présentes en force, criant la prise du matin. Au mieux, Quentyn comprenait un mot sur deux, mais point besoin de connaître la langue pour identifier les poissons. Il vit de la morue, du voilier et des sardines, des barils de moules et de praires. Le long d'un étal étaient accrochées des anguilles. Un autre exposait une tortue géante, suspendue par les pattes au bout de chaînes de fer, lourde comme un cheval mort. Des crabes se démenaient dans des tonneaux de saumure et d'algues. Plusieurs vendeurs faisaient frire des portions de poisson avec des oignons et des betteraves, ou vendaient un ragoût de poisson poivré dans de petits pots en fer.

Au centre de la place, sous la statue fissurée et décapitée d'un défunt triarque, une foule avait commencé à s'assembler autour de nains en représentation. Les petits hommes étaient affublés d'armures de bois, chevaliers miniatures se préparant pour une joute. Quentyn en vit un enfourcher un chien, tandis que l'autre sautait sur le dos d'un cochon... pour glisser et tomber tout de go, salué par des rires épars.

« Ils ont l'air comique, jugea Gerris. On s'arrête pour les regarder se battre ? Cela vous ferait du bien de rire, Quent. Vous avez la tête d'un vieillard qui n'a pas été à la selle depuis six mois. »

J'ai dix-huit ans, six de moins que toi, songea Quentyn. *Je ne suis pas un vieillard.* À voix haute, il répondit : « Je n'ai nul besoin de nains comiques. Sauf s'ils possèdent un navire.

— Un tout petit, je dirais. »

Haut de trois étages, le Comptoir des Marchands dominait les quais, les débarcadères et les entrepôts qui l'entouraient. Ici, des négociants de Villevieille et Port-Réal se mêlaient à leurs collègues de Braavos, Pentos et Myr, avec des Ibbéniens velus, de pâles voyageurs de Qarth, des Estiviens d'un noir de charbon avec leurs manteaux de plumes typiques des îles d'Été, et même des ensorceleurs d'ombres d'Asshaï-lès-l'Ombre.

Quand Quentyn descendit du *hathay,* il sentit sous ses pieds la chaleur des pavés, même à travers le cuir de ses bottes. Devant le Comptoir des Marchands on avait dressé à l'ombre, sur des tréteaux, une table décorée avec des fanions rayés bleu et blanc qui frémissaient à chaque souffle d'air. Quatre épées-louées au regard dur traînaient autour de la table, hélant tous les hommes et les garçons qui passaient. *Des Erre-au-Vent,* reconnut Quentyn. Les sergents cherchaient de la chair fraîche pour garnir leurs rangs avant de prendre la mer pour la baie des Serfs. *Et chacun de ceux qui signent avec eux représente une autre épée pour Yunkaï, une autre lame visant à boire le sang de ma future.*

Un des Erre-au-Vent les interpella. « Je ne parle pas votre langue », lui répondit Quentyn. Certes, il savait lire et écrire le haut valyrien, mais le pratiquait peu à l'oral. La pomme volantaine avait roulé loin de son arbre valyrien d'origine.

« Ouestriens ? riposta l'homme, dans la Langue Commune.

— Dorniens. Mon maître vend du vin.

— Ton maître ? Envoie-le se faire foutre. T'es esclave ? Viens chez nous, tu s'ras ton propre maître. Tu veux pas crever dans ton lit ! Nous, on t'enseignera l'épée et la lance. T'iras à cheval à la bataille, auprès du Prince en Guenilles, et tu rentreras chez toi plus riche qu'un lord. Les garçons, les filles, l'or, tout c' que tu voudras, si t'as les couilles pour le crocher. On est les Erre-au-Vent et la déesse massacre, on l'encule ! »

Deux des mercenaires entonnèrent une chanson, beuglant les paroles d'un air de marche. Quentyn en comprit assez long pour saisir l'idée générale. *On est les Erre-au-Vent,* chantaient-ils. *Vent, souffle-nous vers l'Orient, et la baie des Serfs, le Roi Boucher, on le tuera, la Reine Dragon, on la baisera.*

« Si nous avions encore Cletus et Will avec nous, nous pourrions revenir avec le mastodonte et les tuer tous », commenta Gerris.

Cletus et Will sont morts. « Ne fais pas attention à eux », fit Quentyn. Les mercenaires lancèrent des quolibets dans leur dos tandis qu'ils poussaient les portes du Comptoir des Marchands, les narguant en les traitant de poltrons avec du jus de navet dans les veines et de fillettes effrayées.

Le mastodonte les attendait dans leurs appartements au premier étage. Même si l'auberge leur avait été chaudement recommandée par le maître de la *Sternelle*, cela ne voulait pas dire que Quentyn était disposé à laisser leurs biens et leur or sans surveillance. Il y avait des voleurs, des rats et des putains dans tous les ports, et à Volantis plus que dans la plupart.

« J'étais prêt à partir à votre recherche », leur annonça ser Archibald Ferboys en faisant coulisser la barre pour les laisser entrer. C'était son cousin Cletus qui avait commencé à l'appeler *le mastodonte*, surnom amplement mérité. Arch mesurait six pieds et demi, avait une large carrure, une énorme bedaine et des jambes massives comme des troncs d'arbre, des mains grandes comme des jambons et, pour ainsi dire, pas de cou. Une maladie d'enfance avait fait tomber tous ses cheveux. Son crâne chauve évoquait à Quentyn un rocher rose et lisse. « Alors, demanda-t-il, il a dit quoi, le contrebandier ? On l'a, not' bateau ?

— Navire, rectifia Quentyn. Oh certes, il nous prendra à bord, mais uniquement jusqu'au plus proche enfer. »

Gerris s'assit sur un lit avachi et retira ses bottes. « Les charmes de Dorne me paraissent sans cesse plus séduisants.

— Je continue à dire qu'on ferait mieux de suivre la route des démons, riposta le mastodonte. Y a peut-être pas tant de risques qu'on le raconte. Et puis, si y en a, ça n'en rapportera que plus de gloire à ceux qui s'y aventurent. Qui oserait s'en prendre à nous ? Le Buveur avec son épée, moi avec ma masse, c'est plus qu'un démon pourrait digérer.

— Et si Daenerys était morte avant que nous parvenions jusqu'à elle ? insista Quentyn. Il nous faut un navire. Même si c'est l'*Aventure.* »

Gerris se mit à rire. « Daenerys doit vraiment vous allécher plus que je ne le savais, si vous êtes prêt à endurer des mois une telle puanteur. Au bout de trois jours, je les implorerais de m'achever. Non, mon prince, de grâce, pas l'*Aventure.*

— Tu as un meilleur moyen ? s'enquit Quentyn.

— Oui. Il m'est tout juste venu à l'idée. Il comporte des risques, et ce n'est pas ce qu'on pourrait trouver de plus honorable, je vous l'accorde... Mais il vous mènera à votre reine plus vite que la route des démons.

— Explique », demanda Quentyn Martell.

JON

Jon Snow relut la lettre jusqu'à ce que les mots commencent à se brouiller et à se mélanger ensemble. *Je ne peux pas signer ça. Je m'y refuse.*

Il faillit brûler le parchemin sur-le-champ. Il préféra boire une gorgée de bière, le fond de la demi-coupe qui restait de son souper en solitaire de la veille au soir. *Il faut que je signe. Ils m'ont choisi comme lord Commandant. Le Mur est à moi, et la Garde aussi. La Garde de Nuit ne prend pas parti.*

Lorsque Edd-la-Douleur Tallett ouvrit la porte pour lui annoncer que Vère attendait dehors, ce fut un soulagement. Jon mit de côté la lettre de mestre Aemon. « Je vais la recevoir. » Il redoutait l'entrevue. « Trouve-moi Sam. Je veux lui parler, ensuite.

— Il doit être fourré dans ses livres. Mon vieux septon me disait que les livres, c'est des morts qui parlent. Moi, je vous le dis, les morts feraient mieux de se taire. Personne a envie d'entendre les jacasseries d'un mort. » Edd-la-Douleur s'en fut marmottant on ne savait quoi sur les vers et les araignées.

Lorsque Vère entra, elle tomba aussitôt à genoux. Jon contourna la table et vint la relever. « Tu n'as pas besoin de t'agenouiller devant moi. C'est juste pour les rois. » Bien qu'épouse et mère, Vère lui semblait toujours à moitié une enfant, une mince pauvrette emmitouflée dans un des vieux manteaux de Sam. Le vêtement flottait tellement sur elle qu'elle aurait pu dissimuler plusieurs autres filles sous ses replis. « Les nourrissons vont bien ? » lui demanda-t-il.

La sauvageonne sourit timidement par-dessous sa cagoule. « Oui-da, m'sire. J'avais peur de pas avoir assez de lait pour tous les deux, mais plus qu'ils tètent et plus que j'en ai. Ils sont gaillards.

— J'ai une dure affaire à t'apprendre. » Il faillit dire *à te demander*, mais se reprit au tout dernier moment.

« C'est Mance ? Val a supplié le roi de l'épargner. Elle a dit qu'elle se laisserait épouser par un agenouillé et qu'elle lui couperait même pas la gorge, pour peu que Mance, y vive. L'aut' Seigneur des Os, lui, on va l'épargner. Craster a toujours juré qu'il le tuerait si jamais y se montrait dans le donjon. Mance a jamais fait la moitié de c' qu'a fait çui-là. »

Tout ce qu'a fait Mance, c'est mener une armée contre le royaume qu'il avait autrefois juré de protéger. « Mance a prononcé nos serments, Vère. Puis, il a retourné son manteau, épousé Della et s'est couronné Roi-d'au-delà-du-Mur. Sa vie repose entre les mains du roi, à présent. Ce n'est pas de lui que nous devons parler. Mais de son fils. Du petit de Della.

— Le marmot ? » Sa voix trembla. « Il a jamais rompu de serment, m'sire. Il dort, il pleure, il tète, v'là tout ; il a jamais rien fait d'mal à personne. La laissez pas le brûler. Sauvez-le, par pitié.

— Toi seule peux le faire, Vère. » Jon lui expliqua comment.

Une autre femme aurait poussé des hurlements, l'aurait dédié aux sept enfers. Une autre femme aurait pu se ruer sur lui dans sa fureur, le gifler, lui flanquer des coups de pied, lui crever les yeux avec les ongles. Une autre femme aurait pu lui balancer son défi au visage.

Vère secoua la tête. « Non. J' vous en prie, non. »

Le corbeau saisit le mot. « *Non* », hurla-t-il.

« Refuse et le garçon finira brûlé. Pas demain, ni le jour d'après... Mais bientôt, sitôt que Mélisandre aura besoin de réveiller un dragon, de lever la tempête ou de jeter un autre sort qui exige le sang d'un roi. Mance ne sera plus que cendres et os, à ce moment-là, aussi exigera-t-elle son fils pour les flammes, et Stannis ne le lui refusera pas. Si tu n'emportes pas le petit, *elle le fera brûler.*

— J' partirai, déclara Vère. J' l'emporterai, j' les prendrai tous les deux, le fils de Della et le mien. » Des larmes roulaient sur ses joues. Sans la façon dont la bougie les faisait luire, Jon n'aurait jamais su qu'elle pleurait. *Les épouses de Craster ont enseigné à leurs filles à verser leurs larmes dans l'oreiller. Peut-être sortaient-elles pour pleurer, bien loin des poings de Craster.*

Jon referma les doigts de sa main d'épée. « Emporte les deux garçons, et les gens de la reine chevaucheront à tes trousses pour te ramener ici. Le petit brûlera quand même… et toi avec lui. » *Si je la réconforte, elle risque de croire que les larmes peuvent m'émouvoir. Il faut qu'elle comprenne que je ne céderai pas.* « Tu prendras un seul garçon, et ce sera celui de Della.

— Une mère peut pas abandonner son fils, sans être maudite à jamais. Pas un *fils.* On l'a *sauvé*, Sam et moi. Pitié. Pitié, m'sire. On l'a sauvé du froid.

— À ce qu'on raconte, mourir de froid est presque une mort paisible. Le feu, en revanche… tu vois la chandelle, Vère ? »

Elle regarda la flamme. « Oui.

— Touche-la. Place ta main au-dessus de la flamme. »

Ses grands yeux marron s'agrandirent encore. Elle ne bougea pas.

« Fais-le. » *Tue l'enfant.* « Tout de suite. »

En tremblant, la jeune femme tendit la main, la tint largement au-dessus de la flamme dansante de la chandelle.

« Plus bas. Laisse-la t'embrasser. »

Vère baissa la main. D'un pouce. De deux. Lorsque la flamme lui lécha la chair, elle retira vivement la main et éclata en sanglots.

« Le feu est une méchante manière de mourir. Della est morte pour donner la vie à cet enfant, mais tu l'as nourri, tu l'as chéri. Tu as sauvé ton propre fils de la glace. À présent, sauve le sien du feu.

— Alors, c'est mon bébé qu'ils f'ront brûler. La femme rouge. Si elle ne peut pas avoir celui de Della, elle f'ra brûler le mien.

— Ton fils n'a pas du sang de roi. Mélisandre n'a rien à gagner en le donnant au feu. Stannis veut que le peuple libre combatte pour lui, il ne fera pas brûler un innocent sans raison valable. Ton garçon ne risquera rien. Je lui trouverai une nourrice et il sera élevé ici, à Châteaunoir, sous ma protection. Il apprendra à chasser et à monter à cheval, à se battre avec une épée, une hache et un arc. Je veillerai même à ce qu'on lui apprenne à lire et à écrire. » *Ça plairait à Sam.* « Et quand il sera assez grand, il apprendra la vérité sur sa naissance. Il aura toute liberté d'aller à ta recherche si tel est son désir.

— Z'en ferez un corbac. » Elle essuya ses larmes du revers d'une petite main pâle. « J' veux pas, j' veux pas. »

Tue l'enfant, se dit Jon. « Tu le dois. Sinon, je te le promets, le jour où ils feront brûler le petit de Della, le tien mourra également.

— *Mourra*, hurla le corbeau du Vieil Ours. *Mourra, raa, raa.* »

La fille restait assise, recroquevillée et comme rétrécie, à fixer la flamme de la chandelle, des larmes brillant dans ses yeux. Finalement, Jon trancha : « Tu as ma permission de partir. Ne parle de rien, mais veille à être prête au départ une heure avant l'aube. Mes hommes viendront te chercher. »

Vère se remit debout. Pâle et muette, elle s'en fut, sans jamais regarder en arrière vers lui. Jon entendit ses pas, tandis qu'elle traversait en hâte l'armurerie. Elle courait presque.

Quand il alla fermer la porte, Jon vit Fantôme étendu sous l'enclume, en train de rogner un os de bœuf. Le gros loup-garou blanc leva les yeux à son approche. « Il était grand temps que tu reviennes. » Il retourna à son fauteuil, pour relire une fois de plus la lettre de mestre Aemon.

Samwell Tarly apparut quelques instants plus tard, agrippant une pile de livres. Il n'était pas plus tôt entré que le corbeau de Mormont vola sur lui en réclamant du grain. Sam fit de son mieux pour le satisfaire en présentant du blé puisé dans le sac auprès de la porte. Le corbeau, lui, fit de son mieux pour lui percer la paume en picorant. Sam piaula, l'oiseau s'enleva dans un claquement d'ailes, le blé se répandit. « Est-ce que ce salopard t'a déchiré la peau ? » demanda Jon.

Sam retira avec précaution son gant. « Tu parles. Je suis *en sang.*

— Nous versons tous le nôtre pour la Garde. Mets des gants plus épais. » D'un pied, Jon poussa une chaise vers lui. « Assieds-toi, puis jette-moi un coup d'œil là-dessus. » Il tendit le parchemin à Sam.

« Qu'est-ce que c'est ?

— Un bouclier de papier. »

Sam lut lentement. « Une lettre pour le roi Tommen ?

— À Winterfell, mon frère Bran et lui s'affrontèrent un jour avec des épées de bois, dit Jon en se ressouvenant. On avait tellement matelassé Tommen qu'il avait l'air d'une oie farcie. Bran lui fit mordre la poussière. » Il alla à la fenêtre et ouvrit les volets d'une poussée. Au-dehors, l'air était froid et ravigotant, malgré le gris terne du ciel. « Seulement, Bran est mort, et ce rondouillard de Tommen occupe le Trône de Fer, avec son minois rose et une couronne nichée dans ses boucles d'or. »

La remarque s'attira un coup d'œil bizarre de Sam, et pendant un instant il donna l'impression de vouloir dire quelque chose. Mais il déglutit et revint au parchemin. « Tu n'as pas signé la lettre... »

Jon secoua la tête. « Le Vieil Ours a demandé cent fois de l'aide au Trône de Fer. On lui a expédié Janos Slynt. Aucune lettre au monde n'incitera les Lannister à nous aimer mieux. À plus forte raison lorsqu'ils apprendront que nous avons soutenu Stannis.

— Uniquement pour défendre le Mur, pas en partisans de sa rébellion. Et c'est bien ce qui est *dit* là.

— La différence risque d'échapper à lord Tywin. » Jon reprit sèchement la missive. « Pourquoi aurait-il envie de nous aider maintenant ? Il ne l'a jamais fait avant.

— Eh bien, il n'aura sûrement pas envie de laisser se répandre le bruit que Stannis s'est mis en campagne pour la défense du royaume pendant que le roi Tommen s'amusait avec ses joujoux. Cela n'aboutirait qu'à faire retomber l'opprobre sur la maison Lannister.

— Ce n'est pas l'opprobre que je veux faire fondre sur la maison Lannister, c'est la mort et la destruction. » Jon cita la lettre. « *La Garde de Nuit ne prend point de part aux guerres des Sept Couronnes. Notre foi est jurée au royaume, et le royaume se trouve actuellement exposé au pire des périls. Stannis Baratheon nous seconde contre nos adversaires d'au-delà du Mur, mais nous n'en sommes pas pour autant ses hommes...* »

Sam se tortilla sur son siège. « Enfin, c'est vrai. Nous ne le sommes *pas*, si ?

— J'ai donné à Stannis les vivres, le couvert et Fort-Nox, plus l'autorisation d'installer des gens du peuple libre dans le Don. C'est tout.

— Lord Tywin dira que c'est trop.

— Stannis prétend que ce n'est pas assez. Plus tu donnes à un roi, plus s'accroissent ses exigences. Nous marchons sur un pont de glace entre deux abîmes. Faire plaisir à un seul roi n'est déjà pas facile, en contenter deux confine à l'impossible.

— Oui, mais si... Si les Lannister devaient finir par l'emporter et que lord Tywin décide que nous avons trahi Tommen en aidant Stannis, cela pourrait bien signifier la fin de la Garde de Nuit. Il dispose de l'appui des Tyrell et, avec eux, de toute la puissance de Hautjardin. Ce, sans oublier qu'il a bel et bien vaincu lord Stannis sur la Néra.

— La Néra n'a été qu'une seule bataille. Robb a gagné toutes les siennes et a néanmoins perdu la vie. Si Stannis réussit à soulever le Nord... »

Sam hésita, puis il dit : « Les Lannister ont des Nordiens à eux : lord Bolton et son bâtard de fils.

— Stannis a les Karstark. S'il peut également faire fond sur Blancport...

— Si, souligna Sam. Sinon, messire... Mieux vaut même un bouclier de papier que pas de bouclier du tout.

— Je le présume, effectivement. » *Aemon et lui, tous les deux.* Il avait vaguement espéré que Sam Tarly verrait les choses différemment. *Ce n'est que de l'encre et du parchemin.* Résigné, il saisit la plume et parapha. « Passe-moi la cire à cacheter. » *Avant que je change d'avis.* Sam s'empressa d'obéir. Jon apposa le sceau du lord Commandant et lui tendit la lettre. « Emporte-moi ça pour mestre Aemon quand tu t'en iras, et dis-lui de le faire délivrer à Port-Réal par un de ses corbeaux.

— Je n'y manquerai pas. » Sam semblait soulagé. « Et si je puis me permettre une question, messire... J'ai vu Vère sortir d'ici. Elle était au bord des larmes.

— Elle était venue de la part de Val implorer à nouveau la grâce de Mance Rayder », mentit Jon, puis ils discutèrent un moment de Mance, de Stannis et de Mélisandre d'Asshaï, jusqu'à ce que le corbeau ait picoré le dernier grain de blé et hurle : « *Sang.* »

« Je fais partir Vère, annonça Jon. Avec le petit. Il va nous falloir trouver une autre nourrice pour son frère de lait.

— D'ici là, le lait de chèvre devrait aller. C'est meilleur pour les nouveau-nés que celui de vache. » Parler de seins embarrassait clairement Sam, et il se mit subitement à discourir d'histoire, et de jeunes commandants qui avaient vécu et étaient morts des centaines d'années plus tôt. Jon lui coupa la parole : « Laisse ces vains détails pour m'en fournir d'utiles. Parle-moi de notre ennemi.

— Les Autres. » Sam s'humecta les lèvres. « Les annales les mentionnent bien, mais moins souvent que je ne l'aurais cru. C'est-à-dire celles du moins que j'ai pu découvrir et consulter.

Beaucoup plus nombreuses étant, je le sais, celles que je n'ai toujours pas trouvées. Certains des volumes plus vieux tombent en morceaux. Les pages s'émiettent dès que j'essaie de les tourner. Quant aux bouquins remontant *réellement* à la plus haute antiquité... de deux choses l'une, ou bien ils se sont totalement réduits en poudre, ou bien ils reposent enfouis dans un endroit où je n'ai pas encore fourré le nez, à moins que... Eh bien, ça se pourrait, quoi, que ce genre de bouquins-là, il n'y en ait pas, n'y en ait jamais eu. Les chroniques les plus anciennes que nous possédions ont été rédigées après l'arrivée des Andals à Westeros. Comme les Premiers Hommes nous ont uniquement laissé des runes gravées sur des pierres, ce que nous nous figurons savoir tant sur l'Époque Héroïque que sur l'Âge de la Prime Aube et sur la Longue Nuit nous vient des transcriptions de récits oraux faites par des septons des milliers d'années plus tard. Il est des archimestres, à la Citadelle, pour contester l'ensemble en bloc. Ces vieilles fables foisonnent de rois qui régnèrent des centaines d'années, et de chevaliers en quête d'aventures un millénaire avant qu'il n'*existe* des chevaliers... Mais ces contes, tu les connais, Brandon le Bâtisseur, Symeon Prunelles Étoilées, le Roi de la Nuit... Et nous avons beau prétendre que tu es le neuf cent quatre-vingt-dix-huitième lord Commandant de la Garde de Nuit, la plus ancienne liste que j'aie retrouvée fait état de six cent soixante-quatorze commandants, ce qui suggère qu'elle fut dressée pendant...

— Le déluge, coupa Jon. Tes paperasses disent quoi, au sujet des Autres ?

— Il y est question de verredragon. Jadis, les enfants de la forêt avaient coutume, à l'Époque Héroïque, d'offrir à la Garde de Nuit, chaque année, une centaine de poignards d'obsidienne. Pour ce qui est des Autres, ils surviennent lorsqu'il fait froid, la plupart des contes en sont d'accord. Si ce n'est plutôt leur survenue qui provoque le froid. Il leur arrive de faire leur apparition durant des tempêtes de neige, et ils disparaissent dès que le ciel s'éclaircit. Ils se dérobent à la lumière du soleil et surgissent à l'approche de la nuit. Si ce n'est plutôt leur approche qui suscite la nuit tombante. Certaines des fables leur font chevaucher des charognes. Ours ou loups-garous, mammouths ou chevaux, qu'importe l'animal qu'ils chevauchent, pourvu seulement qu'il soit mort. Comme celui d'entre eux qui a tué P'tit Paul montait un cheval mort, voilà un détail dont on ne saurait nier la véracité. On rencontre également des récits qui parlent d'araignées de glace colossales. J'ignore évidemment ce qu'il faut entendre par là. Tout homme qui succombe au cours d'un combat contre les Autres doit être brûlé, faute de quoi c'est sous leur emprise qu'il se relèvera, mort, pour affronter ceux de son propre camp.

— Nous savions tout cela. La question qui se pose est : comment s'y prend-on pour les affronter ?

— Leur armure est à l'épreuve de la plupart des lames ordinaires, s'il faut en croire toutefois les contes, et les épées qu'ils manient eux-mêmes sont tellement froides qu'elles font littéralement exploser l'acier. Ils ont horreur du feu, en revanche, et ils sont vulnérables à l'obsidienne. Je suis tombé sur une chronique consacrée à la Longue Nuit, et selon laquelle le dernier héros massacrait des Autres avec une lame en acierdragon. Il leur était censément impossible d'y résister.

— De l'acierdragon ? » Le terme était nouveau, pour lui. « De l'acier *valyrien* ?

— C'est la première idée que j'ai eue, moi aussi.

— De sorte qu'il me suffirait de convaincre nos beaux seigneurs des Sept Couronnes de nous donner leurs lames valyriennes pour tout sauver ? Mais ça va être un jeu d'enfant ! » *Pas plus difficile que de leur demander de céder leur argent et leurs châteaux.* Il éclata d'un rire amer. « Est-ce que tes trouvailles t'ont révélé qui sont les Autres, d'où ils proviennent, quel est leur but ?

— Pas encore, messire, mais rien n'exclut que je ne me sois simplement fourvoyé dans le choix de mes lectures. C'est qu'il y a des centaines de volumes où je n'ai toujours pas jeté un œil. Accordez-moi davantage de temps et je trouverai tout ce qui peut l'être.

— Du temps, il n'y en a plus. Il faut que tu rassembles tes affaires, Sam. Tu vas toi aussi partir avec Vère.

— Partir ? » Sam le regarda, bouche bée, comme s'il ne comprenait pas le sens de ce mot. « Je vais m'en aller, moi ? À Fort-Levant, messire ? Ou bien… Pour où suis-je censé…

— Villevieille.

— *Villevieille ?* répéta Sam dans un piaulement aigu.

— De même qu'Aemon.

— Aemon ? *Mestre* Aemon ? Mais… il est âgé de cent deux ans, messire, il ne saurait… Vous nous envoyez, lui *et* moi ? Les corbeaux, qui les soignera ? S'il y a quelqu'un de malade ou bien de blessé, qui est-ce qui…

— Clydas. Cela fait des années qu'il est avec Aemon.

— Clydas n'est qu'un auxiliaire, et ses yeux ne vont pas bien du tout. Il vous faut un *mestre*. Mestre Aemon est si fragile, un voyage par mer... Ça risquerait... Il est vieux, et...

— Ses jours vont être en danger. J'en suis pleinement conscient, Sam, mais les dangers qu'il court ici sont bien pires. Stannis connaît son identité. Si la femme rouge exige du sang royal pour mettre en œuvre ses sortilèges...

— Ah. » Les grosses joues de Sam parurent se vider de leur couleur.

« À Fort-Levant, Dareon se joindra à vous. Je me flatte que ses chansons nous vaudront dans le Sud un certain nombre de recrues. Le *Merle* vous mènera jusqu'à Braavos. De là, vous devrez régler vous-mêmes la question de votre embarquement pour Villevieille. Quant à Vère, si tu te proposes encore à votre arrivée de revendiquer son marmot pour un bâtard de toi, dirige-les tout de suite sur Corcolline, elle et lui ; dans le cas contraire, Aemon s'arrangera pour la placer comme servante à la Citadelle.

— Mon b-b-bâtard. Oui, je... Ma mère et mes sœurs l'aideront à le dorloter. Dareon pourrait tout aussi bien que moi veiller à ce qu'ils arrivent à Villevieille. Je suis en... Je travaille mon tir avec Ulmer chaque après-midi, conformément à vos ordres... Enfin, sauf les jours où je suis dans les caves, mais vous m'avez chargé de trouver des renseignements sur les Autres. Le maniement de l'arc me fait mal aux épaules et me donne des ampoules aux doigts. » Il montra sa main à Jon. « Je continue de m'exercer quand même, malgré tout. Maintenant, j'arrive à toucher la cible plus souvent qu'à la rater, mais ça ne m'empêche pas encore de rester le plus mauvais archer qu'on ait jamais vu bander un arc. J'aime bien les histoires d'Ulmer, à part ça. Il faut absolument que quelqu'un les transcrive et les insère dans un livre.

— À toi de le faire. L'encre et le parchemin ne manquent pas, à la Citadelle, non plus que les arcs. Je compte bien que tu vas poursuivre ton entraînement. Sam, la Garde de Nuit possède des centaines d'hommes capables de décocher une flèche, mais juste une poignée qui sache lire ou écrire. Il faut absolument que ce soit toi qui deviennes mon nouveau mestre.

— Messire, je... Mon travail est ici, les bouquins...

— ... seront toujours là quand tu nous reviendras. »

Sam porta la main à sa gorge. « Messire, la Citadelle... On vous y fait disséquer des cadavres. Je ne peux pas porter de chaîne.

— Tu le peux. Tu le feras. Mestre Aemon est vieux et aveugle. Ses forces sont en train de l'abandonner. Qui prendra sa place lorsqu'il mourra ? Mestre Mullin, à Tour Ombreuse, est un martial plus qu'un érudit, et mestre Harmune à Fort-Levant, moins volontiers sobre qu'ivre mort.

— Si vous demandiez davantage de mestres à la Citadelle...

— J'en ai bien l'intention. Nous aurons besoin de tout un chacun. Il n'en est pas pour autant si facile de remplacer Aemon Targaryen. » *Ça ne se passe pas comme je l'avais espéré.* Il savait que ce serait dur, avec Vère, mais il présumait que Sam serait heureux d'échanger les périls du Mur pour la tiédeur de Villevieille. « Et moi qui étais certain que l'idée te plairait, avoua-t-il, perplexe. Il y a tellement de livres, à la Citadelle, que l'espoir de les lire tous ne viendrait à personne au monde. Tu ferais merveille là-bas, Sam... Merveille, je le sais.

— Non. Je pourrais bouquiner tout mon soûl, mais... Un m-m-mestre se doit d'être un guérisseur et le... la seule vue du s-s-sang me donne envie de tomber dans les pommes. » Sa main tremblait, preuve de la vérité de ses mots. « Je suis Sam la Trouille, pas Sam l'Égorgeur.

— La trouille ? De quoi ? De te faire gronder par ces vieux machins d'archimestres ? Allons, Sam... Alors que tu as vu le Poing submergé par des essaims de spectres et des nuées de morts vivants aux mains noires et aux yeux d'un bleu fulgurant ! Alors qu'un Autre a péri de ta propre main !

— C'est le v-v-verredragon qui l'a tué, pas moi.

— Ta gueule », coupa Jon. Après Vère, il avait épuisé sa patience pour les craintes du gros garçon. « Tu as menti, trafiqué, comploté pour me faire lord Commandant. Tu *vas* m'obéir. Tu vas partir pour la Citadelle, tu vas t'y forger une chaîne, et, s'il te faut disséquer des cadavres, ainsi soit-il. Au moins, les cadavres, à Villevieille, ne feront pas d'objections.

— Messire, mon p-p-p-père, lord Randyll, il, il, il, il... La vie des mestres est une vie de *servitude*. Aucun rejeton de la maison Tarly ne portera jamais de chaîne. Les hommes de Corcolline ne font pas plus de courbettes qu'ils ne toilettent de nobliaux. Jon, il m'est impossible de désobéir à mon propre *père*. »

Tue l'enfant, songea Jon. *L'enfant en toi, et l'enfant en lui. Tue-les tous deux, foutre de bâtard.* « Tu n'as pas de père. Tu n'as que des frères. Que nous. Ta vie appartient à la Garde de Nuit. Alors, file fourrer tes caleçons dans un sac, avec celles de tes autres affaires que tu te soucies d'emporter à Villevieille. Ton départ a lieu une heure avant le lever du soleil. Et voici un ordre supplémentaire. À partir d'aujourd'hui, *fini* de te traiter de pleutre. Tu as affronté plus d'épreuves au cours de cette dernière année que la plupart des hommes ne le font dans leur existence entière. Tu es capable d'affronter la Citadelle... Mais c'est en Frère Juré de la Garde de Nuit que tu l'affronteras. Il n'est pas en mon pouvoir de te commander d'être brave, mais te commander de cacher tes peurs, ce pouvoir, *je l'ai.* Tu as prononcé les formules sacramentelles, Sam. T'en souviens ?

— Je... Je vais essayer.

— Tu ne vas pas essayer. Tu vas obéir.

— *Obéir.* » Le corbeau de Mormont battit de ses grandes ailes noires.

Sam parut s'affaisser. « Votre serviteur, messire. Est-ce que... est-ce que mestre Aemon est au courant ?

— L'idée provient de lui tout autant que de moi. » Jon lui ouvrit la porte. « Pas d'adieux. Moins il y a de gens avertis, mieux vaut. Une heure avant le point du jour, près du cimetière. »

Sam le fuit, exactement comme l'avait fait Vère.

Jon était las. *J'ai besoin de sommeil.* Il était resté debout la moitié de la nuit à scruter des cartes, rédiger des lettres et dresser des plans en compagnie de mestre Aemon. Même après qu'il s'était effondré sur sa couche étroite, le repos n'était pas venu aisément. Il savait ce qu'il aurait à affronter au cours de la journée et se retrouva à se tourner et se retourner sans fin tandis qu'il remâchait les derniers mots de mestre Aemon. « Permettez-moi, messire, de vous donner un dernier conseil, avait dit le vieillard, celui-là même que j'ai autrefois donné à mon frère lors de notre dernière séparation. Il avait trente-trois ans lorsque le Grand Conseil l'a choisi pour monter sur le Trône de Fer. Un homme fait, avec des fils, et cependant, par certains aspects, encore un enfant. L'Œuf avait en lui une innocence, une douceur que nous chérissions tous. *Tue l'enfant qui est en toi,* lui ai-je conseillé le jour où j'ai embarqué pour le Mur. *Pour gouverner, il faut être un homme. Un Aegon, pas un Œuf. Tue l'enfant et laisse naître l'homme.* » Le vieillard palpa le visage de Jon. « Tu as la moitié de l'âge qu'avait l'Œuf, et tu portes un fardeau plus cruel, je le crains. Ton commandement t'apportera peu de joie, mais je pense que tu as en toi la force d'accomplir ce qui doit être fait. Tue l'enfant, Jon Snow. L'hiver est presque sur nous. Tue l'enfant et laisse naître l'homme. »

Jon revêtit sa cape et sortit. Il procédait chaque jour à une inspection de Châteaunoir, visitant les hommes de garde et écoutant leurs rapports de première main, observant Ulmer et ses élèves au pas de tir à l'arc, discutant de même façon avec les gens du roi qu'avec ceux de la reine, arpentant la glace au sommet du Mur pour considérer la forêt. Fantôme trottinait à ses basques, une ombre blanche à son côté.

Kedge Œilblanc était de garde sur le Mur quand Jon effectua son ascension. Kedge avait connu une quarantaine d'anniversaires, dont trente sur le Mur. Il était aveugle de l'œil gauche, ne voyait point trop du droit. Dans la nature, seul avec sa hache et son palefroi, c'était un patrouilleur qui valait autant que n'importe qui dans la Garde, mais il ne s'était jamais bien entendu avec les autres hommes. « Une journée calme, annonça-t-il à Jon. Rien à signaler, sauf les patrouilleurs à rebours.

— Les patrouilleurs à rebours ? » demanda Jon.

Kedge grimaça un sourire. « Deux chevaliers. Partis à cheval il y a une heure, vers le sud par la route Royale. En les voyant s'escarper, Dywen a dit que ces imbéciles de Sudiers s'en allaient à rebours.

— Je vois. »

Jon en apprit plus long de Dywen lui-même, pendant que le vieux forestier lampait un bol de bouillon d'orge au cantonnement. « Si fait, m'sire, j' les ai vus. Horpe et Massey, comme ça se trouve. Z'ont raconté que c'était Stannis qui les envoyaient, mais y'-z-ont jamais dit où ni pourquoi, ni quand y' rentraient. »

Ser Richard Horpe et ser Justin Massey étaient tous deux des gens de la reine, et haut placés dans les conseils du roi. *Un duo de francs-coureurs ordinaires aurait suffi, si une patrouille était le seul but de Stannis,* songea Jon Snow, *mais des chevaliers conviennent davantage dès qu'il faut agir en messagers ou émissaires.* De Fort-Levant, Cotter Pyke avait fait savoir que le lord oignon et Sladhor Saan avaient pris la mer pour Blancport afin de traiter avec lord Manderly. La logique voulait que Stannis dépêche d'autres émissaires. Son Altesse n'était pas patient homme.

Les patrouilleurs à rebours reviendraient-ils ? Voilà une autre question. Tout chevaliers qu'ils fussent, ils ne connaissaient pas le Nord. *Il y aura des yeux au long de la route Royale, et pas tous bienveillants.* Mais Jon n'avait pas à s'en soucier, toutefois. *Que Stannis garde ses secrets. Les dieux savent que j'ai les miens.*

Fantôme dormit au pied du lit cette nuit-là et, pour une fois, Jon ne se rêva pas loup. Néanmoins, il dormit mal, s'agitant pendant des heures avant de glisser dans un cauchemar. Vère était là, en pleurs, le suppliant de laisser ses bébés en paix, mais il lui arrachait les enfants des bras, tranchait leurs têtes avant de les intervertir, et ordonnait à Vère de les recoudre.

Quand il s'éveilla, il trouva Edd Tallett dressé au-dessus de lui dans l'obscurité de sa chambre. « M'sire ? C'est l'heure. L'heure du loup. Z'aviez laissé des ordres pour qu'on vous réveille.

— Apporte-moi quelque chose de chaud. » Jon rejeta ses couvertures.

Edd était de retour le temps que Jon s'habille, pour lui placer entre les mains une tasse fumante. Jon s'attendait à du vin chaud et eut la surprise de constater que c'était de la soupe, un bouillon maigre qui sentait le poireau et la carotte, sans paraître en contenir réellement. *Les odeurs ont plus de puissance dans mes rêves de loup*, songea-t-il, *et la nourriture, un goût plus riche, elle aussi. Fantôme est plus vivant que moi.* Il laissa la tasse vide sur la forge.

Muid se tenait à sa porte, ce matin. « Je vais avoir besoin de parler à Bedwyck et Janos Slynt, l'informa Jon. Fais-les venir tous deux ici au point du jour. »

Au-dehors, le monde était noir et immobile. *Froid mais pas de façon dangereuse. Pas encore. Il fera plus chaud avec le lever du soleil. Si les dieux sont bons, le Mur pourrait pleurer.* Quand ils atteignirent le cimetière, la colonne s'était déjà formée. Jon avait confié à Jack Bulwer, Jack le Noir, le commandement de l'escorte, avec une douzaine de patrouilleurs à cheval sous ses ordres, et deux chariots. L'un portait une haute charge de coffres, de caisses et de sacs, des provisions pour le voyage. L'autre avait un toit rigide en cuir bouilli pour couper le vent. Mestre Aemon était assis à l'arrière, blotti sous une peau d'ours qui le faisait paraître menu comme un enfant. Sam et Vère se tenaient à côté. Elle avait les yeux rouges et gonflés, mais elle serrait l'enfant dans ses bras, étroitement emmailloté. Était-ce le sien ou celui de Della, Jon ne pouvait en être sûr. Il ne les avait vus ensemble qu'à quelques occasions. Le garçon de Vère était plus âgé, celui de Della plus robuste, mais ils étaient assez proches par l'âge et la taille pour qu'un observateur qui ne les connaissait pas bien ne puisse pas les différencier facilement.

« Lord Snow, appela mestre Aemon. J'ai laissé un livre pour vous dans mes appartements. Le *Compendium de Jade*. L'auteur en est l'aventurier Colloquo Votar, qui, originaire de Volantis, partit à la découverte de l'Est et visita tous les pays de la mer de Jade. Il s'y trouve un passage susceptible de vous intéresser. J'ai prié Clydas de le marquer à votre intention.

— Je n'omettrai sûrement pas de le lire. »

Mestre Aemon s'essuya le nez. « La connaissance est une arme, Jon. Arme-toi soigneusement avant de foncer dans la mêlée.

— Je m'y emploierai. » Jon sentit un contact humide et froid sur son visage. En levant les yeux, il vit qu'il neigeait. *Mauvais présage.* Il se retourna vers Jack le Noir. « Fais adopter l'allure la plus soutenue qu'il se pourra, mais sans prendre de risques absurdes. Tu as la charge d'un vieillard et d'un nourrisson. Ne manque pas de veiller à ce que l'un et l'autre n'aient jamais froid ni faim.

— Faites pareil, vous, m'sire. » Vère ne semblait pas pressée de grimper dans le chariot. « Faites pareil pour l'autre. Trouvez-y la nouvelle nourrice que vous avez dit. Vous m'avez promis que vous le ferez. Le petit... Le petit de Della... Le petit prince, je veux dire... Vous y procurerez une femme bonne, hein ? Qu'il devienne bien grand, bien fort ?

— Vous en avez ma parole.

— Allez pas m'y donner un nom, surtout. Allez pas m'y faire ça, tant qu'il a pas révolu deux ans. Ça porte malheur, leur donner des noms quand ils tètent encore au sein. Vous autres, corbeaux, ça se peut que vous savez pas ça, mais c'est vrai de vrai !

— Vous serez obéie, ma dame.

— M'appelez pas comme ça, vous ! Je suis une mère, pas une dame. Je suis la femme à Craster et la fille à Craster, et *une mère.* » Elle confia le bébé à Edd-la-Douleur, le temps qu'elle grimpe dans le chariot et se recouvre de fourrures. Quand Edd lui rendit l'enfant, Vère lui donna le sein. Sam se détourna de ce spectacle, tout rouge, et il enfourcha sa jument. « *En avant !* »

ordonna Jack Bulwer en faisant claquer son fouet. Les chariots se mirent à rouler.

Sam s'attarda un moment. « Eh bien, dit-il, adieu donc.

— Et adieu à toi, Sam, répondit Edd-la-Douleur. Ton bateau va probablement pas couler, j'ai idée que non. Les bateaux, ils coulent seulement quand je suis à bord. »

Jon se souvenait. « La première fois que j'ai vu Vère à Fort-Craster, cette gringalette avait le dos plaqué contre le mur et, avec ses cheveux noirs et son ventre ballonné, elle s'y serait volontiers enfoncée pour échapper à Fantôme. Il avait semé la panique parmi ses lapins, et ce qui la terrifiait, je pense, c'était l'idée qu'il allait l'éventrer pour lui dévorer son enfant... Et pourtant, ce n'était pas du loup qu'elle aurait dû redouter cela, si ?

— Elle a plus de courage qu'elle ne s'en doute, commenta Sam.

— Toi aussi, Sam. Fais un bon voyage, rapide, sans encombre et prends bien soin d'elle, du mestre et du moutard. » Les coulées froides sur son visage rappelaient à Jon ce jour où il avait fait ses adieux à Robb, à Winterfell, sans imaginer que c'était pour la dernière fois. « Et rabats-moi ce capuchon. Les flocons sont en train de fondre dans tes cheveux. »

Le temps que la petite colonne ait rétréci au loin, le ciel d'orient avait viré du noir au gris, et la neige tombait avec force. « Géant doit attendre le bon plaisir du lord Commandant, lui rappela Edd-la-Douleur. Janos Slynt, également.

— Certes. » Jon leva les yeux vers le Mur, qui les surplombait comme une falaise de glace. *Cent lieues d'une extrémité à l'autre, et sept cent pieds de hauteur.* La hauteur du Mur constituait sa puissance ; la longueur, sa faiblesse. Jon se souvint d'un propos de son père, un jour. *Un rempart n'a que la force des hommes qui se tiennent derrière lui.* Les hommes de la Garde de Nuit étaient braves, assurément, mais bien trop peu nombreux pour la tâche qu'ils affrontaient.

Géant attendait dans l'armurerie. Il se nommait en fait Bedwyck. Dépassant d'un poil et demi les cinq pieds, c'était le plus petit homme de la Garde de Nuit. Jon alla directement au but. « Nous avons besoin de multiplier les yeux le long du Mur. Des redoutes de relais, où nos patrouilles pourront trouver refuge contre le froid, de la nourriture chaude et des montures fraîches. J'installe une garnison à Glacière et je t'en confie le commandement. »

Géant enfonça le bout de son petit doigt dans son oreille pour en curer le cérumen. « Un commandement ? À moi ? m'sire, vous savez que j' suis juste de l'engeance de paysan, on m'a envoyé au Mur pour braconnage.

— Tu es patrouilleur depuis douze ans. Tu as survécu au Poing des Premiers Hommes et à Fort-Craster, et tu en es revenu pour en parler. Pour les plus jeunes, tu es un supérieur tout désigné. »

Le petit homme rit. « Seuls les nains me voient supérieur. Je sais pas lire, m'sire. Les bons jours, j'arrive à écrire mon nom.

— J'ai envoyé à Villevieille une demande de mestres. Tu auras deux corbeaux pour les urgences. En dehors de ces cas, dépêche des cavaliers. Tant que nous n'aurons pas d'autres mestres et d'autres corbeaux, j'ai l'intention d'établir une ligne de tours de fanal au sommet du Mur.

— Et combien de pauvres couillons vont se retrouver sous mes ordres ?

— Vingt choisis parmi la Garde, et moitié autant, pris chez Stannis. » *Vieux, inexpérimentés ou éclopés.* « Ce ne seront pas ses meilleurs hommes, et aucun ne prendra le noir, mais ils obéiront. Fais-en l'usage que tu pourras. Quatre des frères que j'envoie avec toi seront des Port-Réalais arrivés au mur avec lord Slynt. Garde un œil sur ceux-là et, de l'autre, guette les grimpeurs.

— Nous pouvons monter la garde, m'sire, mais si un nombre suffisant de grimpeurs devait atteindre le sommet du Mur, trente hommes seront pas assez pour les repousser. »

Trois cents pourraient n'y pas suffire. Jon garda ce doute pour lui. Certes, les grimpeurs étaient terriblement vulnérables au cours de leur ascension. On pouvait déverser sur eux une pluie de pierres et de lances, des marmites de poix brûlante, sans qu'ils aient d'autre ressource que de s'accrocher désespérément à la glace. Parfois, le Mur lui-même semblait les repousser comme un chien s'ébroue pour se débarrasser des puces. Jon l'avait constaté de ses propres yeux, lorsqu'un pan de glace s'était brisé sous Jarl, l'amant de Val, le précipitant vers la mort.

Mais si les grimpeurs atteignaient le sommet du Mur sans être repérés, tout changeait. Avec du temps, ils pouvaient se tailler là-haut une tête de pont, élever leurs propres remparts et laisser tomber des cordes et des échelles pour que des milliers d'autres escaladent à leur suite. C'est ainsi qu'avait procédé

Raymun Barberouge, Raymun qui avait été Roi-d'au-delà-du-Mur au temps du grand-père de son grand-père. Jack Mossegonde était lord Commandant, à l'époque. Jack le Jovial, l'appelait-on avant que Barberouge ne descende du nord ; après, ce fut à jamais Jack l'Endormi. L'ost de Raymun avait connu une fin sanglante sur les berges du Lonlac, pris en tenaille entre lord William de Winterfell et le Géant Ivre, Harmond Omble. Barberouge avait été tué par Artos l'Implacable, frère cadet de lord William. La Garde était arrivée trop tard pour combattre les sauvageons, mais à temps pour les enterrer, tâche que leur avait assignée Artos Stark dans son courroux, tandis qu'il pleurait sur le corps décapité de son frère tombé au combat.

Jon n'avait pas l'intention qu'on garde de lui le souvenir de Jon Snow l'Endormi. « Trente hommes auront plus de chances qu'aucun, répondit-il à Géant.

— C'est ma foi vrai, admit le petit homme. Y aura-t-il seulement Glacière, alors, ou avez-vous l'intention d'ouvrir d'autres forts par la même occasion, messire ?

— J'ai l'intention de caserner dans tous une garnison, au fil du temps, mais pour le moment, il n'y aura que Glacière et Griposte.

— Et avez-vous décidé qui devra commander à Griposte, messire ?

— Janos Slynt », répondit Jon. *Puissent les dieux avoir pitié de nous.* « Un homme ne s'élève pas à la tête des manteaux d'or sans capacités. Slynt est né fils de boucher. Il était capitaine de la porte de Fer à la mort de Manly Castelfoyer, et Jon Arryn l'a promu pour remettre la défense de Port-Réal entre ses mains. Lord Janos ne peut pas être aussi stupide qu'il le paraît. » *Et je veux l'éloigner le plus possible d'Alliser Thorne.*

« Ça se peut bien, commenta Géant, mais quand même, je l'expédierais en cuisine aider Hobb Trois-Doigts à débiter les navets. »

Si je m'y risquais, je n'oserais plus jamais manger de navets.

La moitié de la matinée s'écoula avant que lord Janos ne se présente au rapport, selon ses ordres. Jon nettoyait Grand-Griffe. Certains hommes auraient confié cette tâche à un intendant ou un écuyer, mais lord Eddard avait enseigné à ses fils à prendre soin de leurs armes. Lorsque Muid et Edd-la-Douleur arrivèrent en compagnie de Slynt, Jon les remercia et pria lord Janos de s'asseoir.

Ce que celui-ci fit, quoique de mauvaise grâce, croisant les bras, grimaçant et ignorant l'acier nu entre les mains de son lord Commandant. Jon passait le chiffon huilé le long de sa bâtarde, observant le jeu de la lumière matinale sur les moires, imaginant avec quelle facilité la lame glisserait à travers la peau, le gras et les muscles pour séparer la vilaine trogne de Slynt de son corps. Tous les crimes d'un homme étaient effacés dès qu'il prenait le noir, et toutes ses allégeances aussi, mais Jon avait du mal à considérer Janos Slynt comme un frère. *Il y a du sang versé entre nous. Cet homme a aidé à tuer mon père et s'est efforcé de son mieux de me faire subir le même sort.*

« Lord Janos. » Jon rangea son épée au fourreau. « Je vous confie le commandement de Griposte. »

La nouvelle décontenança Slynt. « Griposte… Griposte, c'est là que vous avez escaladé le Mur avec vos amis sauvageons…

— En effet. Le fort est certes en triste état. Vous le restaurerez de votre mieux. Commencez par déboiser les alentours. Prélevez des pierres dans les structures effondrées pour réparer celles qui tiennent encore debout. » *La tâche sera dure et pénible*, aurait-il pu ajouter. *Vous dormirez sur la pierre, trop épuisé pour vous plaindre ou comploter, et vous aurez bientôt oublié à quoi cela ressemblait d'être au chaud, mais vous pourriez vous souvenir de ce que c'est d'être un homme.* « Vous aurez trente soldats. Dix d'ici, dix de Tour Ombreuse, et dix que nous prêtera le roi Stannis. »

Le visage de Slynt prit une couleur prune. Ses bajoues charnues se mirent à ballotter. « Croyez-vous que je ne voie pas à quoi vous jouez ? Janos Slynt n'est pas homme à se laisser si aisément berner. J'avais la charge de défendre Port-Réal alors que vous souilliez encore vos langes. Gardez vos ruines, bâtard. »

Je vous accorde une chance, messire. C'est plus que vous n'en avez donné à mon père. « Vous vous méprenez, messire, répondit Jon. C'était un ordre, et point une offre. Il y a quarante lieues jusqu'à Griposte. Rassemblez vos armes et votre armure, dites vos adieux et soyez prêt à partir au point du jour, demain.

— Non. » Lord Janos se remit debout d'un bond, renversant bruyamment son siège, ce faisant. « Je ne partirai point benoîtement pour geler et mourir. Aucun bâtard de traître ne donne d'ordres à Janos Slynt ! Je ne suis point dépourvu d'amis, je vous en préviens. Ici, et à Port-Réal, également. J'étais sire d'Harrenhal ! Offrez votre ruine à un des imbéciles aveugles qui ont déposé une pierre pour vous. Je n'en veux pas. Tu m'entends, petit ? *Je n'en veux pas !*

— Vous en voudrez. »

Slynt ne daigna pas répondre à cela, mais il écarta le siège d'un coup de pied en partant.

Il continue à me considérer comme un enfant, songea Jon, *un enfant sans expérience, que peuvent intimider des mots de colère.* Il pouvait seulement espérer qu'une nuit de sommeil ramènerait lord Janos à la raison.

Le lendemain matin prouva la vanité de cet espoir.

Jon découvrit Janos Slynt en train de prendre son petit déjeuner dans la salle commune. Ser Alliser Thorne se trouvait avec lui, et plusieurs de leurs acolytes. Ils s'esclaffaient de quelque chose quand Jon descendit les marches en compagnie d'Emmett-en-Fer et d'Edd-la-Douleur, et, derrière eux, Mully, Tocard, Jack Crabbe le Rouge, Rousseau Flowers et Owen Ballot. Hobb Trois-Doigts servait à la louche le gruau d'avoine de son chaudron. Gens de la reine, gens du roi et frères noirs étaient assis à leurs tables séparées, certains penchés sur leur bol de gruau, d'autres se remplissant la panse de pain frit et de poitrine fumée. Jon vit à une table Pyp et Grenn, à une autre Bowen Marsh. L'air sentait la fumée et le graillon, et le cliquetis des couteaux et des cuillères résonnait sous le plafond en voûte.

Toutes les voix moururent d'un coup.

« Lord Janos, dit Jon, je vous donne une dernière chance. Posez cette cuillère et rendez-vous aux écuries. J'ai fait seller et brider votre cheval. La route est longue et dure jusqu'à Griposte.

— Alors, tu ferais mieux de ne pas traîner, petit. » Slynt s'esclaffa, renversant du gruau sur son torse. « Griposte convient fort à ceux de ton espèce, me semble-t-il. Bien à l'écart des braves gens. Tu portes sur toi la marque de la bête, bâtard.

— Vous refusez d'obéir à mon ordre ?

— Ton ordre, tu peux te le coller dans ton cul de bâtard », riposta Slynt, bajoues frémissantes.

Alliser Thorne eut un mince sourire, ses yeux noirs rivés sur Jon. À une autre table, Godry Mort-des-Géants se mit à rire.

« À votre guise. » Jon adressa un signe de tête à Emmett-en-Fer. « Veuillez conduire lord Janos au Mur... »

... et l'enfermer dans une cellule de glace, aurait-il pu dire. Un jour ou dix, recroquevillé dans la glace, l'aurait laissé tremblant

et fiévreux, implorant qu'on le libère, Jon n'en doutait pas. *Et à l'instant où il sortira, il recommencera à conspirer avec Thorne.*

… et ligotez-le sur son cheval, aurait-il pu dire. Si Slynt ne désirait pas aller à Griposte comme commandant, qu'il y aille comme cuisinier. *Ce ne sera qu'une affaire de temps avant qu'il déserte, en ce cas. Et combien d'autres entraînera-t-il avec lui ?*

« … et pendez-le », acheva Jon.

Le visage de Janos Slynt devint aussi blanc que lait. La cuillère lui glissa des doigts. Edd et Emmett traversèrent la salle, leurs pas sonnant sur le sol de pierre. Ser Alliser Thorne tendit la main vers la poignée de son épée. *Vas-y,* songea Jon. Il portait Grand-Griffe en travers du dos. *Expose ton acier. Donne-moi motif d'en faire autant.*

La moitié des hommes dans la salle s'étaient mis debout. Des chevaliers et des gens d'armes sudiers, loyaux au roi Stannis, à la femme rouge ou aux deux, et des Frères jurés de la Garde de Nuit. Certains avaient élu Jon comme lord Commandant. D'autres avaient jeté leur pierre pour Bowen, ser Denys Mallister, Cotter Pyke… et certains pour Janos Slynt. *Des centaines, si je me souviens bien.* Jon se demanda combien de ces hommes se tenaient dans la cave en ce moment. Un instant, le monde se trouva en suspens sur le fil du rasoir.

Alliser Thorne retira la main de son épée et s'écarta pour laisser passer Edd Tallett.

Edd-la-Douleur empoigna Slynt par un bras, Emmett-en-Fer par l'autre. À eux deux, ils le soulevèrent du banc. « Non », protesta lord Janos, des postillons de gruau volant de ses lèvres. « Non, lâchez-moi. Ce n'est qu'un gamin, *un bâtard.* Son père était un traître. Il porte la marque de la bête, son loup… *Lâchez-moi !* Vous vous repentirez du jour où vous avez posé la main sur Janos Slynt. J'ai des amis à Port-Réal. Je vous préviens… » Il protestait encore tandis que, mi-poussé, mi-traîné, on lui fit gravir les marches.1

Jon les suivit à l'extérieur. Derrière lui, la cave se vida. À la cage, Slynt se dégagea un instant et essaya de se battre, mais Emmett-en-Fer le saisit à la gorge et le jeta tout de bon contre les barreaux de fer jusqu'à ce qu'il cesse. Désormais, tout Châteaunoir était sorti regarder. Même Val était à sa fenêtre, sa longue tresse blonde posée sur une épaule. Stannis se tenait sur le parvis de la tour du Roi, entouré de ses chevaliers.

« Si le gamin se figure qu'il peut m'effrayer, il se trompe, entendirent-ils lord Janos clamer. Il n'osera pas me pendre.

Janos Slynt a des amis, des amis *importants*, vous verrez... » Le vent chassa le reste de ses mots.

Ça ne va pas, se dit Jon. « Arrêtez. »

Emmett se retourna, sourcils froncés. « Messire ?

— Je ne vais pas le pendre, déclara Jon. Amenez-le ici.

— Oh, misère des Sept », entendit-il Bowen Marsh s'écrier.

Le sourire qu'afficha alors Janos Slynt avait toute la succulence d'un beurre ranci. Jusqu'à ce que Jon commande : « Edd, apporte-moi un billot », et qu'il dégaine Grand-Griffe.

Le temps qu'on trouve un billot convenable, lord Janos s'était retranché dans la cage de la poulie, mais Emmett-en-Fer alla le chercher pour l'en extraire de force. « Non », s'exclama Slynt tandis qu'Emmett, en le poussant et le traînant tour à tour, lui faisait traverser la cour. « Lâchez-moi... Vous n'avez pas le droit... Quand Tywin Lannister l'apprendra, vous vous repentirez tous... »

Emmett, d'un coup de pied, faucha les jambes sous Slynt. Edd-la-Douleur colla son pied sur le dos de l'homme pour le maintenir agenouillé tandis qu'Emmett poussait le billot sous sa tête. « Ça se passera plus facilement si vous ne bougez pas, lui promit Jon Snow. Si vous bougez pour éviter la lame, vous mourrez quand même, mais vous aurez une vilaine mort. Étirez le col, messire. » Le pâle soleil matinal remonta et descendit sur sa lame quand Jon saisit à deux mains la poignée de l'épée bâtarde pour la lever haut. « Si vous avez des derniers mots, voici venu le temps de les prononcer », dit-il, s'attendant à une ultime malédiction.

Janos Slynt tordit le cou pour le regarder qui le surplombait. « Je vous en prie, messire. Pitié. Je... J'irai, je promets, je... »

Non, se dit Jon. *Tu as fermé cette porte.* Grand-Griffe s'abattit.

« Je peux avoir ses bottes ? demanda Owen le Ballot tandis que la tête de Janos Slynt roulait sur le sol boueux. Elles sont presque neuves, ces bottes. Doublées de fourrure. »

Jon jeta un coup d'œil vers Stannis. Un instant, leurs regards se croisèrent. Puis le roi hocha la tête et rentra dans sa tour.

TYRION

À son éveil, il se retrouva seul, la litière arrêtée.

Demeurait un amas de coussins écrasés pour témoigner de l'endroit où s'était affalé Illyrio. Le nain avait la gorge sèche et râpeuse. Il avait rêvé... de quoi ? Il n'en avait aucun souvenir.

Dehors, des voix parlaient une langue qu'il ne connaissait pas. Tyrion passa les jambes par les rideaux et sauta à terre, pour découvrir maître Illyrio debout près des chevaux, avec deux cavaliers qui le dominaient de leur masse. Tous deux portaient des chemises de cuir râpé sous des manteaux en laine brun sombre, mais ils avaient l'épée au fourreau et le pansu ne paraissait pas en danger.

« Il faut que je pisse », annonça le nain. Il quitta la route avec sa démarche toute en dandinements, délaça ses chausses et se soulagea dans un taillis de ronces. Cela prit un assez long temps.

« En tout cas, il pisse bien », commenta une voix.

Tyrion secoua les dernières gouttes et se rajusta. « Pisser est le moindre de mes talents. Vous devriez me voir chier. » Il se tourna vers maître Illyrio. « Vous connaissez ces deux drilles, maître ? Ils ressemblent à des hors-la-loi. Dois-je m'armer de ma hache ?

— Ma *hache* ? » se récria le plus massif des deux cavaliers, un gaillard avec une barbe en broussaille et une crinière de cheveux orange. « Tu as entendu ça, Haldon ? Le petit homme veut se battre contre nous ! »

Son compagnon était plus âgé, avec le visage glabre et buriné d'un ascète. Il portait les cheveux tirés en arrière, retenus derrière la tête par un nœud. « Les petits hommes ressentent souvent le besoin de prouver leur courage par des forfanteries

145

incongrues, déclara-t-il. Je doute qu'il soit de taille à tuer un canard. »

Tyrion haussa les épaules avec indifférence. « Amenez votre canard.

— Si vous insistez. » Le cavalier jeta un coup d'œil à son compagnon.

Le gaillard tira du fourreau une épée bâtarde. « C'est moi, Canard, petite outre à pisse bavarde. »

Oh, dieux, soyez cléments. « J'avais en tête un canard de moindre gabarit. »

Le gaillard rugit de rire. « Tu as entendu, Haldon ? Il veut un Canard de moindre gabarit !

— Je me contenterais d'un plus calme. » Le dénommé Haldon étudia Tyrion avec des yeux gris et froids avant de se retourner vers Illyrio. « Vous avez des coffres pour nous ?

— Et des mules, pour les transporter.

— Les mules vont trop lentement. Nous avons des chevaux de bât, nous chargerons les coffres sur eux. Canard, occupe-t'en.

— Pourquoi c'est toujours Canard qui s'occupe de tout ? » Le gaillard rangea son épée au fourreau. « Et toi, tu t'occupes de quoi, Haldon ? Qui est le chevalier, ici, toi ou moi ? » Il partit cependant d'un pas lourd vers les mules de bât.

« Comment se porte notre jeune homme ? » s'enquit Illyrio tandis qu'on arrimait les coffres en place. Tyrion en compta six, des caissons en chêne avec des moraillons de fer. Canard les manœuvrait assez aisément, les soulevant sur une épaule.

« Il est désormais aussi grand que Griff. Il y a trois jours, il a flanqué Canard dans un abreuvoir à chevaux.

— Il m'y a pas *flanqué*, je suis tombé dedans rien que pour le faire rire.

— Ta ruse a pleinement réussi, confirma Haldon. Moi-même, j'ai ri.

— Il y a dans un des coffres un présent pour le jeune homme. Du gingembre confit. Il en a toujours été friand. » Illyrio paraissait étrangement triste. « Je croyais pouvoir continuer la route avec vous jusqu'à Ghoyan Drohe. Un banquet d'adieu avant que vous n'entamiez la descente du fleuve...

— Nous n'avons point le temps de festoyer, messire, répondit Haldon. Griff a l'intention de prendre le fleuve à l'instant où nous arriverons. Des nouvelles remontent son cours, et aucune n'est bonne. On a vu des Dothrakis au nord du lac de la Dague, des avant-courriers du *khalasar* de Motho, et le *khal* Zekko n'est pas loin derrière, il traverse la forêt de Qohor. »

Le pansu émit un hoquet de dérision. « Zekko visite Qohor tous les trois ou quatre ans. Les Qohoriks lui font présent d'un sac d'or et il s'en retourne dans l'est. Quant à Motho, ses hommes sont presque aussi vieux que lui, et moins nombreux chaque année. Le danger...

— ... vient du *khal* Pono, acheva Haldon. Motho et Zekko fuient devant lui, à en croire ce que l'on raconte. Les derniers rapports signalaient Pono dans les parages des sources de la Selhoru, avec un *khalasar* de trente mille. Griff ne veut pas courir le risque d'être rattrapé durant la traversée si Pono décidait de s'aventurer sur la Rhoyne. » Haldon jeta un coup d'œil à Tyrion. « Est-ce que votre nain monte avec autant de talent qu'il pisse ?

— Il monte, coupa Tyrion avant que le seigneur des fromages puisse répondre à sa place. Bien qu'il chevauche mieux avec une selle spéciale et une monture qu'il connaît bien. Et il sait parler, en plus.

— C'est un fait. Je suis Haldon, le guérisseur de notre petite bande de frères. Certains m'appellent Demi-Mestre. Mon compagnon est ser Canard.

— Ser *Rolly*, corrigea le gaillard. Rolly Canardière. Un chevalier peut en adouber un autre et Griff l'a fait avec moi. Et toi, le nain ? »

Illyrio intervint avec rapidité. « Yollo, il s'appelle Yollo. »

Yollo ? On dirait le nom d'un petit singe. Plus grave, c'était un nom pentoshi, et tout le monde pouvait voir que Tyrion n'était absolument pas pentoshi. « On m'appelle Yollo à Pentos, s'empressa-t-il d'ajouter, pour réparer ce qu'il pouvait, mais ma mère m'a nommé Hugor Colline.

— Tu es un petit roi ou un petit bâtard ? » s'enquit Haldon.

Tyrion comprit qu'il aurait intérêt à se méfier, avec Haldon Demi-Mestre. « Un nain est toujours un bâtard, aux yeux de son père.

— Sans doute. Eh bien, Hugor Colline, réponds donc à ça : comment Serwyn au Bouclier-Miroir a-t-il tué le dragon Urrax ?

— Il s'est approché derrière l'abri de son bouclier. Urrax n'a vu que son propre reflet jusqu'à ce que Serwyn lui plonge sa lance dans l'œil. »

Cela n'impressionna pas Haldon. « Même Canard connaît l'histoire. Peux-tu me dire le nom du chevalier qui tenta la même ruse avec Vhagar durant la Danse des Dragons ? »

Tyrion sourit largement. « Ser Byron Swann. Il a été rôti pour ses peines... Seulement, le dragon était Syrax, pas Vhagar.

— Tu fais erreur, je le crains. Dans *La Danse des Dragons : une chronique véritable*, mestre Munkun écrit...

— ... que c'était Vhagar. Le *Grand* Mestre Munkun se méprend. L'écuyer de ser Byron a assisté à la mort de son maître, et en a relaté les circonstances dans une lettre à sa fille. Son compte rendu affirme qu'il s'agissait de Syrax, la dragonne de Rhaenyra, ce qui est plus cohérent que la version de Munkun. Swann était le fils d'un seigneur des Marches, et Accalmie en tenait pour Aegon. Vhagar était chevauchée par le prince Aemond, le frère d'Aegon. Pourquoi Swann voudrait-il la tuer ? »

Haldon fit la moue. « Essaie de ne pas chuter de cheval. Si tu tombes, mieux vaudra rentrer à Pentos en trottinant. Notre farouche pucelle n'attendra ni homme ni nain.

— Les farouches pucelles sont mes préférées. Hormis les délurées. Dites-moi, où vont les putes ?

— Ai-je l'air d'un homme qui fréquente les putains ? »

Canard eut un rire de dérision. « Il n'oserait pas. Lemore le contraindrait à prier pour recevoir pardon, le petit voudrait le suivre et Griff pourrait bien lui couper la queue pour la lui faire manger.

— Ma foi, fit Tyrion, un mestre n'a nul besoin de queue.

— Mais Haldon n'est que Demi-Mestre.

— Tu sembles goûter l'humour du nain, Canard, intervint Haldon. Qu'il chevauche donc avec toi. » Il fit faire demi-tour à sa monture.

Il fallut encore quelques instants pour que Canard finisse d'assurer les coffres d'Illyrio sur les trois chevaux de bât. Haldon avait déjà disparu. Canard ne semblait pas inquiet. Il sauta en selle, empoigna Tyrion au collet et carra le petit homme devant lui. « Tiens bon le pommeau et tout se passera bien. La jument va d'une bonne allure paisible, et la route des dragons est aussi lisse qu'un cul de pucelle. » Réunissant les rênes dans sa main droite et les guides dans sa gauche, ser Rolly partit à un trot soutenu.

« La fortune vous soit bonne, leur lança Illyrio. Dites au jeune homme que je regrette de ne pas être à ses côtés pour son mariage. Je vous rejoindrai à Westeros. Cela, je le jure, sur les mains de ma tendre Serra. »

Le maître debout à côté de sa litière, dans ses robes de brocart, ses massives épaules basses : voilà quelle dernière vision Tyrion Lannister eut d'Illyrio Mopatis. Tandis que la silhouette diminuait dans leur sillage de poussière, le seigneur des fromages paraissait presque petit.

Canard rejoignit Haldon Demi-Mestre un quart de mille plus loin. Dès lors, les cavaliers continuèrent côte à côte. Tyrion s'agrippait au pommeau surélevé, ses courtes jambes mal commodément écartées, conscient qu'il pouvait déjà envisager ampoules, crampes et douleurs de selle.

« Je me demande ce que les pirates du lac de la Dague feront de notre nain ? dit Haldon tandis qu'ils avançaient.

— Du ragoût de nain ? suggéra Canard.

— Urho l'Infect est le pire de tous, confia Haldon. Sa seule puanteur suffit à tuer un homme. »

Tyrion haussa les épaules. « Par bonheur, je n'ai pas de nez. »

Haldon lui adressa un sourire pincé. « Si nous devions croiser la route de lady Korra sur les *Crocs de la Sorcière*, tu pourrais te retrouver dépourvu d'autres parties, également. On l'appelle Korra la Cruelle. Son navire emploie un équipage d'accortes jeunes garces qui castrent tous les mâles qu'elles capturent.

— Terrifiant. Je suis à deux doigts de me pisser aux chausses.

— Vaudrait mieux pas, le mit en garde Canard d'un ton noir.

— Comme tu dis. Si nous rencontrons cette dame Korra, j'enfilerai un jupon et je me ferai passer pour Cersei, la célèbre beauté barbue de Port-Réal. »

Cette fois-ci, Canard éclata de rire et Haldon déclara : « Quel cocasse petit bonhomme tu fais, Yollo. On dit que le Seigneur au Linceul exauce un vœu pour tout homme qui le fait rire. Peut-être sa Grise Excellence te choisira-t-elle comme ornement de sa cour de pierre. »

Canard jeta un regard embarrassé à son compagnon. « C'est pas bon de plaisanter sur ce gars-là, pas lorsqu'on est si près de la Rhoyne. Il entend.

— La sagesse du canard, commenta Haldon. Pardonne-moi, Yollo. Inutile de pâlir autant, c'était une plaisanterie, rien de plus. Le prince des Chagrins n'accorde pas si aisément son baiser gris. »

Son baiser gris. Cette idée lui donnait le frisson. La mort avait perdu toute terreur, pour Tyrion Lannister, mais la grisécaille était une autre affaire. *Le Seigneur au Linceul n'est qu'une légende*, se dit-il, *sans plus de réalité que le spectre de Lann le Futé dont certains prétendent qu'il hante Castral Roc.* Malgré tout, il tint sa langue.

Le soudain silence du nain passa inaperçu, car Canard s'était mis en devoir de le régaler de l'histoire de sa vie. Son père était armurier à Pont-l'Amer, dit-il, aussi était-il né avec la sonnerie de l'acier qui lui choquait les tympans et avait-il abordé les jeux d'épée à un âge précoce. Un garçon si grand et éveillé attira l'œil de lord Caswell, qui lui offrit un poste dans sa garnison, mais le garçon visait plus haut. Il vit le fils malingre de Caswell devenir page, écuyer, et enfin chevalier. « C'était un sournois tout maigre, avec un visage pincé, mais le seigneur avait quat' filles et un seul fils, aussi personne avait le droit d'en dire du mal. Tout juste si les autres écuyers osaient l'attaquer dans la cour d'exercice.

— Mais vous, vous n'étiez pas si timide. » Tyrion voyait assez aisément où l'histoire allait les mener.

« Mon père m'a forgé une longue épée pour marquer mon seizième anniversaire, enchaîna Canard, mais son aspect a tellement plu à Lorent qu'il l'a prise pour lui et que mon foutu père a pas osé la lui refuser. Quand je me suis plaint, Lorent m'a dit face à face que j'avais la main faite pour un marteau, pas pour une épée. Alors, je suis allé chercher un marteau et je l'ai frappé avec, jusqu'à ce qu'il ait les deux bras et la moitié des côtes cassées. Après ça, disons que j'ai dû quitter le Bief un peu précipitamment. J'ai passé la mer pour rejoindre la Compagnie Dorée. Là, j'ai travaillé quelques années à la forge comme apprenti, et puis ser Harry Paisselande m'a pris comme écuyer. Quand Griff en aval a fait savoir qu'il avait besoin de quelqu'un pour aider à former son fils aux armes, Harry m'a envoyé à lui.

— Et Griff t'a adoubé chevalier ?

— Un an plus tard. »

Haldon Demi-Mestre eut un fin sourire. « Raconte à notre petit ami comment tu as hérité de ton nom, vas-y.

— Un chevalier peut pas avoir un seul nom, insista le gaillard, et, ma foi, on se trouvait près d'une mare quand il m'a adoubé, j'ai levé les yeux et j'ai vu des canards, alors... Non, ris pas. »

Juste après le coucher du soleil, ils quittèrent la route pour se reposer dans une cour envahie par les herbes folles près d'un vieux puits de pierre. Tyrion sauta à terre pour dégourdir ses mollets perclus de crampes tandis que Canard et Haldon abreuvaient les chevaux. Un chiendent brun et tenace et des arbrisseaux jaillissaient des interstices des pavés et des murs moussus de ce qui avait dû être une immense demeure de pierre. Après s'être occupés des bêtes, les cavaliers partagèrent un repas simple de porc salé et de haricots blancs froids, arrosé de bière. Tyrion trouva que cette chère modeste le changeait agréablement de tous les riches mets qu'il avait ingurgités en compagnie d'Illyrio. « Ces coffres que nous vous avons apportés, commenta-t-il pendant que tout le monde mastiquait. J'ai d'abord supposé : de l'or pour la Compagnie Dorée. Jusqu'à ce que je voie ser Rolly porter un coffre sur une épaule. S'il était rempli de pièces, il ne l'aurait jamais soulevé aussi aisément.

— Simplement des armures, répondit Canard avec un haussement d'épaules.

— Des vêtements, aussi, intervint Haldon. Des tenues de cour pour l'ensemble du groupe. De belles laines, des velours, des manteaux de soie. On ne se présente pas devant une reine avec une piètre mise... Ni les mains vides. Le maître a eu la bonté de nous fournir des présents convenables. »

Quand se leva la lune, ils étaient remontés en selle, trottant vers l'est sous une mante d'étoiles. L'ancienne route valyrienne luisait devant eux comme un long ruban d'argent qui serpentait par bois et par vaux. Durant un petit moment, Tyrion Lannister se sentit presque en paix. « Lomas Grandpas a dit vrai. La route est une merveille.

— Lomas Grandpas ? s'enquit Canard.

— Un scribe, mort depuis longtemps, expliqua Haldon. Il a passé sa vie à voyager de par le monde et à écrire sur les pays qu'il visitait dans deux livres qu'il a appelés *Les Merveilles* et *Les Merveilles de l'homme*.

— Un de mes oncles me les a offerts quand j'étais tout enfant, dit Tyrion. Je les ai lus jusqu'à ce qu'ils tombent en pièces.

— *Les dieux ont créé sept merveilles, et les mortels, neuf*, récita le Demi-Mestre. Quelque peu impie de la part des mortels de dépasser les dieux de deux points, mais que veux-tu ? Les routes de pierre de Valyria comptent parmi les neuf de Grandpas. La cinquième, je crois.

— La quatrième », corrigea Tyrion, qui avait gravé les seize merveilles dans sa mémoire quand il était jeune. Son oncle

Gerion aimait le déposer sur la table au cours des banquets et les lui faire réciter. *Et ça ne me déplaisait pas, hein ? Me tenir là, entre les tranchoirs, tous les yeux braqués sur moi, pour prouver quel brillant petit lutin j'étais.* Par la suite, des années durant, il avait chéri le rêve de voir le monde un jour pour découvrir par lui-même les merveilles de Grandpas.

Lord Tywin avait mis fin à cet espoir dix jours avant le seizième anniversaire de son nain de fils, lorsque Tyrion avait demandé à partir accomplir un circuit des neuf Cités libres, ainsi que ses oncles l'avaient fait à son âge. « On pouvait se reposer sur mes frères pour ne point attirer la honte sur la maison Lannister, avait répondu son père. Aucun d'eux n'a encore jamais épousé de catin. » Et lorsque Tyrion lui avait fait observer que, dans dix jours, il serait adulte, libre de voyager à sa guise, lord Tywin avait répliqué : « Nul n'est libre. Seuls les enfants et les imbéciles en croient autrement. Mais va, je t'en prie. Porte la tenue bicolore et fais le poirier pour amuser les seigneurs des épices et les rois des fromages. Veille seulement à payer toi-même ton voyage et abandonne toute idée de retour. » À ces mots, la volonté de défi du garçon s'était écroulée. « Si c'est une occupation utile que tu cherches, tu en auras une », avait alors ajouté son père. Et ainsi, pour marquer son accession à l'âge d'homme, Tyrion avait reçu la charge de toutes les canalisations et citernes à l'intérieur de Castral Roc. *Peut-être espérait-il que je tomberais dans l'une d'elles.* Mais, sur ce point, Tywin avait été déçu. Jamais les écoulements ne s'étaient mieux effectués que lorsqu'il en avait la charge.

J'ai besoin d'une coupe de vin, pour laver ma bouche du goût de Tywin. Une outre ferait encore mieux l'affaire.

Ils chevauchèrent toute la nuit, Tyrion dormant par à-coups, somnolant contre le pommeau pour se réveiller en sursaut. De temps en temps, il commençait à glisser de côté sur la selle, mais ser Rolly l'empoignait et le redressait d'une saccade. Quand arriva l'aube, le nain avait mal aux jambes et les fesses râpées et échauffées.

Ce fut le jour suivant qu'ils atteignirent le site de Ghoyan Drohe, planté au bord du fleuve. « La légendaire Rhoyne », dit Tyrion en apercevant le lent cours d'eau verte du sommet d'une butte.

« La Petite Rhoyne, rectifia Canard.

— Ça, on peut le dire. » *Une assez charmante rivière, sans doute, mais la moindre branche du Trident est deux fois plus large, et le courant des trois va plus fort.* La cité ne lui laissa pas plus vive impression. Ghoyan Drohe n'avait jamais été un très grand centre, Tyrion s'en souvenait à travers les chroniques historiques, mais l'endroit avait eu du charme, une cité de canaux et de fontaines, verdoyante et florissante. *Jusqu'à la guerre. Jusqu'à l'arrivée des dragons.* Mille ans plus tard, les roseaux et la vase asphyxiaient les canaux, et des mares d'eau stagnante engendraient des nuées de mouches. Les moellons fracassés des temples et des palais s'enlisaient de nouveau dans le sol, et de vieux saules noueux poussaient dru sur les berges.

Au sein de cette misère demeuraient quelques habitants, entretenant de petits jardins parmi les herbes folles. Le bruit des sabots ferrés qui sonnaient sur l'ancienne route valyrienne envoya promptement la plupart d'entre eux dans les terriers hors desquels ils avaient rampé, mais les plus hardis s'attardèrent au soleil, le temps de regarder passer les cavaliers, avec des prunelles ternes et incurieuses. Une fillette nue crottée de boue jusqu'aux genoux semblait incapable de détacher les yeux de Tyrion. *Elle n'avait encore jamais vu de nain,* comprit-il, *et moins encore de nain sans nez.* Il fit une grimace et lui tira la langue, et la gamine se mit à pleurer.

« Qu'est-ce que tu lui as fait ? demanda Canard.

— Je lui ai envoyé un baiser. Toutes les filles pleurent quand je les embrasse. »

Au-delà du hallier de saules, la route s'interrompait abruptement et ils obliquèrent vers le nord sur une courte distance, chevauchant au bord de l'eau, jusqu'à ce que disparaissent les taillis et qu'ils se retrouvent près d'un vieil embarcadère de pierre, à demi submergé et embrassé de grands roseaux bruns. « *Canard !* s'écria quelqu'un. *Haldon !* » Tyrion tendit le cou sur un côté et vit un jeune garçon debout sur le toit d'un bâtiment bas, en bois, qui agitait un chapeau de paille à large bord. C'était un jeune homme svelte et bien bâti, d'allure dégingandée, à la crinière bleu sombre. Le nain évalua son âge à quinze ou seize ans, ou assez près pour que la différence ne compte guère.

Le toit sur lequel se tenait le garçon se révéla être le rouf de la *Farouche Pucelle*, une vieille barge mal entretenue à un seul mât. Elle était large, avec un bas tirant d'eau, idéale pour remonter les plus petits ruisseaux et passer les bancs de sable sans se mettre au plain. *Une bien laide pucelle*, songea Tyrion,

mais les plus vilaines se révèlent parfois au lit les plus goulues.
Les barges qui voguaient sur les cours d'eau de Dorne étaient
souvent peintes de couleurs vives et sculptées avec art, mais pas
cette pucelle-ci. Sa peinture présentait un gris brun boueux,
moucheté et écaillé ; sa grande barre incurvée était simple et
sans ornement. *Elle a l'air d'un monceau de boue,* se dit-il, *mais
sans doute est-ce le but recherché.*

Canard lançait déjà un cri en retour. La jument avança en
éclaboussant dans les eaux peu profondes de la rive, foulant les
roseaux. Le garçon sauta du rouf sur le pont de la barge et le
reste de l'équipage de la *Farouche Pucelle* fit son apparition. Un
couple plus âgé avec quelque chose de rhoynar dans les traits se
tenait près de la barre, tandis qu'une séduisante septa en souple
robe blanche passait la porte de la cabine et repoussait de ses
yeux une mèche de cheveux brun sombre.

Mais impossible de se tromper sur Griff. « Assez gueulé
comme ça », décréta-t-il. Un silence subit tomba sur la rivière.

Avec celui-ci, ça n'ira jamais, sut immédiatement Tyrion.

Le manteau de Griff se composait de la peau et de la tête
d'un loup rouge de la Rhoyne. Sous la dépouille, il portait du
cuir brun, raidi par des anneaux de fer. Son visage glabre tanné,
avec des pattes d'oie au coin des yeux, évoquait aussi le cuir.
Bien qu'il ait les cheveux aussi bleus que ceux de son fils, les
racines se révélaient rouges et les sourcils plus rouges encore. À
sa hanche pendaient une épée et un poignard. S'il éprouvait la
moindre joie à retrouver Canard et Haldon, il le cacha bien,
mais ne se donna pas la peine de masquer son déplaisir à la vue
de Tyrion. « Un nain ? Qu'est-ce que c'est que ça ?

— Je sais, vous espériez une meule de fromage. » Tyrion se
tourna vers Griff le Jeune et lança à l'adolescent son plus désarmant sourire. « Les cheveux bleus peuvent convenir, à Tyrosh,
mais à Westeros les enfants vont vous jeter des pierres et les
filles vous rire au nez. »

Le garçon fut pris de court. « Ma mère était une grande dame
de Tyrosh. Je me teins les cheveux en mémoire d'elle.

— Qu'est-ce que c'est que cette créature ? » demanda Griff.

Ce fut Haldon qui répondit. « Illyrio a envoyé une lettre pour
tout expliquer.

— Alors, donne-la-moi. Conduis le nain dans ma cabine. »

Je n'aime pas ses yeux, songea Tyrion, lorsque le reître s'assit
en face de lui dans la pénombre qui régnait dans le rouf, avec

une table en bois couvert de marques et d'encoches, et une chandelle de suif entre eux deux. Les pupilles étaient d'un bleu de glace, pâles et froides. Le nain se méfiait des yeux pâles. Ceux de lord Tywin avaient été vert pâle, mouchetés d'or.

Il regarda le mercenaire parcourir la missive. Le simple fait qu'il sût lire révélait déjà bien des choses. Combien d'épées-louées pouvaient s'en vanter ? *C'est à peine s'il remue les lèvres,* nota Tyrion.

Finalement, Griff leva le regard du parchemin, et ses yeux si pâles se rétrécirent. « Tywin Lannister, mort ? *De ta main ?*

— De mon doigt. Celui-ci. » Tyrion le leva pour que Griff puisse l'admirer. « Lord Tywin siégeait sur une chaise percée, aussi lui ai-je décoché un carreau d'arbalète dans les tripes, pour voir s'il chiait réellement de l'or. Eh bien, non. Dommage, j'aurais eu l'usage d'un peu d'or. J'avais tué ma mère, aussi, quelque temps plus tôt. Oh, et mon neveu, Joffrey, je l'ai empoisonné durant son banquet de noces et je l'ai regardé s'étouffer et mourir. Le marchand de fromages aurait-il omis ce détail ? J'ai l'intention d'ajouter mon frère et ma sœur à la liste avant d'en avoir terminé, s'il plaît à votre reine.

— Lui *plaire* ? Est-ce qu'Illyrio a perdu la tête ? Pourquoi s'imagine-t-il que Sa Grâce pourrait se féliciter des services d'un régicide et d'un traître autoproclamé ? »

Question pertinente, admit Tyrion en son for intérieur, mais il dit : « Le roi que j'ai occis siégeait sur le trône de votre reine, et tous ceux que j'ai trahis étaient des lions, aussi me semble-t-il que j'ai déjà rendu à la reine de signalés services. » Il se gratta son moignon de nez. « Rien à craindre, je ne vous tuerai pas, vous n'êtes pas de ma famille. Puis-je voir ce qu'a écrit le marchand de fromages ? J'adore lire ce qu'on dit de moi. »

Griff ignora la requête. Il porta la lettre à la chandelle et regarda le parchemin noircir, se recroqueviller et s'embraser. « Le sang versé sépare les Targaryen et les Lannister. Pourquoi soutiendrais-tu la cause de la reine Daenerys ?

— Pour l'or et pour la gloire, répondit le nain avec bonne humeur. Oh, et par haine. Si vous aviez rencontré ma sœur, vous comprendriez.

— Je comprends bien la haine. » À la façon dont Griff prononça ce mot, Tyrion sut que cela au moins était vrai. *Il a fait banquet de haine, lui aussi. Elle le réchauffe la nuit depuis des années.*

« Alors, nous avons cela en commun, ser.

— Je ne suis pas chevalier. »

Non seulement menteur, mais mauvais menteur. C'était maladroit et sot, messire. « Et pourtant ser Canard raconte que vous l'avez fait chevalier.

— Canard parle trop.

— D'aucuns pourraient s'émerveiller de voir un canard qui parle. Qu'importe, *Griff.* Vous n'êtes pas chevalier et je suis Hugor Colline, un petit monstre. *Votre* petit monstre, s'il vous sied. Vous avez ma parole, tout ce que je désire, c'est d'être le féal serviteur de votre reine dragon.

— Et comment te proposes-tu de la servir ?

— En usant de ma langue. » Il se lécha les doigts, l'un après l'autre. « Je puis dire à Sa Grâce comment pense ma sœur, si l'on peut appeler cela penser. Je puis détailler à ses capitaines la meilleure façon de défaire mon frère, Jaime, au combat. Je sais quels seigneurs sont des braves et lesquels des poltrons, ceux qui sont loyaux et ceux qui sont vénaux. Je peux lui procurer des alliés. Et j'en sais tant et plus sur les dragons, comme votre Demi-Mestre vous le dira. Je suis amusant, en sus, et je ne mange guère. Considérez-moi comme votre lutin personnel et fidèle. »

Griff soupesa cela un moment. « Comprends-moi bien, le nain. Tu es le dernier et le moindre de notre compagnie. Tiens ta langue et fais ce qu'on te dit, ou tu ne tarderas pas à le regretter. »

Oui, Père, faillit riposter Tyrion. « Comme vous le dites, messire.

— Je ne suis pas un seigneur. »

Menteur. « C'était pure courtoisie, l'ami.

— Je ne suis pas non plus ton ami. »

Ni chevalier, ni seigneur, ni ami. « Dommage.

— Épargne-moi ton ironie. Je t'emmènerai jusqu'à Volantis. Si tu te montres obéissant et utile, tu pourras rester avec nous, pour servir la reine au mieux de tes capacités. Prouve que tu apportes plus d'ennuis que tu ne le vaux, et tu devras poursuivre seul ton chemin. »

Certes, chemin qui me conduira au fond de la Rhoyne avec des poissons pour me grignoter ce qui me reste de nez. « Valar dohaeris.

— Tu peux dormir sur le pont ou dans la cale, comme tu préfères. Ysilla te procurera un couchage.

— C'est fort aimable à elle. » Tyrion exécuta une courbette en se dandinant, mais à la porte de la cabine il se retourna. « Et si en trouvant la reine nous découvrions que cette histoire de dragons n'est que fariboles de marin ivre ? Le vaste monde abonde en contes tout aussi fous. Grumequins et snarks, fantômes et goules, sirènes, gobelins des rochers, chevaux, cochons... et lions ailés. »

Griff le fixa, la mine sombre. « Je t'ai loyalement mis en garde, Lannister. Surveille ta langue ou tu la perdras. Des royaumes sont dans la balance, ici. Nos vies, nos noms, notre honneur. Ce n'est pas un jeu, auquel nous nous adonnerions pour ton divertissement. »

Bien sûr que si, songea Tyrion. *Le jeu des trônes.* « Il en ira ainsi que vous le dites, capitaine », murmura-t-il en s'inclinant de nouveau.

DAVOS

La foudre fendit le ciel au nord, gravant la tour noire de la Lanterne des Nuits sur le ciel blanc-bleu. Six battements de cœur plus tard, le tonnerre roula, comme un tambour au loin.

Les gardes escortèrent Davos Mervault sur un pont de basalte noir et sous une herse de fer trahissant des points de rouille. Au-delà s'étendaient de profondes douves d'eau salée et un pont-levis soutenu par une paire de chaînes massives. Des eaux vertes se précipitaient en contrebas, projetant en hauteur des gerbes d'embruns pour pilonner les fondations du château. Puis un second poste de garde, plus grand que le premier, aux pierres barbues d'algues vertes. Davos, les mains ligotées aux poignets, trébucha en traversant une cour envasée. Le grésil lui piquait les yeux. Les gardes le houspillèrent jusqu'en haut des marches, pour entrer dans le caverneux donjon de pierre de Brisants.

Une fois à l'intérieur, le capitaine retira sa cape pour l'accrocher à une cheville, afin de ne pas laisser de flaque sur le tapis myrien élimé. Davos l'imita, tâtonnant avec le fermoir à cause de ses mains entravées. Il n'avait pas oublié les façons courtoises qu'on lui avait enseignées à Peyredragon durant ses années de service.

Ils trouvèrent le seigneur solitaire, dans la pénombre de sa grand-salle, soupant de bière, de pain et d'une potée de légumes. Vingt appliques en fer étaient fixées le long de ses épais murs de pierre, mais seules quatre portaient des torches, et aucune n'était allumée. Deux grosses chandelles de suif dispensaient une lumière chiche et tremblotante. Davos entendait la pluie fouailler les murs et un goutte-à-goutte régulier à l'endroit du plafond où une fuite s'était déclarée.

« M'sire, annonça le capitaine, nous avons trouvé cet homme au *Ventre de la Baleine*, il essayait de négocier un passage hors de l'île. Sur lui, il avait douze dragons, et ça, également. » Le capitaine déposa l'objet sur la table : un large ruban de velours noir bordé de tissu d'or, chargé de trois sceaux ; un cerf couronné appliqué sur de la cire d'abeille dorée, un cœur ardent sur de la rouge, et une main sur de la blanche.

Davos attendait, trempé et dégoulinant, les poignets éraflés à l'endroit où la corde mouillée lui entamait la peau. Un mot de ce seigneur et il serait promptement pendu à la porte des Potences de Sortonne, mais au moins était-il à l'abri de la pluie, avec de la pierre ferme sous les pieds au lieu du roulis d'un pont. Il ruisselait, dolent, abasourdi, miné par le deuil et les trahisons, et dégoûté des tempêtes.

Le seigneur s'essuya la lippe du revers de la main et saisit le ruban pour l'examiner de plus près, de ses yeux plissés. Audehors, un éclair flamboya, blanchissant et bleutant les meurtrières le temps d'un demi-battement de cœur. *Un, deux, trois, quatre*, compta Davos, avant que ne suive le tonnerre. Quand le grondement se tut, il écouta l'eau tomber, et le rugissement plus sourd sous ses pieds, où les vagues se fracassaient contre les énormes arches de pierre de Brisants et plongeaient leurs remous à travers ses cachots. Il risquait bien de finir là-bas, enchaîné à des dalles de pierre suintante, abandonné pour être noyé quand le flux s'y engouffrerait. *Non*, essaya-t-il de se convaincre, *c'est ainsi qu'un contrebandier pourrait périr, mais pas une Main de Roi. J'ai plus de valeur s'il me vend à sa reine.*

Le seigneur musa distraitement avec le ruban, considérant les sceaux en fronçant les sourcils. L'homme était laid, massif et charnu, avec le lourd gabarit des rameurs, et sans cou. Un chaume rude et gris, blanchi par plaques, couvrait ses joues et son menton. Au-dessus de la massive saillie des sourcils, il était chauve. Son nez boursouflé se couperosait de veinules éclatées, il avait des lèvres épaisses et une sorte de palmure entre les trois doigts médians de sa main droite. Davos avait entendu dire que certains seigneurs des Trois Sœurs possédaient des mains et des pieds palmés, mais il avait toujours classé cette histoire dans la catégorie des contes de marin.

Le seigneur se redressa sur son siège. « Tranchez ses liens, ordonna-t-il, et retirez-lui ces gants. Je veux voir ses mains. »

Le capitaine obtempéra. Lorsqu'il brandit sèchement la main gauche mutilée de son prisonnier, l'éclair fulgura de nouveau, plaquant l'ombre des doigts raccourcis de Davos Mervault sur la face rogue et brutale de Godric Borrell, sire de Dolcesœur. « N'importe qui peut voler un ruban, commenta le lord, mais ces doigts ne mentent pas. Vous êtes le chevalier oignon.

— On m'a appelé ainsi, messire. » Davos était lord lui-même, et chevalier de longue date, désormais, mais, au plus profond de lui, il restait ce qu'il avait toujours été, un contrebandier de basse extraction qui s'était acheté un titre de chevalier avec une cale remplie d'oignons et de poisson salé. « On m'a aussi appelé bien pire.

— Certes. Traître. Rebelle. Tourne-casaque. »

La dernière épithète le hérissa. « Je n'ai jamais retourné ma casaque, messire. Je suis un homme du roi.

— Seulement si Stannis est roi. » Le seigneur le jaugea avec des yeux noirs et durs. « La plupart des chevaliers qui échouent sur mes côtes me recherchent dans ma salle, pas au *Ventre de la Baleine*. Un antre sordide de contrebandiers, que ce bouge. Seriez-vous en train de reprendre votre ancien commerce, chevalier oignon ?

— Non, messire. Je cherchais un passage vers Blancport. Le roi m'y a envoyé, porteur d'un message pour son seigneur.

— Alors, vous vous êtes trompé d'endroit, et de lord. » Lord Godric parut amusé. « Vous êtes à Sortonne, sur Dolcesœur.

— Je le sais fort bien. » Sortonne n'avait rien de doux, toutefois. La ville était immonde ; une porcherie, étriquée, chiche et puante de relents de lisier de porc et de poisson pourri. Davos en avait gardé le vivace souvenir de l'époque où il était contrebandier. Les Trois Sœurs constituaient un repaire prisé des trafiquants depuis des centaines d'années, et un nid de pirates auparavant. Sortonne avait des rues de boue et de planches, pour maisons des taudis de torchis aux toitures de chaume, et auprès de la porte des Potences, on trouvait toujours des pendus aux entrailles dévidées.

« Vous avez ici des amis, je n'en doute point, reprit le lord. Tous les contrebandiers ont des amis sur les Sœurs. Certains sont aussi de mes amis. Ceux qui n'en sont point, je les fais pendre. Je les laisse lentement suffoquer, avec les tripes qui leur battent les genoux. » La salle s'éclaira de nouveau, tandis que la foudre illuminait les fenêtres. Deux battements de cœur plus tard gronda le tonnerre. « Si vous cherchiez Blancport, pourquoi êtes-vous à Sortonne ? Qu'est-ce qui vous amène ici ? »

La volonté d'un roi et la trahison d'un ami, aurait pu répliquer Davos. Mais il opta pour : « Les tempêtes. »

Vingt-neuf navires avaient levé l'ancre, au Mur. Davos serait bien surpris que la moitié flottât encore. Des cieux noirs, des vents cruels et des pluies battantes les avaient harcelés tout au long de la côte. Les galères *Oledo* et le *Fils de la Vieille Mère* avaient été jetées sur les rochers de Skagos, l'île des licornes et des cannibales, où même le Bâtard Aveugle avait craint d'accoster ; la grande cogue *Saathos Saan* avait sombré devant les Falaises grises. « Stannis devra les rembourser, avait fulminé Sladhor Saan. Il les paiera en bon or, jusqu'à la dernière. » On aurait dit qu'un dieu furieux exigeait le prix de leur trajet facile vers le Nord, où ils avaient joui d'un vent de sud régulier entre Peyredragon et le Mur. Un autre ouragan avait arraché les mâtures de l'*Opulente Moisson*, contraignant Sla à la faire prendre en remorque. À dix lieues au nord du Guet de la Veuve, les flots à nouveau démontés avaient jeté la *Moisson* contre une des galères qui la remorquaient, les envoyant toutes deux par le fond. Le reste de la flotte lysienne avait été égaillé à travers le détroit. Certains finiraient par se traîner jusqu'à tel ou tel port. D'autres ne réapparaîtraient jamais.

« Sladhor le Gueux, voilà à quel état votre roi m'a réduit », s'était plaint Sladhor à Davos, tandis que les vestiges de sa flotte s'étiraient en travers de la Morsure. « Sladhor l'Écrasé. Où sont mes navires ? Et mon or, où est tout l'or qu'on m'avait promis ? » Lorsque Davos avait tenté de lui assurer qu'il recevrait son salaire, Sla avait éclaté. « Quand, mais *quand* ? Demain, à la nouvelle lune, au prochain retour de la comète rouge ? Il me promet de l'or et des pierres précieuses, et toujours il promet, mais l'or, je n'en ai pas vu la couleur. J'ai sa parole, me dit-il, oui-da, sa parole de roi, il l'a écrit. Est-ce que Sladhor Saan va se nourrir de la parole du roi ? Pourra-t-il étancher sa soif avec des parchemins et de la cire à cacheter ? Peut-il basculer des promesses dans un lit de plume et les baiser jusqu'à ce qu'elles piaillent ? »

Davos avait tenté de le convaincre de rester fidèle. Si Sla abandonnait Stannis et sa cause, avait-il fait observer, il perdait tout espoir de récolter l'or qui lui était dû. Le roi Tommen victorieux risquait peu de régler les dettes de son oncle défait, après tout.

Le seul espoir de Sla reposait dans une loyauté persévérante envers Stannis Baratheon jusqu'à ce que celui-ci remporte le Trône de Fer. Sinon, il ne verrait jamais un liard de son argent. Il devait se montrer patient.

Peut-être un lord à la langue de miel aurait-il pu gagner à ses arguments le prince pirate lysien, mais Davos était un chevalier oignon, et ses paroles n'avaient réussi qu'à provoquer une nouvelle exaspération de Sla. « À Peyredragon, j'ai été patient, dit-il, quand la femme rouge a brûlé des dieux de bois et des hommes qui hurlaient. Tout le long du trajet vers le Mur, j'ai été patient. À Fort-Levant, j'ai été patient... et j'ai eu froid, oh, que j'ai eu froid ! Peuh, je vous réponds. Peuh à vos appels à la patience, et peuh à votre roi. Mes hommes ont faim. Ils ont envie de baiser de nouveau leurs femmes, de compter leurs fils, de revoir les Degrés de Pierre et les jardins de plaisir de Lys. La glace, les tempêtes et les promesses creuses, tout cela, ils n'en ont aucune envie. Si loin au nord, il fait beaucoup trop froid, et de plus en plus. »

Je savais que ce jour viendrait, se dit Davos. *J'aimais bien cette vieille fripouille, mais je n'ai jamais été assez sot pour me fier à lui.*

« Les tempêtes. » Lord Godric prononça le mot avec toute la tendresse qu'un autre homme aurait employée à prononcer le nom de l'être aimé. « Les tempêtes étaient sacrées sur les Sœurs, avant l'arrivée des Andals. Nos dieux anciens étaient la Dame des Vagues et le Seigneur des Cieux. Ils soulevaient des tempêtes à chaque fois qu'ils s'accouplaient. » Il se pencha en avant. « Ces rois ne se soucient jamais des Sœurs. À quoi bon ? Nous sommes petits, pauvres. Et pourtant, vous voilà. Livré à moi par les tempêtes. »

Livré à toi par un ami, rectifia mentalement Davos.

Lord Godric se tourna vers son capitaine. « Laisse cet homme avec moi. Il n'a jamais mis les pieds ici.

— Non, m'sire. Jamais. » Le capitaine prit congé, ses bottes trempées déposant des traces humides sur le tapis. Sous le sol, la mer grondait et s'agitait, martelant les pieds du château. La porte se referma avec un bruit évoquant le tonnerre au loin, et de nouveau l'éclair fulgura, comme en réponse.

« Messire, reprit Davos, si vous vouliez bien m'envoyer à Blancport, Son Altesse tiendrait cela pour un gage d'amitié.

— Je pourrais vous envoyer à Blancport, reconnut le seigneur. Ou je pourrais vous envoyer dans un enfer froid et humide. »

Sortonne est déjà un enfer suffisant. Davos appréhendait le pire. Les Trois Sœurs étaient des garces inconstantes, loyales uniquement à elles-mêmes. On les disait féales aux Arryn du Val, mais la poigne des Eyrié sur les îles était au mieux fragile.

« Sunderland exigerait que je vous remette à lui s'il savait votre présence. » Borrell devait féauté à Dolcesœur, comme Lonhameau pour Longuesœur, et Torrent pour Petitesœur ; tous juraient fidélité à Triston Sunderland, lord des Trois Sœurs. « Pour un pot de l'or des Lannister, il vous vendrait à la reine. Le pauvre homme a besoin de chaque dragon qu'il trouve, avec sept fils résolus à devenir chevaliers. » Le lord empoigna une cuillère en bois et s'attaqua derechef à sa potée. « Je maudissais les dieux qui ne m'ont donné que des filles, jusqu'à ce que j'entende geindre Triston sur le prix des destriers. Vous seriez surpris d'apprendre la quantité de poissons qu'il faut pour acheter une cotte de plates ou de mailles convenable. »

J'avais sept fils, moi aussi, mais quatre ont brûlé et sont morts. « Lord Sunderland a juré sa foi aux Eyrié, commenta Davos. De droit, il devrait me livrer à lady Arryn. » Ses chances seraient meilleures face à elle que face aux Lannister, estima-t-il. Si elle n'avait pas participé à la Guerre des Cinq Rois, Lysa Arryn était fille de Vivesaigues, et tante du Jeune Loup.

« Lysa Arryn est morte, annonça lord Godric. Assassinée par un chanteur. C'est lord Littlefinger qui gouverne le Val, désormais. Où sont passés les pirates ? » Comme Davos ne répondait pas, il cogna de sa cuillère sur la table. « Les Lysiens. Torrent a observé leurs voiles depuis Petitesœur et, avant lui, les Flint, sur la Veuve. Des voiles orange, vertes, roses. Sladhor Saan. Où est-il ?

— En mer. » Sla devait contourner les Doigts et remonter le détroit. Il regagnait les Degrés de Pierre avec la dérisoire flotte qui lui restait. Peut-être en chemin en acquerrait-il d'autres, s'il croisait la route de navires de commerce d'un gabarit approprié. *Un brin de piraterie aide à faire passer les milles.* « Sa Grâce l'a dépêché au Sud, pour indisposer les Lannister et leurs amis. » Il avait répété ce mensonge tout en ramant vers Sortonne sous la pluie. Tôt ou tard, le monde apprendrait que Sladhor Saan avait déserté Stannis Baratheon, le laissant dépourvu de flotte, mais on ne le tiendrait pas des lèvres de Davos Mervault.

Lord Godric touilla sa potée. « Et ce vieux pirate de Saan vous a fait nager jusqu'à terre ?

— J'ai accosté dans une chaloupe, messire. » Sla avait attendu que le fanal de la Lanterne des Nuits brille à tribord du *Valyrien* avant de le débarquer. Leur amitié lui avait au moins valu ce geste. Le Lysien clamait qu'il l'aurait volontiers emmené au sud avec lui, mais Davos avait refusé. Stannis avait besoin de Wyman Manderly, et il s'en était remis à Davos pour le gagner à sa cause. Celui-ci ne trahirait pas cette confiance, il l'avait déclaré à Sla. « Bah, avait répliqué le prince pirate. Avec de tels honneurs, il te tuera, mon vieil ami. Il te tuera. »

« Je n'ai encore jamais reçu une Main du Roi sous mon toit, dit lord Godric. Stannis paierait-il rançon pour vous, je me le demande ? »

Le ferait-il ? Stannis avait accordé à Davos des terres, des titres et des charges, mais débourserait-il du bon or pour racheter sa vie ? *Il n'a pas d'or. Sinon, il aurait encore Sla.* « Vous trouverez Son Altesse à Châteaunoir, si vous désirez lui poser la question, messire. »

Borrell émit un grognement. « Et le Lutin, est-il à Châteaunoir, lui aussi ?

— Le Lutin ? » Davos ne comprenait pas la question. « Il est à Port-Réal, condamné à mort pour le meurtre de son neveu.

— Le Mur est le dernier à savoir, disait toujours mon père. Le nain s'est évadé. Il s'est tortillé entre les barreaux de sa cellule et a déchiqueté son propre père à mains nues. Un garde l'a vu fuir, rouge de pied en cap, comme s'il s'était baigné dans le sang. La reine fera lord le premier qui le tuera. »

Davos avait du mal à croire ce qu'il entendait. « Vous êtes en train de me dire que Tywin Lannister est mort ?

— De la main de son fils, oui. » Le lord but une gorgée de bière. « Au temps où il y avait des rois sur les Sœurs, nous ne souffrions pas qu'un nain survive. Nous les jetions tous à la mer, en offrande aux dieux. Les septons nous ont forcés à arrêter. Un tas de pieux imbéciles. Pourquoi les dieux doteraient-ils un homme d'une telle forme, sinon pour marquer qu'il est un monstre ? »

Lord Tywin mort. Ça change tout. « Messire, m'accorderez-vous la faveur d'envoyer un corbeau au Mur ? Son Altesse se doit d'apprendre la mort de lord Tywin.

— Il l'apprendra. Mais point de moi. Ni de vous, tant que vous serez ici sous mon toit percé. Il ne sera pas dit que j'ai apporté à Stannis assistance et conseil. Les Sunderland ont entraîné les Sœurs dans deux des rébellions Feunoyr, et nous en avons tous souffert grand mal. » Lord Godric agita sa cuillère pour indiquer une chaise. « Asseyez-vous. Avant que de tomber, ser. Si ma salle est froide, humide et sombre, elle n'ignore pas totalement la courtoisie. Nous allons vous trouver des vêtements secs, mais tout d'abord, mangez. » Il héla, et une femme entra dans la salle. « Nous avons un invité à nourrir. Apporte de la bière, du pain et de la potée de légumes. »

La bière était brune, le pain noir et la potée d'un blanc crémeux. La femme servit Davos dans un tranchoir creusé à partir d'une miche de pain rassis. La potée regorgeait de poireaux, de carottes, d'orge et de navets, blancs et jaunes, en même temps que de palourdes et de bouts de morue et de viande de crabe, nageant dans un bouillon de crème lourde et de beurre. C'était le genre de potée qui réchauffe un homme jusqu'à la moelle des os, l'idéal par une nuit froide et humide. Davos l'avala avec gratitude.

« Vous aviez déjà goûté à la potée de la sœur ?

— Oui, messire. » On servait exactement la même potée partout sur les Trois Sœurs, dans chaque auberge et chaque taverne.

« Celle-ci est plus goûteuse que celles que vous avez pu essayer. C'est Gella qui la prépare. La fille de ma fille. Êtes-vous marié, chevalier oignon ?

— Oui, messire.

— Dommage. Elle ne l'est pas. Les femmes au physique ingrat font les meilleures épouses. Il y a là-dedans trois sortes de crabes. Des crabes rouges, des crabes araignées et des conquérants. Jamais je ne mange de crabe araignée, hormis dans la potée de la sœur. Ça me donnerait l'impression d'être cannibale. » Sa Seigneurie indiqua d'un geste la bannière suspendue au-dessus de l'âtre noir et glacé. Y était brodé un crabe araignée, blanc sur un champ gris-vert. « Nous avions entendu raconter que Stannis avait condamné sa Main au bûcher. »

La Main qui m'a précédé. Sur Peyredragon, Mélisandre avait livré Alester Florent à son dieu, afin d'invoquer le vent qui les avait emportés vers le nord. Lord Florent avait été fort, gardant le silence pendant que les gens de la reine le ligotaient au poteau, aussi digne qu'un homme demi-nu peut espérer l'être, mais lorsque les flammes avaient commencé à le lécher, il s'était mis à hurler, et ses clameurs les avaient tous poussés jusqu'à Fort-Levant, s'il fallait en croire la femme rouge. Davos n'avait guère aimé ce vent, qui lui avait paru sentir la chair brûlée, et mugir de façon dolente en jouant dans les haubans. *Ça aurait aussi aisément pu être moi.* « Je n'ai pas péri sur le bûcher, assura-t-il à lord Godric, mais, à Fort-Levant, j'ai bien failli geler.

— C'est un effet commun du Mur. » La femme leur apporta une nouvelle miche de pain, encore chaude du four. Quand Davos vit la main de la donzelle, il n'en put détacher le regard. Lord Godric ne manqua pas de s'en apercevoir. « Oui-da, elle porte la marque. Comme tous les Borrell, depuis cinq mille ans. La fille de ma fille. Pas celle qui prépare la potée. » Il rompit le pain et en proposa la moitié à Davos. « Mangez. Il est bon. »

Il l'était, en effet, mais une croûte rassise aurait autant régalé Davos ; ce pain signifiait qu'il était ici un invité, au moins pour une nuit. Les seigneurs des Trois Sœurs avaient une noire réputation, et nul plus que Godric Borrell, lord de Dolcesœur, Bouclier de Sortonne, Maître du château de Brisants, et gardien de la Lanterne des Nuits... Mais tout voleurs et naufrageurs qu'ils fussent, les seigneurs étaient liés par les anciennes lois de l'hospitalité. *Au moins, je verrai l'aube,* se dit Davos. *J'ai mangé avec lui le pain et le sel.*

Mais il y avait dans cette potée de la sœur de plus étranges épices que le sel. « Est-ce du safran que je sens ? » Le safran valait plus que l'or. Davos n'en avait goûté qu'en une seule occasion, lorsque le roi Robert lui avait envoyé une moitié de poisson, lors d'un banquet à Peyredragon.

« Oui. Il vient de Qarth. Du poivre, également. » Lord Godric en préleva une pincée, afin de saupoudrer son propre tranchoir. « Du poivre noir moulu de Volantis, il n'en est point de plus fin. Prenez-en autant qu'il vous faudra si vous êtes d'humeur poivrée. J'en ai quarante coffres. Sans parler des clous de girofle et de la muscade, et d'une livre de safran. Je l'ai prise sur une aguicheuse. » Il rit. Il avait encore toutes ses dents, nota Davos, bien que la plupart fussent jaunies et l'une d'elles, en haut, noire et morte. « Elle faisait voile vers Braavos, mais une tempête l'a drossée sur la Morsure et elle s'est brisée contre certains de mes récifs. Ainsi, voyez-vous, vous n'êtes pas le seul présent que m'aient apporté les tempêtes. La mer est une créature traîtresse et cruelle. »

Point si traîtresse que les hommes, songea Davos. Les ancêtres de lord Godric avaient été des rois pirates jusqu'à ce que les

Stark fondent sur eux, avec le feu et l'épée. Désormais, les hommes des Sœurs laissaient la piraterie franche à Sladhor Saan et à son engeance, et se bornaient au rôle de naufrageurs. Les fanaux qui brûlaient au long des côtes des Trois Sœurs étaient censés alerter contre les récifs, les écueils et les rochers et indiquer la voie vers la sécurité, mais, par les nuits de tempête et de brume, certains Sœurois recouraient à des feux trompeurs pour entraîner les capitaines imprudents vers leur perte.

« Les tempêtes vous ont été clémentes, en vous soufflant sur le pas de ma porte, poursuivit lord Godric. Vous auriez reçu un accueil glacial à Blancport. Vous arrivez trop tard, ser. Lord Wyman a l'intention de ployer le genou, mais pas devant Stannis. » Il but une gorgée de bière. « Les Manderly ne sont point Nordiens, pas au tréfonds. Il n'y a pas plus de neuf cents ans qu'ils sont venus dans le Nord, chargés de tout leur or et de leurs dieux. Ils avaient été de grands seigneurs sur la Mander jusqu'à ce qu'ils voient trop grand et que les mains vertes leur rabattent le caquet. Le Roi Loup a pris leur or, mais leur a donné des terres et permis de garder leurs dieux. » Il sauça sa potée avec un morceau de pain. « Si Stannis se figure que le gros lard va enfourcher le cerf, il se trompe. Le *Lion* a jeté l'ancre à Sortonne, il y a douze jours, pour refaire ses provisions d'eau douce. Vous connaissez le bâtiment ? Des voiles rouges, un lion d'or à sa proue. Et débordant de Frey, tous en route vers Blancport.

— De Frey ? » C'était la dernière chose à laquelle se serait attendu Davos. « Les Frey ont tué le fils de lord Wyman, avons-nous entendu dire.

— Certes, et la fureur du gros lard a été telle qu'il a fait serment de ne vivre que de pain et de vin jusqu'à ce qu'il ait obtenu vengeance. Mais avant la fin du jour, il enfournait à nouveau palourdes et gâteaux dans sa bouche. Il y a des navires qui font sans arrêt la navette entre les Sœurs et Blancport. Nous leur vendons des crabes, des poissons et du fromage de chèvre, ils nous apportent le bois, la laine et des peaux. D'après tout ce que j'ai entendu dire, Sa Seigneurie est plus grasse que jamais. Au temps pour les serments. Les mots sont du vent, et le vent sorti de la bouche de Manderly n'a pas plus de valeur que celui qui s'échappe de son fondement. » Le lord déchira un autre morceau de pain pour finir de saucer son tranchoir. « Les Frey apportaient au gros imbécile un sac d'os. Certains qualifient cela de courtoisie : rapporter à un homme les ossements de son défunt fils. S'il s'était agi du mien, je la leur aurais rendue, leur courtoisie, et j'aurais su remercier les Frey avant que de les pendre. Mais pas le gros lard, il est trop noble pour ça. » Il se bourra la bouche de pain, mastiqua, avala. « J'ai reçu les Frey à souper. L'un d'eux était assis à votre place actuelle. *Rhaegar*, il s'appelait. J'ai failli lui rire au nez. Il avait perdu sa femme, disait-il, mais comptait s'en trouver une nouvelle à Blancport. Des corbeaux sont allés et venus. Lord Wyman et lord Walder ont conclu un pacte, qu'ils ont l'intention de sceller par un mariage. »

Davos eut l'impression que le lord lui avait asséné un coup de poing dans l'estomac. *S'il dit vrai, mon roi est perdu.* Stannis Baratheon avait désespérément besoin de Blancport. Winterfell constituait le cœur du Nord, mais Blancport en était la bouche. Depuis des siècles, son estuaire restait libre de glaces, même au plus profond de l'hiver. Avec l'hiver qui arrivait, cela pouvait représenter tant et plus. Il en allait de même pour l'argent de la cité. Les Lannister disposaient de tout l'or de Castral Roc, et avaient épousé les richesses de Hautjardin. Les coffres du roi Stannis étaient exsangues. *Je dois essayer, à tout le moins. Il se pourrait que je puisse empêcher ce mariage.* « Je dois parvenir à Blancport, dit-il. Votre Seigneurie, je vous en conjure, aidez-moi. »

Lord Godric commença à dévorer son tranchoir, le déchirant de ses grosses mains. Le ragoût avait amolli le pain rassis. « Je n'aime guère les Nordiens, annonça-t-il. Les mestres racontent que le Viol des Trois Sœurs s'est passé il y a deux mille ans, mais Sortonne n'oublie pas. Avant, nous étions un peuple libre, avec nos propres rois pour nous gouverner. Dès après, nous avons dû plier le genou devant les Eyrié afin de chasser les Nordiens. Mille ans le loup et le faucon se sont disputé notre possession, jusqu'à avoir rongé toute la graisse et la viande sur les os de ces pauvres îles. Quant à Stannis, votre roi, lorsqu'il était maître de la flotte de Robert, il a envoyé une flotte dans mon port sans me demander permission et m'a fait pendre une douzaine de bons amis. Des hommes comme vous. Il a été jusqu'à menacer de me pendre – moi ! –, si un vaisseau devait s'échouer parce que la Lanterne des Nuits s'était éteinte. J'ai dû avaler son arrogance. » Il mangea une partie du tranchoir. « Et maintenant, le voilà qui s'en vient dans le Nord, l'orgueil en berne, la queue entre les jambes. Pourquoi devrais-je lui apporter mon aide ? Répondez-moi donc. »

Parce qu'il est votre roi légitime, se dit Davos. Parce que c'est un homme fort et qu'il est juste, le seul capable de rétablir le royaume et de le défendre contre les périls qui s'amassent au nord. Parce qu'il possède une épée magique qui rutile sous l'éclat du soleil. Les mots restèrent logés au fond de sa gorge. Aucun d'eux ne fléchirait le lord de Dolcesœur. Aucun d'eux ne le rapprocherait d'un pas de Blancport. Quelle réponse désire-t-il ? Dois-je lui promettre l'or que nous n'avons pas ? Un mari de haute lignée pour la fille de sa fille ? Des terres, des honneurs, des titres ? Lord Alester Florent s'était essayé à ce petit jeu, et le roi l'avait expédié au bûcher pour cela.

« La Main a perdu sa langue, dirait-on. Il n'aime ni la potée de la sœur, ni la vérité. » Lord Godric s'essuya la bouche.

« Le lion est mort, déclara lentement Davos. Votre vérité, la voilà, messire. Tywin Lannister est mort.

— Eh bien, quoi ?

— Qui règne désormais à Port-Réal ? Pas Tommen, ce n'est qu'un enfant. Est-ce ser Kevan ? »

La lueur des chandelles brillait dans les prunelles noires de lord Godric. « Si tel était le cas, vous seriez aux fers. C'est la reine qui gouverne. »

Davos comprit. *Il entretient des doutes. Il ne voudrait pas se retrouver du côté des vaincus.* « Stannis a tenu Accalmie face aux Tyrell et aux Redwyne. Il a pris Peyredragon aux derniers Targaryen. Il a écrasé la Flotte de Fer au large de Belle Île. Cet enfant roi ne prévaudra pas contre lui.

— Cet enfant roi a à sa disposition la fortune de Castral Roc et la puissance de Hautjardin. Il a pour lui les Bolton et les Frey. » Lord Godric se massa le menton. « Cependant... En ce monde, il n'est de certain que l'hiver. Ned Stark a dit cela à mon père, dans cette même salle.

— Ned Stark est venu ici ?

— À l'aube de la Rébellion de Robert. Le Roi Fou avait fait demander aux Eyrié la tête de Stark, mais Jon Arryn lui a répondu par le défi. Goëville est restée loyale au trône, cependant. Pour rentrer chez lui et appeler ses bannerets, Stark a été obligé de franchir les montagnes jusqu'aux Doigts et de trouver un pêcheur qui lui ferait traverser la Morsure. En route, une tempête les a surpris. Le pêcheur s'est noyé, mais sa fille a conduit Stark jusqu'aux Sœurs avant que le bateau ne coule. On dit qu'il lui a laissé une bourse d'argent et un bâtard dans le ventre. Jon Snow, elle l'a appelé, en souvenir d'Arryn.

« Mais peu importe. Mon père était assis où je siège actuellement lorsque lord Eddard a débarqué à Sortonne. Notre mestre nous a pressés d'expédier le chef de Stark à Aerys, en gage de notre loyauté. Cela aurait entraîné une riche récompense. Le Roi Fou les dispensait avec largesse s'il en était d'humeur. Mais nous savions désormais que Jon Arryn avait pris Goëville. Robert a été le premier homme sur le Mur, et il a tué Marq Grafton de sa propre main. *Ce Baratheon ne connaît pas la peur*, ai-je dit. *Il combat comme le devrait un roi.* Notre mestre a ricané en nous assurant que le prince Rhaegar saurait défaire ce rebelle. Et là, Stark a déclaré : *En ce monde, il n'est de certain que l'hiver. Assurément, nous pouvons perdre nos têtes... Mais si nous vainquions ?* Mon père l'a laissé reprendre sa route, son chef toujours sur ses épaules. "Si vous perdez, a-t-il dit à lord Eddard, vous n'êtes jamais venu ici."

— Pas plus que moi », assura Davos Mervault.

JON

Ils firent sortir le Roi-d'au-delà-du-Mur, les mains liées par une corde de chanvre et un nœud coulant autour du cou. L'autre extrémité de la corde était enroulée autour du pommeau de selle du coursier de ser Godry Farring. Mort-des-Géants et sa monture étaient caparaçonnés d'acier argenté orné de nielle. Mance Rayder ne portait qu'une légère camisole qui laissait ses membres exposés au froid. *Ils auraient pu lui rendre son manteau*, songea Jon Snow, *celui que la sauvageonne lui a rapiécé avec des bouts de soie écarlate.*

Rien d'étonnant si le Mur pleurait.

« Mance connaît la forêt hantée mieux que n'importe quel patrouilleur », avait expliqué Jon au roi Stannis, dans un dernier effort pour convaincre Son Altesse que le Roi-d'au-delà-du-Mur leur serait plus utile vivant que mort. « Il connaît Tormund Fléau-d'Ogres. Il a combattu les Autres. Et il détenait le Cor de Joramun et n'a pas soufflé dedans. Il n'a pas fait crouler le Mur alors qu'il l'aurait pu. »

Ses paroles ne rencontrèrent qu'oreilles sourdes. Stannis était demeuré inébranlable. La loi était claire ; un déserteur devait perdre la vie.

Sous le Mur en larmes, dame Mélisandre leva ses pâles mains blanches. « *Nous devons tous choisir,* proclama-t-elle. Homme ou femme, jeune ou vieux, lord ou vilain, nos choix sont les mêmes. » Sa voix évoquait à Jon Snow l'anis, la muscade et les clous de girofle. Elle se tenait auprès du roi sur une tribune de bois dressée au-dessus de la fosse. « Nous choisissons entre la lumière et les ténèbres. Nous choisissons entre le bien et le mal. Nous choisissons entre le vrai dieu ou les faux. »

L'épaisse chevelure gris-brun de Mance Rayder lui vola dans la figure tandis qu'il avançait. Il se dégagea les yeux avec ses mains liées, en souriant. Mais quand il vit la cage, le courage lui faillit. Les gens de la reine l'avaient construite avec les arbres de la forêt hantée, des arbrisseaux et des branches souples, des rameaux de pin gluants de résine, et des doigts de barrals, blancs comme l'os. Ils les avaient ployés et entortillés les uns autour des autres de façon à tresser une nasse de bois, puis l'avaient suspendue haut au-dessus d'une fosse profonde remplie de bûches, de feuilles et de petit bois.

À cette vue, le roi sauvageon recula. « Non, s'écria-t-il, *pitié*. Ce n'est pas juste. Je ne suis pas le roi, ils... »

Ser Godry tira un coup sur la corde. Le Roi-d'au-delà-du-Mur n'eut d'autre choix que de le suivre en trébuchant, la corde étranglant ses mots. Lorsque Mance perdit pied, Godry le traîna sur le reste du parcours. Mance saignait quand les gens de la reine, mi-poussant, mi-portant, l'encagèrent. Une douzaine d'hommes d'armes hissèrent tous ensemble pour le soulever dans les airs.

Dame Mélisandre le regarda monter. « *PEUPLE LIBRE !* Le voilà, votre roi des mensonges. Et voici le cor dont il promettait qu'il abattrait le Mur. » Deux des gens de la reine apportèrent le Cor de Joramun, noir avec des bandes de vieil or, huit pieds de long d'un bout à l'autre. Des runes étaient gravées dans ses bandeaux d'or, l'écriture des Premiers Hommes. Joramun avait péri des milliers d'années plus tôt, mais Mance avait retrouvé sa tombe sous un glacier, dans les sommets des Crocgivre. *Et Joramun sonna du Cor de l'Hiver, et il éveilla les géants de la terre.* Ygrid avait raconté à Jon que Mance n'avait jamais découvert le cor. *Elle a menti, ou alors Mance le tenait secret même des siens.*

Mille captifs observèrent à travers les barreaux de bois de leur enclos tandis qu'on brandissait le cor. Tous dépenaillés, à demi morts de faim. Les Sept Couronnes les appelaient *sauvageons* ; eux se nommaient *le peuple libre*. Ils ne paraissaient ni sauvages ni libres – seulement morts de faim et de peur, abasourdis.

« Le Cor de Joramun ? continua Mélisandre. Non. Appelez-le Cor des Ténèbres. Que tombe le Mur et la nuit tombera avec lui, la longue nuit qui jamais n'a de fin. Cela ne doit pas arriver, *cela n'arrivera pas* ! Le Seigneur de Lumière a vu ses enfants en péril et leur a envoyé un champion, Azor Ahaï ressuscité. » Elle désigna de la main Stannis, et le grand rubis à sa gorge palpita de lumière.

Il est la pierre, elle est la flamme. Les yeux du roi semblaient des ecchymoses bleues, profondément enfoncées dans un visage cave. Il était vêtu de plate grise, un manteau en tissu d'or bordé de fourrure volant sur ses larges épaules. Son pectoral portait un cœur ardent gravé au-dessus du sien. Ceignant son front, une couronne d'or roux avec des pointes qui se tordaient comme des flammes. Val se tenait auprès de lui, grande, belle. On l'avait couronnée d'un simple cercle de bronze sombre, et elle paraissait pourtant plus royale avec ce bronze que Stannis avec son or. Elle avait des yeux gris intrépides, qui ne cillaient point. Sous l'hermine de sa mante, elle portait du blanc et de l'or. Ses cheveux blonds comme miel avaient été coiffés en une tresse épaisse qui tombait de son épaule droite jusqu'à sa taille. Le froid dans l'air avait apposé de la couleur sur ses joues.

Dame Mélisandre ne portait nulle couronne, mais chaque homme ici présent savait qu'elle était la véritable reine de Stannis Baratheon, elle et non la femme sans attraits qu'il avait laissée grelotter à Fort-Levant. On racontait que le roi n'avait point l'intention d'envoyer chercher la reine Selyse et leur fille tant que Fort-Nox ne serait pas habitable. Jon se sentait marri pour elles. Le Mur n'offrait guère les conforts auxquels étaient accoutumées les dames sudières et les petites filles de haute naissance, et Fort-Nox n'en avait aucun. C'était un lieu lugubre, même en ses meilleures époques.

« *PEUPLE LIBRE !* s'écria Mélisandre. Voyez ce qu'il advient de ceux qui choisissent les ténèbres ! »

Le Cor de Joramun s'enflamma.

Il s'embrasa avec un bruit de souffle tandis que des langues tourbillonnantes de feu vert et jaune dansaient en crépitant sur toute sa longueur. Le destrier de Jon, nerveux, broncha, et tout au long de la ligne d'autres cavaliers s'évertuèrent eux aussi à calmer leur monture. Une plainte monta de l'enclos lorsque le peuple libre vit son espoir prendre feu. Quelques-uns jetèrent des cris et des imprécations, mais la plupart s'abîmèrent dans le silence. L'espace d'un demi-battement de cœur, les runes gravées sur les bandeaux d'or parurent trépider dans l'air. D'une poussée, les gens de la reine firent dégringoler le cor dans la fosse à feu.

À l'intérieur de sa cage, Mance Rayder s'acharna avec ses mains liées sur le nœud coulant autour de son cou et hurla des phrases incohérentes sur la traîtrise et la sorcellerie, reniant sa royauté, reniant son peuple, reniant son nom, reniant tout ce qu'il avait jamais été. Il hurla en implorant pitié, maudit la femme rouge et partit d'un rire hystérique.

Jon observait sans ciller. Il n'osait faire montre de sensiblerie devant ses frères. Il avait ordonné que sortent deux cents hommes, plus de la moitié de la garnison de Châteaunoir. À cheval, en de solennelles rangées ébène, leurs grandes piques à la main, ils avaient relevé leurs cagoules pour placer leurs visages dans l'ombre... et dissimuler le fait que tant d'entre eux étaient des barbes grises et des gamins sans expérience. Le peuple libre craignait la Garde. Jon voulait qu'ils emportent cette peur avec eux dans leurs nouveaux foyers au sud du Mur.

Le cor s'écrasa au sein des bûches, des feuilles et du petit bois. En trois battements de cœur, toute la fosse flamba. Empoignant à deux mains les barreaux de sa cage, Mance sanglotait, suppliait. Quand le feu l'atteignit, il exécuta une petite danse. Ses cris devinrent un long hurlement inarticulé de peur et de souffrance. À l'intérieur de sa cage, il voletait comme une feuille embrasée, comme un papillon de nuit tombé dans la flamme d'une bougie.

Jon se surprit à se rappeler une chanson.

Frères, ô mes frères, mon temps ici s'achève,
Le Dornien a pris ma vie,
Mais qu'importe : tous les hommes crèvent,
Et au Dornien j'ai pris sa mie !

Val se tenait sur l'estrade aussi immobile que si on l'avait sculptée dans le sel. *Elle ne pleurera ni ne détournera les yeux.* Jon se demanda ce qu'aurait fait Ygrid à sa place. *Ce sont les femmes qui sont fortes.* Il se reprit à penser à Sam et à mestre Aemon, à Vère et au bébé. *Elle me maudira jusqu'à son dernier souffle, mais je ne voyais pas d'autre issue.* Fort-Levant avait signalé des tempêtes terribles sur le détroit. *Je voulais les placer en sécurité. Les ai-je en vérité livrés en pâture aux crabes ?* La nuit précédente, il avait rêvé de Sam noyé, d'Ygrid morte, sa flèche plantée en elle (la flèche n'avait pas appartenu à Jon, mais dans ses rêves, c'était toujours la sienne), de Vère versant des larmes de sang.

Jon Snow en avait assez vu. « Maintenant », décida-t-il.

Ulmer du Bois-du-Roi ficha sa lance dans le sol, prit son arc et encocha une flèche noire prise dans son carquois. Gentil Donnel Hill rejeta son capuchon pour l'imiter. Garth Plumegrise et Ben la Barbe placèrent des flèches, bandèrent leurs arcs et décochèrent.

Une flèche frappa Mance Rayder à la poitrine, une au ventre, une à la gorge. La quatrième heurta un des barreaux de bois de la cage, et vibra un instant avant de prendre feu. Les sanglots d'une femme résonnèrent contre le Mur tandis que le roi sauvageon s'effondrait mollement au fond de sa cage, auréolé de flammes. « À présent sa Garde est achevée », murmura doucement Jon. Mance Rayder avait jadis été un homme de la Garde de Nuit, avant de troquer son manteau noir contre un autre, avec des crevés de soie rouge vif.

En haut sur la plate-forme, Stannis faisait la grimace. Jon refusa de croiser son regard. Le fond de la cage de bois avait cédé, et ses barreaux se disloquaient. Chaque fois qu'une langue de feu montait, d'autres branches libérées dégringolaient, rouge cerise et noires. « Le Seigneur de Lumière a créé le soleil et la lune et les étoiles pour éclairer notre chemin, et nous a donné le feu pour tenir la nuit en respect, proclama Mélisandre aux sauvageons. Nul ne peut soutenir ses flammes.

— *Nul ne peut soutenir ses flammes* », reprirent en écho les gens de la reine.

Les robes de la femme rouge, teintes d'un écarlate profond, se balançaient autour d'elle et ses cheveux cuivrés composaient un halo autour de son visage. De hautes flammes jaunes dansaient au bout de ses doigts, comme des griffes. « *PEUPLE LIBRE !* Tes faux dieux ne peuvent pas t'aider. Ton faux cor ne t'a pas sauvé. Ton faux roi ne t'a apporté que la mort, le désespoir, la défaite… Mais ici se tient le vrai roi. *CONTEMPLEZ SA GLOIRE !* »

Stannis Baratheon dégaina Illumination.

L'épée rutila, rouge, jaune et orange, toute vive de lumière. Jon avait déjà assisté au spectacle… mais pas *comme ça*, jamais encore comme ça. Illumination était le soleil devenu acier. Lorsque Stannis éleva la lame au-dessus de sa tête, les hommes durent détourner le regard ou se couvrir les yeux. Les chevaux piaffèrent, et l'un d'eux jeta son cavalier à terre. Dans la fosse, le brasier sembla se rétracter face à cet ouragan de lumière, comme un roquet se recroqueville devant un dogue. Le Mur lui-même revêtit des teintes rouges, rosées et orange, tandis que des vagues de couleur dansaient sur la glace. *Est-ce donc là la puissance du sang des rois ?*

« Westeros n'a qu'un roi », clama Stannis. Sa voix résonnait avec rudesse, sans rien de la mélodie de celle de Mélisandre. « Avec cette épée, je défends mes sujets et je détruis ceux qui les menacent. Ployez le genou et je vous promets de la nourriture, des terres et la justice. Agenouillez-vous et vous vivrez. Ou partez et mourez. Le choix vous appartient. » Il glissa Illumination dans son fourreau et le monde s'obscurcit de nouveau, comme si le soleil avait passé derrière un nuage. « Ouvrez les portes. »

« *OUVREZ LES PORTES !* » beugla ser Clayton Suggs d'une voix aussi grave qu'une trompe de guerre. « *OUVREZ LES PORTES !* » reprit ser Corliss Penny en écho, pour relayer l'ordre aux gardes. « *OUVREZ LES PORTES !* » gueulèrent les sergents. Les hommes s'empressèrent d'obéir. Des épieux aiguisés furent arrachés au sol, des planches jetées en travers de fossés profonds, et les portes de l'enclos grandes ouvertes. Jon Snow leva la main et l'abaissa, et les rangs noirs s'écartèrent sur la droite et sur la gauche, dégageant un passage jusqu'au Mur, où Edd-la-Douleur Tallett ouvrit la porte en fer d'une poussée.

« Venez, les encouragea Mélisandre. Venez à la lumière… ou courez rejoindre les ténèbres. » Dans la fosse au-dessous d'elle crépitait l'incendie. « Si vous choisissez la vie, venez à moi. »

Et ils vinrent. D'abord lentement, certains en boitant, ou appuyés sur leurs camarades, les captifs commencèrent à émerger de leur enclos grossièrement édifié. *Si vous voulez manger, venez à moi,* songea Jon. *Si vous ne voulez pas geler ou crever de faim, soumettez-vous.* Hésitant à l'affût d'un piège, les premiers prisonniers traversèrent les planches et le cercle d'épieux, pour aller vers Mélisandre et le Mur. D'autres les imitèrent, lorsqu'ils virent qu'il n'était advenu aucun mal aux premiers passés. Puis davantage, jusqu'à ce que cela devienne un flot régulier. Des gens de la reine en jaque cloutée et demi-heaumes tendaient au passage à chaque homme, femme et enfant un morceau de barral : un bâton, une branche cassée, pâle comme un os brisé, une liasse de feuilles rouge sang. *Un morceau des anciens dieux pour nourrir le nouveau.* Jon plia les doigts de sa main d'épée.

La chaleur de la fosse était palpable, même à cette distance ; pour les sauvageons, elle devait être terrible. Il vit des hommes se contracter en approchant des flammes, entendit des enfants pleurer. Quelques-uns se tournèrent vers la forêt. Il regarda une jeune femme s'éloigner en trébuchant, un enfant à chaque main. Chaque fois qu'elle avançait de quelques pas, elle se retournait pour s'assurer que personne ne les poursuivait, et lorsqu'elle atteignit les arbres, elle se mit à courir. Un vieillard chenu empoigna la branche de barral qu'on lui tendait et en usa comme d'une arme, frappant avec elle jusqu'à ce que les gens de la reine convergent sur lui avec des lances. Les suivants durent contourner son corps ; finalement, ser Corliss le fit jeter au brasier. Ils furent plus nombreux dans le peuple libre à choisir les bois après cela... Un sur dix, peut-être.

Mais la plupart continuèrent de venir. Derrière eux, il n'y avait que le froid et la mort. Devant eux, l'espoir. Ils vinrent, serrant leurs bribes de bois jusqu'à ce que vienne le moment d'en alimenter les flammes. R'hllor était un dieu jaloux, toujours inassouvi. Aussi le nouveau dieu dévora-t-il le cadavre des anciens, et projeta-t-il sur le Mur les ombres gigantesques de Stannis et de Mélisandre, noires contre les reflets rougeoyant sur la glace.

Sigorn fut le premier à s'agenouiller devant le roi. Le nouveau Magnar de Thenn était une réplique plus jeune et plus courtaude de son père – mince, dégarni, portant grèves de bronze et chemise de cuir cousue d'écailles de bronze. Puis vint Clinquefrac, dans une bruyante armure d'os et de cuir bouilli, avec pour casque un crâne de géant. Sous les os se terrait une créature ravagée et piteuse avec ses dents brunes et fendues et ses yeux aux blancs teintés de jaune. *Un homme petit, malveillant et sournois, aussi borné que cruel.* Jon ne croyait pas un instant qu'il resterait loyal. Il se demanda ce que ressentait Val en le voyant s'agenouiller, pardonné.

Suivirent des dirigeants de moindre importance. Deux chefs de clan des Pieds Cornés, dont les pieds étaient noirs et durs. Une vieille sage, révérée par les peuples de la Laiteuse. Un gamin de douze ans, maigre, aux yeux sombres, le fils d'Alfyn Freux-buteur. Halleck, frère d'Harma la Truffe, avec les cochons de sa sœur. Chacun mit un genou en terre devant le roi.

Il fait trop froid pour cette comédie, jugea Jon. « Le peuple libre méprise les agenouillés, avait-il mis en garde Stannis. Laissez-leur préserver leur fierté et ils ne vous en aimeront que mieux. » Sa Grâce n'avait point voulu écouter. Il avait répliqué : « D'eux, j'attends des épées, pas des baisers. »

Ayant ployé le genou, les sauvageons défilèrent d'un pas pénible devant les rangs des frères noirs, jusqu'à la porte. Jon avait délégué Tocard, Satin et une demi-douzaine d'autres pour les guider à travers le Mur avec des torches. De l'autre côté, les attendaient des bols de soupe à l'oignon chaude, des morceaux de pain noir et des saucisses. Des vêtements, aussi : des manteaux, des chausses, des bottes, des tuniques, des gants de bon cuir. Ils dormiraient sur des piles de paille propre, avec des feux ronflants pour tenir en respect le froid de la nuit. Le roi était par-dessus tout méthodique. Tôt ou tard, cependant, Tormund Fléau-d'Ogres lancerait un nouvel assaut contre le Mur et, quand viendrait cette heure, Jon se demandait quel camp les nouveaux sujets de Stannis choisiraient. *Tu peux leur donner des terres et de la miséricorde, mais le peuple libre choisit ses propres rois, et ils avaient choisi Mance, pas toi.*

Bowen Marsh approcha sa monture de celle de Jon. « Voilà un jour que je n'aurais jamais pensé voir. » Le lord Intendant avait visiblement maigri depuis sa blessure à la tête reçue au pont des Crânes. Une portion d'oreille avait disparu. *Il ne ressemble plus guère à une pomme granate*, songea Jon. « Nous avons versé notre sang pour arrêter les sauvageons dans la Gorge, déclara Marsh. Des hommes braves ont péri là-bas, des amis, des frères. Pour quel résultat ?

— Le royaume nous maudira tous pour ça, déclara ser Alliser Thorne sur un ton venimeux. Chaque honnête homme de Westeros détournera la tête pour cracher, à la mention de la Garde de Nuit. »

Que sais-tu des honnêtes gens ? « Silence dans les rangs. » Ser Alliser usait de plus de circonspection depuis que lord Janos avait perdu sa tête, mais sa malveillance était toujours présente. Jon avait songé à lui confier le commandement que Slynt avait refusé, mais il tenait à conserver l'homme à ses côtés. *Il a toujours été le plus dangereux des deux.* Il avait nommé à sa place un intendant de Tour Ombreuse, blanchi sous le harnois, afin de prendre en main Griposte.

Il espérait que ces deux nouvelles garnisons feraient une différence. *La Garde peut verser le sang du peuple libre, mais, au bout du compte, nous n'avons aucun espoir de les arrêter.* Livrer Mance Rayder aux flammes n'avait pas changé cette vérité. *Nous sommes toujours trop peu et eux trop nombreux et, sans patrouilleurs, nous sommes pratiquement aveugles. Il faut que j'envoie des hommes. Mais si je le fais, reviendront-ils ?*

Le tunnel traversait le Mur par un goulet étroit et sinueux, et nombre de sauvageons étaient vieux, malades ou blessés, si bien que la progression s'effectuait avec une pénible lenteur. Le temps que le dernier d'entre eux ait plié le genou, la nuit était tombée. Le feu dans la fosse brûlait bas, et l'ombre du roi sur le Mur avait rétréci jusqu'à un quart de sa taille première. Jon Snow distinguait son souffle dans l'air. *Il fait froid*, constata-t-il, *et cela ne fait que commencer. Cette comédie a assez duré.*

Une quarantaine de captifs s'attardaient près de l'enclos. Parmi eux, quatre géants, des créatures massives et hirsutes aux épaules voûtées, aux jambes aussi grandes que des troncs d'arbre et aux énormes pieds écartés. En dépit de leur envergure ils auraient quand même pu passer sous le Mur, mais l'un d'eux refusait d'abandonner son mammouth, et les autres, de le quitter. Le reste de ces traînards avaient tous taille humaine. Certains étaient morts, d'autres mourants ; davantage encore étaient des parents ou des proches, qui n'acceptaient pas de les laisser, fût-ce pour un bol de soupe à l'oignon.

Certains grelottant, d'autres trop engourdis pour grelotter, ils écoutèrent la voix du roi dont l'écho roulait contre le Mur. « Vous êtes libres de partir, leur dit Stannis. Racontez à votre peuple ce dont vous avez été témoins. Dites-leur que vous avez vu le vrai roi, et qu'ils sont les bienvenus en son royaume tant qu'ils en préservent la paix. Sinon, qu'ils fuient ou qu'ils se cachent. Je ne tolérerai plus aucune attaque contre mon Mur.

— *Un royaume, un dieu, un roi !* » lança dame Mélisandre.

Les gens de la reine reprirent le cri, martelant de la hampe de leurs lances leurs boucliers. « *Un royaume, un dieu, un roi ! STANNIS ! STANNIS ! UN ROYAUME, UN DIEU, UN ROI !* »

Val ne se joignait pas au cri scandé, constata Jon. Ni les frères de la Garde de Nuit. Durant le tumulte, les quelques sauvageons qui restaient se fondirent entre les arbres. Les géants furent les derniers à partir, deux à califourchon sur le dos d'un mammouth, les deux autres à pied. Seuls les morts furent laissés en arrière. Jon regarda Stannis descendre de l'estrade, Mélisandre auprès de lui. *Son ombre rouge. Elle ne quitte jamais longtemps son côté.* La garde d'honneur du roi prit position autour d'eux – ser Godry, ser Clayton et une douzaine d'autres chevaliers, tous gens de la reine. Le clair de lune luisit sur leur armure et le vent fouetta leurs manteaux. « Lord Intendant, ordonna Jon à Marsh, démantelez cet enclos pour en faire du bois pour le feu et jetez les cadavres dans les flammes.

— À vos ordres, messire. » Marsh aboya des ordres, et une nuée de ses assistants sortit des rangs pour s'attaquer aux parois de bois. Le lord Intendant les regarda faire, la mine sombre. « Ces sauvageons... Croyez-vous qu'ils resteront loyaux, messire ?

— Certains, oui. Pas tous. Nous avons nos couards et nos félons, nos faibles et nos sots, tout comme eux.

— Nos vœux... Nous avons juré de protéger le royaume...

— Une fois que le peuple libre sera installé sur le Don, il deviendra partie du royaume, fit observer Jon. L'époque est désespérée, et le deviendra probablement plus encore. Nous avons vu le visage de notre véritable ennemi, un visage blanc et mort aux yeux bleus lumineux. Le peuple libre a vu cette face, également. En cela, Stannis ne se trompe pas. Nous devons faire cause commune avec les sauvageons.

— Cause commune contre un ennemi commun, je pourrais m'accorder avec cela, répondit Bowen Marsh, mais cela ne signifie pas que nous devions laisser des dizaines de milliers de sauvages à demi morts de faim passer le Mur. Qu'ils retournent dans leurs villages et qu'ils se battent là-bas contre les Autres, tandis que nous murons les portes. Ce ne sera pas difficile, à ce que me dit Othell. Il nous suffit de combler les tunnels avec des quartiers de roc et de déverser de l'eau par les meurtrières. Le Mur fera le reste. Le froid, le poids... Dans un cycle de lune, ce sera comme s'il n'y avait jamais eu de porte. Tout ennemi devra se creuser un passage.

— Ou grimper.

— Peu probable. Il ne s'agit pas de razzieurs venus dérober une épouse et un peu de butin. Tormund aura avec lui de vieilles femmes, des enfants, des troupeaux de moutons et de chèvres, et même des *mammouths*. Il a besoin d'une porte, et il n'en reste que trois. Et s'il devait envoyer des grimpeurs, eh bien, se défendre contre des grimpeurs est aussi aisé que de harponner des poissons dans un seau. »

Jamais les poissons ne remontent hors du seau pour venir te planter une lance dans le ventre. Jon avait déjà escaladé le Mur.

Marsh poursuivit : « Les archers de Mance Rayder ont dû décocher sur nous dix mille flèches, à en juger par le nombre de projectiles perdus que nous avons ramassés. Moins d'une centaine ont atteint nos hommes au sommet du Mur, la plupart portées par une subite rafale de vent. Alyn des Roseraies a été le seul homme à mourir là-haut et c'est sa chute qui l'a tué, pas la flèche qui lui a piqué la jambe. Donal Noye a péri afin de tenir la porte. Un acte de bravoure, certes... Mais si l'on avait scellé la porte, peut-être notre brave armurier serait-il toujours des nôtres. Que nous affrontions cent ennemis ou cent mille, tant que nous occupons le sommet du Mur, ils ne peuvent nous faire de mal. »

Il n'a pas tort. L'ost de Mance Rayder s'était brisé contre le Mur comme la vague sur une côte rocheuse, alors que les défenseurs se résumaient à une poignée de vieillards, de jeunes inexpérimentés et d'estropiés. Cependant, la méthode que suggérait Bowen allait à l'encontre de tous les instincts de Jon. « Si nous murons les portes, nous ne pourrons pas envoyer de patrouilleurs, fit-il observer. Nous serons aveugles.

— La dernière patrouille de lord Mormont a coûté à la Garde le quart de ses hommes, messire. Nous avons besoin de conserver les forces qu'il nous reste. Chaque mort nous diminue, et nous sommes déjà tellement dispersés sur nos positions... Occupe les hauteurs et tu remporteras la bataille, disait mon oncle. Il n'y a pas de plus haute position que le Mur, lord Commandant.

— Stannis promet des terres, de la nourriture et la justice à tous les sauvageons qui ploient le genou. Jamais il ne nous autorisera à murer ces portes. »

Marsh hésita. « Lord Snow, je ne suis pas homme à colporter des rumeurs, mais il se dit que vous devenez trop... vous vous liez trop avec lord Stannis. Certains suggèrent même que vous êtes... un... »

Un rebelle et un tourne-casaque, certes, et un bâtard, et un zoman par-dessus le marché. Janos Slynt n'était plus là, mais ses mensonges résistaient. « Je sais ce que l'on raconte. » Jon avait entendu les murmures, vu des hommes se détourner quand il traversait la cour. « Que voudraient-ils que je fasse, que je tire l'épée contre Stannis et les sauvageons tout d'un bloc ? Sa Grâce a trois fois le nombre de combattants dont nous disposons, et il est par ailleurs notre invité. Les lois de l'hospitalité le protègent. Et nous avons une dette envers lui et les siens.

— Lord Stannis nous a prêté main-forte quand nous avions besoin d'aide, s'entêta Marsh, mais il demeure un rebelle, et sa cause est perdue. Autant que nous le serons, si le Trône de Fer nous tient pour des traîtres. Nous devons nous assurer de ne pas choisir le côté des perdants.

— Il n'est pas dans mon intention de choisir un côté, répliqua Jon, mais je ne suis pas aussi sûr de l'issue de cette guerre que vous semblez l'être, messire. Pas après la mort de lord Tywin. » Si l'on devait croire les nouvelles venues par la route Royale, la Main du Roi avait péri, assassinée par son nain de fils tandis qu'elle trônait sur une chaise percée. Jon avait connu Tyrion Lannister, brièvement. *Il m'a pris la main et considéré comme un ami.* Difficile d'imaginer que le petit homme avait en lui la force de tuer son propre père, mais la réalité du trépas de lord Tywin ne semblait faire aucun doute. « Le lion à Port-Réal est un lionceau, et l'on sait que le Trône de Fer a déjà taillé des adultes en pièces.

— Ce peut être un enfant, messire, mais... Le roi Robert était fort aimé, et la plupart des hommes continuent d'accepter que Tommen est son fils. Plus ils voient lord Stannis et moins ils l'aiment, et moins nombreux encore sont ceux qui apprécient dame Mélisandre avec ses feux et son austère dieu rouge. Ils se plaignent.

— Ils se plaignaient aussi du lord Commandant Mormont. Les hommes adorent se plaindre de leurs épouses et de leurs lords, m'a dit celui-ci un jour. Ceux qui n'ont pas de femmes se plaignent deux fois plus de leurs lords. » Jon Snow jeta un coup d'œil vers l'enclos. Deux palissades étaient tombées, une troisième ne tarderait guère. « Je vous laisse ici en terminer, Bowen. Assurez-vous que tous les cadavres sont brûlés. Merci de vos conseils. Je vous le promets, je vais réfléchir à tout ce que vous avez dit. »

De la fumée et des cendres volantes flottaient encore dans l'air autour de la fosse quand Jon retourna au trot vers la porte. Là, il mit pied à terre, pour guider son destrier à travers la glace jusqu'au côté sud. Edd-la-Douleur le précéda avec une torche. Sa flamme léchait le plafond, si bien que des larmes froides dégouttelaient sur eux à chaque pas.

« Ça me soulage d'avoir vu brûler ce cor, messire, commenta Edd. La nuit dernière encore, j'ai rêvé que je pissais du haut du Mur au moment où quelqu'un décidait de sonner de ce cor. Oh, c'est pas que j' me plaigne. Ça valait mieux que mon ancien rêve où Harma la Truffe me donnait à bouffer à ses cochons.

— Harma est morte.

— Mais pas ses cochons. Ils me regardent de la façon qu'avait l'Égorgeur de lorgner les jambons. J' veux pas dire que les sauvageons nous veulent du mal. Oh, certes, on a taillé leurs dieux en pièces pour leur faire cramer les morceaux, mais on leur a refilé de la soupe à l'oignon. Ça compte pour quoi, un dieu, comparé à un bon bol de soupe à l'oignon ? Personnellement, pour moi, un bol, ça serait pas de refus. »

Les relents de fumée et de chair brûlée s'accrochaient encore à la tenue noire de Jon. Il savait qu'il devait manger un peu, mais c'était de compagnie qu'il avait besoin, et non de nourriture. *Une coupe de vin avec mestre Aemon, quelques mots au calme avec Sam, quelques rires avec Pyp, Grenn et Crapaud.* Mais Aemon et Sam étaient partis, et ses autres amis... « Je prendrai mon repas avec les hommes, ce soir.

— Bœuf bouilli et betteraves. » Edd-la-Douleur semblait toujours connaître ce qui mijotait. « Hobb dit qu'il n'a plus de raifort, par contre. À quoi bon le bœuf bouilli, sans raifort ? »

Depuis que les sauvageons avaient incendié l'ancienne salle commune, les hommes de la Garde de Nuit prenaient leurs repas dans la cave de pierre située sous l'armurerie, une caverne spacieuse divisée par deux rangées de piliers carrés en pierre, avec des plafonds en voûte, et des murs bordés de grandes barriques de vin et de bière. Lorsque Jon entra, quatre ouvriers jouaient aux dominos à la table la plus voisine de l'escalier. Plus près du feu étaient assis un groupe de patrouilleurs et quelques gens du roi, en train de discuter doucement.

Les hommes plus jeunes étaient réunis à une autre table, où Pyp avait poignardé un navet avec son couteau. « La nuit est sombre et hantée de navets, annonça-t-il d'une voix solennelle. Prions pour qu'arrive la venaison, mes enfants, avec des oignons et un peu de bonne sauce. » Ses amis rirent – Grenn, Crapaud, Satin, tous là.

Jon Snow ne se joignit pas aux rires. « Se moquer de la religion d'un autre est tâche de sot, Pyp. Et dangereux, de surcroît.

— Si le dieu rouge se sent offensé, qu'il me foudroie sur-le-champ. »

Tous les sourires s'étaient effacés. « C'est de la prêtresse que nous riions », intervint Satin, un joli jeune homme souple qui se prostituait jadis à Villevieille. « Il n'y avait là que plaisanterie, messire.

— Vous avez vos dieux, elle a les siens. Laissez-la en paix.

— Elle laisse pas nos dieux en paix, protesta Crapaud. Elle traite les Sept de faux dieux, m'sire. Et les anciens dieux aussi. Elle a forcé les sauvageons à cramer des branches de barral. Z'avez bien vu.

— Dame Mélisandre n'est pas sous mes ordres. Vous, si. Je ne veux aucune animosité entre les gens du roi et les miens. »

Pyp posa une main sur le bras de Crapaud. « Cesse de coasser, bon Crapaud, car le grand lord Snow a parlé. » Pyp se remit debout d'un bond et adressa à Jon une moqueuse courbette. « Je vous demande pardon. Dorénavant, point n'agiterai même mes oreilles sans la seigneuriale permission de Votre Seigneurie. »

Il prend tout cela comme un jeu. Jon avait envie de le secouer pour lui faire entrer un peu de bon sens dans le crâne. « Agite tes oreilles tout ton content. C'est l'agitation de ta langue qui crée les ennuis.

— Je veillerai à ce qu'il soit plus discret, promit Grenn, et je le cognerai s'il ne l'est pas. » Il hésita. « Messire, voulez-vous souper avec nous ? Owen, pousse-toi, laisse de la place à Jon. »

Rien n'aurait plus satisfait Jon. *Non*, dut-il se dire. *Ce temps est révolu.* Cette compréhension se tordit dans son ventre comme un couteau. Ils l'avaient choisi pour gouverner. Le Mur était à lui, et leurs vies lui appartenaient aussi. *Un lord peut aimer les hommes qu'il commande*, entendait-il encore son père dire, *mais il ne saurait être leur ami. Un jour, il devra peut-être siéger pour les juger, ou les envoyer à la mort.* « Un autre jour, mentit le lord Commandant. Edd, veille donc à ton souper. J'ai du travail à terminer. »

L'air extérieur semblait encore plus froid qu'auparavant. De l'autre côté du château, il voyait la clarté des chandelles briller aux fenêtres de la tour du Roi. Val se tenait sur le toit de la tour, les yeux levés vers le Mur. Stannis la gardait étroitement enfermée dans des appartements au-dessus des siens, mais l'autorisait à se promener sur le chemin de ronde pour prendre de l'exercice. *Elle paraît seule*, songea Jon. *Seule et belle.* Ygrid avait été jolie à sa façon, avec ses cheveux roux comme d'un baiser du feu, mais c'était son sourire qui avait animé son visage. Val n'avait pas besoin de sourire ; elle aurait tourné la tête des hommes dans n'importe quelle cour du vaste monde.

Malgré tout, la princesse sauvageonne n'était guère aimée de ses geôliers. Elle les traitait tous avec dédain d'« agenouillés » et avait tenté de s'évader à trois reprises. Lorsqu'un homme d'armes s'était laissé aller à la négligence en sa présence, elle avait vivement arraché le poignard du garde à son fourreau pour l'en frapper au cou. Un pouce de plus sur la gauche, et il aurait bien risqué périr.

Seule, belle et dangereuse, réfléchit Jon, *et j'aurais pu l'avoir à moi. Elle, ainsi que Winterfell et le nom du seigneur mon père.* Mais il avait opté plutôt pour un manteau noir et un mur de glace. Opté plutôt pour l'honneur. *Une sorte d'honneur, faite pour les bâtards.*

Le Mur se dressait sur sa droite tandis qu'il traversait la cour. L'escarpement de glace luisait, pâle, mais au-dessous tout n'était qu'ombre. À la porte, une trouble lueur orange filtrait à travers les barreaux, à l'endroit où les gardes avaient cherché refuge contre le vent. Jon entendait grincer les chaînes de la cage à poulie qui se balançait et raclait contre la glace. Tout en haut, les sentinelles devaient se pelotonner autour d'un brasero dans la cahute de réchauffage, en criant pour se faire entendre par-dessus le vent. À moins qu'ils n'aient renoncé à leurs efforts, et que chaque homme soit abîmé dans sa propre mare de silence. *Je devrais parcourir la glace. Le Mur m'appartient.*

Il marchait sous la carcasse de la tour du lord Commandant, croisant l'endroit où Ygrid était morte dans ses bras, quand Fantôme apparut près de lui, son souffle chaud ennuageant le froid. Au clair de lune, ses yeux rouges luisaient comme des flaques de flamme. Le goût du sang chaud envahit la bouche de Jon, et il sut que Fantôme avait tué, cette nuit. *Non,* se dit-il. *Je suis un homme, pas un loup.* Il se frotta la bouche avec le revers de sa main gantée et cracha.

Clydas occupait encore les appartements au-dessous de la roukerie. Quand Jon frappa à la porte, il vint en traînant des pieds, une salamandre à la main, pour entrebâiller le battant. « Je dérange ? demanda Jon.

— Pas du tout. » Clydas ouvrit la porte plus grand. « Je réchauffais du vin. Voulez-vous prendre une coupe, messire ?

— Avec plaisir. » Il avait les mains raidies de froid. Il retira ses gants et plia les phalanges.

Clydas regagna l'âtre pour remuer le vin. *Il a soixante ans, au bas mot. Un vieillard. Il ne paraissait jeune qu'en comparaison avec Aemon.* Court et rond, il avait les yeux roses et troubles d'une créature nocturne. Quelques cheveux blancs s'accrochaient à son crâne. Lorsque Clydas versa, Jon tint la coupe à deux mains, huma les épices, avala. La chaleur se répandit dans sa poitrine. Il but de nouveau, à longs traits avides, pour laver de sa bouche le goût du sang.

« Les gens de la reine disent que le Roi-d'au-delà-du-Mur a péri comme un lâche. Qu'il a imploré sa grâce et renié sa royauté.

— En effet. Illumination a plus resplendi que je ne l'avais jamais vue faire. Aussi brillante que le soleil. » Jon leva sa coupe. « À Stannis Baratheon et à son épée magique. » Le vin eut de l'amertume dans sa bouche.

« Sa Grâce n'est pas un homme facile. Rares le sont, chez les porteurs de couronne. Bien des hommes bons ont fait de mauvais rois, disait mestre Aemon, et inversement.

— Il était bien placé pour le savoir. » Aemon Targaryen avait vu neuf monarques se succéder sur le Trône de Fer. Il avait été fils, frère et oncle de rois. « J'ai regardé l'ouvrage que mestre Aemon m'a laissé. Le *Compendium de Jade*. Les pages qui parlent d'Azor Ahaï. Illumination était son épée. Trempée dans le sang de son épouse s'il faut en croire Votar. De ce jour, Illumination n'a jamais été froide au toucher, mais chaude, aussi chaude que l'avait été Nissa Nissa. À la bataille, la lame brûlait d'une ardeur féroce. Un jour, Azor Ahaï a combattu un monstre. Quand il a plongé la lame dans le ventre de la bête, le sang de celle-ci s'est mis à bouillir. De la fumée et de la vapeur se sont déversées de sa gueule, ses yeux ont fondu et dégouliné sur ses joues, et son corps s'est embrasé. »

Clydas cligna les yeux. « Une épée qui engendre sa propre chaleur…

— … serait fort commode, sur le Mur. » Jon déposa sa coupe de vin et enfila ses gants noirs en peau de taupe. « Dommage que celle que manie Stannis soit froide. Je serai curieux de voir comment *son* Illumination se comporte à la bataille. Merci pour le vin. Fantôme, avec moi. » Jon Snow releva le capuchon de son manteau et tira la porte. Le loup blanc le suivit dans la nuit.

L'armurerie était obscure et silencieuse. Jon adressa un signe de tête aux gardes avant de longer les râteliers d'armes muets jusqu'à ses appartements. Il accrocha son épée à une patère près de la porte et son manteau à une autre. Quand il retira ses gants, il avait les mains engourdies et glacées. Il lui fallut un long moment pour allumer les chandelles. Fantôme se roula en boule sur son tapis et s'endormit, mais Jon ne pouvait pas encore aller se reposer. La table en pin abîmée était couverte de cartes du Mur et des terres au-delà, une liste de patrouilleurs et une lettre de Tour Ombreuse, rédigée de l'écriture souple de ser Denys Mallister.

Il relut la missive de Tour Ombreuse, tailla une plume et déboucha un pot d'encre noire et épaisse. Il rédigea deux lettres, la première pour ser Denys, la deuxième pour Cotter Pyke. Tous deux le harcelaient pour obtenir plus d'hommes. Halder et Crapaud, il les assigna dans l'ouest à Tour Ombreuse, Grenn et Pyp à Fort-Levant. L'encre coulait mal, et tous ses mots semblaient secs, rudes et patauds, mais il s'entêta.

Lorsqu'il déposa enfin la plume, la chambre était sombre et froide, et il sentait ses murs se refermer sur lui. Perché au-dessus de la fenêtre, le corbeau du Vieil Ours le considérait avec des yeux noirs et sagaces. *Mon dernier ami*, se dit Jon avec amertume. *Et j'ai intérêt à te survivre, sinon tu me picoreras le visage, à moi aussi.* Fantôme ne comptait pas. Fantôme était plus proche qu'un ami. Fantôme faisait partie de lui.

Jon se leva et monta les marches jusqu'au lit étroit qui avait naguère été celui de Donal Noye. *Voilà mon lot*, comprit-il en se déshabillant, *maintenant et à jamais.*

DAENERYS

« Qu'y a-t-il ? » s'écria-t-elle quand Irri la secoua doucement par l'épaule. Dehors, il faisait nuit noire. *Quelque chose ne va pas,* elle le sut tout de suite. « C'est Daario ? Que s'est-il passé ? » Dans son rêve, ils étaient mari et femme, des gens simples qui menaient une existence simple dans une haute maison de pierre avec une porte rouge. Dans son rêve, il l'embrassait partout – sur la bouche, le cou, les seins.

« Non, *Khaleesi,* murmura Irri, c'est votre eunuque, Ver Gris, et les hommes chauves. Voulez-vous les recevoir ?

— Oui. » Daenerys avait les cheveux défaits et ses draps en désordre, elle s'en rendit compte. « Aide-moi à m'habiller. Je vais prendre une coupe de vin, également. Pour m'éclaircir les idées. » *Pour noyer mon rêve.* Elle entendit un bruit bas de sanglots. « Qui pleure ?

— Votre esclave, Missandei. » Jhiqui tenait une lampe à la main.

« Ma servante. Je n'ai pas d'esclaves. » Daenerys ne comprenait pas. « Pourquoi pleure-t-elle ?

— Pour celui qui fut son frère », lui expliqua Irri.

La suite, elle l'apprit de Skahaz, Reznak et Ver Gris, quand ils furent introduits en sa présence. Daenerys sut qu'ils apportaient de mauvaises nouvelles avant qu'un seul mot ne soit prononcé. Un coup d'œil au visage laid de Crâne-ras suffit à la renseigner. « Les Fils de la Harpie ? »

Skahaz hocha la tête. Sa moue était grave.

« Combien de morts ? »

Reznak se tordit les mains. « N-neuf, Votre Magnificence. Un forfait ignoble, et cruel. Une nuit affreuse, affreuse. »

Neuf. Ce mot planta un poignard dans le cœur de Daenerys. Chaque nuit, la guerre de l'ombre se livrait derechef sous les pyramides à degrés de Meereen. Chaque matin, le soleil se levait sur de nouveaux cadavres, des harpies dessinées avec du sang sur les briques à côté d'eux. Tout affranchi qui devenait trop prospère ou trop hardi était visé. *Neuf en une nuit, cependant...* Cela l'effraya. « Racontez-moi. »

Ver Gris lui répondit. « Vos serviteurs ont été attaqués alors qu'ils arpentaient les briques de Meereen pour maintenir la paix de Votre Grâce. Tous étaient bien armés, de lances, de boucliers et d'épées courtes. Ils avançaient deux par deux et ont péri deux par deux. Vos serviteurs Poing Noir et Cétherys ont été abattus par des carreaux d'arbalète dans le Dédale de Mazdhan. Vos serviteurs Mossador et Durann ont été écrasés par une chute de pierres sous le rempart du fleuve. Vos serviteurs Éladon Cheveux-d'or et Lance Loyale ont été empoisonnés dans une maison de vins où ils avaient coutume de s'arrêter chaque nuit durant leur ronde. »

Mossador. Daenerys serra le poing. Missandei et ses frères avaient été enlevés à leur maison de Naath par des esclavagistes des îles du Basilic et vendus à Astapor. En dépit de sa jeunesse, Missandei avait manifesté un tel talent pour les langues étrangères que Leurs Bontés en avaient fait une scribe. Mossador et Marselen n'avaient pas eu cette chance. On les avait castrés et transformés en Immaculés. « A-t-on capturé un des meurtriers ?

— Vos serviteurs ont arrêté le propriétaire de la maison de vins et ses filles. Ils plaident l'ignorance et implorent pitié. »

Tous, ils plaident l'ignorance et implorent pitié. « Confiez-les au Crâne-ras. Skahaz, tenez-les séparés les uns des autres et soumettez-les à la question.

— Ce sera fait, Votre Excellence. Souhaitez-vous que je les interroge en douceur, ou avec dureté ?

— En douceur, pour commencer. Écoutez ce qu'ils ont à raconter et les noms qu'ils peuvent vous livrer. Il se peut qu'ils n'aient eu aucun rôle dans l'affaire. » Elle hésita. « Neuf, a dit le noble Reznak. Qui d'autre ?

— Trois affranchis, assassinés chez eux, répondit le Crâne-ras. Un usurier, un cordonnier et Rylona Rhée, la harpiste. Ils lui ont sectionné les doigts avant de la tuer. »

La reine frémit. Rylona Rhée avait joué de la harpe avec la douceur de la Pucelle. Au temps où elle était esclave à Yunkaï, elle avait joué devant toutes les familles de haute lignée de la cité. À Meereen, elle était devenue une meneuse parmi les affranchis yunkaïis, leur voix dans les conseils de Daenerys. « Nous n'avons pas d'autre captif que ce vendeur de vin ?

— Aucun, votre serviteur souffre de l'avouer. Nous implorons votre pardon. »

De la pitié, songea Daenerys. *Ils vont recevoir la pitié du dragon.* « Skahaz, j'ai changé d'avis. Interroge l'homme avec dureté.

— Je pourrais agir ainsi. Mais je pourrais aussi interroger les filles avec dureté sous les yeux du père. Ça lui arrachera quelques noms.

— Fais comme tu le jugeras opportun, mais apporte-moi des noms. » Sa fureur entretenait un feu dans son ventre. « Je ne veux plus voir d'Immaculés massacrés. Ver Gris, rappelle tes hommes dans leurs casernements. Qu'ils gardent désormais mes murs, mes portes et ma personne. À compter de ce jour, il incombera aux Meereeniens de maintenir la paix à Meereen. Skahaz, prépare-moi un nouveau guet, composé à parts égales de crânes-ras et d'affranchis.

— À vos ordres. Combien d'hommes ?

— Autant que tu en auras besoin. »

Reznak mo Reznak eut un hoquet. « Votre Magnificence, où trouvera-t-on les sommes pour régler la solde de tant d'hommes ?

— Dans les pyramides. Appelez cela un impôt sur le sang. Je veux que chaque pyramide me verse cent pièces d'or pour chaque affranchi que les Fils de la Harpie ont tué. »

Cela amena un sourire sur le visage du Crâne-ras. « Ce sera fait, dit-il, mais Votre Lumière devrait savoir que les Grands Maîtres de Zhak et de Merreq se préparent à quitter leur pyramide et la ville. »

Daenerys n'en pouvait plus de Zhak et de Merreq ; non plus que de tous les Meereeniens, grands et petits. « Qu'ils partent, mais veillez à ce qu'ils n'emportent que les vêtements sur leur dos. Assurez-vous que tout leur or reste ici avec nous. Leurs réserves de nourriture également.

— Votre Magnificence, murmura Reznak mo Reznak, rien ne nous certifie que ces grands nobles ont l'intention de rejoindre vos ennemis. Il semble plus probable qu'ils se retirent simplement dans leurs propriétés des collines.

— Alors, ils ne verront aucune objection à ce que nous gardions leur or en sécurité. Il n'y a rien à acheter, dans les collines.

— Ils craignent pour leurs enfants », insista Reznak.

Oui, pensa Daenerys, *et moi aussi.* « Nous devons les placer en sécurité eux aussi. Je veux deux enfants de chaque famille. Des autres pyramides également. Un garçon et une fille.

— Des otages, commenta Skahaz avec satisfaction.

— Des pages et des échansons. Si les Grands Maîtres élèvent des objections, expliquez-leur qu'à Westeros, pour un enfant, c'est un grand honneur d'être choisi pour servir à la cour. » Elle laissa le reste implicite. « Allez et exécutez mes ordres. J'ai mes morts à déplorer. »

Lorsqu'elle regagna ses appartements au sommet de la pyramide, elle trouva Missandei en train de pleurer doucement sur sa paillasse, essayant de son mieux d'étouffer le bruit de ses sanglots. « Viens dormir avec moi, proposa-t-elle à la petite scribe. L'aube n'arrivera pas avant des heures.

— Votre Grâce est bienveillante pour ma personne. » Missandei se glissa sous les draps. « C'était un bon frère. »

Daenerys enveloppa la jeune fille de ses bras. « Parle-moi de lui.

— Il m'a appris à grimper aux arbres quand nous étions petits. Il savait attraper les poissons à la main. Un jour, je l'ai trouvé en train de dormir dans notre jardin, une centaine de papillons posés sur lui. Il était tellement beau, ce matin-là, ma personne... Je veux dire : je l'aimais.

— Comme il t'aimait lui-même. » Daenerys caressa les cheveux de la jeune fille. « Un mot de toi, ma douce, et je t'envoie loin de cet endroit affreux. J'arriverai à trouver un navire et je te renverrai chez toi. Sur Naath.

— Je préférerais rester avec vous. Sur Naath, j'aurais peur. Et si les esclavagistes revenaient ? Je me sens en sécurité quand je suis avec vous. »

En sécurité. Ces mots remplirent de larmes les yeux de Daenerys. « Je veux te garder en sécurité. » Missandei n'était qu'une enfant. Avec elle, Daenerys avait l'impression qu'elle pourrait elle aussi en être une. « Personne n'a jamais veillé à ma sécurité quand j'étais petite. Enfin, si : ser Willem. Mais il est mort, et Viserys... Je veux te protéger, mais... C'est tellement dur. D'être forte. Je ne sais pas toujours ce que je devrais faire. Il *faut* pourtant que je le sache. Ils n'ont que moi. Je suis la reine... la... la...

— ... la mère, chuchota Missandei.

— La Mère des Dragons. » Daenerys frissonna.

« Non. Mère de nous tous. » Missandei l'étreignit plus fort. « Votre Grâce devrait dormir. L'aube ne tardera plus, et l'audience non plus.

— Nous allons dormir toutes les deux, et rêver de jours plus heureux. Ferme les yeux. » Quand elle obéit, Daenerys lui baisa les paupières, ce qui la fit pouffer.

Néanmoins, les baisers venaient plus aisément que le sommeil. Daenerys ferma les yeux et essaya de penser à sa patrie, à Peyredragon et Port-Réal, et à tous ces lieux dont Viserys lui avait parlé, dans une terre plus aimable que celle-ci... Mais ses pensées revenaient sans cesse à la baie des Serfs, comme des navires captifs d'un vent cruel. Quand Missandei dormit profondément, Daenerys se glissa hors de ses bras et sortit dans l'air du moment qui précède l'aube, afin de se pencher sur le parapet de brique fraîche et de contempler la cité. Mille toitures s'étiraient au-dessous d'elle, peintes par la lune en nuances d'ivoire et d'argent.

Quelque part sous ces toits, les Fils de la Harpie étaient réunis, conspirant à des méthodes pour la tuer, elle et tous ceux qui l'aimaient, et pour remettre ses enfants aux fers. Quelque part là en bas un mioche affamé pleurait en réclamant du lait. Quelque part une vieille femme reposait, mourante. Quelque part un homme et une jeune fille s'étreignaient et retiraient maladroitement leurs vêtements de leurs mains impatientes. Mais ici, en haut, seul régnait le lustre de la lune sur les pyramides et les arènes, sans aucun indice sur ce qu'il nappait. Là-haut, il n'y avait qu'elle, toute seule.

Elle était du sang du dragon. Elle pouvait tuer les Fils de la Harpie, les fils de leurs fils, et les fils des fils de leurs fils. Mais un dragon ne saurait rassasier la faim d'un enfant, ni soulager la douleur d'une agonisante. *Et qui oserait jamais aimer un dragon ?*

Elle se surprit à penser une fois de plus à Daario Naharis. Daario avec sa dent en or et sa barbe en trident, ses mains robustes posées sur la poignée de ses *arakhs* et stylet assortis, les poignées d'or ouvragées en forme de femmes nues. Le jour où il avait pris congé d'elle, tandis qu'elle lui disait adieu, il avait glissé avec légèreté le charnu de son pouce sur elles, de long en large. *Je suis jalouse d'une poignée d'épée*, s'était-elle aperçue, *de femmes en or*. Elle avait été sage de l'envoyer chez les Agnelets. Elle était reine et Daario Naharis n'avait pas l'étoffe des rois.

« Cela fait si longtemps, disait-elle encore la veille à ser Barristan. Et si Daario m'avait trahie, qu'il était passé à l'ennemi ? » *Trois trahisons te faut vivre.* « Et s'il avait rencontré une autre femme, une princesse des Lhazaréens ? »

Le vieux chevalier ne plaçait en Daario ni affection ni confiance, elle le savait. Pourtant, il répondit avec galanterie : « Il n'est plus belle femme que Votre Grâce. Seul un aveugle pourrait en croire autrement, et Daario Naharis n'est pas aveugle. »

Non, songea-t-elle. *Il a des yeux d'un bleu profond, presque mauve, et sa dent en or brille quand il me sourit.*

Ser Barristan était certain qu'il reviendrait, toutefois. Daenerys ne pouvait que prier pour qu'il ait raison.

Un bain aiderait à m'apaiser. Elle traversa pieds nus l'herbe jusqu'à son bassin en terrasse. L'eau était fraîche au contact de sa peau, lui donnant la chair de poule. De petits poissons vinrent licher ses bras et ses jambes. Elle ferma les yeux et se laissa flotter.

Un froissement léger lui fit rouvrir ses paupières. Elle se rassit avec un doux clapotis. « Missandei ? appela-t-elle. Irri ? Jhiqui ?

— Elles dorment », lui répondit-on.

Une femme se tenait sous le plaqueminier, vêtue d'une robe à coule qui frôlait l'herbe. Sous le capuchon, le visage paraissait dur, brillant. *Elle porte un masque*, comprit Daenerys, *un masque en bois vernis de laque rouge sombre.* « Quaithe ? Est-ce que je rêve ? » Elle se pinça l'oreille et grimaça sous la douleur. « Je vous ai vue en rêve, à bord du *Balerion*, lorsque nous sommes arrivés à Astapor.

— Tu n'as pas rêvé. Ni alors ni maintenant.

— Que faites-vous ici ? Comment avez-vous évité mes gardes ?

— Je suis arrivée par un autre chemin. Tes gardes ne m'ont jamais vue.

— Si j'appelle, ils vous tueront.

— Ils te jureront que je ne suis pas ici.

— Mais êtes-vous ici ?

— Non. Écoute-moi, Daenerys Targaryen. Les chandelles de verre se consument. Bientôt viendra la jument pâle et, après elle, les autres. Le kraken et la flamme noire, le lion et le griffon, le fils du soleil et le dragon du comédien. Ne te fie à aucun d'eux. Souviens-toi des Nonmourants. Défie-toi du sénéchal parfumé.

— Reznak ? Pourquoi devrais-je le craindre ? » Daenerys se leva du bassin. L'eau ruissela le long de ses jambes, et la chair de poule couvrit ses bras dans l'air frais de la nuit. « Si vous avez pour moi une mise en garde, parlez clair. Que voulez-vous de moi, Quaithe ? »

Le clair de lune brillait dans les yeux de la femme. « T'indiquer le chemin.

— Je me souviens du chemin. Pour me rendre au nord, je pars vers le sud, je chemine à l'est pour gagner l'ouest, je retourne en arrière pour aller de l'avant. Et pour atteindre la lumière, je dois passer sous l'ombre. » Elle pressa ses cheveux argentés pour les essorer. « Je suis tellement lasse des devinettes. À Qarth, j'étais une mendiante, mais ici, je suis reine. Je t'ordonne...

— *Daenerys.* Souviens-toi des Nonmourants. Souviens-toi de qui tu es.

— Le sang du dragon. » *Mais mes dragons rugissent dans le noir.* « Je me souviens des Nonmourants. *Fille de trois*, ils m'ont appelée. Trois montures ils m'ont promis, trois feux et trois trahisons. Une pour le sang, une pour l'or et une pour...

— Votre Grâce ? » Missandei se tenait dans l'encadrement de la porte donnant sur la chambre de la reine, une lanterne à la main. « À qui parlez-vous ? »

Daenerys jeta un regard en arrière vers le plaqueminier. Il n'y avait pas de femme là-bas. Pas de robe à capuchon, de masque de laque, ni de Quaithe.

Une ombre. Un souvenir. Personne. Elle était du sang du dragon, mais ser Barristan l'avait avertie : ce sang charriait une souillure. *Serais-je en train de devenir folle ?* Ils avaient traité son père de fou, autrefois. « Je priais, répondit-elle à la Naathie. Il fera bientôt jour. Il vaudrait mieux que je mange quelque chose, avant l'audience.

— Je vous apporte votre déjeuner. »

De nouveau seule, Daenerys effectua le tour complet de la pyramide dans l'espoir de retrouver Quaithe, au-delà des arbres calcinés et de la terre brûlée à l'endroit où ses hommes avaient essayé de capturer Drogon. Mais il n'était d'autre bruit que le vent dans les arbres fruitiers, ni d'autres créatures dans les jardins que quelques blafards papillons de nuit.

Missandei revint avec un melon et une jatte d'œufs durs, mais Daenerys se trouva dépourvue de tout appétit. Tandis que le ciel se clarifiait et que les étoiles s'effaçaient une à une, Irri et Jhiqui l'aidèrent à revêtir un *tokar* en soie violette frangée d'or.

Lorsque Reznak et Skahaz apparurent, elle se retrouva à les considérer d'un œil critique, songeant aux trois trahisons. *Méfie-toi du sénéchal parfumé.* Elle huma Reznak mo Reznak, soupçonneuse. *Je pourrais ordonner au Crâne-ras de l'arrêter et de le soumettre à la question.* Cela préviendrait-il la prophétie ? Ou quelque autre traître prendrait-il sa place ? *Les prophéties sont perfides*, se remémora-t-elle, *et Reznak n'est peut-être rien de plus qu'il ne paraît.*

Dans la salle pourpre, Daenerys trouva son banc d'ébène couvert d'une haute pile de coussins en satin. Cette vue amena sur ses lèvres un pâle sourire. *L'œuvre de ser Barristan*, elle le savait. Le vieux chevalier était brave homme, mais parfois fort littéral. *Ce n'était qu'une boutade, ser*, se dit-elle, mais elle ne s'en assit pas moins sur l'un des coussins.

Sa nuit d'insomnie ne tarda pas à se faire sentir. Bientôt, elle lutta contre un bâillement tandis que Reznak pérorait sur les guildes d'artisans. Les tailleurs de pierre étaient en courroux contre elle, apparemment. Les briquetiers également. Certains anciens esclaves débitaient la pierre et posaient des briques, volant le travail, tant des compagnons que des maîtres de la guilde. « Les affranchis travaillent pour un salaire trop bas, expliqua Reznak. Certains se proclament compagnons, voire maîtres, des titres qui appartiennent de droit aux seuls artisans des guildes. Les maçons et les briquetiers requièrent humblement de Votre Excellence qu'elle fasse respecter leurs anciens droits et coutumes.

— Les affranchis travaillent pour de bas salaires parce qu'ils ont faim, fit observer Daenerys. Si je leur interdis de tailler la pierre ou de poser des briques, les armateurs, les tisserands ou les orfèvres seront bientôt à mes portes pour exiger qu'ils soient de même exclus d'exercer ces métiers. » Elle réfléchit un moment. « Qu'il soit écrit que, dorénavant, seuls les membres de la guilde auront le droit de se dénommer compagnons ou maîtres… À condition que les guildes ouvrent leurs registres à tout affranchi qui saura faire preuve des talents requis.

— Ainsi sera-t-il proclamé, assura Reznak. Votre Majesté daignera-t-elle écouter le noble Hizdahr zo Loraq ? »

Ne reconnaîtra-t-il jamais sa défaite ? « Qu'il s'avance. »

Hizdahr ne portait pas de *tokar* aujourd'hui. Il arborait à la place une simple robe grise et bleue. Il s'était tondu, également. *Il a rasé sa barbe et coupé ses cheveux*, constata-t-elle. L'homme n'était pas devenu crâne-ras, pas tout à fait, mais au moins ses ailes absurdes avaient-elles disparu. « Votre barbier a bien travaillé, Hizdahr. J'espère que vous êtes venu me montrer son œuvre, et non me harceler de nouveau sur le sujet des arènes de combat. »

Il exécuta une profonde révérence. « Votre Grâce, je le dois, je le crains. »

Daenerys fit la grimace. Même son propre peuple ne laissait pas le sujet en repos. Reznak mo Reznak insistait sur l'argent qu'on pouvait gagner au travers de taxes. La Grâce Verte affirmait que rouvrir les arènes contenterait les dieux. Le Crâne-ras estimait que cela vaudrait à la reine des soutiens contre les Fils de la Harpie. « Qu'ils se battent », bougonna Belwas le Fort, qui avait jadis été un champion de l'arène. Ser Barristan suggérait plutôt un tournoi ; ses orphelins pouvaient galoper sus aux anneaux et s'affronter en mêlée avec des armes émoussées, disait-il, une suggestion que Daenerys savait aussi impraticable qu'inspirée par de bonnes intentions. C'était du sang que les Meereeniens avaient envie de voir, et non du talent. Sinon les esclaves de combat auraient porté une armure. Seule la petite scribe Missandei semblait partager les réticences de la reine.

« Je vous ai dit non à six reprises, rappela Daenerys à Hizdahr.

— Votre Lumière a sept dieux, aussi considérera-t-elle peut-être ma septième requête d'un œil favorable. Aujourd'hui, je ne viens pas seul. Voulez-vous entendre mes amis ? Ils sont eux aussi au nombre de sept. » Il les fit avancer un par un. « Voici Khrazz. Ici, Barséna Cheveux-noirs, toujours vaillant. Voici Camarron du Compte et Goghor le Géant. Ici, le Félin moucheté, et là, Ithoke l'Intrépide. En dernier lieu, Belaquo Briseur-d'os. Ils sont venus ajouter leur voix à la mienne et prier Votre Grâce de laisser nos arènes rouvrir. »

Daenerys connaissait ses sept compagnons, de nom sinon de vue. Tous avaient figuré parmi les esclaves de combat les plus réputés de Meereen... Et c'étaient les esclaves de combat, libérés de leurs entraves par ses rats d'égout, qui avaient pris la tête du soulèvement, remportant pour elle la cité. Elle avait contracté envers eux une dette de sang. « Je vous écoute », concéda-t-elle.

Un par un, chacun lui demanda d'autoriser les arènes à rouvrir. « Pourquoi ? s'enquit-elle lorsque Ithoke eut fini. Vous n'êtes plus des esclaves, condamnés à mourir sur le caprice d'un maître. Je vous ai libérés. Pourquoi tiendriez-vous à finir vos jours sur les sables rougis ?

— Je entraîne depuis moi trois ans, répondit Goghor le Géant. Je tue depuis moi six. Mère des Dragons dit je est libre. Pourquoi pas libre moi battre ?

— Si tu tiens à combattre, alors bats-toi pour moi. Jure ton épée aux Hommes de la Mère, aux Frères Libres ou aux Boucliers Loyaux. Apprends à mes autres affranchis à se battre. »

Goghor secoua la tête. « Avant, je bats pour maître. Vous dit, combats pour vous. Je dis, combats pour moi. » Le colosse se frappa le torse d'un poing gros comme un jambon. « Pour or. Pour gloire.

— Goghor parle pour nous tous. » Le Félin moucheté portait une peau de léopard en travers d'une épaule. « La dernière fois que l'on m'a vendu, le prix a atteint trois cent mille honneurs. Quand j'étais esclave, je dormais sur des fourrures et je mangeais de la viande rouge à même l'os. Maintenant que je suis libre, je dors sur une paillasse et je mange du poisson salé, quand j'arrive à en avoir.

– Hizdahr jure que les gagnants remporteront la moitié de toutes les sommes perçues à l'entrée, ajouta Khrazz. *La moitié*, il le jure, et Hizdahr est un homme d'honneur. »

Non, un habile homme. Daenerys se sentait prise au piège. « Et les perdants ? Que recevront-ils ?

— Leurs noms seront gravés sur les Portes du Destin, parmi les autres vaillants tombés », déclara Barséna. Huit années durant, elle avait tué toutes les autres femmes envoyées contre elle, disait-on. « Tous les hommes doivent mourir, et les femmes aussi... Mais on ne se souviendra pas de tous. »

À cela, Daenerys ne trouvait rien à répondre. *Si tel est vraiment le souhait de mon peuple, ai-je le droit de le leur refuser ? C'était leur cité avant que d'être la mienne, et ce sont leurs vies qu'ils souhaitent jeter au vent.* « Je prendrai tout ce que vous avez dit en considération. Merci de m'avoir avisée. » Elle se leva. « Nous reprendrons demain.

— Que tous s'agenouillent devant Daenerys, Typhon-Née, l'Imbrûlée, Reine de Meereen, Reine des Andals et des Rhoynars et des Premiers Hommes, *Khaleesi* de la Grande Mer d'Herbe, Briseuse des fers et Mère des Dragons », clama Missandei.

Ser Barristan l'escorta jusqu'à ses appartements. « Racontez-moi une histoire, ser, lui demanda Daenerys durant l'ascension. Une histoire de hauts faits, avec une fin heureuse. » Elle ressentait un besoin de fin heureuse. « Racontez-moi comment vous avez échappé à l'Usurpateur.

— Votre Grâce, il n'y a aucun haut fait à fuir pour sauver sa vie. »

Daenerys s'installa sur un coussin, croisa les jambes et leva les yeux vers lui. « Je vous en prie. C'est le Jeune Usurpateur qui vous a chassé de la Garde Royale ?

— Joffrey, certes. Ils ont prétexté mon âge, mais la vérité se trouvait ailleurs. Le garçon voulait un manteau blanc à donner à son chien, Sandor Clegane, et sa mère voulait le Régicide pour lord Commandant. Lorsqu'ils m'ont fait part de leur décision, j'ai… j'ai retiré mon manteau, comme ils me l'ordonnaient, jeté mon épée aux pieds de Joffrey et j'ai parlé avec imprudence.

— Qu'avez-vous dit ?

— La vérité… Mais la vérité n'a jamais été la bienvenue à cette cour. J'ai quitté la salle du trône la tête haute, mais je ne savais pas où aller. Je ne connaissais d'autre foyer que la tour de la Blanche Épée. Mes cousins me trouveraient une place aux Éteules, je le savais, mais je n'avais nulle intention d'attirer sur leur tête le déplaisir de Joffrey. Je rassemblais mes affaires quand l'idée m'est venue que j'avais provoqué tout ceci en acceptant le pardon de Robert. C'était un bon chevalier, mais un mauvais roi, car il n'avait aucun droit sur le trône où il siégeait. C'est alors que j'ai compris que, pour me racheter, je devais trouver le roi légitime et le servir loyalement de toutes les forces qui me restaient encore.

— Mon frère Viserys.

— Telle était mon intention. Quand j'ai atteint les écuries, les manteaux d'or ont essayé de s'emparer de moi. Joffrey m'avait offert une tour où aller mourir, mais j'avais rejeté son présent, et il avait désormais l'intention de me proposer un cachot. Le commandant du Guet en personne s'est campé devant moi, enhardi par mon fourreau vide, mais ne l'accompagnaient que trois hommes et j'avais gardé mon couteau. J'ai entaillé le visage de l'un avec un coup de lame quand il a posé la main sur moi et j'ai chargé à cheval les autres. Alors que je piquais des deux vers la porte, j'ai entendu Janos Slynt leur hurler de se lancer à ma poursuite. À l'extérieur du Donjon Rouge, les rues étaient encombrées, sinon je me serais enfui sans encombre. Mais ils m'ont bloqué à la porte de la Rivière. Les manteaux d'or qui m'avaient coursé depuis le château ont crié à ceux de la porte de m'arrêter, aussi ont-ils croisé leurs piques pour me barrer le passage.

— Et vous, sans épée ? Comment avez-vous franchi l'obstacle ?

— Un vrai chevalier vaut dix gardes. Les hommes à la porte ont été pris par surprise. J'en ai piétiné un, je lui ai arraché sa lance que j'ai plongée dans la gorge de mon plus proche poursuivant. L'autre s'est arrêté une fois que j'ai eu passé la porte, si bien que j'ai piqué des deux, poussant mon cheval au galop, et j'ai filé bride abattue le long du fleuve jusqu'à perdre de vue la ville derrière moi. Ce soir-là, j'ai troqué mon cheval contre une poignée de sous et des haillons, et le lendemain matin je me suis joint au flot de petites gens qui se dirigeaient vers Port-Réal. J'étais sorti par la porte de la Gadoue, aussi suis-je rentré par la porte des Dieux, le visage maculé de terre, un début de barbe sur les joues, sans autre arme qu'un bâton de bois. Avec mes vêtements grossiers et mes bottes crottées, j'étais un vieillard parmi tant d'autres qui fuyaient la guerre. Les manteaux d'or m'ont réclamé un cerf et fait signe de passer. Port-Réal grouillait de petit peuple venu chercher un refuge contre les combats. Je me suis mêlé à eux. J'avais un peu d'argent, mais j'en avais besoin pour payer mon passage à travers le détroit, aussi ai-je dormi dans des septuaires et des ruelles, et ai-je pris mes repas dans des échoppes. J'ai laissé pousser ma barbe pour m'accoutrer de grand âge. Le jour où lord Stark a perdu sa tête, j'étais là, j'observais. Par la suite, je suis entré dans le Grand Septuaire et j'ai remercié les Sept Dieux que Joffrey m'ait dépouillé de mon manteau.

— Stark était un traître qui a connu la fin des traîtres.

— Votre Grâce, répondit Selmy, Eddard Stark a joué un rôle dans la chute de votre père, mais il n'avait à votre encontre aucune malveillance. Quand Varys l'eunuque nous a appris que vous portiez un enfant, Robert a voulu votre mort, mais lord

Stark s'y est opposé. Plutôt que de tolérer un meurtre d'enfant, il a mis Robert en demeure de se trouver une autre Main.

— Avez-vous oublié la princesse Rhaenys et le prince Aegon ?

— Nullement. C'était là l'œuvre des Lannister, Votre Grâce.

— Lannister ou Stark, quelle différence ? Viserys les appelait *les chiens de l'Usurpateur*. Si un enfant est assailli par une meute de chiens, que lui importe de savoir lequel l'égorge de ses crocs ? Tous les chiens sont également coupables. La culpabilité... » Le mot lui resta dans la gorge. *Hazzéa*, songea-t-elle, et soudain, elle s'entendit dire : « Je dois visiter la fosse », d'une voix menue comme un chuchotis d'enfant. « Conduisez-moi là-bas, ser, s'il vous plaît. »

Un éclair de désapprobation traversa le visage du vieillard, mais il n'était pas homme à questionner sa reine. « À vos ordres. »

L'escalier de service était le chemin le plus rapide pour descendre – sans aucune splendeur, mais escarpé, droit et étriqué, dissimulé dans les murailles. Ser Barristan apporta une lanterne, de crainte que Daenerys ne trébuche. Des briques de vingt coloris différents se pressaient tout contre eux, se fanant en gris et en noir en dehors de la lumière de la lanterne. À trois reprises, ils croisèrent des gardes immaculés, debout comme sculptés dans la pierre. Pour seul bruit on n'entendait que le frottement doux de leurs pieds sur les degrés.

Au niveau du sol, la Grande Pyramide de Meereen était un lieu silencieux, rempli de poussière et d'ombres. Ses parois extérieures mesuraient trente pieds d'épaisseur. À l'intérieur, les sons résonnaient contre des arches de briques multicolores, entre les écuries, les étals et les entrepôts. Ils passèrent sous trois arches massives, descendirent une déclivité éclairée par des torches, jusqu'aux caves sous la pyramide, croisant des citernes, des cachots et les salles de torture où l'on avait fouetté, écorché et brûlé les esclaves au fer rouge. Enfin, ils arrivèrent devant deux immenses portes de fer aux charnières rouillées, gardées par des Immaculés.

Sur ordre de la reine, l'un d'eux sortit une clé de fer. La porte s'ouvrit, dans un hurlement de gonds. Daenerys Targaryen entra dans le cœur ardent des ténèbres, et s'arrêta sur le pourtour d'une fosse profonde. Quarante pieds plus bas, ses dragons levèrent la tête. Quatre yeux s'embrasèrent dans les ombres : deux d'or fondu, et deux de bronze.

Ser Barristan la saisit par le bras. « N'avancez plus.

— Vous pensez qu'ils s'en prendraient *à moi* ?

— Je ne sais, Votre Grâce, mais je préférerais ne pas mettre votre personne en péril pour connaître la réponse. »

Lorsque Rhaegal rugit, une gerbe de flamme jaune changea les ténèbres en jour l'espace d'un demi-battement de cœur. Le feu lécha les parois, et Daenerys sentit la chaleur sur son visage, comme le souffle d'un four. À l'autre bout de la fosse, Viserion déploya ses ailes, brassant l'atmosphère stagnante. Il essaya de voler à elle, mais les chaînes se tendirent sèchement tandis qu'il prenait son essor et le firent brutalement choir sur le ventre. Des maillons gros comme un poing humain retenaient ses pattes au sol. Le collier de fer autour de son cou était rivé au mur derrière lui. Rhaegal portait des chaînes identiques. À la lueur de la lanterne de Selmy, ses écailles luisaient comme du jade. De la fumée s'élevait d'entre ses crocs. Des ossements parsemaient le sol à ses pieds, broyés, calcinés et éclatés. Régnait une chaleur oppressante et l'air sentait le soufre et la viande brûlée.

« Ils ont grandi. » La voix de Daenerys résonna contre la pierre noircie des murs. Une goutte de sueur coula sur son front et tomba sur son sein. « Est-il vrai que les dragons ne cessent jamais de grandir ?

— S'ils ont assez à manger, et de l'espace où se développer. Mais enchaînés ici... »

Les Grands Maîtres avaient employé la fosse comme prison. Elle était assez vaste pour contenir cinq cents hommes... et ample plus qu'assez pour deux dragons. *Mais pour combien de temps ? Qu'arrivera-t-il lorsqu'ils seront devenus trop grands pour la fosse ? Se retourneront-ils l'un contre l'autre à coups de flammes et de griffes ? S'étioleront-ils pour s'affaiblir, avec des flancs étiques et des ailes mutilées ? Leurs feux s'éteindront-ils avant la fin ?*

Quelle sorte de mère faut-il être pour laisser croupir ses enfants dans le noir ?

Si je regarde en arrière, je suis perdue, se répéta Daenerys... Mais comment ne pas regarder en arrière ? *J'aurais dû prévoir tout cela. Ai-je été si aveugle, ou ai-je fermé les yeux délibérément, afin de ne pas affronter le prix du pouvoir ?*

Viserys lui avait raconté toutes les histoires, quand elle était petite. Il adorait parler de dragons. Elle savait comment Harrenhal était tombée. Elle connaissait le Champ de Feu et la Danse des Dragons. Un de ses ancêtres, Aegon troisième du nom, avait vu sa propre mère dévorée par le dragon de son oncle. Et il y avait des chansons sans nombre sur les villages et les royaumes qui vivaient dans la crainte des dragons jusqu'à ce qu'un preux vienne à leur secours. À Astapor, les yeux des esclavagistes avaient fondu. Sur la route de Yunkaï, lorsque Daario avait jeté à ses pieds les têtes de Sollir le Chauve et de Prendahl na Ghezn, ses enfants s'en étaient régalés. Les dragons n'avaient aucune crainte des hommes. Et un dragon assez grand pour se repaître de moutons pouvait tout aussi aisément s'emparer d'une enfant.

Elle s'était appelée Hazzéa. Elle avait quatre ans. *À moins que son père n'ait menti. Il avait pu mentir.* Personne d'autre que lui n'avait vu le dragon. Sa preuve tenait en quelques os calcinés, mais des os calcinés ne prouvaient rien. Il avait pu tuer la petite fille lui-même et la brûler ensuite. Ce n'aurait pas été le premier père à se débarrasser d'une fillette non désirée, affirmait le Crâne-ras. *Les Fils de la Harpie auraient pu être responsables, et avoir imité l'ouvrage d'un dragon pour soulever contre moi la haine de la cité.* Daenerys voulait le croire... Mais, s'il en allait ainsi, pourquoi le père d'Hazzéa avait-il attendu que la salle d'audience soit presque vide pour s'avancer ? S'il avait eu pour but d'exciter les Meereeniens contre elle, il aurait conté son histoire lorsque la salle était remplie d'oreilles pour l'entendre.

Le Crâne-ras l'avait pressée de mettre l'homme à mort. « Au moins, arrachez-lui la langue. La menterie de cet homme pourrait tous nous détruire, Votre Magnificence. » Mais Daenerys avait choisi d'acquitter le prix du sang. Personne n'avait su lui dire le prix d'une fillette, aussi l'avait-elle fixé à cent fois la valeur d'un agneau. « Je vous rendrais Hazzéa si cela était en mon pouvoir, avait-elle confié au père, mais certaines choses dépassent même la puissance des reines. Ses ossements reposeront dans le Temple des Grâces, et cent cierges brûleront nuit et jour à sa mémoire. Revenez me voir tous les ans pour son anniversaire, et vos autres enfants ne manqueront de rien... Mais cette histoire ne doit plus jamais franchir vos lèvres.

— Les gens poseront des questions, avait répondu le père accablé. On me demandera où est passée Hazzéa et comment elle est morte.

— Elle est morte d'une morsure de serpent, insista Reznak mo Reznak. Un loup affamé l'a emportée. Une maladie subite vous l'a prise. Racontez-leur ce que vous voudrez, mais ne parlez jamais de dragons. »

Les serres de Viserion griffèrent les pierres et les énormes chaînes tintèrent tandis qu'il essayait encore une fois de rejoindre Daenerys. Incapable d'y parvenir, il poussa un rugisse-ment, rabattit sa tête en arrière aussi loin qu'il put et cracha une gerbe d'or contre le mur derrière lui. *Combien de temps avant que son feu soit assez chaud pour fendre la pierre et fondre le fer ?*

Il fut un temps, pas si lointain, où Daenerys le portait sur son épaule, la queue lovée autour de son bras. Un temps où elle lui donnait de sa propre main des morceaux de viande calcinée à manger. Il avait été le premier enchaîné. Daenerys l'avait elle-même mené dans la fosse et enfermé à l'intérieur avec plusieurs bœufs. Une fois repu, il s'était assoupi. On l'avait enchaîné pen-dant son sommeil.

Rhaegal s'était montré plus difficile. Peut-être entendait-il son frère tempêter dans la fosse, malgré l'épaisseur des murs de brique et de pierre qui les séparaient. Finalement, ils avaient dû le couvrir d'un filet de lourdes chaînes de fer tandis qu'il lézar-dait sur la terrasse de Daenerys, et il avait résisté avec tant de fureur qu'il avait fallu trois jours pour le transporter par l'esca-lier de service, tandis qu'il se tordait et mordait. Six hommes avaient été brûlés au cours de la lutte.

Et Drogon…

L'ombre ailée, l'avait appelé le père endeuillé. C'était le plus grand des trois, le plus féroce, le plus sauvage, avec des écailles noires comme la nuit et des yeux comme des fosses ardentes.

Drogon chassait loin mais, quand il était repu, il aimait à se chauffer au soleil au sommet de la Grande Pyramide, à l'endroit où se dressait naguère la Harpie de Meereen. Trois fois ils avaient essayé de le capturer là, et trois fois ils avaient échoué. Quarante de ses hommes les plus braves avaient tenté de le cap-turer au péril de leur vie. Presque tous avaient subi des brûlures et quatre avaient péri. La dernière fois qu'elle avait vu Drogon, c'était au crépuscule, au soir de la troisième tentative. Le dragon noir volait vers le nord par-delà la Skahazadhan, en direction des longues herbes de la mer Dothrak. Il n'était pas revenu.

Mère des Dragons, se dit Daenerys. *Mère des monstres. Qu'ai-je lâché sur le monde ? Je suis reine, mais mon trône est bâti d'os calcinés, et repose sur des sables mouvants.* Sans dragons, comment pouvait-elle espérer tenir Meereen et, plus encore, reprendre Westeros ? *Je suis du sang des dragons*, songea-t-elle. *Si ce sont des monstres, j'en suis un aussi.*

SCHLINGUE

Le rat couina quand il mordit dedans, et se tortilla entre ses mains, pris de panique, en cherchant frénétiquement à s'échapper. Le ventre constituait la partie la plus tendre. Il déchira la bonne viande, le sang chaud lui dégoulinant sur les lèvres. C'était tellement bon que les larmes lui montèrent aux yeux. Son ventre grommela et il déglutit. À la troisième bouchée, la bestiole avait cessé de se débattre, et il se sentait presque comblé.

Puis il entendit un bruit de voix, de l'autre côté de la porte du cachot.

Sur-le-champ, il se figea, trop effrayé même pour mastiquer. Il avait la bouche bourrée de sang, de viande et de poil, mais n'osait ni recracher ni avaler. Il écouta avec terreur, roide comme la pierre, le raclement des bottes et le bruissement métallique des clés. *Non*, implora-t-il, *non, dieux, je vous en supplie, pas maintenant, pas maintenant.* Il lui avait fallu tellement longtemps pour attraper le rat. *S'ils me trouvent avec lui, ils vont me le prendre, et puis ils iront tout raconter, et lord Ramsay me fera du mal.*

Il savait qu'il devrait cacher le rat, mais il avait tellement *faim*. Voilà deux jours qu'il n'avait pas mangé ; peut-être trois. Ici en bas, dans le noir, difficile de savoir. Bien qu'il eût les bras et les jambes maigres comme des roseaux, son ventre était gonflé et creux, et si douloureux qu'il s'aperçut qu'il ne pouvait pas dormir. Chaque fois qu'il fermait les yeux, lady Corbois lui revenait en mémoire. Après leur mariage, lord Ramsay l'avait enfermée dans une tour, où elle était morte de faim. À la fin, elle avait dévoré ses propres doigts.

Il s'accroupit dans un coin de sa cellule, serrant son trophée sous son menton. Du sang coulait de la commissure de ses lèvres tandis qu'il grignotait le rat avec ce qui lui restait de dents, en essayant d'engloutir le plus de viande chaude possible avant qu'on ouvre sa cellule. La chair était filandreuse, mais si goûteuse qu'il crut qu'il allait être malade. Il mastiqua et avala, retirant de petits os des trous dans ses mâchoires aux endroits où on lui avait arraché des dents. Mâcher était douloureux, mais il avait tellement faim qu'il ne pouvait plus se retenir.

Les bruits grandissaient. *Dieux, pitié, ce n'est pas moi qu'il vient voir*, pria-t-il, en arrachant une des pattes du rat. Voilà longtemps que personne n'était venu le voir. Il y avait d'autres cellules, d'autres prisonniers. Parfois, il les entendait hurler, malgré les épais murs de pierre. *Ce sont toujours les femmes qui crient le plus fort.* Il aspira la viande crue et essaya de recracher l'os de la patte, mais il le bava sur la lèvre inférieure et l'os se prit dans sa barbe. *Partez*, supplia-t-il, *partez, passez votre chemin, par pitié, par pitié.*

Mais les pas s'arrêtèrent juste à l'instant où ils sonnaient le plus fort, et les clés s'entrechoquèrent précisément devant la porte. Le rat lui chut des doigts. Il essuya ses doigts sanglants contre ses chausses. « Non, marmonna-t-il, *noooon.* » Ses talons ratissèrent la paille tandis qu'il cherchait à se rencogner, à l'intérieur des murs de pierre froids et humides.

Le plus terrible fut le claquement de la serrure qui jouait. Lorsque la lumière le frappa en plein visage, il poussa un hurlement aigu. Il dut se couvrir les yeux avec les mains. Il se les serait crevés s'il avait osé, tant il avait la tête pleine d'un martèlement. « Enlevez ça, faites ça dans le noir, oh pitié.

— C'est pas lui, commenta la voix d'un jeune garçon. Regarde-le. On s'est trompés de cellule.

— Dernière cellule à gauche, répondit un autre jeune garçon. C'est bien la dernière cellule sur la gauche, non ?

— Oui. » Une pause. « Qu'est-ce qu'il dit ?

— Je crois que la lumière lui plaît pas.

— Elle te plairait, à toi, si t'avais *cette gueule* ? » Le jeune garçon se racla la gorge et cracha. « Et cette odeur, qu'il a. Je vais m'étouffer.

— Il bouffe des rats, dit le second. Regarde. »

Le premier se mit à rire. « Mais oui. C'est drôle. »

J'étais obligé. Les rats le mordaient pendant son sommeil, lui grignotant les doigts et les orteils, et même le visage, si bien que, lorsqu'il avait mis la main sur l'un d'eux, il n'avait pas hésité. Manger ou être mangé, il n'y avait pas d'autre choix. « Je l'ai fait, marmonna-t-il, c'est moi, c'est moi, je l'ai mangé, ils me font pareil, pitié... »

Les deux garçons s'approchèrent, la paille crissant doucement sous leurs pieds. « Parle-moi », ordonna l'un d'eux. C'était le plus petit des deux, un garçonnet maigre mais rusé. « Tu te rappelles qui tu es ? »

La peur monta en lui dans un bouillonnement, et il gémit.

« Parle-moi. Dis-moi ton nom. »

Mon nom. Un hurlement se coinça dans sa gorge. Ils le lui avaient appris, son nom, si, *si*, mais cela faisait si longtemps qu'il l'avait oublié. *Si je me trompe, il va encore me prendre un doigt, ou pire, il... il...* Il ne voulait pas y penser, c'était au-dessus de ses forces. Des aiguilles lui poignardaient la mâchoire, les yeux. Sa tête battait. « Je vous en prie », couina-t-il, d'une petite voix faible. On lui aurait donné cent ans. Peut-être les avait-il. *Depuis combien de temps suis-je ici ?* « Partez », marmonna-t-il, à travers des dents brisées et des doigts cassés, les paupières fermées avec énergie contre la terrible lumière vive. « Je vous en prie, je vous laisse le rat, ne me faites pas de mal...

— Schlingue, dit le plus grand des deux. Ton nom est Schlingue. Tu te souviens ? » C'était celui qui tenait la torche. Le plus petit portait l'anneau avec les clés de fer.

Schlingue ? Des larmes roulèrent sur ses joues. « Je me souviens. Oui. » Sa bouche s'ouvrit et se ferma. « Mon nom est Schlingue. Ça commence comme *château.* » Dans le noir, il n'y avait pas besoin de nom. Alors, on oubliait facilement. *Schlingue, Schlingue, mon nom est Schlingue.* Il n'était pas né avec ce nom. Dans une autre vie, il avait été quelqu'un d'autre, mais ici, maintenant, il s'appelait Schlingue. Il s'en souvenait.

Il se souvenait aussi des garçons. Ils portaient des pourpoints identiques en laine d'agneau, gris argent avec des bordures bleu sombre. Tous deux écuyers, tous deux huit ans, et tous deux Walder Frey. *Grand Walder et Petit Walder, oui.* Sauf que le grand était Petit et le petit, Grand, ce qui amusait les garçons et embrouillait le reste du monde. « Je vous connais, chuchota-t-il avec des lèvres gercées. Je connais vos noms.

— Tu dois nous accompagner, annonça Petit Walder.

— Sa Seigneurie a besoin de toi », ajouta Grand Walder.

La peur le traversa comme un coup de couteau. *Ce sont juste des enfants,* se dit-il. *Deux gamins de huit ans.* Il pouvait vaincre deux gamins de huit ans, assurément. Même dans son état de faiblesse actuelle, il pouvait s'emparer de la torche, saisir les clés, attraper le poignard au fourreau sur la cuisse de Petit Walder et s'évader. *Non. Non, c'est trop facile. C'est un piège. Si je m'enfuis, il me prendra encore un doigt, il me prendra encore mes dents.*

Il s'était déjà enfui. Des années auparavant, lui semblait-il, quand il avait encore de la force en lui, quand il était encore rebelle. Cette fois-là, c'était Kyra qui portait les clés. Elle lui avait raconté qu'elle les avait volées, qu'elle connaissait une issue de poterne jamais gardée. « Ram'nez-moi à Winterfell, m'sire », avait-elle imploré, le visage pâle, toute tremblante. « Je connais pas la route. Je peux pas m'enfuir seule. Venez avec moi, je vous en prie. » Et il l'avait fait. Le geôlier était ivre mort dans une flaque de vinasse, les chausses baissées autour des chevilles. La porte du cachot bâillait et celle de la poterne n'était pas gardée, exactement comme elle l'avait dit. Ils attendirent que la lune passe derrière un nuage, puis se coulèrent hors du château et franchirent la Larmoyante, soulevant des gerbes d'eau, trébuchant sur des galets, à demi transis par le courant glacé. Sur l'autre berge, il l'avait embrassée. « Tu nous as sauvés », avait-il dit. *Imbécile. Imbécile.*

Tout ça n'avait été qu'un piège, un jeu, une comédie. Lord Ramsay adorait la chasse et préférait traquer le gibier à deux pattes. Toute la nuit, ils avaient couru à travers les ténèbres des bois, mais, lorsque le soleil s'était levé, le son d'un cor au loin avait faiblement retenti entre les arbres, et ils avaient entendu hurler une meute de chiens. « Nous devrions nous séparer, avait-il déclaré à Kyra tandis que les chiens se rapprochaient. « Ils ne peuvent pas nous suivre tous les deux à la trace. » Mais la fille, folle de terreur, avait refusé de quitter sa présence, même quand il lui avait juré de lever une armée de Fer-nés et de revenir la chercher si elle devait être celle qu'ils traqueraient.

Dans l'heure qui suivit, on les reprit. Un chien le jeta à terre et un deuxième mordit Kyra à la jambe alors qu'elle s'efforçait de gravir un flanc de colline. Le reste les encercla, hurlant et claquant des mâchoires chaque fois qu'ils bougeaient, les retenant sur place jusqu'à ce que Ramsay Snow arrive à cheval avec ses chasseurs. C'était encore un bâtard à l'époque, pas encore un Bolton. « Vous voilà », commenta-t-il, leur souriant du haut de sa selle. « Vous me blessez, en partant de la sorte à l'aventure.

Seriez-vous déjà las de mon hospitalité ? » À ce moment-là, Kyra avait saisi un caillou et le lui avait lancé à la tête. Le projectile manqua sa cible d'au moins un pied, et Ramsay sourit. « Il faut vous punir. »

Schlingue se souvenait de l'expression traquée, affolée, dans les yeux de Kyra. Jamais elle n'avait paru si jeune qu'à cet instant-là, encore à moitié une enfant, mais il ne pouvait rien faire. *Elle les a attirés sur nous*, se dit-il. *Si nous nous étions séparés comme je le voulais, l'un de nous aurait pu s'en tirer.*

Le souvenir oppressait sa respiration. Schlingue se détourna de la torche, des larmes brillant dans ses yeux. *Que me veut-il, cette fois-ci ?* se demanda-t-il avec désespoir. *Pourquoi ne me laisse-t-il pas en paix ? Je n'ai rien fait de mal, pas cette fois, pourquoi ne m'abandonnent-ils pas dans le noir ?* Il avait pris un rat, bien gras, tout chaud et gigotant...

« Doit-on le laver ? s'enquit Petit Walder.

— Sa Seigneurie l'aime quand il pue, répondit Grand Walder. C'est pour ça qu'il l'a appelé Schlingue. »

Schlingue. Mon nom est Schlingue, ça commence comme châtiment. Il devait s'en souvenir. *Sers et obéis, rappelle-toi qui tu es, et il ne t'arrivera plus aucun mal. Il a promis, Sa Seigneurie a promis.* Aurait-il voulu résister qu'il n'en avait plus la force. Le fouet, la faim, l'écorchage l'en avaient purgé. Quand Petit Walder le remit debout et que Grand Walder agita sa torche vers lui pour le chasser hors de la cellule, il obéit, docile comme un chien. S'il avait eu une queue, il l'aurait rabattue entre ses jambes.

Si j'avais une queue, le Bâtard l'aurait tranchée. Cette pensée le visita spontanément, une pensée ignoble, dangereuse. Sa Seigneurie n'était plus un bâtard. *Bolton, pas Snow.* L'enfant roi sur le trône avait légitimé lord Ramsay, en lui accordant le droit d'utiliser le nom du seigneur son père. L'appeler *Snow* lui rappelait sa bâtardise et le plongeait dans des rages noires. Schlingue devrait s'en souvenir. Et de son nom ; il devrait se souvenir de son nom. Pendant un demi-battement de cœur, le nom lui échappa et la chose l'effraya tant qu'il trébucha sur les marches abruptes du cachot et se déchira les chausses sur la pierre, faisant couler du sang. Petit Walder dut le menacer avec la torche pour qu'il se remette debout et recommence à avancer.

Dehors, dans la cour, la nuit s'installait sur Fort-Terreur et une pleine lune se levait sur les remparts orientaux du château.

Son pâle éclat projetait sur le sol gelé l'ombre des hauts merlons triangulaires, une ligne de crocs noirs et tranchants. L'air était froid, humide et rempli d'odeurs à demi oubliées. *Le monde*, se répéta Schlingue, *voilà comment sent le monde*. Il n'avait aucune idée du temps qu'il avait passé là-dessous, dans les cachots, mais l'estimait à six mois au moins. *Autant que ça, peut-être davantage. Et s'il y avait eu cinq ans, ou dix, ou vingt?* Mais non, c'était insensé. Ça ne pouvait pas avoir duré aussi longtemps. Les garçons étaient encore des enfants. Si dix ans avaient passé, ils seraient devenus des hommes. Il devait garder ça à l'esprit. *Je ne dois pas le laisser me rendre fou. Il peut me prendre mes doigts et mes orteils, il peut me crever les yeux et me couper les oreilles, mais me prendre la cervelle, non, à moins que je ne le laisse faire.*

Petit Walder ouvrait la marche, torche au poing. Schlingue suivait docilement, Grand Walder juste derrière lui. Les dogues dans le chenil aboyèrent sur leur passage. Le vent courait en tourbillons dans la cour, transperçant le tissu fin des haillons abjects qu'il portait et lui donnant la chair de poule. Il sentait une humidité glacée dans l'air nocturne mais il ne vit aucune trace de neige, bien que l'hiver fût tout proche, sans doute. Schlingue se demanda s'il vivrait pour voir arriver les neiges. *Combien de doigts me restera-t-il? Combien d'orteils?* Quand il leva une main, il reçut un choc à la voir si blanche, si décharnée. *La peau sur les os*, jugea-t-il. *J'ai des mains de vieillard.* Et s'il s'était trompé sur les garçons? Et si ce n'étaient pas Petit Walder et Grand Walder, après tout, mais *les fils* des enfants qu'il avait connus?

La grande salle était remplie de pénombre et de fumée. Des rangées de torches brûlaient à gauche et à droite, serrées dans les mains de squelettes humains émergeant des murs. En hauteur dans la salle s'étiraient des madriers de bois noircis par la fumée, et un plafond en voûte perdu dans l'obscurité. L'air se chargeait de fumets de vin, de bière et de viande rôtie. L'estomac de Schlingue gargouilla bruyamment à ces arômes, et l'eau lui vint à la bouche.

D'une bourrade, Petit Walder lui fit remonter en trébuchant les longues tables où mangeaient les hommes de la garnison. Il sentait leurs regards posés sur lui. Les meilleures places, celles qui jouxtaient l'estrade, étaient occupées par les favoris de Ramsay, les Gars du Bâtard. Ben-les-Os, le vieil homme qui soignait les chiens de chasse adorés de Sa Seigneurie. Damon, appelé Damon Danse-pour-moi, blond de poil et juvénile. Grogne, qui avait perdu sa langue d'avoir causé à tort et à travers, à portée d'ouïe de lord Roose. Alyn le Rogue. L'Écorcheur. Dick le Jaune. Plus loin, au bas bout de la table, s'en trouvaient d'autres que Schlingue connaissait de vue, sinon de nom : des épées jurées et des sergents, des soldats, des geôliers et des bourreaux. Mais aussi des étrangers, des visages inconnus de lui. Certains fronçaient le nez sur son passage, tandis que d'autres s'esclaffaient à sa vue. *Des invités,* supposa Schlingue, *les amis de Sa Seigneurie, et on me fait monter pour les esbaudir.* Un frisson de peur le traversa.

Président, le Bâtard de Bolton siégeait sur le fauteuil du seigneur son père, buvant à la coupe de son père. Deux hommes partageaient avec lui le haut bout, et d'un seul coup d'œil Schlingue sut que tous deux étaient des lords. L'un était émacié, avec des yeux de silex, une longue barbe blanche et un visage aussi dur qu'un gel d'hiver. Il arborait comme broigne une peau d'ours dépenaillée, usée et grasse. Au-dessous, même à table, il portait un jaseran en maille annelée. Le second lord, maigre lui aussi, était tordu, où le premier était droit. Une de ses épaules descendait bien plus bas que l'autre, et il se courbait sur son tranchoir comme un vautour sur une charogne. Il avait des yeux gris et cupides, des dents jaunes, une barbe fourchue où s'enchevêtraient la neige et l'argent. Seules quelques fines mèches de cheveux blancs s'accrochaient encore à son crâne tavelé, mais la cape qu'il portait était douce et belle, en laine grise bordée d'hermine noire et attachée sur l'épaule avec un soleil ouvragé en argent martelé.

Ramsay était habillé en noir et rose – bottes noires, ceinture et fourreau noirs, justaucorps de cuir noir par-dessus un pourpoint en velours rose, avec des crevés de satin rouge sombre. À son oreille droite brillait un grenat taillé en goutte de sang. Pourtant, malgré toute la splendeur de sa mise, l'homme restait laid, avec son ossature lourde et ses épaules voûtées, et une chair qui suggérait qu'avec le passage des ans, il tournerait gras. Il avait la peau rose et le teint brouillé, le nez épaté, la bouche étroite, les cheveux longs, sombres et secs. Ses lèvres étaient larges et charnues, mais ce que les gens remarquaient de prime abord en lui, c'étaient les yeux. Il avait les yeux du seigneur son père – petits, rapprochés et étrangement pâles. Le *gris fantôme,* ainsi certains appelaient-ils cette nuance, mais en vérité il avait des prunelles quasiment incolores, tels deux fragments de glace sale.

À la vue de Schlingue, il sourit, la lippe humide. « Le voilà ! Mon vieil ami morose. » À ses voisins de table, il confia : « Schlingue est auprès de moi depuis que je suis petit. Mon lord père me l'a donné en gage de son amour. »

Les deux lords échangèrent un regard. « J'avais entendu dire que votre serviteur était mort, s'étonna l'homme à l'épaule basse. Tué par les Stark, racontait-on. »

Lord Ramsay gloussa. « Les Fer-nés vous diront que ce qui est mort peut ne jamais mourir, mais se relève, plus dur et plus fort. Comme Schlingue. Mais il empeste la tombe. Cela, je vous le concède.

— Il pue le pot de chambre et le vomi rance. » Le vieil homme aux épaules voûtées jeta de côté l'os qu'il rongeait et s'essuya les doigts sur la nappe. « Y a-t-il quelque raison qui vous pousse à nous infliger sa présence pendant que nous dînons ? »

Le second lord, le vieillard au dos droit et au jaseran de mailles, scruta Schlingue avec des yeux de silex. « Regardez mieux, engagea-t-il l'autre lord. Ses cheveux ont blanchi et il a perdu quarante livres, mais ce n'est pas un serviteur. Auriez-vous oublié ? »

Le lord au dos tordu regarda de nouveau et poussa un soudain renâclement. « *Lui ?* Est-ce possible ? Le pupille de Stark. Souriant, toujours souriant.

— Il sourit moins souvent, désormais, reconnut lord Ramsay. Je lui ai peut-être cassé quelques jolies quenottes blanches.

— Vous auriez mieux fait de lui trancher la gorge, déclara le lord en mailles. Un chien qui se retourne contre son maître n'est bon qu'à être écorché.

— Oh, on l'a écorché, çà et là, répondit Ramsay.

— Oui, messire. J'ai mal agi, messire. J'ai été insolent et... » Il se lécha les lèvres, essayant de trouver ce qu'il avait pu être d'autre. *Sers et obéis*, se répéta-t-il, *et il te laissera vivre, et garder les morceaux que tu as encore. Sers et obéis, et souviens-toi de ton nom. Schlingue, Schlingue, ça commence comme chien.* « ... mal agi et...

— Tu as du sang sur la bouche, observa Ramsay. Aurais-tu recommencé à te ronger les doigts, Schlingue ?

— Non. Non, messire, je le jure. » Schlingue avait essayé de se sectionner l'annulaire avec les dents une fois, pour supprimer la douleur, après qu'ils en avaient retiré la peau. Lord Ramsay ne se contentait jamais de couper le doigt d'un homme. Il préférait l'écorcher pour laisser la chair à vif sécher, se gercer et suppurer. Schlingue avait enduré le fouet, le chevalet et les entailles, mais il n'y avait aucune douleur aussi insoutenable que celle qui suivait l'écorchage. Cette sorte de souffrance rendait les hommes fous, et on ne pouvait longtemps la supporter. Tôt ou tard, la victime se mettait à hurler : « Par pitié, assez, assez, arrêtez la douleur, *coupez-le* », et lord Ramsay se dévouait. C'était un jeu qu'ils pratiquaient. Schlingue en avait appris les règles, ainsi que ses mains et ses pieds pouvaient en porter témoignage, mais cette unique fois, il avait oublié et tenté de mettre lui-même fin à la douleur, avec ses dents. Ramsay n'avait pas été content, et cette offense avait coûté à Schlingue un autre orteil. « J'ai mangé un rat, marmonna-t-il.

— Un rat ? » Les yeux pâles de Ramsay pétillèrent à la lumière des torches. « Tous les rats de Fort-Terreur appartiennent au seigneur mon père. Comment oses-tu te repaître de l'un d'eux sans ma permission ? »

Schlingue ne savait quoi répondre, aussi se tut-il. Un mot mal choisi pouvait lui coûter un autre orteil, ou même un doigt. Jusqu'ici, il avait perdu deux doigts de sa main gauche et le petit de sa droite, mais seulement le petit orteil de son pied droit contre les trois du gauche. Parfois, Ramsay évoquait par plaisanterie l'éventualité d'un équilibrage. *Mon seigneur raillait seulement*, essayait-il de se dire. *Il ne veut pas me faire souffrir, il me l'a dit, il n'agit ainsi que lorsque je lui en donne motif.* Son suzerain était magnanime et bon. Il aurait pu lui écorcher le visage pour certaines des paroles que Schlingue avait prononcées, avant d'apprendre son véritable nom et sa place convenable.

« Tout ceci devient lassant, dit le lord en jaseran de mailles. Tuez-le donc et qu'on en finisse. »

Lord Ramsay remplit sa coupe de bière. « Cela gâcherait notre fête, messire. Schlingue, j'ai d'heureuses nouvelles pour toi. Je vais me marier. Le seigneur mon père m'apporte une Stark. La fille de lord Eddard, Arya. Tu te souviens de la petite Arya, hein ? »

Arya sous-mes-pieds, faillit-il répondre. *Arya Ganache.* La sœur cadette de Robb, cheveux bruns, visage allongé, maigre comme une badine, toujours sale. *Sansa était la plus jolie.* Il se souvint d'un temps où il avait imaginé que lord Eddard Stark pourrait lui accorder la main de Sansa et faire de lui son fils, mais cela n'avait été que rêverie d'enfant. Arya, en revanche... « Je me souviens d'elle. Arya.

— Elle sera lady de Winterfell, et moi, son seigneur. » *Ce n'est qu'une gamine.* « Oui, messire. Félicitations.

— Voudras-tu assister à mes noces, Schlingue ? »
Il hésita. « Si vous le souhaitez, messire.

— Oh, certes. »
Il hésita de nouveau, se demandant si ce n'était pas un piège cruel. « Oui, messire. S'il plaît à Votre Seigneurie. J'en serais honoré.

— En ce cas, nous devons te tirer de cet ignoble cachot. Te briquer jusqu'à ce que tu redeviennes tout rose, te trouver des vêtements propres, de quoi manger. Du bon gruau tendre, ça te plairait ? Peut-être une tarte aux pois cassés rehaussée de lard frit. J'ai une petite tâche pour toi, et tu auras besoin de recouvrer tes forces si tu dois l'accomplir pour moi. Et tu veux l'accomplir pour moi, je le sais.

— Oui, messire. Plus que tout au monde. » Un frisson le parcourut. « Je suis votre Schlingue. Je vous en prie, permettez-moi de vous servir. De grâce.

— Puisque tu le demandes si joliment, comment te refuser ? » Ramsay Bolton sourit. « Je pars en guerre, Schlingue. Et tu viendras avec moi, pour m'aider à ramener en ma demeure la pucelle qui m'est promise. »

BRAN

Quelque chose dans la façon dont le corbeau cria fit courir un frisson sur l'échine de Bran. *Je suis presque un homme fait,* dut-il se remettre en tête. *Je me dois d'être brave, désormais.*

Mais l'air était vif, froid et plein de frayeur. Même Été avait peur. La fourrure sur sa nuque était hérissée. Des ombres s'étiraient contre le flanc de la colline, noires et voraces. Tous les arbres étaient ployés et tordus sous le poids de glace qu'ils supportaient. Certains ne ressemblaient presque plus à des arbres. Enfouis de la souche à la cime dans la neige gelée, ils se pelotonnaient sur les hauteurs comme autant de géants, des créatures monstrueuses et contrefaites recroquevillées face au vent glacial.

« Ils sont ici. » Le patrouilleur tira sa longue épée.

« Où ça ? » Meera parlait à voix basse.

« Tout près. Je ne sais pas. Quelque part. »

Le corbeau cria de nouveau. « Hodor », chuchota Hodor. Il avait enfoncé les mains sous ses aisselles. Du roncier brun de sa barbe pendaient des glaçons, et sa moustache était prise dans une masse de morve gelée, rutilant de reflets à la lumière du soleil couchant.

« Les loups aussi sont proches, les mit en garde Bran. Ceux qui nous suivaient. Été les sent chaque fois qu'ils se trouvent dans le sens du vent.

— Les loups sont le moindre de nos problèmes, riposta Mains-froides. Nous devons grimper. Il fera bientôt noir. Vous auriez intérêt à être à l'intérieur quand viendra la nuit. Votre chaleur va les attirer. » Il jeta un coup d'œil vers l'ouest, où l'on distinguait confusément les feux du soleil couchant au travers des arbres, comme la lueur d'un feu au loin.

« Est-ce la seule entrée ? demanda Meera.

— L'entrée arrière se situe à trois lieues au nord d'ici, en descendant dans un gouffre. »

Il n'y avait rien à ajouter. Même Hodor ne pourrait pas emprunter un tel passage avec Bran qui lui pesait sur le dos, et Jojen n'aurait pas plus pu marcher trois lieues qu'il n'aurait pu en courir mille.

Meera examina la colline au-dessus d'eux. « Le chemin paraît dégagé.

— *Paraît*, marmonna le patrouilleur sur un ton sombre. Vous sentez ce froid ? Il y a quelque chose, là. *Où sont-ils ?*

— À l'intérieur de la caverne ? suggéra Meera.

— La caverne est sous protection. Ils ne peuvent pas passer. » Le patrouilleur tendit son épée pour indiquer la direction. « Vous voyez l'entrée là-bas ? À mi-hauteur, entre les barrals, cette fente dans le rocher.

— Je la vois », assura Bran. Des corbeaux y entraient et en sortaient.

Hodor changea de pied d'appui. « Hodor.

— Un repli du rocher, voilà tout ce que je vois, commenta Meera.

— Il y a là un passage. Abrupt et tortueux au départ, une gouttière à travers le rocher. Si vous pouvez l'atteindre, vous serez en sécurité.

— Et vous ?

— La caverne est sous protection. »

Meera étudia la fissure dans le flanc de colline. « Il ne doit pas y avoir plus de mille pas d'ici à là-bas. »

Non, pensa Bran, *mais tous vont montant*. La colline était escarpée et très boisée. La neige avait cessé trois jours plus tôt, mais rien n'avait fondu. Sous les arbres, le sol portait une nappe blanche, encore nette et intacte. « Il n'y a personne, lança Bran, bravement. Regardez la neige. Aucune trace de pas.

— Les marcheurs blancs avancent avec légèreté sur la neige, réfuta le patrouilleur. Tu ne trouveras pas d'empreintes qui marquent leur passage. » Un corbeau descendit des hauteurs pour se percher sur son épaule. Une douzaine des gros volatiles noirs seulement restait avec eux. Les autres avaient disparu en chemin ; à chaque aube, quand ils se levaient, il y en avait moins. « *Viens*, croassa l'oiseau. *Viens, viens.* »

215

La corneille à trois yeux, se dit Bran. *Le vervoyant.* « Ce n'est pas si loin, dit-il. Un petit peu d'escalade, et nous serons en sécurité. Peut-être pourra-t-on allumer une flambée. » Ils étaient tous transis, trempés et affamés, hormis le patrouilleur, et Jojen Reed était trop faible pour marcher sans soutien.

« Allez-y. » Meera Reed se pencha près de son frère. Il était installé dans la souche d'un chêne, les yeux clos, à grelotter violemment. Le peu de visage qu'on discernait sous sa cagoule et son écharpe était aussi dépourvu de couleurs que la neige environnante, mais son souffle continuait de sortir de ses narines en faibles bouffées, chaque fois qu'il expirait. *De la nourriture et un feu auront tôt fait de le remettre sur pied*, essaya de se persuader Bran, mais il n'en était pas certain. « Je ne peux pas me battre et porter Jojen en même temps, la pente est trop forte, disait Meera. Hodor, emmène Bran jusqu'à cette caverne.

— Hodor, dit-il en claquant des mains.

— Jojen a juste besoin de manger », déclara Bran sur un ton malheureux. Voilà douze jours que l'orignac s'était écroulé pour la troisième et dernière fois, que Mains-froides s'était agenouillé à côté de lui sur la couche de neige et avait murmuré une bénédiction dans une langue inconnue, en lui tranchant la gorge. Bran avait pleuré comme une fillette lorsque le sang vif avait jailli. Jamais il ne s'était senti plus infirme qu'à ce moment-là, tandis qu'il regardait, désemparé, Meera Reed et Mains-froides débiter le vaillant animal qui les avait portés si loin. Il se jura qu'il ne mangerait rien, préférant avoir faim que de se repaître d'un ami, mais finalement, il s'était nourri deux fois, une fois sous sa propre peau et une dans celle d'Été. Bien qu'efflanqué et affamé, l'orignac leur avait fourni des filets que le patrouilleur avait prélevés et qui les avaient sustentés sept jours durant, jusqu'à ce qu'ils finissent les derniers, pelotonnés autour d'un feu, dans les ruines d'une vieille redoute sur une colline.

« Il a besoin de manger, acquiesça Meera en lissant le front de son frère. Nous en sommes tous là, mais ici, il n'y a rien à manger. *Allez-y.* »

Bran battit des paupières pour retenir une larme et la sentit geler sur sa joue. Mains-froides attrapa Hodor par le bras. « La lumière s'en va. S'ils ne sont pas déjà ici, ils ne tarderont pas. Viens. »

Muet pour une fois, Hodor claqua ses cuisses pour chasser la neige et entama l'ascension à travers les congères avec Bran sur son dos. Mains-froides avançait à côté d'eux, son arme dans une main noire. Été fermait la marche. En plusieurs endroits, la neige était plus haute que lui, et le loup géant devait s'arrêter et s'ébrouer après avoir plongé à travers la mince carapace. Au cours de la montée, Bran se retourna gauchement dans sa hotte pour regarder Meera glisser un bras sous son frère et le soulever pour le remettre debout. *Il est trop lourd pour elle. Elle est à moitié morte de faim, plus aussi forte qu'avant.* Elle serrait sa foëne de l'autre main, plantant les fourchons dans la neige pour un modeste surplus d'équilibre. Meera entamait tout juste la difficile ascension, moitié tirant, moitié portant son petit frère, quand Hodor passa entre deux arbres, et que Bran les perdit de vue.

La colline s'escarpa encore. Des coulées de neige craquaient sous les semelles d'Hodor. Une fois, une rocaille s'ébranla sous son pied, il dérapa en arrière et faillit dégringoler à flanc de colline. Le patrouilleur l'empoigna par le bras, le sauvant. « Hodor », déclara Hodor. Chaque rafale de vent emplissait l'air d'une fine poudre blanche qui étincelait comme du verre aux derniers feux du jour. Autour d'eux, des corbeaux battaient des ailes. L'un d'eux partit en avant et disparut à l'intérieur de la caverne. *Plus que quatre-vingts pas, à présent*, se dit Bran, *ce n'est plus loin du tout.*

Été s'arrêta subitement, au bas d'une aire abrupte de neige blanche et vierge. Le loup-garou tourna la tête, huma l'air, puis se mit à gronder. Fourrure hérissée, il commença à reculer.

« Hodor, arrête, dit Bran. Hodor. *Attends.* » Quelque chose n'allait pas. Été le sentait, Bran aussi. *Quelque chose de mauvais. Tout près.* « Hodor, non, recule. »

Mains-froides grimpait toujours et Hodor voulait se maintenir à sa hauteur. « Hodor, Hodor, Hodor », grommela-t-il bruyamment, pour couvrir les protestations de Bran. Sa respiration devenait laborieuse. Une brume pâle occupait l'air. Il fit un pas, puis un autre. La neige lui montait pratiquement à la taille et la déclivité était très forte. Hodor se courbait vers l'avant, agrippant les rochers et les arbres au cours de son ascension. Un autre pas. Et encore. La neige que dérangeait Hodor glissa sur la pente, déclenchant une légère avalanche derrière eux.

Soixante pas. Bran tendit le cou en se penchant de côté pour mieux voir la caverne. Puis il aperçut autre chose. « Du feu ! » Dans la petite fissure entre les barrals dansait une lueur, une lumière rouge qui les appelait à travers l'ombre qui s'amassait. « Regardez, quelqu'un… »

Hodor poussa un hurlement. Il se tordit, trébucha, tomba.

Bran sentit le monde basculer de côté, tandis que le solide garçon d'écurie tournait violemment sur lui-même. La force de l'impact lui vida les poumons. Il avait la bouche pleine de sang et Hodor se débattait, roulait à terre, écrasant le jeune estropié sous son poids.

Quelque chose lui retient la jambe. Le temps d'un demi-battement de cœur, Bran crut qu'il s'était pris la cheville dans une racine… jusqu'à ce que la racine remue. *Une main*, vit-il, tandis que le reste du spectre émergeait en crevant la couche de neige.

Hodor lui flanqua des coups de pied, percutant d'un talon gainé de neige le visage de la chose, mais le mort ne parut même pas ressentir le choc. Puis tous deux luttèrent ensemble, à coups de poings et de griffes, tout en dévalant la colline. Bran eut la bouche et le nez remplis de neige dans la dégringolade, mais, avant que s'achève un battement de cœur, la culbute ramena son visage vers le haut. Quelque chose lui frappa la tête, un rocher, un bloc de glace ou le poing d'un mort, il n'aurait su le dire, et il se retrouva éjecté de sa hotte, vautré sur le flanc de la colline, crachant la neige, sa main gantée serrée sur des cheveux qu'il avait arrachés au crâne d'Hodor.

Tout autour de lui, des spectres se dégageaient de la nappe blanche.

Deux, trois, quatre. Bran perdit le compte. Ils jaillissaient avec violence, dans de brusques éruptions de neige. Certains portaient des manteaux noirs, d'autres des peaux râpées, et parfois rien du tout. Tous avaient la chair blême et les mains noires. Leurs yeux luisaient comme de pâles étoiles bleues.

Trois d'entre eux s'abattirent sur le patrouilleur. Bran vit Mains-froides en taillader un en plein visage. La chose continua d'avancer, le repoussant vers les bras d'une autre. Deux créatures supplémentaires s'approchaient d'Hodor, descendant la pente à pas pesants. Meera en pleine ascension allait échouer au milieu de tout cela, s'aperçut Bran, pris de nausée dans sa terreur impuissante. Il frappa la neige et lança une mise en garde.

Quelque chose s'empara de lui.

Son cri vira au hurlement. Bran remplit son poing de neige pour la jeter, mais le spectre ne cilla même pas. Une main noire tâtonna sur son visage, une autre sur son ventre. Au contact, ses doigts ressemblaient à du fer. *Il va m'arracher les tripes.* Mais tout soudain, Été s'était interposé. Bran aperçut la peau qui se déchirait comme une étoffe bon marché, entendit les os éclater. Il vit une main et un poignet se détacher, des doigts pâles s'agiter, la manche en grossier tissu noir fané. *Noir*, songea-t-il, *il porte du noir, il appartenait à la Garde.* Été lança le bras de côté, se tordit et planta ses crocs dans le cou du mort, sous le menton. Quand le grand loup gris se dégagea, il emporta le plus gros de la gorge de la créature dans une explosion de viande pâle et pourrie.

La main arrachée remuait encore. Bran roula sur lui-même pour s'en écarter. À plat ventre, griffant la neige, il aperçut les arbres au-dessus, pâles en mantes de neige, la lueur orange entre eux.

Cinquante pas. S'il parvenait à se traîner sur cinquante pas, ils ne pourraient plus l'attraper. L'humidité suintait à travers ses gants tandis qu'il empoignait les racines et les rochers, en rampant vers la lueur. *Un peu plus loin, juste un tout petit peu plus loin. Et après, tu pourras te reposer devant le feu.*

Les derniers feux du couchant avaient disparu entre les arbres, désormais. La nuit était tombée. Mains-froides frappait d'estoc et de taille la danse des morts qui le cernaient. Été déchiquetait celui qu'il avait jeté à terre, serrant sa face entre ses crocs. Personne ne prêtait attention à Bran. Il se traîna un peu plus haut, halant derrière lui ses jambes inutiles. *Si je peux atteindre cette caverne...*

« Hoooodor. » Le gémissement monta de quelque part en dessous de lui.

Et subitement, il n'était plus Bran, le garçon brisé qui se traînait dans la neige, soudain il était Hodor, à mi-pente, face au spectre qui lui griffait les yeux. Avec un rugissement, il se remit debout d'une saccade, rejetant violemment la chose de côté. Elle tomba un genou en terre, commença à se relever. Bran arracha la bâtarde d'Hodor de son ceinturon. Intérieurement, dans le tréfonds, il entendait le pauvre Hodor gémir encore, mais extérieurement, il était sept pieds de fureur, du fer ancien dans sa main. Il leva l'épée et l'abattit sur le mort, grognant quand la lame trancha la laine trempée, la maille rouillée et le cuir gâté, pour mordre profondément dans les os et la chair au-dessous. « *HODOR !* » beugla-t-il, et il frappa à nouveau. Cette fois-ci, il emporta la tête du spectre au niveau du cou, et l'espace d'un instant, il exulta... jusqu'à ce que deux mains mortes viennent à tâtons chercher sa gorge.

Bran recula, saignant, et Meera Reed était là, plongeant sa foëne profondément dans le dos du spectre. « Hodor » rugit de nouveau Bran, lui faisant signe de grimper. « *Hodor, hodor.* » Jojen gigotait vaguement à l'endroit où elle l'avait déposé. Bran le rejoignit, lâcha l'épée, entoura le garçon du bras d'Hodor et se remit debout, d'un à-coup. « *Hodor !* » beugla-t-il.

Meera ouvrit la voie pour remonter la colline, piquant les spectres quand ils approchaient. On ne pouvait pas blesser ces choses, mais elles étaient lentes et balourdes. « Hodor, rabâchait Hodor à chaque pas. Hodor, hodor. » Il se demanda ce que penserait Meera s'il lui déclarait subitement qu'il l'aimait.

En haut, au-dessus d'eux, des silhouettes ardentes dansaient dans la neige.

Les spectres, comprit Bran. *Quelqu'un a mis le feu aux spectres.*

Été grondait et claquait des mâchoires tout en sautant autour du plus proche, la grande ruine d'un homme entortillonné de flammes. *Il ne devrait pas s'approcher autant, qu'est-ce qu'il fait ?* Puis il se vit, gisant sur le ventre dans la neige. Été essayait d'écarter de lui la créature. *Que se passera-t-il si elle me tue ?* se demanda le garçon. *Est-ce que je resterai Hodor pour de bon ? Est-ce que je reviendrai dans la peau d'Été ? Ou est-ce que je mourrai, simplement ?*

Le monde tournoya dans un vertige autour de lui. Les arbres blancs, le ciel noir, les flammes rouges, tout glissait en spirale, virevoltait. Il se sentit trébucher. Il entendait Hodor hurler. « Hodor hodor hodor hodor. Hodor hodor hodor hodor. Hodor hodor hodor hodor hodor. » Une nuée de corbeaux dégorgeait de la caverne, et il vit une petite fille, une torche à la main, s'élancer, tantôt d'un côté, tantôt d'un autre. Un instant, Bran la prit pour sa sœur Arya... Une idée insensée, car il savait sa petite sœur à mille lieues de là, ou morte. Et pourtant, elle était là, à tourbillonner, une pauvrette toute maigre, en haillons, une sauvage à la tignasse hirsute. Des larmes remplirent les yeux d'Hodor et y gelèrent.

Tout chavira cul par-dessus tête et sens dessus dessous, et Bran se retrouva engoncé dans sa propre peau, à demi enfoui dans la neige. Le spectre embrasé se dressait au-dessus de lui, dessiné, immense contre les arbres en linceuls de neige. C'était un des nus, nota Bran un instant avant que l'arbre le plus proche s'ébroue de la neige qui le couvrait et fasse tout crouler sur sa tête.

Quand il reprit conscience, il était étendu sur un lit d'aiguilles de pin sous un plafond de pierre sombre. *La caverne. Je suis dans la caverne.* Sa bouche avait encore un goût de sang à l'endroit où il s'était mordu la langue, mais un feu flambait à sa droite, la chaleur baignant son visage, et il n'avait jamais rien senti d'aussi bon. Été était là, à renifler autour de lui, et Hodor, trempé. Meera tenait dans son giron la tête de Jojen. Et la créature qui ressemblait à Arya se dressait au-dessus d'eux, serrant sa torche.

« La neige, bredouilla Bran. Elle est tombée sur moi. Elle m'a enseveli.

— Dissimulé. Je t'en ai dégagé. » Meera indiqua la fillette d'un signe de tête. « Mais c'est elle qui nous a sauvés. La torche... Le feu les tue.

— Le feu les *brûle*. Le feu a toujours faim. »

Ce n'était pas la voix d'Arya, ni celle d'une enfant. C'était une voix de femme, haut perchée et douce, pleine d'une musique inconnue sans rien de commun avec tout ce qu'il avait pu entendre, et d'une tristesse qu'il crut près de lui briser le cœur. Bran plissa les yeux, pour mieux la voir. C'était bien une petite fille, mais plus menue qu'Arya, sa peau tachetée comme celle d'un faon sous un couvert de feuilles. Ses yeux étranges – grands et liquides, d'or et de vert, fendus comme les pupilles d'un chat. *Personne n'a de tels yeux.* Ses cheveux étaient une tignasse brun, rouge et or, des couleurs d'automne, tissés de vrilles, de brindilles et de fleurs fanées.

« Qui êtes-vous ? » demanda Meera Reed.

Bran savait la réponse. « C'est une enfant. Une enfant de la forêt. » Il frissonna, tant d'émerveillement que de froid. Ils étaient tombés dans un des contes de sa vieille nourrice.

« Les Premiers Hommes nous ont appelés enfants, dit la petite femme. Les géants nous ont nommés *woh dak nag gran*, le peuple écureuil, parce que nous étions vifs et menus et que nous aimions les arbres, mais nous ne sommes ni des écureuils ni des enfants. Notre nom en Vraie Langue signifie *ceux qui chantent le chant de la terre.* Avant que votre Vieille Langue ne soit parlée, nous avions chanté nos chants dix mille ans. »

— Vous parlez la Langue Commune, fit observer Meera.

— Pour lui. Pour Bran. Je suis née au temps du dragon et, deux cents ans durant, j'ai parcouru le monde des hommes, pour observer, écouter et apprendre. Je marcherais encore, mais j'avais les jambes dolentes et le cœur las, aussi ai-je tourné mes pas vers chez moi.

— Deux cents ans ? » répéta Meera.

L'enfant sourit. « Les hommes, ce sont eux les enfants.

— Vous avez un nom ? demanda Bran.

— Quand j'en ai besoin. » Elle agita sa torche en direction de la crevasse obscure dans la paroi au fond de la caverne. « Notre chemin descend. Vous devez venir avec moi, à présent. »

Bran frissonna de nouveau. « Le patrouilleur...

— Il ne peut venir.

— Ils vont le tuer.

— Non. Ils l'ont tué il y a longtemps. Allons, venez. Il fait plus chaud dans les profondeurs, et là-bas, personne ne vous fera de mal. Il vous attend.

— La corneille à trois yeux ? hasarda Meera.

— Le vervoyant. » Et sur ces mots, elle s'en alla, et ils n'eurent d'autre choix que de suivre. Meera aida Bran à remonter sur le dos d'Hodor, malgré la hotte à moitié écrasée et détrempée par la neige en train de fondre. Puis elle passa un bras autour de son frère et le hissa sur ses pieds une fois de plus. Il ouvrit les yeux. « Quoi ? demanda-t-il. Meera ? Où sommes-nous ? » En voyant le feu, il sourit. « J'ai fait le plus étrange des rêves. »

Le boyau était étranglé et sinueux, et si bas qu'Hodor fut bientôt cassé en deux. Bran se tassa de son mieux, mais, en dépit de cela, le sommet de son crâne ne tarda pas à racler et à cogner le plafond. De la terre s'effritait à chaque contact et tombait dans ses yeux et ses cheveux et, une fois, il se cogna le front à une épaisse racine blanche qui dépassait de la paroi du tunnel, chargée de radicelles et palmée de toiles d'araignées entre ses griffes.

L'enfant ouvrait la voie avec sa torche en main, son manteau de feuilles chuchotant derrière elle, mais le passage tournicotait tant que Bran ne tarda pas à la perdre de vue. Ensuite, il n'eut pour seule lumière que celle que reflétaient les parois du goulet. Après un court moment de descente, la caverne bifurqua, mais la branche gauche était noire comme poix, si bien que même

Hodor sut qu'il devait suivre les déplacements de la torche à droite.

La façon dont se mouvaient les ombres donnait l'impression que les parois bougeaient aussi. Bran vit de grands serpents blancs entrer et sortir de terre autour de lui, et son cœur tambourina de peur. Il se demanda s'ils s'étaient aventurés dans un nid de serpents de lait ou de vers de tombe géants, mous, pâles et juteux. *Les vers des tombes ont des dents.*

Hodor les vit aussi. « Hodor », geignit-il, réticent à avancer. Mais lorsque la fillette s'arrêta pour leur permettre de la rattraper, la lueur de la torche se stabilisa et Bran comprit que les serpents n'étaient que des racines blanches identiques à celle contre laquelle il s'était cogné. « Ce sont des racines de barral, dit-il. Tu te souviens de l'arbre-cœur, dans le bois sacré, Hodor ? L'arbre blanc avec des feuilles rouges ? Un arbre ne peut pas te faire de mal.

— Hodor. » Hodor plongea en avant, aux trousses de l'enfant et de sa torche, pour s'enfoncer sous terre. Ils croisèrent une nouvelle division, puis une autre, et débouchèrent dans une caverne remplie d'échos aussi vaste que la grande salle de Winterfell, avec des crocs de pierre pendus au plafond et d'autres qui pointaient du sol. L'enfant au manteau de feuilles négocia entre eux un trajet sinueux. De temps en temps, elle s'arrêtait et agitait sa torche à leur adresse, impatiente. *Par ici*, semblait-elle dire, *par ici, par ici, plus vite.*

D'autres passages secondaires suivirent, et d'autres salles, et Bran entendit l'eau tomber goutte à goutte quelque part sur sa droite. Quand il regarda dans cette direction, il vit des yeux qui les observaient, des pupilles fendues qui luisaient, en reflétant la lumière de la torche. *D'autres enfants*, se dit-il, *la fille n'est pas la seule*, mais l'histoire des enfants de Gendel, que lui avait contée sa vieille nourrice, lui revint également à l'esprit.

Les racines couraient partout, se tordant à travers la terre et la pierre, interdisant certains passages et soutenant le plafond d'autres. *Toute la couleur a disparu*, prit soudain conscience Bran. Le monde mariait terre noire et bois blanc. À Winterfell, l'arbre-cœur avait des racines aussi épaisses que des cuisses de géant, mais celles-ci les surpassaient encore. Et Bran n'en avait jamais vu autant. *Il doit y avoir tout un boqueteau de barrals qui poussent au-dessus de nous.*

La lumière baissa de nouveau. Petite comme elle était, l'enfant qui n'en était pas une se mouvait avec vivacité quand elle le désirait. Alors qu'Hodor la suivait à pas lourds, quelque chose craqua sous ses pieds. Il s'arrêta si brutalement que Meera et Jojen faillirent se cogner contre son dos.

« Des os, dit Bran. Ce sont des os. » Le sol du goulet était jonché d'ossements d'oiseaux et de divers animaux. Mais il y avait d'autres os, également, des gros qui ne pouvaient provenir que de géants, et des petits qui auraient pu être ceux d'enfants. D'un côté et de l'autre, au fond de niches creusées dans la roche, des crânes les toisaient. Bran vit un crâne d'ours et un de loup, une demi-douzaine de crânes humains et presque autant de géants. Tout le reste était petit, bizarrement conformé. *Des enfants de la forêt.* Les racines s'étaient développées à l'intérieur, autour et à travers, de tous. Sur quelques-uns perchaient des corbeaux, qui lorgnaient leur passage avec des yeux noirs, brillants.

La dernière étape de leur périple dans l'obscurité fut la plus abrupte. Hodor effectua la descente finale sur le cul, dérapant et glissant le long de la pente dans un tumulte d'os brisés, d'éboulis et de cailloux. L'enfant les attendait, debout à une extrémité d'un pont naturel au-dessus d'un gouffre béant. Tout en bas, dans les ténèbres, Bran entendit la course des eaux. *Une rivière souterraine.*

« Il faut traverser ? » demanda-t-il alors que les Reed dévalaient la déclivité derrière lui. Cette perspective l'angoissait. Si Hodor dérapait sur ce pont naturel, ils allaient tomber, tomber.

« Non, petit, dit l'enfant. Derrière toi. » Elle leva sa torche plus haut et la lumière sembla muer, changer. Un instant les flammes brûlèrent, orange et jaune, emplissant la caverne d'une lueur rougeoyante ; puis toutes les couleurs s'effacèrent pour ne laisser que le noir et le blanc. Derrière eux, Meera retint une exclamation. Hodor se retourna.

Face à eux, un lord pâle en vêtements noir d'ébène siégeait en rêvant dans un nid de racines entrelacées, un trône de barral tissé qui étreignait ses membres flétris comme une mère serre son enfant.

Son corps était tellement squelettique et ses vêtements si décomposés qu'au premier coup d'œil Bran le prit pour un cadavre de plus, un mort dressé tout droit depuis si longtemps que les racines avaient poussé sur lui, sous lui, et à travers lui. La peau visible du lord cadavre était blanche, à l'exception d'une tache sanglante qui lui suivait le cou jusqu'à la joue. Ses cheveux blancs étaient beaux, fins comme des radicelles et assez longs pour frôler la terre du sol. Des racines s'enroulaient autour de ses jambes comme des serpents de bois. L'une traversait ses chausses pour pénétrer la chair desséchée de sa cuisse et émerger de nouveau à l'épaule. Une gerbe de feuilles rouge sombre se déployait sur son crâne, et des champignons gris lui ponctuaient le front. Il restait un peu de peau, tendue sur son visage, aussi lisse et dure qu'un maroquin blanc, mais cela aussi commençait à céder et, çà et là, le brun et jaune de l'os sous-jacent passait à travers.

« Êtes-vous la corneille à trois yeux ? » s'entendit demander Bran. *Une corneille à trois yeux devrait avoir trois yeux. Il n'en a qu'un, et celui-là est rouge.* Bran sentait l'œil le dévisager, brillant comme une flaque de sang à la clarté de la torche. À l'emplacement qu'aurait dû occuper son autre œil, une fine racine blanche émergeait d'une orbite cave, pour descendre le long de sa joue et s'enficher dans son cou.

« Une... corneille ? » Le lord pâle parla d'une voix sèche. Ses lèvres se mouvaient lentement, comme si elles avaient oublié comment articuler des mots. « Jadis, certes. Noir par la vêture et par le sang. » Les oripeaux qu'il portait étaient décomposés, fanés, maculés de mousse et rongés par les vers, mais ils avaient autrefois été noirs. « J'ai été bien des choses, Bran. À présent, je suis tel que tu me vois, et tu dois maintenant comprendre pourquoi je ne pouvais venir à toi... sinon dans tes rêves. Je t'observe depuis longtemps, et à travers mille et un yeux. J'ai assisté à ta naissance et à celle du seigneur ton père avant toi. J'ai suivi ton premier pas, entendu ton premier mot, appartenu à ton premier rêve. Je regardais lorsque tu es tombé. Et maintenant, tu es enfin venu à moi, Brandon Stark, bien qu'il soit fort tard.

— Je suis ici, confirma Bran, mais je suis brisé. Allez-vous... Allez-vous me réparer... Mes jambes, je veux dire ?

— Non, répondit le lord pâle. Cela dépasse mes pouvoirs. »

Les yeux de Bran se remplirent de larmes. *Tant de chemin parcouru.* La chambre répercutait le grondement de la rivière noire.

« Jamais plus tu ne marcheras, Bran, promirent les lèvres pâles. Mais tu voleras. »

TYRION

Longtemps, il demeura immobile, étendu sans bouger sur la pile de vieux sacs qui lui servait de lit, à écouter le vent dans les haubans, le lapement du fleuve contre la coque.

Une pleine lune flottait au-dessus du mât. *Elle me suit au fil du courant, elle me surveille comme un grand œil.* Malgré la chaleur des peaux moisies qui le recouvraient, un frisson traversa le petit homme. *J'ai besoin d'une coupe de vin. Ou d'une douzaine.* Mais la lune clignerait avant que ce fils de pute de Griff ne le laisse étancher sa soif. Et il buvait de l'eau, condamné à des jours et des nuits d'insomnie, à transpirer et grelotter.

Le nain se remit sur son séant, prenant sa tête entre ses mains. *Est-ce que j'ai rêvé ?* Tout souvenir du rêve avait fui. Les nuits n'avaient jamais été tendres envers Tyrion Lannister. Il dormait mal, même dans de douillets lits de plume. Sur la *Farouche Pucelle*, il disposait sa couche sur le toit de la cabine, avec un rouleau de câble de chanvre comme oreiller. Il préférait être ici que dans la cale confinée du bateau. L'air y était plus frais, et la rumeur du fleuve plus mélodieuse que les ronflements de Canard. Il y avait un prix à acquitter pour de telles joies, cependant : le pont était dur et Tyrion se réveillait raide et courbaturé, les jambes percluses de crampes.

Elles palpitaient, en ce moment, ses mollets devenus aussi durs que du bois. Il les pétrit de ses doigts, essayant par un massage de chasser la douleur ; mais quand il se mit debout, la souffrance suffit encore à le faire grimacer. *J'ai besoin d'un bon bain.* Sa défroque de garçonnet puait, et lui tout autant. Les

226

autres se baignaient dans le fleuve, mais jusqu'ici il ne s'était pas joint à eux. Certaines des tortues qu'il avait aperçues dans les hauts-fonds paraissaient assez grosses pour le couper en deux d'un coup de mâchoire. *Des brise-l'os,* comme les appelait Canard. Au surplus, il ne voulait pas que Lemore le voie nu.

Une échelle en bois descendait du toit du rouf. Tyrion enfila ses bottes et descendit sur l'arrière-pont, où était assis Griff, enveloppé d'une cape en peau de loup, près d'un brasero en fer. L'épée-louée montait la garde tout seul, la nuit, se levant lorsque le reste du groupe allait au lit et prenant congé au lever du soleil.

Tyrion s'accroupit en face de lui et réchauffa ses mains aux charbons ardents. De l'autre côté du cours d'eau, des rossignols chantaient. « Bientôt le jour, dit-il à Griff.

— Pas trop tôt. Nous devons nous mettre en route. » Si Griff avait eu les mains libres, la *Farouche Pucelle* aurait continué sa progression vers l'amont de jour comme de nuit ; mais Yandry et Ysilla refusaient de risquer leur barge dans le noir. La Haute-Rhoyne pullulait d'écueils et de souches submergées, dont chacun pouvait crever la coque de la *Farouche Pucelle*. Griff ne voulait rien entendre. Son seul désir, c'était Volantis.

Les yeux du mercenaire étaient sans cesse en mouvement, scrutant la nuit à la recherche de... De quoi ? *Des pirates ? Des hommes de pierre ? Des esclavagistes ?* Le fleuve avait ses menaces, Tyrion le savait, mais Griff lui donnait l'impression d'être plus dangereux que n'importe laquelle d'entre elles. Au nain, il rappelait Bronn, bien que Bronn ait eu l'humour noir des épées-louées, dont Griff était totalement dénué.

« Je tuerais pour une coupe de vin », bougonna Tyrion.

Griff ne répondit rien. *Tu crèveras, avant que de boire*, semblèrent promettre ses yeux pâles. Tyrion avait bu jusqu'à se rendre ivre mort, lors de sa première nuit à bord de la *Pucelle*. À son réveil, le lendemain, des dragons livraient bataille sous son crâne. Griff lui avait jeté un coup d'œil pendant qu'il vomissait par-dessus le plat-bord de la barge, et avait décrété : « Tu as fini de boire.

— Le vin m'aide à dormir », avait protesté Tyrion. *Le vin noie mes rêves,* aurait-il pu expliquer.

« Alors, reste éveillé », avait riposté Griff, implacable.

À l'est, la première lueur pâle du jour imbibait le ciel au-dessus du fleuve. Les eaux de la Rhoyne évoluèrent lentement du noir au bleu, pour s'accorder aux cheveux et à la barbe du reître. Griff se remit debout. « Les autres ne devraient pas tarder à s'éveiller. Je te laisse le pont. » Au fur et à mesure que les rossignols se taisaient, les alouettes du fleuve reprenaient leur chant. Des aigrettes s'ébattaient dans les roseaux et laissaient leurs empreintes sur les bancs de sable. Dans le ciel, les nuages rayonnaient : rose et mauve, bordeaux et or, perle et safran. L'un d'eux évoquait un dragon. *Une fois qu'un homme aura vu un dragon en vol, qu'il reste chez lui et s'occupe de son jardin en tout contentement*, avait écrit quelqu'un, un jour, *car ce vaste monde ne contient pas plus grande merveille.* Tyrion gratta sa cicatrice et essaya de se remémorer le nom de l'auteur. Les dragons avaient considérablement occupé ses pensées, ces derniers temps.

« Bien le bonjour, Hugor. » La septa Lemore venait d'émerger dans ses robes blanches, serrées à la taille par une ceinture tissée de sept couleurs. Ses cheveux cascadaient librement sur ses épaules. « Comment as-tu dormi ?

— Par à-coups, bonne dame. J'ai encore rêvé de vous. » *Un rêve éveillé.* Il ne pouvait pas dormir, aussi s'était-il passé la main entre les jambes en imaginant la septa montée sur lui, ses seins bondissant.

« Un méchant rêve, sans aucun doute. Tu es un méchant homme. Veux-tu prier avec moi et demander la rémission de tes péchés ? »

Uniquement si nous prions à la mode des îles d'Été. « Non, mais donnez à la Pucelle un long et doux baiser pour moi. »

En riant, la septa gagna la proue du bateau. Elle avait coutume chaque matin de se baigner dans le fleuve. « À l'évidence, le bateau n'a pas été nommé en votre honneur », lança Tyrion tandis qu'elle se dévêtait.

« La Mère et le Père nous ont faits à leur image, Hugor. Nous devrions tirer gloire de nos corps, car ils sont l'œuvre des dieux. »

Les dieux devaient être ivres quand mon tour est venu. Le nain regarda Lemore glisser dans l'eau. Cette vue lui donnait toujours une érection. Il y avait quelque chose de merveilleusement vicieux dans l'idée de dépouiller la septa de ces chastes robes blanches pour lui écarter les cuisses. *Le viol de l'innocence*, songea-t-il... Bien que Lemore fût loin d'être aussi innocente qu'elle le paraissait. Elle portait sur le ventre des vergetures qui ne pouvaient venir que d'un enfantement.

Yandry et Ysilla s'étaient levés avec le soleil et vaquaient à leurs tâches. Tout en inspectant les haubans, Yandry jetait de temps en temps un coup d'œil subreptice à la septa Lemore. Sa petite épouse noiraude, Ysilla, n'y prêta aucune attention. Elle alimenta de quelques bouts de bois le brasero sur l'arrière-pont, tisonna les braises avec une lame noircie et entreprit de pétrir la pâte des biscuits du matin.

Quand Lemore remonta sur le pont, Tyrion savoura la vue de l'eau qui ruisselait entre ses seins, de sa peau lisse aux reflets dorés dans la lumière du matin. Elle avait dépassé quarante ans, séduisante plus que jolie, mais toujours plaisante à l'œil. *Il n'est rien de mieux au monde que d'être excité, sinon d'être soûl,* décida-t-il. Il y puisait la sensation d'être toujours en vie. « Tu as vu la tortue, Hugor ? lui demanda la septa, en se tordant les cheveux pour les sécher. La grosse dos-crêté ? »

Le petit matin était le meilleur moment pour apercevoir des tortues. Durant la journée, elles nageaient en eau profonde ou se dissimulaient dans des retraits le long de la berge, mais lorsque le soleil venait de se lever, elles montaient à la surface. Certaines aimaient nager de conserve avec le bateau. Tyrion en avait aperçu une douzaine d'espèces différentes : grosses et petites, vertes ou noires, griffues et cornues, des tortues dont les carapaces hérissées de crêtes ou ornementées étaient couvertes de spirales or, jade et crème. Certaines étaient si grosses qu'elles auraient pu porter un homme sur leur dos. Yandry jurait que les princes rhoynars les chevauchaient pour traverser le fleuve. Sa femme et lui étaient natifs de la Sang-vert, deux orphelins dorniens rentrés chez eux auprès de leur Mère la Rhoyne.

« J'ai manqué la dos-crêté. » *Je regardais la femme nue.*

« J'en suis désolée pour toi. » Lemore passa sa robe par-dessus sa tête. « Je sais que tu ne te lèves tôt que dans l'espoir de voir des tortues.

— J'aime aussi regarder le soleil se lever. » C'était comme d'admirer une donzelle qui émergeait toute nue de son bain. Il en était de plus esthétiques que d'autres, mais à chaque occasion son lot de promesses. « Les tortues ont du charme, je vous le concède. Rien ne me ravit davantage que la vision d'une jolie paire bien ferme de... carapaces. »

La septa Lemore rit. Comme chacun à bord de la *Pucelle*, elle avait ses secrets. Grand bien lui fasse. *Je ne cherche pas à la connaître, j'ai juste envie de la baiser.* Et elle le savait également.

En accrochant son cristal de septa autour de son cou pour le loger dans la vallée entre ses seins, elle l'aguicha d'un sourire.

Yandry leva l'ancre, tira une des longues perches du toit du rouf et poussa pour les dégager. Deux des hérons redressèrent la tête pour observer tandis que la *Farouche Pucelle* s'écartait de la berge et entrait dans le courant. Lentement, le bateau commença à suivre le flot. Yandry gagna la barre. Ysilla retournait les biscuits. Elle posa une poêle en fer sur le brasero et y déposa la tranche de bacon. Certains jours, elle préparait des biscuits et du bacon ; d'autres, du bacon et des biscuits. Une fois tous les quinze jours, un poisson pouvait figurer au menu ; pas aujourd'hui.

Quand Ysilla tourna le dos, Tyrion chipa un biscuit sur le brasero, se retirant juste à temps pour esquiver un coup de sa redoutable cuillère en bois. Ils étaient meilleurs brûlants, dégoulinant de miel et de beurre. L'odeur du bacon en train de fristiller ne tarda pas à faire monter Canard de la cale. Il vint humer le brasero, récolta un coup de cuillère d'Ysilla et s'en fut pisser à la proue, comme chaque matin.

En se dandinant, Tyrion vint le rejoindre. « Voilà un spectacle qui n'est pas banal, plaisanta-t-il tandis qu'ils soulageaient leurs vessies. Un nain et un canard, contribuant à accroître le débit de la puissante Rhoyne. »

Yandry poussa un ricanement de dérision. « Notre Mère la Rhoyne a que faire de tes eaux, Yollo. C'est le plus grand fleuve du monde. »

Tyrion secoua pour faire choir les dernières gouttes. « Assez grand pour noyer un nain, je te l'accorde. Mais la Mander est aussi large. De même que le Trident, à son embouchure. Le cours de la Néra est plus profond.

— Tu connais pas le fleuve. Attends donc, tu verras. »

Le bacon devint croustillant, les biscuits brun doré. Griff le Jeune monta sur le pont d'un pas incertain, avec un bâillement. « Bien le bonjour, tous. » Le jeune homme était plus petit que Canard, mais sa carrure dégingandée suggérait qu'il n'avait pas encore terminé sa croissance. *Ce gamin sans poil au menton pourrait avoir toutes les pucelles des Sept Couronnes, avec ou sans cheveux bleus. Ses yeux les feraient fondre.* Comme son père, Griff le Jeune avait les yeux bleus, mais, si les prunelles du père étaient pâles, celles du fils étaient sombres. À la lueur de la lampe, elles viraient au noir et paraissaient mauves aux feux du couchant. Il avait des cils aussi longs que ceux d'une femme.

« Je sens l'odeur du bacon, annonça le jeune homme en enfilant ses bottes.

— Du bon bacon, affirma Ysilla. Assis. »

Elle les servit sur l'arrière-pont, insistant pour que Griff le Jeune prenne des biscuits au miel et flanquant un coup de cuillère sur la main de Canard chaque fois qu'il tentait de saisir un supplément de bacon. Tyrion fendit deux biscuits, les garnit de bacon et en apporta un à Yandry au gouvernail. Puis il aida Canard à déployer la grande voile latine de la *Pucelle*. Yandry les amena jusqu'au milieu du fleuve, où le courant était le plus fort. La *Farouche Pucelle* était un bon bateau. Son tirant d'eau très bas lui permettait de remonter jusqu'aux plus petits affluents et de négocier des bancs de sable où se seraient échoués des bâtiments plus gros ; pourtant, voile levée et portée par un bon courant, elle pouvait atteindre une certaine vitesse. Sur le cours supérieur de la Rhoyne, cela pouvait représenter toute la différence entre la vie et la mort, affirmait Yandry. « Il n'y a pas de loi, en amont des Chagrins, plus depuis mille ans.

— Ni d'habitants, à ce que je vois. » Tyrion avait entr'aperçu des ruines sur les berges, des amas de maçonnerie enfouis sous les lianes, la mousse et les fleurs, mais aucun autre signe d'habitation humaine.

« Tu connais pas le fleuve, Yollo. Un pirate peut être tapi sur n'importe quel affluent, et des esclaves en fuite se cachent souvent dans les ruines. Les esclavagistes remontent rarement si loin au nord.

— Les esclavagistes, ça nous changerait agréablement des tortues. » N'étant pas un esclave en fuite, Tyrion ne craignait pas qu'on le capture. Et aucun pirate ne risquait de s'en prendre à une barge qui descendait le courant. Les marchandises de valeur remontaient le fleuve, à partir de Volantis.

Quand il n'y eut plus de bacon, Canard flanqua un coup de poing dans l'épaule de Griff le Jeune. « Il est temps de se faire quelques bleus. Les épées, aujourd'hui, j' pense.

— Les épées ? » Griff le Jeune sourit largement. « Excellent, les épées. »

Tyrion l'aida à s'équiper pour la rencontre, avec de lourds houseaux, un gambison matelassé et une armure cabossée en vieille plate d'acier. Ser Rolly endossa sa maille et son cuir bouilli. Tous deux se coiffèrent de casques et choisirent de longues épées émoussées dans le contenu du coffre des armes.

Ils s'installèrent sur l'arrière-pont, échangeant de solides coups sous les yeux du reste de la compagnie du matin.

Quand ils combattaient avec la masse d'armes ou la hache émoussée, la supériorité de taille et de force de ser Rolly venait rapidement à bout de son élève ; à l'épée, les rencontres étaient plus équilibrées. Aucun des deux n'avait pris de bouclier ce matin-là, aussi le jeu se bornait-il à frapper d'estoc et parer, en allant et venant sur le pont. Le fleuve résonnait du fracas de leur combat. Griff le Jeune assenait plus de coups, mais ceux de Canard frappaient plus durement. Au bout d'un moment, le plus grand des deux commença à se fatiguer. Ses coups de taille arrivaient plus lentement, plus bas. Griff le Jeune les détourna tous et lança une furieuse attaque qui força ser Rolly en arrière. Quand ils atteignirent la poupe, le jeune homme ferrailla pour verrouiller leurs lames, et percuta Canard de l'épaule. Le gaillard bascula dans le fleuve.

Il remonta en crachant et en jurant, beuglant pour qu'on le repêche avant qu'une brise-l'os lui happe les génitoires. Tyrion lui lança une drisse. « Un canard devrait savoir mieux nager que ça », commenta-t-il tandis qu'avec Yandry ils halaient le chevalier à bord de la *Farouche Pucelle*.

Ser Rolly empoigna Tyrion au collet. « Voyons comment nagent les nains », repartit-il en le précipitant tête la première dans la Rhoyne.

Ce fut le nain qui rit le dernier ; il barbotait de passable façon, et le démontra... jusqu'à ce que des crampes lui saisissent les jambes. Griff le Jeune lui tendit une perche. « Tu n'es pas le premier à vouloir me noyer, lança Tyrion à Canard en vidant l'eau de sa botte. Mon père m'a jeté au fond d'un puits, le jour où je suis né, mais j'étais si laid que la sorcière des eaux qui habitait au fond m'a recraché. » Il retira l'autre botte, puis exécuta une roue sur le pont, les éclaboussant tous.

Griff le Jeune éclata de rire. « Où as-tu appris ça ?

— Auprès de bateleurs, mentit-il. J'étais l'enfant préféré de ma mère, parce que j'étais si petit. Elle m'a donné le sein jusqu'à mes sept ans. Ce qui a excité la jalousie de mes frères, si bien qu'ils m'ont fourré dans un sac et vendu à une troupe de bateleurs. Lorsque j'ai tenté de m'enfuir, le maître de la troupe m'a coupé la moitié du nez, si bien que je n'ai eu d'autre choix que de les suivre et d'apprendre à divertir. »

La vérité différait quelque peu. Son oncle lui avait appris quelques cabrioles quand il avait six ou sept ans. Tyrion y avait fort pris goût. Pendant une moitié d'an, il avait circulé dans tout Castral Roc en faisant la roue, amenant un sourire sur le visage des septons et des écuyers, autant que des serviteurs. Même Cersei avait ri de le voir, une fois ou deux.

Tout cela avait abruptement cessé le jour où son père était rentré d'un séjour à Port-Réal. Ce soir-là au repas, Tyrion surprit son géniteur en parcourant tout le haut bout de la table sur les mains. Cela n'eut pas l'heur de plaire à lord Tywin. « Les dieux t'avaient fait nain. Faut-il que tu sois également idiot ? Tu es né lion, et non singe. »

Et vous voilà cadavre, Père, aussi donc gambaderai-je à ma guise.

« Tu as le don de faire sourire les hommes, déclara la septa Lemore à Tyrion tandis qu'il s'essuyait les orteils. Tu devrais en remercier le Père d'En-Haut. Il attribue des dons à tous ses enfants.

— Certes », acquiesça-t-il sur un ton aimable. *Et quand je mourrai, de grâce, faites en sorte de m'enterrer avec une arbalète, que je puisse remercier le Père d'En-Haut de ses dons, de la même façon que j'ai remercié le père d'ici-bas.*

Ses vêtements, ruisselant encore après sa baignade forcée, lui collaient désagréablement aux bras et aux jambes. Tandis que Griff le Jeune partait avec la septa Lemore se faire instruire des mystères de la Foi, Tyrion se dépouilla de sa tenue mouillée pour en enfiler une sèche. Lorsqu'il remonta sur le pont, Canard s'esclaffa bruyamment. Le nain ne pouvait lui en tenir rigueur. Vêtu comme il l'était, il présentait un tableau cocasse. Il portait un pourpoint mi-parti : le côté gauche, de velours mauve avec des boutons en bronze ; le droit, en laine jaune brodée de motifs floraux verts. Ses chausses étaient divisées de même, la jambe droite en vert uni, la gauche rayée de blanc et de rouge. Un des coffres d'Illyrio était bourré de vêtements d'enfant, fleurant bon le moisi, mais de bonne coupe. La septa Lemore avait partagé en deux chacun des ensembles, puis les avait recousus, appariant la moitié d'un et la moitié d'un autre pour composer une rudimentaire tenue mi-partie. Griff avait même insisté pour que Tyrion l'aide à retailler et à coudre. Nul doute qu'il voulait que la tâche le rende plus humble, mais Tyrion apprécia le jeu d'aiguille. Lemore était toujours d'agréable compagnie, malgré sa tendance à le gourmander chaque fois qu'il usait de propos grossiers vis-à-vis des dieux. *Si Griff tient à m'attribuer le rôle du bouffon, je vais jouer le jeu.* Quelque part, il le savait, lord Tywin Lannister était horrifié, et cela rendait l'affaire bien douce.

Son autre emploi n'avait rien de bouffon. *Canard a son épée, j'ai ma plume et mon parchemin.* Griff lui avait donné ordre de coucher par écrit tout ce qu'il savait des dragons. C'était une entreprise formidable, mais le nain s'y consacrait chaque jour, griffonnant de son mieux, assis en tailleur sur le rouf.

Au fil des ans, Tyrion avait lu tant et plus, sur les dragons. La plus grande part de ces chroniques consistait en racontars et l'on ne pouvait s'y fier, et les livres qu'Illyrio leur avait fournis n'étaient pas ceux qu'il aurait souhaités. Ce qu'il voulait vraiment, c'était le texte complet des *Feux des Possessions*, l'histoire de Valyria, par Galendro. Toutefois, on n'en connaissait à Westeros aucun exemplaire complet ; même à la Citadelle, il en manquait vingt-sept rouleaux. *Ils ont une bibliothèque dans l'antique Volantis, assurément. Je pourrai y trouver un meilleur exemplaire, si j'arrive à pénétrer à l'intérieur des Murs noirs jusqu'au cœur de la cité.*

Il était moins optimiste vis-à-vis du *Dragons, veurs et vouivres : leur surnaturelle histoire* du septon Barth. Barth avait été un fils de forgeron, élevé à la charge de Main du Roi durant le règne de Jaehaerys le Conciliateur. Ses ennemis avaient toujours soutenu qu'il était plus sorcier que septon. En accédant au Trône de Fer, Baelor le Bienheureux avait ordonné la destruction de tous les écrits de Barth. Dix ans plus tôt, Tyrion avait lu un fragment de la *Surnaturelle histoire* qui avait échappé au bienheureux Baelor, mais il doutait que la moindre parcelle de l'œuvre de Barth ait réussi à traverser le détroit. Et bien entendu, il y avait encore moins de chances de tomber sur l'opuscule fragmentaire, anonyme et sanglant qu'on appelait tantôt *Sang et Feu* et tantôt *La Mort des dragons*, dont l'unique exemplaire subsistant était caché, disait-on, dans une crypte verrouillée sous la Citadelle.

Lorsque le Demi-Mestre parut sur le pont en bâillant, le nain rédigeait ce dont il se souvenait des us des dragons en matière d'accouplement, sujet sur lequel Barth, Munkun et Thomax défendaient des opinions significativement divergentes. Haldon gagna la poupe d'un pas résolu pour pisser dans le soleil scintillant sur les flots, qui se brisaient à chaque souffle de vent. « Nous devrions atteindre le confluent avec la Noyne avant ce soir, Yollo », lança le Demi-Mestre.

Tyrion leva les yeux de sa composition. « Mon nom est Hugor. Yollo se cache dans mes chausses. Dois-je le laisser sortir jouer ?

— Mieux vaut éviter. Tu pourrais effrayer les tortues. » Le sourire d'Haldon était aussi tranchant qu'une lame de couteau. « Quel nom m'as-tu dit que portait la rue de Port-Lannis où tu es né, Yollo ?

— C'était une ruelle. Elle n'avait pas de nom. » Tyrion prenait un malin plaisir à inventer les détails de la vie colorée d'Hugor Colline, également connu sous le nom de Yollo, bâtard de Port-Lannis. *Les meilleurs mensonges s'assaisonnent d'une pincée de vérité.* Le nain savait qu'il avait un accent ouestrien, et de haute naissance en plus, si bien qu'Hugor se devait d'être le bâtard de quelque nobliau. Né à Port-Lannis, parce qu'il connaissait mieux l'endroit que Villevieille ou Port-Réal, et que c'était en ville qu'aboutissaient les nains, même ceux que mettait au monde une pécore de sage-femme dans un carré de navets. Les campagnes ne possédaient ni parade de grotesques, ni spectacle de bateleurs... Mais elles abondaient en puits, pour mieux avaler les chatons superflus, les veaux à trois têtes et les bébés de sa sorte.

« Je vois que tu continues à salir du bon parchemin, Yollo. » Haldon laça ses chausses.

« Nous ne pouvons tous être une moitié de mestre. » Tyrion commençait à se sentir des crampes à la main. Il déposa sa plume et fléchit ses doigts courtauds. « Envie d'une nouvelle partie de *cyvosse* ? » Le Demi-Mestre le vainquait toujours, mais c'était une façon de passer le temps.

« Ce soir. Vas-tu te joindre à nous pour la leçon de Griff le Jeune ?

— Pourquoi pas ? Il faut bien que quelqu'un rectifie tes erreurs. »

La *Farouche Pucelle* comportait quatre cabines. Yandry et Ysilla en partageaient une, Griff et Griff le Jeune une autre. La septa Lemore disposait d'une cabine pour elle seule, de même qu'Haldon. Le Demi-Mestre occupait la plus grande des quatre. Une cloison était couverte d'étagères pour les livres et de réceptacles débordant de vieux rouleaux et parchemins ; une autre supportait des râteliers à onguents, des herbes et des potions. Une lumière dorée traversait à l'oblique le verre jaune et dépoli du hublot rond. Le mobilier comprenait une couchette, une écritoire, une chaise, un tabouret et la table de *cyvosse* du Demi-Mestre, semée de figures en bois sculpté.

Le cours commença par les langues. Griff le Jeune parlait la Langue Commune comme si c'était son idiome maternel et pratiquait couramment le haut valyrien, les bas dialectes de Pentos, Tyrosh, Myr et Lys, et l'argot de commerce des marins. Le dialecte volantain lui était aussi nouveau qu'à Tyrion, aussi apprenaient-ils chaque jour quelques mots supplémentaires, tandis qu'Haldon corrigeait leurs erreurs. Le meereenien était plus difficile ; ses racines étaient également valyriennes, mais l'arbre avait été greffé sur la langue rude et désagréable de la Ghis ancienne. « Il faut avoir une abeille dans le nez pour parler correctement le ghiscari », se plaignit Tyrion. Griff le Jeune en rit, mais le Demi-Mestre se contenta de dire : « Recommencez. » Le jeune homme obéit, mais cette fois-ci, en grasseyant ses *zzz*, il leva les yeux au ciel. *Il a plus d'oreille que moi*, fut obligé de reconnaître Tyrion, *bien que j'aie quand même la langue plus agile, je parierais.*

La géométrie suivit les langues. Là-dessus, le jeune homme excellait moins, mais Haldon était un précepteur patient, et Tyrion réussit à se rendre utile. Il avait appris les mystères des carrés, des cercles et des triangles des mestres de son père, à Castral Roc, et ils lui revinrent en mémoire plus vite qu'il ne l'aurait cru.

Le temps qu'ils en arrivent à l'histoire, Griff le Jeune commençait à ne plus tenir en place. « Nous discutions l'histoire de Volantis, lui dit Haldon. Peux-tu expliquer à Yollo la différence entre un tigre et un éléphant ?

— Volantis est la plus ancienne des neuf Cités libres, première fille de Valyria, avait répondu le jeune homme sur un ton lassé. Après le Fléau, les Volantains se plurent à se considérer comme les héritiers des Possessions et les légitimes gouverneurs du monde, mais ils étaient divisés quant à la façon d'exercer au mieux leur empire. L'Ancien Sang en tenait pour l'épée, tandis que marchands et prêteurs plaidaient en faveur du commerce. Durant leur affrontement pour gouverner la cité, ces factions furent dénommées tigres et éléphants, respectivement.

« Les tigres dominèrent presque un siècle, après le Fléau de Valyria. Pendant un temps, ils connurent le succès. Une flotte volantaine s'empara de Lys, une armée volantaine de Myr, et pour deux générations, les trois cités furent dirigées de l'intérieur des Murs noirs. Cela prit fin quand les tigres essayèrent de dévorer Tyrosh. Pentos entra en guerre dans le camp tyroshi, en même temps que le roi de l'Orage ouestrien. Braavos fournit à un exilé lysien une centaine de vaisseaux de guerre, Aegon Targaryen prit son essor de Peyredragon sur la *Terreur noire*, et Myr et Lys se soulevèrent en rébellion. La guerre laissa les Terres Disputées à l'état de désolation, et libéra Lys et Myr de leur joug. Les tigres subirent par ailleurs d'autres revers. La flotte qu'ils expédièrent pour revendiquer Valyria disparut en mer Fumeuse. Qohor et Norvos brisèrent leur emprise sur la Rhoyne lors de la bataille des galères à feu sur le lac de la Dague. D'orient arrivèrent les Dothrakis, chassant le petit peuple de ses tanières et les nobles de leurs domaines, jusqu'à ce qu'il ne reste plus qu'herbes et que ruines entre la forêt de Qohor et les sources de la Selhoru. Au bout d'un siècle de conflits, Volantis se retrouva brisée, ruinée et dépeuplée. C'est alors que les éléphants prirent l'ascendant. Ils exercent depuis lors le pouvoir. Certaines années, les tigres font élire un triarque, et d'autres, aucun, mais jamais plus d'un, si bien que les éléphants gouvernent la cité depuis trois cents ans.

— Exact, commenta Haldon. Et les triarques actuels ?

— Malaquo est un tigre, Nyessos et Doniphos des éléphants.

— Et quelle leçon pouvons-nous tirer de l'histoire de Volantis ?

— Si l'on veut conquérir le monde, on a intérêt à avoir des dragons. »

Tyrion ne put se retenir de rire.

Plus tard, quand Griff le Jeune monta sur le pont aider Yandry avec les voiles et les perches, Haldon installa sa table de *cyvosse* pour leur partie. Tyrion l'observa avec ses yeux vairons et commenta : « Le petit est intelligent. Tu l'as bien formé. La moitié des seigneurs de Westeros ne sont pas si instruits, c'est triste à dire. Les langues, l'histoire, les chansons, le calcul… Capiteux ragoût pour un fils d'épée-louée.

— Un livre peut être aussi dangereux qu'une épée, placé entre de bonnes mains, répondit Haldon. Essaie de me livrer un meilleur combat, cette fois-ci, Yollo. Tu joues aussi mal au *cyvosse* que tu cabrioles.

— Je tente d'induire en toi un sentiment de confiance factice, répondit Tyrion tandis qu'ils disposaient leurs pièces de part et d'autre d'un écran en bois sculpté. Tu *crois* m'avoir appris à jouer, mais les apparences sont souvent trompeuses. Et si j'avais appris le jeu avec le marchand de fromages, y as-tu réfléchi ?

– Illyrio ne joue pas au *cyvosse*. »

Non, admit le nain. *Il joue au jeu des trônes, et toi, Griff et Canard n'êtes que des pièces, qu'il déplace à sa guise et sacrifie au besoin, tout comme il a sacrifié Viserys.* « Alors, le blâme t'en incombe, en ce cas. Si je joue mal, c'est de ta faute. »

Le Demi-Mestre gloussa. « Yollo, tu me manqueras, quand les pirates t'auront tranché la gorge.

— Où sont-ils, ces fameux pirates ? Je commence à croire qu'Illyrio et toi, vous les avez entièrement inventés.

— Ils fréquentent davantage la partie du fleuve qui s'étend entre Ar Noy et les Chagrins. Au-dessus des ruines d'Ar Noy, les Qohoriks dominent le fleuve et plus bas, les galères de Volantis font régner l'ordre, mais aucune des deux cités ne revendique les eaux entre ces deux points, si bien que les pirates se les sont appropriées. Le lac de la Dague abonde en îles où ils sont tapis dans des grottes secrètes et des forteresses cachées. Tu es prêt ?

— Pour toi ? Sans aucun doute. Pour les pirates ? Moins. »

Haldon retira l'écran. Chacun d'eux examina la disposition d'ouverture de l'autre. « Tu apprends », commenta le Demi-Mestre.

Tyrion faillit s'emparer de sa dragonne mais se ravisa. Lors de la dernière partie, il l'avait fait intervenir trop tôt et l'avait perdue face à un trébuchet. « Si nous rencontrons ces légendaires pirates pour de bon, il n'est pas exclu que je me joigne à eux. Je leur raconterai que je m'appelle Hugor Demi-Mestre. » Il avança sa cavalerie légère vers les montagnes d'Haldon.

Haldon riposta avec un éléphant. « Hugor Demi-Cervelle te siérait mieux.

— Je n'ai besoin que d'une moitié de cervelle pour être ton égal. » Tyrion avança sa cavalerie lourde pour soutenir la légère. « Peut-être aimerais-tu parier sur l'issue ? »

Le Demi-Mestre arqua un sourcil. « Combien ?

— Je n'ai pas d'argent. Jouons pour des secrets.

— Griff me trancherait la langue.

— Tu as peur, hein ? Moi aussi, à ta place.

— Le jour où tu me vaincras au *cyvosse*, des tortues me sortiront du cul. » Le Demi-Mestre déplaça ses lanciers. « Ton pari est tenu, petit homme. »

Tyrion tendit la main vers son dragon.

Trois heures s'étaient écoulées quand le petit homme monta enfin sur le pont soulager sa vessie. Canard aidait Yandry à affaler la voile, tandis qu'Ysilla tenait la barre. Le soleil était en suspens, bas au-dessus des lits de roseaux qui bordaient la rive ouest, tandis que le vent commençait à forcir et à souffler par rafales. *J'ai besoin d'une outre de vin*, songea le nain. Il avait des crampes aux jambes à force d'être accroupi sur ce tabouret, et la tête si légère qu'il eut de la chance de ne pas basculer dans le fleuve.

« Yollo, appela Canard. Où est Haldon ?

— Il est allé se coucher, avec une légère indisposition. Il a des tortues qui lui sortent du cul. » Il laissa le chevalier décrypter ces paroles et grimpa péniblement à l'échelle jusqu'au toit du rouf. Du côté du levant, l'ombre s'amassait derrière une île rocheuse.

La septa Lemore le rejoignit. « Sentez-vous les orages dans l'air, Hugor Colline ? Le lac de la Dague s'étend devant nous, le territoire des pirates. Et au-delà se trouvent les Chagrins. »

Mais point les miens. Mes propres chagrins, je les emporte avec moi partout où je vais. Il songea à Tysha et se demanda où vont les putes. *Pourquoi pas à Volantis ? Peut-être la retrouverai-je là-bas ? L'on doit s'accrocher à ses espoirs.* Il s'interrogea sur ce qu'il lui dirait. *Je regrette de les avoir laissés te violer, ma mie. Je te prenais pour une catin. Ton cœur peut-il m'accorder le pardon ? Je veux rentrer dans notre chaumière, revenir à la vie que nous avions quand nous étions mari et femme.*

L'île disparut derrière eux. Tyrion vit des ruines s'élever sur la rive est : des murs penchés et des tours abattues, des dômes crevés et des rangées de colonnes de bois pourri, des rues étouffées par la vase et couvertes de mousse mauve. *Encore une cité morte, dix fois plus grande que Ghoyan Drohe.* Des tortues vivaient là, désormais, de grosses brise-l'os. Le nain les voyait se dorer au soleil, des monticules noirs et bruns portant des crêtes acérées au centre de leurs carapaces. Quelques-unes repérèrent la *Farouche Pucelle* et se glissèrent dans l'eau, laissant des rides dans leur sillage. L'endroit ne serait pas propice à la baignade.

Puis, à travers les arbres tors et à demi submergés et les larges artères inondées, il aperçut le reflet argenté du soleil sur les eaux. *Une autre rivière*, comprit-il tout de suite, *qui se rue vers la*

Rhoyne. Les ruines prirent de la hauteur tandis que le paysage s'encaissait, jusqu'à ce que la cité s'achève sur un promontoire de terre où se dressaient les vestiges d'un colossal palais de marbre rose et vert, ses coupoles effondrées et ses aiguilles brisées dominant de leur masse une rangée d'arches. Tyrion vit d'autres brise-l'os qui dormaient sur les embarcadères où cinquante vaisseaux auraient jadis pu s'amarrer. Il sut alors où il se trouvait. *C'était le palais de Nymeria, et voilà tout ce qui reste de Ny Sar, sa ville.*

« Yollo, lui cria Yandry tandis que la *Farouche Pucelle* croisait le promontoire, parle-moi encore de ces fleuves ouestriens aussi vastes que la Mère Rhoyne.

— Je ne savais pas, lui cria-t-il en retour. Aucun fleuve des Sept Couronnes n'est à moitié aussi large. » Le nouveau fleuve qui les avait rejoints était un proche jumeau de celui sur lequel ils voguaient, un bras qui rivalisait déjà presque avec la Mander ou le Trident.

« Voici Ny Sar, où la Mère recueille sa Fille Turbulente, la Noyne, dit Yandry, mais elle n'atteindra pas son cours le plus large avant de rencontrer ses autres filles. Au lac de la Dague, c'est la Qhoyne qui se précipite avec fougue, la Fille Sombre, charriant l'or et l'ambre de la Hache, et les cônes de pin de la forêt de Qohor. Plus au sud, la Mère rencontre la Lhorulu, sa Fille Souriante venue des Champs dorés. Leur confluent se situe à l'ancien emplacement de Chroyane, la Cité des fêtes, où les rues étaient couvertes d'eau et les maisons d'or. Ensuite, à nouveau, direction le sud-est de longues lieues durant, jusqu'à ce qu'arrive enfin à petits pas la Selhoru, la Fille Timide qui serpente et dissimule son cours sous les roseaux. Là, la Mère Rhoyne enfle tellement qu'un homme en bateau au centre de son cours n'aperçoit plus la rive d'aucun côté. Tu verras ça, mon petit ami. »

Je verrai, se dit le nain, quand il nota une ridule à moins de six pas du bateau. Il allait la signaler à Lemore quand elle émergea en déplaçant un sillage d'eau qui fit rouler la *Farouche Pucelle* d'un bord sur l'autre.

C'était une autre tortue, cornue, celle-là, et de taille gigantesque, sa carapace vert sombre mouchetée de brun et tapissée de mousses d'eau et d'une croûte de noires bernaches d'eau douce. Elle leva la tête pour beugler, un mugissement vibrant et grave, plus sonore que toutes les trompes de guerre que Tyrion avait jamais pu entendre. « Nous sommes bénis », criait Ysilla à pleins poumons, tandis que des larmes roulaient sur son visage. « Nous sommes bénis, nous sommes bénis. »

Canard lançait des cris de joie, imité par Griff le Jeune. Haldon sortit sur le pont pour découvrir la raison de cette agitation... mais trop tard. La tortue géante avait de nouveau disparu sous les flots. « Qu'est-ce qui cause un tel chahut ? demanda le Demi-Mestre.

— Une tortue, répondit Tyrion. Une tortue plus grande que le bateau.

— C'était *lui*, s'exclama Yandry. Le Vieil Homme du Fleuve. »

Et pourquoi pas ? se dit Tyrion avec un large sourire. *Les dieux et les merveilles se manifestent toujours, pour assister à la naissance des rois.*

DAVOS

La *Gaie Ventrière* entra discrètement dans Blancport avec la marée du soir, sa voile rapiécée ondulant sous chaque rafale de vent.

C'était une vieille cogue, et même dans sa jeunesse nul ne l'avait jamais qualifiée de jolie. Sa figure de proue montrait une femme hilare tenant un enfançon par un pied, mais les joues de la femme et le cul du marmot étaient à l'identique piquetés de trous de ciron. D'innombrables couches de peinture brun terne tartinaient sa coque ; elle avait des voiles grises et reprisées. Ce n'était pas un navire à mériter un deuxième coup d'œil, sinon pour s'étonner qu'il restât à flot. D'ailleurs, à Blancport, on connaissait la *Gaie Ventrière*. Depuis des années, elle commerçait modestement entre le port et Sortonne.

Ce n'était pas ce genre d'arrivée que Davos Mervault s'était figuré en prenant la mer avec Sla et sa flotte. Tout, alors, semblait plus simple. Faute de corbeaux pour apporter au roi Stannis l'allégeance de Blancport, Son Altesse enverrait un émissaire traiter en personne avec lord Manderly. En démonstration de sa puissance, Davos arriverait à bord de la galéasse de Sla, le *Valyrien*, le reste de la flotte lysienne à sa suite. Chaque coque était striée : noir et jaune, rose et bleu, vert et blanc, mauve et or. Les Lysiens raffolaient des couleurs vives, et Sladhor Saan était le plus bigarré de tous. *Sladhor le Magnifique*, se dit Davos, *mais les tempêtes ont signé le terme de tout cela.*

En fait, il allait s'introduire en contrebande dans la cité, à l'instar de ce qu'il aurait pu faire vingt ans plus tôt. Tant qu'il

242

ne connaîtrait pas la situation, mieux valait par prudence jouer le simple matelot, plutôt que le lord.

Les murs en pierre chaulée de Blancport se dressaient devant eux, sur la côte est, où la Blanchedague plongeait dans l'estuaire. Une partie des défenses de la ville avaient été renforcées, depuis le dernier passage de Davos, une demi-douzaine d'années auparavant. La jetée qui séparait l'intérieur de la rade de l'extérieur avait été fortifiée par un mur de pierre, haut de trente pieds et long de presque un mille, avec des tours toutes les cent verges. De la fumée s'élevait également du roc aux Otaries, où jadis n'étaient que ruines. *Cela pourrait être bon ou mauvais, en fonction du camp que choisira lord Wyman.*

Davos avait toujours aimé cette cité, depuis sa première visite en qualité de mousse à bord du *Chat de gouttière*. Quoique petite en comparaison avec Villevieille et Port-Réal, elle était propre et bien divisée, avec de larges rues droites et pavées qui facilitaient la recherche de son chemin. Les maisons étaient bâties en pierre chaulée, avec des toits fortement pentus en ardoise gris sombre. Roro Uhoris, le vieux maître bougon du *Chat de gouttière*, se vantait de savoir différencier les ports entre eux simplement par leur odeur. Les cités ressemblaient aux femmes, insistait-il ; chacune avait son propre arôme. Villevieille était fleurie comme une douairière parfumée. Port-Lannis était une laitière, fraîche et ancrée à la terre, avec la fumée du bois dans ses cheveux. Port-Réal empestait telle une putain pas lavée. Mais Blancport avait des effluves vifs et salés, et quelque peu saumurés, aussi. « Elle sent ainsi que le devrait une sirène, avait déclaré Roro. Elle a l'odeur de la mer. »

Elle l'a toujours, jugea Davos, mais il percevait la fumée de la tourbe qui flottait du roc aux Otaries. Ce bloc de pierre marin dominait les approches vers la rade extérieure, un massif éperon gris-vert qui surplombait de cinquante pieds les flots. Son sommet se couronnait d'un cercle de pierres érodées, un fort circulaire des Premiers Hommes qui se tenait depuis des centaines d'années, désolé et abandonné. Il ne l'était plus, actuellement. Davos voyait des scorpions et des boutefeux en place derrière les pierres dressées, et des arbalétriers aux aguets entre elles. *On doit avoir froid, là-haut, et souffrir de l'humidité.* Toujours, lors de ses visites précédentes, on voyait des otaries se chauffer sur les rochers déchiquetés en dessous. Le Bâtard Aveugle les lui faisait toujours compter, chaque fois que le *Chat de gouttière* levait l'ancre de Blancport ; plus nombreuses les otaries, selon Roro, et meilleures leurs chances durant leur traversée. Il n'y avait pas d'otaries, pour l'heure. La fumée et les soldats les avaient chassées. *Un homme plus sage verrait là-dedans un avertissement. Si j'avais un dé à coudre de sens commun, j'aurais suivi Sla.* Il aurait pu voguer vers le sud, vers Marya et leurs fils. *J'ai perdu quatre fils au service du roi, et le cinquième sert actuellement comme écuyer auprès de lui. Je devrais avoir le droit de chérir les deux garçons qui me restent encore. Voilà trop longtemps que je ne les ai vus.*

À Fort-Levant, les frères noirs lui avaient dit qu'il n'y avait aucune affection entre les Manderly de Blancport et les Bolton de Fort-Terreur. Le Trône de Fer avait élevé Roose Bolton à la dignité de gouverneur du Nord, il paraissait donc raisonnable que Wyman Manderly se déclare pour Stannis. *Blancport ne peut tenir seul. La cité a besoin d'un allié, d'un protecteur. Lord Wyman a besoin du roi Stannis autant que Stannis a besoin de lui.* Du moins semblait-il, à Fort-Levant.

Sortonne avait sapé ces espoirs. Si lord Borrell disait vrai, si les Manderly avaient l'intention d'unir leurs forces à celles des Bolton et des Frey... Non, il ne voulait pas y trop penser. Il connaîtrait la vérité bien assez tôt. Il priait pour ne pas être arrivé trop tard.

Cette muraille de jetée masque la rade intérieure, conçut-il, tandis que la *Gaie Ventrière* abattait sa voile. La rade extérieure était plus vaste, mais l'intérieure offrait meilleur ancrage, abrité sur un côté par la muraille de la ville, la masse en surplomb de l'Antre du Loup sur un autre, et désormais par la jetée également. À Fort-Levant, Cotter Pyke avait appris à Davos que lord Wyman construisait des galères de guerre. Il aurait pu y avoir une vingtaine de navires derrière ces murailles, n'attendant qu'un ordre pour prendre la mer.

Derrière les épais remparts de la ville, se dressait le Château-neuf, orgueilleux et pâle sur sa colline. Davos voyait également le toit en dôme du Septuaire des Neiges, surmonté par de hautes statues des Sept. Lorsqu'ils avaient été chassés du Bief, les Manderly avaient apporté la Foi au nord, avec eux. Blancport possédait aussi son Bois sacré, un morose enchevêtrement de racines, de branches et de pierres enfermé derrière les murailles noires croulantes de l'Antre du Loup, une ancienne forteresse qui ne servait plus que de prison. Mais pour l'essentiel, c'étaient les septons qui prévalaient, ici.

Le triton de la maison Manderly figurait partout en évidence, arboré aux tours du Châteauneuf, au-dessus de la porte des Otaries, et le long des remparts de la ville. À Fort-Levant, les Nordiens soutenaient que jamais Blancport ne renierait son allégeance à Winterfell, mais Davos ne voyait aucun signe du loup-garou des Stark. *Il n'y a pas de lions non plus. Lord Wyman ne peut pas encore s'être déclaré pour Tommen, sinon il aurait levé sa bannière.*

Les quais du port grouillaient de monde. Un désordre de petits bateaux était amarré au long du marché aux poissons, en train de décharger leurs prises. Il vit aussi trois coureurs de fleuve, de longs bateaux fins construits solidement pour braver les forts courants et les rapides semés de rochers de la Blanche-dague. Toutefois, c'étaient surtout les vaisseaux de haute mer qui l'intéressaient : deux caraques aussi mornes et décrépites que la *Gaie Ventrière*, la galère de commerce la *Cavalière des Tornades*, les cogues le *Brave Maître* et la *Corne d'abondance*, une galéasse de Braavos reconnaissable au mauve de sa coque et de ses voiles.

… et là-bas, plus loin, le vaisseau de guerre.

À sa vue, il sentit un poignard percer ses espoirs. Le bâtiment avait une coque noire et or, et un lion à la patte levée pour figure de proue. Le *Lion*, disaient les lettres sur sa proue, sous une bannière flottante qui portait les armes du roi enfant siégeant sur le Trône de Fer. Un an plus tôt, il n'aurait pas su les déchiffrer, mais mestre Pylos lui avait un peu appris à lire à Peyredragon. Pour une fois, il tira peu de plaisir de sa lecture. Davos avait prié pour que la galère se perde dans les mêmes tempêtes qui avaient ravagé la flotte de Sla, mais les dieux n'avaient pas eu cette bonté. Les Frey étaient ici, et il allait devoir les affronter.

La *Gaie Ventrière* s'amarra au bout d'un ponton de bois usé par les éléments dans la rade extérieure, à bonne distance du *Lion*. Tandis que son équipage la fixait aux piliers et abaissait une passerelle, son capitaine s'approcha de Davos d'un pas guilleret. Casso Mogat était de ces métis du détroit, le fils dont un baleiner ibbénien avait engrossé une putain de Sortonne. Haut de cinq pieds et fort hirsute, il se teignait les cheveux et la barbe en vert mousse. Cela lui donnait l'allure d'une souche moussue en bottes jaunes. En dépit de son apparence, il paraissait bon marin, même s'il était un maître dur envers son équipage. « Combien de temps serez-vous absent ?

— Un jour au moins. Peut-être plus. » Davos avait constaté que les lords aiment à faire patienter les gens. À seule fin de les inquiéter, soupçonnait-il, et de démontrer leur pouvoir.

« La *Ventrière* va rester ici trois jours. Pas davantage. On va m'attendre, à Sortonne.

— Si tout se passe bien, je pourrais être de retour demain.

— Et si ça se passe mal ? »

Je pourrais ne pas revenir du tout. « Vous n'avez nul besoin de m'attendre. »

Deux agents des douanes montaient à bord alors qu'il descendait la passerelle, mais aucun ne lui accorda ne fût-ce qu'un regard. Ils venaient voir le capitaine et inspecter la cale ; de simples marins ne les concernaient pas, et peu de gens paraissaient aussi ordinaires que Davos. Taille moyenne, un visage de paysan matois tanné par le vent et le soleil, une barbe grisonnante et des cheveux bruns bien saupoudrés de gris. Même sa tenue était banale : de vieilles bottes, des chausses brunes et une tunique bleue, un manteau en laine écrue, retenu par un fermoir en bois. Il portait une paire de gants en cuir rongés de sel afin de cacher les moignons de doigts à la main que Stannis avait raccourcie, bien des années auparavant. Davos n'avait guère l'apparence d'un lord, moins encore celle d'une Main de Roi. Ce qui lui convenait parfaitement, tant qu'il ne saurait pas quelle était la situation ici.

Il longea le quai et traversa le marché aux poissons. Le *Brave Maître* embarquait de l'hydromel. Les futailles étaient stockées sur quatre niveaux le long du quai. Derrière une pile, il aperçut trois marins qui jouaient aux dés. Plus loin, des poissonnières vendaient la prise du jour à la criée, et un morveux marquait la cadence sur un tambour, tandis qu'un vieil ours pelé dansait en rond devant des coureurs de fleuve qui faisaient le cercle. Deux piqueurs avaient été postés à la porte de l'Otarie, l'insigne de la maison Manderly sur la poitrine, mais ils étaient trop occupés à conter fleurette à une catin des docks pour accorder leur attention à Davos. La porte était ouverte, la herse levée. Il se joignit à la foule qui circulait.

À l'intérieur s'étendait une place pavée, avec une fontaine en son centre. Un triton de pierre s'élevait de ses eaux, haut de vingt pieds de queue en cap. Sa barbe bouclée était verte et blanche de lichens et un des fourchons de son trident s'était brisé avant la naissance de Davos, mais il demeurait impressionnant, néanmoins. Le vieux Pied-de-Poisson, disaient les gens du cru. La place portait le nom d'un lord défunt, mais personne ne l'appelait jamais autrement que la cour Pied-de-Poisson.

Cet après-midi-là, il y avait foule dans la cour. Une commère lavait son petit linge dans la fontaine de Pied-de-Poisson et l'accrochait à sécher sur son trident. Sous les arches de la colonnade, des camelots, scribes et changeurs d'argent s'étaient installés pour travailler, en même temps qu'un sorcier de campagne, une herboriste et un très mauvais jongleur. Un homme vendait des pommes dans une brouette et une femme proposait des harengs avec des oignons hachés. Des poulets et des enfants traînaient dans les jambes de tout le monde. Les énormes portes de chêne et de fer du Vieil Hôtel des Monnaies avaient été fermées lors des passages précédents de Davos dans la cour Pied-de-Poisson ; aujourd'hui elles étaient ouvertes. À l'intérieur, il aperçut des centaines de femmes, d'enfants, de vieillards, entassés à même le sol sur des piles de fourrures. Certains avaient allumé de petits feux pour cuisiner.

Davos s'arrêta sous la colonnade et échangea un demi-sou contre une pomme. « Y a des gens qui vivent dans le Vieil Hôtel des Monnaies ? demanda-t-il au vendeur de pommes.

— Ceux qui-z-ont pas d'aut' endroit où vivre. Des pauv' gens v'nus par la Blanchedague, presque tous. Des de Corbois, aussi. Avec c'Bâtard d'Bolton qui court, y' veulent tous se r'trouver derrière les remparts. Chsais pas c' que Sa Seigneurie a l'intention d'faire, d'eux tous. Pour la plupart, y' sont arrivés rien qu'avec les affaires qu'y'-z-ont sur l'dos. »

Davos ressentit une pointe de culpabilité. *Ils sont venus se réfugier ici, dans une ville épargnée par les combats, et voici que je viens de nouveau les entraîner dans la guerre.* Il croqua la pomme et se sentit coupable pour cela aussi. « Comment font-ils, pour manger ? »

Le vendeur de pommes haussa les épaules. « Y en a qui mendient. D'aut' qui volent. Pas mal de jeunettes qui se mettent sur le marché, comme toujours les filles quand elles ont qu' ça à vendre. Les gars qu'ont plus de cinq pieds de haut peuvent s' trouver une place dans les casernes de Sa Seigneurie, du moment qu'y' savent tenir une lance. »

Ainsi donc, il recrute des hommes. Ce pouvait être une bonne chose... ou une mauvaise, ça dépendait. La pomme était sèche et farineuse, mais Davos se força à y mordre de nouveau. « Lord Wyman a l'intention de rejoindre le Bâtard ?

— Eh ben, la prochaine fois qu' Sa Seigneurie s' pointe par ici pour s' payer une pomme, je manquerai pas d'lui d'mander.

— J'ai entendu dire que sa fille allait épouser un Frey.

— Sa p'tite-fille. J'ai entendu dire ça, aussi, mais Sa Seigneurie a oublié de m'inviter aux noces. Dis, t'as l'intention d'le finir, ça ? Bon, alors, j'vais récupérer c' qui reste. 'Sont bons, les pépins. »

Davos lui renvoya le trognon. *Sale pomme, mais apprendre que Manderly recrute méritait bien un demi-sou.* Il contourna le vieux Pied-de-Poisson, dépassant une jeune fille qui vendait des tasses du lait frais de sa chèvre. La ville lui revenait mieux en mémoire, maintenant qu'il était sur place. Dans la direction qu'indiquait le trident du vieux Pied-de-Poisson se trouvait une ruelle où l'on vendait de la morue frite, croustillante et dorée à l'extérieur, blanche et friable à l'intérieur. Par là-bas se situait un bordel, plus propre que la moyenne, où un marin pouvait prendre du plaisir avec une femme sans craindre de se faire détrousser ou tuer. Dans l'autre sens, dans l'un de ces établissements qui s'accrochaient à la muraille de l'Antre du Loup comme berniques à une vieille coque, il y avait eu une brasserie où l'on fabriquait une bière noire si épaisse et goûteuse qu'une barrique rapporterait autant qu'un La Treille auré à Braavos et à Port-Ibben, à condition que les autochtones en laissent suffisamment au brasseur pour qu'il en exporte.

Mais c'était du vin qu'il cherchait – une piquette, sombre et misérable. Il traversa la cour d'un pas serein et descendit une volée de marches, jusqu'à une gargote de vins appelée *L'Anguille alanguie*, au-dessous d'un entrepôt rempli de toisons de moutons. Au temps où il pratiquait la contrebande, *L'Anguille* avait eu la réputation d'offrir les plus vieilles putains et le plus ignoble guignet de Blancport, en même temps que des tourtes farcies de lard et de nerfs, immangeables les jours fastes, et toxiques les mauvais. Face à une telle offre, les autochtones avaient déserté l'établissement, l'abandonnant aux matelots, qui n'y connaissaient rien. Jamais on ne voyait de garde municipal à *L'Anguille alanguie*, ni d'agent des douanes.

Il est des choses qui ne changent pas. À l'intérieur de *L'Anguille*, le temps restait suspendu. La suie noircissait le plafond voûté, le sol était de terre battue, l'air puait la fumée, la viande gâtée et le vieux vomi. Sur les tables, de grosses chandelles de suif dégorgeaient plus de fumée que de lumière, et la vinasse que commanda Davos semblait brune plus que rouge dans la pénombre. Quatre catins buvaient, assises près de la porte. L'une d'elles lui adressa un sourire engageant, quand il entra. Lorsque Davos secoua la tête, la femme dit quelques mots qui firent glousser ses camarades. Cela fait, plus aucune ne lui accorda d'attention.

Les putains et le propriétaire mis à part, Davos avait *L'Anguille* pour lui tout seul. La cave était vaste, pleine de recoins et d'alcôves enténébrées où l'on pouvait s'isoler. Il porta son vin jusqu'à l'une d'elles et s'assit, le dos contre un mur, pour attendre.

Avant longtemps, il se retrouva en train de fixer l'âtre. La femme rouge voyait l'avenir dans le feu, mais tout ce que Davos y percevait jamais, c'étaient les ombres du passé : les vaisseaux embrasés, la chaîne ardente, les ombres vertes filant sur le ventre des nuages, le tout dominé par le Donjon Rouge. Davos était un homme simple, distingué par le hasard, la guerre et Stannis. Il ne comprenait pas pourquoi les dieux pouvaient prendre des jeunes hommes aussi jeunes et forts que ses fils, et épargner leur père las. Certaines nuits, il se disait qu'il était resté pour sauver Edric Storm... Mais désormais le bâtard du roi Robert devait être en sécurité sur les Degrés de Pierre, et Davos était toujours là. *Les dieux m'ont-ils réservé une autre tâche ?* se demanda-t-il. *En ce cas, Blancport pourrait en faire partie.* Il goûta le vin, puis versa la moitié de sa coupe sur le sol à côté de son pied.

Tandis que le crépuscule tombait au-dehors, les bancs de *L'Anguille* commencèrent à se remplir de matelots. Davos héla le propriétaire pour réclamer une autre coupe. Quand celui-ci l'apporta, il tenait aussi une chandelle. « Vous voulez manger ? demanda-t-il. On a des tourtes à la viande.

— C'est quoi, comme viande, dedans ?

— Comme d'habitude. Elle est bonne. »

Les putains s'esclaffèrent. « Elle est toute grise, il veut dire.

— Mais ferme ta gueule. T'en bouffes, toi.

— Je bouffe tout un tas de merdes. Ça veut pas dire que ça m' plaît. »

Davos souffla sa chandelle dès que le tenancier s'en fut, et il se rassit dans l'ombre. Les marins étaient les pires colporteurs de ragots du monde dès que le vin coulait, même une piquette si infâme. Il lui suffisait de tendre l'oreille.

L'essentiel de ce qu'il grappilla, il l'avait déjà entendu à Sortonne, par lord Godric ou des piliers du *Ventre de la Baleine.*

Tywin Lannister était mort, massacré par son nain de fils ; son cadavre avait empesté si fort que personne n'avait pu entrer dans le Grand Septuaire de Baelor pendant plusieurs jours, par la suite ; la Dame des Eyrié avait été assassinée par un chanteur ; Littlefinger régnait désormais sur le Val, mais Yohn Royce le Bronzé avait juré sa perte ; Balon Greyjoy était mort également, et ses frères se disputaient le Trône de Grès ; Sandor Clegane, devenu hors-la-loi, pillait et tuait dans les territoires riverains du Trident ; Myr, Lys et Tyrosh étaient engagées dans une nouvelle guerre ; une révolte des esclaves faisait rage dans l'Est.

D'autres nouvelles avaient plus d'intérêt. Robett Glover se trouvait en ville et avait essayé d'enrôler des hommes, sans grand succès. Lord Manderly avait fait la sourde oreille à ses demandes. Blancport était las de la guerre, aurait-il répondu. C'était une mauvaise nouvelle. Les Ryswell et les Dustin avaient surpris les Fer-nés sur la Fièvre et incendié leurs boutres. C'était pire. Et à présent le Bâtard de Bolton chevauchait vers le Sud en compagnie d'Hother Omble pour les rejoindre en vue d'un assaut sur Moat Cailin. « Pestagaupes en personne », clama un homme du fleuve qui venait d'apporter une cargaison de peaux et de bois en suivant la Blanchedague, « avec trois cents lanciers et une centaine d'archers. Quelques hommes de Corbois se sont joints à eux, et des Cerwyn aussi. » Cela, c'était le pire.

« Lord Wyman a intérêt à envoyer quelques hommes au combat, s'il a deux sous de cervelle, commenta le vieux en bout de table. Lord Roose, c'est l'gouverneur, à présent. Blancport est tenu sur l'honneur de répondre à ses requêtes.

— Qu'est-ce qu'un Bolton peut connaître de l'honneur ? riposta le tenancier de *L'Anguille* tout en versant de nouveau du vin brun dans leurs coupes.

— Il ira nulle part, lord Wyman. Il est trop gras du bide.

— J'ai entendu dire qu'il va pas bien. Il dort, il chiale, c'est tout ce qu'il fait, à ce qu'on raconte. Il est trop mal pour se lever du lit, la plupart du temps.

— Trop *gras*, tu veux dire.

— Gras, mince, ça a rien à voir là-dedans, objecta le tenancier. Les lions retiennent son fils. »

Personne ne parlait du roi Stannis. Personne ne semblait même savoir que Sa Grâce était partie dans le Nord aider à défendre le Mur. Sauvageons, spectres et géants occupaient toutes les conversations à Fort-Levant, mais ici, personne ne semblait seulement y penser.

Davos se pencha dans la clarté du feu. « Je croyais que les Frey avaient tué son fils. C'est ce qu'on a entendu raconter à Sortonne.

— Ils ont tué ser Wendel, répondit le propriétaire. Ses os reposent dans le Septuaire des Neiges, tout entourés de cierges, si vous voulez y jeter un coup d'œil. Ser Wylis, lui, il est toujours captif. »

De pire en pire. Il savait que lord Wyman avait deux fils, mais il les croyait morts tous les deux. *Si le Trône de Fer détient un otage...* Davos avait eu sept fils lui-même, et en avait perdu quatre sur la Néra. Il savait qu'il ferait tout ce que les dieux ou les hommes lui demandaient pour protéger les trois autres. Steffon et Stannis étaient à des milliers de lieues des combats et à l'abri du danger, mais Devan se trouvait à Châteaunoir, comme écuyer du roi. *Le roi dont la cause, pour ses futurs heurs et malheurs, pourrait dépendre de Blancport.*

Ses camarades buveurs discutaient de dragons, à présent. « T'es complètement cinglé, jeta un barreur de la *Cavalière des Tornades*. Le Roi Gueux est mort depuis des années. Un seigneur du ch'val dothraki lui a tranché la tête.

— C'est c' qu'on raconte, répliqua le vieil homme. Peut-être qu' c'est des mensonges, cela dit. Il est mort à une moitié de monde d'ici, s'il est vraiment mort. Qui peut le dire ? Si un roi voulait ma mort, il s' pourrait que j' l'oblige en jouant les cadavres. Aucun d'entre nous a jamais vu l'corps.

— J'ai jamais vu l'corps de Joffrey, non plus, ni çui de Robert, bougonna le tenancier de *L'Anguille*. Sont peut-être encore en vie, aussi. Et si Baelor le Bienheureux avait juste piqué une p'tite sieste depuis tant d'années ? »

Le vieil homme fit la grimace. « Le prince Viserys était pas le seul dragon, si ? On est sûr qu'y' z' ont tué le fils du prince Rhaegar ? C'était un nourrisson.

— Y avait pas une princesse, aussi ? » demanda une putain, celle qui avait raconté que la viande était grise.

« Deux, répondit le vieux. La fille de Rhaegar, et pis l'autre, sa sœur.

— Daena, précisa l'homme du fleuve. C'était la sœur, ça. Daena de Peyredragon. Ou Daera, non ?

— Daena, c'était la femme du roi Baelor, corrigea le rameur. J'ai tiré l'aviron sur un navire qui portait son nom, une fois. La *Princesse Daena*.

— Si elle était l'épouse d'un roi, ça d'vrait être une reine.

— Baelor a jamais eu de reine. Il était sacré.

— Ça veut pas dire qu'il a pas épousé sa sœur, contra la putain. C'est juste qu'il a jamais couché avec elle, voilà tout. Quand on l'a fait roi, il l'a enfermée dans une tour. Ses autres sœurs aussi. Y en avait trois.

— Daenela, intervint bruyamment le tenancier. C'est ça, son nom. La fille du Roi Fou, j' veux dire, pas c'te foutre de femme de Baelor.

— *Daenerys*, dit Davos. On lui a donné le nom de Daenerys, qui avait épousé le prince de Dorne durant le règne de Daeron II. Je me demande ce qu'elle est devenue.

— Moi, je sais », affirma l'homme qui avait lancé toute la discussion sur les dragons, un rameur braavien vêtu d'une jaque de laine sombre. « Quand on a fait escale à Pentos, on s'est amarrés près d'un navire marchand, l'*Aguicheuse*, et j' me suis retrouvé à boire avec l'second de son capitaine. Y' m'a raconté une drôle d'histoire, une simple gamine qu'était montée à bord à Qarth, pour tenter d'acheter un passage pour rentrer en Westeros, elle et trois dragons. Des cheveux d'argent, qu'elle avait, et les yeux mauves. "J'l'ai conduite moi-même au capitaine, m'a juré l'second, mais il a carrément r'fusé. Y a plus de profit à faire avec des clous de girofle et du safran, qu'y' m'a dit, et les épices, ça risque pas d'te bouter l'feu aux voiles." »

Les rires coururent toute la cave. Davos ne s'y joignit pas. Il connaissait le sort de l'*Aguicheuse*. Les dieux étaient cruels : laisser un homme sillonner la moitié du monde, puis l'envoyer après un fanal trompeur, alors qu'il était pratiquement rentré chez lui. *Ce capitaine était un homme plus hardi que moi*, songea-t-il en prenant le chemin de la porte. Un voyage en Orient, et l'on pouvait vivre riche comme un lord jusqu'à la fin de ses jours. Quand il avait été plus jeune, Davos avait lui-même rêvé d'accomplir de tels périples, mais les années s'étaient mises à danser comme les papillons de nuit autour d'une flamme et, sans qu'il sache comment, l'heure n'avait jamais paru vraiment propice. *Un jour*, se dit-il. *Un jour quand la guerre sera finie et que le roi Stannis siégera sur le Trône de Fer et n'aura plus besoin de chevaliers oignons. Je prendrai Devan avec moi. Et Steff et Stanny aussi, s'ils sont assez grands. Nous verrons ces dragons et toutes les merveilles du monde.*

Dehors, le vent montait, faisant frémir les flammes des lampes à huile qui éclairaient la cour. Il faisait plus froid depuis que le soleil s'était couché, mais Davos se souvint de Fort-Levant, et du vent qui arrivait du Mur en hurlant, la nuit, transperçant comme une lame les plus chauds manteaux pour glacer dans leurs veines le sang des hommes. Blancport était un bain chaud, en comparaison.

Il existait d'autres établissements où il pouvait aller se remplir les oreilles : une auberge, réputée pour ses tourtes aux lamproies, la brasserie où buvaient les facteurs de laine et les agents de douane, une salle de spectacle où l'on pouvait se livrer à des distractions délurées pour quelques sous. Mais Davos estimait en avoir entendu assez. *J'arrive trop tard.* Un vieil instinct lui fit tendre la main vers sa poitrine, à l'endroit où il conservait autrefois les os de ses doigts dans une petite bourse attachée à une lanière en cuir. Il n'y avait plus rien. Il avait égaré son porte-bonheur dans les brasiers de la Néra, en perdant son navire et ses fils.

Que faire, à présent ? Il serra son manteau contre lui. *Gravir la colline et frapper aux portes du Châteauneuf, et présenter une requête futile ? Revenir à Sortonne ? Rentrer auprès de Marya et de mes fils ? M'acheter un cheval et suivre la route Royale, pour apprendre à Stannis qu'il n'a point d'amis à Blancport, et plus d'espoir ?*

La reine Selyse avait donné un banquet pour Sla et ses capitaines, le soir avant que la flotte prenne la mer. Cotter Pyke s'était joint à eux, et quatre autres officiers de haut rang de la Garde de Nuit. On avait permis aussi à la princesse Shôren de participer. Tandis qu'on servait le saumon, ser Axell Florent avait régalé la table de l'histoire d'un princelet targaryen qui avait un singe pour animal de compagnie. Ledit prince aimait à revêtir la créature des tenues de son défunt fils et à le traiter en enfant, assurait ser Axell et, de temps en temps, il présentait en son nom des demandes en mariage. Les lords honorés de la sorte déclinaient toujours l'offre avec courtoisie, mais ils la déclinaient, bien entendu. « Même drapé dans la soie et le velours, un singe reste un singe, avait conclu ser Axell. Un prince plus sage aurait su qu'on n'envoie pas un singe accomplir l'ouvrage d'un homme. » Les gens de la reine s'étaient esclaffés, et plusieurs avaient souri à Davos. *Je ne suis pas un singe*, avait-il pensé. *Je suis lord tout autant que vous, et meilleur homme.* Mais le souvenir demeurait cuisant.

La porte des Otaries était fermée. Impossible pour Davos de regagner la *Gaie Ventrière* avant l'aube. Il était bloqué ici pour la nuit. Il leva les yeux vers le vieux Pied-de-Poisson, avec son trident brisé. *J'ai traversé la pluie, les naufrages et les tempêtes. Je ne rentrerai pas sans accomplir ce que je suis venu faire, aussi désespérée que la tâche puisse paraître.* Même s'il avait perdu ses doigts et sa chance, il n'était pas un singe en velours. Il était une Main de Roi.

L'Escalier du Château était une rue avec des marches, une large voie en pierre blanche qui menait de l'Antre du Loup le long de la mer jusqu'au Châteauneuf sur la colline. Des sirènes en marbre éclairaient le chemin tandis que montait Davos, des vasques d'huile de baleine enflammée posées dans leurs bras. Lorsqu'il parvint au sommet, il se retourna pour regarder derrière lui. D'ici, il voyait les rades. L'une et l'autre. Derrière le mur de la jetée, la rade intérieure était encombrée de galères de guerre. Davos en compta vingt-trois. Tout gras qu'il fût, lord Wyman n'était apparemment pas un homme oisif.

On avait fermé les portes du Châteauneuf, mais une poterne s'ouvrit quand il héla, et un garde en émergea pour s'enquérir de sa démarche. Davos lui présenta le ruban noir et or qui portait les sceaux royaux. « J'ai besoin de voir lord Manderly sur-le-champ, déclara-t-il. Mon affaire le concerne, et lui seul. »

DAENERYS

Les danseurs palpitèrent, leurs corps sveltes et rasés couverts d'un fin lustre d'huile. Des torches ardentes virevoltaient de main en main au rythme des tambours et aux trilles d'une flûte. Chaque fois que deux torches se croisaient en l'air, une fille nue bondissait entre elles, en pirouettant. La lumière des torches jouait sur les membres, les torses et les fesses huilés.

Les trois hommes étaient en érection. Leur excitation était excitante en soi, bien que Daenerys Targaryen la trouvât également comique. Les hommes avaient tous la même taille, de longues jambes et des ventres plats, chaque muscle dessiné aussi précisément que s'il avait été taillé dans la pierre. Jusqu'à leurs visages qui paraissaient analogues, en quelque sorte... Chose fort étrange, car l'un avait la peau aussi noire que l'ébène et le second, une pâleur de lait, tandis que le troisième rutilait comme du cuivre poli.

Ont-ils pour objectif d'enflammer mes sens ? Daenerys changea de position sur ses coussins de soie. Contre les colonnes, ses Immaculés se tenaient comme des statues sous leurs casques à pointe, leurs visages lisses impassibles. À la différence des hommes complets. Reznak mo Reznak demeurait bouche bée, et ses lèvres humides brillaient tandis qu'il lorgnait. Hizdahr zo Loraq glissait quelques mots à son voisin de table, sans pourtant lâcher les danseuses des yeux. Le visage laid et suiffeux du Crâne-ras affichait sa sévérité coutumière, mais il n'en perdait pas une miette.

Il était plus difficile de deviner si son invité d'honneur rêvait. L'homme pâle et mince au profil de rapace qui partageait le haut bout de la table resplendissait dans ses robes en soie bordeaux et tissu d'or, son crâne chauve luisant à la clarté des torches tandis qu'il dévorait une figue à petits coups de dents précis et élégants. Des opales clignotaient au long du nez de Xaro Xhoan Daxos tandis qu'il bougeait la tête pour suivre les danseurs.

En son honneur, Daenerys avait revêtu une robe qarthienne, une confection transparente en samit violet coupé de façon à laisser à nu le sein gauche. Ses cheveux d'or argenté passaient avec légèreté par-dessus ses épaules pour tomber presque à la pointe du sein. La moitié des hommes dans la salle de banquet lui avaient jeté des coups d'œil furtifs, mais pas Xaro. *Il en allait de même à Qarth.* Elle ne pourrait pas s'attirer de cette façon les bonnes grâces du prince marchand. *Je le dois, pourtant.* Il était arrivé de Qarth sur la galéasse *Nuée de soie*, avec treize galères voguant de conserve, une flotte qui exauçait les prières de Daenerys. À Meereen, le commerce avait diminué jusqu'à s'éteindre depuis qu'elle avait mis un terme à l'esclavage, mais Xaro avait le pouvoir de le relancer.

Tandis que les tambours battaient crescendo, trois des filles bondirent au-dessus des flammes, tournoyant dans les airs. Les danseurs les attrapèrent par la taille pour les faire glisser sur leur membre. Daenerys vit les femmes cambrer le dos et nouer leurs jambes autour de leurs partenaires alors que les flûtes pleuraient et que les hommes donnaient des coups de reins au rythme de la musique. Elle avait déjà assisté à l'acte d'amour ; les Dothrakis s'accouplaient de façon aussi ouverte que leurs juments et leurs étalons. C'était la première fois qu'elle voyait le désir mis en musique, toutefois.

Elle avait le visage échauffé. *Le vin*, se dit-elle. Cependant, sans savoir pourquoi, elle se surprit à penser à Daario Naharis. Son messager était arrivé ce matin. Les Corbeaux Tornade rentraient de Lhazar. Son capitaine galopait de nouveau vers elle, lui apportant l'amitié des Agnelets. *De la nourriture et du commerce*, se remémora-t-elle. *Il ne m'a pas failli, il ne me faillira pas. Daario m'aidera à sauver ma cité.* La reine aspirait à voir son visage, à caresser sa barbe trifide, à lui raconter ses soucis… Mais les Corbeaux Tornade se trouvaient encore à plusieurs jours de distance, de l'autre côté du col du Khyzai, et elle avait un royaume à gouverner.

Un voile de fumée flottait en suspens entre les colonnes pourpres. Les danseurs s'agenouillèrent, la tête inclinée. « Vous avez été splendides, leur dit Daenerys. J'ai rarement vu tant de grâce, tant de beauté. » Elle fit signe à Reznak mo Reznak, et le sénéchal se hâta auprès d'elle. Des perles de sueur ponctuaient son crâne chauve et ridé. « Escorte nos invités aux bains, qu'ils puissent se rafraîchir, et qu'on leur apporte à manger et à boire.

— Ce sera pour moi un grand honneur, Votre Magnificence ! »

Daenerys tendit sa coupe pour qu'Irri la remplisse. C'était un vin fort et sucré, fleurant les épices d'Orient, bien supérieur aux piètres crus ghiscaris qui avaient rempli sa coupe, ces derniers temps. Xaro examina les fruits sur le plateau que lui présentait Jhiqui et opta pour un kaki. Sa peau orange s'accordait à la nuance du corail serti dans son nez. Il mordit dans le fruit et plissa les lèvres. « Acide.

— Souhaiteriez-vous quelque chose de plus sucré, messire ?

— Le sucré écœure. La verdeur des fruits et des femmes confère à la vie sa saveur. » Xaro mordit de nouveau, mastiqua, déglutit. « Daenerys, douce reine, je ne saurais vous dire le plaisir que je prends à jouir à nouveau de votre présence. C'est une enfant qui a quitté Qarth, aussi désemparée qu'elle était délicieuse. Je craignais qu'elle ne voguât à sa perte, et voici que je la retrouve ici sur un trône, maîtresse d'une cité ancienne, entourée par un ost puissant qu'elle a conjuré par ses rêves. »

Non, rectifia-t-elle à part elle, *par sang et le feu.* « Je me réjouis que vous soyez venu à moi. J'ai plaisir à revoir votre visage, mon ami. » *Je ne placerai aucune confiance en toi, mais j'ai besoin de toi. Besoin de tes Treize, de tes vaisseaux, de ton commerce.*

Des siècles durant, Meereen et ses cités sœurs, Yunkaï et Astapor, avaient constitué les pivots du trafic d'esclaves, les lieux où les *khals* dothrakis et les corsaires des îles du Basilic vendaient leurs captifs et où le reste du monde venait acheter. Sans esclaves, Meereen n'avait guère à offrir aux marchands. Si le cuivre abondait dans les collines ghiscaries, ce métal n'était plus aussi recherché qu'il avait pu l'être lorsque le bronze dominait le monde. Les grands cèdres qui avaient autrefois hérissé toute la côte avaient disparu, abattus par les haches de l'Ancien Empire ou consumés par le feu des dragons quand Ghis avait guerroyé contre Valyria. Une fois les arbres partis, la terre avait cuit sous la chaleur du soleil et s'était envolée en épais nuages rouges. « Ce sont ces calamités qui ont changé mon peuple en esclavagistes », lui avait expliqué Galazza Galare, dans le

Temple des Grâces. *Et je suis la calamité qui changera de nouveau ces esclavagistes en gens ordinaires,* s'était juré Daenerys.

« Je me devais de venir, confia Xaro sur un ton languissant. Même dans la lointaine Qarth, de terrifiants récits ont atteint mes oreilles. J'ai pleuré de les entendre. Il se raconte que vos ennemis ont promis la fortune, la gloire et cent esclaves vierges à l'homme qui vous tuera, quel qu'il soit.

— Les Fils de la Harpie. » *Comment l'a-t-il appris ?* « Ils barbouillent les murs la nuit et tranchent la gorge d'honnêtes affranchis pendant leur sommeil. Quand le soleil se lève, ils se terrent comme des cafards. Ils craignent mes Bêtes d'airain. » Skahaz mo Kandaq lui avait fourni le nouveau guet qu'elle avait exigé, composé à parts égales d'affranchis et de crânes-ras meereeniens. Jour et nuit, ils arpentaient les rues, affublés de cagoules sombres et de masques de bronze. Les Fils de la Harpie avaient promis un trépas atroce à tous les traîtres qui oseraient servir la reine dragon, ainsi qu'à leurs parents et amis ; si bien que les hommes du Crâne-ras sortaient sous l'apparence de chacals, de hiboux et d'autres animaux, pour cacher leur vrai visage. « Je pourrais avoir motif de redouter les Fils s'ils me voyaient parcourir les rues seule, mais seulement s'il faisait nuit et que j'étais nue et sans arme. Ce sont des êtres lâches.

— Un couteau de lâche tue une reine aussi aisément que celui d'un héros. Je dormirais d'un sommeil plus profond en sachant que le délice de mon cœur a conservé ses féroces seigneurs du cheval à proximité immédiate d'elle. À Qarth, vous aviez trois Sang-coureurs qui ne quittaient jamais vos côtés. Où s'en sont-ils donc allés ?

— Aggo, Jhoqo et Rakharo continuent à me servir. » *Il joue avec moi.* Daenerys pouvait jouer, elle aussi. « Je ne suis qu'une jeune femme, et je m'y connais mal en ces sujets, mais des hommes plus âgés et plus sages m'affirment que pour tenir Meereen je dois contrôler l'arrière-pays, tout le territoire à l'ouest de Lhazar, et au sud jusqu'aux collines yunkaïies.

— Je me moque de votre arrière-pays comme d'une guigne. Pas de votre personne. S'il devait vous arriver le moindre mal, ce monde perdrait toute saveur.

— Vous êtes bien bon de vous inquiéter autant, messire, mais je suis bien protégée. » Daenerys indiqua d'un geste l'endroit où se tenait Barristan Selmy, une main posée sur la poignée de son épée. « On l'appelle Barristan le Hardi. À deux reprises, il m'a sauvée d'assassins. »

Xaro jeta à Selmy un coup d'œil de principe. « Barristan le Blanchi, disiez-vous ? Votre chevalier ours était plus jeune et il était dévoué à votre personne.

— Je ne souhaite pas discuter de Jorah Mormont.

— Certes. Le personnage était un rustre hirsute. » Le prince marchand se pencha au-dessus de la table. « Parlons plutôt d'amour, de rêves, de désirs et de Daenerys, la plus belle femme de ce monde. Votre vision m'enivre. »

Les courtisaneries excessives de Qarth n'étaient pas étrangères à Daenerys. « Si vous êtes ivre, c'est le vin qu'il en faut blâmer.

— Aucun vin n'est à moitié aussi grisant que votre beauté. Ma demeure paraît aussi vide qu'une tombe depuis que Daenerys l'a quittée, et tous les plaisirs de la Reine des Cités n'ont été que cendres dans ma bouche. Pourquoi m'avez-vous abandonné ? »

Traquée, je devais quitter ta cité parce que je craignais pour ma vie. « L'heure était venue. Qarth désirait mon départ.

— Qui donc ? Les Impollus ? Ils n'ont que de l'eau dans les veines. Les Épiciers ? Ils ont du lait caillé entre les oreilles. Et les Nonmourants sont tous morts. Vous auriez dû me prendre comme époux. Je suis presque certain d'avoir demandé votre main. De vous avoir suppliée, même.

— À peine une cinquantaine de fois, le taquina Daenerys. Vous avez trop aisément capitulé, messire. Car je *dois* me marier, tous s'accordent sur ce point.

— Une *Khaleesi* se doit d'avoir un *khal*, déclara Irri en remplissant encore une fois la coupe de la reine. C'est connu.

— Dois-je présenter une nouvelle demande ? s'interrogea Xaro. Non, je connais ce sourire. Cruelle est la reine qui joue aux dés avec le cœur des hommes. D'humbles marchands tels que moi ne sont que cailloux sous vos sandales serties de joyaux. » Une unique larme coula lentement le long de sa pâle joue blanche.

Daenerys le connaissait trop bien pour s'en émouvoir. Les hommes de Qarth savaient pleurer à volonté. « Oh, cessez donc. » Elle prit une cerise dans le bol sur la table et la lui jeta sur le nez. « Je suis peut-être une jeune femme, mais point si sotte pour épouser un homme qui trouve à un plateau de fruits plus d'attraits qu'à mon sein. J'ai bien vu lesquels des danseurs vous regardiez. »

Xaro essuya sa larme. « Ceux-là mêmes que suivait Votre Grâce, je pense. Vous voyez, nous sommes semblables. Si vous ne voulez pas de moi pour époux, je me contenterai d'être votre esclave.

— Je ne veux pas d'un esclave. Je vous affranchis. » Le nez incrusté de pierres précieuses de Xaro offrait une cible tentante. Cette fois-ci, Daenerys lui jeta un abricot.

Xaro l'attrapa au vol et mordit dedans. « D'où vous est venue cette folie ? Devrais-je m'estimer heureux que vous n'ayez pas libéré mes propres esclaves lorsque vous étiez mon invitée à Qarth ? »

J'étais une reine mendiante et tu étais Xaro des Treize, se dit Daenerys, *et tu ne voulais de moi qu'une chose, mes dragons.* « Vos esclaves semblaient bien traités et satisfaits. Ce n'est qu'à Astapor que mes yeux se sont ouverts. Savez-vous comment l'on crée et l'on forme les Immaculés ?

— De façon cruelle, je n'en doute point. Lorsqu'un forgeron façonne une épée, il plante la lame dans le feu, la frappe à coups de marteau et la plonge ensuite dans de l'eau glacée pour en tremper l'acier. Si vous voulez savourer le goût sucré du fruit, il faut arroser l'arbre.

— L'arbre en question a été arrosé avec du sang.

— Comment faire pousser un soldat, sinon ? Votre Lumière a apprécié mes danseurs. Seriez-vous surprise d'apprendre que ce sont des esclaves, formés et entraînés à Yunkaï ? Ils dansent depuis qu'ils sont en âge de marcher. Comment, sinon, atteindre tant de *perfection* ? » Il but une gorgée de vin. « Ils excellent également dans tous les arts érotiques. J'avais songé en faire don à Votre Grâce.

— Mais faites ! » Daenerys n'était nullement surprise. « Je les affranchirai. »

Il ne put retenir une grimace. « Et que feraient-ils de la liberté ? Autant donner à un poisson une cotte de mailles. Ils sont faits pour danser.

— Faits par qui ? Leurs maîtres ? Peut-être vos danseurs préféreraient-ils construire des maisons, cuire le pain, s'occuper d'une ferme. Le leur avez-vous demandé ?

— Peut-être vos éléphants souhaiteraient-ils être des rossignols. Au lieu de doux chants, les nuits de Meereen retentiraient d'un tonnerre de barrissements, et vos arbres se fracasseraient sous le poids de grands volatiles gris. » Xaro poussa un soupir. « Daenerys, délice, sous cette douce jeune poitrine bat un cœur tendre… Mais croyez-en le conseil d'une tête plus grise et plus sage. Les apparences sont parfois trompeuses. Bien des situations qui semblent mauvaises ont du bon. Considérez en exemple la pluie.

— La pluie ? » *Me prend-il pour une sotte, ou simplement pour une enfant ?*

— Nous maudissons la pluie quand elle nous tombe sur la tête et pourtant, sans elle, nous mourrions de faim. Le monde a *besoin* de pluie... et d'esclaves. Vous grimacez, mais c'est la vérité. Prenez Qarth. Dans les arts, la musique, la magie, le commerce, tout ce qui nous permet de surpasser l'animal, Qarth trône au-dessus du reste de l'humanité, comme vous trônez au sommet de cette pyramide... Mais à la base, plutôt que sur des briques, la magnificence qu'est la Reine des Cités repose sur des dos d'*esclaves*. Demandez-vous, si tous les hommes doivent gratter le sol pour se nourrir, comment il pourra y en avoir un qui lèvera les yeux et contemplera les étoiles ? Si chacun de nous doit se rompre l'échine à construire un galetas, qui élèvera des temples afin de glorifier les dieux ? Pour que certains atteignent à la grandeur, d'autres doivent connaître l'esclavage. »

Il était trop éloquent pour elle. Daenerys n'avait rien à lui opposer en réponse, sinon un sentiment brut au creux de son ventre. « L'esclavage ne se compare pas à la pluie, insista-t-elle. J'ai subi la pluie et j'ai été vendue. Ce n'est *pas* la même chose. Nul homme ne souhaite être un bien. »

Xaro haussa les épaules avec langueur. « Il se trouve que, quand j'ai posé le pied sur la rive de votre douce cité, mon regard est par hasard tombé, au bord du fleuve, sur un homme qui avait jadis été un invité dans ma demeure, un marchand qui faisait commerce d'épices rares et de vins de choix. Il allait torse nu, avec sa peau rouge qui pelait, et, de toute évidence, il creusait un trou.

— Pas un trou. Un fossé, pour amener l'eau du fleuve jusqu'aux champs. Nous avons l'intention de planter des haricots. Les champs de haricots ont besoin d'eau.

— Que mon vieil ami est aimable d'aider au terrassement. Et comme cela lui ressemble peu. Se pourrait-il qu'on ne lui ait pas donné le choix sur ce point ? Non, assurément pas. Vous n'avez pas d'esclaves, à Meereen. »

Daenerys rougit. « On paie votre ami en nourriture et en gîte. Je ne peux lui rendre sa fortune. Meereen a besoin de haricots plus que d'épices rares, et les haricots exigent de l'eau.

— Mettriez-vous mes danseurs à creuser des fossés, eux aussi ? Douce reine, dès qu'il m'a vu, mon vieil ami est tombé à genoux et m'a supplié de l'acheter comme esclave et de le ramener à Qarth. »

Elle eut l'impression qu'il venait de la gifler. « Eh bien, achetez-le donc.

— Ne vous déplaise. Je sais que cela ne lui déplaira pas, à lui. » Il posa la main sur le bras de Daenerys. « Il est de ces vérités que seul un ami peut vous dire. Je vous ai aidée quand vous êtes arrivée, mendiante, à Qarth, et j'ai franchi de longues lieues et des mers démontées pour vous assister à nouveau. Y a-t-il un endroit où nous pourrions discuter en toute franchise ? »

Daenerys sentait la chaleur de ses doigts. *À Qarth aussi, il était chaleureux*, se remémora-t-elle, *jusqu'au jour où je ne lui ai plus été d'aucune utilité*. Elle se remit debout. « Venez », l'invitat-elle, et Xaro la suivit entre les colonnes, jusqu'aux larges degrés de marbre qui conduisaient à ses appartements privés, au sommet de la pyramide.

« Ô la plus belle des femmes, susurra Xaro tandis qu'ils entamaient l'ascension, j'entends des pas derrière nous. On nous suit.

— Mon vieux chevalier ne vous effraie pas, certainement ? Ser Barristan a juré de garder tous mes secrets. »

Elle le mena sur la terrasse qui dominait la cité. Une pleine lune flottait dans le ciel noir au-dessus de Meereen. « Marchons, voulez-vous ? » Daenerys glissa son bras sous le sien. L'air était lourd du parfum des floraisons nocturnes. « Vous parliez d'aide. Commercez avec moi, en ce cas. Meereen a du sel à vendre, et du vin…

— Du vin ghiscari ? » Xaro fit la grimace. « La mer fournit tout le sel dont Qarth a besoin, mais je prendrai volontiers la totalité des olives que vous voudrez bien me vendre. De l'huile d'olive, également.

— Je n'en ai pas à proposer. Les esclavagistes ont incendié les arbres. » Depuis des siècles, on cultivait des oliviers sur les bords de la baie des Serfs, mais les Meereeniens avaient bouté le feu à leurs oliveraies quand l'ost de Daenerys avait avancé sur eux, lui laissant traverser des terres brûlées. « Nous replantons, mais il faut sept ans avant qu'un olivier commence à donner des fruits, et trente avant qu'on puisse véritablement le considérer comme productif. Et le cuivre ?

— Un joli métal, mais capricieux comme une femme. L'or, en revanche... L'or est *sincère*. Qarth vous fournira volontiers de l'or... contre des esclaves.

— Meereen est une cité libre habitée par des hommes libres.

— Une cité pauvre qui jadis fut riche. Une cité affamée qui jadis fut grasse. Une cité sanglante qui jadis fut paisible. »

Ses accusations portaient. Elles contenaient trop de vérité. « Meereen redeviendra riche, grasse et paisible, et libre au surplus. Allez voir les Dothrakis, si vous tenez à vos esclaves.

— Les Dothrakis créent les esclaves, mais les Ghiscaris les dressent. Et pour atteindre Qarth, par nécessité, les seigneurs du cheval doivent faire franchir le désert rouge à leurs captifs. Ils mourraient par centaines, voire par milliers... Et bien des chevaux, également, raison pour laquelle aucun *khal* ne s'y risquera. Et il y a un détail supplémentaire : Qarth ne veut pas voir des *khalasars* grouiller autour de nos remparts. La puanteur de tous ces chevaux... Ceci dit sans vouloir vous offenser, *Khaleesi*.

— Le cheval a une odeur franche. C'est plus que je ne peux en dire de certains grands lords et princes marchands. »

Xaro ne prêta aucune attention à la pique. « Daenerys, permettez-moi d'être honnête avec vous, comme il convient à un ami. Vous ne rendrez pas Meereen riche, grasse et paisible. Vous ne lui apporterez que la destruction, comme vous l'avez fait à Astapor. Vous avez conscience qu'une bataille s'est déroulée aux Cornes d'Hazzat ? Le Roi Boucher a fui et regagné son palais, ses nouveaux Immaculés courant à ses basques.

— La chose est connue. » Brun Ben Prünh avait dépêché un rapport sur les combats depuis le champ de bataille. « Les Yunkaïis se sont attaché de nouvelles épées-louées, et deux légions de la Nouvelle-Ghis ont combattu à leurs côtés.

— Deux deviennent bientôt quatre, puis dix. Et des émissaires yunkaïis ont été expédiés à Myr et à Volantis pour engager d'autres épées. La Compagnie du Chat, les Longues Lances, les Erre-au-Vent. Certains racontent que Leurs Bontés ont également acheté la Compagnie Dorée. »

Son frère Viserys avait un jour donné un banquet pour les capitaines de la Compagnie Dorée, dans l'espoir qu'ils soutiendraient sa cause. *Ils ont mangé ses plats, écouté ses suppliques et lui ont ri au nez.* Daenerys n'était alors qu'une petite fille, mais elle se souvenait. « J'ai moi aussi des épées-louées.

— Deux compagnies. Les Yunkaïis en enverront vingt contre vous, s'il le faut. Et quand elles se mettront en marche, elles ne partiront pas seules. Tolos et Mantarys ont accepté de conclure une alliance. »

Funestes nouvelles, si elles étaient vraies. Daenerys avait envoyé des missions à Tolos et à Mantarys, dans l'espoir de trouver de nouveaux amis à l'ouest pour compenser l'inimitié de Yunkaï au sud. Ses émissaires n'étaient pas revenus. « Meereen a conclu une alliance avec Lhazar. »

Cela le fit simplement glousser. « Les seigneurs du cheval dothrakis appellent les Lhazaréens les *Agnelets*. Quand vous les tondez, ils se bornent à bêler. Ce n'est pas un peuple martial. »

Même un ami bêlant vaut mieux qu'aucun. « Leurs Bontés devraient suivre leur exemple. J'ai déjà épargné Yunkaï, mais je ne commettrai pas cette erreur deux fois. S'ils devaient oser m'attaquer, je raserais entièrement la Cité Jaune. »

— Et tandis que vous rasez Yunkaï, ma douceur, Meereen se soulèvera dans votre dos. Ne fermez pas les yeux sur vos périls, Daenerys. Vos eunuques sont d'excellents soldats, mais ils sont trop peu nombreux pour rivaliser avec les armées qu'enverra Yunkaï contre vous, dès qu'Astapor tombera.

— Mes affranchis…, commença Daenerys.

— Des esclaves de lit, des barbiers et des maçons ne gagnent pas les batailles. »

Il se trompait sur ce point, elle l'espérait. Les affranchis avaient autrefois formé une simple populace, mais elle avait organisé les hommes en âge de se battre en compagnies, et ordonné à Ver Gris d'en faire des soldats. *Qu'il pense ce qu'il voudra.* « L'auriez-vous oublié ? J'ai des *dragons*.

— Vraiment ? À Qarth, on vous voyait rarement sans un dragon sur l'épaule… Et pourtant à présent, cette gracieuse épaule est aussi charmante et nue que votre sein délicieux, je me dois de le constater.

— Mes dragons ont grandi, et point mes épaules. Ils volent loin, pour chasser. » *Hazzéa, pardon.* Elle s'interrogea sur l'ampleur de ce que savait Xaro, sur ce qu'il avait entendu chuchoter. « Questionnez Leurs Bontés d'Astapor sur mes dragons, si vous ne me croyez pas. » *J'ai vu les yeux d'un esclavagiste fondre et lui couler sur les joues.* « Dites-moi, vieil ami, pourquoi me rendre visite, si ce n'est pas pour le commerce ?

— Pour apporter un présent à la reine de mon cœur.

— Poursuivez. » *Quel piège va-t-il tendre, à présent ?*

« Le don que vous me suppliiez de vous accorder, à Qarth. Des vaisseaux. Il y a dans la baie treize galères. Les vôtres, si vous en voulez. Je vous ai apporté une flotte, pour vous emporter chez vous, à Westeros. »

Une flotte. C'était plus qu'elle ne pouvait en espérer, aussi, bien entendu, se méfia-t-elle. À Qarth, Xaro lui avait offert trente vaisseaux... contre un dragon. « Et quel prix exigez-vous pour ces vaisseaux ?

— Aucun. Je n'ai plus aucun désir de dragons. J'ai vu leur ouvrage à Astapor en venant ici, lorsque ma *Nuée de soie* a fait escale pour se réapprovisionner en eau. Les vaisseaux sont à vous, douce reine. Treize galères, et des hommes, pour tirer sur les rames. »

Treize. Bien entendu. Xaro faisait partie des Treize. Nul doute qu'il ait convaincu chacun de ses collègues de céder un vaisseau. Elle connaissait trop bien le prince marchand pour imaginer qu'il sacrifierait treize de ses propres navires. « Je dois y réfléchir. Puis-je inspecter ces bâtiments ?

— Vous êtes devenue méfiante, Daenerys. »

Toujours. « Je suis devenue sage, Xaro.

— Inspectez tout votre content. Quand vous serez satisfaite, jurez-moi que vous rentrerez sur-le-champ à Westeros, et les vaisseaux sont à vous. Jurez sur vos dragons et votre dieu à sept faces et les cendres de vos pères, et *partez.*

— Et si je décidais d'attendre un an, ou trois ? »

Une expression de deuil traversa le visage de Xaro. « Cela m'attristerait beaucoup, délice de douceur... Car, si jeune et forte que vous puissiez pour l'heure paraître, vous ne vivrez pas si longtemps. Pas ici. »

Il offre le rayon de miel d'une main, et montre le fouet de l'autre. « Les Yunkaïis ne sont point si terrifiants.

— Tous vos ennemis ne se trouvent pas dans la Cité Jaune. Méfiez-vous des hommes au cœur froid et aux lèvres bleues. Vous n'aviez pas quitté Qarth depuis quinze jours que Pyat Pree se mettait en route avec trois de ses collègues conjurés, pour vous chercher à Pentos. »

Daenerys ressentit plus d'amusement que de crainte. « Il est bon que j'aie obliqué, en ce cas. La moitié d'un monde sépare Pentos de Meereen.

— Certes, reconnut-il. Cependant, tôt ou tard, la rumeur de la présence de la reine dragon dans la baie des Serfs finira par les atteindre.

— Cela devrait-il m'effrayer ? J'ai vécu quatorze ans dans la peur, messire. Je m'éveillais craintive chaque jour, et allais me coucher craintive chaque soir... Mais mes peurs ont été cautérisées le jour où j'ai émergé du feu. Je ne crains plus qu'une seule chose, désormais.

— Et que craignez-vous donc, douce reine ?

— Je ne suis qu'une sotte jeune femme. » Daenerys se dressa sur la pointe des pieds et lui baisa la joue. « Mais point assez sotte pour vous le dire. Mes hommes inspecteront ces vaisseaux. Ensuite, vous recevrez ma réponse.

— À votre convenance. » Il effleura son sein nu et chuchota : « Laissez-moi m'attarder pour aider à vous convaincre. »

Un instant, elle fut tentée. Peut-être les danseurs l'avaient-ils échauffée, après tout. *Je pourrais fermer les yeux et imaginer qu'il est Daario.* Un Daario rêvé serait plus sûr que le vrai. Mais elle repoussa cette pensée. « Non, messire, je vous en remercie, mais non. » Daenerys se coula hors de ses bras. « Une autre nuit, peut-être.

— Une autre nuit. » Sa bouche était triste, mais ses yeux semblaient plus soulagés que déçus.

Si j'étais un dragon, je pourrais voler jusqu'à Westeros, se dit-elle quand il fut parti. *Je n'aurais nul besoin de Xaro et de ses vaisseaux.* Daenerys se demanda combien d'hommes treize galères pouvaient contenir. Il en avait fallu trois pour la transporter de Qarth à Astapor avec son *khalasar*, mais c'était avant qu'elle eût acquis huit mille Immaculés, mille épées-louées et une vaste horde d'affranchis. *Et les dragons, que vais-je en faire ?* « Drogon, chuchota-t-elle d'une voix douce, où es-tu ? » Un moment, elle le vit presque, filant à travers les cieux, ses ailes noires avalant les étoiles.

Elle tourna le dos à la nuit, vers ser Barristan Selmy qui se tenait en silence dans les ombres. « Mon frère m'a posé un jour une devinette ouestrienne. Qui écoute tout et n'entend rien ?

— Un chevalier de la Garde Royale. » La voix de Selmy était solennelle.

« Vous avez entendu l'offre qu'a faite Xaro ?

— Oui, Votre Grâce. » Le vieux chevalier prenait garde à ne point fixer son sein nu tandis qu'il parlait.

Ser Jorah n'aurait pas détourné les yeux. Il m'aimait comme femme, tandis que ser Barristan n'aime en moi que sa reine. Mormont avait été un informateur, qui rendait compte à ses ennemis à Westeros ; néanmoins il l'avait bien conseillée, également. « Que pensez-vous de l'offre ? Et de lui ?

— De lui, bien peu de chose. Ces navires, toutefois... Votre Grâce, avec eux nous pourrions être chez nous avant le terme de l'année. »

Daenerys n'avait jamais été nulle part chez elle. À Braavos, il y avait eu une demeure avec une porte rouge, mais c'était tout. « Méfiez-vous des Qarthiens qui apportent des présents, surtout s'ils sont marchands des Treize. Il y a ici un traquenard. Peut-être les vaisseaux sont-ils pourris, ou...

— S'ils étaient tellement impropres à la navigation, ils n'auraient pas pu traverser la mer pour venir de Qarth, fit observer ser Barristan, mais Votre Grâce a été bien avisée d'insister pour les soumettre à une inspection. Dès l'aube, j'accompagnerai l'amiral Groleo aux galères, avec ses capitaines et une quarantaine de marins. Nous pourrons scruter chaque pouce de ces vaisseaux. »

Le conseil était bon. « Oui, faites donc. » *Westeros. Chez moi. Mais si elle partait, que deviendrait sa ville ? Meereen n'a jamais été ta ville,* sembla lui susurrer la voix de son frère. *Tes villes se trouvent de l'autre côté de la mer. Tes Sept Couronnes, où t'attendent tes ennemis. Tu es née pour leur porter le sang et le feu.*

Ser Barristan s'éclaircit la gorge et ajouta : « Ce conjuré dont le marchand a parlé...

— Pyat Pree. » Elle essaya de se remémorer son visage, mais ne vit que ses lèvres. Le vin des conjurés les avait colorées de bleu. On appelait cela l'*Ombre-du-soir.* « Si un sortilège pouvait me tuer, je serais déjà morte. J'ai laissé leur palais en cendres. » *Drogon m'a sauvée alors qu'ils allaient me vider de ma vie. Drogon les a tous calcinés.*

« Vous parlez avec justesse, Votre Grâce. Néanmoins, je resterai vigilant. »

Elle l'embrassa sur la joue. « Je le sais bien. Venez, raccompagnez-moi au banquet. »

Le lendemain matin, Daenerys s'éveilla pleine d'espoir comme elle ne l'avait jamais été depuis son arrivée dans la baie des Serfs. Bientôt, Daario serait de nouveau à ses côtés, et ensemble ils prendraient la mer pour Westeros. *Chez moi.* Une de ses jeunes otages lui apporta son repas du matin, une fillette grassouillette et timide du nom de Mezzara, dont le père gouvernait la pyramide de Merreq. Daenerys la serra joyeusement dans ses bras et la remercia d'un baiser.

« Xaro Xhoan Daxos m'a offert treize galères, annonça-t-elle à Irri et Jhiqui tandis qu'elles l'habillaient pour ses audiences.

— Treize est un mauvais chiffre, *Khaleesi*, murmura Jhiqui en langue dothrakie. C'est connu.

— C'est connu, confirma Irri.

— Trente vaudrait mieux, acquiesça Daenerys. Trois cents mieux encore. Mais treize pourraient suffire à nous transporter à Westeros. »

Les deux Dothrakies échangèrent un coup d'œil. « L'eau empoisonnée est maudite, *Khaleesi*, expliqua Irri. Les chevaux ne peuvent la boire.

— Je n'ai aucune intention d'en boire », leur promit Daenerys.

Quatre pétitionnaires seulement l'attendaient, ce matin-là. Comme toujours, lord Ghael fut le premier à se présenter, paraissant encore plus accablé que d'habitude. « Votre Gloire, gémit-il en s'abattant sur le marbre à ses pieds. Les armées des Yunkaïis fondent sur Astapor. Je vous en prie, venez au sud avec toutes vos forces !

— J'ai prévenu votre roi que sa guerre était une folie, lui rappela Daenerys. Il n'a pas voulu écouter.

— Le Grand Cleon n'avait pour seul but que de frapper les ignobles esclavagistes de Yunkaï.

— Le Grand Cleon est lui-même esclavagiste.

— Je sais que la Mère des Dragons ne nous abandonnera pas à l'heure de notre péril. Prêtez-nous vos Immaculés pour défendre nos remparts. »

Et si je le fais, qui défendra les miens ? « Nombre de mes affranchis ont été esclaves à Astapor. Peut-être certains voudront-ils défendre votre roi. Le choix leur appartient, ce sont des hommes libres. J'ai donné à Astapor sa liberté. À vous de la défendre.

— Alors, nous sommes tous morts. C'est la mort que vous nous avez donnée, et non la liberté. » Ghael se remit d'un bond sur pied et lui cracha au visage.

Belwas le Fort le saisit par l'épaule et le jeta contre le marbre avec tant de force que Daenerys entendit les dents de Ghael casser. Le Crâne-ras aurait fait pire, mais elle l'arrêta.

« Assez, dit-elle en se tapotant la joue avec une extrémité de son *tokar*. « Personne n'est jamais mort d'un crachat. Emmenez-le. »

Ils le traînèrent par les pieds, laissant derrière lui quelques débris de dents et une traînée de sang. Daenerys aurait volontiers renvoyé le reste des pétitionnaires... Mais elle demeurait leur reine, aussi les écouta-t-elle et s'efforça-t-elle de rendre la justice de son mieux.

Plus tard, cet après-midi-là, l'amiral Groleo et ser Barristan revinrent de leur inspection des galères. Daenerys réunit son conseil pour les écouter. Ver Gris était là, pour représenter les Immaculés. Skahaz mo Kandaq, les Bêtes d'airain. En l'absence de ses Sang-coureurs, un *jaqqa rhan* flétri du nom de Rommo, yeux plissés et jambes arquées, vint parler pour ses Dothrakis. Ses affranchis étaient représentés par les capitaines des trois compagnies qu'elle avait formées – Mollono Yos Dob des Boucliers Loyaux, Symon Dos-zébré des Libres Frères, Marselen des Hommes de la Mère. Reznak mo Reznak papillonnait auprès de la reine, et Belwas le Fort se tenait derrière elle, ses bras énormes croisés. Daenerys ne manquerait pas de conseillers.

Groleo avait été un bien triste hère depuis qu'on avait démantelé son navire afin de construire les engins de siège qui avaient remporté Meereen pour Daenerys. Elle avait tenté de le consoler en le nommant lord Amiral, mais c'était un honneur vide de sens ; la flotte meereenienne avait pris la mer pour Yunkaï en voyant l'ost de Daenerys approcher de la cité, si bien que le vieux Pentoshi était un amiral sans marine. Et pourtant, maintenant, il souriait dans sa barbe éparse zébrée de sel, d'une façon dont la reine n'avait guère le souvenir.

« Les navires sont donc solides ? demanda-t-elle, avec un espoir.

— Convenables, Votre Grâce. Ce sont de vieux bâtiments, certes, mais bien entretenus pour la plupart. La coque de la *Princesse Impollue* est vermoulue. Je n'aimerais pas la piloter hors de vue des côtes. Un changement de gouvernail et de haubans ne ferait pas de mal au *Narraqqa*, et le *Lézard Strié* a quelques rames fendues, mais elles sont utilisables. Les rameurs sont des esclaves, mais si nous leur offrons un salaire décent de rameur, la plupart resteront avec nous. Ils ne savent que ramer. On pourra remplacer ceux qui partiront par des éléments puisés dans mes propres équipages. Le voyage jusqu'à Westeros sera long et dur, mais ces navires sont assez solides pour nous y mener, ce me semble. »

Reznak mo Reznak poussa un pitoyable gémissement. « Alors, c'est vrai. Votre Excellence a l'intention de nous abandonner. » Il se tordit les mains. « Les Yunkaïis rétabliront les Grands Maîtres à l'instant où vous partirez et nous, qui avons si fidèlement servi votre cause, nous seront passés par l'épée, nos tendres épouses et nos filles vierges violées et réduites en esclavage.

— Pas les miennes, grommela Skahaz Crâne-ras. Je les tuerai d'abord. » Il gifla la poignée de son épée.

Daenerys eut l'impression qu'il venait en fait de la gifler, elle. « Si vous redoutez ce qui suivra quand je partirai, accompagnez-moi à Westeros.

— Où la Mère des Dragons ira, les Hommes de la Mère la suivront, annonça Marselen, le dernier frère de Missandei.

— Comment ? » voulut savoir Symon Dos-zébré, ainsi dénommé pour l'entrelacs de cicatrices qui lui couturaient le dos et les épaules, un souvenir des coups de fouet qu'il avait reçus en tant qu'esclave à Astapor. « Treize vaisseaux… Cela ne suffit pas. Cent vaisseaux pourraient n'y pas suffire.

— Les chevaux de bois ne sont pas bons, objecta Rommo, le vieux *jaqqa rhan*. Les Dothrakis iront à cheval.

— Nos humbles personnes pourraient avancer par voie de terre, en suivant la côte, suggéra Ver Gris. Les vaisseaux pourraient se maintenir à leur hauteur et ravitailler la colonne.

— Cela serait faisable jusqu'à ce que vous atteigniez les ruines de Bhorash, déclara le Crâne-ras. Plus loin, vos vaisseaux devront virer vers le sud, au-delà de Tolos et de l'île des Cèdres, et contourner Valyria, tandis que l'infanterie continuera vers Mantarys par l'ancienne route des dragons.

— La *route des démons*, on l'appelle, désormais », glissa Mollono Yos Dob. Le dodu commandant des Boucliers Loyaux ressemblait davantage à un scribe qu'à un soldat, avec ses mains maculées d'encre et sa lourde bedaine, mais il était aussi habile qu'on peut l'être. « Tant et plus d'entre nous périraient.

— Ceux restés derrière à Meereen envieraient leurs trépas faciles, se lamenta Reznak. Ils nous feront tous *esclaves*, ou nous jetteront dans l'arène. Tout redeviendra comme avant, ou pire.

— Où est passé ton courage ? s'emporta ser Barristan. Son Altesse vous a libérés de vos chaînes. À vous d'affûter vos épées et de défendre votre propre liberté, à son départ.

— Braves paroles, de la part de quelqu'un qui a l'intention de prendre la mer pour le couchant, riposta avec hargne Symon Dos-zébré. Jetterez-vous un regard derrière vous, pour nous voir mourir ?

— Votre Grâce...

— Votre Magnificence...

— Votre Excellence...

— *Il suffit !* » Daenerys tapa sur la table. « Nous ne laisserons mourir personne. Vous êtes tous mon peuple. » Elle s'était laissé aveugler par ses rêves de retour et d'amour. « Je n'abandonnerai pas Meereen pour qu'elle subisse le sort d'Astapor. J'ai peine à le dire, mais Westeros devra attendre. »

Groleo fut effaré. « Nous *devons* accepter ces vaisseaux. Si nous refusons ce présent... »

Ser Barristan mit un genou en terre devant elle. « Ma reine, votre royaume a besoin de vous. On ne veut pas de vous ici, mais à Westeros, les hommes accourront pour se placer sous vos bannières, par milliers, grands lords et nobles chevaliers. *Elle est venue*, se crieront-ils de l'un à l'autre, avec des voix pleines de joie. *La sœur du prince Rhaegar est enfin de retour chez elle.*

— S'ils m'aiment tant, ils m'attendront. » Daenerys se mit debout. « Reznak, convoquez Xaro Xhoan Daxos. »

Elle reçut le prince marchand seule à seul, assise sur son banc d'ébène polie, sur les coussins que ser Barristan avait disposés pour elle. Quatre matelots qarthiens accompagnaient Xaro, les épaules chargées d'une tapisserie roulée. « J'ai apporté à la reine de mon cœur un nouveau présent, annonça Xaro. Il se trouvait dans les caves de ma famille depuis avant le Fléau qui emporta Valyria. »

Les marins déroulèrent la tapisserie sur le sol. Elle était vieille, poussiéreuse, fanée... et immense. Daenerys dut venir se placer à côté de Xaro avant que les motifs n'apparaissent clairement. « Une carte ? Elle est magnifique. » Elle couvrait la moitié du sol. Les mers étaient bleues, les terres vertes, les montagnes noires et brunes. Les cités étaient représentées par des étoiles en fils d'or ou d'argent. *Il n'y a pas de mer Fumeuse*, s'aperçut-elle. *Valyria n'est pas encore une île.*

« Vous voyez là Astapor, et Yunkaï, et Meereen. » Xaro indiqua du doigt trois étoiles d'argent près du bleu de la baie des

Serfs. « Westeros se trouve... quelque part par là-bas. » Sa main s'agita en un geste vague en direction de l'autre bout de la salle. « Vous avez obliqué au nord alors que vous auriez dû poursuivre au sud-ouest et traverser la mer d'Été, mais, avec mon présent, vous regagnerez promptement votre légitime place. Acceptez mes galères d'un cœur joyeux, et faites force de rames vers l'ouest. »

Si seulement je pouvais. « Messire, j'accepte de grand cœur ces vaisseaux, mais je ne puis vous faire la promesse que vous me demandez. » Elle lui prit la main. « Donnez-moi les galères, et je jure que Qarth aura l'amitié de Meereen jusqu'à ce que les étoiles s'éteignent. Laissez-les-moi pour le commerce, et vous récolterez une bonne part des profits. »

Le sourire heureux de Xaro mourut sur ses lèvres. « Que me dites-vous ? Êtes-vous en train de m'annoncer que vous ne voulez pas partir ?

— Je ne *peux* pas. »

Des larmes coulèrent des yeux de Xaro, le long de son nez, plus bas que les émeraudes, les améthystes et les diamants noirs. « J'ai assuré aux Treize que vous écouteriez ma sagesse. J'éprouve du chagrin à apprendre que je me trompais. Prenez ces vaisseaux et partez, sinon, assurément, vous périrez dans les hurlements. Vous n'avez aucune idée du nombre d'ennemis que vous vous êtes attirés. »

Je sais que l'un d'eux se tient devant moi en cet instant même, versant des larmes de comédie. Cette découverte l'attristait.

« Quand je suis allé dans la Salle des Mille Trônes implorer les Impollus d'épargner votre vie, j'ai plaidé que vous n'étiez qu'une enfant, poursuivit Xaro. Mais Egon Emeros le Délicat s'est levé et a dit : *C'est une enfant stupide, une folle irresponsable, trop dangereuse pour qu'on la laisse vivre.* Petits, vos dragons excitaient l'admiration. Grands, ils représentent la mort et la dévastation, une épée ardente suspendue sur le monde. » Il essuya ses larmes. « J'aurais dû vous tuer à Qarth. »

— J'étais une invitée sous votre toit et j'avais partagé la viande et la boisson avec vous, dit-elle. En mémoire de tout ce que vous avez fait pour moi, je pardonnerai ces paroles... *une fois...* Mais ne vous aventurez plus jamais à me menacer.

— Xaro Xhoan Daxos ne menace pas. Il promet. »

La tristesse de Daenerys se changea en fureur. « Et je vous promets que, si vous n'êtes pas parti avant le lever du soleil, nous apprendrons si les larmes d'un menteur peuvent éteindre le feu des dragons. Laissez-moi, Xaro. *Et vite.* »

Il s'en fut mais abandonna son monde derrière lui. Daenerys se rassit sur son banc pour contempler la mer de soie bleue, en direction de la lointaine Westeros. *Un jour*, se promit-elle.

Le lendemain matin, la galéasse de Xaro était partie, mais le « don » qu'il lui avait apporté resta derrière lui, dans la baie des Serfs. De longues bannières rouges volaient des mâts des treize galères qarthiennes, pour se tordre au vent. Et lorsque Daenerys descendit accorder audience, un messager des vaisseaux l'attendait. Il ne prononça pas un mot, mais déposa à ses pieds un coussin de satin noir, sur lequel reposait un seul gant, taché de sang.

« Qu'est-ce donc ? demanda Skahaz. Un gant taché de sang…

— … signifie la guerre », acheva la reine.

JON

« Attention aux rats, messire. » Edd-la-Douleur précéda Jon au bas des escaliers, une lanterne à la main. « Ça couine, c'est affreux, quand on leur marche dessus. Ma mère faisait un bruit de ce genre, quand j'étais p'tit. D'vait y avoir du rat en elle, maintenant que j'y songe. Des cheveux bruns, de p'tits yeux en vrille, elle aimait le fromage. Peut-être portait-elle une queue, aussi, j'ai jamais été vérifier. »

Tout Châteaunoir était relié en sous-sol par un dédale de tunnels que les frères appelaient les *galeries de vers*. Sous terre, il fait noir et lugubre, si bien qu'on les utilisait peu en été, mais quand les vents de l'hiver commençaient à souffler et les neiges à tomber, les galeries devenaient le moyen le plus rapide de circuler à travers le château. Les intendants y avaient déjà recours. Progressant le long de la galerie, l'écho de leurs pas sonnant devant eux, Jon vit des chandelles allumées dans plusieurs niches des parois.

Bowen Marsh attendait à la jonction de quatre galeries. Il avait avec lui Wick Taillebois, long et maigre comme une haquebute. « Ce sont les comptes remontant à trois cycles, à comparer avec nos provisions actuelles, expliqua Marsh à Jon en lui tendant une forte liasse de papiers. Si nous commencions par les réserves de grain ? »

Ils se déplacèrent dans la grisaille des pénombres souterraines. Chaque salle d'entrepôt possédait une porte en chêne massif avec un cadenas en fer aussi gros qu'une assiette à soupe. « Y a-t-il des problèmes de maraude ? s'inquiéta Jon.

— Pas encore, lui répondit Bowen Marsh. Une fois que l'hiver sera venu, en revanche, vous seriez sans doute bien avisé de placer des sentinelles ici en bas, messire. »

Wick Taillebois portait les clés sur un anneau autour de son cou. Pour Jon, toutes se ressemblaient, et pourtant, inexplicablement, Wick trouvait à chaque porte la clé adéquate. Une fois à l'intérieur, il sortait de sa sacoche un bloc de craie gros comme le poing et marquait chaque caque, sac et barrique en les décomptant, tandis que Marsh comparait le nouveau résultat à l'ancien.

Dans les salles de grain, se trouvaient de l'avoine, du blé et de l'orge, et des barriques de farine grossièrement moulue. Dans les caves, des colliers d'aulx et d'oignons pendaient aux poutres, et des sacs de carottes, de panais, de radis et de navets blancs et jaunes garnissaient les étagères. Une salle de stockage renfermait de si grosses meules de fromage qu'elles exigeaient deux hommes pour les mouvoir. Dans la suivante, des tonneaux de salaisons – bœuf, porc, mouton et morue – s'empilaient sur dix pieds de haut. Trois cents jambons et trois mille longs boudins se balançaient aux solives du plafond, au-dessous du fumoir. Dans le magasin d'épices, ils trouvèrent du poivre en grain, des clous de girofle et de la cannelle, des graines de moutarde, de la coriandre, de la sauge, ordinaire et sclarée, du persil et des pains de sel. Ailleurs, s'entassaient des futailles de pommes et de poires, de pois et de figues séchés, des sacs de noix, de châtaignes, d'amandes, des pièces de saumon séché et fumé, des jarres en terre cuite remplies d'olives dans l'huile, scellées à la cire. Une réserve contenait des terrines de lièvre, des cuissots de daim au miel et, en saumure, des choux, des betteraves, des oignons, des œufs et des harengs.

Au fur et à mesure des caves qu'ils visitaient, les galeries de vers semblaient refroidir. Avant longtemps, Jon put voir leur souffle givrer à la clarté des lanternes. « Nous nous trouvons sous le Mur.

— Et bientôt à l'intérieur, confirma Marsh. La viande ne se gâte pas, dans le froid. Pour les longues conservations, ça surpasse le salage. »

La porte suivante avait un vantail de fer rouillé. Derrière elle, montait une volée de marches en bois. Edd-la-Douleur ouvrit la voie, avec sa lanterne. Au sommet, ils trouvèrent un tunnel aussi long que la grande salle de Winterfell, sans être plus large que les galeries. Ses murs de glace se hérissaient de crocs en fer. À chacun pendait une carcasse : daims et orignacs écorchés, longes de bœuf, truies énormes se balançant au plafond, moutons et chèvres décapités, et même des chevaux et des ours. Le givre recouvrait tout.

Tandis qu'ils procédaient à l'inventaire, Jon retira le gant de sa main gauche et toucha le cuissot de venaison le plus proche. Il sentit ses doigts accrocher et, quand il les retira, il y laissa un peu de sa peau. Il avait le bout des doigts gourd. *À quoi t'attendais-tu ? Tu as une montagne de glace au-dessus de la tête, plus de tonnes que Bowen Marsh lui-même n'en saurait compter.* Néanmoins, la salle semblait plus froide qu'elle n'aurait dû.

« C'est pire que je ne craignais, messire », annonça Marsh quand il eut terminé. Il semblait plus sinistre qu'Edd-la-Douleur.

Jon songeait précisément qu'ils étaient cernés par toute la viande du monde. *T'y connais rien, Jon Snow.* « Comment ça ? La quantité de nourriture me paraît énorme.

— L'été a été long, les récoltes abondantes, les lords généreux. Nous avions entreposé assez de provisions pour traverser trois années d'hiver. Quatre, en rognant un peu. À présent, toutefois, si nous devons continuer à nourrir tous ces gens du roi et de la reine, et tous les sauvageons... La Mole, pour ne parler que d'elle, compte un millier de bouches inutiles, et ça continue d'affluer. Hier, trois nouveaux se sont présentés aux portes ; la veille, une douzaine. Ça ne peut pas continuer. Les installer sur le Don, tout cela est bel et bon, mais il est trop tard pour planter des cultures. Avant la fin de l'année, nous en serons réduits aux navets et à la soupe de pois. Ensuite, nous commencerons à boire le sang de nos chevaux.

— Miam, commenta Edd-la-Douleur. Rien de tel qu'une bonne bolée de sang de cheval bien chaud, par une nuit frisquette. J'aime bien saupoudrer la mienne d'une p'tite pincée de cannelle. »

Le lord Intendant l'ignora. « Il y aura aussi des maladies, poursuivit-il, des gencives qui saignent et des dents qui se déchaussent. Mestre Aemon avait coutume de dire que le jus de lime et la viande fraîche y remédiaient, mais nous avons épuisé nos citrons depuis un an et nous n'avons point assez de fourrage pour garder des troupeaux sur pied afin de disposer de viande fraîche. Nous les devrions tous abattre, à l'exception de quelques couples réservés aux fins d'élevage. Il est grand temps. Lors des hivers passés, on pouvait faire venir du Sud de quoi manger, par la route Royale, mais avec la guerre... C'est encore l'automne, je sais, mais je conseillerais quand même de passer aux rations d'hiver, ne vous en déplaise, messire. »

Les hommes vont adorer. « S'il le faut. Nous réduirons d'un quart les portions de chacun. » *Si mes frères se plaignent déjà de moi, que diront-ils quand ils mangeront de la neige et de la purée de glands ?*

« Cela aidera, messire. » Le ton de la voix du lord Intendant laissait clairement entendre qu'à son avis, cela n'aiderait pas *suffisamment*.

« Je comprends maintenant pourquoi le roi Stannis a laissé les sauvageons franchir le Mur, déclara Edd-la-Douleur. Il voulait que nous les mangions. »

Jon ne put retenir un sourire. « Nous n'en arriverons pas là.

— Eh ben, tant mieux. Z'ont l'air plutôt filandreux, et j'ai plus les dents aussi coupantes que dans ma jeunesse.

— Si nous avions assez d'argent, nous pourrions acheter des provisions dans le Sud et les faire venir par navire », déclara le lord Intendant.

Nous le pourrions, amenda Jon à part lui, *si nous avions de l'or pour cela, et quelqu'un qui veuille nous vendre de la nourriture.* Mais l'un et l'autre faisaient défaut. *Les Eyrié sont sans doute notre meilleur espoir.* La fertilité du Val d'Arryn était réputée et les combats l'avaient épargné. Jon se demanda comment la sœur de lady Catelyn accueillerait l'idée d'avitailler le bâtard de Ned Stark. Enfant, il avait souvent eu l'impression que la dame lui comptait chaque bouchée.

« On a toujours la possibilité de chasser, au besoin, glissa Wick Taillebois. Il reste encore du gibier dans les bois.

— Et des sauvageons, et de plus noires créatures, rappela Marsh. Je n'enverrais pas des chasseurs, messire. Certes pas. »

Non. Tu barrerais nos portes à jamais et tu les colmaterais de pierre et de glace. La moitié de Châteaunoir s'accordait avec les vues du lord Intendant, il le savait. L'autre moitié les couvrait de mépris. « Murez nos portes, carrez votre gros cul noir sur le Mur, oui-da, et les sauvageons iront déferler au pont des Crânes, ou par une porte qu' vous croyiez murée depuis cinq siècles », avait bruyamment déclaré Dywen le vieux forestier durant le souper, deux soirs auparavant. « Y a pas assez d'hommes pour surveiller cent lieues d'Mur. Tormund mon cul d'ogre et c'te foutu Chassieux, ils l'savent bien, aussi. Z'avez jamais vu un canard gelé sur un étang, les pattes prises dans la glace ? Ça marche pareil pour des corbacs. » La plupart des patrouilleurs avaient fait écho à Dywen, tandis que les intendants et les maçons inclinaient vers Bowen Marsh.

Mais ce dilemme attendrait. Ici et maintenant, le problème portait sur la nourriture. « Nous ne pouvons laisser le roi Stannis et ses hommes périr de faim, même si nous le voulions, objecta Jon. Au besoin, il pourrait tout bonnement s'emparer de tout cela à la pointe de l'épée. Nous n'avons pas assez d'hommes pour les arrêter. Et en plus, il faut nourrir les sauvageons.

— Mais comment, messire ? » lui demanda Bowen Marsh.

Si je le savais. « Nous trouverons un moyen. »

Le temps qu'ils remontent à la surface, les ombres de l'après-midi s'allongeaient. Des nuages striaient le ciel comme des bannières en guenilles, gris, blancs et déchiquetés. La cour devant l'armurerie était vide, mais, à l'intérieur, Jon trouva l'écuyer du roi qui l'attendait. Devan était un maigrichon d'une douzaine d'années, brun de poil et d'œil. Ils le découvrirent transi près de la forge, osant à peine bouger tandis que Fantôme le reniflait de pied en cap. « Il ne te fera aucun mal », assura Jon, mais le son de sa voix fit sursauter le gamin, et ce mouvement soudain fit montrer les crocs au loup géant. « *Non !* ordonna Jon. Laisse-le, Fantôme. *Va-t'en.* » Le loup repartit furtivement vers son os de bœuf, du silence sur quatre pattes.

Devan paraissait aussi pâle que Fantôme, le visage trempé de transpiration. « M-messire. Son Altesse ordonne votre présence. » Le garçon arborait l'or et le noir des Baratheon, avec le cœur ardent d'un homme de la reine cousu au-dessus du sien.

« *Requiert,* voulais-tu dire, commenta Edd-la-Douleur. Sa Grâce *requiert* la présence du lord Commandant. Moi, j'aurais tourné ça comme ça.

— Laisse donc, Edd. » Jon n'était pas d'humeur pour de telles querelles.

« Ser Richard et ser Justin sont de retour, déclara Devan. Voulez-vous venir, messire ? »

Les patrouilleurs à rebours. Massey et Horpe avaient chevauché vers le Sud et non vers le Nord. Tout ce qu'ils avaient pu apprendre ne concernait pas la Garde de Nuit, mais Jon n'en était pas moins curieux. « S'il plaît à Sa Grâce. » Il retraversa la cour sur les talons du jeune écuyer. Fantôme les suivit à pas feutrés jusqu'à ce que Jon lui commande : « Non. *Reste là !* » Mais le loup géant détala.

Dans la tour du Roi, Jon fut dépouillé de ses armes et admis en présence du roi. La loggia était chaude et surpeuplée. Stannis et ses capitaines étaient réunis au-dessus de la carte du Nord. Les patrouilleurs à rebours se trouvaient parmi eux. Sigorn était là, lui aussi, le jeune Magnar de Thenn, revêtu d'un haubert de cuir cousu d'écailles en bronze. Clinquefrac, assis, grattait d'un ongle crasseux et jauni la menotte autour de son poignet. Un chaume brun couvrait ses joues creusées et son menton fuyant, et des mèches de cheveux sales lui tombaient sur les yeux. « Tiens, le voici, déclara-t-il en voyant Jon, le brave petit qui a tué Mance Rayder quand il était attaché dans une cage. » Le gros joyau taillé en carré qui ornait ses fers rutila. « Y' te plaît, mon rubis, Snow ? Un gage d'amour d'la Dame rouge. »

Jon l'ignora et ploya le genou. « Votre Grâce, annonça l'écuyer Devan, j'ai ramené lord Snow.

— Je vois ça. Lord Commandant. Vous connaissez mes chevaliers et capitaines, je pense.

— J'ai ce privilège. » Il avait mis un point d'honneur à en apprendre le plus possible sur les hommes dans l'entourage du roi. *Des gens de la reine, tous.* Jon fut frappé de constater qu'il n'y avait autour du roi aucun homme de ses gens, mais telle semblait pourtant la situation. Les gens du roi avaient encouru l'ire de Stannis sur Peyredragon, si les bavardages que Jon avait entendus disaient vrai.

« Il y a du vin. Ou de l'eau bouillie avec des citrons.

— Je vous remercie, mais non.

— À votre guise. J'ai pour vous un présent, lord Snow. » Le roi agita la main vers Clinquefrac. « Lui. »

Dame Mélisandre sourit. « Vous disiez avoir besoin d'hommes, lord Snow. Je pense que notre Seigneur des Os est toujours éligible. »

Jon fut effaré. « Votre Grâce, on ne peut se fier à cet homme. Si je le garde ici, quelqu'un lui tranchera la gorge. Si je l'envoie en patrouille, il ira rejoindre les sauvageons.

— Pas moi. J'en ai fini d'ces bougres. » Clinquefrac tapota le rubis à son poignet. « D'mande à ta sorcière rouge, bâtard. »

Mélisandre parla d'une voix douce dans une langue étrange. Le rubis à sa gorge palpita lentement, et Jon vit que la pierre plus petite au poignet de Clinquefrac s'éclairait et s'assombrissait à l'identique. « Tant qu'il porte la gemme, il est lié à moi, sang et âme, affirma la prêtresse rouge. Cet homme vous servira fidèlement. Les flammes ne mentent pas, lord Snow. »

Elles, peut-être pas, songea Jon, *mais toi, oui.*

« Je patrouillerai pour toi, l'bâtard, déclara Clinquefrac. J' te donnerai de sages conseils ou t' chanterai de jolies ballades, comme tu préféreras. J' combattrai même pour toi. Tant que tu m' demandes pas d'revêtir ton manteau. »

Tu n'en es pas digne, fut la riposte de Jon, mais il retint sa langue. Rien de bon ne sortirait d'une algarade devant le roi.

« Lord Snow, s'enquit le roi Stannis, parlez-moi de Mors Omble. »

La Garde de Nuit ne prend pas parti, se dit Jon, mais une autre voix en son for intérieur répliqua : *les mots ne sont pas des épées.* « L'aîné des oncles du Lard-Jon. Freuxchère, l'appellent-ils. Un freux l'a jadis cru mort et lui a becqueté un œil. Le drôle a empoigné l'oiseau et lui a coupé la tête d'un coup de dents. Quand il était jeune, Mors était un farouche combattant. Ses fils ont péri sur le Trident, sa femme en couches. Sa fille unique a été emportée par des sauvageons il y a trente ans.

— Voilà donc pourquoi il réclame la tête, intervint Harwood Fell.

— Peut-on se fier à ce Mors ? » demanda Stannis.

Mors Omble aurait-il plié le genou ? « Votre Grâce devrait lui faire prêter serment devant son arbre-cœur. »

Godry Mort-des-Géants s'esclaffa. « J'avais oublié que les hommes du Nord adorent les arbres.

— Quel dieu peut laisser les chiens lui pisser dessus ? » s'étonna l'acolyte de Farring, Clayton Suggs.

Jon prit le parti de les ignorer. « Votre Grâce, puis-je savoir si les Omble se sont déclarés en votre faveur ?

— La moitié d'eux, et seulement si nous acceptons le prix de ce Freuxchère, répondit Stannis sur un ton irrité. Il exige le crâne de Mance Rayder pour le monter en hanap, et veut le pardon pour son frère, qui a chevauché au Sud pour rejoindre Bolton. Pestagaupes, le nomme-t-on. »

Cela aussi esbaudit ser Godry. « Les noms qu'ont ces Nordiens ! Celui-ci aurait-il sectionné d'un coup de dents le col d'une catin ? »

Jon le considéra d'un regard froid. « Vous pourriez le dire ainsi. Une putain qui avait essayé de le détrousser, il y a cinquante ans, à Villevieille. » Aussi curieux que cela paraisse, le vieux Givre Omble avait jadis pensé que son fils avait l'étoffe d'un mestre. Mors adorait se vanter du corbeau qui lui avait emporté l'œil, mais l'histoire d'Hother ne se contait qu'à voix basse... Probablement parce que la gaupe qu'il avait éventrée avait été un homme. « D'autres lords se sont-ils déclarés pour Bolton ? »

La prêtresse rouge se coula plus près du roi. « J'ai vu une ville aux murailles et aux rues de bois, remplies d'hommes. Des bannières flottaient au-dessus des remparts : un orignac, une hache de guerre, trois pins, des grandes haches croisées sous une couronne, une tête de cheval aux yeux ardents.

— Corbois, Cerwyn, Tallhart, Ryswell et Dustin, déchiffra ser Clayton Suggs. Tous des traîtres. Des chiens couchants des Lannister.

— Les Ryswell et les Dustin sont liés par mariage à la maison Bolton, l'informa Jon. Les autres ont perdu leurs lords durant les combats. Je ne sais qui les gouverne désormais. Mais Freuxchère n'est pas un chien couchant. Votre Grâce serait bien inspirée d'accepter ses termes. »

Stannis grinça des dents. « Il m'informe qu'Omble ne combattra pas Omble, quelle que soit la cause. »

Jon n'en fut pas surpris. « Si l'on en vient à tirer l'épée, voyez où vole la bannière d'Hother et placez Mors à l'autre bout de la ligne. »

Mort-des-Géants était d'un autre avis. « Vous feriez passer Sa Grâce pour un faible. Moi, je dis, montrons notre force. Incendions totalement Âtre-lès-Confins et chevauchons à la bataille avec le chef de Freuxchère au bout d'une pique, en leçon pour le prochain lord qui ose proposer demi-hommage.

— Excellent plan si vous cherchez à soulever chacun contre vous dans le Nord. Moitié vaut mieux que rien. Les Omble ne portent guère les Bolton dans leur cœur. Si Pestagaupes a rejoint le Bâtard, la raison n'en peut être que les Lannister tiennent le Lard-Jon captif.

— Tel est son prétexte, pas sa raison, déclara ser Godry. Si le neveu périt dans les fers, ces oncles pourront revendiquer terres et seigneurie pour eux-mêmes.

— Le Lard-Jon a fils et filles. Dans le Nord, les enfants nés d'un homme passent encore avant ses oncles, ser.

— À moins qu'ils ne meurent. Les enfants morts passent en dernier, partout.

— Suggérez cela à portée d'ouïe de Mors Omble, ser Godry, et vous en apprendrez plus long sur la mort que vous ne le souhaiteriez.

— J'ai tué un géant, p'tit. Qu'ai-je à craindre d'un Nordien grouillant de puces, qui en a barbouillé un sur son bouclier ?

— Le géant s'enfuyait. Ce ne sera pas le cas avec Mors. »

Le grand chevalier s'empourpra. « Vous avez la langue bien hardie, dans la loggia du roi, petit. Dans la cour, vous chantiez sur un autre ton.

— Oh, cesse donc, Godry », intervint ser Justin Massey, un chevalier détendu, charnu, prompt au sourire, à la crinière de cheveux filasse. Massey avait été l'un des patrouilleurs à rebours. « Nous savons tous quelle grosse épée géante tu portes, j'en suis sûr. Pas la peine de nous l'agiter encore une fois sous le nez.

— La seule chose qui s'agite ici, c'est ta langue, Massey.

— *Silence !* aboya Stannis. Lord Snow, écoutez-moi. Je me suis attardé ici dans l'espoir que les sauvageons seraient assez fous pour lancer une nouvelle attaque contre le Mur. Puisqu'ils ne veulent pas me rendre ce service, il est temps de me charger de mes autres ennemis.

— Je vois. » Jon adopta un ton circonspect. *Que veut-il de moi ?* « Je ne porte nul amour à lord Bolton ni à son fils, mais la Garde de Nuit ne peut prendre les armes contre eux. Nos serments nous interdisent...

— Je connais fort bien vos serments. Épargnez-nous votre droiture, lord Snow, j'ai assez de forces sans vous. Je suis d'humeur à marcher contre Fort-Terreur. » Lorsqu'il vit le choc sur le visage de Jon, il sourit. « Voilà qui vous surprend ? Fort bien. Ce qui surprend un Snow pourrait en surprendre un autre. Le Bâtard de Bolton est parti au Sud, emmenant Hother Omble avec lui. Sur ce point, Mors Omble et Arnolf Karstark sont d'un même avis. Cela ne peut annoncer qu'un assaut contre Moat Cailin, afin d'ouvrir au seigneur son père le chemin du retour dans le Nord. Le bâtard doit me croire trop occupé avec les sauvageons pour le gêner. Cela est bel et bon. Le damoiseau m'a découvert sa gorge. J'ai l'intention de la déchirer. Roose Bolton peut bien reprendre le Nord, mais ce faisant, il s'apercevra que son cheptel, ses troupeaux et ses moissons m'appartiennent tous. Si je peux tromper la vigilance de Fort-Terreur... »

Jon ne put se retenir : « Vous ne le pourrez pas. »

On eût dit qu'il avait frappé un nid de guêpes avec un bâton. L'un des hommes de la reine éclata de rire, un autre cracha, un troisième grommela un juron, et tous les autres essayèrent de parler en même temps. « Le gamin a du petit-lait dans les veines », déclara ser Godry Mort-des-Géants. Et lord Doulce bomba le torse : « Le capon voit un hors-la-loi derrière chaque brin d'herbe. »

Stannis leva la main pour imposer le silence. « Expliquez-vous. »

Par où commencer ? Jon avança vers la carte. On avait placé des chandelles sur les coins pour empêcher la peau de s'enrouler. Un doigt de cire chaude commençait à former une flaque sur la baie des Serfs, aussi lente qu'un glacier. « Pour atteindre Fort-Terreur, Votre Grâce doit suivre la route Royale au-delà de l'Ultime, obliquer au sud-est et traverser les monts Esseulés. » Il tendit le doigt. « Ce sont des territoires des Omble, dont ils connaissent chaque arbre et chaque rocher. La route Royale longe leurs marches de l'ouest sur une centaine de lieues. Mors taillera votre ost en pièces à moins que vous n'accédiez à ses exigences et ne le gagniez à votre cause.

— Fort bien. Admettons que je le fasse.

— Cela vous mènera jusqu'à Fort-Terreur, mais à moins que votre ost sache progresser plus vite qu'un corbeau ou qu'une série de fanaux d'alerte, le château sera informé de votre approche. Ramsay Bolton aura beau jeu de vous couper toute retraite et de vous isoler loin du Mur, sans nourriture ni refuge, cerné par vos ennemis.

— Seulement s'il abandonne le siège de Moat Cailin.

— Moat Cailin tombera avant que vous ayez seulement atteint Fort-Terreur. Une fois que lord Roose aura uni ses forces à celles de Ramsay, vous serez dominés à cinq contre un.

— Mon frère a remporté des batailles contre de pires enjeux.

— Vous supposez que Moat Cailin cédera rapidement, Snow, objecta Justin Massey, mais les Fer-nés sont des combattants valeureux et j'ai entendu dire qu'on n'avait jamais pris le Moat.

— *Par le Sud, non.* Une petite garnison établie à Moat Cailin peut semer la destruction contre une armée qui remonte la route, mais par le nord-est, les ruines sont vulnérables. » Jon se retourna vers Stannis. « Sire, la manœuvre est hardie, mais les risques... » *La Garde de Nuit ne prend pas parti. Baratheon ou*

Bolton devraient m'être équivalents. « Si Roose Bolton vous trouvait sous ses murailles avec le plus gros de ses forces, ce serait la fin pour vous tous.

— Le risque fait partie de la guerre », déclara ser Richard Horpe, un svelte chevalier au visage ravagé, dont le pourpoint matelassé affichait trois bombyx tête-de-mort sur champ de cendres et d'os. « Chaque bataille est un pari, Snow. Même celui qui n'agit pas prend un risque.

— Il y a risque et risque, ser Richard. Celui-ci… C'est trop, trop tôt, trop loin. Je connais Fort-Terreur. C'est une solide forteresse, toute de pierre, munies d'épais remparts et de tours massives. Avec l'hiver qui arrive, vous le trouverez bien approvisionné. Il y a des siècles, la maison Bolton s'est dressée contre le Roi du Nord, et Harlon Stark a assiégé Fort-Terreur. Il lui a fallu deux ans pour les réduire à merci par la faim. Pour avoir le moindre espoir de prendre le château, Votre Grâce aurait besoin d'engins de sièges, de tours, de béliers…

— On peut dresser des tours de siège, au besoin, contra Stannis. On peut abattre des arbres pour en faire des béliers s'il faut des béliers. Arnolf Karstark écrit qu'il reste moins de cinquante hommes à Fort-Terreur, pour moitié des domestiques. Un château fort faiblement tenu est faible.

— Cinquante hommes à l'intérieur d'une forteresse en valent cinq cents au-dehors.

— Cela dépend des hommes, fit observer Richard Horpe. Ceux-ci seront des barbes grises et des jouvenceaux, les hommes que ce bâtard n'a pas jugés aptes à se battre. Nos propres hommes se sont aguerris et endurcis sur la Néra, et ils sont menés par des chevaliers.

— Vous avez vu comment nous avons traité les sauvageons. » Ser Justin repoussa une mèche de cheveux filasse. « Les Karstark ont juré de nous rejoindre à Fort-Terreur et nous aurons également nos sauvageons. Trois cents hommes en âge de se battre. Lord Harwood a fait le compte tandis qu'ils passaient la porte. Leurs femmes se battent, également. »

Stannis lui jeta un coup d'œil aigre. « Pas pour moi, ser. Je ne veux pas de veuves éplorées dans mon sillage. Les femmes resteront ici, avec les vieux, les blessés et les enfants. Ils serviront d'otages pour assurer la loyauté de leurs époux et pères. Les sauvageons composeront mon avant-garde. Ils seront commandés par le Magnar, avec leurs propres chefs pour sergents. Mais d'abord, nous devons les armer. »

Il a l'intention de piller notre armurerie, comprit Jon. *La nour-riture et les vêtements, les terres et les forteresses, et maintenant les armes. Il m'entraîne chaque jour plus loin.* Si les mots n'étaient peut-être pas des épées, les épées, elles, en étaient bel et bien. « Je pourrais trouver trois cents lances, annonça-t-il à contre-cœur. Des casques, également, si vous les acceptez vieux, cabos-sés et rouges de rouille.

— Des armures ? demanda le Magnar. De la plate ? De la maille ?

— À la mort de Donal Noye, nous avons perdu notre armu-rier. » Le reste, Jon le laissa sous-entendu. *Donnez de la maille aux sauvageons et ils constitueront un danger deux fois plus grand au royaume.*

« Le cuir bouilli suffira, déclara ser Godry. Une fois que nous aurons goûté au combat, les survivants pourront détrousser les morts. »

Les rares qui survivront assez longtemps. Si Stannis plaçait le peuple libre en avant-garde, la plupart périraient sans délai. « Mors Ombre pourra se réjouir de boire dans le crâne de Mance Rayder, mais pas de voir des sauvageons traverser ses terres. Le peuple libre mène des razzias chez les Ombre depuis l'Aube des temps, franchissant la baie des Phoques en quête d'or, de moutons et de femmes. Une de celles qu'ils ont enlevées était la *fille* de Freuxchère. Votre Grâce, laissez ici les sauva-geons. Les prendre avec vous ne servira qu'à tourner contre vous les bannerets du seigneur mon père.

— Les bannerets de votre père semblent ne guère apprécier ma cause, de toute façon. Je me dois de supposer qu'ils me considèrent comme... Comment m'avez-vous donc appelé, lord Snow ? *Un prétendant condamné de plus ?* » Stannis scruta la carte. Un long moment durant, il n'y eut d'autre bruit que les dents du roi qui grinçaient. « Laissez-moi. Tous. Lord Snow, restez. »

Ce congé subit ne fut guère du goût de Justin Massey, mais il n'avait d'autre choix que de sourire et de se retirer. Horpe le suivit pour sortir, après avoir lancé à Jon un regard mesuré. Clayton Suggs vida sa coupe et marmonna à Harwood Fell quelques mots qui firent rire l'homme plus jeune. L'un de ces mots était *petit*. Suggs était un chevalier d'aventure parvenu, aussi vulgaire que robuste. Clinquefrac fut le dernier à prendre congé. À la porte, il adressa à Jon une révérence goguenarde, souriant largement d'une bouche remplie de chicots bruns et cassés.

Tous ne semblait pas inclure dame Mélisandre. *L'ombre rouge du roi.* Stannis héla Devan pour avoir plus d'eau citronnée. Lorsque sa coupe fut pleine, le roi but et déclara : « Horpe et Massey aspirent au siège de votre père. Massey guigne aussi la princesse sauvageonne. Il a jadis servi mon frère Robert comme écuyer et acquis son appétit pour la chair féminine. Horpe prendra Val pour femme si je le lui ordonne, mais ce sont des combats, qu'il convoite. Écuyer déjà, il rêvait du manteau blanc, mais Cersei Lannister a parlé contre lui et Robert l'a écarté. Peut-être à juste titre. Ser Richard aime trop tuer. Lequel voudriez-vous voir comme lord de Winterfell, Snow ? Celui qui sourit ou celui qui tue ?

— Winterfell revient à ma sœur Sansa.

— J'ai eu mon content d'arguments sur lady Lannister et sa revendication. » Le roi déposa sa coupe. « Vous, vous pourriez m'apporter le Nord. Les bannerets de votre père se rallieraient au fils d'Eddard Stark. Même lord Trop-Gras-pour-chevaucher. Blancport me fournirait une source directe de provisions et une base sûre sur laquelle je pourrais me replier au besoin. Il n'est pas trop tard pour réparer votre folie, Snow. Pliez le genou et jurez-moi votre épée bâtarde, et vous vous relèverez Jon Stark, sire de Winterfell et gouverneur du Nord. »

Combien de fois me forcera-t-il à le répéter ? « Mon épée est jurée à la Garde de Nuit. »

Stannis parut écœuré. « Votre père aussi était un entêté. *L'honneur,* appelait-il cela. Eh bien, l'honneur a son coût, comme lord Eddard l'a appris pour son chagrin. Si cela vous donne quelque soulagement, Horpe et Massey sont condamnés à la déception. Je suis plus enclin à attribuer Winterfell à Arnolf Karstark. Un bon Nordien.

— Un Nordien. » *Plutôt un Karstark qu'un Bolton ou qu'un Greyjoy,* se dit Jon, mais cette pensée ne le consolait guère. « Les Karstark ont abandonné mon frère au milieu de ses ennemis.

— Après que votre frère a décapité lord Rickard. Arnolf se trouvait à mille lieues de là. Il a du sang Stark dans les veines. Le sang de Winterfell.

— Pas plus que la moitié des autres Maisons du Nord.

— Ces autres Maisons ne se sont point déclarées pour moi.

— Arnolf Karstark est un vieil homme au dos tordu, et même dans sa jeunesse il n'a jamais été le combattant qu'était lord Rickard. Les rigueurs de la campagne pourraient bien le tuer.

— Il a des héritiers, trancha Stannis. Deux fils, six petits-fils, quelques filles. Si Robert avait enfanté des fils légitimes, bien des gens qui sont morts vivraient peut-être encore.

— Votre Grâce ferait meilleure affaire avec Mors Freuxchère.

— Fort-Terreur en apportera la preuve.

— Ainsi donc, vous avez l'intention de mettre à exécution ce plan d'attaque ?

— En dépit des conseils du grand lord Snow ? Certes. Horpe et Massey sont peut-être des ambitieux, mais ils ne se trompent pas. Je ne peux rester oisif tandis que monte l'étoile de Roose Bolton et que décroît la mienne. Je dois frapper et montrer au Nord que je reste un homme à craindre.

— Le triton de Manderly ne figurait pas parmi ces bannières que dame Mélisandre a vues dans ses feux, fit observer Jon. Si vous aviez Blancport et les chevaliers de lord Wyman...

— *Si* est un mot pour les sots. Nous n'avons reçu aucune nouvelle de Davos. Il pourrait ne jamais avoir atteint Blancport. Arnolf Karstark écrit que les tempêtes ont fait rage sur le détroit. Advienne que pourra. Je n'ai point le temps de pleurer, ni d'attendre les caprices de lord Trop-Gras. Je dois considérer Blancport comme perdu pour moi. Sans un fils de Winterfell pour se tenir à mes côtés, je ne puis espérer remporter le Nord que par le combat. Cela exige que je m'inspire de la leçon qu'a enseignée mon frère. Non qu'il ait jamais été réputé pour son enseignement. Je dois porter à mes ennemis un coup mortel avant qu'ils comprennent que je fais mouvement vers eux. »

Jon sut qu'il perdait sa salive à parler. Stannis s'emparerait de Fort-Terreur ou périrait au cours de sa tentative. *La Garde de Nuit ne prend pas parti*, répéta une voix, mais une autre lui répondit : *Stannis combat pour le royaume, les Fer-nés pour des serfs et du pillage.* « Votre Grâce, je sais où vous pourriez trouver d'autres hommes. Cédez-moi les sauvageons, et je vous indiquerai de grand cœur où et comment.

— Je vous ai donné Clinquefrac. Contentez-vous-en.

— Je les veux tous.

— Certains de vos propres Frères jurés voudraient me faire croire que vous êtes pour moitié sauvageon vous-même. Est-ce vrai ?

— Pour vous, ils ne sont que chair à flèches. Je puis les mettre à meilleur emploi sur le Mur. Donnez-les-moi pour en user à ma guise, et je vous montrerai où trouver votre victoire... et des hommes par la même occasion. »

Stannis se massa la nuque. « Vous marchandez comme une vieillarde avec un cabillaud, lord Snow. Ned Stark vous aurait-il enfanté avec une poissonnière ? Combien d'hommes ?

— Deux mille. Peut-être trois.

— Trois *mille* ? De quelle sorte d'hommes parlons-nous ?

— D'hommes fiers. Pauvres. Chatouilleux sur le chapitre de l'honneur, mais féroces combattants.

— Vous avez intérêt à ne pas me jouer un tour de bâtard. Si je veux échanger trois cents combattants contre trois mille ? Assurément, je le veux. Je ne suis pas un parfait imbécile. Si je laisse également la fille avec vous, ai-je votre parole que vous monterez étroitement la garde auprès de notre princesse ? »

Elle n'est pas princesse. « Comme il plaira à Votre Grâce.

— Ai-je besoin de vous faire prêter serment devant un arbre ?

— Non. » *Était-ce de l'humour ?* Avec Stannis, la chose était difficile à dire.

« Marché conclu, alors. Bien. Où sont ces hommes ?

— Vous les trouverez ici. » Jon étala sa main brûlée sur la carte, à l'ouest de la route Royale et au sud du Don.

— Ces montagnes ? » Stannis devint soupçonneux. « Je ne vois là aucune indication de châteaux. Ni route, ni ville, ni bourg.

— La carte n'est pas le territoire, disait souvent mon père. Des hommes vivent dans les hautes vallées et les alpages depuis des milliers d'années, gouvernés par leurs chefs de clan. Vous les qualifieriez de nobliaux, bien qu'ils n'usent pas de tels termes entre eux. Les champions des clans se battent avec d'énormes épées à deux mains, tandis que les hommes ordinaires envoient des pierres à la fronde et font assaut de bâtons en frêne des montagnes. Un peuple querelleur, il faut le dire. Quand ils ne se battent pas entre eux, ils gardent leurs troupeaux, pêchent dans la baie des Glaces et élèvent les plus hardies montures que vous trouverez jamais.

— Et ils se battront pour moi, pensez-vous ?

— Si vous le leur demandez.

— Pourquoi devrais-je quémander ce qui m'est dû ?

— *Demander*, ai-je dit, non *quémander*. » Jon retira sa main. « Il ne sert à rien d'envoyer des messages. Votre Grâce devra elle-même aller à leur rencontre. Partager avec eux le pain et le sel, boire la bière, écouter leurs cornemuseurs, vanter la beauté de leurs filles et le courage de leurs fils, et leurs épées seront pour vous. Les clans n'ont plus vu de roi depuis que Torrhen Stark a plié le genou. Votre arrivée les honorera. *Ordonnez*-leur de combattre pour vous, et ils s'entre-regarderont en se demandant : *qui est cet homme ? Ce n'est pas mon roi.*

— De combien de clans me parlez-vous ?

— Une quarantaine, petits et grands. Flint, Wull, Norroit, Lideuil... Gagnez-vous le Vieux Flint et le Grand Quartaut, et le reste suivra.

— Le Grand *Quartaut* ?

— Le Wull. Il a la plus grosse panse des montagnes, et le plus grand nombre d'hommes. Les Wull pêchent dans la baie des Glaces et content à leurs petits que les Fer-nés viendront les prendre s'ils ne se conduisent pas bien. Pour parvenir jusqu'à eux, Votre Grâce devra traverser les terres des Norroit, toutefois. Ce sont les habitants les plus proches du Don et ils ont toujours vécu en bonne intelligence avec la Garde. Je pourrais vous donner des guides.

— Vous pourriez ? » Stannis ne laissait pas passer grand-chose. « Ou vous le ferez ?

— Je vous en donnerai. Vous en aurez besoin. Et des poneys au pied sûr. Là-haut, les chemins ne sont plus guère que des sentiers de chèvres.

— Des sentiers de chèvres ? » Le roi rétrécit ses yeux. « Je vous parle d'un mouvement rapide, et vous me faites perdre mon temps sur des *sentiers de chèvres* ?

— Quand le Jeune Dragon a conquis Dorne, il a eu recours à un sentier de chèvres pour contourner les tours de guet dorniennes sur les Osseux.

— Je connais l'histoire, moi aussi, mais Daeron l'a exagérée dans son bouquin prétentieux. Ce sont les vaisseaux qui ont remporté cette guerre, et non point des sentiers de chèvres. Poingdechêne a brisé Bourg-Cabanes et remonté la moitié de la Sang-vert tandis que le gros des forces dorniennes était engagé dans la Passe-du-Prince. » Stannis tambourina des doigts sur la carte. « Ces lords des montagnes ne s'opposeront pas à mon passage ?

— Hormis par des banquets. Chacun essaiera de surpasser les autres en hospitalité. Le seigneur mon père a dit qu'il n'avait jamais mangé moitié si bien qu'en visitant les clans.

— Pour trois mille hommes, je suppose que je peux endurer quelques cabrettes et du gruau », concéda le roi, bien que le ton de sa voix rechignât même à cela.

Jon se tourna vers Mélisandre. « Madame, un avertissement loyal. Les anciens dieux sont puissants dans ces montagnes. Les hommes des clans ne souffriront point qu'on insulte leurs arbres-cœur. »

La remarque parut amuser la femme rouge. « Ne craignez rien, Jon Snow, je ne troublerai pas vos sauvages des montagnes et leurs dieux sombres. Ma place est ici, auprès de vous et de vos valeureux frères. »

C'était la dernière chose qu'aurait désirée Jon Snow, mais avant qu'il puisse formuler une objection, le roi déclara : « Où voudriez-vous que je mène ces vaillants guerriers, sinon contre Fort-Terreur ? »

Jon jeta un coup d'œil à la carte. « Motte-la-Forêt. » Il frappa le lieu du doigt. « Si Bolton a l'intention d'attaquer les Fer-nés, vous le devez aussi. L'endroit se compose d'un rempart et d'une motte castrale au sein d'une forêt profonde, facile à prendre par surprise. Un castel de *bois*, défendu par une digue de terre et une palissade en rondins. La progression sera plus lente à travers les montagnes, je vous l'accorde, mais là-haut votre ost pourra se déplacer sans être vu, pour émerger presque aux portes de Motte. »

Stannis se frictionna la mâchoire. « Lors du premier soulèvement de Balon Greyjoy, j'ai battu les Fer-nés en mer, où ils sont les plus féroces. Sur terre, pris à l'improviste… Certes. J'ai remporté une victoire sur les sauvageons et leur Roi-d'au-delà-du-Mur. Si je peux également écraser les Fer-nés, le Nord saura qu'il a de nouveau un roi. »

Et j'aurai mille sauvageons, se dit Jon, *et aucun moyen d'en nourrir ne serait-ce que la moitié.*

TYRION

La *Farouche Pucelle* avançait à travers le brouillard comme un aveugle tâtonne dans une salle inconnue de lui.

La septa Lemore priait. Les brumes amortissaient le son de sa voix pour l'amenuiser, l'assourdir. Griff arpentait le pont, sa maille cliquetant doucement sous sa cape en peau de loup. De temps en temps, il touchait son épée, comme pour s'assurer qu'elle pendait toujours à sa hanche. Rolly Canardière maniait la perche sur tribord, Yandry, celle sur bâbord. Ysilla tenait la barre.

« Je n'aime pas cet endroit, marmonna Haldon Demi-Mestre.

— Un peu de brouillard vous effraie ? » se gaussa Tyrion, bien qu'à la vérité, il y en eût beaucoup. À la proue de la *Farouche Pucelle*, veillait Griff le Jeune avec la troisième perche, pour les écarter des périls quand ils surgissaient dans le brouillard. Les lanternes avaient été allumées en proue et en poupe, mais la brume était si épaisse qu'à mi-navire, le nain distinguait à peine une lumière flottant en avant et une autre qui les suivait. Lui-même avait pour consigne de s'occuper du brasero et de ne pas laisser le feu s'éteindre.

« Il s'agit pas d'un brouillard ordinaire, Hugor Colline, insista Ysilla. Il pue la sorcellerie, comme tu le saurais si t'avais un nez pour flairer. Bien des voyageurs se sont perdus ici, des barges, des pirates et même de grandes galères de fleuve. Ils errent tristement à travers les brumes, en quête d'un soleil qu'ils ne trouveront jamais, jusqu'à ce que la folie ou la faim leur prennent la vie. Dans l'air flottent des esprits inquiets, et sous l'eau, des âmes tourmentées.

— En voici déjà une », annonça Tyrion. Sur tribord, une main assez grande pour broyer le bateau sortait des profondeurs envasées. Seul le bout de deux doigts crevait la surface du fleuve, mais tandis que la *Farouche Pucelle* les esquivait, Tyrion vit le reste de la main onduler sous l'eau, et un visage pâle tourné vers le haut. Malgré le ton badin de sa voix, il était troublé. L'endroit était malsain et exhalait des relents de désespoir et de mort. *Ysilla n'a pas tort. Ce brouillard n'est pas naturel.* Une infection croissait dans ces eaux pour croupir dans l'air. *Rien d'étonnant si les hommes de pierre perdent la raison.*

« Tu ne devrais pas railler, le mit en garde Ysilla. Les morts chuchotants détestent les chauds et les vifs et cherchent sans trêve d'autres âmes damnées qui viendront les rejoindre.

— Je doute qu'ils aient un linceul à ma taille. » Le nain activa les braises avec un tisonnier.

« La haine ne meut point les hommes de pierre autant que la faim. » Haldon Demi-Mestre s'était enveloppé la bouche et le menton dans une écharpe jaune, qui étouffait sa voix. « Dans ces brumes, rien ne pousse dont un homme sensé voudrait se nourrir. Trois fois par an, les triarques de Volantis expédient une galère qui remonte le fleuve, chargée de provisions, mais souvent les bateaux de miséricorde tardent à arriver et parfois ils apportent davantage de bouches que de vivres.

— Le fleuve doit être poissonneux, estima Griff le Jeune.

— Je mangerais pas de poisson pêché dans ces eaux, dit Ysilla. J'en mangerais pas.

— Nous ferions bien de ne pas respirer le brouillard, non plus, déclara Haldon. La Malédiction de Garin nous cerne de partout. »

La seule façon de ne pas le respirer serait de ne plus respirer du tout. « La Malédiction de Garin, c'est la léprose, voilà tout », commenta Tyrion. La malédiction se manifestait souvent chez les enfants, en particulier dans les climats humides et froids. La chair affectée durcissait, se calcifiait et se craquelait, bien que le nain ait lu qu'on pouvait endiguer la progression de la grisécaille par l'emploi de citrons, de cataplasmes à la moutarde et de bains d'eau bouillante (selon les mestres) ou de la prière, des sacrifices et du jeûne (selon les septons). Alors, la maladie passait, laissant ses jeunes victimes gravement marquées mais vivantes. Mestres et septons s'accordaient à dire que les enfants touchés par la grisécaille n'étaient jamais infectés par la forme plus rare et mortelle de l'affection, ni par sa si fulgurante cousine, la peste grise. « On prétend que la faute en incombe à l'humidité, dit-il. À des humeurs méphitiques dans l'air. Pas à des malédictions.

— Les conquérants y croyaient pas non plus, Hugor Colline, répondit Ysilla. Les hommes de Volantis et de Valyria ont accroché Garin dans une cage d'or et se sont moqués quand il en a appelé à sa Mère pour les détruire. Mais, pendant la nuit, les eaux sont montées et les ont noyés et, depuis ce jour, ils ont plus connu le repos. Ils sont toujours là en bas, sous l'eau, eux qui avaient jadis été les seigneurs du feu. Leur haleine froide remonte de la vase pour faire naître ces brouillards, et leur chair s'est faite pierre, à l'instar de leur cœur. »

Le moignon du nez de Tyrion le démangeait férocement. Il se gratta. *La vieille a peut-être raison. Ce n'est pas un site agréable. J'ai l'impression d'être revenu au lieu d'aisances, à regarder mourir mon père.* Il deviendrait fou, lui aussi, s'il devait passer ses jours dans cette soupe grise tandis que sa chair et ses os se changeraient en pierre.

Griff le Jeune ne semblait pas partager ses appréhensions. « Qu'ils essaient de nous chercher noise, et ils verront de quel bois nous sommes faits.

— Nous sommes faits de sang et d'os, à l'image du Père et de la Mère, affirma la septa Lemore. Ne prononcez pas de vaines rodomontades, je vous en prie. L'orgueil est un péché grave. Les hommes de pierre étaient pleins de morgue, eux aussi, le Seigneur au Linceul était le plus fier d'entre tous. »

La chaleur des braises luisantes amena une rougeur sur le visage de Tyrion. « Existe-t-il, seulement, ce Seigneur au Linceul ? Ou n'est-ce qu'une fable ?

— Le Seigneur au Linceul règne sur ces brumes depuis l'époque de Garin, répondit Yandry. Certains prétendent que c'est Garin lui-même, revenu de son tombeau des eaux.

— Les morts ne reviennent pas, insista Haldon Demi-Mestre, et personne ne vit mille ans. Oui, il existe un seigneur au suaire. Il y en a eu une vingtaine. Lorsqu'il en meurt un, un autre prend sa place. L'actuel est un corsaire des îles du Basilic qui se figurait que la Rhoyne offrirait de plus riches butins que la mer d'Été.

— Oui, j'ai entendu raconter ça, moi aussi, déclara Canard, mais y a une autre histoire que je préfère. Celle qui dit qu'il est pas pareil aux autres hommes de pierre, qu'il a commencé par être une statue, jusqu'à ce qu'une femme grise émerge du brouillard et l'embrasse, avec des lèvres froides comme la glace.

— *Assez*, coupa Griff. Taisez-vous, tous. »

La septa Lemore retint son souffle. « *Qu'est-ce que c'était ?*

— Où ? » Tyrion ne voyait que le brouillard.

« Un mouvement. J'ai vu des cernes sur l'eau.

— Une tortue, annonça Griff le Jeune sur un ton badin. Une grande brise-l'os, ce n'était rien d'autre. » Il brandit sa perche devant eux et les écarta d'un gigantesque obélisque vert.

Le brouillard se collait à eux, humide et glacé. Un temple englouti émergea de la grisaille tandis que Yandry et Canard pesaient sur leurs perches et marchaient à grands pas de la proue à la poupe, en poussant. Ils croisèrent un escalier de marbre qui sortait en spirale de la vase et s'achevait dans les airs, fracassé. Au-delà, à demi visibles, paraissaient d'autres formes : flèches brisées, statues décapitées, arbres aux racines plus grosses que leur barge.

« C'était la plus belle cité du fleuve, et la plus riche, expliqua Yandry. Chroyane, la ville des fêtes. »

Trop riche, jugea Tyrion, *trop belle. Il n'est jamais sage de tenter les dragons.* La ville engloutie les environnait de toutes parts. Une forme entr'aperçue passa au-dessus de leurs têtes, des ailes au cuir pâle brassant les brumes. Le nain tendit le cou pour mieux voir, mais la créature disparut aussi subitement qu'elle était apparue.

Peu après, une autre lumière flotta dans leur champ de vision. « Holà du navire, lança une voix par-dessus les flots, faiblement. Qui êtes-vous ?

— La *Farouche Pucelle*, cria en retour Yandry.

— Le *Martin-Pêcheur*. Vous remontez ou descendez ?

— On descend. Des peaux et du miel, de la bière et du suif.

— On remonte. Des couteaux et des aiguilles, de la dentelle et du lin, du vin épicé.

— Quelles nouvelles de l'antique Volantis ?

— La guerre, leur revint-il.

— Où ? cria Griff. Quand ?

— Au tournant de l'année, lui fut-il répondu, Nyessos et Malaquo vont main dans la main et les éléphants arborent des rayures. » La voix s'estompa tandis que l'autre navire s'éloignait d'eux. Ils regardèrent son fanal diminuer et disparaître.

« Est-il bien sage de héler dans le brouillard des bateaux que nous ne voyons pas ? s'inquiéta Tyrion. Et si c'étaient des pirates ? » Ils avaient eu de la chance, sur le chapitre des pirates, en passant de nuit le lac de la Dague, ni repérés ni attaqués. Une fois, Canard avait aperçu une coque qui, insistait-il, appartenait à Urho l'Infect. La *Farouche Pucelle* se trouvait au vent du bâtiment, toutefois, et Urho – s'il s'agissait bien de lui – n'avait manifesté aucun intérêt à leur sujet.

« Les pirates se refusent à s'aventurer dans les Chagrins, lui dit Yandry.

— Des éléphants avec des rayures ? bougonna Griff. Qu'est-ce que ça veut dire ? Nyessos et Malaquo ? Illyrio a suffisamment versé au triarque Nyessos pour le posséder huit fois.

— En or ou en fromage ? » ironisa Tyrion.

Griff se tourna subitement vers lui. « À moins que ta prochaine saillie ne puisse trancher ce brouillard, garde-la pour toi. »

Oui, Père, faillit répliquer le nain. *Je ne ferai aucun bruit. Merci.* Sans connaître ces Volantains, il lui parut pourtant que tigres et éléphants pouvaient avoir de bonnes raisons de faire cause commune face à des dragons. *Il se pourrait que le marchand de fromages ait mal jaugé la situation. On peut acheter un homme avec de l'or, mais seuls le sang et l'acier le maintiendront loyal.*

Le petit homme tisonna de nouveau les braises et souffla dessus pour les faire plus vivement arder. *J'ai horreur de ça. Horreur de ce brouillard. Horreur de cet endroit. Et je ne suis pas follement entiché de Griff.* Tyrion avait toujours avec lui les champignons vénéneux qu'il avait cueillis dans les jardins de la demeure d'Illyrio et, certains jours, l'envie le chatouillait fort d'en glisser dans le souper de Griff. Le problème était que Griff ne semblait guère manger.

Canard et Yandry poussèrent sur les perches. Ysilla tourna la barre. Griff le Jeune écarta la *Farouche Pucelle* d'une tour fracassée dont les fenêtres les contemplaient comme des yeux noirs et aveugles. Au-dessus de leur tête, la voile pendait, lourde et molle. L'eau devint plus profonde sous leur coque, jusqu'à ce que leurs perches ne touchent plus le fond, mais le courant continua de les entraîner vers l'amont, jusqu'à ce que...

Tout ce que voyait Tyrion, c'était une masse qui montait du fleuve, bossue et inquiétante. Il la prit pour une colline dominant un îlot boisé, ou un rocher colossal enveloppé de mousse et de fougères, masqué par le brouillard. Mais au fur et à mesure que la *Farouche Pucelle* approchait, la forme se précisa. On distingua près des eaux un donjon de bois, pourri et envahi par la végétation. De fines flèches prirent forme au-dessus, certaines brisées comme des lances rompues. Des tours sans toit apparaissaient et disparaissaient, tendues en aveugle vers les hauteurs. Des salles et des galeries défilèrent : de gracieux arcs-boutants, des arches délicates, des colonnes flûtées, des terrasses et des promenades.

Tout cela ruiné, désolé, écroulé.

Ici, la mousse grise prospérait, couvrant les pierres effondrées en grands monticules et adornant d'une barbe toutes les tours. Des lianes noires s'enfournaient et s'extirpaient par les fenêtres et les portes, enguirlandaient les arches et escaladaient le flanc des hauts murs de pierre. Le brouillard voilait les trois quarts du palais, mais ce qu'ils en apercevaient suffit amplement à convaincre Tyrion que cette forteresse sur l'île avait jadis eu dix fois la taille du Donjon Rouge et cent fois sa beauté. Il sut où il se trouvait. « Le Palais de l'Amour, dit-il doucement.

— C'était son nom rhoynar, commenta Haldon Demi-Mestre, mais depuis mille ans c'est le Palais du Chagrin. »

Si la ruine présentait un triste spectacle, savoir ce qu'elle avait été redoublait cette tristesse. *Il y avait autrefois des rires, ici,* songea Tyrion. *Il y avait des jardins remplis de fleurs et des fontaines toutes dorées qui clignaient au soleil. Ces marches ont jadis résonné du pas des amants, et sous ce dôme brisé des mariages sans nombre se sont scellés par un baiser.* Ses pensées se tournèrent vers Tysha, si brièvement son épouse. *C'était Jaime,* se dit-il avec désespoir. *Il était du même sang que moi – mon frère, grand, vigoureux. Quand j'étais petit, il m'apportait des jouets, des cerceaux de tonneaux, des cubes et un lion en bois sculpté. Il m'a offert mon premier poney et appris à le monter. Quand il a dit qu'il t'avait achetée pour moi, je n'en ai pas douté un instant. Et pourquoi aurais-je douté ? C'était Jaime, et tu n'étais qu'une fille qui tenait un rôle. J'ai redouté cela d'emblée, dès l'instant où tu m'as souri pour la première fois et laissé toucher ta main. Mon propre père ne pouvait m'aimer. Pourquoi l'aurais-tu fait, si ce n'était pas pour de l'or ?*

À travers les longs doigts gris de la brume, il entendit de nouveau le vrombissement grave et frémissant d'une corde d'arbalète qui se relâchait, le grognement que poussait lord Tywin quand le carreau le frappait sous le ventre, le claquement de ses fesses quand il se rasseyait pour mourir. « Où vont les putes », avait-il dit. *Et où est-ce donc ?* voulait lui demander Tyrion. *Où est allée Tysha, père ?* « Combien de temps encore allons-nous subir ce brouillard ?

— Encore une heure de temps et nous devrions être tirés des Chagrins, répondit Haldon Demi-Mestre. Ensuite, ce ne sera plus qu'une croisière de plaisance. Sur la Basse-Rhoyne, il y a un village à chaque méandre. Des vergers et des vignobles, des champs de grain mûrissant au soleil, des pêcheurs sur l'eau, des bains chauds et des vins doux. Selhorys, Valysar et Volon Therys sont des bourgs fortifiés si importants qu'ils compteraient comme villes dans les Sept Couronnes. Je crois que je...

— Lumière devant », avertit Griff le Jeune.

Tyrion la vit aussi. *Le* Martin-Pêcheur, *ou une autre barge*, supposa-t-il, mais, il ne savait comment, il sentait que ce n'était pas ça. Son nez le démangeait. Il le gratta avec férocité. La lumière s'aviva au fur et à mesure que la *Farouche Pucelle* s'en approchait. Douce étoile au loin, elle brillait faiblement dans les brumes, les invitant à poursuivre. Bientôt elle devint double, puis triple : une rangée irrégulière de fanaux qui s'élevaient hors de l'eau.

« Le *Pont des Rêves*, le nomma Griff. Il va y avoir des hommes de pierre sur son arche. Certains pourront gémir en nous voyant approcher, mais ils sont peu susceptibles de nous porter atteinte. La plupart des hommes de pierre sont des créatures débiles, maladroites, pesantes, sans jugement. Près de la fin, ils perdent tous l'esprit, mais c'est là qu'ils sont les plus dangereux. Au besoin, repoussez-les avec des torches. Sous aucun prétexte ne les laissez vous toucher.

— Ils pourraient même ne pas nous voir, ajouta Haldon Demi-Mestre. Le brouillard nous cachera d'eux jusqu'à ce que nous ayons pratiquement atteint le pont, et ensuite nous serons passés avant qu'ils aient conscience de notre présence. »

Les yeux de pierre sont des yeux d'aveugle, songea Tyrion. La forme mortelle de la grisécaille, il le savait, commençait par les extrémités : un fourmillement au bout des doigts, un ongle de pied qui virait au noir, une perte de sensation. Au fur et à mesure que l'ankylose progressait dans la main, ou passait le pied pour gravir la jambe, la chair se raidissait et devenait froide, et la peau de la victime tournait à une teinte grisâtre, semblable à celle de la pierre. Il avait entendu dire qu'existaient trois remèdes efficaces à la grisécaille : la hache, l'épée et le couperet. Tyrion le savait, trancher les parties affectées arrêtait parfois la propagation de la maladie, mais pas toujours. Plus d'un homme avait sacrifié un bras ou un pied, pour découvrir que l'autre virait au gris. Une fois que cela se produisait, tout espoir était perdu. La cécité s'ensuivait en général lorsque la pierre atteignait le visage. Dans ses derniers stades, la malédiction se tournait vers l'intérieur, vers les muscles, les os, les organes internes.

Devant eux, le pont grandit. Le *Pont des Rêves*, l'avait appelé Griff, mais ce rêve-là était brisé, fracassé. De pâles arches de pierre se succédaient dans le brouillard, partant du Palais du Chagrin vers la rive occidentale du fleuve. La moitié d'entre elles s'étaient écroulées, entraînées par le poids de la mousse grise qui les drapait et les épaisses lianes noires qui serpentaient hors de l'eau. Le large parapet de bois du pont avait entièrement pourri, mais certaines des lampes qui bordaient le tablier brillaient toujours. Quand la *Farouche Pucelle* s'approcha, Tyrion vit les silhouettes d'hommes de pierre se mouvoir dans la clarté, vaguant d'un pas gauche autour des lampes comme de lents papillons de nuit gris. Certains étaient nus, d'autres enveloppés de linceuls.

Griff tira son épée. « Yollo, allume les torches. Petit, ramène Lemore dans sa cabine et reste auprès d'elle. »

Griff le Jeune jeta à son père un regard buté. « Lemore connaît le chemin de sa cabine. Je veux rester.

— Nous avons juré de te protéger, dit doucement Lemore.

— Je n'ai pas besoin qu'on me protège. Je sais manier une épée aussi bien que Canard. Je suis à moitié chevalier.

— Et à moitié mioche, riposta Griff. Fais ce qu'on te dit. Sur-le-champ. »

Le jeune homme jura à mi-voix et jeta sa perche sur le pont. Le son résonna étrangement dans les brumes et, l'espace d'un instant, il sembla que des perches pleuvaient tout autour d'eux. « Pourquoi devrais-je courir me cacher ? Haldon reste, Ysilla aussi. Et même Hugor.

— Certes, fit Tyrion, mais je suis assez petit pour me camoufler derrière un canard. » Il plongea une demi-douzaine de torches dans les braises luisantes du brasero et regarda les chiffons imbibés d'huile s'enflammer. *Ne fixe pas le feu*, s'enjoignit-il. Les flammes le laisseraient ébloui dans la nuit.

« Mais tu es un *nain*, déclara Griff le Jeune avec dédain.

— Mon secret a été percé à jour, reconnut Tyrion. Oui, je mesure moitié moins qu'Haldon, et personne ne donnerait un pet de comédien de ma vie. » *Moi moins que quiconque.* « Toi, en revanche... tu es tout.

— Le nain, je t'ai prévenu... », s'emporta Griff.

Une plainte monta comme un frisson à travers le brouillard, faible et aiguë.

Lemore pivota, en tremblant. « Que les Sept nous sauvent tous. »

Le pont rompu était à moins de cinq pas devant eux. Autour de ses piles, l'eau blanchissait comme l'écume aux lèvres d'un dément. Quarante pieds plus haut, les hommes de pierre geignaient et marmottaient sous une lampe vacillante. La plupart ne s'intéressaient pas plus à la *Farouche Pucelle* qu'à une bûche à la dérive. Tyrion serra plus fort sa torche et s'aperçut qu'il retenait son souffle. Puis ils furent sous le pont, des parois blanches, alourdies de draperies de champignons gris, dressées de part et d'autre, l'eau moussant avec rage autour d'eux. Un temps, il sembla qu'ils percuteraient la pile de droite, mais Canard tendit sa perche, les repoussant au centre du courant, et quelques battements de cœur plus tard ils étaient au large.

Tyrion n'eut pas plus tôt repris son souffle que Griff le Jeune le saisit par le bras. « Qu'est-ce que tu veux dire ? Je suis *tout* ? Qu'est-ce que tu entends par là ? Pourquoi serais-je tout ?

— Ma foi, répondit Tyrion, si les hommes de pierre s'étaient emparés de Yandry, de Griff ou de notre accorte Lemore, nous aurions porté leur deuil et poursuivi notre chemin. Que l'on te perde, toi, et toute l'entreprise est ruinée, et le marchand de fromages et l'eunuque auront dépensé tant d'années de fiévreuses manigances en vain... N'est-ce pas ? »

Le jeune homme regarda Griff. « Il sait qui je suis. »

Si je ne le savais pas avant, ce serait désormais établi. La *Farouche Pucelle* avait progressé bien en aval du *Pont des Rêves.* Il n'en restait plus qu'une lumière s'amenuisant sur l'arrière, qui bientôt disparaîtrait à son tour. « Tu es Griff le Jeune, fils de Griff l'épée-louée, déclara Tyrion. Ou peut-être le Guerrier sous une apparence mortelle. Laisse-moi y regarder de plus près. » Il leva la torche, de façon à baigner de sa lumière le visage de Griff le Jeune.

« Arrête, ordonna Griff, ou tu regretteras de ne pas avoir obéi. »

Le nain l'ignora. « Ces cheveux bleus font paraître bleus tes yeux, c'est bien. Et cette histoire de les teindre en l'honneur de ta défunte mère tyroshie était tellement touchante que j'ai failli fondre en larmes. Mais quand même, un curieux pourrait se demander pourquoi le rejeton d'un mercenaire aurait besoin d'une septa déchue pour lui enseigner la Foi, ou d'un mestre sans chaîne pour lui inculquer l'histoire et les langues. Et un homme habile pourrait s'interroger sur les raisons qui ont poussé ton père à engager un chevalier errant pour te former aux armes, quand il aurait tout bonnement pu t'expédier comme apprenti dans une des compagnies libres. On dirait presque qu'on voulait te tenir caché tout en te préparant à... À quoi ? Hum, en voilà une énigme, mais je suis sûr qu'avec du temps, ça me viendra à l'idée. Je dois l'admettre, tu as des traits nobles, pour un gamin mort. »

Le jeune homme rougit. « *Je ne suis pas mort.*

— Comment cela se fait-il ? Le seigneur mon père a enveloppé ta dépouille dans un manteau rouge et t'a étendu auprès de ta sœur au pied du Trône de Fer, en offrande au nouveau roi. Ceux qui ont eu assez de tripes pour soulever le manteau ont dit qu'il te manquait la moitié du crâne. »

Le jeune homme recula d'un pas, désorienté. « Ton...

— *Mon père*, oui. Tywin de la maison Lannister. Peut-être as-tu entendu parler de lui ? »

Griff le Jeune hésita. « *Lannister ?* Ton père...

— ... est mort. De ma main. S'il plaît à Votre Grâce de me dénommer Yollo ou Hugor, soit. Mais sachez que je suis né Tyrion de la maison Lannister, fils légitime de Tywin et Joanna, que j'ai tous deux tués. D'aucuns vous diront que je suis un tueur de roi, un tueur des miens, et un menteur, et tout cela est vrai... Mais après tout, nous sommes une compagnie de menteurs, n'est-ce pas ? Prenez votre prétendu père. *Griff*, c'est bien ça ? » Le nain ricana. « Vous devriez remercier les dieux que Varys l'Araignée participe à votre complot. *Griff* n'aurait pas trompé une seconde le prodigieux équeuté, pas plus qu'il ne m'a abusé, moi. *Pas un lord*, me dit Messire, *pas un chevalier*. Et moi, je ne suis pas nain. Affirmer une chose ne suffit point à la rendre vraie. Qui de mieux pour élever le jeune fils du prince Rhaegar que le cher ami du prince Rhaegar, Jon Connington, oncques lord de la Griffonnière et Main du Roi ?

— Tais-toi. » L'inquiétude perçait dans la voix de Griff.

Sur le flanc bâbord du navire, on distinguait une énorme main de pierre, juste submergée. Deux doigts crevaient la surface. *Combien y en a-t-il de semblables ?* s'interrogea Tyrion. Une goutte d'humidité dévala son échine et le fit frissonner. Les Chagrins défilaient sur leurs deux côtés. Scrutant les brumes, Tyrion aperçut une flèche brisée, un héros décapité, un arbre vénérable arraché au sol et renversé, ses racines immenses serpentant à travers le toit et les baies d'un dôme fracassé. *Pourquoi tout ceci me semble-t-il familier ?*

Droit devant, un escalier dallé de marbre pâle sortait de l'eau sombre en une gracieuse spirale, se terminant brutalement dix pieds au-dessus de leurs têtes. *Non*, se dit Tyrion, *ce n'est pas possible.*

« Devant. » La voix de Lemore frémissait. « Une lumière. » Tous regardèrent. Tous la virent.

« Le *Martin-Pêcheur*, déclara Griff. Lui, ou un bâtiment du même genre. » Mais il tira de nouveau son épée.

Personne ne dit mot. La *Farouche Pucelle* flottait au fil du courant. Elle n'avait pas levé sa voile depuis qu'elle était entrée dans les Chagrins. Elle n'avait d'autre moyen de progresser que de descendre le fleuve. Canard, debout, plissait les yeux, serrant sa perche à deux mains. Au bout d'un moment, même Yandry cessa de pousser. Tous les yeux fixaient la lumière au loin. Tandis qu'ils s'approchaient, elle devint double. Puis triple.

« Le *Pont des Rêves*, dit Tyrion.

— Inconcevable, protesta Haldon Demi-Mestre. Nous avons laissé le pont derrière nous. Un fleuve ne coule que dans une seule direction.

— Notre Mère la Rhoyne coule à sa guise, murmura Yandry.

— Que les Sept nous préservent », fit Lemore.

Droit devant, les hommes de pierre sur l'ouvrage commencèrent à gémir. Quelques-uns les désignaient du doigt. « Haldon, fais descendre le prince », ordonna Griff.

Il était trop tard. Le courant les tenait dans ses crocs. Ils dérivaient inexorablement vers le pont. Yandry frappa avec sa perche pour leur éviter de se jeter contre une pile. La poussée les fit partir de guingois, à travers un rideau de pâle mousse grise. Tyrion sentit des vrilles caresser son visage, douces comme des doigts de putain. Puis il y eut un fracas derrière lui et le pont de la barge se cabra si soudain qu'il faillit perdre l'équilibre et basculer par-dessus bord.

Un homme de pierre s'écrasa dans le bateau.

Il atterrit sur le rouf – si lourdement que la *Farouche Pucelle* parut tanguer – et leur rugit un mot en une langue que Tyrion ne connaissait pas. Un deuxième homme de pierre suivit, atterrissant à l'arrière près de la barre. Les planches détériorées éclatèrent sous l'impact, et Ysilla poussa un hurlement.

Canard était le plus proche de lui. Le colosse ne perdit pas de temps à chercher son épée. Il choisit de balancer sa perche, s'en servant pour frapper l'homme de pierre en pleine poitrine et le projeter hors du bateau, dans le fleuve où il coula immédiatement sans un bruit.

Griff s'en prit au deuxième homme à l'instant où celui-ci descendait maladroitement du toit du rouf. Avec une épée dans la main droite et une torche dans la gauche, il repoussa la créature en arrière. Lorsque le courant emporta la *Farouche Pucelle* sous le pont, leurs ombres mobiles dansèrent sur les parois moussues. Comme l'homme de pierre venait vers la poupe, Canard lui barra le passage, perche en main. Quand l'intrus repartit vers l'avant, Haldon Demi-Mestre agita devant lui une seconde torche et le repoussa. Il n'eut pas d'autre choix que d'aller droit sur Griff. Le capitaine s'effaça de côté, sa lame fulgurant. Une étincelle jaillit quand l'acier mordit dans la chair grise calcifiée de l'homme, mais cela n'empêcha point son bras de tomber sur le pont. Griff écarta le membre d'un coup de pied. Yandry et Canard avaient accouru avec leurs perches. Ensemble, ils forcèrent la créature par-dessus bord dans les flots noirs de la Rhoyne.

Désormais, la *Farouche Pucelle* avait dérivé hors du domaine du pont brisé. « Nous les avons tous eus ? s'enquit Canard. Combien ont sauté ?

— Deux, déclara Tyrion avec un frisson.

— Trois, corrigea Haldon. Derrière toi. »

Le nain se tourna : le troisième était là.

Le saut lui avait brisé une jambe, et la pointe irrégulière d'un os pâle perçait à travers le tissu pourri de ses chausses et la chair grise au-dessous. L'os cassé était taché de sang brun, mais l'homme continuait d'avancer d'un pas lourd, tendant les bras vers Griff le Jeune. Il avait la main grise et raide, mais du sang coulait entre ses phalanges tandis qu'il s'efforçait de refermer ses doigts pour saisir. Le jeune homme restait là, les yeux écarquillés, comme fait de pierre lui aussi. Il avait la main posée sur la poignée de son épée mais semblait avoir oublié pourquoi.

Tyrion faucha les jambes du jeune homme sous lui et bondit au-dessus de lui quand il tomba, brandissant sa torche au visage de l'homme de pierre, pour le faire tituber en arrière sur sa jambe brisée, tout en giflant les flammes de ses mains grises et raides. Le nain, se dandinant, pressa son avantage, pour frapper de taille avec la torche, puis d'estoc en visant les yeux de l'homme de pierre. *Un peu plus loin. Recule, encore un pas, un autre.* Ils atteignaient l'extrémité du pont quand la créature se rua sur lui, se saisit de la torche pour la lui arracher des mains. *Foutre*, songea Tyrion.

L'homme de pierre se débarrassa de la torche. On entendit un léger chuintement quand les flots noirs éteignirent les flammes. L'homme de pierre poussa un hurlement. Il avait été estivien, jadis ; sa mâchoire et la moitié de sa joue s'étaient changées en pierre, mais sa peau préservait son noir de minuit dans les zones qui n'avaient pas viré au gris. À l'endroit où il avait saisi la torche, sa peau s'était craquelée, fendue. Du sang coulait de ses phalanges bien qu'il n'en parût pas conscient. C'était une modeste mesure de miséricorde, supposa Tyrion. Quoique mortelle, la léprose n'avait pas la réputation d'être douloureuse.

« *Écarte-toi !* » cria quelqu'un, au loin, et une autre voix ordonna : « Le prince ! Protégez le petit ! » L'homme de pierre tituba vers l'avant, ses mains tendues pour saisir.

Tyrion lui assena un coup d'épaule.

Il eut l'impression de heurter un rempart de château, mais ce château se dressait sur une jambe cassée. L'homme de pierre bascula en arrière, se raccrochant à Tyrion dans sa chute. Ils percutèrent le fleuve en soulevant une énorme gerbe, et la Mère Rhoyne les avala tous deux.

Le froid subit frappa Tyrion comme une massue. En coulant, il sentit une main de pierre tâtonner sur son visage. Une autre se referma autour de son bras, l'entraînant dans les profondeurs obscures. Aveuglé, le nez bouché par le fleuve, étouffant, sombrant, il flanqua des coups de pieds et se tortilla pour détacher les doigts de son bras, mais les phalanges de pierre ne lâchaient pas prise. L'air s'échappa de ses lèvres en un bouillonnement. Le monde était noir, un noir qui s'épaississait sans cesse.

Il y a de pires façons de mourir que la noyade. Et, à franchement parler, il était mort il y avait longtemps de cela, à Port-Réal. Seul son revenant s'était attardé, le petit spectre revanchard qui avait étranglé Shae et planté un carreau d'arbalète dans les tripes du grand lord Tywin. Personne ne pleurerait la créature qu'il était devenu. *Je hanterai les Sept Couronnes*, se dit-il, coulant toujours plus bas. *Ils n'ont pas voulu m'aimer vivant. Alors, qu'ils me craignent mort !*

Lorsqu'il ouvrit la bouche pour tous les maudire, une eau d'encre emplit ses poumons et les ténèbres se refermèrent sur lui.

DAVOS

« Sa Seigneurie va à présent te recevoir, contrebandier. »

Le chevalier portait une armure d'argent, des grèves et un gantelet rehaussés de nielle afin de suggérer de souples lames d'algues. Le heaume sous son bras figurait la tête du roi triton, avec une couronne en nacre et une barbe proéminente de jais et de jade. Sa propre barbe était aussi grise que l'océan en hiver.

Davos se leva. « Puis-je connaître votre nom, ser ?

— Ser Marlon Manderly. » Il mesurait une tête de plus que Davos et pesait une quarantaine de livres supplémentaires, avait des yeux gris ardoise et une intonation hautaine dans la voix. « J'ai l'honneur d'être le cousin de lord Wyman et le commandant de sa garnison. Suivez-moi. »

Davos s'était présenté à Blancport en émissaire, mais ils l'avaient transformé en détenu. Il occupait des appartements spacieux, aérés et bellement meublés, mais des gardes se tenaient devant sa porte. De sa fenêtre, il pouvait voir les rues de Blancport au-delà des remparts du château, mais n'avait pas la permission de les parcourir. Il distinguait le port, aussi, et avait regardé la *Gaie Ventrière* descendre l'estuaire. Avant de s'en aller, Casso Mogat avait attendu quatre jours, au lieu de trois. Une nouvelle quinzaine s'était écoulée, depuis lors.

La garde domestique de lord Manderly portait des capes en laine bleu-vert, et des tridents d'argent en lieu des piques traditionnelles. Un garde marchait devant lui, un autre derrière et un de chaque côté. Ils longèrent les bannières fanées, les boucliers brisés et les épées rouillées de cent anciennes victoires, et une vingtaine de figures de bois, fendues et vermoulues, qui ne pouvaient qu'avoir adorné des proues de vaisseaux.

Deux tritons de marbre flanquaient la cour de Sa Seigneurie, cousins de moindre stature de Pied-de-Poisson. Tandis que les gardes ouvraient en grand les portes, un héraut cogna le manche de son bâton contre un vieux plancher de bois. « *Ser Davos de la maison Mervault* », annonça-t-il d'une voix retentissante.

En dépit de nombreuses visites à Blancport, Davos n'avait jamais mis les pieds à l'intérieur du Châteauneuf, et moins encore à la cour du Triton. Murs, sols et plafonds étaient construits de lattes de bois habilement chevillées, et ornés de toutes les créatures de la mer. Pour approcher de l'estrade, Davos foula des peintures de crabes, de palourdes et d'étoiles de mer, à demi tapies sous les crinières tordues d'algues noires et un ossuaire de marins noyés. Sur les murs de part et d'autre, des requins pâles rôdaient dans le bleu-vert de profondeurs peintes, tandis que murènes et céphalopodes ondoyaient parmi les rochers et les vaisseaux engloutis. Des bancs de harengs et d'énormes morues évoluaient entre les grandes fenêtres en arche. Plus haut, près des vieux filets de pêche qui pendaient des solives, on avait représenté la surface de la mer. À la droite de Davos, une galère de guerre ramait sereinement face au soleil levant ; à sa gauche, une vieille cogue malmenée fuyait devant la tempête, ses voiles en lambeaux. Derrière l'estrade, un kraken et un léviathan gris s'étreignaient en un combat sous les vagues peintes.

Davos avait espéré s'entretenir seul à seul avec Wyman Manderly, mais il découvrait une cour nombreuse. Le long des murs, les femmes figuraient dans la proportion de cinq contre un, par rapport aux hommes ; les rares mâles qu'il vit portaient de longues barbes grises ou paraissaient trop jeunes pour se raser. Il y avait également des septons, et des sœurs sacrées en robes blanches et grises. À l'autre extrémité de la salle se tenaient une douzaine d'hommes vêtus du bleu et gris argent de la maison Frey. Leurs visages affichaient une parenté qu'un aveugle aurait vue ; certains arboraient l'emblème des Jumeaux, deux tours que reliait un pont.

Davos avait appris à lire sur le visage des hommes longtemps avant que mestre Pylos lui ait appris à déchiffrer des mots sur du papier. *Ces Frey auraient grande joie à me voir mort*, comprit-il en un coup d'œil.

Il ne trouva pas un meilleur accueil dans les yeux bleu pâle de Wyman Manderly. Le trône capitonné de Sa Seigneurie était assez large pour accueillir trois hommes au gabarit ordinaire, mais Manderly menaçait d'en déborder. Sa Seigneurie était *affalée* sur son siège, épaules voûtées, jambes écartées, mains déposées sur les accoudoirs du trône comme si leur poids était trop grand. *Miséricorde des dieux*, se dit Davos, quand il vit l'expression de lord Wyman, *cet homme paraît à moitié cadavre*. Il avait la peau blême, sur un fond grisatre.

Les rois et les cadavres attirent toujours de l'assistance, disait le vieux proverbe. Il en allait ainsi avec Manderly. À gauche du trône se tenait un mestre presque aussi gras que le lord qu'il servait, un homme aux joues roses et à la lippe épaisse, et une crinière de boucles dorées. Ser Marlon s'adjugeait la place d'honneur à la main droite de Sa Seigneurie. À ses pieds, une dame dodue et rose était perchée sur un tabouret rembourré. Derrière lord Wyman se tenaient deux femmes plus jeunes, sœurs de toute évidence. L'aînée portait ses cheveux bruns coiffés en une longue tresse. La cadette, qui n'avait pas plus de quinze ans, en avait une plus longue encore, teinte d'un vert criard.

Aucun ne fit à Davos l'honneur de donner son nom. Le mestre prit la parole en premier. « Vous vous présentez devant Wyman Manderly, lord de Blancport et gouverneur de la Blanchedague, Bouclier de la Foi, Défenseur des Dépossédés, lord Maréchal de la Mander, Chevalier de l'Ordre de la Main verte, annonça-t-il. Dans la cour du Triton, il est de coutume pour les vassaux et les pétitionnaires de s'agenouiller. »

Le chevalier oignon aurait mis un genou en terre, mais une Main de Roi ne le pouvait ; agir de la sorte impliquerait que le roi qu'il servait était inférieur à ce lord ventripotent. « Je ne viens pas en pétitionnaire, répondit Davos. J'ai moi aussi un chapelet de titres. Lord du Bois-la-Pluie, amiral du Détroit, Main du Roi. »

La femme replète sur le tabouret leva les yeux au ciel. « Amiral sans vaisseaux et main sans doigts, au service d'un roi sans trône. Est-ce un chevalier qui se présente à nous, ou la solution d'une devinette enfantine ?

— C'est un messager, belle-fille, déclara lord Wyman. Un oignon de mauvais présage. Stannis n'a pas aimé la réponse que lui ont portée ses corbeaux, aussi a-t-il dépêché ce... ce *contrebandier.* » Il regarda Davos, ses yeux plissés à demi enfouis dans des bourrelets de graisse. « Vous avez déjà visité notre cité, je pense, soutirant l'argent de nos poches et la nourriture de notre table. Combien m'avez-vous volé, je me le demande. »

Pas assez pour que tu aies jamais dû sauter un repas. « J'ai payé à Accalmie pour ma contrebande, messire. » Davos retira son gant et brandit sa main gauche, aux quatre doigts raccourcis.

« Quatre bouts de doigt, pour toute une vie de rapines ? » s'indigna la femme sur son tabouret. Elle avait les cheveux jaunes, le visage rond, rose et charnu. « Vous vous en êtes tiré à bon compte, chevalier oignon. »

Davos ne le nia pas. « S'il plaît à Votre Seigneurie, je souhaiterais une audience en privé. »

Il ne plaisait pas à Sa Seigneurie. « Je n'ai pour les miens nul secret, ni pour mes féaux et chevaliers, tous de bons amis.

— Messire, insista Davos, je ne voudrais pas que mes paroles soient entendues par les ennemis de Sa Grâce... et ceux de Votre Seigneurie.

— Stannis a peut-être des ennemis dans cette salle. Je n'en ai point.

— Pas même les hommes qui ont occis votre fils ? fit observer Davos. Ces Frey se trouvaient parmi ses invités lors des Noces pourpres. »

Un des Frey avança d'un pas, un chevalier, long et mince de membres, glabre à l'exception d'une moustache grise aussi fine qu'un stylet myrien. « Les Noces pourpres ont été l'œuvre du Jeune Loup. Il s'est changé en fauve sous nos yeux et a arraché la gorge de mon cousin Tintinnabul, un simplet inoffensif. Il aurait également tué le seigneur mon père, sans ser Wendel qui s'est interposé. »

Lord Wyman battit des paupières pour refouler ses larmes. « Wendel a toujours été un courageux garçon. Je n'ai pas été surpris d'apprendre qu'il était mort en héros. »

L'énormité du mensonge arracha à Davos un hoquet. « Prétendriez-vous que c'est Robb *Stark* qui a tué Wendel Manderly ? demanda-t-il aux Frey.

— Et bien d'autres. Tytos, mon propre fils, se trouvait parmi eux, ainsi que l'époux de ma fille. Quand Stark s'est changé en loup, ses Nordiens l'ont imité. Tous portaient la marque de la bête. D'une morsure, un zoman en engendre d'autres, le fait est connu. Mes frères et moi avons eu grand-peine à les occire avant qu'ils ne nous tuent tous. »

L'homme avait *un sourire narquois* en contant l'histoire. L'envie de lui retirer ces lèvres au couteau vint à Davos. « Ser, puis-je connaître votre nom ?

— Ser Jared, de la maison Frey.

— Jared de la maison Frey, je te dénonce comme menteur. »

Ser Jared parut amusé. « D'aucuns pleurent en débitant les oignons, mais je n'ai jamais eu cette faiblesse. » L'acier susurra contre le cuir tandis qu'il tirait son épée. « Si vous êtes véritablement chevalier, ser, défendez cette calomnie avec votre corps. »

Les yeux de lord Wyman s'ouvrirent en papillotant. « Je ne tolérerai pas qu'on verse le sang à la cour du Triton. Rangez votre épée, ser Jared, sinon je devrai vous demander de quitter ma présence. »

Ser Jared rengaina sa lame. « Sous le toit de Votre Seigneurie, la parole de Votre Seigneurie fait loi... Mais je demanderai réparation à ce lord oignon avant qu'il ne quitte la cité.

— *Du sang !* hurla la femme sur le tabouret. Voilà ce que ce mauvais oignon veut de nous, messire. Voyez comme il soulève les troubles ! Renvoyez-le, je vous en prie. Il demande le sang de votre peuple, le sang de vos braves fils. *Chassez-le.* Si la reine devait apprendre que vous lui avez accordé audience, elle pourrait s'interroger sur votre loyauté. Elle pourrait... Elle ferait... Elle...

— Les choses n'en viendront pas là, ma bru, assura lord Wyman. Le Trône de Fer n'aura nulle cause de douter de nous. »

Le son de ces mots ne plaisait guère à Davos, mais il n'avait pas accompli un tel trajet pour tenir sa langue. « Le garçonnet qui siège sur le Trône de Fer est un usurpateur, déclara-t-il, et je ne suis point un traître, mais la Main du roi Stannis Baratheon, Premier du Nom, roi légitime de Westeros. »

Le gras mestre s'éclaircit la gorge. « Stannis Baratheon était frère du défunt roi Robert, puisse le Père le juger avec équité. Tommen est le fruit du corps de Robert. Les lois de succession sont claires en pareil cas. Un fils passe avant un frère.

— Mestre Théomore dit vrai, renchérit lord Wyman. Il est instruit en ces questions et m'a toujours été de bon conseil.

— Un fils *légitime* passe avant un frère, acquiesça Davos, mais Tommen-prétendu-Baratheon est né bâtard, ainsi que son frère Joffrey avant lui. Ils ont été engendrés par le Régicide, au mépris de toutes les lois des dieux et des hommes. »

Un autre Frey prit la parole. « La trahison sort de sa bouche, messire. Stannis lui a pris ses doigts de voleur. Vous devriez lui prendre sa langue de menteur.

– Prenez sa tête, plutôt, suggéra ser Jared. Ou permettez qu'il m'affronte sur le champ d'honneur.

— Que connaîtrait un Frey à l'honneur ? » riposta Davos.

Quatre Frey commencèrent à s'avancer jusqu'à ce que lord Wyman les arrête avec une main levée. « Reculez, mes amis. Je veux entendre tout ce qu'il a à dire avant que je... avant de m'occuper de lui.

— Avez-vous quelque preuve à offrir de cet inceste, ser ? » interrogea mestre Théomore en croisant ses mains douces sur sa bedaine.

Edric Storm, réfléchit Davos. *Mais je l'ai éloigné, de l'autre côté du détroit, pour le préserver des feux de Mélisandre.* « Vous avez la parole de Stannis Baratheon que tout ce que j'ai dit est pure vérité.

— Les mots sont du vent », déclara la jeune femme derrière le trône de lord Wyman, la plus belle avec sa longue tresse brune. « Et pour parvenir à leurs fins, les hommes mentent, ainsi que toute pucelle pourrait vous le dire.

— Prouver une chose exige plus qu'une parole sans appui d'un lord, déclara mestre Théomore. Stannis Baratheon ne serait point le premier à avoir un jour menti pour remporter un trône. »

La femme en rose pointa un doigt boudiné vers Davos. « Toi, nous ne voulons rien avoir à faire avec une trahison. Nous sommes de braves gens, à Blancport, respectueux de la loi, loyaux. Ne verse plus ton poison dans nos oreilles, ou mon beau-père t'expédiera dans l'Antre du Loup. »

En quoi ai-je offensé cette drôlesse ? « Madame pourrait-elle me faire l'honneur de me donner son nom ? »

La femme en rose renifla avec colère et laissa répondre le mestre. « Lady Leona est l'épouse d'un fils de lord Wyman, ser Wylis, présentement captif des Lannister. »

C'est la peur qui la fait parler. Si Blancport devait se déclarer pour Stannis, son mari le paierait de sa vie. Comment puis-je demander à lord Wyman de condamner son fils à mort ? Comment agirais-je à sa place si Devan était retenu en otage ? « Messire, déclara Davos, je prie qu'il n'advienne nul malheur à votre fils, ni à aucun homme de Blancport.

— Encore un mensonge », décréta lady Leona du haut de son tabouret.

Davos jugea plus politique de l'ignorer. « Quand Robb Stark a pris les armes contre le bâtard Joffrey-prétendu-Baratheon, Blancport a marché à ses côtés. Lord Stark est tombé, mais sa guerre continue.

— Robb Stark était mon suzerain, répondit lord Wyman. Qui est ce Stannis ? Pourquoi vient-il nous importuner ? Il n'a jamais ressenti le besoin de voyager au Nord auparavant, autant qu'il m'en souvienne. Et pourtant, le voici qui se présente, un chien battu, le heaume à la main, qui vient quêter des aumônes.

— Il est venu sauver le royaume, messire, insista Davos. Pour défendre vos terres contre les Fer-nés et les sauvageons. »

À côté du trône, ser Marlon Manderly poussa un hoquet de dédain. « Voilà des siècles que Blancport n'a point vu de sauvageons, et jamais les Fer-nés n'ont inquiété ces côtes. Lord Stannis se propose-t-il aussi de nous défendre contre les snarks et les dragons ? »

Le rire balaya la cour du Triton, mais aux pieds de lord Wyman, lady Leona éclata en sanglots. « Des Fer-nés venus des îles, des sauvageons d'au-delà du Mur... et à présent, ce lord félon avec ses hors-la-loi, rebelles et conjurateurs. » Elle tendit le doigt vers Davos. « Nous avons entendu parler de votre sorcière rouge, certes oui. Elle voudrait nous tourner contre les Sept et nous faire prosterner devant un démon de feu ! »

Davos n'éprouvait guère d'affection pour la prêtresse rouge, mais il ne pouvait pas ne pas répondre à lady Leona. « Dame Mélisandre est une prêtresse du dieu rouge. La reine Selyse a adopté sa foi, en même temps que maints autres, mais les fidèles de Sa Grâce dans leur grande majorité continuent de vénérer les Sept. Et moi-même suis du nombre. » Il pria que nul ne lui demandât de justifier le septuaire de Peyredragon ou le bois sacré d'Accalmie. *S'ils demandent, je me dois de leur répondre. Stannis ne voudrait pas me voir mentir.*

« Les Sept défendent Blancport, déclara lady Leona. Nous ne craignons ni votre reine rouge ni son dieu. Qu'elle envoie les sortilèges qu'elle voudra. Les prières de gens pieux nous protégeront contre le mal.

— En vérité. » Lord Wyman tapota lady Leona sur l'épaule. « Lord Davos, si bel et bien vous êtes lord, je sais ce que votre soi-disant roi attend de moi. De l'acier, de l'argent et un genou ployé. » Il déplaça son poids pour s'accouder. « Avant d'être tué, lord Tywin a offert à Blancport le plein pardon pour notre soutien au Jeune Loup. Il a promis que mon fils me serait rendu dès que j'aurais acquitté une rançon de trois mille dragons et prouvé ma loyauté au-delà de tout doute. Roose Bolton, qui a été nommé notre gouverneur du Nord, exige que je renonce à mes revendications sur les terres et les châteaux de lord Corbois, mais jure que mes autres possessions demeureront intactes. Walder Frey, son beau-père, m'offre une de ses filles pour épouse, et des maris pour les filles de mon fils ici présentes, derrière moi. Ces termes me paraissent généreux, une bonne base pour une paix juste et durable. Vous voudriez que je les repousse. Aussi, je vous le demande, chevalier oignon – que m'offre lord Stannis en retour de mon allégeance ? »

La guerre, le malheur et le cri des hommes qui brûlent, aurait pu répondre Davos. « Une occasion d'accomplir votre devoir », préféra-t-il dire. C'était la réponse qu'aurait donnée Stannis à Wyman Manderly. *Une Main doit parler avec la voix de son roi.*

Lord Wyman se tassa de nouveau sur son trône. « Le devoir. Je vois.

— Blancport n'est point assez fort pour tenir seul. Vous avez besoin de Sa Grâce autant qu'elle a besoin de vous. Ensemble, vous pouvez défaire vos ennemis communs.

— Messire, intervint ser Marlon dans son armure d'argent ornementée, me permettez-vous de poser quelques questions à lord Davos ?

— À votre guise, cousin. » Lord Wyman ferma les yeux.

Ser Marlon se tourna vers Davos. « Combien de lords nordiens se sont-ils déclarés en faveur de Stannis ? Dites-le-nous.

— Arnolf Karstark a juré de rejoindre Son Altesse.

— Arnolf n'est point un lord véritable, seulement un gouverneur. Quels châteaux lord Stannis détient-il, à l'heure actuelle, je vous prie ?

— Son Altesse a pris pour base Fort-Nox. Au sud, il tient Accalmie et Peyredragon. »

Mestre Théomore se racla la gorge. « Uniquement pour le moment. Accalmie et Peyredragon ont une défense légère et ne tarderont guère à tomber. Et Fort-Nox est une ruine hantée, un lieu sinistre et terrible. »

Ser Marlon poursuivit. « Combien d'hommes Stannis peut-il aligner sur le champ de bataille, pouvez-vous nous le dire ?

Combien de chevaliers galopent à ses côtés ? Combien d'archers, de francs coureurs, combien d'hommes d'armes ? »

Trop peu, Davos le savait. Stannis était monté au Nord avec quinze cents hommes tout au plus... Mais si Davos donnait une telle réponse, sa mission ici serait une cause perdue. Il chercha des mots en bredouillant et n'en trouva aucun.

« Votre silence est la seule réponse dont j'aie besoin, ser. Votre roi ne nous apporte que des ennemis. » Ser Marlon se tourna vers le lord son cousin. « Votre Seigneurie a demandé au chevalier oignon ce que Stannis nous propose. Laissez-moi répondre. Il nous propose la défaite et la mort. Il voudrait vous faire chevaucher un cheval d'air et livrer bataille avec une épée de vent. »

Le gras lord ouvrit lentement les yeux, comme si l'effort le dépassait presque. « Mon cousin tranche jusqu'à l'os, comme toujours. Avez-vous encore autre chose à me dire, chevalier oignon, ou pouvons-nous mettre un terme à cette grossière comédie ? Je me lasse de votre visage. »

Davos ressentit une pointe de désespoir. *Sa Grâce aurait dû envoyer un autre homme, un lord, un chevalier ou un mestre, quelqu'un qui aurait su parler en son nom sans trébucher sur sa langue.* « La mort, s'entendit-il dire. Il y aura la mort, certes. Votre Seigneurie a perdu un fils aux Noces pourpres. J'en ai perdu quatre sur la Néra. Et pourquoi ? Parce que les Lannister ont volé le trône. Allez à Port-Réal et regardez Tommen de vos propres yeux, si vous doutez de ma parole. Un aveugle le verrait. Ce que vous propose Stannis ? La vengeance. La vengeance pour mes fils et les vôtres, pour vos maris, vos pères et vos frères. Vengeance pour votre lord assassiné, votre roi assassiné, vos princes massacrés. *Vengeance !*

— Oui », pépia une voix d'enfant, légère et flûtée.

Elle appartenait à la fillette aux sourcils blonds et à la longue tresse verte. « Ils ont tué lord Eddard, lady Catelyn et le roi Robb, reprit-elle. Il était *notre roi* ! Il était brave et bon, et les Frey l'ont *assassiné.* Si lord Stannis doit le venger, nous devrions rejoindre lord Stannis. »

Manderly l'attira à lui. « Wylla, chaque fois que tu ouvres la bouche, tu me donnes envie de t'expédier chez les Sœurs du Silence.

— J'ai simplement dit...

— Nous avons entendu ce que tu disais », coupa la plus grande des deux filles, sa sœur. « Des sottises d'enfant. Ne dis

pas de mal de nos amis Frey. L'un d'eux sera bientôt ton seigneur et époux.

— Non, déclara la jeune fille en secouant la tête. Jamais. Je
n'accepterai *jamais*. Ils ont tué le *roi*. »

Lord Wyman s'empourpra. « Si. Quand viendra le jour dit,
tu prononceras tes vœux nuptiaux, sinon tu rejoindras les Sœurs
du Silence et tu ne parleras plus jamais. »

La malheureuse parut abattue. « Grand-père, *je vous en prie*...

— Tais-toi, mon enfant, renchérit lady Leona. Tu as entendu
le seigneur ton grand-père. *Tais-toi !* Tu n'y connais rien.

— Je connais la promesse, insista la fillette. Mestre Théomore, dites-leur ! Mille ans avant la Conquête, une promesse a
été faite, et des serments ont été prêtés dans l'Antre du Loup,
devant les anciens dieux et les nouveaux. Quand nous étions en
grand malheur, sans amis, chassés de nos maisons et en péril de
nos vies, les loups nous ont recueillis, nourris et protégés contre
nos ennemis. La cité est bâtie sur la terre qu'ils nous ont donnée.
En retour, nous avons juré que nous serions toujours leurs. Des
hommes de *Stark !* »

Le mestre tripota la chaîne autour de son cou. « Certes, des
serments solennels ont été jurés aux Stark de Winterfell. Mais
Winterfell est tombé et la maison Stark a été anéantie.

— Parce qu'ils les ont tous *tués !* »

Un autre Frey prit la parole. « Lord Wyman, si je puis ? »

Wyman Manderly lui adressa un hochement de tête. « Rhaegar. Nous avons toujours plaisir à entendre vos nobles avis. »

Rhaegar Frey remercia de ce compliment avec une courbette.
Il avait trente ans, ou peu s'en fallait, les épaules arrondies et la
panse en marmite, mais il était richement vêtu d'un pourpoint
en agneau doux, gris et bordé de tissu d'argent. Sa cape était
d'argent, elle aussi, doublée de vair et retenue au col par une
broche représentant les tours jumelles. « Dame Wylla, dit-il à la
jeune fille à la tresse verte, la loyauté est une vertu. J'espère que
vous en montrerez autant envers Petit Walder lorsque vous serez
unis par les liens du mariage. Quant aux Stark, la maison n'est
éteinte que par la branche mâle. Les fils de lord Eddard sont
morts, mais ses filles vivent encore, et la plus jeune vient dans
le Nord pour épouser le brave Ramsay Bolton.

— Ramsay *Snow*, riposta Wylla Manderly.

— Qu'il en soit comme il vous plaira. Sous quelque nom que
vous voudrez, il sera bientôt marié à Arya Stark. Si vous devez

être fidèle à votre promesse, donnez-lui votre allégeance, car il sera votre prochain sire de Winterfell.

— Il ne sera jamais *le mien* ! Il a obligé lady Corbois à l'épouser, puis l'a enfermée dans un cachot et l'a forcée à se dévorer les doigts. »

Un murmure d'assentiment courut à travers la cour du Triton. « La pucelle dit juste, déclara un homme massif en blanc et pourpre dont la cape était fermée par une paire de clés de bronze entrecroisées. « Roose Bolton est froid et rusé, certes, mais l'on peut traiter avec Roose. Nous avons tous connu pire. Mais son bâtard de fils... On le dit fou, et cruel. Un monstre.

— On le dit ? » Rhaegar Frey portait une barbe soyeuse et un sourire sardonique. « Ses ennemis disent cela, assurément... Mais c'était le Jeune Loup, le monstre. Plus fauve qu'humain, celui-là, bouffi d'orgueil et altéré de sang. Et dénué de loyauté, comme le seigneur mon grand-père l'a appris pour son chagrin. » Il écarta les mains. « Je ne blâme pas Blancport de l'avoir soutenu. Mon grand-père a commis la même grave erreur. Dans toutes les batailles du Jeune Loup, Blancport et les Jumeaux combattaient côte à côte sous ses bannières. Robb Stark nous a tous trahis. Il a abandonné le Nord aux cruelles volontés des Fer-nés afin de se tailler un plus avenant royaume au long du Trident. Puis il a abandonné les seigneurs du fleuve qui avaient risqué pour lui tant et plus, et, rompant son pacte de mariage avec mon grand-père, il a épousé la première gueuse ouestrienne qui lui a attiré l'œil. Le Jeune Loup ? C'était un ignoble chien, et il a péri comme tel. »

La cour du Triton s'était tue. Davos sentit l'atmosphère se glacer. Lord Wyman contemplait Rhaegar devant lui comme s'il s'agissait d'un cafard qui ne méritait qu'un talon sans pitié... Et alors, abruptement, il branla lourdement du chef, faisant ballotter tous ses mentons. « Un chien, certes. Il ne nous a rapporté que le chagrin et la mort. Un ignoble chien, assurément. Poursuivez. »

Rhaegar Frey reprit. « Le chagrin et la mort, certes... Et ce seigneur oignon vous en apportera encore, avec ses discours de vengeance. Ouvrez les yeux, comme l'a fait le seigneur mon grand-père. La Guerre des Cinq Rois est pratiquement conclue. Tommen est notre roi, notre *seul* roi. Nous devons l'aider à panser les blessures de ce triste conflit. Comme fils légitime de Robert, héritier du cerf et du lion, le Trône de Fer lui revient de droit.

— Sages paroles, et véridiques, commenta lady Wyman Manderly.

— Non, ce n'est *pas* vrai. » Wylla Manderly tapa du pied.

« Tais-toi donc, malheureuse, la morigéna lady Leona. Les jeunes filles devraient être un ornement pour l'œil, et non point une douleur pour l'oreille. » Elle empoigna la fillette par sa tresse et l'entraîna hors de la salle en dépit de ses clameurs de protestation. *Voilà ma seule amie dans cette salle qui disparaît,* se dit Davos.

« Wylla a toujours été une enfant entêtée, expliqua sa sœur en manière d'excuse. Je crains qu'elle ne fasse une épouse entêtée. »

Rhaegar haussa les épaules. « Le mariage l'assouplira, je n'en doute point. Une main ferme et une parole douce.

— Sinon, il reste les Sœurs du Silence. » Lord Wyman changea de position sur son trône. « Quant à vous, chevalier oignon, j'ai assez entendu de trahison pour un jour. Vous voudriez me faire risquer ma cité pour un faux roi et un faux dieu. Vous voudriez me faire sacrifier mon seul fils vivant pour que Stannis Baratheon puisse carrer son cul pincé sur un trône sur lequel il n'a aucun droit. Je n'en ferai rien. Ni pour vous. Ni pour votre seigneur. Ni pour personne. » Le lord de Blancport se hissa sur ses pieds. L'effort colora son cou d'une fluxion rouge. « Vous êtes *toujours* un contrebandier, ser, venu dérober mon or et mon sang. Vous voudriez prendre le chef de mon fils. Je crois que je vais prendre le vôtre, en lieu et place. *Gardes !* Emparez-vous de cet homme ! »

Avant que Davos ait seulement eu l'idée de réagir, il fut cerné de tridents d'argent. « Messire, protesta-t-il, je suis un émissaire.

— Ah vraiment ? Vous vous êtes introduit dans ma cité à la dérobée, comme un contrebandier. Je le déclare, vous n'êtes point lord, ni chevalier, ni émissaire, rien qu'un voleur et un espion, un trafiquant ès mensonges et trahisons. Je devrais vous arracher la langue avec des pinces portées au rouge et vous livrer à Fort-Terreur pour y être écorché. Mais la Mère est charitable et moi aussi. » Il adressa un signe à ser Marlon. « Cousin, emportez cette créature dans l'Antre du Loup, et tranchez-lui le chef et les mains. Je veux qu'on me les apporte avant mon souper. Je ne pourrai avaler une bouchée que je n'aie vu la tête de ce contrebandier au bout d'une pique, avec un oignon enfoncé entre ses dents de menteur. »

SCHLINGUE

Ils lui donnèrent un cheval et une bannière, un pourpoint de laine douce et une chaude cape de fourrure, et le lâchèrent. Pour une fois, il ne puait pas. « Reviens avec ce château, dit Damon Danse-pour-moi en aidant Schlingue tout tremblant à monter en selle, ou continue à galoper et vois jusqu'où tu iras avant que nous te rattrapions. Oui-da, ça lui plairait, ça. » Avec un large sourire, Damon cingla la croupe du cheval de la mèche du fouet, et la vieille haridelle hennit et se mit en route.

Schlingue n'osa pas regarder en arrière, de crainte de voir à ses trousses Damon, Dick le Jaune, Grogne et le reste, que tout ceci ne soit qu'une nouvelle malignité de lord Ramsay, une épreuve cruelle pour jauger ses réactions si on lui confiait un cheval et qu'on le libérait. *Se figurent-ils que je vais m'enfuir ?* La haridelle qu'on lui avait donnée était une misérable bête, cagneuse et efflanquée ; jamais il ne pourrait espérer distancer les belles cavales montées par lord Ramsay et ses chasseurs. Et Ramsay n'aimait rien tant que de lancer la meute hurlante de ses filles sur les traces d'une proie toute fraîche.

D'ailleurs, s'enfuir ? Où donc ? Derrière lui se trouvaient les camps, peuplés des hommes de Fort-Terreur et ceux que les Ryswell avaient ramenés des Rus, séparés par l'ost de Tertre-bourg. Au sud de Moat Cailin, une autre armée remontait la route, une armée de Bolton et de Frey marchant sous les bannières de Fort-Terreur. À l'est de la route s'étendait une côte lugubre et désolée et une mer froide et salée ; à l'ouest, les marais et les paluds du Neck, infestés de serpents, de lézards-lions et de démons des tourbières aux flèches empoisonnées.

Il ne s'enfuirait pas. Il ne le pouvait pas. *Je lui livrerai le château. Je le ferai. Je le dois.* Le jour était gris, humide et brumeux. Le vent soufflait du sud, moite comme un baiser. Au loin, on distinguait les ruines de Moat Cailin, enveloppées de mèches de brouillard matinal. Son cheval avançait vers elles au pas, ses sabots produisant de légers bruits de ventouse en se dégageant de la vase gris-vert. *Je suis déjà passé par ici.* Cette pensée était dangereuse, et il la regretta immédiatement. « Non, dit-il, non, c'était un autre homme, c'était avant que tu connaisses ton nom. » Il s'appelait Schlingue. Il devait s'en souvenir. *Schlingue, Schlingue, cela commence comme cheval.*

Lorsque cet autre homme était passé par ici, une armée le suivait de près, le grand ost du Nord partant à la guerre sous les bannières gris et blanc de la maison Stark. Schlingue, lui, s'en venait seul, tenant une bannière de paix au bout d'une hampe en bois de pin. Lorsque l'autre homme était passé par ici, il montait un coursier, prompt et ardent. Schlingue chevauchait une carne épuisée, réduite à la peau, aux os et aux côtes, et il allait lentement, de crainte d'en choir. L'autre homme avait été bon cavalier, mais Schlingue se sentait mal à l'aise sur le dos d'un cheval. Cela remontait si loin. Il n'était pas un cavalier. Même pas un homme. Il était la créature de lord Ramsay, plus vile qu'un chien, un ver sous une défroque d'homme. « Tu te feras passer pour un prince », lui avait expliqué lord Ramsay la veille au soir, tandis que Schlingue marinait dans un baquet d'eau bouillante. « Mais nous connaissons la vérité. Schlingue tu es, et Schlingue tu resteras, en dépit de tous les beaux parfums que tu pourras porter. Ton nez pourrait t'abuser. Souviens-toi de ton nom. Souviens-toi de qui tu es.

— Schlingue, avait-il répondu. Votre Schlingue.

— Réussis cette petite besogne pour moi et tu pourras devenir mon chien et manger de la viande chaque jour, lui promit lord Ramsay. Tu seras tenté de me trahir. De t'enfuir, de te battre ou de rejoindre nos ennemis. Non, tais-toi, je ne veux pas t'entendre nier. Mens-moi, et je te prive de langue. À ta place, un homme, oui, se retournerait contre moi, mais nous savons ce que tu es, n'est-ce pas ? Trahis-moi si tu veux, cela n'a nulle importance... Mais commence par faire le décompte de tes doigts, et saches-en le coût. »

Schlingue connaissait ce coût. *Sept,* se répéta-t-il, *sept doigts. Un homme peut se contenter de sept doigts. Sept est un nombre sacré.* Il se rappelait combien il avait souffert quand lord Ramsay avait ordonné à l'Écorcheur de lui mettre l'annulaire à vif.

L'air était lourd et humide, et de vagues flaques d'eau ponctuaient le sol. Schlingue avança entre elles avec prudence, suivant les vestiges de la route de rondins et de planches que l'avant-garde de Robb Stark avait installée sur le sol meuble afin de faciliter le passage de son ost. Où se dressait jadis un puissant rideau de muraille, ne restaient plus que des pierres isolées, des blocs de basalte noir si énormes qu'il avait dû falloir autrefois une centaine d'hommes pour les hisser en place. Certaines s'étaient enfoncées si profond dans le marais que seul un coin en émergeait ; d'autres étaient dispersées comme les jouets abandonnés d'un dieu, fissurées et croulantes, mouchetées de lichens. La pluie de la nuit précédente avait laissé les énormes blocs trempés et luisants, et le soleil du matin donnait l'impression qu'ils avaient été vernissés d'une fine couche d'huile noire.

Plus loin se dressaient les tours.

La tour du Pochard penchait, comme sur le point de crouler, ainsi qu'elle le semblait depuis un demi-millénaire. La tour des Enfants piquait vers le ciel, aussi droite qu'une lance, mais son sommet fracassé était ouvert au vent et à la pluie. La tour du Concierge, large et trapue, était la plus grande des trois, empoissée de mousse, un arbre noueux poussant de côté sur les moellons de sa face nord, des fragments de muraille brisée encore en place à l'est et à l'ouest. *Les Karstark ont pris la tour du Pochard, et les Omble celle des Enfants,* se souvenait-il. *Robb s'était réservé la tour du Concierge.*

S'il fermait les yeux, il voyait en son for intérieur les bannières claquer avec bravoure sous un vif vent du nord. *Tout cela est parti désormais, tout est tombé.* La brise sur ses joues soufflait du sud, et les seules bannières qui flottaient au-dessus des décombres de Moat Cailin arboraient une seiche dorée sur champ noir.

On l'observait. Il sentait les yeux posés sur lui. En levant le regard, il entr'aperçut des visages blafards épiant entre les merlons de la tour du Concierge et au travers de la maçonnerie fracassée qui couronnait la tour des Enfants où, disait la légende, les enfants de la forêt avaient autrefois invoqué le marteau des eaux pour rompre les territoires de Westeros en deux.

La passe constituait la seule route à sec à travers le Neck, et les tours de Moat Cailin en obturaient l'extrémité nord comme un bouchon le fait d'une dame-jeanne. La route était étroite, les ruines positionnées de telle façon qu'un ennemi venu du sud devait passer à leur pied et entre elles. Pour prendre d'assaut n'importe lequel des trois ouvrages, l'attaquant devait exposer son dos aux flèches des deux autres, tout en escaladant des murailles de pierre suintante festonnées de vrilles de peau de spectre, gluantes et blêmes. Au-delà de la passe, le sol marécageux était infranchissable, une interminable gâtine de fondrières, de sables mouvants et de plaques de verdure luisante qui paraissaient fermes à l'œil non averti mais se muaient en eau à l'instant où l'on y posait le pied, entièrement infestée de serpents venimeux, de fleurs empoisonnées et de lézards-lions monstrueux aux crocs en poignards. Tout aussi dangereux, le peuple qui y vivait, rarement vu mais toujours aux aguets, les Paludiers, les bouffe-grenouilles, les hommes de la bourbe. Saline et Massette, Tourbe et Tourbier, Crevisse et Palus, Bonvert et Noyrevase, tels étaient les noms qu'ils se donnaient. Les Fer-nés les couvraient tous sous le terme de *démons des marais*.

Schlingue dépassa la carcasse putréfiée d'un cheval, une flèche fichée dans son encolure. Un long serpent blanc se coula dans son orbite cave à l'approche du nouveau venu. Derrière le cheval, il aperçut le cavalier, ou ce qu'il en restait. Les corbeaux avaient curé la chair sur tout le visage de l'homme, et un chien sauvage avait farfouillé sous sa maille pour atteindre les entrailles. Plus loin, un autre cadavre s'était englué si profond dans la vase que seuls affleuraient son visage et ses doigts.

Plus près des tours, les cadavres jonchaient le sol de tous côtés. Des sanguinaires avaient éclos dans leurs blessures béantes, des fleurs blafardes aux pétales charnus et humides comme des lèvres de femme.

Jamais la garnison ne me reconnaîtra. Si certains pourraient se remémorer le garçon qu'il avait été avant d'apprendre son nom, Schlingue serait pour eux un inconnu. Voilà bien longtemps qu'il ne s'était regardé dans un miroir, mais il savait combien il devait paraître vieux. Ses cheveux avaient blanchi ; la plus grande part en était tombée et ce qu'il en restait était raide et cassant comme paille. Les cachots l'avaient laissé aussi chétif qu'une vieille femme et si fluet qu'une bourrasque aurait suffi à le culbuter.

Et ses mains… Ramsay lui avait donné des gants, de beaux gants de cuir noir, souples et doux, bourrés de laine pour dissimuler ses doigts absents, mais si quelqu'un y regardait de près, il verrait que trois d'entre eux ne se pliaient pas.

« *Halte-là !* s'écria une voix. Que veux-tu ?

— Parler. » Il éperonna la haridelle pour la faire avancer, agitant la bannière de paix pour qu'ils ne puissent manquer de la voir. « Je viens sans arme. »

Il ne reçut aucune réponse. À l'intérieur des murs, il le savait, les Fer-nés débattaient pour savoir s'ils devaient le laisser entrer ou cribler sa poitrine de flèches. Sans importance. Une mort rapide ici serait cent fois préférable à un retour vers Ramsay après un échec.

Puis les portes de la poterne s'ouvrirent à la volée. « Vite. » Schlingue se tournait vers le bruit quand la flèche frappa. Elle venait de quelque part à sa droite, à un endroit où des pans écroulés du mur d'enceinte s'enlisaient à demi sous la tourbière. Le missile creva les replis de sa bannière et pendit, arrêté, la pointe à un pied à peine de son visage. Il en conçut une telle surprise qu'il lâcha la bannière de paix et dégringola de sa selle.

« À l'intérieur, cria la voix, magne-toi, imbécile, *dépêche !* »

Schlingue escalada les marches à quatre pattes tandis qu'une autre flèche voletait au-dessus de sa tête. Quelqu'un l'empoigna, le hala à l'intérieur, et il entendit la porte claquer derrière lui avec fracas. Il fut remis debout de force et collé au mur. Puis un couteau s'appliqua contre sa gorge, un visage barbu si près de lui qu'il aurait pu compter les poils de nez de l'autre. « Qui t'es ? C'est quoi, la raison d'ta présence ici ? Allons, vite, ou j' te traite comme je l'ai traité, lui. » Le garde désigna d'un spasme de la tête un corps en décomposition sur le sol près de la porte, sa chair verte grouillant d'asticots.

« Je suis fer-né », répondit Schlingue – un mensonge. Certes, le garçon qu'il avait été auparavant avait été fer-né, mais Schlingue était venu au monde dans les cachots de Fort-Terreur. « Regardez mon visage. Je suis le fils de lord Balon. Votre prince. » Il aurait prononcé le nom, mais ces mots, semblait-il, restaient pris dans sa gorge. *Schlingue, je m'appelle Schlingue, cela commence comme chaînes.* Il devait oublier cela un petit moment, toutefois. Aucun homme ne se rendrait jamais à une créature telle que Schlingue, si désespérée que sa situation puisse être. Il devait feindre d'être à nouveau un prince.

L'homme qui le tenait le dévisagea, plissant les yeux, la bouche tordue par le soupçon. Il avait les dents brunes, et son haleine puait la bière et l'oignon. « Z'ont été tués, les fils de lord Balon.

— Mes frères. Pas moi. Lord Ramsay m'a capturé après Winterfell. Il m'envoie ici afin de traiter avec vous. Es-tu celui qui commande ici ?

— Moi ? » L'homme baissa son couteau et recula d'un pas, manquant de trébucher sur le cadavre. « Pas moi, m'sire. » Sa maille était rouillée, ses cuirs moisis. Sur le dos d'une main une plaie ouverte laissait couler du sang. « C'est Ralf Kenning, le commandant. Le capitaine l'a dit. J' garde la porte, c'est tout.

— Et celui-ci, qui est-ce ? » Schlingue flanqua un coup de pied dans le corps.

Le garde fixa le cadavre comme s'il le voyait pour la première fois. « Lui... L'a bu de l'eau. J'ai dû lui trancher la gorge, pour qu'il arrête de gueuler. Mal au ventre. Faut pas boire l'eau. C'est pour ça qu'y a de la bière. » Le garde se frictionna le visage, les yeux rouges et irrités. « On traînait les corps dans les caves. Les cryptes sont toutes inondées, là en bas. Personne veut plus s' donner tant de mal, maintenant, alors on les laisse où qu'y' tombent.

— La cave vaudrait mieux, pour eux. Les donner à l'eau. Au Dieu Noyé. »

L'homme s'esclaffa. « Y a pas de dieux, en bas, m'sire. Jus' des rats et des serpents d'eau. Des saloperies blanches, grosses comme j'ai la cuisse. Parfois, y' remontent les marches et y' vous piquent pendant que vous dormez. »

Schlingue se souvint des cachots au-dessous de Fort-Terreur, du rat qui gigotait entre ses dents, du goût du sang chaud sur ses lèvres. *Si j'échoue, Ramsay me renverra à tout ça, mais d'abord, il m'écorchera un autre doigt.* « Combien reste-t-il d'hommes, dans la garnison ?

— Que'ques-uns. J' sais pas. Moins qu'on était avant. Y en a dans la tour du Pochard aussi, j' crois. Dans la tour des Enfants, non. Dagon Morru y est allé, y a quelques jours. Y en restait que deux d'vivants, il a dit, et y' bouffaient les morts. Y' les a tués tous les deux, si vous pouvez croire ça. »

Moat Cailin est tombée, comprit alors Schlingue, *simplement personne n'a jugé utile de les prévenir.* Il se frotta la bouche pour dissimuler ses dents cassées et déclara : « J'ai besoin de parler à votre commandant.

— Kenning ? » Le garde parut décontenancé. « Y' dit pas trop grand-chose, ces temps-ci. Il est en train de crever, là. Peut-être déjà mort. J' l'ai plus vu depuis... Je m' souviens plus quand...

— Où est-il ? Conduisez-moi à lui.

— Et qui va garder la porte, alors ?

— Lui. » Schlingue tapa du pied dans le cadavre.

Cela fit rire son interlocuteur. « Oui-da. Pourquoi pas ? V'nez avec moi, alors. » Il décrocha une torche d'une applique sur le mur et la balança jusqu'à ce qu'elle flambe chaud et clair. « Par ici. » Le garde le conduisit par une porte vers un escalier en colimaçon, l'éclat de la torche se reflétant sur des murs de pierre noire durant leur ascension.

La salle au sommet des marches était obscure, enfumée, et il y régnait une chaleur étouffante. On avait accroché une peau en lambeaux en travers de la fenêtre étroite pour empêcher l'humidité d'entrer, et une plaque de tourbe brûlait à feu couvant dans un brasero. Une puanteur abominable emplissait la chambre, un miasme mêlant moisi, pisse et excréments, fumée et maladie. Des roseaux sales jonchaient le sol, tandis qu'un amas de paille dans le coin faisait office de lit.

Ralf Kenning grelottant gisait sous une montagne de fourrures. Ses armes étaient empilées à côté de lui – l'épée et la hache, le haubert de mailles, le heaume de guerre en fer. Son bouclier dépeignait la main nuageuse du dieu des orages, la foudre crépitant de ses doigts sur une mer démontée, mais la peinture était décolorée et craquelée, le bois au-dessous commençait à pourrir.

Ralf aussi pourrissait. Sous les fourrures, il était nu et fiévreux, sa chair pâle et bouffie couverte de plaies purulentes et de croûtes. Il avait la tête déformée, une joue enflée de façon grotesque, le cou engorgé de sang au point qu'il menaçait de lui engloutir tout le chef. Le bras du même côté, épais comme un rondin, grouillait de vers blancs. Personne ne l'avait baigné ni rasé depuis bien des jours, à le voir. Un œil pleurait du pus, et sa barbe portait des croûtes de vomi séché. « Que lui est-il arrivé ? s'enquit Schlingue.

– L'était sur le parapet et un démon des marais lui a décoché une flèche. C'était juste une égratignure mais... y' z'empoisonnent leurs flèches, y' frottent la pointe de merde et d'pire encore. On a versé du vin bouillant dans la blessure, mais ça a rien changé. »

Je ne peux pas traiter avec cette chose. « Tuez-le, ordonna Schlingue au garde. Il a perdu l'entendement. Il est rempli de sang et de vers. »

L'homme le considéra, bouche bée. « Le capitaine lui a confié le commandement.

— Vous achèveriez un cheval mourant.

— Quel cheval ? J'en ai jamais eu, moi, de cheval. »

Moi, si. Le souvenir l'envahit comme une vague. Les cris de Sourire avaient paru presque humains. La crinière en flammes, il s'était cabré, aveuglé de douleur, frappant de ses sabots. *Non, non. Pas à moi, il n'était pas à moi, Schlingue n'a jamais eu de cheval.* « Je vais le tuer pour vous. » Schlingue saisit l'épée de Ralf Kenning, appuyée contre son bouclier. Il avait encore assez de doigts pour tenir la poignée. Lorsqu'il appliqua le fil de la lame sur la gorge boursouflée de la créature sur la litière, la peau se fendit dans un flot de sang noir et de pus jaune. Kenning fut pris d'un violent spasme, puis reposa immobile. Un ignoble remugle emplit la pièce. Schlingue courut à l'escalier. Là, l'air était humide et froid, mais bien plus sain en comparaison. Le Fer-né sortit en trébuchant à sa suite, blême, luttant pour ne pas vomir. Schlingue l'empoigna par le bras. « Qui était le second ? Où sont le reste des hommes ?

— En haut, sur les remparts, ou dans la salle. À dormir, à boire. J' vous y conduis, si vous voulez.

— Fais-le tout de suite. » Ramsay ne lui avait donné qu'un jour.

La salle était de pierre sombre, haute de plafond et pleine de courants d'air et de fumées errantes, ses murs de pierre maculés d'énormes plaques de lichens pâles. Un feu de tourbe brûlait faiblement dans un âtre noirci par les flambées plus brûlantes d'années révolues. Une table massive en pierre sculptée remplissait la salle, comme elle le faisait depuis des siècles. *C'était là que j'étais assis, la dernière fois que je suis venu ici,* se souvint-il. *Robb siégeait au haut bout de la table, le Lard-Jon à sa droite et Roose Bolton à sa gauche. Les Glover se trouvaient à côté d'Helman Tallhart. Karstark et ses fils étaient placés face à eux.*

Deux douzaines de Fer-nés étaient assis à table en train de boire. Quelques-uns le considérèrent avec des yeux ternes et éteints quand il entra. Le reste l'ignora. Tous ces hommes lui étaient inconnus. Plusieurs portaient des capes attachées par des broches en forme de morue d'argent. Les Morru n'avaient pas bonne réputation dans les îles de Fer ; on jugeait les hommes voleurs et lâches, les femmes dissolues, aptes à coucher avec leurs propres pères et frères. Il ne fut pas surpris que son oncle ait choisi de laisser ces gens derrière lui lorsque la Flotte de Fer était rentrée chez elle. *Cela me facilitera d'autant la tâche.* « Ralf Kenning est mort, annonça-t-il. Qui commande ici ? »

Les buveurs lui jetèrent un regard vide. L'un d'eux s'esclaffa. Un autre cracha par terre. Finalement, un des Morru voulut savoir : « Qui le demande ?

— Le fils de lord Balon. » *Schlingue, mon nom est Schlingue, ça commence comme chance.* « Je suis ici sur l'ordre de Ramsay Bolton, lord du Corbois et héritier de Fort-Terreur, qui m'a capturé à Winterfell. Son ost se trouve au nord de votre position, celui de son père est au sud, mais lord Ramsay est disposé à se montrer indulgent si vous lui cédez Moat Cailin avant que le soleil ne se couche. » Il tira la lettre qu'on lui avait donnée et la jeta sur la table devant les buveurs.

L'un d'eux la ramassa et la retourna entre ses mains, tripotant la cire rose qui la cachetait. Au bout d'un moment, il commenta : « Du parchemin. Quel intérêt ? C'est d'fromage qu'on a b'soin. Et d'viande.

— D'acier, tu veux dire », corrigea son voisin, un homme à barbe grise dont le bras gauche s'achevait sur un moignon. « D'épées. De haches. Oui-da, et d'arcs, cent arcs supplémentaires, et d'hommes pour tirer les flèches.

— Un Fer-né capitule pas, déclara une troisième voix.

— Allez raconter cela à mon père. Lord Balon a ployé le genou quand Robert a jeté son rempart à bas. Sinon, il aurait péri. Comme vous, si vous ne vous rendez pas. » Il indiqua d'un geste le parchemin. « Brisez le sceau. Lisez les mots. C'est un sauf-conduit, rédigé de la propre main de lord Ramsay. Déposez vos épées et venez avec moi, et Sa Seigneurie vous nourrira et vous donnera permission de marcher sans mal jusqu'à la côte des Roches afin de trouver un vaisseau pour rentrer chez vous. Sinon, vous mourrez.

— C'est une menace ? » Un des Morru se remit debout. Un gaillard, mais il avait les yeux exorbités et la bouche large, avec une chair morte et blême. On aurait dit que son père l'avait engendré avec un poisson, mais il portait encore une épée. « Dagon Morru ne se rend à personne. »

Non, par pitié, il faut que vous écoutiez. La seule idée de ce que lui ferait Ramsay s'il revenait piteux au camp, sans la capitulation de la garnison, suffisait presque à le faire se pisser aux chausses. *Schlingue, Schlingue, ça commence comme chier.*

« Est-ce là votre réponse ? » Les mots sonnaient avec faiblesse à ses oreilles. « Est-ce que la morue parle pour vous tous ? »

Le garde qui l'avait accueilli à la porte paraissait moins convaincu. « Victarion nous a donné l'ordre d'tenir, il l'a fait. J' l'ai entendu d'mes propres oreilles. *Tenez bon jusqu'à mon retour*, il a dit à Kenning.

— Oui-da, confirma le manchot. C'est ça, qu'il a dit. On l'a convoqué aux états généraux du roi, mais il a juré qu'y' reviendrait, coiffé d'une couronne de bois flotté, avec mille hommes derrière lui.

— Mon oncle ne reviendra jamais, leur annonça Schlingue. Le Bois du roi a couronné son frère Euron, et l'Œil de Choucas a d'autres combats à livrer. Vous croyez que mon oncle vous accorde la moindre valeur ? Non. Il vous a laissés crever derrière lui. Il s'est défait de vous, comme l'on racle la vase de ses bottes en atteignant la berge. »

Ces mots firent mouche. Il le voyait dans leurs yeux, à leur façon de s'entre-regarder ou de froncer les sourcils au-dessus de leur coupe. *Tous appréhendaient d'avoir été abandonnés, mais il a fallu que je vienne pour changer leur crainte en certitude.* Ces hommes n'étaient pas parents de fameux capitaines, ni du sang des grandes maisons des îles de Fer. C'étaient des fils de serfs et de saunières.

« Si on se rend, on peut partir ? demanda le manchot. C'est ce qu'est marqué là, sur c't' écriture ? » Il tapota le rouleau de parchemin, son sceau de cire encore intact.

« Lis par toi-même, répondit-il, bien qu'il eût la quasi-certitude qu'aucun d'entre eux ne savait lire. Lord Ramsay traite avec honneur ses captifs tant qu'ils se comportent de façon loyale avec lui. » *Il m'a simplement pris des orteils, des doigts et l'autre chose, alors qu'il aurait pu prendre ma langue, ou m'écorcher les jambes du talon à la cuisse.* « Rendez-lui les armes, et vous vivrez.

— Menteur. » Dagon Morru tira sa longue épée. « T'es celui qu'on appelle Tourne-Casaque. Pourquoi on croirait tes promesses ? »

Il est ivre, comprit Schlingue. *C'est la bière qui parle.* « Crois ce qu'il te chaut. J'ai apporté le message de lord Ramsay. À présent, je dois retourner auprès de lui. Nous festoierons de sanglier sauvage et de navets, arrosés d'un fort vin rouge. Ceux qui viendront avec moi seront les bienvenus au banquet. Le reste d'entre vous périra d'ici demain. Le seigneur de Fort-Terreur conduira ses chevaliers sur le passage, tandis que son fils mènera du nord ses propres hommes contre vous. Nul quartier ne sera fait. Ceux qui périront au combat seront les plus chanceux. Les survivants seront livrés aux démons des marais.

— *Suffit !* gronda Dagon Morru. Tu crois que tu vas effrayer des Fer-nés avec des *mots* ? Décampe. Retourne auprès de ton maître avant que j' t'éventre, que j' te vide de tes entrailles et que j' te force à les bouffer. »

Il aurait pu en dire plus long, mais soudain ses yeux s'écarquillèrent. Une hache de jet apparut au centre de son front avec un bruit mat. L'épée de Morru lui chut des doigts. Il tressauta comme un poisson à l'hameçon, puis s'abattit, le visage contre la table.

C'était le manchot qui avait lancé la hache. Quand il se leva, il en avait une autre à la main. « Qui d'autre tient à mourir ? demanda-t-il aux autres buveurs. Parlez, et j' veillerai à vous contenter. » De minces filets de sang se déployaient sur la pierre à partir de la flaque de sang où la tête de Dagon Morru était venue reposer. « Moi, j'ai bien l'intention de vivre, et ça veut dire pas rester pourrir ici. »

Un homme but une gorgée de bière. Un autre retourna sa coupe pour laver un doigt de sang avant qu'il n'atteigne l'endroit où il était assis. Personne ne dit mot. Lorsque le manchot passa de nouveau la hache de lancer à sa ceinture, Schlingue comprit qu'il avait gagné. Il se sentit presque un homme, de nouveau. *Lord Ramsay sera content de moi.*

Il amena la bannière de la seiche de ses deux mains, de manière quelque peu gauche à cause de ses doigts manquants, mais débordant de gratitude pour ceux que lord Ramsay lui avait permis de conserver. Cela prit la plus grande partie de l'après-midi avant que les Fer-nés ne soient prêts à partir. Ils étaient plus nombreux qu'il ne l'aurait imaginé – quarante-sept dans la tour du Concierge, dix-huit de plus dans celle du Pochard. Deux de ceux-là, si près de la mort qu'il n'y avait pour eux plus d'espoir, cinq autres trop affaiblis pour marcher. Cela en laissait cinquante-huit capables de se battre. Même dans leur état de faiblesse, ils auraient emporté avec eux trois fois leur nombre si lord Ramsay avait donné l'assaut aux ruines. *Il a bien fait de m'envoyer*, conclut Schlingue en remontant sur sa carne pour mener la colonne dépenaillée à travers le territoire marécageux jusqu'au camp des Nordiens. « Laissez ici vos armes, dit-il aux prisonniers. Les épées, les arcs, les poignards. Les hommes armés seront abattus à vue. »

Parcourir ce trajet exigea trois fois plus de temps qu'il n'en avait fallu à Schlingue seul. Des litières improvisées avaient été assemblées pour quatre des hommes incapables de marcher ; le cinquième était porté par son fils, sur son dos. Cela ralentissait l'allure, et tous les Fer-nés avaient bien conscience de la cible qu'ils offraient, largement à portée des démons des marais et de leurs flèches empoisonnées. *Si je meurs, je mourrai.* Schlingue priait seulement pour que l'archer sût viser, afin que la mort soit prompte et nette. *Une mort d'homme, pas celle qu'a connue Ralf Kenning.*

Le manchot marchait en tête de la procession, boitant lourdement. Son nom, avait-il dit, était Adrack Humble, et il avait une épouse de roc et trois épouses de sel sur Grand Wyk. « Trois de ces quatre avaient le ventre gros, quand on a levé les voiles, se vantait-il, et les Humble sont prédisposés aux jumeaux. La première chose qu' j'aurai besoin d'faire en rentrant, c'est d'compter mes nouveaux fils. Il s' pourrait même que j'en nomme un en votre honneur, m'sire. »

Oui-da, nomme-le Schlingue, se dit-il, *et quand il se conduira mal, tu pourras lui couper les orteils et lui donner des rats à manger.* Il détourna la tête et cracha par terre, et se demanda si Ralf Kenning n'avait pas été le plus heureux.

Une pluie fine avait commencé de pisser du ciel gris ardoise, le temps qu'apparaisse devant eux le camp de lord Ramsay. Une sentinelle les regarda défiler en silence. L'air s'imprégnait de la fumée des feux du repas, qui se noyait dans la pluie. Une colonne de cavaliers vint prendre position derrière eux, menée par un nobliau avec une tête de cheval sur son bouclier. Schlingue le reconnut : *Un des fils de lord Ryswell. Roger, ou peut-être Rickard.* Il ne savait pas distinguer les deux. « Sont-ce là tous les soldats ? demanda le cavalier du haut de son étalon bai.

— Tous ceux qui n'étaient pas morts, messire.

— Je pensais qu'il y en aurait plus. Nous les avons attaqués à trois reprises, et à trois reprises ils nous ont repoussés. »

Nous sommes fer-nés, songea-t-il avec un subit éclair d'orgueil, et le temps d'un demi-battement de cœur, il fut de nouveau un prince, le fils de lord Balon, du sang de Pyke. Mais cette seule pensée était en elle-même dangereuse. Il devait garder en mémoire son nom. *Schlingue, mon nom est Schlingue, ça commence comme châtiment.*

Ils atteignaient tout juste le camp lorsque les abois d'une meute de chiens lui apprirent l'arrivée de lord Ramsay. Pestagaupes l'accompagnait, en même temps qu'une demi-douzaine de ses favoris, l'Écorcheur et Alyn le Rogue, et Damon Danse-pour-moi, et les Walder, Grand et Petit, aussi. Les chiens s'attroupaient autour d'eux, claquant des dents et grondant à l'adresse des nouveaux venus. *Les filles du Bâtard,* songea Schlingue, avant de se rappeler qu'on ne devait jamais, jamais, *jamais* employer ce mot en présence de Ramsay.

Schlingue descendit de sa selle et mit un genou en terre. « Messire, Moat Cailin est à vous. Voici ses derniers défenseurs.

— Si peu. J'en avais espéré davantage. C'étaient des adversaires tellement opiniâtres. » Les yeux pâles de lord Ramsay brillèrent. « Vous devez être morts de faim. Damon, Alyn, occupez-vous d'eux. Du vin et de la bière, et toute la nourriture qu'ils pourront avaler. Écorcheur, mène leurs blessés à nos mestres.

— Fort bien, messire. »

Quelques-uns des Fer-nés bredouillèrent des remerciements avant de partir d'un pas chancelant vers les feux de cuisine au centre du camp. Un des Morru tenta même de baiser l'anneau de lord Ramsay, mais les chiens le refoulèrent avant qu'il ait pu approcher, et Alison lui emporta un bout d'oreille. Tandis que le sang lui coulait dans le cou, l'homme dodelinait du chef et multipliait les courbettes, louant la miséricorde de Sa Seigneurie.

Lorsque le dernier s'en fut allé, Ramsay Bolton tourna son sourire vers Schlingue. Il l'empoigna par la nuque, approcha son visage vers lui, le baisa sur la joue et chuchota : « Schlingue, mon vieil ami. T'ont-ils en vérité pris pour leur prince ? Quels pauvres crétins, ces Fer-nés. Les dieux doivent en rire.

— Ils ne souhaitent qu'une chose, rentrer chez eux, messire.

— Et toi, que souhaites-tu, mon bon Schlingue ? » murmura Ramsay, avec la douceur d'un amant. Son haleine, si parfumée, embaumait le vin chaud et les clous de girofle. « De si vaillants services méritent récompense. Je ne puis te rendre tes doigts ni tes orteils, mais, assurément, il y a bien quelque chose que tu désires de moi. Dois-je plutôt te libérer ? Te délier de mon service ? Veux-tu les accompagner, rentrer dans tes îles lugubres sur la mer froide et grise, redevenir un prince ? Ou préférerais-tu rester mon féal serviteur ? »

Un poignard froid lui racla l'échine. *Méfie-toi*, se dit-il, *sois très, très prudent*. Il n'aimait pas le sourire de Sa Seigneurie, la façon dont ses yeux brillaient, les postillons qui luisaient à la commissure de ses lèvres. Il avait déjà vu de tels indices. *Tu n'es pas prince. Tu es Schlingue, rien que Schlingue, ça commence comme charogne. Donne-lui la réponse qu'il veut.*

« Messire, dit-il, ma place est ici, auprès de vous. Je suis votre Schlingue. Je ne désire que vous servir. Tout ce que je demande... Une outre de vin, ce serait pour moi récompense suffisante... Du vin rouge, votre plus fort, tout le vin qu'un homme peut boire. »

Lord Ramsay en rit. « Tu n'es pas un homme, Schlingue. Tu n'es que ma créature. Mais tu auras ton vin. Walder, occupez-vous-en. Et ne crains rien, je ne te renverrai pas dans les cachots, tu as ma parole de Bolton. Nous ferons de toi un chien, en fait. De la viande chaque jour, et je te laisserai même assez de dents pour la manger. Tu pourras dormir avec mes filles. Ben, as-tu un collier pour lui ?

— J'en ferai fabriquer un, messire », assura le vieux Ben-les-Os.

Le vieil homme fit mieux que cela. Cette nuit-là, en plus du collier, il y eut également une couverture en loques, et un demi-poulet. Schlingue dut disputer la viande aux chiennes, mais c'était le meilleur repas qu'il ait fait depuis Winterfell.

Et le vin... Un vin sombre, âpre, mais *fort*. Accroupi parmi les chiennes, Schlingue but à s'en faire chavirer la cervelle, vomit, s'essuya la bouche et but encore. Après, il se coucha et ferma les yeux. Quand il s'éveilla, une chienne léchait du vomi sur sa barbe, et des nuages noirs traversaient en courant la face d'une lune en faucille. Quelque part dans la nuit, des hommes hurlaient. Il repoussa la chienne, se retourna et se rendormit.

Le lendemain matin, lord Ramsay dépêcha trois cavaliers le long du passage pour prévenir le seigneur son père que la voie était libre. L'écorché de la maison Bolton fut hissé au-dessus de la tour du Concierge, où Schlingue avait amené la seiche dorée de Pyke. Le long de la route en planches pourries, on planta profondément dans le sol spongieux des poteaux de bois, où se putréfièrent les cadavres, rouges et saignants. *Soixante-trois*, il le savait, *ils sont soixante-trois*. À l'un manquait la moitié d'un bras. Un autre avait un parchemin coincé entre les dents, son sceau de cire encore intact.

Trois jours plus tard, l'avant-garde de l'ost de Roose Bolton serpenta entre les ruines et remonta l'enfilade des terribles sentinelles – quatre cents Frey à cheval, vêtus en bleu et gris, la pointe de leurs lances scintillant à chaque fois que le soleil crevait les nuages. Deux des fils du vieux lord Walder menaient le détachement. L'un, vigoureux, avait la mâchoire massive et proéminente et des bras aux muscles épais. L'autre avait des yeux affamés rapprochés au-dessus d'un nez pointu, une fine barbe brune qui ne masquait pas tout à fait le menton fuyant au-dessous, un crâne chauve. *Hosteen et Aenys.* Il s'en souvenait, du temps antérieur à la connaissance de son nom. Hosteen était un taureau, lent à se mettre en colère, mais implacable une fois en rage, et, de réputation, le plus féroce combattant de toute la portée de lord Walder. Aenys était plus âgé, plus cruel, plus intelligent – un commandant, pas un bretteur. Tous deux étaient des soldats aguerris.

Les Nordiens suivaient de près leur avant-garde, leurs bannières en loques filant au vent. Schlingue les regarda passer. La plupart allaient à pied, et ils étaient si peu nombreux. Il se souvenait du grand ost qui avait marché vers le sud avec le Jeune Loup, sous le loup-garou de Winterfell. Vingt mille épées et lances étaient parties en guerre avec Robb, ou si près de ce compte que la différence était négligeable, mais un sur dix revenait, seulement, et pour la majorité, c'étaient des hommes de Fort-Terreur.

Au centre de la colonne, à l'endroit où les soldats se pressaient le plus, chevauchait un homme revêtu d'une armure de plates gris sombre sur un gambison de cuir rouge sang. Ses rondelles ouvragées figuraient des têtes humaines, dont les bouches béantes hurlaient de douleur. De ses épaules tombait un manteau de laine rose brodé de gouttelettes de sang. De longs serpents de soie rouge voletaient en cimier sur son heaume fermé. *Nul homme des tourbières ne pourra occire Roose Bolton d'une flèche empoisonnée*, songea Schlingue, lorsqu'il le vit tout d'abord. Un chariot fermé grinçait à sa suite, halé par six lourds chevaux de trait et défendu par des arbalétriers, à l'avant et à l'arrière. Des tentures de velours bleu sombre cachaient les occupants du chariot aux yeux des observateurs.

Plus loin derrière venait le train des équipages – de lentes charrettes chargées de provisions et de butin pris au cours de la guerre, et des carrioles encombrées de blessés et d'estropiés. Et en arrière-garde, d'autres Frey. Un millier au moins, peut-être plus : archers, piqueurs, paysans armés de faux et de bâtons pointus, francs coureurs et archers montés, et une autre centaine de chevaliers pour les garder en formation.

Avec son collier, ses chaînes et le retour de ses guenilles, Schlingue suivit, avec les autres chiens, sur les talons de lord Ramsay quand Sa Seigneurie s'avança pour recevoir son père. Lorsque le cavalier en armure sombre retira son heaume, cependant, le visage qui parut était inconnu de Schlingue. Le sourire de Ramsay se flétrit à cette vue, et la colère fulgura sur sa figure. « Qu'est-ce donc ? Une plaisanterie ?

– Simple précaution », chuchota Roose Bolton, en émergeant de derrière les tentures du chariot clos.

Le lord de Fort-Terreur ne ressemblait guère à son fils bâtard. Il avait un visage glabre, lisse, ordinaire, ni séduisant ni vraiment quelconque. Malgré les batailles que Roose avait traversées, il ne montrait aucune cicatrice. Quoiqu'il eût largement dépassé quarante ans, il ne portait pas encore de rides, et pas une ligne ou presque qui montrât le passage du temps. Ses lèvres étaient si minces que, lorsqu'il les pinçait, elles semblaient disparaître totalement. Il paraissait n'avoir pas d'âge, ni d'élans ; sur le visage de Roose Bolton, la rage et la joie se ressemblaient beaucoup. Pour seul point commun avec Ramsay, il avait les yeux. *Ses yeux sont de glace.* Schlingue se demanda si Roose Bolton pleurait jamais. *Et en ce cas, les larmes sont-elles froides sur ses joues ?*

Un jour, un garçonnet du nom de Theon Greyjoy avait aimé taquiner Bolton tandis qu'ils siégeaient au conseil avec Robb Stark, en se moquant de sa voix douce et en plaisantant sur les sangsues. *Il devait être fou. Ce n'est pas un homme de qui l'on se gausse.* Il suffisait de regarder Bolton pour comprendre qu'il avait plus de cruauté dans son petit orteil que tous les Frey combinés.

« Père. » Lord Ramsay s'agenouilla devant son géniteur.

Lord Roose l'étudia un moment. « Tu peux te relever. » Il se tourna pour aider deux jeunes femmes à descendre du chariot.

La première était courte et plantureuse, avec un visage rond et rougeaud, et un triple menton qui ballottait sous le capuchon d'hermine. « Ma nouvelle épouse, annonça Roose Bolton. Lady Walda, voici mon fils naturel. Baisez la main de votre belle-mère, Ramsay. » Celui-ci obéit. « Et je suis sûr que vous vous souvenez de lady Arya. Votre promise. »

La fillette était mince, et plus grande que dans son souvenir, mais c'était bien naturel. *Les filles grandissent vite, à cet âge.* Sa robe en laine grise se bordait de satin blanc. Par-dessus, elle portait un manteau d'hermine, fermé par une tête de loup d'argent. Des cheveux brun sombre lui tombaient au milieu du dos. Et ses yeux...

Ce n'est pas la fille de lord Eddard.

Arya avait les yeux de son père, les yeux gris des Stark. Une fille de son âge pouvait se laisser pousser les cheveux, prendre quelques pouces de taille, voir sa poitrine gonfler, mais elle ne pouvait altérer le coloris de ses yeux. *C'est la petite camarade de Sansa, la fille de l'intendant. Jeyne, voilà son nom. Jeyne Poole.*

« Lord Ramsay. » La fillette fit une révérence devant lui. Cela non plus ne correspondait pas. *La véritable Arya Stark lui aurait craché au visage.* « Je prie d'être pour vous une bonne épouse et de vous donner des fils robustes pour prendre votre succession.

— Vous le ferez, lui promit Ramsay, et sans tarder. »

JON

Sa chandelle avait rendu l'âme dans une flaque de cire, mais la lumière du matin brillait à travers les volets de sa fenêtre. Jon s'était endormi à son travail, une fois encore. Des livres couvraient sa table, en hautes piles. Il les avait lui-même ramenés, après avoir passé la moitié de la nuit à fouiller des caves poussiéreuses à la lueur de sa lanterne. Sam avait raison, les livres avaient terriblement besoin d'être triés, catalogués et classés, mais ce n'était pas une tâche à la portée d'intendants qui ne savaient ni lire ni écrire. Cela devrait attendre le retour de Sam.

S'il revient. Jon s'inquiétait pour Sam et mestre Aemon. De Fort-Levant, Cotter Pyke lui avait écrit pour rapporter que le *Corbeau des tempêtes* avait signalé l'épave d'une galère sur la côte de Skagos. Si le navire brisé était le *Merle*, un des navires à la solde de Stannis Baratheon, ou un marchand de passage, l'équipage du *Corbeau des tempêtes* n'avait pas réussi à le déterminer. *J'avais l'intention de mettre Vère et l'enfant en sécurité. Les ai-je en fait envoyés à leur perte ?*

Le repas de la veille s'était figé près de son coude, à peine touché. Edd-la-Douleur avait garni son tranchoir presque à le faire déborder pour permettre au tristement célèbre ragoût aux trois viandes de Hobb Trois-Doigts d'amollir le pain rassis. La plaisanterie qui circulait parmi les frères voulait que les trois viandes fussent du mouton, du mouton et du mouton, mais carotte, oignon et navet auraient tapé plus près du but. Une pellicule de gras froid lustrait les reliefs de ragoût.

Bowen Marsh l'avait pressé de s'installer dans les anciens appartements du Vieil Ours, dans la tour du Roi, depuis que

Stannis les avait libérés, mais Jon avait refusé. On pourrait trop aisément interpréter son installation dans le logis royal comme la conviction qu'il ne s'attendait pas à voir Sa Grâce revenir.

Une étrange apathie s'était abattue sur Châteaunoir depuis le départ de Stannis vers le Sud, comme si le peuple libre et les frères noirs retenaient à l'identique leur souffle, en attendant de voir la suite des événements. Les cours et les salles de cantine étaient vides plus souvent qu'occupées, la tour du lord Commandant formait une coque vide, l'ancienne salle commune un monticule de solives carbonisées, la tour d'Hardin laissait penser que la prochaine rafale allait la jeter à bas. La seule rumeur de vie que Jon pouvait entendre était le lointain choc des épées montant de la cour devant l'armurerie. Emmett-en-Fer gueulait à Hop Robin de ne pas baisser sa garde. *Nous aurions tous avantage à ne pas le faire.*

Jon se débarbouilla, s'habilla et quitta l'armurerie, s'arrêtant dehors dans la cour juste assez longtemps pour prononcer quelques paroles d'encouragement pour Hop Robin et les autres élèves d'Emmett. Il déclina l'offre d'escorte que lui fit Ty, comme d'habitude. Il aurait assez d'hommes autour de lui ; si le sang devait couler, deux de plus n'importeraient guère. Mais il prit Grand-Griffe, toutefois, et Fantôme le suivit, sur ses talons.

Le temps qu'il parvienne à l'écurie, Edd-la-Douleur avait fait seller et brider le palefroi du lord Commandant, qui l'attendait. Les chariots se disposaient sous l'œil vigilant de Bowen Marsh. Le lord Intendant trottait le long de la colonne, pointant du doigt et vétillant, les joues rougies de froid. Quand il aperçut Jon, elles s'empourprèrent encore. « Lord Commandant. Avez-vous toujours l'intention de poursuivre cette…

— … folie ? acheva Jon. Je vous en prie, dites-moi que vous n'alliez pas employer le mot *folie*, messire ? Oui, j'en ai l'intention. Nous en avons débattu. Fort-Levant réclame plus d'hommes. La tour de l'Ombre réclame plus d'hommes. Griposte et Glacière également, je n'en doute pas, et nous avons quatorze autres redoutes qui restent vides, de longues lieues de Mur qui demeurent sans surveillance ni défense. »

Marsh fit la moue. « Le lord Commandant Mormont…

— … est mort. Et pas des mains des sauvageons, mais de celles de ses Frères jurés, des hommes en qui il avait confiance. Ni vous ni moi ne pouvons savoir ce qu'il aurait fait ou pas fait, à ma place. » Jon fit virer son cheval. « Assez discuté. En route. »

Edd-la-Douleur avait suivi tout cet échange. Tandis que Bowen Marsh partait au trot, Edd désigna son dos d'un hochement de tête et déclara : « Les pommes granates. C'est bourré d'pépins. Y a de quoi s'étouffer. Moi, j' préfère les navets. Jamais rencontré de navet qui ait fait du mal à quiconque. »

C'est surtout en de pareils moments que mestre Aemon manquait à Jon. Certes, Clydas s'occupait bien des corbeaux, mais il ne possédait pas le dixième des connaissances ou de l'expérience d'Aemon Targaryen, et moins encore de sa sagesse. Bowen était un brave homme, à sa façon, mais la blessure qu'il avait reçue au pont des Crânes avait roidi ses attitudes, et le seul refrain qu'il chantât désormais était sa rengaine familière de fermer les portes. Othell Yarwyck était aussi placide et dépourvu d'imagination que taciturne, et les Premiers Patrouilleurs semblaient périr sitôt qu'ils étaient nommés. *La Garde de Nuit a perdu trop de ses meilleurs éléments*, se dit Jon, tandis que les chariots s'ébranlaient. *Le Vieil Ours, Qhorin Mimain, Donal Noye, Jarman Buckwell, mon oncle…*

Une neige légère se mit à tomber tandis que la colonne progressait vers le sud en suivant la route Royale, la longue ligne de chariots longeant des champs, des rivières et des collines boisées, avec une douzaine de lanciers et une douzaine d'archers qui chevauchaient en escorte. Les dernières expéditions avaient connu à La Mole des moments difficiles, un peu de bousculade et de confusion, quelques jurons étouffés, force regards mauvais. Bowen Marsh estimait qu'il valait mieux ne pas prendre de risques, et pour une fois Jon et lui étaient d'accord.

Le lord Intendant ouvrait la voie. Jon chevauchait à quelques pas en retrait, Edd-la-Douleur Tallett à ses côtés. À un demi-mille au sud de Châteaunoir, Edd pressa son cheval de se rapprocher de Jon et déclara : « M'sire ? Regardez, là-haut. Le grand pochard sur la colline. »

Le pochard était un frêne, tordu de côté par des siècles de vent. Et désormais, il portait un visage. Une bouche solennelle, une branche cassée en guise de nez, deux yeux creusés profond dans le tronc, observant le Nord en suivant la route Royale, dans la direction du château et du Mur.

Les sauvageons ont apporté leurs dieux avec eux, après tout. Cela ne surprenait pas Jon. Les hommes n'abandonnent pas si aisément leurs dieux. Tout ce spectacle orchestré par dame Mélisandre au-delà du Mur paraissait subitement aussi creux qu'une farce de comédiens. « Il te ressemble un peu, Edd, dit-il en essayant de tourner cela à la plaisanterie.

— Certes, m'sire. J'ai pas de feuilles qui me poussent sous le nez, mais sinon... Ça va pas plaire à dame Mélisandre.

— Peu de chances qu'elle le voie. Veille à ce qu'on ne le lui rapporte pas.

— Mais elle voit des choses, dans ses feux.

— De la fumée et des cendres.

— Et des gens qui brûlent. Moi, y a des chances. Avec des feuilles dans le nez. J'ai toujours eu peur de brûler, mais j'espérais mourir avant. »

Jon regarda de nouveau le visage, se demanda qui l'avait ciselé. Il avait posté des gardes à la périphérie de La Mole, tant pour tenir ses corbeaux à l'écart des sauvageonnes que pour empêcher le peuple libre de leur fausser compagnie vers le sud pour effectuer des raids. Celui qui avait taillé le frêne avait éludé ses sentinelles, à l'évidence. Et si un homme pouvait franchir le cordon, d'autres en seraient tout aussi capables. *Je pourrais encore doubler les gardes*, songea-t-il avec amertume. *Gaspiller deux fois plus d'hommes, des hommes qui pourraient arpenter le Mur.*

Les chariots continuèrent d'avancer lentement vers le sud, à travers la boue gelée et les bourrasques de neige. Un mille plus loin, ils arrivèrent à un deuxième visage, taillé dans un marronnier qui poussait au bord d'un ruisseau glacé, d'où ses yeux pouvaient surveiller le vieux pont de planches qui enjambait son cours. « Le double de problèmes », résuma Edd-la-Douleur.

Le marronnier était dépouillé de feuilles, squelettique, mais ses ramures nues n'étaient pas vides. Sur une branche basse en surplomb du ruisseau, un corbeau était perché, comme bossu, ses plumes ébouriffées contre le froid. Lorsqu'il aperçut Jon, il se déploya de toute son envergure et hurla. Jon leva le poing et siffla, et le gros volatile noir descendit dans un battement d'ailes, en glapissant : « *Grain, grain, grain.*

— Le grain pour le peuple libre, lui répondit Jon. Pas pour toi. » Il se demanda s'ils en seraient tous réduits à manger des corbeaux avant que l'hiver qui s'annonçait soit parvenu à son terme.

Les frères dans les chariots avaient également vu le visage, Jon n'en doutait pas. Personne n'en dit mot, mais le message se lisait clairement pour quiconque avait des yeux pour voir. Jon avait un jour entendu Mance Rayder comparer la plupart des agenouillés à des moutons. « Bon, un chien peut garder un troupeau de moutons, avait déclaré le Roi-d'au-delà-du-Mur, mais le peuple libre, eh bien, certains sont des lynx-de-fumée et d'autres des pierres. La première sorte vaque où il lui plaît et taillera tes chiens en pièces. L'autre ne bougera pas du tout, sinon à coups de pied. » Il ne fallait pas s'attendre à voir les lynx-de-fumée ni les pierres abandonner les dieux qu'ils avaient adorés toute leur vie, pour se prosterner devant d'autres qu'ils connaissaient à peine.

Juste au nord de La Mole, ils rencontrèrent le troisième guetteur, sculpté dans l'énorme chêne qui marquait la périphérie du village, ses yeux profonds rivés sur la route Royale. *Voilà un visage qui n'est pas aimable*, jugea Jon Snow. Les faces que les Premiers Hommes et les enfants de la forêt avaient sculptées dans les barrals au cours des millénaires révolus portaient le plus souvent des expressions graves ou féroces, mais le grand chêne semblait particulièrement courroucé, comme s'il se préparait à arracher ses racines du sol pour les poursuivre en rugissant. *Il arbore des plaies aussi fraîches que celles des hommes qui l'ont taillé.*

Le bourg de La Mole avait toujours été plus vaste qu'il n'y paraissait : la plus grosse partie se situait sous terre, à l'abri du froid et de la neige. C'était désormais plus vrai que jamais. Le Magnar de Thenn avait bouté le feu au village vide en le traversant pour aller attaquer Châteaunoir, et seuls des amas de poutres calcinées et de vieilles pierres roussies demeuraient en surface… Mais sous la terre gelée, subsistaient les cryptes, les tunnels et les caves profondes, et c'était là que s'était réfugié le peuple libre, sa communauté pelotonnée ensemble dans le noir comme les taupes qui avaient inspiré la structure du village.

Les chariots se disposèrent en arc de cercle en face de ce qui avait été la forge du village. À proximité, une nuée de gamins au visage rougi construisaient un fort de neige, mais ils s'égaillèrent à la vue des frères en manteau noir, pour disparaître dans l'un ou l'autre trou. Quelques instants plus tard, les adultes commencèrent à émerger du sol. Les accompagnait une forte puanteur, un remugle de corps pas lavés et de vêtements crasseux, d'excréments et d'urine. Jon vit un de ses hommes froncer le nez et dire quelque chose à son voisin. *Une plaisanterie sur le parfum de la liberté*, supposa-t-il. Trop de ses frères se gaussaient de la pestilence des sauvages de La Mole.

Ignorance crasse, songea Jon. Le peuple libre ne différait en rien des hommes de la Garde de Nuit : certains étaient propres, d'autres sales, mais la plupart étaient propres à certains moments, et sales à d'autres. Cette infection était simplement l'odeur d'un millier de personnes entassées dans des caves et des tunnels creusés pour en abriter une centaine tout au plus.

Les sauvageons connaissaient déjà la manœuvre. Sans un mot, ils se rangèrent en files derrière les chariots. Il y avait trois femmes pour chaque homme, beaucoup avec des enfants – des créatures pâles et maigres qui s'accrochaient à leurs jupons. Jon vit très peu de nourrissons. *La plupart ont péri durant la marche,* comprit-il, *et ceux qui avaient survécu à la bataille sont morts dans l'enclos du roi.*

Les combattants avaient connu un meilleur sort. Trois cents hommes en âge de se battre, avait affirmé Justin Massey au cours du conseil. Lord Harwood Fell les avait comptés. *Il doit y avoir des piqueuses, aussi. Cinquante ou soixante, voire une centaine.* Les calculs de Fell avaient inclus les blessés, Jon le savait. Il en vit une vingtaine – des hommes appuyés sur des béquilles improvisées, d'autres avec des manches vides ou des mains manquantes, d'autres encore qui n'avaient qu'un seul œil ou qu'une moitié de visage, un cul-de-jatte porté entre deux amis. Et chacun d'eux, gris de teint, efflanqué. *Des hommes brisés,* jugea-t-il. *Les spectres ne sont pas la seule forme de morts vivants.*

Tous les combattants n'étaient pas rompus, cependant. Une demi-douzaine de Thenns en armure d'écailles de bronze se tenaient en groupe autour d'un escalier de cave, observant d'un œil noir sans chercher à se joindre au reste ; dans les ruines de la vieille forge du village, Jon repéra un grand gaillard chauve qu'il identifia comme Halleck, le frère d'Harma la Truffe. Les pourceaux d'Harma avaient disparu, cependant. *Mangés, sans doute.* Les deux, là-bas, couverts de fourrures, étaient des Pieds Cornés, aussi sauvages que décharnés, pieds nus même dans la neige. *Il reste encore des loups parmi les moutons.*

Val le lui avait rappelé, lors de la dernière visite qu'il lui avait rendue. « Peuple libre et agenouillés ont plus de points communs que de différences, Jon Snow. Les hommes sont des hommes, et les femmes, des femmes, quel que soit le côté du Mur où nous sommes nés. Bons et mauvais, héros et traîtres, honorables et menteurs, lâches, veules, brutes... Nous en avons en abondance, comme vous. »

Elle n'avait pas tort. Le plus ardu était de distinguer les uns des autres, de trier les moutons et les chèvres.

Les frères noirs commencèrent à distribuer la nourriture. Ils avaient apporté des carcasses de bœuf dur et salé, de la morue séchée, des haricots secs, des navets, des carottes, des sacs de farines d'orge et de blé, des œufs en saumure, des fûts d'oignons et de pommes. « Vous avez droit à un oignon ou une pomme, Jon entendit Hal le Velu expliquer à une femme, mais pas les deux. Faut choisir. »

La femme ne paraissait pas comprendre. « M'en faut deux d'chaque. Un d'chaque pour moi, l'reste pour mon p'tit. L'est malade, mais une pomme va l'rend' tout gaillard. »

Hal secoua la tête. « Il faut qu'il vienne chercher lui-même sa pomme. Ou son oignon. Mais pas les deux. Pour vous aussi. Alors, vous voulez quoi, une pomme, un oignon ? Allez, dépêchez-vous, y a du monde derrière vous.

— Une pomme », dit-elle, et il lui en donna une, une vieille pomme toute desséchée, petite et flétrie.

« Avance, femme, cria un homme trois places derrière elle. Y' caille, dehors. »

L'interpellée ne lui accorda aucune attention. « Une aut' pomme, demanda-t-elle à Hal le Velu. Pour mon fils. Siouplaît. Elle est si p'tite, celle-là. »

Hal regarda Jon. Celui-ci secoua la tête. Ils ne tarderaient pas à épuiser leur stock de pommes. S'ils commençaient à en donner deux à tous ceux qui les demandaient, les retardataires n'auraient rien.

« Dégage », dit une jeune fille derrière la femme. Puis elle lui flanqua une bourrade dans le dos. La femme trébucha, lâcha sa pomme et tomba. Les autres provisions volèrent de ses bras. Des haricots s'éparpillèrent, un navet roula dans une flaque de boue, un sac de farine craqua et répandit son précieux contenu dans la neige.

Des voix en colère s'élevèrent, en vieille langue et en Langue Commune. D'autres bousculades éclatèrent derrière un autre chariot. « Y en a pas assez, rugit un vieillard. Salauds d'corbacs, vous nous laissez crever d'faim ! » La femme renversée tentait à quatre pattes de récupérer ses vivres. Jon vit à quelques pas de là un éclair d'acier dénudé. Ses propres archers placèrent des flèches contre les cordes.

Il se retourna sur sa selle. « Rory. Rétablis le calme. »

Rory porta sa grande trompe à ses lèvres et souffla.

Tumulte et bousculade cessèrent. Les têtes se tournèrent. Un gamin éclata en sanglots. Le corbeau de Mormont se déplaça de l'épaule gauche de Jon à la droite, dodelinant du chef en marmonnant : « *Neige, neige, neige.* »

Jon attendit que les derniers échos se soient éteints, puis piqua son palefroi jusqu'à un emplacement d'où tout le monde pourrait le voir. « Nous vous nourrissons du mieux que nous pouvons, avec tout ce que nous pouvons vous donner. Des pommes, des oignons, des navets, des carottes... Un long hiver nous attend tous, et nos réserves ne sont pas inépuisables.

— Vous mangez pas mal, chez les corbacs. » Halleck se fraya un passage plus avant.

Pour le moment. « Nous tenons le Mur. Le Mur protège le royaume... ainsi que vous, désormais. Vous savez quel ennemi nous affrontons. Vous savez ce qui descend sur nous. Certains d'entre vous les ont déjà affrontés. Des spectres et des marcheurs blancs, des créatures mortes aux yeux bleus et aux mains noires. Moi aussi, je les ai vus, combattus, j'en ai expédié un en enfer. Ils tuent et renvoient ensuite vos morts contre vous. Les géants n'ont pas réussi à tenir contre eux, ni vous autres, les Thenns, les clans de la rivière de glace, les Pieds Cornés, le peuple libre... Et au fur et à mesure que les jours raccourcissent et que les nuits refroidissent, ils gagnent plus de force. Vous avez quitté vos maisons pour descendre au sud, par cents et par mille... Pour quelle raison, sinon pour leur échapper ? Pour être en sécurité. Eh bien, c'est le Mur qui vous garde en sécurité. *Nous,* qui vous gardons en sécurité, ces corbeaux noirs que vous méprisez.

— En sécurité mais on crève de faim », lança une femme courtaude avec un visage tanné par le vent ; une piqueuse, à en juger par son aspect.

« Vous voulez plus de nourriture ? demanda Jon. Les vivres sont réservés à ceux qui se battent. Aidez-nous à tenir le Mur, et vous mangerez aussi bien qu'un corbeau. » *Ou aussi mal, quand les réserves s'épuiseront.*

Un silence tomba. Les sauvageons échangèrent des regards méfiants. « *Mange*, grommela le corbeau. *Grain, grain.*

— Combattre pour vous ? » La voix s'exprimait avec un fort accent. Sigorn, le jeune Magnar de Thenn, parlait la Langue Commune avec difficulté, dans les meilleurs moments. « Non combattre pour vous. Tuer vous mieux. Tuer tous vous. »

Le corbeau battit des ailes. « *Tuer, tuer.* »

Le père de Sigorn, le vieux Magnar, avait été écrasé par la chute de l'escalier durant son attaque contre Châteaunoir. *J'éprouverais les mêmes sentiments si l'on me demandait de faire cause commune avec les Lannister,* se dit Jon. « Votre père a essayé de tous nous tuer, rappela-t-il à Sigorn. Le Magnar était un brave, et pourtant il a échoué. Et s'il avait réussi... Qui tiendrait le Mur ? » Il se détourna des Thenns. « Les murailles de Winterfell étaient robustes, elles aussi, mais aujourd'hui, Winterfell est en ruine, incendié et fracassé. Un rempart ne vaut que par les hommes qui le défendent. »

Un vieil homme serrant un navet sur sa poitrine déclara : « Vous nous tuez, vous nous faites crever de faim, et maintenant vous voulez faire de nous des esclaves. »

Un homme gros et rougeaud cria son approbation. « J' préférerais aller tout nu qu' de porter une de ces défroques noires su' l'dos. »

Une des piqueuses s'esclaffa. « Même ta femme, elle veut pas t' voir tout nu, Gros-cul. »

Une douzaine de voix commencèrent à parler en même temps. Les Thenns criaient dans la Vieille Langue. Un garçonnet se mit à pleurer. Jon Snow attendit que le chahut se soit apaisé, puis il se tourna vers Hal le Velu et dit : « Hal, qu'est-ce que tu as dit à cette femme ? »

Hal parut interloqué. « Pour les vivres, vous voulez dire ? Une pomme ou un oignon ? C'est tout ce que j'ai dit. Faut qu'ils choisissent.

— *Il faut que vous choisissiez,* répéta Jon Snow. Vous tous. Nul ne vous demande de prêter notre serment, et je me fous de savoir quels dieux vous adorez. Mes dieux sont les vieux dieux, les dieux du Nord, mais vous pouvez garder le dieu rouge, les Sept, ou tout autre dieu qui écoute vos prières. C'est de lances dont nous avons besoin. D'arcs. D'yeux au long du Mur.

« Je prendrai tous les garçons au-dessus de douze ans qui savent tenir une lance ou bander un arc. Je prendrai vos vieux, vos blessés et vos estropiés, et même ceux qui ne peuvent plus se battre. Ils peuvent sans doute accomplir d'autres besognes. Empenner des flèches, traire les chèvres, ramasser du bois pour le feu, nettoyer les écuries... La liste est sans fin. Et : oui, je prendrai aussi vos femmes. Je n'ai que faire de vierges effarouchées qui cherchent protection, mais je prendrai toutes les piqueuses qui voudront venir.

— Et les filles ? » interrogea une gamine. Elle paraissait avoir le même âge qu'Arya, la dernière fois que Jon l'avait vue.

« Seize ans et plus.

— Vous prenez les garçons à partir de douze ! »

À douze ans, dans les Sept Couronnes, les garçons étaient souvent pages et écuyers ; beaucoup pratiquaient les armes depuis des années. Les filles de douze ans étaient des enfants. *Mais ce sont des sauvageonnes.* « À ta guise. Garçons *et* filles à partir de douze ans. Mais seulement ceux qui savent obéir aux ordres. Ça vaut pour tout le monde. Jamais je ne vous demanderai de vous agenouiller devant moi, mais je vous placerai aux ordres de capitaines, et de sergents qui vous diront quand vous lever et quand aller dormir, où manger et quand boire, quelle tenue porter, quand tirer votre épée et décocher vos flèches. Les hommes de la Garde de Nuit servent à vie. Je ne vous en demande pas autant, mais tant que vous resterez sur le Mur, vous serez sous mon commandement. Désobéissez à un ordre et je vous fais couper la tête. Demandez à mes frères si je n'en suis pas capable. Ils m'ont déjà vu le faire.

— *Coupe !* hurla le corbeau du Vieil Ours. *Coupe, coupe, coupe.*

— Le choix vous appartient, leur dit Jon Snow. Ceux qui veulent nous aider à tenir le Mur, rentrez à Châteaunoir avec moi, et je veillerai à vous armer et à vous nourrir. Le reste, prenez vos navets et vos oignons, et retournez dans vos terriers. »

La fillette fut la première à s'avancer. « J' sais m' battre. Ma mère était piqueuse. » Jon hocha la tête. *Elle n'a peut-être même pas douze ans,* se dit-il tandis qu'elle se faufilait entre deux vieillards. Mais il n'allait pas décourager son unique recrue.

Deux jouvenceaux la suivirent, des garçons qui n'avaient guère plus de quatorze ans. Puis un balafré avec un œil en moins. « J' les ai vus moi aussi, les morts. Même les corbacs, ça vaut mieux qu' ça. » Une piqueuse de haute taille, un vieillard sur des béquilles, un gamin au visage lunaire avec un bras rabougri, un jeune homme dont les cheveux roux rappelèrent Ygrid à Jon.

Et ensuite, Halleck. « J' t'aime pas, le corbac, gronda-t-il, mais j'ai jamais aimé l'Mance, et ma sœur l'aimait pas non plus. Ça nous a pas empêchés d'nous battre pour lui. Pourquoi pas nous battre pour toi ? »

Et là, la digue se rompit. Halleck était un personnage de poids. *Mance n'avait pas tort.* « Le peuple libre ne suit ni un nom, ni de petits animaux en tissu, cousus sur une tunique, lui avait répété le Roi-d'au-delà-du-Mur. Ils n'iront pas danser pour menue monnaie, se fichent bien des titres dont vous vous parez, de la signification de telle chaîne de fonction, ou de l'identité de votre aïeul. Ils suivent la force. Ils suivent l'homme. »

Les cousins d'Halleck emboîtèrent le pas à ce dernier, puis ce fut un des bannerets d'Harma, et des hommes qui s'étaient battus à ses côtés, puis d'autres qui avaient entendu conter leurs prouesses. Des barbes grises et de la bleusaille, des guerriers dans la fleur de l'âge, des blessés et des estropiés, une bonne vingtaine de piqueuses et même trois Pieds Cornés.

Mais pas de Thenns. Le Magnar tourna les talons et regagna les tunnels, ses acolytes tout de bronze vêtus à ses basques.

Le temps que la dernière pomme flétrie ait été distribuée, les chariots étaient chargés de sauvageons, et ils se retrouvaient plus forts de soixante-trois éléments que lorsque la colonne avait quitté Châteaunoir ce matin-là. « Qu'est-ce que vous allez faire d'eux ? demanda Bowen Marsh à Jon durant le trajet de retour sur la route Royale.

— Les entraîner, les armer, puis les séparer. Les envoyer où l'on a besoin d'eux. Fort-Levant, Tour Ombreuse, Glacière, Griposte. J'ai l'intention d'ouvrir trois forts supplémentaires. »

Le lord Intendant jeta un coup d'œil derrière lui. « Et des femmes, aussi ? Nos frères n'ont pas l'habitude d'avoir des femmes parmi eux, messire. Leurs vœux... Il y aura des rixes, des viols...

— Les femmes en question ont des poignards et savent en jouer.

— Et la première fois qu'une de ces piqueuses tranchera la gorge d'un de nos frères, que ferons-nous ?

— Nous aurons perdu un homme, mais nous venons d'en gagner soixante-trois. Vous excellez en calcul, messire. Corrigez-moi si je m'abuse, mais mes comptes nous laissent un bénéfice de soixante-deux. »

Marsh n'était pas convaincu. « Vous avez ajouté soixante-trois bouches supplémentaires... Mais combien savent se battre et de quel côté se battront-ils ? Si ce sont les Autres aux portes, ils se rangeront très probablement avec nous, je vous l'accorde... Mais si Tormund Fléau-d'Ogres ou Chassieux nous rendent visite avec dix mille tueurs vociférant, qu'en sera-t-il ?

— Alors, nous verrons. Mais espérons que nous n'en arriverons pas là. »

TYRION

Il rêva du seigneur son père et du Seigneur au Linceul. Il rêva qu'ils ne formaient qu'une seule et même personne et lorsque son père l'enveloppa de son bras de pierre et se pencha pour lui accorder son baiser gris, il s'éveilla, la bouche sèche et rouillée par le goût du sang, et le cœur qui battait comme un marteau dans sa poitrine.

« Notre défunt nain nous est revenu », commenta Haldon.

Tyrion secoua la tête pour chasser les toiles d'araignée du rêve. *Les Chagrins. J'étais perdu dans les Chagrins.* « Je ne suis pas mort.

— Cela reste à voir. » Le Demi-Mestre se tenait au-dessus de lui. « Canard, conduis-toi comme un bon petit palmipède, et va faire chauffer un peu de bouillon pour notre petit ami ici présent. Il doit être mort de faim. »

Tyrion constata qu'il se trouvait à bord de la *Farouche Pucelle*, sous une couverture qui grattait et empestait le vinaigre. *Nous avons laissé les Chagrins derrière nous. Ce n'était qu'un rêve que j'ai fait en me noyant.* « Pourquoi est-ce que je pue le vinaigre ?

— Lemore t'en a lavé. Selon certains, cela aide à prévenir la grisécaille. J'incline à en douter, mais il n'y avait aucun mal à essayer. C'est Lemore qui a vidé l'eau de tes poumons après que Griff t'a remonté. Tu étais froid comme glace, et tu avais les lèvres bleues. Yandry insistait pour qu'on te rejette, mais le petit l'a interdit. »

Le prince. Les souvenirs lui revinrent comme une vague : l'homme de pierre qui tendait des mains grises et crevassées, le sang qui coulait de ses phalanges. *Il était lourd comme un roc, m'entraînait au fond.* « Griff m'a remonté ? » *Il doit vraiment me haïr, sinon il m'aurait laissé mourir.* « Combien de temps ai-je dormi ? Où nous trouvons-nous ?

— À Selhorys. » Haldon sortit de sa manche un petit couteau. « Tiens », dit-il en le lançant précautionneusement à Tyrion.

Le nain sursauta. Le couteau atterrit entre ses pieds et resta planté dans le pont en vibrant. Il le retira. « Qu'est-ce que c'est ?

— Ôte tes bottes. Pique chacun de tes orteils et de tes doigts.

— J'ai l'impression que cela pourrait... être douloureux.

— J'espère bien. Vas-y. »

Tyrion fit sauter une botte, puis l'autre, baissa ses chausses, plissa les yeux en considérant ses orteils. Ils ne lui paraissaient ni meilleurs ni pires que d'habitude. Il tapota avec précaution un gros orteil.

« Plus fort, insista Haldon Demi-Mestre.

— Tu veux que je me pique jusqu'au sang ?

— Si besoin est.

— J'aurai une croûte à chaque orteil.

— Le but de l'exercice n'est point de les compter. Je veux te voir faire la grimace. Du moment que les piqûres te font mal, tu n'as rien à craindre. C'est seulement quand tu ne sentiras pas la lame que tu auras un motif d'avoir peur. »

La grisécaille. Tyrion grimaça. Il se piqua un autre orteil, poussa un juron quand une perle de sang monta autour de la pointe du couteau. « Ça m'a fait mal. Content ?

— Je danse de joie.

— Tu pues des pieds plus que moi, Yollo. » Canard tenait une tasse de bouillon. « Griff t'a prévenu de ne pas porter la main sur les hommes de pierre.

— Oui-da, mais il a oublié de prévenir les hommes de pierre de ne pas porter la main sur moi.

— En te piquant, cherche les zones de peau grise morte, les ongles qui commencent à noircir, poursuivit Haldon. Si tu vois de tels signes, n'hésite pas. Mieux vaut perdre un orteil qu'un pied. Mieux vaut perdre un bras que de passer sa vie à ululer sur le *Pont des Rêves*. À présent, l'autre pied, je te prie. Ensuite, tes doigts. »

Tyrion recroisa ses jambes courtes et se mit en devoir de piquer les orteils de son autre pied. « Dois-je également me darder la queue ?

— Ça ne ferait aucun mal.

— Ça ne te ferait aucun mal à toi, tu veux dire. Mais je pourrais fort bien me la trancher, pour tout l'usage que j'en ai.

— Ne te gêne pas. Nous la ferons tanner et bourrer de son, et la vendrons une fortune. Un vit de nain a des vertus magiques.

— C'est ce que je répète à toutes les femmes, depuis des années. » Tyrion planta la pointe de la dague dans le charnu de son pouce, regarda le sang perler et le suça. « Combien de temps dois-je continuer à me torturer ? Quand serons-nous certains que je suis sain ?

— En vérité ? demanda le Demi-Mestre. Jamais. Tu as avalé la moitié du fleuve. Tu es peut-être déjà en train de virer au gris, de te changer en pierre par l'intérieur, en commençant par le cœur et les poumons. En ce cas, ni te piquer les orteils, ni barboter dans le vinaigre ne te sauvera. Quand tu auras fini, viens boire un bouillon. »

Le bouillon était savoureux, mais Tyrion remarqua que le Demi-Mestre maintenait la table interposée entre eux pendant qu'il mangeait. La *Farouche Pucelle* était amarrée à un vieux ponton sur la berge orientale de la Rhoyne. À deux quais de là, une galère d'eau douce volantaine débarquait des soldats. Des échoppes, des étals et des entrepôts s'entassaient sous une muraille de grès. On voyait par-delà les tours et les dômes de la cité, rougis par la lumière du soleil couchant.

Non, pas une cité. Selhorys n'était considérée que comme une bourgade, et gouvernée depuis l'antique Volantis. Ce n'était pas Westeros, ici.

Lemore émergea sur le pont, le prince à sa suite. En voyant Tyrion, elle se précipita pour le serrer dans ses bras. « La Mère est miséricordieuse. Nous avons prié pour toi, Hugor. »

Toi, du moins. « Je ne t'en tiendrai pas rigueur. »

Griff le Jeune le salua avec moins d'effusions. Le prince était d'humeur morose, furieux d'avoir été consigné à bord de la *Farouche Pucelle* au lieu d'accompagner Yandry et Ysilla à terre. « Nous voulons simplement te garder en sécurité, lui dit Lemore. Nous vivons une époque agitée. »

Haldon Demi-Mestre expliqua. « En descendant le fleuve des Chagrins jusqu'à Selhorys, nous avons à trois reprises aperçu des cavaliers en route vers le sud le long de la rive orientale. Des Dothrakis. En une occasion, ils étaient si proches que nous entendions tintinnabuler les clochettes sur leurs tresses, et parfois, la nuit, on voyait leurs feux au-delà des collines de l'est.

Nous avons également croisé des vaisseaux de guerre, des galères de fleuve volantaines chargées d'esclaves soldats. Les triarques craignent une attaque contre Selhorys, de toute évidence. »

Tyrion saisit assez vite la situation. Seule des principales villes du fleuve, Selhorys occupait la rive orientale de la Rhoyne, ce qui la rendait beaucoup plus vulnérable aux seigneurs du cheval que ses sœurs sur l'autre berge. *Toutefois, elle demeure un maigre butin. Si j'étais* khal, *je feindrais de guigner Selhorys, laisserais les Volantains se ruer à sa défense, puis j'obliquerais vers le sud pour galoper vers Volantis elle-même.*

« Je sais manier une épée, insistait Griff le Jeune.

— Même le plus brave de vos ancêtres conservait sa Garde Royale près de lui en temps de péril. » Lemore avait quitté ses robes de septa pour une tenue plus appropriée à l'épouse ou à la fille d'un marchand prospère. Tyrion l'observa avec attention. Il avait décelé assez aisément la vérité sous les cheveux teints en bleu de Griff et Griff le Jeune, et Yandry et Ysilla ne semblaient point autres que ce qu'ils disaient, tandis que Canard l'était un peu moins. Lemore, cependant… *Qui est-elle, réellement ? Pourquoi est-elle ici ? Pas pour de l'or, selon mon jugement. Que représente ce prince, pour elle ? A-t-elle jamais été vraiment septa ?*

Haldon nota également le changement de tenue. « Comment devons-nous interpréter cette subite perte de foi ? Je vous préférais dans vos robes de septa, Lemore.

— Je la préférais nue », déclara Tyrion.

Lemore lui adressa un regard de reproche. « C'est parce que tu as l'âme vile. Des robes de septa hurlent Westeros et pourraient attirer sur nous une attention malvenue. » Elle se retourna vers le prince Aegon. « Vous n'êtes pas le seul à devoir vous cacher. »

Le jeune homme n'en parut pas adouci. *Le prince parfait, mais encore à demi un enfant, malgré tout, avec tant et moins d'expérience du monde et de tous ses malheurs.* « Prince Aegon, dit Tyrion, puisque nous sommes tous deux bloqués à bord de ce bateau, me ferez-vous l'honneur d'une partie de *cyvosse* pour passer les heures ? »

Le prince lui jeta un regard méfiant. « J'en ai soupé, du *cyvosse*.

— Soupé de perdre contre un nain, voulez-vous dire ? »

La remarque piqua l'orgueil du jeune homme, exactement comme Tyrion s'y attendait. « Allez chercher le plateau et les pièces. Cette fois, j'ai bien l'intention de vous écraser. »

Ils jouèrent sur le pont, assis en tailleur derrière le rouf. Griff le Jeune disposa son armée pour l'attaque, avec dragon, éléphants et cavalerie lourde en avant-garde. *Une formation de jeune homme, aussi hardie que sotte. Il prend tous les risques en visant l'écrasement rapide.* Il laissa le premier coup au prince. Haldon se tenait derrière eux, pour observer le jeu.

Lorsque le prince tendit la main vers son dragon, Tyrion s'éclaircit la voix. « Je ne ferais pas ça, à votre place. Avancer trop tôt son dragon est une erreur. » Il sourit d'un air innocent. « Votre père connaissait les dangers d'un excès de hardiesse.

— Tu as connu mon vrai père ?

— Oh, je l'ai vu deux ou trois fois, mais je n'avais que dix ans quand Robert l'a tué, et mon propre géniteur m'avait caché sous un roc. Non, je ne peux pas prétendre que je connaissais le prince Rhaegar. Pas comme votre faux père l'a connu. Lord Connington était l'ami le plus cher du prince, non ? »

Griff le Jeune repoussa de ses yeux une mèche de cheveux bleus. « Ils ont été écuyers ensemble à Port-Réal.

— Un véritable ami, notre lord Connington. Il doit l'être, pour rester si farouchement loyal au petit-fils du roi qui l'a privé de ses terres et de ses titres pour l'envoyer en exil. C'est fort dommage. Sinon, l'ami du prince Rhaegar aurait pu se trouver sur place lorsque mon père a mis à sac Port-Réal, et sauver le précieux petit-fils du prince Rhaegar de se faire fracasser sa royale cervelle contre un mur. »

Le jeune homme rougit. « Ce n'était pas moi. Je te l'ai dit. C'était le fils d'un tanneur de l'Anse-Pissat dont la mère est morte en lui donnant naissance. Son père l'a vendu à lord Varys contre une cruche d'or de La Treille. Il avait d'autres fils, mais n'avait jamais goûté à l'or de La Treille. Varys a donné le gamin de l'Anse à la dame ma mère et m'a emporté.

— Certes. » Tyrion déplaça ses éléphants. « Et une fois la mort du prince du Pissat assurée, l'eunuque vous a transféré en contrebande de l'autre côté du détroit chez son ami pansu le marchand de fromages, qui vous a caché sur une barge et a déniché un lord en exil disposé à passer pour votre père. Voilà qui constitue en effet une splendide histoire, et les bardes broderont à loisir sur votre évasion, lorsque vous aurez gagné le Trône de Fer... en supposant que notre belle Daenerys vous prenne pour consort.

— Elle le fera. Elle le doit.

— Le *doit* ? » Tyrion fit un petit bruit de reproche. « Ce n'est point un mot que les reines aiment à entendre. Vous êtes son prince idéal, certes, intelligent, hardi et avenant autant qu'une pucelle pourrait le désirer. Cependant, Daenerys Targaryen n'est point une pucelle. C'est la veuve d'un *khal* dothraki, la mère de dragons et une pilleuse de villes, Aegon le Conquérant avec des nichons. Elle pourrait se révéler pas aussi complaisante que vous le souhaiteriez.

— Elle m'acceptera. » Le prince Aegon semblait scandalisé. De toute évidence, il n'avait encore jamais envisagé la possibilité que sa future épouse pourrait le refuser. « Tu ne la connais pas. » Il prit sa cavalerie lourde et la déposa avec un choc.

Le nain haussa les épaules. « Je sais qu'elle a passé son enfance en exil, dans la misère, à vivre de rêves et de projets, courant de cité en cité, toujours dans la peur, jamais en sécurité, sans amis sinon un frère qui, selon tout ce que l'on en dit, était à moitié fou... Un frère qui a vendu sa virginité aux Dothrakis contre la promesse d'une armée. Je sais que quelque part dans les herbes ses dragons ont éclos, et elle aussi. Je sais qu'elle est fière. Comment ne le serait-elle pas ? Que lui reste-t-il d'autre que l'orgueil ? Je sais qu'elle est forte. Comment ne le serait-elle pas ? Les Dothrakis méprisent la faiblesse. Si Daenerys avait été faible, elle aurait péri avec Viserys. Je sais qu'elle est féroce. Astapor, Yunkaï et Meereen en apportent assez de preuves. Elle a traversé les prairies et le désert rouge, survécu aux assassins, aux conspirations et aux vénéfices, porté le deuil d'un frère, d'un époux et d'un fils, pour fouler de ses jolis petons en sandales les cités des esclavagistes et les réduire en poussière. Et maintenant, comment croyez-vous que cette reine réagira quand vous apparaîtrez, sébile en main, et que vous lui direz : *Bien le bonjour, ma tante. Je suis votre neveu, Aegon, revenu d'entre les morts. J'ai passé toute ma vie caché sur une barge, mais à présent, j'ai lavé la teinture bleue de mes cheveux et j'aimerais bien avoir un dragon, s'il vous plaît... Et, oh, en ai-je fait mention, j'ai sur le Trône de Fer des prétentions plus fondées que les vôtres ?* »

La bouche d'Aegon se tordit de fureur. « Je n'irai pas voir ma tante comme un mendiant. J'irai à elle en parent, à la tête d'une armée.

— Une petite armée. » *Voilà, je l'ai bien mis en colère.* Le nain ne put s'empêcher de songer à Joffrey. *J'ai un don pour faire enrager les princes.* « La reine Daenerys en possède une grande, et vous n'y êtes pour rien. » Tyrion déplaça ses arbalètes.

« Dis ce que tu voudras. Elle deviendra mon épouse, lord Connington y veillera. J'ai confiance en lui comme s'il était de mon propre sang.

— Peut-être devriez-vous jouer le fou à ma place. *Ne vous fiez à personne,* mon prince. Ni à votre mestre sans chaîne, ni à votre faux père, ni au preux Canard ni à la charmante Lemore ni à tous ces beaux amis qui vous ont fait croître à partir de rien. Par-dessus tout, ne vous fiez ni au marchand de fromages, ni à l'Araignée, ni à cette petite reine dragon que vous vous êtes mis en tête d'épouser. Toute cette défiance vous aigrira le ventre et vous tiendra éveillé la nuit, certes, mais mieux vaut cela que le long sommeil qui n'a point de fin. » Le nain poussa son dragon noir par-dessus une chaîne de montagnes. « Mais qu'est-ce que j'y connais ? Votre faux père est un grand lord, et je ne suis qu'un petit homme singe tout tordu. Mais quand même, j'agirais autrement. »

Cela capta l'attention du jeune homme. « Et comment ?

— Si j'étais à votre place ? Je partirais à l'ouest, plutôt qu'à l'est. Je débarquerais à Dorne et je déploierais mes bannières. Jamais les Sept Couronnes ne seront plus mûres pour une conquête qu'à l'heure actuelle. Un roi enfant siège sur le Trône de Fer. Le Nord est plongé dans le chaos, les terres du fleuve dans la dévastation, un rebelle tient Accalmie et Peyredragon. Avec l'arrivée de l'hiver, le royaume va manquer de nourriture. Et qui reste-t-il pour s'occuper de tout ceci, qui gouverne le petit roi qui gouverne les Sept Couronnes ? Mais ma douce sœur, voyons. Personne d'autre. Mon frère, Jaime, a soif de batailles, mais point de puissance. Il a fui toutes les occasions de régner qui se sont présentées. Mon oncle Kevan ferait un régent fort passable si quelqu'un lui en imposait la charge, mais jamais il ne tendra la main pour la prendre. Les dieux l'ont modelé pour être un acolyte, et non un meneur. » *Enfin... les dieux et le seigneur mon père.* « Mace Tyrell empoignerait avec joie le sceptre, mais ma famille risque peu de s'écarter pour le lui céder. Et tout le monde déteste Stannis. Qui cela laisse-t-il ? Ma foi, rien que Cersei.

« Westeros est en lambeaux et en sang, et je ne doute pas qu'en ce moment même ma douce sœur soit en train de panser ses plaies... avec du sel. Cersei est aussi douce que le roi Maegor, aussi dévouée qu'Aegon l'Indigne, aussi sage qu'Aerys le Fol. Elle n'oublie jamais un affront, réel ou imaginaire. Elle considère la prudence comme de la couardise et la contradiction comme du défi. Et elle est avide. Avide de puissance, d'honneurs, d'amour. Le règne de Tommen s'appuie sur toutes les alliances que le seigneur mon père a soigneusement édifiées, mais très bientôt elle les anéantira, jusqu'à la dernière. Débarquez et brandissez vos bannières, et les hommes courront se rallier à votre cause. Les lords, grands et petits, et les petites gens aussi. Mais n'attendez point trop longtemps, mon prince. Le moment ne durera pas. La marée qui vous porte en cette heure se retirera bientôt. Veillez à atteindre Westeros avant que ma sœur ne tombe et que quelqu'un de plus compétent ne prenne sa place.

— Mais, demanda le prince Aegon, sans Daenerys et ses dragons, comment pouvons-nous espérer gagner ?

— Vous n'avez nul *besoin* de gagner, lui expliqua Tyrion. Il vous suffit de lever vos bannières, de rallier vos partisans et de tenir, jusqu'à ce que Daenerys arrive pour joindre ses forces aux vôtres.

— Tu disais qu'elle pourrait ne pas vouloir de moi.

— J'ai pu grossir le trait. Elle serait capable de vous prendre en pitié en vous voyant arriver pour quémander sa main. » Le nain haussa les épaules. « Voulez-vous parier votre trône sur un caprice de femme ? Si vous allez à Westeros, en revanche... Ah, là, vous voilà rebelle, et point mendiant. Hardi, intrépide, un véritable fils de la maison Targaryen, qui marche dans les pas d'Aegon le Conquérant. *Un dragon.*

« Je vous l'ai dit, je connais notre petite reine. Qu'elle entende dire que le fils assassiné de son frère Rhaegar est toujours en vie, que ce vaillant garçon a levé une fois de plus l'étendard de ses aïeux en Westeros, qu'il livre une guerre désespérée pour venger son père et revendiquer le Trône de Fer au nom de la maison Targaryen, assailli de tous côtés... Et elle volera auprès de vous aussi vite que l'eau et le vent la pourront porter. Vous êtes le dernier représentant de sa lignée et, par-dessus tout, cette Mère des Dragons, cette Briseuse de Fers, devient une *salvatrice*. La jeune fille qui a noyé les cités des esclavagistes dans le sang plutôt que de laisser des étrangers dans leurs chaînes pourrait difficilement abandonner le fils de son propre frère en son heure de grand péril. Et quand elle parviendra à Westeros et qu'elle vous verra pour la première fois, vous vous rencontrerez sur un pied d'égalité, homme et femme, et non reine et pétitionnaire. Comment pourrait-elle alors ne pas s'éprendre de vous, je vous le demande ? » En souriant, il saisit son dragon, lui fit traverser le plateau de son vol. « Votre Grâce me pardonnera, J'espère. Votre roi est mon prisonnier. Mort en quatre coups. »

Le prince fixa le tablier de jeu. « Mon dragon…

— … se trouve trop loin pour vous sauver. Vous auriez dû le placer au centre de la bataille.

— Mais vous m'avez dit…

— J'ai menti. *Ne vous fiez à personne.* Et gardez votre dragon à proximité. »

Griff le Jeune se releva d'un bond et renversa le plateau d'un coup de pied. Des pièces de *cyvosse* volèrent en tous sens, rebondissant et roulant sur le pont de la *Farouche Pucelle*. « Ramassez-moi ça », ordonna le garçon.

C'est peut-être bien un Targaryen, en fin de compte. « Si tel est le plaisir de Votre Grâce. » Tyrion se mit à quatre pattes et commença à ramper sur le pont, réunissant les pièces.

Le crépuscule approchait quand Yandry et Ysilla remontèrent à bord. Un porteur trottait sur leurs talons, poussant une brouette chargée d'une pile de provisions : sel et farine, beurre baratté frais, tranches de bacon enveloppées dans des linges, sacs d'oranges, de pommes et de poires. Yandry portait une barrique de vin sur une épaule, tandis qu'Ysilla avait jeté un brochet en travers de la sienne. Le poisson avait la taille de Tyrion.

Lorsqu'elle vit le nain debout à l'extrémité de la passerelle, Ysilla s'arrêta si soudain que Yandry vint buter contre elle, et que le brochet faillit glisser de son dos dans le fleuve. Canard l'aida à le récupérer. Ysilla jeta un coup d'œil mauvais à Tyrion et exécuta un curieux geste de trois de ses doigts, comme pour frapper. *Un signe pour tenir le mal à distance.* « Laisse-moi vous aider, avec votre poisson, proposa-t-il à Canard.

— Non, coupa Ysilla. Reste à l'écart. Ne touche aucune autre nourriture que celle que tu manges. »

Le nain leva ses deux mains. « À tes ordres. »

Yandry laissa lourdement tomber le fût de vin sur le pont. « Où est Griff ? demanda-t-il à Haldon.

— Il dort.

— Alors, éveille-le. Nous avons des nouvelles qu'il devrait entendre. Le nom de la reine court sur toutes les lèvres, à Selhorys. On dit qu'elle trône toujours à Meereen, en grave péril. S'il faut croire les ragots du marché, l'Antique Volantis ne tardera plus à se joindre à la guerre contre elle. »

Haldon eut une moue. « On ne peut guère se fier à des commérages de poissonnières. Toutefois, Griff voudra entendre ça, je suppose. Vous savez comment il est. » Le Demi-Mestre descendit sous le pont.

La fille n'a jamais pris la route pour l'ouest. Sans doute avait-elle de bonnes raisons. Entre Meereen et Volantis s'étendaient cinq cents lieues de déserts, de montagnes, de marécages et de ruines, en sus de Mantarys et de sa sinistre réputation. *Une cité de monstres, à ce qu'on dit, mais si Daenerys prend la voie de terre, où pourrait-elle s'adresser pour obtenir de l'eau et des vivres, sinon ? La voie de mer serait plus rapide, mais si elle ne possède pas de vaisseaux...*

Le temps que Griff paraisse sur le pont, le brochet crachotait et crépitait au-dessus du brasero tandis qu'Ysilla le surplombait, un citron en main qu'elle pressait. L'épée-louée portait sa cotte de mailles et sa cape en peau de loup, des gants de cuir doux, des chausses de laine sombre. S'il fut surpris de voir Tyrion debout, il n'en laissa rien paraître, au-delà de sa moue coutumière. Il entraîna Yandry à la barre, où ils discutèrent à voix basse, trop doucement pour que le nain puisse entendre.

Finalement, Griff fit signe à Haldon. « Nous avons besoin de savoir si ces rumeurs sont vraies. Rends-toi à terre et apprends tout ce que tu pourras. Qavo saura, si tu arrives à le trouver. Essaie *L'Homme du Fleuve* et *La Tortue Peinte*. Tu connais ses autres repaires.

— Certes. Je vais prendre le nain avec moi, par la même occasion. Quatre oreilles valent mieux que deux. Et tu connais Qavo, avec le *cyvosse*.

— Comme tu voudras. Reviens avant le lever du soleil. Si, pour la moindre raison, vous êtes retardés, rendez-vous à *La Compagnie Dorée*. »

Voilà qui est parlé en lord. Tyrion garda sa réflexion pour lui.

Haldon revêtit un manteau à cagoule, et Tyrion se dépouilla de sa défroque bipartie improvisée en faveur de ternes vêtements gris. Griff leur alloua à chacun une bourse d'argent tirée des coffres d'Illyrio. « Afin de délier les langues. »

Le crépuscule cédait la place aux ténèbres quand ils remontèrent le front de fleuve. Certains des vaisseaux qu'ils longèrent paraissaient désertés, leurs passerelles relevées. D'autres grouillaient d'hommes armés qui attachèrent sur eux des regards soupçonneux. Sous les remparts de la cité, on avait allumé au-dessus des étals des lanternes en parchemin, qui jetaient des flaques de lumière colorée sur les pavés du chemin. Tyrion regarda le visage d'Haldon devenir vert, rouge, puis mauve. Sous la cacophonie de langues étrangères, il perçut une curieuse musique qui jouait quelque part en avant, un air de flûte aigrelet accompagné de tambours. Un chien aboyait, aussi, derrière eux.

Et les putains étaient de sortie. Fleuve ou mer, un port restait un port, et partout où l'on trouvait des matelots, on trouvait des catins. *Est-ce d'ici que voulait parler mon père ? Est-ce ici que vont les putes, à la mer ?*

Les putains de Port-Lannis et de Port-Réal étaient des femmes libres. Leurs sœurs de Selhorys étaient esclaves, leur sujétion marquée par des larmes tatouées sous l'œil droit. *Vieilles comme le péché, et deux fois plus laides, toutes autant qu'elles sont.* Il y aurait presque de quoi dégoûter un homme des gueuses. Tyrion sentit leurs yeux fixés sur eux tandis qu'il passait en se dandinant, et les entendit chuchoter entre elles et pouffer derrière leurs mains. *À croire qu'elles n'ont jamais vu de nain.*

Un peloton de lanciers volantains montait la garde à la porte du fleuve. La lueur des torches luisait sur les griffes d'acier qui saillaient de leurs gantelets. Leurs heaumes représentaient des masques de tigres, les visages au-dessous striés de zébrures vertes tatouées sur les deux joues. Les esclaves soldats de Volantis ressentaient une fierté farouche vis-à-vis de leurs rayures de tigres, Tyrion le savait. *Souhaiteraient-ils être libres ?* se demanda-t-il. *Que feraient-ils si cette reine enfant leur accordait la liberté ? Que sont-ils, sinon des tigres ? Que suis-je, sinon un lion ?*

Un des tigres aperçut le nain et dit quelque chose qui fit rire les autres. Comme Haldon et Tyrion arrivaient à la porte, le tigre retira son gantelet griffu et la mitaine trempée de sueur au-dessous, noua un bras autour du cou du nain et lui frictionna l'occiput avec rudesse. Tyrion en fut trop désarçonné pour opposer la moindre résistance. Le temps d'un battement de cœur, tout fut fini. « Il avait une raison précise de faire ça ? demanda-t-il au Demi-Mestre.

— Il prétend que frotter le crâne d'un nain porte chance », déclara Haldon, après avoir échangé quelques mots avec le garde dans sa langue maternelle.

Tyrion se força à sourire à l'homme. « Dis-lui que sucer la queue d'un nain porte encore plus bonheur.

— Il vaudrait mieux éviter. Les tigres ont la réputation d'avoir des crocs pointus. »

Un autre garde leur fit signe de passer la porte, agitant avec impatience une torche à leur intention. Haldon Demi-Mestre entra le premier dans Selhorys proprement dite, Tyrion se dandinant avec méfiance sur ses talons.

Une grande place s'ouvrait devant eux. Même à cette heure tardive, elle était encombrée, bruyante, éblouissante de lumières. Des lanternes se balançaient à des chaînes de fer au-dessus de l'entrée des auberges et des maisons de plaisir, mais, une fois passé les portes, elles étaient faites de verre coloré et non de parchemin. À leur droite, un feu de nuit brûlait devant un temple de pierre rouge. Un prêtre aux robes écarlates, debout sur le balcon du temple, haranguait la petite foule qui s'était assemblée autour des flammes. Ailleurs, des voyageurs assis jouaient au *cyvosse* devant une auberge, des soldats ivres entraient et sortaient de ce qui était de toute évidence un bordel, une femme rossait un mulet devant une écurie. Une carriole à deux roues les croisa avec fracas, tirée par un éléphant blanc nain. *C'est un autre monde*, songea Tyrion, *mais pas si différent de celui que je connais.*

La place était dominée par la statue en marbre blanc d'un homme décapité en armure d'une ornementation impossible, chevauchant un destrier caparaçonné à l'identique. « Qui est-ce que ça peut bien être ? se demanda Tyrion.

– Le triarque Horonno. Un héros volantain du Siècle de Sang. Il a été réélu triarque chaque année, pendant quarante ans, jusqu'à ce qu'il se lasse des élections et se proclame triarque à vie. Les Volantains n'ont pas goûté la plaisanterie. Il a été mis à mort peu après. Attaché entre deux éléphants et déchiré en deux.

— Sa statue semble avoir perdu la tête.

— C'était un tigre. Quand les éléphants sont arrivés au pouvoir, leurs fidèles se sont déchaînés, décapitant les statues de ceux qu'ils rendaient responsables de toutes les guerres et les morts. » Il haussa les épaules. « C'était une autre époque. Viens, nous ferions bien d'écouter ce que raconte ce prêtre. Je jurerais que j'ai entendu le nom de Daenerys. »

De l'autre côté de la place, ils se joignirent à la foule croissante devant le temple rouge. Avec les habitants du cru qui le dominaient de toutes parts, le petit homme avait bien du mal à voir plus loin que leurs culs. Il entendait à peu près tous les mots que prononçait le prêtre, ce qui ne voulait pas dire qu'il les comprenait. « Tu saisis de quoi il parle ? demanda-t-il à Haldon dans la Langue Commune.

— Je pourrais, si je n'avais pas un nain qui me piaille dans l'oreille.

— Je n'ai pas piaillé ! » Tyrion croisa les bras et regarda derrière lui, étudiant les visages des hommes et des femmes qui s'arrêtaient pour écouter. Partout où il se tournait, il voyait des tatouages. *Des esclaves. Quatre sur cinq sont des esclaves.*

« Le prêtre appelle les Volantains à partir en guerre, lui traduisit le Demi-Mestre, mais du côté du bon droit, comme soldats du Seigneur de Lumière, R'hllor qui a fait le soleil et les étoiles et qui combat éternellement contre les ténèbres. Il dit que Nyessos et Malaquo se sont détournés de la lumière, que leurs cœurs ont été obscurcis par les harpies jaunes de l'Orient. Il dit...

— *Dragons*. J'ai compris ce mot-là. Il a dit *dragons*.

— Oui. Les dragons sont venus l'emporter vers la gloire.

— Qui ça ? Daenerys ? »

Haldon opina. « Benerro a transmis la nouvelle arrivée de Volantis. Sa venue accomplit une ancienne prophétie. De la fumée et du sel elle est née, pour refaire le monde. Elle est Azor Ahaï revenu... et son triomphe sur les ténèbres amènera un été qui jamais n'aura de fin... La mort elle-même ploiera le genou, et tous ceux qui mourront en combattant pour sa cause seront ressuscités...

— Est-ce que je serai obligé de ressusciter dans le même corps ? » demanda Tyrion. La foule augmentait. Il les sentait se presser tout autour de lui. « Qui est ce Benerro ? »

Haldon leva un sourcil. « Le grand prêtre du temple rouge de Volantis. Flamme de la Vérité, Lumière de Sagesse, Premier Servant du Seigneur de Lumière, Esclave de R'hllor. »

Le seul prêtre rouge qu'ait jamais connu Tyrion était Thoros de Myr, le fêtard dodu, jovial et taché de vin qui traînait à la cour de Robert pour siffler les plus grands crus du roi et enflammait son épée au cours des mêlées. « Donnez-moi des prêtres gras, corrompus et cyniques, dit-il à Haldon, du genre qui aime se carrer les fesses sur de moelleux coussins de satin, en grignotant des friandises et en tripotant de petits garçons. Ce sont ceux qui croient aux dieux, qui créent les problèmes.

— Il n'est pas exclu que nous puissions exploiter ces problèmes à notre avantage. Je sais où nous avons une chance de trouver des réponses. » Haldon ouvrit la route, passant devant le héros décapité pour se rendre à une grande auberge de pierre qui s'ouvrait sur la place. La carapace crénelée d'une tortue immense était suspendue au-dessus de la porte, peinte de couleurs criardes. À l'intérieur, une centaine de pauvres bougies rouges brûlaient comme des étoiles lointaines. L'air embaumait la viande rôtie et les épices, et une esclave arborant une tortue sur la joue versait un vin vert pâle.

Haldon s'arrêta sur le seuil. « Là. Ces deux-là. »

Dans l'alcôve, deux hommes assis étaient penchés sur un tablier de *cyvosse* en pierre taillée, regardant leurs pièces avec des yeux plissés, à la lumière d'une chandelle rouge. L'un était maigre et jaunâtre, avec des cheveux noirs clairsemés et un nez en lame. L'autre, large d'épaules et rond de ventre, avait des mèches spiralées qui descendaient plus bas que son col. Aucun ne daigna lever les yeux de leur partie jusqu'à ce qu'Haldon tire une chaise entre eux deux et déclare : « Mon nain joue mieux au *cyvosse* que vous deux réunis. »

Le plus grand des deux leva le regard pour considérer les intrus avec répugnance et prononça quelques mots dans la langue de l'antique Volantis, trop vite pour que Tyrion ait le moindre espoir de suivre. Le plus mince se renversa contre le dossier de son siège. « Il est à vendre ? demanda-t-il dans la Langue Commune de Westeros. La ménagerie de grotesques du triarque aurait bien besoin d'un nain joueur de *cyvosse*.

— Yollo n'est pas un esclave.

— C'est dommage. » L'homme mince bougea un éléphant d'onyx.

De l'autre côté du tablier de *cyvosse*, l'homme derrière l'armée d'albâtre avança les lèvres en une moue désapprobatrice. Il déplaça sa cavalerie lourde.

« Grossière erreur », commenta Tyrion. Autant interpréter son rôle.

« Exact », renchérit l'homme mince. Il répliqua avec sa propre cavalerie lourde. Une rapide série de mouvements s'ensuivit, jusqu'à ce qu'enfin l'homme mince sourie et annonce : « La mort, mon ami. »

Le gaillard foudroya le plateau d'un œil noir, puis il se leva et bougonna quelque chose dans sa propre langue. Son adversaire rit. « Allons. Le nain ne pue pas autant que ça. » Il fit signe à Tyrion d'aller occuper le siège vide. « À ton tour, petit homme. Place ton argent sur la table, et nous allons bien voir ton talent à ce jeu. »

À quel jeu jouons-nous ? aurait pu demander Tyrion. Il grimpa sur le siège. « Je joue mieux le ventre plein, une coupe de vin en main. » L'homme mince se tourna avec obligeance et héla l'esclave pour qu'elle leur apporte à manger et à boire.

« Le noble Qavo Nogarys, annonça Haldon, est agent des douanes, ici, à Selhorys. Je ne l'ai jamais défait au *cyvosse*. »

Tyrion comprit. « Peut-être connaîtrai-je meilleure fortune. » Il ouvrit sa bourse et empila des pièces d'argent à côté du tablier, l'une sur l'autre jusqu'à ce que Qavo affiche un sourire.

Tandis que chacun d'eux disposait ses pièces derrière le paravent de *cyvosse*, Haldon demanda : « Quelles nouvelles de l'aval ? Aura-t-on la guerre ? »

Qavo haussa les épaules. « Les Yunkaïis le voudraient bien. Ils se font appeler les Judicieux. Sur leur jugement, je ne saurais commenter, mais ils ne manquent pas de doigté. Leur envoyé nous est arrivé avec des coffres d'or et de pierres précieuses et deux cents esclaves, des filles nubiles et des garçons à la peau douce, formés à l'art des Sept Soupirs. On me dit que ses festins sont mémorables et ses pots-de-vin opulents.

— Les hommes de Yunkaï ont acheté vos triarques ?

— Uniquement Nyessos. » Qavo retira le paravent et étudia le devisement de l'armée de Tyrion. « Aussi vieux et édenté que soit Malaquo, il reste un tigre, et Doniphos ne sera pas reconduit comme triarque. La cité a soif de guerre.

— Pourquoi ? s'étonna Tyrion. Meereen se trouve à de longues lieues d'ici, par-delà la mer. En quoi cette douce reine enfant a-t-elle offensé l'antique Volantis ?

— Douce ? » Qavo en rit. « Si la moitié seulement des histoires qui reviennent de la baie des Serfs sont vraies, *l'enfant* en question est un monstre. On la dit altérée de sang, et ceux qui la contredisent sont empalés sur des pieux pour y périr de mort lente. On la dit sorcière qui nourrit ses dragons de la chair des nouveau-nés, parjure qui se rit des dieux, viole les trêves, menace les émissaires et se retourne contre ceux qui l'ont loyalement servie. On dit qu'on ne peut point étancher sa luxure, qu'elle s'accouple avec hommes, femmes, eunuques et même chiens et enfants, et malheur à l'amant qui échoue à la satisfaire. Elle offre son corps aux hommes afin de réduire leur âme en captivité. »

Oh, excellent, songea Tyrion. *Si elle m'offre son corps, elle peut bien prendre mon âme, toute maigrichonne et contrefaite qu'elle soit.*

« On dit, commenta Haldon. Par *on*, tu veux dire les esclavagistes, les exilés qu'elle a chassés d'Astapor et de Meereen. De simples calomnies.

— Les meilleures calomnies sont épicées de vérité, suggéra Qavo, mais on ne peut point nier le véritable péché de cette fille. Cette arrogante enfant s'est donné pour tâche de briser les reins au négoce des esclaves, mais jamais ce trafic ne s'est borné à la baie des Serfs. Il s'imbriquait à l'océan de commerce qui baigne le monde, et la reine dragon a brouillé les eaux. Derrière le Mur noir, des seigneurs d'anciennes lignées dorment mal, en écoutant les esclaves aux cuisines affûter leurs longs coutelas. Ce sont des esclaves qui cultivent notre nourriture, des esclaves qui nettoient nos rues, des esclaves qui instruisent nos jeunes. Ils gardent nos murs, meuvent nos galères, livrent nos batailles. Et maintenant, lorsqu'ils regardent vers l'est, ils voient briller au loin cette jeune reine, cette *briseuse de fers*. L'Ancien Sang ne saurait le souffrir. Les pauvres aussi la haïssent. Même le plus vil des mendiants se place plus haut qu'un esclave. Cette reine dragon voudrait le départir de cette consolation. »

Tyrion avança ses lanciers. Qavo répliqua avec sa cavalerie légère. Tyrion déplaça ses arbalétriers d'une case et dit : « Le prêtre rouge au-dehors semble d'avis que Volantis devrait combattre pour cette reine d'argent, et non contre elle.

— Les prêtres rouges seraient bien avisés de tenir leur langue, lui répliqua Qavo Nogarys. Déjà, des rixes ont éclaté entre leurs fidèles et ceux qui adorent d'autres dieux. Les vagissements de Benerro n'arriveront qu'à attirer sur sa tête un sauvage courroux.

— Quels vagissements ? » s'enquit le nain, en tripotant sa piétaille.

Le Volantain agita la main. « À Volantis, des milliers d'esclaves et d'affranchis encombrent chaque soir la place du temple pour écouter Benerro bramer des histoires d'étoiles de sang et d'une épée de feu qui purgera le monde. Il prêche qu'assurément Volantis brûlera si les triarques prennent les armes contre la reine d'argent.

— Voilà une prophétie dont je serais moi-même capable. Ah, le dîner. »

Le dîner consistait en une assiette de rôti de chèvre servi sur un lit de tranches d'oignons. La viande était épicée et odorante, brûlée au-dehors, rouge et juteuse à l'intérieur. Tyrion en piocha un morceau. Il était si chaud que le nain se brûla les doigts, mais si bon qu'il ne put se retenir d'en saisir un nouveau. Il l'arrosa avec l'alcool volantain vert pâle, le plus proche équivalent de vin qu'il ait bu depuis des éternités. « Excellent, dit-il en soulevant son dragon. La plus puissante pièce du jeu, annonça-t-il en éliminant un des éléphants de Qavo. Et Daenerys Targaryen en possède trois, à ce qu'on raconte.

— Trois, reconnut Qavo, face à trois fois trois mille ennemis. Grazdan mo Eraz n'a pas été le seul émissaire dépêché par la Cité Jaune. Lorsque les Judicieux feront mouvement contre Meereen, les légions de la Nouvelle-Ghis combattront à leurs côtés. Les Tolosiens. Les Élyréens. Même les Dothrakis.

– Vous-mêmes, vous avez des Dothrakis à vos portes, fit observer Haldon.

— Le *khal* Pono. » Qavo agita avec dédain sa main pâle. « Les seigneurs du cheval s'en viennent, nous leur offrons des présents, les seigneurs du cheval s'en vont. » Il déplaça de nouveau sa catapulte, referma la main sur le dragon d'albâtre de Tyrion, le retira du plateau.

La suite fut un massacre, même si le nain résista encore une douzaine de coups. « Voici venu le temps des larmes amères, déclara enfin Qavo en récoltant la pile d'argent. Une autre partie ?

— Pas la peine, répondit Haldon. Mon nain a reçu sa leçon d'humilité. Je crois qu'il vaut mieux que nous regagnions notre bateau. »

Dehors, sur la place, le fanal de nuit brûlait encore, mais le prêtre était parti et la foule s'était depuis longtemps dispersée. La lueur des chandelles brillait aux fenêtres du bordel. De l'intérieur filtraient des rires de femmes. « Il est encore tôt, observa

Tyrion. Qavo ne nous a peut-être pas tout dit. Et les ribaudes entendent tant et plus des hommes qu'elles servent.

— As-tu tellement besoin d'une femme, Yollo ?

— On se lasse de n'avoir d'autres maîtresses que ses phalanges. » *C'est peut-être à Selhorys que vont les putes. Tysha pourrait se trouver là-dedans en ce moment même, avec des larmes tatouées sur sa joue.* « J'ai failli me noyer. Un homme a besoin d'une femme, après ça. D'ailleurs, j'ai besoin de vérifier que ma queue ne s'est pas muée en pierre. »

Le Demi-Mestre s'esclaffa. « Je vais t'attendre à la taverne près de la porte. Ne traîne pas trop à ton affaire.

— Oh, sur ce compte, ne crains rien. La plupart des femmes préfèrent en terminer avec moi aussi vite que possible. »

Le bordel était modeste, comparé à ceux qu'avait fréquentés le nain à Port-Lannis et Port-Réal. Le propriétaire ne semblait parler aucune autre langue que celle de Volantis, mais il comprit fort bien le tintement de l'argent et conduisit Tyrion par une porte voûtée dans une longue pièce qui sentait l'encens, où quatre esclaves qui s'ennuyaient étaient affalées à divers stades de nudité. Deux avaient vu passer au moins quarante anniversaires, supputa-t-il ; la plus jeune devait avoir quinze ou seize ans. Aucune n'était aussi hideuse que les catins qu'il avait vues racoler sur les quais, mais elles se situaient bien en deçà de la beauté. L'une d'elles était visiblement enceinte. Une autre, simplement grosse, portait des anneaux de fer à ses deux tétons. Toutes les quatre arboraient des larmes tatouées sous un œil.

« Vous avez une fille qui parle la langue de Westeros ? » demanda Tyrion. Le tenancier plissa les yeux, sans comprendre, aussi Tyrion répéta-t-il sa question en haut valyrien. Cette fois, l'homme sembla saisir deux ou trois mots et il répondit en volantain. « Fille soleil couchant » fut tout ce que le nain put entendre de sa réponse. Il supposa qu'il était question d'une fille des Royaumes du Couchant.

Il n'y en avait qu'une seule dans l'établissement, et ce n'était pas Tysha. Elle avait les joues semées de taches de rousseur et une chevelure drue, rouge et frisée, qui promettaient des seins couverts de son et une toison rousse entre les jambes. « Elle fera l'affaire, décida Tyrion, et je vais prendre un pichet, en plus. Du vin rouge pour aller avec de la chair rouge. » La ribaude fixait son visage dépourvu de nez avec de la révulsion aux yeux. « Ma

vue te choque-t-elle, ma douceur ? Je suis une créature cho-
quante, comme mon père aurait plaisir à te le confirmer s'il
n'était pas mort et en voie de décomposition. »

Bien qu'elle parût ouestrienne, la fille ne parlait pas un mot
de la Langue Commune. *Peut-être a-t-elle été capturée par des
esclavagistes quand elle était enfant.* Elle avait une petite
chambre, mais on y trouvait un tapis myrien sur le plancher et
un matelas bourré de plumes en lieu de paille. *J'ai connu pire.*
« Veux-tu me donner ton nom ? » demanda-t-il en acceptant la
coupe de vin qu'elle lui versait. « Non ? » Le vin, fort et aigre,
n'avait nul besoin de traduction. « Je suppose que je me contenterai de ton connin. » Il s'essuya la bouche du revers de la main.
« As-tu déjà couché avec un monstre ? Voilà l'occasion arrivée.
Allez, ôte ces vêtements et passe sur le dos, s'il te plaît. Ou
même s'il ne te plaît pas. »

Elle le regarda sans comprendre, jusqu'à ce qu'il lui prenne le
pichet des mains et lui soulève les jupes par-dessus la tête. Dès
lors, elle comprit ce qu'on attendait d'elle, même si elle ne se
révéla pas la plus active des partenaires. Tyrion était resté si
longtemps sans femme qu'il se répandit en elle au troisième
coup de boutoir.

Il roula sur lui-même pour se dégager, plus honteux qu'as-
souvi. *C'était une erreur. Quel triste sire je suis devenu.*
« Connais-tu une femme du nom de Tysha ? » demanda-t-il, en
regardant sa semence couler hors d'elle sur le lit. La catin ne
répondit pas. « Est-ce que tu sais où vont les putes ? » Elle ne
répondit pas davantage. Elle avait le dos zébré de crêtes de tissu
cicatriciel. *Cette fille est comme morte. Je viens de baiser un
cadavre.* Même ses yeux paraissaient morts. *Elle n'a même pas
la force de me haïr.*

Il avait besoin de vin. De beaucoup de vin. Il empoigna le
pichet à deux mains et le porta à ses lèvres. Le vin se répandit,
rouge. Dans sa gorge, sur son menton. Il dégoulina de sa barbe
et aspergea le lit de plume. À la clarté de la chandelle, il paraissait aussi sombre que le cru qui avait empoisonné Joffrey.
Quand il eut terminé, Tyrion rejeta le pichet vide et, mi-roulant,
mi-titubant, il tâtonna en quête du vase de nuit. Il n'y en avait
nulle part. Son estomac se souleva et il se retrouva à genoux, en
train de rendre sur le tapis, ce merveilleux tapis épais de Myr,
aussi réconfortant que des mensonges.

La catin poussa des cris de détresse. *C'est elle qu'ils vont
blâmer de ça,* comprit-il avec honte. « Tranche-moi le chef et

emporte-le à Port-Réal, lui conseilla instamment Tyrion. Ma sœur te fera grande dame, et jamais plus nul ne te fouettera. » Ça non plus, elle ne le comprit pas, aussi lui écarta-t-il les cuisses, pour ramper entre elles et la prendre une nouvelle fois. Cela au moins, elle pouvait le comprendre.

Après, il ne resta rien à verser, ni du vin ni de lui, aussi roula-t-il les vêtements de la fille en boule qu'il lança vers la porte. Elle comprit la suggestion et s'enfuit, le laissant seul dans le noir, s'enfonçant plus profond dans son lit de plume. *Je suis soûl comme un porc.* Il n'osait pas clore les paupières, par crainte de s'endormir. Au-delà du voile du rêve l'attendaient les Chagrins. Des degrés de pierre grimpant sans fin, escarpés, glissants et traîtres et, quelque part au sommet, le Seigneur au Linceul. *Je ne veux pas rencontrer le Seigneur au Linceul.* Tyrion se rhabilla tant bien que mal et chercha à tâtons son chemin jusqu'à l'escalier. *Griff va m'écorcher vif. Eh bien, pourquoi pas ? Si jamais un nain a mérité d'être écorché vif, c'est bien moi.*

À mi-hauteur de l'escalier, il perdit l'équilibre. Il ne sut comment, il réussit à amortir sa chute avec les mains et à la transformer en une roue, balourde et bruyante. Les putains dans la pièce du bas levèrent les yeux avec stupeur quand il atterrit au pied des marches. Tyrion roula pour se remettre debout et exécuta pour elles une courbette. « Je suis plus agile soûl. » Il se tourna vers le propriétaire. « Je crains bien d'avoir gâché votre tapis. La fille n'y est pour rien. Permettez-moi de payer. » Il tira une poignée de pièces et les jeta à l'homme.

« *Lutin* », appela une voix grave, derrière lui.

Dans le coin de la pièce, un homme était assis dans une mare d'ombre, avec une gueuse qui se tortillait sur son giron. *Je n'ai jamais vu cette fille. Sinon, c'est elle que j'aurais emmenée en haut, au lieu de Taches-de-son.* Elle était plus jeune que les autres, fine, jolie, avec de longs cheveux d'argent. Lysienne, supposa-t-il... Mais l'homme dont elle occupait les genoux venait des Sept Couronnes. Massif et large d'épaules, quarante ans au bas mot, probablement davantage. La moitié de son crâne était chauve, mais un chaume dru couvrait ses joues et son menton, et des poils épais lui garnissaient les bras jusqu'aux phalanges.

Tyrion n'aima guère son apparence. Et moins encore le gros ours noir sur son surcot. *De la laine. Il porte de la laine, par cette chaleur. Qui d'autre qu'un chevalier serait aussi con ?*

« Comme c'est agréable d'entendre la Langue Commune si loin de chez soi, se força-t-il à répondre, mais je crains que vous ne m'ayez confondu avec quelqu'un d'autre. J'ai pour nom Hugor Colline. Puis-je vous offrir une coupe de vin, l'ami ?

— J'ai assez bu. » Le chevalier repoussa sa catin et se remit debout. Son baudrier était suspendu à une patère à côté de lui. Il le décrocha et dégaina sa lame. L'acier susurra contre le cuir. Les putains observaient avec avidité, la lueur des chandelles brillant dans leurs prunelles. Le propriétaire avait disparu. « Tu es à moi, *Hugor.* »

Tyrion n'aurait pas pu s'enfuir davantage que se battre. Soûl comme il était, il ne pouvait même pas jouer au plus fin. Il écarta les mains. « Et que voulez-vous faire de moi ?

— Te livrer à la reine. »

DAENERYS

Galazza Galare arriva à la Grande Pyramide avec une escorte d'une douzaine de Grâces blanches, des enfants de noble naissance trop jeunes encore pour avoir accompli leur année de service dans les jardins de plaisir du temple. Elles composaient un joli tableau, cette fière vieille femme toute de vert vêtue, entourée de fillettes en robes et voiles blancs, caparaçonnées d'innocence.

La reine les reçut avec chaleur, puis fit venir Missandei pour veiller à ce que les fillettes soient nourries et distraites tandis qu'elle prenait son repas en privé avec la Grâce Verte.

Ses cuisiniers leur avaient préparé un banquet magnifique d'agneau au miel, embaumant la menthe pilée et servi avec les petites figues vertes dont elle était si friande. Deux des otages favoris de Daenerys servaient les plats et gardaient les coupes pleines – une petite fille aux yeux de biche nommée Qezza et un garçonnet maigrichon appelé Grazhar. Ils étaient frère et sœur, et cousins de la Grâce Verte, qui les accueillit avec des baisers quand elle fit son entrée, et leur demanda s'ils s'étaient bien tenus.

« Ils sont tous les deux très gentils, assura Daenerys. Parfois, Qezza chante pour moi. Elle a une voix charmante. Et ser Barristan enseigne à Grazhar et aux autres garçons les rudiments de la chevalerie ouestrienne.

— Ils sont de mon sang », déclara la Grâce Verte, tandis que Qezza remplissait sa coupe d'un vin rouge sombre. « J'ai plaisir à savoir qu'ils ont séduit Votre Lumière. J'espère qu'il en ira de même pour moi. » La vieille femme avait les cheveux blancs et la peau fine comme du parchemin, mais les années n'avaient pas terni ses yeux. Ses prunelles étaient du vert de ses robes ; des yeux tristes, remplis de sagesse. « Si vous voulez bien me pardonner de le dire, Votre Lumière paraît... lasse. Dormez-vous bien ? »

Daenerys eut du mal à ne pas rire. « Pas vraiment. La nuit dernière, trois galères qarthiennes ont remonté la Skahazadhan sous le couvert de l'obscurité. Les Hommes de la Mère ont décoché vers leurs voiles des volées de flèches enflammées, et jeté sur leurs ponts des pots de poix ardente, mais les galères leur ont prestement glissé entre les mains, sans subir de dégâts durables. Les Qarthiens ont l'intention de nous fermer le fleuve, comme ils ont clos la baie. Et ils ne sont plus seuls. Trois galères de la Nouvelle-Ghis les ont rejoints, ainsi qu'une caraque venue de Tolos. » Les Tolosiens avaient répliqué à sa demande d'alliance en la proclamant putain et en exigeant qu'elle restitue Meereen à ses Grands Maîtres. Mais cela était encore préférable à la réponse de Mantarys, arrivée par caravane dans un coffret de cèdre. À l'intérieur, elle avait trouvé les têtes de ses trois émissaires, embaumées. « Peut-être vos dieux peuvent-ils nous aider. Demandez-leur d'envoyer une tempête et de balayer les galères hors de la baie.

— Je prierai et j'offrirai des sacrifices. Peut-être les dieux de Ghis m'entendront-ils. » Galazza Galare dégusta une petite gorgée de son vin, mais ses yeux ne quittèrent pas Daenerys. « Des tempêtes font rage à l'intérieur des murailles autant qu'au-dehors. De nouveaux affranchis sont morts la nuit dernière, du moins je l'ai entendu dire.

— Trois. » Prononcer le chiffre lui laissa en bouche un goût amer. « Ces lâches ont attaqué des tisserandes, des affranchies qui ne faisaient de mal à personne. Elles fabriquaient simplement de merveilleux ouvrages. J'ai accroché au-dessus de mon lit une tapisserie qu'elles m'ont donnée. Les Fils de la Harpie ont brisé leur métier et les ont violées avant de leur trancher la gorge.

— Nous l'avions entendu dire. Et cependant, Votre Lumière a trouvé le courage de répondre à la boucherie par la miséricorde. Vous n'avez porté atteinte à aucun des enfants de nobles que vous détenez en otages.

— Pas encore, non. » Daenerys s'était attachée à ses jeunes protégés. Il y en avait de timides et d'effrontés, d'aimables et de bourrus, mais tous étaient innocents. « Si je tue mes échansons, qui versera mon vin et servira mon souper ? » dit-elle en tentant d'en plaisanter.

La prêtresse ne sourit pas. « Le Crâne-ras les aurait donnés en pâture à vos dragons, dit-on. Vie pour vie. Pour chaque Bête d'Airain abattue, il ferait périr un enfant. »

Daenerys poussait sa nourriture autour de son assiette. Elle n'osait pas regarder du côté de Grazhar et Qezza, de peur de fondre en larmes. *Le Crâne-ras a le cœur plus dur que le mien.* Dix fois ils s'étaient opposés sur la question des otages. « Les Fils de la Harpie doivent bien s'esclaffer dans leurs pyramides », avait dit Skahaz, ce matin précisément. « À quoi bon des otages si vous ne voulez pas leur trancher le col ? » À ses yeux, elle n'était qu'une faible femme. *Hazzéa suffit. À quoi bon la paix si on doit la payer du sang de petits enfants ?* « Ces meurtres ne sont pas de leur fait, expliqua d'une voix faible Daenerys à la Grâce Verte. Je ne suis pas une reine bouchère.

— Et pour cela, Meereen vous rend grâce, répondit Galazza Galare. Nous avons entendu dire que le Roi Boucher d'Astapor est mort.

— Tué par ses propres soldats quand il leur a ordonné de sortir attaquer les Yunkaïis. » Ces mots versaient du fiel dans sa bouche. « À peine son corps était-il froid qu'un autre a pris sa place, se faisant appeler Cleon II. Celui-là a tenu huit jours avant d'avoir la gorge ouverte. Puis son assassin a revendiqué la couronne. Comme l'a fait la concubine du premier Cleon. Le roi Coupe-Gorge et la reine Putain, les appellent les Astaporis. Leurs fidèles se battent dans les rues, tandis que les Yunkaïis et leurs épées-louées patientent sous les remparts.

— Nous vivons une époque terrible. Votre Lumière, pourrais-je avoir l'audace de vous donner un conseil ?

— Vous savez combien j'apprécie votre sagesse.

— Alors, écoutez mon avis, à présent, et mariez-vous.

— Ah. » Daenerys s'y attendait.

« Maintes fois je vous ai entendue dire que vous n'étiez qu'une jeune fille. À vous regarder, vous paraissez encore à demi dans l'enfance, trop jeune et trop frêle pour affronter toute seule de telles épreuves. Vous avez besoin d'un roi à vos côtés pour vous aider à supporter ces fardeaux. »

Daenerys piqua un morceau d'agneau, en prit une bouchée, mâcha lentement. « Dites-moi, votre roi peut-il, en gonflant les joues, souffler et renvoyer les galères de Xaro jusqu'à Qarth ? Peut-il d'un claquement de mains, briser le siège d'Astapor ? Peut-il remplir de nourriture le ventre de mes enfants et ramener la paix dans mes rues ?

— Et vous ? riposta la Grâce Verte. Un roi n'est pas un dieu, mais il y a toutefois beaucoup de choses qu'un homme fort peut accomplir. Quand mon peuple vous regarde, il voit une conquérante venue d'au-delà des mers pour nous assassiner et réduire nos enfants en esclavage. Un roi pourrait changer cela. Un roi de haute naissance, de pur sang ghiscari, pourrait réconcilier la cité et votre gouvernement. Sinon, je le crains, votre règne devra s'achever comme il a commencé, dans le sang et le feu. »

Daenerys continuait de pousser sa nourriture autour de son assiette. « Et qui les dieux de Ghis voudraient-ils me voir choisir comme roi consort ?

— Hizdahr zo Loraq », déclara avec fermeté Galazza Galare.

Daenerys ne se donna pas la peine de feindre la surprise. « Pourquoi Hizdahr ? Skahaz est de noble naissance, lui aussi.

— Skahaz est un Kandaq, Hizdahr un Loraq. Votre Lumière me pardonnera, mais seule une personne qui n'est pas elle-même ghiscari n'y verra pas de différence. Bien des fois j'ai entendu dire que vous êtes du sang d'Aegon le Conquérant, de Jaehaerys le Sage et de Daeron le Dragon. Le noble Hizdahr est du sang de Mazdhan le Magnifique, d'Hazrak l'Avenant et de Zharaq le Libérateur.

— Ses ancêtres sont aussi morts que les miens. Hizdahr fera-t-il lever leurs ombres pour défendre Meereen contre ses ennemis ? J'ai besoin d'un homme qui possède des navires et des épées. Vous me proposez des ancêtres.

— Nous sommes un peuple ancien. Les ancêtres sont importants, pour nous. Épousez Hizdahr zo Loraq et faites avec lui un fils, un fils dont le père est la harpie, la mère le dragon. En lui, les prophéties s'accompliront et vos ennemis fondront comme neige. »

Il sera l'étalon qui montera le monde. Daenerys savait comment il en allait des prophéties. Elles se composaient de mots, et les mots étaient du vent. Il n'y aurait pas de fils pour Loraq, pas d'héritier pour unir le dragon et la harpie. *Quand le soleil se lèvera à l'ouest pour se coucher à l'est. Quand les mers seront asséchées, et quand les montagnes auront sous le vent le frémissement de la feuille.* Ce n'est qu'alors que son ventre porterait vie de nouveau...

Mais Daenerys avait d'autres enfants, par dizaines de milliers, qui l'avaient saluée comme leur mère quand elle avait brisé leurs fers. Elle songea à Bouclier Loyal, au frère de Missandei, à Rylona Rhée, cette femme qui jouait si bien de la harpe. Aucun mariage ne les ramènerait à la vie, mais si un mari pouvait aider à mettre un terme au massacre, alors, elle devait à ses morts de se marier.

Si j'épouse Hizdahr, cela tournera-t-il Skahaz contre moi ? Elle plaçait en Skahaz plus de confiance qu'en Hizdahr, mais le Crâne-ras serait un roi désastreux. Il était trop prompt à la colère, trop lent au pardon. Elle ne voyait rien à gagner à épouser un homme haï autant qu'elle l'était. Hizdahr était fort respecté, pour ce qu'elle pouvait en juger. « Qu'en pense mon mari présomptif ? » demanda-t-elle à la Grâce Verte. *Que pense-t-il de moi ?*

« Il ne tient qu'à Votre Grâce de lui poser la question. Le noble Hizdahr attend en bas. Envoyez-le quérir, si tel est votre bon plaisir. »

Vous présumez trop, prêtresse, songea la reine, mais elle ravala sa colère et se força à sourire. « Pourquoi pas ? » Elle envoya chercher ser Barristan et demanda au vieux chevalier de lui amener Hizdahr. « L'ascension est longue. Demandez aux Immaculés de l'aider. »

Le temps que l'aristocrate ait accompli le trajet, la Grâce Verte avait fini son repas. « N'en déplaise à Votre Magnificence, je vais prendre congé. Le noble Hizdahr et vous avez bien des sujets à discuter, je n'en doute pas. » La vieille femme tapota pour essuyer une trace de miel sur ses lèvres, baisa Qezza et Grazhar sur le front en adieu, et ajusta son étamine de soie devant son visage. « Je rentre au Temple des Grâces prier pour que les dieux indiquent à ma reine la voie de la sagesse. »

Après qu'elle fut partie, Daenerys laissa Qezza remplir à nouveau sa coupe, congédia les enfants et ordonna qu'on admette Hizdahr zo Loraq en sa présence. *Et s'il ose dire un mot sur ses précieuses arènes, je vais peut-être le faire jeter de la terrasse.*

Hizdahr portait une simple robe verte sous un gilet matelassé. Il s'inclina bas en entrant, le visage solennel. « Vous n'avez pas un sourire pour moi ? lui demanda Daenerys. Suis-je si terrible que cela ?

— J'incline toujours à la solennité en présence de tant de beauté. »

C'était un bon début. « Buvez avec moi. » Daenerys lui remplit sa coupe elle-même. « Vous savez la raison de votre présence ici. La Grâce Verte semble convaincue que, si je vous prends pour époux, tous mes malheurs s'évanouiront.

— Jamais je ne formulerais de si audacieuses prétentions. Les hommes sont nés pour lutter et souffrir. Nos épreuves ne disparaissent qu'à notre mort. Toutefois, je peux vous apporter de l'aide. J'ai de l'or, des amis et de l'influence, et le sang de l'Ancienne Ghis coule dans mes veines. Bien que je ne me sois jamais marié, j'ai deux enfants naturels, un garçon et une fille ; je puis donc vous donner des héritiers. Je puis réconcilier la cité à votre férule et mettre un terme à ces massacres nocturnes dans les rues.

— Le pouvez-vous ? » Daenerys scruta ses yeux. « Pourquoi les Fils de la Harpie déposeraient-ils leurs coutelas pour vous ? Êtes-vous l'un d'eux ?

— Non.

— Me l'avoueriez-vous, si vous en étiez ? »

Il rit. « Non.

— Le Crâne-ras a des méthodes pour découvrir la vérité.

— Je ne doute pas que Skahaz obtienne de moi une prompte confession. Une journée avec lui, et je serai un des Fils de la Harpie. Deux jours, et je serai la Harpie. Trois, et il apparaîtra que j'ai également tué votre père, dans les Royaumes du Couchant, alors que j'étais encore enfant. Alors, il m'empalera sur un épieu et vous pourrez me regarder mourir... Mais ensuite, les meurtres continueront. » Hizdahr se pencha plus avant. « Ou vous pourriez m'épouser et me laisser essayer de les arrêter.

— Mais pourquoi donc voudriez-vous m'aider ? Pour la couronne ?

— Une couronne me siérait fort, je ne le nierai pas. C'est plus que cela, cependant. Est-il si étrange que je veuille protéger mon peuple, comme vous voulez protéger vos affranchis ? Meereen ne peut supporter une autre guerre, Votre Lumière. »

La réponse était bonne, et honnête. « Je n'ai jamais voulu la guerre. J'ai défait les Yunkaïis une fois et j'ai épargné leur cité alors que j'aurais pu la mettre à sac. J'ai refusé de rejoindre le roi Cleon quand il a marché contre eux. Maintenant encore, alors qu'on assiège Astapor, je retiens ma main. Et Qarth... Je n'ai jamais fait aucun mal aux Qarthiens...

— Pas délibérément, non, mais Qarth est une cité de commerçants et ils aiment le tintement des pièces d'argent, les reflets de l'or jaune. Quand vous avez écrasé la traite des esclaves, le coup a résonné de Westeros jusqu'à Asshaï. Qarth dépend de ses esclaves. De même que Tolos, la Nouvelle-Ghis, Lys, Tyrosh, Volantis… La liste est longue, ma reine.

— Qu'ils viennent. Avec moi, ils affronteront un ennemi plus sérieux que Cleon. Je préférerais périr au combat que de rendre mes enfants à leurs fers.

— Il existe peut-être une autre voie. On peut convaincre les Yunkaïs de laisser tous vos affranchis demeurer libres, je pense, si Votre Excellence accepte que la Cité Jaune puisse dorénavant trafiquer et former des esclaves sans être attaquée. Il n'est plus besoin de faire couler le sang.

— Sinon celui des esclaves que les Yunkaïs trafiqueront et formeront », répondit Daenerys, mais elle reconnaissait la vérité de ce qu'il disait. *Il se pourrait que ce soit la meilleure fin que l'on puisse espérer.* « Vous n'avez pas dit que vous m'aimiez.

— Je le ferai, s'il plaît à Votre Lumière.

— Ce n'est pas la réponse d'un homme amoureux.

— L'amour ? Qu'est-ce donc ? Le désir ? Aucun homme doté de l'intégralité de son corps ne pourrait poser les yeux sur vous sans vous désirer, Daenerys. Ce n'est pas pour cela que je vous épouserais, toutefois. Avant votre arrivée, Meereen se mourait. Nos gouvernants étaient des barbons aux queues flétries, et des vieillardes dont les cons ratatinés étaient secs comme poussière. Ils trônaient au sommet de leurs pyramides, sirotant du vin d'abricot et discutant des gloires de l'ancien empire tandis que s'écoulaient les siècles et que les briques mêmes de la cité s'effritaient tout autour d'eux. La coutume et la prudence nous tenaient dans une poigne de fer, jusqu'à ce que vous veniez nous éveiller par le feu et par le sang. Une nouvelle époque est arrivée, et de nouvelles choses sont possibles. Épousez-moi. »

Il n'est pas désagréable à regarder, se dit Daenerys, *et il tient un discours de roi.* « Embrassez-moi », ordonna-t-elle.

Il lui reprit la main, et lui baisa les doigts.

« Pas comme ça. Embrassez-moi comme si j'étais votre épouse. »

Hizdahr la prit par les épaules aussi tendrement que si elle était un oisillon. Se penchant en avant, il appliqua ses lèvres contre celles de Daenerys. Le baiser fut léger, sec et bref. Daenerys ne ressentit aucun élan.

« Dois-je… vous embrasser encore ? demanda-t-il lorsque ce fut fini.

— Non. » Sur sa terrasse, dans son bassin, les petits poissons venaient lui chatouiller les jambes quand elle s'attardait dans le bain. Même eux embrassaient avec plus de fougue qu'Hizdahr zo Loraq. « Je ne vous aime pas. »

Hizdahr haussa les épaules. « Cela peut venir, avec le temps. La chose s'est déjà produite. »

Pas avec nous, songea-t-elle. *Pas alors que Daario est si proche. C'est lui que je veux, pas toi.* « Un jour, je voudrai rentrer à Westeros, pour revendiquer les Sept Couronnes qui appartenaient à mon père.

— Un jour, tous les hommes doivent mourir, mais s'appesantir sur la mort n'accomplit rien de bon. Je préfère prendre chaque jour comme il vient. »

Daenerys croisa les mains. « Les mots sont du vent, même des mots tels qu'*amour* et *paix*. Je place plus de confiance dans les actes. Dans mes Sept Couronnes, les chevaliers partent en quête pour se prouver dignes de la pucelle qu'ils aiment. Ils cherchent des épées magiques, des coffres d'or, des couronnes volées au trésor d'un dragon. »

Hizdahr arqua un sourcil. « Les seuls dragons dont j'aie connaissance sont les vôtres, et les épées magiques sont encore plus rares. Je vous apporterai volontiers bagues et couronnes, et coffres d'or, si tel est votre désir.

— Mon désir, c'est la paix. Vous dites que vous pouvez m'aider à mettre un terme aux massacres nocturnes dans mes rues. Je vous réponds : *faites-le*. Arrêtez cette guerre de l'ombre, messire. Voilà votre quête. Donnez-moi quatre-vingt-dix jours et quatre-vingt-dix nuits sans meurtre, et je saurai que vous êtes digne d'un trône. Pouvez-vous accomplir cela ? »

Hizdahr parut songeur. « Quatre-vingt-dix jours et quatre-vingt-dix nuits sans cadavre, et au quatre-vingt-onzième, nous nous marions ?

— Peut-être, répondit Daenerys avec un regard mutin. Mais ça ne m'empêchera pas de vous demander une épée magique. »

Hizdahr rit. « Alors, vous aurez cela aussi, Lumière. Vos désirs sont des ordres. Il vaudrait mieux prévenir votre sénéchal de commencer les préparatifs de nos noces.

— Rien ne satisferait davantage le noble Reznak. » Si Meereen apprenait qu'un mariage se préparait, cela seul pourrait lui valoir quelques nuits de répit, même si les efforts d'Hizdahr n'aboutissaient pas. *Le Crâne-ras ne sera pas satisfait de moi, mais Reznak mo Reznak dansera de joie.* Daenerys ne savait pas laquelle de ces deux perspectives l'inquiétait le plus. Elle avait besoin de Skahaz et des Bêtes d'Airain, et en était venue à se défier des conseils de Reznak. *Méfie-toi du sénéchal parfumé. Reznak aurait-il fait cause commune avec Hizdahr et la Grâce Verte, et manigancé un piège où me prendre ?*

Hizdahr zo Loraq n'avait pas sitôt pris congé d'elle que ser Barristan apparut derrière elle dans son long manteau blanc. Des années de service dans la Garde Royale avaient appris au chevalier blanc à rester discret quand elle recevait, mais il ne s'éloignait jamais beaucoup. *Il sait,* vit-elle immédiatement, *et il désapprouve.* Les lignes autour de la bouche de l'homme s'étaient creusées. « Eh bien, lui dit-elle, il semblerait que je doive convoler de nouveau. Êtes-vous heureux pour moi, ser ?

— Si tel est votre ordre, Votre Grâce.

— Hizdahr n'est pas le mari que vous m'auriez choisi.

— Il ne m'appartient pas de choisir votre époux.

— En effet, mais il m'importe que vous compreniez. Mon peuple saigne. Il meurt. Une reine ne s'appartient pas, elle appartient au royaume. Mariage ou carnage, voilà mes choix. Des noces ou une guerre.

— Votre Grâce, puis-je parler franchement ?

— Toujours.

— Il existe une troisième option.

— Westeros ? »

Il opina. « J'ai juré de servir Votre Grâce et de la tenir à l'abri de toute atteinte, où que vous puissiez aller. Ma place est à vos côtés, que ce soit ici ou à Port-Réal... Mais la vôtre est à Westeros, sur le Trône de Fer qui appartenait à votre père. Jamais les Sept Couronnes n'accepteront Hizdahr zo Loraq comme roi.

— Non plus que Meereen n'acceptera Daenerys Targaryen comme reine. La Grâce Verte a dit vrai en cela. J'ai besoin d'un roi auprès de moi, un roi du vieux sang ghiscari. Sinon, ils me verront toujours comme la barbare fruste qui a enfoncé leurs portes, empalé les leurs sur des épieux et dérobé leurs richesses.

— À Westeros, vous serez l'enfant perdue qui revient pour réjouir le cœur de son père. Votre peuple vous acclamera sur votre passage, et tous les hommes de cœur vous aimeront.

— Westeros est loin.

— S'attarder ici ne le rapprochera pas. Plus tôt nous prendrons congé de ces lieux...

— Je sais. Vraiment. » Daenerys ne savait pas comment lui faire comprendre. Elle désirait Westeros autant que lui, mais devait d'abord guérir Meereen. « Quatre-vingt-dix jours, c'est bien long. Hizdahr pourrait échouer. Et en ce cas, ses tentatives m'achètent du temps. Du temps pour conclure des alliances, pour renforcer mes défenses, pour...

— Et s'il n'échoue pas ? Que fera alors Votre Grâce ?

— Mon devoir. » Le mot sembla froid contre sa langue. « Vous avez assisté aux noces de mon frère Rhaegar. Dites-moi, s'est-il marié par amour ou par devoir ? »

Le vieux chevalier hésita. « La princesse Elia était une excellente femme, Votre Grâce. Elle était bonne et habile, un cœur aimant et un esprit très fin. Je sais que le prince lui était très attaché. »

Attaché, se répéta Daenerys. Le mot en disait très long. *Je pourrais m'attacher à Hizdahr zo Loraq, avec le temps. Peut-être.*

Ser Barristan poursuivit. « J'ai aussi vu le mariage de votre père et de votre mère. Pardonnez-moi, mais il n'y avait là aucune affection, et le royaume l'a chèrement payé, ma reine.

— Et pourquoi se sont-ils mariés, s'ils ne s'aimaient pas ?

— Votre aïeul l'a ordonné. Une sorcière de la forêt lui avait prédit que le prince promis naîtrait de cette lignée.

— Une sorcière de la forêt ? » Daenerys était stupéfaite.

« Elle est venue à la cour avec Jenny de Vieilles-Pierres. Une créature contrefaite, grotesque à regarder. Une naine, ont dit la plupart des gens, quoique chère à lady Jenny, qui a toujours prétendu qu'il s'agissait d'un des enfants de la forêt.

— Qu'est-elle devenue ?

— Lestival. » Le mot était empli de fatalité.

Daenerys poussa un soupir. « Laissez-moi, à présent. Je suis très lasse.

— À vos ordres. » Ser Barristan s'inclina et se tourna pour partir. Mais à la porte, il s'arrêta. « Pardonnez-moi. Votre Grâce a un visiteur. Dois-je lui dire de revenir demain ?

— Qui est-ce ?

— Naharis. Les Corbeaux Tornade sont revenus en ville. »

Daario. Son cœur palpita dans sa poitrine. « Depuis combien de temps est-il... Quand est-il... » Elle paraissait incapable de laisser sortir les mots.

Ser Barristan parut comprendre. « Votre Grâce se trouvait en compagnie de la prêtresse quand il est arrivé. Je savais que vous ne voudriez pas être dérangée. Les nouvelles du capitaine peuvent attendre à demain.

— Non. » *Comment pourrais-je jamais espérer dormir, en sachant mon capitaine si proche ?* « Faites-le monter sur-le-champ. Et… je n'aurai plus besoin de vous ce soir. Je serai en sécurité avec Daario. Oh, et soyez assez aimable pour m'envoyer Irri et Jhiqui. Et Missandei. » *J'ai besoin de me changer, de me faire belle.*

C'est ce qu'elle dit à ses caméristes à leur arrivée. « Que souhaite porter Votre Grâce ? » demanda Missandei.

Le feu des étoiles et l'écume des mers, songea Daenerys, *une bouffée de soie qui laisse mon sein gauche découvert pour le délice de Daario. Oh, et des fleurs dans mes cheveux.* Aux débuts de leur rencontre, le capitaine lui apportait chaque jour des fleurs, de Yunkaï jusqu'à Meereen. « Apportez la robe en lin gris avec les perles sur le corsage. Oh, et ma peau de lion blanc. » Elle se sentait toujours plus en sécurité enveloppée dans la peau de lion de Drogo.

Daenerys reçut le capitaine sur sa terrasse, assise sur un banc de pierre sculptée, sous un poirier. Dans le ciel au-dessus de la cité, flottait une demi-lune escortée de mille étoiles. Daario Naharis entra en se pavanant. *Même immobile, il semble se pavaner.* Le capitaine portait des culottes rayées enfoncées dans de hautes bottes en cuir mauve, une chemise de soie blanche, un gilet d'anneaux d'or. Sa barbe en trident était mauve, ses extravagantes moustaches dorées, ses longues boucles des deux couleurs, à parts égales. Sur une hanche, il portait un stylet, sur l'autre un *arakh* dothraki. « Lumineuse reine, annonça-t-il, vous avez encore crû en beauté durant mon absence. Comment est-ce possible ? »

La reine était habituée à de telles louanges, mais cependant le compliment avait plus de signification venant de Daario que de gens comme Reznak, Xaro ou Hizdahr. « Capitaine. On nous dit que vous nous avez rendu de fiers services à Lhazar. » *Tu m'as tellement manqué.*

« Votre capitaine vit pour le service de sa cruelle reine.

— Cruelle ? »

Le clair de lune se refléta dans les prunelles de l'homme. « Il a galopé en avance de tous ses hommes afin de voir plus tôt son visage, pour se retrouver à languir tandis qu'elle mangeait de l'agneau et des figues avec une vieille femme flétrie. »

On ne m'a pas prévenue que tu étais ici, songea Daenerys, *sinon j'aurais pu me conduire comme une idiote et te faire venir immédiatement.* « Je soupais avec la Grâce Verte. » Il parut plus judicieux de ne pas évoquer Hizdahr. « J'avais un urgent besoin de ses sages conseils.

— Je n'ai qu'un urgent besoin : Daenerys.

— Dois-je faire venir à manger ? Vous devez avoir faim.

— Je n'ai pas mangé depuis deux jours, mais à présent que je suis ici, il n'est besoin que de me régaler de votre beauté.

— Ma beauté ne vous remplira pas le ventre. » Elle prit une poire et la lui lança. « Mangez ceci.

— Je suis aux ordres de la reine. » Il mordit dans la poire, sa dent en or luisant. Du jus coula dans sa barbe mauve.

La jeune fille en elle voulait tant l'embrasser qu'elle en avait mal. *Ses baisers seraient durs et cruels,* se dit-elle, *et il se moquerait que je crie ou que je lui ordonne de cesser.* Mais la reine en elle savait que ce serait folie. « Parlez-moi de votre voyage. »

Il haussa négligemment les épaules. « Les Yunkaïis ont dépêché quelques épées-louées pour fermer le col du Khyzai. Les Longues Lances, ils s'appellent. Nous avons fondu sur eux pendant la nuit et expédié quelques-uns en enfer. À Lhazar, j'ai tué deux de mes propres sergents qui complotaient de voler les joyaux et la vaisselle d'or que ma reine m'avait confiés en présents pour les Agnelets. Sinon, tout s'est déroulé ainsi que je l'avais promis.

— Combien d'hommes avez-vous perdus au combat ?

— Neuf, répondit Daario, mais une douzaine de Longues Lances ont décidé qu'ils préféraient être des Corbeaux Tornade que des cadavres, aussi sommes-nous trois de plus, au bilan. Je leur ai dit qu'ils vivraient plus longtemps en combattant avec vos dragons que contre eux, et ils ont perçu la sagesse de mes paroles. »

Cela la rendit méfiante. « Ils pourraient être des espions à la solde des Yunkaïis.

— Ils sont trop stupides pour être des espions. Vous ne les connaissez pas.

— Vous non plus. Avez-vous confiance en eux ?

— J'ai confiance en tous mes hommes. Je leur lâche la bride aussi loin que fusent mes crachats. » Il rejeta un pépin et sourit des soupçons de Daenerys. « Dois-je vous apporter leur tête ? Je le ferai, si vous m'en donnez l'ordre. L'un d'eux est chauve, deux portent des tresses et un autre se teint la barbe de quatre couleurs différentes. Quel espion irait arborer pareille barbe, je vous le demande ? L'homme à la fronde peut loger une pierre dans un œil de moucheron à quarante pas, et le plus laid sait parler aux chevaux, mais si ma reine dit qu'ils doivent mourir…

— Je n'ai pas dit ça. Je voulais simplement… Surveillez-les, voilà tout. » Elle se sentait sotte de dire cela. Elle se sentait toujours un peu sotte en compagnie de Daario. *Empotée, puérile et lente d'esprit. Que doit-il penser de moi ?* Elle changea le sujet. « Les Agnelets vont-ils nous envoyer des vivres ?

— Le grain arrivera par la Skahazadhan en chaland, ma reine, et d'autres denrées en caravane par le Khyzai.

— Pas la Skahazadhan. Le fleuve nous a été fermé. Les mers aussi. Vous avez dû voir les navires dans la baie. Les Qarthiens ont chassé un tiers de notre flotte de pêche, et se sont emparés d'un autre tiers. Les autres ont trop peur pour quitter le port. Le peu de commerce qui nous restait encore a été interrompu. »

Daario jeta la queue de la poire. « Les Qarthiens ont du lait dans les veines. Montrez-leur vos dragons, et ils détaleront. »

Daenerys ne voulait pas parler des dragons. Des fermiers continuaient à se présenter à sa cour avec des ossements calcinés, en se plaignant de brebis disparues, bien que Drogon ne soit pas revenu à la cité. Certains rapports le signalaient au nord du fleuve, au-dessus des herbes de la mer Dothrak. Dans la fosse, Viserion avait brisé une de ses chaînes ; Rhaegal et lui devenaient chaque jour plus sauvages. Une fois, les vantaux de fer avaient été portés au rouge, lui avaient raconté ses Immaculés, et personne n'avait osé les toucher durant une journée. « Astapor est assiégée, également.

— Cela, je le savais. Une des Longues Lances a survécu assez longtemps pour nous raconter que les hommes s'entre-dévoraient, dans la Cité Rouge. Il disait que le tour de Meereen viendrait bientôt, aussi lui ai-je tranché la langue, que j'ai jetée à un chien jaune. Aucun chien ne mange une langue de menteur. Quand le chien jaune a dévoré la sienne, j'ai su qu'il disait vrai.

— J'ai une guerre à l'intérieur de la cité, aussi. » Elle lui parla des Fils de la Harpie et des Bêtes d'Airain, du sang sur les briques. « Mes ennemis me cernent de toutes parts, à l'intérieur et à l'extérieur de la cité.

— Attaquez, déclara-t-il tout de go. Un homme encerclé par les ennemis ne peut pas se défendre. Essayez et la hache vous frappera dans le dos pendant que vous parez l'épée. Non. Face à de nombreux ennemis, choisissez le plus faible, tuez-le, passez-lui sur le corps et fuyez.

— Où devrais-je m'enfuir ?

— Dans mon lit. Dans mes bras. Dans mon cœur. » L'*arakh* et le stylet de Daario avaient des poignées ouvragées en forme de femmes dorées, nues et aguicheuses. Il les caressait de ses pouces d'une façon qui était remarquablement obscène et lança un sourire lascif.

Daenerys sentit le sang affluer sur son visage. On aurait presque dit qu'il la caressait, elle. *Me considérerait-il moi aussi comme une catin, si je l'entraînais dans mon lit ?* Il lui donnait envie d'être sa luronne. *Jamais je ne devrais le voir en particulier. Il est trop dangereux pour que je l'aie près de moi.* « La Grâce Verte dit que je dois prendre un roi ghiscari, dit-elle, émue. Elle me presse d'épouser le noble Hizdahr zo Loraq.

— Celui-là ? » Daario ricana. « Pourquoi pas Ver Gris, si vous voulez un eunuque dans votre lit ? Et vous, voulez-vous d'un roi ? »

Je te veux, toi. « Je veux la paix. J'ai donné à Hizdahr quatre-vingt-dix jours pour mettre fin aux tueries. S'il y parvient, je le prendrai pour mari.

— Prenez-moi pour mari. J'y parviendrai en neuf. »

Tu sais que je ne peux pas, faillit-elle dire.

« Vous combattez des ombres alors que vous devriez combattre les hommes qui les projettent, poursuivit Daario. Tuez-les tous et emparez-vous de leurs trésors, voilà ce que je dis. Chuchotez-en l'ordre, et votre Daario vous élèvera une pile de leurs têtes, plus haute que cette pyramide.

— Si je savais qui ils sont…

— Zhak, Pahl, Merreq. Eux, et tout le reste. Les Grands Maîtres. Qui d'autre pourraient-ils être ? »

Il est aussi audacieux que sanguinaire. « Nous n'avons aucune preuve que c'est leur ouvrage. Voudriez-vous me faire massacrer mes propres sujets ?

— Vos propres sujets vous massacreraient volontiers. »

Il était resté si longtemps absent, Daenerys avait presque oublié ce qu'il était. Les épées-louées sont traîtres par nature, se remémora-t-elle. *Changeants, infidèles, brutaux. Jamais il ne sera plus que ce qu'il est. Jamais il n'aura l'étoffe des rois.* « Les pyramides sont fortes, lui expliqua-t-elle. Nous ne pourrions les prendre qu'à un coût exorbitant. Au moment où nous en attaquerons une, les autres se soulèveront contre nous.

— Alors, extirpez-les de leurs pyramides comme des bigorneaux, sous un vague prétexte. Un mariage pourrait faire l'affaire. Pourquoi pas ? Promettez votre main à Hizdahr et tous les Grands Maîtres viendront assister à vos épousailles. Quand ils seront réunis dans le Temple des Grâces, lâchez-nous contre eux. »

Daenerys en fut horrifiée. *C'est un monstre. Un séduisant monstre, mais un monstre quand même.* « Me prendriez-vous pour le Roi Boucher ?

— Plutôt être le boucher que la viande. Tous les rois sont des bouchers. Les reines sont-elles différentes ?

— Celle-ci, oui. »

Daario haussa les épaules. « La plupart des reines n'ont d'autre but que de réchauffer la couche d'un roi et de lui pondre des fils. Si tel est le genre de reine que vous avez l'intention d'être, mieux vaut épouser Hizdahr. »

La colère de Daenerys fulgura. « As-tu oublié qui je suis ?

— Non. Et vous ? »

Viserys lui aurait fait trancher la tête pour cette insolence. « Je suis le sang du dragon. N'ayez pas l'impudence de me donner des leçons. » Lorsque Daenerys se leva, la peau de lion lui glissa des épaules et tomba sur le sol. « Laissez-moi. »

Daario lui adressa une ample courbette. « Je vis à vos ordres. »

Lorsqu'il fut parti, Daenerys rappela ser Barristan. « Je veux que les Corbeaux Tornade retournent à la bataille.

— Votre Grâce ? Ils viennent tout juste de rentrer…

— Je veux qu'ils partent. Qu'ils patrouillent l'arrière-pays yunkaïi et protègent toutes les caravanes qui arrivent par le col du Khyzai. Désormais, c'est à vous que Daario adressera ses rapports. Donnez-lui tous les honneurs qui lui sont dus et veillez à ce que ses hommes soient bien payés, mais sous aucun prétexte ne l'autorisez à se retrouver en ma présence.

— Comme vous le demandez, Votre Grâce. »

Cette nuit-là, elle ne put trouver le sommeil, se tourna et se retourna sans repos dans son lit. Elle alla jusqu'à faire venir Irri, en espérant que ses caresses pourraient aider à faciliter la transition vers le repos, mais au bout de peu de temps, elle repoussa la Dothrakie. Irri était charmante, douce et docile, mais ce n'était pas Daario.

Qu'ai-je fait ? se demanda-t-elle, recroquevillée sur sa couche vide. *J'ai si longtemps attendu son retour, et je le renvoie.* « Il me changerait en monstre, chuchota-t-elle, une reine bouchère. » Mais alors, elle songea à Drogon au loin, et aux dragons dans la fosse. *Il y a du sang sur mes mains, aussi, et sur mon cœur. Nous ne sommes pas si différents, Daario et moi. Nous sommes tous les deux des monstres.*

LE LORD PERDU

Ça n'aurait pas dû prendre aussi longtemps, se dit Griff en arpentant le pont de la *Farouche Pucelle*. Avaient-ils perdu Haldon comme ils avaient perdu Tyrion Lannister ? Les Volantains l'avaient-ils capturé ? *J'aurais dû envoyer Canardière avec lui*. On ne pouvait se fier à Haldon tout seul ; il l'avait prouvé à Selhorys, en laissant s'échapper le nain.

Là *Farouche Pucelle* était amarrée dans une des sections les plus décaties du long front de fleuve chaotique, entre une barge qui donnait de la gîte et n'avait pas quitté le ponton depuis des années et les gais chamarrages du chaland des comédiens. Ces derniers formaient un groupe bruyant et agité, se jetant sans cesse des tirades à la tête, et plus souvent soûls que sobres.

La journée était chaude, poisseuse, comme tous les jours depuis qu'ils avaient quitté les Chagrins. Au sud, un soleil féroce martelait le front de fleuve populeux de Volon Therys, mais la chaleur était le cadet et le moindre des soucis de Griff. La Compagnie Dorée avait dressé le camp à trois milles au sud de la ville, bien au nord de l'endroit où il les aurait attendus, et Malaquo le triarque était venu au nord avec cinq mille fantassins et mille cavaliers pour leur couper la route du delta. Daenerys Targaryen restait à un monde de distance, et Tyrion Lannister... Eh bien, lui, il pouvait être à peu près n'importe où. Si les dieux étaient bons, la tête tranchée de Lannister avait désormais accompli la moitié du trajet qui la ramenait à Port-Réal, mais, plus vraisemblablement, le nain, alerte et complet, traînait dans les parages, ivre mort, à manigancer quelque nouvelle infamie.

« Au nom des sept enfers, qu'est-ce que fout Haldon ? se plaignit Griff devant dame Lemore. Combien de temps faut-il pour acheter trois chevaux ? »

Elle haussa les épaules. « Messire, ne serait-il pas plus sûr de laisser le garçon ici, à bord du bateau ?

— Plus sûr, certes. Plus sage, non. C'est désormais un homme fait, et voici la route qu'il est né pour parcourir. » Griff n'avait aucune patience pour ces arguties. Il était fatigué de se cacher, fatigué d'attendre, fatigué d'être prudent. *Je n'ai pas assez de temps pour la prudence.*

« Nous avons pris grand soin de tenir le prince Aegon caché toutes ces années, lui rappela Lemore. Viendra pour lui le temps de se laver les cheveux et de se déclarer, je sais, mais l'heure n'est pas arrivée. Pas face à un camp d'épées-louées.

— Si Harry Paisselande lui veut du mal, le celer à bord de la *Farouche Pucelle* ne le protégera pas. Paisselande a sous ses ordres dix mille épées. Nous avons Canard. Aegon est tout ce qu'on pourrait désirer chez un prince. Ils se doivent de le constater, Paisselande et tous les autres. Ce sont ses propres hommes.

— Les siens, parce qu'on les a achetés et payés. Dix mille étrangers armés, plus le train des équipages et la caravane des suiveurs. Il suffit d'un seul pour tous nous conduire à notre perte. Si la tête d'Hugor pouvait valoir les honneurs dus à un lord, combien Cersei Lannister paiera-t-elle contre l'héritier légitime du Trône de Fer ? Vous ne connaissez point ces hommes, messire. Douze ans ont passé depuis que vous avez chevauché avec la Compagnie Dorée et votre vieil ami est mort. »

Cœurnoir. Myles Tignac débordait tellement de vie la dernière fois que Griff l'avait quitté, que celui-ci avait des difficultés à admettre qu'il n'était plus. *Un crâne doré accroché au bout d'une perche, et à sa place Harry Sans-Terre, Harry Paisselande.* Lemore n'avait pas tort, il le savait. Quels qu'aient pu être leurs pères ou leurs grands-pères à Westeros avant leur exil, les hommes de la Compagnie Dorée étaient désormais des mercenaires, et l'on ne pouvait pas se fier à un routier. Et pourtant...

La nuit précédente, il avait de nouveau rêvé de Pierremoûtier. Seul, l'épée à la main, il courait de maison en maison, enfonçant des portes, montant en courant des escaliers, sautant de toit en toit, tandis que ses oreilles résonnaient du carillon des cloches au loin. De profonds chocs de bronze et des tintements argentins lui martelaient le crâne, une cacophonie à le rendre fou, qui enflait toujours, jusqu'à ce qu'il semblât que sa tête exploserait.

Dix-sept ans s'étaient écoulés depuis la bataille des Cloches, et pourtant tout carillon continuait à lui nouer les tripes. D'autres pouvaient affirmer que le royaume avait été perdu lorsque le prince Rhaegar était tombé sous la masse de guerre de Robert sur le Trident, mais jamais la bataille du Trident n'aurait été livrée si le griffon avait occis là le cerf, à Pierremoûtier. *Les cloches ont sonné notre glas à tous, en ce jour. Celui d'Aerys et de sa reine, d'Elia de Dorne et de sa petite fille, de chaque homme loyal et femme honnête des Sept Couronnes. Et de mon prince d'argent.*

« Le plan était de ne révéler le prince Aegon que lorsque nous arriverions devant la reine Daenerys, disait Lemore.

— C'était lorsque nous pensions que cette fille viendrait à l'ouest. Notre reine dragon a réduit ce plan en cendres et, grâce à cet imbécile pansu de Pentos, nous avons empoigné la dragonne par la queue et nous nous sommes grillé les doigts jusqu'à l'os.

— On ne pouvait pas attendre d'Illyrio qu'il sache que la fille choisirait de rester sur la baie des Serfs.

— Pas plus qu'il n'a su que le Roi Gueux mourrait jeune, ni que le *khal* Drogo le suivrait dans la tombe. Très peu d'événements prévus par le pansu se sont accomplis. » Griff gifla la poignée de sa longue épée d'une main gantée. « J'ai dansé sur la musique du pansu des années durant, Lemore. Qu'en avons-nous retiré ? Le prince est un homme fait. Son temps est…

— *Griff* », lança bruyamment Yandry, par-dessus le tintement de la cloche des comédiens. « C'est Haldon. »

Effectivement. Le Demi-Mestre semblait en sueur et débraillé tandis qu'il remontait le front de fleuve jusqu'au pied du ponton. La sueur avait laissé des auréoles sombres sous les bras de ses robes en tissu léger et il affichait sur son long visage la même expression revêche qu'à Selhorys, quand il était revenu à bord de la *Farouche Pucelle* pour confesser la disparition du nain. Il menait trois chevaux, toutefois, et rien d'autre n'importait.

« Faites venir le petit, demanda Griff à Lemore. Veillez à ce qu'il soit prêt.

— Comme vous voudrez », répondit-elle, de mauvais gré.

Eh bien, soit. Il s'était attaché à Lemore, mais cela ne signifiait pas qu'il avait besoin de son approbation. Elle avait eu pour tâche d'enseigner au prince les doctrines de la Foi, et elle l'avait accomplie. Aucune quantité de prières ne l'assiérait sur le Trône de Fer, cependant. Cette tâche-là échéait à Griff. Il avait failli une fois au prince Rhaegar. Il ne faillirait pas à son fils, pas tant que la vie demeurait dans son corps.

Les chevaux d'Haldon ne lui plurent pas. « C'étaient les meilleures bêtes que tu as pu trouver ? se plaignit-il au Demi-Mestre.

— Oui, répliqua Haldon d'un ton irrité, et vous feriez mieux de ne pas demander combien ils nous ont coûté. Avec des Dothrakis sur l'autre rive du fleuve, la moitié de la population de Volon Therys juge préférable de se trouver ailleurs, et la viande de cheval enchérit chaque jour. »

J'aurais dû y aller moi-même. Après Selhorys, il avait eu du mal à placer en Haldon autant de confiance que précédemment. *Il a laissé le nain lui tourner la tête avec sa langue agile. Lui a permis d'aller tout seul traîner dans un bordel, pendant que lui-même restait comme un veau à traîner sur la place.* Le tenancier du bordel avait insisté pour témoigner que le petit homme avait été emporté à la pointe de l'épée, mais Griff n'était toujours pas convaincu d'y croire. Le Lutin était assez roué pour avoir conspiré à sa propre évasion. Le ravisseur ivre dont parlaient les catins pouvait avoir été un homme de main à sa solde. *J'ai ma part dans la faute. Après que le nain s'est interposé entre Aegon et l'homme de pierre, j'ai baissé ma garde. J'aurais dû lui trancher la gorge la première fois que j'ai posé les yeux sur lui.*

« Ils suffiront à la tâche, je suppose, déclara-t-il à Haldon. Le camp ne se trouve qu'à trois milles d'ici au sud. » La *Farouche Pucelle* les aurait emmenés là-bas plus rapidement, mais il préférait tenir Harry Paisselande dans l'ignorance du gîte que le prince et lui avaient employé. La perspective de patauger dans les hauts-fonds d'une berge de rivière envasée ne l'enthousiasmait pas non plus. Ce genre d'entrée pouvait convenir à une épée-louée et à son fils, mais pas à un grand lord et à son prince.

Lorsque le jeune homme émergea de sa cabine, Lemore à ses côtés, Griff l'inspecta attentivement de pied en cap. Le prince arborait épée et poignard, des bottes noires reluisant de cire, une cape noire doublée de soie rouge sang. Avec ses cheveux lavés, coupés et teints de frais dans un bleu sombre et soutenu, ses yeux paraissaient bleus, eux aussi. À sa gorge il portait trois énormes rubis taillés au carré sur une chaîne de fer noir, un présent de maître Illyrio. *Rouge et noir. Les couleurs du dragon. Fort bien.* « Tu ressembles à un prince qui se respecte, déclara-t-il au jeune homme. Ton père serait fier s'il pouvait te voir. »

Griff le Jeune se passa les doigts dans les cheveux. « J'en ai assez de cette teinture bleue. Nous aurions dû la laver.

— Sous peu. » Griff serait lui aussi heureux de retrouver ses propres couleurs, bien que ses cheveux roux de jadis eussent viré au gris. Il assena une claque sur l'épaule du jeune homme. « Nous y allons ? Ton armée attend ton arrivée.

— Ça fait du bien à entendre. Mon armée. » Un sourire passa comme un éclair sur son visage, puis disparut. « Mais l'est-elle bien ? Ce sont des routiers. Yollo m'a averti de ne me fier à personne.

— Il y a de la sagesse dans ces mots », reconnut Griff. Les choses auraient pu être différentes avec Cœurnoir toujours au commandement, mais Myles Tignac était mort depuis quatre ans, et Harry Paisselande le Sans-Terre était un homme d'une autre trempe. Point besoin de le dire au petit, cependant. Le nain avait déjà assez semé le doute dans sa jeune tête. « Tous les hommes ne sont pas tels qu'ils paraissent, et un prince, en particulier, a de bonnes raisons d'être méfiant… Mais suis cette voie trop avant et la défiance risque de t'empoisonner, de te rendre amer et craintif. » *Le roi Aerys était un de ceux-là. À la fin, même Rhaegar l'avait clairement vu.* « Tu aurais intérêt à adopter une voie médiane. Que les hommes gagnent ta confiance par leur féal service… Quand ils le font, sois généreux et ouvre ton cœur. »

Le jeune homme hocha la tête. « Je m'en souviendrai. »

Ils donnèrent au prince la meilleure des trois montures, un grand hongre gris si pâle qu'il en était presque blanc. Griff et Haldon chevauchèrent à ses côtés sur les bêtes médiocres. La route courait vers le sud sous les grands remparts blancs de Volon Therys pendant un bon demi-mille. Puis ils laissèrent la ville derrière eux, suivant le cours méandreux de la Rhoyne à travers des halliers de saules et des champs de pavots, longeant un haut moulin de bois dont les ailes grinçaient comme de vieux os, en tournant.

Ils trouvèrent la Compagnie Dorée près du fleuve alors que le soleil baissait sur l'ouest. C'était un camp qu'Arthur Dayne lui-même aurait approuvé – compact, ordonné, facile à défendre. On avait creusé un profond fossé à la périphérie, garni à l'intérieur d'épieux affûtés. Les tentes se dressaient en rangées séparées par de larges avenues. On avait installé les latrines en bord de fleuve, afin que le courant emporte les déchets. Les lignes de chevaux s'étiraient au nord et, au-delà, deux douzaines d'éléphants broutaient sur la berge, arrachant des roseaux avec leur trompe. Griff jeta un coup d'œil approbateur aux grands animaux gris. *Il n'est pas dans tout Westeros de palefroi qui tiendra devant eux.*

De hauts étendards de bataille en tissu d'or claquaient au sommet de grands mâts sur le périmètre du camp. En dessous, des sentinelles en armes et armure conduisaient leurs rondes avec lance et arbalète, observant tous ceux qui s'approchaient. Griff avait craint que la compagnie n'eût relâché ses critères sous Harry Paisselande, qui avait toujours paru plus soucieux de se faire des amis que de veiller à la discipline ; mais semblait-il, ses soucis étaient infondés.

À la porte, Haldon glissa quelques mots au sergent de garde, et un coursier fut envoyé chercher un capitaine. Quand celui-ci se présenta, il était toujours aussi laid que la dernière fois que Griff avait posé les yeux sur lui. Colosse bedonnant à la démarche lourde, l'épée-louée avait un visage ridé couturé d'anciennes cicatrices. Son oreille droite donnait à penser qu'un chien l'avait mastiquée, et la gauche avait disparu. « C'est *toi* qu'ils ont nommé capitaine, Flowers ? demanda Griff. Je croyais que la Compagnie Dorée avait des principes.

— Pire encore que ça, 'spèce de bougre, riposta Franklyn Flowers. Ils m'ont fait ch'valier, en plus. » Il attrapa Griff par l'avant-bras, l'attira dans une embrassade à lui broyer les os. « T'as vraiment une sale gueule, même pour un type qu'est mort depuis une douzaine d'années. Des cheveux bleus, hein ? Quand Harry m'a raconté que t'allais te pointer, j'en ai failli me chier aux chausses. Et Haldon, 'spèce de con frigide, c'est bon d'te revoir, aussi. T'as toujours ton bâton dans l'cul ? » Il se tourna vers Griff le Jeune. « Et v'là donc…

— Mon écuyer. Petit, je te présente Franklyn Flowers. »

Le prince lui adressa un hochement de tête. « Flowers est un nom de bâtard. Vous êtes du Bief.

— Oui-da. Ma mère était lavandière à Cidre jusqu'à ce qu'un des fils du messire la viole. Ça a fait de moi un genre de pomme

385

pourrie, chez les Fossovoie, comme je vois les choses. » Flowers leur fit signe de passer la porte. « V'nez avec moi. Paisselande a convoqué tous les officiers dans sa tente. Conseil de guerre. Ces foutus Volantains font les méchants et exigent d'connaître nos intentions. »

Les hommes de la Compagnie Dorée se trouvaient devant leurs tentes, jouant aux dés, buvant et chassant les mouches. Griff se demanda combien d'entre eux le connaissaient. *Guère. C'est long, douze années.* Même les hommes qui avaient chevauché avec lui pourraient ne pas reconnaître lord Jon Connington, l'exilé à la barbe d'un roux flamboyant, dans le visage ridé, glabre, et les cheveux teints en bleu de Griff le mercenaire. Pour autant que la plupart d'entre eux étaient concernés, la boisson avait eu raison de Connington à Lys après qu'il avait été chassé de la Compagnie, disgracié pour avoir puisé dans le coffre de guerre. La honte de ce mensonge lui était restée en travers de la gorge, mais Varys avait insisté sur sa nécessité. « Nous ne tenons pas à entendre des chansons sur le valeureux exilé, avait gloussé l'eunuque de sa voix précieuse. Ceux qui connaissent une mort héroïque laissent un long souvenir ; les voleurs, les ivrognes et les couards sont bientôt oubliés. »

Qu'est-ce qu'un eunuque sait de l'honneur d'un homme ? Griff avait suivi le plan de l'Araignée pour le bien du petit, mais cela ne voulait pas dire que cela lui plaisait tellement. *Que je vive assez longtemps pour voir le petit siéger sur le Trône de Fer, et Varys me paiera cet affront, et bien plus encore. Et ensuite, nous verrons bien qui sera bientôt oublié.*

La tente du capitaine général était en drap d'or, entourée par un cercle de piques surmontées de crânes dorés. L'un d'eux était plus gros que le reste, déformé dans de grotesques proportions. En dessous se trouvait un second, pas plus gros qu'un poing d'enfant. *Maelys le Monstrueux et son frère anonyme.* Les autres crânes présentaient une certaine uniformité, même si certains avaient été fendus et brisés par les coups qui les avaient tués, et si l'un avait des dents limées et pointues. « Lequel est Myles ? se surprit à demander Griff.

— Là. Celui du bout. » Flowers tendit le doigt. « Attends. Je t'annonce. » Il se glissa à l'intérieur de la tente, laissant Griff contempler le crâne doré de son vieil ami. Vivant, ser Myles Tignac avait été laid comme le péché. Son célèbre ancêtre, Terrence Tignac, le beau ténébreux chanté par les poètes, avait eu une face si avenante que même la maîtresse du roi n'avait pu lui résister ; Myles, lui, avait été doté d'oreilles décollées, d'une mâchoire en galoche et du plus gros nez qu'ait jamais vu Jon Connington. Mais quand il vous souriait, plus rien de cela ne comptait. Cœurnoir l'avaient surnommé ses hommes, à cause de l'emblème sur son bouclier. Myles avait adoré le nom et tout ce qu'il laissait entendre. « Un capitaine général se doit d'être craint, par ses amis et ses ennemis également, avait-il un jour avoué. Si les hommes me croient cruel, tant mieux. » La vérité était autre. Soldat jusqu'à la moelle, Toyne avait été farouche mais toujours juste, un père pour ses hommes et toujours généreux envers lord Jon Connington, l'exilé.

La mort lui avait volé ses oreilles, son nez et toute sa chaleur. Le sourire demeurait, transformé en un scintillant rictus doré. Tous les crânes ricanaient, même celui d'Aigracier sur sa haute perche, au centre. *Quelle raison a-t-il de ricaner ? Il est mort vaincu et seul, un homme brisé en terre étrangère.* Sur son lit de mort, ser Aegor Rivers avait donné à ses hommes l'ordre fameux de bouillir son crâne pour en détacher la chair, de le plonger dans l'or, et de le porter en tête de la Compagnie quand ils traverseraient la mer pour reprendre Westeros. Ses successeurs avaient suivi son exemple.

Jon Connington aurait pu être l'un de ces successeurs si son exil s'était déroulé autrement. Il avait passé cinq ans avec la Compagnie, gravissant les échelons jusqu'à une place d'honneur à la main droite de Toyne. S'il était resté, les hommes auraient fort bien pu se tourner vers lui, après la mort de Myles, plutôt que vers Harry Paisselande. Mais Griff ne regrettait pas la route qu'il avait choisie. *Quand je rentrerai à Westeros, ce ne sera pas comme un crâne au faîte d'une perche.*

Flowers sortit de la tente. « Entre donc. »

À leur entrée, les officiers supérieurs de la Compagnie Dorée se levèrent de leurs tabourets et de leurs sièges de camp. De vieux amis saluèrent Griff avec des sourires et des accolades, les plus récentes recrues de façon plus formelle. *Tous ne sont pas aussi ravis de nous voir qu'ils aimeraient me le faire croire.* Il sentait des couteaux tirés derrière certains sourires. Jusqu'à très récemment, la plupart d'entre eux croyaient lord Jon Connington bien au chaud dans sa tombe, et nul doute que, pour beaucoup, la place convenait à merveille à un homme qui avait détroussé ses frères d'armes. Griff aurait pu avoir la même opinion à leur place.

Ser Franklyn procéda aux présentations. Certains capitaines mercenaires portaient comme Flowers des noms de bâtards : Rivers, Hill, Stone. D'autres revendiquaient des noms qui avaient jadis tenu une place importante dans les chroniques des Sept Couronnes ; Griff compta deux Fort, trois Peake, un d'Alluve, un Mandragore, un Lothston, une paire de Cole. Tous n'étaient pas authentiques, il le savait. Dans les compagnies libres, un homme pouvait se dénommer à sa guise. Quel que soit leur nom, les épées-louées affichaient une splendeur barbare. Comme maints représentants de leur profession, ils conservaient leurs richesses terrestres sur leur personne : s'exposaient des épées ornées de joyaux, des armures filigranées, de lourds torques et de belles soieries, et chacun ici portait une rançon de roi en bracelets d'or. Chaque anneau représentait une année de service au sein de la Compagnie Dorée. Marq Mandragore, dont le visage défiguré par la vérole portait un trou dans une joue à l'endroit où une marque d'esclave avait été oblitérée au fer rouge, exposait au surplus une chaîne de crânes dorés.

Tous les capitaines n'étaient pas de sang ouestrien. Balaq le Noir, un Estivien aux cheveux blancs à la peau d'un noir de suie, commandait les archers de la compagnie, comme au temps de Cœurnoir. Il portait un manteau de plumes vert et orange, magnifique à contempler. Gorys Edoryen, le cadavérique Volantain, avait succédé à Paisselande au poste de trésorier. Une peau de léopard était drapée sur une épaule, et sur sa nuque croulaient en frisures huilées des cheveux aussi rouges que le sang, malgré le noir de sa barbe pointue. Le maître espion était nouveau pour Griff, un Lysien du nom de Lysono Maar, avec des yeux lilas, des cheveux d'or blanc et des lèvres qu'aurait jalousées une ribaude. Au premier coup d'œil, Griff l'avait d'abord pris pour une femme. Il avait les ongles peints en mauve, et ses lobes d'oreilles dégouttelaient de perles et d'améthystes.

Des fantômes et des menteurs, estima Griff en parcourant des yeux leurs visages. *Les revenants de guerres oubliées, de causes perdues, de rébellions matées, une confrérie de perdants et de déchus, de disgraciés et de déshérités. Voilà mon armée. Voilà notre meilleur espoir.*

Il se tourna vers Harry Paisselande.

Harry Sans-Terre ne ressemblait guère à un guerrier. Corpulent, avec une grosse tête ronde, des yeux gris et doux, et des cheveux clairsemés qu'il peignait de côté pour cacher une tonsure, Paisselande était assis sur un siège de camp, les pieds trempés dans un baquet d'eau salée. « Tu me pardonneras si je ne me lève pas, annonça-t-il en guise de salut. Notre marche a été épuisante et j'ai des orteils sujets aux ampoules. C'est une malédiction. »

Un signe de faiblesse. On croirait entendre une vieille femme. Les Paisselande appartenaient à la Compagnie Dorée depuis sa fondation, car l'arrière-grand-père d'Harry avait perdu ses terres en se soulevant avec le Dragon noir lors de la première rébellion Feunoyr. « L'or depuis quatre générations », se vantait Harry, comme si quatre générations d'exil et de défaites valaient titre de gloire.

« Je peux vous préparer un onguent pour ça, intervint Haldon, et il existe certains sels minéraux qui vous endurciront la peau.

— C'est fort aimable à vous. » Paisselande fit signe à son écuyer. « Watkyn, du vin pour nos amis.

— Grand merci, mais non, assura Griff. Nous allons boire de l'eau.

— Comme tu préfères. » Le capitaine général sourit au prince. « Et voilà donc ton fils. »

Est-ce qu'il sait ? se demanda Griff. *Qu'est-ce que Myles lui a raconté ?* Varys avait été intransigeant sur le besoin du secret. Les plans qu'il avait échafaudés avec Illyrio et Cœurnoir n'étaient connus que d'eux seuls. Le reste de la compagnie était demeurée dans l'ignorance. Ce qu'ils ne savaient pas, ils ne pouvaient pas le laisser échapper par mégarde.

Ce temps était révolu, cependant. « Aucun homme n'aurait pu espérer fils plus valeureux, répondit Griff, mais le petit n'est pas de mon sang, et il ne s'appelle pas Griff. Messires, je vous présente Aegon Targaryen, premier-né de Rhaegar, prince de Peyredragon, par la princesse Elia de Dorne… Bientôt, avec votre aide, il sera Aegon, sixième du nom, roi des Andals, des Rhoynars et des Premiers Hommes, et Seigneur des Sept Couronnes. »

Un silence accueillit sa proclamation. Quelqu'un se racla la gorge. Un des Cole remplit à nouveau sa coupe avec la carafe. Gorys Edoryen jouait avec une de ses bouclettes en tire-bouchon, et murmura quelque chose dans une langue que Griff ne connaissait pas. Laswell Peake toussa. Mandragore et Lothston échangèrent un regard. *Ils savent*, comprit alors Griff. *Ils savaient déjà.* Il se tourna pour regarder Harry Paisselande. « Quand le leur as-tu dit ? »

Le capitaine général tortilla ses orteils couverts d'ampoules dans son bain de pieds. « Quand nous avons atteint le fleuve. La compagnie s'impatientait, à bon droit. On a dédaigné une campagne facile dans les Terres Disputées, et pour quoi ? Pour pouvoir mariner dans cette chaleur faillie des dieux, à regarder nos pécules fondre et nos lames se rouiller pendant que je rejette de riches contrats ? »

Cette nouvelle donna la chair de poule à Griff. « Qui ça ?

— Les Yunkaïis. L'émissaire qu'ils ont envoyé pour se gagner les faveurs de Volantis a déjà dépêché trois compagnies libres dans la baie des Serfs. Il souhaite que nous soyons la quatrième et il offre le double de ce que Myr nous payait, ainsi qu'un esclave pour chaque homme de la compagnie, dix pour chaque officier et une centaine de vierges de choix, toutes pour moi. »

Bordel. « Ça demanderait des milliers d'esclaves. Où les Yunkaïis s'attendent-ils à en trouver tant ?

— À Meereen. » Paisselande fit signe à son écuyer. « Watkyn, une serviette. L'eau devient froide et mes orteils sont fripés comme des raisins secs. Non, pas cette serviette-là. La douce.

— Tu as refusé, dit Griff.

— Je lui ai répondu que je réfléchirais à sa proposition. » Harry fit la grimace tandis que son écuyer lui essuyait les pieds. « Doucement, avec les orteils. Traite-les comme des grains de raisin à la peau délicate, petit. Tu dois les sécher sans les écraser. *Tapote*, ne frotte pas. Voilà, oui, comme ça. » Il se retourna vers Griff. « Refuser brutalement n'aurait pas été sage. Les hommes pourraient à bon droit se demander si j'avais perdu la tête.

— Vous ne tarderez pas à avoir de l'emploi pour vos lames.

— Vraiment ? interrogea Lysono Maar. Vous savez, je suppose, que la Targaryen n'a pas encore pris la route vers l'ouest ?

— Nous avons entendu cette fable à Selhorys.

— Ce n'est pas une fable. Une simple vérité. La raison en est plus difficile à saisir. Mettre Meereen à sac, certes, pourquoi pas ? J'aurais agi de même à sa place. Les cités esclavagistes puent l'or, et les conquêtes exigent de l'argent. Mais pourquoi traîner ? La peur ? La folie ? La mollesse ?

— Peu importe la raison. » Harry Paisselande déroula une paire de bas de laine rayés. « Elle est à Meereen et nous, ici, où les Volantains sont chaque jour moins ravis de notre présence. Nous sommes venus proclamer un roi et une reine qui nous ramèneraient chez nous à Westeros, mais cette Targaryen semble plus soucieuse de planter des oliviers que de revendiquer le trône de son père. Pendant ce temps, ses ennemis se massent. Yunkaï, la Nouvelle-Ghis, Tolos. Barbesang et le Prince en Guenilles se rangeront tous les deux sur le champ de bataille contre elle... Et bientôt, les flottes de l'antique Volantis vont également fondre sur elle. De quoi dispose-t-elle ? D'esclaves de plaisir armés de bâtons ?

— Des Immaculés, corrigea Griff. Et des dragons.

— Des dragons, certes, admit le capitaine général. Mais jeunes encore, récemment éclos. » Paisselande glissa délicatement le bas sur ses ampoules, et le long de sa cheville. « À quoi lui serviront-ils quand toutes ces armées se refermeront comme un poing sur sa ville ? »

Tristan Rivers tambourinait de ses doigts contre son genou. « Raison de plus pour la rejoindre en toute hâte, selon moi. Si Daenerys ne vient pas à nous, nous devons aller à Daenerys.

— Savons-nous marcher sur les vagues, ser ? s'enquit Lysono Maar. Je vous le répète, nous ne pouvons atteindre la reine d'argent par voie de mer. Je me suis personnellement introduit dans Volantis, en me faisant passer pour un négociant, afin de déterminer de combien de vaisseaux nous pourrions disposer. Le port regorge de galères, de cogues et de caraques de toutes sortes et de toutes tailles, et pourtant, je me suis vite vu contraint de traiter avec des contrebandiers et des pirates. Nous avons dix mille hommes dans la compagnie, comme lord Connington s'en souvient, j'en suis sûr, après ses années de service chez nous. Cinq cents chevaliers, chacun avec trois chevaux. Cinq cents écuyers, avec une monture chacun. Et des éléphants, n'oublions surtout pas les éléphants. Un navire pirate ne suffira pas. Nous aurions besoin d'une *flotte* pirate... Et même si nous en trouvions une, la nouvelle s'est propagée depuis la baie des Serfs : Meereen est soumise à un blocus.

— Nous pourrions feindre d'accepter l'offre des Yunkaïis, le pressa Gorys Edoryen. Les laisser nous transporter jusqu'en Orient, puis leur restituer leur or sous les remparts de Meereen.

— Un contrat rompu est une tache suffisante sur l'honneur de la compagnie. » Harry Sans-Terre s'arrêta, son pied dolent en main. « Laisse-moi te rappeler que c'est Myles Tignac qui a scellé ce pacte secret, pas moi. J'honorerais cet accord, si je le pouvais, mais comment ? Il me semble évident que la Targaryen ne retournera jamais à l'Ouest. Westeros était le royaume de son père. Le sien est à Meereen. Si elle arrive à briser les Yunkaïis, elle sera reine de la baie des Serfs. Sinon, elle mourra longtemps avant que nous puissions espérer l'atteindre. »

Ses paroles ne surprenaient guère Griff. Harry Paisselande avait toujours été un homme jovial, meilleur à travailler les contrats que l'ennemi. Il avait du flair en matière d'or, mais savoir s'il avait des tripes pour la bataille, c'était un autre problème.

« Y a la voie de terre, suggéra Franklyn Flowers.

— La route des démons, c'est la mort. Les désertions nous feront perdre la moitié de la compagnie, si nous nous lançons dans cette marche, et nous enterrerons la moitié de ce qui reste au bord de la route. Il m'en coûte de le dire, mais maître Illyrio et ses amis ont peut-être été mal avisés de placer tant d'espoirs en cette enfant reine. »

Non, se dit Griff, *mais ils ont été fort mal avisés de placer leurs espoirs en toi.*

C'est alors que le prince Aegon prit la parole. « En ce cas, placez vos espoirs en moi. Daenerys est la sœur du prince Rhaegar, mais je suis *le fils* de Rhaegar. Je suis le seul dragon dont vous ayez besoin. »

Griff posa une main gantée de noir sur l'épaule du prince Aegon. « Hardiment répondu, mais réfléchissez à ce que vous dites.

— Je l'ai fait, insista le jeune homme. Pourquoi devrais-je courir auprès de ma tante comme si j'étais un mendiant ? Mon droit surpasse le sien. À elle de venir à moi... à Westeros. »

Franklyn Flowers éclata de rire. « Ça, ça me plaît. Naviguer vers l'ouest, et pas vers l'est. Laisser la p'tite reine à ses oliviers et asseoir le prince Aegon sur le Trône de Fer. Le gamin a des couilles, faut lui r'connaître ça. »

Le capitaine général donnait l'impression d'avoir été giflé. « C'est le soleil qui t'a tourné la cervelle, Flowers ? On a besoin de cette fille. On a besoin du mariage. Si Daenerys accepte notre petit prince et le prend pour consort, les Sept Couronnes en feront autant. Sans elle, les lords vont se foutre des revendications d'Aegon et le traiter de faussaire et d'escroc. Et comment vous proposez-vous de rejoindre Westeros ? Vous avez entendu Lysono. On peut pas trouver de navire. »

Cet homme a peur de se battre, comprit Griff. *Comment ont-ils pu le choisir pour prendre la place de Cœurnoir ?* « Pas de navires pour la baie des Serfs. Westeros, c'est une autre affaire. L'Orient nous est fermé, pas la mer. Les triarques seraient ravis de nous voir partir, je n'en doute pas. Ils pourraient même nous aider à arranger la traversée du retour vers les Sept Couronnes. Aucune cité n'aime avoir une armée sur le pas de sa porte.

— Il n'a pas tort, observa Lysono Maar.

— Désormais, le lion a dû flairer l'odeur du dragon, déclara un des Cole, mais l'attention de Cersei sera fixée sur Meereen et sur cette autre reine. Elle ne sait rien de notre prince. Une fois que nous aurons débarqué et que nous lèverons nos bannières, ils seront beaucoup à venir nous rejoindre.

— Certains, reconnut Harry Sans-Terre, pas *beaucoup*. La sœur de Rhaegar a des *dragons*. Pas le fils de Rhaegar. Nous n'avons pas assez de forces pour prendre le royaume sans Daenerys et son armée. Ses Immaculés.

— Le premier Aegon a pris Westeros sans eunuques, répliqua Lysono Maar. Pourquoi le sixième n'en ferait-il pas autant ?

— Le plan...

— Quel plan ? voulut savoir Tristan Rivers. Le plan du pansu ? Celui qui se métamorphose à chaque changement de lune ? C'était d'abord *Viserys* Targaryen qui devait se joindre à nous, soutenu par cinquante mille gueulards dothrakis. Puis, le Roi Gueux étant mort, ce devait être la sœur, une jeune reine enfant malléable qui se dirigeait vers Pentos avec trois dragons nouvellement éclos. Mais voilà que la garce se retrouve dans la baie des Serfs et laisse dans son sillage un chapelet de cités incendiées, et notre pansu décide que nous devrions aller à sa rencontre à Volantis. Maintenant, ce plan aussi est en ruine.

« J'en ai soupé, des plans d'Illyrio. Robert Baratheon a remporté le Trône de Fer sans l'avantage de dragons. Nous pouvons en faire autant. Et si je me trompe et que le royaume ne se soulève pas pour nous, il nous reste toujours la ressource de battre en retraite sur l'autre bord du détroit, comme jadis Aigracier, et d'autres après lui. »

Paisselande secoua la tête avec obstination. « Les risques...

— ... ne sont pas ce qu'ils étaient, maintenant que Tywin Lannister est mort. Les Sept Couronnes ne seront jamais plus mûres pour une conquête. Un autre enfant roi occupe le Trône de Fer, celui-ci encore plus jeune que le précédent, et les rebelles couvrent le sol comme des feuilles d'automne.

— Quand bien même, dit Paisselande, seuls nous ne pouvons espérer... »

Griff avait assez entendu s'exprimer la pleutrerie du capitaine général. « Nous ne serons pas seuls. Dorne se joindra à nous, *elle le doit*. Le prince Aegon est fils d'Elia, aussi bien que de Rhaegar.

— C'est la vérité, renchérit le jeune homme, et qui reste-t-il à Westeros pour s'opposer à nous ? Une femme.

— Une *Lannister*, insista le capitaine général. Cette garce aura le Régicide à ses côtés, comptez là-dessus, et tous auront derrière eux la fortune de Castral Roc. Et Illyrio dit que cet enfant roi est promis à la petite Tyrell, ce qui signifie que nous devrons également affronter la puissance de Hautjardin. »

Laswell Peake cogna des phalanges sur la table. « Même après un siècle, certains d'entre nous ont encore des amis dans le Bief. Le pouvoir de Hautjardin n'est peut-être pas ce que Mace Tyrell imagine.

— Prince Aegon, déclara Tristan Rivers, nous sommes vos hommes. Est-ce là votre souhait, que nous prenions la mer pour l'ouest et non pour l'est ?

— En effet, répondit avec empressement Aegon. Si ma tante veut Meereen, qu'elle l'ait. Pour ma part, je revendiquerai le Trône de Fer, avec vos épées et votre allégeance. Faisons mouvement avec rapidité, frappons fort, et nous pourrons remporter quelques victoires faciles avant que les Lannister aient seulement compris que nous avons débarqué. Cela en ralliera d'autres à notre cause. »

Rivers souriait avec approbation. D'autres échangèrent des regards pensifs. Puis Peake annonça : « Je préfère périr à Westeros que sur la route des démons », et Marq Mandragore gloussa et répondit : « Pour ma part, je préfère vivre et remporter des terres et un grand château », et Franklyn Flowers claqua de la main sur la poignée de son épée et conclut : « Du moment que j' peux occire quelques Fossovoie, j' suis partant. »

Quand ils commencèrent à tous parler en même temps, Griff sut que la marée avait tourné. *Voilà une facette d'Aegon que je n'avais encore jamais vue.* Ce n'était pas la voie de la prudence, mais il était fatigué de la prudence, repu des secrets, lassé d'attendre. Qu'il gagne ou qu'il perde, il reverrait la Griffonnière avant de mourir, et serait enseveli dans la tombe voisine de celle de son père.

L'un après l'autre, les hommes de la Compagnie Dorée se levèrent, s'agenouillèrent et déposèrent leur épée aux pieds de leur jeune prince. Le dernier à agir ainsi fut Harry Sans-Terre Paisselande, malgré ses pieds couverts d'ampoules.

Le soleil rougissait le ciel d'occident et peignait des ombres écarlates sur les crânes dorés à la pointe de leurs piques quand ils se retirèrent de la tente du capitaine général. Franklyn Flowers proposa au jeune prince de lui faire visiter le camp et de le présenter à certains de ceux qu'il appelait *les gars*. Griff donna son accord. « Mais souviens-toi, en ce qui concerne la compagnie, il doit rester Griff le Jeune jusqu'à ce que nous ayons traversé le détroit. À Westeros, nous lui laverons les cheveux et le laisserons revêtir son armure.

— Oui-da, c'est compris. » Flowers assena une claque dans le dos à Griff le Jeune. « Avec moi. On va commencer par les cuistots. Des gens qu'il est bon de connaître. »

Quand ils furent partis, Griff se tourna vers le Demi-Mestre. « Rentre à cheval à la *Farouche Pucelle* et reviens avec dame Lemore et ser Rolly. Nous aurons également besoin des coffres d'Illyrio. Tout l'argent, et les armures. Transmets nos remerciements à Yandry et Ysilla. Leur rôle dans tout ceci est terminé. On ne les oubliera pas quand Sa Grâce entrera en possession de son royaume.

— À vos ordres, messire. »

Griff le quitta là, et se glissa à l'intérieur de la tente que lui avait assignée Harry Sans-Terre.

La route qui s'étendait devant lui regorgeait de périls, il le savait, et alors ? Tous les hommes doivent mourir. Il ne demandait que du temps. Il avait tellement attendu ; assurément les dieux lui accorderaient encore quelques années, assez de temps pour voir le garçon qu'il avait appelé son fils siéger sur le Trône de Fer. Pour retrouver ses terres, son nom, son honneur. Pour réduire au silence les cloches qui sonnaient si fort dans ses rêves chaque fois qu'il fermait les yeux pour dormir.

Seul dans la tente, tandis que les rayons or et cramoisi du soleil couchant brillaient par le rabat entrouvert, Jon Conningtont se dégagea d'un mouvement d'épaules de sa cape en peau de loup, fit glisser sa chemise de mailles par-dessus sa tête, s'installa sur un tabouret de camp et retira le gant de sa main droite. L'ongle de son médius était devenu aussi noir que le jais, vit-il, et le gris avait progressé presque jusqu'à la première phalange. Le bout de son annulaire avait lui aussi commencé à s'assombrir, et quand il le toucha avec la pointe de son poignard, il ne sentit rien.

La mort, il le savait, mais lente. J'ai encore du temps. Un an. Deux. Cinq. Certains hommes de pierre en vivent dix. Assez de temps pour traverser la mer, revoir la Griffonnière. Pour exterminer une fois pour toutes la lignée de l'Usurpateur et placer le fils de Rhaegar sur le Trône de Fer.

Alors, lord Jon Connington pourrait mourir heureux.

L'ERRE-AU-VENT

La nouvelle traversa le camp comme un vent brûlant. *Elle arrive. Son armée s'est mise en marche. Elle fond sur le sud à destination de Yunkaï pour incendier la ville et passer ses habitants au fil de l'épée, et nous allons monter vers le nord, à sa rencontre.*

Guernouille le tenait de Dick Chaume, qui avait appris la nouvelle par le vieux Bill les Os qui l'avait sue par un Pentoshi du nom de Myrio Myrakis, qui avait un cousin qui servait en qualité d'échanson auprès du Prince en Guenilles. « L'cousin a entendu dire ça sous la tente de commandement, d'la bouche même de Caggo, insistait Dick Chaume. On prend la route avant la fin du jour, zallez voir. »

Cela au moins fut confirmé. L'ordre descendit du Prince en Guenilles par le truchement de ses capitaines et de ses sergents : démontez les tentes, chargez les mules, sellez les chevaux, nous partons pour Yunkaï au point du jour. « Pas de risque que ces salauds de Yunkaïis veuillent nous voir dans leur Cité Jaune, à rôdailler autour de leurs filles », prédit Baqq, l'arbalétrier myrien aux yeux mi-clos dont le nom signifiait *haricots* et qu'on appelait donc *Fayots*. « À Yunkaï on se procurera des vivres, on aura p't-êt' des chevaux frais et après, on continuera vers Meereen pour aller danser avec la reine dragon. Alors, que ça saute, Guernouille ! Traîne pas, et affûte bien l'épée de ton maître. S'pourrait bien qu't'en aies b'soin sous peu ! »

À Dorne, Quentyn Martell avait été prince ; à Volantis, un commis de marchand ; mais sur les côtes de la baie des Serfs, il n'était plus que Guernouille, écuyer du grand chevalier dornien chauve que les épées-louées appelaient Vertes-tripes. Chez les Erre-au-Vent, les hommes employaient les noms qui leur chantaient et en variaient à leur guise. Ils lui avaient attribué celui de *Guernouille* à cause de sa diligence dès que le colosse beuglait un ordre. « Et qu' ca saute ! »

Même le commandant des Erre-au-Vent gardait pour lui son vrai nom. Certaines compagnies libres étaient nées durant le siècle de sang et de chaos qui avait suivi le Fléau de Valyria. D'autres, formées hier, disparaîtraient demain. Les Erre-au-Vent avaient trente ans d'histoire, et sous un seul commandant, un noble Pentoshi à la voix douce et aux yeux mélancoliques qu'on appelait le Prince en Guenilles. Ses cheveux et sa maille avaient le même gris argent, mais sa cape en loques mariait des haillons de couleurs variées, bleu, gris et mauve, rouge, or et vert, magenta, vermillon et vert céruléen, tous délavés par le soleil. Lorsque le Prince en Guenilles avait eu vingt-trois ans, d'après le récit qu'en faisait Dick Chaume, les magistrats de Pentos l'avaient choisi pour être leur nouveau prince, quelques heures après avoir décapité l'ancien. Il avait aussitôt ceint une épée à sa taille, sauté sur son cheval favori et fui dans les Terres Disputées, pour ne jamais revenir. Il avait chevauché avec les Puînés, les Rondaches de Fer et les Hommes de la Pucelle, puis s'était associé à cinq compagnons d'armes pour former les Erre-au-Vent. De ces six fondateurs, lui seul avait survécu.

Était-ce la vérité, Guernouille n'en avait pas la moindre idée. Depuis qu'il avait paraphé son entrée dans les Erre-au-Vent à Volantis, il n'avait aperçu le Prince en Guenilles que de loin. Les Dorniens étaient des recrues fraîches, des novices à former, de la chair à flèches, trois parmi deux mille. Leur commandant fréquentait des cercles plus élevés. « Je ne suis pas un écuyer », avait protesté Quentyn quand Gerris Boisleau – qu'on connaissait ici sous le nom de Gerrold le Dornien, pour le distinguer de Gerrold Dos-Rouge et de Gerrold le Noir, et parfois comme le Buveur, car le mastodonte, par bourde, l'avait appelé ainsi – avait suggéré cette ruse. « J'ai gagné mes éperons à Dorne. Je suis autant chevalier que vous. »

Mais Gerris avait prévalu ; Archie et lui étaient ici pour protéger Quentyn, et cela signifiait qu'ils devaient le garder auprès du mastodonte. « De nous trois, Arch est le meilleur guerrier, avait fait observer Boisleau, mais vous seul pouvez espérer épouser la reine dragon. »

L'épouser ou la combattre ; en tout cas, je vais bientôt être face à face avec elle. Plus Quentyn entendait parler de Daenerys Targaryen et plus il appréhendait leur rencontre. Les Yunkaïis soutenaient qu'elle nourrissait ses dragons de chair humaine et se baignait dans le sang des vierges pour entretenir la souplesse et le satin de sa peau. Fayots en riait, mais il raffolait des anecdotes sur les appétits sexuels de la reine d'argent. « Un de ses capitaines descend d'une lignée où les hommes ont une anguille d'un pied de long, leur raconta-t-il, mais même lui, il est pas assez épais pour elle. Elle a vécu parmi les Dothrakis où elle a pris l'habitude de se faire fourbir par des étalons, si bien qu'aucun homme peut plus la satisfaire, désormais. » Et Bouquine, l'habile reître volantain qui semblait avoir en permanence le nez plongé dans un rouleau friable, jugeait la reine dragon aussi meurtrière que folle. « Son *khal* a tué son frère pour la faire reine. Ensuite, elle a tué son *khal* pour devenir *khaleesi*. Elle pratique des sacrifices sanglants, elle ment comme elle respire, elle se retourne contre les siens par caprice. Elle a violé des trêves, torturé des ambassadeurs... Son père était fou, lui aussi. Ça se transmet par le sang. »

Ça se transmet par le sang. Oui, le roi Aerys II était fou, tout Westeros le savait. Il avait banni deux de ses Mains et condamné au bûcher une troisième. *Si Daenerys est aussi meurtrière que son père, dois-je l'épouser quand même ?* Le prince Doran n'avait jamais abordé cette éventualité.

Guernouille serait content de laisser Astapor derrière lui. La Cité Rouge était le plus proche équivalent de l'enfer qu'il ait jamais imaginé fréquenter. Les Yunkaïis avaient consolidé les portes enfoncées afin de confiner les morts et les agonisants à l'intérieur de la ville, mais les scènes qu'il avait vues en parcourant à cheval ces rues de brique rouge hanteraient à jamais Quentyn Martell. Un fleuve charriant des cadavres. La prêtresse dans ses robes en lambeaux, empalée sur un pieu et environnée d'une cour de mouches vertes luisantes. Des mourants qui titubaient à travers les rues, couverts de sang et d'ordure. Des enfants qui se disputaient des chiots à moitié cuits. Le dernier roi libre d'Astapor, hurlant nu au fond de l'arène, tandis qu'une vingtaine de dogues affamés se jetaient sur lui. Et des feux, partout des incendies. Il pouvait clore les yeux et les voir encore : des flammes se déployant contre des pyramides de brique plus hautes que tous les châteaux qu'il avait jamais contemplés, des panaches de fumée grasse qui montaient en se lovant comme d'immenses serpents noirs.

Quand le vent soufflait du sud, l'air sentait la fumée, même ici, à trois milles de la cité. Derrière ses remparts de brique rouge décatis, Astapor brûlait toujours, bien que la plupart des grands brasiers se fussent épuisés, désormais. Des cendres dérivaient paresseusement sur la brise comme les gros flocons d'une neige grise. Quitter ces lieux serait une bonne chose.

Le mastodonte partageait cette opinion. « Il est que trop temps », déclara-t-il quand Guernouille le trouva en train de jouer aux dés avec Fayots, Bouquine et le vieux Bill les Os, et de perdre encore une fois. Les épées-louées adoraient Vertes-tripes, qui pariait avec toute la témérité qu'il mettait au combat, mais une bien moindre réussite. « Va me falloir mon armure, Guernouille. T'as récuré le sang qu'y avait sur ma maille ?

— Oui-da, ser. » La maille de Vertes-tripes était vieille et lourde, reprisée encore et encore, très usée. Il en allait de même de son casque, son gorgerin, ses grèves, ses gantelets et le reste de sa plate dépareillée. L'équipement de Guernouille valait à peine mieux, et celui de ser Gerris était visiblement pire. *L'acier de la compagnie*, selon les termes de l'armurier. Quentyn n'avait pas demandé combien l'avaient porté avant lui, combien étaient morts dedans. Ils avaient abandonné leurs propres belles armures à Volantis, en même temps que leur or et leurs vrais noms. Des chevaliers fortunés venus de maisons anciennes et honorables ne traversaient pas le détroit pour louer leurs épées, à moins d'avoir été exilés pour une infamie. « Je préfère passer pour pauvre que pour abject », avait déclaré Quentyn quand Gerris leur avait expliqué sa ruse.

Il fallut aux Erre-au-Vent moins d'une heure pour lever le camp. « Et maintenant, en selle », commanda le Prince en Gue-nilles de son énorme palefroi gris, dans un haut valyrien classique qui était ce qui s'approchait le plus d'une Langue Commune à la compagnie. Les quartiers arrière pommelés de son étalon étaient couverts de bandes de tissu, déchirées aux surcots des hommes qu'avait tués son maître.

La cape du prince avait été cousue selon la même méthode. L'homme avait un âge certain, plus de soixante ans, mais il se tenait encore droit et fier sur sa selle, et sa voix avait assez de vigueur pour porter à chaque recoin du champ de bataille. « Astapor n'était qu'un amuse-gueule, déclara-t-il. Meereen sera notre banquet », et les mercenaires poussèrent une féroce clameur. Des rubans de soie bleu ciel palpitaient à leurs piques, tandis que des bannières en queue d'aronde, bleu et blanc, l'étendard des Erre-au-Vent, volaient au-dessus.

Les trois Dorniens braillèrent de concert. Leur silence aurait attiré l'attention. Mais tandis que les Erre-au-Vent prenaient la direction du nord en empruntant la route côtière, suivant de près Barbesang et la Compagnie du Chat, Guernouille vint se ranger à hauteur de Gerrold le Dornien. « Bientôt », annonça-t-il dans la Langue Commune de Westeros. La Compagnie comptait d'autres Ouestriens, mais peu, et aucun à portée. « Nous avons besoin d'agir sans tarder.

— Pas ici », le mit en garde Gerris, avec le sourire vide d'un comédien. « Nous en reparlerons ce soir, lorsque nous dresserons le camp. »

Cent lieues séparaient Astapor de Yunkaï en prenant la vieille route côtière ghiscarie, et cinquante de plus de Yunkaï à Meereen. Les compagnies libres, sur de bonnes montures, pouvaient atteindre Yunkaï en six jours de chevauchées forcées, ou huit à une allure plus mesurée. Les légions de l'ancienne Ghis en mettraient moitié plus en progressant à pied, et les Yunkaïis avec leurs soldats esclaves... « Avec les généraux qu'ils ont, c'est déjà merveille qu'ils avancent pas dans la mer », commenta Fayots.

Les Yunkaïis ne manquaient pas de généraux. Un vieux héros du nom de Yurkhaz zo Yunzak exerçait le commandement suprême, mais les hommes des Erre-au-Vent ne l'apercevaient que de loin, allant et venant dans un palanquin tellement énorme qu'il exigeait quarante esclaves pour le transporter.

En revanche, ils ne pouvaient pas manquer de voir ses subalternes. Les petits seigneurs yunkaïis galopaient en tous sens comme des cafards. La moitié paraissait se nommer Ghazdan, Grazdan, Mazdhan ou Ghaznak ; distinguer un nom ghiscari d'un autre semblait un art que peu d'Erre-au-Vent pratiquaient, si bien qu'ils leur attribuaient des sobriquets moqueurs de leur cru.

Premier d'entre eux, la Baleine Jaune, un homme obscène de ventripotence, qui portait de sempiternels *tokars* en soie jaune avec des franges dorées. Trop lourd pour pouvoir même tenir debout sans assistance, il n'arrivait pas à maîtriser ses besoins naturels et puait donc la pisse en permanence, une si épouvantable infection que même de puissants parfums ne parvenaient pas à la masquer. Mais on le prétendait l'homme le plus riche de Yunkaï, et il avait une passion pour les grotesques ; ses esclaves comprenaient un gamin aux pattes et aux sabots de chèvre, une femme à barbe, un monstre à deux têtes venu de Mantarys et un hermaphrodite qui réchauffait sa couche, la nuit. « Vit et connin concurremment, leur dit Dick Chaume. La Baleine possédait aussi un géant, et aimait l'regarder baiser ses esclaves. Et puis, l'géant est mort. J'ai entendu dire qu' la Baleine paierait un sac d'or pour en avoir un nouveau. »

Il y avait aussi la Générale, qui se déplaçait sur un cheval blanc à crinière rouge et commandait une centaine de solides esclaves soldats qu'elle avait formés et entraînés elle-même, tous jeunes, minces, bosselés de muscles et nus, à l'exception d'un pagne, de capes jaunes et de longs boucliers de bronze couverts d'ornementations érotiques. Leur maîtresse, qui ne devait pas avoir plus de seize ans, se voyait comme la Daenerys Targaryen de Yunkaï.

Le Ramier n'était pas tout à fait nain, mais on aurait pu s'y tromper quand la lumière déclinait. Et pourtant, il se pavanait comme un géant, écartant largement ses petites jambes replètes et bombant son petit torse grassouillet. Ses soldats étaient les plus grands qu'aient vus les Erre-au-Vent ; le plus court mesurait sept pieds de haut, et les échasses intégrées aux jambières de leurs armures ornementées les faisaient paraître encore plus grands. Des écailles d'émail rose leur couvraient le torse ; sur leur tête étaient perchés des casques allongés, agrémentés de becs d'acier pointus et de crêtes de plumes roses qui dansaient. Chaque homme portait à la hanche une longue épée courbe, et serrait une pique aussi haute que lui, avec un fer en feuille à chaque extrémité.

« Le Ramier en fait l'élevage, les informa Dick Chaume. Il achète de grands esclaves dans le monde entier, accouple les hommes avec les femmes et garde les plus grands enfants pour les Hérons. Il espère pouvoir un jour s' dispenser des échasses.

— Quelques sessions sur un chevalet pourraient accélérer le processus », suggéra le mastodonte.

Gerris Boisleau éclata de rire. « Une bande qui inspire la terreur. Rien ne me terrifie plus qu'une troupe d'échassiers couverts d'écailles roses et de plumes. Si j'en avais un aux trousses, je rirais tellement que ma vessie pourrait lâcher.

— Y en a qui trouvent que les Hérons ont d'la majesté, observa le vieux Bill les Os.

— Ouais, si ton roi bouffe des grenouilles en se tenant sur une seule patte.

— C'est froussard, les hérons, glissa le mastodonte. Un jour qu'on chassait, le Buveur, Cletus et moi, on est tombés sur des hérons qui arpentaient les hauts-fonds en se gobergeant de têtards et de vairons. Ah, ça, le spectacle valait le coup d'œil, mais un faucon est soudain passé dans les airs et ils se sont tous envolés comme s'ils avaient vu un dragon. Ils ont soulevé tant de vent qu'ils m'en ont culbuté de mon cheval, mais Cletus a tiré une flèche et en a abattu un. Ça a le goût du canard, en moins gras. »

Même le Ramier et ses Hérons pâlissaient devant la folie des frères que les épées-louées avaient baptisés les Lords de la Sonnaille. La dernière fois que les esclaves soldats de Yunkaï avaient affronté les Immaculés de la reine dragon, ils avaient rompu les rangs et s'étaient enfuis. Les Lords de la Sonnaille avaient mis au point un dispositif pour pallier le problème ; ils enchaînaient les hommes entre eux par groupes de dix, poignet à poignet et cheville à cheville. « Aucun d'ces pauvres couillons peut s'enfuir s'ils fuient pas tous, expliqua Dick Chaume en se tordant de rire. Et s'i' détalent tous, ils vont pas courir très vite.

— Putain, mais pour marcher, ils vont vraiment pas vite non plus, maugréa Fayots. On entend leurs bruits de ferraille à dix lieues. »

Il y en avait d'autres, presque aussi fous, ou pires. Lord Ballotte-bajoues, le Conquérant ivrogne, le Maître des Fauves, Trogne-de-Gruau, le Lièvre, l'Aurige, le Héros parfumé. Certains avaient vingt soldats, d'autres deux cents ou deux mille, tous des esclaves qu'ils avaient formés et équipés eux-mêmes. Chacun était fort riche et arrogant, capitaine ou commandant, et ne répondait à personne d'autre qu'à Yurkhaz zo Yunzak, dédaigneux des vulgaires épées-louées et enclins, sur des questions de protocole, à des chamailleries aussi interminables qu'incompréhensibles.

Dans le temps qu'il fallut aux Erre-au-Vent pour chevaucher sur trois milles, les Yunkaïis en avaient pris deux et demi de retard. « Un tas d'imbéciles jaunes qui puent, se plaignit Fayots. Ils ont toujours pas réussi à comprendre pourquoi les Corbeaux Tornade et les Puînés sont passés sous les ordres de la reine dragon.

— Pour l'or, pensent-ils, répondit Bouquine. Pourquoi crois-tu qu'ils nous paient si bien ?

— L'or, j'aime ça, mais j'aime encore plus la vie, reprit Fayots. À Astapor, on a dansé avec des estropiés. Tu tiens à affronter de véritables Immaculés, avec cette bande dans ton camp ?

— On s'est battu contre des Immaculés à Astapor, protesta le mastodonte.

— Je parle de *vrais* Immaculés. Suffit pas de couper les bougettes d'un gamin au hachoir de boucher et de lui donner un chapeau pointu pour en faire un Immaculé. La reine dragon, c'est des vrais, qu'elle a, le genre de matériel qui se débande pas pour prendre ses jambes à son cou quand on pète dans leur direction générale.

— Eux, et des dragons, aussi. » Dick Chaume leva les yeux vers le ciel comme s'il imaginait que la simple mention de dragons pourrait suffire à les voir fondre sur la compagnie. « Aiguisez bien vos épées, les petits, on va avoir une vraie bataille sous peu. »

Une vraie bataille, songea Guernouille. Les mots lui restaient en travers de la gorge. Le combat sous les remparts d'Astapor ne lui avait pas paru manquer de véracité, mais il savait que les mercenaires avaient un autre point de vue. « C'était de la boucherie, pas un combat », avait-on entendu Denzo D'han, le barde guerrier, déclarer à la fin. Denzo était capitaine, vétéran de cent batailles. L'expérience de Guernouille se limitait à la cour d'exercice et à la lice de joute, si bien qu'il ne se jugeait pas apte à contester le verdict d'un combattant aussi aguerri.

Ça ressemblait pourtant bien à une bataille. Il se souvenait comment son ventre s'était serré quand il avait été réveillé d'un coup de pied, à l'aube, le mastodonte dressé au-dessus de lui. « En armure, fainéant, avait tonné le colosse. Le Boucher s'en vient nous livrer bataille. Debout, debout, si tu ne veux pas finir comme viande à l'étal.

— Le Roi Boucher est mort », avait-il protesté d'une voix ensommeillée. Chacun avait entendu la nouvelle en débarquant des navires qui l'amenaient de l'Antique Volantis. Un second roi Cleon s'était emparé de la couronne pour périr à son tour, apparemment, et les Astaporis étaient désormais gouvernés par une putain et un barbier fou dont les partisans se battaient entre eux pour le contrôle de la ville.

« Ils ont pu mentir, avait répliqué le mastodonte. Ou sinon, c'est encore un autre boucher. Peut-être que le premier est revenu tout hurlant de sa tombe pour massacrer des Yunkaïs. On s'en fout un peu, Guernouille. *Enfile ton armure.* » La tente abritait dix personnes, et toutes étaient déjà levées, passant leurs chausses et leurs bottes, glissant de longues cottes de maille annelée par-dessus leurs épaules, bouclant des pectoraux en place, assurant les sangles de leurs grèves ou de leurs canons, empoignant leurs casques, boucliers et baudriers. Gerris, toujours aussi prompt, fut le premier tout équipé, Arch le suivant de peu. Ensemble, ils aidèrent Quentyn à endosser son propre harnois.

À trois cents pas de là, les nouveaux Immaculés d'Astapor se déversaient par les portes de la ville et se rangeaient sous les remparts abîmés en brique rouge de leur cité, les feux de l'aube miroitant sur les pointes en bronze de leurs casques et de leurs longues piques.

Les trois Dorniens quittèrent ensemble leur tente pour rejoindre les combattants qui couraient vers les lignes de chevaux. *Le combat.* Quentyn s'exerçait avec épée et bouclier depuis qu'il avait l'âge de marcher, mais cela ne signifiait plus rien, désormais. *Guerrier, rends-moi brave*, pria Guernouille tandis qu'au loin battaient les tambours, *BOUM boum BOUM boum BOUM boum.* Le mastodonte lui montra où se trouvait le Roi Boucher, assis raide et haut sur un cheval caparaçonné d'une armure dont les écailles de bronze rutilaient au soleil du matin. Il se souvenait de Gerris qui se coula près de lui comme la bataille commençait. « Reste près d'Arch, quoi qu'il arrive. Souviens-toi, tu es le seul d'entre nous à pouvoir décrocher la fille. » Déjà, les Astaporis avançaient.

Mort ou vif, le Roi Boucher prit quand même Leurs Bontés par surprise. Leurs Yunkaïs couraient encore en *tokars* claquant au vent pour essayer de disposer leurs esclaves soldats à demi formés en une approximation d'ordre de bataille lorsque les piques immaculées s'abattirent sur leurs lignes de siège. Sans leurs alliés et ces mercenaires tant méprisés, ils auraient sans doute été submergés, mais les Erre-au-Vent et la Compagnie du Chat, montés en quelques minutes, fondirent sur les flancs astaporis dans un fracas de tonnerre, alors même qu'une légion de la Nouvelle-Ghis se forçait de l'autre côté un passage à travers le camp yunkaï et rencontrait les Immaculés, pique contre pique, bouclier contre bouclier.

Le reste tourna à la boucherie, mais cette fois-ci, le Roi Boucher se retrouva du mauvais côté du couperet. Ce fut Caggo qui l'abattit enfin, en traversant sur son monstrueux palefroi les rangs qui protégeaient le roi, pour trancher Cleon le Grand de l'épaule à la hanche, d'un coup de son *arakh* valyrien courbe. Guernouille n'y avait pas assisté en personne, mais ceux qui étaient là affirmèrent que l'armure de cuivre de Cleon s'était fendue comme de la soie et que, de l'intérieur, s'étaient répandues une puanteur ignoble et une centaine de vers des tombes, tout gigotants. Cleon était bel et bien mort. Les Astaporis aux abois l'avaient hissé hors de sa tombe pour le barder d'armure et l'amarrer sur un cheval, dans l'espoir de donner du cœur au ventre aux Immaculés.

La chute de Cleon le Trépassé signa la fin de l'affaire. Les nouveaux Immaculés jetèrent armes et boucliers pour décamper et trouvèrent les portes d'Astapor refermées derrière eux. Guernouille avait tenu son rôle dans le massacre qui suivit, piétinant à cheval les eunuques affolés, en compagnie des autres Erre-au-Vent. Il avait galopé avec ardeur aux côtés du mastodonte, frappant de droite et de gauche tandis qu'ils s'enfonçaient comme un coin dans la masse des Immaculés, les perçant comme un fer de pique. Lorsqu'ils émergèrent à l'autre bout, le Prince en Guenilles les fit volter pour les conduire de nouveau dans la mêlée. Ce fut uniquement au retour que Guernouille avait pu bien regarder les visages sous les casques de bronze à pointe et s'apercevoir qu'ils n'étaient pas plus vieux que lui. Des bleus qui gueulaient en appelant leur mère, avait-il songé, mais cela ne l'empêcha pas de les tuer. Le temps qu'il quitte le champ de bataille, son épée ruisselait de sang et son bras était tellement épuisé qu'il avait du mal à le soulever.

Et pourtant, ce n'était pas un vrai combat, songea-t-il. *La bataille véritable nous arrivera bientôt, et nous devrons partir avant qu'elle n'éclate, sinon nous allons nous retrouver en train de combattre dans le mauvais camp.*

Cette nuit-là, les Erre-au-Vent dressèrent le camp sur les rives de la baie des Serfs. Guernouille tira au sort le premier quart et on l'envoya garder les lignes de chevaux. Gerris vint l'y rejoindre juste après le coucher du soleil, tandis qu'une demi-lune brillait sur les eaux.

« Le mastodonte devrait être là, lui aussi, commenta Quentyn.

— Il est parti rendre visite au vieux Bill les Os et perdre le reste de sa monnaie d'argent, expliqua Gerris. Laissez-le en dehors de tout ça. Il fera ce que nous lui demanderons, même si ça ne l'enchante guère.

— Non. » Il y avait en tout cela tant et plus de choses qui déplaisaient aussi à Quentyn. Naviguer sur un navire bondé ballotté par les vents et les flots, manger du pain dur grouillant de charançons et boire du tafia noir comme le goudron jusqu'à perdre conscience, dormir sur des tas de paille moisie, l'odeur d'inconnus dans les narines... Tout cela, il s'y était attendu en traçant sa marque sur le bout de parchemin à Volantis, en jurant au Prince en Guenilles son arme et ses services pour un an. C'étaient des aléas qu'on endurait, l'étoffe de toutes les aventures.

Mais ce qui devrait suivre était de la trahison, pure et simple. Les Yunkaïis les avaient transportés de l'Antique Volantis afin de combattre pour le compte de la Cité Jaune ; mais à présent les Dorniens se préparaient à tourner casaque et à passer dans le camp adverse. Cela signifierait abandonner également leurs nouveaux frères d'armes. Les Erre-au-Vent n'étaient pas le genre de compagnons qu'aurait choisis Quentyn, pourtant avec eux il avait passé la mer, partagé la viande et l'hydromel, combattu, échangé des histoires – avec les rares dont il comprenait le langage. Et si tous les contes étaient mensonges, ma foi, tel était le prix d'une traversée vers Meereen.

« Ce n'est pas ce qu'on pourrait imaginer de plus honorable », les avait prévenus Gerris, au Comptoir des Marchands.

« Daenerys se trouve désormais peut-être à mi-chemin de Yunkaï, avec une armée derrière elle, déclara Quentyn tandis qu'ils avançaient parmi les chevaux.

— Possible, répondit Gerris, mais ce n'est pas le cas. Nous avons déjà entendu raconter ça. Les Astaporis avaient la conviction que Daenerys s'en venait au sud avec ses dragons pour briser le siège. Elle n'est pas venue à l'époque, elle ne viendra pas maintenant.

— On n'en sait rien, pas avec certitude. Il faut nous éclipser avant de nous retrouver à combattre la femme qu'on m'a envoyé séduire.

— Attendons Yunkaï. » D'un geste, Gerris indiqua les collines. « Ces territoires appartiennent aux Yunkaïis. Personne ne risque de ravitailler ou d'abriter trois déserteurs. Au nord de Yunkaï, on arrive dans un pays qui n'appartient à personne. »

Il n'avait pas tort. Mais tout de même, Quentyn était mal à l'aise. « Le mastodonte s'est fait trop d'amis. Depuis le début, il sait que notre plan demandait de s'enfuir pour rejoindre Daenerys, mais il ne va pas apprécier d'abandonner des hommes auprès desquels il s'est battu. Si nous attendons trop longtemps, nous aurons l'impression de déserter à la veille de la bataille. Jamais il ne voudra. Tu le connais aussi bien que moi.

— Ce sera une désertion, où que nous la décidions, objecta Gerris, et le Prince en Guenilles n'aime pas beaucoup les déserteurs. Il nous enverra des chasseurs aux trousses, et les Sept nous viennent en aide s'ils nous attrapent. Si on a de la chance, ils se borneront à nous trancher un pied pour s'assurer que nous ne courrons plus jamais. Si on n'en a pas, ils nous confieront à la Belle Meris. »

Ce dernier argument donna à réfléchir à Quentyn. La Belle Meris lui faisait peur. Une Ouestrienne, mais plus grande que lui, un pouce au-dessous de six pieds. Au bout de vingt ans passés dans les compagnies libres, elle n'avait plus rien de beau, ni à l'extérieur, ni à l'intérieur.

Gerris l'attrapa par le bras. « Attendez. Encore quelques jours, c'est tout. Nous avons traversé la moitié du monde, patientez encore quelques lieues. Quelque part au nord de Yunkaï, notre occasion se présentera.

— Si tu le dis », soupira Guernouille sur un ton sceptique.

Mais pour une fois les dieux prêtaient l'oreille, et leur chance se présenta bien plus tôt que cela.

C'était deux jours plus tard. Hugues Sylvegué arrêta sa monture près du feu où ils cuisaient leur repas et lança : « Dorniens. On vous demande sous la tente de commandement.

— Lequel d'entre nous ? voulut savoir Gerris. Nous sommes tous dorniens.

— Eh bien, tous, en ce cas. » Morose et lunatique, affligé d'une main estropiée, Sylvegué avait tenu quelque temps le poste de trésorier de la compagnie, jusqu'à ce que le Prince en Guenilles le surprît à voler dans les coffres et lui retirât trois doigts. Désormais, il n'était plus que sergent.

De quoi peut-il s'agir ? Jusque-là, rien n'indiquait à Guernouille que leur commandant connût même son existence. Toutefois, Sylvegué était reparti au galop, si bien que l'heure n'était plus à poser des questions. Restait à aller quérir le mastodonte pour se présenter au rapport, selon les ordres. « N'avouez rien et soyez prêts à vous battre, conseilla Quentyn à ses amis.

— Je suis toujours prêt à me battre », riposta le mastodonte.

Le grand pavillon en toile de voile grise que le Prince en Guenilles aimait à appeler son château de toile était comble quand les Dorniens arrivèrent. Il ne fallut qu'un instant à Quentyn pour se rendre compte que la plupart des membres de l'assistance venaient des Sept Couronnes, ou s'enorgueillissaient de leur sang ouestrien. *Exilés ou fils d'exilés.* Dick Chaume revendiquait la présence d'une soixantaine d'Ouestriens dans la compagnie ; un bon tiers était réuni ici, dont Dick lui-même, Hugues Sylvegué, la Belle Meris et Lewis Lanster aux blonds cheveux, le meilleur archer de la compagnie.

Denzo D'han se trouvait sur place, lui aussi, avec Caggo, énorme à côté de lui. *Caggo Tue-les-Morts*, comme les hommes l'appelaient désormais, mais pas en face ; il était prompt à s'enrager, et son épée noire et courbe était aussi méchante que son propriétaire. Il y avait au monde des centaines d'épées longues valyriennes, mais à peine une poignée d'*arakhs* valyriens. Ni Caggo ni D'han n'étaient ouestriens, mais tous deux étaient capitaines, haut placés dans l'estime du Prince en Guenilles. *Son bras droit et son gauche. Il se trame quelque chose d'important.*

Ce fut le Prince en Guenilles lui-même qui parla. « Des ordres sont arrivés de Yurkhaz, annonça-t-il. Les Astaporis survivants ont rampé hors de leurs tanières, apparemment. Il ne reste plus que des cadavres, à Astapor, et ils se répandent donc dans la campagne environnante, par centaines, peut-être par milliers, crevant tous de faim et de maladies. Les Yunkaïs ne veulent pas les voir traîner autour de la Cité Jaune. On nous a ordonné de les traquer et de leur faire rebrousser chemin, de les repousser vers Astapor ou au nord, vers Meereen. Si la reine dragon veut les accueillir, grand bien lui fasse. La moitié d'entre eux ont la caquesangue, et même les valides représentent des bouches à nourrir.

— Yunkaï est plus proche que Meereen, objecta Hugues Sylvegué. Et s'ils ne veulent pas changer de direction, messire ?

— C'est pour ça que vous portez des piques et des épées, Hugues. Mais les arcs seraient peut-être d'un meilleur usage. Tenez-vous bien à distance de ceux qui manifestent les symptômes de la caquesangue. J'envoie la moitié de nos forces dans les collines. Cinquante patrouilles, de vingt cavaliers chacune. Barbesang a les mêmes ordres, si bien que les Chats seront sur le terrain, eux aussi. »

Les hommes échangèrent des coups d'œil, et quelques-uns grommelèrent dans leur barbe. Si la compagnie des Erre-au-Vent et celle du Chat étaient toutes deux sous contrat avec Yunkaï, un an plus tôt dans les Terres Disputées, ils s'étaient retrouvés sur les lignes de bataille dans des camps opposés, et le ressentiment persistait. Barbesang, le féroce commandant des Chats, était un géant tonitruant avec un farouche appétit de massacre qui ne faisait pas mystère de son dédain pour « les vieux barbons en chiffons ».

Dick Chaume s'éclaircit la gorge. « J' vous demande pardon, mais on est tous natifs des Sept Couronnes, ici. Zaviez encore jamais cassé la Compagnie par origine, messire. Pourquoi nous envoyer d'un seul paquet ?

— La question mérite réponse. Vous devrez chevaucher vers l'est, pénétrer dans les collines, puis contourner Yunkaï à bonne distance et vous diriger vers Meereen. Si vous deviez croiser des Astaporis, repoussez-les vers le nord ou tuez-les… mais sachez que tel n'est pas le but de votre mission. Au-delà de la Cité Jaune, vous avez des chances de rencontrer les patrouilles de la reine dragon. Des Puînés ou des Corbeaux Tornade. Les uns ou les autres feront l'affaire. Rejoignez-les.

— Les rejoindre ? s'exclama le chevalier bâtard, ser Orson Roche. Vous voudriez nous faire tourner casaque ?

— Oui », répondit le Prince en Guenilles.

Quentyn Martell faillit éclater de rire. *Les dieux sont fous.*

Les Ouestriens s'agitèrent, mal à l'aise. Certains fixaient leur coupe de vin, comme dans l'espoir d'y trouver quelque sagesse. Hugues Sylvegué fit grise mine. « Vous pensez que la reine Daenerys nous accueillera…

— En effet.

— Mais en ce cas, qu'adviendra-t-il ? Sommes-nous des espions ? Des émissaires ? Songez-vous à changer d'allégeance ? »

Caggo se renfrogna. « C'est au prince de décider, Sylvegué. Votre rôle est d'exécuter les ordres.

— Toujours. » Sylvegué leva sa main à deux doigts.

« Parlons franc, intervint Denzo D'han, le barde guerrier. Les Yunkaïis ne m'inspirent aucune confiance. Quelle que soit l'issue de cette guerre, les Erre-au-Vent se doivent de partager le butin de la victoire. Notre prince est sage de nous garder toutes les issues ouvertes.

— Meris vous commandera, ajouta le Prince en Guenilles. Elle connaît mon avis sur ce chapitre... et peut-être Daenerys Targaryen acceptera-t-elle plus aisément une autre femme. »

Quentyn jeta un coup d'œil par-dessus son épaule à la Belle Meris. Quand le regard froid et mort de la femme croisa le sien, il se sentit frissonner. *Ça ne me plaît pas.*

Dick Chaume avait encore des doutes, lui aussi. « La fille serait sotte de nous faire confiance. Même avec Meris. *Surtout avec Meris.* Enfer, je lui fais pas confiance, moi, et je l'ai baisée plusieurs fois. » Il grimaça un sourire, mais personne ne rit. Surtout pas la Belle Meris.

« Vous avez tort, je crois, Dick, lui répondit le Prince en Guenilles. Vous êtes tous ouestriens. Des amis de chez elle. Vous parlez la même langue qu'elle, adorez les mêmes dieux. Quant à vos motivations, vous avez tous subi des vexations de ma part. Dick, je t'ai fouetté plus que n'importe quel homme de la Compagnie, et tu as ton dos pour preuve. Ma discipline a fait perdre trois doigts à Hugues. Meris a été violée par la moitié de la Compagnie. Pas celle-ci, bien entendu, mais inutile d'entrer dans les détails. Will des Forêts, ma foi, tu es de la racaille. Ser Orson me blâme d'avoir envoyé son frère aux Chagrins, et ser Lucifer bout encore de rage à propos de l'esclave que Caggo lui a prise.

— Il aurait pu la restituer après en avoir profité, protesta Lucifer Long. Il n'avait aucune raison de la tuer.

— Elle était laide, déclara Caggo. C'est assez de raison. »

Le Prince en Guenilles poursuivit comme si personne n'avait rien dit. « Tyssier, tu conserves des revendications sur des terres perdues, à Westeros. Lanster, j'ai tué ce garçon qui te plaisait tant. Vous, les trois Dorniens, vous pensez que nous vous avons menti. Le butin d'Astapor était bien moindre qu'on vous l'avait promis à Volantis, et j'en ai prélevé la part du lion.

— Cette dernière partie est vraie, commenta ser Orson.

— Les meilleures ruses renferment toujours un germe de vérité, répondit le Prince en Guenilles. Chacun d'entre vous a d'amples raisons de vouloir m'abandonner. Et Daenerys Targaryen le sait, les épées-louées sont une race volage. Ses propres Puînés et les Corbeaux Tornade ont pris l'or yunkaïi, mais n'ont pas hésité à la rejoindre quand le flot de la bataille a commencé à s'orienter vers elle.

— Quand devons-nous partir ? demanda Lewis Lanster.

— Sur-le-champ. Méfiez-vous des Chats et des Longues Lances que vous pourriez croiser. Nul ne saura que votre défection est une ruse, hormis ceux d'entre nous sous cette tente. Retournez trop tôt vos jetons et on vous mutilera comme déserteurs ou on vous éventrera comme tourne-casaque. »

Les trois Dorniens quittèrent en silence la tente de commandement. *Vingt cavaliers, parlant tous la Langue Commune,* songea Quentyn. *Chuchoter vient tout juste de devenir une activité nettement plus dangereuse.*

Le mastodonte vint lui flanquer une claque vigoureuse dans le dos. « Eh bien. Voilà qui est bon, Guernouille. Une chasse au dragon. »

L'ÉPOUSE REBELLE

Asha Greyjoy siégeait dans la grande salle de Galbart Glover, à boire le vin de Galbart Glover, quand le mestre de Galbart Glover vint lui apporter la lettre.

« Madame. » Le mestre parlait d'une voix inquiète, comme toujours lorsqu'il s'adressait à elle. « Un oiseau venu de Tertre-bourg. » Il lui tendit vivement le parchemin, comme s'il avait hâte de s'en débarrasser. L'objet, roulé serré, était scellé par un bouton dur de cire rose.

Tertre-bourg. Asha essaya de se remémorer qui régnait à Tertre-bourg. *Un seigneur nordien, personne qui soit mon ami.* Et ce sceau... Les Bolton de Fort-Terreur marchaient à la bataille sous des bannières roses éclaboussées de gouttelettes de sang. Il semblait logique qu'ils employassent également de la cire à cacheter rose.

C'est du poison que j'ai en main, se dit-elle. *Je devrais le jeter au feu.* Mais elle rompit le sceau. Un bout de cuir voleta pour tomber dans son giron. Quand elle lut le texte brun et sec, sa méchante humeur s'assombrit encore. *Noires ailes, noires nouvelles.* Jamais les corbeaux n'apportaient d'heureuses informations. Le dernier message expédié à Motte-la-Forêt était venu de Stannis Baratheon, pour exiger hommage. Celui-ci était pire. « Les Nordiens ont pris Moat Cailin.

— Le Bâtard de Bolton ? s'enquit Qarl, près d'elle.

— *Ramsay Bolton, sire de Winterfell*, signe-t-il. Mais il y a d'autres noms, également. » Lady Dustin, lady Cerwyn et quatre Ryswell avaient ajouté leur propre paraphe au sien. Auprès d'eux était figuré un géant grossier, la marque d'un Omble.

Ceux-ci étaient tracés avec de l'encre de mestre, un mélange de suie et de coaltar, mais le texte au-dessus était rédigé en brun d'une ample écriture toute en piques. Elle décrivait la chute de Moat Cailin, le retour triomphal du gouverneur du Nord en ses domaines, et un mariage à conclure promptement. Les premiers mots annonçaient : « *J'écris cette lettre avec du sang de Fer-nés* », les derniers : « *J'adresse à chacun de vous un morceau de prince. Attardez-vous sur mes terres et vous partagerez son sort.* » Asha avait cru son petit frère mort. *Plutôt mort que ceci.* Le fragment de peau lui avait chu sur ses genoux. Elle le porta à la bougie et regarda la fumée s'entortiller jusqu'à ce qu'il eût été consumé et que la flamme lui léchât les doigts.

Le mestre de Galbart Glover attendait près de son coude, avec des flottements d'inquiétude. « Il n'y aura pas de réponse, l'informa-t-elle.

— Puis-je partager ces nouvelles avec lady Sybelle ?

— Si vous y tenez. » Dire si Sybelle Glover puiserait grande joie dans la chute de Moat Cailin, Asha ne l'aurait su. Lady Sybelle vivait pratiquement dans son bois sacré, priant pour le retour, sains et saufs, de ses enfants et de son époux. *Encore une prière qui risque de ne pas se voir exaucée. Son arbre-cœur est aussi sourd et aveugle que notre dieu Noyé.* Robett Glover et son frère Galbart avaient chevauché vers le sud en compagnie du Jeune Loup. Si les contes qu'on leur avait faits des Noces Pour-pres avaient seulement pour moitié de vérité, ils avaient peu de chances de retourner dans le Nord. *Ses enfants sont vivants, au moins, et cela, elle me le doit.* Asha les avait laissés à Dix-Tours aux bons soins de ses tantes. La plus petite de lady Sybelle tétait encore, et elle avait jugé la fillette trop fragile pour l'exposer aux rigueurs d'une nouvelle traversée dans la tempête. Asha fourra la lettre entre les mains du mestre. « Tenez. Qu'elle y trouve réconfort, si elle le peut. Vous avez ma permission de vous retirer. »

Le mestre inclina la tête et s'en fut. Après son départ, Tris Botley se tourna vers Asha. « Si Moat Cailin est tombée, Quart-Torrhen ne saurait tarder. Puis ce sera notre tour.

— Pas avant un moment. Le Gueule-en-Deux leur fera pisser le sang. » Quart-Torrhen n'était pas une ruine à l'instar de Moat Cailin, et Dagmer avait du fer jusque dans l'os. Il mourrait avant que de se rendre.

Si mon père vivait encore, Moat Cailin ne serait jamais tombée. Balon Greyjoy savait que Moat était la clé pour tenir le Nord.

Euron le savait aussi ; simplement, il s'en moquait. Pas plus qu'il n'avait cure du sort de Motte-la-Forêt ou de Quart-Torrhen. « Euron se fout des conquêtes de Balon. Mon oncle s'en va chasser le dragon. » L'Œil-de-Choucas avait convoqué à Vieux Wyk toute la puissance des îles de Fer et pris le large vers les profondeurs des Mers du Crépuscule, son frère Victarion sur ses talons comme un chien battu. Il ne restait sur Pyk personne vers qui l'on pût se tourner, sinon le seigneur son époux. « Nous sommes seuls.

— Dagmer les écrasera », assura Cromm, qui n'avait jamais rencontré de femme qu'il aimât moitié autant qu'une bataille. « Ce ne sont que des Loups.

— Tous les Loups ont été tués. » De son ongle, Asha grattait la cire rose. « Et voilà les écorcheurs qui les ont abattus.

— Nous devrions gagner Quart-Torrhen pour nous joindre au combat », les pressa Quenton Greyjoy, un lointain cousin et capitaine de la *Luronne*.

« Certes », appuya Dagon Greyjoy, un cousin encore plus éloigné. Dagon le Poivrot, comme l'appelaient les hommes, mais ivre ou pas, il adorait combattre. « Pourquoi le Gueule-en-Deux devrait-il garder toute la gloire pour lui ? »

Deux des serviteurs de Galbart Glover apportèrent le rôti, mais ce lambeau de peau avait coupé l'appétit d'Asha. *Mes hommes ont renoncé à tout espoir de victoire*, comprenait-elle avec abattement. *Tout ce qu'ils recherchent, désormais, c'est une belle mort.* Les Loups la leur fourniraient, elle n'en doutait pas. *Tôt ou tard, ils viendront reprendre ce castel.*

Le soleil sombrait derrière les grands pins du Bois-aux-Loups quand Asha gravit les degrés de bois menant à la chambre à coucher qui avait naguère appartenu à Galbart Glover. Elle avait bu trop de vin et la tête lui battait. Asha Greyjoy avait beaucoup d'affection pour ses hommes, tant capitaines qu'équipage, mais la moitié étaient des idiots. *De vaillants idiots, mais des idiots quand même. Aller retrouver le Gueule-en-Deux, oui-da, comme si nous le pouvions…*

Entre Motte-la-Forêt et Dagmer s'étiraient de longues lieues, des collines rudes, des forêts épaisses, des rivières sauvages et plus de Nordiens qu'elle n'aimait en envisager. Asha possédait quatre vaisseaux et pas tout à fait deux cents hommes… en comptant Tristifer Botley, sur lequel on ne pouvait point compter. En dépit de toutes ses belles déclarations enamourées, elle n'imaginait pas Tris se ruer à Quart-Torrhen pour y périr aux côtés de Dagmer Gueule-en-Deux.

Qarl la suivit en haut jusqu'à la chambre de Galbart Glover. « Sors, lui ordonna-t-elle. Je veux rester seule.

— Ce que tu veux, en fait, c'est moi. » Il tenta de l'embrasser.

Asha le repoussa. « Si tu me touches encore, je...

— Tu quoi ? » Il dégaina son poignard. « Déshabille-toi, ma fille.

— Va te faire foutre, puceau.

— C'est toi que je préfère foutre. » Un rapide coup de lame dégrafa le justaucorps d'Asha. Elle tendit la main vers sa hache, mais Qarl, lâchant son poignard, la saisit par le poignet, lui tordant le bras en arrière jusqu'à ce que l'arme tombât des doigts d'Asha. Il repoussa la jeune femme vers le lit de Glover, l'embrassa avec brutalité et arracha sa tunique pour lui libérer les seins. Quand elle essaya de lui flanquer un coup de genou dans le bas-ventre, il esquiva d'une torsion et, avec les genoux, la força à écarter les cuisses. « Je vais te prendre, maintenant.

— Vas-y, cracha-t-elle, et je te tuerai dans ton sommeil. »

Elle était complètement mouillée quand il la pénétra. « Crève, dit-elle. Crève crève crève. » Il lui suça les pointes de seins jusqu'à la faire crier, à demi de douleur, à demi de plaisir. Son conet devint le monde. Elle oublia Moat Cailin, Ramsay Bolton et son petit fragment de peau, oublia les états généraux de la royauté, oublia son échec, oublia son exil, ses ennemis et son époux. Ne comptaient plus que les mains de l'homme, sa bouche, ses bras autour d'elle, son vit en elle. Il la baisa jusqu'à ce qu'elle hurlât, et puis recommença jusqu'à ce qu'elle pleurât, avant de répandre enfin sa semence dans le ventre d'Asha.

« Je suis une femme mariée, lui rappela-t-elle ensuite. Tu m'as souillée, godelureau sans barbe. Le seigneur mon époux te coupera les couilles et te fera porter une jupe. »

Qarl roula sur lui-même pour la libérer. « S'il arrive à s'extirper de sa chaise. »

Dans la chambre, il faisait froid. Asha se leva du lit de Galbart Glover et retira ses vêtements déchirés. Le justaucorps aurait besoin de nouveaux lacets, mais on ne pourrait pas sauver la tunique. *Bah, je ne l'ai jamais aimée.* Elle la jeta dans les flammes. Elle laissa le reste en une flaque de tissu à côté du lit. Elle avait les seins tout dolents, et la semence de Qarl lui dégouttelait le long de la cuisse. Elle devrait se préparer un thé de lune ou courir le risque de mettre au monde une seiche nouvelle. *Quelle importance ? Mon père est mort, ma mère agonise, on écorche mon frère et je suis impuissante à agir en quelque manière que ce soit. Et je suis mariée. Mariée et déflorée... certes, pas par le même homme.*

Lorsqu'elle vint se glisser de nouveau sous les fourrures, Qarl dormait. « À présent, ta vie m'appartient. Où ai-je mis ma dague ? » Asha se pressa contre le dos de l'homme et l'entoura de ses bras. Dans les îles, on le connaissait sous le nom de Qarl Pucelle, en partie pour le distinguer de Qarl Berger, de Qarl Kenning Lestrange, de Qarl Prompte-Hache et de Qarl le Serf, mais surtout pour ses joues lisses. La première fois qu'Asha l'avait rencontré, Qarl essayait de se laisser pousser la barbe. « Du duvet de pêche », avait-elle tranché, en riant. Qarl avoua n'avoir jamais vu de pêche, aussi Asha l'invita-t-elle à l'accompagner lors du voyage suivant qu'elle fit dans le Sud.

C'était encore l'été, à l'époque ; Robert occupait le Trône de Fer, Balon se morfondait sur le Trône de Grès, et la paix régnait sur les Sept Couronnes. Avec le *Vent noir*, Asha avait caboté, pour commercer. Ils avaient fait escale à Belle Île, Port-Lannis, et vingt autres ports de moindre taille avant d'atteindre La Treille, fameuse pour ses énormes pêches sucrées. « Tu vois », avait-elle dit la première fois qu'elle en avait placé une contre la joue de Qarl. Quand elle avait encouragé le jeune homme à y mordre, le jus lui avait dégouliné sur le menton, et elle avait dû le nettoyer de ses baisers.

Cette nuit-là, ils l'avaient passée à se régaler de pêches et de leurs deux corps et, le temps que revienne le jour, Asha était repue, poisseuse et heureuse comme elle l'avait rarement été. *Cela remontait à quoi ? Six, sept ans ?* Le souvenir de l'été s'effaçait, et voilà trois ans qu'Asha n'avait plus dégusté de pêche. Elle continuait d'apprécier Qarl, en revanche. Les capitaines et les rois n'avaient peut-être pas voulu d'elle, mais Qarl, si.

Asha avait connu d'autres amants ; certains partageaient son lit une moitié d'année, d'autres, une moitié de nuit. Qarl la satisfaisait plus que tout le reste pris ensemble. Il ne se rasait peut-être que deux fois par mois, mais la barbe en broussaille ne fait point l'homme. Elle aimait le contact de sa peau lisse et douce sous ses doigts ; la façon dont les longs cheveux raides de Qarl lui tombaient sur les épaules ; sa manière d'embrasser ; son sourire quand elle frottait du pouce la pointe de ses pectoraux. Le poil entre les jambes de Qarl avait une nuance sable plus sombre que ses cheveux, mais il était doux comme du duvet en comparaison avec la fourrure rêche autour du sexe d'Asha. Cela lui plaisait aussi. Il avait un corps de nageur, long et svelte, dénué de toute cicatrice.

Un sourire timide, des bras vigoureux, des doigts habiles et deux épées fiables. Que pouvait demander de plus une femme ? Elle aurait pris Qarl pour mari, et de grand cœur, mais elle était la fille de lord Balon et Qarl était d'origine vulgaire, un petit-fils de serf. *De trop basse naissance pour que je l'épouse, mais point trop bas pour que je lui suce la queue.* Ivre, souriante, elle se faufila sous les fourrures et le prit en bouche. Qarl remua dans son sommeil et, au bout d'un moment, commença à raidir. Le temps qu'elle l'ait de nouveau rendu dur, il était réveillé et elle était humide. Asha drapa de fourrures ses épaules nues et enfourcha Qarl, l'attirant si profondément en elle qu'elle n'aurait su dire qui avait le conet et qui le vit. Cette fois-ci, tous deux atteignirent leur paroxysme ensemble.

« Ma douce dame, murmura-t-il ensuite d'une voix encore pâteuse de sommeil. Ma douce reine. »

Non, songea Asha. *Je ne suis pas reine, ni jamais ne le serai.* « Rendors-toi. » Elle le baisa sur la joue, traversa pieds nus la chambre à coucher de Galbart Glover, et ouvrit largement les volets. La lune était presque pleine, la nuit si claire qu'elle apercevait les montagnes, et leurs cimes couronnées de neige. *Froides, sinistres et inhospitalières, mais magnifiques au clair de lune.* Leurs crêtes luisaient, pâles et déchiquetées comme une rangée de crocs aiguisés. Les contreforts et les premiers pics étaient perdus dans l'ombre.

La mer se situait plus près, à peine à cinq lieues au nord, mais Asha n'en voyait rien. Trop de collines lui bouchaient la vue. *Et des arbres, tant d'arbres.* Le Bois-aux-Loups, le nommaient les Nordiens. En général, la nuit, on entendait l'appel des loups entre eux dans le noir. *Un océan de feuillages. Si cela pouvait être un océan d'eau.*

Motte-la-Forêt pouvait bien être plus proche de la mer que Winterfell, elle en demeurait trop éloignée au goût d'Asha. L'air sentait le pin et non le sel. Au nord-est de ces mornes montagnes grises se tenait le Mur, où Stannis Baratheon avait dressé ses bannières. *L'ennemi de mon ennemi est mon ami*, répétait-on, mais le revers de cette médaille impliquait : *L'ennemi de mon ami est mon ennemi*. Les Fer-nés étaient les ennemis des seigneurs nordiens dont ce prétendant Baratheon avait désespérément besoin. *Je pourrais lui offrir mon séduisant jeune corps*, songea-t-elle en écartant de ses yeux une mèche de cheveux, mais Stannis était marié et elle aussi, et les Fer-nés et lui étaient adversaires de longue date. Durant la première rébellion du père d'Asha, Stannis avait écrasé la Flotte de Fer au large de Belle Île et soumis Grand Wyk au nom de son frère.

Les murailles moussues de Motte-la-Forêt tenaient enclose une large colline bombée au sommet aplati, couronnée par une maison commune vaste comme une caverne, avec les cinquante pieds d'une tour de guet à une extrémité, qui dominait la colline. À son pied s'étendait la cour intérieure, avec ses écuries, son pré, sa forge, son puits et sa bergerie, défendus par des douves profondes, un talus de terre et une palissade en rondins. Les défenses extérieures dessinaient un ovale, qui suivait les contours du terrain. Il y avait deux portes, chacune protégée par deux tours carrées en bois, et des chemins de ronde suivaient le périmètre. Sur le flanc sud du château, la mousse garnissait les palissades d'une couche épaisse et montait à mi-hauteur des tours. À l'est et à l'ouest s'étendaient des champs vides. Y poussaient de l'avoine et de l'orge, lorsque Asha s'était emparée du château, qu'on avait piétinées au cours de l'attaque. Une série de gels féroces avait tué les récoltes qu'ils avaient plantées par la suite, ne laissant que de la boue et de la cendre, et des tiges flétries en train de pourrir.

C'était un vieux château, mais pas une forteresse. Asha l'avait pris aux Glover, et le Bâtard de Bolton le prendrait à Asha. Il ne l'écorcherait pas, toutefois. Asha Greyjoy n'avait aucune intention de se laisser capturer vivante. Elle mourrait comme elle avait vécu, une hache à la main et un rire aux lèvres.

Le seigneur son père lui avait confié trente navires pour s'emparer de Motte-la-Forêt. Il en restait quatre, en comptant son propre *Vent noir*, et l'un d'eux appartenait à Tris Botley, qui l'avait rejointe quand tous ses autres hommes avaient fui. *Non. Ce n'est pas juste. Ils avaient pris la mer pour rendre hommage à leur roi. Si quelqu'un a fui, c'était moi.* Ce souvenir continuait de lui inspirer de la honte.

« Va-t'en », l'avait pressée le Bouquineur, tandis que les capitaines descendaient la colline de Nagga en portant son oncle Euron, qui s'en allait coiffer la couronne de bois flotté.

« Dit le corbeau à la corneille. Venez avec moi. J'ai besoin de vous pour soulever les hommes de Harloi. » À l'époque, elle avait la ferme intention de se battre.

« Les hommes de Harloi sont ici. Ceux qui comptent. Certains criaient le nom d'Euron. Je ne dresserai pas Harloi contre Harloi.

— Euron est fou. Et dangereux. Ce cor infernal...

— Je l'ai entendu. *Va-t'en*, Asha. Une fois couronné, Euron va se lancer à ta recherche. Ne laisse pas son œil se poser sur toi.

— Si je me tiens auprès de mes autres oncles...

— ... tu mourras bannie, toutes les armes tournées contre toi. En jetant ton nom face aux capitaines, tu t'es soumise à leur jugement. Tu ne peux aller à l'encontre de ce jugement, désormais. Le choix des états généraux n'a été renversé qu'une seule fois. Lis donc Haereg. »

Seul Rodrik le Bouquineur pouvait évoquer un vieux grimoire alors que leurs vies étaient en équilibre sur le fil de l'épée. « Si vous restez, je reste aussi, avait-elle affirmé avec entêtement.

— Ne sois pas idiote. Euron offre ce soir au monde son visage avenant, mais quand viendra demain... Asha, tu es la fille de Balon, et tes prétentions sont plus fondées que les siennes. Tant que tu respireras, tu représenteras pour lui un danger. Si tu restes ici, tu seras tuée, ou mariée au Rameur Rouge. Je ne sais ce qui serait pire. *Va-t'en*. L'occasion ne se représentera pas. »

Asha avait échoué le *Vent noir* sur l'autre côté de l'île en prévision d'une telle éventualité. Vieux Wyk n'était guère étendue. La jeune femme pourrait regagner son navire avant que le soleil se lève, prendre la mer vers Harloi avant qu'Euron ne s'aperçoive de sa disparition. Néanmoins, elle hésita jusqu'à ce que son oncle ajoute : « Fais-le pour l'amour que tu me portes, mon enfant. Ne me contrains pas à te regarder mourir. »

Aussi s'en fut-elle. À Dix-Tours tout d'abord, pour faire ses adieux à sa mère. « Longtemps risque de s'écouler avant que je revienne », la prévint Asha. Lady Alannys n'avait pas compris. « Où est Theon ? demanda-t-elle. Où est mon tout-petit ? » Lady Gwynesse voulait seulement savoir quand lord Rodrik reviendrait. « Je suis de sept ans son aînée. Dix-Tours devrait m'échoir. »

Asha se trouvait encore à Dix-Tours en train de charger à bord des provisions lorsque la nouvelle de son mariage lui parvint. « Ma rebelle de nièce a besoin qu'on la dresse, aurait déclaré l'Œil-de-Choucas, et je connais l'homme qui s'en chargera. » Il l'avait mariée à Erik Forgefer et désigné le Brise-enclumes pour gouverner les îles de Fer tandis que lui-même chassait les dragons. Erik avait été un grand homme en son temps, un hardi razzieur qui pouvait se vanter d'avoir navigué avec l'aïeul de l'aïeul d'Asha, ce même Dagon Greyjoy en l'honneur duquel on avait nommé Dagon le Poivrot. Sur Belle Île, les vieilles effrayaient encore leurs petits-enfants avec les contes de lord Dagon et ses hommes. *Aux états généraux de la royauté, j'ai blessé l'orgueil d'Erik*, songea Asha. *Il y a peu de chances qu'il l'oublie.*

Elle devait rendre justice à son oncle. D'un coup, d'un seul, Euron avait changé un rival en soutien, protégé les îles durant son absence et éliminé la menace d'Asha. *Et ri de bien bon cœur, au surplus.* Selon Tris Botley, l'Œil-de-Choucas avait employé un phoque pour tenir la place d'Asha au mariage. « J'espère qu'Erik n'a pas insisté pour qu'il y ait consommation », avait-elle répliqué.

Je ne peux rentrer chez moi, se dit-elle, *mais je ne puis plus m'attarder encore ici.* Le silence des forêts la troublait. Elle avait passé sa vie sur des îles et des navires. Jamais la mer ne se taisait. Asha avait dans le sang la rumeur du ressac sur une côte rocailleuse, mais il n'y avait pas de vagues à Motte-la-Forêt... Seuls les arbres, les arbres sans fin, pins plantons et vigiers, bouleaux et frênes, et les chênes vénérables, les châtaigniers, les ferrugiers et les sapins. Le bruissement qu'ils produisaient était plus doux que celui de la mer, et elle ne l'entendait que lorsque le vent se levait ; alors, ce soupir semblait monter de partout autour d'elle, comme si les arbres murmuraient ensemble dans une langue qu'elle ne comprenait pas.

Ce soir, ils paraissaient chuchoter plus fort qu'avant. *Une envolée de feuilles mortes*, se dit Asha, *des branches nues qui grincent au vent.* Elle se détourna de la fenêtre, se détourna des forêts. *J'ai besoin de sentir de nouveau un pont sous mes pieds. Ou à défaut d'avoir de la nourriture dans le ventre.* Elle avait bu trop de vin, ce soir, mais trop peu mangé de pain et rien de ce superbe rôti saignant.

Le clair de lune était assez vif pour qu'elle retrouvât ses vêtements. Elle enfila un épais haut-de-chausses noir, un gambison matelassé et un justaucorps de cuir vert recouvert d'écailles d'acier chevauchantes. Laissant Qarl à ses rêves, elle descendit à pas de loup l'escalier extérieur de la tour, les marches craquant sous ses pieds nus. Un des hommes qui montaient la garde sur le rempart l'aperçut qui descendait et il leva sa pique à son adresse. Asha lui répondit par un coup de sifflet. Lorsqu'elle traversa la cour intérieure pour gagner les cuisines, les chiens de Galbart Glover se mirent à aboyer. *Parfait*, se dit-elle. *Voici qui couvrira le bruit des arbres.*

Elle taillait une part de fromage jaune dans une meule aussi grosse qu'une roue de chariot quand Tris Botley entra dans la cuisine, emmitouflé dans une épaisse cape de fourrure. « Ma reine.

— Pas de moquerie.

— Toujours vous régnerez sur mon cœur. Ce ne sont pas ces gueulards imbéciles aux états généraux qui pourront y changer quoi que ce soit. »

Qu'est-ce que je vais pouvoir faire de cet enfant ? Asha ne doutait pas de son dévouement. Non seulement il avait été son champion sur la colline de Nagga et crié son nom, mais il avait par la suite traversé la mer pour la rejoindre, en délaissant son roi, les siens et sa maison. *Non qu'il ait osé défier Euron en face.* Quand l'Œil-de-Choucas avait pris la mer avec sa flotte, Tris était simplement resté à la traîne, ne changeant de cap qu'une fois les autres navires hors de vue. Mais même pour cela il fallait un certain courage ; jamais il ne pourrait revenir dans les îles. « Du fromage ? lui proposa-t-elle. Il y a également du jambon et de la moutarde.

— Ce n'est pas de nourriture que j'ai besoin, madame. Vous le savez bien. » À Motte-la-Forêt, Tris s'était laissé pousser une épaisse barbe brune. Il affirmait qu'elle l'aidait à lui tenir le visage au chaud. « Je vous ai vue, de la tour de guet.

— Si tu es de garde, que fiches-tu ici ?

— Cromm est là-haut, avec Hagen la Trompe. De combien d'yeux avons-nous besoin pour surveiller des feuillages frissonner au clair de lune ? Il faut que nous discutions.

— Encore ? » Elle poussa un soupir. « Tu connais la fille d'Hagen, celle qui a les cheveux roux. Elle tient un navire aussi bien qu'un homme et a un joli minois. Dix-sept ans, et je l'ai vue te regarder.

— Je ne veux pas de la fille d'Hagen. » Il faillit la toucher, avant de se raviser. « Asha, il est temps de partir. Moat Cailin était la seule chose qui retenait la marée. Si nous restons ici, les Nordiens nous tueront tous, vous le savez.

— Voudrais-tu que je m'enfuie ?

— Je voudrais que vous viviez. Je vous aime. »

Non, pensa-t-elle, *tu aimes une innocente jeune fille qui ne vit que dans ta tête, une enfant affolée qui a besoin de ta protection.* « Je ne t'aime pas, déclara-t-elle sans ambages, et je ne suis pas femme à m'enfuir.

— Qu'y a-t-il ici qui vous retienne si fortement, sinon des pins, de la boue et des ennemis ? Nous avons nos navires. Prenez la mer avec moi, et nous entamerons en mer de nouvelles vies.

— Comme pirates ? » Elle était presque tentée. *Que les Loups récupèrent leurs bois sinistres. Reprends la mer.*

« Comme négociants, insista-t-il. Nous partirons en Orient, comme l'Œil-de-Choucas, mais nous reviendrons avec des soieries et des épices, plutôt qu'une corne de dragon. Un voyage en mer de Jade, et nous serons riches comme des dieux. Nous pourrons avoir une demeure à Villevieille ou dans l'une des Cités libres.

— Toi, moi et Qarl ? » Elle le vit broncher à la mention du nom de Qarl. « La fille d'Hagen aimerait peut-être parcourir la mer de Jade avec toi. Je demeure la fille de la Seiche. Ma place est...

— ... *Où ?* Vous ne pouvez pas retourner dans les îles. Sauf si vous avez l'intention de vous soumettre au seigneur votre époux. »

Asha essaya de se représenter au lit avec Erik Forgefer, écrasée sous sa masse, endurant ses étreintes. *Plutôt lui que le Rameur Rouge ou Lucas Morru, dit Main-gauche.* Le Brise-enclumes avait été jadis un géant rugissant, d'une terrifiante vigueur, d'une loyauté farouche, absolument dénué de peur. *Ce ne serait peut-être pas si mal. Il a de bonnes chances de claquer la première fois qu'il tentera d'accomplir son devoir conjugal.* Cela ferait d'elle la veuve d'Erik au lieu de sa femme, ce qui pourrait être mieux ou bien pire, en fonction des petits-fils du Brise-enclumes. *Et de mon noncle. Au bout du compte, tous les vents me rabattent vers Euron.* « J'ai des otages, sur Harloi, lui rappela-t-elle. Et il y a toujours la presqu'île de Merdragon... Si je ne puis avoir le royaume de mon père, pourquoi ne pas m'en créer un ? » La presqu'île n'avait pas toujours été si chichement peuplée qu'elle l'était à l'heure actuelle. On trouvait encore des ruines anciennes parmi ses collines et ses tourbières, les vestiges de vieilles places fortes des Premiers Hommes. Dans les hauteurs, il y avait des cercles de barrals laissés par les enfants de la forêt.

« Vous vous accrochez à Merdragon comme un naufragé agrippe un débris d'épave. Qu'a donc cette presqu'île qui puisse intéresser quiconque ? On n'y trouve pas de mines, pas d'or, d'argent, ni même d'étain ou de fer. La terre est trop humide pour l'avoine ou le blé. »

Je n'ai pas l'intention de planter de l'avoine ou du blé. « Ce qu'il y a là ? Je vais te le dire. Deux longues côtes, une centaine de criques cachées, des loutres dans les lacs, des saumons dans les rivières, des palourdes sur les plages, des colonies de phoques au large, de hauts pins pour construire des navires.

— Et qui les construira, ces navires, ma reine ? Où Votre Grâce trouvera-t-elle des sujets pour son royaume, si les Nordiens vous le laissent avoir ? À moins que vous n'ayez en tête de gouverner un royaume de phoques et de loutres ? »

Elle rit avec amertume. « Les loutres seraient peut-être plus aisées à gouverner que les hommes, je te l'accorde. Et les phoques sont plus intelligents. Non, tu as peut-être raison. Je serais sans doute mieux avisée de rentrer sur Pyk. Il en est sur Harloi qui se réjouiraient de mon retour. Sur Pyk, également. Et Euron ne s'est pas gagné des amis à Noirmarées en tuant lord Baelor. Je pourrais rejoindre mon noncle Aeron, soulever les îles. » Nul n'avait revu le Tifs-trempés depuis les états généraux de la royauté, mais ses Noyés affirmaient qu'il se cachait sur Grand Wyk et en sortirait bientôt pour invoquer le courroux du dieu Noyé sur l'Œil-de-Choucas et ses sbires.

« Brise-enclumes cherche le Tifs-trempés, lui aussi. Et il traque les Noyés. Beron Noirmarées l'Aveugle a été capturé et soumis à la question. Même le Vieux Goéland Gris a été mis aux fers. Comment trouverez-vous le prêtre, alors que tous les hommes d'Euron ne le peuvent ?

— Il est de mon sang. Le frère de mon père. » Piètre réponse, et Asha le savait bien.

« Savez-vous ce que je crois ?

— Je ne vais pas tarder, je le soupçonne.

— Je crois que le Tifs-trempés est mort. Je crois que l'Œil-de-Choucas s'est chargé de lui trancher la gorge. La quête de Forgefer sert uniquement à nous faire croire à une évasion du prêtre. Euron craint de passer pour un fratricide.

— Ne t'avise jamais de laisser mon oncle entendre dire ça. Dis à l'Œil-de-Choucas qu'il a peur de tuer les siens, et il assassinera l'un de ses propres fils simplement pour prouver que tu as tort. » Asha commençait à se sentir presque sobre. Tristifer Botley avait sur elle ce genre d'effet.

« Même si vous retrouviez votre oncle le Tifs-trempés, vous échoueriez, tous les deux. Vous avez tous deux *participé* aux états généraux de la royauté, aussi ne pouvez-vous prétendre qu'il a contrevenu aux lois, comme l'a fait Torgon. Vous êtes liés à sa décision par toutes les lois des dieux et des hommes. Vous... »

Asha fronça les sourcils. « Attends. Torgon ? Quel Torgon ?

— Torgon le Retardataire.

— Il a régné durant l'Âge des héros. » Elle se souvenait de cela, sur lui, mais pas de grand-chose d'autre. « Qu'a-t-il fait ?

— Torgon Greyfer était le fils aîné du roi. Mais le roi se faisait vieux et Torgon ne pouvait tenir en place, aussi arriva-t-il que, lorsque son père mourut, il multipliait les razzias le long de la Mander à partir de sa forteresse sur Bouclier Gris. Ses frères ne lui transmirent pas la nouvelle, convoquant en hâte des états généraux de la royauté, certains que l'un d'entre eux serait choisi pour porter la couronne de bois flotté. Mais les capitaines et les rois préférèrent choisir Urragon Bonfrère pour régner. La première action du nouveau roi fut d'ordonner qu'on mît à mort tous les fils de l'ancien roi, ce qui fut fait. Après quoi, les hommes le dénommèrent Malfrère, bien qu'à dire vrai, ils n'aient avec lui aucun lien de parenté. Il régna pratiquement deux ans... »

Asha se souvenait, maintenant. « Torgon est rentré chez lui...

— ... et a déclaré les états généraux de la royauté illégitimes, car il n'était pas sur place pour faire valoir ses droits. Malfrère s'était révélé aussi ladre qu'il était cruel, et il n'avait plus guère d'amis dans les îles. Les prêtres le dénoncèrent, les lords se soulevèrent contre lui et ses propres capitaines le taillèrent en pièces. Torgon le Retardataire devint roi et gouverna quarante ans. »

Asha empoigna Tris Botley par les oreilles et l'embrassa sur la bouche. Lorsqu'elle le lâcha enfin, il était écarlate et avait le souffle coupé. « Qu'est-ce que c'était que ça ? bredouilla-t-il.

— On appelle ça un baiser. Je veux bien être noyée pour ma sottise, Tris, j'aurais dû me souvenir... » Elle s'interrompit brusquement. Lorsque Tris voulut parler, elle lui intima silence d'un *chut*, tendant l'oreille. « Une trompe de guerre. Hagen. » Sa première idée fut qu'il s'agissait de son époux. Erik Forgefer avait-il pu venir de si loin pour revendiquer son épouse rebelle ? « Le dieu Noyé m'aime, en fin de compte. Je ne savais que faire et il m'envoie des ennemis à combattre. » Asha se remit debout et renfonça d'un claquement son poignard au fourreau. « La bataille vient à nous. »

Elle trottait, le temps d'atteindre la cour intérieure, Tris sur ses talons, mais elle arriva quand même trop tard. Le combat était achevé. Asha trouva deux Nordiens baignant dans leur sang près du rempart est, pas très loin de la poterne, avec Lorren Longue-hache, Harl Six-Orteils et Âpre-langue debout au-dessus d'eux. « Cromm et Hagen les ont vus en train de franchir le mur, expliqua Âpre-langue.

— Rien que ces deux-là ? demanda Asha.

— Cinq. Nous en avons tué deux avant qu'ils ne parviennent à passer, et Harl en a occis un autre sur le chemin de ronde. Ces deux-là ont réussi à atteindre la cour. »

Un homme était mort, son sang et sa cervelle empoissant la longue hache de Lorren, mais le second respirait encore avec difficulté, bien que la pique d'Âpre-langue l'eût cloué au sol dans une mare de sang qui allait en s'élargissant. Tous deux étaient revêtus de cuir bouilli et de capes tachetées de brun, vert et noir, avec des branches, des feuilles et des broussailles cousues autour de leur tête et de leurs épaules.

« Qui es-tu ? demanda-t-elle au blessé.

— Un Flint. Et vous ?

— Asha de la maison Greyjoy. Ce château est le mien.

— Motte est le siège de Galbart Glover. C'est pas un lieu pour les encornets.

— Il y en a d'autres que toi ? » lui demanda Asha. Comme il ne répondait pas, elle empoigna la pique d'Âpre-langue et la tourna ; le Nordien poussa un cri de souffrance, et du sang jaillit plus fort de sa blessure. « Quelle était ton intention, ici ?

— La dame, dit-il en tressaillant. Dieux, arrêtez. On est venus pour la dame. Pour la sauver. Y avait que nous cinq. »

Asha le regarda dans les yeux. Quand elle y lut le mensonge, elle pesa sur la pique en la tordant. « *Combien d'autres ?* insista-t-elle. Dis-le-moi, ou je prolonge ta mort jusqu'à l'aube.

— Beaucoup, finit-il par hoqueter entre des hurlements. *Des milliers.* Trois mille, quatre… *Ahhhh…* Par pitié… »

Elle lui arracha la pique du corps et la planta à deux mains dans sa gorge de menteur. Le mestre de Galbart Glover avait prétendu que les clans des montagnes étaient trop querelleurs pour jamais s'unir sans un Stark pour les mener. *Peut-être ne mentait-il pas. Il a simplement pu se tromper.* Elle avait appris le goût de l'erreur aux états généraux de la royauté de son oncle. « On a envoyé ces cinq-là ouvrir nos portes avant l'attaque principale, décida-t-elle. Lorren, Harl, allez me chercher lady Glover et son mestre.

— En un seul morceau, ou saignant ? voulut savoir Lorren Longue-hache.

— Un seul morceau et sauve. Âpre-langue, monte donc dans cette foutue tour et dis à Cromm et Hagen de bien ouvrir l'œil. S'ils voient ne serait-ce qu'un lièvre, je veux en être informée. »

La cour de Motte fut bien vite envahie de gens affolés. Ses propres hommes enfilaient tant bien que mal leur armure ou grimpaient sur les chemins de ronde. Les gens de Galbart Glover, chuchotant entre eux, contemplaient la scène avec des mines apeurées. On dut transporter l'intendant de Glover hors de la cave, car il avait perdu une jambe lors de la prise du château par Asha. Le mestre protesta à grand bruit jusqu'à ce que Lorren le frappe durement au visage, d'un poing ganté de maille. Lady Glover émergea du bois sacré, au bras de sa camériste. « Je vous avais avertie que ce jour viendrait, madame », dit-elle en voyant les cadavres sur le sol.

Le mestre se força un passage en avant, son nez cassé pissant le sang. « Lady Asha, je vous en supplie, abattez vos bannières et laissez-moi parlementer afin de préserver votre vie. Vous nous avez traités avec justice et honneur. Je le leur dirai.

— Nous vous échangerons contre les enfants. » Sybelle Glover avait les yeux rougis par les larmes et des nuits sans sommeil. « Gawen a quatre ans, désormais. J'ai manqué son anniversaire. Et ma douce fille... rendez-moi mes enfants, et il ne vous sera fait aucun mal. Ni à vos hommes. »

Cette dernière partie était un mensonge, Asha le savait. Elle, on l'échangerait, sans doute, renvoyée par navire aux îles de Fer vers les bras aimants de son époux. Ses cousins aussi seraient échangés contre rançon, de même que Tris Botley et quelques autres de sa compagnie, ceux dont la famille avait assez de fortune pour les racheter. Pour le reste, ce serait la hache, la corde ou le Mur. *Néanmoins, ils ont le droit de choisir.*

Asha grimpa sur une barrique afin que tous puissent la voir. « Les Loups fondent sur nous, tous crocs dehors. Ils seront à nos portes avant le lever du soleil. Devons-nous jeter nos piques et nos haches, et les supplier de nous épargner ?

— Non. » Qarl Pucelle tira son épée. « Non », reprit en écho Lorren Longue-hache. « *Non* », tonna Rolfe le Gnome, un véritable ours qui dépassait d'une bonne tête tout le reste de l'équipage d'Asha. « *Jamais.* » Et des hauteurs, retentit de nouveau le cor d'Hagen, sonnant dans la cour intérieure.

La trompe de guerre mugit un son grave et prolongé qui glaçait le sang. Asha commençait à détester le son des cors. Sur Vieux Wyk, le cor d'enfer de son oncle avait sonné le glas de ses rêves, et voilà que Hagen annonçait ce qui pourrait bien être sa dernière heure sur terre. *Si je dois mourir, que ce soit la hache à la main et une malédiction aux lèvres.*

« Aux remparts », ordonna Asha à ses hommes. Elle-même tourna ses pas vers la tour de guet, Tris Botley toujours sur les talons.

La tour de guet en bois était le point le plus élevé de ce côté-ci des montagnes, culminant vingt pieds au-dessus des plus hauts vigiers et des pins plantons des bois alentours. « Là, capitaine », annonça Cromm, lorsqu'elle atteignit la plate-forme. Asha ne vit que des arbres et des ombres, les collines éclairées par la lune et les pics enneigés, au loin. Puis elle s'aperçut que les arbres se rapprochaient peu à peu. « Oh oh, commenta-t-elle en riant, ces chèvres de montagne se sont enveloppées de branches de pin. » Les bois étaient en marche, avançant lentement vers le château comme une lente marée verte. Elle songea à un conte qu'elle avait entendu petite, sur les enfants de la forêt et leurs batailles contre les Premiers Hommes, où les vervoyants avaient changé les arbres en guerriers.

« Nous ne pouvons combattre autant de monde, déclara Tris Botley.

— Nous pouvons en combattre autant qu'il en viendra, petit, riposta Cromm. Plus il y en aura et plus grande sera la gloire. Les hommes chanteront nos exploits. »

Certes. Mais chanteront-ils ton courage ou ma folie ? La mer se situait à cinq longues lieues de là. Valait-il mieux tenir bon et combattre derrière les profondes douves et les remparts de bois de Motte-la-Forêt ? *Les palissades de Motte n'ont pas fait grand bien aux Glover quand je me suis emparée de leur castel,* se remémora-t-elle. *Pourquoi me serviraient-ils mieux ?*

« Demain, nous festoierons sous la mer. » Cromm caressait sa hache comme s'il était impatient.

Hagen abaissa son cor. « Si nous mourons les pieds au sec, comment trouverons-nous le chemin des demeures liquides du dieu Noyé ?

— Ces bois abondent de petits ruisseaux, assura Cromm. Tous conduisent à des fleuves, et tous les fleuves mènent à la mer. »

Asha n'était pas prête à mourir, pas ici, pas déjà. « Un vivant repère le chemin de la mer plus aisément qu'un mort. Que les Loups gardent leurs bois sinistres. Nous regagnons les navires. »

Elle se demanda qui était à la tête de ses ennemis. *À sa place, je m'emparerais de la plage et j'incendierais nos navires avant d'attaquer Motte.* Toutefois, les Loups ne rencontreraient pas une tâche aisée, pas s'ils étaient dépourvus de vaisseaux. Asha n'échouait jamais plus de la moitié de sa flotte. L'autre moitié serait en sécurité au large, avec l'ordre de lever la voile et de cingler sur Merdragon si les Nordiens prenaient la plage. « Hagen, sonne du cor et fais trembler la forêt. Tris, enfile une cotte de mailles, il est temps que tu étrennes ta belle épée. » Lorsqu'elle le vit si pâle, elle lui pinça la joue. « Éclabousse la lune de sang avec moi, et je te promets un baiser pour chaque mort.

— Ma reine, répondit Tristifer, ici nous avons des remparts, mais si nous atteignons la mer pour découvrir que les Loups ont pris nos navires ou les ont chassés...

— ... nous mourrons, termina-t-elle sur un ton jovial. Mais au moins, nous mourrons les pieds mouillés. Les Fer-nés se battent mieux quand ils ont les embruns salés dans les narines plutôt que le bruit du ressac dans le dos. »

Hagen sonna trois courts appels de trompe en rapide succession, le signal qui devait renvoyer les Fer-nés à leurs navires. D'en bas montèrent des cris, le choc des piques et des épées, le hennissement des chevaux. *Trop peu de montures et trop peu de cavaliers.* Asha se dirigea vers l'escalier. Dans la cour, elle trouva Qarl Pucelle qui attendait avec la jument baie d'Asha, son casque de guerre et ses haches de jet. Des Fer-nés conduisaient des chevaux hors des écuries de Galbart Glover.

« Un *boutoir* ! cria une voix du haut des remparts. *Ils ont un boutoir !*

— À quelle porte ? demanda Asha en sautant en selle.

— Au nord ! » De l'autre côté des remparts de bois moussu de Motte-la-Forêt résonna soudain la clameur des trompettes.

Des trompettes ? Des Loups avec des trompettes ? Ce n'était pas normal, mais Asha n'avait pas le temps d'y réfléchir. « Ouvrez la porte sud », ordonna-t-elle au moment même où le portail nord s'ébranlait sous l'impact du boutoir. Elle tira une hache de lancer à manche court de sa bandoulière sur son épaule. « L'heure du hibou s'est enfuie, mes frères. Voici venue l'heure de la pique, de l'épée, de la hache. En formation. Nous rentrons chez nous ! »

De cent gorges jaillirent des rugissements : « *Chez nous !* » et « *Asha !* » Tris Botley vint au galop se placer près d'elle sur un grand étalon rouan. Dans la cour, ses hommes se regroupèrent entre eux, brandissant épieux et boucliers. Qarl Pucelle, qui n'était point cavalier, alla se placer entre Âpre-langue et Lorren Longue-hache. Lorsque Hagen dévala les degrés de la tour de guet pour venir les rejoindre, la flèche d'un fils de Loup le cueillit en plein ventre et l'envoya plonger, tête la première, sur le sol. Sa fille courut à lui, en se lamentant. « Amenez-la », ordonna Asha. L'heure n'était pas au deuil. Rolfe le Gnome hissa la fille sur son cheval, dans une envolée de cheveux roux. Asha entendit grincer la porte nord quand le boutoir la percuta de nouveau. *Nous aurons peut-être besoin de nous tailler un passage dans leurs rangs*, songea-t-elle, alors que la porte sud s'ouvrait largement devant eux. La voie était libre. *Pour combien de temps ?*

« Sortez ! » Asha enfonça les talons dans les flancs de son cheval.

Les hommes et les montures étaient tous également au trot en atteignant les arbres de l'autre côté du champ détrempé, où des tiges mortes de blé d'hiver moisissaient sous la lune. Asha maintint ses cavaliers en arrière-garde, afin de presser les retardataires et de veiller à ce que nul ne demeure à la traîne. De hauts pins plantons et d'anciens chênes contrefaits se refermèrent sur eux. La forêt entourant Motte portait à bon escient le nom de Bois-Profond. Ses arbres étaient énormes et sombres, vaguement menaçants. Leurs branches s'entremêlaient et grinçaient à chaque souffle de vent, et leurs plus hautes branches griffaient la face de la lune. *Le plus tôt nous serons sortis d'ici, le mieux je me sentirai*, se dit Asha. *Ces arbres nous détestent tous, au profond de leur cœur de bois.*

Ils poursuivirent leur progression vers le sud-sud-ouest, jusqu'à ce que les tours en bois de Motte-la-Forêt eussent disparu à la vue et que la clameur des trompettes eût été avalée par la forêt. *Les Loups ont repris leur château*, jugea-t-elle, *peut-être se satisferont-ils de nous laisser aller.*

Tris Botley vint au trot se placer à sa hauteur. « Nous prenons la mauvaise direction », dit-il en indiquant d'un geste la lune qui les épiait à travers le couvert des ramures. « Il faut virer au nord, vers les navires.

— À l'ouest d'abord, insista Asha. À l'ouest, jusqu'à ce que le soleil se lève. Ensuite, au nord. » Elle se tourna vers Rolfe le Gnome et Roggon Barbe-rouille, ses meilleurs cavaliers. « Partez en éclaireurs, et assurez-vous que la voie est libre. Je ne veux pas de surprises quand nous atteindrons la côte. Si vous tombez sur des Loups, revenez me porter la nouvelle.

— S'il le faut », promit Roggon à travers son immense barbe rousse.

Après que les éclaireurs eurent disparu entre les arbres, le reste des Fer-nés reprirent leur route, mais la progression était lente. Les arbres leur masquaient la lune et les étoiles, et sous leurs pieds le sol de la forêt était noir et trompeur. Avant qu'ils aient parcouru un demi-mille, la jument de son cousin Quenton trébucha dans un trou et se brisa la jambe avant. Quenton dut lui trancher la gorge pour l'arrêter de hennir. « Nous devrions fabriquer des torches, la pressa Tris.

— Le feu va attirer les Nordiens sur nous. » Asha jura dans sa barbe, se demandant si elle n'avait pas commis une erreur en quittant le château. *Non. Si nous étions restés pour nous battre, nous serions sans doute tous morts à l'heure qu'il est.* Mais il ne servait à rien de continuer à tâtonner dans le noir, non plus. *Ces arbres nous tueront s'ils le peuvent.* Elle retira son casque et repoussa ses cheveux trempés de sueur. « Le soleil se lève dans quelques heures. Nous allons faire halte ici et nous reposer jusqu'au point du jour. »

Faire halte se révéla simple ; le repos vint difficilement. Nul ne dormit, pas même Dale Paupières-lourdes, un rameur qu'on avait vu somnoler entre deux coups de rame. Certains hommes firent circuler une outre du vin de pomme de Galbart Glover, se la passant de main en main. Ceux qui avaient apporté de la nourriture la partagèrent avec ceux qui n'en avaient pas. Les cavaliers nourrirent et abreuvèrent leurs chevaux. Son cousin

Quenton Greyjoy envoya trois hommes escalader des arbres, afin de guetter dans la forêt le moindre signe de torches. Cromm aiguisa sa hache, et Qarl Pucelle son épée. Les chevaux broutèrent une herbe folle morte et brune. La fille rousse d'Hagen attrapa Tris Botley par la main pour l'entraîner parmi les arbres. Quand il se refusa, elle s'en fut avec Harl Six-Orteils.

Si seulement je pouvais en faire autant. Il serait bon de se perdre une dernière fois entre les bras de Qarl. Asha avait au creux du ventre un mauvais pressentiment. Sentirait-elle jamais le pont du *Vent noir* sous ses pieds à nouveau ? Et si cela arrivait, où mènerait-elle le navire ? *Les îles me sont fermées, à moins que je ne veuille ployer le genou, écarter les cuisses et subir les étreintes d'Erik Forgefer, et aucun port de Westeros ne risque d'accueillir la fille de la Seiche à bras ouverts.* Elle pouvait se reconvertir dans le commerce, comme Tris semblait le souhaiter, ou cingler vers les Degrés de Pierre et y rejoindre les pirates. *Ou...*

« J'adresse à chacun de vous un morceau de prince », marmonna-t-elle.

Qarl sourit. « C'est de toi que je préférerais avoir un morceau, chuchota-t-il, un bas morceau qui... »

Un objet jaillit des fourrés pour atterrir parmi eux avec un choc mou, roulant et rebondissant. C'était rond, sombre et humide, avec de longs poils qui se fouettaient l'air autour de lui tandis que ça roulait. Quand cela vint s'arrêter entre les racines d'un chêne, Âpre-langue déclara : « Rolfe le Gnome n'est plus si grand qu'il en avait coutume. » La moitié de ses hommes étaient déjà debout, tendant la main vers leur bouclier, leur pique et leur hache. *Eux non plus n'ont pas allumé de torches*, eut le temps de constater Asha, *et ils connaissent ces forêts mieux que nous ne le pourrons jamais.* Puis les arbres entrèrent en éruption tout autour d'eux, et les Nordiens déferlèrent en s'égosillant. *Des loups*, songea-t-elle, *ils hurlent comme des saloperies de loups. Le cri de guerre du Nord.* Ses Fer-nés répliquèrent par des clameurs et le combat s'engagea.

Aucun barde ne composerait jamais de chanson sur cette bataille. Aucun mestre n'en consignerait jamais la chronique dans un des livres chéris du Bouquineur. Ne vola nulle bannière, ne mugit nulle trompe, nul grand seigneur n'appela ses hommes autour de lui pour entendre résonner ses dernières paroles. Ils se battaient dans le crépuscule qui précède l'aube, ombre contre ombre, trébuchant sur des racines et des pierres, avec sous leurs pieds, la boue et un humus de feuilles en décomposition. Les Fer-nés étaient vêtus de maille et de cuir taché de sel, les Nordiens de fourrures, de peaux et de branches de pin. La lune et les étoiles d'en haut contemplaient leur combat, leur clarté pâle filtrant à travers le lacis de branches nues qui se tordaient au-dessus d'eux.

Le premier homme à courir sus à Asha Greyjoy mourut à ses pieds, la hache de jet de la fille de Balon plantée entre les yeux. Cela laissa à la jeune femme un répit suffisant pour glisser son bouclier à son bras. « *À moi !* » appela-t-elle, mais savoir si elle ralliait ses propres hommes ou l'ennemi, Asha elle-même ne l'aurait pu dire avec certitude. Un Nordien armé d'une hache se dressa devant elle, l'abattant des deux mains en s'étranglant de fureur inarticulée. Asha leva son bouclier pour bloquer le choc, puis se porta au contact pour l'éventrer d'un coup de miséricorde. Le hurlement de l'homme changea de tonalité quand il tomba. Asha pivota, trouva derrière elle un autre Loup et le frappa au front, sous son casque. La riposte de l'homme atteignit Asha sous le sein, mais la maille détourna la lame, si bien qu'elle planta la pointe de sa miséricorde dans la gorge de l'homme et le laissa se noyer dans son sang. Une main l'attrapa par les cheveux, mais ils étaient si courts que l'ennemi ne put assurer une prise suffisante pour tirer la tête d'Asha en arrière. Celle-ci abattit son talon de botte sur le cou-de-pied de l'autre et se libéra tandis qu'il beuglait de douleur. Le temps qu'elle se tournât, l'homme agonisait à terre, serrant toujours une poignée de cheveux. Qarl se dressait au-dessus de lui, sa longue épée dégoulinant, le clair de lune brillant dans ses yeux.

Âpre-langue décomptait les Nordiens au fur et à mesure qu'il les tuait, annonçant à haute voix « quatre » quand l'un s'écroula et « cinq » un battement de cœur plus tard. Les chevaux hennissaient, ruaient et roulaient des yeux, terrifiés, affolés par tant de boucherie et de sang... Tous, sauf le grand étalon rouan de Tris Botley. Tris avait sauté en selle, et sa monture se cabrait et voltait tandis que l'homme frappait avec son épée. *Je vais peut-être lui devoir plus d'un baiser avant que la nuit ne s'achève*, se dit Asha.

« Sept », s'écria Âpre-langue, mais à côté de lui Lorren Longuehache s'étala, une jambe repliée sous lui, et les ombres avançaient toujours, avec des clameurs et des bruissements. *Nous*

nous battons contre des jardinets, songea Asha en tuant un homme qui portait sur lui plus de feuillage que les arbres environnants. Cette idée la fit rire. Ce rire attira à elle d'autres Loups, et elle les tua eux aussi, en se demandant si elle ne devrait pas entamer un compte, elle aussi. *Je suis une femme mariée, et voilà le marmot que j'allaite.* Elle enfonça sa miséricorde dans la poitrine d'un Nordien, transperçant la fourrure, la laine et le cuir bouilli. Il avait le visage si proche d'elle qu'elle put renifler le remugle rance de sa bouche, et il avait la main sur la gorge d'Asha. Elle sentit le fer racler l'os quand sa pointe dérapa sur une côte. Puis l'homme fut secoué d'un spasme et mourut. Lorsqu'elle le lâcha, elle avait si peu de forces qu'elle faillit s'écrouler sur lui.

Plus tard, elle se retrouva dos à dos avec Qarl, à écouter autour d'eux les grognements et les jurons, les braves qui rampaient en pleurs parmi les ombres, en appelant leur mère. Un buisson se jeta sur elle avec une pique assez longue pour lui traverser le ventre et percer le dos de Qarl par la même occasion, mais son cousin Quenton tua le piquier avant qu'il n'atteignît Asha. Un battement de cœur plus tard, un autre buisson tua Quenton, lui plantant une hache à la base du crâne.

Derrière elle, Âpre-langue s'exclama : « *Neuf*, et soyez tous maudits. » La fille d'Hagen jaillit toute nue de sous les arbres, deux Loups sur ses talons. Asha dégagea une hache de jet et l'envoya voler en tourbillonnant pour frapper l'un des deux dans le dos. Quand celui-ci tomba, la fille d'Hagen trébucha et chuta sur les genoux, s'empara de son épée, pour en percer le deuxième homme, puis elle se releva, toute maculée de sang et de boue, ses longs cheveux roux libres, et plongea dans la bataille.

Quelque part, dans le flux et le reflux des combats, Asha perdit Qarl, perdit Tris, les perdit tous. Sa miséricorde avait disparu aussi, et toutes ses haches de jet ; ne lui restait à leur place qu'une épée à la main, une épée courte à la lame large et épaisse, presque comparable à un couperet de boucher. Même pour sauver sa vie, elle n'aurait su dire où elle l'avait trouvée. Elle avait le bras douloureux, un goût de sang dans la bouche, ses jambes tremblaient, et les pâles rais de l'aube descendaient en oblique à travers les arbres. *Est-ce qu'il s'est écoulé si longtemps ? Depuis combien de temps nous battons-nous ?*

Son dernier adversaire était un Nordien armé d'une hache, un gaillard chauve et barbu, revêtu d'une broigne en maille rapiécée et rouillée qui ne pouvait que le désigner comme un chef ou un champion. Il n'appréciait pas de devoir affronter une femme. « *Conne !* » rugissait-il à chaque fois qu'il la frappait, ses postillons venant mouiller les joues d'Asha. « *Conne ! Conne !* »

Asha voulait répliquer en criant aussi, mais elle avait la gorge si sèche qu'elle n'était plus capable que de grogner. La hache de l'homme faisait frémir le bouclier, fendant le bois en s'abattant, arrachant de longues éclisses pâles quand il la retirait d'une saccade. Sous peu, Asha n'aurait plus au bras qu'une brassée de petit bois. Elle recula et se débarrassa de son bouclier détruit, puis recula encore et dansa, à gauche, à droite, puis encore à gauche pour éviter la hache qui descendait.

Et soudain son dos vint buter durement contre un arbre ; elle ne pouvait plus danser. Le Loup leva sa hache au-dessus de sa tête pour lui fendre le crâne en deux. Asha essaya d'esquiver sur la droite, mais elle avait les pieds retenus dans des racines, qui la prenaient au piège. Elle se tortilla, perdit l'équilibre, et la tête de la hache la frappa à la tempe avec un hurlement d'acier contre l'acier. Le monde vira au rouge, au noir, et de nouveau au rouge. La douleur crépita dans sa jambe comme la foudre et, au loin, elle entendit son Nordien déclarer : « Foutue conne », en brandissant sa hache pour donner le coup qui l'achèverait.

Une trompette sonna.

Ce n'est pas normal, se dit-elle. *Il n'y a pas de trompettes dans les demeures liquides du dieu Noyé. Sous les vagues les tritons saluent leur seigneur en soufflant dans des conques.*

Elle rêva de cœurs rouges qui brûlaient, et d'un cerf noir dans une forêt d'or, avec des bannières de flammes sur ses andouillers.

TYRION

Le temps qu'ils atteignent Volantis, le ciel était pourpre à l'occident et noir au levant, et les étoiles paraissaient. *Les mêmes qu'à Westeros*, songea Tyrion Lannister.

Il aurait pu puiser quelque réconfort à l'idée qu'on ne l'avait pas troussé comme une oie et attaché en travers d'une selle. Il avait renoncé à se débattre. Les nœuds qui le retenaient étaient trop serrés. Il s'était laissé aller, aussi mou qu'un sac de farine. *J'économise mes forces*, se répétait-il, mais à quelle fin, il n'aurait su le dire.

Volantis fermait ses portes à la tombée de la nuit, et les gardes à sa porte du Nord maugréaient avec impatience devant les retardataires. Ils se joignirent à la file, derrière un chariot chargé de citrons et d'oranges. De leurs torches, les gardes firent signe au chariot de passer, mais leur regard se durcit en voyant le grand Andal sur son palefroi, avec sa longue épée et sa maille. On fit venir un capitaine. Tandis que celui-ci échangeait avec le chevalier quelques mots en volantain, un des gardes retira son gantelet griffu pour frictionner le crâne de Tyrion. « Je déborde de chance, l'encouragea le nain. Tranche mes liens, l'ami, et je veillerai à ce que tu en sois bien récompensé. »

Son ravisseur l'entendit. « Garde tes mensonges pour ceux qui parlent ta langue, Lutin », lui conseilla-t-il, puis les Volantains leur firent signe de passer.

Ils avaient repris leur progression, franchissant la porte et traversant les remparts massifs de la ville. « Vous parlez ma langue, vous. Puis-je vous enjôler par mes promesses, ou êtes-vous résolu à vous payer un titre de lord avec ma tête ?

— J'*étais* lord, de plein droit par la naissance. Je ne veux pas d'un titre vide.

— C'est tout ce que vous avez des chances de recevoir de ma tendre sœur.

— Et moi qui avais entendu raconter qu'un Lannister payait toujours ses dettes.

— Oh, jusqu'au dernier sol… Mais jamais un liard de plus, messire. Vous obtiendrez le repas que vous guignez, mais ne comptez pas sur une sauce de gratitude et, au final, il ne vous nourrira pas.

— Il se pourrait que je cherche seulement à te voir payer tes crimes. Celui qui tue les siens est maudit aux yeux des dieux et des hommes.

— Les dieux sont aveugles. Et les hommes ne voient que ce qui leur sied.

— Je te vois fort clairement, Lutin.» Une nuance sombre s'était introduite dans le ton du chevalier. «J'ai commis des actions dont je ne tire pas fierté, des actions qui ont jeté l'opprobre sur ma maison et le nom de mon père… Mais tuer son propre géniteur? Comment un homme peut-il agir de la sorte?

— Donnez-moi une arbalète, baissez vos chausses et je vous en ferai démonstration.» *Avec grande joie.*

«Tu prends cela comme une plaisanterie?

— C'est la vie que je prends comme une plaisanterie. La vôtre, la mienne, celle de tout un chacun.»

À l'intérieur des remparts, ils longèrent des comptoirs de guildes, des marchés et des établissements de bains. Des fontaines jaillissaient et chantaient au cœur de vastes places, où des hommes assis à des tables de pierre déplaçaient des pièces de *cyvosse* et sirotaient du vin dans des flûtes de cristal tandis que des esclaves allumaient des lanternes ornementées pour tenir le noir en respect. Palmiers et cèdres croissaient en bordure de la rue pavée, et des monuments se dressaient à chaque carrefour. Nombre de statues étaient dépourvues de tête, nota le nain, mais, même décapitées, réussissaient à en imposer dans le crépuscule.

Tandis que le palefroi progressait au pas vers le sud en longeant le fleuve, les échoppes se firent plus modestes et plus miséreuses, les arbres en bord de route devenant une rangée de souches. Sous les sabots du cheval, les pavés cédèrent la place à l'herbe-au-diable, puis à une boue molle et détrempée, couleur d'excréments de nourrisson. Les ponceaux qui enjambaient les affluents mineurs de la Rhoyne grinçaient de façon inquiétante sous leur poids. À l'endroit où un fort dominait jadis le fleuve se dressait désormais une porte démolie, béante comme la bouche édentée d'un vieillard. On apercevait des chèvres qui regardaient par-dessus les parapets.

L'Antique Volantis, fille aînée de Valyria, songea le nain. *La fière Volantis, reine de la Rhoyne et maîtresse de la mer d'Été, siège de nobles seigneurs et de belles dames du sang le plus ancien.* Et peu importaient les meutes de gamins nus qui galopaient dans les ruelles en glapissant de leurs voix aiguës, les spadassins postés sur le seuil des échoppes de vin, la main jouant avec la poignée de leur épée, ou les esclaves au dos voûté et aux visages tatoués qui couraient en tous sens comme autant de cafards. *La puissante Volantis, la plus grandiose et la plus populeuse des neuf Cités libres.* Des guerres anciennes avaient toutefois dépeuplé l'essentiel de la ville, et d'importants secteurs avaient commencé à retourner à la boue sur laquelle elle s'érigeait. *La belle Volantis, cité des fontaines et des fleurs.* Mais la moitié des fontaines étaient taries, la moitié des bassins fissurés et stagnants. Des lianes fleuries projetaient leurs vrilles de chaque crevasse dans les murs et les chaussées, et des arbrisseaux s'enracinaient dans le mur de boutiques abandonnées et de temples sans toit.

Et puis, il y avait l'odeur. Elle flottait dans l'atmosphère chaude et humide, riche, rance, insidieuse. *Il y a là-dedans du poisson, et des fleurs, ainsi que du crottin d'éléphant. Quelque chose de sucré, de terrien, et quelque chose de mort et putréfié.* « La ville sent comme une vieille putain, annonça Tyrion. Comme une gourgandine flétrie qui s'asperge de parfum les parties intimes afin de couvrir la puanteur qui s'exhale d'entre ses jambes. Notez bien, je ne me plains pas. Avec les putains, si les jeunes sentent bien meilleur, les vieilles connaissent plus de tours.

— Tu dois en savoir plus long que moi sur ce compte.

— Ah, mais bien entendu. Et ce bordel où nous nous sommes rencontrés... vous l'aviez confondu avec un septuaire ? Et c'était votre sœur vierge qui se trémoussait dans votre giron ? »

La pique le fit grimacer. « Mets ta langue en repos si tu ne veux pas que j'y fasse un nœud. »

Tyrion ravala sa réplique. Il avait encore la lèvre gonflée et douloureuse de la dernière occasion où il avait poussé le grand chevalier trop loin. *Des mains dures, et aucun sens de l'humour ; voilà un mauvais mariage.* Le voyage depuis Selhorys lui avait au moins enseigné cela. Il reporta ses pensées vers sa botte, et les champignons dans la pointe. Son ravisseur ne l'avait pas fouillé avec tout le soin qu'il aurait dû y mettre. *Il me reste toujours cette évasion. Au moins, Cersei ne m'aura pas vivant.*

Plus loin au sud, des signes de prospérité commencèrent à reparaître. On voyait moins souvent des immeubles déserts, les enfants nus disparurent, les spadassins sur le seuil semblaient vêtus avec plus d'apparat. Quelques-unes des auberges qu'ils croisèrent ressemblaient à des établissements où l'on pouvait passer la nuit sans craindre d'avoir la gorge tranchée. Des lanternes pendaient à des potences au long de la route du fleuve, oscillant dès que le vent se levait. Les rues s'élargirent, les bâtiments prirent de l'ampleur. Certains étaient coiffés de grands dômes en verre coloré. Dans le crépuscule qui montait, avec les feux qui s'allumaient au-dessous, les dômes s'éclairaient de bleu, de rouge, de vert, de mauve.

Toutefois, un certain je-ne-sais-quoi mettait Tyrion mal à l'aise. À l'ouest de la Rhoyne, il ne l'ignorait pas, les docks de Volantis grouillaient de marins, d'esclaves et de négociants, dont les boutiques de vins, les auberges et les bordels courtisaient la clientèle. À l'est, on voyait moins souvent des étrangers venus d'au-delà des mers. *On ne veut pas de nous, ici*, comprit-il.

La première fois qu'ils croisèrent un éléphant, Tyrion ne put s'empêcher de le fixer. La ménagerie de Port-Lannis avait compté une éléphante quand il était enfant, mais elle était morte lorsqu'il avait sept ans… et ce nouveau mastodonte gris paraissait deux fois plus grand qu'elle l'avait été.

Plus loin encore, ils suivirent un éléphant plus réduit, blanc comme un vieil os, qui tirait un char à bœufs décoré. « Est-ce qu'on dit toujours *char à bœufs* quand le char à bœufs n'a pas de bœufs ? » demanda Tyrion à son ravisseur. Quand ce trait d'esprit resta sans réponse, il retomba dans le silence en contemplant la croupe de l'éléphant blanc nain qui tanguait devant eux.

Volantis pullulait d'éléphants blancs nains. En approchant du Mur Noir et des quartiers surpeuplés voisins du Long Pont, ils en virent une douzaine. Les grands éléphants gris n'étaient pas rares, non plus – d'énormes bêtes portant sur leur dos des castelets. Et dans la pénombre du soir, les carrioles à crottin étaient de sortie, pilotées par des esclaves demi-nus qui avaient pour tâche de ramasser à la pelle les piles fumantes abandonnées par les éléphants petits et grands. Des nuées de mouches escortaient les carrioles, aussi les esclaves assignés à la corvée de crottin portaient-ils des mouches tatouées sur les joues, pour signifier leur rôle. *Voilà l'emploi idéal pour ma tendre sœur,* rumina Tyrion. *Qu'elle serait charmante, avec sa petite pelle et des mouches tatouées sur ses jolies joues roses.*

Désormais, ils n'avançaient plus qu'au pas. La route du fleuve était engorgée par la circulation, qui se faisait presque uniquement vers le sud. Le chevalier la suivit, une bûche prise dans le courant. Tyrion considéra les foules qu'ils croisaient. Neuf hommes sur dix portaient des marques d'esclave sur leurs joues. « Que d'esclaves... où vont-ils tous ?

— Les prêtres rouges allument leurs feux nocturnes au crépuscule. Le Grand Prêtre va parler. Je l'éviterais si je pouvais, mais, pour atteindre le Long Pont, nous devons passer devant le temple rouge. »

Trois pâtés de maisons plus loin, la rue s'ouvrit devant eux sur une immense plaza éclairée par des flambeaux, où il se dressait. *Les Sept me préservent, il doit bien faire trois fois la taille du Grand Septuaire de Baelor.* Énormité de colonnes, d'escaliers, d'arcs-boutants, de ponts, de dômes et de tours se fondant les uns dans les autres comme s'ils avaient tous été taillés dans un seul rocher colossal, le Temple du Maître de la Lumière les surplombait comme la grande colline d'Aegon. Cent nuances de rouge, de jaune, d'or et d'orange confluaient et se mêlaient sur les parois du temple, se dissolvant l'une en l'autre comme les nuages au couchant. Ses graciles tourelles se vrillaient toujours plus haut, comme des flammes figées dans leur danse en tentant d'atteindre le ciel. *Un brasier pétrifié.* Près du parvis du temple flambaient de gigantesques feux nocturnes et, entre eux, le Grand Prêtre avait commencé à parler.

Benerro. Le prêtre se tenait au sommet d'une colonne de roc rouge, reliée par un mince pont de pierre à une terrasse en hauteur qui regroupait les prêtres mineurs et les acolytes. Les acolytes portaient des robes jaune pâle et orange vif, les prêtres et prêtresses des rouges.

À leurs pieds, la grande plaza était pratiquement impénétrable. Tant et plus de fidèles arboraient un bout de tissu écarlate agrafé à leur manche ou noué sur le front. Tous les yeux, hormis ceux de Tyrion et du chevalier, fixaient le prêtre rouge. « Place », gronda le cavalier tandis que sa monture se frayait un chemin dans la presse. « Dégagez le passage. » Les Volantains s'écartaient de mauvais gré, avec des grommellements et des regards mauvais.

La voix haut perchée de Benerro portait loin. Grand, mince, il avait un visage aux traits tirés et une peau de la blancheur du lait. On lui avait tatoué des flammes sur les joues, le menton et son crâne rasé, pour composer un masque rouge vif qui crépitait autour de ses yeux et descendait cerner sa bouche sans lèvres. « C'est un tatouage d'esclave ? » voulut savoir Tyrion.

Le chevalier opina. « Le temple rouge les achète enfants pour en faire des prêtres, des prostituées sacrées ou des guerriers. Regarde là-bas. » Il indiqua du doigt le parvis, où une ligne d'hommes en armures ornementées et capes orange se tenaient devant les portes du temple, serrant des piques aux pointes ondulées comme des flammes. « La Main Ardente. Les soldats sacrés du Maître de la Lumière, défenseurs du temple. »

Des chevaliers de feu. « Et combien de doigts compte cette main, je vous prie ?

— Mille. Jamais plus, et jamais moins. Une nouvelle flamme s'allume à chacune qui s'éteint. »

Benerro pointa un doigt vers la lune, serra le poing, écarta largement les mains. Alors que sa voix allait crescendo, des flammes lui jaillirent des doigts en exhalant un grondement soudain, suscitant dans la foule un hoquet de surprise. Le prêtre savait également tracer dans l'air des lettres de feu. *Des glyphes valyriens.* Tyrion en reconnut peut-être deux sur dix ; l'un d'eux disait *Fléau*, l'autre *Ténèbres*.

Des cris jaillirent de la foule. Des femmes pleuraient, des hommes secouaient le poing. *J'ai un mauvais pressentiment.* Le nain se remémorait le jour où Myrcella avait pris la mer pour Dorne et l'émeute qui avait éclaté alors qu'ils rentraient au Donjon Rouge.

Haldon Demi-Mestre avait parlé d'utiliser le prêtre rouge au bénéfice de Griff le Jeune, se souvenait Tyrion. Maintenant qu'il avait personnellement vu et entendu l'individu, l'idée lui parut très mauvaise. Il espéra que Griff aurait plus de bon sens. *Certains alliés sont plus dangereux que des ennemis. Mais lord Connington devra démêler ce problème tout seul. J'ai de bonnes chances de me retrouver à l'état de tête au bout d'une pique.*

Le prêtre indiquait le Mur Noir derrière le temple, montrant du geste les parapets où une poignée de gardes en armure regardaient en contrebas. « Qu'est-ce qu'il raconte ? demanda Tyrion au chevalier.

— Que Daenerys est en danger. L'œil sombre s'est posé sur elle, et les sbires de la nuit complotent sa destruction, en priant leurs faux dieux dans des temples du mensonge… conspirant pour la trahir avec des étrangers sans dieux… »

Les petits cheveux sur la nuque de Tyrion commencèrent à se hérisser. *Le prince Aegon ne trouvera pas d'amis ici.* Le prêtre rouge parlait d'une antique prophétie, une prophétie qui annonçait la venue d'un héros pour délivrer le monde des ténèbres. *Un héros. Pas deux. Daenerys a des dragons. Pas Aegon.* Nul besoin pour le nain d'être lui-même prophète pour prévoir la réaction de Benerro et de ses fidèles face à un deuxième Targaryen. *Griff s'en apercevra aussi, assurément*, songea-t-il, surpris de constater combien il s'en inquiétait.

Le chevalier s'était forcé un passage à travers la plus grosse partie de la foule à l'arrière de la plaza, ignorant les imprécations qu'on leur lançait au passage. Un homme vint se placer devant eux, mais le ravisseur de Tyrion saisit la poignée de sa longue épée et la tira juste assez pour exposer un pied d'acier nu. L'homme s'évapora et une ruelle s'ouvrit d'un seul coup devant eux. Le chevalier poussa sa monture au trot, et ils laissèrent la foule derrière eux. Un moment, Tyrion entendit encore la voix de Benerro qui allait en diminuant dans leur dos, et les rugissements soulevés par ses harangues, soudains comme le tonnerre.

Ils arrivèrent devant une écurie. Le chevalier mit pied à terre, puis tambourina à la porte jusqu'à ce qu'un esclave hagard avec une tête de cheval sur la joue accourût. Le nain fut débarqué sans douceur de la selle et attaché à un poteau tandis que son ravisseur tirait du sommeil le propriétaire de l'écurie et marchandait avec lui le prix de son cheval et de sa selle. *Vendre un cheval coûte moins cher que de le faire transporter à l'autre bout du monde.* Tyrion pressentit un navire dans son avenir immédiat. Peut-être était-il prophète, finalement.

Au terme des négociations, le chevalier jeta ses armes, son bouclier et ses fontes sur son épaule et demanda qu'on lui indiquât la forge la plus proche. Celle-ci se révéla fermée elle aussi, mais s'ouvrit très vite, aux cris du chevalier. Le forgeron regarda

Tyrion en plissant les yeux, puis hocha la tête et accepta une poignée de pièces. « Viens par ici », ordonna le chevalier à son prisonnier. Il tira son poignard et trancha les liens de Tyrion. « Grand merci », dit le nain en se frictionnant les poignets, mais le chevalier se borna à rire et à lui répondre : « Garde ta gratitude pour quelqu'un qui la méritera, Lutin. La suite des événements ne va pas te plaire. »

Il ne se trompait pas.

Les bracelets étaient de fer noir, épais, lourds, pesant chacun deux bonnes livres, pour autant que le nain pouvait en juger. Les chaînes ajoutaient encore au poids. « Je dois être plus terrifiant que je ne le pensais », confessa Tyrion tandis que les derniers maillons étaient refermés à coups de masse. Chaque martèlement envoyait dans son bras une onde de choc, presque jusqu'à l'épaule. « Ou craignez-vous de me voir détaler sur mes petites jambes contrefaites ? »

Le forgeron ne leva même pas les yeux de son ouvrage, mais le chevalier eut un ricanement rogue. « C'est ta bouche qui m'inquiète, pas tes jambes. Avec des fers, tu es un esclave. Personne n'ira écouter un mot de ce que tu racontes, pas même ceux qui parlent la langue de Westeros.

— Il n'y a pas besoin de tout ça, protesta Tyrion. Je serai un bon petit captif, je le jure, je le jure.

— Alors, prouve-le en fermant ton clapet. »

Aussi inclina-t-il la tête et retint-il sa langue tandis qu'on assurait les chaînes en place, un poignet à l'autre, le poignet à la cheville, la cheville à l'autre. *Ces saloperies pèsent plus lourd que moi.* Au moins, il respirait encore. Son ravisseur aurait tout aussi aisément pu lui trancher la tête. Cersei n'en demandait pas davantage, à vrai dire. Ne pas le décapiter sur-le-champ avait été la première erreur de son ravisseur. *Entre Volantis et Port-Réal s'étend la moitié d'un monde, et il peut se produire en route tant et plus de choses, ser.*

Le reste du chemin, ils le parcoururent à pied, Tyrion tintant et cliquetant tandis qu'il s'évertuait à égaler l'allure des longues enjambées impatientes de son ravisseur. Chaque fois qu'il semblait près de se retrouver à la traîne, le chevalier empoignait ses fers, qu'il halait d'un coup sec, ramenant le nain titubant et clopinant à sa hauteur. *Ça aurait pu être pire. Il pourrait me faire presser le pas à coups de fouet.*

Volantis enjambait un des estuaires de la Rhoyne à l'endroit où le fleuve venait embrasser la mer, ses deux moitiés unies par le Long Pont. La plus ancienne partie de la ville, la plus opulente, se situait à l'est du fleuve, mais les épées-louées, les barbares et autres étrangers mal dégrossis n'y étaient pas les bienvenus, aussi devaient-ils traverser et passer à l'ouest.

La porte du Long Pont était un arc en pierre noire sculpté de sphinx, de manticores, de dragons et de créatures encore plus étranges. Par-delà la porte s'étirait le grand pont que les Valyriens avaient bâti au zénith de leur gloire, sa chaussée en pierre fondue supportée par des piles massives. La largeur de la route permettait tout juste à deux chariots d'y circuler de front, aussi, chaque fois qu'un chariot à destination de l'ouest en rencontrait un autre se dirigeant vers l'est, tous deux devaient-ils ralentir pour se croiser au pas.

Les deux hommes avaient de la chance de le traverser à pied. Au tiers du parcours, un chariot chargé de melons s'était accroché les roues avec un autre transportant une montagne de tapis en soie, et il bloquait toute la circulation des véhicules roulants. La plus grosse part du flot des piétons s'était également arrêtée pour suivre l'échange de cris et d'imprécations entre les deux charretiers, mais le chevalier empoigna Tyrion par sa chaîne et leur ouvrit à tous deux un passage à travers la foule. En pleine presse, un gamin tenta d'introduire les doigts dans sa bourse, mais la dureté d'un coude y mit bon ordre et écrasa le nez sanglant du voleur sur la moitié de son visage.

Des deux côtés s'élevaient des bâtiments : des boutiques et des temples, des tavernes et des auberges, des académies de *cyvosse* et des bordels. La plupart montaient sur deux ou trois étages, chaque niveau en encorbellement par rapport à celui du dessous. Les derniers étages se frôlaient presque. En traversant le pont, on avait l'impression de parcourir un tunnel éclairé de flambeaux. Toutes sortes d'échoppes et d'étals se succédaient au long du trajet ; tisserands et dentellières exposaient leurs articles côte à côte avec des souffleurs de verre, des chandeliers et des poissonnières proposant anguilles et huîtres. Chaque orfèvre avait un garde posté à sa porte, et chaque marchand d'épices, deux, car ils vendaient des denrées deux fois plus précieuses. Çà et là, entre les boutiques, le voyageur pouvait entrevoir le fleuve qu'il était en train de franchir. Au nord, la Rhoyne formait un large ruban noir éclairé d'étoiles, cinq fois plus large que les rapides de la Néra à Port-Réal. Au sud du pont, le fleuve s'épanouissait pour étreindre la mer salée.

Au milieu du pont, les mains tranchées de voleurs et de tire-laine pendaient en bord de route à des potences de fer, comme des colliers d'oignons. Trois têtes étaient exposées, au surplus – deux hommes et une femme, leurs forfaits griffonnés sur des tablettes en dessous d'eux. Un duo de landiers, revêtus de heaumes polis et de cottes en maille d'argent, veillait sur elles. Sur leurs joues s'étiraient des rayures de tigre, vertes comme le jade. De temps en temps, les gardes agitaient leur pique pour chasser les goélands, les mouettes et les freux venus rendre hommage aux défunts. Les oiseaux revenaient aux têtes au bout de quelques instants.

« Qu'ont-ils fait ? » s'enquit Tyrion sur un ton innocent.

Le chevalier jeta un coup d'œil aux inscriptions. « La femme était une esclave qui a levé la main contre sa maîtresse. Le plus vieux des deux hommes a été accusé de fomenter une rébellion et d'espionner pour le compte de la reine dragon.

— Et le plus jeune ?

— Il a tué son père. »

Tyrion jeta à la tête en décomposition un second regard. *Dites-moi… On dirait presque que ses lèvres sourient.*

Plus loin, le chevalier s'arrêta brièvement pour considérer une tiare couverte de joyaux, présentée sur un coussinet de velours pourpre. Il passa son chemin, mais, quelques pas plus loin, il s'arrêta encore pour marchander une paire de gants à l'étal d'un maroquinier. Des répits dont se félicita Tyrion. L'allure rapide l'essoufflait, et les menottes lui écorchaient les poignets.

Depuis l'autre extrémité du Long Pont, il y avait juste une courte marche à travers les grouillants quartiers du front de port de la rive ouest jusqu'aux rues éclairées de torches et encombrées de matelots, d'esclaves et de fêtards avinés. Une fois, un éléphant passa lourdement, chargé d'une demi-douzaine d'esclaves à demi nues qui saluaient du haut du castelet sur son dos en aguichant les passants par de fugaces aperçus de leurs seins, et en criant : « Malaquo, Malaquo. » Elles offraient un spectacle tellement fascinant que Tyrion manqua poser le pied en plein dans la pile de crottin fumant que l'éléphant avait laissée pour marquer son passage. Il fut sauvé au dernier moment quand le chevalier le tira de côté, si rudement que le nain pivota sur lui-même et tituba.

« C'est encore loin ? demanda-t-il.

— Nous y sommes. La place des Poissonniers. »

Leur destination se révéla être le Comptoir des Marchands, une monstruosité comptant trois étages, accroupie entre les entrepôts, les bordels et les tavernes du port comme un prodigieux obèse cerné d'enfants. Sa salle commune dépassait en superficie la grande salle de la moitié des châteaux de Westeros, un labyrinthe de pénombre, avec cent alcôves retirées et recoins cachés dont les solives noircies et les plafonds fissurés résonnaient du hourvari des marins, des négociants, des capitaines, des usuriers, des armateurs et des esclavagistes, qui mentaient, juraient, et se flouaient mutuellement dans une demi-centaine de langues différentes. Le choix de cette hostellerie reçut l'approbation de Tyrion. Tôt ou tard, la *Farouche Pucelle* atteindrait Volantis. On se trouvait ici dans la plus grande auberge de la ville, la première où descendaient commanditaires, capitaines et négociants. Nombre de marchés se concluaient dans l'énorme caverne de cette salle commune. Tyrion en connaissait assez long sur Volantis pour le savoir. Que Griff débarque ici avec Canard et Haldon, et le nain ne tarderait pas à se retrouver libre.

Dans l'intervalle, il saurait se montrer patient. Sa chance viendrait.

Toutefois, les chambres des étages se révélèrent rien moins que grandioses, en particulier les soupentes à bas prix, au troisième. Engoncé sous les combles à un coin du bâtiment, le galetas retenu par son ravisseur comportait un plafond bas, un lit de plume avachi aux déplaisants relents et un plancher incliné qui rappela à Tyrion son séjour aux Eyrié. *Au moins, cette chambre a des murs.* Et des fenêtres, aussi ; en cela résidait son attrait principal, en même temps qu'en un anneau de fer rivé au mur, si commode pour enchaîner les esclaves. Son ravisseur prit seulement le temps d'allumer une chandelle de suif avant d'arrimer les fers de Tyrion à l'anneau.

« Est-ce bien nécessaire ? protesta le nain en agitant vaguement ses entraves. Par où est-ce que je pourrais m'en aller ? Par la fenêtre ?

— Tu en serais capable.

— Nous sommes au troisième, et je ne sais pas voler.

— Tu pourrais tomber. Je te veux en vie. »

Certes, mais pourquoi ? Ce n'est pas comme si Cersei y tenait tant. Tyrion secoua ses chaînes. « Je sais qui vous êtes, ser. » L'énigme n'avait pas été difficile à percer. L'ours sur son surcot, les armes sur son bouclier, la seigneurie perdue qu'il avait évoquée. « Je sais *ce que* vous êtes. Et si vous savez qui je suis, vous savez par la même occasion que j'étais la Main du Roi et que je siégeais en conseil avec l'Araignée. Vous intéresserait-il de savoir que c'est l'eunuque qui m'a envoyé faire ce voyage ? » *Lui et Jaime, mais je vais laisser mon frère en dehors de l'affaire.* « Je suis sa créature autant que vous. Nous n'avons pas de raison d'être opposés. »

Cela ne plut guère au chevalier. « J'ai perçu l'argent de l'Araignée, je n'en disconviens point, mais jamais je n'ai été sa créature. Et ma loyauté s'attache désormais ailleurs.

— À Cersei ? Vous êtes bien sot. Tout ce que veut ma sœur, c'est ma tête, et vous avez une belle épée bien aiguisée. Pourquoi ne pas mettre tout de suite fin à cette farce et nous rendre tous deux service ? »

Le chevalier s'esclaffa. « Est-ce là une ruse de nain ? Implorer la mort dans l'espoir que je te laisserai vivre ? » Il alla à la porte. « Je te rapporterai quelque chose des cuisines.

— Comme c'est aimable de votre part. Je vais attendre ici.

— Je sais bien. » Cependant, en partant, le chevalier verrouilla la porte derrière lui avec une lourde clé en fer. Le Comptoir des Marchands était réputé pour ses serrures. *Aussi sûr qu'une geôle,* songea le nain avec amertume, *mais au moins, il y a les fenêtres.*

Tyrion le savait bien, il avait tant et moins de chances de s'extirper de ses chaînes, mais il se sentit néanmoins forcé d'essayer. Ses efforts pour faire glisser une main hors de la menotte ne réussirent qu'à meurtrir un peu plus sa peau et à lui laisser le poignet poissé de sang, et toutes ses tractions et ses torsions échouèrent à arracher l'anneau du mur. *Et merde,* conclut-il en s'affalant dans les limites qu'autorisaient ses chaînes. Des crampes commençaient à lui brûler les jambes. La nuit s'annonçait d'un inconfort infernal. *La première d'une longue série, n'en doutons pas.*

On étouffait, dans cette chambre, aussi le chevalier avait-il ouvert les volets pour laisser entrer un courant d'air. Rencognée sous les aîtres du bâtiment, la pièce avait la bonne fortune de posséder deux fenêtres. L'une donnait sur le Long Pont et le cœur de l'Antique Volantis, avec ses remparts noirs de l'autre côté du fleuve. L'autre s'ouvrait sur la plaza en contrebas. La place des Poissonniers, comme l'avait appelée Mormont. Si serrées que fussent les chaînes, Tyrion découvrit qu'en s'inclinant de côté et en laissant l'anneau de fer retenir son poids, il arrivait à regarder par cette seconde fenêtre. *La chute n'est point si longue que depuis les cellules aériennes de Lysa Arryn, mais elle me laisserait tout aussi mort. Si j'étais ivre, peut-être...*

Même à cette heure, la plaza était bondée, on y voyait des marins en goguette, des ribaudes qui cherchaient commerce et des marchands vaquant à leurs affaires. Une prêtresse rouge passa en se hâtant, escortée par une douzaine d'acolytes porteurs de torches, leurs robes leur fouettant les chevilles. Ailleurs, deux joueurs de *cyvosse* se faisaient la guerre devant une taverne. À côté de leur table, un esclave soutenait une lanterne au-dessus du tablier. Tyrion entendait une femme chanter. Les paroles lui étaient étranges, la mélodie douce et triste. *Si je comprenais ce qu'elle chante, peut-être pleurerais-je.* Plus près de lui, une foule se pressait autour de deux jongleurs qui s'entrelançaient des torches.

Son ravisseur ne tarda pas à revenir, chargé de deux chopes et d'un canard rôti. Il claqua la porte d'un coup de pied, rompit le canard en deux, et en jeta la moitié à Tyrion. Celui-ci l'aurait attrapée au vol, mais ses chaînes le retinrent quand il voulut lever les bras. Le volatile le heurta à la tempe et glissa, chaud et graisseux, contre son visage, et le nain dut s'accroupir et s'étirer afin de s'en saisir, dans des sonnailles de fers. Il l'atteignit à sa troisième tentative et se mit à le déchirer à belles dents, fort satisfait. « Une bière pour arroser tout ça ? »

Mormont lui tendit une chope. « La majorité de Volantis se soûle, pourquoi pas toi ? »

La bière aussi était sucrée, avec un goût fruité. Tyrion en but une honnête lampée et rota avec contentement. La chope était en étain, très lourde. *Vide-la et lance-la-lui à la tête,* se dit-il. *Si j'ai de la chance, elle lui fendra le crâne. Si j'en ai beaucoup, elle manquera sa cible et il me tuera à coups de poing.* Il but une nouvelle gorgée. « C'est jour de fête ?

— Le troisième jour de leurs élections. Elles en durent dix. Dix jours de démence. Marches aux flambeaux, discours, baladins, ménestrels et danseurs, éléphants peints du nom des aspirants triarques. Ces jongleurs se produisent au nom de Methyso.

— Rappelez-moi de voter pour un autre. » Tyrion lécha la graisse sur ses doigts. En bas, la foule jetait des pièces aux jongleurs. « Et tous ces aspirants triarques fournissent des spectacles de baladins ?

— Ils font tout ce qui pourra leur rapporter des voix, selon eux, expliqua Mormont. Ripailles, boissons, spectacles... Alios a répandu dans les rues une centaine d'accortes esclaves pour coucher avec les électeurs.

— Je vote pour lui, décida Tyrion. Qu'on m'amène une esclave.

— Elles sont réservées aux Volantains nés libres et dotés de propriétés assez grandes pour leur donner le droit de vote. Il y a très peu d'électeurs à l'ouest du fleuve.

— Et ça dure dix jours ? » Tyrion ricana. « Ça pourrait me plaire, tout ça, mais trois rois, en voilà deux de trop. J'essaie de m'imaginer régner sur les Sept Couronnes auprès de ma tendre sœur et mon brave frère. L'un de nous occirait les deux autres en moins d'un an. Je suis surpris que ces triarques n'agissent pas de même.

— Quelques-uns s'y sont essayés. Il se pourrait bien que la sagesse soit dans le camp volantain, et la sottise chez les Ouestriens. Volantis a connu sa part de folies, mais elle n'a jamais souffert un enfant triarque. Chaque fois qu'un fou a été élu, ses collègues l'ont contenu jusqu'à échéance de l'année. Songe aux morts qui vivraient peut-être encore, si Aerys le Fol avait eu deux compères rois pour partager son règne. »

Mais il avait mon père, songea Tyrion.

« Dans les Cités libres, certains nous considèrent tous comme des sauvages, de notre côté du détroit, poursuivit le chevalier. Ceux qui ne nous prennent pas pour des enfants qui auraient bien besoin de la main ferme d'un père.

— Ou d'une mère ? » *Cersei va adorer ça. En particulier quand il lui offrira ma tête.* « Vous paraissez bien connaître cette cité.

— J'y ai passé presque une année. » Le chevalier fit tourner la lie au fond de sa chope. « Quand Stark m'a poussé à l'exil, j'ai fui vers Lys avec ma seconde épouse. Braavos m'aurait convenu davantage, mais Lynce souhaitait un endroit chaud. Plutôt que de me mettre au service des Braaviens, je les ai combattus sur la Rhoyne. Mais pour chaque pièce d'argent que je gagnais, mon épouse en dépensait dix. Le temps que je rentre à Lys, elle avait pris un amant, qui m'annonça d'un ton guilleret que je goûterais à l'esclavage pour dettes si je n'abandonnais pas ma femme et ne quittais pas la cité. Et voilà comment je suis arrivé à Volantis... gardant une étape d'avance sur l'esclavage, et avec mon épée et les vêtements que je portais pour tout bien.

— Et maintenant, vous voulez rentrer au galop chez vous. »

Le chevalier finit sa bière. « Demain, je nous dénicherai un navire. Je me réserve le lit. Tu peux disposer de tout le plancher que tes chaînes te permettront d'occuper. Dors si tu le peux. Sinon, énumère tes crimes. Ça devrait te tenir occupé jusqu'au matin. »

Tu as toi-même à répondre de crimes, Jorah Mormont, se dit le nain, mais il lui parut plus judicieux de garder cette pensée pour lui.

Ser Jorah accrocha son ceinturon à un montant du lit, ôta ses bottes d'un coup de pied, tira sa cotte de mailles par-dessus sa tête et se dépouilla de sa laine, de son cuir et de sa camisole tachée de sueur, pour révéler un torse musclé couvert de cicatrices et de poil noir. *Si je le pouvais écorcher, je vendrais sa toison comme manteau de fourrure,* jugea Tyrion tandis que Mormont s'écroulait dans le confort légèrement nauséabond de son lit de plumes décati.

En moins de temps qu'il n'en faut pour le dire, le chevalier ronflait, laissant son trophée seul avec ses entraves. Avec les deux fenêtres ouvertes, un clair de lune à son dernier quartier se répandait dans la chambre. Des bruits montaient de la plaza en contrebas : des bribes de chants avinés, les feulements d'une chatte en chaleur, le lointain tintement de l'acier contre l'acier. *Quelqu'un va mourir,* pronostiqua Tyrion.

Son poignet le lançait à l'endroit où il s'était écorché, et ses fers lui interdisaient de s'asseoir, et plus encore de se coucher. La meilleure posture réalisable consistait à se tordre en biais pour s'appuyer contre le mur ; très vite, il commença à perdre toute sensation dans ses mains. Lorsqu'il bougea pour soulager la tension, sa sensibilité revint en un flot douloureux. Il dut serrer les dents pour se retenir de hurler. Il se demanda à quel point son père avait souffert quand le carreau lui avait percé le bas-ventre, ce que Shae avait ressenti tandis qu'il serrait la chaîne autour de sa gorge de menteuse, ce que Tysha avait enduré pendant qu'on la violait. Comparées aux leurs, les souffrances de Tyrion n'étaient rien, mais l'idée ne le soulageait pas pour autant. *Faites que ça s'arrête.*

Ser Jorah avait roulé sur le flanc, si bien que Tyrion ne voyait de lui qu'un large dos, musclé et velu. *Même si je pouvais me glisser hors de ces fers, je devrais l'escalader pour atteindre son baudrier. Peut-être que si je parvenais à lui soustraire son poignard... Ou sinon,* tenter de prendre la clé, déverrouiller la

porte, descendre l'escalier à pas de loup et traverser la salle commune... *et partir où ? Je n'ai pas d'amis, pas d'argent, je ne parle
même pas le sabir du cru.*

L'épuisement finit par l'emporter sur ses douleurs et Tyrion
dériva dans un sommeil pénible. Mais chaque fois qu'une nouvelle crampe s'enracinait dans son mollet et le tordait, le nain
criait dans son sommeil, tremblant dans ses chaînes. Il s'éveilla,
tous les muscles meurtris, pour trouver le matin qui se déversait
par les fenêtres, brillant et doré comme le lion des Lannister.
En bas, il entendait crier des poissonnières et gronder des roues
cerclées de fer sur les pavés.

Jorah Mormont se dressait au-dessus de lui. « Si je te détache
de l'anneau, feras-tu ce qu'on te dit ?

— Est-ce qu'il faudra danser ? Je vais avoir quelque mal à
danser. Je ne sens plus mes jambes. Elles ont dû se décrocher.
À tout autre égard, je serai votre créature. Sur mon honneur
de Lannister.

— Les Lannister n'ont pas d'honneur. » Ser Jorah défit
quand même ses chaînes. Tyrion avança de deux pas flageolants
et chuta. Le reflux du sang dans ses mains lui mit les larmes
aux yeux. Il se mordit la lèvre et dit : « Je ne sais pas où nous
allons, mais il faudra me faire rouler jusque-là. »

En fait, le grand chevalier le porta, le soulevant par la chaîne
unissant ses poignets.

La salle commune du Comptoir des Marchands était un
dédale obscur d'alcôves et de grottes construites autour d'une
cour centrale où une tonnelle chargée de fleurs dessinait des
motifs complexes sur le sol dallé et où une mousse verte et
mauve garnissait l'intervalle entre les pierres. De promptes
esclaves s'activaient entre lumière et ombre, chargées de carafes
de bière, de vin, et d'une boisson verte glacée qui embaumait
la menthe. Une table sur vingt était occupée, à cette heure de
la matinée.

L'une d'elles l'était par un nain. Rasé de près et rose de joue,
avec une tignasse de cheveux marron, un front lourd et un nez
épaté, il était perché sur un haut tabouret, une cuillère en bois
à la main, à contempler un bol de gruau vaguement pourpre
avec des yeux cernés de rouge. *Qu'il est donc laid, le petit bougre,*
fut la réaction de Tyrion.

L'autre nain perçut son regard. Lorsqu'il leva la tête et qu'il
vit Tyrion, la cuillère lui glissa des doigts.

Tyrion alerta Mormont. « Il m'a vu.

— Et alors ?

— Il me *reconnaît*. Il sait qui je suis.

— Dois-je te fourrer dans un sac afin que nul ne te voie ? »
Le chevalier toucha la poignée de sa longue épée. « S'il a l'intention de s'emparer de toi, je l'y convie de bon cœur. »

Tu le convies à mourir, tu veux dire, traduisit Tyrion dans sa tête. *Quelle menace pourrait-il poser contre un grand gaillard comme toi ? Ce n'est qu'un nain.*

Ser Jorah s'arrogea une table dans un coin tranquille et commanda à manger et à boire. Ils déjeunèrent de molles galettes de pain chaud, de frai de poisson rose, de saucisses au miel et de sauterelles frites, arrosées d'une bière noire aigre-douce. Tyrion dévora comme un homme à demi mort de faim. « Tu as un solide appétit, ce matin, commenta le chevalier.

— J'ai entendu dire qu'on mangeait très mal, aux enfers. »
Tyrion jeta un coup d'œil vers la porte, par laquelle un homme venait d'entrer : grand et voûté, sa barbe en pointe teinte de taches mauves. *Un négociant tyroshi*. Une bouffée de bruits du dehors entrèrent avec lui : les cris des mouettes, un rire de femme, les voix des poissonnières. L'espace d'un demi-battement de cœur, il crut voir Illyrio Mopatis, mais ce n'était qu'un de ces éléphants blancs nains qui passait devant l'entrée principale.

Mormont étala du frai de poisson sur une tranche de galette et mordit dedans. « Tu attends quelqu'un ? »

Tyrion haussa les épaules. « On ne sait jamais qui le vent peut pousser à l'intérieur. L'amour de ma vie, le fantôme de mon père, un canard. » Il jeta une sauterelle dans sa bouche et la croqua. « Pas mal. Pour une bestiole.

— La nuit dernière, toutes les conversations portaient sur Westeros, ici. Un lord en exil a engagé la Compagnie Dorée pour lui regagner ses terres. La moitié des capitaines de Volantis se hâtent de remonter le fleuve jusqu'à Volon Therys pour lui proposer leurs navires. »

Tyrion venait tout juste d'avaler une autre sauterelle. Il faillit s'étrangler avec. *Est-ce qu'il se moque de moi ? Que peut-il savoir de Griff et d'Aegon ?* « Merde, dit-il. J'avais moi-même l'intention d'engager la Compagnie Dorée pour me reconquérir Castral Roc. » *Pourrait-il s'agir d'une manœuvre de Griff, de fausses nouvelles répandues délibérément ? À moins...* Le joli petit prince avait-il gobé l'appât ? Les avait-il tournés vers l'ouest plutôt que l'est, aurait-il renoncé à l'espoir d'épouser la reine Daenerys ? *Renoncé aux dragons… Griff le lui permettrait-il ?* « Je louerais volontiers vos services également, ser. Le trône de mon père me revient de droit. Jurez-moi votre épée et, quand je l'aurai remporté, je vous couvrirai d'or.

— J'ai vu un jour un homme couvert d'or. Ce n'était pas un beau spectacle. Si jamais tu prends mon épée, ce sera dans les tripes.

— Un remède assuré à la constipation, admit Tyrion. Demandez donc à mon père. » Il tendit la main vers sa chope et y but lentement, pour aider à masquer tout ce qui pouvait paraître sur son visage. Ce devait être un stratagème, conçu pour apaiser les soupçons volantins. *Faire monter les hommes à bord sous ce prétexte et s'emparer des navires une fois que la flotte serait en haute mer. Serait-ce là le plan de Griff ?* Cela pourrait marcher. La Compagnie Dorée était forte de dix mille hommes, aguerris, disciplinés. *Aucun d'eux n'est marin, toutefois. Griff devra garder une épée sous chaque gorge, et s'ils devaient entrer en baie des Serfs et se battre…*

La serveuse revint. « La veuve va vous recevoir ensuite, noble ser. Lui avez-vous apporté un présent ?

— Oui. Merci. » Ser Jorah glissa une pièce dans la paume de la fille et la renvoya.

Tyrion fronça les sourcils. « De quelle veuve s'agit-il ?

— La veuve du front de fleuve. À l'est de la Rhoyne, on l'appelle encore la gueuse de Vogarro, quoique jamais en face. » Cela n'éclaira guère le nain. « Et Vogarro était… ?

— Un Éléphant, sept fois triarque, très riche, une puissance des quais. Tandis que d'autres bâtissaient des navires et les pilotaient, il construisait des quais et des entrepôts, recevait les cargaisons, changeait l'argent, assurait les propriétaires de navires contre les fortunes de mer. Il faisait également la traite des esclaves. Quand il s'est entiché de l'une d'entre eux, une chaufferette formée à Yunkaï à la méthode des sept soupirs, il y a eu un grand scandale… et encore un plus grand quand il l'eut affranchie et prise pour femme. Après sa mort, elle lui a succédé aux affaires. Comme nul affranchi ne peut vivre dans l'enceinte du Mur Noir, elle a été contrainte de vendre la résidence de Vogarro. Elle s'est établie au Comptoir des Marchands. Cela s'est passé il y a trente-deux ans, et elle y demeure encore à ce jour. Elle est là, derrière toi, au fond de la cour, en train de donner audience à sa table habituelle. Non, ne regarde pas. Il y a quelqu'un avec elle en ce moment. Quand il aura terminé, ce sera notre tour.

— Et de quelle façon cette vieille chouette vous aidera-t-elle ? »

Ser Jorah se mit debout. « Observe, tu verras bien. Il s'en va. » Tyrion sauta de sa chaise avec un désordre de fers. *Voilà qui devrait être instructif.*

Il y avait quelque chose du renard dans la façon dont la femme siégeait dans son coin en bordure de cour, quelque chose du reptile dans ses yeux. Ses cheveux blancs étaient si fins que le rose de son cuir chevelu transparaissait. Sous un œil, elle portait encore de légères cicatrices à l'endroit où un scalpel avait découpé ses larmes. Les reliefs de son repas du matin jonchaient littéralement la table – des têtes de sardines, des noyaux d'olives, des morceaux de galette. Tyrion ne manqua pas de noter avec quelle habileté elle avait choisi sa « table habituelle » ; un mur de pierre dans son dos, une alcôve feuillue sur un côté pour ses entrées et ses sorties, un point de vue parfait sur la porte principale de l'auberge, et pourtant un tel retrait dans l'ombre qu'elle-même était pratiquement invisible.

La vue de Tyrion fit sourire la vieille femme. « Un nain », ronronna-t-elle d'une voix aussi sinistre que douce. Elle parlait la Langue Commune avec à peine une pointe d'accent. « Les nains envahissent Volantis, ces derniers temps, dirait-on. Celui-ci connaît-il des tours ? »

Oui, eut envie de répondre Tyrion. *Donnez-moi une arbalète, et je vous montrerai mon préféré.* « Non, répondit ser Jorah.

— Quel dommage. J'ai eu jadis un singe qui savait exécuter toutes sortes de malices. Votre nain me le rappelle. Est-ce un cadeau ?

— Non. Je vous ai apporté ceci. » Ser Jorah tira sa paire de gants et les fit claquer sur la table à côté des autres présents que la veuve avait reçus ce matin-là : un ciboire d'argent, un éventail ornementé taillé dans des lames de jade si fines qu'elles étaient translucides, et une antique dague en bronze marquée de runes. À côté de tels trésors, les gants paraissaient bon marché et vulgaires.

« Des gants pour mes pauvres vieilles mains ridées. Que c'est gentil. » La veuve ne fit pas un geste pour les toucher.

« Je les ai achetés sur le Long Pont.

— On peut acheter à peu près n'importe quoi, sur le Long Pont. Des gants, des esclaves, des singes. » Les années lui avaient courbé l'échine et posé sur le dos une bosse de vieillarde, mais la veuve avait les yeux noirs et brillants. « À présent, racontez à la pauvre vieille veuve en quoi elle peut vous être utile.

— Nous avons besoin d'une traversée rapide vers Meereen. »

Un seul mot. Le monde de Tyrion Lannister bascula cul par-dessus tête.

Un seul mot. *Meereen*. Mais avait-il entendu correctement ?

Un seul mot. *Meereen, il a dit Meereen, il m'emmène à Meereen*. Meereen, c'était la vie. Ou l'espoir de la vie, au moins.

« Pourquoi venir me voir ? demanda la veuve. Je ne possède pas de bateaux.

— Bien des capitaines ont contracté une dette envers vous. »

Me livrer à la reine, a-t-il dit. Certes, mais laquelle ? Il ne va pas me vendre à Cersei. Il m'offre à Daenerys Targaryen. Voilà pourquoi il ne m'a pas tranché le col. Nous partons pour l'est, et Griff et son prince s'en vont à l'ouest, ces crétins.

Oh, tout cela était trop. *Des manigances entremêlées les unes dans les autres, mais toutes les routes plongent dans le gosier du dragon.* Un éclat de rire s'échappa de ses lèvres, et soudain Tyrion ne pouvait plus s'arrêter de rire.

« Votre nain est pris d'une crise, commenta la veuve.

— Mon nain va se taire, s'il ne veut pas que je le bâillonne. »

Tyrion couvrit sa bouche de ses mains. *Meereen !*

La veuve du front de fleuve décida de l'ignorer. « Voulez-vous boire quelque chose ? » s'enquit-elle. Des particules de poussière flottaient dans l'air tandis qu'une servante remplissait deux coupes en verre émeraude pour ser Jorah et la veuve. Tyrion avait la gorge sèche, mais on ne lui versa pas de coupe. La veuve but une gorgée, fit tourner le vin dans sa bouche, avala. « Tous les autres exilés prennent la mer vers l'ouest, du moins à ce que mes vieilles oreilles ont entendu dire. Et tous ces capitaines qui ont une dette envers moi se bousculent pour les y transporter et aspirer un peu de l'or des coffres de la Compagnie Dorée. Nos nobles triarques ont dédié une douzaine de navires de guerre à cette cause, afin d'assurer la sécurité de la flotte jusqu'aux Degrés de Pierre. Même le vieux Doniphos a accordé son assentiment. Une aventure tellement glorieuse. Et pourtant, vous partez dans l'autre sens, ser.

— Mes affaires m'entraînent à l'est.

— Et de quelles affaires s'agit-il, je me le demande bien ? Pas les esclaves, la reine d'argent y a mis bonne fin. Elle a également fermé les arènes de combat, si bien que ce ne peut être le goût du sang. Que pourrait encore offrir Meereen à un chevalier ouestrien ? Des briques ? Des olives ? *Des dragons ?* Ah, voilà. » Le sourire de la vieille femme se fit carnassier. « J'ai entendu dire que la reine d'argent les nourrit de la chair de marmots tandis qu'elle se baigne elle-même dans du sang de vierges et prend chaque nuit un amant différent. »

La bouche de ser Jorah s'était faite dure. « Les Yunkaïis vous versent du poison dans les oreilles. Vous ne devriez pas ajouter foi à de telles ordures, madame.

— Je ne suis pas une dame, mais même la gueuse de Vogarro connaît le goût du mensonge. Une chose est vraie, toutefois... La reine dragon a des ennemis... Yunkaï, la Nouvelle-Ghis, Tolos, Qarth... certes, et Volantis, avant longtemps. Vous voulez voyager vers Meereen ? Attendez donc un peu, ser. On aura bientôt besoin d'épées, quand les navires de guerre feront force de rames vers l'est pour renverser la reine d'argent. Les Tigres adorent dégainer leurs griffes, et même les Éléphants tuent quand on les menace. Malaquo a soif de gloire, et Nyessos doit une grande part de sa fortune à la traite des esclaves. Qu'Alios, Parquello ou Bellicho accèdent au triarcat, et les flottes prendront la mer. »

Ser Jorah fit la grimace. « Si Doniphos repassait...

— Vogarro repassera avant lui, et mon doux seigneur est mort depuis trente ans. »

Derrière eux, un marin beuglait avec énergie. « Vous appelez ça de la bière ? *Bordel*, mais un singe pourrait en pisser de la meilleure.

— Et tu la boirais », riposta une autre voix.

Tyrion se retourna pour jeter un coup d'œil, espérant contre toute évidence qu'il s'agissait de Canard et d'Haldon qu'il entendait. Mais en fait, il vit deux étrangers... et le nain, qui, à quelques pas de là, le fixait avec intensité. Il paraissait curieusement familier.

La veuve sirota son vin avec délicatesse. « Certains des premiers Éléphants étaient des femmes, dit-elle, celles qui ont renversé les Tigres et mis fin aux guerres anciennes. Trianna a été quatre fois reconduite. C'était il y a trois cents ans, hélas.

Depuis, Volantis n'a plus eu de femme triarque, bien que certaines femmes aient le droit de vote. Des femmes de bonne naissance qui habitent d'antiques palais derrière les Murs Noirs, pas des créatures de mon genre. L'Ancien Sang laissera voter les chiens et les enfants avant n'importe quel affranchi. Non, ce sera Belicho, peut-être Alios, mais que ce soit l'un ou l'autre, il y aura la guerre. Du moins le pensent-ils.

— Et vous, que pensez-vous ? » interrogea ser Jorah.

Très bien, jugea Tyrion. *La question qu'il fallait.*

« Oh, moi aussi, je pense qu'il y aura la guerre, mais pas celle qu'ils veulent. » La vieille femme se pencha en avant, ses yeux noirs brillant. « Je crois que R'hllor le Rouge a dans cette cité plus d'adorateurs que tous les autres dieux réunis. Avez-vous entendu Benerro prêcher ?

— Hier au soir.

— Benerro lit l'avenir dans ses flammes, assura la veuve. Le triarque Malaquo a essayé d'engager la Compagnie Dorée, vous le saviez ? Il avait l'intention de nettoyer le temple rouge et de passer Benerro au fil de l'épée. Il n'ose pas employer les capes de tigre. La moitié d'entre eux sont eux aussi des adorateurs du Maître de la Lumière. Oh, nous traversons une période sombre dans l'Antique Volantis, même pour de vieilles veuves ridées. Mais pas à moitié si sombre que Meereen, je crois. Alors, dites-moi, ser… Pourquoi voulez-vous rejoindre la reine d'argent ?

— C'est mon affaire. Je puis payer notre traversée et payer bien. J'ai de l'argent. »

Imbécile, songea Tyrion. *Ce n'est pas de l'argent qu'elle veut, c'est du respect. Tu n'as donc pas entendu un mot de ce qu'elle disait ?* Il jeta un coup d'œil par-dessus son épaule. Le nain s'était approché de leur table. Et il semblait avoir un couteau à la main. Les poils sur la nuque de Tyrion commencèrent à le chatouiller.

« Gardez votre argent. J'ai de l'or. Et épargnez-moi vos regards noirs, ser. Je suis trop vieille pour m'effrayer d'une moue. Vous êtes un homme peu commode, je le vois, et habile sans doute avec cette longue épée que je vois à votre côté, mais je suis ici dans mon royaume. Que je plie le doigt et vous pourriez vous retrouver en route vers Meereen enchaîné à une rame, dans le ventre d'une galère. » Elle ramassa son éventail de jade et l'ouvrit. On entendit un froissement de feuillage et un homme se coula hors de l'arche bouchée par la végétation, à sa gauche.

Son visage était une masse de cicatrices, et dans une main il tenait une épée, lourde et trapue comme un couperet. « *Va voir la veuve du front de fleuve*, vous a dit quelqu'un, mais il aurait également dû vous avertir, *prends garde aux fils de la veuve*. Toutefois, il fait si beau, ce matin, que je vais vous poser à nouveau la question. Pourquoi voulez-vous rejoindre Daenerys Targaryen, dont la moitié du monde souhaite la mort ? »

Le visage de Jorah Mormont était noir de colère, mais il répondit. « Pour la servir. La défendre. Mourir pour elle, si besoin est. »

Cela fit rire la veuve. « Vous voulez la *sauver*, est-ce là votre intention ? D'ennemis plus nombreux que je ne pourrais en nommer, armés d'épées innombrables... C'est *cela* que vous voudriez faire croire à une pauvre veuve ? Que vous êtes un vrai et preux chevalier ouestrien, qui traverse la moitié du monde pour courir à l'aide de cette... ma foi, elle n'est pas une pure jeune fille, malgré la beauté qu'elle peut encore posséder. » Elle rit encore. « Et pensez-vous que votre nain va lui plaire ? Va-t-elle se baigner dans son sang, à votre avis, ou se contentera-t-elle de le décapiter ? »

Ser Jorah hésita. « Le nain est...

— Je sais qui est le nain, et ce qu'il est. » Ses yeux noirs se tournèrent vers Tyrion, durs comme la pierre. « Parricide, fratricide, régicide, assassin, tourne-casaque. *Lannister.* » Elle prononça ce dernier mot comme un juron. « Et toi, petit homme, qu'as-tu l'intention d'offrir à la reine dragon ? »

Ma haine, aurait aimé dire Tyrion. Mais il écarta ses mains autant que ses fers le lui permettaient. « Tout ce qu'elle voudra de moi. De sages conseils, un humour féroce, quelques cabrioles. Ma queue, si elle la désire. Ma langue, sinon. Je mènerai ses armées ou je lui masserai les pieds, à sa guise. Et la seule récompense que je demande sera d'avoir permission de violer et de tuer ma sœur. »

Ces mots ramenèrent le sourire au visage de la vieille. « En voilà au moins un d'honnête, annonça-t-elle, mais vous, ser... J'ai connu une douzaine de chevaliers ouestriens, et mille aventuriers de même engeance, mais nul si pur que vous vous dépeignez. Les hommes sont des sauvages, égoïstes et brutaux. Si doux que soient les mots, ils couvrent toujours de plus noirs motifs. Je n'ai pas confiance en vous, ser. » Elle les congédia d'un vif mouvement d'éventail, comme s'ils n'étaient que des mouches bourdonnant autour de sa tête. « Si vous voulez atteindre Meereen, nagez. Je n'ai pas d'aide à vous fournir. »

Alors sept enfers se déchaînèrent simultanément.

Ser Jorah commença à se lever, la veuve referma son éventail avec un claquement, son garde couvert de cicatrices se coula hors des ombres... et, derrière eux, une fille poussa un hurlement. Tyrion pivota juste à temps pour voir le nain se précipiter sur lui. *C'est une fille*, comprit-il sur-le-champ, *une fille habillée en homme. Et elle a l'intention de m'éventrer avec ce couteau.*

L'espace d'un demi-battement de cœur, ser Jorah, la veuve et l'homme aux cicatrices demeurèrent figés comme la pierre. Les badauds observaient depuis les tables voisines, buvant leur bière ou leur vin, mais nul n'esquissa un mouvement pour intervenir. Tyrion dut déplacer les deux mains en même temps, mais ses chaînes lui permettaient juste assez de jeu pour le laisser atteindre la carafe sur la table. Il referma le poing dessus, pivota et en projeta le contenu à la face de la naine qui chargeait, puis il se jeta de côté pour esquiver l'arme. La carafe se brisa sous lui tandis que le sol montait le gifler en pleine tête. Ensuite, la fille se rua de nouveau sur lui. Tyrion roula sur un côté, alors qu'elle plantait la lame dans les lattes du parquet, la dégageait d'une secousse pour la lever à nouveau...

... et soudain quitta le sol, battant des jambes, affolée, en se tortillant dans la poigne de ser Jorah. « Non ! protesta-t-elle dans la Langue Commune de Westeros. *Lâchez-moi !* » Tyrion entendit sa tunique craquer alors qu'elle se démenait pour se libérer.

Mormont la tenait d'une main par le collet. De l'autre, il lui arracha le poignard des mains. « Ça suffit. »

Le tenancier fit son apparition à ce moment-là, un gourdin à la main. Lorsqu'il vit la carafe brisée, il poussa un juron enflammé et exigea de savoir ce qui se passait ici. « Un combat de nains », répliqua le Tyroshi à barbe mauve en gloussant.

Tyrion regarda en clignant les yeux la fille trempée qui se tordait dans les airs. « Pourquoi ? demanda-t-il. Qu'est-ce que j'ai bien pu te faire ?

— Ils l'ont tué. » Avec ces mots, toute velléité de combat la déserta. Elle resta ballante dans la poigne de Mormont, et ses yeux s'emplirent de larmes. « Mon frère. Ils l'ont pris et ils l'ont tué.

— Qui l'a tué ? voulut savoir Mormont.

— Des marins. Des marins des Sept Couronnes. Ils étaient cinq, soûls. Ils nous ont vus jouter sur la place et nous ont suivis. Quand ils se sont aperçus que j'étais une fille, ils m'ont laissée partir, mais ils ont pris mon frère et ils l'ont tué. *Ils lui ont coupé la tête.* »

Tyrion éprouva un choc de familiarité. *Ils nous ont vus jouer sur la place.* Il sut alors qui était la fille. « Tu chevauchais le cochon ? lui demanda-t-il. Ou le chien ?

— Le chien, sanglota-t-elle. Le cochon, c'était toujours Oppo qui le montait. »

Les nains du mariage de Joffrey. C'était leur spectacle qui avait déclenché tous les événements, ce soir-là. *Que c'est curieux de les retrouver ici, à l'autre bout du monde.* Mais peut-être pas si curieux que cela. *S'ils ont eu moitié autant de bon sens que leur goret, ils ont dû fuir Port-Réal la nuit où Joff est mort, avant que Cersei puisse les charger d'une part du blâme pour le trépas de son fils.* « Déposez-la, ser, demanda-t-il à Jorah Mormont. Elle ne nous fera plus de mal. »

Ser Jorah laissa choir la naine à terre. « Je suis navré pour ton frère... mais nous n'avons eu aucun rôle dans son meurtre.

— Lui, si. » La fille se remit à genoux, serrant sa tunique déchirée et trempée de vin contre de petits seins pâles. « C'était lui qu'ils voulaient. Ils ont pris Oppo pour *lui.* » La fille pleurait, implorant l'aide de qui voudrait l'entendre. « Il devrait mourir, comme mon pauvre frère est mort. Je vous en prie. Aidez-moi, quelqu'un. Tuez-le. » Le tenancier l'empoigna avec brutalité par un bras et la releva d'une traction, gueulant en volantain, exigeant de savoir qui allait payer les dégâts.

La veuve du front de fleuve jeta à Mormont un regard mesuré. « On dit que les chevaliers défendent le faible et protègent l'innocent. Et moi, je suis la plus belle pucelle de tout Volantis. » Son rire dégoulinait de dédain. « Comment t'appelle-t-on, mon enfant ?

— Sol. »

La vieille femme s'adressa au tenancier dans la langue de l'Antique Volantis. Tyrion en avait des notions suffisantes pour comprendre qu'elle lui demandait de conduire la naine dans ses appartements, de lui donner du vin et de lui trouver des vêtements à porter.

Quand ils furent partis, la veuve inspecta Tyrion, avec des yeux noirs qui brillaient. « Les monstres devraient être plus grands, il me semble. Tu vaux une seigneurie, à Westeros, petit homme. Ta valeur ici est nettement moindre, je le crains. Mais je pense qu'il vaudrait mieux que je t'aide, après tout. Apparemment, Volantis n'est pas un lieu sûr pour les nains.

— Vous êtes trop bonne. » Tyrion lui adressa son plus suave sourire. « Peut-être pourriez-vous me retirer ces charmants bracelets de fer, par la même occasion ? Le monstre en question ne possède qu'une moitié de nez, et celui-ci le démange d'une façon tout à fait abominable. Ces chaînes sont trop courtes pour que je le gratte. Je vous en ferai don, et de grand cœur.

— Quelle générosité. Mais j'ai porté le fer, en mon temps, et je m'aperçois désormais que je préfère l'or et l'argent. Et puis, c'est triste à dire, mais nous sommes à Volantis, où les fers et les chaînes coûtent moins cher que le pain rassis et où il est interdit d'aider un esclave à s'évader.

— Je ne suis pas un esclave.

— Tout homme capturé par des esclavagistes entonne le même lamentable refrain. Je ne puis me risquer à t'aider… ici. » Elle se pencha de nouveau en avant. « Dans deux jours, la cogue *Selaesori Qhoran* prendra la mer pour Qarth, via la Nouvelle-Ghis, chargée d'étain et de fer, de balles de laine et de dentelle, cinquante tapis myriens, un cadavre en saumure, vingt jarres de poivre dragon, et un prêtre rouge. Soyez à bord quand elle lèvera l'ancre.

— Nous y serons, dit Tyrion. Et merci. »

Ser Jorah se rembrunit. « Qarth n'est pas notre destination.

— Elle n'atteindra jamais Qarth. Benerro a vu cela dans ses feux. » La vieillarde eut un sourire de renard.

« Qu'il en soit comme vous dites. » Tyrion sourit largement. « Si j'étais volantain et libre, et que mon sang m'y autorisât, vous auriez mon vote comme triarque, madame.

— Je ne suis pas une dame, riposta la veuve, mais simplement la gueuse de Vogarro. Vous avez intérêt à être partis d'ici avant l'arrivée des Tigres. Si vous deviez atteindre votre reine, transmettez-lui un message de la part des esclaves de l'Antique Volantis. » Elle toucha la cicatrice effacée sur sa joue flétrie, où l'on avait retiré ses larmes. « Dites-lui que nous attendons. Dites-lui de ne pas tarder. »

JON

Quand il reçut l'ordre, ser Alliser tordit la bouche en une apparence de sourire, mais ses yeux demeurèrent aussi froids et durs que du silex. « Ainsi donc, le bâtard m'envoie crever.

— *Crever*, s'égosilla le corbeau de Mormont. *Crever, crever, crever.* »

Tu n'aides vraiment pas. Jon chassa l'oiseau d'une taloche. « Le bâtard vous envoie en patrouille. Trouver nos ennemis et les tuer, si nécessaire. Vous êtes habile avec une lame. Vous étiez maître d'armes, ici et à Fort-Levant. »

Thorne toucha la poignée de son épée. « Certes. J'ai gaspillé le tiers de ma vie à vouloir enseigner les rudiments de l'escrime à des rustauds, des imbéciles et des sots. Grand bien cela me fera dans ces forêts.

— Vous aurez Dywen avec vous, ainsi qu'un autre patrouilleur aguerri.

— On v' zapprendra c' que zavez besoin d'savoir, ser, promit Dywen à Thorne en ricanant. On v' zapprendra à vous torcher vot' nob' cul avec des feuilles, pareil qu'un vrai patrouilleur. »

Cela fit s'esclaffer Kedge Œilblanc, et Jack Bulwer le Noir cracha par terre. Ser Alliser se borna à commenter : « Vous aimeriez me voir refuser. Vous pourriez alors me trancher le col, tout comme vous l'avez fait avec Slynt. Je ne vous offrirai pas ce plaisir, bâtard. Mais priez que ce soit une lame de sauvageon qui me tue, cependant. Ceux que tuent les Autres ne restent pas morts... et *ils se souviennent*. Je reviendrai, lord Snow.

— Je prie pour cela. » Jamais Jon ne compterait ser Alliser Thorne au nombre de ses amis, mais il demeurait un frère. *Personne n'a jamais prétendu qu'on se devait d'aimer ses frères.*

Il n'était point facile d'envoyer des hommes dans la nature, en sachant qu'il y avait de bonnes chances pour qu'ils ne reviennent jamais. *Ce sont tous des soldats aguerris...* se répétait Jon. Mais son oncle Benjen et ses patrouilleurs avaient été des hommes d'expérience, eux aussi, et la forêt hantée les avait avalés sans laisser de traces. Quand deux d'entre eux s'étaient finalement traînés au Mur, ils étaient des spectres. Ni pour la première, ni pour la dernière fois, Jon Snow se retrouvait à se demander ce qu'était devenu Benjen Stark. *Peut-être les patrouilleurs découvriront-ils des indices*, se répétait-il, sans jamais totalement y croire.

Dywen conduirait une patrouille, Jack le Noir et Kedge Œil-blanc les deux autres. Eux au moins étaient impatients d'accomplir leur devoir. « Ça fait du bien d'sentir à nouveau un cheval entre les jambes, déclara Dywen à la porte, en suçant ses dents de bois. Sauf vot' respect, m'sire, mais tous tant qu'on est, on commençait à avoir le cul piqué d'échardes, à force d'rester assis. » Aucun homme de Châteaunoir ne connaissait aussi bien que Dywen la forêt, ses arbres, ses rivières, les plantes comestibles, les mœurs des prédateurs et de leurs proies. *Thorne est en meilleures mains qu'il ne le mérite.*

Jon regarda du haut du Mur partir les cavaliers – trois groupes, chacun de trois hommes, chacun porteur d'une paire de corbeaux. D'en haut, leurs poneys n'étaient pas plus gros que des fourmis, et Jon ne distinguait pas les patrouilleurs l'un de l'autre. Mais il les connaissait. Chaque nom était gravé sur son cœur. *Huit braves*, songeait-il, *et un... Ma foi, nous verrons bien.*

Quand le dernier cavalier eut disparu dans les arbres, Jon Snow descendit par la cage sur poulie, en compagnie d'Edd-la-Douleur. Quelques flocons épars tombaient pendant qu'ils progressaient lentement, dansant sur les rafales. L'un d'eux suivit la cage vers le bas, flottant juste à l'extérieur des barreaux. Il tombait plus vite qu'ils ne descendaient et, de temps en temps, disparaissait au-dessous d'eux. Puis une reprise de vent le saisissait et le poussait de nouveau vers le haut. Jon aurait pu passer le bras par la grille pour l'attraper, s'il l'avait souhaité.

« J'ai fait un rêve affreux, la nuit dernière, m'sire, confessa Edd-la-Douleur. Zétiez mon intendant, zalliez me chercher à manger, débarrasser les restes. J'étais lord Commandant, sans jamais un moment de répit. »

Jon ne sourit pas. « Pour toi, un cauchemar ; pour moi, ma vie. »

Les galères de Cotter Pyke signalaient le peuple libre en nombre sans cesse croissant le long des côtes boisées, au nord-est du Mur. On avait noté des camps, des radeaux en construction, et même la coque d'une cogue fracassée que l'on avait commencé à réparer. Les sauvageons disparaissaient toujours dans la forêt lorsqu'on les repérait, sans doute pour émerger de nouveau dès que les navires de Cotter étaient passés. Dans l'intervalle, ser Denys Mallister continuait de voir des feux dans la nuit au nord de la Gorge. Les deux commandants réclamaient des renforts.

Et où vais-je trouver des hommes supplémentaires ? Jon leur avait envoyé à chacun dix des sauvageons de La Mole : des novices, des vieillards, certains blessés et infirmes, mais tous capables de travailler à l'une ou l'autre tâche. Loin de s'en réjouir, Pyke et Mallister avaient tous deux répondu par courrier pour se plaindre. « Quand j'ai demandé des hommes, j'avais en tête des hommes de la Garde de Nuit, entraînés et disciplinés, de la loyauté desquels je n'aurais nulle cause de douter », avait écrit ser Denys. Cotter Pyke avait été plus brutal. « Je pourrais les pendre au Mur pour avertir les autres sauvageons de tenir leurs distances, mais je ne leur vois pas d'autre utilité, avait noté pour lui mestre Harmune. Je ne me fierais pas à de telles gens pour nettoyer mon pot de chambre, et *dix ne suffisent pas.* »

La cage de fer descendait au bout de sa longue chaîne, en grinçant et en cahotant, jusqu'à s'arrêter enfin avec une secousse à la base du Mur, un pied au-dessus du sol. Edd-la-Douleur poussa la porte pour l'ouvrir et sauta à terre, ses bottes brisant la carapace de la dernière neige. Jon le suivit.

Devant l'armurerie, Emmett-en-Fer continuait à encourager ses élèves dans la cour. Le chant de l'acier contre l'acier éveilla un appétit en Jon. Il lui rappelait des jours plus chauds, plus simples, des jours où, enfant à Winterfell, il rivalisait à l'épée avec Robb sous l'œil vigilant de ser Rodrik Cassel. Ser Rodrik était tombé, lui aussi, tué par Theon Tourne-Casaque et ses Fernés, alors qu'il tentait de reprendre Winterfell. Ne restait de la grande forteresse de la maison Stark qu'une désolation calcinée. *Tous mes souvenirs sont empoisonnés.*

Lorsque Emmett-en-Fer l'aperçut, il leva une main et le combat cessa. « Lord Commandant. Comment pouvons-nous vous être utiles ?

— Avec tes trois meilleurs éléments. »

Emmett grimaça un sourire. « Arron. Emrick. Jace. »

Tocard et Hop Robin allèrent chercher un gambison matelassé pour le lord Commandant, en même temps qu'un haubert de maille annelée à porter par-dessus, des grèves, un gorgerin et un demi-heaume. Une rondache noire cerclée de fer à son bras gauche, une bâtarde pas encore aiguisée à la main droite. L'épée, presque neuve, avait des reflets gris argent dans la lumière de l'aube. *Une des dernières à sortir de la forge de Donal. Dommage qu'il n'ait pas vécu assez longtemps pour lui donner du tranchant.* La lame était plus courte que Grand-Griffe, mais son acier ordinaire la rendait plus lourde. Il porterait des coups un peu plus lents. « Ça ira comme ça. » Jon se retourna pour affronter ses adversaires. « Venez.

— Lequel voulez-vous d'abord ? demanda Arron.

— Tous les trois. Ensemble.

— Trois contre un ? » Jace était incrédule. « Ce ne serait pas juste. » Il faisait partie de la dernière fournée amenée par Conwy, un fils de cordonnier venu de Belle Île. Peut-être ceci expliquait-il cela.

« C'est vrai. Viens ici. »

Quand il obéit, la lame de Jon le frappa sur le côté de la tête, pour l'envoyer cul par-dessus tête. En un clin d'œil, le jeune homme se retrouva avec une botte contre la poitrine et une pointe d'épée à sa gorge. « La guerre n'est jamais juste, lui annonça Jon. C'est deux contre un, à présent, et tu es mort. »

Quand il entendit crisser le gravier, il sut que les jumeaux approchaient. *On finira par faire des patrouilleurs de ces deux-là.* Il pivota, bloquant le coup de taille d'Arron avec le rebord de son bouclier et accueillant celui d'Emrick avec son épée. « Ce ne sont pas des piques, cria-t-il. Approchez-vous. » Il monta en attaque pour leur montrer comment on procédait. D'abord, Emrick. Il frappa d'estoc en direction de sa tête et de ses épaules, à droite, à gauche et encore à droite. Le jeune homme leva son bouclier et tenta une parade maladroite. Jon choqua sa rondache contre le bouclier d'Emrick et fit tomber le jeune homme d'un coup en bas de la jambe... Mais Arron était déjà sur lui, assenant à l'arrière de sa cuisse un féroce coup d'estoc qui lui força un genou en terre. *Ça va me laisser un bleu.* Il reçut le coup d'estoc suivant sur son bouclier, puis se remit debout d'un sursaut et repoussa Arron à travers la cour. *Il est vif,* songea-t-il, tandis que les bâtardes s'embrassaient une fois, deux fois, trois fois, *mais il a besoin de prendre du muscle*. Lorsqu'il lut du soulagement dans les yeux d'Arron, il comprit qu'Emrick se trouvait derrière lui. Il pivota sur lui-même et lui administra en travers des épaules un coup qui l'envoya s'affaler contre son frère. Entre-temps, Jace s'était relevé, aussi Jon l'expédia-t-il derechef à terre. « Je déteste voir un mort se relever. Tu penseras comme moi, le jour où tu rencontreras un spectre. » S'écartant, il abaissa son épée.

« Le grand corbac sait picorer du bec les plus petits, gronda une voix derrière lui, mais a-t-il assez de cœur pour affronter un homme ? »

Clinquefrac était adossé contre un mur. Un début de barbe lui mangeait des joues creusées, et de fins cheveux bruns dansaient devant ses petits yeux jaunes.

« Tu te flattes, répliqua Jon.

— Certes, mais j' t'écrabouillerais.

— Stannis n'a pas brûlé l'homme qu'il fallait.

— Si. » Le sauvageon lui lança un sourire avec une bouche de chicots bruns et cassés. « Il a brûlé çui qu'i devait brûler, devant tout l'monde. On fait tous c'qu'on doit faire, Snow. Même les rois.

— Emmett, trouve-lui une armure. Je veux le voir vêtu d'acier, et non de vieux os. »

Une fois couvert de maille et de plate, le Seigneur des Os sembla se tenir un peu plus droit. Il paraissait plus grand, aussi, avec des épaules plus larges et plus puissantes que Jon l'aurait cru. *C'est l'armure, et non l'homme*, se dit-il. *Même Sam paraîtrait presque formidable, revêtu de pied en cap de l'acier de Donal Noye*. Le sauvageon repoussa d'un geste la rondache que lui proposait Tocard. Il demanda à la place une épée à deux mains. « En voilà un joli son, jugea-t-il en en fendant les airs. Bats des ailes plus près, Snow. J' vais faire voler tes plumes. »

Jon se précipita sur lui avec férocité.

Clinquefrac recula d'un pas et accueillit la charge par un revers à deux mains. Si Jon n'avait pas interposé son bouclier, le coup aurait pu lui enfoncer la cuirasse et lui briser la moitié des côtes. La force d'impact le fit vaciller un instant et expédia une robuste onde de choc le long de son bras. *Il frappe avec plus de force que je ne l'aurais pensé*. Sa vivacité était une autre surprise désagréable. Ils tournèrent autour l'un de l'autre, rendant coup pour coup. Le Seigneur des Os ripostait sans désemparer. En bonne logique, l'épée à deux mains aurait dû être considérablement plus encombrante que la bâtarde de Jon, mais le sauvageon la maniait avec une rapidité aveuglante.

Au commencement, les recrues d'Emmett-en-Fer encouragèrent leur lord Commandant, mais l'impitoyable rapidité de l'attaque de Clinquefrac les réduisit bien vite au silence. *Il ne peut pas continuer longtemps ainsi*, se dit Jon en parant un nouveau coup. L'impact lui arracha un grognement. Même émoussée, la flamberge fendit sa rondache en pin et tordit le cerclage en fer. *Il va bientôt se fatiguer. C'est inévitable.* Jon frappa d'estoc au visage du sauvageon, et Clinquefrac écarta la tête. Il faucha en direction du mollet pour voir Clinquefrac esquiver la lame d'un bond habile. La flamberge s'abattit sur l'épaule de Jon, assez fort pour enfoncer sa spallière et engourdir le bras au-dessous. Jon recula. Le Seigneur des Os le suivit, en gloussant. *Il n'a pas de bouclier*, se remémora Jon, *et cette épée de monstre est trop encombrante pour parer. Je devrais lui assener deux coups à chaque coup qu'il me porte.*

Pourtant il n'y parvenait pas et, quand un coup portait, il restait sans effet. Le sauvageon semblait sans cesse s'écarter ou esquiver, si bien que la bâtarde de Jon rebondissait sur une épaule ou un bras. Bientôt, il se vit céder davantage de terrain, en essayant d'éviter les coups de taille fracassants de l'autre, échouant une fois sur deux. Son bouclier avait été réduit à l'état de petit bois. D'une secousse, il en débarrassa son bras. La sueur coulait sur son visage et lui piquait les yeux, sous le casque. *Il est trop fort, trop rapide*, comprit-il, *et, avec sa flamberge, il a sur moi l'avantage de l'allonge et du poids.* Le combat aurait tourné autrement si Jon avait été armé de Grand-Griffe, mais...

Sa chance arriva au revers suivant de Clinquefrac. Jon se jeta en avant, percutant l'autre homme, et ils tombèrent ensemble, les jambes emmêlées. L'acier s'entrechoqua. Les deux hommes perdirent leurs épées en roulant sur le sol dur. Le sauvageon frappa du genou entre les jambes de Jon. Jon riposta avec un poing ganté de maille. Sans qu'on sache comment, Clinquefrac se retrouva en position supérieure, la tête de Jon entre ses mains. Il la cogna contre le sol, puis remonta brutalement sa visière. « Si j'avais un poignard, i' vous manqu'rait un œil à l'heure qu'il est », gronda-t-il, avant que Tocard et Emmett-en-Fer l'entraînent pour libérer le torse du lord Commandant. « Mais *lâchez*-moi, foutus corbacs ! » rugit-il.

Jon se hissa sur un genou, avec effort. Sa tête carillonnait et il avait la bouche remplie de sang. Il le cracha et dit : « Beau combat.

— Tu t' flattes, corbac. Je transpirais même pas.

— La fois prochaine, tu sueras », répliqua Jon. Edd-la-Douleur l'aida à se remettre sur ses pieds et lui déboucla le casque. Il présentait plusieurs sérieuses bosselures qui n'étaient pas là lorsqu'il s'en était coiffé. « Lâchez-le. » Jon jeta le casque à Hop Robin, qui le laissa choir.

« Messire, protesta Emmett-en-Fer, il a prononcé des menaces contre votre vie, nous l'avons tous entendu. Il a dit que s'il avait un poignard...

— Il a bel et bien un poignard. Là, à sa ceinture. » *Il y a toujours quelqu'un de plus rapide et de plus fort*, avait dit un jour ser Rodrik à Jon et à Robb. *C'est lui que vous devez affronter dans la cour avant de devoir affronter son pareil sur un champ de bataille.*

« Lord Snow ? » intervint une voix douce.

Il se tourna pour voir Clydas debout sous l'arche brisée, un parchemin à la main. « De la part de Stannis ? » Jon espérait des nouvelles du roi. La Garde de Nuit ne prenait pas parti, il en avait conscience, et savoir quel roi triompherait n'aurait pas dû lui importer. Mais apparemment, si. « Est-ce de Motte ?

— Non, messire. » Clydas tendit le parchemin devant lui. Il était étroitement roulé et scellé, avec un bouton de cire rose et dure. *Seul Fort-Terreur use de cire à cacheter rose.* Jon arracha son gantelet, saisit la lettre, rompit le sceau. Lorsqu'il vit la signature, il oublia la correction que lui avait infligée Clinquefrac.

Ramsay Bolton, sire de Corbois, disait-elle, d'une ample écriture pointue. L'encre brune se détacha par écailles quand Jon la frôla du pouce. Sous la signature de Bolton, lord Dustin, lady Cerwyn et quatre Ryswell avaient apposé leurs propres marques et sceaux. Une main plus fruste avait tracé le géant de la maison Omble. « Pouvons-nous savoir ce que cela dit, messire ? » s'enquit Emmett-en-Fer.

Jon ne vit aucune raison de ne pas le lui révéler. « Moat Cailin est tombée. Les cadavres écorchés des Fer-nés ont été cloués à des poteaux le long de la route Royale. Roose Bolton convoque tous les seigneurs féaux à Tertre-bourg, afin d'affirmer leur loyauté au Trône de Fer, et de célébrer les noces de son fils avec… » Son cœur lui parut s'arrêter un instant. *Non, ce n'est pas possible. Elle est morte à Port-Réal, avec Père.*

« Lord Snow ? » Clydas le scruta de près avec ses yeux roses et troubles. « Êtes-vous… souffrant ? Vous semblez…

— Il doit épouser Arya Stark. Ma petite sœur. » À cet instant, Jon la voyait presque, toute en genoux cagneux et en coudes pointus, avec son visage allongé et sa maladresse, sa frimousse barbouillée et ses cheveux emmêlés. On laverait l'une et peignerait les autres, il n'en doutait pas, mais il ne pouvait imaginer Arya en robe de mariée, ni dans le lit de Ramsay Bolton. *Aussi effrayée qu'elle puisse être, elle n'en montrera rien. S'il essaie de poser la main sur elle, elle résistera.*

« Votre sœur, dit Emmett-en-Fer, quel âge… »

Elle doit désormais avoir onze ans, songea Jon. *Encore une enfant.* « Je n'ai pas de sœur. Rien que des frères. Rien que vous. » Lady Catelyn se serait réjouie d'entendre ces mots, il le savait. Cela ne les rendait pas plus faciles à prononcer. Ses doigts se refermèrent sur le parchemin. *Si seulement ils avaient pu broyer aussi aisément la gorge de Ramsay Bolton.*

Clydas s'éclaircit la gorge. « Y aura-t-il une réponse ? »

Jon secoua la tête et s'en fut.

À la tombée de la nuit, les bleus que Clinquefrac lui avait infligés avaient viré au mauve. « Ils passeront à l'ambre avant que de s'effacer, annonça-t-il au corbeau de Mormont. J'aurai le teint aussi jaune que le Seigneur des Os.

— *Des os*, approuva l'oiseau. *Des os, des os.* »

Il entendait au-dehors un léger brouhaha de voix, bien que le son fût trop faible pour distinguer les mots. *On les croirait à mille lieues d'ici.* C'était lady Mélisandre et ses fidèles devant leur feu nocturne. Chaque nuit au crépuscule la femme rouge conduisait la prière du crépuscule pour ses fidèles, afin de demander à leur dieu rouge de les guider au sein des ténèbres. *Car la nuit est sombre, et pleine de terreurs.* Avec le départ de Stannis et de la plupart des gens de la reine, ses ouailles avaient beaucoup diminué ; une cinquantaine pour le peuple libre venu de La Mole, la poignée de gardes que le roi lui avait laissés, peut-être une douzaine de frères noirs qui avaient fait leur le dieu rouge.

Jon se sentait courbaturé comme un homme de soixante ans. *Des rêves noirs*, se dit-il, *et la culpabilité.* Sans cesse ses pensées revenaient à Arya. *Il n'y a aucun moyen pour moi de lui venir en aide. J'ai écarté tous les miens quand j'ai prononcé le serment. Si l'un de mes hommes me disait que sa sœur court un danger, je lui répondrais que ce n'est pas son affaire.* Une fois qu'un homme avait prononcé le serment, son sang était noir. *Noir comme un cœur de bâtard.* Il avait un jour demandé à Mikken de forger pour Arya une épée, une lame de spadassin, de taille réduite pour loger dans sa main. *Aiguille.* Il se demanda si elle l'avait encore. *Frappe-les avec le bout pointu,* lui avait-il dit, mais qu'elle tente d'embrocher le Bâtard, et cela pourrait lui coûter la vie.

« *Snow,* murmura le corbeau de Mormont. *Snow, Snow.* »

Et soudain, il ne put plus supporter le volatile.

Il trouva Fantôme devant sa porte, en train de ronger un os de bœuf pour atteindre la moelle. « Quand es-tu revenu ? » Le loup géant se remit debout, abandonnant son os pour suivre Jon au petit trot.

Mully et Muids se tenaient dans l'encadrement des portes, appuyés sur leurs piques. « 'Fait un froid cruel, dehors, m'sire, le mit en garde Mully à travers sa barbe orange en broussaille. Vous partez longtemps ?

— Non. J'ai simplement besoin de respirer. » Jon sortit dans la nuit. Le ciel était rempli d'étoiles, et le vent soufflait en rafales le long du Mur. Même la lune paraissait froide ; elle avait le visage couvert de chair de poule. Puis le premier coup de vent le cueillit, transperçant toutes ses couches de laine et de cuir pour lui faire claquer des dents. Il traversa la cour à grands pas, dans les crocs de ce vent. Sa cape claquait bruyamment à ses épaules. Fantôme le suivait. *Où est-ce que je vais ? Qu'est-ce que je fais ?* Châteaunoir était immobile et silencieux, ses salles et ses tours obscures. *Mon siège,* se dit Jon Snow. *Ma demeure, mon foyer, mon commandement. Une ruine.*

Dans l'ombre du Mur, le loup géant se frotta à ses doigts. L'espace d'un demi-battement de cœur, la nuit s'anima d'un millier d'odeurs, et Jon Snow entendit craquer la carapace d'une vieille plaque de neige. Il y avait quelqu'un derrière lui, comprit-il soudain. Quelqu'un qui avait l'odeur chaude d'un jour d'été.

En se tournant, il vit Ygrid.

Elle se tenait sous les pierres calcinées de la tour du lord Commandant, drapée d'obscurité et de souvenirs. La lumière de la lune jouait dans ses cheveux, ses cheveux roux qui avaient reçu le baiser du feu. Quand il vit cela, Jon sentit son cœur bondir dans sa poitrine. « Ygrid, dit-il.

— Lord Snow. » C'était la voix de Mélisandre.

La surprise fit reculer Jon devant elle. « Lady Mélisandre. » Il fit un pas en arrière. « Je vous ai prise pour quelqu'un d'autre. » *La nuit, toutes les robes sont grises.* Pourtant, subitement, les siennes étaient rouges. Il ne comprit pas comment il avait pu la confondre avec Ygrid. Elle était plus grande, plus mince, plus âgée, malgré le clair de lune qui lavait les années de son visage. De la buée montait de ses narines et de ses mains pâles nues dans la nuit. « Vous allez vous geler les doigts, la mit en garde Jon.

— Si telle est la volonté de R'hllor. Les puissances de la nuit ne peuvent toucher celle dont le cœur est baigné par le feu sacré du dieu.

— Ce n'est pas de votre cœur que je m'inquiète. Juste de vos mains.

— Seul le cœur importe. Ne désespérez pas, lord Snow. Le désespoir est une arme de cet ennemi dont on ne peut prononcer le nom. Votre sœur n'est pas perdue pour vous.

— Je n'ai pas de sœur. » Les mots étaient des couteaux. *Que sais-tu de mon cœur, prêtresse ? Que sais-tu de ma sœur ?*

Mélisandre parut amusée. « Comment s'appelle-t-elle, cette petite sœur que vous n'avez pas ?

— Arya. » Il parlait d'une voix enrouée. « Ma demi-sœur, en vérité…

— … car vous êtes né bâtard. Je n'avais pas oublié. J'ai vu votre sœur dans mes feux, fuyant ce mariage qu'ils ont conclu pour elle. S'en venant ici, vers vous. Une fille en gris, sur un cheval agonisant. Je l'ai vue, aussi clair que le jour. Ce n'est pas encore arrivé, mais cela se passera. » Elle jeta un coup d'œil à Fantôme. « Puis-je toucher votre… loup ? »

L'idée mit Jon mal à l'aise. « Mieux vaudrait éviter.

— Il ne me fera aucun mal. Vous l'appelez Fantôme, non ?

— Si, mais…

— *Fantôme.* » Mélisandre fit du nom une mélodie.

Le loup géant vint à elle. Méfiant, il l'approcha par un mouvement tournant, en humant. Quand elle tendit sa main, il la flaira aussi, puis fourra sa truffe contre les doigts.

Jon laissa échapper un souffle blanc. « Il n'est pas toujours si…

— … chaleureux ? La chaleur appelle la chaleur, Jon Snow. » Ses yeux étaient deux étoiles rouges, brillant dans le noir. À sa

471

gorge, son rubis chatoyait, un troisième œil qui luisait plus fort que les autres. Jon avait vu les yeux de Fantôme flamboyer rouge de la même façon, quand ils reflétaient la lumière sous le bon angle. « *Fantôme*, appela-t-il. À moi. »

Le loup géant le regarda comme s'il était un étranger.

Jon fronça les sourcils, incrédule. « C'est… singulier.

— Vous trouvez ? » Elle s'agenouilla et gratta Fantôme derrière l'oreille. « Votre Mur est un lieu singulier, mais il y a de la puissance, ici, si vous en voulez user. De la puissance en vous et en cet animal. Vous lui résistez, et vous commettez une erreur. Embrassez-la. Employez-la. »

Je ne suis pas un loup, se dit-il. « Et comment le ferais-je ?

— Je peux vous montrer. » Mélisandre posa un bras mince sur Fantôme, et l'énorme loup lui lécha le visage. « Dans sa sagesse, le Maître de la Lumière nous a créés homme et femme, deux parties d'un plus grand tout. De notre union naît un pouvoir. Le pouvoir d'engendrer la vie. Le pouvoir d'engendrer la lumière. Le pouvoir de projeter des ombres.

— Des ombres. » Le monde parut plus obscur quand il prononça le mot.

« Tout homme qui foule cette terre projette une ombre sur le monde. Certaines sont pâles et faibles, d'autres longues et noires. Vous devriez regarder derrière vous, lord Snow. En vous donnant son baiser, la lune a gravé sur la glace une ombre de vingt pieds de haut. »

Jon regarda par-dessus son épaule. L'ombre se trouvait là, exactement comme elle l'avait décrite, ciselée contre le Mur par le clair de lune. *Une fille en gris, sur un cheval agonisant*, se répéta-t-il. *S'en venant ici, vers vous. Arya.* Jon se retourna vers la prêtresse rouge. Il percevait la chaleur qui émanait d'elle. *Elle a du pouvoir.* Cette pensée lui vint sans prévenir, le serrant dans des crocs de fer, mais ce n'était pas une femme envers qui il voulait contracter une dette, pas même pour sa petite sœur. « Della m'a dit quelque chose, un jour. La sœur de Val, l'épouse de Mance Rayder. Elle m'a dit que la sorcellerie était une épée dépourvue de poignée. Il n'y avait aucun moyen de la saisir sans risque.

— Une femme pleine de sagesse. » Mélisandre se leva, ses robes rouges s'agitant sous le vent. « Une épée dépourvue de poignée reste une épée, toutefois, et il est bon d'avoir une épée lorsque des ennemis vous cernent tous côtés. Entendez-moi à présent, Jon Snow. Neuf corbeaux se sont envolés dans le bois blanc afin de trouver vos ennemis pour vous. Trois d'entre eux sont morts. Ils n'ont pas encore péri, mais leur mort est là-bas qui les attend, et ils chevauchent à sa rencontre. Vous les avez envoyés pour être vos yeux dans les ténèbres, mais ils n'auront plus d'yeux quand ils vous reviendront. J'ai vu dans mes flammes leurs visages morts et blafards. Des orbites creuses, pleurant du sang. » Elle repoussa en arrière ses cheveux roux, et ses yeux rouges brillèrent. « Vous ne me croyez pas. Vous y viendrez. Cette confiance va vous coûter trois vies. Un prix modeste pour la sagesse, jugeront certains... Mais un prix que vous n'étiez pas obligé d'acquitter. Souvenez-vous-en quand vous contemplerez les visages aveugles et ravagés de vos morts. Et quand arrivera ce jour, prenez ma main. » Une vapeur montait de sa chair pâle et, un instant, il sembla que de blêmes flammes sorcières jouaient autour de ses doigts. « Prenez ma main, répéta-t-elle, et laissez-moi sauver votre sœur. »

DAVOS

Même dans la pénombre de l'Antre du Loup, Davos Mervault sentait quelque chose d'anormal, ce matin-là.

Il s'éveilla à un bruit de voix et alla à pas feutrés jusqu'à la porte de sa cellule, mais le bois trop épais l'empêcha de distinguer les mots. L'aube était venue, mais pas le gruau d'avoine que lui apportait chaque matin Garth pour son petit déjeuner. Il s'en inquiéta. Les jours se ressemblaient tous beaucoup à l'intérieur de l'Antre du Loup, et tout changement apportait en général une dégradation. *C'est peut-être aujourd'hui que je vais mourir. Garth est sans doute assis en ce moment, à affûter Madame Lou sur sa pierre à aiguiser.*

Le chevalier oignon n'avait pas oublié les dernières paroles que lui avait lancées Wyman Manderly. *Emportez cette créature dans l'Antre du Loup, et tranchez-lui le chef et les mains,* avait ordonné le gras seigneur. *Je ne pourrai avaler une bouchée que je n'aie vu la tête de ce contrebandier au bout d'une pique, avec un oignon enfoncé entre ses dents de menteur.* Chaque nuit, Davos s'endormait avec ces mots dans la tête, et chaque aube, il se réveillait à leur bruit. Et les eût-il oubliés que Garth prenait toujours plaisir à les lui remettre en mémoire. Il appelait Davos « le mort ». En passant le matin, il lançait toujours : « Tiens, du gruau pour le mort. » Le soir, il disait : « Souffle ta chandelle, le mort. »

Une fois, Garth avait amené ses dames pour les présenter au mort. « L'a l'air de rien, la Garce, dit-il en caressant une barre de fer noir et froid, mais quand j' la porterai au rouge et que

474

j' la laisserai te toucher la queue, tu vas réclamer ta mère. Et v'là Madame Lou. C'est elle qui t' prendra la tête et les mains, quand lord Wyman en enverra l'ordre. » Davos n'avait jamais vu de hache plus grande que Madame Lou, ni aucune au fil plus tranchant. Garth passait ses journées à l'affûter, selon les autres gardiens. *Je n'implorerai pas grâce*, décida Davos. Il irait à la mort en chevalier, demandant seulement qu'on lui prît le chef avant les mains. Même Garth n'aurait pas assez de cruauté pour le lui refuser, espérait-il.

Les bruits qui parvenaient à travers la porte étaient faibles et étouffés. Davos se leva et arpenta sa cellule. En matière de geôles, elle était spacieuse et étrangement confortable. Il la soup-çonnait d'avoir été la chambre à coucher de quelque nobliau. Elle avait trois fois la taille de sa cabine de capitaine sur la *Botha Noire*, et plus encore, par rapport à celle dont jouissait Sladhor Saan sur son *Valyrien*. Bien que son unique fenêtre eût été murée de briques des années plus tôt, un mur s'enorgueillissait encore d'un âtre assez grand pour accueillir une marmite, et il y avait bel et bien un cabinet d'aisances construit dans un recoin de la pièce. Le parquet était constitué de lattes gauchies et héris-sées d'échardes, et sa couchette sentait le moisi, mais c'étaient des inconforts mineurs par rapport aux craintes de Davos.

La nourriture avait constitué une surprise, également. En lieu de gruau, de pain sec et de viande gâtée, régime coutumier des cachots, ses gardiens lui apportaient des poissons frais pêchés, du pain tout chaud sorti du four, du mouton aux épices, des navets, des carottes et même du crabe. Ce qui n'enchantait guère Garth. « Les morts ne devraient pas manger mieux que les vivants », s'était-il indigné plus d'une fois. Davos avaient des fourrures pour lui tenir chaud la nuit, du bois pour alimenter son feu, des vêtements propres, une chandelle de suif. Lorsqu'il avait demandé du papier, une plume et de l'encre, Therry les lui avait apportés le jour suivant. Quand il avait sollicité un livre, de façon à persévérer dans la lecture, Therry s'était présenté avec *L'Étoile à sept branches*.

En dépit de tout son confort, cependant, sa cellule demeurait une cellule. Elle avait des murs en pierre ferme, si épais qu'il n'entendait rien du monde extérieur. La porte était de chêne et de fer, et ses geôliers la maintenaient barrée. Quatre jeux de lourdes chaînes en fer pendaient du plafond, dans l'attente du jour où lord Manderly déciderait de l'entraver et de le confier à la Garce. *Ce pourrait être aujourd'hui. La prochaine fois que Garth ouvrira ma porte, ce ne sera peut-être pas pour m'apporter du gruau d'avoine.*

Son estomac grondait, indicateur infaillible que la matinée avançait, et toujours aucun signe de nourriture. *Le pire n'est pas de mourir, c'est d'ignorer quand ou comment.* Il avait vu l'intérieur de plus d'une geôle et de plus d'un cachot aux temps où il était contrebandier, mais il partageait ceux-là avec d'autres prisonniers, si bien qu'il y avait toujours un interlocuteur avec qui discuter, partager ses craintes et ses espoirs. Pas ici. Exception faite de ses gardiens, Davos Mervault avait l'Antre du Loup pour lui tout seul.

Il savait qu'existaient de véritables cachots dans les caves du château – des oubliettes et des chambres de torture, des fosses détrempées où d'énormes rats noirs furetaient dans les ténèbres. Ses geôliers affirmaient que tous étaient inoccupés à l'heure actuelle. « Y a qu' nous, ici, l'Oignon », lui avait déclaré ser Bartimus. C'était le geôlier en chef, un chevalier cadavérique et unijambiste, avec un visage couvert de cicatrices et un œil aveugle. Lorsque ser Bartimus était pris de boisson (et il l'était quasiment tous les jours), il aimait à se vanter d'avoir sauvé la vie de lord Wyman à la bataille du Trident. L'Antre du Loup était sa récompense.

Pour le reste, ce « nous » se résumait à un cuisinier que ne voyait jamais Davos, six gardes dans le casernement du rez-de-chaussée, deux lavandières et les deux geôliers qui surveillaient le prisonnier. Le plus jeune était Therry, un gamin de quatorze ans, fils d'une des lavandières. Le plus vieux, Garth, énorme, chauve et taciturne, portait chaque jour le même justaucorps de cuir ensuifé et semblait afficher en permanence sur le visage un rictus goguenard.

Ses années de contrebande avaient donné à Davos la faculté de détecter si l'on pouvait se fier à un homme, et Garth n'était pas fiable. En sa présence, le chevalier oignon prenait garde à tenir sa langue. Face à Therry et ser Bartimus, il avait moins de réticence. Il les remerciait pour sa nourriture, les encourageait à évoquer leurs espoirs et leur passé, répondait avec courtoisie à leurs questions et n'insistait jamais trop avec les siennes. Lorsqu'il formulait des requêtes, elles étaient modestes : une cuvette d'eau et un bout de savon, un livre à lire, de nouvelles chandelles. La plupart lui étaient accordées, et Davos en éprouvait une juste reconnaissance.

Aucun des deux hommes ne parlait de lord Manderly, du roi Stannis ni des Frey, mais ils discutaient d'autres sujets. Therry voulait aller à la guerre quand il en aurait l'âge, pour livrer bataille et devenir chevalier. Il aimait aussi se plaindre de sa mère. Elle couchait avec deux des gardes, lui avait-il confié. Les deux hommes avaient des tours de service différents et aucun ne connaissait l'existence de l'autre, mais un de ces jours, l'un des deux découvrirait le pot aux roses, et le sang coulerait. Certaines nuits, le gamin apportait même dans la cellule une outre de vin et, tout en buvant avec lui, il interrogeait Davos sur la vie de contrebandier.

Ser Bartimus n'éprouvait aucun intérêt vis-à-vis du monde extérieur, ni de quoi que ce soit, d'ailleurs, depuis qu'il avait perdu sa jambe, à cause d'un cheval sans cavalier et de la scie d'un mestre. Il en était venu toutefois à vénérer l'Antre du Loup, et n'appréciait rien plus que de discuter de la longue et sanglante histoire du lieu. L'Antre était bien plus ancien que Blancport, avait révélé le chevalier à Davos. Il avait été édifié par le roi Jon Stark pour défendre l'embouchure de la Blanchedague contre les razzieurs venus de la mer. Plus d'un fils cadet du roi du Nord s'était établi ici, plus d'un frère, plus d'un oncle, plus d'un cousin. Certains avaient transmis le château à leurs propres fils et petits-fils, donnant naissance à des branches cadettes de la maison Stark ; la plus durable avait été celle des Greystark, maîtres de l'Antre du Loup cinq siècles durant, jusqu'à ce qu'ils aient l'audace de rejoindre Fort-Terreur dans sa rébellion contre les Stark de Winterfell.

Après leur chute, le château était passé dans bien d'autres mains. La maison Flint l'avait conservé un siècle, la maison Locke presque deux. Des Ardoise, des Long, des Holt et des Boisfrêne avaient gouverné ici, chargés par Winterfell d'assurer la sécurité du fleuve. Des razzieurs des Trois Sœurs avaient une fois pris le château, afin d'en faire un marchepied vers le Nord. Au cours des guerres entre Winterfell et le Val, Osgood Arryn, le Vieux Faucon, l'avait assiégé et son fils, celui qui était resté connu sous le nom de La Serre, l'avait incendié. Lorsque le vieux roi Edrick Stark était devenu trop faible pour défendre son royaume, des négriers des Degrés de Pierre s'étaient emparés de l'Antre du Loup. Ils marquaient leurs captifs au fer rouge et les brisaient à coups de fouet avant de les expédier sur l'autre rive du détroit, et ces mêmes murs de pierre noire en portaient témoignage.

« Alors est survenu un long et cruel hiver, racontait ser Bartimus. La Blanchedague a été prise par les glaces, même l'estuaire en a gelé. Les vents débagoulaient du Nord en hurlant et y-z-ont repoussé les esclavagistes à l'intérieur, pour aller s' pelotonner autour de leurs feux et, pendant qu'ils étaient en train d'se chauffer, un roi leur est tombé d'sus. *Brandon* Stark, c'était, l'arrière-p'tit-fils d'Edrick Barbeneige, çui qu'on a app'lé Yeux de Glace. Il a repris l'Antre du Loup, il a foutu les esclavagistes à poil et il les a donnés aux esclaves qu'il avait trouvés enchaînés dans les cachots. On raconte qu'les esclaves ont enguirlandé de leurs entrailles les ramures de l'arbre-cœur, en offrande aux dieux. Aux *anciens* dieux, pas à ces nouveaux, là, venus du Sud. Vos Sept, ils connaissent pas l'hiver, et l'hiver les connaît pas. »

Davos n'aurait pas pu discuter la véracité de la chose. Après ce qu'il avait vu à Fort-Levant, il ne tenait pas lui non plus à connaître l'hiver. « Quels dieux vénères-tu ? demanda-t-il au chevalier unijambiste.

— Les anciens. » Quand ser Bartimus souriait, il ressemblait tout à fait à un crâne. « Moi et les miens, on était ici avant les Manderly. Si ça s' trouve, c'est mes ancêtres qu'ont accroché ces entrailles dans tout l'arbre.

— Je ne savais pas que les Nordiens offraient des sacrifices sanglants à leurs arbres-cœur.

— Y a tant et plus de choses que vous savez pas sur le Nord, vous les Sudiers », répliqua ser Bartimus.

Il n'avait pas tort. Davos, assis auprès de sa chandelle, regardait les lettres qu'il avait griffonnées mot après mot durant ses jours de captivité. *J'ai été meilleur trafiquant que chevalier,* avait-il écrit à sa femme, *meilleur chevalier que Main du Roi, meilleure Main du Roi que mari. Je regrette tant, Marya, je t'ai aimée. Je t'en prie, pardonne-moi mes torts envers toi. Si Stannis vient à perdre cette guerre, nos terres seront perdues aussi. Conduis les enfants de l'autre côté du détroit, à Braavos, et apprends-leur à penser à moi avec bienveillance, si tu le veux bien. Si Stannis remporte le Trône de Fer, la maison Mervault survivra et Devan restera à la cour. Il t'aidera à placer les autres garçons auprès de nobles seigneurs, où ils pourront servir en tant que pages et écuyers et gagner leur rang de chevalier.* C'était le meilleur conseil qu'il pût lui donner, mais il aurait souhaité que cela rendît un son plus sage.

Il avait également écrit à chacun de ses trois fils encore en vie, pour les aider à conserver le souvenir de ce père qui leur avait payé des noms avec des bouts de ses doigts. Ses notes à l'adresse de Steffon et du jeune Stannis étaient brèves, raides et maladroites ; à vrai dire, il ne les connaissait pas moitié aussi bien qu'il avait connu leurs aînés, ceux qui avaient péri brûlés ou noyés sur la Néra. À Devan, il écrivit plus longuement, pour lui dire combien il était fier de voir son propre fils écuyer du roi, et lui rappeler qu'en tant qu'aîné, il avait pour devoir de protéger la dame sa mère et ses plus jeunes frères. *Dis à Sa Grâce que j'ai fait de mon mieux. Je regrette de l'avoir failli. J'ai perdu ma chance en perdant les os de mes phalanges, le jour où le fleuve a brûlé, en contrebas de Port-Réal.*

Davos feuilleta lentement les lettres, relisant chacune plusieurs fois, en se demandant s'il devait changer un mot ici ou en ajouter un là. On devrait avoir davantage à dire quand on contemple la fin de sa vie, songea-t-il, mais les mots lui venaient difficilement. *Je n'ai pas si mal réussi*, essaya-t-il de se persuader. *J'ai fait du chemin depuis Culpucier pour devenir Main du Roi, et j'ai appris à lire et à écrire.*

Il était encore penché sur les missives quand il entendit le bruit de clés en fer tintant à un anneau. Le temps d'un demi-battement de cœur, la porte de sa cellule s'ouvrit largement.

Celui qui passa le seuil n'était aucun de ses geôliers. C'était un homme grand et hâve, au visage profondément buriné, avec une crinière de cheveux bruns grisonnants. Une longue épée pendait à sa hanche, et sa cape écarlate au riche coloris était retenue sur son épaule par une lourde broche d'argent en forme de poing ganté de maille. « Lord Mervault, déclara-t-il, nous n'avons pas beaucoup de temps. Je vous prie de me suivre. »

Davos considéra l'étranger d'un œil méfiant. Le « je vous prie » le désarçonnait. Les hommes qui vont perdre leur chef et leurs mains ne se voyaient pas souvent accorder de telles formules de courtoisie. « Qui êtes-vous ?

— Robett Glover, ne vous déplaise, messire.

— Glover. Votre siège ancestral était Motte-la-Forêt.

— Celui de mon frère Galbart. Il l'était, et l'est encore, grâce à Stannis votre roi. Il a repris Motte à la garce fer-née qui l'avait usurpé et offre de le restituer à ses légitimes propriétaires. Il s'est passé tant et plus de choses tandis que vous étiez confiné entre ces murs, lord Davos. Moat Cailin est tombée, et Roose Bolton est rentré au Nord avec la benjamine de Ned Stark. Un ost de Frey l'y a accompagné. Bolton a envoyé des corbeaux, pour convoquer tous les seigneurs du Nord à Tertre-bourg. Il exige hommage et otages... et des témoins aux noces d'Arya Stark avec son bâtard Ramsay Snow, alliance par laquelle les Bolton ont l'intention de revendiquer Winterfell. Et maintenant, allez-vous venir avec moi, ou pas ?

— Quel choix ai-je, messire ? Venir avec vous ou rester avec Garth et Madame Lou ?

— Qui est cette Madame Lou ? Une des lavandières ? » Glover s'impatientait. « Tout vous sera expliqué si vous me suivez. »

Davos se mit debout. « Si je venais à mourir, je prie Votre Seigneurie de veiller à ce que mes lettres soient transmises.

— Vous avez ma parole sur cela... quoique, si vous mourez, ce ne sera point aux mains d'un Glover, ni de lord Wyman. Allons, vite à présent, avec moi. »

Glover le mena le long d'un couloir obscur et au bas d'une volée de marches usées. Ils traversèrent le bois sacré du château, où l'arbre-cœur était devenu si énorme et noueux qu'il en avait étouffé tous les chênes, les ormes et les bouleaux et envoyé ses épaisses ramures pâles crever les murs et les fenêtres qui lui faisaient face. Il avait des racines aussi larges que la taille d'un homme, un tronc si vaste que le visage qui y était gravé paraissait gras et furieux. Au-delà du barral, Glover ouvrit un portail de fer rouillé et s'arrêta pour allumer une torche. Lorsqu'elle flamba, rouge et ardente, il conduisit Davos au bas d'autres marches dans une cave aux plafonds voûtés où les murs suintants portaient une croûte de sel blanc, et où l'eau de mer clapotait sous leurs pieds à chaque pas. Ils traversèrent plusieurs caves, et des rangées de petites cellules humides et puantes, très différentes de la pièce où avait été confiné Davos. Puis, il y eut un mur de pierre nue qui pivota quand Glover poussa dessus. Au-delà s'étendaient un long tunnel étroit, et encore des marches. Celles-ci montaient.

« Où sommes-nous ? » demanda Davos tandis qu'ils grimpaient. Ses mots résonnèrent faiblement dans le noir.

« Les degrés sous les marches. Le passage court en dessous de l'Escalier du Château, qui mène au Châteauneuf. Un passage secret. Il ne faudrait pas que l'on vous voie, messire. Vous êtes réputé mort. »

Du gruau pour le mort. Davos monta.

Ils émergèrent à travers un autre mur, mais celui-ci était de lattes et de plâtre, sur son autre face. Il donnait sur une pièce douillette, réduite et confortablement meublée, avec un tapis de Myr sur le sol et des chandelles en cire d'abeille allumées sur une table. Davos entendait jouer des cornemuses et des violes, à peu de distance. Au mur était accrochée une peau de mouton peinte d'une carte du Nord aux coloris fanés. Sous la carte siégeait Wyman Manderly, le colossal sire de Blancport.

« Veuillez vous asseoir. » Lord Manderly était vêtu avec richesse. Son pourpoint de velours était d'un bleu vert tendre, brodé de fils d'or aux ourlets, sur les manches et au col. Son manteau d'hermine s'accrochait à l'épaule par un trident d'or. « Avez-vous faim ?

— Non, messire. Vos geôliers m'ont bien nourri.

— Il y a du vin, si vous avez soif.

— Je vais traiter avec vous, messire. Mon roi me l'a ordonné. Je n'ai point à trinquer avec vous. »

Lord Wyman poussa un soupir. « Je vous ai traité de la façon la plus honteuse, je le sais. J'avais mes raisons, mais... Je vous en prie, asseyez-vous et buvez, vous m'obligerez. Buvez au retour de mon fils sain et sauf. Wylis, mon aîné et héritier. Il est revenu. C'est le banquet de bienvenue que vous entendez. À la cour du Triton, on mange de la tourte de lamproie et de la venaison avec des marrons rôtis. Wynafryd danse avec le Frey qu'elle va épouser. Les autres Frey lèvent des coupes de vin à la santé de notre amitié. »

Par-dessous la musique, Davos distinguait un brouhaha de voix nombreuses, le tintement des coupes et des plateaux. Il ne dit rien.

« J'arrive tout juste du haut bout de la table, enchaîna lord Wyman. J'ai trop mangé, comme toujours, et tout Blancport sait que mes entrailles me jouent des tours. Mes amis Frey ne s'interrogeront pas sur une longue visite au cabinet d'aisances, nous l'espérons. » Il retourna sa coupe. « Tenez. Vous allez boire et pas moi. Asseyez-vous. Le temps presse et il y a beaucoup à dire. Robett, du vin pour la Main, si vous voulez bien. Lord Davos, vous n'en savez rien, mais vous êtes mort. »

Robett Glover remplit une coupe de vin et l'offrit à Davos. Il la prit, la renifla et but. « Comment suis-je mort, si je puis me permettre cette question ?

— Par la hache. Votre tête et vos mains ont été exposées au-dessus de la porte des Otaries, avec le visage ainsi tourné que vos yeux contemplent par-delà le port. Désormais, vous êtes fort décomposé, bien que nous ayons trempé votre tête dans le goudron avant que de la placer au bout de la pique. Les corbeaux charognards et les oiseaux de mer se sont disputé vos yeux, dit-on. »

Davos s'agita avec inconfort. C'était une étrange sensation, que d'être mort. « S'il plaît à Votre Seigneurie, qui est mort à ma place ?

— Quelle importance ? Vous avez un visage commun, lord Davos. J'espère que je ne vous offense point en le disant. L'homme avait votre complexion, un nez de même forme, deux oreilles point trop différentes, une longue barbe qu'on a pu retailler et conformer selon la vôtre. Vous pouvez être assuré que nous l'avons bien enduit de goudron, et que l'oignon enfoncé entre ses dents a servi à lui déformer les traits. Ser Bartimus a veillé à ce qu'il ait les doigts de la main gauche raccourcis à l'identique des vôtres. L'homme était un criminel, si cela peut vous consoler quelque peu. Sa mort pourrait accomplir plus de bien que tout ce qu'il a jamais fait durant sa vie. Messire, je n'ai nulle malveillance à votre encontre. La rancœur que je vous ai témoignée dans la cour du Triton était une farce de bateleur jouée pour le contentement de nos amis Frey.

— Votre Seigneurie devrait entamer une carrière de bateleur, commenta Davos. Vous et les vôtres étiez fort convaincants. Votre bru semblait bien sincèrement souhaiter ma mort, et la petite fille…

— Wylla. » Lord Wyman sourit. « Avez-vous vu combien elle était brave ? Alors que je la menaçais de lui trancher la langue, elle m'a rappelé la dette de Blancport envers les Stark de Winterfell, une dette qui ne pourra jamais être remboursée. Wylla a parlé avec le cœur, comme l'a fait lady Leona. Pardonnez-la si vous pouvez, messire. C'est une sotte, et elle a peur : Wylis est toute sa vie. Tous les hommes n'ont pas en leur cœur d'être le prince Aemon, Chevalier-Dragon, ou Symeon Prunelles étoilées, et toute femme ne peut être aussi brave que ma Wylla et sa sœur Wynafryd… qui savait, elle, et a pourtant tenu son rôle sans frémir.

» Quand il traite avec des menteurs, même l'honnête homme doit mentir. Je n'osais pas défier Port-Réal tant que mon dernier fils en vie demeurait en captivité. Lord Tywin Lannister m'avait personnellement écrit pour me dire qu'il détenait Wylis. Si je voulais le revoir sauf et libre, m'a-t-il dit, je devais me repentir de ma trahison, capituler, déclarer ma loyauté envers l'enfant sur le Trône de Fer... et ployer le genou devant Roose Bolton, son gouverneur du Nord. Si je refusais, Wylis connaîtrait la mort des traîtres. Blancport serait pris et mis à sac, et mon peuple subirait le sort des Reyne de Castamere.

» Je suis gras, et bien des gens s'imaginent que cela me rend faible et sot. Il se peut que Tywin Lannister ait été du nombre. Je lui ai renvoyé un corbeau pour lui dire que je plierais le genou et que j'ouvrirais mes portes *après* que mon fils serait revenu, mais pas avant. L'affaire en était restée là à la mort de Tywin. Par la suite, les Frey se sont présentés avec les os de Wendel... pour conclure la paix et la sceller par un pacte de mariage, prétendaient-ils, mais je n'allais pas leur donner ce qu'ils souhaitaient avant d'avoir Wylis, sain et sauf, et ils n'allaient pas me restituer Wylis tant que je n'aurais pas prouvé ma loyauté. Votre arrivée m'a fourni le moyen de le faire. Voilà les raisons de la discourtoisie que je vous ai témoignée à la cour du Triton, et de la tête et des mains qui pourrissent au-dessus de la porte des Otaries.

— Vous avez pris un grand risque, messire, commenta Davos. Si les Frey avaient percé à jour votre ruse...

— Je n'ai pris aucun risque. Si l'un des Frey s'était mêlé d'escalader ma porte pour regarder de près l'homme à l'oignon dans la bouche, j'aurai blâmé mes geôliers pour cette erreur et vous aurais produit pour les apaiser. »

Davos sentit un frisson lui parcourir l'échine. « Je vois.

— J'espère bien. Vous avez des fils, vous aussi, avez-vous dit. »

Trois, songea Davos, *bien que j'en aie mis sept au monde.*

« Je vais devoir sous peu rejoindre le banquet pour boire à la santé de mes amis Frey, enchaîna Manderly. Ils me surveillent, ser. Jour et nuit, leurs yeux sont posés sur moi, leurs narines cherchent un parfum de traîtrise. Vous les avez vus, l'arrogant ser Jared et son neveu Rhaegar, cette larve goguenarde qui porte un nom de dragon. Derrière eux deux se tient Symond, qui fait tinter des pièces. Celui-là a acheté et payé plusieurs de mes serviteurs et deux de mes chevaliers. Une des c:améristes de son épouse s'est faufilée dans le lit de mon propre bouffon. Si Stannis s'étonne que mes lettres soient si peu disertes, c'est que je n'ose pas même me fier à mon mestre. Théomore est tout en tête, sans rien en cœur. Vous l'avez entendu, dans ma cour. Les mestres sont censés mettre leurs anciennes loyautés de côté quand ils ceignent leurs chaînes, mais je ne puis oublier que Théomore est né Lannister de Port-Lannis et qu'il revendique quelque parenté avec les Lannister de Castral Roc. Les ennemis et les faux amis me cernent de toutes parts, lord Davos. Ils infestent ma cité comme des cafards et, la nuit, je les sens me courir dessus. » Les doigts du gros homme se resserrèrent en un poing et tous ses mentons frémirent. « Mon fils Wendel est arrivé en invité aux Jumeaux. Il a partagé le pain et le sel de lord Walder et a accroché son épée au mur pour banqueter avec des amis. Et ils l'ont assassiné. *Assassiné*, je dis, et puissent les Frey s'étouffer sur leurs fables. Je bois avec Jared, je plaisante avec Symond, je promets à Rhaegar la main de ma propre petite-fille chérie... Mais ne vous figurez jamais que cela signifie que j'aie oublié. Le Nord se souvient, lord Davos. Le Nord se souvient et la farce du bateleur est presque arrivée à son terme. Mon fils est chez lui. »

Quelque chose dans la façon dont lord Wyman prononça ces mots glaça Davos jusqu'à la moelle. « Si c'est justice que vous voulez, messire, tournez-vous vers le roi Stannis. Nul homme n'est plus juste. »

Robett Glover coupa pour ajouter. « Votre loyauté vous honore, messire, mais Stannis Baratheon demeure votre roi, et point le nôtre.

— Votre propre roi est mort, leur rappela Davos, assassiné lors des Noces Pourpres auprès du fils de lord Wyman.

— Le Jeune Loup est mort, admit Manderly, mais ce brave garçon n'était point l'unique fils de lord Eddard. Robett, fais venir l'enfant.

— Tout de suite, messire. » Glover s'éclipsa par la porte.

L'enfant ? Était-il possible qu'un des frères de Robb Stark ait survécu à la ruine de Winterfell ? Manderly avait-il un héritier des Stark caché dans son château ? *Un garçon trouvé ou un garçon feint ?* Le Nord se soulèverait pour l'un comme pour l'autre... mais jamais Stannis Baratheon ne ferait cause commune avec un imposteur.

Le jeune garçon qui suivit Robett Glover par la porte n'était pas un Stark, et ne pourrait jamais espérer passer pour l'un d'eux. Il était plus âgé que les frères assassinés du Jeune Loup, quatorze ou quinze ans, à sa mine, et ses yeux étaient plus anciens encore. Sous une crinière de cheveux brun sombre, il avait un visage presque sauvage, avec une large bouche, un nez aigu et un menton pointu. « Qui êtes-vous ? » demanda Davos.

Le garçon jeta un regard à Robett Glover.

« C'est un muet, mais nous lui avons appris les lettres. Il apprend vite. » Glover tira un stylet de sa ceinture pour le donner au jeune homme. « Écris ton nom pour lord Mervault. »

Il n'y avait pas de parchemin dans la chambre. Le garçon grava les lettres dans une poutre de bois du mur. W... E... X... Il insista avec énergie sur le X. Quand il eut terminé, il jeta le stylet en l'air pour le retourner, l'attrapa et resta à admirer son ouvrage.

« Wex est fer-né. Il était l'écuyer de Theon Greyjoy. Wex se trouvait à Winterfell. » Glover s'assit. « Que sait lord Stannis de ce qui est arrivé à Winterfell ? »

Davos se remémora les histoires qu'ils avaient entendues. « Winterfell a été prise par Theon Greyjoy, qui était naguère le pupille de lord Stark. Il a fait mettre à mort les deux jeunes fils de Stark et a exposé leurs têtes au-dessus des remparts du château. Lorsque les Nordiens sont arrivés pour le chasser, il a passé tout le château au fil de l'épée, jusqu'au dernier enfant, avant d'être lui-même occis par le bâtard de lord Bolton.

— Non pas occis, corrigea Glover. Capturé et ramené à Fort-Terreur. Le Bâtard l'a écorché. »

Lord Wyman hocha la tête. « L'histoire que vous contez est celle que nous avons tous entendue, farcie de mensonges comme un gâteau l'est de raisins secs. C'est le Bâtard de Bolton qui a passé Winterfell au fil de l'épée... Ramsay Snow, comme il s'appelait alors, avant que l'enfant roi ne le fasse Bolton. Snow ne les a point tous tués. Il a épargné les femmes, les a ligotées ensemble et les a fait marcher jusqu'à Fort-Terreur pour ses jeux.

— Ses jeux ?

— C'est un grand chasseur, expliqua Wyman Manderly, et les femmes constituent son gibier favori. Il les met nues et les lâche dans les bois. Elles ont droit à une demi-journée d'avance avant qu'il se lance à leurs trousses avec chiens et trompes. De temps en temps, une fille lui échappe et survit pour conter l'épisode. La plupart sont moins heureuses. Quand Ramsay les rattrape, il les viole, les écorche, donne leur corps en pâture à ses chiennes et rapporte en trophée leur peau à Fort-Terreur. Si elles lui ont causé un plaisant divertissement, il leur tranche la gorge avant de les écorcher. Sinon, il procède à l'inverse. »

Davos pâlit. « Bonté des dieux. Comment un homme peut-il...

— Il a le mal dans le sang, déclara Robett Glover. C'est un bâtard né d'un viol. Un *Snow*, quoi qu'en dise l'enfant roi.

— Y a-t-il jamais eu âme plus noire ? demanda lord Wyman. Ramsay s'est acquis les terres du sire de Corbois en épousant de force sa veuve, puis en enfermant celle-ci dans une tour et en l'y oubliant. On raconte qu'en dernière extrémité, elle s'est dévoré les doigts... et la notion qu'ont les Lannister de la justice royale consiste à récompenser son assassin par la jeune fille de Ned Stark.

— Les Bolton ont toujours été aussi cruels que malins, mais celui-ci semble un animal revêtu d'une peau d'homme », commenta Glover.

Le sire de Blancport se pencha en avant. « Les Frey ne valent pas mieux. Ils parlent de zomans, de change-peaux, et assurent que c'était Robb Stark qui a tué mon Wendel. Quelle arrogance ! Ils ne s'attendent point à ce que le Nord croie leurs mensonges, mais ils jugent que nous devons feindre de les croire ou mourir. Roose Bolton ment sur son rôle lors des Noces Pourpres, et son bâtard ment sur la chute de Winterfell. Et pourtant, tant qu'ils détenaient Wylis, je n'avais d'autre choix que de gober tous ces excréments et d'en louer la saveur.

— Et maintenant, messire ? » voulut savoir Davos.

Il avait espéré entendre lord Wyman annoncer : *Et maintenant je me déclare en faveur du roi Stannis*, mais le gros homme se borna à afficher un étrange sourire folâtre, et à dire : « Maintenant, je me dois d'aller assister à un mariage. Je suis trop gras pour tenir sur un cheval, comme le verra clairement tout homme doté de ses yeux. Enfant, j'aimais à chevaucher et, jeune homme, je me suis assez bien comporté sur une monture pour remporter sur les lices de modestes accolades, mais ce temps est révolu. Mon corps est devenu une prison plus terrible que l'Antre du Loup. Quand bien même, je me dois d'aller à Winterfell. Roose Bolton me veut à genoux et, sous le velours de la courtoisie, il laisse paraître le fer de la maille. J'irai par barge et par litière, escorté d'une centaine de chevaliers et de mes bons amis des Jumeaux. Les Frey sont arrivés ici par mer. Ils n'ont pas pris de chevaux, aussi offrirai-je à chacun un palefroi, des cadeaux de courtoisie. Les invités regardent-ils à deux fois les présents qu'on leur donne, dans le Sud ?

— Certains le font, messire. Le jour du départ de leur hôte.

— Peut-être avez-vous compris, en ce cas. » Wyman Manderly se remit pesamment debout. « Voilà plus d'un an que je construis des vaisseaux de guerre. Vous en avez vu certains, mais il y en a bien davantage, dissimulés en amont sur la Blanchedague. Même après les pertes que j'ai subies, je commande encore plus de cavalerie lourde que n'importe quel autre seigneur au nord du Neck. J'ai de solides remparts et mes caves regorgent d'argent. Châteauvieux et La Veuve s'appliqueront à imiter ma conduite. Mes bannerets comptent une douzaine de nobliaux et cent chevaliers fieffés. Je puis apporter au roi Stannis l'allégeance de toutes les terres à l'est de la Blanchedague, de La Veuve et de Porte-Béline jusqu'aux collines des Toisonnées et aux sources de la Brèchesaigue. Tout ceci, j'en fais le serment si vous acceptez mon prix.

— Je puis présenter vos conditions au roi, mais... »

Lord Wyman lui coupa la parole. « Si *vous*, vous acceptez mon prix, ai-je dit. Et non point Stannis. Ce n'est pas d'un roi que j'ai besoin, mais d'un contrebandier. »

Robett Glover reprit la narration. « Nous ne saurons peut-être jamais tout ce qui est advenu à Winterfell lorsque ser Rodrik Cassel a essayé de reprendre le castel aux Fer-nés de Theon Greyjoy. Le Bâtard de Bolton prétend que Greyjoy a assassiné ser Rodrik lors de pourparlers. Wex dit que non. Jusqu'à ce qu'il sache mieux écrire, nous ne saurons jamais qu'une mi-vérité... Mais il est venu à nous en sachant *oui* et *non*, et cela peut mener loin dès que l'on trouve les bonnes questions.

— C'est le Bâtard qui a assassiné ser Rodrik et les hommes de Winterfell, déclara lord Wyman. Il a également occis les Fer-nés de Greyjoy. Wex a vu abattre des hommes qui tentaient de se rendre. Lorsque nous avons demandé comment il y avait échappé, il a pris un morceau de craie et dessiné un arbre avec un visage. »

Davos y réfléchit. « Les anciens dieux l'ont sauvé ?

— D'une certaine façon. Il a escaladé l'arbre-cœur et s'est dissimulé dans son feuillage. Les hommes de Bolton ont fouillé à deux reprises le bois sacré, et tué les hommes qu'ils y trouvaient, mais personne n'a songé à grimper dans les arbres. Est-ce bien ce qui s'est passé, Wex ? »

Le gamin fit sauter en l'air le stylet de Glover, le rattrapa et hocha la tête.

« Il est longtemps resté dans l'arbre, reprit Glover. Il a dormi dans les branches, sans oser descendre. Finalement, il a entendu des voix au-dessous de lui.

— Les voix des morts », compléta Wyman Manderly.

Wex leva cinq doigts, tapota chacun d'eux avec le stylet, puis il en replia quatre et tapota à nouveau le dernier.

« Six, demanda Davos. Ils étaient six.

— Deux d'entre eux étaient les fils assassinés de Ned Stark.

— Comment un muet pourrait-il dire une telle chose ?

— Avec sa craie. Il a dessiné deux garçons... et deux loups.

— Le gamin est fer-né, aussi a-t-il jugé plus sage de ne pas se montrer, dit Glover. Il a écouté. Les six ne se sont guère attardés parmi les ruines de Winterfell. Quatre sont partis d'un côté, deux d'un autre. Wex s'en est allé à la suite des deux, une femme et un jeune garçon. Il a dû rester sous le vent, afin que le loup ne puisse flairer sa présence.

— Il sait où ils sont allés », assura lord Wyman.

Davos comprit. « Vous voulez l'enfant.

— Roose Bolton détient la fille de lord Eddard. Pour le contrer, Blancport doit avoir le fils du Ned... et le loup géant. Le loup prouvera que l'enfant est qui nous le prétendons être, si Fort-Terreur essayait de nier. Voilà mon prix, lord Davos. Ramenez-moi en contrebande mon suzerain, et je prendrai Stannis Baratheon pour roi. »

Un vieil instinct poussa Davos Mervault à amener la main à sa gorge. Les os de ses doigts lui avaient porté bonheur et il sentait confusément qu'il aurait besoin de chance pour accomplir ce que Wyman Manderly exigeait de lui. Mais les osselets avaient disparu, aussi dit-il : « Vous avez à votre service de meilleurs hommes que moi. Des chevaliers, des seigneurs et des mestres. Quel besoin avez-vous d'un contrebandier ? Vous avez des vaisseaux.

— Des vaisseaux, confirma lord Wyman, mais mes équipages sont des hommes du fleuve, ou des pêcheurs qui ne se sont jamais aventurés au-delà de la Morsure. Pour cette tâche, j'ai besoin d'un homme qui a navigué en des eaux plus noires, et qui sait esquiver les dangers, sans être vu ni saisi.

— Où est le petit ? » Instinctivement, Davos sut que la réponse n'allait pas lui plaire. « Où est-ce que vous voulez que j'aille, messire ?

— Wex, montre-lui », demanda Robett Glover.

Le muet fit sauter le stylet, l'attrapa, puis le lança en le faisant pivoter vers la carte en peau de mouton qui ornait le mur de lord Wyman. La lame se planta en vibrant. Puis Wex sourit.

L'espace d'un demi-battement de cœur, Davos songea à prier Wyman Manderly de le renvoyer dans l'Antre du Loup, à ser Bartimus et ses contes, et à Garth et ses dames fatales. Dans l'Antre, même les prisonniers mangeaient du gruau d'avoine le matin. Mais il existait en ce monde d'autres lieux, où l'on disait que les hommes déjeunaient de chair humaine.

DAENERYS

Chaque matin, de ses remparts à l'ouest, la reine comptait les voiles sur la baie des Serfs.

Ce jour, elle en compta vingt et cinq, bien que certaines fussent lointaines et mobiles, si bien qu'il était difficile d'être catégorique. Parfois, elle en manquait une, ou en comptait une autre deux fois. *Quelle importance ? Un étrangleur n'a besoin que de dix doigts.* Tout commerce avait cessé, et ses pêcheurs n'osaient pas sortir sur la baie. Les plus hardis continuaient à plonger quelques lignes dans le fleuve, malgré les dangers que cela aussi présentait ; la plupart restaient à l'ancre sous les murailles de brique multicolore de Meereen.

Il y avait également des navires de Meereen sur la baie, des navires de guerre et des galères de commerce auxquelles leurs capitaines avaient fait prendre le large quand l'ost de Daenerys était venu assiéger la cité, désormais de retour afin d'augmenter les flottes de Qarth, de Tolos et de la Nouvelle-Ghis.

Les conseils de son amiral s'étaient révélés pires qu'inutiles. « Montrez-leur vos dragons, avait recommandé Groleo. Que les Yunkaïis goûtent au feu, et le flot du négoce reprendra.

— Ces navires nous étranglent, et tout ce que mon amiral sait faire, c'est de parler de dragons, commenta Daenerys. Vous êtes bien mon amiral, je ne me trompe pas ?

— Un amiral sans vaisseaux.

— Eh bien, construisez-en.

— On ne peut construire des vaisseaux de guerre avec des briques. Les esclavagistes ont brûlé toute source de bois à vingt lieues à la ronde.

— En ce cas, galopez à vingt-deux. Je vous donnerai des chariots, des ouvriers, des mules, tout ce dont vous aurez besoin.

— Je suis marin, et non architecte naval. On m'a envoyé pour ramener Votre Grâce à Pentos. Au lieu de quoi vous nous avez conduits ici et vous avez démembré mon *Saduleon* pour récupérer des clous et des pièces de bois. Jamais plus je ne reverrai son pareil. Je ne reverrai peut-être plus ma maison, ni ma vieille femme. Ce n'est pas moi qui ai refusé les navires qu'offrait ce Daxos. Je ne peux combattre les Qarthiens avec des bateaux de pêche. »

Son fiel décontenança Daenerys, à tel point qu'elle commença à se demander si le vieux Pentoshi pourrait être un de ses trois traîtres. *Non, ce n'est qu'un vieil homme, loin de chez lui et nostalgique.* « Il doit bien y avoir quelque chose que nous puissions faire.

— Certes, et je vous l'ai dit. Ces navires sont bâtis de haubans, de poix et de toile, de pin de Qohor et de teck de Sothoros, de vieux chêne de Norvos la Grande, d'if et de frêne et de sapin. De bois, Votre Grâce. Le bois brûle. Les dragons...

— Je ne veux plus entendre parler de mes dragons. Laissez-moi. Allez implorer auprès de vos dieux pentoshis une tempête qui coule nos ennemis.

— Aucun marin ne prie pour qu'éclate une tempête, Votre Grâce.

— Je suis lasse de vous entendre dire ce que vous ne voulez pas faire. Allez-vous-en. »

Ser Barristan resta. « Nous avons pour le moment d'amples provisions, lui rappela-t-il, et Votre Grâce a planté des haricots, de la vigne et du blé. Vos Dothrakis ont harcelé les esclavagistes des collines et brisé les fers de leurs esclaves. Ils plantent, eux aussi, et ils apporteront leurs récoltes à Meereen pour les vendre. Et vous aurez l'amitié de Lhazar. »

C'est Daario qui m'a gagné cela, pour ce que ça vaut. « Les Agnelets. Si seulement les agneaux avaient des crocs.

— Cela rendrait les loups plus prudents, assurément. »

Cette remarque la fit rire. « Comment se comportent vos orphelins, ser ? »

Le vieux chevalier sourit. « Bien, Votre Grâce. C'est aimable à vous de poser la question. » Ces garçons faisaient son orgueil. « Quatre ou cinq ont l'étoffe de chevaliers. Peut-être même une douzaine.

— Un seul suffirait s'il avait votre loyauté. » Le jour viendrait peut-être où elle aurait besoin de chaque chevalier. « Jouteront-ils pour moi ? Cela me plairait. » Viserys lui avait cent fois conté les tournois auxquels il avait assisté dans les Sept Couronnes, mais elle-même n'avait jamais vu de joute.

« Ils ne sont pas prêts, Votre Grâce. Quand ils le seront, ils auront plaisir à faire démonstration de leurs prouesses.

— J'espère que ce jour viendra vite. » Elle aurait embrassé son brave chevalier sur la joue, mais, à cet instant précis, Missandei apparut sous l'arche de la porte. « Missandei ?

— Votre Grâce. Skahaz attend votre bon vouloir.

— Fais-le monter. »

Le Crâne-ras était accompagné de deux de ses Bêtes d'airain. L'un portait un masque de faucon, l'autre la semblance d'un chacal. Derrière le bronze, on ne distinguait que leurs yeux. « Votre Splendeur, on a vu Hizdahr entrer hier au soir dans la pyramide de Zhak. Il n'en est sorti que bien après la tombée de la nuit.

— Combien de pyramides a-t-il visitées ? s'enquit Daenerys.

— Onze.

— Et combien de temps depuis le dernier meurtre ?

— Vingt et six jours. » La fureur affleurait dans les yeux du Crâne-ras. L'idée de suivre le promis de Daenerys et de noter tous ses actes venait de lui.

« Jusqu'ici, Hizdahr a tenu ses promesses.

— *Comment ?* Les Fils de la Harpie ont déposé leurs poignards, mais pourquoi ? Parce que le noble Hizdahr le leur a demandé aimablement ? Il est l'un des leurs, je vous le dis. Et voilà pourquoi ils lui obéissent. Il se pourrait bien qu'il soit la Harpie.

— Si Harpie il y a. » Skahaz avait la conviction que, quelque part dans Meereen, les Fils de la Harpie avaient un chef de haute naissance, un général secret à la tête d'une armée des ombres. Daenerys ne partageait pas sa certitude. Les Bêtes d'airain avaient capturé des dizaines de Fils de la Harpie, et ceux qui avaient survécu à leur capture avaient livré des noms lorsqu'on leur avait appliqué la question avec dureté… trop de noms, lui semblait-il. Elle aurait aimé imaginer que toutes les morts étaient l'œuvre d'un seul ennemi qu'on pouvait capturer et tuer, mais Daenerys soupçonnait une tout autre réalité. *Mes ennemis sont légion.* « Hizdahr zo Loraq est un homme persuasif aux nombreux amis. Et il est riche. Peut-être nous a-t-il acheté cette paix au prix de l'or, ou a-t-il convaincu les autres nobles que notre mariage servait leurs meilleurs intérêts.

— S'il n'est pas la Harpie, il la connaît. Je peux fort aisément découvrir la vérité sur ce compte. Permettez-moi de soumettre Hizdahr à la question, et je vous apporterai une confession.

— Non, dit-elle. Je n'ai aucune confiance en ces confessions. Tu m'en as trop apporté, et toutes sans valeur.

— Votre Splendeur…

— *Non*, j'ai dit. »

La grimace du Crâne-ras enlaidit encore sa trogne. « Une erreur. Le Grand Maître Hizdahr se rit de vous, Votre Grâce. Voulez-vous laisser entrer un serpent dans votre couche ? »

C'est Daario que je voudrais dans ma couche, mais je l'ai envoyé au loin, pour ton bien et celui des tiens. « Continue à surveiller Hizdahr zo Loraq, mais aucun mal ne doit lui être fait. Est-ce bien compris ?

— Je ne suis pas sourd, Votre Magnificence. J'obéirai. » Skahaz tira de sa manche un rouleau de parchemin. « Votre Altesse devrait jeter un coup d'œil là-dessus. Une liste de tous les vaisseaux meereenais participant au blocus, avec leurs capitaines. Tous de Grands Maîtres. »

Daenerys étudia le rouleau. Il citait la totalité des familles dirigeantes de Meereen : Hazkar, Merreq, Quazzar, Zhak, Rhazdar, Ghazeen, Pahl, et même Reznak, et Loraq. « Que dois-je faire d'une liste de noms ?

— Chaque homme sur cette liste a de la famille dans la cité. Des fils et des frères, des femmes et des filles, des mères et des pères. Laissez mes Bêtes d'airain s'emparer d'eux. Leurs vies vous restitueront ces vaisseaux.

— Si j'envoie les Bêtes d'airain dans les pyramides, cela déclenchera une guerre ouverte dans la cité. Je dois me fier à Hizdahr. Je dois espérer la paix. » Daenerys maintint le parchemin au-dessus d'une chandelle et regarda les noms partir en flamme, tandis que Skahaz fulminait en la voyant agir.

Par la suite, ser Barristan lui assura que son frère Rhaegar aurait été fier d'elle. Daenerys se remémora les paroles prononcées par ser Jorah à Astapor : *Rhaegar se battit vaillamment, Rhaegar se battit noblement, Rhaegar se battit en homme d'honneur. Et Rhaegar périt.*

En descendant dans la salle de marbre pourpre, elle la trouva presque vide. « Pas de pétitionnaires, aujourd'hui ? demanda-t-elle à Reznak mo Reznak. Personne qui réclame justice ou de l'argent pour un mouton ?

— Non, Votre Altesse. La cité a peur.

— Il n'y a rien à craindre. »

Mais il y avait tant et plus de sujets de crainte, ainsi qu'elle l'apprit ce soir-là. Tandis que Miklaz et Kezmya, ses jeunes otages, lui dressaient la table d'un repas simple de légumes d'automne et de potage au gingembre, Irri vint la prévenir que Galazza Galare était revenue, avec trois Grâces Bleues du temple. « Ver Gris est là également, *Khaleesi*. Ils sollicitent la faveur d'un entretien avec vous, de toute urgence.

— Amène-les dans ma salle. Et fais venir Reznak et Skahaz. La Grâce Verte a-t-elle dit de quoi il s'agissait ?

— D'Astapor », répondit Irri.

Ver Gris débuta le rapport. « Il est sorti des brumes du matin, un cavalier sur une monture pâle, agonisant. Sa jument titubait en approchant des portes de la cité, ses flancs rosés de sang et d'écume, ses yeux roulant de terreur. Son cavalier a lancé : *Elle brûle, elle brûle*, et il est tombé de sa selle. On a envoyé chercher ma personne, qui a donné des ordres afin qu'on présente le cavalier aux Grâces Bleues. Lorsque vos serviteurs ont franchi les portes, il a crié de nouveau : *Elle brûle*. Sous son *tokar*, c'était un squelette, tout d'os et de chair enfiévrée. »

Ici, une des Grâces Bleues prit la suite : « Les Immaculés ont transporté cet homme au temple, où nous l'avons dévêtu et baigné dans l'eau fraîche. Ses vêtements étaient souillés et mes sœurs ont trouvé la moitié d'une flèche dans sa cuisse. Bien qu'il en ait brisé la hampe, la tête était restée en lui et la blessure s'était nécrosée, l'emplissant de poisons. Il est mort dans l'heure, criant toujours qu'elle brûlait.

— *Elle brûle*, répéta Daenerys. Qui est cette *elle* ?

— Astapor, Votre Splendeur, répondit une autre Grâce Bleue. Il l'a dit, une fois. Il a dit : *Astapor brûle*.

— Ce pouvait être la fièvre qui parlait.

— La remarque de Votre Splendeur est pleine de sagesse, admit Galazza Galare, mais Ezzara a vu autre chose. »

Une des Grâces Bleues – Ezzara – plia les mains. « Ma reine, murmura-t-elle, sa fièvre ne venait pas de la flèche. Il s'était souillé non pas une, mais de nombreuses fois. Les taches lui montaient jusqu'aux genoux et il y avait du sang séché, parmi les excréments.

— Son cheval saignait, a dit Ver Gris.

— La chose est vraie, Votre Grâce, confirma l'eunuque. Ses éperons avaient labouré les flancs de la jument pâle.

— Cela se peut, Votre Splendeur, reprit Ezzara, mais ce sang se mêlait à ses défécations. Il maculait son linge intime.

— Il saignait des entrailles, déclara Galazza Galare.

— Nous n'avons aucune certitude, insista Ezzara, mais il se peut que Meereen ait plus à craindre que les piques des Yunkaïis.

— Nous devons prier, déclara la Grâce Verte. Les dieux nous ont envoyé cet homme. Il nous vient comme un héraut. Il nous vient comme un signe.

— Un signe de quoi ? demanda Daenerys.

— Un signe de courroux et de ruine. »

Elle ne voulait pas y croire. « C'était un homme seul. Un malade avec une flèche dans la jambe. C'est un cheval qui l'a amené ici, pas un dieu. » *Une jument pâle.* Daenerys se leva subitement. « Je vous remercie de vos conseils et de tout ce que vous avez fait pour ce malheureux. »

Avant de se retirer, la Grâce Verte baisa les doigts de Daenerys. « Nous prierons pour Astapor. »

Et pour moi. Oh, priez pour moi, madame. Si Astapor était tombée, plus rien ne retenait Yunkaï de se tourner vers le nord.

Elle pivota vers ser Barristan. « Envoyez des cavaliers dans les collines pour retrouver mes Sang-coureurs. Rappelez aussi Ben Prünh et les Puînés.

— Et les Corbeaux Tornade, Votre Grâce ? »

Daario. « Oui. Oui. » Tout juste trois nuits plus tôt, elle avait rêvé de Daario, couché mort en bord de route, qui contemplait le ciel sans le voir tandis que des corbeaux se disputaient au-dessus de son cadavre. D'autres nuits, elle se retournait dans son lit, imaginant qu'il l'avait trahie comme il avait jadis trahi ses camarades capitaines des Corbeaux Tornade. *Il m'a rapporté leurs têtes.* Et s'il avait ramené sa compagnie jusqu'à Yunkaï, afin de la vendre contre une jarre d'or ? *Jamais il ne ferait une telle chose. En serait-il capable ?* « Les Corbeaux Tornade aussi. Envoyez tout de suite des cavaliers à leur recherche. »

Les Puînés furent les premiers à revenir, huit jours après que la reine eut envoyé son rappel. Quand ser Barristan lui dit que son capitaine désirait s'entretenir avec elle, elle crut un instant qu'il s'agissait de Daario et son cœur bondit. Mais le capitaine en question était Brun Ben Prünh.

Brun Ben avait le visage ridé et buriné, une peau couleur de vieux teck, des cheveux blancs et des pattes d'oie au coin des yeux. Daenerys était si contente de voir son visage coloré et tanné qu'elle le serra contre elle. Les yeux de Ben pétillèrent d'amusement. « J'avais entendu raconter que Votre Grâce se préparait à prendre un époux, fit-il, mais personne m'avait prévenu que c'était moi. » Ils rirent ensemble tandis que Reznak s'étranglait, mais les rires cessèrent quand Brun Ben déclara : « Nous avons capturé trois Astaporis. Votre Altesse devrait entendre ce qu'ils racontent.

— Faites-les venir. »

Daenerys les reçut dans la splendeur de sa salle où de grands cierges brûlaient entre les colonnes de marbre. Lorsqu'elle vit que les Astaporis étaient à demi morts de faim, elle leur fit immédiatement porter à manger. Le trio était tout ce qu'il restait d'une douzaine, partis ensemble de la Cité Rouge : un briqueteur, une tisserande et un cordonnier. « Qu'est-il arrivé au reste de votre groupe ? demanda la reine.

— Tués, répondit le cordonnier. Les épées-louées de Yunkaï écument les collines au nord d'Astapor, en traquant ceux qui fuient les flammes.

— La cité est-elle donc tombée ? Elle avait d'épais remparts.

— Si fait, reconnut le briqueteur, un homme au dos voûté et aux yeux chassieux, mais ils étaient également anciens et délabrés. »

La tisserande redressa la tête. « Chaque jour, on se répétait que la reine dragon allait revenir. » La femme avait des lèvres minces et des yeux ternes et morts, sertis dans un visage pincé, étroit. « Cleon vous avait envoyé chercher, disait-on, et vous arriviez. »

Il m'a envoyé chercher, se dit Daenerys. *Cela au moins est la vérité.*

« Sous nos murs, les Yunkaïis dévoraient nos récoltes et abattaient nos troupeaux, poursuivit le cordonnier. À l'intérieur, on crevait de faim. On mangeait des chats, des rats, du cuir. Une peau de cheval était un banquet. Le roi Coupe-Gorge et la reine Putain s'accusaient mutuellement de s'empiffrer de la chair des morts. Des hommes et des femmes se réunissaient en secret pour tirer au sort et se repaître de la chair de celui à qui avait échu la pierre noire. La pyramide de Nakloz a été mise à sac et incendiée par ceux qui désignaient Kraznys mo Nakloz comme la source de tous nos malheurs.

— D'autres blâmaient Daenerys, fit la tisserande, mais on était plus nombreux à vous aimer encore. "Elle est en route", on se répétait entre nous. "Elle vient à la tête d'une grande armée, avec de la nourriture pour tous." »

Je réussis à peine à nourrir mon propre peuple. Si j'avais marché sur Astapor, j'aurais perdu Meereen.

Le cordonnier leur raconta comment l'on avait déterré le corps du Roi Boucher pour le revêtir d'une armure en cuivre, après que la Grâce Verte d'Astapor avait eu la vision qu'il les délivrerait des Yunkaïis. On avait sanglé le cadavre de Cleon le Grand, caparaçonné et pestilentiel, sur le dos d'un cheval famélique pour conduire une sortie avec le reliquat de ses nouveaux Immaculés, mais ils avaient chargé tout droit dans les mâchoires de fer d'une légion de la Nouvelle-Ghis et avaient été fauchés jusqu'au dernier.

« Ensuite, la Grâce Verte a été empalée sur un pieu, sur la plaza du Châtiment, et on l'a laissée mourir. Dans la pyramide d'Ullhor, les survivants ont donné un grand banquet qui a duré la moitié de la nuit, et arrosé leurs derniers vivres de vin empoisonné, afin que nul ne se doive réveiller au matin. Peu après est survenue la maladie, une caquesangue qui tuait trois hommes sur quatre, jusqu'à ce qu'une foule de moribonds devenus fous massacre les gardes à la porte principale. »

Le vieux briqueteur interrompit, pour déclarer : « Non. Ça, c'était l'ouvrage de gens valides, qui s'enfuyaient pour échapper à la caquesangue.

— Est-ce que ça importe vraiment ? lui demanda le cordonnier. Ils ont taillé les gardes en pièces et ouvert les portes, à deux battants. Les légions de la Nouvelle-Ghis se sont précipitées dans Astapor, suivies par les Yunkaïis et les épées-louées à cheval. La reine Putain est morte en les combattant, une malédiction sur les lèvres. Le roi Coupe-Gorge a capitulé et on l'a jeté dans une arène de combat, où il a été déchiqueté par une meute de chiens affamés.

— Malgré tout, certains continuaient d'affirmer que vous alliez venir, reprit la tisserande. Ils juraient qu'ils vous avaient vue, chevauchant un dragon, en train de voler haut au-dessus des campements yunkaïis. Chaque jour, on vous guettait. »

Je ne pouvais pas venir, songea la reine. *Je ne pouvais pas prendre ce risque.*

« Et quand la cité est tombée ? voulut savoir Skahaz. Qu'est-il arrivé, alors ?

— La boucherie a commencé. Le Temple des Grâces débordait de malades venus demander la guérison aux dieux. Les légions ont bloqué les portes et mis le feu au temple avec des torches. Dans l'heure, des incendies ont fait rage à chaque coin de la cité. En se propageant, ils fusionnaient. Les rues étaient pleines de foules, qui couraient d'un côté ou d'un autre pour échapper aux flammes, mais il n'y avait aucune issue. Les Yunkaïis tenaient les portes.

— Mais vous, vous y avez échappé, dit le Crâne-ras. Comment cela se fait-il ? »

Le vieil homme lui répondit. « Je suis briqueteur de mon état, comme l'étaient avant moi mon père et le sien. Mon grand-père a bâti notre maison contre les remparts de la ville. Il a été facile de desceller chaque nuit quelques briques. Quand j'en ai parlé à mes amis, ils m'ont aidé à étayer le tunnel pour qu'il ne s'écroule pas. Nous étions tous d'accord pour juger qu'il pourrait être bon de disposer d'une issue. »

Je vous ai laissé un conseil pour vous gouverner, se disait Daenerys, *une guérisseuse, un érudit et un prêtre.* Elle se souvenait encore de la Cité Rouge ainsi qu'elle l'avait vue la première fois, sèche et poussiéreuse derrière ses remparts de brique rouge, rêvant de cruautés et cependant gorgée de vie. *Il y avait sur le Ver des îles où les amants s'embrassaient, mais sur la plaza du Châtiment on écorchait les hommes en retirant leur peau par bandeaux, et on les laissait suspendus nus, livrés aux mouches.* « Il est bon que vous soyez venus, déclara-t-elle aux Astaporis. Vous serez en sécurité à Meereen. »

Le cordonnier l'en remercia et le vieux briqueteur lui baisa le pied, mais la tisserande la regardait avec des yeux durs comme l'ardoise. *Elle sait que je mens,* se dit la reine. *Elle sait que je ne peux assurer leur sécurité. Astapor brûle, et le tour de Meereen viendra bientôt.*

« Il y en arrivera d'autres, annonça Brun Ben quand on eut guidé les Astaporis hors de la salle. Ces trois-là avaient des chevaux. La plupart vont à pied.

— Combien y en a-t-il ? » demanda Reznak.

Brun Ben haussa les épaules. « Des centaines. Des milliers. Des malades, des brûlés, des blessés. Les Chats et les Erre-au-Vent grouillent dans les collines, avec piques et fouets, ils les poussent vers le nord et abattent les traînards.

— Des ventres sur pied. Et *malades,* dites-vous ? » Reznak se tordit les mains. « Votre Excellence ne doit pas leur permettre d'entrer en ville.

— Je ne le ferais pas, déclara Brun Ben Prünh. Certes, je ne suis point mestre, mais je sais qu'on doit séparer les bons fruits des mauvais.

— Ce ne sont pas des fruits, Ben, corrigea Daenerys. Ce sont des hommes et des femmes, malades, affamés, terrifiés. » *Mes enfants.* « J'aurais dû aller à Astapor.

— Votre Grâce n'aurait pu les sauver, assura ser Barristan. Vous avez mis le roi Cleon en garde contre cette guerre avec Yunkaï. C'était un imbécile, et il avait les mains rouges de sang. »

Et mes mains, sont-elles plus propres ? Elle se souvenait de ce qu'avait dit Daario – que tous les rois doivent être le boucher plutôt que la viande. « Cleon était l'ennemi de notre ennemi. Si je l'avais rejoint aux Cornes d'Hazzat, nous aurions pu broyer les Yunkaïis entre nous. »

Le Crâne-ras était d'un avis différent. « Si vous aviez conduit les Immaculés au sud vers Hazzat, les Fils de la Harpie…

— Je sais. *Je sais.* C'est encore une fois Eroeh. »

La remarque intrigua Brun Ben Prünh. « Eroeh ? De quoi s'agit-il ?

— D'une jeune femme que je croyais avoir sauvée du viol et des tourments. Je n'ai réussi qu'à aggraver son sort final. Et à Astapor, je n'ai réussi qu'à créer dix mille Eroeh.

— Votre Grâce ne pouvait savoir…

— Je suis la reine. Il est de mon rôle de savoir.

— Ce qui est fait est fait, assura Reznak mo Reznak. Votre Altesse, je vous en supplie, prenez sur-le-champ le noble Hizdahr pour roi. Il pourra parlementer avec les Judicieux, négocier la paix pour nous.

— À quel prix ? » *Méfie-toi du sénéchal parfumé*, avait dit Quaithe. La femme masquée avait prédit l'arrivée de la jument pâle, avait-elle également raison pour le noble Reznak ? « Je suis peut-être une jeune femme innocente en matière de guerre, mais je ne suis pas un agneau qu'on conduit bêlant dans l'antre de la Harpie. J'ai toujours mes Immaculés. J'ai les Corbeaux Tornade et les Puînés. J'ai trois compagnies d'affranchis.

— Eux, et des dragons, ajouta Brun Ben Prünh avec un sourire.

— Dans la fosse, enchaînés, se lamenta Reznak mo Reznak. « À quoi servent des dragons qu'on ne peut contrôler ? Même les Immaculés commencent à avoir peur lorsqu'ils doivent ouvrir les portes pour les nourrir.

— De quoi, des p'tits animaux de compagnie de la reine ? »
Les yeux de Brun Ben se plissèrent d'amusement. Le capitaine
des Puînés, blanchi sous le harnois, était un pur produit des
compagnies libres, un métis charriant dans ses veines le sang
d'une douzaine de peuples différents, mais il avait toujours eu
de l'affection pour les dragons, et eux pour lui.

« De petits animaux ? couina Reznak. Des monstres, plutôt.
Des monstres qui se repaissent d'enfants. Nous ne pouvons...

— *Silence*, intima Daenerys. Nous ne parlerons pas de cela. »
Reznak se recroquevilla face à elle, tressaillant devant la
fureur dans le ton de sa voix. « Pardonnez-moi, Magnificence,
je ne... »

Brun Ben Prünh couvrit ses jérémiades. « Votre Grâce, les
Yunkaïis ont trois compagnies libres contre nos deux, et l'on
parle d'émissaires partis à Volantis afin de ramener la Compagnie Dorée. Ces salauds alignent dix mille hommes sur le champ
de bataille. Yunkaï dispose également de trois légions ghiscaries,
peut-être davantage, et j'ai entendu dire qu'ils avaient envoyé
des cavaliers à travers la mer Dothrak pour lancer peut-être un
grand *khalasar* contre nous. Nous avons *besoin* de ces dragons,
me semble-t-il. »

Daenerys poussa un soupir. « Je regrette, Ben. Je ne peux me
risquer à libérer les dragons. » Elle vit bien que ce n'était pas la
réponse qu'il attendait.

Prünh gratta ses moustaches tachetées. « S'il n'y a pas de dragons dans la balance, ma foi... Nous devrions quitter les lieux
avant que ces crapules de Yunkaïis referment le piège... Mais
d'abord, faisons payer aux esclavagistes le prix de nous voir de
dos. Ils rémunèrent les *khals* pour qu'ils laissent leurs cités en
paix, pourquoi pas nous ? Revendons-leur Meereen et partons
vers l'ouest avec des chariots chargés d'or, de joyaux et
d'autres babioles.

— Tu voudrais que je pille Meereen avant de fuir ? Non, cela,
jamais. Ver Gris, mes affranchis sont-ils prêts à livrer bataille ? »

L'eunuque croisa ses bras sur son torse. « Ce ne sont pas des
Immaculés, mais ils ne vous feront pas honte. Ma personne peut
en jurer, par la pique et l'épée, Votre Altesse.

— Bien. Cela est bien. » Daenerys considéra les visages des
hommes qui l'entouraient. Le Crâne-ras, faisant la moue. Ser
Barristan, avec son visage ridé et ses yeux tristes et bleus.
Reznak mo Reznak, pâle, transpirant. Brun Ben, aux cheveux

blancs, buriné, aussi dur qu'un vieux cuir. Ver Gris, lisse de joues, placide, impénétrable. *Daario devrait être ici également, et mes Sang-coureurs*, jugea-t-elle. *S'il doit y avoir bataille, le sang de mon sang devrait être auprès de moi.* Ser Jorah Mormont lui manquait, aussi. *Il m'a menti, il informait mes ennemis, mais il m'aimait également, et m'a toujours bien conseillée.* « J'ai vaincu les Yunkaïis une fois auparavant. Je les vaincrai à nouveau. Mais où, cependant ? De quelle façon ?

— Vous avez l'intention d'aller sur le champ de bataille ? » L'incrédulité poissait la voix du Crâne-ras. « Ce serait une folie. Nos murailles sont plus hautes et plus épaisses que les remparts d'Astapor, et nos défenseurs plus vaillants. Les Yunkaïis ne prendront pas la cité aisément. »

Ser Barristan était d'un avis contraire. « Je ne pense pas que nous devrions les laisser nous assiéger. Leur ost est disparate, à tout le moins. Ces esclavagistes ne sont pas des soldats. Si nous les prenons à l'improviste...

— Il y a peu de chances, répliqua le Crâne-ras. Les Yunkaïis ne manquent pas d'amis à l'intérieur de la cité. Ils sauront.

— Quelle taille pourrait atteindre notre armée ? voulut savoir Daenerys.

— Pas assez grande, j'en implore votre royal pardon, répondit Brun Ben Prünh. Qu'en pense Naharis ? S'il faut nous battre, nous aurons besoin de ses Corbeaux Tornade.

— Daario est encore en campagne. » *Oh, dieux, qu'ai-je fait ? L'ai-je envoyé à la mort ?* « Ben, je vais avoir besoin de vos Puînés pour évaluer la situation de nos ennemis. Leur position, la vitesse à laquelle ils progressent, le nombre d'hommes dont ils disposent, et la façon dont ils sont répartis.

— Il nous faudra des vivres. Des montures fraîches, également.

— Bien entendu. Ser Barristan y pourvoira. »

Brun Ben se gratta le menton. « Nous pourrions peut-être en persuader quelques-uns de changer de camp. Si Votre Grâce a quelques sacs d'or et de joyaux en réserve... Simple question de donner un avant-goût à leurs capitaines, pour ainsi dire... Ma foi, qui sait ?

— Les acheter, pourquoi pas ? » répondit Daenerys. Cette sorte de choses se pratiquait couramment dans les compagnies libres des Terres Disputées, elle le savait. « Oui, très bien. Reznak, occupez-vous-en. Une fois que les Puînés auront pris la route, refermez les portes et doublez la garde sur les remparts.

— Ce sera fait, Votre Magnificence, assura Reznak mo Reznak. Et pour ces Astaporis ? »

Mes enfants. « Ils viennent ici chercher de l'aide. Des secours et une protection. Nous ne pouvons leur tourner le dos. »

Ser Barristan fronça les sourcils. « Votre Grâce, j'ai vu la dysenterie balayer des armées entières quand on la laissait se propager à sa guise. Le sénéchal a raison. Nous ne pouvons accueillir les Astaporis dans Meereen. »

Daenerys le fixa, désemparée. Les dragons ne pleurent pas, et c'était une bonne chose. « Qu'il en soit ainsi, en ce cas. Nous les tiendrons à l'extérieur des remparts jusqu'à ce que ce... cette malédiction ait atteint son terme. Dressez pour eux un camp au bord du fleuve, à l'ouest de la cité. Nous leur enverrons les vivres qu'il nous sera loisible de leur prodiguer. Peut-être pourrions-nous séparer valides et malades. » Tous la regardaient. « Voulez-vous me faire dire les choses deux fois ? Allez, et agissez comme je l'ai ordonné. » Daenerys se leva, frôlant Brun Ben, et gravit les marches jusqu'à la douce solitude de sa terrasse.

Deux cents lieues séparaient Meereen d'Astapor, et pourtant il sembla à Daenerys que le ciel était plus sombre au sud-ouest, brouillé et embrumé par la fumée de l'agonie de la Cité Rouge. *La brique et le sang bâtirent Astapor, et la brique et le sang sa population.* La vieille chanson résonnait dans sa tête. *En cendres et en os est Astapor, et en cendres et en os sa population.* Elle chercha à se remémorer le visage d'Eroeh, mais les traits de la morte se muaient sans cesse en fumée.

Quand Daenerys se détourna enfin, ser Barristan se tenait près d'elle, enveloppé dans sa cape blanche contre le froid du soir. « Pouvons-nous nous battre pour tout ceci ? l'interrogea-t-elle.

— Les hommes peuvent toujours se battre, Votre Grâce. Demandez-moi plutôt si nous pouvons gagner. Mourir est aisé, mais vaincre est ardu. Vos affranchis ne sont qu'à demi formés, et n'ont jamais connu le combat. Vos épées-louées ont naguère servi vos ennemis, et une fois qu'un homme tourne casaque, il ne se fera pas scrupule de recommencer. Vous avez deux dragons qu'on ne peut contrôler, et un troisième qui pourrait être perdu pour vous. Au-delà de ces murs, vos seuls amis sont les Lhazaréens, qui n'ont aucun goût pour la guerre.

— Mais mes murailles sont solides.

— Pas plus que lorsque nous étions assis à l'extérieur. Et les Fils de la Harpie sont à l'intérieur avec nous. De même que les

Grands Maîtres, tant ceux que vous n'avez pas tués que les fils de ceux que vous avez tués.

— Je le sais. » La reine poussa un soupir. « Que me conseillez-vous, ser ?

— La bataille, répondit ser Barristan. Meereen est trop peuplée et remplie de bouches affamées, et vous avez trop d'ennemis à l'intérieur. Nous ne pouvons soutenir un siège prolongé, je le crains. Laissez-moi aller à la rencontre de l'ennemi quand il arrivera au nord, sur un terrain que j'aurai moi-même choisi.

— Aller à la rencontre de l'ennemi, reprit-elle en écho, avec ces affranchis dont vous dites qu'ils sont à demi formés et qu'ils n'ont jamais connu le combat.

— Nous avons tous été novices un jour, Votre Grâce. Les Immaculés les aideront à raidir l'échine. Si j'avais cinq cents chevaliers...

— Ou cinq. Et si je vous donne les Immaculés, je n'aurai plus que les Bêtes d'airain pour tenir Meereen. » Comme ser Barristan ne contestait pas, Daenerys ferma les yeux. *Dieux, pria-t-elle, vous m'avez pris le* khal *Drogo qui était mon soleil et mes étoiles. Vous avez pris notre vaillant fils avant qu'il ait connu son premier souffle. Vous avez obtenu de moi le sang que vous vouliez. Aidez-moi à présent, je vous en supplie. Accordez-moi la sagesse de discerner le chemin à venir et la force de faire ce que je dois pour assurer la sécurité de mes enfants.*

Les dieux ne répondirent pas.

Quand elle rouvrit les yeux, Daenerys déclara : « Je ne peux affronter deux ennemis, l'un à l'intérieur et l'autre à l'extérieur. Si je veux conserver Meereen, je dois avoir la cité derrière moi. *Toute* la cité. Il me faut... J'ai besoin... » Elle ne parvenait pas à prononcer les mots.

« Votre Grâce », l'encouragea ser Barristan avec douceur.

Une reine ne s'appartient pas, elle appartient à son peuple.

« Il me faut Hizdahr zo Loraq. »

MÉLISANDRE

L'obscurité ne régnait jamais vraiment dans les appartements de Mélisandre.

Trois chandelles de suif brûlaient sur l'appui de sa fenêtre pour tenir en respect les terreurs de la nuit. Quatre autres tremblotaient auprès de son lit, deux de chaque côté. Dans l'âtre, la flambée était entretenue jour et nuit. La première leçon que devaient apprendre tous ceux qui entraient à son service était qu'on ne devait jamais laisser le feu s'éteindre. Jamais.

La prêtresse rouge ferma les yeux et prononça une prière, puis elle les rouvrit afin de confronter le feu dans la cheminée. *Une fois encore.* Elle devait acquérir une certitude. Plus d'un prêtre ou d'une prêtresse avant elle avaient été égarés par de fausses visions, voyant ce qu'ils souhaitaient voir au lieu de ce que le Maître de la Lumière avait envoyé. Stannis marchait vers le sud et ses périls, le roi qui portait le sort du monde sur ses épaules, Azor Ahaï ressuscité. Assurément, R'hllor accorderait à Mélisandre une brève vision de ce qui le guettait. *Montrez-moi Stannis, Seigneur*, pria-t-elle. *Montrez-moi votre roi, votre instrument.*

Des visions dansèrent devant elle, d'or et d'écarlate, palpitant, se formant, se fondant et se dissolvant l'une dans l'autre, des configurations étranges, terrifiantes, séduisantes. Elle vit de nouveau les visages sans yeux, qui la contemplaient de leurs orbites pleurant le sang. Ensuite, les tours en bord de mer, croulant sous la marée de ténèbres qui les engloutissait, montée des profondeurs. Des ombres dessinant des crânes, des crânes qui se changeaient en brume, des corps entremêlés par le désir qui se tordaient, roulaient, se déchiraient. À travers des rideaux de flammes, de grandes ombres ailées tournoyaient sur un ciel dur et bleu.

La fille. Je dois retrouver la fille, la fille en gris, sur un cheval agonisant. Jon Snow attendrait cela d'elle, sous peu. Il ne suffirait pas de dire que la fille fuyait. Il en demanderait davantage, il voudrait connaître quand et où, et elle n'avait pas ces informations pour lui. Elle n'avait vu la fille qu'une fois. *Une fille, aussi grise que cendre, et sous mes yeux elle s'est effritée pour s'envoler.*

Un visage se forma dans l'âtre. *Stannis ?* s'interrogea-t-elle, l'espace d'un instant seulement... Mais non, ce n'étaient pas ses traits. *Un visage de bois, blême comme les cadavres.* Était-ce l'ennemi ? Mille prunelles rouges flottèrent dans la montée des flammes. *Il me voit.* À ses côtés, un garçon au visage de loup rejeta sa tête en arrière et hurla.

La prêtresse rouge frissonna. Un filet de sang courut le long de sa cuisse, noir et fumant. Le feu était en elle, souffrance, extase, il l'emplissait, la calcinait, la transformait. Des ondoiements de chaleur inscrivaient des motifs sur sa peau, aussi insistants que la main d'un amant. Des voix inconnues l'appelaient de temps depuis longtemps révolus. « Melony », entendit-elle crier une femme. Une voix masculine lança : « Lot sept ». Elle pleurait, et ses larmes étaient de flamme. Et toujours elle buvait tout cela.

Des tourbillons de neige descendirent d'un ciel obscur et des cendres montèrent à leur rencontre, gris et blanc tournoyant ensemble tandis que des flèches embrasées décrivaient des paraboles au-dessus d'un rempart de bois et que des créatures mortes avançaient en silence d'un pas lourd dans le froid, sous une immense falaise grise au sein de laquelle brûlaient des feux dans cent cavernes. Puis le vent se leva et le brouillard blanc déferla comme une vague d'un froid impossible, et, un par un, les feux s'éteignirent. Ensuite ne demeurèrent que les crânes.

La mort, décida Mélisandre. *Les crânes sont la mort.*

Les flammes crépitaient doucement et dans leurs craquements la prêtresse rouge entendit chuchoter le nom de *Jon Snow*. Son long visage flotta devant elle, souligné de langues rouges et orange, apparaissant et disparaissant, une ombre entrevue derrière un rideau qui oscillait. Tantôt il était homme, tantôt loup, puis de nouveau homme. Mais les crânes étaient là aussi, les crânes le cernaient tous. Mélisandre avait déjà vu le danger, avait tenté de mettre le jeune homme en garde. *Des ennemis tout autour de lui, des poignards dans le noir.* Il ne voulait pas écouter. Les sceptiques n'écoutaient jamais jusqu'à ce qu'il soit trop tard.

« Que voyez-vous, madame ? » demanda le garçon, tout bas. *Des crânes. Un millier de crânes, et de nouveau le bâtard. Jon Snow.* Chaque fois qu'on lui demandait ce qu'elle voyait dans ses feux, Mélisandre répondait : « Tant et plus », mais voir n'était jamais aussi simple que ces mots le suggéraient. C'était un art et, comme tous les arts, il exigeait de la maîtrise, de la discipline, de l'étude. *De la douleur. Cela aussi.* R'hllor parlait à ses élus à travers le feu béni, dans une langue de cendres, de charbons et de flammes torses que seul un dieu pouvait réellement appréhender. Mélisandre pratiquait son art depuis des années sans nombre, et elle en avait payé le prix. Il n'y avait personne, même au sein de son ordre, qui possédât son habileté à distinguer les secrets à demi révélés et à demi voilés au sein des flammes sacrées.

Et pourtant, voilà qu'elle ne semblait pas même pouvoir trouver son roi. *Je prie pour entrevoir Azor Ahaï, et R'hllor ne me montre que Snow.* « Devan, appela-t-elle, à boire. » Elle avait la gorge râpeuse et desséchée.

« Oui, madame. » Le gamin remplit d'eau un gobelet avec le pichet en grès près de la fenêtre, et le lui apporta.

« Merci. » Mélisandre but une gorgée, avala et adressa un sourire au garçon. Cela le fit rougir. Le gamin était à moitié amoureux d'elle, elle le savait. *Il me craint, il me désire et il me révère.*

Néanmoins, sa position ici ne plaisait pas à Devan. Le jeune garçon avait été très fier de servir le roi comme écuyer, et il avait été blessé que Stannis lui ordonnât de rester à Châteaunoir. Comme tous les garçons de son âge, il avait la tête farcie de rêves de gloire ; sans doute se représentait-il déjà les prouesses qu'il accomplirait à Motte-la-Forêt. D'autres jouvenceaux de son âge étaient partis au sud, pour être écuyers des chevaliers du roi et chevaucher auprès d'eux à la bataille. L'exclusion de Devan avait dû sonner comme un reproche, le châtiment de quelque manquement de sa part, ou d'une faute de son père, peut-être.

En vérité, s'il était ici, c'était que Mélisandre l'avait demandé. Les quatre fils aînés de Davos Mervault avaient péri au cours de la bataille sur la Néra, quand la flotte du roi avait été dévorée par un brasier vert. Devan était le cinquième né et plus en sécurité ici avec elle qu'aux côtés du roi. Lord Davos ne lui en saurait pas gré, non plus que l'enfant lui-même, mais il semblait à Mélisandre que Mervault avait connu assez de chagrins. Aussi mal avisé qu'il fût, on ne pouvait douter de sa loyauté envers Stannis. Elle avait lu cela dans ses flammes.

Devan était vif, intelligent et habile aussi, ce qui était plus qu'elle n'en aurait pu dire de la majorité de sa suite. Stannis avait laissé derrière lui une douzaine de ses hommes pour la servir tandis qu'il ferait route vers le sud, mais la plupart étaient des inutiles. Sa Grâce avait besoin de chaque épée, aussi Stannis n'avait-il pu se séparer que de vieillards et d'estropiés. Un homme avait été aveuglé par un coup à la tête au cours de la bataille sous le Mur, un autre rendu boiteux quand la chute de son cheval lui avait broyé les jambes. Son sergent avait perdu un bras sous la massue d'un géant. Trois de ses gardes étaient des hongres, castrés par Stannis pour avoir violé des sauvageonnes. Elle avait également deux ivrognes et un poltron. On aurait dû pendre ce dernier, comme le roi l'avait lui-même reconnu, mais il descendait d'une noble famille et son père et ses frères avaient été loyaux dès le début.

Avoir des gardes autour d'elle aiderait sans doute à maintenir le respect que lui devaient les frères noirs, la prêtresse rouge le savait, mais aucun de ceux que lui avait donnés Stannis n'avait beaucoup de chances d'être très utile si elle devait se trouver en péril. Peu importait. Mélisandre d'Asshaï ne craignait point pour elle-même. R'hllor la protégerait.

Elle but une autre gorgée d'eau, déposa son gobelet, battit des paupières, s'étira et se leva de son siège, les muscles douloureux et courbaturés. Après avoir contemplé si longtemps les flammes, il lui fallut quelques instants pour s'accommoder à la pénombre. Elle avait les yeux secs et fatigués, mais si elle les frottait, elle ne ferait qu'aggraver la situation.

Son foyer avait baissé, vit-elle. « Devan, apporte du bois. Quelle heure est-il ?

— Presque l'aube, madame. »

L'aube. Un autre jour nous est donné, R'hllor soit loué. Les terreurs de la nuit refluent. Mélisandre avait passé la nuit sur son siège devant le feu, comme elle en avait souvent coutume. Maintenant que Stannis était parti, son lit ne lui servait plus guère. Elle n'avait pas de temps à perdre à dormir, avec le poids du monde sur ses épaules. Et elle craignait de rêver. *Le sommeil est une petite mort, les rêves les chuchotis de l'Autre, qui voudrait tous nous entraîner dans sa nuit éternelle.* Elle préférait s'asseoir, baignée de la lueur rutilante des flammes sacrées de son rouge seigneur, ses joues avivées par la chaleur exhalée comme par les baisers d'un amant. Certaines nuits, elle somnolait, mais jamais plus d'une heure. Un jour, priait Mélisandre, elle ne dormirait plus du tout. Un jour, elle serait libérée des rêves. *Melony,* songea-t-elle. *Lot sept.*

Devan alimenta le feu de bûches fraîches jusqu'à ce que les flammes bondissent de nouveau, féroces et furieuses, rejetant les ombres dans les recoins de la pièce, dévorant tous les rêves honnis par Mélisandre. *L'obscurité se retire à nouveau… pour un petit moment. Mais au-delà du Mur, l'ennemi se renforce, et s'il devait l'emporter, l'aube ne reviendrait plus jamais.* Elle se demanda si elle avait vu son visage la fixer depuis les flammes. *Non. Assurément non. Son visage devrait être plus effrayant que ça, froid, noir, trop terrible pour qu'un humain qui le contemple survive.* L'homme de bois qu'elle avait aperçu, cependant, et le gamin au visage de loup… C'étaient ses serviteurs, certainement… ses champions, comme Stannis était celui de Mélisandre.

Elle se rendit à sa fenêtre, poussa les volets pour les ouvrir. Au-dehors, l'est s'éclairait tout juste, et les étoiles du matin étaient encore accrochées dans un ciel noir comme poix. Châteaunoir remuait déjà, des hommes en noir traversaient la cour pour aller déjeuner d'une écuelle de gruau d'avoine avant d'aller relever leurs frères au sommet du Mur. Quelques flocons de neige passèrent devant la fenêtre ouverte, flottant au gré du vent.

« Madame souhaite-t-elle déjeuner ? » s'enquit Devan.

De la nourriture. Oui, je devrais manger. Certains jours, elle oubliait. R'hllor lui fournissait toute la subsistance dont son corps avait besoin, mais c'était une chose qu'il valait mieux dissimuler aux mortels.

C'était de Jon Snow qu'elle avait besoin, et non point de pain frit et de bacon, mais envoyer Devan trouver le lord Commandant ne servirait à rien. Ce dernier ne répondrait pas aux convocations de la prêtresse rouge. Snow choisissait encore de loger derrière l'armurerie, dans deux modestes pièces qu'avait avant lui occupées le défunt forgeron de la Garde. Peut-être ne se jugeait-il pas digne de la tour du Roi, à moins qu'il n'en ait cure. En cela, il commettait une erreur, la fausse humilité de la jeunesse qui constitue en elle-même une variété d'orgueil. Jamais il n'était sage, pour un dirigeant, de dédaigner les attributs du pouvoir, car le pouvoir lui-même découle en une mesure non négligeable de tels attributs.

Le jeune homme n'était pas totalement naïf, cependant. Il avait assez de jugement pour ne pas venir visiter Mélisandre dans ses appartements, en pétitionnaire, et insister afin qu'elle vînt plutôt à lui si elle avait besoin de lui parler. Et plus souvent qu'à son tour, lorsqu'elle se déplaçait, il la faisait attendre ou refusait de la voir. En cela au moins, il était adroit.

« Je vais prendre un thé d'orties, un œuf à la coque et du pain beurré. Du pain frais, s'il te plaît, pas frit. Envoie-moi également le sauvageon, va. Dis-lui que je souhaite lui parler.

— Clinquefrac, madame ?

— Et prestement. »

En l'absence du gamin, Mélisandre se lava et changea de robe. Ses manches abondaient en poches secrètes, et elle les vérifia avec soin, comme chaque matin, pour s'assurer que ses poudres étaient toutes à leur place. Des poudres pour teindre le feu en vert, bleu ou argent, des poudres pour qu'une flamme rugisse, chuinte et bondisse plus haut que hauteur d'homme, des poudres pour dégager de la fumée. Une fumée pour la vérité, une fumée pour le désir, une fumée pour la peur, et l'épaisse fumée noire qui pouvait tuer un homme sur-le-champ. La prêtresse rouge s'arma d'une pincée de chaque.

Le coffre sculpté qu'elle avait transporté à travers le détroit était désormais plus qu'aux trois quarts vide. Et si Mélisandre avait les connaissances pour composer de nouvelles quantités de poudres, maints ingrédients rares lui faisaient défaut. *Mes sortilèges devraient suffire.* Au Mur, elle était plus forte, plus même qu'en Asshaï. Chacun de ses mots et de ses gestes avait plus de puissance, et elle était capable de choses qu'elle n'avait jamais accomplies avant. *Les ombres que j'invoquerai ici seront terribles, et nulle créature des ténèbres ne tiendra contre elles.* Avec de telles sorcelleries à son pouvoir, elle ne devrait bientôt plus avoir besoin des pauvres tours de passe-passe des alchimistes et des pyromanciens.

Elle referma le coffre, le verrouilla et cacha la clé à l'intérieur de ses jupons dans une autre poche secrète. Puis se firent entendre de légers coups à la porte. Son sergent manchot, à en juger par cette façon tremblante de frapper. « Lady Mélisandre, le Seigneur des Os est ici.

— Faites-le entrer. » Mélisandre prit place dans son siège près de l'âtre.

Le sauvageon portait un justaucorps sans manches en cuir bouilli, ponctué de clous de bronze sous une cape fatiguée, mouchetée de nuances vertes et brunes. *Pas d'ossements.* Il était également revêtu d'ombres, de filets décousus de brume grise, glissant sur son visage et sa forme à chaque pas qu'il faisait. *Des disgrâces. Aussi laides que ses os.* Une ligne de cheveux en pointe sur le front, des yeux sombres et rapprochés, des joues pincées, une moustache qui se tortillait comme un ver au-dessus d'une pleine bouche de chicots bruns et brisés.

Mélisandre sentit la chaleur au creux de sa gorge lorsque son rubis s'anima, devant la proximité de son esclave. « Vous avez délaissé votre tenue d'ossements, constata-t-elle.

— Les claquements allaient me rendre fou.

— Les os vous protègent, lui rappela-t-elle. Les frères noirs ne vous aiment pas. Devan me rapporte qu'hier encore, vous avez eu des mots avec l'un d'entre eux, au souper.

— Quelques-uns. Je mangeais ma soupe de haricots et de lard pendant que Bowen Marsh prenait des airs supérieurs. La vieille Pomme Granate s'imaginait que je l'espionnais et m'a annoncé qu'il ne souffrirait pas que des meurtriers écoutassent leurs conseils. Je lui ai répondu qu'en ce cas, ils auraient peut-être intérêt à ne pas les tenir au coin du feu. Bowen a tourné au rouge et émis quelques bruits suffoqués, mais l'affaire en est restée là. » Le sauvageon s'assit sur le rebord de la fenêtre, fit glisser son poignard hors du fourreau. « Si un corbac a envie de me glisser une lame entre les côtes pendant que je soupe, qu'il s'y essaie. Le gruau d'Hobb gagnerait à être assaisonné d'une goutte de sang. »

Mélisandre n'accorda aucune attention à la lame nue. Si le sauvageon lui avait voulu du mal, elle l'aurait lu dans ses flammes. Les dangers contre sa personne avaient été une des premières choses qu'elle avait appris à voir, à l'époque où elle était encore à demi une enfant, une petite esclave liée à vie au grand temple rouge. Cela restait la première chose qu'elle cherchait chaque fois qu'elle plongeait le regard dans un feu. « Ce sont leurs yeux qui devraient vous inquiéter, pas leurs poignards, le mit-elle en garde.

— Le sortilège, certes. » Sur le bracelet de fer noir qui lui entourait le poignet, le rubis parut palpiter. Il le tapota du fil de sa lame. L'acier produisit un léger cliquetis contre la pierre. « Je le sens quand je dors. Chaud contre ma peau, même à travers le fer. Doux comme le baiser d'une femme. *Le vôtre.* Mais parfois dans mes rêves, il se met à brûler, et vos lèvres se changent en dents. Chaque jour, je me dis combien il serait facile de le dessertir, et chaque jour je m'en abstiens. Faut-il aussi que je porte ces foutus ossements ?

— Le sortilège marie les ombres et la suggestion. Les hommes voient ce qu'ils s'attendent à voir. Les ossements y participent. » *Ai-je eu tort d'épargner celui-ci ?* « Si le sortilège échoue, ils vous tueront. »

Le sauvageon commença à curer la crasse sous ses ongles avec la pointe de son poignard. « J'ai chanté mes ballades, livré mes batailles, bu le vin de l'été, goûté la femme du Dornien. Un homme devrait mourir ainsi qu'il a vécu. Pour moi, ce sera l'acier à la main. »

Rêve-t-il de mort ? L'ennemi aurait-il pu l'atteindre ? La mort est son domaine, et les morts ses soldats. « Vous aurez de l'ouvrage pour votre acier, sous peu. L'ennemi est en marche, le véritable ennemi. Et les patrouilleurs de lord Snow seront de retour avant le terme du jour, avec leurs yeux aveugles et sanglants. »

Les yeux du sauvageon se rétrécirent. Yeux gris, yeux bruns ; Mélisandre voyait la couleur changer à chaque palpitation du rubis. « Arracher les yeux, c'est l'œuvre du Chassieux. Les meilleurs corbacs sont les corbacs aveugles, aime-t-il répéter. Je me dis parfois qu'il aimerait s'arracher les siens, tant ils pleurent et le grattent en permanence. Snow a supposé que le peuple libre se tournerait vers Tormund pour les mener, parce que lui-même aurait agi de la sorte. Il aimait bien Tormund, et cette vieille canaille l'aimait bien, également. Mais si c'est le Chassieux… voilà qui n'est pas bon. Ni pour lui, ni pour nous. »

Mélisandre hocha la tête d'un air solennel, comme si elle avait pris ses paroles à cœur, mais ce Chassieux n'avait pas d'importance. Non plus que son peuple libre. C'était un peuple perdu, un peuple condamné, destiné à disparaître de la surface de la terre, comme avaient disparu les enfants de la forêt. Ce n'était toutefois pas ce qu'il souhaitait entendre, et elle ne pouvait se permettre de le perdre, pas maintenant. « Connaissez-vous bien le Nord ? »

Il rangea sa lame. « Autant que n'importe quel pillard. Certaines régions mieux que d'autres. Il y a beaucoup de Nords. Pourquoi ?

— La fille, dit-elle. Une fille en gris, sur un cheval agonisant. La sœur de Jon Snow. » De qui d'autre pouvait-il s'agir ? Elle galopait vers lui pour chercher protection, cela au moins Mélisandre l'avait vu clairement. « Je l'ai vue dans mes flammes, mais une seule fois. Nous devons gagner la confiance du lord Commandant, et la seule façon d'y parvenir est de sauver sa sœur.

— Moi, la sauver, vous voulez dire ? Le Seigneur des Os ? » Il s'esclaffa. « Personne n'a jamais eu confiance en Clinquefrac, sinon des sots. Snow n'est pas sot. S'il faut sauver sa sœur, il enverra ses corbacs. Je le ferais.

— Il n'est pas vous. Il a prononcé ses vœux, et a l'intention de les observer. La Garde de Nuit ne prend pas parti. Mais vous n'êtes pas de la Garde de Nuit, vous. Vous pouvez accomplir ce qu'il ne peut pas.

— Si le raide lord Commandant le permet. Vos feux vous ont-ils montré où trouver cette fille ?

— J'ai vu de l'eau. Profonde et bleue, immobile, avec une fine couche de glace qui commençait tout juste à se former à sa surface. Elle semblait s'étirer à l'infini.

— Le Lonlac. Qu'avez-vous vu d'autre, autour de cette fille ?

— Des collines. Des champs. Des arbres. Un cerf, une fois. Des pierres. Elle reste bien à l'écart des villages. Quand elle le peut, elle galope en suivant le lit de petits ruisseaux, pour égarer les chasseurs. »

Il fronça les sourcils. « Voilà qui va compliquer les choses. Elle se dirigeait au nord, avez-vous dit. Le lac se situait-il pour elle à l'est ou à l'ouest ? »

Mélisandre ferma les yeux, pour se remémorer. « À l'ouest.

— Elle ne remonte pas par la route Royale, par conséquent. Une fine mouche. De l'autre côté, il y a moins de guetteurs, et plus de couvert. Et quelques cachettes dont j'ai eu l'emploi de temps... » Il s'interrompit au son d'une trompe de guerre et se leva avec vivacité. Dans tout Châteaunoir, Mélisandre le savait, le même silence s'était abattu, et chaque homme, chaque jouvenceau, se tournait vers le Mur, pour écouter, pour attendre. Un long coup de trompe marquait le retour de patrouilleurs, mais deux...

Le jour est venu, songea la prêtresse. *Lord Snow va devoir m'écouter, désormais.*

Une fois que le long cri lugubre de la trompe se fut éteint, le silence sembla s'étirer durant une heure. Le sauvageon rompit enfin le charme. « Un seul, donc. Des patrouilleurs.

— Des patrouilleurs morts. » Mélisandre se leva à son tour. « Allez revêtir vos os et attendez. Je reviens.

— Je devrais vous accompagner.

— Ne dites pas de bêtises. Une fois qu'ils auront trouvé ce qu'ils vont trouver, la vue de n'importe quel sauvageon va les mettre en fureur. Restez ici, le temps qu'ils puissent recouvrer leur sang-froid. »

Devan gravissait l'escalier de la tour du Roi quand Mélisandre entama sa descente, flanquée de deux des gardes que lui avait laissés Stannis. Le garçon lui apportait sur un plateau son petit déjeuner à demi oublié. « J'ai attendu qu'Hobb tire du fournil les miches fraîches, madame. Le pain est encore chaud.

— Dépose-le dans mes appartements. » Le sauvageon le mangerait, très probablement. « Lord Snow a besoin de moi, de l'autre côté du Mur. » *Il ne le sait pas encore, mais bientôt...*

Dehors, une neige légère avait commencé à tomber. Une foule de corbeaux s'étaient assemblés autour de la porte, le temps qu'arrivent Mélisandre et son escorte, mais ils s'écartèrent devant la prêtresse rouge. Le lord Commandant l'avait précédée à travers la glace, accompagné de Bowen Marsh et de vingt piquiers. Snow avait également envoyé une douzaine d'archers au sommet du Mur, au cas où des ennemis seraient tapis dans les bois voisins. Les gardes à la porte n'étaient point gens de la reine, mais ils la laissèrent passer tout autant.

Le froid et l'obscurité régnaient sous la glace, dans le tunnel étroit qui se tordait et rampait à travers le Mur. Morgan ouvrit la voie à Mélisandre avec un flambeau et Merrel la suivit avec une hache. Tous deux étaient des ivrognes invétérés, mais sobres, à cette heure de la matinée. Gens de la reine, au moins de nom, tous deux avaient d'elle une saine crainte, et Merrel pouvait se montrer formidable, quand il n'avait pas bu. Elle n'aurait nul besoin d'eux ce jour, mais Mélisandre s'appliquait à conserver deux gardes autour d'elle partout où elle allait. Cela exprimait un certain message. *Les attributs du pouvoir.*

Le temps que tous trois émergent sur la face nord du Mur, la neige tombait régulièrement. Une couverture d'un blanc inégal nappait la terre ravagée et torturée qui séparait le Mur de la lisière de la forêt hantée. Jon Snow et ses frères noirs étaient réunis autour de trois épieux, à quelque vingt pas de là.

Les piques, longues de huit pieds, étaient taillées dans le frêne. Celle de gauche trahissait une légère courbure, mais les deux autres étaient lisses et droites. Au bout de chacune était fichée une tête humaine. Les barbes étaient remplies de glace, et la neige en tombant les avait coiffées de blancs capuchons. À l'emplacement de leurs yeux ne subsistaient que des orbites vides, des trous noirs et sanglants qui les toisaient avec une accusation muette.

« Qui était-ce ? demanda Mélisandre aux corbacs.

— Jack Bulwer le Noir, Hal le Velu et Garth Plumegrise, énuméra solennellement Bowen Marsh. Le sol est à moitié gelé. Les sauvageons ont dû y passer une bonne partie de la nuit, pour planter des piques si profondément. Ils pourraient encore se trouver dans les parages. En train de nous observer. » Le lord Intendant scruta la ligne d'arbres en plissant les yeux.

« Pourrait y en avoir une centaine, par là-bas, commenta le frère noir à la triste figure. Ou un millier.

— Non, répliqua Jon Snow. Ils ont déposé leurs présents dans le noir de la nuit, et ont ensuite détalé. » Son énorme loup rôdait autour des piques en les flairant, puis il leva la patte et pissa sur celle qui portait la tête de Jack Bulwer le Noir. « Fantôme aurait senti leur présence s'ils étaient encore là.

— J'espère que le Chassieux a brûlé les corps », reprit le morose, celui qu'ils appelaient Edd-la-Douleur. « Sinon, ils seraient bien capables de revenir chercher leur tête. »

Jon Snow empoigna la pique qui portait la tête de Garth Plumegrise et l'arracha violemment du sol. « Retirez les deux autres », ordonna-t-il et quatre des corbeaux se hâtèrent d'obéir.

Bowen Marsh avait les joues rouges de froid. « Jamais nous n'aurions dû expédier des patrouilleurs.

— Ce n'est ni le lieu ni le temps de rouvrir cette blessure. Pas ici, messire. Pas maintenant. » Aux hommes qui s'échinaient sur les piques, Snow lança : « Prenez les têtes et brûlez-les. Ne laissez que l'os nu. » C'est alors seulement qu'il parut remarquer Mélisandre. « Madame. Quelques pas avec moi, s'il vous plaît. »

Enfin. « Comme il plaira au lord Commandant. »

Tandis qu'ils marchaient sous le Mur, elle glissa le bras sous celui de Snow. Morgan et Merrel leur ouvraient la voie, Fantôme trottinait sur leurs talons. Sans rien dire, la prêtresse ralentit délibérément son allure et, aux endroits où elle posait le pied, la glace commença à fondre. *Il ne pourra manquer de s'en apercevoir.*

Sous la grille en fer d'une meurtrière, Snow rompit le silence, comme elle savait qu'il le ferait. « Et les six autres ?

— Je ne les ai pas vus, répondit Mélisandre.

— Voulez-vous regarder ?

— Bien sûr, messire.

— Nous avons reçu un corbeau de ser Denys Mallister, à Tour Ombreuse, lui apprit Jon Snow. Ses hommes ont repéré des feux dans les montagnes sur l'autre versant de la Gorge. Les sauvageons en train de se masser, selon ser Denys. Il juge qu'ils vont de nouveau tenter de forcer le pont des Crânes.

— Certains, peut-être. » Les crânes de sa vision désignaient-ils ce pont ? Confusément, Mélisandre ne le croyait pas. « Si elle vient, l'attaque ne sera que simple diversion. J'ai vu des tours en bord de mer, submergées par une marée noire et sanglante. C'est là que s'abattra le coup le plus fort.

— Fort-Levant ? »

Était-ce cela ? Mélisandre avait vu Fort-Levant en compagnie du roi Stannis. C'était là que Sa Grâce avait laissé la reine Selyse et leur fille Shôren, lorsqu'il avait réuni ses chevaliers pour marcher vers Châteaunoir. Les tours dans son feu avaient paru différentes, mais il en allait souvent ainsi, avec les visions. « Oui. Fort-Levant, messire.

— Quand ? »

Elle écarta les mains. « Demain. Dans une lune. Dans un an. Et il se peut que, si vous agissez, vous empêchiez totalement ce que j'ai vu. » *Sinon, à quoi bon les visions ?*

« Bien », commenta Snow.

L'assemblée des corbacs devant la porte avait grossi jusqu'à atteindre deux douzaines le temps qu'ils émergent de sous le Mur. Les hommes se massèrent autour d'eux. Mélisandre en connaissait quelques-uns de nom ; Hobb Trois-Doigts le cuisinier, Mully et ses gras cheveux orange, le simplet qu'on appelait Owen Ballot, Cellador le septon ivrogne.

« C'est vrai, m'sire ? voulut savoir Hobb Trois-Doigts.

— Qui c'est ? voulut savoir Owen Ballot. C'est pas Dywen, hein ?

— Ni Garth », demanda l'homme de la reine qu'elle connaissait comme Alf de Bouecoulant, un des premiers à troquer ses sept faux dieux contre la vérité de R'hllor. « Garth est trop futé pour ces sauvageons.

— Combien ? interrogea Mully.

— Trois, leur répondit Jon. Jack le Noir, Hal le Velu et Garth. »

Alf de Bouecoulant poussa un hurlement assez sonore pour réveiller des dormeurs à Tour Ombreuse. « Mets-le au lit et fais-lui boire du vin chaud, ordonna Jon à Hobb Trois-Doigts.

— Lord Snow, intervint doucement Mélisandre. Voulez-vous m'accompagner à la tour du Roi ? J'ai d'autres choses à partager avec vous. »

Il la dévisagea un instant, de ses yeux gris et froids. Il ferma sa main droite, l'ouvrit, la referma. « À votre guise. Edd, ramène Fantôme à mes quartiers. »

Mélisandre y vit un signal et congédia également sa propre garde. Ils traversèrent la cour ensemble, rien qu'eux deux. La neige tombait tout autour d'eux. Elle marchait aussi près de Jon qu'elle l'osait, assez près pour sentir la défiance émaner de lui, comme un noir brouillard. *Il ne m'aime pas, ne m'aimera jamais, mais il veut bien se servir de moi. Voilà qui est bel et bon.* Mélisandre avait exécuté la même danse avec Stannis Baratheon, au tout début. À la vérité, le jeune lord Commandant et son roi avaient plus de points communs qu'ils ne l'auraient admis l'un ou l'autre. Stannis avait été un fils cadet vivant dans l'ombre de son aîné, tout comme Jon Snow, né bâtard, avait toujours été éclipsé par son demi-frère de naissance légitime, le héros foudroyé que les hommes avaient surnommé le Jeune Loup. Les deux hommes étaient des sceptiques par nature, méfiants, soupçonneux. Les seuls dieux qu'ils vénéraient réellement étaient l'honneur et le devoir.

« Vous n'avez rien demandé sur votre sœur », observa Mélisandre, tandis qu'ils gravissaient l'escalier en colimaçon de la tour du Roi.

« Je vous l'ai dit. Je n'ai pas de sœur. Nous mettons de côté notre famille en prononçant nos vœux. Je ne puis aider Arya, malgré toute... »

Il s'interrompit quand ils entrèrent dans les appartements de la prêtresse. Le sauvageon se trouvait à l'intérieur, assis à sa table, en train de tartiner de beurre avec son poignard un morceau déchiqueté de pain bis chaud. Il avait endossé son armure d'ossements, eut-elle la satisfaction de constater. Le crâne brisé du géant qui lui servait de heaume reposait sur le siège près de la fenêtre derrière lui.

Jon Snow se crispa. « Vous.

— Lord Snow. » Le sauvageon leur grimaça un sourire avec une bouche pleine de dents brunes et cassées. Le rubis à son poignet rutilait à la lumière du matin comme une obscure étoile rouge.

« Que faites-vous ici ?

— Je déjeune. Si vous en voulez, ne vous gênez pas.

— Je ne romprai pas le pain avec vous.

— Tant pis pour vous. La miche est encore chaude. Voilà au moins une chose que sait faire Hobb. » Le sauvageon déchira une bouchée. « Je pourrais tout aussi facilement vous rendre visite, messire. Ces gardes à votre porte sont une piètre amusette. Un homme qui a cinquante fois gravi le Mur peut fort aisément grimper à une fenêtre. Mais à quoi bon vous tuer ? Les corbacs choisiraient quelqu'un de pire, et voilà tout. » Il mastiqua, avala. « J'ai entendu, pour vos patrouilleurs. Vous auriez dû m'envoyer avec eux.

— Pour que vous puissiez les livrer au Chassieux ?

— S'agit-il de trahisons ? Comment s'appelait donc votre sauvageonne d'épouse, Snow ? Ygrid, non ? » Il se tourna vers Mélisandre. « J'aurai besoin de chevaux. Une demi-douzaine, et des bons. Et je pourrai rien accomplir tout seul. Certaines des piqueuses claquemurées à La Mole devraient faire l'affaire. Des femmes conviendront mieux à la besogne. Il y a plus de chances que la fille leur fasse confiance, et elles m'aideront à exécuter certaine manigance que j'ai en tête.

— Mais de quoi parle-t-il ? demanda lord Snow à la prêtresse rouge.

— De votre sœur. » Mélisandre lui posa une main sur le bras. « Vous ne pouvez pas l'aider, mais lui le peut. »

Snow libéra son bras d'une secousse. « Je ne crois pas. Vous ne connaissez pas cette créature. Clinquefrac pourrait cent fois se laver les mains, il aurait toujours du sang sous les ongles. Il serait plus capable de violer et d'assassiner Arya que de la sauver. Non. Si c'est cela que vous avez vu dans vos feux, madame, vous deviez avoir quelque cendre dans l'œil. Qu'il tente de quitter Châteaunoir sans mon assentiment, et je le ferai décapiter. »

Il ne me laisse pas le choix. Eh bien, soit. « Devan, laisse-nous », demanda-t-elle, et le garçon s'éclipsa en refermant la porte derrière lui.

Mélisandre toucha le rubis à son cou et prononça un mot.

Le son se répercuta de curieuse façon dans les recoins de la pièce et se tortilla comme un ver dans leurs oreilles. Le sauvageon entendit un mot et le corbeau un autre. Aucun n'était celui qui avait quitté les lèvres de la prêtresse rouge. Le rubis au poignet du sauvageon s'assombrit, et les fumerolles de lumière et d'ombre qui l'entouraient se tordirent et s'effacèrent.

Les os demeurèrent – les côtes qui s'entrechoquaient, les griffes et les dents au long de ses bras et de ses épaules, la grande clavicule jaunie en travers de ses épaules. Le crâne brisé de géant demeura un crâne brisé de géant, terni et fendu, ricanant d'un sourire sali et féroce.

Mais la pointe de cheveux sur le front fondit. La moustache brune, le menton osseux, la chair jaune et hâve et les petits yeux sombres, tout cela s'en fut, dissous. Des doigts gris se coulèrent à travers de longs cheveux bruns. Des rides de rire apparurent aux coins de sa bouche. Subitement, il était plus grand qu'avant, plus large de torse et de carrure, plus long de jambes et mince, le visage glabre et tanné par le vent.

Les yeux gris de Jon Snow s'écarquillèrent. « Mance ?

— Lord Snow. » Mance Rayder ne sourit pas.

« *Elle vous a fait brûler !*

— Elle a fait brûler le Seigneur des Os. »

Jon Snow se tourna vers Mélisandre. « Quelle est cette sorcellerie ?

— Appelez cela comme vous le voudrez. Charme, simulacre, illusion. R'hllor est Maître de la Lumière, Jon Snow, et il est accordé à ses serviteurs de la tisser, comme d'autres tissent le fil. »

Mance Rayder gloussa. « J'avais des doutes, moi aussi, Snow, mais pourquoi ne pas la laisser essayer ? C'était cela, ou laisser Stannis me rôtir.

— Les os apportent une assistance, expliqua Mélisandre. Les os se souviennent. Les plus solides charmes s'architecturent sur de tels éléments. Les bottes d'un mort, une poignée de cheveux, un sac de phalanges. Avec des mots chuchotés et une prière, on peut tirer l'ombre d'un homme de telles choses, pour en draper un autre comme d'une cape. L'essence de celui qui la revêt ne change pas, uniquement son apparence. »

À l'écouter, cela était simple, et facile. Ils n'avaient pas besoin de savoir combien cela avait été ardu, ni le prix qu'elle avait payé. C'était une leçon que Mélisandre avait apprise bien avant Asshaï ; moins la sorcellerie semble requérir d'efforts, et plus les hommes redoutent le sorcier. Quand les flammes avaient léché Clinquefrac, le rubis à sa gorge était devenu si brûlant qu'elle avait craint que sa propre chair ne commençât à fumer et à noircir. Heureusement, lord Snow l'avait délivrée de cette douleur avec ses flèches. Alors que Stannis bouillait devant ce geste de défi, elle avait frémi de soulagement.

« Notre faux roi a des dehors revêches, assura Mélisandre à Jon Snow, mais il ne vous trahira pas. Nous détenons son fils, souvenez-vous. Et il vous doit la vie.

— À moi ? » Snow parut stupéfait.

— À qui sinon, messire ? Seul son sang pouvait payer ses crimes, selon vos lois, et Stannis Baratheon n'est pas homme à aller à l'encontre de la loi... Mais ainsi que vous l'avez affirmé avec tant de sagesse, les lois des hommes s'arrêtent au Mur. Je vous ai dit que le Maître de la Lumière entendrait vos prières. Vous cherchiez un moyen de sauver votre petite sœur tout en vous agrippant à cet honneur, qui signifie tant pour vous, aux vœux que vous avez prononcés devant votre dieu de bois. » Elle tendit un doigt pâle. « Le voici, lord Snow. Le salut d'Arya. Un présent du Maître de la Lumière... et de moi. »

SCHLINGUE

Tout d'abord, il entendit les filles, aboyant dans leur course de retour au bercail. Le tambour des sabots résonnant sur les dalles le remit debout d'un bond, dans un cliquetis de fers. Celui qu'il portait entre ses chevilles ne mesurait pas plus d'un pied de long, réduisant sa foulée à des pas chassés. On avait du mal à se déplacer rapidement ainsi, mais il fit son possible, sautant en tintant à bas de sa couchette. Ramsay Bolton était de retour et voudrait avoir son Schlingue à portée de main pour le servir.

Dehors, sous de froids cieux d'automne, les chasseurs se déversaient par les portes. Ben-les-Os ouvrait la voie, les filles hurlant et aboyant autour de lui. Derrière venaient l'Écorcheur, Alyn le Rogue et Damon Danse-pour-moi, avec son long fouet graissé, puis les Walder montant les poulains gris que leur avait offerts lady Dustin. Sa Seigneurie elle-même chevauchait Sang, un étalon rouge au caractère voisin du sien. Il riait. Cela pouvait être très bon, ou très mauvais, comme Schlingue le savait.

Les chiennes, attirées par son odeur, se jetèrent sur lui avant qu'il ait pu déterminer ce qu'il en était. Elles adoraient Schlingue ; il dormait la plupart du temps avec elles, et Ben-les-Os lui laissait parfois partager leur dîner. La meute courait sur les dalles en aboyant, lui tournant autour, en sautant pour lécher son visage crasseux, lui mordillant les jambes. Helicent lui attrapa la main gauche dans ses crocs et joua avec tant de férocité que Schlingue craignit d'y perdre deux doigts supplémentaires. Jeyne la Rouge lui sauta à la poitrine et le fit tomber. Elle était tout en muscles fins et durs, alors que Schlingue n'était que peau grise et lâche et os fragiles, un crevard aux cheveux blancs.

Le temps qu'il repoussât Jeyne la Rouge et se remît tant bien que mal à genoux, les cavaliers sautaient de selle. Ils étaient partis une vingtaine, et une vingtaine revenait ; cela signifiait que les recherches se soldaient par un échec. Mauvaise affaire. Ramsay ne goûtait point la saveur de l'échec. *Il sera d'humeur à faire souffrir quelqu'un.*

Dernièrement, son seigneur avait été contraint de se retenir, car Tertre-bourg était rempli d'hommes dont la maison Bolton avait besoin, et Ramsay savait se montrer prudent auprès des Dustin, Ryswell et autres nobliaux alliés. Devant eux, il s'affichait toujours courtois et souriant. Derrière les portes closes, il était bien autre.

Ramsay Bolton était vêtu ainsi qu'il convenait au sire de Corbois et à l'héritier de Fort-Terreur. Son manteau était un assemblage de peaux de loups cousues, fermé contre la froidure de l'automne par les crocs jaunis de la tête de loup sur son épaule droite. À une hanche, il portait un fauchon, avec une lame aussi épaisse et lourde qu'un couperet ; à l'autre, un long poignard et un petit couteau courbe d'écorcheur à la pointe en crochet et au fil tranchant comme celui d'un rasoir. Les trois lames s'ornaient de poignées assorties en os jauni. « Schlingue, appela Sa Seigneurie du haut de sa selle, tu pues. Je peux te sentir de l'autre côté de la cour.

— Je sais, messire, dut répondre Schlingue. Je vous en demande le pardon.

— Je t'ai apporté un présent. » Ramsay pivota, tendit le bras derrière lui, tira quelque chose de ses fontes et le lança. « Attrape ! »

Entre la chaîne, les fers et ses doigts manquants, Schlingue était plus maladroit qu'avant d'apprendre son nom. La tête heurta ses mains mutilées, rebondit sur les moignons de ses doigts et atterrit à ses pieds, dans une pluie d'asticots. Tant de sang séché l'encroûtait qu'elle en était méconnaissable.

« Je t'avais ordonné d'attraper, dit Ramsay. Ramasse. »

Schlingue essaya de soulever la tête par une oreille. Rien à faire. La chair verdie se décomposait et l'oreille se déchira entre ses doigts. Petit Walder éclata de rire et, un instant plus tard, tous les autres riaient aussi. « Oh, laisse donc, lança Ramsay. Contente-toi de t'occuper de Sang. Je l'ai mené durement, ce salaud.

— Oui, messire. J'y veillerai. » Schlingue se hâta vers le cheval, laissant aux chiennes la tête tranchée.

« Tu sens le lisier de porc, aujourd'hui, Schlingue, jugea Ramsay.

— Pour lui, c'est une amélioration », commenta Damon Danse-pour-moi, souriant tandis qu'il enroulait son fouet.

Petit Walder sauta de sa selle. « Tu pourras aussi t'occuper de mon cheval, Schlingue. Et de celui de mon petit cousin.

— Je peux m'occuper de mon propre cheval », protesta Grand Walder. Petit Walder était devenu le préféré de lord Ramsay et lui ressemblait chaque jour davantage, mais le plus petit des deux Frey était d'un autre bois et prenait rarement part aux jeux et aux cruautés de son cousin.

Schlingue ne prêta aucune attention aux écuyers. Il guida Sang jusqu'aux écuries, sautant de côté quand l'étalon essaya de lui décocher un coup de sabot. Les chasseurs entrèrent dans la grande salle, tous à l'exception de Ben-les-Os, qui maudissait les chiennes tout en cherchant à les empêcher de se disputer la tête tranchée.

Grand Walder le suivit à l'écurie, menant sa propre monture lui-même. Schlingue lui lança un regard à la dérobée tout en retirant le mors de Sang. « C'était qui ? » demanda-t-il tout bas, afin que les autres garçons d'écurie ne l'entendissent point.

« Personne. » Grand Walder enleva la selle de son cheval gris. « Un vieux que nous avons croisé sur la route, c'est tout. Il menait une pauvre bique et quatre chevreaux.

— Sa Seigneurie l'a tué pour ses chèvres ?

— Sa Seigneurie l'a tué pour l'avoir appelé lord Snow. Mais les chèvres étaient bonnes. On a trait la mère et rôti les chevreaux. »

Lord Snow. Schlingue hocha la tête, ses chaînes cliquetant tandis qu'il s'échinait à détacher les sangles de la selle de Sang. *Sous quelque nom que ce soit, Ramsay n'est pas un homme à côtoyer, quand il est en fureur. Ou quand il ne l'est pas.* « Avez-vous retrouvé vos cousins, messire ?

— Non. Je n'ai jamais imaginé que nous les trouverions. Ils sont morts. Lord Wyman les a fait tuer. C'est ainsi que j'aurais agi, à sa place. »

Schlingue ne dit rien. Certaines paroles étaient dangereuses à exprimer, même dans l'écurie, alors que Sa Seigneurie se trouvait dans la grande salle. Un mot de travers pouvait lui coûter encore un orteil, voire un doigt. *Pas ma langue, cependant. Jamais il ne me prendra la langue. Il aime à m'entendre le supplier de m'épargner la douleur. Il aime à me le faire répéter.*

Les cavaliers avaient passé seize jours à la chasse, sans autre chose à manger que du pain dur et du bœuf salé, hormis un chevreau volé par aventure, aussi lord Ramsay ordonna-t-il ce soir-là qu'un banquet fût donné pour fêter son retour à Tertre-bourg. Leur hôte, un nobliau grisonnant et manchot du nom d'Harbois Stout, savait qu'on ne pouvait le lui refuser, bien que désormais ses garde-manger dussent être proches de l'épuise-ment. Schlingue entendit les serviteurs de Stout marmonner que le Bâtard et ses hommes dévoraient les provisions d'hiver. « Y va mett' la p'tite de lord Eddard dans son lit, à c' qu'y paraît, se plaignit la cuisinière de Stout, qui n'avait pas remarqué que Schlingue écoutait, mais quand viendront les neiges, c'est nous qu'allons êt' baisés, c'est moi qui vous le dis. »

Néanmoins, lord Ramsay avait décrété un banquet, aussi fallait-il en donner un. On avait dressé des tréteaux dans la grande salle de Stout et abattu un bœuf et, ce soir-là, alors que le soleil se couchait, les chasseurs bredouilles dévorèrent rôtis et côtelettes, pain d'orge, purée de carottes et de pois, en arrosant le tout de prodigieuses quantités de bière.

Il échut à Petit Walder de garder pleine la coupe de lord Ramsay, tandis que Grand Walder servait les autres au haut bout de la table. On avait enchaîné Schlingue à proximité des portes, afin que son fumet ne coupât point l'appétit des convives. Il mangerait ensuite, des reliefs que lord Ramsay pour-rait songer à lui envoyer. Les chiennes rôdaient en toute liberté dans la grande salle, cependant, et offrirent les meilleures dis-tractions de la soirée, lorsque Maude et Jeyne la Grise se jetèrent sur l'un des dogues de lord Stout pour lui disputer un os particulièrement garni de viande que leur avait jeté Will Courtaud. Schlingue était le seul homme dans la salle à ne pas suivre la lutte entre les trois chiens. Il gardait les yeux sur Ramsay Bolton.

Le combat ne se termina qu'à la mort du chien de leur hôte. Le vieux dogue de Stout n'avait pas la moindre chance. Il se battait à un contre deux, et les chiennes de Ramsay étaient jeunes, vigoureuses et féroces. Ben-les-Os qui avait pour les chiennes plus d'amour que leur maître avait raconté à Schlingue qu'on les avait toutes nommées d'après des paysannes que

Ramsay avait traquées, violées et tuées, au temps où il était encore un bâtard et qu'il courait en compagnie du premier Schlingue. « Au moins celles qui z'y ont donné du plaisir. Celles qui chialent, qui supplient, qui courent pas, elles reviendront pas sous forme de chiennes. » La prochaine portée issue des chenils de Fort-Terreur, Schlingue n'en doutait pas, comporterait une Kyra. « Il les a également dressées à tuer les loups », avait confié Ben-les-Os. Schlingue ne commenta pas. Il savait quel genre de loups les filles avaient pour tâche de tuer, mais n'éprouvait aucune envie de regarder les chiennes se disputer son orteil tranché.

Deux serviteurs emportaient la dépouille du dogue mort et une vieille était allée chercher un balai, un fauchet et un seau pour s'occuper de la jonchée trempée de sang, quand les portes de la salle s'ouvrirent à la volée sur une bourrasque et qu'une douzaine d'hommes vêtus de maille grise et coiffés de demi-heaumes en fer s'avancèrent d'un pas résolu, bousculant de l'épaule les jeunes gardes de Stout, blêmes dans leur brigandine de cuir et leurs manteaux or et rouille. Un silence soudain saisit les convives... tous sauf lord Ramsay, qui rejeta l'os qu'il rongeait, s'essuya la lippe contre sa manche, afficha un sourire gras avec ses lèvres humides et dit : « Père. »

Le sire de Fort-Terreur parcourut d'un œil indifférent les reliefs du banquet, le chien mort, les tapisseries aux murs, Schlingue dans ses chaînes et ses fers. « Dehors », dit-il aux banqueteurs, d'une voix aussi douce qu'un murmure. « Sur-le-champ. Vous tous. »

Les hommes de lord Ramsay se reculèrent des tables, abandonnant gobelets et tranchoirs. Ben-les-Os cria pour appeler les filles, et elles trottèrent sur ses talons, certaines serrant encore des os dans leurs mâchoires. Harbois Stout s'inclina avec raideur et céda sa grande salle sans mot dire. « Libère Schlingue de ses chaînes et emmène-le avec toi », gronda Ramsay à l'adresse d'Alyn le Rogue, mais son père agita une main pâle et déclara : « Non, laisse-le. »

Même les gardes personnels de lord Roose battirent en retraite, refermant les portes derrière eux. Lorsque les échos moururent, Schlingue se retrouva seul dans la grande salle avec les deux Bolton, père et fils.

« Tu n'as pas retrouvé nos Frey manquants. » À la façon dont Roose Bolton disait cela, c'était une déclaration plutôt qu'une question.

« Nous sommes revenus à l'endroit où lord Lamproie prétend qu'ils se sont séparés, mais les chiennes n'ont pas pu relever de piste.

— Vous avez interrogé villages et redoutes ?

— Une perte de salive. Les paysans pourraient aussi bien être aveugles pour tout ce qu'ils peuvent avoir vu. » Ramsay haussa les épaules. « Est-ce important ? Quelques Frey ne feront guère défaut, en ce monde. Il n'en manque pas aux Jumeaux, si jamais nous en avions besoin d'un. »

Lord Roose rompit un petit morceau sur un quignon de pain et le mangea. « Hosteen et Aenys sont inquiets.

— Qu'ils aillent chercher eux-mêmes, si ça leur chante.

— Lord Wyman se sent coupable. À l'écouter conter les choses, il s'était particulièrement entiché de Rhaegar. »

L'ire de lord Ramsay montait. Schlingue le lisait à sa bouche, à l'inflexion de ces lippes épaisses ; à la façon dont les tendons saillaient sur son cou. « Ces imbéciles auraient dû rester avec Manderly. »

Roose Bolton haussa les épaules. « La litière de lord Wyman se déplace à l'allure d'un escargot... et, bien entendu, la santé et le tour de taille de Sa Seigneurie ne lui permettent pas de cheminer plus de quelques heures par jour, avec de fréquents arrêts pour se restaurer. Les Frey avaient hâte d'atteindre Tertre-bourg et de retrouver les leurs. Peux-tu leur reprocher d'être partis en avant ?

— Si c'est bien ce qu'ils ont fait. Croyez-vous Manderly ? »

Les yeux pâles de son père pétillèrent. « T'en ai-je donné l'impression ? Toutefois Sa Seigneurie est extrêmement perturbée.

— Point tant qu'elle en cesse de s'alimenter. Lord Verrat a dû emporter avec lui la moitié des provisions de Blancport.

— Quarante chariots de provendes. Des barils de vin et d'hypocras, des futailles de lamproies frais pêchées, un troupeau de chèvres, des caissettes de crabes et d'huîtres, une morue monstrueuse... Lord Wyman aime manger. Tu l'auras sans doute remarqué.

— J'ai surtout remarqué qu'il n'amenait aucun otage.

— Je l'ai remarqué aussi.

— Qu'avez-vous l'intention d'y faire ?

— C'est un dilemme. » Lord Roose trouva un gobelet vide, l'essuya avec la nappe et le remplit à une carafe. « Manderly n'est pas le seul à donner des banquets, apparemment.

— C'est vous qui auriez dû le donner, afin de célébrer mon retour, se plaignit Ramsay, et il aurait dû se tenir à la Tertrée, pas dans ce castel pisseux.

— Il ne me revient pas de disposer de la Tertrée et de ses cuisines, fit observer son père avec douceur. Je n'y suis qu'un invité. Le castel et la ville appartiennent à lady Dustin et elle ne peut te souffrir. »

Le visage de Ramsay s'assombrit. « Si je lui sectionne les mamelles pour en nourrir mes filles, m'en supportera-t-elle davantage ? Me souffrira-t-elle quand je l'écorcherai pour me confectionner une paire de bottes ?

— Probablement pas. Et nous paierions cher ces bottes. Elles nous coûteraient Tertre-bourg, la maison Dustin et les Ryswell. » Roose Bolton s'assit à table en face de son fils. « Barbrey Dustin est la sœur cadette de ma seconde femme, fille de Rodrik Ryswell, sœur de Roger, Rickard et de mon homonyme, Roose, cousin des autres Ryswell. Elle était amourachée de mon défunt fils et te soupçonne d'avoir joué un rôle dans sa disparition. Lady Barbrey est une femme qui sait entretenir les griefs. Félicite-t'en. Si Tertre-bourg soutient Bolton avec vigueur, c'est largement parce qu'elle tient toujours Ned Stark pour responsable de la mort de son époux.

— *Avec vigueur ?* » Ramsay bouillait. « Elle ne cesse de me cracher dessus. Viendra le jour où j'incendierai son précieux village de bois. Qu'elle aille cracher dessus, pour voir si cela éteindra les flammes. »

Roose grimaça, comme si la bière qu'il sirotait avait soudain tourné à l'aigre. « Il y a des moments où tu me forces à me demander si tu es réellement issu de ma semence. On a traité mes ancêtres de bien des noms, mais jamais de sots. Non, taistoi à présent, j'en ai assez entendu. Certes, à l'heure actuelle, nous paraissons forts. Nous avons des amis puissants, les Lannister et les Frey, et le soutien circonspect de la plus grande part du Nord... mais qu'imagines-tu qu'il se passera lorsque viendra à se présenter un des fils de Ned Stark ? »

Tous les fils de Ned Stark sont morts, songea Schlingue. *Robb a été assassiné aux Jumeaux, et Bran et Rickon... Nous avons enduit les têtes de goudron...* Sa propre tête battait. Il ne voulait songer à rien qui s'était passé avant qu'il connût son nom. Certaines choses étaient trop pénibles pour s'en souvenir, des pensées presque aussi douloureuses que le couteau d'écorcheur de Ramsay...

« Les petits louveteaux de Stark sont morts, déclara Ramsay en faisant clapoter la bière dans sa coupe, et le resteront. Qu'ils montrent leurs sales trognes, et mes filles tailleront leurs loups en pièces. Plus tôt ils apparaîtront, et plus tôt je les tuerai une deuxième fois. »

Le plus âgé des Bolton poussa un soupir. « *Une deuxième fois ?* Assurément, ta langue se fourvoie. Tu n'as jamais tué les fils de lord Eddard, ces deux charmants garçons que nous aimions tant. Ce fut l'œuvre de Theon Tourne-Casaque, souviens-toi. Combien de tes réticents amis conserverions-nous, à ton idée, si la vérité venait à s'ébruiter ? Rien que lady Barbrey, que tu voudrais transformer en paire de bottes... de bottes *médiocres*. Le cuir humain n'est pas aussi solide que le cuir de vache et ne résiste pas aussi bien. Par décret du roi, tu es désormais un Bolton. Essaie de te comporter comme tel. Des histoires courent sur ton compte, Ramsay. Je les entends partout. Les gens ont peur de toi.

— Parfait.

— Tu te trompes. Ce n'est pas parfait. Aucune histoire n'a jamais couru sur mon compte. Crois-tu que je serais assis ici, s'il en allait autrement ? Tes amusements ne regardent que toi, je ne te gourmanderai pas sur ce point, mais tu dois être plus discret. À pays paisible, peuple paisible. Telle a toujours été ma devise. Fais-la tienne.

— Est-ce pour cela que vous avez quitté lady Dustin et votre grosse truie d'épouse ? Pour accourir ici et me commander de *me taire* ?

— Point du tout. Il y a des nouvelles que tu dois apprendre. Lord Stannis a enfin quitté le Mur. »

Cela fit se relever à moitié Ramsay, un sourire luisant sur ses larges lèvres humides. « Est-ce qu'il fait mouvement contre Fort-Terreur ?

— Hélas, non. Arnolf ne comprend pas. Il jure qu'il a tout fait pour amorcer le piège.

— Je me demande. Griffez le Karstark et vous trouverez un Stark.

— Après le coup de griffe que le Jeune Loup a infligé à lord Rickard, cela pourrait être beaucoup moins vrai que naguère. Peu importe. Lord Stannis a pris Motte-la-Forêt aux Fer-nés pour le restituer à la maison Glover. Pire, les clans des montagnes se sont joints à lui, Wull, Norroit, Lideuil et le reste. Ses forces croissent.

— Les nôtres sont supérieures.

— À l'heure actuelle, oui.

— L'heure actuelle est le bon moment pour l'écraser. Laissez-moi marcher sur Motte.

— Après que tu seras marié. »

Ramsay abattit sa coupe et le fond de bière jaillit sur la nappe. « J'en ai assez d'attendre. Nous avons une fille, nous avons un arbre et assez de lords pour témoins. Je l'épouserai demain, je lui planterai un fils entre les cuisses et je serai en route avant que le sang de sa virginité ait séché. »

Elle priera pour ton départ, se dit Schlingue, *et elle priera pour que tu ne reviennes jamais dans son lit.*

« Tu lui planteras bien un fils, déclara Roose Bolton, mais pas ici. J'ai décidé que tu épouserais la drôlesse à Winterfell. »

La perspective ne sembla guère réjouir lord Ramsay. « J'ai dévasté Winterfell, l'auriez-vous oublié ?

— Non, mais il semble que c'est toi qui oublies… les *Fer-nés* ont dévasté Winterfell, et massacré tous ses habitants. Theon Tourne-Casaque. »

Ramsay jeta à Schlingue un regard soupçonneux. « En effet, c'est bien lui, néanmoins… un mariage dans ces ruines ?

— Même dévasté et brisé, Winterfell demeure le domaine de lady Arya. Quel meilleur endroit pour l'épouser, la prendre et établir tes prétentions ? Mais ce n'est en fait que la moitié de l'affaire. Nous serions sots d'avancer contre Stannis. Qu'il avance donc contre nous. Il est trop prudent pour venir à Tertre-bourg… mais à Winterfell, il le *devra*. Ses hommes des clans n'abandonneront pas la fille de leur précieux Ned à un homme tel que toi. Stannis devra faire mouvement ou les perdre… et, en commandant prudent qu'il est, il fera appel à tous ses amis et alliés, quand il se mettra en route. Il fera appel à Arnolf Karstark. »

Ramsay lécha ses lèvres gercées. « Et il sera à nous.

— Si les dieux le veulent. » Roose se remit debout. « Vous vous marierez à Winterfell. Je vais informer les lords que nous prendrons la route dans trois jours, et les inviter à nous accompagner.

— Vous êtes gouverneur du Nord. Donnez-leur-en l'ordre.

— Une invitation aboutira au même résultat. Le pouvoir a meilleure saveur quand la courtoisie lui sert de sucre. Tu devrais retenir la leçon si tu comptes régner un jour. » Le sire de Fort-Terreur jeta un coup d'œil vers Schlingue. « Oh, et détache ton animal de compagnie. Je le prends avec moi.

— Le prendre ? Pour l'amener où ? Il est à moi. Vous n'avez aucun droit sur lui. »

Cela parut amuser Roose. « Tu n'as que ce que je t'ai donné. Tu ferais bien de t'en souvenir, bâtard. Quant à ce... Schlingue... si tu ne l'as pas abîmé au-delà de toute rédemption, il peut encore nous servir. Va chercher les clés et retire-lui ces chaînes, avant que je ne regrette le jour où j'ai violé ta mère. »

Schlingue vit comment la bouche de Ramsay se tordait, la salive qui luisait entre ses lèvres. Il craignit de le voir sauter par-dessus la table, poignard en main. Mais Ramsay rougit violemment, détourna ses yeux pâles de ceux, plus pâles encore, de son père et partit chercher les clés. Mais quand il s'agenouilla pour déverrouiller les fers autour des poignets et des chevilles de Schlingue, il se pencha plus près et chuchota : « Ne lui dis rien, et retiens chaque mot qu'il prononcera. Je te récupérerai, quoi que cette garce de Dustin puisse te raconter. Qui es-tu ?

— Schlingue, messire. Votre homme. Je suis Schlingue, ça commence comme chuchoter.

— Si fait. Lorsque mon père te ramènera, je vais te trancher un autre doigt. Je te laisserai choisir lequel. »

Involontaires, des larmes commencèrent à lui couler sur les joues. « *Pourquoi ?* s'écria-t-il, sa voix se fêlant. Je n'ai jamais demandé à ce qu'il m'emporte loin de vous. Je ferai tout ce que vous voudrez, je servirai, j'obéirai, je... Pitié, non... »

Ramsay le gifla. « Prenez-le, lança-t-il à son père. Ce n'est même pas un homme. Son odeur m'écœure. »

La lune se levait sur les remparts en bois de Tertre-bourg quand ils sortirent. Schlingue entendait le vent balayer les plaines moutonnantes en dehors de la ville. Il y avait moins d'un mille entre la Tertrée et le modeste castel d'Harbois Stout, proche des portes de l'est. Lord Bolton lui proposa un cheval. « Tu sais monter ?

— Je... messire, je... je crois.

— Walton, aide-le à monter en selle. »

Même avec la disparition de ses fers, Schlingue se mouvait comme un vieillard. Sa chair pendait, flasque, sur ses os, et Alyn le Rogue et Ben-les-Os parlaient de ses tics. Et son odeur... Même la jument qu'on lui avait apportée fit un pas de côté quand il essaya de la monter.

Mais c'était une bête docile, et elle connaissait le chemin de la Tertrée. Lord Bolton se plaça à la hauteur de Schlingue quand ils passèrent la porte. Les gardes observèrent une distance de discrétion. « Comment veux-tu que je t'appelle ? » s'enquit le seigneur tandis qu'ils descendaient au trot les larges rues rectilignes de Tertre-bourg.

Schlingue, je suis Schlingue, ça commence comme châtiment. « Schlingue, dit-il. Ne vous déplaise, messire.

— *M'sire.* » Les lèvres de Bolton s'écartèrent juste assez pour démasquer un quart de pouce de dentition. Cela aurait pu être un sourire.

Schlingue ne comprit pas. « Messire ? J'ai dit…

— … *messire*, alors que tu aurais dû prononcer *m'sire*. Ta langue trahit tes origines à chaque mot que tu prononces. Si tu veux ressembler à un paysan convenable, dis ça comme si tu avais de la terre dans la bouche, ou que tu étais trop idiot pour comprendre qu'il y a deux syllabes et non pas une.

— S'il plaît à mes… m'sire.

— C'est mieux. Tu pues *vraiment* d'horrible façon.

— Oui, m'sire. Je vous en demande pardon, m'sire.

— Pourquoi ? Ta puanteur est du fait de mon fils, et non du tien. J'en ai bien conscience. » Ils longèrent une écurie et une auberge claquemurée, avec une gerbe de blé peinte sur l'enseigne. Schlingue entendit de la musique filtrer par les fenêtres. « J'ai connu le premier Schlingue. Il puait, mais ce n'était pas faute de se laver. Jamais je n'ai connu créature plus soignée, à dire vrai. Il se baignait trois fois par jour et portait des fleurs dans ses cheveux comme une donzelle. Un jour, alors que ma seconde femme vivait encore, on l'a surpris à chaparder du parfum dans la chambre de celle-ci. Je lui ai fait donner le fouet pour cela, douze coups. Même son sang empestait étrangement. L'année suivante, il s'y risqua encore. Cette fois-ci, il but le parfum et faillit en crever. Rien n'y fit. L'odeur était une chose avec laquelle il était né. Une malédiction, disait le petit peuple. Les dieux l'avaient fait puer afin que les hommes sachent qu'il avait une âme en putréfaction. Mon vieux mestre insistait pour y voir un signe de maladie mais, en tout autre point, le garçon était fort comme un taurillon. Personne ne pouvait soutenir sa présence, aussi dormait-il avec les gorets… jusqu'au jour où la mère de Ramsay a paru à mes portes, en exigeant que je fournisse un serviteur à mon bâtard, qui grandissait sans règle ni retenue. Je lui ai donné Schlingue. Le geste se voulait bouffon, mais Ramsay et lui sont devenus inséparables. Toutefois, je m'interroge… Est-ce Ramsay qui a corrompu Schlingue, ou le contraire ? » Sa Seigneurie jeta un regard vers le nouveau Schlingue, de ses yeux aussi pâles et étranges que deux lunes blanches. « Que t'a-t-il chuchoté en te détachant ?

— Il… il a dit… » *Il m'a ordonné de ne rien vous dire.* Les mots lui restèrent en travers de la gorge, et il se mit à tousser et à s'étouffer.

« Respire à fond. Je sais ce qu'il t'a dit. Tu dois m'espionner et préserver ses secrets. » Bolton eut un petit rire. « Comme s'il avait des secrets. Alyn le Rogue, Luton, l'Écorcheur et le reste, d'où pense-t-il qu'ils sortent ? Croit-il réellement que ce sont *ses* hommes ?

— Ses hommes », reprit Schlingue en écho. Un commentaire semblait requis de sa part, mais il ne savait quoi dire.

« Mon bâtard t'a-t-il jamais raconté comment je l'avais eu ? » Cela, oui, il le savait, à son soulagement. « Oui, mes… *m'sire.* Vous avez rencontré sa mère lors d'une chevauchée, et sa beauté vous a ébloui.

— Ébloui ? » Bolton s'esclaffa. « A-t-il employé ce mot-là ? Mais ce garçon a une âme de barde… Toutefois, si tu crois à cette chanson-là, tu es sans doute plus abruti que le premier Schlingue. Même cette histoire de chevauchée est fausse. Je chassais le renard sur les bords de la Larmoyante quand je suis arrivé à un moulin, et j'ai vu une jeune femme qui lavait son linge dans le courant. Le vieux meunier s'était déniché une nouvelle épouse, une fille qui n'avait pas la moitié de son âge. C'était une créature grande, souple comme un saule, très *saine* d'apparence. De longues jambes et de petits seins fermes, comme deux prunes mûres. Jolie, dans un genre assez commun. Au moment où j'ai posé les yeux sur elle, je l'ai voulue. Comme c'était mon dû. Les mestres te raconteront que le roi Jaehaerys a aboli le droit du seigneur sur la première nuit, afin d'apaiser sa mégère d'épouse, mais où règnent les anciens dieux, persistent les anciennes coutumes. Les Omble ont préservé la première nuit, eux aussi, même s'ils le nient. Certains clans des montagnes, également, et sur Skagos… ma foi, seuls les arbres-cœur voient jamais la moitié de tout ce qui se pratique sur Skagos.

» Ce meunier avait célébré son mariage sans ma permission ni ma connaissance. L'homme m'avait floué. Alors, je l'ai fait pendre et j'ai exercé mes droits sous l'arbre même où il se balançait. À dire le vrai, la garce valait à peine le prix de la corde. Le renard s'est échappé, qui plus est, et durant le retour à Fort-Terreur ma cavale favorite s'est mise à boiter, si bien que, l'un dans l'autre, la journée a été une déception.

» Un an plus tard, la même drôlesse a eu le front de se présenter à Fort-Terreur avec un monstre rouge et braillard dont elle a prétendu qu'il était mon engeance. J'aurais dû faire fouetter la mère et jeter le marmot dans un puits... Mais c'est vrai, le petit avait mes yeux. Elle m'a dit qu'en voyant ces prunelles, le frère de son défunt époux l'avait battue au sang et chassée du moulin. La chose m'a contrarié. Je lui ai donc octroyé le moulin et j'ai fait trancher la langue du beau-frère, afin de m'assurer qu'il n'irait pas galoper jusqu'à Winterfell avec des ragots susceptibles de troubler lord Rickard. Tous les ans, j'envoyais à la femme des nourrains, des poulets et une bourse d'étoiles, à la condition qu'elle ne révélerait jamais au gamin qui lui avait donné le jour. À pays paisible, peuple paisible, telle a toujours été ma règle.

— Une belle règle, m'sire.

— La femme m'a désobéi, pourtant. Tu vois comment est Ramsay. C'est elle qui l'a fait, elle et Schlingue, toujours à lui chuchoter à l'oreille des histoires de droits. Il aurait dû se contenter de moudre le blé. S'imagine-t-il vraiment capable de régner un jour sur le Nord ?

— Il se bat pour vous, bredouilla Schlingue. Il est fort.

— Les taureaux sont forts. Les ours. J'ai vu se battre mon bâtard. La faute ne lui incombe pas totalement. Il a eu pour tuteur Schlingue, le premier Schlingue, et Schlingue n'avait jamais été formé au maniement des armes. Ramsay est féroce, je te l'accorde, mais il manie son épée comme un boucher qui débite la viande.

— Il n'a peur de personne, m'sire.

— Il devrait. C'est la peur qui garde l'homme en vie dans ce monde de traîtrise et de cautèle. Même ici, à Tertre-bourg, les corbeaux tournoient, en attendant de se repaître de notre chair. On ne peut se fier ni aux Cerwyn ni aux Tallhart, mon gras ami lord Wyman ourdit une fourberie, et Pestagaupes... les Ombles peuvent paraître simplets, mais ils ne sont pas dépourvus d'un genre de grossière rouerie. Ramsay devrait tous les craindre, comme je le fais. La prochaine fois que tu le verras, dis-lui ça.

— Lui dire... lui dire d'avoir peur ? » Schlingue se sentit pris de nausée à cette seule idée. « M'sire... je... si je faisais cela, il me...

— Je sais. » Lord Bolton soupira. « Il a le mal dans le sang. Il faudrait le saigner. Les sangsues aspirent les humeurs mauvaises, toutes les rages et les douleurs. Aucun homme ne pourrait réfléchir, avec un tel plein de colère. Et pourtant, Ramsay... Son sang vicié empoisonnerait même des sangsues, je le crains.

— Il est votre unique fils.

— À cette heure. J'en ai eu un autre, jadis. Domeric. Un garçon calme, mais fort accompli. Il a servi quatre ans comme page de lady Dustin et trois dans le Val comme écuyer de lord Rougefort. Il jouait de la haute harpe, lisait les chroniques et galopait comme le vent. Les chevaux... Cet enfant était fou de chevaux, lady Dustin vous le confirmera. Même la fille de lord Rickard n'aurait pu le distancer, et elle était à demi cavale elle-même. Selon Rougefort, il faisait montre de belle promesse, sur les lices. Un grand jouteur doit commencer par être un grand cavalier.

— Oui, m'sire. Domeric. J'ai... j'ai entendu son nom...

— Ramsay l'a tué. Une maladie de ventre, selon mestre Uthor, mais je dis poison. Dans le Val, Domeric avait apprécié la compagnie des fils Rougefort. Il voulait un frère auprès de lui, aussi a-t-il remonté la Larmoyante à la recherche de mon bâtard. Je l'avais interdit, mais Domeric était un homme fait et il croyait en savoir plus que son père. À présent, ses os gisent sous Fort-Terreur avec ceux de ses frères, morts alors qu'encore au berceau, et je reste avec Ramsay. Dites-moi, messire... si le tueur des siens est maudit, que peut faire un père quand un de ses fils tue l'autre ? »

La question l'épouvanta. Il avait un jour entendu l'Écorcheur dire que le Bâtard avait tué son frère de naissance légitime, mais il n'avait jamais osé le croire. *Il pouvait se tromper. Les frères meurent parfois, ça ne signifie pas qu'on les a tués. Mes frères ont péri, sans que je les tue jamais.* « Vous avez une nouvelle épouse, messire, pour vous engendrer des fils.

— Et mon bâtard, ne sera-t-il pas ravi ? Certes, lady Walda est une Frey, et paraît fertile. Je me suis étrangement attaché à ma petite épouse grassouillette. Les deux précédentes n'ont jamais émis un son au lit, mais celle-ci piaule et frémit. Je trouve ça très touchant. Si elle fait les enfants à la cadence où elle gobe les tartes, Fort-Terreur sera bientôt envahi de Bolton. Ramsay les tuera tous, bien entendu. Cela vaut mieux. Je ne vivrai pas assez longtemps pour voir de nouveaux fils atteindre l'âge d'homme, et les seigneurs enfants signent la perte d'une maison. Walda aura bien du chagrin à les voir trépasser, cependant. »

Schlingue avait la gorge sèche. Il entendait le vent secouer les ramures dénudées des ormes qui bordaient la rue. « Messire, je...

— *M'sire*, tu te souviens ?

— M'sire. Si je puis poser une question... Pourquoi me voulez-vous ? Je ne suis d'utilité à personne, je ne suis pas même un homme, je suis brisé, et... l'odeur...

— Un bain et des vêtements frais amélioreront ton odeur.

— Un bain ? » Schlingue sentit ses tripes se nouer. « Je... je préférerais l'éviter, m'sire. Je vous en prie. J'ai des... blessures, je... et ces vêtements, lord Ramsay me les a donnés, il... il m'a dit de ne jamais les quitter, sinon sur son ordre...

— Tu portes des loques, expliqua lord Bolton avec beaucoup de patience. Des choses infâmes, déchirées, tachées, qui puent le sang et l'urine. Et légères. Tu dois avoir froid. Nous te vêtirons de laine d'agneau, douce et chaude. Peut-être d'une cape doublée de fourrure. Est-ce que ça te plairait ?

— Non. » Il ne pouvait pas les laisser lui retirer les hardes que lui avait fournies lord Ramsay. Il ne pouvait pas les laisser le *voir*.

« Préfères-tu t'habiller de soie et de velours ? Il fut un temps où tu en avais le goût, me souvient-il.

— *Non*, insista-t-il d'une voix aiguë. Non, je ne veux pas d'autres vêtements que ceux-ci. Ceux de Schlingue. Je suis Schlingue, ça commence comme chemise. » Son cœur battait comme un tambour, et sa voix monta jusqu'à un piaillement craintif. « Je ne veux pas prendre de bain. De grâce, m'sire, ne me retirez pas mes vêtements.

— Nous les laisseras-tu laver, au moins ?

— Non. Non, m'sire. *De grâce.* » Il serra des deux mains sa tunique contre son torse, et se voûta sur la selle, craignant à demi que Roose Bolton ordonnât à ses gardes de lui arracher ses hardes sur-le-champ, en pleine rue.

« Comme tu voudras. » Les yeux pâles de Bolton paraissaient vides au clair de lune, comme s'il n'y avait absolument personne derrière eux. « Je ne te veux aucun mal, tu sais. Je te dois tant et plus.

— Vraiment ? » Une partie de lui hurlait : *C'est un piège, il se joue de toi, le fils n'est que l'ombre du père.* Lord Ramsay jouait tout le temps avec ses attentes. « Que... que me devez-vous, m'sire ?

— Le Nord. Les Stark ont été perdus et condamnés la nuit où tu as pris Winterfell. » Il agita une main pâle, un geste négligent. « Tout ceci n'est que chamailleries autour du butin. »

Leur bref trajet toucha à sa fin aux remparts de bois de la Tertrée. Des bannières volaient à ses tours carrées, claquant au vent : l'écorché de Fort-Terreur, la hache de bataille de Cerwyn, les pins de Tallhart, le triton de Manderly, les clés entrecroisées du vieux lord Locke, le géant des Omble et la main de pierre des Flint, l'orignac des Corbois. Pour les Stout, l'or et la rouille en chevron, pour Ardoise un champ gris dans un double-trescheur blanc. Quatre têtes de cheval proclamaient les quatre Ryswell des Rus – une grise, une noire, une or, une brune. La plaisanterie voulait que les Ryswell ne fussent pas même capables de s'accorder sur la couleur de leurs armes. Au-dessus d'elles se déployaient le cerf et le lion de l'enfant assis sur le Trône de Fer, à mille lieues de là.

Schlingue écouta tourner les ailes du vieux moulin tandis qu'ils passaient sous la porte de guet pour déboucher dans une baile herbue où les garçons d'écurie accoururent pour se charger de leurs chevaux. « Par ici, s'il te plaît. » Lord Bolton le conduisit vers le donjon, où les bannières étaient celles de feu lord Dustin et de sa veuve. Celle du lord montrait une couronne à pointes au-dessus de longues haches croisées ; celle de son épouse quartait ces mêmes armes avec la tête de cheval dorée de Rodrik Ryswell.

Alors qu'il grimpait une large volée de degrés en bois jusqu'à la grande salle, Schlingue sentit ses jambes se mettre à trembler. Il dut s'arrêter pour les maîtriser, levant les yeux vers les pentes herbues du Grand Tertre. Selon certains, c'était la tombe du Premier Roi, qui avait mené les Premiers Hommes à Westeros. D'autres soutenaient que ce devait être un roi des Géants qu'on avait enseveli ici, afin d'en expliquer la taille. On avait même entendu d'aucuns prétendre qu'il ne s'agissait pas d'un tertre, mais d'une simple colline ; en ce cas, toutefois, c'était une colline bien isolée, car, dans son ensemble, le territoire des Tertres était plat et balayé par les vents.

Dans les appartements privés, une femme se tenait devant l'âtre, réchauffant des mains fines au-dessus des braises d'un feu mourant. Elle était tout de noir vêtue, de pied en cap, et n'arborait ni or ni joyaux, mais sa haute naissance apparaissait clairement. Bien qu'il y eût des rides aux coins de sa bouche et plus encore autour de ses yeux, elle se tenait toujours droite, inflexible, séduisante. Elle avait des cheveux bruns et gris à parts égales, qu'elle portait noués derrière la tête en un chignon de veuve.

« Qui m'amenez-vous ? demanda-t-elle. Où est le jeune homme ? Votre bâtard aurait-il refusé de le céder ? Ce vieillard est-il son... Oh, miséricorde des dieux, d'où vient donc cette *odeur* ? Cette créature se serait-elle oubliée ?

— Il a vécu auprès de Ramsay. Lady Barbrey, permettez-moi de vous présenter le suzerain légitime des îles de Fer, Theon de la maison Greyjoy. »

Non, pensa-t-il, *non, n'employez pas ce nom, Ramsay va vous entendre, il le saura, il le saura, il me fera du mal.*

Elle plissa la bouche en cul de poule. « Il n'est pas ce que j'espérais.

— Il est ce que nous avons.

— Que lui a fait votre bâtard ?

— Retiré de la peau, j'imagine. Quelques petits morceaux. Rien de trop essentiel.

— Est-ce qu'il est fou ?

— Cela se peut. Est-ce important ? »

Schlingue ne put en écouter davantage. « De grâce, m'sire, m'dame, il y a eu malentendu. » Il tomba à genoux, tremblant comme une feuille prise dans un orage d'hiver, les larmes ruisselant sur ses joues ravagées. « Je ne suis pas lui, je ne suis pas le tourne-casaque, il a péri à Winterfell. Mon nom est Schlingue. » Il fallait qu'il garde son *nom* en mémoire. « Ça commence comme chien. »

TYRION

Le *Selaesori Qhoran* avait quitté Volantis depuis sept jours quand Sol émergea enfin de sa cabine, se glissant sur le pont comme une timide créature des bois sortant d'une longue hibernation.

Le crépuscule tombait et le prêtre rouge avait allumé son feu nocturne dans le grand brasero de fer à mi-longueur du navire tandis que l'équipage se rassemblait tout autour pour prier. La voix de Moqorro, comme un tambour grave, semblait résonner dans les profondeurs de son torse massif. « *Nous te remercions pour ton soleil qui nous tient chaud*, pria-t-il. *Nous te remercions pour tes étoiles qui veillent sur nous tandis que nous traversons cette mer froide et noire.* » Un vrai colosse, plus grand que ser Jorah et assez large pour en faire deux comme lui, le prêtre portait des robes écarlates brodées de flammes en satin orange aux manches, aux revers et au col. Sa peau était noire comme poix, ses cheveux blancs comme neige, les flammes tatouées sur ses joues et son front brunes et orange. Son bourdon de fer, aussi haut que lui, se couronnait d'une tête de dragon ; quand il en frappait la férule contre le pont, la gueule du dragon crachait un feu vert crépitant.

Ses gardes, cinq esclaves guerriers de la Main Ardente, donnaient le signal des répons. Ils psalmodiaient dans la langue de l'Antique Volantis, mais Tyrion avait assez entendu de prières pour en saisir la substance. *Allume notre feu et protège-nous du noir, bla-bla-bla, éclaire notre route et garde-nous douillettement au chaud, la nuit est noire et pleine de terreurs, sauve-nous de tout ce qui fait peur, et bla-bla-bla derechef.*

Il ne se serait pas risqué à exprimer de telles pensées à haute voix. Tyrion Lannister n'avait cure d'aucun dieu, mais sur ce navire la prudence exigeait qu'on manifestât un certain respect vis-à-vis de R'hllor le Rouge. Jorah Mormont avait libéré Tyrion de ses chaînes et de ses fers une fois le voyage véritablement entamé, et le nain ne souhaitait pas lui offrir de raison de l'en charger de nouveau.

Le *Selaesori Qhoran* était un lourd baquet de cinq cents tonneaux, avec une cale profonde, de hauts gaillards, d'avant comme d'arrière, et un unique mât entre les deux. Sur le gaillard d'avant se campait une figure de proue grotesque, une éminence de bois rongée par les vers avec une expression constipée et un rouleau coincé sous le bras. Son capitaine, un homme à la bouche mauvaise, aux yeux rapprochés et cupides, dur comme le silex et bedonnant, était piètre joueur de *cyvosse* et encore plus mauvais perdant. Sous lui servaient quatre matelots, tous affranchis, et cinquante esclaves attachés au navire, chacun portant une version grossière de la figure de proue de la cogue tatouée sur une joue. *Sans-Nez*, les marins aimaient à appeler Tyrion, sans souci du nombre de fois où il leur répéta qu'il s'appelait Hugor Colline.

Trois des marins et plus des trois quarts de l'équipage étaient de fervents adorateurs du Maître de la Lumière. Quant au capitaine, qui émergeait toujours pour les prières du soir sans y prendre autrement part, Tyrion en était moins certain. Mais le véritable maître du *Selaesori Qhoran*, du moins pour ce voyage, était Moqorro.

« *Maître de la Lumière, bénissez votre esclave Moqorro, et éclairez son chemin dans les lieux obscurs de ce monde*, tonna le prêtre rouge. *Et défendez votre vertueux esclave Benerro. Accordez-lui le courage. Accordez-lui la sagesse. Emplissez son cœur de feu.* »

Ce fut là que Tyrion aperçut Sol, en train d'observer ces singeries depuis l'abrupte échelle de coupée qui descendait du gaillard d'arrière. Elle se tenait sur un des premiers échelons, si bien que seul le sommet de son crâne paraissait. Sous sa cagoule, ses yeux brillaient, grands et blancs à la clarté du feu nocturne. Elle avait avec elle son chien, le gros dogue gris qu'elle chevauchait au cours des joutes parodiques.

« Madame », appela doucement Tyrion. À proprement parler, ce n'était pas une dame, mais il ne pouvait se résoudre à utiliser son nom ridicule, et il n'avait aucune intention de l'appeler *la fille* ni *petite*.

Elle recula, surprise. « Je... je ne vous avais pas vu.

— Ma foi, je suis petit.

— Je... je ne me sentais pas bien... » Son chien aboya.

Tu étais malade de chagrin, tu veux dire. « Si je puis aider...

— Non. » Et aussi vite que ça, elle avait disparu à nouveau, se retranchant à la cale, dans la cabine qu'elle partageait avec son chien et sa truie. Tyrion ne pouvait l'en blâmer. L'équipage du *Selaesori Qhoran* avait initialement paru ravi de l'arrivée de Tyrion à bord ; après tout, un nain portait bonheur. On lui avait si souvent frictionné l'occiput, et avec tant de vigueur, que c'était miracle qu'il ne fût pas chauve. Mais Sol avait affronté des réactions plus mitigées. Certes, elle était naine, mais elle était également femme, et à bord d'un navire les femmes portaient malheur. Pour chaque homme qui essayait de lui frotter le chef, trois grommelaient sous cape des imprécations sur son passage.

Et ma présence ne peut que verser du sel sur ses plaies. On a tranché la tête de son frère dans l'espoir que c'était la mienne, et pourtant me voilà, assis comme une gargouille de merde, à offrir de creuses consolations. Si j'étais à sa place, je n'aurais rien de plus à cœur que de me balancer à la mer.

Il n'éprouvait que pitié pour cette fille. Elle ne méritait pas l'horreur que Volantis lui avait infligée, non plus que son frère. La dernière fois qu'il l'avait vue, juste avant qu'ils quittent le port, les yeux de la malheureuse étaient rouges de pleurs, deux horribles cavités rougies dans un visage blême et tiré. Le temps qu'on lève la voile, elle s'était enfermée dans sa cabine avec son chien et son cochon, mais la nuit, ses pleurs étaient audibles. Hier encore, il avait entendu un des matelots dire qu'on devrait la flanquer par-dessus bord avant que ses larmes n'inondent le navire. Tyrion n'était pas entièrement convaincu qu'il plaisantait.

Lorsque les prières du soir furent achevées et que l'équipage du navire se fut de nouveau dispersé, certains retournant à leur quart, d'autres à de la nourriture, du tafia et leurs hamacs, Moqorro demeura comme chaque nuit auprès de son feu nocturne. Le prêtre rouge se reposait le jour, mais veillait durant les heures d'obscurité, pour s'occuper de ses flammes sacrées, afin que le soleil pût leur revenir à l'aube.

Tyrion s'accroupit face à lui et se réchauffa les mains contre le froid de la nuit. Quelques instants durant, Moqorro ne lui accorda aucune attention. Il fixait la danse des flammes, perdu dans une vision. *Voit-il des jours à venir, comme il le prétend?* Si tel était le cas, il avait un don terrible. Au bout d'un moment, le prêtre leva les yeux pour croiser le regard du nain. « Hugor Colline, le salua-t-il, en hochant la tête. Es-tu venu prier avec moi?

— Je me suis laissé dire que la nuit était sombre et pleine de terreurs. Que voyez-vous dans ces flammes?

— Des dragons », répondit Moqorro dans la Langue Commune de Westeros. Il la parlait très bien, presque sans accent. Sans doute était-ce une des raisons pour lesquelles le Grand Prêtre Benerro l'avait choisi afin d'apporter à Daenerys Targaryen la foi de R'hllor. « Des dragons, anciens et nouveaux, vrais et faux, lumineux et ténébreux. Et toi. Un petit homme avec une grande ombre, montrant les dents au milieu de tout cela.

— Montrant les dents? Un joyeux compagnon comme moi?» Tyrion s'en sentait presque flatté. *Et sans doute est-ce là son intention. Le premier idiot venu adore s'entendre dire qu'il est important.* « Peut-être avez-vous vu Sol. Nous avons presque la même taille.

— Non, mon ami. »

Mon ami? Depuis quand, je me le demande bien? « Avez-vous vu combien cela nous prendrait pour atteindre Meereen?

— Tu es impatient de contempler la Délivrance du Monde?»

Oui et non. La Délivrance du Monde pourrait me trancher le col ou m'offrir en friandise à ses dragons. « Pas moi, répondit Tyrion. Pour moi, cela se borne aux olives. Bien que, je commence à le craindre, je risque de mourir de vieillesse avant d'en goûter une. Je pourrais barboter plus vite que nous ne voguons. Dites-moi, *Selaesori Qhoran,* c'était un triarque ou une tortue?»

Le prêtre rouge eut un petit rire. « Ni l'un ni l'autre. *Qhoran,* c'est… non pas un dirigeant, mais un homme qui en sert un, et le conseille, et l'aide à conduire ses affaires. Vous autres Ouestriens, vous diriez *intendant* ou *maître.* »

La Main du Roi? L'idée l'amusa. « Et *selaesori?*»

Moqorro se tapota le nez. « Empreint d'un arôme agréable. Embaumé, vous diriez? Fleuri?

— Donc, *Selaesori Qhoran* signifie plus ou moins *l'intendant qui pue?*

— L'intendant qui embaume, plutôt. »

Tyrion eut un sourire torve. « Je crois que je vais en rester à *qui pue*. Mais je vous remercie bien de la leçon.

— Je suis heureux de t'avoir éclairé. Peut-être un jour me laisseras-tu également t'enseigner la vérité de R'hllor.

— Un jour. » *Quand je ne serai plus qu'une tête au bout d'une pique.*

Les quartiers qu'il partageait avec ser Jorah ne méritaient le nom de cabine que par politesse ; ce placard humide, noir et fétide offrait à peine assez d'espace pour accrocher deux hamacs où dormir, l'un au-dessus de l'autre. Tyrion trouva Mormont étendu dans celui du bas, mollement balancé au roulis du navire. « La fille a fini par pointer le nez sur le pont, lui apprit Tyrion. Un coup d'œil dans ma direction et elle a détalé pour rentrer aussitôt en cale.

— Tu n'es pas beau à voir.

— Tout le monde ne peut avoir votre prestance. Cette fille est désemparée. Je ne serais pas surpris d'apprendre que la malheureuse cherchait à aller en douce sauter par-dessus bord et se noyer.

— La malheureuse a pour nom Sol.

— Je connais son nom. » Il le détestait. Le frère de la naine se faisait appeler Liard, alors que son nom véritable était Oppo. *Liard et Sol. Les plus petites pièces, celles qui ont le moins de valeur et, pire encore, ces noms, ils les ont choisis eux-mêmes.* « Peu importe son nom, elle a besoin d'un ami. »

Ser Jorah s'assit dans son hamac. « Eh bien, charge-t'en. Ou épouse-la, peu me chaut. »

Cela mit un vilain goût dans la bouche de Tyrion. « Qui se ressemble s'assemble, est-ce là votre suggestion ? Auriez-vous en tête, pour votre part, de vous trouver une ourse, ser ?

— C'est toi qui as insisté pour que nous l'amenions.

— J'ai dit qu'on ne pouvait l'abandonner à Volantis. Ça ne signifie pas que je veuille la baiser. Elle souhaite me voir mort, l'auriez-vous oublié ? Je suis la dernière personne dont elle voudrait pour ami.

— Vous êtes des nains, tous les deux.

— Oui, et son frère l'était aussi, celui qui est mort parce que des ivrognes l'ont pris pour moi.

— Tu te sens coupable, c'est ça ?

— Non. » Tyrion se hérissa. « J'ai à répondre de suffisamment de péchés ; je ne veux nulle part de celui-ci. J'aurais pu nourrir quelque rancœur envers son frère et elle pour le rôle qu'ils ont joué la nuit des noces de Joffrey, mais jamais je ne leur ai voulu de mal.

— Certes, tu es une créature inoffensive. Innocent comme l'agneau. » Ser Jorah se remit debout. « La naine est ton problème. Baise-la, bute-la ou évite-la, comme il te chante. Ce n'est rien, pour moi. » Il passa en bousculant Tyrion et sortit de la cabine.

Deux fois banni, et qui s'en étonnerait ? songea Tyrion. *Moi aussi, je le bannirais si j'en avais le pouvoir. Cet homme est froid, renfrogné, rogue et sourd à tout humour. Et je ne parle que de ses qualités.* Ser Jorah passait l'essentiel de ses heures de veille à arpenter le gaillard d'avant ou à s'accouder au bastingage en contemplant la mer. *À la recherche de sa reine d'argent. À la recherche de Daenerys, en tentant de faire avancer le navire plus vite par la force de sa volonté. Ma foi, je pourrais me comporter de même, si Tysha m'attendait à Meereen.*

La baie des Serfs pouvait-elle être l'endroit où vont les putes ? Peu probable. D'après ce qu'il en avait lu, les cités esclavagistes étaient la région où on les formait. *Mormont aurait dû s'en acheter une pour lui.* Une jolie petite esclave aurait pu opérer des miracles sur son humeur… En particulier si elle avait des cheveux argentés, comme la musequine qui lui trônait sur la queue, à Selhorys.

Sur le fleuve, Tyrion avait dû supporter Griff, mais au moins il y avait le mystère de l'identité réelle du capitaine pour le distraire, et la compagnie plus agréable du reste de la petite assemblée de la barge. Sur la cogue, hélas, les marins n'étaient que ce qu'ils semblaient, personne n'était particulièrement sympathique, et seul le prêtre rouge avait de l'intérêt. *Lui, et peut-être Sol. Mais cette fille me déteste, et à juste titre.*

La vie à bord du *Selaesori Qhoran* était avant tout ennuyeuse. Le moment le plus exaltant de sa journée consistait à se piquer les orteils et les doigts avec un couteau. Sur le fleuve il y avait eu des merveilles à admirer : les tortues géantes, les cités en ruine, les hommes de pierre, les septas nues. On ne savait jamais ce qui pouvait guetter au détour du prochain méandre. En mer, les jours et les nuits se ressemblaient tous. En quittant Volantis, la cogue avait commencé par naviguer en vue des côtes, si bien que Tyrion pouvait contempler le défilé des caps, regarder les nuées d'oiseaux marins prendre leur essor des falaises de pierre et de tours de guet croulantes, compter les brunes îles nues tandis qu'elles glissaient au passage. Il aperçut maintes autres embarcations, également : des esquifs de pêcheurs, de lourds navires marchands, de fières galères dont les rames fouettaient les vagues en une écume blanche. Mais dès qu'ils s'éloignèrent plus au large, il n'y eut plus que la mer et le ciel, de l'air et de l'eau. L'eau ressemblait à de l'eau. Le ciel, à du ciel. Parfois, il y avait un nuage. *Trop de bleu.*

Et les nuits étaient pires. Même dans des conditions optimales, Tyrion dormait mal, et ici, il en était loin. Le sommeil entraînait généralement des rêves, et dans ses rêves l'attendaient les Chagrins, et un roi de pierre portant le visage de son père. Ce qui lui laissait le piètre choix de grimper dans son hamac pour écouter Jorah Mormont ronfler au-dessous de lui, ou de rester sur le pont à contempler la mer. Par les nuits sans lune, l'eau était noire comme l'encre de mestre, d'un horizon à l'autre. Obscure, profonde et austère, belle à sa froide manière, mais quand il la scrutait trop longuement Tyrion se surprenait à songer combien il serait aisé d'enjamber le plat-bord pour se laisser choir dans ces ténèbres. Une toute petite gerbe d'eau, et la courte et lamentable histoire de sa vie serait promptement close. *Mais s'il existe un enfer, et que mon père m'y attend ?*

Le meilleur moment de chaque soirée était le souper. Non que la nourriture fût particulièrement goûteuse, mais elle était abondante. Ce fut donc là que le nain se rendit ensuite. La coquerie où il prenait ses repas était un espace exigu et malcommode, au plafond si bas que les plus grands passagers couraient toujours le risque de se fendre le crâne, un danger auquel les solides esclaves soldats de la Main Ardente semblaient particulièrement prédisposés. Malgré tout le plaisir que Tyrion avait à en ricaner, il en était venu à préférer dîner seul. S'asseoir à une table encombrée d'hommes qui ne partageaient pas votre langue, les écouter bavarder et plaisanter sans comprendre un traître mot, l'avait rapidement lassé. Surtout parce qu'il finissait toujours par se demander si les plaisanteries et les rires ne le visaient pas directement.

C'est aussi dans la coquerie que l'on conservait les livres du bord. Son capitaine étant un homme particulièrement féru de lecture, le navire en comptait trois – une collection de poésie nautique qui commençait mal pour ensuite empirer, un volume très feuilleté contant les aventures érotiques d'une jeune esclave dans une maison de plaisirs lysienne, et le quatrième et dernier tome de *La Vie du triarque Belicho*, un célèbre patriote volantain dont la succession ininterrompue de conquêtes et de triomphes s'était achevée d'assez abrupte manière quand des géants l'avaient dévoré. Tyrion les avait tous finis au troisième jour de mer. Ensuite, faute d'autres livres, il commença à les relire. L'histoire de l'esclave était la plus mal écrite, mais la plus captivante, et ce fut celle qu'il emporta ce soir-là pour le soutenir au long d'un repas de betteraves beurrées, de ragoût de poisson froid et de biscuits qu'on aurait pu utiliser pour planter des clous.

Il lisait la relation du jour où la fille et sa sœur avaient été capturées par des esclavagistes, quand Sol entra dans la coquerie. « Oh, dit-elle. Je croyais... Je ne voulais pas vous déranger, m'sire, je...

— Tu ne me déranges nullement. Tu ne vas pas tenter à nouveau de me tuer, j'espère.

— Non. » Elle détourna les yeux en rougissant.

« En ce cas, je serais ravi d'avoir de la compagnie. Il n'y en a guère à bord de ce navire. » Tyrion referma son livre. « Allons. Assieds-toi. Mange. » La jeune femme n'avait pas touché à la plupart des repas déposés devant la porte de sa cabine. Elle devait être affamée. « Le ragoût est presque comestible. Au moins, le poisson est frais.

— Non, je... Je me suis étranglée avec une arête de poisson, un jour. Je ne peux plus en manger.

— Alors, bois du vin. » Il remplit une coupe et la fit glisser vers Sol. « Avec les compliments de notre capitaine. Plus proche de la pisse que d'un La Treille auré, pour être franc, mais même la pisse a meilleur goût que le tafia noir goudron que boivent les matelots. Ça pourrait t'aider à dormir. »

La fille ne fit pas un geste pour toucher la coupe. « Merci, m'sire, mais sans façons. » Elle recula. « Je ne devrais pas vous ennuyer.

— As-tu l'intention de passer toute ta vie à fuir ? » lui lança Tyrion avant qu'elle ait pu s'éclipser par la porte.

L'apostrophe la figea. Ses joues virèrent au rose vif et il craignit qu'elle ne fondît de nouveau en larmes. Mais elle avança la lèvre avec un air de défi et riposta : « Vous aussi, vous fuyez.

— C'est vrai, confessa-t-il, mais je fuis *vers* un lieu, et toi, tu fuis tout court, et ça représente un monde de différence.

— Jamais nous n'aurions eu besoin fuir, sans vous. »

Il lui a fallu un certain courage pour me le dire en face. « Tu parles de Port-Réal ou de Volantis ?

— Des deux. » Des larmes brillèrent dans ses yeux. « De tout. Pourquoi ne pouviez-vous pas venir jouter avec nous, comme le roi le demandait ? Vous n'auriez pas été blessé. Qu'est-ce que cela aurait coûté à Votre Seigneurie de grimper sur notre chien et de rompre une lance pour satisfaire l'enfant ? Il s'agissait juste de s'amuser un peu. Ils auraient ri de vous, voilà tout.

— Ils auraient ri de moi », dit Tyrion. *Et je les ai fait rire de Joff, à la place. Fort habile manœuvre, n'est-ce pas ?*

« Mon frère dit que faire rire les gens est une bonne chose. Une noble tâche, et honorable. Mon frère dit... Il... » Les larmes churent alors, roulant le long de sa figure.

« Je suis navré pour ton frère. » Tyrion avait déjà prononcé ces mêmes mots, à Volantis, mais, plongé dans le chagrin comme elle l'était à l'époque, il doutait qu'elle l'eût entendu.

Elle entendit, cette fois-ci. « Navré. Vous êtes navré. » Sa lèvre frémissait, elle avait les joues humides, ses yeux étaient des trous bordés de rouge. « Nous avons quitté Port-Réal le soir même. Mon frère disait qu'il valait mieux, avant que quelqu'un se demande si nous avions eu un rôle dans la mort du roi et décide de nous torturer pour en avoir la confirmation. Nous sommes d'abord allés à Tyrosh. Mon frère pensait que ce serait assez loin, mais non. Nous connaissions un jongleur, là-bas. Depuis des années et des années, il jonglait chaque jour près de la fontaine du Dieu ivre. Il était vieux, si bien qu'il n'avait plus les mains aussi adroites qu'avant, et parfois il laissait tomber des balles et les poursuivait à travers la place, mais les Tyroshis riaient et lui jetaient quand même des pièces. Et puis, un matin, nous avons appris qu'on avait retrouvé son corps au temple de Trios. Trios a trois têtes, et il y a une grande statue de lui à côté des portes du temple. Le vieil homme avait été découpé en trois morceaux et enfoncé dans la triple bouche de Trios. Sauf que lorsqu'on a recousu les trois morceaux, sa tête avait disparu.

— Un présent pour ma tendre sœur. C'était encore un nain.

— Un petit homme, oui. Comme vous et Oppo. Liard. Est-ce que vous êtes navré pour le jongleur, aussi ?

— J'ignorais l'existence de ton jongleur jusqu'à cet instant... Mais oui, je regrette sa mort.

— Il est mort pour toi. Tu as son sang sur les mains. »

L'accusation porta douloureusement, si tôt après les paroles de Jorah Mormont. « *Ma sœur* a son sang sur les mains, ainsi que les brutes qui l'ont tué. Mes mains... » Tyrion les retourna, les inspecta, les serra en poings. « Mes mains sont gantées de sang séché, certainement. Dis que j'ai tué les miens, et tu n'auras pas tort. Régicide, j'en répondrai également. J'ai tué mères, pères, neveux, maîtresses, hommes, femmes, rois et putains. Une fois, un chanteur m'a agacé, et j'ai fait cuire cette ordure. Mais jamais je n'ai tué ni jongleur ni nain, et je ne suis pas responsable de ce qui est arrivé à ton foutu frère. »

Sol saisit la coupe qu'il lui avait remplie et la lui jeta au visage. *Exactement comme ma tendre sœur.* Il entendit claquer la porte de la coquerie, mais ne vit pas Sol partir. Il avait les yeux qui piquaient, et le monde était flou. *Voilà qui règle la question de s'en faire une amie.*

Tyrion Lannister avait peu d'expérience des autres nains. Le seigneur son père n'avait pas encouragé les rappels de la difformité de son fils, et les bateleurs dont la troupe comprenait des petites personnes avaient vite appris à rester à distance de Port-Lannis et de Castral Roc, sous peine d'encourir son déplaisir. En grandissant, Tyrion avait entendu parler d'un bouffon nain à la cour du lord dornien Poulet, d'un mestre nain exerçant sur les Doigts, et d'une naine parmi les sœurs du silence, mais jamais il n'avait ressenti le besoin de leur rendre visite. Lui vinrent aussi aux oreilles des racontars moins fiables, sur une sorcière naine qui hantait une colline sur le Conflans, et une catin naine de Port-Réal, réputée pour s'accoupler avec des chiens. C'était sa tendre sœur qui lui avait parlé de cette dernière, allant jusqu'à lui suggérer une chienne en chaleur s'il voulait tenter l'expérience. Quand il lui avait poliment demandé si elle proposait ses propres services, Cersei lui avait jeté une coupe de vin au visage. *C'était du rouge, si ma mémoire est bonne, et celui-ci est doré.* Tyrion s'épongea le visage à sa manche. Les yeux lui piquaient encore.

Il ne revit plus Sol jusqu'au jour de la tempête.

Ce matin-là, l'air salin était pesant, immobile, mais le ciel à l'ouest brûlait d'un rouge ardent, zébré de nuages menaçants qui flamboyaient autant que l'écarlate des Lannister. Les matelots se hâtaient de fermer les écoutilles, de tirer des drisses, de dégager le pont, d'arrimer tout ce qui ne l'était pas déjà. « Y a vent mauvais qui monte, l'avertit l'un d'eux. Sans-Nez devrait descendre sous le pont. »

Tyrion se remémora la tempête qu'il avait essuyée en traversant le détroit, cette façon qu'avait le pont de se cabrer sous ses pieds, les horribles craquements qu'avait produits le navire, le goût du vin et du vomi. « Sans-Nez va rester ici en haut. » Si les dieux le voulaient, plutôt mourir noyé qu'étouffé par ses vomissures. Et au-dessus, la toile de voile de leur cogue ondula lentement, comme la fourrure d'un grand fauve s'éveillant d'un long sommeil, puis se gonfla avec un claquement soudain qui fit tourner toutes les têtes à bord.

Les vents poussèrent la cogue devant eux, loin de son cap d'élection. Derrière eux, des nuages noirs s'empilaient les uns sur les autres contre un ciel rouge sang. Au mitan de la matinée, ils virent clignoter la foudre à l'ouest, suivie par le fracas lointain du tonnerre. La mer se fit plus mauvaise, et des vagues sombres s'élevèrent pour battre contre la coque de l'*Intendant qui pue*. C'est à peu près à ce moment-là que l'équipage commença à amener la voile. Tyrion traînait dans les jambes de tout le monde, à mi-longueur du navire, aussi grimpa-t-il sur le gaillard d'avant pour s'y recroqueviller, savourant la pluie froide qui lui fouettait les joues. La cogue montait et descendait, se cabrant plus follement que n'importe quelle cavale qu'il ait enfourchée, se soulevant avec chaque vague avant de dévaler les auges intermédiaires, l'ébranlant jusqu'aux os. Quand bien même, mieux valait être ici, où il pouvait voir, qu'en bas, claquemuré dans une cabine privée d'air.

Lorsque la tempête éclata, le soir était sur eux, et Tyrion Lannister était trempé jusqu'au petit linge, et cependant il se sentait enthousiaste... Et plus encore par la suite, quand il trouva Jorah Mormont soûl dans leur cabine au milieu d'une flaque de vomi.

Le nain s'attarda à la cambuse après manger, fêtant sa survie en partageant quelques lampées de tafia noir avec le coq du bord, une grande et grasse fripouille volantaine qui ne savait de la Langue Commune qu'un unique mot (*putain*), mais jouait au *cyvosse* avec férocité, en particulier quand il était ivre. Ils livrèrent trois parties ce soir-là, Tyrion remporta la première, puis perdit les deux autres. Il décida ensuite qu'il en avait assez et regagna le pont en titubant pour se nettoyer la tête du tafia et des éléphants.

Il aperçut Sol sur le gaillard d'avant, à l'endroit où il avait si souvent trouvé ser Jorah, debout près du bastingage auprès de la hideuse figure de proue à demi décomposée de la cogue, les yeux perdus sur la mer d'encre. Vue de dos, elle semblait aussi menue et vulnérable qu'un enfant.

Tyrion jugea préférable de ne pas la déranger, mais il était trop tard. Elle l'avait entendu. « Hugor Colline.

— Si tu veux. » *Nous connaissons tous les deux la vérité.* « Je suis désolé de t'importuner. Je vais me retirer.

— Non. » Elle avait le visage pâle et triste, mais ne paraissait pas avoir pleuré. « Moi aussi je suis navrée. Pour le vin. Ce n'est pas vous qui avez tué mon frère, ni ce pauvre vieux, à Tyrosh.

— J'ai joué un rôle, mais pas par choix.

— Il me manque tant. Mon frère. Je...

— Je comprends. » Il se surprit à penser à Jaime. *Estime-toi heureuse. Ton frère est mort avant d'avoir pu te trahir.*

« J'ai cru que je voulais mourir, dit-elle, mais aujourd'hui, quand la tempête a éclaté et que j'ai cru que le navire allait couler, je... je...

— Tu t'es aperçue que tu voulais vivre, finalement. » *J'ai connu ça aussi. Encore un trait commun entre nous.*

Elle avait les dents de travers, ce qui l'intimidait quand elle devait sourire, mais elle sourit, à présent. « Vous avez vraiment fait cuire un chanteur en ragoût ?

— Qui ça, moi ? Non. Je ne sais pas cuisiner. »

Quand Sol riait, elle ressemblait davantage à la douce jeune fille qu'elle était... dix-sept ou dix-huit ans, pas plus de dix-neuf. « Qu'a-t-il fait, ce chanteur ?

— Il a écrit une chanson sur mon compte. » *Car elle était son trésor secret, sa honte et sa béatitude. Et rien ne valent donjon ni chaîne auprès d'un baiser de belle.* La rapidité avec laquelle les paroles lui revinrent était étrange. Peut-être ne l'avaient-elles jamais quitté. *C'est toujours si froid, des mains d'or,/Et si chaud, celles d'une femme.*

« Ce devait être une très mauvaise chanson.

— Pas vraiment. Ça ne valait pas *Les Pluies de Castamere*, assurément, mais certaines parties étaient... comment dire ?

— Que racontait-elle ? »

Il rit. « Non. Il vaut vraiment mieux que vous ne m'entendiez pas chanter.

— Ma mère chantait pour nous, quand nous étions enfants. Pour mon frère et moi. Elle répétait toujours que la voix n'avait pas d'importance quand on aimait la chanson.

— Elle était... ?

— ... une petite personne ? Non, mais notre père, si. Son propre père l'a vendu à un marchand d'esclaves quand il avait trois ans, mais il a grandi pour devenir un comédien d'un tel renom qu'il a racheté sa liberté. Il a voyagé dans toutes les Cités

libres, et à Westeros aussi. À Villevieille, on l'appelait Pois-
sauteur.

Évidemment. Tyrion essaya de ne pas faire de grimace.

« Il est mort, à présent, enchaîna Sol. Ma mère aussi. Oppo...
Il était toute la famille qui me restait, et le voilà parti à son
tour. » Elle détourna la tête et regarda la mer. « Que vais-je
devenir ? Où vais-je aller ? Je ne connais aucun métier, sinon le
spectacle de joute, et il faut être deux pour cela. »

Non, pensa Tyrion. *Ne t'aventure pas sur cette voie, ma fille.*
Ne me demande pas ça. N'y pense même pas. « Trouve-toi un
petit orphelin doué », suggéra-t-il.

Sol ne parut pas l'entendre. « Les tournois étaient une idée
de mon père. Il a même dressé la première truie, mais il était
déjà trop malade pour la monter, aussi Oppo l'a-t-il remplacé.
Je montais toujours le chien. À Braavos, une fois, nous avons
joué devant le Seigneur de la Mer, et il a tant ri qu'ensuite, il
nous a donné à chacun un... un magnifique présent.

— C'est là que ma sœur vous a trouvés ? À Braavos ?

— Votre sœur ? » La fille parut désorientée.

« La reine Cersei. »

Sol secoua la tête. « Elle n'a jamais... C'est un homme qui
est venu nous chercher, à Pentos. Osmund. Non, Oswald.
Quelque chose comme ça. C'est Oppo qui l'a rencontré, pas
moi. Oppo s'occupait de tous nos contrats. Mon frère savait
toujours quoi faire, où nous produire ensuite.

— Nous allons à Meereen, maintenant. »

Elle lui jeta un coup d'œil perplexe. « À Qarth, vous voulez
dire. Nous nous rendons à Qarth, via la Nouvelle-Ghis.

— À Meereen. Tu chevaucheras ton chien pour la reine
dragon et tu repartiras avec ton poids en or. Tu ferais mieux de
commencer à te gaver, de façon à être toute grassouillette
lorsque tu jouteras devant Sa Grâce. »

Sol ne lui rendit pas son sourire. « Toute seule, l'unique chose
que je puisse faire, c'est de chevaucher en rond. Et même si la
reine devait rire, où irais-je ensuite ? Nous ne nous attardons
jamais longtemps au même endroit. La première fois qu'ils nous
voient, ils rient, ils rient, mais dès la quatrième ou cinquième,
ils savent ce que nous allons faire avant que nous le fassions.
Alors, ils cessent de rire, et nous devons aller ailleurs. Nous
gagnons le plus d'argent dans les grandes villes, mais j'ai toujours préféré les petites. Dans des endroits comme ça, les gens

n'ont pas d'argent, mais ils nous nourrissent à leur propre table, et les enfants nous suivent partout. »

C'est parce que, dans leurs malheureux trous perdus, ils n'ont jamais vu de nain, songea Tyrion. *Ces foutus morpions suivraient une chèvre à deux têtes s'il s'en présentait une. Jusqu'à ce qu'ils se lassent de ses bêlements et l'abattent pour leur dîner.* Mais il n'avait aucune envie de la faire pleurer de nouveau, et assura : « Daenerys a le cœur bon et une nature généreuse. » C'était ce que Sol avait besoin d'entendre. « Elle te trouvera une place à la cour, je n'en doute pas. Un endroit sûr, hors d'atteinte de ma sœur. »

Sol se retourna vers lui. « Et vous serez là, aussi. »

À moins que Daenerys ne décide qu'elle a besoin de sang Lannister en paiement du sang Targaryen qu'a répandu mon frère. « En effet. »

Après cela, on vit la jeune naine plus fréquemment sur le pont. Le lendemain, Tyrion la rencontra, elle et sa truie tachetée, au milieu du navire, durant l'après-midi, alors que l'air était doux et la mer calme. « Elle s'appelle Jolie », lui confia la jeune femme, timidement.

Jolie la cochonne et Sol la naine, songea-t-il. *Il y a vraiment quelqu'un qui devrait répondre de beaucoup.* Sol donna des glands à Tyrion, et il laissa Jolie les manger dans sa main. *Ne t'imagine pas que je ne vois pas ce que tu es en train de faire, ma fille,* se dit-il tandis que la grosse truie soufflait et couinait.

Bientôt, ils commencèrent à prendre leurs repas ensemble. Certains soirs, il n'y avait qu'eux deux ; à d'autres repas, ils se serraient avec les gardes de Moqorro. *Les doigts,* les appelait Tyrion ; après tout, n'étaient-ils pas des hommes de la Main Ardente, au nombre de cinq ? Cela fit rire Sol, un son agréable, mais un son que Tyrion n'entendait guère. La blessure de la jeune femme était trop récente, son chagrin trop profond.

Bientôt, il la fit appeler le navire l'*Intendant qui pue*, bien qu'elle se fâchât quelque peu contre lui chaque fois qu'il surnommait Jolie *Bacon*. Pour se faire pardonner, Tyrion essaya de lui enseigner le *cyvosse*, mais comprit rapidement que c'était une cause perdue. « Non, lui répéta-t-il une douzaine de fois, c'est le dragon qui vole, pas les éléphants. »

Ce même soir, elle prit le taureau par les cornes et lui demanda s'il voulait jouter avec elle. « Non », répondit-il. Ce n'est qu'ensuite qu'il se dit que *jouter* n'avait peut-être pas eu le sens de jouter. Il aurait quand même répondu *non*, mais avec moins de brusquerie, sans doute.

Revenu dans la cabine qu'il partageait avec Jorah Mormont, Tyrion se tourna et se retourna des heures dans son hamac, sombrant et émergeant du sommeil. Ses rêves étaient envahis de grises mains de pierre qui se tendaient vers lui hors de la brume, et d'un escalier qui s'élevait jusqu'à son père.

Finalement, il renonça et monta sur le pont respirer l'air nocturne. Le *Selaesori Qhoran* avait ferlé sa voile rayée pour la nuit, et ses ponts étaient pratiquement déserts. Un des matelots occupait le gaillard d'arrière et, au milieu du navire, Moqorro était assis près de son brasero, où quelques flammèches dansaient encore entre les braises.

Seules paraissaient les étoiles les plus brillantes, toutes à l'ouest. Un reflet rouge terne éclairait le ciel au nord-est, la couleur d'un hématome. Tyrion n'avait jamais vu lune plus grosse. Monstrueuse, bouffie, elle donnait l'impression d'avoir avalé le soleil et de s'éveiller prise de fièvre. Sa jumelle, flottant sur la mer devant le bateau, rougeoyait en ondoyant à chaque vague. « Quelle heure est-il ? demanda-t-il à Moqorro. Ça ne peut pas être le lever de soleil, à moins que l'est n'ait changé de place. Pourquoi le ciel est-il rouge ?

— Le ciel est toujours rouge au-dessus de Valyria, Hugor Colline. »

Un frisson glacé lui courut l'échine. « Nous en sommes près ?

— Davantage qu'il ne plaît à l'équipage, déclara Moqorro de sa voix de basse. Connaissez-vous les légendes, dans tes Royaumes du Couchant ?

— Je sais que, d'après les marins, quiconque pose les yeux sur cette côte est condamné. » Il ne croyait pas lui-même à ces histoires, pas plus que n'y avait cru son oncle. Gerion Lannister avait fait voile vers Valyria lorsque Tyrion avait dix-huit ans, déterminé à retrouver la lame ancestrale perdue de la maison Lannister et tous les autres trésors qui avaient pu survivre au Fléau. Tyrion souhaitait plus que tout les accompagner, mais le seigneur son père avait qualifié le voyage de « quête d'imbéciles » et lui avait interdit d'y prendre part.

Et peut-être n'avait-il pas tout à fait tort. Presque dix ans avaient passé depuis que le *Lion éjoui* avait quitté Port-Lannis, et Gerion n'était jamais revenu. Les hommes que lord Tywin avait envoyés après lui avaient suivi ses traces jusqu'à Volantis, où la moitié de son équipage avait déserté et il avait acheté des esclaves pour les remplacer. Aucun homme libre n'aurait signé de son plein gré sur un navire dont le capitaine annonçait ouvertement son intention d'aller en mer Fumeuse. « Ce sont donc les feux des Quatorze Flammes que nous voyons, réfléchis sur les nuages ?

— Quatorze, quatorze mille. Quel homme oserait aller les dénombrer ? Il n'est pas sage pour des mortels de contempler trop avant les profondeurs de ces feux, mon ami. Ce sont les feux du courroux de Dieu, et aucune flamme humaine ne peut les égaler. Nous autres, hommes, sommes de petites créatures.

— Certains plus que d'autres. » *Valyria.* Il était écrit que, le jour du Fléau, toutes les collines à cinq cents milles à la ronde avaient éclaté pour remplir les airs de cendres, de fumées et de feux, des embrasements si torrides que même les dragons dans les cieux avaient été engloutis et consumés. De grandes déchirures s'étaient ouvertes dans le sol, avalant les palais, les temples, des villes entières. Les lacs étaient entrés en ébullition ou s'étaient mués en acide, les montagnes avaient explosé, des fontaines ardentes avaient vomi de la roche en fusion mille pieds dans les airs, des nuées rouges avaient fait pleuvoir le verredragon et le sang noir des démons, et au nord le sol s'était crevassé, effondré sur lui-même, et une mer en fureur s'y était ruée. La plus orgueilleuse ville du monde s'était volatilisée en un instant, son fabuleux empire avait disparu en un jour, les Contrées de l'été constant avaient été calcinées, noyées et stérilisées.

Un empire bâti sur le sang et sur le feu. Les Valyriens ont récolté le grain qu'ils avaient semé. « Notre capitaine aurait-il l'intention de mettre la malédiction à l'épreuve ?

— Notre capitaine préférerait se trouver à cinquante lieues plus au large de cette côte maudite, mais je lui ai demandé de prendre la route la plus courte. D'autres aussi cherchent Daenerys. »

Griff, avec son jeune prince. Se pourrait-il que toutes ces histoires de Compagnie Dorée en route vers l'ouest aient été une feinte ? Tyrion envisagea de dire quelque chose, puis se ravisa. Il lui semblait que la prophétie qui guidait les prêtres rouges n'avait de place que pour un seul héros. Un second Targaryen ne servirait qu'à les perturber. « Avez-vous vu ces autres dans vos feux ? demanda-t-il avec prudence.

— Leurs ombres seulement, répondit Moqorro. Une, par-dessus tout. Une créature haute et tordue, avec un œil noir et dix longs bras, voguant sur une mer de sang. »

BRAN

La lune formait un croissant, fin et tranchant comme une lame de couteau. Un soleil blafard se leva, se coucha pour se lever encore. Des feuillages rouges chuchotèrent au vent. Des nuages sombres emplirent les cieux pour se changer en orages. L'éclair fulgura et le tonnerre gronda, et des morts aux mains noires et aux yeux d'un bleu lumineux rôdaient autour d'une faille au flanc de la colline, sans pouvoir entrer. Sous la colline, le garçon rompu, assis sur un trône de barral, écoutait des chuchotis dans la nuit tandis que des corbeaux arpentaient ses bras.

« Plus jamais tu ne marcheras, lui avait promis la corneille à trois yeux, mais tu voleras. » Parfois, de quelque part en bas, très loin, montaient les échos d'un chant. Les chanteurs, sa vieille nourrice les aurait appelés *les enfants de la forêt* ; eux-mêmes se nommaient *ceux qui chantent le chant de la terre,* dans la Vraie Langue qu'aucun humain ne savait parler. Mais les corbeaux savaient, eux. Leurs petits yeux noirs étaient remplis de secrets, et ils lui croassaient des choses et lui picoraient la peau quand ils entendaient les chants.

La lune était grasse et pleine. Les étoiles tournoyaient dans un ciel noir. La pluie tombait, gelait, et les branches des arbres se brisaient sous le poids de la glace. Bran et Meera inventaient des noms pour ceux qui chantaient le chant de la terre : Frêne, Feuille et Écailles, Dague noire, Boucle-neige et Charbons. Leurs vrais noms étaient trop longs pour des langues humaines, selon Feuille. Elle seule parlait la Langue Commune, aussi Bran ne sut-il jamais ce que les autres pensaient de leurs nouveaux noms.

Après le froid des terres au-delà du Mur, qui vous broyait les os, il régnait dans les cavernes une bienheureuse douceur et, quand le froid sourdait du rocher, les chanteurs allumaient des feux pour le repousser. Ici en bas il n'y avait ni vent, ni neige, ni glace, ni créatures mortes qui tendaient le bras pour vous saisir, rien que des rêves, la lumière des torches de roseaux et les baisers des corbeaux. Et celui qui chuchotait dans les ténèbres.

Le dernier vervoyant, l'appelaient les chanteurs. Mais, dans les rêves de Bran, il demeurait une corneille à trois yeux. Quand Meera Reed lui avait demandé son nom véritable, il avait produit un son affreux qui aurait pu être un petit rire. « J'ai porté bien des noms du temps que j'étais vif, mais, même moi, j'ai eu un jour une mère, et le nom qu'elle m'a donné à la mamelle était Brynden.

— J'ai un oncle Brynden, commenta Bran. C'est l'oncle de ma mère, en fait. Brynden le Silure, on l'appelle.

— Il se peut que ton oncle ait été nommé d'après moi. Certains le sont encore. Point autant que jadis. Les hommes oublient. Seuls les arbres se souviennent. » Il parlait à voix si basse que Bran devait tendre l'oreille pour entendre.

« La plus grande part de lui est passée dans l'arbre, expliqua la chanteuse que Meera appelait Feuille. Il a vécu au-delà de son temps mortel, et cependant il s'attarde. Pour nous, pour vous, pour les royaumes des hommes. Il ne reste qu'un peu de vigueur dans sa chair. Il possède mille yeux et un, mais il y a bien des choses à surveiller. Un jour, tu sauras.

— Qu'est-ce que je saurai ? » demanda Bran aux Reed, par la suite, quand ils arrivèrent en tenant des torches d'un éclat vif, pour le porter jusqu'à une petite niche sur le côté de la grande caverne où les chanteurs leur avaient installé des couches où dormir. « De quoi se souviennent les arbres ?

— Des secrets des anciens dieux », répondit Jojen Reed. La nourriture, le feu et le repos avaient aidé à le rétablir après les épreuves de leur périple, mais il semblait plus triste, désormais, morose, avec une expression lasse, hantée dans les yeux. « Des vérités que connaissaient les Premiers Hommes, désormais oubliées à Winterfell... mais pas dans les territoires humides. Nous vivons plus proches du vert, dans nos marais et nos forts lacustres, et nous nous souvenons. La terre et l'eau, l'humus et la pierre, les chênes, les ormes et les saules, ils étaient là avant nous et resteront quand nous serons partis.

— Tu feras de même », déclara Meera. Cela attristait Bran. *Et si je ne voulais pas rester, une fois que vous serez partis ?* faillit-il demander, mais il ravala les mots sans les prononcer. Il était presque un homme fait, et il ne voulait pas que Meera le prît pour un marmot chialeur. « Peut-être pourriez-vous aussi être des vervoyants ? dit-il à la place.

— Non, Bran. » À présent, c'était Meera qui semblait triste.

« Il est accordé à peu de gens de boire à cette verte fontaine tant qu'ils portent encore leur chair humaine, d'entendre le chuchotement des feuilles et de voir ce que voient les arbres, ce que voient les dieux, expliqua Jojen. La plupart ne reçoivent pas cette bénédiction. Les dieux ne m'ont donné que des rêves verts. J'avais pour tâche de te conduire ici. Mon rôle est achevé. »

La lune ouvrait un trou noir dans le ciel. Des loups hurlèrent dans la forêt, reniflant les congères en quête de créatures mortes. Une volée de corbeaux jaillit comme une éruption du flanc de la colline, poussant des cris aigus, battant de leurs ailes noires au-dessus d'un monde blanc. Un soleil rouge se leva, se coucha pour se lever de nouveau et peindre la neige de nuances roses et saumon. Sous la colline, Jojen se morfondait, Meera s'impatientait et Hodor errait à travers d'obscurs tunnels, une épée dans la main droite, une torche dans la gauche. Ou était-ce Bran qui errait ainsi ?

Nul ne doit jamais savoir.

La grande caverne qui débouchait sur le gouffre était noire comme la poix, noire comme du goudron, plus noire que des plumes de corneille. La lumière entrait en intruse, ni désirée ni bienvenue, et disparaissait vite ; feux de cuisine, chandelles et roseaux brûlaient un court laps de temps, puis expiraient de nouveau, leurs brèves existences parvenues à leur terme.

Les chanteurs fabriquèrent à Bran son propre trône, à l'instar de celui où siégeait lord Brynden, de barral blanc tigré de rouge, de branches mortes entrelacées de racines vivantes. Ils le placèrent dans la grande caverne auprès du gouffre, où l'air noir résonnait des bruits de l'eau qui courait dans le lointain contrebas. De douce mousse grise ils établirent son siège. Une fois que Bran fut déposé en place, ils le couvrirent de fourrures chaudes.

Il resta là assis, à écouter les chuchotements rauques de son précepteur. « Ne crains jamais les ténèbres, Bran. » Les paroles du lord s'accompagnaient d'un faible froissement de bois et de feuilles, d'une légère torsion de la tête. « Les arbres les plus solides s'enracinent dans les lieux obscurs de la terre. Les ténèbres seront ton manteau, ton bouclier, ton lait maternel. Les ténèbres te rendront fort. »

La lune formait un croissant, fin et tranchant comme une lame de couteau. Des flocons de neige flottèrent sans bruit pour revêtir de blanc les pins plantons et les vigiers. Les congères épaissirent tant qu'elles recouvrirent l'entrée vers les cavernes, laissant un mur blanc qu'Été devait trouer chaque fois qu'il sortait rejoindre sa meute et allait chasser. Bran ne courait pas souvent avec eux, désormais, mais certaines nuits il les observait d'en haut.

Voler, c'était encore mieux que grimper.

Se glisser dans la peau d'Été lui était devenu aussi facile qu'enfiler un haut-de-chausses naguère, avant qu'il ait le dos brisé. Échanger sa propre peau contre le plumage noir de nuit d'un corbeau avait été plus difficile, mais pas autant qu'il l'avait redouté, pas avec ces corbeaux-ci. « Un étalon sauvage se cabre et rue quand un homme cherche à le monter, et il essaie de mordre la main qui assure le mors entre ses dents, expliqua lord Brynden. Mais le cheval qui a connu un cavalier en acceptera un autre. Jeunes ou vieux, ces oiseaux ont tous été montés. Choisis-en un, à présent, et vole. »

Il choisit un oiseau, puis un autre, sans succès, mais le troisième le considéra avec de rusés yeux noirs, inclina la tête et poussa un *couac* et, aussi vite que ça, il n'était plus un jeune garçon regardant un corbeau, mais un corbeau qui fixait un jeune garçon. Le chant de la rivière enfla subitement, les torches brûlèrent avec un peu plus d'éclat qu'avant et l'air s'emplit d'étranges odeurs. Quand il essaya de parler, les mots sortirent en un cri, et son premier essor s'acheva lorsqu'il se heurta à une paroi et se retrouva dans son propre corps brisé. Le corbeau était sauf. Il vola à lui et se posa sur son bras ; Bran lui caressa le plumage et se glissa de nouveau en lui. En peu de temps, il volait autour de la caverne, se faufilant parmi les longs crocs de pierre qui pendaient du plafond, battant même des ailes au-dessus du gouffre et descendant en vol plané dans le froid de ses profondeurs obscures.

Puis il prit conscience qu'il n'était pas seul.

« Il y avait quelqu'un d'autre à l'intérieur du corbeau », déclara-t-il à lord Brynden, une fois de retour dans sa propre peau. « Une fille. Je l'ai sentie.

— Une femme, de ceux qui chantent le chant de la terre, lui expliqua son précepteur. Depuis longtemps morte, néanmoins une partie d'elle demeure, tout comme une partie de toi resterait dans Été si ta chair de jeune garçon venait à périr demain. Une ombre sur l'âme. Elle ne te fera aucun mal.

— Est-ce que tous les oiseaux ont des chanteurs en eux ?

— Tous. Ce furent les chanteurs qui apprirent aux Premiers Hommes à transmettre des messages par corbeau... Mais en ce temps-là, les oiseaux prononçaient les mots. Les arbres se souviennent, mais les hommes oublient, aussi rédigent-ils désormais les messages sur du parchemin pour les attacher à la patte d'oiseaux qui n'ont jamais partagé leur peau. »

Sa vieille nourrice lui avait raconté la même histoire, un jour, Bran s'en souvenait, mais quand il avait demandé à Robb si elle était vraie, son frère s'était esclaffé en lui demandant s'il croyait aussi aux grumequins. Il aurait voulu que Robb fût à leurs côtés en ce moment. *Je lui dirais que je sais voler, mais il ne me croirait pas, alors je devrais lui montrer. Je parie qu'il pourrait apprendre à voler, lui aussi, lui, Arya, Sansa, même le petit Rickon et Jon Snow. Nous pourrions tous être des corbeaux et vivre dans la roukerie de mestre Luwin.*

Mais ce n'était encore qu'un rêve absurde. Certains jours, Bran se demandait si tout cela n'était pas un simple songe. Peut-être s'était-il endormi dans la neige et se rêvait-il au chaud, en sécurité. *Il faut te réveiller*, se répétait-il, *tu dois te réveiller tout de suite, ou tu continueras à rêver jusqu'à la mort.* Une ou deux fois, il se pinça le bras, très fort, mais sans autre résultat que de se le meurtrir. Au début, il avait essayé de compter les jours, en prenant note de ses moments de veille et de sommeil, mais ici en bas, le sommeil et la veille avaient coutume de se fondre l'un en l'autre. Les rêves devenaient leçons, les leçons rêves, tout se passait en même temps ou pas du tout. Avait-il agi ou l'avait-il simplement rêvé ?

« Seul un homme sur mille est un change-peau, lui dit lord Brynden, un jour, après que Bran eut appris à voler. Et seul un change-peau sur mille peut être un vervoyant.

— Je croyais que les vervoyants étaient les sorciers des enfants, s'étonna Bran. Des chanteurs, je veux dire.

— En un sens. Ceux que tu appelles les enfants de la forêt ont des yeux aussi dorés que le soleil, mais parfois – très rarement – il en naît parmi eux un qui a les yeux rouges comme le sang, ou verts comme la mousse des arbres au cœur de la forêt. Par ces signes, les dieux marquent ceux qu'ils ont choisis pour recevoir le don. Les élus ne sont pas robustes, et leurs années vives sur terre sont peu nombreuses, car chaque chanson doit posséder son équilibre. Mais une fois à l'intérieur du bois, ils s'attardent très longtemps. Mille yeux, cent peaux, une sagesse aussi profonde que les racines des arbres anciens. *Des vervoyants.* »

Bran ne comprenait pas, aussi interrogea-t-il les Reed. « Est-ce que tu aimes lire des livres, Bran ? lui demanda Jojen.

— Certains. J'aime les histoires de bataille. Ma sœur Sansa préfère celles où on s'embrasse, mais elles sont bêtes.

— Un lecteur vit mille vies avant de mourir, expliqua Jojen. L'homme qui ne lit pas n'en vit qu'une. Les chanteurs de la forêt n'avaient pas de livres. Ni encre, ni parchemin, ni langage écrit. À la place, ils avaient les arbres et, par-dessus tout, les barrals. Quand ils mouraient, ils entraient dans le bois, dans la feuille, la branche et la racine, et les arbres se souvenaient. Tous leurs chants et leurs sortilèges, leurs histoires et leurs prières, tout ce qu'ils savaient de ce monde. Les mestres te diront que les barrals sont sacrés pour les anciens dieux. Les chanteurs croient que ce *sont* les anciens dieux. Quand les chanteurs meurent, ils rejoignent cette divinité. »

Les yeux de Bran s'écarquillèrent. « Ils vont me *tuer* ?

— Non, assura Meera. Jojen, tu lui fais peur.

— Ce n'est pas lui qui doit avoir peur. »

La lune était grasse et pleine. Été rôdait à travers les bois silencieux, une longue ombre grise qui devenait plus étique à chaque chasse, car on ne trouvait plus de gibier vivant. La protection à l'embouchure de la caverne tenait bon ; les morts ne pouvaient entrer. Les neiges en avaient de nouveau enseveli la plupart, mais ils étaient toujours là, cachés, gelés, en attente. D'autres créatures mortes vinrent les rejoindre, des choses qui avaient été des hommes et des femmes jadis, et même des enfants. Des corbeaux morts étaient perchés sur des branches brunes et nues, les ailes couvertes d'une carapace de glace. Un ours des neiges sortit bruyamment des taillis, énorme et squelettique, la moitié de sa tête emportée pour révéler le crâne au-dessous. Été et sa meute se jetèrent sur lui et le taillèrent en pièces. Ensuite, ils se repurent, bien que la viande fût décomposée et à demi gelée, et remuât alors qu'ils la dévoraient.

Sous la colline, ils avaient encore de quoi manger. Là en bas poussaient cent variétés de champignons. Des poissons blancs aveugles nageaient dans les flots noirs de la rivière, mais une fois cuisinés, ils étaient aussi savoureux que ceux qui ont des yeux. Ils avaient du fromage et du lait, grâce aux chèvres qui partageaient les cavernes avec les chanteurs, et même de l'avoine, de l'orge et des fruits séchés, entreposés durant le long été. Et presque chaque jour ils mangeaient du ragoût au sang, épaissi d'orge, d'oignons et de morceaux de viande. Jojen jugeait qu'il devait s'agir de viande d'écureuil ; pour Meera, c'était du rat. Bran n'en avait cure. C'était de la viande et elle était bonne. La cuisson l'attendrissait.

Les cavernes étaient intemporelles, vastes, silencieuses. Elles accueillaient plus que les trois fois vingt chanteurs vivants et les ossements de milliers de morts, et se prolongeaient très profondément sous la colline creuse. « Des hommes ne devraient pas s'aventurer en un tel lieu, les mit en garde Feuille. La rivière que vous entendez est rapide et noire, et coule de plus en plus bas vers une mer sans soleil. Et il existe des passages qui plongent plus bas encore, des puits sans fond et des fosses soudaines, des chemins oubliés qui conduisent au centre de la Terre. Même mon peuple ne les a pas tous explorés, et nous vivons ici depuis mille fois mille années, ainsi que les définissent les hommes. »

Bien que les hommes des Sept Couronnes les appellent *enfants de la forêt*, Feuille et son peuple étaient loin d'être des enfants. L'expression *petits sages de la forêt* aurait mieux convenu. Ils étaient petits en comparaison avec les hommes, comme un loup est plus réduit qu'un loup-garou. Cela n'en fait pas un chiot pour autant. Ils avaient la peau brun noisette, mouchetée de taches plus pâles, comme celle d'un cerf, avec d'énormes oreilles capables de discerner des sons échappant à l'ouïe de tout humain. Ils avaient aussi de grands yeux, d'immenses prunelles de chat dorées qui voyaient dans des boyaux où les pupilles d'un jeune garçon ne percevaient que des ténèbres. Leurs mains comptaient juste quatre doigts, avec des griffes noires acérées en lieu d'ongles.

Et ils *chantaient*, oui. Ils chantaient en Vraie Langue, et Bran ne comprenait donc pas les paroles, mais leurs voix avaient la pureté de l'air en hiver. « Où est le reste de votre peuple ? demanda Bran à Feuille, un jour.

— Entré dans la terre, répondit-elle. Dans les pierres et dans les arbres. Avant que n'arrivent les Premiers Hommes, tout ce territoire que vous appelez Westeros était notre demeure et pourtant, même en ce temps-là, nous étions peu. Les dieux nous ont accordé de longues vies, mais pas de grands nombres, de crainte que nous ne couvrions le monde, comme les cerfs envahissent un bois lorsqu'il n'y a pas de loups pour les chasser. C'était à l'aube des jours, lorsque notre soleil se levait. À présent, il sombre, et nous sommes dans notre longue érosion. Les géants aussi ont presque disparu, eux qui étaient notre perte et nos frères. Les grands lions des collines de l'ouest ont été exterminés, les licornes sont pratiquement éteintes, il ne reste plus que quelques centaines de mammouths. Les loups géants nous survivront tous, mais leur heure viendra aussi. Dans le monde qu'ont fait les hommes, il n'y a plus de place pour eux, ni pour nous. »

Elle paraissait triste en disant cela, et Bran s'en attrista pareillement. C'est seulement plus tard qu'il réfléchit : *Ce n'est pas de la tristesse que ressentiraient des hommes, mais de la fureur. Ils seraient saisis par la haine et jureraient de se venger dans le sang. Les chanteurs chantent de mélancoliques mélodies, alors que des hommes se battraient et tueraient.*

Un jour, Meera et Jojen décidèrent d'aller voir la rivière, malgré les mises en garde de Feuille. « Moi aussi, je veux venir », déclara Bran.

Meera lui jeta un regard chagriné. La rivière se trouvait à six cents pieds en contrebas, au bout de pentes abruptes et de passages tortueux, expliqua-t-elle, et la dernière partie exigeait de descendre le long d'une corde. « Jamais Hodor ne pourrait y parvenir avec toi sur son dos. Désolée, Bran. »

Bran se souvint d'un temps où personne ne savait aussi bien grimper que lui, pas même Robb ou Jon. Une partie de lui voulait crier après eux pour l'abandonner de la sorte, et une autre avait envie de pleurer. Il était presque arrivé à l'âge d'homme, cependant, aussi ne dit-il rien. Mais une fois qu'ils furent partis, il se coula dans la peau d'Hodor et les suivit.

Le grand garçon d'écurie ne lui résistait plus comme il l'avait fait la première fois, dans la tour du lac, pendant l'orage. Comme un chien dont on a maté toute l'agressivité à coups de fouet, Hodor se roulait en boule et se cachait chaque fois que Bran se joignait à lui. Sa tanière se situait dans les profondeurs de son être, un puits où même Bran ne pouvait l'atteindre. *Personne ne te veut de mal, Hodor*, dit-il en silence, à l'homme enfant dont il avait endossé la chair. *Je veux juste être de nouveau fort un moment. Je te la rendrai, comme je le fais toujours.*

Personne ne s'apercevait jamais qu'il avait revêtu la peau d'Hodor. Il suffisait à Bran de sourire, d'obéir aux ordres et de marmonner « Hodor » de temps en temps, et il pouvait accompagner Meera et Jojen, avec un joyeux sourire, sans que nul soupçonnât qui il était en réalité. Il suivait souvent, qu'on voulût de lui ou pas. En fin de compte, les Reed durent se féliciter qu'il fût venu. Jojen parvint assez aisément au bas de la corde, mais une fois que Meera eut attrapé avec sa foëne un poisson blanc aveugle et que vint le moment de remonter, les bras du jeune garçon furent agités de tremblements ; il ne pouvait plus regagner le sommet. Si bien qu'on dut attacher la corde autour de lui et le faire hisser par Hodor. « Hodor, grogna-t-il à chaque traction. Hodor, Hodor, Hodor. »

La lune formait un croissant, fin et tranchant comme une lame de couteau. Été déterra un bras tranché, noir et couvert de givre, dont les doigts s'ouvraient et se refermaient en se halant sur la neige gelée. Il portait encore assez de viande pour remplir son estomac creux et, lorsque ce fut fait, il broya les os du bras pour y débusquer la moelle. Ce n'est qu'alors que le bras se souvint qu'il était mort.

Bran mangea avec Été et sa meute, comme loup. Comme corbeau, il vola avec le groupe, tournant autour de la colline au couchant, guettant les ennemis, conscient du contact glacé de l'air. Comme Hodor, il explora les cavernes. Il rencontra des loges remplies d'ossements, des puits qui plongeaient profondément sous terre, un endroit où les squelettes de chauves-souris gigantesques pendaient la tête en bas d'un plafond. Il traversa même le mince pont de pierre qui se cambrait au-dessus du gouffre, et découvrit d'autres passages, d'autres loges sur l'autre côté. L'une d'elles était remplie de chanteurs, trônant comme Brynden dans des nids de racines de barrals qui se nouaient par-dessus, par-dessous et autour de leurs corps. La plupart lui paraissaient morts mais, quand il passait devant eux, leurs paupières se soulevaient et leurs yeux suivaient la clarté de sa torche, et l'un d'eux ouvrit et ferma une bouche ridée comme s'il cherchait à parler. « Hodor », lui dit Bran, et il sentit le véritable Hodor remuer au fond de sa tanière.

Assis sur son trône de racines dans la grande caverne, moitié cadavre et moitié arbre, lord Brynden ressemblait moins à un homme qu'à une affreuse statue composée de bois tors, de vieil os et de laine pourrie. Dans la ruine blafarde de son visage, la seule chose qui parût vraiment vivante était l'escarboucle de son œil unique, ardant comme l'ultime braise d'un foyer expiré, entourée de torsades de racines et de lambeaux de peau blême dont le cuir pendait d'un crâne jauni.

Le spectacle qu'il présentait continuait à effrayer Bran – ce serpentement de racines de barral perçant et quittant sa chair flétrie, le bourgeonnement de champignons sur ses joues, le ver de bois blanc qui émergeait de l'orbite où un œil avait logé. Il préférait quand les torches étaient éteintes. Dans le noir, il pouvait se raconter que c'était la corneille à trois yeux qui chuchotait pour lui, et non un affreux cadavre parlant.

Un jour, je serai comme lui. Cette idée emplissait Bran de crainte. Être cassé, avec des jambes inutiles, était déjà assez triste. Était-il condamné à perdre aussi le reste, à passer l'entièreté de ses ans avec un barral qui pousserait en lui, à travers lui ? Lord Brynden tirait son existence de l'arbre, leur apprit Feuille. Il ne mangeait pas, ne buvait pas. Il dormait, rêvait, observait. *Je serais devenu chevalier*, se souvint Bran. *Je courais, j'escaladais, je me battais.* Cela semblait remonter à mille ans.

Qu'était-il, à présent ? Rien que Bran le garçon brisé, Brandon de la maison Stark, prince d'un royaume perdu, seigneur d'un château incendié, héritier de ruines. Il s'était imaginé que la corneille à trois yeux serait un sorcier, un sage vieil enchanteur qui saurait réparer ses jambes, mais c'était un rêve d'enfant, une sottise, il en prenait désormais conscience. *Je suis trop vieux pour de telles rêveries*, se répéta-t-il. *Mille yeux, cent peaux, une sagesse aussi profonde que les racines des arbres anciens.* C'était aussi bien que d'être un chevalier. *Enfin, presque.*

La lune ouvrait un trou noir dans le ciel. À l'extérieur de la caverne, le monde continuait. À l'extérieur de la caverne le soleil se levait et se couchait, la lune changeait, les vents froids mugissaient. Sous la colline, Jojen Reed se renfermait et s'isolait de plus en plus, à la grande détresse de sa sœur. Elle s'asseyait souvent auprès de Bran devant leur petit feu, parlant de tout et de rien, caressant Été qui dormait entre eux, tandis que son frère errait tout seul dans les cavernes. Jojen avait même pris l'habitude de grimper jusqu'à la gueule de la caverne lorsque la journée était claire. Il se tenait là des heures durant, le regard perdu par-dessus la forêt, enveloppé de fourrures, mais grelottant pourtant.

« Il veut rentrer chez nous, expliqua Meera à Bran. Il ne veut même pas essayer de lutter contre son destin. Il dit que les rêves verts ne mentent pas.

— Il fait preuve de courage », déclara Bran. *Le moment où l'on a peur est la seule occasion où l'on puisse se montrer brave*, lui avait enseigné son père une fois, il y avait longtemps de cela, le jour où ils avaient découvert les petits de loups-garous dans les neiges d'été. Il s'en souvenait encore.

« Il fait preuve d'idiotie, répliqua Meera. J'avais espéré que, lorsque nous trouverions ta corneille à trois yeux... Et maintenant, je me demande pourquoi nous sommes venus ici. »

Pour moi, pensa Bran. « Ses rêves verts, répondit-il.

— Ses rêves verts. » La voix de Meera avait un ton amer.

« Hodor », dit Hodor.

Meera fondit en larmes.

Bran détesta alors son infirmité. « Ne pleure pas », lui souffla-t-il. Il voulait l'entourer de ses bras, la serrer contre lui, comme sa mère le serrait contre elle à Winterfell quand il s'était fait mal. Elle était là, à peine à quelques pas de lui, mais tellement hors d'atteinte que cela aurait pu être cent lieues. Pour la toucher, il devrait se traîner par terre avec les mains, en halant ses jambes à sa suite. Le sol était rugueux, inégal, et sa progression serait lente, toute en raclements et en cahots. *Hodor pourrait la serrer et lui tapoter le dos.* Cette idée suscita en Bran une étrange sensation, mais il y pensait encore quand Meera quitta le feu d'un bond, pour repartir dans les ténèbres des tunnels. Il entendit ses pas s'éloigner jusqu'à ce que ne subsistent plus rien que les voix des chanteurs.

La lune formait un croissant, fin et tranchant comme une lame de couteau. Les jours passaient en cohorte, l'un après l'autre, chacun plus court que le précédent. Les nuits s'allongeaient. Aucune lumière solaire n'atteignait jamais les cavernes sous la colline. Aucun clair de lune ne touchait jamais ces salles de pierre. Même les étoiles étaient des étrangères ici. Ces choses appartenaient au monde d'en haut, où le temps exerçait ses cycles de fer, du jour à la nuit au jour à la nuit au jour.

« Il est temps », annonça lord Brynden.

Quelque chose dans sa voix fit courir des doigts de glace sur l'échine de Bran. « Temps de quoi ?

— De passer à l'étape suivante. Pour que tu ailles au-delà du changement de peau et que tu apprennes ce que cela signifie d'être vervoyant.

— Les arbres l'instruiront », déclara Feuille. Elle fit signe et une autre s'avança d'entre les chanteurs, celle dont les cheveux blancs l'avaient fait nommer Boucle-neige par Meera. Elle avait dans les mains une écuelle en barral, gravée d'une douzaine de visages, comme ceux que portaient les arbres-cœur. À l'intérieur se trouvait une pâte blanche, épaisse et lourde, où couraient des veines rouge sombre. « Tu dois manger ceci », expliqua Feuille. Elle tendit à Bran une cuillère en bois.

Le jeune garçon considéra l'écuelle d'un œil dubitatif. « Qu'est-ce que c'est ?

— Une pâte de germes de barral. »

Quelque chose dans l'aspect de la substance donna la nausée à Bran. Les veines rouges n'étaient que de la sève de barral, supposait-il, mais à la lueur de la torche elles avaient une remarquable ressemblance avec le sang. Il plongea la cuillère dans la pâte, puis hésita. « Est-ce que ça va me transformer en vervoyant ?

— C'est ton sang qui fait de toi un vervoyant, répondit lord Brynden. Ceci t'aidera à éveiller tes dons et te mariera aux arbres. »

Bran ne voulait pas se marier à un arbre... mais qui d'autre épouserait un gamin brisé comme lui ? *Mille yeux, cent peaux, une sagesse aussi profonde que les racines des arbres anciens. Un vervoyant.*

Il mangea.

Ça avait un goût amer, quoique point autant que la pâte de glands. La première cuillerée fut la plus difficile à avaler. Il faillit la rendre aussitôt. La seconde eut meilleur goût. La troisième était presque sucrée. Il enfourna le reste avec avidité. Pourquoi l'avait-il trouvée amère ? La pâte avait un goût de miel, de neige fraîchement tombée, de poivre et de cannelle et du dernier baiser que lui ait jamais donné sa mère. L'écuelle vide lui glissa des doigts et sonna sur le sol de la caverne. « Je ne me sens pas différent. Qu'est-ce qui va se passer, ensuite ? »

Feuille lui toucha la main. « Les arbres t'enseigneront. Les arbres se souviennent. » Il leva une main et les autres chanteurs commencèrent à se déplacer dans la caverne, éteignant les torches une à une. L'obscurité s'épaissit et rampa vers eux.

« Ferme les yeux, dit la corneille à trois yeux. Glisse de ta peau, comme tu le fais quand tu te joins à Été. Mais cette fois-ci, entre plutôt dans les racines. Suis-les à travers la terre, jusqu'aux arbres sur la colline, et dis-moi ce que tu vois. »

Bran ferma les yeux et se dégagea de sa peau. *Dans les racines,* se répéta-t-il. *Dans le barral. Deviens l'arbre.* Un instant il vit la caverne dans son manteau noir, il entendit la rivière se précipiter en contrebas.

Puis, d'un seul coup, il se retrouva chez lui.

Lord Eddard Stark était assis sur un rocher à côté du vaste bassin noir dans le bois sacré, les pâles racines de l'arbre-cœur se tordant autour de lui comme les bras noueux d'un vieillard. Glace, sa grande épée, reposait dans le giron de lord Eddard, et il nettoyait la lame avec un chiffon huilé.

« *Winterfell* », souffla Bran.

Son père leva les yeux. « Qui est là ? » demanda-t-il en se retournant...

... et Bran, effrayé, se retira. Son père, l'étang noir et le bois sacré s'effacèrent et disparurent, et il se retrouva dans la caverne, les épaisses racines pâles de son trône de barral berçant ses membres comme une mère le fait avec son enfant. Une torche s'embrasa devant lui.

« Raconte-nous ce que tu as vu. » De très loin, Feuille passait presque pour une fillette, pas plus âgée que Bran ou qu'une de ses sœurs, mais de près elle semblait bien plus âgée. Elle prétendait avoir vu passer deux cents ans.

Bran avait la gorge très sèche. Il déglutit. « Winterfell. J'étais de retour à Winterfell. J'ai vu mon père. Il n'est pas mort, *non, non,* je l'ai vu, il est revenu à Winterfell, il est encore en vie.

— Non, assura Feuille. Il n'est plus, mon petit. Ne cherche pas à le rappeler de la mort.

— Mais je l'ai *vu.* » Bran sentit du bois rugueux se presser contre sa joue. « Il nettoyait Glace.

— Tu as vu ce que tu souhaitais voir. Ton cœur a faim de ton père et de ton foyer, aussi est-ce ce que tu as vu.

— Un homme doit apprendre à regarder avant qu'il puisse espérer voir, déclara lord Brynden. Tu as vu les ombres de jours enfuis, Bran. Tu regardais par les yeux de l'arbre-cœur dans ton bois sacré. Le temps passe de façon différente pour un arbre et pour un homme. Le soleil, la terre, l'eau, voilà ce que comprend un barral, pas les jours, les années ni les siècles. Pour les hommes, le temps est un fleuve. Nous sommes prisonniers de son cours, précipités du passé vers le présent, toujours dans la même direction. La vie des arbres va différemment. Ils s'enracinent, poussent et meurent en un seul endroit, et ce fleuve ne les déplace pas. Le chêne est le gland, le gland est le chêne. Et le barral... Mille années humaines ne sont qu'un moment pour un barral, et par de telles portes, nous pouvons, toi et moi, apercevoir le passé.

— Mais, protesta Bran, il m'a *entendu.*

— Il a entendu un chuchotement dans le vent, un froissement parmi les feuilles. Tu ne peux lui parler, en dépit de tous tes efforts. Je le sais. J'ai mes propres fantômes, Bran. Un frère que j'adorais, un frère que je haïssais, une femme que je désirais. À travers les arbres, je les vois encore, mais aucune de mes paroles ne les a jamais atteints. Le passé demeure le passé. Nous pouvons en tirer des leçons, mais point le changer.

— Est-ce que je reverrai mon père ?

— Une fois que tu maîtriseras tes dons, tu pourras regarder où tu voudras, et voir ce qu'ont vu les arbres, que ce soit hier, l'an dernier ou il y a mille millénaires. Les hommes vivent leur existence pris au piège d'un éternel présent, entre les brumes du souvenir et la mer d'ombre qui est tout ce que nous connaissons des jours à venir. Certains papillons vivent toute leur existence en un seul jour, et pourtant, ce bref laps de temps doit leur paraître aussi long qu'à nous les années et les décennies. Un chêne peut vivre trois cents ans, un séquoia trois mille. Un barral vivra à jamais, si on le laisse en paix. Pour eux, les saisons s'écoulent en un battement d'aile de papillon, et passé, présent et futur ne font qu'un. Et ta vision ne se limitera pas à ton bois sacré. Les chanteurs ont sculpté des yeux dans leurs arbres-cœur pour les éveiller, et ce sont les premiers yeux dont un nouveau vervoyant apprend à se servir... Mais avec le temps, tu verras bien au-delà des arbres eux-mêmes.

— Quand ? » voulut savoir Bran.

« Dans un an, trois, ou dix. Cela, je ne l'ai pas vu. Ça viendra avec le temps, je te le promets. Mais à présent je suis fatigué et les arbres m'appellent. Nous reprendrons demain. »

Hodor ramena Bran dans sa chambre, marmonnant « Hodor » à voix basse tandis que Feuille leur ouvrait le chemin avec une torche. Bran avait espéré que Meera et Jojen seraient là, afin qu'il puisse leur raconter ce qu'il avait vu, mais leur douillette alcôve dans le roc était froide et vide. Hodor déposa doucement Bran sur son lit, le couvrit de fourrures et alluma un feu pour eux. *Mille yeux, cent peaux, une sagesse aussi profonde que les racines des arbres anciens.*

Couvant les flammes du regard, Bran décida de rester éveillé jusqu'au retour de Meera. Cela ne plairait pas à Jojen, il le savait, mais Meera serait heureuse pour lui. Il ne se souvint pas d'avoir clos les paupières.

… Mais soudain, sans comprendre comment, il fut de retour à Winterfell, dans le bois sacré, à contempler de haut son père. Lord Eddard paraissait bien plus jeune cette fois-ci. Il avait les cheveux bruns, sans aucun soupçon de gris, la tête inclinée.

« … qu'ils grandissent aussi proches que des frères, avec l'amour pour tout partage, priait-il, et que la dame mon épouse trouve en son cœur de pardonner…

— Père. » La voix de Bran était un chuchotement dans le vent, un froissement parmi les feuilles. « Père, c'est moi. C'est Bran. Brandon. »

Eddard Stark leva la tête et considéra le barral longuement, sourcils froncés, mais il ne dit mot. *Il ne me voit pas*, comprit Bran, saisi par le désespoir. Il voulait tendre la main, le toucher, mais il ne pouvait que contempler et écouter. *Je suis dans l'arbre. À l'intérieur de l'arbre-cœur, en train de regarder par ses yeux rouges. Mais le barral ne peut pas parler, et donc, moi non plus.*

Eddard Stark reprit sa prière. Bran sentit ses yeux s'emplir de larmes. Mais étaient-ce les siennes, ou celles du barral ? *Si je pleure, l'arbre se mettra-t-il à verser des larmes ?*

Le reste des paroles de son père se noya dans l'entrechoc soudain du bois contre le bois. Eddard Stark se dissipa, comme une brume au soleil du matin. À présent, deux enfants dansaient à travers le bois sacré, échangeant des hurlements tout en se battant en duel avec des branches cassées. La fille était l'aînée, et la plus grande des deux. *Arya !* pensa Bran avec un sursaut empressé, en la regardant bondir sur un rocher et frapper de taille le garçon. Mais ce n'était pas cohérent. Si cette fille était Arya, le garçon aurait dû être Bran lui-même, et jamais il n'avait porté les cheveux si longs. *Et Arya ne m'a jamais vaincu quand nous jouions à l'épée, pas comme cette fille est en train de le battre.* Elle frappa le gamin à la cuisse, si fort que sa jambe se déroba sous lui et qu'il tomba dans l'étang et se mit à soulever des gerbes d'eau en braillant. « Mais tais-toi donc, idiot, lui dit la fille en se débarrassant de sa propre branche. Ce n'est que *de l'eau*. Tu veux que la vieille Nounou t'entende et coure prévenir Père ? » Elle s'agenouilla et hissa son frère hors de l'étang, mais avant qu'elle l'en ait tiré, ils avaient tous les deux disparu.

Ensuite, les visions se succédèrent de plus en plus vite, jusqu'à ce que Bran, désorienté, ait le tournis. Il ne vit plus rien de son père, ni de la fille qui ressemblait à Arya, mais une femme enceinte émergea de l'étang noir, nue et ruisselante, pour s'agenouiller devant l'arbre et implorer les dieux de lui donner un fils qui la vengerait. Ensuite parut une fille aux cheveux bruns, mince comme une pique, qui se dressa sur la pointe des pieds et baisa les lèvres d'un jeune chevalier aussi grand qu'Hodor. Un jeune homme aux yeux sombres, pâle et farouche, coupa trois branches sur le barral et les tailla en flèches. L'arbre lui-même diminuait, rétrécissant à chaque vision, tandis que les arbres secondaires rapetissaient pour devenir des arbrisseaux, disparaître, et être aussitôt remplacés par d'autres arbres qui, à leur tour, rapetisseraient et disparaîtraient. Et maintenant, les seigneurs qu'apercevait Bran étaient des hommes de haute taille et de rude aspect, des hommes graves vêtus de fourrures et de cottes de mailles. Certains portaient des visages qu'il se rappelait des statues dans les cryptes, mais ils disparaissaient avant qu'il pût les nommer.

Soudain, sous ses yeux, un homme barbu força un captif à s'agenouiller devant l'arbre-cœur. Une femme aux cheveux blancs s'avança vers eux à travers une jonchée de feuilles rouge sombre, une serpe en bronze à la main.

« Non, s'écria Bran, *non, ne faites pas ça !* » Mais ils ne pouvaient pas l'entendre, pas plus que son père ne l'avait pu. La femme empoigna le captif par les cheveux, lui crocha la gorge avec la serpe et trancha. Et à travers le brouillard des siècles, l'enfant brisé ne put qu'observer tandis que les pieds de l'homme tambourinaient contre le sol… Mais alors que sa vie s'écoulait hors de lui en un flot rouge, Brandon Stark perçut le goût du sang.

JON

Le soleil avait percé aux alentours de midi, après sept jours de cieux couverts et d'averses de neige. Certaines congères dépassaient la taille d'un homme, mais les intendants avaient manié la pelle toute la journée et les passages étaient aussi dégagés qu'ils pourraient jamais l'être. Des reflets miroitaient sur le Mur, chaque fente et chaque crevasse scintillant d'un pâle éclat bleu.

À sept cents pieds de hauteur, Jon Snow toisait la forêt hantée. Un vent de nord tourbillonnait en bas à travers les arbres, chassant de fins panaches de cristaux de neige des plus hautes ramures, comme des bannières glacées. Rien d'autre ne bougeait. *Pas un signe de vie.* Il n'était pas entièrement rassuré. Ce n'étaient pas les vivants qu'il redoutait. Toutefois...

Il fait soleil. La neige a cessé. Une lune pourrait s'écouler avant que ne se représente une aussi belle occasion. Une saison, peut-être. « Demande à Emmett de rassembler ses recrues, ordonna-t-il à Edd-la-Douleur. Nous aurons besoin d'une escorte. Dix patrouilleurs, armés de verredragon. Je les veux prêts à partir sous une heure.

— Certes, m'sire. Et pour les commander ?

— Eh bien, moi. »

La bouche d'Edd se tordit encore plus que de coutume. « Y en a qui pourraient juger mieux qu' le lord Commandant reste bien au chaud, en sécurité au sud du Mur. Dire des choses comme ça, c'est pas mon genre, mais y en a qui pourraient. »

Jon sourit. « Y en a qui feraient mieux de ne pas dire ça en ma présence. »

Une brusque rafale fit bruyamment claquer la cape d'Edd. « Vaudrait mieux descendre, m'sire. Ce vent pourrait bien nous balancer du Mur, et j'ai jamais réussi à choper le truc, pour voler. »

Ils redescendirent jusqu'au sol par la cage treuillée. Le vent lançait des bourrasques, aussi froid que le souffle du dragon de glace dans les contes que lui racontait sa vieille nourrice, quand Jon était enfant. La lourde cage tanguait. De temps en temps, elle raclait le Mur, provoquant de menues cascades de cristaux de glace qui scintillaient au soleil dans leur chute, comme des éclats de verre brisé.

Le verre, songea Jon, *pourrait trouver une utilité, ici. Château-noir a besoin d'avoir ses propres jardins sous verre, comme ceux de Winterfell. Nous pourrions faire pousser des légumes, même au plus fort de l'hiver.* Le meilleur verre venait de Myr, mais un bon panneau transparent valait son poids en épices, et du verre vert ou jaune ne serait pas aussi efficace. *Ce dont nous avons besoin, c'est d'or. Avec assez de fonds, nous pourrions acheter à Myr des apprentis souffleurs de verre et vitriers, les faire venir au nord, et leur offrir la liberté, si en contrepartie ils enseignaient leur art à certaines de nos recrues. Ce serait la bonne manière de procéder. Si nous avions de l'or pour ça. Ce que nous n'avons pas.*

Au pied du Mur, il trouva Fantôme en train de se rouler dans un tas de neige. Le loup géant blanc semblait raffoler de la neige fraîche. En voyant Jon, il se remit debout d'un bond et s'ébroua. « Il vient avec vous ? commenta Edd-la-Douleur.

— En effet.

— Il est malin, ce loup. Et moi ?

— Pas toi.

— Il est malin, not' lord. Fantôme est un meilleur choix. J'ai plus les dents qu'y faut pour mordre du sauvageon.

— Si les dieux sont propices, nous ne rencontrerons pas de sauvageons. Je vais prendre le hongre gris. »

La nouvelle se répandit rapidement dans Châteaunoir. Edd sellait encore le gris quand Bowen Marsh traversa la cour d'un pas martial pour confronter Jon dans l'écurie. « Messire, je souhaiterais que vous vous ravisiez. Les nouvelles recrues peuvent tout aussi bien prononcer leurs vœux dans le septuaire.

— Le septuaire est le séjour des nouveaux dieux. Les anciens vivent dans la forêt, et ceux qui leur rendent hommage prononcent leurs vœux parmi les barrals. Vous le savez aussi bien que moi.

— Satin vient de Villevieille, Arron et Emrick des terres de l'Ouest. Les anciens dieux ne sont pas les leurs.

— Je ne dicte pas aux hommes quels dieux ils doivent adorer. Ils étaient libres de choisir les Sept, ou le Maître de la Lumière de la femme rouge. Ils ont préféré choisir les arbres, avec tous les dangers que cela comporte.

— Le Chassieux est peut-être toujours là-bas, à guetter.

— Le bosquet n'est pas à plus de deux heures à cheval, même avec la neige. Nous devrions être de retour vers minuit.

— Trop long. Ce n'est pas prudent.

— Imprudent, riposta Jon, mais nécessaire. Ces hommes vont jurer leur vie à la Garde de Nuit, rejoignant une fraternité qui remonte en une suite ininterrompue sur des millénaires. Les mots importent, et ces traditions aussi. Elles nous lient tous ensemble, gens de haute comme de basse naissance, jeunes et vieux, petit peuple et nobles. Elles nous font frères. » Il assena à Marsh une claque sur l'épaule. « Je vous le promets, nous reviendrons.

— Si fait, messire, répondit le lord Intendant, mais serez-vous des vivants ou des têtes au bout de piques, aux yeux exca-vés ? Vous rentrerez à la nuit noire. Les congères montent jus-qu'à la taille, par endroits. Je vois que vous prenez avec vous des hommes aguerris, c'est bien, mais Jack Bulwer le Noir connaissait ces bois, lui aussi. Même Benjen Stark, votre propre oncle, il…

— J'ai quelque chose qu'ils n'avaient pas. » Jon tourna la tête et siffla. « *Fantôme. À moi.* » Le loup géant s'ébroua de la neige de son dos et vint en trottant près de Jon. Les patrouilleurs s'écartèrent pour lui laisser le passage, mais une jument hennit et fit un écart jusqu'à ce que Rory tirât d'un coup sec sur ses rênes. « Le Mur est à vous, lord Bowen. » Il prit son cheval par la bride et le mena à la porte et au couloir gelé qui serpentait sous le Mur.

Au-delà de la glace, se dressaient haut les arbres silencieux, blottis sous d'épaisses capes blanches. Fantôme avançait auprès du cheval de Jon, tandis que les patrouilleurs et les recrues se rangeaient en formation, puis il s'immobilisa et flaira, son souffle givrant dans l'air. « Qu'y a-t-il ? demanda Jon. Quel-qu'un ? » Les bois étaient vides où que portât son regard, mais ce n'était pas très loin.

Fantôme bondit vers les arbres, se glissa entre deux pins cagoulés de blanc et disparut dans un nuage de neige. *Il veut chasser, mais quoi ?* Jon craignait moins pour le loup géant que pour les éventuels sauvageons qu'il pourrait rencontrer. *Un loup blanc dans une forêt blanche, aussi silencieux qu'une ombre. Jamais ils ne le verront arriver.* Partir à sa recherche était inutile, il le savait. Fantôme rentrerait quand il en aurait envie, et pas avant. Jon pressa du talon son cheval. Ses hommes s'assemblèrent autour d'eux, les sabots de leurs poneys crevant la carapace de glace jusqu'à la neige plus friable au-dessous. Ils entrèrent dans les bois, à un pas régulier, tandis que derrière eux le Mur rapetissait.

Les pins plantons et les vigiers portaient d'épaisses mantes blanches, et des glaçons paraient les ramures nues et brunes des arbres jadis feuillus. Jon dépêcha Tom Graindorge en avant comme éclaireur, bien que le chemin du bosquet blanc, souvent parcouru, leur fût familier. Grand Lideuil et Luke de Longueville se glissèrent dans les taillis à l'est et à l'ouest. Ils allaient flanquer la colonne pour l'avertir de la moindre approche. Tous étaient des patrouilleurs aguerris, armés d'obsidienne autant que d'acier, des trompes de guerre accrochées à leur selle au cas où ils devraient appeler de l'aide.

Les autres aussi étaient de bons éléments. *De bons éléments dans un combat, au moins, et loyaux envers leurs frères.* Jon ne pouvait pas jurer de ce qu'ils avaient été avant de venir au Mur, mais il ne doutait pas que la plupart eussent des passés aussi noirs que leurs capes. Par ici, c'était le genre d'hommes qu'il voulait voir assurer ses arrières. Leurs cagoules étaient levées pour déjouer la dent du vent et certains s'étaient enveloppé le visage d'une écharpe, masquant leurs traits. Jon les connaissait, néanmoins. Chacun de leurs noms était gravé sur son cœur. Ils étaient ses hommes, ses frères.

Six autres les accompagnaient – un mélange de jeunes et de vieux, de grands et de petits, d'aguerris et de novices. *Six pour prononcer les vœux.* Tocard avait vu le jour et grandi à La Mole, Arron et Emrick venaient de Belle Île, Satin des bordels de Villevieille, à l'autre extrémité de Westeros. Tous étaient de jeunes gens. Cuirs et Jax étaient plus mûrs, ayant largement dépassé quarante ans, des fils de la forêt hantée, avec leurs propres fils et petits-fils. Ils étaient deux des soixante-trois sauvageons qui avaient suivi Jon Snow jusqu'au Mur, le jour où il avait lancé son appel ; pour l'heure, les deux seuls à décider qu'ils voulaient un manteau noir. Emmett-en-Fer les déclarait tous prêts, du moins autant qu'ils le seraient jamais. Jon, Bowen et lui avaient jaugé chaque homme à son tour pour l'assigner à un ordre particulier : Cuirs, Jax et Emrick, dans les patrouilles ; Tocard dans le génie ; Arron et Satin à l'intendance. L'heure était venue pour eux de prononcer leurs vœux.

Emmett-en-Fer chevauchait en tête de colonne, monté sur un des plus laids canassons qu'ait jamais vus Jon, un animal hirsute qui ne semblait composé que de poil et de sabots. « I' se raconte qu'y a eu des histoires dans la tour des Ribaudes la nuit dernière, annonça le maître d'armes.

— La tour d'Hardin. » Sur les soixante-trois qui étaient revenus de La Mole avec lui, dix-neuf avaient été des femmes et des filles. Jon les avait logées dans cette tour abandonnée où il avait lui-même dormi naguère, lorsqu'il était nouveau au Mur. Douze étaient des piqueuses, plus que capables de défendre à la fois leur personne et les filles plus jeunes des attentions indésirables des frères noirs. Certains des hommes qu'elles avaient renvoyés avaient attribué à la tour d'Hardin ce nouveau nom insultant. Pas question pour Jon d'officialiser la moquerie. « Trois soûlards abrutis ont confondu Hardin avec un bordel, voilà tout. Ils sont en cellules de glace, à présent, à méditer sur leur erreur. »

Emmett-en-Fer eut une grimace. « Les hommes sont des hommes, les vœux, c'est des mots, et les mots, c'est du vent. Devriez placer des gardes autour des femmes.

— Et qui gardera les gardes ? » *T'y connais rien, Jon Snow.* Mais il avait appris, et Ygrid avait été son professeur. S'il ne pouvait pas respecter lui-même ses vœux, comment pouvait-il attendre davantage de ses frères ? Mais il y avait du péril à batifoler avec des sauvageonnes. *Un homme peut avoir une femme, un homme peut avoir un poignard*, lui avait dit un jour Ygrid, *mais y a pas d'homme qui peut avoir les deux à la fois.* Bowen Marsh n'avait pas eu complètement tort. La tour d'Hardin était du bois sec en mal d'étincelle. « J'ai l'intention d'ouvrir trois autres châteaux, annonça Jon. Noirlac, Sablé et Longtertre. Tous avec une garnison du peuple libre, sous le commandement de nos propres officiers. Longtertre ne sera peuplé que de femmes, hormis le commandant et le surintendant. » Il y aurait de la fraternisation, il n'en doutait pas, mais les distances seraient suffisantes pour compliquer l'affaire, à tout le moins.

« Et quel est le pauvre idiot qui va récolter ce poste de choix ?

— Je chevauche à ses côtés. »

Le regard mêlé d'horreur et de joie qui traversa le visage d'Emmett-en-Fer valait plus qu'une bourse d'or. « Mais j'ai fait quoi, pour que vous me haïssiez tant, messire ? »

Jon rit. « Ne t'inquiète pas, tu ne seras pas seul. J'ai l'intention de t'adjoindre Edd-la-Douleur pour second et intendant.

— Quelle joie chez les piqueuses. Vous feriez p'têt' bien d'attribuer un château au Magnar. »

Le sourire de Jon mourut. « Je le ferais si je pouvais avoir confiance en lui. Sigorn me blâme de la mort de son père, j'en ai peur. Pire, il a été élevé et formé pour donner des ordres, pas pour en recevoir. Ne confonds pas les Thenns avec le peuple libre. *Magnar* signifie *seigneur* dans la Vieille Langue, m'a-t-on dit, mais Styr était plus proche d'un dieu pour son peuple, et son fils est taillé dans la même peau. Je ne demande pas aux hommes de s'agenouiller, mais ils doivent obéir.

— Certes, m'sire, mais feriez mieux de prendre des mesures au sujet du Magnar. Vous aurez des problèmes avec les Thenns si vous les ignorez. »

Les problèmes sont le lot du lord Commandant, aurait pu répondre Jon. Sa visite à La Mole lui en créait beaucoup, en fin de compte, et les femmes étaient le moindre. Halleck se révélait exactement aussi turbulent que Jon l'avait craint, et il y avait des frères noirs dont la haine du peuple libre était chevillée à l'os. Un des fidèles de Halleck avait déjà tranché l'oreille d'un charpentier dans la cour et, très probablement, ce n'était qu'un avant-goût des flots de sang à venir. Il devait ouvrir les anciennes forteresses sans tarder, afin de pouvoir envoyer le frère d'Harma à Noirlac ou Sablé. Pour l'heure, cependant, ni l'une ni l'autre n'était propre à l'habitation humaine, et Othell Yarwyck et ses maçons tentaient encore de restaurer Fort Nox. Certaines nuits, Jon Snow se demandait s'il n'avait pas commis une sérieuse erreur en empêchant Stannis de mener tous les sauvageons au massacre. *J'y connais rien, Ygrid*, se disait-il, *et peut-être que j'y connaîtrai jamais rien.*

À un demi-mille du bosquet, de longs rais rouges d'un soleil automnal passaient à l'oblique entre les branches des arbres nus, maculant de rose les amas de neige. Les cavaliers franchirent un ruisseau gelé, entre deux rochers déchiquetés blindés de glace, puis suivirent vers le nord-est un sinueux sentier d'animaux. Chaque fois que le vent lançait une ruade, des gerbes de neige pulvérulente saturaient l'air et leur lardaient les yeux. Jon tira son écharpe sur sa bouche et son nez et remonta la coule de sa cape. « On n'est plus très loin », annonça-t-il aux hommes. Personne ne répondit.

Jon sentit Tom Graindorge avant que de le voir. Ou était-ce Fantôme qui le flairait ? Ces derniers temps, Jon Snow avait souvent la sensation de ne former qu'un avec le loup géant, même à l'état de veille. La grande bête blanche apparut la première, s'ébrouant de la neige qu'elle portait. Quelques instants encore, et Tom la suivit. « Des sauvageons », annonça-t-il à Jon, à voix basse. « Dans le bosquet. »

Jon fit arrêter les cavaliers. « Combien ?

— J'en ai compté neuf. Pas de gardes. Quelques morts, peut-être, ou en train de dormir. Des femmes pour la plupart, à c' qu'i' semble. Un enfant, mais y a un géant, aussi. Ils ont allumé un feu, la fumée passe à travers les arbres. Les idiots. »

Neuf, et j'en ai dix et sept. Quatre des siens étaient des novices, toutefois, et aucun n'était un géant.

Néanmoins, Jon n'était pas disposé à rebrousser chemin pour regagner le Mur. *Si les sauvageons sont encore en vie, il se peut que nous puissions les recueillir. Et s'ils sont morts, ma foi… un cadavre ou deux pourraient avoir une utilité.* « Nous allons poursuivre à pied », dit-il en descendant de selle avec légèreté sur le sol gelé. La neige lui montait à la cheville. « Rory, Pate, restez auprès des chevaux. » Il aurait pu confier cette tâche aux novices, mais ils avaient besoin de tâter du combat tôt ou tard. L'occasion en valait bien une autre. « Déployez-vous en arc de cercle. Je veux cerner le bosquet sur trois côtés. Gardez en vue les hommes à votre droite et votre gauche, afin de maintenir les écarts. La neige devrait étouffer nos pas. Moins de chance de verser le sang si nous les prenons par surprise. »

La nuit tombait avec rapidité. Les rayons de soleil s'étaient évanouis quand les bois à l'ouest avaient avalé la dernière tranche de l'astre. Les congères rosées viraient de nouveau au blanc, leur couleur se délavant au fur et à mesure que le monde s'obscurcissait. Le ciel du soir avait viré au gris fané d'un vieux manteau trop souvent nettoyé, et les premières étoiles sortaient timidement.

En avant, il aperçut la pâleur d'un tronc blanc qui ne pouvait être qu'un barral, couronné d'un panache de feuilles rouge sombre. Jon Snow tendit le bras derrière lui et tira Grand-Griffe de son fourreau. Il vérifia à droite et à gauche, lança à Satin et

Tocard un hochement de tête, les regarda le transmettre aux hommes suivants. Ils se ruèrent ensemble sur le bosquet, piétinant des tas de vieille neige sans autre bruit que leur souffle. Fantôme courait avec eux, ombre blanche auprès de Jon.

Les barrals se dressaient en un cercle aux lisières de la clairière. Ils étaient au nombre de neuf, tous peu ou prou de même âge et de même taille. Chacun portait un visage sculpté, et il n'y en avait pas deux identiques. Certains souriaient, d'autres hurlaient, certains le hélaient. Dans la pénombre croissante, les yeux paraissaient noirs, mais à la lumière du jour ils seraient rouge sang, Jon le savait. *Les mêmes yeux que Fantôme.*

Le feu au centre du bosquet était une pauvre chose pitoyable, cendres et braises et quelques rameaux cassés se consumant dans la lenteur et la fumée. Même ainsi, il renfermait plus de vie que les sauvageons recroquevillés autour de lui. Un seul d'entre eux réagit quand Jon émergea des taillis. C'était l'enfant, qui se mit à brailler, en empoignant la cape en loques de sa mère. La femme leva les yeux et poussa un cri étranglé. Le bosquet était déjà cerné par des patrouilleurs, qui se coulaient entre les arbres blancs comme l'os, leur acier miroitant dans des mains gantées de noir, prêts au massacre.

Le géant fut le dernier à les remarquer. Il dormait, roulé en boule devant le feu, mais quelque chose le réveilla – le vagissement du marmot, un bruit de neige craquant sous des bottes noires, un souffle subitement retenu. Quand il remua, on aurait dit qu'un quartier de roc avait pris vie. Il se hissa en position assise avec un renâclement, tapotant ses yeux avec des pattes aussi grosses que des jambons, pour les frotter et en chasser le sommeil... jusqu'à ce qu'il vît Emmett-en-Fer, son épée brillant dans sa main. Avec un rugissement, il se remit debout d'un bond, et une de ses mains énormes se referma sur une massue et la brandit avec une saccade.

En réponse, Fantôme montra les crocs. Jon crocha le loup par la peau du cou. « Nous ne voulons pas nous battre, ici. » Ses hommes pourraient abattre le géant, il le savait, mais pas sans pertes. Une fois que le sang aurait coulé, les sauvageons se joindraient à la lutte. La plupart, tous peut-être, périraient ici, et certains de ses frères aussi. « C'est un lieu sacré. Rendez-vous, et nous... »

De nouveau, le géant mugit, un vacarme qui fit frémir les feuilles sur les arbres, et il abattit sa massue contre le sol. La hampe consistait en six pieds de chêne noueux, la tête en une pierre aussi grosse qu'une miche de pain. L'impact fit trembler le sol. Certains des autres sauvageons se précipitèrent vers leurs propres armes.

Jon Snow allait lever Grand-Griffe quand Cuirs, de l'autre côté du bosquet, prit la parole. Ses mots sonnaient rudes et gutturaux, mais Jon en perçut la musique et reconnut la Vieille Langue. Cuirs discourut un long moment. Quand il eut fini, le géant répondit. On aurait dit qu'il grognait, avec des borborygmes en ponctuation, et Jon ne comprit pas un traître mot. Mais Cuirs montra les arbres du doigt et ajouta autre chose, et le géant désigna les arbres, grinça des dents et lâcha sa massue.

« C'est réglé, annonça Cuirs. Ils veulent pas se battre.

— Beau travail. Que lui as-tu dit ?

— Que c'étaient nos dieux, également. Que nous étions venus prier.

— Et nous allons le faire. Rengainez vos lames, tous. Nous ne ferons pas couler le sang ici ce soir. »

Neuf, avait dit Tom Graindorge, et neuf ils étaient, mais deux étaient morts et un autre si faible qu'il aurait pu mourir avant l'aube. Les six restants comprenaient une mère et son enfant, deux vieillards, un Thenn blessé vêtu de bronze cabossé, et un membre du peuple Pied Corné, ses pieds nus si cruellement gelés que Jon sut d'un coup d'œil qu'il ne marcherait plus jamais. La plupart avaient été étrangers les uns aux autres en arrivant dans le bosquet, apprit-il par la suite ; lorsque Stannis avait écrasé l'ost de Mance Rayder, ils avaient fui dans les bois pour échapper au carnage, erré un temps, perdu amis et parents au froid et à la famine, pour échouer enfin ici, trop faibles et trop las pour continuer. « Les dieux sont ici, déclara un des vieillards. L'endroit en valait bien un autre, pour mourir.

— Le Mur ne se trouve qu'à quelques heures au sud, objecta Jon. Pourquoi ne pas demander asile ? D'autres se sont rendus. Même Mance. »

Les sauvageons échangèrent des coups d'œil. Finalement, l'un d'eux répondit : « On a entendu des histoires. Les corbacs, zont fait brûler tous ceux qui se sont rendus.

— Et même Mance en personne », ajouta la femme.

Mélisandre, se dit Jon, *toi et ton dieu avez à répondre de tant et plus de choses.* « Tous ceux qui souhaitent rentrer avec nous sont les bienvenus. Il y a de la nourriture et un abri à Château-noir, et le Mur, pour vous protéger des créatures qui hantent ces bois. Vous avez ma parole, nul ne sera brûlé.

— Parole de corbac, commenta la femme en serrant contre elle son enfant, mais qui nous assure que vous la respecterez ? Zêtes qui ?

— Le lord Commandant de la Garde de Nuit, un fils d'Eddard Stark de Winterfell. » Jon se tourna vers Tom Grain-dorge. « Demande à Rory et à Pate d'amener les chevaux. Je n'ai pas l'intention de m'attarder ici un instant de plus que nécessaire.

— À vos ordres, m'sire. »

Il ne restait plus qu'une chose avant de pouvoir repartir : ce qui les avait amenés ici. Emmett-en-Fer fit avancer ses protégés et, devant le reste de la compagnie qui observait à distance res-pectueuse, ils s'agenouillèrent face aux barrals. Les derniers feux du jour s'étaient éteints, désormais ; la seule lumière venait des étoiles au-dessus et de la faible lueur rouge du feu mourant au centre du bosquet.

Avec leurs capuchons noirs et leurs épais manteaux noirs, les six auraient pu être sculptés dans l'ombre. Leurs voix montèrent ensemble, petites dans la vastitude de la nuit. « *La Nuit se regroupe, et voici que débute ma garde* », récitèrent-ils, comme des milliers d'autres avant eux. La voix de Satin était douce comme un chant, celle de Tocard rauque et hésitante, Arron pépiait nerveusement. « *Jusqu'à ma mort, je la monterai.* »

Puissent ces morts tarder longtemps. Jon Snow tomba un genou dans la neige. *Dieux de mes pères, protégez ces hommes. Et Arya aussi, ma petite sœur, où qu'elle soit. Je vous implore, faites que Mance la retrouve et me la ramène sauve.*

« *Je ne prendrai femme, ne tiendrai terre, n'engendrerai* », jurèrent les recrues, avec des voix qui résonnaient au long des ans et des siècles révolus. « *Je ne porterai de couronne, n'acquer-rai de gloire. Je vivrai et mourrai à mon poste.* »

Dieux du bois, accordez-moi la force d'en accomplir autant, pria en silence Jon Snow. *Donnez-moi la force de savoir ce qui doit être accompli et le courage de le réaliser.*

« *Je suis l'épée dans les ténèbres* », récitèrent les six, et il parut à Jon que leurs voix changeaient, acquéraient plus de force, de conviction. « *Je suis le veilleur au rempart. Je suis le feu qui flambe contre le froid, la lumière qui rallume l'aube, le cor qui*

secoue les dormeurs, le bouclier protecteur des royaumes
humains. »

Le bouclier protecteur des royaumes humains. Fantôme frotta
la truffe contre l'épaule de Jon, et celui-ci passa un bras autour
de l'animal. Il sentait le haut-de-chausses pas lavé de Tocard, le
baume dont Satin peignait sa barbe, une odeur de peur, rance
et âcre, l'écrasant relent musqué du géant. Il entendait le battement de son propre cœur. Quand il regarda de l'autre côté du
bosquet la femme et son enfant, les deux vieillards, le Pied
Corné avec ses pieds estropiés, il ne vit que des hommes.

« *Je voue mon existence et mon honneur à la Garde de Nuit, je
les lui voue pour cette nuit-ci comme pour toutes les nuits à
venir.* »

Jon Snow fut le premier debout. « À présent, relevez-vous
hommes de la Garde de Nuit. » Il tendit la main à Tocard pour
l'aider à se redresser.

Le vent se levait. Il était temps de partir.

Le voyage de retour du bosquet dura bien plus longtemps que
l'aller. Malgré la longueur et l'épaisseur de ses jambes, le géant
se déplaçait d'un pas lourd, et s'arrêtait perpétuellement pour
dégager la neige des ramures basses avec sa massue. La femme
chevauchait en double avec Rory, son fils avec Tom Graindorge,
les vieux avec Tocard et Satin. Le Thenn avait peur des chevaux,
cependant, et préférait suivre en boitant, malgré ses blessures.
Le Pied Corné ne savait tenir en selle, aussi dut-on le lier sur le
dos d'un poney, comme un sac de grain ; de même pour la
vieillarde blafarde aux membres grêles comme des bâtons, qu'ils
n'avaient pas réussi à réveiller.

Ils procédèrent de même avec les deux cadavres, à la grande
perplexité d'Emmett-en-Fer. « I' feront que nous ralentir, messire, dit-il à Jon. On d'vrait les débiter en morceaux et les brûler.

— Non, dit Jon. Emporte-les. J'ai un emploi pour eux. »

Ils n'avaient pas de lune pour les guider jusqu'à chez eux, et
seulement un sporadique lambeau de ciel étoilé. Le monde était
noir et blanc, et immobile ; le périple long, lent, interminable.
La neige s'accrochait aux bottes et aux chausses et le vent
secouait les pins et envoyait claquer et voler leurs capes. Jon
aperçut au-dessus d'eux le Marcheur rouge, qui les observait à
travers les branches dénudées des grands arbres tandis qu'ils
progressaient sous leur couvert. *Le Voleur,* comme l'appelait le
peuple libre. Pour voler une femme, le moment le plus propice

était celui où le Voleur se trouvait dans la Vierge de Lune, avait toujours affirmé Ygrid. Elle n'avait jamais mentionné le meilleur moment pour dérober un géant. *Ou deux morts.*

L'aube n'était plus loin quand ils virent de nouveau le Mur.

La trompe d'une sentinelle les accueillit tandis qu'ils approchaient, résonnant d'en haut comme le cri grave d'un énorme volatil, un seul appel long qui signifiait : *retour de patrouilleurs.* Grand Lideuil libéra sa propre trompe et répondit. À la porte, ils durent attendre quelques instants avant qu'apparaisse Edd-la-Douleur Tallett pour repousser les verrous et faire basculer les barres de fer. Lorsque Edd vit la bande de sauvageons dépenaillés, il tordit la lippe et lança au géant un regard appuyé. « Faudra peut-être un peu de beurre pour faire glisser çui-ci par le tunnel, m'sire. Faut-il que j'envoie quelqu'un au cellier ?

— Oh, je pense qu'il passera. Sans beurre. »

Et il passa bel et bien... à quatre pattes, en rampant. *Grand garçon, pour le coup. Quatorze pieds, au moins. Encore plus grand que Mag le Puissant.* Mag avait péri sous cette même glace, enferré avec Donal Noye dans une lutte mortelle. *Un homme de valeur. La Garde a perdu trop d'hommes de valeur.* Jon prit Cuirs à part. « Occupe-toi de lui. Tu parles sa langue. Charge-toi de le nourrir, trouve-lui un coin au chaud près du feu. Reste avec lui. Veille à ce que personne ne le provoque.

— Bien. » Cuirs hésita. « M'sire. »

Jon expédia les sauvageons survivants faire soigner leurs blessures et leurs engelures. De la nourriture brûlante et des vêtements chauds ragaillardiraient la plupart, du moins l'espérait-il, encore qu'il parût probable que le Pied Corné perdrait ses deux pieds. Quant aux cadavres, il les consigna dans les cellules de glace.

Clydas était venu et reparti, nota Jon en accrochant sa cape à la patère près de la porte. On avait laissé une lettre sur la table de sa pièce principale. *Fort-Levant ou Tour Ombreuse,* crut-il au premier coup d'œil. Mais la cire était dorée et non noire. Le sceau affichait une tête de cerf dans un cœur ardent. *Stannis.* Jon brisa la cire durcie, aplatit le rouleau de parchemin, lut. *La main d'un mestre, mais les paroles du roi.*

Stannis avait pris Motte-la-Forêt, et les clans des montagnes l'avaient rejoint. Flint, Norroit, Wull, Lideuil, tous.

Et nous avons reçu un autre soutien, inattendu, mais fort bien venu, d'une fille de l'Île-aux-Ours. Alysane Mormont,

*que ses hommes surnomment l'Ourse, a dissimulé des guer-
riers à l'intérieur d'une flottille de lougres de pêche et pris les
Fer-nés par surprise, alors qu'ils étaient couchés sur la plage.
Ils ont incendié ou pris les navires des Greyjoy, tué ou acculé
leurs équipages à la reddition. Des capitaines, chevaliers,
guerriers bien famés et autres individus de haute naissance,
nous tirerons rançon ou les emploierons autrement, je compte
pendre les autres...*

La Garde de Nuit avait fait serment de ne point prendre parti
dans les querelles et conflits du royaume. Néanmoins, Jon Snow
ne put s'empêcher de ressentir quelque satisfaction. Il poursuivit
sa lecture.

*... d'autres Nordiens arrivent au fur et à mesure que se
répand le bruit de notre victoire. Des pêcheurs, des francs-
coureurs, des hommes des collines, des paysans des profondeurs du Bois-aux-Loups et des villageois qui ont fui leur
foyer en suivant la côte rocheuse pour échapper aux Fer-nés,
des survivants de la bataille devant les portes de Winterfell,
des hommes jadis liges des Corbois, des Cerwyn et des Tallhart. Nous sommes forts de cinq mille âmes tandis que j'écris
ces lignes, nos effectifs grossissant chaque jour. Et la nouvelle
nous est parvenue que Roose Bolton se déplace vers Winterfell avec tout son pouvoir, afin de marier céans son bâtard à
votre demi-sœur. On ne doit pas le laisser rétablir la puissance
d'antan du château. Nous marchons contre lui. Arnolf Karstark et Mors Omble nous rejoindront. Je sauverai votre sœur
si je le puis, et lui trouverai meilleur parti que Ramsay Snow.
Vous et vos frères devez tenir le Mur jusqu'à ce que je
puisse revenir.*

C'était signé, d'une écriture différente :

*Rédigé à la Lumière du Maître, sous les armes et le sceau
de Stannis de la maison Baratheon, premier de son Nom, roi
des Andals, des Rhoynars et des Premiers Hommes, Seigneur
des Sept Couronnes et Protecteur du Royaume.*

À l'instant où Jon déposa la lettre, le parchemin s'enroula de
nouveau, comme empressé de protéger ses secrets. Jon ne savait
pas vraiment quels sentiments lui inspiraient ce qu'il venait de
lire. On avait livré bataille à Winterfell par le passé, mais jamais
hors de la présence d'un Stark, dans un camp ou dans l'autre.

Le château est une coquille vide, non pas Winterfell, mais son fantôme. Cette seule idée était douloureuse, sans même prononcer ces mots à voix haute. Et pourtant...

Il se demanda combien d'hommes le vieux Freuxchère mènerait au combat, et combien d'épées Arnolf Karstark pourrait faire apparaître. La moitié des Omble se trouveraient de l'autre côté du champ de bataille avec Pestagaupes, à combattre sous l'écorché de Fort-Terreur, et la plus grande part des forces des deux maisons était partie vers le sud avec Robb, pour ne jamais revenir. Malgré sa ruine, Winterfell même fournirait un avantage considérable à qui la tiendrait. Robert Baratheon s'en serait immédiatement aperçu et aurait promptement fait mouvement pour occuper le château, grâce à ces marches forcées et ces chevauchées nocturnes qui avaient construit sa réputation. Son frère aurait-il la même hardiesse ?

Peu probable. Stannis était un commandant méticuleux, et son ost était un brouet à moitié digéré d'hommes des clans, de chevaliers sudiers, de gens du roi et de gens de la reine, assaisonné de quelques lords nordiens. *Il devrait filer sans délai vers Winterfell, ou s'abstenir,* jugea Jon. Il ne lui appartenait pas d'aviser le roi, mais...

Il jeta un nouveau coup d'œil à la lettre. *Je sauverai votre sœur si je le puis.* Un sentiment d'une délicatesse surprenante, de la part de Stannis, même compromise par ce *si je le puis,* définitif et brutal, et par le rajout d'un *et lui trouverai meilleur parti que Ramsay Snow.* Mais si Arya n'était pas là pour qu'on la sauvât ? Et si les flammes de lady Mélisandre avaient parlé vrai ? Sa sœur avait-elle pu échapper à de tels geôliers ? *Comment y parviendrait-elle ? Arya a toujours été vive et habile, mais au fond, ce n'est qu'une fillette, et Roose Bolton n'est point d'un genre à se montrer négligent avec un trophée d'un tel prix.*

Et si Bolton n'avait jamais détenu sa sœur ? Ce mariage pourrait bien n'être qu'un leurre pour attirer Stannis dans un traquenard. Eddard Stark n'avait jamais eu de motif de se plaindre du sire de Fort-Terreur, pour autant que Jon le sache, mais il ne lui avait pourtant jamais fait confiance, avec son souffle de voix et ses yeux pâles, si pâles.

Une fille en gris, sur un cheval agonisant, fuyant ses noces. Sur la foi de ces mots, il avait lancé Mance Rayder et six piqueuses sur le Nord. « Jeunes, et jolies », avait demandé Mance. Le roi imbrûlé avait fourni des noms ; Edd-la-Douleur avait fait le reste, les exfiltrant de La Mole. Cela ressemblait à une folie, désormais. Il aurait mieux fait de frapper Mance à l'instant où il s'était dévoilé. Jon éprouvait certes une admiration réticente vis-à-vis de l'ancien Roi d'au-delà du Mur, mais l'homme était un parjure et un tourne-casaque. Il se fiait encore moins à Mélisandre. Et cependant, voilà où il en était rendu : à placer ses espoirs en eux. *Tout cela pour sauver ma sœur. Mais les hommes de la Garde de Nuit n'ont pas de sœurs.*

Quand Jon était enfant à Winterfell, il avait pour héros le Jeune Dragon, l'enfant roi qui avait conquis Dorne à l'âge de quatorze ans. Malgré sa naissance bâtarde, ou peut-être à cause d'elle, justement, Jon Snow avait rêvé de conduire des hommes à la gloire, tout comme le roi Daeron l'avait fait, de grandir pour devenir un conquérant. Maintenant, il était un homme fait, et le Mur était à lui ; pourtant, il n'avait que des doutes. Et même ceux-là, il semblait incapable de les conquérir.

DAENERYS

La puanteur du camp était si effroyable que Daenerys eut du mal à retenir un haut-le-cœur.

Ser Barristan fronça le nez et dit : « Votre Grâce ne devrait pas se trouver ici, à respirer ces humeurs noires.

— Je suis le sang du Dragon, lui rappela Daenerys. Avez-vous jamais vu dragon atteint de dysenterie ? » Viserys affirmait fréquemment que les Targaryen étaient immunisés contre les pestilences qui s'attaquaient aux hommes ordinaires et, pour autant qu'elle pût en juger, c'était vrai. Elle se souvenait d'avoir eu froid, faim ou peur, mais jamais d'avoir été malade.

« Quand bien même, insista le vieux chevalier, je serais plus tranquille si Votre Grâce retournait en ville. » Les remparts de briques multicolores de Meereen se trouvaient à un demi-mille en arrière. « La caquesangue est le cauchemar de toutes les armées depuis l'Âge de l'Aube. Distribuons la nourriture, Votre Grâce.

— Demain. Je suis ici, maintenant. Je veux voir. » Elle donna du talon dans les flancs de son cheval argent. Les autres la suivirent au trot. Jhogo lui ouvrait la voie, Aggo et Rakharo juste derrière, de longs fouets dothrakis en main pour écarter malades et mourants. Ser Barristan se tenait à main droite, monté sur un gris pommelé. À main gauche, elle avait Symon Dos-zébré des Frères Libres et Marselen des Hommes de la Mère. Trois fois vingt soldats suivaient à petite distance derrière les capitaines, pour protéger les chariots de vivres. Tous des cavaliers, Dothrakis, Bêtes d'airain et affranchis ; seule leur répugnance pour cette tâche les unissait.

Les Astaporis trébuchaient à leur suite en une épouvantable cohorte qui s'allongeait à chaque coudée qu'ils parcouraient. Certains parlaient des langues qu'elle ne comprenait pas. D'autres avaient dépassé le stade où ils pouvaient encore parler. Un grand nombre d'entre eux tendaient les mains vers Daenerys, ou s'agenouillaient au passage de sa monture argent. « Mère », l'interpellaient-ils, dans les dialectes d'Astapor, de Lys et de l'Antique Volantis, dans un dothraki guttural et dans les syllabes liquides de Qarth, et même dans la Langue Commune de Westeros. « Mère, par pitié... Mère, aidez ma sœur, elle est malade... Donnez-moi à manger pour mes petits... Pitié, mon vieux père... Secourez-le... Secourez-la... Secourez-moi... »

Je n'ai plus de secours à apporter, se répétait Daenerys, au désespoir. Les Astaporis ne pouvaient aller nulle part. Ils restaient par milliers sous les épaisses murailles de Meereen – des hommes, des femmes, des enfants, des vieillards, des petites filles et des marmots. Beaucoup étaient atteints, la plupart étaient affamés et tous étaient condamnés à périr. Daenerys ne pouvait leur ouvrir les portes pour les laisser entrer. Elle avait fait tout son possible pour eux. Elle leur avait dépêché des guérisseurs, des Grâces Bleues, des chanteurs de sorts et barbiers-chirurgiens, mais certains d'entre eux avaient été contaminés à leur tour et aucun de leurs arts n'avait endigué la progression galopante de la pestilence qui était arrivée sur la jument pâle. Séparer les valides des malades s'était également révélé laborieux. Ses Boucliers Loyaux l'avaient tenté, arrachant les époux à leurs femmes et les enfants à leur mère, au milieu des lamentations des Astaporis, qui leur flanquaient des coups de pied et les assaillaient de cailloux. Quelques jours plus tard, les malades étaient morts et les valides étaient malades. Écarter les uns des autres n'avait rien accompli.

Même la distribution de vivres était devenue difficile. Chaque jour, elle leur faisait parvenir ce qu'elle pouvait, mais chaque jour il y avait plus de monde et moins de nourriture à leur donner. Trouver des conducteurs volontaires pour livrer les vivres devenait de plus en plus problématique, également. Trop de ceux qu'elle avait envoyés dans les camps avaient été à leur tour frappés par la dysenterie. D'autres avaient été attaqués en rentrant vers la cité. La veille, on avait renversé un chariot et tué deux de ses soldats, aussi la reine avait-elle décidé ce jour-là d'apporter la nourriture elle-même. Chacun de ses conseillers avait plaidé avec vigueur pour l'en dissuader, de Reznak au Crâne-ras et à ser Barristan, mais Daenerys demeura inébranlable. « Je ne me détournerai pas d'eux, s'entêta-t-elle. Une reine doit connaître les souffrances de son peuple. »

La souffrance était la seule denrée qui ne leur fît point défaut. « C'est à peine s'il reste un cheval ou une mule, alors que beaucoup avaient quitté Astapor sur une monture, lui rapporta Marselen. Ils les ont tous mangés, Votre Grâce, en même temps que tous les rats et chiens errants qu'ils pouvaient attraper. À présent, certains ont commencé à dévorer leurs propres morts.

— L'homme ne doit pas manger la chair de l'homme, déclara Aggo.

— C'est connu, renchérit Rakharo. Ils seront maudits.

— Ils ont dépassé le stade de la malédiction », répliqua Symon Dos-zébré.

De petits enfants au ventre gonflé traînaient à leur suite, trop faibles ou trop effrayés pour mendier. Des hommes décharnés aux yeux caves, accroupis dans le sable et la pierraille, se vidaient de leur vie dans des flots brun et rouge puants. Nombreux aussi ceux qui chiaient durant leur sommeil, trop affaiblis pour ramper jusqu'aux fossés qu'elle leur avait ordonné de creuser. Deux femmes se disputaient un os carbonisé. Tout près, un gamin de dix ans debout mangeait un rat. Il le dévorait avec une seule main, l'autre empoignant un bâton pointu au cas où l'on tenterait de lui arracher son trésor. Partout gisaient des morts sans sépulture. Daenerys vit un homme étendu à terre sous une cape noire, mais quand elle passa près de lui, la cape se vaporisa en un millier de mouches. Des femmes squelettiques, assises sur le sol, étreignaient des enfants à l'agonie. Elles la suivaient des yeux. Celles qui en avaient la force appelaient. « Mère... par pitié, Mère... soyez bénie, Mère... »

Me bénir, remâchait Daenerys avec amertume. *Votre cité a disparu en cendres et en os, votre peuple est en train de crever tout autour de vous. Je n'ai à vous offrir ni refuge, ni remèdes, ni espoir. Rien que du pain rassis, de la viande gâtée, du fromage dur et un peu de lait. Bénissez-moi, bénissez-moi.*

Quelle mère fallait-il être pour ne pas avoir de lait à donner à ses enfants ?

« Trop de morts, jugea Aggo. Il faudrait les brûler.

— Qui les brûlera ? demanda ser Barristan. La caquesangue est partout. Il y a cent morts chaque nuit.

— Toucher les morts n'est pas bon, énonça Jhogo.

— C'est connu, confirmèrent en chœur Aggo et Rakharo.

— C'est bien possible, trancha Daenerys, mais on doit le faire quand même. » Elle réfléchit un instant. « Les Immaculés n'ont aucune crainte des cadavres. Je vais parler à Ver Gris.

— Votre Grâce, intervint ser Barristan. Les Immaculés sont vos meilleurs guerriers. Nous ne pouvons pas propager la maladie parmi eux. Qu'Astapor brûle elle-même ses morts.

— Ils sont trop faibles, fit valoir Symon Dos-zébré.

— Un surcroît de nourriture pourrait les rendre plus forts », suggéra Daenerys.

Symon secoua la tête. « On ne doit pas gâcher la nourriture pour des mourants, Votre Excellence. Nous n'en avons pas assez pour nourrir les vivants. »

Il n'avait pas tort, elle le savait, mais cela ne rendait pas ses mots plus faciles à entendre. « Nous sommes assez loin, décida la reine. Nous allons les nourrir ici. » Elle leva une main. Derrière elle, les chariots s'arrêtèrent en cahotant, et ses cavaliers se déployèrent sur le périmètre, pour empêcher les Astaporis de se ruer sur les vivres. À peine avaient-ils fait halte que la presse commença à s'agglutiner autour d'eux, au fur et à mesure que les infectés, clopinant et trébuchant, affluaient, toujours plus nombreux, vers les chariots. Les cavaliers leur coupèrent la route. « Attendez votre tour, crièrent-ils. On ne pousse pas. Reculez. Restez en arrière. Il y aura du pain pour tout le monde. Attendez votre tour. »

Daenerys ne pouvait que rester assise et regarder. « Ser, dit-elle à Barristan Selmy, n'est-il rien que nous puissions faire ? Vous avez des provisions.

— Des provisions pour les soldats de Votre Grâce. Nous aurons peut-être besoin de soutenir un long siège. Les Corbeaux Tornade et les Puînés peuvent harceler les Yunkaïis, mais pas espérer les détourner. Si Votre Grâce m'autorisait à mettre sur pied une armée...

— S'il doit y avoir une bataille, je préférerais la livrer à l'abri des remparts de Meereen. Que les Yunkaïis tentent de prendre mes murailles d'assaut. » La reine observa la scène qui l'entourait. « Si nous partagions nos vivres de façon équitable...

— ... les Astaporis engloutiraient leur portion en quelques jours, et ce serait cela de moins pour le siège. »

Le regard de Daenerys parcourut le camp, pour aller vers les murs de brique multicolores de Meereen. L'air était lourd de mouches et de cris. « Les dieux ont envoyé cette épidémie pour m'enseigner l'humilité. Tant de morts... Il n'est pas question que je les laisse dévorer des cadavres. » Elle fit signe à Aggo d'approcher. « Chevauche jusqu'aux portes et ramène-moi Ver Gris et cinquante de ses Immaculés.

— *Khaleesi.* Le sang de votre sang obéit. » Aggo stimula son cheval de ses talons et s'en fut au galop.

Ser Barristan observait avec une appréhension mal dissimulée. « Vous ne devriez pas vous attarder ici trop longtemps, Votre Grâce. On nourrit les Astaporis, comme vous l'avez ordonné. Nous ne pouvons rien faire de plus pour ces malheureux. Nous devrions regagner la cité.

— Allez-y si vous le souhaitez, ser. Je ne vous retiens pas. Je ne retiens aucun de vous. » Daenerys sauta à terre. « Je ne puis les guérir, mais je peux leur montrer que leur Mère se soucie d'eux. »

Jhogo retint son souffle. « *Khaleesi,* non. » La clochette à sa tresse tinta doucement tandis qu'il descendait de selle. « Vous ne devez pas vous approcher. Ne les laissez pas vous toucher ! Ne faites pas ça ! »

Daenerys le dépassa sans s'arrêter. Il y avait un vieillard par terre à quelques pas de là, qui gémissait et levait les yeux vers le ventre gris des nuages. Elle s'agenouilla près de lui, fronçant le nez à son odeur, et repoussa ses cheveux gris sales pour palper son front. « Il a le corps en feu. J'ai besoin d'eau pour le baigner. L'eau de mer conviendra. Marselen, veux-tu aller en chercher pour moi ? J'ai également besoin d'huile, pour le bûcher. Qui va m'aider à brûler les morts ? »

Le temps qu'Aggo revienne avec Ver Gris et cinquante Immaculés avançant à longues foulées derrière son cheval, Daenerys, jouant sur leur honte, les avait tous poussés à contribuer. Symon Dos-zébré et ses hommes séparaient les vivants des morts et empilaient les cadavres, tandis que Jhogo, Rakharo et leurs Dothrakis aidaient ceux qui pouvaient encore marcher à gagner la plage, pour se baigner et laver leurs vêtements. Aggo les fixa comme s'ils étaient tous devenus fous, mais Ver Gris s'agenouilla auprès de la reine et annonça : « Ma personne souhaite aider. »

Avant midi, douze bûchers flambaient. Des colonnes de fumée noire et grasse montaient pour encrasser le ciel d'un bleu impitoyable. La tenue de monte de Daenerys était maculée de saleté et de suie lorsqu'elle s'écarta des bûchers. « Votre Splendeur, glissa Ver Gris, ma personne et ses frères implorent votre permission de nous baigner dans l'eau salée quand notre tâche ici sera achevée, afin que nous soyons purifiés, en accord avec les lois de notre grande déesse. »

La reine ignorait que les eunuques eussent leur propre déesse. « Qui est cette déesse ? Un des dieux de Ghis ? »

Ver Gris parut troublé. « La déesse porte bien des noms. Elle est la Dame des Piques, l'Épouse des Batailles, la Mère des Osts, mais son nom véritable n'appartient qu'aux malheureux qui ont incinéré leur virilité sur ses autels. Nous n'avons pas licence de parler d'elle à d'autres. Ma personne implore votre pardon.

— Comme vous le désirez. Oui, vous pouvez vous baigner si tel est votre souhait. Merci de votre aide.

— Nos personnes ne vivent que pour vous servir. »

Quand Daenerys regagna sa pyramide, les membres doulou-reux et le cœur lourd, elle trouva Missandei qui lisait un rouleau ancien tandis qu'Irri et Jhiqui se disputaient à propos de Rakharo. « Tu es trop maigre pour lui, déclarait Jhiqui. Tu es presque un garçon. Rakharo ne couche pas avec des garçons. C'est connu. »

Irri riposta, ulcérée. « Tu es presque une vache, c'est connu aussi. Rakharo ne couche pas avec les vaches.

— Rakharo est du sang de mon sang. Sa vie m'appartient, et non à vous », leur lança Daenerys à toutes deux. Rakharo avait grandi de presque un pied durant son absence de Meereen et il était revenu avec des bras et des jambes épaissis de muscles et quatre clochettes dans ses cheveux. Désormais, il dominait Aggo et Jhogo, comme ses caméristes l'avaient toutes deux remarqué. « Maintenant, taisez-vous, j'ai besoin de prendre un bain. » Jamais elle ne s'était sentie plus souillée. « Jhiqui, aide-moi à quitter ces vêtements, et ensuite emporte-les et brûle-les. Irri, dis à Qezza de me trouver quelque chose de léger et de frais à porter. La journée a été très chaude. »

Une brise fraîche soufflait sur sa terrasse. Daenerys poussa un soupir de plaisir en se glissant dans les eaux de son bassin. Sur son ordre, Missandei se dépouilla de ses vêtements et entra à sa suite. « Ma personne a entendu les Astaporis gratter aux murs, la nuit dernière », raconta la petite scribe en lavant le dos de Daenerys.

Irri et Jhiqui échangèrent un coup d'œil. « Personne ne grat-tait, dit Jhiqui. Gratter... comment pourraient-ils gratter ?

— Avec leurs mains, répondit Missandei. Les briques sont anciennes et friables. Ils essaient de se creuser un passage vers la cité.

— Cela pourrait leur prendre des années, objecta Irri. Les murs sont très épais. C'est connu.

— C'est connu, approuva Jhiqui.

— Moi aussi, je rêve d'eux. » Daenerys prit Missandei par la main. « Le camp se trouve à un demi-mille de la cité, ma douceur. Personne ne grattait contre les murs.

— Votre Grâce sait mieux que moi, concéda Missandei. Dois-je vous laver les cheveux ? L'heure est presque arrivée. Reznak mo Reznak et la Grâce Verte viennent discuter…

— … des préparatifs du mariage. » Daenerys se releva dans une gerbe d'eau. « J'avais presque oublié. » *Peut-être que je voulais l'oublier.* « Et après cela, j'ai un dîner avec Hizdahr. » Elle poussa un soupir. « Irri, apporte-moi le *tokar* vert, celui en soie frangée de dentelle de Myr.

— Il a été donné à repriser, *Khaleesi.* La dentelle était déchirée. Le *tokar* bleu a été nettoyé.

— Bleu, soit. Il les satisfera tout autant. »

Elle ne se trompait qu'à moitié. Le prêtre et le sénéchal se réjouirent de la voir drapée dans un *tokar*, pour une fois vêtue en dame meereenienne convenable, mais ce qu'ils voulaient vraiment, c'était la dénuder totalement. Daenerys les laissa s'expliquer, incrédule. Quand ils eurent fini, elle répondit : « Je tiens à n'offenser personne, mais il est hors de question que je me présente nue devant la mère et les sœurs d'Hizdahr.

— Mais, protesta Reznak mo Reznak en battant des paupières, mais il le faut, Votre Splendeur. Avant un mariage, la tradition exige que les femmes de la maison de l'époux examinent le ventre de la promise et, euh… sa féminité. Afin d'avoir la certitude qu'ils sont bien conformés et, euh…

— … fertiles, acheva Galazza Galare. Un ancien rituel, Votre Splendeur. Trois Grâces seront présentes comme témoins durant l'examen, afin de prononcer les prières convenables.

— Oui, poursuivit Reznak, et ensuite, il y a un gâteau spécial. Un gâteau de femmes, qu'on ne prépare que pour les noces. Les hommes n'ont pas le droit d'y goûter. On m'a raconté qu'il est délicieux. Magique. »

Et si mon ventre est flétri et mes organes féminins maudits, y a-t-il là aussi un gâteau spécial ? « Hizdahr aura tout loisir d'inspecter ma féminité une fois que nous serons mariés. » *Le khal Drogo ne leur a trouvé aucun défaut, pourquoi Hizdahr en trouverait-il ?* « Que sa mère et ses sœurs s'examinent entre elles et partagent le gâteau spécial. Je n'en mangerai pas. Pas plus que je ne laverai les nobles pieds du noble Hizdahr.

— Votre Magnificence, vous ne comprenez pas, protesta Reznak. Le lavage des pieds est consacré par la tradition. Il signifie que vous serez la servante de votre mari. La tenue de mariage elle aussi est chargée de sens. L'épouse est vêtue de voiles rouge sombre, au-dessus d'un *tokar* de soie blanche, frangé de perles naines. »

Il ne faudrait pas marier la reine des lapins sans ses longues oreilles. « Toutes ces perles vont s'entrechoquer quand je marcherai.

— Les perles symbolisent la fertilité. Plus Votre Splendeur portera de perles, et plus elle aura d'enfants sains et vigoureux.

— Pourquoi aurais-je envie d'avoir une centaine d'enfants ? » Daenerys se tourna vers la Grâce Verte. « Si nous nous mariions selon le rituel ouestrien…

— Les dieux de Ghis ne considéreraient pas cela comme une véritable union. » Le visage de Galazza Galare était dissimulé derrière un voile de soie verte. Seules paraissaient ses prunelles, vertes, sages et tristes. « Aux yeux de la cité, vous seriez la concubine du noble Hizdahr, et non sa légitime épouse. Vos enfants seraient des bâtards. Votre Splendeur doit épouser Hizdahr dans le Temple des Grâces, en présence de toute la noblesse de Meereen, afin de témoigner de votre union. »

Extirpez les chefs de toutes les nobles familles de leurs pyramides, sous un vague prétexte, avait conseillé Daario. *Le dragon s'exprime par le feu et le sang.* Daenerys chassa cette pensée. Ce n'était pas digne d'elle. « Comme vous voudrez, soupira-t-elle. J'épouserai Hizdahr dans le Temple des Grâces, emballée dans un *tokar* blanc frangé de perles naines. Y a-t-il encore autre chose ?

— Juste un simple détail, Votre Splendeur, précisa Reznak. Pour célébrer vos noces, il serait judicieux d'autoriser la réouverture des arènes de combat. Ce serait votre présent de noces à Hizdahr et à votre peuple aimant, un signe que vous avez embrassé les anciens us et coutumes de Meereen.

— Et il satisferait fort les dieux, également », ajouta la Grâce Verte de sa douce voix aimable.

Une dot versée au prix du sang. Daenerys était lasse de livrer ce combat. Même ser Barristan ne pensait pas qu'elle pouvait gagner. « Aucun dirigeant ne peut rendre un peuple bon, lui avait dit Selmy. Baelor le Bienheureux a prié, jeûné et élevé aux Sept un temple de toute la splendeur que pouvaient souhaiter les dieux, et pourtant, il n'a pas pu mettre fin à la guerre et au besoin. » *Une reine doit écouter son peuple*, se répéta Daenerys. « Après le mariage, Hizdahr sera roi. Qu'il rouvre les arènes, s'il le désire. Je n'en veux aucune part. » *Que le sang retombe sur ses mains, et non sur les miennes.* Elle se leva. « Si mon mari souhaite que je lui lave les pieds, il devra d'abord laver les miens. Je le lui dirai ce soir. » Elle se demanda comment son promis allait prendre la chose.

Elle n'avait pas besoin de s'inquiéter. Hizdahr zo Loraq arriva une heure après que le soleil se fut couché. Il portait un *tokar* bordeaux, avec une rayure dorée et une frange de perles dorées. Daenerys lui raconta son entrevue avec Reznak et la Grâce Verte en lui versant du vin. « Ces rituels sont creux, déclara Hizdahr, voilà exactement le genre de choses que nous devons balayer. Meereen croupit depuis trop longtemps dans ces vieilles traditions ridicules. » Il l'embrassa et dit : « Daenerys, ma reine, c'est bien volontiers que je vous laverais de la tête aux pieds si telle était la condition pour devenir votre roi consort.

— Pour être mon roi consort, il vous suffit de m'apporter la paix. Skahaz m'apprend que vous avez reçu des messages, récemment.

— En effet. » Hizdahr croisa ses longues jambes. Il semblait content de lui. « Yunkaï nous accordera la paix, mais à un certain prix. L'interruption du commerce des esclaves a causé de grands torts à travers tout le monde civilisé. Yunkaï et ses alliés exigeront de nous une indemnité, à verser en or et en joyaux. »

L'or et les joyaux étaient choses faciles. « Quoi d'autre ?

— Les Yunkaïis reprendront l'esclavage, comme avant. Astapor sera rebâtie en une cité esclavagiste. Vous n'interviendrez pas.

— Je n'étais pas à deux lieues de leur cité que les Yunkaïis avaient déjà rétabli l'esclavage. Ai-je rebroussé chemin ? Le roi Cleon m'a implorée de me joindre à lui contre eux, et j'ai fait la sourde oreille à ses supplications. *Je ne désire pas la guerre avec Yunkaï.* Combien de fois devrai-je le répéter ? Quelles promesses leur faut-il ?

— Ah, voilà l'épine cachée dans la tonnelle, ma reine, répondit Hizdahr zo Loraq. La chose est malheureuse à dire, mais

Yunkaï n'a aucune foi en vos promesses. Ils continuent de pincer la même corde de la harpe, une histoire d'émissaire que vos dragons ont fait brûler.

— Seul son *tokar* a brûlé, riposta Daenerys avec dédain.

— Peu importe, ils n'ont pas confiance en vous. Les hommes de la Nouvelle-Ghis partagent leur avis. Les mots sont du vent, comme vous l'avez si souvent dit vous-même. Aucune de vos paroles n'assurera cette paix, pour Meereen. Vos ennemis exigent des actes. Ils veulent nous voir mariés et me voir couronné roi, pour régner à vos côtés. »

Daenerys remplit à nouveau sa coupe de vin, ne désirant rien tant que lui renverser la carafe sur la tête pour noyer ce sourire fat. « Le mariage ou le carnage. Des noces ou la guerre. Sont-ce là mes choix ?

— Je ne vois qu'un seul choix, Votre Splendeur. Prononçons nos vœux devant les dieux de Ghis et créons ensemble une nouvelle Meereen. »

La reine composait sa réponse quand elle entendit un pas derrière elle. *Le repas,* supposa-t-elle. Ses cuisiniers lui avaient promis de servir au noble Hizdahr son plat préféré, du chien au miel, farci aux prunes et aux poivrons. Mais quand elle se tourna pour vérifier, ce fut pour voir là ser Barristan, baigné de frais et vêtu de blanc, son épée au côté. « Votre Grâce, dit-il en s'inclinant. Je vous demande pardon de vous déranger, mais j'ai pensé que vous voudriez savoir immédiatement. Les Corbeaux Tornade sont revenus dans la cité, avec des nouvelles de l'ennemi. Les Yunkaïis sont en marche, exactement comme nous le craignions. »

Un bref agacement traversa le noble visage d'Hizdahr zo Loraq. « La reine dîne. Ces épées-louées peuvent attendre. »

Ser Barristan l'ignora. « J'ai demandé à messire Daario de me faire son rapport, comme Votre Grâce l'avait ordonné. Il a ri et déclaré qu'il le rédigerait avec son propre sang si Votre Grâce voulait bien envoyer votre petite scribe lui montrer comment on trace les lettres.

— Du sang ? se récria Daenerys, horrifiée. Est-ce qu'il plaisante ? Non, ne répondez pas, je dois le voir en personne. » C'était une jeune femme, et elle était solitaire ; les jeunes femmes peuvent changer d'avis. « Convoquez mes capitaines et mes commandants. Hizdahr, vous me pardonnerez, je le sais.

— Meereen doit passer avant tout. » Hizdahr sourit avec chaleur. « Nous aurons d'autres nuits. Nous en aurons mille. »

— Ser Barristan va vous escorter jusqu'à la sortie. »
Daenerys s'en fut en toute hâte, appelant ses caméristes. Pas
question d'accueillir en *tokar* son capitaine à son retour. Finalement, elle essaya une douzaine de robes avant d'en trouver une
qui lui plût, mais refusa la couronne que lui présentait Jhiqui.

Lorsque Daario Naharis mit un genou en terre devant elle,
Daenerys sentit son cœur tressauter. Il avait les cheveux incrus-
tés de sang séché, et sur sa tempe luisait une profonde coupure,
rouge et crue. Sa manche droite était trempée de sang presque
jusqu'au coude. « Vous êtes blessé », dit-elle avec un hoquet.

— Ceci ? » Daario se toucha la tempe. « Un arbalétrier a
voulu me loger un vireton dans l'œil, mais j'ai galopé plus vite.
Je me pressais de rentrer auprès de ma reine, afin de m'exposer
à la chaleur de son sourire. » Il secoua sa manche, projetant des
gouttelettes rouges. « Ce n'est pas mon sang. Un de mes sergents
a estimé que nous devrions passer dans le camp yunkaïi, aussi
ai-je plongé la main dans sa gorge pour lui arracher le cœur.
J'avais l'intention de l'apporter en présent à ma reine d'argent,
mais quatre des Chats m'ont coupé la route et se sont lancés à
ma poursuite, en feulant et en crachant. L'un d'eux a failli me
rejoindre, alors je lui ai jeté le cœur à la figure.

— Belle vaillance », déclara ser Barristan sur un ton qui suggérait qu'il n'en pensait pas un mot. « Mais avez-vous des nouvelles pour Sa Grâce ?

— De rudes nouvelles, ser Grand-Père. Astapor n'est plus, et
les esclavagistes remontent vers le nord en force.

— Ce sont de vieilles nouvelles, et rassises, gronda le Crâne-ras.

— Votre mère en disait autant des baisers de votre père, répliqua Daario. Douce reine, je serais arrivé plus tôt, mais les collines grouillent d'épées-louées yunkaïies. Quatre compagnies
libres. Vos Corbeaux Tornade ont dû se tailler un chemin à travers toutes. Il y a plus, et plus grave. Les Yunkaïis font avancer
leur ost par la route de la côte, rejoint par quatre légions venues
de la Nouvelle-Ghis. Ils ont des éléphants, une centaine, en
caparaçon de guerre et tourelles. Des frondeurs tolosiens également, et un détachement de cavalerie qarthienne. Deux légions
ghiscaries supplémentaires ont pris la mer à Astapor. Si nos
prisonniers ont dit vrai, elles accosteront sur l'autre berge du
Skahazadhan, afin de nous couper l'accès de la mer Dothrak. »

Tandis qu'il narrait son rapport, de temps en temps, une
goutte de sang rouge vif s'écrasait sur le sol de marbre, et

Daenerys faisait une grimace. « Combien d'hommes ont été tués ? demanda-t-elle quand il eut fini.

— Des nôtres ? Je ne me suis pas arrêté pour compter. Nous en avons plus gagné que perdu, cependant.

— De nouveaux tourne-casaque ?

— De nouveaux braves attirés par votre noble cause. Ils plairont à ma reine. L'un d'eux est un manieur de hache des îles du Basilic, une brute, plus énorme que Belwas. Vous devriez le voir. Quelques Ouestriens également, une vingtaine ou davantage. Des déserteurs des Erre-au-Vent, mécontents des Yunkaïis. Ils feront de bons Corbeaux Tornade.

— Si vous le dites. » Daenerys ne vétillerait pas. Sous peu, Meereen aurait sans doute besoin de chaque épée.

Ser Barristan jeta sur Daario un œil noir. « Capitaine, vous avez évoqué *quatre* compagnies libres. Nous n'en connaissons que trois. Les Erre-au-Vent, les Longues Lances et la Compagnie du Chat.

— Ser Grand-Père sait compter. Les Puînés ont rejoint les Yunkaïis. » Daario détourna la tête et cracha. « Ça, c'est pour Brun Ben Prünh. La prochaine fois que je vois sa sale trogne, j'ouvre le drôle de la gorge à la fourche et je lui arrache son cœur noir. »

Daenerys voulut parler, et ne trouva pas de mots. Elle se souvenait du visage de Ben la dernière fois qu'elle l'avait vu. *Un visage chaleureux, un visage auquel je me fiais.* Peau sombre et cheveux blancs, le nez cassé, les pattes-d'oie au coin des yeux. Même les dragons appréciaient le vieux Brun Ben, qui aimait se vanter de posséder lui-même une goutte de sang de dragon. *Trois trahisons te faut vivre… L'une pour l'or, l'une pour le sang, l'une pour l'amour.* Prünh représentait-il la troisième ou la deuxième ? Et dans l'affaire que devenait ser Jorah, son vieil ours bougon ? N'aurait-elle jamais d'ami sur qui compter ? *À quoi bon des prophéties, si on ne peut en deviner le sens ? Si j'épouse Hizdahr avant que le soleil se lève, toutes ces armées vont-elles se dissiper comme la rosée du matin et me laissera-t-on régner en paix ?*

L'annonce de Daario avait déclenché tout un hourvari. Reznak se lamentait, le Crâne-ras grommelait sur un ton noir, ses Sangcoureurs juraient vengeance. Belwas le Fort martelait du poing son ventre couvert de cicatrices et se promettait de dévorer le cœur de Brun Ben avec des prunes et des oignons. « Je vous en prie », dit Daenerys, mais seule Missandei parut s'en apercevoir. La reine se mit debout. « *Silence !* J'en ai assez entendu.

— Votre Grâce. » Ser Barristan posa un genou en terre. « Nous sommes à vos ordres. Que voulez-vous que nous fassions ?

— Continuez comme prévu. Amassez des vivres, autant que vous pourrez. » *Si je regarde en arrière, je suis perdue.* « Nous devons fermer les portes et placer tous les guerriers sur les remparts. Personne n'entre, personne ne sort. »

Le silence régna un instant dans la salle. Les hommes s'entre-regardèrent. Puis Reznak demanda : « Et les Astaporis ? »

Elle avait envie de hurler, de grincer des dents, de déchirer ses vêtements et de marteler le sol. Mais elle dit : « *Fermez les portes.* Faudra-t-il que je le répète une troisième fois ? » Ils étaient ses enfants, mais elle ne pouvait pas les aider, à présent. « Laissez-moi. Daario, restez. Il faut laver cette entaille, et j'ai d'autres questions à vous poser. »

Les autres s'inclinèrent et sortirent. Daenerys guida Daario Naharis pour monter les marches menant à sa chambre à coucher, où Irri nettoya sa coupure avec du vinaigre et Jhiqui la banda avec du lin blanc. Lorsque ce fut fait, Daenerys congédia également ses cáméristes. « Vos vêtements sont souillés de sang, dit-elle à Daario. Retirez-les.

— Seulement si tu fais de même. » Il l'embrassa.

Les cheveux de Daario sentaient le sang, la fumée et le cheval, et sa bouche était dure et brûlante contre celle de Daenerys. Dans ses bras, elle trembla. Lorsqu'ils s'écartèrent, elle lui avoua : « J'ai cru que ce serait toi qui me trahirais. Une fois pour le sang, une pour l'or et une pour l'amour, avaient prédit les conjurateurs. J'ai cru… Je n'ai jamais pensé à Brun Ben. Même mes dragons semblaient lui faire confiance. » Elle attrapa son capitaine par les épaules. « Promets-moi que tu ne te retourneras jamais contre moi. Je ne pourrais le supporter. Promets-moi.

— Jamais, mon amour. »

Elle le crut. « J'ai juré d'épouser Hizdahr zo Loraq s'il me donnait quatre-vingt-dix jours de paix, mais à présent… Je t'ai voulu dès la première fois que je t'ai vu, mais tu étais une épée-louée, changeant, *fourbe.* Tu te vantais d'avoir eu cent femmes.

— Cent ? » Daario rit doucement dans sa barbe mauve. « J'ai menti, douce reine. J'en ai eu mille. Mais jamais aucun dragon. »

Elle leva les lèvres vers les siennes. « Qu'attends-tu ? »

LE PRINCE DE WINTERFELL

Une croûte de cendre noire et froide tapissait l'âtre, la salle n'avait d'autre chauffage que des chandelles. Chaque fois que s'ouvrait une porte, les flammes s'inclinaient et frissonnaient. La promise aussi frissonnait. On l'avait habillée de blanche laine d'agneau bordée de dentelle. Ses manches et son corset étaient brodés de perles d'eau douce, et, à ses pieds, elle portait des sandales en daim blanc – jolies, mais point chaudes. Elle avait la face blême, exsangue.

Un visage taillé dans la glace, songea Theon Greyjoy en lui drapant les épaules d'une cape bordée de fourrure. *Un cadavre enseveli sous la neige.* « Madame, il est l'heure. » Par la porte, la musique les appelait, le luth, la cornemuse et le tambour.

La promise leva les yeux. Des yeux marron, brillant à la lueur des chandelles. « Je serai pour lui une bonne épouse, et f... fidèle. Je... je le satisferai et je lui donnerai des fils. Je serai meilleure épouse que la véritable Arya aurait pu l'être, il verra. »

Ce genre de discours va te faire tuer, ou pire. Une leçon qu'il avait apprise en étant Schlingue. « Vous êtes la véritable Arya, madame. Arya de la maison Stark, fille de lord Eddard et héritière de Winterfell. » Son nom, il fallait qu'elle sache son *nom*. « Arya sous-mes-pieds. Votre sœur vous appelait Arya Ganache.

— C'est moi qui ai inventé ce surnom-là. Elle avait la mine allongée, comme un cheval. Pas moi. J'étais jolie. » Des larmes lui coulèrent enfin des yeux. « Jamais je n'ai été belle comme Sansa, mais tout le monde me disait jolie. Est-ce que lord Ramsay me trouve jolie ?

— Oui, mentit-il. Il me l'a dit.

— Mais il sait qui je suis. Qui je suis pour de bon. Je le vois quand il pose les yeux sur moi. Il a l'air tellement en colère, même quand il sourit, mais ce n'est pas ma faute. On raconte qu'il aime faire du mal aux gens.

— Vous ne devriez pas écouter de tels... mensonges, madame.

— On raconte qu'il vous a fait du mal. Vos mains, et... »

Il avait la bouche sèche. « Je... je l'ai mérité. Je l'ai mis en colère. Il ne faut pas que vous le mettiez en colère. Lord Ramsay est un... un homme doux, et aimable. Donnez-lui satisfaction et il sera bon pour vous. Soyez bonne épouse.

— Aidez-moi. » Elle se raccrocha à lui. « De grâce. J'avais coutume de vous regarder dans la cour jouer avec vos épées. Vous étiez tellement beau. » Elle lui pressa le bras. « Si nous nous enfuyions, je pourrais être votre épouse, ou votre... votre catin... tout ce que vous voulez. Vous pourriez être mon homme. »

Theon arracha son bras à son étreinte. « Je ne suis pas un... Je ne suis l'homme de personne. » *Un homme lui viendrait en aide.* « Soyez... soyez Arya, c'est tout, soyez son épouse. Contentez-le, ou... contentez-le, simplement, et cessez de répéter que vous êtes quelqu'un d'autre. » *Jeyne, son nom est Jeyne, ça commence comme gémir.* La musique se faisait plus insistante. « Il est temps. Essuyez ces larmes de vos yeux. » *Des yeux marron. Ils devraient être gris. Quelqu'un va le voir. Quelqu'un va se souvenir.* « Bien. À présent, souriez. »

La jeune fille s'y efforça. En tremblant, ses lèvres se tordirent vers le haut, se crispèrent, et il vit ses dents. *De jolies dents blanches,* songea-t-il, *mais si elle le met en colère, elles ne resteront pas jolies longtemps.* Lorsqu'il poussa la porte et l'ouvrit, trois des quatre chandelles en furent soufflées. Il mena la promise dans la brume, où attendaient les invités de la noce.

« Pourquoi moi ? avait-il demandé quand lady Dustin lui avait annoncé qu'il devait accorder la main de la mariée.

— Son père est mort, ainsi que tous ses frères. Sa mère a péri aux Jumeaux. Ses oncles sont perdus, morts ou captifs.

— Elle a encore un frère. » *Elle a encore trois frères,* aurait-il pu dire. « Jon Snow fait partie de la Garde de Nuit.

— Un demi-frère, né bâtard et juré au Mur. Vous étiez pupille de son père, ce qu'elle a de plus proche d'un parent survivant. Rien de plus approprié que vous accordiez sa main en mariage. »

Ce qu'elle a de plus proche d'un parent survivant. Theon Greyjoy avait grandi avec Arya Stark. Theon saurait reconnaître une imposture. Si on le voyait accepter la feinte fille de Bolton comme étant Arya, les seigneurs nordiens qui s'étaient réunis pour porter témoignage de l'alliance n'auraient aucun motif de douter de sa légitimité. Stout et Ardoise, Pestagaupes Omble, ces querelleurs de Ryswell, les hommes de Corbois et les cousins Cerwyn, le gras lord Wyman Manderly... pas un d'entre eux n'avait connu les filles de Ned Stark à moitié si bien que lui. Et si quelques-uns entretenaient un doute par-devers eux, ils seraient assurément assez avisés pour garder ces soupçons pour eux.

Ils se servent de moi pour voiler leur tromperie, ils parent leur mensonge de mon propre visage. Voilà donc pourquoi Roose Bolton l'avait de nouveau habillé en seigneur, pour jouer son rôle dans cette farce de baladins. Une fois que ce serait accompli, une fois que leur fausse Arya serait épousée et dépucelée, Bolton n'aurait plus besoin de Theon Tourne-Casaque. « Sers-nous en cette affaire et, une fois Stannis vaincu, nous débattrons de la meilleure manière de te rétablir sur le trône de ton père », lui avait assuré Sa Seigneurie de sa douce voix, une voix faite pour les mensonges et les susurrements. Theon n'en avait jamais cru un mot. Il allait danser cette fois sur leur musique parce qu'il n'avait pas le choix, mais ensuite... *Il me rendra alors à Ramsay*, se disait-il, *et Ramsay prélèvera quelques doigts supplémentaires et me changera une fois de plus en Schlingue.* À moins que les dieux ne soient cléments, et que Stannis Baratheon ne s'abatte sur Winterfell pour tous les passer au fil de l'épée, lui compris. C'était ce qu'il avait à espérer de mieux.

La température était plus douce dans le bois sacré, si curieux que cela parût. Au-delà de ses confins, une sévère gelée blanche enserrait Winterfell. Le verglas rendait les chemins traîtres, et le givre scintillait au clair de lune sur les carreaux brisés des jardins d'hiver. Des volées de neige sale s'étaient accumulées contre les murs, comblant chaque creux et chaque recoin. Certaines atteignaient une telle hauteur qu'elles masquaient les portes derrière elles. Sous la neige reposaient des cendres grises et des charbons et, ici ou là, une poutre noircie ou un monticule d'os ornés de lambeaux de peau et de cheveux. Des glaçons longs comme des pertuisanes pendaient des remparts et frangeaient les tours comme les poils de barbe blancs et raides d'un vieil homme. Mais à l'intérieur du bois sacré, le sol restait préservé du gel, et de la vapeur montait des étangs chauds, tiède comme un souffle de bébé.

La promise était vêtue de blanc et gris, les couleurs qu'aurait portées la véritable Arya si elle avait vécu assez pour se marier. Theon arborait le noir et l'or, sa cape attachée au niveau de l'épaule par une grossière seiche de fer que lui avait assemblée à coups de mail un forgeron de Tertre-bourg. Mais sous la cagoule, Theon avait le cheveu blanc et rare, et sa chair présentait la teinte grisâtre qu'ont les vieillards. *Enfin Stark*, se dit-il. Se donnant le bras, la promise et lui franchirent une arche de pierre, tandis que des mèches de brouillard vaguaient autour de leurs jambes. Le tambour battait avec la trépidation d'un cœur de pucelle, l'invite de la cornemuse sonnait haut et doux. Au-dessus des ramures, flottait dans le ciel obscur un croissant de lune, à demi masqué par le brouillard, comme un œil qui observait au travers d'un voile de soie.

Theon Greyjoy n'était pas étranger à ce bois sacré. Enfant, il avait joué ici à faire ricocher des pierres plates sur l'étang froid et noir sous le barral, cachant ses trésors dans une souche de chêne ancien, traquant les écureuils avec un arc qu'il avait lui-même fabriqué. Plus tard, plus vieux, il avait baigné ses ecchymoses dans les sources chaudes après maintes sessions dans la cour avec Robb, Jory et Jon Snow. Parmi ces marronniers, ormes et pins plantons, il avait trouvé des lieux secrets où se cacher quand il voulait être seul. La toute première fois qu'il avait embrassé une fille, c'était ici. Plus tard, une autre fille l'avait fait homme sur une couverture déchirée à l'ombre de ce haut vigier gris-vert.

Pourtant, il n'avait jamais vu le bois sacré ainsi – gris et fantomatique, gorgé de brumes tièdes, de lueurs flottantes et de murmures qui semblaient sourdre de partout et nulle part. Sous les arbres fumaient les sources chaudes. De tièdes vaperolles montaient du sol, emmaillotant les arbres dans leur exhalaison moite, rampant à flanc de murailles pour tirer de grises tentures sur les meurtrières.

Il y avait un chemin approximatif, un vague sentier sinueux de pierres fendues couvertes de mousse, à demi enfouies sous les feuilles mortes et la terre apportées par les vents, et que rendaient plus périlleuses d'épaisses racines brunes qui les déchaussaient par en dessous. Il guida la promise sur le parcours. *Jeyne, son nom est Jeyne, ça commence comme geindre.* Mais il ne devait pas avoir de telles pensées. Si ce nom venait à franchir ses lèvres, cela pourrait lui coûter un doigt ou une oreille. Il marchait lentement, en assurant chaque pas. La perte de ses orteils le faisait clopiner, quand il pressait le pas ; il ne devait surtout pas trébucher. Qu'un pas de travers s'en vienne gâcher le mariage de lord Ramsay, et lord Ramsay pourrait bien rectifier ce genre de bévue en écorchant le pied coupable.

Les brouillards étaient si épais que seuls apparaissaient les plus proches arbres ; au-delà se dressaient de hautes ombres et de pâles lueurs. Des chandelles vacillaient au fil du sentier tortueux et parmi les arbres, blêmes lucioles qui flottaient dans la tiédeur d'un potage gris. On croyait voir un étrange au-delà, un lieu intemporel entre les mondes, où les damnés, inconsolables, errent un temps avant de trouver leur chemin vers les profondeurs de l'enfer que leur avaient valu leurs péchés. *Sommes-nous donc tous morts ? Stannis est-il venu tous nous occire pendant notre sommeil ? La bataille est-elle encore à venir, ou a-t-elle déjà été livrée et perdue ?*

Çà et là une torche flambait avec voracité, jetant ses reflets rougeoyants sur le visage des invités de la noce. La façon qu'avaient les brumes de réfléchir les balancements de la lumière donnait à leurs traits une contenance bestiale, semi-humaine, distordue. Lord Stout devint un molosse, le vieux lord Locke un vautour, Pestagaupes Omble une gargouille, Grand Walder un goupil, Petit Walder un taureau rouge auquel ne manquait que l'anneau dans les naseaux. Le visage de Roose Bolton lui-même formait un masque pâle et gris, avec deux éclats de glace sale à l'endroit où auraient dû se trouver ses yeux.

Au-dessus de leurs têtes, les arbres étaient garnis de corbeaux, ébouriffant leur plumage tout en se tassant le long des ramures nues et brunes, pour contempler d'en haut toute la cérémonie. *Les oiseaux de mestre Luwin.* Luwin était mort, et sa tour de mestre dévastée par le feu ; pourtant, les corbeaux s'attardaient. *Ils sont ici chez eux.* Theon se demanda à quoi ça pouvait ressembler, d'être chez soi.

Puis les brouillards s'écartèrent, comme un rideau s'ouvrant sur un spectacle de baladins afin de révéler un nouveau tableau. L'arbre-cœur apparut devant eux, étalant largement ses branches osseuses. Des feuilles mortes couvraient les parages du large tronc blanc en jonchées de rouge et de brun. C'était là que les corbeaux se serraient le plus densément, marmonnant entre eux dans la langue secrète des voleurs. Ramsay Bolton se tenait au-dessous d'eux, portant de hautes bottes de cuir souple gris, et un pourpoint en velours noir avec des crevés de soie rose, rutilant de larmes en grenat. Un sourire dansait sur son visage. « Qui va là ? » Il avait les lippes humides, la gorge rouge au-dessus de son col. « Qui s'avance devant le dieu ? »

Theon lui répondit. « Arya de la maison Stark vient ici se marier. Une femme accomplie et fleurie, de naissance légitime et noble, elle vient implorer la bénédiction des dieux. Qui vient la revendiquer ?

— Moi. Ramsay de la maison Bolton, sire de Corbois, héritier de Fort-Terreur. Je la revendique. Qui l'accorde ?

— Theon de la maison Greyjoy, qui fut pupille de son père. » Il se tourna vers la promise. « Lady Arya, voulez-vous prendre cet homme pour époux ? »

Elle leva les yeux vers les siens. *Des yeux marron, et non gris. Sont-ils donc tous si aveugles ?* Un long moment, elle ne dit rien, mais ces yeux l'imploraient. *Voilà ta chance*, songea-t-il. *Dis-leur. Dis-leur maintenant. Crie ton nom devant eux tous, dis-leur que tu n'es pas Arya Stark, que le Nord en entier sache comment on t'a forcée à jouer ce rôle.* Bien entendu, cela signifierait sa mort et celle de Theon, mais Ramsay, dans son courroux, pourrait les tuer tous deux rapidement. Les anciens dieux du Nord leur accorderaient peut-être cette petite faveur.

« Je le prends », répondit la promise dans un souffle.

Tout autour d'eux des lueurs piquetaient le brouillard, cent chandelles pâles comme des étoiles voilées. Theon recula d'un pas, et Ramsay et sa promise joignirent les mains et vinrent s'agenouiller devant l'arbre-cœur, inclinant leurs chefs en signe de soumission. Les yeux rouges sculptés du barral les considéraient, sa grande bouche rouge ouverte comme dans un rire. En haut dans les ramures, un corbeau croassa.

Après un moment de prière silencieuse, l'homme et la femme se relevèrent. Ramsay défit la cape que Theon avait passée quelques instants plus tôt sur les épaules de la promise, sa cape lourde de laine blanche bordée de fourrure grise, blasonnée du loup-garou de la maison Stark. Il assujettit en place une cape rose, éclaboussée de grenats rouges semblables à ceux de son pourpoint. Sur le dos figurait l'Écorché de Fort-Terreur travaillé' en un cuir écarlate et raide, sévère et atroce.

Aussi vite que cela, tout fut terminé. Dans le Nord, on concluait les mariages plus promptement. Une conséquence du manque de prêtres, supposait Theon, mais quelle que fût la raison, cela lui apparut comme une miséricorde. Ramsay Bolton souleva son épouse dans ses bras et s'avança avec elle à travers les brouillards. Lord Bolton et sa lady Walda les suivirent, puis les autres. Les musiciens recommencèrent à jouer, et Abel le barde entonna *Deux cœurs qui battent comme un seul.* Deux de ses femmes unirent leurs voix pour composer une plaisante harmonie.

Theon se surprit à se demander s'il ne devrait pas prononcer une prière. *Les dieux anciens m'entendraient-ils, si je m'y essayais ?* Ils n'étaient pas ses dieux, ne l'avaient jamais été. Il était fer-né, un fils de Pyk, son dieu était le dieu Noyé des îles... Mais Winterfell se trouvait à bien des lieues de la mer. Voilà toute une vie qu'un dieu ne l'avait pas entendu. Il ne savait ni qui il était, ni ce qu'il était, pourquoi il vivait encore, ni même pourquoi il était né.

« Theon », sembla chuchoter une voix.

Sa tête se redressa d'un coup. « Qui a dit ça ? » Il ne voyait que les arbres et le brouillard qui les nappait. La voix était ténue comme un froissement de feuilles, froide comme la haine. *La voix d'un dieu, ou celle d'un spectre.* Combien avaient trouvé la mort le jour où il s'était emparé de Winterfell ? Combien encore le jour où il l'avait perdue ? *Le jour où Theon Greyjoy était mort, pour renaître Schlingue. Schlingue, Schlingue, ça commence comme châtiment.*

Subitement, il ne voulait plus rester ici.

Une fois sorti du bois sacré, le froid fondit sur lui comme un loup affamé et le saisit dans ses mâchoires. Il baissa la tête face au vent et se dirigea vers la grande salle, se hâtant en suivant la longue enfilade de chandelles et de flambeaux. La glace crissait sous ses bottes, et une soudaine rafale rejeta sa cagoule en arrière, comme si un fantôme s'en était saisi avec des doigts de givre, avide de contempler son visage.

Winterfell était pleine de spectres, pour Theon Greyjoy.

Ce n'était pas le château dont il avait gardé le souvenir à l'été de sa jeunesse. Les lieux étaient balafrés et brisés, plus ruine que redoute, un antre de corbeaux et de cadavres. Le grand rempart double se dressait encore, car le granit ne cède pas aisément au feu, mais la plupart des tours et des donjons intérieurs avaient perdu leur toit. Quelques-uns s'étaient effondrés. Le chaume et le bois avaient été la proie des flammes, entièrement ou en partie, et sous les carreaux brisés des jardins de verre, les fruits et les légumes qui auraient nourri le château au cours de l'hiver étaient morts, noirs, gelés. Des tentes emplissaient la cour, à demi enfouies sous la neige. Roose Bolton avait introduit son ost dans les murs, accompagné de ses amis les Frey ; des milliers se pelotonnaient au sein des ruines, comblant chaque cour, dormant dans les caves, sous des tours décoiffées ou dans des bâtiments abandonnés depuis des siècles.

Des panaches de fumée grise montaient en serpentant des cuisines reconstruites et du donjon des baraquements, couvert de nouveau. Chemins de ronde et créneaux se couronnaient de neige et s'enguirlandaient de glaçons. Winterfell avait été vidée de toute couleur, pour ne plus laisser que du gris et du blanc. *Les couleurs des Stark.* Theon ne savait pas s'il devait y voir une menace ou un réconfort. Le ciel lui-même était gris. *Gris, gris, toujours plus gris. Le monde entier est gris, partout où l'on regarde, tout est gris, hormis les yeux de la mariée.* Elle avait les yeux marron. *De grandes prunelles marron remplies de peur.* Il n'était pas juste qu'elle quêtât un secours auprès de lui. Que s'imaginait-elle ? Qu'il allait siffler un cheval ailé et qu'il s'envolerait avec elle hors d'ici, comme un héros de ces histoires qu'elle et Sansa aimaient tant ? Il ne pouvait même pas se secourir lui-même. *Schlingue, Schlingue, ça commence comme chétif.*

Tout autour de la cour, des morts pendaient à demi gelés au bout de cordes de chanvre, leur visage gonflé blanc de givre. Winterfell grouillait de réfugiés, lorsque l'avant-garde de Bolton avait atteint le château. Plus de deux douzaines qu'on avait chassés à la pointe des piques des nids qu'ils s'étaient aménagés au creux des donjons et des tours à demi en ruine. Les plus hardis et les plus agressifs avaient été pendus, les autres mis au travail. Servez bien, leur avait annoncé lord Bolton, et je me montrerai clément. La pierre et les madriers abondaient, avec le Bois-aux-Loups si proche. De solides portes neuves avaient été les premières dressées en place, pour remplacer celles qui avaient brûlé. Ensuite, le toit effondré de la grande salle avait été déblayé, et un nouveau installé en hâte à la place. Une fois le travail achevé, lord Bolton avait pendu les ouvriers. Fidèle à sa parole, il s'était montré clément et n'en avait pas écorché un seul.

À ce moment-là était arrivé le reste de l'armée de Bolton. Ils avaient hissé le cerf et le lion du roi Tommen au-dessus des murailles de Winterfell, tandis que le vent soufflait du nord en hurlant et, au-dessous, l'écorché de Fort-Terreur. Theon était venu dans l'équipage de Barbrey Dustin, avec Sa Seigneurie elle-même, ses recrues levées à Tertre-bourg et la future épouse. Lady Dustin avait insisté pour avoir la garde de lady Arya jusqu'au moment où elle serait mariée, mais le moment en question était désormais du passé. *Elle appartient dorénavant à Ramsay. Elle a prononcé le serment.* Grâce à ce mariage, Ramsay serait sire de Winterfell. Tant que Jeyne prenait garde à ne point l'irriter, il ne devrait avoir aucune raison de lui porter atteinte. *Arya. Son nom est Arya.*

Même dans leurs gants doublés de fourrure, les mains de Theon avaient commencé à palpiter de douleur. C'étaient souvent des mains qu'il souffrait le plus, en particulier de ses doigts absents. Y avait-il vraiment eu un temps où les femmes désiraient ses caresses ? *Je me suis fait prince de Winterfell*, songea-t-il, *et tout le reste a découlé de là.* Il avait cru que les hommes chanteraient ses exploits un siècle durant et conteraient ses hauts faits. Mais si l'on parlait désormais de lui, c'était pour le nommer Theon Tourne-Casaque, et les contes qu'on colportait parlaient de sa traîtrise. *Jamais je n'ai été ici chez moi. J'y étais otage.* Lord Stark ne l'avait pas traité cruellement, mais la longue ombre d'acier de sa grande épée avait toujours reposé entre eux. *Il était aimable avec moi, mais jamais chaleureux. Il savait qu'un jour il devrait peut-être m'exécuter.*

Theon garda les yeux baissés en traversant la cour, zigzaguant entre les tentes. *Dans cette cour j'ai appris à me battre*, se disait-il en se remémorant les chaudes journées d'été qu'il avait passées à affronter Robb et Jon Snow sous les yeux vigilants du vieux ser Rodrik. C'était à l'époque où il était entier, où il pouvait saisir la poignée d'une épée aussi bien que n'importe qui. Mais la cour gardait aussi de plus noirs souvenirs. C'était ici qu'il avait rassemblé les gens de Stark, la nuit où Bran et Rickon avaient fui le château. Ramsay était alors Schlingue, debout près de lui, à lui souffler d'écorcher quelques-uns de ses captifs pour leur faire dire où avaient fui les garçons. *On n'écorchera personne dans le Nord tant que je gouvernerai Winterfell*, avait riposté Theon, sans imaginer que son règne serait si bref. *Aucun d'eux ne m'a aidé. Je les connaissais depuis la moitié de ma vie et aucun d'eux ne m'a aidé.* Et cependant, il avait agi de son mieux pour les protéger, mais une fois que Ramsay avait déposé le visage de Schlingue, il avait tué tous les hommes, ainsi que les Fer-nés de Theon. *Il a mis le feu à mon cheval.* C'était la dernière vision qu'il avait eue, le jour où le château était tombé : Blagueur embrasé, les flammes bondissant sur sa crinière tandis qu'il se cabrait en hurlant, ses yeux blancs de terreur. *Ici, dans cette même cour.*

Les portes de la grande salle se dressaient devant lui ; nouvellement construites pour remplacer celles qui avaient brûlé, elles lui paraissaient grossières et laides, des planches nues jointoyées à la hâte. Deux lanciers les gardaient, voûtés et grelottant sous leurs épaisses capes en fourrure, leurs barbes caparaçonnées de glace. Ils jetèrent à Theon un regard plein de ressentiment quand celui-ci gravit les marches en boitillant, poussa la porte de droite et se coula à l'intérieur.

Une bienheureuse chaleur régnait dans la salle éclairée à la lumière des flambeaux, encombrée comme il ne l'avait jamais vue. Theon laissa la douceur l'envelopper, puis il se dirigea vers l'avant de la salle. Des hommes étaient assis, genou à genou, tassés si serré sur les bancs que les serveurs devaient se frayer un passage entre eux. Même au haut bout de la table les chevaliers et les lords disposaient de moins d'espace que d'ordinaire.

En haut, près de l'estrade, Abel touchait les cordes de son luth et chantait *Belles pucelles d'été*. *Il se prétend barde. Au vrai, il est plutôt maquereau.* Lord Manderly avait amené de Blancport des musiciens, mais aucun qui chantât. Aussi, quand Abel s'était présenté aux portes avec un luth et six femmes, avait-il été accueilli chaleureusement. « Deux sœurs, deux filles, une épouse et ma vieille mère », assurait le chanteur, bien qu'aucune d'elles ne lui ressemblât. « Les unes dansent, les autres chantent, une joue de la cornemuse et l'autre du tambour. Elles sont fines lavandières, au surplus. »

Barde ou maquereau, Abel avait une voix tolérable et un jeu plaisant. Ici, parmi les ruines, personne ne pouvait espérer mieux.

Au long des murs s'exposaient les bannières : les têtes de cheval des Ryswell en or, brun, gris et noir ; le rugissant géant de la maison Omble ; la main de pierre de la maison Flint, de Pouce-Flint ; l'orignac de Corbois et le triton de Manderly ; la hache de combat noire de Cerwyn et les pins de Tallhart. Toutefois, leurs vifs coloris ne pouvaient couvrir entièrement les murs noircis derrière elles, ni les planches qui colmataient les béances où s'ouvraient autrefois des fenêtres. Même le toit sonnait faux, avec ses solives neuves en bois brut, légères et claires à la place des anciennes poutres, pratiquement badigeonnées de noir par des siècles de fumée.

Les plus amples bannières se trouvaient derrière l'estrade, où le loup-garou de Winterfell et l'écorché de Fort-Terreur étaient accrochés derrière l'épouse et son mari. La vision de la bannière des Stark affecta Theon plus qu'il ne s'y attendait. *Non, ça ne va pas, comme ses yeux.* La maison Poole avait pour armes un besant bleu sur champ blanc, avec un trescheur gris. Voilà les armes qu'ils auraient dû exposer.

« Theon Tourne-Casaque », commenta quelqu'un sur son passage. D'autres se détournèrent à sa vue. L'un cracha. *Et pourquoi non ?* Il était le traître qui avait pris Winterfell par rouerie, tué ses frères adoptifs, envoyé son propre peuple se faire écorcher à Moat Cailin, et livré sa sœur adoptive à la couche de lord Ramsay. Roose Bolton pouvait se servir de lui, mais de vrais Nordiens se devaient de le mépriser.

Les orteils manquants de son pied gauche lui avaient laissé la démarche tordue, malhabile, bouffonne à regarder. Dans son dos, il entendit rire une femme. Même ici, dans le cimetière à demi gelé qu'était la forteresse cernée par la neige, la glace et la mort, il y avait des femmes. *Des lavandières.* C'était façon courtoise de désigner les *femmes de camp*, ce qui était façon courtoise de dire *putains.*

D'où elles venaient, Theon n'en avait aucune idée. Elles semblaient apparaître spontanément, comme les vers sur une charogne, ou les corbeaux après la bataille. Chaque armée les attirait. Certaines étaient des putains endurcies capables de baiser vingt hommes en une nuit et de les faire rouler sous la table à force de boisson. D'autres paraissaient innocentes autant que sont pucelles, mais ce n'était qu'artifice de leur commerce. D'aucunes étaient des épouses de camp, liées aux soldats qu'elles suivaient par des mots chuchotés devant l'un ou l'autre dieu, mais condamnées à être oubliées dès que la guerre s'achèverait. Elles réchauffaient la couche de l'homme la nuit, ravaudaient les trous de ses bottes le matin, cuisinaient son repas le crépuscule venu, et pilleraient son corps la bataille finie. Certaines accomplissaient même un brin de lessive. Avec elles, une fois sur deux, venaient des enfants bâtards, de misérables créatures, crasseuses, nées dans l'un ou l'autre camp. Et même ceux-là se gaussaient de Theon Tourne-Casaque. *Eh bien, qu'ils rient.* Son orgueil avait péri ici, à Winterfell ; il n'y avait pas la place pour de telles considérations dans les cachots de Fort-Terreur. Quand on a connu le baiser d'un couteau d'écorcheur, le rire perd toute capacité à blesser.

La naissance et le sang lui ouvraient droit à un siège sur l'estrade, à l'extrémité du haut bout de la table, près d'un mur. À sa gauche était assise lady Dustin, comme toujours vêtue de laine noire, à la coupe sévère et sans ornements. À sa droite ne siégeait personne. *Ils craignent tous que le déshonneur ne déteigne sur eux.* S'il avait osé, il en aurait ri.

La mariée occupait la place la plus honorifique, entre Ramsay et son père. Elle resta assise, les yeux baissés, tandis que Roose Bolton les invitait à boire à lady Arya : « Par ses enfants, nos deux anciennes maisons ne feront plus qu'une, dit-il, et la longue inimitié entre Stark et Bolton prendra fin. » Il parlait d'une voix si douce que la salle se tut tandis que les hommes tendaient l'oreille. « Je regrette que notre bon ami Stannis n'ait pas encore jugé utile de se joindre à nous, poursuivit-il, suscitant une vaguelette de rires, car je sais que Ramsay espérait présenter sa tête à lady Arya en cadeau de noces. » Les rires redoublèrent. « Nous lui offrirons un accueil splendide quand il arrivera, bien digne de véritables Nordiens. En attendant ce jour, mangeons, buvons et éjouissons-nous... Car l'hiver est presque là, mes amis, et nombre d'entre nous ne vivront pas pour voir le printemps. »

Le sire de Blancport avait fourni la chère et la boisson, l'ale brune et la bière jaune, les vins rouges, aurés et mauves, apportés du Sud chaud sur des navires au cul lourd et vieillis dans la profondeur de ses caves. Les invités de la noce se gavèrent de beignets de morue et de potiron d'hiver, de collines de panais et de grandes meules rondes de fromage, de pavés fumants de mouton et de côtes de bœuf, presque charbonnées et, enfin, de trois grandes tourtes de mariage, d'un diamètre de roues de chariot, aux croûtes feuilletées farcies jusqu'à en éclater de carottes, d'oignons, de navets, de panais, de champignons et de pièces de porc épicé baignant dans une succulente sauce brune. Ramsay en tailla des parts avec son fauchon et Wyman Manderly les servit en personne, présentant les premières portions fumantes à Roose Bolton et à sa grosse Frey d'épouse, les suivantes à ser Hosteen et ser Aenys, les fils de Walder Frey. « La meilleure tourte que vous ayez jamais goûtée, messeigneurs, promit le lord obèse. Arrosez-la d'auré de La Treille et savourez-en chaque bouchée. Je sais que ce sera mon cas. »

Fidèle à sa parole, Manderly en dévora six portions, deux de chacune des trois tourtes, claquant des lèvres, se tapant la panse et s'empiffrant jusqu'à ce que le plastron de sa tunique fût à moitié bruni de taches de sauce et sa barbe semée de miettes de croûte. Même la grosse Walda Frey ne put rivaliser avec sa gourmandise, bien qu'elle réussît à en dévorer elle-même trois parts. Ramsay mangea lui aussi de bon cœur, mais sa pâle épouse se borna à contempler la portion déposée devant elle. Lorsqu'elle leva la tête et regarda vers Theon, il vit la peur derrière ses grands yeux marron.

On n'autorisait aucune longue épée dans la salle, mais chacun ici portait un poignard, même Theon Greyjoy. Comment découper la viande, sinon ? Chaque fois qu'il regardait celle qui avait été Jeyne Poole, il sentait la présence de cet acier à son côté. *Je n'ai aucun moyen de la sauver,* se disait-il, *mais je pourrais assez aisément la tuer. Nul ne s'attendrait à cela. Je pourrais lui demander l'honneur d'une danse et lui trancher la gorge. Ce serait une miséricorde, non ? Et si les anciens dieux entendent ma prière, Ramsay dans son courroux pourrait également me tuer de coups.* Theon n'avait pas peur de mourir. Dans les tréfonds de Fort-Terreur, il avait appris qu'existait bien pire que la mort. Ramsay lui avait enseigné cette leçon, un doigt après l'autre, un orteil après l'autre, et ce savoir-là, il avait peu de chances de l'oublier.

« Vous ne mangez pas, fit observer lady Dustin.

— Non. » Manger lui était difficile. Ramsay lui avait laissé tant de dents brisées que mâcher était une souffrance. Boire était plus aisé, bien qu'il dût saisir la coupe à deux mains pour ne pas la laisser choir.

« La tourte au cochon ne vous allèche pas, messire ? La meilleure que nous ayons jamais goûtée, comme notre gras ami voudrait nous en convaincre. » D'un mouvement avec sa coupe de vin, elle indiqua lord Manderly. « Avez-vous jamais vu gros homme si heureux ? Il en danserait. Et il nous a servis de ses propres mains. »

C'était la vérité. Le sire de Blancport était le vivant portrait de l'obèse jovial, tout en ris et sourires, plaisantant avec les autres seigneurs et leur administrant des claques dans le dos, hélant les musiciens pour réclamer tel ou tel air. « Joue-nous *La*

Nuit suprême, chanteur, beugla-t-il. Elle va plaire à la mariée, celle-là, je le sais. Ou chante-nous l'histoire du brave et jeune Danny Flint et fais-nous pleurer. » À le voir, on l'aurait pris pour le jeune marié lui-même.

« Il est ivre, supposa Theon.

— Il noie ses peurs. Il est couard jusqu'à la moelle, celui-là. » Vraiment ? Theon n'en était pas convaincu. Ses fils avaient été gras, eux aussi, mais ils ne s'étaient pas déshonorés au combat. « Les Fer-nés banquettent eux aussi avant la bataille. Une dernière façon de savourer la vie, au cas où la mort guetterait. Si Stannis arrive…

— Il arrivera. Il le faut. » Lady Dustin gloussa. « Et quand il sera là, le gros homme va se pisser aux chausses. Son fils est mort aux Noces Pourpres, et il a quand même partagé le pain et le sel avec les Frey, les a accueillis sous son toit et en a promis un à sa petite-fille. Le voilà qui leur sert de la tourte, à présent. Les Manderly ont autrefois fui le Sud, chassés de leurs terres et de leurs castels par des ennemis. Le sang ne ment pas. Le gros homme aimerait tous nous tuer, je n'en doute point, mais il n'en a pas les tripes, en dépit de son embonpoint. Sous cette chair en sueur bat un cœur aussi lâche et piteux que… ma foi, que le vôtre. »

Son dernier mot était un coup de fouet, mais Theon n'osa pas répondre sur le même ton. Il paierait toute insolence de sa peau. « Si vous croyez, madame, que lord Manderly cherche à nous trahir, c'est à lord Bolton qu'il faut le dire.

— Croyez-vous que Roose ne le sait pas ? Petit naïf. Observez-le. Voyez comme il surveille Manderly. Aucun mets ne touche les lèvres de Roose que celui-ci n'ait d'abord vu lord Wyman en manger. Aucune coupe de vin qu'il boive tant qu'il n'a pas vu lord Wyman boire du même fût. Je crois qu'il serait ravi de voir le gros homme tenter quelque traîtrise. La chose l'amuserait. Roose n'a aucun sentiment, voyez-vous. Ces sangsues dont il est tellement entiché ont pompé ses passions hors de son corps depuis des années. Il n'aime point, ne hait point, ne pleure point. C'est pour lui un jeu, vaguement divertissant. Certains hommes chassent, d'autres ont des faucons, d'autres encore jouent aux dés. Roose joue avec les hommes. Vous et moi, ces Frey, lord Manderly, sa nouvelle femme grassouillette, même son bâtard, nous ne sommes que des jouets. » Un serveur passait. Lady Dustin brandit sa coupe et la lui laissa remplir,

puis indiqua qu'il fît de même pour Theon. « À parler franchement, poursuivit-elle, lord Bolton aspire à plus qu'une simple
seigneurie. Pourquoi pas roi du Nord ? Tywin Lannister est
mort, le Régicide est estropié, le Lutin s'est enfui. Les Lannister
sont une force épuisée, et vous avez eu la bonté de le débarrasser
des Stark. Le vieux Walder Frey n'objectera pas à voir sa grassouillette Walda devenir reine. Blancport pourrait poser problème si lord Wyman devait survivre à la bataille qui arrive...
Mais je suis bien sûre qu'il n'y survivra pas. Pas plus que
Stannis. Roose les éliminera tous deux, comme il a éliminé le
Jeune Loup. Qui y a-t-il d'autre ?

— Vous, répondit Theon. Il y a vous. La dame de Tertre-
bourg, Dustin par le mariage, Ryswell par la naissance. »

Cela plut à la dame. Elle but une gorgée de vin, ses yeux
sombres pétillant, et dit : « La *veuve* de Tertre-bourg... et oui,
si je choisis de l'être, je pourrais devenir une gêne. Bien entendu,
Roose le voit, aussi prend-il également soin de me garder de
bonne humeur. »

Elle aurait pu en dire plus long, mais elle aperçut soudain les
mestres. Trois d'entre eux étaient entrés ensemble, par la porte
du seigneur, derrière l'estrade – un grand, un dodu et un très
jeune, mais avec leurs robes et leurs chaînes, ils étaient trois
jumeaux de la même noire portée. Avant la guerre, Medrick
avait servi le sire de Corbois, Rhodry lord Cerwyn et le jeune
Henly lord Ardoise. Roose Bolton les avait tous amenés à Winterfell pour se charger des corbeaux de Luwin, afin qu'on pût
de nouveau envoyer et recevoir des messages d'ici.

Quand mestre Medrick posa un genou en terre pour chuchot-
ter à l'oreille de Bolton, la bouche de lady Dustin se tordit avec
répugnance. « Si j'étais reine, la première chose que je ferais
serait de tuer tous ces rats gris. Ils galopent en tous sens, vivant
des miettes des lords, piaillant entre eux, chuchotant à l'oreille
de leurs maîtres. Mais qui est le maître et qui est le serviteur, à la
vérité ? Chaque grand lord a son mestre, chaque petit lord
aspire à en avoir. Si vous n'avez pas de mestre, on en tire la
conclusion que vous avez peu d'importance. Les rats gris lisent
et rédigent nos lettres, même pour les lords qui ne savent pas
lire eux-mêmes, et qui saurait dire avec certitude qu'ils ne défor-
ment pas la vérité à leurs propres fins ? À quoi servent-ils, je
vous le demande ?

— Ils guérissent », répondit Theon. Cela semblait être ce
qu'on attendait de lui.

« Ils guérissent, certes. Je n'ai jamais dit qu'ils n'étaient pas subtils. Ils s'occupent de nous quand nous sommes malades, blessés, ou désemparés par la maladie d'un parent ou d'un enfant. Chaque fois que nous sommes les plus faibles, les plus vulnérables, ils sont là. Parfois, ils nous guérissent et nous en sommes reconnaissants, comme il se doit. Lorsqu'ils échouent, ils nous consolent dans notre chagrin, et de cela aussi, nous leur sommes reconnaissants. Par gratitude, nous leur attribuons une place sous notre toit et nous les mettons dans la confidence de toutes nos hontes et tous nos secrets, nous leur donnons une place à chaque conseil. Et avant qu'il soit tard, le gouvernant est devenu gouverné.

» C'est ainsi qu'il en allait avec lord Rickard Stark. Mestre Walys, s'appelait son rat gris. Et n'est-ce point ingénieux, cette façon qu'ont les mestres de n'aller que sous un seul nom, même ceux qui en possédaient deux en arrivant à la Citadelle ? De la sorte, nous ne savons ni qui ils sont vraiment, ni d'où ils viennent... Mais avec assez d'entêtement, on peut quand même le découvrir. Avant de forger sa chaîne, mestre Walys était connu sous le nom de Walys Flowers. Flowers, Hill, Rivers, Snow... nous donnons ces noms aux enfants de vile naissance afin de marquer leur nature, mais ils sont prompts à s'en dépouiller. Walys Flowers avait une fille Hightower pour mère... et un archimestre de la Citadelle comme père, selon la rumeur. Les rats gris ne sont point si chastes qu'ils voudraient nous en faire accroire. Les mestres de Villevieille sont les pires de tous. Une fois qu'il a eu forgé sa chaîne, son père secret et ses amis n'ont pas perdu de temps à l'expédier à Winterfell pour verser des mots empoisonnés à la douceur de miel dans l'oreille de lord Rickard. L'idée d'un mariage avec les Tully venait de lui, n'en doutez point, il... »

Elle s'interrompit, car Roose Bolton se levait de nouveau, ses yeux pâles brillant à la clarté des flambeaux. « Mes amis », commença-t-il tandis qu'un silence enveloppait la salle, si profond que Theon entendit le vent tâtonner aux planches qui obturaient les fenêtres. « Stannis et ses chevaliers ont quitté Motte-la-Forêt, sous la bannière de son nouveau dieu rouge. Les clans des collines du Nord l'accompagnent sur leurs avortons de chevaux hirsutes. Si le temps se maintient, ils pourraient être sur nous dans une quinzaine. Et Freuxchère Omble remonte la route Royale, tandis que les Karstark approchent par l'est. Ils ont l'intention d'opérer ici leur jonction avec lord Stannis et de nous enlever ce château. »

Ser Hosteen Frey se remit debout. « Nous devrions chevaucher à leur rencontre. Pourquoi leur permettre de combiner leurs forces ? »

Parce qu'Arnolf Karstark n'attend qu'un signal de lord Bolton avant de tourner casaque, se dit Theon, pendant que d'autres lords commençaient à crier des conseils. Lord Bolton leva les mains pour intimer silence. « La salle n'est pas le lieu pour de tels débats, messeigneurs. Retirons-nous dans les appartements privés, tandis que mon fils consomme son mariage. Les autres, restez ici et savourez la chère et le vin. »

Tandis que le sire de Fort-Terreur s'éclipsait, escorté par les trois mestres, d'autres seigneurs et capitaines se levèrent pour les suivre. Hother Omble, le vieillard émacié qu'on appelait Pestagaupes, s'en fut, la mine sévère et une moue à la bouche. Lord Manderly était tellement ivre qu'il fallut quatre solides gaillards pour l'aider à quitter la grande salle. « Nous aurions dû avoir une chanson sur le Rat Coq », bredouilla-t-il, croisant Theon en titubant, soutenu par ses chevaliers. « Chanteur, joue-nous une chanson sur le Rat Coq. »

Lady Dustin figura parmi les derniers à se lever de sa place. Quand elle fut partie, la grande salle sembla suffocante, tout d'un coup. Ce ne fut que lorsque Theon se remit debout qu'il s'aperçut combien il avait bu. En quittant la table d'un pas chancelant, il renversa une carafe des mains d'une serveuse. Le vin lui éclaboussa les bottes et les chausses, une marée rouge sombre.

Une main lui empoigna l'épaule, cinq doigts durs comme fer se plantant profondément dans sa chair. « On te demande, Schlingue », prononça Alyn le Rogue, son haleine immonde par la puanteur de ses chicots pourris. Dick le Jaune et Damon Danse-pour-moi se trouvaient avec lui. « Ramsay dit que tu vas lui amener sa belle au lit. »

Un frisson de peur le traversa. *J'ai tenu mon rôle*, se dit-il. *Pourquoi moi ?* Mais il savait bien qu'il ne devait pas élever d'objections.

Lord Ramsay avait déjà quitté la salle. Sa jeune épouse, triste et apparemment oubliée, était assise, courbée et silencieuse, sous la bannière de la maison Stark, serrant à deux mains une coupe d'argent. À en juger par le regard qu'elle lui lança quand il approcha, elle avait vidé la coupe plus d'une fois. Peut-être avait-elle espéré qu'en buvant suffisamment, l'épreuve lui serait épargnée. Theon savait qu'elle s'illusionnait. « Lady Arya, lui dit-il. Venez. Il est temps pour vous d'accomplir votre devoir. »

Six des hommes du Bâtard les accompagnèrent tandis que Theon guidait la jeune femme par l'arrière de la salle et à travers la cour glaciale jusqu'au Grand Donjon. Il fallait gravir trois volées de degrés de pierre jusqu'à la chambre à coucher de lord Ramsay, une des pièces que les incendies n'avaient touchées qu'à peine. Durant la montée, Damon Danse-pour-moi sifflota, tandis que l'Écorcheur se vantait que lord Ramsay lui avait promis un lambeau du drap taché de sang, en marque de sa faveur spéciale.

La chambre à coucher avait été fort bien préparée en vue de la consommation. Tout le mobilier était neuf, transporté de Tertrebourg dans le train des bagages. Le lit à baldaquin avait un matelas de plume et des tentures de velours rouge sang. Le sol de pierre était couvert de peaux de loup. Un feu brûlait dans l'âtre, une chandelle sur la table de nuit. Sur la desserte, on voyait une carafe de vin, deux coupes et une demi-meule de fromage blanc veiné.

Il y avait également un fauteuil, en chêne noir sculpté avec un siège de cuir rouge. Lord Ramsay l'occupait quand ils entrèrent. Des postillons luisaient sur ses lippes. « Voilà ma douce pucelle. Braves garçons. Vous pouvez nous laisser, à présent. Pas toi, Schlingue. Tu restes ici. »

Schlingue, Schlingue, ça commence comme chandelle. Il sentait des crampes dans ses doigts manquants : deux à sa main gauche, un à la droite. Et sur sa hanche reposait son poignard, dormant dans le fourreau en cuir, mais lourd, oh, tellement lourd. *À ma main droite ne manque que le petit doigt*, se remémora Theon. *Je peux encore tenir un poignard.* « Messire. En quoi puis-je vous servir ?

— Tu m'as accordé la drôlesse. Qui est mieux placé pour déballer le présent ? Jetons un coup d'œil à la petite fille de Ned Stark. »

Elle n'a aucune parenté avec lord Eddard, faillit répliquer Theon. *Ramsay le sait, il doit bien le savoir. À quel nouveau jeu cruel joue-t-il ?* La fille se tenait debout près d'un montant du lit, tremblant comme une biche. « Lady Arya, si vous voulez bien me tourner le dos, je me dois de délacer votre robe.

— Non. » Lord Ramsay se versa une coupe de vin. « Les lacets prennent trop de temps. Découpe-lui la robe. »

Theon tira son poignard. *Il me suffit de me retourner et de le poignarder. J'ai le couteau en main.* Il connaissait le jeu, désormais. *Un autre piège*, se dit-il, se rappelant Kyra et ses clés. *Il veut que j'essaie de le tuer. Et quand j'échouerai, il écorchera la main que j'ai employée pour tenir la lame.* Il saisit à pleine main un pan de la robe de mariée. « Ne bougez pas, madame. » Le vêtement s'évasait en dessous de la taille, aussi est-ce là qu'il introduisit la lame, tranchant lentement vers le haut, afin de ne pas la blesser. L'acier chuchotait à travers la laine et la soie, avec un son doux et léger. La fille tremblait. Theon dut la retenir par le bras pour l'immobiliser. *Jeyne, Jeyne, ça commence comme joug.* Il serra sa poigne, autant que sa main gauche estropiée le lui permettait. « Ne bougez pas. »

Finalement la robe tomba, un fatras pâle autour des pieds de la fille. « Son petit linge aussi », ordonna Ramsay. Schlingue obéit.

Quand ce fut fait, la mariée se tint nue, ses atours de noces réduits à une pile de haillons blancs et gris à ses pieds. Elle avait de petits seins pointus, d'étroites hanches de fillette, des jambes aussi maigres que des pattes d'oiseau. *Une enfant.* Theon avait oublié combien elle était jeune. *L'âge de Sansa. Arya serait encore plus jeune.* Malgré le feu dans la cheminée, il faisait froid dans la chambre à coucher. La peau pâle de Jeyne se hérissait de chair de poule. Vint un moment où ses mains se levèrent, comme pour couvrir ses seins, mais Theon articula en silence un *non* et elle le vit, et s'arrêta immédiatement.

« Que penses-tu d'elle, Schlingue ? demanda lord Ramsay.

— Elle… » *Quelle réponse attend-il ?* Que lui avait dit la fille, avant le bois sacré ? *Tout le monde disait que j'étais jolie.* Elle ne l'était pas, en ce moment. Il voyait une toile d'araignée de fines lignes en travers de son dos, où on l'avait fouettée. « Elle est belle, si… si belle. »

Ramsay eut son sourire humide. « Est-ce qu'elle te durcit le vit, Schlingue ? Est-ce qu'il est bandé contre tes lacets ? Voudrais-tu être le premier à la baiser ? » Il rit. « Le prince de Winterfell devrait avoir ce droit, comme tous les seigneurs d'antan. La première nuit. Mais tu n'es pas un seigneur, n'est-ce pas ? Juste Schlingue. Pas même un homme, à vrai dire. » Il but une nouvelle gorgée de vin, puis jeta la coupe à travers la chambre pour qu'elle se brisât contre un mur. Des rivières rouges coulèrent sur la pierre. « Lady Arya. Étendez-vous sur le lit. Oui, contre les oreillers, en bonne épouse. À présent, écartez les jambes. Exposez-nous votre connil. »

La fille obéit, sans un mot. Theon recula d'un pas vers la porte. Lord Ramsay s'assit auprès de son épouse, glissa la main à l'intérieur de la cuisse, puis enfonça deux doigts en elle. La fille laissa échapper un petit hoquet de douleur. « Tu es sèche comme un vieil os. » Ramsay retira la main et la gifla en plein visage. « On m'avait dit que tu savais contenter un homme. Était-ce un mensonge ?

— N-non, messire. On m'a f-formée. »

Ramsay se leva, les lueurs du feu brillant sur son visage. « Schlingue, viens par ici. Prépare-la-moi. »

Un instant, il ne comprit pas. « Je... vous voulez dire... M'sire, je n'ai pas de... Je...

— Avec ta bouche, précisa lord Ramsay. Et ne traîne pas. Si elle n'est pas trempée du temps que j'ai fini de me dévêtir, je te coupe ta langue et je la cloue au mur. »

Quelque part, dans le bois sacré, un corbeau hurla. Il avait toujours le poignard à la main.

Il le rengaina.

Schlingue, mon nom est Schlingue, ça commence comme chimères.

Schlingue s'inclina sur sa tâche.

L'OBSERVATEUR

« Voyons donc cette tête », ordonna son prince.

Areo Hotah laissa courir sa main sur la hampe lisse de sa hache de guerre, son épouse de frêne et de fer, observant tout du long. Il observait le chevalier blanc, ser Balon Swann, et les autres, arrivés avec lui. Il observait les Aspics des Sables, chacun à une table différente. Il observait les seigneurs et les dames, les serviteurs, le vieux sénéchal aveugle et le jeune mestre Myles, avec sa barbe soyeuse et son sourire servile. Debout à moitié dans la lumière et à moitié dans l'ombre, il les voyait tous. *Servir. Protéger. Obéir.* Ainsi se définissait sa tâche.

Tous les autres n'avaient d'yeux que pour le coffret. Il était sculpté dans l'ébène, avec des fermoirs et charnières d'argent. Une belle et bonne boîte, assurément, mais nombre de ceux qui étaient assemblés ici dans le Palais Vieux de Lancehélion seraient peut-être morts sous peu, en fonction du contenu de ce coffret.

Dans un chuchotis de sandales sur le sol, mestre Caleotte traversa la salle jusqu'à ser Balon Swann. Le petit homme rond avait splendide allure dans ses robes neuves, avec leurs larges bandeaux de couleurs aubère et doubeurre et leurs fines rayures rouges. En s'inclinant, il prit le coffret des mains du chevalier blanc et le porta à l'estrade, où Doran Martell était assis dans son fauteuil roulant entre sa fille Arianne et Ellaria, l'amante de cœur de son défunt frère. Cent chandelles parfumées embaumaient l'atmosphère. Des gemmes scintillaient aux doigts des lords, aux bandiers et aux résilles des dames. Areo Hotah avait lustré sa cotte d'écailles de cuivre afin de les rendre éclatantes comme un miroir et de resplendir lui aussi aux feux des chandelles.

Un silence était tombé sur la salle. *Dorne retient son souffle.* Mestre Caleotte déposa le coffret à côté du fauteuil du prince Doran. Les doigts du mestre, d'habitude si assurés et déliés, se firent maladroits en actionnant le fermoir et en ouvrant le couvercle, pour révéler le crâne à l'intérieur. Hotah entendit quelqu'un se racler la gorge. Une des jumelles Poulet murmura quelque chose à l'autre. Ellaria Sand avait clos les paupières et murmurait une prière.

Ser Balon Swann était tendu comme un arc bandé, observa le capitaine de la garde. Ce nouveau chevalier blanc n'était point si grand et séduisant que l'ancien, mais il était plus large de torse, plus massif, avec des bras lourds de muscles. Sa cape de neige était retenue à sa gorge par deux cygnes sur une broche d'argent. L'un était d'ivoire, l'autre d'onyx, et il paraissait à Areo Hotah qu'ils luttaient entre eux. L'homme qui les portait semblait un guerrier, aussi. *Celui-ci ne mourra pas aussi facilement que l'autre. Il ne chargera pas sous ma hache comme l'a fait ser Arys. Il se tiendra derrière son bouclier et me forcera à venir à lui.* Si les choses en arrivaient là, Hotah serait prêt. Sa hache de bataille était assez affûtée pour se raser avec.

Il se permit un bref coup d'œil vers le coffret. Le crâne, ricanant, reposait sur un fond de feutre noir. Tous les crânes ricanent, mais celui-ci semblait plus réjoui que bien d'autres. *Et plus gros.* Le capitaine des gardes n'avait jamais vu crâne plus volumineux. Il avait l'arcade sourcilière lourde, épaisse, la mâchoire massive. L'os luisait à la lueur des chandelles, aussi blanc que la cape de ser Balon. « Placez-le sur le piédestal », ordonna le prince. Des larmes brillaient dans ses yeux.

Le piédestal était une colonne en marbre noir, plus haute de trois pieds que mestre Caleotte. Le petit mestre replet sautilla sur la pointe des pieds, sans pouvoir y atteindre tout à fait. Areo Hotah se préparait à aller l'aider, mais Obara Sand agit la première. Même sans son fouet et son bouclier, elle avait une allure furieuse et hommasse. En lieu de robe, elle portait un haut-de-chausses d'homme et une tunique de linon qui lui descendait au mollet, serrée à la taille par une ceinture de soleils de cuivre. Ses cheveux bruns étaient retenus en arrière en chignon. Arrachant le crâne aux douces menottes roses du mestre, elle le plaça au sommet de la colonne de marbre.

« La Montagne n'ira plus à cheval, prononça le prince avec gravité.

— Sa mort a-t-elle été longue et douloureuse, ser Balon ? » s'enquit Tyerne Sand, du ton dont pourrait user une donzelle pour demander si sa robe était jolie.

« Il a hurlé pendant des jours, madame », répondit le chevalier blanc, bien qu'à l'évidence il prît peu de plaisir à le dire. « Nous l'entendions à travers tout le Donjon Rouge.

— Cela vous trouble-t-il, ser ? » demanda lady Nym. Elle portait une robe en soie jaune si fine et transparente que la lumière des chandelles la traversait pour révéler le tissu d'or et les joyaux en dessous. Sa tenue était d'une indécence telle que le chevalier blanc paraissait mal à l'aise en la regardant, mais Hotah approuvait. C'était quand Nymeria était pratiquement nue qu'elle présentait le moins de danger. Sinon, elle dissimulait assurément une douzaine de lames sur sa personne. « Ser Gregor était une brute sanguinaire, chacun s'accorde sur ce point. Si jamais homme a mérité de souffrir, ce fut lui.

— Cela se peut, madame, répondit Balon Swann, mais ser Gregor était un chevalier, et un chevalier devrait périr l'épée à la main. Le poison est une manière ignoble et répugnante de mourir. »

Lady Tyerne en sourit. Sa robe était crème et vert, avec de longues manches en dentelle, si pudique et si innocente que tout homme qui l'aurait vue aurait pu la croire la plus chaste des pucelles. Areo Hotah ne s'y trompait pas. Ses mains douces et pâles étaient aussi mortelles que les mains calleuses d'Obara, voire pires. Il l'observait avec attention, alerte au moindre frémissement de ses doigts.

Le prince Doran fronça les sourcils. « Cela est vrai, ser Balon, mais lady Nym a raison. Si jamais homme mérita de périr en hurlant, ce fut Gregor Clegane. Il a massacré ma bonne sœur, fracassé le crâne de son nourrisson contre un mur. Je prie seulement pour qu'il brûle à présent dans je ne sais quel enfer, et qu'Elia et ses enfants soient en paix. Voilà la justice dont Dorne avait soif. Je suis heureux d'avoir vécu assez longtemps pour la savourer. Enfin, les Lannister ont prouvé que leur hâblerie était fondée, et payé cette vieille dette de sang. »

Le prince laissa le soin à Ricasso, son sénéchal aveugle, de se lever pour porter un toast. « Messeigneurs et mesdames, buvons tous à Tommen, Premier de son Nom, roi des Andals, des Rhoynars et des Premiers Hommes, et Seigneur des Sept Couronnes. »

Les serviteurs avaient commencé à circuler parmi les invités pendant que le sénéchal parlait, remplissant les coupes avec les carafes qu'ils tenaient. Le vin était un brandevin de Dorne, noir comme le sang et doux comme la vengeance. Le capitaine n'en but pas. Jamais il ne buvait aux banquets. Le prince lui-même s'abstint. Il avait son propre vin, préparé par mestre Myles et fortement chargé de jus de pavot afin d'atténuer la souffrance de ses articulations gonflées.

Le chevalier blanc but, par pure courtoisie. Ses compagnons l'imitèrent. Ainsi que la princesse Arianne, lady Jordayne, le sire de la Gracedieu, le chevalier de Boycitre, la dame de Spectremont... même Ellaria Sand, dame de cœur du prince Oberyn, qui se trouvait auprès de lui à Port-Réal quand il était mort. Hotah prêtait davantage attention à ceux qui ne buvaient pas : ser Daemon Sand, lord Tremond Gargalen, les jumelles Poulet, Dagos Forrest, les Uller de Denfert, les Wyl des Osseux. *S'il y a des problèmes, cela pourrait commencer avec l'un d'entre eux.* Dorne était un pays mécontent et divisé, et l'emprise qu'exerçait le prince Doran sur lui n'était pas aussi ferme qu'elle l'aurait pu. Nombre de ses propres seigneurs le jugeaient faible et auraient accueilli avec satisfaction une guerre ouverte contre les Lannister et l'enfant roi sur le Trône de Fer.

En particulier les Aspics des Sables, les bâtardes de feu le frère du prince, Oberyn, la Vipère Rouge, dont trois participaient au banquet. Doran Martell était le plus sage des princes et il n'appartenait pas au capitaine des gardes de discuter ses décisions, mais Areo Hotah se demandait bien pourquoi il avait choisi de libérer les dames Obara, Nymeria et Tyerne de leurs cellules solitaires dans la tour Lance.

Tyerne déclina le toast de Ricasso avec un murmure, et lady Nym avec un bref geste de la main. Obara laissa remplir sa coupe à ras bord, puis la retourna, pour verser le vin rouge sur le sol. Quand une servante s'agenouilla pour essuyer le vin répandu, Obara quitta la salle. Au bout d'un instant, la princesse Arianne s'excusa et partit à sa suite. *Jamais Obara ne retournerait sa fureur contre la petite princesse,* Hotah le savait. *Elles sont cousines et elle lui est chère.*

Le banquet se poursuivit tard dans la nuit, présidé par le crâne ricanant sur sa colonne de marbre noir. On servit sept plats, en l'honneur des sept dieux et des sept frères de la Garde Royale. La soupe se composait d'œufs et de citrons, les grands poivrons verts étaient farcis de fromage et d'oignons. Il y avait des tourtes de lamproie, des chapons glacés au miel, un poisson-chat des fonds de la Sang-vert, si gros qu'il fallut quatre serviteurs pour le porter à table. Puis arriva un délicieux ragoût de serpent, des morceaux de sept espèces différentes mijotés avec du poivre-dragon, des oranges sanguines, et une giclée de venin pour lui donner du mordant. Le ragoût était très épicé, Hotah le savait, bien qu'il ne mangeât rien de tout cela. Suivit un sorbet afin d'apaiser la langue. Pour dessert, chaque convive se vit servir un crâne en sucre filé. Lorsque la croûte en fut brisée, ils découvrirent à l'intérieur une crème épaisse et des morceaux de prunes et de cerises.

La princesse Arianne revint à temps pour les poivrons farcis. *Ma petite princesse*, songea Hotah, mais Arianne était femme, désormais. Les soieries écarlates qu'elle portait ne laissaient aucun doute sur ce point. Dernièrement, elle avait également changé sur d'autres chapitres. Sa conspiration pour couronner Myrcella avait été trahie et écrasée, son chevalier blanc avait péri de sanglante façon aux mains d'Hotah, et elle avait elle-même été confinée dans la tour Lance, condamnée à la solitude et au silence. Tout cela l'avait assagie. Il y avait autre chose, aussi, un secret que lui avait confié son père avant de la libérer de sa réclusion. Lequel, le capitaine ne le savait pas.

Le prince avait installé sa fille entre lui et le chevalier blanc, une place de grand prestige. Arianne sourit en se glissant de nouveau sur son siège, et murmura quelques mots à l'oreille de ser Balon. Le chevalier ne jugea pas nécessaire de répondre. Il mangeait peu, observa Hotah : une cuillère de soupe, une bouchée de poivron, une cuisse de chapon, un peu de poisson. Il évita la tourte de lamproie et ne goûta qu'une petite cuillerée de ragoût. Même cela suffit à faire perler la sueur à son front. Hotah pouvait compatir. À son arrivée à Dorne, la nourriture ardente lui nouait le ventre et brûlait sa langue. Mais des années s'étaient écoulées ; désormais, il avait des cheveux blancs et pouvait manger tout ce que mangeait un Dornien.

Quand on servit les crânes en sucre filé, ser Balon pinça les lèvres et il attacha sur le prince un long regard pour voir si l'on se moquait de lui. Doran Martell n'y prêta aucune attention, mais sa fille le nota. « C'est une petite plaisanterie du cuisinier, ser Balon, expliqua Arianne. Même la mort n'est pas sacrée pour un Dornien. Vous ne serez pas fâché contre nous, j'espère ? » Elle effleura de ses doigts le dos de la main du chevalier blanc. « J'espère que vous avez apprécié votre séjour à Dorne.

— Tout le monde a fait montre d'une grande hospitalité, madame. »

Arianne toucha le bijou qui retenait sa cape, avec ses cygnes en querelle. « J'ai toujours beaucoup aimé les cygnes. Nul autre oiseau n'est moitié aussi beau, entre ici et les îles d'Été.

— Vos paons pourraient disputer le fait, fit observer ser Balon.

— Ils le pourraient, mais les paons sont des êtres vaniteux et orgueilleux, qui s'exhibent dans toutes ces couleurs criardes. Je préfère un cygne, d'un blanc serein ou d'un noir magnifique. »

Ser Balon hocha la tête et but une gorgée de vin. *On ne séduit pas celui-ci aussi aisément que son Frère Juré*, songea Hotah. *Ser Arys était un enfant, malgré son âge. Celui-ci est un homme, et il est sur ses gardes.* Il suffisait au capitaine de le regarder pour constater que le chevalier blanc était mal à l'aise. *Ces lieux lui sont inconnus, et ne lui plaisent guère.* Hotah pouvait le comprendre. Dorne lui avait paru un endroit bien étrange quand il était arrivé ici avec sa propre princesse, bien des années plus tôt. Les prêtres barbus lui avaient enseigné la Langue Commune de Westeros avant de l'envoyer, mais le débit des Dorniens les rendait tous trop difficiles à comprendre. Les Dorniennes étaient lascives, le vin dornien était aigre et la nourriture dornienne abondait en épices étranges et fortes. Et le soleil de Dorne était plus chaud que le pâle et morne soleil de Norvos, éclatant dans un ciel bleu, jour après jour.

Le voyage de ser Balon avait été plus court, mais déconcertant à sa façon, le capitaine le savait. Trois chevaliers, huit écuyers, vingt hommes d'armes et divers garçons d'écurie et serviteurs l'avaient accompagné depuis Port-Réal, mais une fois les montagnes franchies pour entrer à Dorne, leur progression avait été ralentie par une kyrielle de banquets, de chasses et de fêtes à chaque château qu'il leur arrivait de croiser. Et maintenant qu'ils avaient atteint Lancehélion, ni la princesse Myrcella ni ser Arys du Rouvre n'étaient là pour les accueillir. *Le chevalier blanc se doute que quelque chose ne va pas*, Hotah le voyait bien, *mais son problème va au-delà.* Peut-être la présence des Aspics des

Sables le désarçonnait-elle. En ce cas, le retour d'Obara dans la salle avait dû verser du vinaigre sur la plaie. Elle se coula de nouveau à sa place sans un mot, et resta assise, morose et amère, sans sourire ni rien dire.

La minuit approchait lorsque le prince Doran se tourna vers le chevalier blanc pour lui déclarer : « Ser Balon, j'ai lu la missive de notre gracieuse reine que vous m'avez apportée. Puis-je présumer que vous en connaissez le contenu, ser ? »

Hotah vit le chevalier se crisper. « En effet, messire. Sa Grâce m'a informé qu'on pourrait me demander d'escorter sa fille pour son retour à Port-Réal. Le roi Tommen se languit de sa sœur, et aimerait que la princesse Myrcella rentrât à la cour pour une brève visite. »

La princesse Arianne prit une expression désolée. « Oh, mais nous nous sommes tous tellement attachés à Myrcella, ser. Mon frère Trystan et elle sont devenus inséparables.

— Le prince Trystan serait lui aussi bienvenu à Port-Réal, assura Balon Swann. Le roi Tommen aimerait le rencontrer, j'en suis certain. Sa Grâce a si peu de compagnons d'un âge proche du sien.

— Les liens forgés dans l'enfance peuvent durer toute une vie d'homme, commenta le prince Doran. Lorsque Trystan épousera Myrcella, Tommen et lui seront comme des frères. La reine Cersei a raison. Ces garçons devraient se rencontrer, devenir amis. Il manquera à Dorne, assurément, mais il est grand temps que Trystan voie un peu le monde au-delà du Rempart de Lancehélion.

— Je sais que Port-Réal lui réservera un chaleureux accueil. »

Mais pourquoi se met-il à transpirer ? se demanda le capitaine qui observait. *Il fait assez frais dans la salle, et il n'a pas goûté au ragoût.*

« Quant à l'autre affaire soulevée par la reine Cersei, poursuivait le prince Doran, c'est la vérité : le siège de Dorne au conseil restreint est demeuré vacant depuis la mort de mon frère, et il est grand temps qu'il soit de nouveau occupé. Je suis flatté que Sa Grâce estime que mes conseils puissent lui être utiles, mais je ne sais si j'ai l'énergie pour accomplir un tel voyage. Peut-être que si nous l'accomplissions par voie de mer ?

— En bateau ? » Ser Balon parut pris de court. « Ce... Serait-ce bien prudent, mon prince ? L'automne est une mauvaise saison pour les tempêtes, du moins l'ai-je entendu dire, et... les pirates des Degrés de Pierre, ils...

— Les pirates. Bien entendu. Vous avez peut-être raison, ser. Mieux vaudra revenir par le trajet que vous avez suivi à l'aller, il est plus sûr. » Le prince Doran sourit avec amabilité. « Reparlons-en demain. Quand nous arriverons aux Jardins Aquatiques, nous le dirons à Myrcella. Je sais qu'elle sera enthousiaste. Son frère lui manque aussi, je n'en doute pas.

— Il me tarde de la revoir, déclara ser Balon. Et de visiter vos Jardins Aquatiques. J'ai entendu dire qu'ils étaient splendides.

— Splendides et paisibles. Des brises fraîches, une eau qui scintille et le rire des enfants. Les Jardins Aquatiques sont le lieu que je préfère au monde, ser. Un de mes ancêtres les a fait construire pour plaire à son épouse Targaryen et la libérer de la poussière et de la chaleur de Lancehélion. *Daenerys* était son nom. Elle était la sœur du roi Daeron le Bon, et ce fut son mariage qui rattacha Dorne aux Sept Couronnes. Tout le royaume savait que cette fille aimait le frère bâtard de Daeron, Daemon Feunoyr, et que celui-ci l'aimait en retour, mais le roi était assez sage pour voir que le bien de milliers de personnes devait primer sur les désirs de deux, même si ces deux-là lui étaient chers. C'est Daenerys qui a rempli les jardins d'enfants rieurs. Les siens propres, pour commencer, mais plus tard on amena des fils et filles de seigneurs et de chevaliers fieffés pour tenir compagnie aux garçons et filles de sang princier. Et par un jour d'été brûlant comme braise, elle prit pitié des enfants de ses valets et cuisiniers et serviteurs et les invita eux aussi à utiliser les bassins et les fontaines, une tradition qui s'est maintenue jusqu'à ce jour. » Le prince empoigna les roues de son fauteuil et s'écarta de la table. « Mais vous allez devoir m'excuser, à présent, ser. Toute cette conversation m'a épuisé, et nous devrions prendre la route au point du jour. Obara, serais-tu assez aimable pour m'aider à regagner mon lit ? Nymeria, Tyerne, venez vous aussi souhaiter la bonne nuit à votre vieil oncle. »

Il échut donc à Obara Sand de pousser le fauteuil roulant du prince hors de la salle des banquets de Lancehélion, le long d'une grande galerie, jusqu'à ses appartements. Areo Hotah suivit, avec les autres sœurs Sand, ainsi que la princesse Arianne et Ellaria Sand. Mestre Caleotte se hâtait en sandales sur leurs traces, serrant contre lui le crâne de la Montagne comme s'il s'agissait d'un enfant.

« Vous n'avez pas sérieusement l'intention d'envoyer Trystan et Myrcella à Port-Réal », jeta Obara tout en poussant. Elle avançait à longues enjambées furibondes, beaucoup trop rapides, et les grandes roues de bois du fauteuil claquaient bruyamment sur les dalles grossièrement taillées du sol. « Faites cela et nous ne reverrons jamais la petite, et votre fils passera sa vie comme otage du Trône de Fer.

— Me prends-tu pour un imbécile, Obara ? » Le prince laissa échapper un soupir. « Il y a beaucoup de choses que tu ignores. Des choses qu'il vaut mieux ne pas discuter ici, où tout le monde peut entendre. Si tu tiens ta langue, je pourrai t'éclairer. » Il fit une grimace. « *Moins vite*, pour l'amour que tu me portes ! Cette dernière secousse m'a planté un couteau dans le genou. »

Obara ralentit de moitié son allure. « Qu'allez-vous faire, alors ? »

Sa sœur Tyerne répondit : « Ce qu'il fait toujours, ronronna-t-elle. Remettre, brouiller, leurrer. Oh, personne ne s'y entend moitié si bien que notre bon oncle.

— Vous le jugez mal, protesta la princesse Arianne.

— Silence, vous toutes », ordonna le prince.

Ce n'est que lorsque les portes de ses appartements furent closes avec soin derrière eux qu'il fit pivoter son fauteuil pour faire face aux femmes. Ce seul effort suffit à le laisser hors d'haleine, et la couverture myrienne qui lui couvrait les jambes se prit entre deux rayons tandis qu'il roulait, si bien qu'il dut l'empoigner pour empêcher qu'elle lui fût arrachée. Sous le tissu léger, il avait des jambes pâles, molles, affreuses. Ses deux genoux étaient rougis et gonflés, et ses orteils presque mauves, du double de la taille qu'ils auraient dû avoir. Area Hotah les avait vus mille fois et avait encore du mal à les regarder.

La princesse Arianne s'avança. « Permettez-moi de vous aider, père. »

Le prince dégagea la couverture. « Je puis encore maîtriser ma propre couverture. Au moins cela. » C'était bien peu de chose. Il n'avait plus l'usage de ses jambes depuis trois ans, mais ses mains et ses épaules avaient gardé leur vigueur.

« Dois-je aller chercher pour mon prince un dé à coudre de lait de pavot ? demanda mestre Caleotte.

— J'aurais besoin d'un plein seau, avec cette douleur. Merci, mais non. Je veux garder la tête claire. Je n'aurai plus besoin de vous, ce soir.

— Fort bien, mon prince. » Mestre Caleotte s'inclina, le chef de ser Gregor encore serré entre ses douces menottes roses.

« Je vais me charger de ceci. » Obara Sand lui prit le crâne et le brandit à bout de bras. « À quoi ressemblait la Montagne ? Comment savons-nous qu'il s'agit bien de lui ? Ils auraient pu tremper la tête dans du goudron. Pourquoi la curer jusqu'à l'os ?

— Le goudron aurait abîmé le coffret », suggéra lady Nym, tandis que mestre Caleotte se hâtait de quitter les lieux. « Nul n'a *vu* mourir la Montagne, ni vu son chef tranché. La chose me trouble, je le confesse, mais que pourrait espérer accomplir la royale drôlesse en nous trompant ? Si Gregor Clegane est vivant, tôt ou tard la vérité éclatera. L'homme mesurait huit pieds, il n'a pas son pareil dans tout Westeros. Si un tel homme réapparaissait, Cersei Lannister serait exposée comme une menteuse devant la totalité des Sept Couronnes. Elle serait une parfaite sotte de courir un tel risque. Que pourrait-elle espérer y gagner ?

— Le crâne est d'assez forte taille, certes, commenta le prince. Et nous savons qu'Oberyn a gravement blessé Gregor. Tous les rapports que nous avons reçus depuis lors affirment que Clegane a péri lentement, dans de grandes souffrances.

— Précisément comme Père le souhaitait, confirma Tyerne. Mes sœurs, en vérité, je connais le poison dont a usé Père. Si sa lance a seulement égratigné la Montagne, Clegane est mort, et peu importe sa taille. Doutez de votre petite sœur s'il vous sied, mais ne doutez jamais de notre géniteur. »

Obara s'offusqua. « Jamais je ne l'ai fait, ni jamais ne le ferai. » Elle accorda au crâne un baiser moqueur. « C'est un début, je vous l'accorde.

— Un *début* ? s'exclama Ellaria Sand, incrédule. Les dieux nous en préservent. Il me plairait que ce fût une fin. Tywin Lannister est mort. De même, Robert Baratheon, Amory Lorch et à présent Gregor Clegane, tous ceux qui avaient prêté la main au meurtre d'Elia et de ses enfants. Et même Joffrey, qui n'était pas né lorsqu'Elia a péri. J'ai vu de mes propres yeux l'enfant mourir, en se griffant la gorge pour tenter d'aspirer de l'air. Qui doit-on encore tuer ? Faudra-t-il que meurent Myrcella et Tommen, pour que les ombres de Rhaenys et d'Aegon dorment en paix ? Où tout cela finira-t-il ?

— Dans le sang, comme cela a commencé, répliqua lady Nym. Cela s'achèvera quand Castral Roc sera brisé et éventré, afin que le soleil joue sur les vers et les asticots qu'il abrite. Cela s'achèvera par la ruine absolue de Tywin Lannister et de toutes ses œuvres.

— L'homme est mort des mains de son propre fils, riposta vertement Ellaria. Que pourriez-vous souhaiter de plus ?

— Qu'il fût mort des miennes. » Lady Nym s'assit dans un fauteuil, sa longue tresse noire tombant d'une épaule jusqu'à son giron. Elle portait sur le front la même implantation des cheveux en pointe que son père. Au-dessous, elle avait de grands yeux lumineux. Ses lèvres rouges comme le vin s'arquèrent en un sourire soyeux. « Si cela était arrivé, sa mort n'aurait point été si douce.

— Ser Gregor paraît bien seul, c'est vrai, renchérit Tyerne de sa suave voix de septa. Il apprécierait de la compagnie, je le gagerais. »

Les joues d'Ellaria étaient trempées de larmes, ses yeux sombres brillaient. *Même quand elle pleure, elle conserve de la force*, observa le capitaine.

« Oberyn réclamait vengeance pour Elia. À présent, vous trois demandez vengeance pour lui. J'ai quatre filles, je vous le rappelle. Vos sœurs. Mon Elia a quatorze ans, c'est presque une femme. Obella en a douze, au bord de la puberté. Elles vous adorent, comme Dorea et Loreza les adorent. Si vous deviez mourir, Elia et Obella devront-elles exiger vengeance pour vous, puis Dorea et Loreza pour elles ? Est-ce ainsi qu'il en va, en rond, toujours en rond, à perpétuité ? Je vous le demande encore : *où tout cela finira-t-il ?* » Ellaria posa la main sur le crâne de la Montagne. « J'ai vu mourir votre père. Voici son assassin. Puis-je emporter un crâne au lit avec moi, pour réconforter mes nuits ? Saura-t-il me faire rire, m'écrira-t-il des chansons, s'occupera-t-il de moi quand je serai vieille et dolente ?

— Et que voulez-vous nous voir faire, madame ? repartit lady Nym. Devons-nous déposer nos armes et sourire, en oubliant tout le mal qui nous a été fait ?

— La guerre viendra, que nous le voulions ou pas, ajouta Obara. Un enfant roi est assis sur le Trône de Fer. Lord Stannis tient le Mur et rallie des Nordiens à sa cause. Les deux reines se disputent Tommen comme des chiennes autour d'un os à moelle. Les Fer-nés se sont emparés des Boucliers et mènent des raids le long de la Mander, jusqu'au cœur du Bief, ce qui signifie que Hautjardin va s'en soucier, également. Nos ennemis sont désorganisés. L'heure est propice.

— Propice à quoi ? À fabriquer de nouveaux crânes ? » Ellaria Sand se tourna vers le prince. « Elles ne voient pas. Je ne peux pas écouter plus longtemps.

— Retourne auprès de tes filles, Ellaria, lui demanda le prince. Je te jure qu'il ne leur arrivera aucun mal.

— Mon prince. » Ellaria lui baisa le front et prit congé. Areo Hotah regretta de la voir partir. *C'est une brave femme.*

Après son départ, lady Nym déclara : « Je sais qu'elle aimait beaucoup notre père, mais il est clair qu'elle ne l'a jamais compris. »

Le prince lui jeta un curieux regard. « Elle a compris plus de choses que tu n'en comprendras jamais, Nymeria. Et elle rendait votre père heureux. Au final, un cœur aimable vaut sans doute plus qu'orgueil et valeur. Quoi qu'il en soit, il est des choses qu'Ellaria ne sait pas et qu'elle ne doit pas savoir. Cette guerre a déjà commencé. »

Obara rit. « Certes, notre douce Arianne y a veillé. »

La princesse rougit, et Hotah vit un spasme de colère traverser le visage de son père. « Ce qu'elle a fait, elle l'a fait pour vous, autant que pour elle. Je ne serais point si prompt à me gausser.

— C'étaient des louanges, insista Obara. Remettez, brouillez, leurrez, feignez et repoussez tout votre soûl, mon oncle, ser Balon devra quand même se retrouver face à face avec Myrcella dans les Jardins Aquatiques, et lorsque cela arrivera, il risque fort de constater qu'il lui manque une oreille. Et lorsque la donzelle racontera comment votre capitaine a usé de son épouse d'acier pour ouvrir Arys du Rouvre du col au bas-ventre, ma foi...

— Non. » La princesse Arianne se déplia du coussin sur lequel elle était assise et elle posa une main sur le bras de Hotah. « Ce n'est pas ainsi que les choses sont arrivées, ma cousine. Ser Arys a été occis par Gerold Dayne. »

Les Aspics des Sables s'entre-regardèrent. « Sombre Astre ?

— C'est Sombre Astre qui a agi, déclara sa petite princesse. Il a aussi tenté de tuer la princesse Myrcella. Ainsi qu'elle le racontera à ser Balon. »

Nym sourit. « Cette part-là est véridique, au moins.

— Tout est véridique », annonça le prince avec une grimace de douleur. *Est-ce sa goutte qui le fait souffrir, ou son mensonge ?* « Et maintenant, ser Gerold a fui pour regagner Haut Ermitage, hors de notre atteinte.

— Sombre Astre, murmura Tyerne avec un gloussement de rire. Pourquoi pas ? Tout est de son fait. Mais ser Balon y croira-t-il ?

— Il y croira s'il le tient de la bouche de Myrcella », insista Arianne.

Obara poussa un renâclement sceptique. « Elle peut mentir ce jour et mentir demain, mais, tôt ou tard, elle dira la vérité. Si on laisse ser Balon colporter des racontars à Port-Réal, les tambours vont sonner et le sang couler. On ne doit pas lui permettre de partir.

— Certes, nous pourrions le tuer, admit Tyerne, mais il nous faudrait alors exécuter le reste de son groupe, jusqu'à ces fort accorts jeunes écuyers. Cela serait... oh, terriblement *malpropre*. »

Le prince Doran ferma les paupières, puis les rouvrit. Hotah voyait sa jambe trembler sous la couverture. « Si vous n'étiez point les filles de mon frère, je vous renverrais tout droit dans vos cellules et vous y laisserais jusqu'à ce que vos os soient gris. Mais j'ai l'intention de vous emmener aux Jardins Aquatiques. Il y aura là-bas des leçons à retenir, si vous avez assez d'esprit pour les discerner.

— Des leçons ? fit Obara. Tout ce que j'y ai vu, ce sont des enfants tout nus.

— Certes, dit le prince. J'ai conté l'histoire à ser Balon, mais pas tout entière. Tandis que les enfants s'ébattaient dans les bassins, Daenerys les observait d'entre les orangers, et lui vint une inspiration. Elle ne pouvait point distinguer les hautes naissances des basses. Nus, ce n'étaient que des enfants. Tous innocents, tous vulnérables, tous méritant longue vie, amour et protection. *"Voilà ton royaume*, dit-elle à son fils et héritier, *souviens-toi d'eux, en chacun de tes actes."* Ma propre mère a prononcé ces mêmes mots quand j'ai eu l'âge de quitter les bassins. C'est chose fort aisée pour un prince d'en appeler aux piques, mais au final, ce sont les enfants qui en paient le prix. Pour eux, un prince sage ne livrera aucune guerre sans bonne raison, ni aucune guerre qu'il ne peut espérer gagner.

» Je ne suis ni aveugle ni sourd. Je sais que toutes, vous m'estimez faible, apeuré, débile. Votre père me connaissait mieux. Oberyn a toujours été la vipère. Mortel, dangereux, imprévisible. Nul homme n'osait le fouler aux pieds. J'étais l'herbe. Agréable, complaisante, odorante, ondulant à chaque brise. Qui craint de marcher sur l'herbe ? Mais c'est l'herbe qui dissimule la vipère à ses ennemis, et l'abrite jusqu'à ce qu'elle frappe. Votre père et moi travaillions de façon plus étroite que vous ne le savez... Mais le voilà disparu. La question est : puis-je m'en remettre à ses filles pour me servir à sa place ? »

Hotah étudia chacune d'elle à son tour. Obara, clous rouillés et cuir bouilli, avec ses yeux furieux et rapprochés et ses cheveux brun rat. Nymeria, langoureuse, élégante, olivâtre, sa longue tresse noire retenue par un fil d'or rouge. Tyerne, blonde aux yeux bleus, une femme enfant aux mains douces et aux petits rires.

Tyerne répondit pour elles trois. « Le plus ardu est de ne point agir, mon oncle. Assignez-nous une tâche, n'importe laquelle, et vous nous trouverez aussi féales et obéissantes que tout prince le pourrait souhaiter.

— Voilà qui est bon à entendre, assura le prince, mais les mots sont du vent. Vous êtes les filles de mon frère et vous êtes chères à mon cœur, mais j'ai appris que je ne peux point me fier à vous. Je veux de vous un jurement. Prêterez-vous serment de me servir, d'agir selon mes ordres ?

— S'il le faut, répondit lady Nym.

— Alors, jurez-le tout de suite, sur la tombe de votre père. »

Le visage d'Obara s'assombrit. « Si vous n'étiez pas mon oncle...

— Mais je le suis. Et votre prince, aussi. Jurez, ou quittez ces lieux.

— Je jure, dit Tyerne. Sur la tombe de mon père.

— Je jure, affirma lady Nym. Par Oberyn Martell, la Vipère Rouge de Dorne, et un homme meilleur que vous.

— Oui, déclara Obara. Moi de même. Par Père, je le jure. »

Un peu de tension quitta le prince. Hotah le vit s'enfoncer plus mollement dans son fauteuil. Il tendit la main et la princesse Arianne vint près de lui pour la prendre. « Dites-leur, père. »

Le prince Doran prit une inspiration hachée. « Dorne a encore des amis à la cour. Des amis qui nous apprennent des choses que nous n'étions pas censés savoir. Cette invitation que nous envoie Cersei est une ruse. Trystan ne devrait jamais atteindre Port-Réal. Sur la route du retour, quelque part dans le Bois-du-Roi, le groupe de ser Balon sera attaqué par des hors-la-loi, et mon fils périra. On ne me mande à la cour qu'afin que j'assiste à cette attaque de mes propres yeux et qu'ainsi j'absolve la reine de tout blâme. Oh, et ces hors-la-loi ? Ils crieront *Mi-homme, Mi-homme !* en attaquant. Ser Balon pourrait bien entrevoir brièvement le Lutin, même si personne d'autre ne voit mie. »

Areo Hotah n'aurait pas cru possible de choquer les Aspics des Sables. Il aurait eu tort.

« Que les Sept nous préservent, souffla Tyerne. *Trystan ?* Pourquoi ?

— Cette femme doit être folle, observa Obara. Ce n'est qu'un enfant.

— C'est monstrueux, s'indigna lady Nym. Je n'y aurais pas cru, pas de la part d'un chevalier de la Garde Royale.

— Ils ont juré d'obéir, tout comme mon capitaine, assura le prince. J'avais également mes doutes, mais vous avez toutes vu comment ser Balon a regimbé quand j'ai suggéré que nous voyagions par mer. Un navire aurait bousculé tous les arrangements de la reine. »

Le visage d'Obara s'était empourpré. « Rendez-moi ma pique, mon oncle. Cersei nous a envoyé une tête. Nous devrions lui en dépêcher un plein sac en retour. »

Le prince Doran leva la main. Ses jointures étaient sombres comme des cerises et presque du même volume. « Ser Balon est un invité sous mon toit. Il a mangé mon pain et mon sel. Je ne lui porterai nulle atteinte. Non. Nous voyagerons jusqu'aux Jardins Aquatiques, où il entendra le conte de Myrcella et enverra à sa reine un corbeau. La fille lui demandera de traquer celui qui lui a fait du mal. S'il est l'homme que je le juge être, Swann ne sera point capable de refuser. Obara, tu le mèneras à Haut Ermitage défier Sombre Astre dans sa tanière. L'heure n'est pas encore venue pour Dorne de défier ouvertement le Trône de Fer, aussi devons-nous restituer Myrcella à sa mère, mais je ne l'accompagnerai pas. Cette tâche t'échoira, Nymeria. Cela ne plaira pas aux Lannister, pas plus qu'ils n'ont aimé que je leur envoie Oberyn, mais ils n'oseront point refuser. Nous avons besoin d'une voix au Conseil, d'une oreille en cour. Sois prudente, toutefois. Port-Réal est une fosse à serpents. »

Lady Nym sourit. « Allons, mon oncle, je raffole des serpents.

— Et pour ma part ? demanda Tyerne.

— Ta mère était septa. Oberyn m'a dit un jour qu'elle te lisait *L'Étoile à sept branches* au berceau. Je te veux à Port-Réal aussi, mais sur l'autre colline. Les Épées et les Étoiles se sont reformées, et ce nouveau Grand Septon n'est point le fantoche qu'étaient les autres. Essaie de devenir proche de lui.

— Pourquoi non ? Le blanc convient à mon teint. J'ai l'air si... pure.

— Bien, commenta le prince. Bien. » Il hésita. « Si... s'il devait se produire certaines choses, je vous en ferais part à chacune par message. La situation peut évoluer rapidement dans le jeu des trônes.

— Je sais que vous ne faillirez pas, cousines. » Arianne alla à chacune à son tour, leur prit la main et leur posa un baiser léger sur les lèvres. « Obara, si féroce. Nymeria, ma sœur. Tyerne, ma douce. Vous m'êtes toutes chères. Le soleil de Dorne vous accompagne.

— *Insoumis, invaincus, intacts* », prononcèrent les Aspics des Sables, de concert.

La princesse Arianne s'attarda, une fois que ses cousines furent parties. Areo Hotah demeura aussi, comme de juste.

« Ce sont les filles de leur père », observa le prince.

La petite princesse sourit. « Trois Oberyn avec des tétons. »

Le prince Doran en rit. Cela faisait si longtemps qu'Hotah ne l'avait pas entendu rire qu'il avait presque oublié le bruit que cela produisait.

« Je maintiens que ce devrait être à moi d'aller à Port-Réal, et non à lady Nym, rajouta Arianne.

— C'est trop dangereux. Tu es mon héritière, l'avenir de Dorne. Ta place est à mes côtés. Sous peu, tu auras une autre tâche.

— Quant à cette dernière partie, à propos du message. Avez-vous reçu des nouvelles ? »

Le prince Doran partagea avec elle son sourire secret. « De Lys. Une grande flotte y a fait escale pour s'approvisionner en eau. Des vaisseaux volantains pour l'essentiel, qui transportent une armée. Pas un mot sur leur identité, ni sur leur destination. On a parlé d'éléphants.

— Pas de dragons ?

— D'éléphants. Assez facile de dissimuler un jeune dragon dans la cale d'une grosse cogue, toutefois. Daenerys est particulièrement vulnérable en mer. À sa place, je maintiendrais le plus longtemps possible le secret sur moi et mes intentions, afin de prendre Port-Réal par surprise.

— Crois-tu que Quentyn sera avec eux ?

— C'est possible. Ou pas. Nous le saurons par le lieu où ils accosteront, si Westeros est bien leur destination. Quentyn l'amènera à remonter la Sang-vert s'il le peut. Mais rien ne sert de parler de tout cela. Embrasse-moi. Nous nous mettrons en route au point du jour pour les Jardins Aquatiques. »

Nous devrions partir vers midi, en ce cas, jugea Hotah.

Plus tard, quand Arianne eut pris congé, il déposa sa hache de bataille et porta le prince Doran jusqu'à son lit. « Jusqu'à ce que la Montagne brise le crâne de mon frère, aucun Dornien n'avait péri dans cette guerre des Cinq Rois », murmura avec douceur le prince, tandis que Hotah tirait sur lui une couverture. « Dites-moi, capitaine, faut-il mettre cela au compte de ma gloire ou de ma honte ?

— Ce n'est pas à moi de le dire, mon prince. » *Servir. Protéger. Obéir. Des serments simples pour des hommes simples.* C'était tout ce qu'il savait.

JON

Val attendait à la porte dans le froid du prélude à l'aube, enveloppée dans une cape en peau d'ours si vaste qu'elle aurait pu convenir à Sam. À côté d'elle se tenait un poney, sellé et bridé, un animal gris hirsute avec un œil blanc. Mully et Edd-la-Douleur se tenaient auprès de Val, improbable couple de gardes. Leur souffle se givrait dans l'air froid et noir.

« Vous lui avez donné un cheval aveugle ? demanda Jon, incrédule.

— Il l'est qu'à demi, m'sire, fit valoir Mully. Sinon, il est bien gaillard. » Il flatta l'encolure du poney.

« Le cheval est peut-être borgne, mais pas moi, déclara Val. Je sais où je dois aller.

— Madame, vous n'êtes pas obligée de faire cela. Les risques…

— … m'appartiennent, lord Snow. Et je suis pas une dame sudière, mais une fille du peuple libre. Je connais la forêt mieux que tous vos patrouilleurs en défroque noire. Elle a pas de fantômes, pour moi. »

J'espère que non. Jon comptait là-dessus, s'en remettant à Val pour réussir où Jack Bulwer le Noir et ses compagnons avaient échoué. Elle n'avait aucun mal à craindre du peuple libre, il l'espérait… mais tous deux ne savaient que trop bien que les sauvageons n'étaient pas seuls aux aguets dans les bois. « Vous avez assez de provisions ?

— Du pain dur, du fromage dur, des gâteaux d'orge, de la morue salée, du bœuf salé, du mouton salé et une outre de vin doux pour me laver la bouche de tout ce sel. Je mourrai pas de faim.

— En ce cas, il est temps de partir.

— Vous avez ma parole, lord Snow. Je reviendrai, avec Tormund ou sans lui. » Val jeta un coup d'œil au ciel. La lune n'était qu'à la moitié de son plein. « Attendez-moi au premier jour de la pleine lune.

— Je le ferai. » *Ne me faillis pas*, songea-t-il, *ou Stannis aura ma tête.* « Ai-je votre parole que vous surveillerez de près notre princesse ? » avait demandé le roi, et Jon avait promis qu'il n'y manquerait pas. *Mais Val n'est pas princesse. Je le lui ai répété une demi-centaine de fois.* C'était une piètre esquive, un triste chiffon pour panser sa parole meurtrie. Jamais son père n'aurait approuvé. *Je suis l'épée qui protège les royaumes humains,* se remémora Jon, *et au bout du compte, cela doit compter davantage que l'honneur d'un seul homme.*

La route sous le Mur était aussi ténébreuse et froide que le ventre d'un dragon de glace et aussi sinueuse qu'un serpent. Edd-la-Douleur leur ouvrit la voie pour la traversée, une torche en main. Mully avait les clés des trois portes, où des barreaux en fer noir aussi épais qu'un bras d'homme barraient le passage. Des piquiers à chaque porte portèrent le poing au front face à Jon Snow, mais lorgnèrent sans se cacher Val et son poney.

Lorsqu'ils émergèrent au nord du Mur, par une porte épaisse fraîchement taillée dans du bois vert, la princesse sauvageonne s'arrêta un instant pour contempler le champ couvert de neige où le roi Stannis avait remporté sa bataille. Au-delà attendait la forêt hantée, sombre et silencieuse. La lumière de la demi-lune changeait les cheveux blond miel de Val en argent pâle, et laissait ses pommettes blanches comme neige. Elle prit une profonde inspiration. « L'air a bon goût.

— J'ai la langue trop engourdie pour le savoir. Je ne sens que le froid.

— Le froid ? » Val eut un rire léger. « Non. Quand il fera froid, on aura mal en respirant. Quand viendront les Autres... »

C'était une pensée inquiétante. Six des patrouilleurs qu'avait dépêchés Jon manquaient toujours. *Il est trop tôt. Ils peuvent encore revenir.* Mais une autre partie de lui insistait : *Ils sont morts, jusqu'au dernier. Tu les as envoyés à la mort, et tu recommences avec Val.* « Dites à Tormund ce que je vous ai dit.

— Il écoutera peut-être pas vos paroles, mais il les entendra. » Val l'embrassa avec légèreté sur la joue. « Vous avez mes remerciements, lord Snow. Pour le cheval borgne, la morue salée, l'air libre. Pour l'espoir. »

Leurs souffles se mêlèrent, une brume blanche dans l'air. Jon Snow se recula et déclara : « Les seuls remerciements que j'attends sont...

— ... Tormund Fléau-d'Ogres. Oui-da. » Val remonta la cagoule de sa peau d'ours. La fourrure brune était considérablement salée de gris. « Avant que je parte, une question. Avez-vous tué Jarl, messire ?

— C'est le Mur qui a tué Jarl.

— Je l'ai entendu dire. Mais je me devais d'être sûre.

— Vous avez ma parole. Je ne l'ai pas tué. » *Mais j'aurais pu, si les choses avaient tourné autrement.*

« Eh bien, adieu, donc », dit-elle, presque espiègle.

Jon Snow n'était pas d'humeur. *Il fait trop froid et trop noir pour jouer, et il est trop tard.* « Pour un temps, seulement. Vous reviendrez. Pour l'enfant, si pour aucune autre raison.

— Le fils de Craster ? » Val haussa les épaules. « Il n'est pas de ma famille.

— Je vous ai entendue chanter pour lui.

— Je chantais pour moi-même. Peut-on me faire reproche s'il écoute ? » Un léger sourire caressa ses lèvres. « Ça le fait rire. Oh, très bien. C'est un gentil petit monstre.

— Un monstre ?

— Son nom de lait. Fallait bien que je lui trouve un nom. Veillez à ce qu'il demeure en sécurité et au chaud. Pour sa mère et pour moi. Et tenez-le à distance de la femme rouge. Elle sait qui il est. Elle voit des choses dans ses feux. »

Arya, songea-t-il, en espérant que c'était vrai. « Des cendres et des braises.

— Des rois et des dragons. »

Des dragons, encore. Un instant, Jon les vit presque, lui aussi, lovés dans la nuit, leurs ailes sombres se dessinant contre une mer de flammes. « Si elle savait, elle nous aurait retiré l'enfant. Le fils de Della, pas votre monstre. Un mot à l'oreille du roi y aurait mis un terme. » *Et à moi aussi. Stannis aurait considéré cela comme une trahison.* « Pourquoi laisser faire si elle savait ?

— Parce que cela lui convenait. Le feu est chose capricieuse. Personne ne peut prévoir dans quel sens ira une flamme. » Val posa un pied dans un étrier, lança sa jambe par-dessus le dos du cheval et regarda Jon du haut de la selle. « Vous souvenez-vous de ce que ma sœur vous a dit ?

— Oui. » *Une épée dépourvue de poignée, sans aucun moyen de la saisir sans risque.* Mais Mélisandre disait vrai. Même une épée sans poignée vaut mieux qu'une main vide, quand les ennemis vous cernent.

« Bien. » Val fit virer le poney vers le nord. « La première nuit de la pleine lune, donc. » Jon la regarda s'éloigner sur sa monture en se demandant s'il reverrait jamais son visage. *Je suis pas une dame sudière,* l'entendait-il répéter, *mais une fille du peuple libre.*

« Elle peut bien raconter ce qu'elle veut, bougonna Edd-la-Douleur tandis que Val disparaissait derrière un bosquet de pins plantons. L'air est si froid que ça fait bel et bien mal de respirer. J'arrêterais bien, mais ça me ferait encore plus mal. » Il se frotta les mains. « Tout ça va mal finir.

— Tu le dis de tout.

— Oui-da, m'sire. Et en général, j'ai raison. »

Mully s'éclaircit la gorge. « M'sire ? La princesse sauvageonne, la laisser partir, y a des hommes qui disent…

— … que je suis à moitié sauvageon moi-même, un tourne-casaque qui a l'intention de vendre le royaume à nos assaillants, aux cannibales et aux géants. » Jon n'avait pas besoin de plonger le regard dans un feu pour savoir ce qu'on racontait sur lui. Le pire était qu'ils ne se trompaient pas, pas complètement. « Les mots sont du vent et, au Mur, le vent souffle toujours. Venez. »

Il faisait encore noir lorsque Jon regagna ses quartiers derrière l'armurerie. Fantôme n'était toujours pas revenu, nota-t-il. *Encore en train de chasser.* L'énorme loup blanc était plus souvent absent, ces derniers temps, s'éloignant de plus en plus en quête de proie. Entre les hommes de la Garde et les sauvageons de La Mole, les chasseurs avaient dépouillé les collines et les champs jouxtant Châteaunoir ; la région était de toute façon pauvre en gibier. *L'hiver vient,* songea Jon. *Et il vient vite, trop vite.* Il se demanda s'il verrait jamais un printemps.

Edd-la-Douleur effectua le voyage jusqu'aux cuisines et revint sans tarder avec une chope de bière brune et un plateau couvert. Sous la cloche, Jon trouva trois œufs de cane frits dans la graisse, une bande de bacon, deux saucisses, un boudin noir et une demi-miche de pain encore chaude du fournil. Il mangea le pain et la moitié d'un œuf. Il aurait également avalé le bacon, mais le corbeau s'en empara avant qu'il en ait eu le loisir. « Voleur », lança Jon tandis que le volatile allait se percher dans un battement d'ailes sur le linteau de la porte pour dévorer sa prise.

« *Voleur* », admit le corbeau.

Jon essaya une bouchée de saucisse. Il se lavait la bouche du goût avec une gorgée de bière quand Edd revint annoncer que Bowen Marsh attendait au-dehors. « Othell l'accompagne, et le septon Cellador. »

Ça n'a pas traîné. Il se demanda qui colportait les nouvelles et s'il y en avait plus d'un. « Fais-les entrer.

— Ouais, m'sire. Zallez devoir surveiller vos saucisses, avec c'te équipe. Zont le regard affamé, tous. »

Affamé n'était pas le mot qu'aurait employé Jon. Le septon Cellador apparaissait hagard et assommé, en grand besoin de reprendre le dessus sur le dragon qui l'avait incendié, tandis qu'Othell Yarwyck, Premier Ingénieur, donnait l'impression d'avoir gobé quelque chose qu'il n'arrivait pas tout à fait à digérer. Bowen Marsh était furibond. Jon le lisait dans ses yeux, dans la tension autour de sa bouche, dans la rougeur de ses joues rebondies. *Une rougeur qui ne vient pas du froid.* « Je vous en prie, asseyez-vous, dit-il. Puis-je vous offrir à manger ou à boire ?

— Nous avons déjeuné dans les salles communes, répondit Marsh.

— Je dis pas non à un supplément. » Yarwyck se coula sur une chaise. « C'est bien aimable à vous de proposer.

— Du vin, peut-être ? suggéra le septon Cellador.

— *Grain*, hurla le corbeau du haut de son linteau. *Grain, grain.*

— Du vin pour le septon et une assiette pour notre Premier Ingénieur, commanda Jon à Edd-la-Douleur. Et pour l'oiseau, rien. » Il se retourna vers ses visiteurs. « Vous êtes venus me voir à propos de Val.

— Et d'autres sujets, dit Bowen Marsh. Les hommes s'inquiètent, messire. »

Et qui t'a désigné pour parler en leur nom ? « Moi aussi. Othell, comment avance la tâche, sur Fort Nox ? J'ai reçu une lettre de ser Axell Florent, qui se fait appeler la Main de la Reine. Il m'informe que la reine Selyse ne se satisfait pas de ses quartiers à Fort-Levant et qu'elle désire venir s'installer immédiatement dans le nouveau siège de son époux. Est-ce que ce sera possible ? »

Yarwyck haussa les épaules. « La plus grosse partie du donjon est réparée et on a retoituré les cuisines. Faudrait qu'elle ait des vivres, des meubles, et du bois de chauffage, notez bien, mais ça pourrait aller. Y a pas autant de confort qu'à Fort-Levant, c'est sûr. Et on est loin des navires, si Sa Grâce avait envie de nous quitter, mais… oui-da, elle pourrait y vivre, même s'il faudra des années avant que la place ressemble à un castel convenable. Plus tôt, si j'avais davantage d'ouvriers.

— Je pourrais te proposer un géant. »

L'offre fit sursauter Othell. « Le monstre dans la cour ?

— Il se nomme Wun Weg Wun Dar Wun, me dit Cuirs. Ce n'est pas d'une prononciation facile, je sais. Cuirs l'appelle Wun Wun, et ça paraît suffire. » Wun Wun ressemblait fort peu aux géants des contes de sa vieille nounou, ces énormes créatures sauvages qui mêlaient du sang à leur gruau d'avoine du matin et dévoraient des bœufs entiers, avec le poil, la peau et les cornes. Ce géant-ci ne mangeait pas de viande du tout, mais il ne faisait aucun quartier quand on lui servait une hotte de racines, broyant oignons et navets, et même des panais, crus et durs, entre ses grandes dents carrées. « C'est un travailleur vaillant, bien qu'on ait parfois des difficultés à lui faire comprendre ce qu'on veut. Il parle plus ou moins la Vieille Langue, mais pas un mot de la Langue Commune. Infatigable, toutefois, et d'une force prodigieuse. Il pourrait abattre l'ouvrage d'une douzaine d'hommes.

— Je… messire, jamais les hommes ne… Les géants mangent de la chair humaine, je crois… Non, messire, je vous en sais grand gré, mais j'ai pas assez d'hommes pour surveiller une telle créature, il… »

Jon n'en fut pas surpris. « Comme tu voudras. Nous garderons le géant ici. » À dire le vrai, il aurait regretté de se séparer de Wun Wun. *T'y connais rien, Jon Snow*, aurait pu commenter Ygrid, mais Jon discutait avec le géant à chaque occasion qui se présentait, par le truchement de Cuirs ou d'un des représentants du peuple libre qu'ils avaient ramenés du bosquet, et en apprenait tant et plus sur son peuple et son histoire. Il regrettait seulement que Sam ne fût pas présent pour coucher les histoires par écrit.

Non qu'il fût aveugle au danger que posait Wun Wun. Le géant réagissait avec violence quand il se sentait menacé, et ces mains énormes étaient de taille à déchirer un homme en deux.

À Jon, il rappelait Hodor. *Hodor, en deux fois plus grand, deux fois plus fort et moitié moins malin. Voilà une perspective qui pourrait dégriser même le septon Cellador. Mais si Tormund a des géants avec lui, Wun Weg Wun Dar Wun pourrait nous aider à traiter avec eux.*

Le corbeau de Mormont grommela sa mauvaise humeur quand la porte s'ouvrit en dessous de lui, annonçant le retour d'Edd-la-Douleur avec une carafe de vin et une assiette d'œufs et de saucisses. Bowen Marsh attendit avec une impatience visible pendant qu'Edd versait, ne reprenant que lorsqu'il fut de nouveau sorti. « Tallett est un brave homme, et il est populaire et Emmett-en-Fer s'est révélé excellent maître d'armes, dit-il alors. Cependant, on raconte que vous voulez les envoyer au loin.

— Nous avons besoin de braves, à Longtertre.

— La Tanière aux Putes, ont commencé à l'appeler les hommes, déclara Marsh, mais peu importe. Est-il vrai que vous avez l'intention de remplacer Emmett par ce sauvage, ce Cuirs, comme maître d'armes ? On réserve le plus souvent cette charge aux chevaliers, ou au moins aux patrouilleurs.

— Cuirs est un sauvage, oui, admit Jon avec douceur. Je peux en attester. J'ai pris sa mesure dans la cour d'exercice. Il est aussi dangereux avec une hache de pierre que la plupart des chevaliers avec de l'acier forgé dans un château. Je vous l'accorde, il n'est pas aussi patient que je le souhaiterais, et certains des jeunes sont terrifiés par lui… mais tout cela n'est pas forcément une mauvaise chose. Un jour, ils se retrouveront dans un vrai combat, et une certaine accoutumance à la terreur leur sera utile.

— Mais c'est un *sauvageon* !

— Il l'était, jusqu'à ce qu'il prononce les vœux. Désormais, il est notre frère. Un frère capable d'enseigner aux jeunes plus que l'art de l'épée. Apprendre quelques mots de la Vieille Langue et un peu des coutumes du peuple libre ne leur ferait aucun mal.

— *Libre*, bougonna le corbeau. *Grain. Roi.*

— Les hommes n'ont pas confiance en lui. »

Lesquels ? aurait pu demander Jon. *Combien d'entre eux ?* Mais cela l'entraînerait sur un chemin où il ne tenait pas à s'aventurer. « Je regrette de l'apprendre. Y a-t-il autre chose ? »

Le septon Cellador prit la parole. « Le jeune, ce Satin. On dit que vous avez l'intention d'en faire votre aide de camp et écuyer,

à la place de Tallett. Messire, ce jeune homme est un bardache...
Un... j'ose à peine... un *bougre* fardé des bordels de Villevieille. »

Et toi, tu es un ivrogne. « Ce qu'il était à Villevieille ne nous
concerne en rien. Il apprend vite et a l'esprit vif. Les autres
recrues l'ont d'abord méprisé, mais il les a gagnées à lui et en a
fait des amis. Il est intrépide au combat et sait même lire et
écrire, plus ou moins. Il devrait être capable d'aller chercher mes
repas et de seller mon cheval, vous ne croyez pas ?

— Probablement, répondit Bowen Marsh, le visage de
marbre, mais cela ne plaît pas aux hommes. Traditionnellement,
les écuyers du lord Commandant sont des jeunes gens de bonne
naissance qu'on prépare au commandement. Pensez-vous, messire, que les hommes de la Garde de Nuit suivront jamais un
bougre à la bataille ? »

La mauvaise humeur de Jon fulgura. « Ils ont suivi bien pire.
Le Vieil Ours a laissé quelques notes de mise en garde sur certains hommes, à l'intention de son successeur. Nous avons à
Tour Ombreuse un cuisinier qui prenait plaisir à violer les
septas. Il se vantait d'imprimer au fer rouge sur sa chair une
étoile à sept branches pour chacune d'elles. Il a le bras gauche
couvert d'étoiles du poignet au coude, et des étoiles marquent
également ses mollets. À Fort-Levant, nous avons un homme
qui a incendié la maison de son père et barricadé la porte. Toute
sa famille a péri brûlée vive, ils étaient neuf. Quoi que Satin
ait pu faire à Villevieille, il est désormais notre frère, et sera
mon écuyer. »

Le septon Cellador but un peu de vin. Othell Yarwyck embro-
cha une saucisse avec son poignard. Bowen Marsh était assis, le
visage rubicond. Le corbeau battit des ailes en s'écriant :
« *Grain, grain, tuer.* » Finalement, le lord Intendant s'éclaircit la
gorge. « Votre Seigneurie sait ce qui vaut mieux, j'en suis
convaincu. Puis-je m'interroger sur ces cadavres dans les cellules
de glace ? Ils mettent les hommes mal à l'aise. Et les placer *sous
garde* ? Assurément, c'est gaspiller deux hommes, à moins que
vous ne craigniez qu'ils...

— ... se relèvent ? Mais je prie pour cela. »

Le septon Cellador blêmit. « Que les Sept nous préservent. »
Du vin dégoulina sur son menton en un filet rouge. « Lord
Commandant, les spectres sont des monstres, des créatures
contre nature. Des abominations aux yeux des dieux. Vous...
vous n'avez quand même pas l'intention de *discuter* avec eux ?

— Mais peuvent-ils parler, seulement ? lui demanda Jon Snow. Je ne le crois pas, bien que je ne puisse prétendre le savoir. Des monstres, certes, ils le sont ; toutefois ils étaient des hommes avant que de mourir. Quelle part en subsiste-t-il ? Celui que j'ai tué avait résolu de tuer le lord Commandant Mormont. À l'évidence, la créature se rappelait qui il était et où le trouver. » Mestre Aemon aurait saisi son intention, Jon n'en doutait pas ; Sam Tarly aurait été terrifié, mais il aurait compris, lui aussi. « Le seigneur mon père me disait toujours qu'un homme doit connaître ses ennemis. Nous comprenons peu de chose des spectres, et moins encore des Autres. Nous avons besoin d'apprendre. »

Cette réponse ne leur plut pas. Le septon Cellador tripota le cristal qui pendait à son cou et dit : « Je trouve tout cela très imprudent, lord Snow. Je prierai l'Aïeule de brandir sa brillante lanterne afin de vous guider sur le sentier de la sagesse. »

La patience de Jon Snow était à bout. « Nous pourrions tous profiter d'un surplus de sagesse, j'en ai la conviction. » *T'y connais rien, Jon Snow.* « À présent, si nous parlions de Val ?

— Alors, c'est vrai ? demanda Marsh. Vous l'avez libérée.

— Au-delà du Mur. »

Le septon Cellador eut un petit hoquet. « La prise du roi. Sa Grâce sera fort courroucée de la découvrir partie.

— Val reviendra. » *Avant Stannis, si les dieux sont bons.*

— Qu'en savez-vous ? répliqua Bowen Marsh.

— Elle me l'a dit.

— Et si elle mentait ? S'il lui arrivait quelque malheur en chemin ?

— Eh bien, en ce cas, vous aurez peut-être l'occasion de choisir un lord Commandant plus à votre goût. Jusque-là, je le crains, vous devrez me souffrir. » Jon but une gorgée de bière. « Je l'ai envoyée à la rencontre de Tormund Fléau-d'Ogres pour lui apporter ma proposition.

— Si ce n'est pas indiscret, quelle est cette offre ?

— La même que j'ai faite à La Mole. De la nourriture, un abri et la paix, s'il veut joindre ses forces aux nôtres, combattre notre ennemi commun, nous aider à tenir le Mur. »

Bowen Marsh ne parut pas surpris. « Vous avez l'intention de le laisser passer. » Sa voix suggérait qu'il le savait depuis le début. « De lui ouvrir les portes, à lui et à ses fidèles. Par centaines. Par milliers.

— S'il lui en reste autant. »

Le septon Cellador fit le signe de l'étoile. Othell Yarwyck émit un grognement. « Certains pourraient qualifier cela de trahison, reprit Bowen Marsh. Ce sont des sauvageons. Des barbares, des pillards, des violeurs, des animaux plus que des hommes.

— Tormund n'est rien de tout cela, riposta Jon, pas plus que ne l'était Mance Rayder. Mais même si chacun des mots que vous avez prononcés était vrai, ils demeurent des hommes, Bowen. Des vivants, aussi humains que vous et moi. L'hiver vient, messeigneurs, et quand il sera ici, nous les vivants aurons besoin de nous unir face aux morts.

— *Snow*, criailla le corbeau. *Snow, Snow.* »

Jon l'ignora. « Nous avons interrogé les sauvageons que nous avons ramenés du bosquet. Plusieurs d'entre eux nous ont rapporté une intéressante histoire, sur une sorcière des bois appelée la mère Taupe.

— La mère *Taupe* ? répéta Bowen Marsh. Un nom assez invraisemblable.

— Apparemment, elle se serait établie dans un terrier sous un arbre creux. Vraisemblable ou non, elle a eu la vision d'une flotte de vaisseaux qui venaient pour transporter le peuple libre vers la sécurité de l'autre côté du détroit. Des milliers de ceux qui ont fui la bataille ont été assez désespérés pour la croire. La mère Taupe les a tous conduits jusqu'à Durlieu, afin d'y prier en attendant le salut venu de l'autre bord de la mer. »

Othell Yarwyck grimaça. « Je suis pas patrouilleur, mais… c'est un endroit mal famé, Durlieu, à c' qu'on dit. Maudit. Même votre oncle le disait, lord Snow. Pourquoi voudraient-ils s'en aller *là-bas* ? »

Jon avait une carte étalée devant lui sur la table. Il la retourna pour qu'ils puissent la voir. « Durlieu se situe sur une anse abritée et possède une rade naturelle assez profonde pour les plus gros vaisseaux. Le bois et la pierre abondent dans les parages. Les eaux regorgent de poisson, et il y a des colonies de phoques et de morses à proximité.

— Tout ça est vrai, j'en doute pas, admit Yarwyck, mais c'est pas un endroit où j'aimerais passer la nuit. Vous connaissez l'histoire. »1

Il la connaissait. Durlieu était en bonne voie de devenir une ville, la seule véritable au nord du Mur, jusqu'à la nuit, six cents ans plus tôt, où l'enfer l'avait avalée. Ses habitants avaient été réduits en esclavage ou abattus pour leur viande, selon la version de l'histoire que vous préfériez, les foyers et leurs palais consumés dans un incendie qui avait sévi avec tant d'ardeur que les guetteurs sur le Mur, loin au sud, avaient cru voir le soleil se lever au Nord. Par la suite, des cendres avaient plu sur la forêt hantée et la mer Grelotte pendant presque la moitié d'une année. Des marchands rapportèrent n'avoir trouvé qu'une dévastation de cauchemar à l'endroit où s'était dressé Durlieu, un paysage d'arbres calcinés et d'os carbonisés, d'eaux grosses de cadavres gonflés, de cris à vous glacer le sang sortant de l'embouchure des grottes qui ponctuaient la grande falaise dominant la colonie.

Six siècles avaient passé depuis cette nuit-là, mais Durlieu restait honni. La nature sauvage avait reconquis le site, avait-on dit à Jon, mais des patrouilleurs affirmaient que les ruines envahies de végétation étaient hantées par des goules, des démons et des revenants embrasés avec un goût malsain pour le sang. « Ce n'est pas non plus le genre de refuge que je choisirais, reconnut Jon, mais on a entendu la mère Taupe prêcher que le peuple libre trouverait le salut où ils avaient jadis trouvé la damnation. »

Le septon Cellador fit une moue. « Le salut ne s'atteint qu'à travers les Sept. Cette sorcière les a tous condamnés.

— Et sauvé le Mur, peut-être, fit observer Bowen Marsh. Ce sont d'ennemis que nous parlons. Qu'ils aillent prier dans les ruines, et si leurs dieux leur envoient des navires pour les emporter vers un monde meilleur, fort bien. Dans ce monde-ci, nous n'avons pas de nourriture à leur donner. »

Jon plia les doigts de sa main d'épée. « Les galères de Cotter Pyke croisent parfois au large de Durlieu. Il me dit qu'il n'y a aucun refuge, là-bas, en dehors des grottes. *Les cavernes qui hurlent*, comme les appellent ses hommes. La mère Taupe et ceux qui l'ont suivie vont périr là-bas, de froid et de faim. Par centaines. Par milliers.

— Des milliers d'ennemis. Des milliers de *sauvageons*. »

Des milliers de gens, songea Jon. *Des hommes, des femmes, des enfants*. La colère monta en lui, mais quand il parla, sa voix était tranquille et froide. « Êtes-vous si aveugles, ou est-ce que vous ne voulez pas voir ? Que croyez-vous qu'il adviendra quand tous ces ennemis seront morts ? »

Au-dessus de la porte, le corbeau marmotta : « *Morts, morts, morts.*

— Ce qu'il adviendra, laissez-moi vous le raconter, poursuivit Jon. Les morts se lèveront de nouveau, par centaines et par milliers. Ils se lèveront comme des spectres, avec des mains noires et de pâles yeux bleus, et *ils viendront nous chercher.* » Il repoussa sa chaise pour se mettre debout, les doigts de sa main d'épée s'ouvrant et se refermant. « Vous avez ma permission de vous retirer. »

Le septon Cellador se leva, le visage gris et suant, Othell Yarwyck avec raideur, Bowen Marsh, blême, les lèvres pincées. « Merci de nous avoir accordé de votre temps, lord Snow. » Ils sortirent sans ajouter un mot.

TYRION

La truie manifestait de meilleures dispositions que bien des chevaux qu'il avait montés.

Patiente, le pas assuré, elle accepta Tyrion pratiquement sans un couinement quand il se hissa sur son dos, et resta immobile tandis qu'il tendait le bras pour prendre son écu et sa lance. Et pourtant quand il saisit ses rênes et pressa des pieds contre ses flancs, elle se mut immédiatement. Elle s'appelait Jolie, diminutif de Jolie Cochonne, et on l'avait dressée pour la selle et la bride depuis qu'elle était un porcelet.

L'armure de bois peint s'entrechoquait pendant que Jolie traversait le pont en trottinant. Tyrion avait les aisselles qui le démangeaient à cause de la transpiration, et une perle de sueur roula le long de sa cicatrice sous le heaume disproportionné qui ne lui allait pas ; et pourtant, l'espace d'un instant absurde, il se prit presque pour Jaime, s'élançant sur une lice de tournoi, la lance en main, son armure dorée étincelant au soleil.

Quand les rires commencèrent, le rêve s'évanouit. Il n'était pas un champion, rien qu'un nain à califourchon sur un cochon, une perche à la main, exécutant des cabrioles pour amuser quelques marins impatients et imbibés de tafia dans l'espoir de les amadouer. Quelque part aux enfers, son père bouillait de colère et Joffrey ricanait. Tyrion sentait leurs yeux morts et froids qui observaient cette farce de baladins, avec autant d'avidité que l'équipage du *Selaesori Qhoran*.

Et voici qu'arrivait son adversaire. Sol chevauchait son gros chien gris, sa lance rayée tanguant comme prise d'ivresse, tandis que l'animal bondissait sur le pont. Son écu et son armure avaient été peints en rouge, mais la peinture s'écaillait et s'effaçait ; l'amure de Tyrion était bleue. *Pas la mienne. Celle de Liard. Jamais la mienne, formons des prières pour cela.*

Tyrion donna du talon dans les flancs de Jolie pour la pousser à charger tandis que les marins le pressaient de lazzis et de cris. Savoir s'ils criaient des encouragements ou des moqueries, Tyrion n'aurait pu le dire avec certitude, bien qu'il ait une bonne idée là-dessus. *Pourquoi me suis-je jamais laissé convaincre d'embarquer dans cette farce ?*

Mais il connaissait la réponse. Depuis maintenant douze jours le navire flottait, encalminé, sur le golfe de Douleur. Une humeur mauvaise prévalait parmi l'équipage, et susceptible de dégénérer encore quand leur ration quotidienne de tafia viendrait à s'épuiser. Le nombre d'heures qu'un homme peut consacrer à repriser les voiles, calfater les voies d'eau et pêcher a ses limites. Jorah Mormont avait entendu marmonner que les nains avaient failli à leur rôle de porte-bonheur. Si le cuisinier du bord continuait à frictionner de temps en temps l'occiput de Tyrion, dans l'espoir de faire se lever des ris, le reste avait commencé à lui lancer des regards venimeux chaque fois qu'il croisait leur chemin. Sol affrontait un sort encore pire, car le cuisinier avait fait courir la notion que presser un sein de naine pourrait bien être le geste qui leur ramènerait la chance. Il avait également commencé à appeler Jolie Cochonne *Bacon*, une plaisanterie qui avait semblé beaucoup plus drôle dans la bouche de Tyrion.

« Nous devons les faire rire, avait imploré Sol. Nous devons nous arranger pour qu'ils nous aiment. Si nous leur donnons une représentation, ça les aidera à oublier. *De grâce*, m'sire. » Et, sans savoir comment ni pourquoi ni quand, il avait consenti. *Ce devait être le tafia.* Le vin du capitaine avait été la première denrée à s'épuiser. On était ivre beaucoup plus vite avec du tafia que du vin, avait pu constater Tyrion Lannister.

Aussi se retrouva-t-il harnaché de l'armure peinte de Liard, à chevaucher la truie de Liard, tandis que la sœur de Liard l'instruisait dans l'art de la joute de baladins, qui avait été leur moyen de gagner le pain et le sel. La situation ne manquait pas d'une certaine délicieuse ironie, lorsqu'on considérait que Tyrion avait un jour failli perdre sa tête en refusant de chevaucher le chien pour l'amusement pervers de son neveu. Toutefois, à califourchon sur la truie, il éprouvait quelque difficulté à savourer tout l'humour de la chose.

La lance de Sol s'abaissa juste à temps pour que l'extrémité émoussée vienne effleurer son épaule ; celle de Tyrion tangua quand il la pointa et la tapa bruyamment contre un coin de l'écu de Sol. Elle resta en selle. Lui pas. Mais après tout, c'était le but recherché.

Aussi facile que de dégringoler d'un cochon... mais tomber de ce cochon en particulier était plus difficile qu'il n'y paraissait. Tyrion se roula en boule dans sa chute, se souvenant des instructions, mais il heurta quand même le pont avec un choc sonore et se mordit si fort la langue qu'il sentit le goût du sang. Il retrouva les sensations de ses douze ans, quand il traversait la table du dîner en faisant la roue dans la grande salle de Castral Roc. À l'époque, son oncle Gerion était là pour applaudir ses efforts, en lieu de marins renfrognés. Leurs rires semblaient épars et forcés, comparés aux tempêtes qui avaient salué les bouffonneries de Sol et Liard au cours du repas de noces de Joffrey, et plusieurs sifflèrent de colère. « Sans-Nez, toi pareil sur cochon qu'à pied : horrib' ! lui cria un homme depuis le gaillard d'arrière. Faut pas avoir couilles pour laisser fille battre toi. » *Lui, il a parié de l'argent sur moi,* jugea Tyrion. Il laissa glisser l'insulte. Il avait déjà entendu pire.

L'armure de bois compliquait son redressement. Il se retrouva à battre des membres comme une tortue sur le dos. Cela au moins déclencha les rires de quelques marins. *Quel dommage que je ne me sois pas cassé la jambe, ça les aurait fait hurler de rire. Et s'ils s'étaient trouvés dans le cabinet d'aisances au moment où je décochais un carreau dans les tripes de mon père, ils auraient pu en rire assez fort pour se chier aux chausses de concert avec lui. Mais n'importe quoi, du moment que ces ordures restent de bonne humeur.*

Jorah Mormont finit par prendre en pitié les efforts de Tyrion et il le hissa pour le remettre debout. « Tu as eu l'air d'un idiot. »

C'était le but. « On a du mal à ressembler à un héros quand on chevauche un cochon.

— Ce doit être pour cela que je les évite. »

Tyrion déboucla son casque, le tourna pour l'enlever et cracha par-dessus bord une mesure de flegme sanglant. « J'ai l'impression de m'être à moitié sectionné la langue.

— Mords plus fort, la prochaine fois. » Ser Jorah haussa les épaules. « À parler franc, j'ai vu de pires jouteurs. »

Serait-ce un compliment ? « J'ai dégringolé de ce foutu goret et je me suis mordu la langue. Comment pourrais-je faire pire ?

— En te prenant un éclat de lance dans l'œil et en mourant. »

Sol avait sauté à bas de son chien, un gros animal gris appelé Croque. « Le but n'est pas de jouter bien, Hugor. » Elle prenait toujours garde à l'appeler Hugor, quand on pouvait l'entendre. « Il s'agit de les faire rire et jeter des pièces. »

Maigre salaire pour le sang et les ecchymoses, se dit Tyrion, mais cela aussi, il le garda pour lui. « Nous avons également échoué à accomplir cela. Personne n'a jeté de pièces. » *Pas un sol, pas un liard.*

« Ça viendra, quand nous nous serons améliorés. » Sol retira son casque. Des cheveux brun souris croulèrent sur ses oreilles. Elle avait les yeux marron aussi, sous une arcade sourcilière proéminente, des joues lisses et rougies. Elle tira quelques glands d'une sacoche en cuir, à l'intention de Jolie Cochonne. La truie les mangea dans sa paume, couinant de contentement. « Lorsque nous nous produirons devant la reine Daenerys, les pièces d'argent pleuvront, tu verras. »

Certains marins criaient à leur adresse, tapant des talons sur le pont, réclamant une nouvelle joute. Le coq du bord était le plus bruyant, comme toujours. Tyrion avait appris à détester le gaillard, même si c'était le seul joueur de *cyvosse* vaguement compétent à bord de la cogue. « Tu vois, ça leur a plu, déclara Sol avec un petit sourire d'espoir. On recommence, Hugor ? »

Il allait refuser quand le cri d'un des matelots lui en épargna le besoin. On était au milieu de la matinée, et le capitaine voulait de nouveau faire sortir les chaloupes. L'énorme voile rayée de la cogue pendait mollement à son mât, comme depuis plusieurs jours, mais il espérait retrouver le vent un peu plus au nord. Ce qui impliquait qu'on ramât. Les chaloupes étaient petites, cependant, et la cogue fort grande : la remorquer était une tâche épuisante qui donnait chaud et faisait transpirer, laissant les mains couvertes d'ampoules et les reins brisés, sans aucun résultat. L'équipage en avait horreur. Tyrion ne pouvait le leur reprocher. « La veuve aurait dû nous placer à bord d'une galère, marmonna-t-il d'une voix amère. Si quelqu'un pouvait m'aider à retirer ces foutues planches, j'en serais reconnaissant. Je crois que j'ai une écharde plantée dans les couilles. »

Mormont s'exécuta, quoique de mauvaise grâce. Sol récupéra son chien et sa truie et les conduisit tous deux sous le pont. « Tu devrais demander à ta dame de fermer sa porte à clé quand elle est à l'intérieur », conseilla ser Jorah en défaisant les boucles des sangles qui unissaient le pectoral à la dossière. « J'entends beaucoup trop causer de côtelettes, de jambons et de bacon.

— Cette truie est la moitié de son gagne-pain.

— Un équipage ghiscari mangerait aussi le chien. » Mormont sépara la dossière du pectoral. « Dis-lui, c'est tout.

— Comme vous voudrez. » Sa tunique trempée de sueur lui collait au torse. Tyrion tira dessus, priant pour un peu de brise. L'armure de bois tenait chaud et pesait lourd, autant qu'elle était inconfortable. Elle semblait à moitié composée de vieille peinture, une couche sur l'autre, le résultat de cent redécorations. Au repas de noces de Joffrey, il s'en souvenait, un cavalier arborait le loup-garou de Robb Stark, l'autre, les armes et les couleurs de Stannis Baratheon. « Nous aurons besoin de ces deux bestioles si nous devons rompre des lances devant la reine Daenerys », dit-il. Si l'envie prenait aux matelots d'équarrir Jolie Cochonne, ni lui ni Sol n'avaient aucun espoir de les arrêter... Mais au moins, la grande épée de ser Jorah pourrait les faire réfléchir.

« Est-ce ainsi que tu comptes garder ton chef, Lutin ?

— Ser Lutin, ne vous déplaise. Et oui. Une fois que Sa Grâce saura ma valeur véritable, elle me chérira. Après tout, je suis un aimable luron, et je connais sur mes proches plus d'un renseignement utile. Mais, jusque-là, j'ai intérêt à la tenir amusée.

— Cabriole tout ton content, ça ne lavera pas tes crimes. Daenerys Targaryen n'est pas une sotte enfant que distraient plaisanteries et galipettes. Elle te traitera avec justice. »

Oh, j'espère bien que non. De ses yeux vairons, Tyrion examina Mormont. « Et vous, comment vous accueillera-t-elle, cette reine juste ? Une chaleureuse accolade, un rire de jeune fille ou la hache du bourreau ? » Il grimaça un sourire devant la visible déconfiture du chevalier. « Pensiez-vous vraiment que je vous croirais ? Exécuter les ordres de la reine, dans ce bordel ? La défendre, à une moitié de monde de distance ? Ne se pourrait-il pas plutôt que vous fussiez en fuite, que votre reine dragon vous ait chassé de sa compagnie ? Mais pourquoi irait-elle... Oh, mais attendez, vous *l'espionniez* ! » Tyrion clappa de la langue. « Vous espérez acheter votre retour en grâce en me livrant à elle. Un plan mal inspiré, dirais-je. On pourrait même parler d'un acte de désespoir suggéré par la boisson. Si j'étais Jaime, peutêtre... Jaime a tué le père de Daenerys, mais je n'ai tué que le mien. Vous imaginez que Daenerys va m'exécuter et vous pardonner, mais l'inverse est tout autant probable. Peut-être auriez-vous vous-même intérêt à sauter sur le dos de cette truie, ser Jorah. D'endosser une cotte de fer bipartie, à la mode de Florian le... »

Le coup que lui flanqua le grand chevalier lui tourna la tête et envoya Tyrion valdinguer de côté, avec tant de force que son crâne rebondit contre le pont. Le sang lui emplit la bouche tandis qu'il se redressait sur un genou en titubant. Il cracha une dent cassée. *J'embellis chaque jour ; mais j'ai bien l'impression d'avoir agacé une plaie vive.* « Le nain vous aurait-il offensé en quelque manière, ser ? » demanda Tyrion sur un ton innocent, essuyant du revers de la main les bulles de sang sur sa lèvre fendue.

« Je me fatigue de ton insolence, nain. Il te reste encore quelques dents. Si tu tiens à les conserver, garde tes distances avec moi pendant la suite de cette traversée.

— Cela pourrait présenter des difficultés. Nous partageons une cabine.

— Trouve-toi un autre lieu où dormir. Dans la cale, sur le pont, peu me chaut. Reste hors de vue, c'est tout. »

Tyrion se remit debout. « Comme vous voudrez », répondit-il, la bouche pleine de sang ; mais le grand chevalier était déjà parti, martelant de ses bottes les planches du pont.

En bas, dans la coquerie, Tyrion se rinçait la bouche au tafia coupé d'eau, grimaçant sous la brûlure, lorsque Sol le retrouva. « J'ai appris ce qui s'était passé. Oh, vous êtes blessé ? »

Il haussa les épaules. « Un peu de sang et une dent cassée. » *Mais je crois que je l'ai blessé davantage.* « Dire qu'il est chevalier. Triste à dire, mais je ne compterais pas trop sur ser Jorah au cas où nous aurions besoin de protection.

— Qu'avez-vous fait ? Oh, vous saignez de la lèvre. » Elle tira de sa manche un carré de tissu et tapota la plaie. « Qu'avez-vous dit ?

— Quelques vérités que ser Bezoar n'a guère aimé entendre.

— Il ne faut pas vous moquer de lui. Vous ne savez donc rien ? Il ne faut pas parler de la sorte à une grande personne. Elles peuvent vous faire *du mal.* Ser Jorah aurait pu vous jeter à la mer. Les matelots auraient ri en vous regardant vous noyer. Il faut être prudent avec les grands. Avec eux, soyez jovial, joueur, faites-les sourire tout le temps, faites-les rire, disait toujours mon père. Votre père ne vous a-t-il jamais appris à vous comporter avec les grands ?

— Mon père les traitait de petites gens, répliqua Tyrion, et il n'était pas ce qu'on pourrait qualifier d'homme jovial. » Il but une nouvelle gorgée de tafia mêlé d'eau, la promena dans sa bouche puis la recracha. « Cependant, je conçois votre argument. J'ai beaucoup à apprendre sur la condition de nain. Peut-être aurez-vous la bonté de faire mon éducation, entre les joutes et la cavalcade sur cochon.

— Je le ferai, m'sire. Volontiers. Mais… quelles étaient ces vérités ? Pourquoi ser Jorah vous a-t-il frappé si fort ?

— Mais par amour, voyons. La même raison que moi, pour faire mijoter ce chanteur. » Il songea à Shae et à l'expression qu'elle avait dans ses yeux tandis qu'il serrait la chaîne autour de sa gorge, la tordant dans son poing. Une chaîne de mains en or. *C'est toujours si froid, des mains d'or, / Et si chaud, celles d'une femme.* « Es-tu pucelle, Sol ? »

Elle rougit. « Oui. Bien sûr. Qui aurait…

— Reste-le. L'amour est une folie, et le désir un poison. Conserve ta virginité. Tu n'en seras que plus heureuse et tu as moins de chances de te retrouver dans un bordel crasseux sur la Rhoyne, avec une putain qui ressemble vaguement à ton amour perdu. » *Ou à courir la moitié du monde, pour chercher où peuvent bien aller les putes.* « Ser Jorah rêve de sauver sa reine dragon et de se réchauffer au soleil de sa gratitude, mais je connais une chose ou deux sur la gratitude des rois, et je préférerais un palais à Valyria. » Il s'interrompit brusquement. « Tu as senti ça ? Le vaisseau a bougé.

— En effet. » La joie illumina le visage de Sol. « Nous bougeons de nouveau. Le vent… » Elle courut vers la porte. « Je veux voir ça. Venez, le premier arrivé en haut ! » Et elle disparut.

Elle est jeune, dut se remémorer Tyrion tandis que Sol jaillissait de la coquerie pour grimper l'abrupt escalier de bois aussi vite que ses courtes jambes le lui permettaient. *Presque une enfant.* Cependant, Tyrion fut ravi de la voir si enthousiaste. Il la suivit sur le pont.

La voile s'était ranimée, gonflant, se vidant avant de se regonfler, les rayures rouges de sa toile se tordant comme des serpents. Les matelots couraient sur le pont et tiraient sur les drisses pendant que les lieutenants beuglaient des ordres dans la langue de l'Antique Volantis. Les rameurs dans les chaloupes du navire avaient choqué les cordages de remorque et revenaient vers la cogue, en souquant ferme. Le vent soufflait de l'ouest, par tourbillons et rafales, accrochant les haubans et les capes comme un gamin espiègle. Le *Selaesori Qhoran* était reparti.

Peut-être parviendrons-nous à Meereen, finalement, se dit Tyrion.

Mais quand il accéda au gaillard d'arrière par l'échelle de coupée et qu'il regarda au large depuis la poupe, son sourire pâlit. *Ciel et mer bleus ici, mais à l'ouest... je n'ai jamais vu un ciel d'une telle couleur.* Un épais bandeau de nuages courait sur tout l'horizon. « Sinistre barrière, dit-il à Sol, le doigt pointé.

— Qu'est-ce que ça signifie ? demanda-t-elle.

— Ça signifie qu'une grosse brute se glisse derrière nous. »

Il fut surpris de constater que Moqorro et deux de ses doigts ardents les avaient rejoints sur le château arrière. Il n'était que midi et, d'ordinaire, le prêtre rouge et ses hommes n'émergeaient pas avant le crépuscule. Le prêtre lui adressa un hochement de tête solennel. « Tu vois ici, Hugor Colline. Le courroux de Dieu. On ne raille pas le Dieu de Lumière. »

Tyrion avait un mauvais pressentiment. « La veuve a dit que ce navire n'atteindrait jamais sa destination. Je supposais qu'elle voulait dire qu'une fois au large, hors d'atteinte des triarques, le capitaine changerait de cap pour aller sur Meereen. Ou peut-être que vous vous empareriez du navire avec votre Main Ardente afin de nous conduire chez Daenerys. Mais ce n'était pas du tout ce que votre Grand Prêtre a vu, hein ?

— Non. » La voix profonde de Moqorro résonnait avec toute la solennité d'un glas. « Voici ce qu'il avait vu. » Le prêtre rouge leva son bourdon et inclina la tête en direction de l'ouest.

Sol était perplexe. « Je ne comprends pas. Qu'est-ce que ça veut dire ?

— Ça veut dire que nous aurions intérêt à descendre sous le pont. Ser Jorah m'a exilé de notre cabine. Puis-je me cacher dans la tienne quand le moment viendra ?

— Oui. Vous seriez le... oh... »

Pendant pratiquement trois heures, ils coururent sous le vent, tandis que la tempête se rapprochait. Le ciel à l'occident vira au vert, puis au gris, et au noir. Un mur de nuages sombres s'éleva derrière eux, se boursouflant comme le lait d'une bouilloire trop longtemps oubliée sur le feu. Tyrion et Sol observèrent depuis le gaillard d'avant, blottis près de la figure de proue, en se tenant les mains, veillant à ne pas traîner dans les jambes du capitaine et de l'équipage.

La dernière tempête avait été excitante, grisante, un brusque grain qui avait laissé Tyrion avec la sensation d'être lavé et rafraîchi. Celle-ci s'annonçait différente. Le capitaine le sentait aussi. Il vira de bord vers le nord-nord-est en cherchant à s'écarter du trajet de la tempête.

L'effort resta futile. La fougue était trop grosse. Autour d'eux, les mers se firent plus rudes. Le vent commença à mugir. *L'Intendant qui pue* montait et descendait tandis que les vagues se brisaient contre sa coque. Derrière eux, la foudre plongeait dans les flots des coups de poignard depuis les cieux, des éclairs mauves aveuglants qui dansaient sur la mer en maillages de lumière. Le tonnerre les suivait. « L'heure est venue d'aller se cacher. » Tyrion prit Sol par le bras et la conduisit sous le pont.

Croque et Jolie étaient tous deux à moitié fous de peur. Le chien aboyait, encore et toujours. Il renversa Tyrion par terre à leur entrée. La truie avait chié partout. Tyrion nettoya de son mieux, tandis que Sol s'efforçait de calmer les animaux. Puis ils arrimèrent ou rangèrent tout ce qui pouvait bouger. « J'ai peur », avoua Sol. La cabine avait commencé à s'incliner et à se cabrer, allant d'un bord sur l'autre selon les vagues qui martelaient la coque du navire.

Il est de pires manières de mourir que la noyade. Ton frère l'a appris, ainsi que le seigneur mon père. Et Shae, cette fourbe ribaude. C'est toujours si froid, des mains d'or,/Et si chaud, celles d'une femme. « Nous devrions commencer un jeu, suggéra Tyrion. Cela nous aidera à penser à autre chose qu'à la tempête.

— Pas le *cyvosse*, répondit-elle aussitôt.

— Pas le *cyvosse* », acquiesça-t-il tandis que le pont montait sous ses pieds. Cela ne mènerait qu'à de violents envols de pièces à travers la cabine, qui retomberaient en pluie sur la truie et le chien. « Quand tu étais petite fille, as-tu jamais joué à viens-dans-mon-château ?

— Non. Vous pouvez m'apprendre ? »

S'il le pouvait ? Tyrion hésita. *Imbécile de nain. Évidemment qu'elle n'a jamais joué à viens-dans-mon-château. Jamais elle n'a eu de château.* Viens-dans-mon-château était un jeu pour enfants bien nés, un jeu qui visait à leur enseigner la courtoisie, l'héraldique et une chose ou deux sur les amis et les ennemis du seigneur leur père. « Ça ne pourra... » commença-t-il. Le pont subit une nouvelle violente poussée qui les jeta brutalement l'un contre l'autre. Sol poussa un couinement de peur. « Ce n'est pas un jeu approprié, lui dit Tyrion en serrant les dents. Désolé. Je ne sais pas quel jeu...

— Moi, si. » Sol l'embrassa.

Le baiser était maladroit, précipité, hésitant. Mais il prit Tyrion totalement par surprise. Ses mains se levèrent d'une saccade et saisirent Sol aux épaules pour la repousser avec rudesse. Mais il hésita, avant de l'attirer à lui, et la pressa avec légèreté. Elle avait les lèvres sèches, dures, plus étroitement closes qu'une bourse de ladre. *Une petite consolation*, se dit Tyrion. Il n'avait rien voulu de tout cela. Il aimait bien Sol, il avait pitié d'elle et même, il l'admirait, d'une certaine façon, mais il n'éprouvait aucun désir pour elle. Cependant, il ne souhaitait pas la blesser ; les dieux et sa tendre sœur lui avaient déjà infligé assez de douleurs. Aussi laissa-t-il le baiser se prolonger, la tenant avec douceur par les épaules. Ses propres lèvres restèrent fermement closes. Autour d'eux, le *Selaesori Qhoran* roulait et frémissait.

Finalement, elle se recula d'un pouce ou deux. Tyrion vit son propre reflet briller dans ses prunelles. *Jolis yeux*, songea-t-il, mais il voyait d'autres choses, également. *Beaucoup de peur, un peu d'espoir... mais pas un brin de désir. Elle ne me veut pas, pas plus que je ne la veux.*

Lorsque Sol baissa la tête, il la prit sous le menton et la releva. « Nous ne pouvons jouer à ce jeu, madame. » Au-dessus le tonnerre rugit, tout proche, désormais.

« Je ne voulais pas... Je n'ai encore jamais embrassé de garçon, mais... J'ai simplement pensé, et si nous nous noyons et que je... je...

— C'était agréable, mentit Tyrion, mais je suis marié. Elle se trouvait avec moi au banquet, vous vous souvenez peut-être d'elle. Lady Sansa.

— C'était votre épouse ? Elle... elle était très belle... »

Et perfide. Sansa, Shae, toutes mes femmes... Tysha a été la seule à m'avoir jamais aimé. Où s'en vont les putes ? « Une enfant charmante, dit Tyrion, et nous nous sommes unis aux yeux des dieux et des hommes. Il se peut qu'elle soit perdue pour moi, mais, jusqu'à ce que j'en aie la certitude, je me dois de lui être fidèle.

— Je comprends. » Sol détourna la tête de lui.

La femme idéale pour moi, songea Tyrion avec amertume. *Encore assez jeune pour croire des mensonges aussi éhontés.*

La coque grinçait, le pont tanguait et Jolie couinait de panique. Sol traversa la cabine, à quatre pattes sur le plancher, pour aller envelopper de ses bras la tête de la truie et lui murmurer des paroles rassurantes. En les voyant toutes deux, on avait du mal à discerner qui réconfortait qui. Le spectacle était tellement grotesque qu'il aurait dû être comique, mais n'arrivait même pas à arracher à Tyrion un sourire. *Cette fille mérite mieux qu'un cochon*, jugea-t-il. *Un baiser honnête, un peu de tendresse, tout le monde, petit ou grand, en mérite autant.* Il chercha autour de lui sa coupe de vin, mais quand il la trouva tout le tafia s'en était renversé. *Se noyer est déjà une sinistre manière de trépasser*, estima-t-il, mécontent, *mais se noyer triste et sobre serait vraiment un trop cruel destin.*

Au final, ils ne périrent pas noyés... Même si, à certains moments, la perspective d'une bonne noyade paisible ne manqua pas d'un certain attrait. La tempête fit rage tout le reste de la journée et bien avant dans la nuit. Des vents humides mugissaient autour d'eux et les vagues se levaient comme les poings de géants engloutis pour marteler leur pont. Sur le pont, apprirent-ils plus tard, un lieutenant et deux matelots avaient été emportés par les lames, le coq du bord s'était retrouvé aveuglé en recevant un pot de graisse brûlante au visage et le capitaine avait été précipité avec une telle violence du château arrière sur le pont principal qu'il avait eu les deux jambes brisées. En contrebas, Croque hurla, aboya et montra les dents à Sol, et Jolie Cochonne se remit à chier partout, changeant en bauge la cabine étroite et humide. Tyrion réussit à éviter de vomir tout au long de l'aventure, au premier chef grâce à la pénurie de vin. Sol n'eut pas tant de chance, mais il la serra quand même contre lui, tandis qu'autour d'eux la coque craquait et grinçait d'inquiétante façon, comme une futaille prête à éclater.

Vers minuit, les vents expirèrent enfin et la mer s'apaisa suffisamment pour que Tyrion remontât sur le pont. Ce qu'il y vit ne le rassura pas. La cogue dérivait sur une mer de verredragon coiffée d'une coupe d'étoiles, mais, tout autour, la tempête continuait à se déchaîner. À l'est, à l'ouest, au nord, au sud, partout où il regardait, s'élevaient des nuages pareils à des montagnes noires, leurs pentes disloquées et leurs colossales falaises palpitant de foudre bleue et mauve. La pluie avait cessé, mais les ponts humides glissaient sous le pas.

Tyrion entendait quelqu'un crier dans l'entrepont, une voix grêle et aiguë, folle de peur. Il entendait aussi Moqorro. Le prêtre rouge, debout sur le gaillard d'avant face à la tempête, bourdon brandi au-dessus de sa tête, tonnait une prière. Au milieu du navire, une douzaine de matelots et deux des doigts ardents s'échinaient sur des drisses emmêlées et de la toile détrempée, mais quant à savoir s'ils essayaient de hisser de nouveau la voile ou de l'amener, il n'eut jamais de réponse. Quoique ce fût, l'idée lui paraissait très mauvaise. Et il n'avait pas tort.

Le vent revint comme un chuchotis de menace, froid et humide, qui lui caressa la joue, fit claquer la voile mouillée, voler et se tendre les robes écarlates de Moqorro. L'instinct souffla à Tyrion d'empoigner le bastingage le plus proche, juste à temps. En l'espace de trois battements de cœur, la brise légère se mua en ouragan mugissant. Moqorro cria quelque chose, et des flammes vertes jaillirent de la gueule du dragon terminant son bourdon, pour disparaître dans la nuit. Puis vinrent les pluies, noires et aveuglantes, et gaillards d'avant et d'arrière disparurent tous deux derrière un mur liquide. Une forme énorme battit au-dessus, et Tyrion leva les yeux à temps pour voir la voile prendre son essor, deux hommes encore pendus aux haubans. Puis il entendit un craquement. *Oh, bordel*, eut-il le temps de se dire, *ce devait être le mât.*

Il trouva une drisse et tira dessus, luttant vers l'écoutille pour se réfugier en cale hors de la tempête, mais une rafale lui faucha les jambes, et une seconde le jeta contre le bastingage, où il s'agrippa. La pluie lui fouettait le visage, l'aveuglant. Il avait de nouveau la bouche pleine de sang. Le navire gémissait et grondait sous lui comme un obèse constipé se battant pour chier.

Puis le mât éclata.

Tyrion n'en vit rien, mais il l'entendit. De nouveau, ce craquement, puis un hurlement de bois torturé, et soudain l'air se remplit d'échardes et d'esquilles. L'une lui manqua l'œil d'un demi-pouce, une seconde trouva son cou, une troisième lui traversa le mollet, à travers bottes et chausses. Il poussa un cri. Mais il tint bon la drisse, s'accrocha avec une force désespérée dont il s'ignorait capable. *La veuve a dit que ce vaisseau n'atteindrait jamais sa destination*, se souvenait-il. Puis il éclata de rire, et rit, d'un rire fou, hystérique, tandis que le tonnerre roulait, que les madriers geignaient et que les vagues s'écrasaient tout autour de lui.

Le temps que la tempête s'apaisât et que passagers et matelots survivants rampassent de nouveau sur le pont, comme les pâles vers roses qui se tortillent sur le sol après une averse, le *Selaesori Qhoran* n'était plus qu'une épave disloquée, flottant bas sur l'eau et donnant de la bande sur dix degrés par bâbord, sa coque crevée de cinquante voies d'eau, sa cale baignant dans l'eau de mer, son mât une souche brisée pas plus haute qu'un nain. Même sa figure de proue n'en avait pas réchappé : un de ses bras, celui qui tenait tous les rouleaux, s'était brisé. Neuf hommes étaient perdus, dont un lieutenant, deux doigts ardents et Moqorro lui-même.

Benerro avait-il vu cela dans ses feux ? s'interrogea Tyrion quand il prit conscience de la disparition de l'énorme prêtre rouge. *Et Moqorro ?*

« Une prophétie est comme une mule à moitié dressée, se plaignit-il à Jorah Mormont. On croit qu'elle va vous aider, mais au moment où on lui fait confiance, elle vous flanque une ruade dans le crâne. Cette garce de veuve savait que le navire n'atteindrait jamais sa destination, elle nous en a avertis, elle a dit que Benerro l'avait vu dans ses feux, seulement j'en avais conclu... Bah, quelle importance ? » Sa bouche se tordit. « Ce que cela voulait réellement dire, c'est qu'une grosse saloperie de tempête allait changer notre mât en petit bois pour nous laisser dériver à travers le golfe de Douleur jusqu'à ce que nos vivres s'épuisent, et que nous commencions à nous dévorer les uns les autres. Qui pensez-vous qu'ils découperont en premier... le cochon, le chien, ou moi ?

— Le plus bruyant, à mon avis. »

Le capitaine mourut le lendemain, le coq trois jours plus tard. L'équipage survivant avait fort à faire pour maintenir l'épave à flot. Le lieutenant qui avait assumé le commandement estimait qu'ils se trouvaient quelque part au large de la pointe méridionale de l'île aux Cèdres. Quand il mit à la mer les chaloupes du navire afin de le remorquer vers la plus proche terre, l'une des deux coula, et les hommes de l'autre coupèrent le cordage et partirent à la rame vers le nord, abandonnant la cogue et tous leurs compagnons.

« Esclaves », commenta Jorah Mormont, avec mépris.

Le grand chevalier avait dormi durant la tempête, à l'entendre. Tyrion avait des doutes, mais il les garda pour lui. Un jour, il pourrait avoir envie de mordre quelqu'un à la jambe et, pour ce faire, il avait besoin de dents. Mormont paraissait disposé à ignorer leur désaccord, si bien que Tyrion décida de prétendre que rien ne s'était passé.

Dix-neuf jours durant, ils dérivèrent tandis que les vivres et l'eau diminuaient. Le soleil les martelait sans trêve. Sol était blottie dans sa cabine, avec son chien et sa truie, et Tyrion lui apportait à manger, boitant à cause de son mollet bandé et reniflant la blessure la nuit. Quand il n'avait rien d'autre à faire, il se piquait également les doigts et les orteils. Ser Jorah mettait un point d'honneur à affûter son épée chaque jour, aiguisant la pointe jusqu'à ce qu'elle brillât. Les trois derniers doigts ardents allumaient le feu nocturne dès le coucher du soleil, mais en conduisant la prière avec l'équipage, ils portaient leur armure ornementée et gardaient leurs piques à portée de main. Et pas un seul marin n'essaya de frictionner le crâne d'aucun des deux nains.

« Et si nous joutions de nouveau pour eux ? demanda Sol une nuit.

— Mieux vaudrait s'abstenir, répondit Tyrion. Ça ne servirait qu'à leur rappeler que nous avons un beau cochon dodu. » Toutefois, Jolie devenait moins replète à chaque jour qui passait et Croque n'était que fourrure et os.

Cette nuit-là, Tyrion se rêva de retour à Port-Réal, une arbalète en main. « Où vont les putes », déclara lord Tywin, mais quand le doigt de Tyrion se crispa et que la corde vrombit, c'était Sol qui avait le carreau fiché dans son ventre.

Il s'éveilla à un bruit de cris.

Le pont bougeait sous lui et, pendant un demi-battement de cœur, il fut tellement désorienté qu'il se crut de retour sur la *Farouche Pucelle*. Des relents de lisier le ramenèrent à la réalité. Les Chagrins étaient derrière lui, à une moitié de monde de là, et les joies de ce temps aussi. Il se souvint combien Lemore était plaisante à voir après son bain matinal, avec des perles d'eau qui brillaient sur sa peau nue, mais la seule pucelle ici était la pauvre Sol, la jeune naine contrefaite.

Pourtant, il se passait quelque chose. Tyrion se glissa en bâillant à bas de son hamac, et chercha ses bottes. Et aussi insensé que ce fût, il chercha également son arbalète, mais bien entendu, il n'y en avait pas à trouver. *Dommage*, songea-t-il, *elle aurait pu être utile quand les grands viendront me manger.* Il enfila ses bottes et grimpa sur le pont pour voir la raison de tous ces cris. Sol y fut avant lui, les yeux écarquillés par l'étonnement. « Une voile, s'écria-t-elle, là, là-bas, tu vois ? Une voile, et ils nous ont vus, ils nous ont vus. *Une voile !* »

Cette fois-ci, il l'embrassa… une fois sur chaque joue, une sur le front, une dernière sur la bouche. Elle était toute rosissante, et riait quand il en arriva au dernier baiser, subitement redevenue timide, mais cela n'avait aucune importance. L'autre navire se rapprochait. Une grande galère, nota-t-il. Ses rames laissaient derrière elle un long sillage blanc. « C'est quoi, comme navire ? demanda-t-il à ser Jorah Mormont. Vous pouvez lire son nom ?

— Je n'ai pas besoin de le lire. Nous sommes sous le vent. Je la sens. » Mormont tira son épée. « C'est un esclavagiste. »

LE TOURNE-CASAQUE

Les premiers flocons descendirent en flottant alors que le soleil se couchait à l'ouest. La nuit venue, la neige tombait si dru que la lune se leva derrière un rideau blanc, invisible.

« Les dieux du nord ont déchaîné leur courroux contre lord Stannis », annonça Roose Bolton au matin, tandis que les hommes se rassemblaient dans la grande salle de Winterfell pour déjeuner. « C'est un étranger ici, et les anciens dieux ne souffriront pas qu'il vive. »

Ses hommes rugirent leur approbation, cognant des poings sur les longues tables en planche. Malgré la ruine de Winterfell, ses murailles de granit tiendraient en respect les pires assauts du vent et des éléments. Ils avaient de bonnes provisions de nourriture et de boisson ; des feux pour se réchauffer quand ils n'étaient pas de garde, un endroit où sécher leurs vêtements, des coins douillets où s'étendre pour dormir. Lord Bolton avait entreposé assez de bois pour maintenir les feux pendant une moitié d'année, si bien que la grande salle était toujours chaude et confortable. Stannis n'avait rien de tout cela.

Theon Greyjoy ne se joignit pas au chahut. Pas plus que les hommes de la maison Frey, ne manqua-t-il pas de noter. *Ils sont étrangers ici, aussi*, songea-t-il en observant ser Aenys Frey et son demi-frère, ser Hosteen. Nés et élevés dans le Conflans, les Frey n'avaient jamais vu de telles neiges. *Le Nord a déjà pris trois de leur sang*, se remémora Theon en pensant aux hommes que Ramsay avait fait rechercher en vain, perdus entre Blancport et Tertre-bourg.

Sur l'estrade, lord Wyman Manderly était assis entre deux de ses chevaliers de Blancport, enfournant à la cuillère le gruau d'avoine dans son visage gras. Il ne paraissait pas le déguster moitié autant que les tourtes de porc du mariage. Ailleurs, Harbois Stout le manchot discutait à voix basse avec le cadavérique Pestagaupes Omble.

Theon se rangea dans la file avec les autres hommes pour avoir du gruau d'avoine, versé à la louche dans des écuelles de bois à partir d'une enfilade de marmites en cuivre. Les seigneurs et chevaliers avaient du lait et du miel, et même une lichée de beurre pour améliorer leurs portions, vit-il, mais on ne lui proposerait rien de tout cela. Son règne de prince de Winterfell avait été bref. Il avait tenu son rôle dans le spectacle, accordant la main de la fausse Arya en mariage et n'était plus désormais d'aucune utilité à Roose Bolton.

« Le premier hiver dont j'me souviens, j'avais de la neige jusqu'au-d'sus de la tête, commenta un Corbois dans la file devant lui.

— Oui-da, mais tu f'sais que trois pieds de haut à l'époque », riposta un cavalier des Rus.

La nuit précédente, incapable de dormir, Theon avait commencé à méditer une évasion, s'éclipser sans se faire remarquer pendant que l'attention de Ramsay et du seigneur son père se tournait ailleurs. Chaque porte était verrouillée, barrée et lourdement gardée, cependant ; personne n'avait le droit d'entrer ou de sortir du château sans l'assentiment de lord Bolton. Même s'il avait découvert une issue secrète, Theon ne s'y serait pas fié. Il n'avait pas oublié Kyra et ses clés. Et s'il réussissait à sortir, où irait-il ? Son père était mort et ses oncles n'avaient cure de lui. Pour lui, Pyk était perdue. C'était ici, parmi les décombres de Winterfell, que subsistait ce qui pour lui s'approchait le plus d'un foyer.

Un homme en ruine, un château en ruine. Je suis ici à ma juste place.

Il attendait encore son gruau quand Ramsay fit son entrée dans la salle avec ses Gars du Bâtard, réclamant à grand bruit de la musique. Abel se frotta les yeux pour chasser le sommeil, prit son luth et se lança dans *L'Épouse du Dornien*, tandis qu'une de ses lavandières marquait la cadence sur son tambour. Mais le chanteur modifia les paroles. Au lieu de savourer la femme d'un Dornien, il parla de savourer la fille d'un Nordien.

Il pourrait perdre sa langue, pour ça, se dit Theon alors qu'on emplissait son écuelle. *Ce n'est qu'un chanteur. Lord Ramsay pourrait lui écorcher la peau des deux mains, et nul ne trouverait mot à redire.* Mais lord Bolton sourit des paroles, et Ramsay éclata de rire. Les autres surent alors qu'on pouvait rire sans risque, aussi. Dick le Jaune trouva la chanson si drôle que du vin lui passa par le nez.

Lady Arya n'était pas là pour partager cet amusement. On ne l'avait pas vue en dehors de ses appartements depuis sa nuit de noces. Alyn le Rogue racontait que Ramsay gardait son épouse enchaînée nue à un montant du lit, mais Theon savait que ce n'étaient que racontars. Il n'y avait pas de chaînes – aucune que des hommes pussent voir, en tous les cas. Rien que deux gardes devant la chambre, pour empêcher la fille de partir à l'aventure. *Et elle n'est nue qu'au bain.*

Bain qu'elle prenait à peu près tous les soirs, par contre. Lord Ramsay voulait une épouse propre. « Elle n'a pas de cameriste, pauvre petite, avait-il dit à Theon. Ça ne lui laisse que toi, Schlingue. Dois-je te revêtir d'une robe ? » Il rit. « Peut-être, si tu m'en implores. Pour le moment, borne-toi à être sa demoiselle de bain. Je ne veux pas qu'elle empeste comme toi. » Aussi, chaque fois que l'envie de coucher avec sa femme démangeait Ramsay, échoyait-il à Theon d'emprunter des servantes à lady Walda ou à lady Dustin, et d'aller chercher de l'eau chaude aux cuisines. Bien qu'Arya ne parlât à aucune d'elles, elles ne pouvaient pas ne pas voir ses ecchymoses. *C'est sa faute. Elle ne l'a pas satisfait.* « Contente-toi d'être *Arya* », enjoignit-il une fois à la fille, en l'aidant à entrer dans l'eau. « Lord Ramsay ne veut pas te faire de mal. Il ne nous fait du mal que quand nous... quand nous oublions. Jamais il ne m'a découpé sans cause.

— Theon... chuchota-t-elle, en larmes.

— *Schlingue.* » Il l'attrapa par le bras et la secoua. « Je suis Schlingue, ici. Il faut que tu t'en *souviennes*, Arya. » Mais cette fille n'était pas une véritable Stark, rien que la progéniture d'un intendant. *Jeyne, son nom est Jeyne. Elle ne devrait pas attendre de moi que je la sauve.* Theon Greyjoy aurait pu essayer de l'aider, jadis. Mais Theon était un Fer-né, et un homme plus brave que Schlingue. *Schlingue, Schlingue, ça commence comme chien.*

Ramsay avait un nouveau jouet pour le distraire, un qui avait tétons et connin... Mais les larmes de Jeyne ne tarderaient pas à perdre de leur saveur, et Ramsay voudrait de nouveau son Schlingue. *Il m'écorchera pouce par pouce. Quand mes doigts auront disparu, il me prendra mes mains. Après mes orteils, mes pieds. Mais seulement quand je l'en supplierai, quand la douleur deviendra si cruelle que je l'implorerai de me soulager.* Il n'y aurait pas de bains chauds pour Schlingue. Il se roulerait de nouveau dans la merde, avec interdiction de se laver. Les vêtements qu'il portait deviendraient des loques, immondes et puantes, et on le forcerait à les garder jusqu'à ce qu'elles tombent en décomposition. Au mieux, il pouvait espérer un retour au chenil, avec les filles de Ramsay pour compagnie. *Kyra*, se souvenait-il. *Il appelle la nouvelle chienne Kyra.*

Il emporta son écuelle au fond de la salle et trouva une place sur un banc vide, à plusieurs pas du plus proche flambeau. Jour et nuit, les bancs du bas bout étaient toujours au moins à moitié remplis d'hommes qui buvaient, jouaient aux dés, discutaient ou dormaient tout habillés dans les coins tranquilles. Leurs sergents les réveillaient d'un coup de pied quand leur tour venait de réendosser leur cape et d'aller arpenter le chemin de ronde. Mais aucun d'eux n'aurait apprécié la compagnie de Theon Tourne-Casaque, pas plus qu'il ne tenait à la leur.

Le gruau était gris et liquide et, après sa troisième cuillerée, il le repoussa pour le laisser se figer dans l'écuelle. À la table voisine, des hommes débattaient de la tempête et se demandaient à voix haute combien de temps encore la neige tomberait. « Toute la journée, toute la nuit, peut-être bien davantage », insistait un gaillard à barbe noire, un archer, portant la hache des Cerwyn brodée sur le torse. Quelques-uns des hommes les plus âgés évoquaient d'autres tempêtes de neige et soutenaient que ce n'était qu'un vague saupoudrage, en comparaison avec ce qu'ils avaient vu durant les hivers de leur jeunesse. Les natifs du Conflans étaient effarés. *Ça n'a aucun amour de la neige et du froid, ces épées sudières.* Des hommes qui entraient dans la salle se tassaient devant les feux ou frappaient des mains au-dessus de braseros ardents, tandis que leurs capes gouttaient à des patères à l'intérieur de la porte.

L'atmosphère était lourde et enfumée et une croûte s'était formée sur son gruau quand une voix de femme derrière lui fit : « Theon Greyjoy. »

Mon nom est Schlingue, faillit-il répliquer. « Que voulez-vous ? »

Elle s'assit auprès de lui, à cheval sur le banc, et repoussa une mèche de cheveux brun-roux qui lui tombait sur les yeux. « Pourquoi mangez-vous seul, m'sire ? V'nez, l'vez-vous, joignez-vous à la danse. »

Il retourna à son gruau. « Je ne danse pas. » Le prince de Winterfell avait été un danseur plein de grâce, mais Schlingue, avec ses orteils en moins, serait grotesque. « Laissez-moi en paix. Je n'ai pas d'argent. »

La femme lui adressa un sourire en coin. « Vous me prendriez pas pour une catin ? » C'était une des lavandières du chanteur, la grande maigre, trop mince et coriace pour qu'on la jugeât jolie… bien qu'il y ait eu un temps où Theon l'aurait quand même culbutée, pour juger de ce qu'on pouvait ressentir avec ces longues jambes nouées autour de soi. « À quoi me servirait l'argent ici ? J'achèterais quoi, avec ? D' la neige ? » Elle rit. « Pourriez me payer d'un sourire. Je vous ai jamais vu sourire, pas même au banquet de noces de vot' sœur.

— Lady Arya n'est pas ma sœur. » *Et je ne souris pas, non plus*, aurait-il pu ajouter. *Ramsay avait mes sourires en horreur, et il a ravagé mes dents au marteau. C'est à peine si je puis manger.* « Elle ne l'a jamais été.

— Jolie donzelle, quand même. »

Jamais je n'ai été aussi belle que Sansa, mais tout le monde me disait jolie. Les paroles de Jeyne semblèrent résonner sous le crâne de Theon, au rythme des tambours que battaient deux des autres filles d'Abel. Une autre avait forcé Petit Walder Frey à monter sur la table afin de lui apprendre à danser. Tous les hommes s'esclaffaient. « Laissez-moi en paix, dit Theon.

— J' suis pas du goût de Vot' Seigneurie ? J' pourrais vous envoyer Myrte si vous v'lez. Ou Houssie, peut-être, vous plairait davantage. Tous les gars aiment Houssie. C'est pas mes sœurs, non plus, mais elles sont gentilles. » La femme se pencha plus près. Son haleine sentait le vin. « Si zavez pas un sourire pour moi, racontez-nous comment que vous avez pris Winterfell. Abel mettra ça en chanson, et vous vivrez à jamais.

— Comme un traître. Theon Tourne-Casaque.

— Pourquoi pas Theon l'Astucieux ? C'était un exploit hardi, à c' qu'on a entendu conter. Zaviez combien d'hommes ? Cent ? Cinquante ? »

Bien moins. « C'était une folie.

— Une superbe folie. Stannis en a cinq mille, à c' qu'on dit, mais Abel prétend qu'à dix fois plus, on arriverait pas à percer ces murailles. Alors, m'sire, zêtes entré comment ? Vous connaissiez un passage secret ? »

J'avais des cordes, se rappela Theon. *J'avais des grappins. J'avais l'obscurité de mon côté, et la surprise. Le château n'était tenu que par une légère garnison et je les ai pris par surprise.* Mais de tout cela il ne dit rien. Si Abel composait une chanson sur lui, il y avait bien des chances pour que Ramsay lui crevât les tympans afin de s'assurer que Theon ne l'entendrait jamais.

« Pouvez me faire confiance, m'sire. Abel le fait. » La lavandière posa la main sur celle de Theon. Il était ganté de laine et de cuir. Elle avait des mains nues, calleuses, avec de longs doigts et des ongles rongés jusqu'au vif. « Zavez pas demandé mon nom. J' m'appelle Aveline. »

Theon s'écarta d'une saccade. C'était une ruse, il le savait. *Ramsay l'a envoyée. Voilà encore une de ses plaisanteries, comme Kyra avec les clés. Une aimable plaisanterie, rien de plus. Il veut que je coure, pour pouvoir me punir.*

Il aurait voulu la frapper, fracasser ce sourire moqueur sur son visage. Il voulait l'embrasser, la baiser là, directement sur la table, et l'entendre crier son nom. Mais il ne devait pas la toucher, il le savait, ni par colère ni par désir. *Schlingue, Schlingue, mon nom est Schlingue, je ne dois pas oublier mon nom.* Il se remit debout d'un bond et se dirigea sans un mot vers les portes, claudiquant sur ses pieds mutilés.

À l'extérieur, la neige tombait toujours. Mouillée, lourde, silencieuse, elle avait déjà commencé à recouvrir les traces de pas laissées par les hommes qui entraient et sortaient de la grande salle. La couche lui arrivait presque en haut des bottes. *Elle sera plus épaisse dans le Bois-aux-Loups... et sur la route Royale, où le vent souffle, il sera impossible d'y échapper.* Une bataille se livrait dans la cour ; des Ryswell criblaient des gars de Tertre-bourg de boules de neige. Au-dessus, il voyait quelques écuyers fabriquer des bonshommes de neige sur le chemin de ronde. Ils les armaient de piques et de boucliers, coiffant leurs têtes de demi-heaumes de fer, et les disposant le long du mur intérieur, un rang de sentinelles de neige. « Lord Hiver s'est joint à nous avec ses recrues », plaisanta un des gardes à l'extérieur de la grande salle... jusqu'à ce qu'il vît le visage de Theon et s'aperçût à qui il était en train de parler. Alors, il détourna la tête pour cracher par terre.

Au-delà des tentes, les grands destriers des chevaliers de Blancport et des Jumeaux grelottaient dans leurs lignes. Ramsay avait incendié les écuries lors du sac de Winterfell, si bien que son père en avait bâti de nouvelles, deux fois plus vastes que les anciennes, pour accueillir les destriers et les palefrois des bannerets et chevaliers de ses seigneurs. Le reste des chevaux étaient attachés dans les cours. Des garçons d'écurie encapuchonnés allaient et venaient parmi eux, les drapant dans des couvertures pour les tenir au chaud.

Theon entra plus avant dans les parties en ruine du château. Alors qu'il traversait la pierraille fracassée de ce qui avait jadis été la tourelle de mestre Luwin, des corbeaux le considérèrent depuis la fente dans le haut du mur, marmonnant entre eux. De temps en temps l'un d'eux poussait un cri rauque. Theon se tint sur le seuil de la chambre à coucher qui avait jadis été la sienne (enfoncé jusqu'à la cheville dans la neige que le vent avait poussée par une fenêtre cassée), visita les ruines de la forge de Mikken et du septuaire de lady Catelyn. Sous la tour foudroyée, il croisa Rickard Ryswell qui mignotait le cou d'une autre des lavandières d'Abel, la replète aux joues en pomme et au nez camus. La fille allait pieds nus dans la neige, emmitouflée dans un manteau de fourrure. Il jugea qu'elle pouvait bien être nue en dessous. Quand elle le vit, elle glissa à Ryswell quelques mots qui le firent rire tout fort.

Theon s'éloigna d'eux dans la neige. Il y avait un escalier après l'écurie, rarement utilisé ; ce fut là que ses pieds le menèrent. Les marches étaient raides et traîtresses. Il monta avec précaution et se retrouva tout seul sur le chemin de ronde du mur intérieur, à bonne distance des écuyers et de leurs bonshommes de neige. Personne ne lui avait accordé la liberté d'aller et venir dans le château, mais personne ne lui avait rien interdit non plus. Il pouvait vaquer à sa guise à l'intérieur de l'enceinte.

La chemise intérieure de Winterfell était la plus ancienne et la plus haute des deux murailles, dont les antiques mâchicoulis gris s'élevaient à une centaine de pieds, dotés à chaque coin de tours carrées. Le rempart extérieur, dressé bien des siècles plus tard, était plus bas de vingt pieds, mais plus épais et en meilleur état, s'enorgueillissant de tours octogonales en lieu de carrées. Entre les deux murs s'étendaient les douves, profondes et larges... et prises par les glaces. Des dépôts de neige avaient commencé à envahir leur surface gelée. La neige s'accumulait également sur le chemin de ronde, comblant les intervalles entre les merlons et déposant des cales pâles et molles au sommet de chaque tour.

Au-delà des remparts, aussi loin que portât le regard de Theon, le monde blanchissait. Les bois, les champs, la route Royale – les neiges recouvraient l'ensemble d'un pâle et doux manteau, enfouissant les débris de la ville d'hiver, cachant les murs noircis laissés derrière eux par les hommes de Ramsay quand ils avaient bouté le feu aux maisons. *Les blessures laissées par Snow, la neige les dissimule* ; mais ce n'était pas vrai. Ramsay était désormais un Bolton, pas un Snow, jamais un Snow.

Plus loin, la route Royale et ses ornières avaient disparu, perdues au sein des champs et des collines qui moutonnaient, tout cela formant une grande étendue blanche. Et toujours la neige tombait, descendant en silence d'un ciel sans vent. *Stannis Baratheon est dehors, quelque part là-bas, en train de geler.* Lord Stannis tenterait-il de prendre Winterfell par la force ? *S'il s'y risque, sa cause est perdue.* Le château était trop solide. Même avec les douves gelées, les défenses de Winterfell demeuraient formidables. Theon avait pris la forteresse par ruse, envoyant ses meilleurs hommes escalader les murs et traverser les douves à la nage sous le couvert des ténèbres. Les défenseurs n'avaient même pas su qu'on les attaquait jusqu'à ce qu'il soit trop tard. Stannis ne pourrait pas recourir au même subterfuge.

Peut-être préférerait-il couper le château du reste du monde et affamer ses défenseurs. Les réserves et les caves de Winterfell étaient vides. Une longue caravane de vivres était arrivée par le Neck avec Bolton et ses amis Frey, lady Dustin avait apporté denrées et fourrage de Tertre-bourg et lord Manderly était bien approvisionné en venant de Blancport... mais l'ost était grand. Avec tant de bouches à nourrir, leurs réserves ne dureraient pas longtemps. *Lord Stannis et ses hommes auront faim tout autant, cependant. Et froid. Et ils auront mal aux pieds, ils ne seront pas en état de se battre... Mais la tempête leur insufflera l'envie désespérée d'entrer dans le château.*

La neige tombait aussi sur le bois sacré, fondant en touchant le sol. Sous les arbres en chape blanche, la terre s'était changée en boue. Des filaments de brouillard en suspens dans l'air semblaient des fantômes de rubans. *Pourquoi venir ici ? Ce ne sont pas mes dieux. Je ne suis pas à ma place.* L'arbre-cœur se dressait devant lui, un géant pâle au visage sculpté, avec des feuilles comme des mains ensanglantées.

Une fine pellicule de glace couvrait la surface de l'étang au pied du barral. Theon s'écroula à genoux sur sa berge. « De grâce, murmura-t-il entre ses dents cassées. Je n'ai jamais voulu... » Les mots restèrent bloqués dans sa gorge. « Sauvez-moi, finit-il par articuler. Donnez-moi... » *Quoi ? De la force ? Du courage ? De la pitié ?* La neige tombait autour de lui, pâle et silencieuse, gardant ses pensées pour elle-même. On n'entendait qu'un seul bruit, de faibles sanglots. *Jeyne*, se dit-il. *C'est elle, en train de sangloter dans son lit de noces. Qui d'autre cela pourrait-il être ?* Les dieux ne pleurent pas. *Ou peut-être que si, après tout.*

Le bruit était trop douloureux à supporter. Theon attrapa une branche et se hissa pour se remettre debout, frappa ses jambes pour en faire choir la neige et revint en boitant vers les lumières. *Il y a des fantômes à Winterfell*, se dit-il, *et je suis l'un d'eux.*

D'autres bonshommes de neige s'étaient dressés dans la cour quand Theon Greyjoy y revint. Pour commander les sentinelles de neige sur les remparts, les écuyers avaient installé une douzaine de lords de neige. L'un d'eux était clairement censé représenter lord Manderly ; c'était le plus gros bonhomme de neige que Theon eût jamais vu. Le lord manchot ne pouvait être qu'Harbois Stout, la dame de neige Barbrey Dustin. Et le plus proche de la porte, avec sa barbe de glaçons, était forcément le vieux Pestagaupes Omble.

À l'intérieur, les cuisiniers distribuaient des louches de ragoût de bœuf et d'orge, augmenté de carottes et d'oignon, servi dans des tranchoirs creusés dans des miches du pain de la veille. On jetait des restes par terre, où les filles de Ramsay et les autres chiens les happaient.

Les filles lui firent la fête en le voyant. Elles le reconnaissaient à son odeur. Jeyne la Rouge se dandina pour venir lui lécher la main, et Helicent se glissa sous la table pour se rouler en boule à ses pieds, en rongeant un os. C'étaient de bons chiens. On oubliait aisément que chacun portait le nom d'une fille qu'avait traquée et tuée Ramsay.

Malgré toute sa lassitude, Theon avait assez d'appétit pour manger un peu de ragoût, arrosé de bière brune. La salle s'était remplie de tapage. Deux des éclaireurs de Roose Bolton, revenus harassés par la porte du Veneur, rapportaient que l'avance de lord Stannis avait considérablement ralenti. Ses chevaliers chevauchaient des destriers et les grands palefrois s'enfonçaient dans la neige. Les petits poneys des clans des collines, au pas sûr, se comportaient mieux, selon les éclaireurs, mais les hommes des clans n'osaient pas prendre trop d'avance, de crainte que l'ost tout entier ne se disloquât. Lord Ramsay ordonna à Abel de leur interpréter une chanson de marche en l'honneur de Stannis qui s'échinait dans les neiges, si bien que le barde reprit son luth, tandis qu'une des lavandières, obtenant par cajolerie l'épée d'Alyn le Rogue, imitait Stannis en train de pourfendre des flocons de neige.

Theon baissait les yeux vers la lie au fond de sa troisième chope quand lady Barbrey Dustin entra avec majesté dans la salle et envoya deux de ses épées liges le ramener à elle. Quand Theon se tint au bas de l'estrade, elle le toisa de pied en cap, et renifla. « Ce sont les mêmes vêtements que ceux que vous portiez pour le mariage.

— Oui, madame. Ceux qu'on m'a donnés. » C'était une des leçons qu'il avait apprises à Fort-Terreur : prendre ce qu'on lui donnait et ne jamais réclamer davantage.

Lady Dustin était vêtue de noir, comme toujours, bien que ses manches fussent doublées de vair. Sa robe avait une haute collerette raide qui lui encadrait le visage. « Vous connaissez ce château.

— Je l'ai connu.

— Quelque part au-dessous de nous se situe une crypte où les anciens rois Stark trônent dans le noir. Mes hommes n'ont pas réussi à localiser le passage qui y mène. Ils ont exploré toutes les resserres et les caves, et même les cachots, mais...

— On ne peut accéder à la crypte depuis les cachots, madame.

— Pouvez-vous m'indiquer l'entrée ?

— Il n'y a rien, là-dessous, sinon...

— ... des Stark morts ? Certes. Et il se trouve que les Stark que je préfère sont morts. Connaissez-vous le chemin, oui ou non ?

— Oui. » Il n'aimait pas la crypte, ne l'avait jamais aimée, mais elle ne lui était pas inconnue.

« Montrez-moi. Sergent, allez chercher une lanterne.

— Vous aurez besoin d'une cape chaude, madame, la mit en garde Theon. Nous allons devoir sortir. »

La neige tombait plus lourdement que jamais lorsqu'ils quittèrent la salle, lady Dustin enveloppée de vison. Pelotonnés dans leurs capes à capuchon, les gardes au-dehors ne se différenciaient presque pas des bonshommes de neige. Seul leur souffle qui embrumait l'atmosphère prouvait qu'ils vivaient encore. Des feux flambaient au long du chemin de ronde, dans le vain espoir de chasser la pénombre. Leur petit groupe s'échina à traverser une nappe blanche lisse et vierge qui leur montait à mi-mollet. Les tentes dans la cour, partiellemlent enfouies, ployaient sous le poids de la neige accumulée.

L'entrée des cryptes se situait dans la plus ancienne partie du château, pratiquement au pied du Premier Donjon, abandonné depuis des centaines d'années. Ramsay l'avait incendié lors du sac de Winterfell, et une grande partie de ce qui n'avait pas brûlé s'était écroulé. Il n'en restait qu'une coque vide, ouverte sur un côté aux éléments, que la neige emplissait. Des débris jonchaient les alentours : de grands pans de maçonnerie fracassée, des solives carbonisées, des gargouilles brisées. Les chutes de neige avaient presque tout recouvert, mais un fragment de gargouille crevait encore la couche de neige, sa trogne grotesque et aveugle lançant un rictus vers le ciel.

C'est ici qu'on a retrouvé Bran lorsqu'il est tombé. Theon était parti à la chasse, ce jour-là, chevauchant en compagnie de lord Eddard et du roi Robert, sans soupçonner le moins du monde la terrible nouvelle qui les attendait au château. Il se souvenait du visage de Robb quand on lui avait appris la nouvelle. Nul n'imaginait que l'enfant brisé survécût. *Les dieux n'ont pas réussi à tuer Bran, et moi non plus.* C'était une curieuse pensée, et il était plus curieux encore de se souvenir que Bran vivait peut-être encore.

« Là-bas. » Theon indiqua du doigt l'endroit où une congère montait contre le mur du donjon. « Là-dessous. Attention aux pierres brisées. »

Il fallut aux hommes de lady Dustin presque une demi-heure pour mettre au jour l'entrée, en creusant la neige avec des pelles et en déblayant les décombres. Lorsque ce fut fait, la porte gelée était bloquée. Le sergent de lady Dustin dut aller chercher une hache avant de pouvoir ouvrir le battant, dans un hurlement de charnières, et révéler des degrés de pierre qui descendaient en spirale dans le noir.

« La descente est longue, madame », Theon la mit-il en garde.

Lady Dustin n'en fut nullement dissuadée. « Beron, la lumière. »

Le passage était étroit et abrupt, les marches usées en leur centre par des siècles de pas. Ils avançaient à la file – le sergent à la lanterne, puis Theon et lady Dustin, suivis par son autre garde. Theon avait toujours trouvé les cryptes froides, et c'était l'impression qu'elles donnaient en été ; mais à présent, l'air devenait plus chaud au fur et à mesure de leur descente. Pas *chaud*, jamais chaud, mais plus chaud qu'en surface. Ici, sous terre, semblait-il, le froid était constant, immuable.

« La mariée pleure », déclara lady Dustin tandis qu'ils progressaient avec précaution vers le bas, une marche après l'autre. « Notre petite lady Arya. »

Attention, maintenant. Sois prudent, sois prudent. Il posa une main contre le mur. Les fluctuations de la lumière de la torche donnaient l'impression que les marches se mouvaient sous ses pieds. « Vous... Vous dites vrai, m'dame.

— Roose n'est pas content. Dites-le à votre bâtard. »

Ce n'est pas mon bâtard, voulut-il répondre, mais une autre voix en lui intervint : *Si, si. Schlingue appartient à Ramsay, et Ramsay à Schlingue. Tu ne dois pas oublier ton nom.*

« La vêtir de gris et blanc ne sert à rien, si on laisse la gamine sangloter. Les Frey n'en ont cure, mais les Nordiens... Ils redoutent Fort-Terreur, mais ils aiment les Stark.

— Pas vous, nota Theon.

— Pas moi, reconnut la dame de Tertre-bourg, mais le reste, oh que oui. Le vieux Pestagaupes n'est ici que parce que les Frey tiennent le Lard-Jon prisonnier. Et vous imaginez-vous que les hommes de Corbois ont oublié le dernier mariage du Bâtard, et comment la dame son épouse a été laissée à crever de faim, à mastiquer ses propres doigts ? Quelles pensées leur viennent en tête, croyez-vous, lorsqu'ils entendent la nouvelle épouse en pleurs ? La précieuse petite fille du vaillant Ned. »

Non, songea-t-il. *Elle n'est pas du sang de lord Eddard, son nom est Jeyne, ce n'est qu'une fille d'intendant.* Il ne doutait pas que lady Dustin soupçonnât le fait, cependant...

« Les sanglots de lady Arya nous font plus de mal que toutes les épées et les piques de lord Stannis. Si le Bâtard compte demeurer lord de Winterfell, il ferait mieux d'enseigner le rire à sa femme.

— Madame, interrompit Theon. Nous y sommes.

— Les marches conduisent plus bas, observa lady Dustin.

— Il y a des niveaux inférieurs. Plus anciens. Le niveau le plus bas est en partie effondré. Je ne suis jamais descendu jusque-là. » Il poussa la porte pour l'ouvrir et les précéda dans un long tunnel voûté où de puissantes colonnes de granit plongeaient deux par deux dans l'obscurité.

Le sergent de lady Dustin leva la lanterne. Les ombres glissèrent et se déplacèrent. *Une petite lumière dans de grandes ténèbres.* Theon ne s'était jamais senti à son aise dans les cryptes. Il sentait les rois de pierre le toiser de leurs yeux de pierre, leurs doigts de pierre serrés sur la poignée de glaives rouillés. Aucun n'avait la moindre tendresse pour les Fer-nés. Une familière sensation d'angoisse l'emplit.

« Tant que cela, observa lady Dustin. Connaissez-vous leurs noms ?

— Je les ai sus... Mais c'était il y a longtemps. » Theon tendit le doigt. « De ce côté se trouvent ceux qui furent Rois du Nord. Torrhen a été le dernier.

— Le Roi qui a ployé le genou.

— Certes, madame. Après lui, il n'y a plus eu que des lords.

— Jusqu'au Jeune Loup. Où se situe la tombe de Ned Stark ?

— Au bout. Par ici, madame. »

Leurs pas résonnèrent sous les voûtes tandis qu'ils avançaient entre les rangées de colonnes. Les yeux de pierre des morts semblaient les suivre, de même que ceux de leurs loups-garous de pierre. Les visages remuaient d'anciens souvenirs. Quelques noms lui revinrent, sans prévenir, chuchotés par la voix fantomatique de mestre Luwin. Le roi Edrick Barbeneige, qui avait régné cent ans sur le Nord. Brandon le Caréneur, qui avait navigué au-delà du couchant. Theon Stark, le Loup affamé. *Mon homonyme.* Lord Beron Stark, qui avait fait cause commune avec Castral Roc pour mener la guerre contre Dagon Greyjoy, sire de Pyk, au temps où les Sept Couronnes étaient gouvernées de façon officieuse par le sorcier bâtard qu'on appelait Freux-sanglant.

« Ce roi a perdu son épée », fit observer lady Dustin.

C'était vrai. Theon ne se souvenait pas de quel roi il s'agissait, mais la longue épée bâtarde qu'il aurait dû tenir avait disparu. Des traces de rouille demeuraient pour montrer son ancienne présence. Cette découverte le troubla. Il avait toujours entendu dire que le fer de l'épée maintenait les esprits des morts cloîtrés dans leur tombe. Si une épée manquait...

Il y a des fantômes dans Winterfell. Et je suis l'un d'eux.

Ils continuèrent leur marche. Le visage de Barbrey Dustin parut se durcir à chaque pas. *Cet endroit ne lui plaît pas plus qu'à moi.* Theon s'entendit demander : « Madame, pourquoi haïssez-vous les Stark ? »

Elle le dévisagea. « Pour la même raison que vous les aimez. »

Theon trébucha. « Les aimer ? Je n'ai jamais... Je leur ai pris ce château, madame. J'ai fait... fait exécuter Bran et Rickon, ficher leurs têtes sur des piques, j'ai...

— ... galopé vers le Sud avec Robb Stark, combattu à ses côtés au Bois-aux-Murmures et à Vivesaigues, regagné les îles de Fer en émissaire pour traiter avec votre propre père. Tertrebourg a également dépêché des hommes aux côtés du Jeune Loup. Je lui ai donné aussi peu d'hommes que je l'ai osé, mais je savais que je me devais de lui en envoyer, ou risquer l'ire de Winterfell. Aussi avais-je placé mes yeux et mes oreilles dans cet ost. Ils m'ont tenue bien informée. Je sais qui vous êtes. Je sais ce que vous êtes. À présent, répondez à ma question. Pourquoi aimez-vous les Stark ?

— Je... » Theon posa une main gantée contre un pilier. « ... Je voulais être l'un d'eux...

— Et jamais vous n'avez pu. Nous avons davantage de points communs que vous ne le savez, messire. Mais venez. »

À peine un peu plus loin, trois tombes formaient un groupe étroit. Ce fut là qu'ils s'arrêtèrent. « Lord Rickard », commenta lady Dustin en scrutant la figure centrale. La statue se dressait au-dessus d'eux – un long visage barbu et solennel. Il avait les mêmes yeux de pierre que les autres, mais les siens paraissaient tristes. « Il a perdu son épée, lui aussi. »

C'était la vérité. « Quelqu'un est descendu ici voler des épées. Celle de Brandon a disparu, également.

— Il en serait fâché. » Elle retira son gant et lui toucha le genou, la chair pâle contre la pierre sombre. « Brandon adorait son épée. Il aimait à l'aiguiser. *Je la veux assez tranchante pour raser le poil sur un con de femme*, avait-il coutume de dire. Et comme il aimait à la manier. *Une épée ensanglantée est magnifique à voir*, m'a-t-il confié un jour.

— Vous le connaissiez. »

L'éclat de la lanterne dans les yeux de lady Dustin donnait l'impression qu'ils flambaient. « Brandon a été élevé à Tertrebourg avec le vieux lord Dustin, le père de celui que j'ai plus tard épousé, mais il passait le plus clair de son temps à galoper dans les Rus. Il adorait monter. Sa petite sœur lui ressemblait en cela. Une paire de centaures, ces deux-là. Et le seigneur mon père était toujours heureux d'accueillir l'héritier de Winterfell. Mon père caressait de grandes ambitions pour la maison Ryswell. Il aurait offert mon pucelage au premier Stark qui se présentait, mais il n'en était nul besoin. Brandon n'a jamais été timide pour prendre ce qu'il voulait. Je suis vieille désormais, et desséchée, veuve depuis trop longtemps, mais je me souviens encore à quoi ressemblait le sang de mon pucelage sur sa queue, la nuit où il m'a prise. Je crois que cette vision a plu à Brandon, aussi. Assurément, une épée ensanglantée est magnifique à voir. J'ai eu mal, mais la douleur était douce.

» Mais le jour où j'ai su que Brandon devait épouser Catelyn Tully… Cette douleur-là n'a rien eu de doux. Il ne l'a jamais désirée, je vous le jure bien. Il me l'a dit, pendant notre dernière nuit ensemble… Mais Rickard Stark avait lui aussi de grandes ambitions. Des ambitions *sudières* que n'aurait pas servies le mariage de son héritier à la fille d'un de ses vassaux. Par la suite, mon père entretint l'espoir de me marier au frère de Brandon, Eddard, mais Catelyn Tully a eu celui-là aussi. J'ai eu en reste le jeune lord Dustin, jusqu'à ce que Ned Stark me le prenne.

— La rébellion de Robert…

— Lord Dustin et moi n'étions pas mariés depuis la moitié d'un an que Robert se souleva et que Ned Stark convoqua ses bannières. J'ai supplié mon époux de ne pas y aller. Il avait des parents qu'il aurait pu envoyer à sa place. Un oncle réputé pour ses prouesses avec la hache, un grand-oncle qui avait combattu dans la guerre des Rois à Neuf Sous. Mais c'était un homme, et plein d'orgueil. Rien n'y fit, il tenait à mener en personne les armées de Tertre-bourg. Je lui ai offert un cheval le jour où il a pris la route, un étalon rouge à la crinière ardente, la fierté des troupeaux de mon père. Mon seigneur a juré qu'il le reconduirait personnellement au bercail au terme de la guerre.

» Ned Stark m'a restitué le cheval sur le chemin qui le ramenait à Winterfell. Il m'a dit que mon seigneur avait connu une mort honorable, que son corps gisait sous les montagnes rouges de Dorne. Il a rapporté les os de sa sœur au Nord, toutefois, et c'est là qu'elle demeure… Mais je vous le jure bien, jamais les os de lord Eddard ne reposeront auprès des siens. J'ai l'intention de les donner à manger à mes chiens. »

Theon ne comprit pas. « Ses… ses os ? »

Les lèvres de Barbrey Dustin se tordirent. C'était un affreux sourire, un sourire qui lui rappela celui de Ramsay. « Catelyn

Tully a expédié les os de lord Eddard au nord avant les Noces Pourpres, mais votre oncle fer-né s'est emparé de Moat Cailin et a fermé le passage. Depuis lors, je guette. Si un jour ces os devaient émerger des marécages, ils ne dépasseront pas Tertrebourg. » Elle jeta un dernier regard appuyé à l'effigie d'Eddard Stark. « Nous en avons terminé, ici. »

La tempête de neige faisait toujours rage lorsqu'ils émergèrent de la crypte. Lady Dustin garda le silence durant l'ascension, mais quand ils se retrouvèrent sous les ruines du Premier Donjon, elle frissonna et dit : « Vous seriez bien inspiré de ne rien répéter de ce que je pourrais avoir raconté là-dessous. Est-ce bien compris ? »

Ça l'était. « Je tiendrai ma langue ou la perdrai.

— Roose vous a bien dressé. » Elle le quitta là.

LA PRISE DU ROI

L'ost du roi quitta Motte-la-Forêt à la lumière d'une aube dorée, se dévidant hors de l'abri des palissades de rondins comme un long serpent d'acier émergeant de son nid.

Les chevaliers sudiers chevauchaient en cottes de plate et de maille, bosselées et trouées par les batailles qu'elles avaient livrées, mais encore assez luisantes pour scintiller en captant le soleil levant. Fanés et tachés, déchirés et ravaudés, leurs bannières et surcots composaient pourtant une mêlée de couleurs au sein du bois d'hiver – azur et orange, rouge et vert, mauve, bleu et or – coruscant parmi des troncs nus et bruns, des pins et des vigiers gris-vert, et des amas de neige salie.

Chaque chevalier avait ses écuyers, des serviteurs et des hommes d'armes. Derrière eux venaient les armuriers, les cuisiniers, les valets de cheval ; des rangées de soldats armés de piques, de haches et d'arcs ; des vétérans de cent batailles, blanchis sous le harnois, et des gamins novices partant livrer leur premier combat. À leurs côtés marchaient les hommes des clans des collines ; des chefs et des champions sur des poneys velus, leurs combattants hirsutes trottant à leur hauteur, harnachés de fourrures, de cuir bouilli et de vieille maille. Certains se peignaient le visage en brun et vert et liaient autour d'eux des brassées de branchages, pour se fondre parmi les arbres.

À l'arrière de la colonne principale suivait le train des bagages : des mules, des chevaux, des bœufs, un mille de chariots et de carrioles chargés de vivres, de fourrage, de tentes et d'autres provisions. En dernier lieu, l'arrière-garde – là encore, des chevaliers en plate et en maille, avec un rideau d'avant-coureurs qui suivaient à demi cachés pour s'assurer qu'aucun ennemi ne venait les prendre par surprise.

Asha Greyjoy voyageait dans le train de bagages à l'intérieur d'un chariot bâché aux deux énormes roues cerclées de fer, ligotée par les poignets et les chevilles et surveillée jour et nuit par une Ourse qui ronflait plus fort que n'importe quel homme. Sa Grâce le roi Stannis ne prenait aucun risque que sa prise échappât à sa captivité. Il avait bien l'intention de la transporter jusqu'à Winterfell, pour y exposer, enchaînée à la vue des seigneurs du Nord, la fille de la Seiche capturée et brisée, preuve de son pouvoir.

Les trompettes veillèrent au départ de la colonne. Les pointes des piques fulguraient à la lumière du soleil levant et, tout au long des bas-côtés, l'herbe luisait d'un givre matinal. Entre Motte et Winterfell s'étiraient cent lieues de forêt. Trois cents milles à vol de corbeau. « Quinze jours », répétaient les chevaliers entre eux.

Asha entendit lord Fell se vanter. « Robert l'aurait accompli en dix. » Robert avait tué son aïeul à Lestival ; on ne savait comment, cela avait élevé les prouesses du vainqueur au niveau du divin, aux yeux du petit-fils. « Robert aurait été dans les murs de Winterfell depuis quinze jours, à adresser des pieds de nez à Bolton du haut des remparts.

— Mieux vaudrait n'en rien dire à Stannis, conseilla Justin Massey, ou il nous fera marcher la nuit, en plus du jour. »

Ce roi vit dans l'ombre de son frère, songea Asha.

Sa cheville lançait encore une pointe de douleur chaque fois qu'elle tentait d'y porter son poids. Quelque chose était cassé à l'intérieur, Asha n'en doutait pas. L'enflure s'était résorbée à Motte, mais la douleur persistait. Une foulure aurait déjà guéri, sûrement. Ses fers s'entrechoquaient à chaque fois qu'elle remuait. Ses liens écorchaient ses poignets et son orgueil. Mais tel était le prix de la soumission.

« Nul n'est jamais mort d'avoir ployé le genou, lui avait un jour dit son père. Celui qui s'agenouille peut se relever, la lame à la main. Celui qui refuse de mettre un genou en terre restera mort, avec ses jambes inflexibles. » Balon Greyjoy avait démontré la vérité de ses paroles lorsque sa première rébellion avait échoué : la Seiche avait ployé le genou devant le Cerf et le Loup-garou, mais seulement pour se dresser à nouveau, une fois Robert Baratheon et Eddard Stark morts.

Et donc, à Motte, la fille de la Seiche avait procédé de même lorsqu'on l'avait jetée devant le roi, ligotée et boiteuse (bien que, par bonheur, pas violée), sa cheville fulgurant de douleur. « Je me rends, Votre Grâce. Faites de moi ce que vous voudrez. Je vous demande seulement d'épargner mes hommes. » Qarl, Tris et le reste des survivants du Bois-aux-Loups représentaient la totalité de ceux qui lui étaient encore chers. Il n'en demeurait que neuf. *Nous autres, les neuf loqueteux,* les avait baptisés Cromm. Il était le plus gravement blessé.

Stannis lui avait accordé leurs vies. Cependant, elle n'avait discerné chez cet homme aucune mansuétude véritable. Il était déterminé, sans nul doute. Et il ne manquait pas non plus de courage. Les hommes le disaient juste... et s'il pratiquait une justice rude et inexorable, eh bien, la vie dans les îles de Fer y avait accoutumé Asha Greyjoy. Cependant, elle ne parvenait pas à aimer ce roi. Ses yeux bleus profondément enfoncés semblaient en permanence rétrécis par le soupçon, une fureur froide bouillonnant juste sous leur surface. La vie d'Asha signifiait pour lui tant et moins. Elle n'était que son otage, une prise pour montrer au Nord qu'il pouvait défaire les Fer-nés.

Ce en quoi il est bien sot. Défaire une femme avait peu de chance d'impressionner les Nordiens, si elle connaissait la race, et sa valeur comme otage était moins que nulle. Son oncle régnait à présent sur les îles de Fer et l'Œil-de-Choucas se moquerait bien qu'elle vécût ou pérît. Cela pourrait quelque peu importer à la lamentable épave d'époux que lui avait infligée Euron, mais Erik Forgefer n'avait point assez de ressources pour acquitter sa rançon. Toutefois, impossible de faire entendre de telles choses à Stannis Baratheon. Le seul fait qu'elle fût une femme semblait l'offenser. Les hommes des terres vertes aimaient leurs femmes douces, tendres et vêtues de soie, elle le savait, et non bardées de maille et de cuir, une hache de lancer dans chaque main. Mais sa courte fréquentation du roi à Motte-la-Forêt l'avait convaincue qu'il n'aurait pas ressenti plus d'attachement pour elle, si elle avait porté robe. Même avec l'épouse de Galbart Glover, la pieuse lady Sybelle, il avait fait montre de correction et de courtoisie, mais avec un visible embarras. Ce roi sudier semblait de ces hommes pour lesquels les femmes forment une autre race, aussi étrangère et insondable que les géants, les grumequins et les enfants de la forêt. L'Ourse aussi faisait grincer les dents de Stannis.

Il n'y avait qu'une femme que Stannis écoutait, et il l'avait laissée sur le Mur. « J'aurais pourtant préféré qu'elle fût avec nous », reconnut ser Justin Massey, le blond chevalier qui commandait le train de bagages. « La dernière fois que nous sommes allés à la bataille sans lady Mélisandre, c'était sur la Néra, où l'ombre de lord Renly s'est abattue sur nous et a poussé la moitié de notre ost dans la baie.

— La dernière fois ? demanda Asha. Cette sorcière se trouvait donc à Motte ? Je ne l'ai pas vue.

— C'était à peine une bataille, répondit ser Justin avec un sourire. Vos Fer-nés ont bravement combattu, mais nous avions bien des fois votre nombre, et nous vous avons attaqués par surprise. Winterfell saura que nous arrivons. Et Roose Bolton a autant d'hommes que nous. »

Ou plus, se dit Asha.

Même les prisonniers ont des oreilles, et elle avait entendu toutes les discussions à Motte, lorsque le roi Stannis et ses capitaines débattaient de l'opportunité de cette marche. Ser Justin s'y était opposé dès le départ, ainsi que nombre de chevaliers et de lords venus du Sud avec Stannis. Mais les Loups insistaient ; on ne pouvait souffrir que Roose Bolton tînt Winterfell, et l'on devait sauver la fille du Ned des griffes de son bâtard. Tel était l'avis de Morgan Lideuil, de Brandon Norroit, du Grand Quartaut, des Flint et même de l'Ourse. « Cent lieues, de Motte-la-Forêt à Winterfell », déclara Artos Flint, le soir où le débat en vint à son paroxysme dans la vaste salle de Galbart Glover. « Trois cents milles à vol de corbeau.

— Une longue marche, avait commenté un chevalier du nom de Corliss Penny.

— Pas tant que ça », insista ser Godry, le massif chevalier que les autres appelaient Mort-des-Géants. « Nous en avons parcouru déjà autant. Le Maître de la Lumière nous illuminera un chemin.

— Et quand nous arriverons devant Winterfell ? demanda Justin Massey. Deux remparts séparés par des douves, et une muraille intérieure haute de cent pieds. Jamais Bolton ne la quittera pour nous affronter sur le terrain, et nous n'avons pas assez de provisions pour tenir un siège.

— Arnolf Karstark viendra joindre ses forces aux nôtres, ne l'oublions pas, dit Harbois Fell. Mors Ombre également. Nous aurons autant de Nordiens que lord Bolton. Et les bois sont épais au nord du château. Nous dresserons des engins de siège, construirons des béliers... »

Et mourrons par milliers, compléta Asha.

« Nous ferions probablement mieux d'hiverner ici, suggéra lord Cossepois.

— *Hiverner* ici ? rugit le Grand Quartaut. Combien de provisions et de fourrage imaginez-vous que Galbart Glover a mis de côté ? »

Puis ser Richard Horpe, le chevalier au visage ravagé et son surcot orné de sphinx à tête de mort, se tourna vers Stannis pour lui dire : « Votre Grâce, votre frère... »

Le roi lui coupa la parole. « Nous savons tous ce qu'aurait fait mon frère. Robert aurait galopé seul jusqu'aux portes de Winterfell, les aurait enfoncées avec sa masse de guerre et aurait traversé les décombres pour tuer Roose Bolton de la main gauche, et le Bâtard de la droite. » Stannis se remit debout. « Je ne suis pas Robert. Mais nous allons nous mettre en marche, et nous libérerons Winterfell... ou nous mourrons en nous y efforçant. »

Si les lords pouvaient entretenir des doutes, les simples soldats semblaient avoir foi en leur roi. Stannis avait écrasé les sauvageons de Mance Rayder au Mur et purgé Motte-la-Forêt d'Asha et de ses Fer-nés ; il était le frère de Robert, vainqueur d'une fameuse bataille navale au large de Belle Île, l'homme qui avait tenu Accalmie tout au long de la rébellion de Robert. Et il portait une épée de héros, Illumination, la lame enchantée dont les feux éclairaient la nuit.

« Nos ennemis ne sont pas aussi formidables qu'ils le paraissent, assura ser Justin à Asha lors de leur première journée de marche. Roose Bolton est redouté, mais peu aimé. Et ses amis, les Frey... Le Nord n'a pas oublié les Noces Pourpres. Chaque lord à Winterfell y a perdu quelque famille. Stannis n'a besoin que de faire couler le sang de Bolton, et les Nordiens l'abandonneront. »

C'est ce que tu espères, se dit Asha, *mais le roi devra d'abord faire couler son sang. Seul un idiot abandonnerait le camp du vainqueur.*

Ce premier jour, ser Justin rendit une demi-douzaine de visites au chariot d'Asha, pour lui apporter à manger et à boire, et des nouvelles de la progression. Homme aux sourires aisés et aux plaisanteries sans fin, grand et bien bâti, avec des joues roses, des yeux bleus et une broussaille de cheveux blond-blanc, pâles comme filasse, qui jouaient au vent, il se montrait un geôlier plein de considération, toujours soucieux du confort de sa captive.

« I' t' veut », commenta l'Ourse après la troisième visite du chevalier.

Elle s'appelait plus correctement Alysane de la maison Mormont, mais elle portait l'autre nom avec autant d'aisance que sa maille. Courte, trapue, musclée, l'héritière de l'Île-aux-Ours avait de grosses cuisses, une grosse poitrine et de grosses mains couvertes de cals. Même pour dormir, elle gardait sa maille sous ses fourrures, le cuir bouilli encore au-dessous, et sous le cuir une vieille peau de mouton, retournée pour lui tenir plus chaud. Cette accumulation de strates la faisait paraître presque aussi large que haute. *Et féroce.* Parfois, Asha Greyjoy avait du mal à se souvenir que l'Ourse et elle avaient à peu près le même âge.

« Il veut mes terres, répliqua Asha. Il guigne les îles de Fer. » Elle reconnaissait les signes. Elle avait déjà vu les mêmes chez d'autres prétendants. Les propres terres ancestrales de Massey, loin au sud, étaient perdues pour lui, aussi se devait-il de conclure un mariage avantageux ou de se résigner à n'être qu'un chevalier de la maison du roi. Stannis avait ruiné les espoirs qu'avait ser Justin d'épouser la princesse sauvageonne dont Asha avait tant entendu parler, aussi avait-il à présent fondé ses espoirs sur elle. Sans doute rêvait-il de l'installer sur le Trône de Grès sur Pyk, et de gouverner à travers elle, en tant que son seigneur et maître. Cela exigerait de la débarrasser de son actuel seigneur et maître, certes... sans parler de l'oncle qui les avait mariés. *Peu probable*, jugea Asha. *L'Œil-de-Choucas pourrait croquer ser Justin à son petit déjeuner sans même roter ensuite.*

Peu importait. Les terres de son père ne reviendraient jamais à Asha, quel que fût son futur époux. Les Fer-nés n'étaient pas un peuple enclin au pardon, et Asha avait subi deux défaites. Une fois aux états généraux de la royauté, par son oncle Euron, et de nouveau à Motte-la-Forêt, par Stannis. Plus que suffisant pour l'éliminer, de par son inaptitude à commander. Épouser Justin Massey, ou n'importe lequel des nobliaux de Stannis Baratheon, serait plus néfaste qu'utile. *La fille de la Seiche s'est révélée n'être qu'une femme, finalement*, se diraient capitaines et rois. *Regardez-la écarter les cuisses pour ce lord avachi des terres vertes.*

Cependant, si ser Justin tenait à gagner ses faveurs avec de la nourriture, des boissons et des discours, Asha n'allait pas le décourager. Il était de meilleure compagnie que l'Ourse taciturne et, par ailleurs, elle était isolée au milieu de cinq mille ennemis. Tris Botley, Qarl Pucelle, Cromm, Roggon et le reste de sa bande meurtrie étaient restés en arrière, à Motte-la-Forêt, dans les cachots de Galbart Glover.

Le premier jour, l'armée couvrit vingt-deux milles, selon le décompte des guides fournis par lady Sybelle, des pisteurs et des chasseurs jurés à Motte, portant des noms de clans comme Forestier et Bosc, Branche et Souche. Le deuxième jour, l'ost en parcourut vingt-quatre, tandis que leur avant-garde quittait les terres des Glover pour entrer dans les profondeurs du Bois-aux-Loups. « *R'hllor, envoie ta lumière pour nous guider à travers la pénombre* », prièrent cette nuit-là les fidèles en se réunissant autour d'un brasier grondant, devant le pavillon du roi. Tous des chevaliers sudiers et des hommes d'armes. Asha les aurait qualifiés de gens du roi, mais les autres natifs des terres de l'Orage et de la Couronne les appelaient gens de la reine... Bien que la reine qu'ils suivissent était la rouge, celle qui se trouvait à Châteaunoir, et non l'épouse que Stannis Baratheon avait laissée derrière lui à Fort-Levant. « *Ô, Maître de la Lumière, nous t'implorons, jette ton œil ardent sur nous et garde-nous saufs et chauds*, scandaient-ils face aux flammes, *car la nuit est sombre et pleine de terreurs.* »

Un solide chevalier du nom de ser Godry conduisait les prières. *Godry Mort-des-Géants. Un grand nom pour un petit homme.* Farring avait le torse large et de bons muscles sous la plate et la maille. Il était également arrogant et vaniteux, semblait-il à Asha, avide de gloire, sourd à la prudence, affamé de louange et dédaigneux du petit peuple, des Loups et des femmes. En ce dernier point, il ne différait guère de son roi.

« Donnez-moi une monture, demanda Asha à ser Justin quand il arriva à cheval à hauteur du chariot avec un demi-jambon. Entravée, je deviens folle. Je ne chercherai pas à m'évader. Vous avez ma parole sur cela.

— Je souhaiterais le pouvoir, madame. Vous êtes la captive du roi, et non point la mienne.

— Le roi n'acceptera pas la parole d'une femme. »

L'Ourse gronda. « Pourquoi devrions-nous croire en la parole d'une Fer-née, après les actions de votre frère à Winterfell ?

— Je ne suis pas Theon », insista Asha... Mais les chaînes demeurèrent.

Tandis que ser Justin descendait au galop la colonne, elle songea à la dernière fois où elle avait vu sa mère. Cela se passait sur Harloi, à Dix-Tours. Une chandelle tremblotait dans la chambre à coucher de sa mère, mais son grand lit sculpté était vide, sous le baldaquin poussiéreux. Lady Alannys, assise à une fenêtre, contemplait la mer. « M'as-tu ramené mon petit garçon ? » avait-elle demandé, la bouche tremblante. « Theon n'a pas pu venir », avait répondu Asha, en regardant l'épave de la femme qui lui avait donné le jour, une mère qui avait perdu deux de ses fils. Et le troisième...

J'envoie à chacun de vous un morceau de prince.

Quoi qu'il se passât quand le combat s'engagerait à Winterfell, Asha Greyjoy ne pensait pas que son frère avait beaucoup de chances de survivre. *Theon Tourne-Casaque. Même l'Ourse veut voir sa tête au bout d'une pique.*

« Est-ce que tu as des frères ? demanda Asha à sa gardienne.

— Des sœurs », répondit Alysane Mormont, rogue comme toujours. « Cinq, qu'on était. Toutes des filles. Lyanna se trouve sur l'Île-aux-Ours. Lyra et Jory sont auprès de not' mère. Dacey a été assassinée.

— Les Noces Pourpres.

— Oui. » Alysane fixa Asha un moment. « J'ai un fils. Il a que deux ans. Ma fille en a neuf.

— Tu as commencé jeune.

— Trop jeune. Mais ça vaut mieux que d'attendre trop longtemps. »

Une pique contre moi, nota Asha, *mais laissons passer.* « Tu es mariée.

— Non. Mes enfants ont eu pour père un ours. » Alysane eut un sourire. Elle avait les dents de travers, mais ce sourire avait quelque chose d'attachant. « Les femmes Mormont sont des change-peaux. On se transforme en ourse et on trouve des partenaires dans les bois. Tout le monde sait ça. »

Asha lui rendit son sourire. « Les femmes Mormont sont toutes des guerrières, aussi. »

Le sourire de l'autre femme s'effaça. « On est c' que vous avez fait de nous. Sur l'Île-aux-Ours, chaque enfant apprend à craindre les krakens qui sortent de la mer. »

L'Antique Voie. Asha se détourna, ses chaînes cliquetant avec douceur. Le troisième jour, la forêt se pressait tout contre eux, et les routes creusées d'ornières se réduisirent à des pistes d'animaux qui se révélèrent rapidement trop étroites pour les plus larges de leurs chariots. Çà et là, ils longeaient des repères familiers : une colline rocheuse qui ressemblait vaguement à une tête de loup, quand on la regardait sous un certain angle ; une cascade à demi prise par les glaces ; une arche de pierre naturelle barbue d'une mousse gris-vert. Asha les connaissait tous. Elle était déjà passée par ici, en chevauchant vers Winterfell afin de convaincre son frère d'abandonner sa conquête et de regagner avec elle la sécurité de Motte-la-Forêt. *En cela aussi, j'ai échoué.*

Ce jour-là, ils parcoururent quatorze milles, et s'estimèrent heureux.

Lorsque tomba le crépuscule, le conducteur guida le chariot à l'écart sous un arbre. Tandis qu'il détachait les chevaux de leurs guides, ser Justin arriva au petit trot et défit les fers qui retenaient les chevilles d'Asha. L'Ourse et lui l'escortèrent à travers le camp jusqu'à la tente du roi. Toute captive qu'elle fût, elle demeurait une Greyjoy de Pyk et il plaisait à Stannis Baratheon de la nourrir des miettes de sa table, où il dînait avec ses capitaines et commandants.

Le pavillon du roi était presque aussi grand que la salle longue de Motte-la-Forêt, mais cette grandeur se bornait à une question de taille. Ses parois raides en lourde toile jaune étaient sérieusement défraîchies, maculées de boue et d'eau, avec des taches de moisi qui paraissaient. Au sommet de son piquet central volait l'étendard du roi, d'or, avec une tête de cerf à l'intérieur d'un cœur ardent. Sur trois côtés, les pavillons des nobliaux sudiers montés au Nord avec Stannis l'entouraient. Sur le quatrième, rugissait le feu nocturne, fouettant l'obscurité croissante du ciel de ses tourbillons de flammes.

Une douzaine d'hommes fendaient des bûches pour alimenter le brasier quand Asha arriva en boitant avec ses gardiens. *Des gens de la reine.* Leur dieu était R'hllor le Rouge, et c'était un dieu jaloux. À leurs yeux, le dieu d'Asha, le dieu Noyé des îles de Fer, était un démon, et si elle n'embrassait pas la foi du Maître de la Lumière, elle serait perdue et damnée. *Ils me brûleraient aussi volontiers que ces bûches et ces branches brisées.* Certains avaient exigé précisément cela, après la bataille dans la forêt, alors qu'Asha se trouvait à portée d'oreille. Stannis avait refusé.

Le roi, debout devant sa tente, fixait le feu nocturne. *Qu'y voit-il ? La victoire ? L'échec ? La face de son vorace dieu rouge ?*

Il avait les yeux enfouis dans des cavités profondes, sa barbe taillée ras n'était guère plus qu'une ombre sur ses joues creuses et sa mâchoire osseuse. Cependant, il y avait dans son regard figé de la puissance, une férocité de fer qui enseignait à Asha que cet homme jamais, au grand jamais, ne se détournerait de sa voie.

Elle posa un genou en terre devant lui. « Sire. » *Me suis-je assez humiliée pour vous, Votre Grâce ? Suis-je assez vaincue, courbée et brisée à votre goût ?* « Enlevez ces chaînes de mes poignets, je vous en implore. Laissez-moi monter à cheval. Je ne tenterai pas de m'évader. »

Stannis la regarda comme il aurait considéré un chien qui aurait eu l'effronterie de s'exciter contre sa jambe. « Vous avez mérité ces fers.

— Certes. À présent, je vous offre mes hommes, mes vaisseaux et mon habileté.

— Vos vaisseaux sont à moi, ou brûlés. Vos hommes… combien en reste-t-il ? Dix ? Douze ? »

Neuf. Six si vous ne comptez que ceux qui ont la force de se battre. « Dagmer Gueule-en-Deux tient Quart-Torrhen. Un combattant féroce et un serviteur féal de la maison Greyjoy. Je puis vous livrer ce château, ainsi que sa garnison. » *Peut-être,* aurait-elle pu ajouter, mais manifester un doute devant ce roi ne servirait pas sa cause.

« Quart-Torrhen ne vaut même pas la boue sous mes talons. Seule m'importe Winterfell.

— Brisez ces fers et laissez-moi vous aider à la prendre, sire. Le royal frère de Votre Grâce était réputé muer ses ennemis vaincus en amis. Faites de moi votre homme.

— Les dieux ne vous ont pas faite homme. Comment le pourrais-je ? » Stannis se retourna vers le feu nocturne et tout ce qu'il voyait danser là dans l'orangé des flammes.

Ser Justin Massey saisit Asha par le bras et l'entraîna à l'intérieur de la tente royale. « Vous avez mal jugé, madame, lui dit-il. Ne lui parlez jamais de Robert. »

J'aurais dû le savoir. Asha connaissait bien le sort des petits frères. Elle se souvenait de Theon, timide enfant qui vivait dans l'adulation et la peur de Rodrik et Maron. *Cela ne se surmonte jamais avec l'âge,* décida-t-elle. *Un petit frère peut bien vivre cent ans, il restera toujours le petit frère.* Elle fit sonner sa joaillerie de fer et imagina quel plaisir elle aurait à se glisser derrière

Stannis pour l'étrangler avec la chaîne qui lui entravait les poignets.

Ils dînèrent ce soir-là d'un ragoût de venaison cuisiné à partir d'un cerf malingre qu'un éclaireur du nom de Benjicot Branche avait abattu. Mais seulement sous la tente royale. À l'extérieur de ces parois de toile, chaque homme reçut un quignon de pain et un morceau de boudin noir pas plus grand qu'un doigt, arrosé de ce qu'il restait de la bière de Galbart Glover.

Cent lieues, de Motte-la-Forêt à Winterfell. Trois cents milles à vol de corbeau. « Plût aux dieux que nous fussions corbeaux », commenta Justin Massey au quatrième jour de la marche, le jour où il commença à neiger. Seulement quelques petites averses de neige au début. Froides et humides, mais rien qu'ils ne pussent aisément traverser.

Mais il neigea de nouveau le lendemain, et le surlendemain, et le jour d'après encore. Les épaisses barbes des Loups se couvrirent bientôt de glace à l'endroit où leur souffle avait gelé, et chaque gamin sudier glabre se laissa pousser le poil pour tenir son visage au chaud. Avant qu'il fût tard, le sol à l'avant de la colonne fut nappé de blanc, ce qui masquait les pierres, les racines tordues et les amas de bois, faisant de chaque pas une aventure. Le vent se leva aussi, poussant la neige devant lui. L'ost du roi se transforma en cohorte de bonshommes de neige, traversant en titubant des congères qui leur montaient au genou.

Au troisième jour de neige, l'ost du roi commença à se disloquer. Si les chevaliers et nobliaux sudiers s'évertuaient, les hommes des collines du nord s'en tiraient mieux. Leurs poneys étaient des bêtes au pied sûr, moins gourmandes que les palefrois et beaucoup moins que les gros destriers, et les hommes qui les montaient se trouvaient dans la neige comme chez eux. Nombre des Loups chaussèrent de curieux engins. Des pattes d'ours, les appelaient-ils, de bizarres dispositifs allongés fabriqués avec du bois ployé et des lanières de cuir. Fixés sous les bottes, ces engins leur permettaient on ne savait comment de marcher sur la neige sans en crever la carapace et s'y enfoncer jusqu'aux cuisses.

Certains avaient également des pattes d'ours pour leurs chevaux, et les petits poneys hirsutes les chaussaient aussi aisément que d'autres montures portaient des fers à leurs sabots... Mais ni les palefrois ni les destriers n'en voulaient. Lorsque quelques chevaliers du roi les leur fixèrent aux sabots malgré tout, les gros animaux sudiers regimbèrent et refusèrent d'avancer, ou essayèrent de secouer leurs pattes pour s'en débarrasser. Un destrier se brisa la cheville en s'efforçant de marcher avec.

Sur leurs pattes d'ours, les Nordiens ne tardèrent pas à distancer le reste de l'ost. Ils rejoignirent les chevaliers dans le gros de la colonne, puis ser Godry Farring et son avant-garde. Et pendant ce temps-là, les chariots et carrioles du train de bagages prenaient de plus en plus de retard, tant et si bien que les hommes de l'arrière-garde les harcelaient sans cesse pour qu'ils gardassent une bonne allure.

Au cinquième jour de la tempête, le train de bagages traversa une superficie ondulée de bancs de neige qui venaient à hauteur de la taille et dissimulaient un étang gelé. Quand la glace cachée se brisa sous le poids des chariots, trois conducteurs et quatre chevaux furent avalés par l'eau glaciale, en même temps que deux des hommes qui tentaient de les sauver. Harbois Fell était l'un d'eux. Ses chevaliers le tirèrent de là avant qu'il ne se noie, mais pas avant que ses lèvres virassent au bleu et que sa peau devînt pâle comme lait. Aucun de leurs efforts par la suite ne sembla réussir à le réchauffer. Il grelotta violemment des heures durant, même quand on découpa ses vêtements trempés, qu'on l'enveloppa dans des fourrures chaudes et qu'on l'assit devant le feu. Cette nuit-là, il sombra dans un sommeil fiévreux. Il ne se réveilla jamais.

Ce fut la nuit où Asha entendit pour la première fois les gens de la reine marmonner des histoires de sacrifice – une offrande à leur dieu rouge, afin qu'il mît un terme à la tempête. « Les dieux du Nord ont déchaîné cette tempête contre nous, déclara ser Corliss Penny.

— De faux dieux, insista ser Godry Mort-des-Géants.

— R'hllor est avec nous, assura ser Clayton Suggs.

— Mais pas Mélisandre », fit observer Justin Massey.

Le roi ne dit rien. Mais il entendait. Asha en était certaine. Il siégeait au haut bout de la table tandis qu'une assiette de soupe à l'oignon refroidissait devant lui, à peine goûtée, et qu'il fixait la flamme de la plus proche chandelle de ses yeux mi-clos, ignorant les conversations autour de lui. Son second, Richard Horpe, le grand chevalier mince, parla pour lui. « La tempête va bientôt retomber », déclara-t-il.

Mais la tempête ne fit qu'empirer. Le vent devint un fouet aussi cruel que celui d'un esclavagiste. Asha croyait avoir connu le froid sur Pyk, quand le vent survenait en hurlant de la mer, mais ce n'était rien en comparaison avec ceci. *C'est un froid qui ferait perdre la raison aux hommes.*

Même quand le cri ordonnant de dresser le camp pour la nuit parcourut la colonne, se réchauffer resta problématique. Les tentes, trempées et lourdes, étaient difficiles à dresser, plus difficiles à replier, et susceptibles de s'effondrer si la neige s'accumulait par trop sur elles. L'ost du roi se traînait à travers le cœur de la plus grande forêt des Sept Couronnes, et pourtant on avait du mal à trouver du bois sec. À chaque camp, on voyait brûler de moins en moins de feux, et ceux qu'on allumait exhalaient plus de fumée que de chaleur. La plupart du temps, on mangeait froid, voire cru.

Même le feu nocturne diminua et s'affaiblit, à la consternation des gens de la reine. « *Maître de la Lumière, préserve-nous de ce mal*, priaient-ils, menés par la voix profonde de ser Godry Mort-des-Géants. *Montre-nous de nouveau ton éclatant soleil, apaise ces vents et fais fondre ces neiges, que nous puissions atteindre tes ennemis et les écraser. Sombre est la nuit, et froide, et pleine de terreurs, mais à toi appartiennent la puissance et la gloire et la lumière. R'hllor, emplis-nous de ton feu.* »

Plus tard, quand ser Corliss Penny se demanda à haute voix si une armée entière avait jamais péri gelée dans une tempête d'hiver, les Loups se tordirent de rire. « C'est pas d'la tempête, ça, déclara Grand Quartaut Wull. Dans les collines, là-haut, on a coutume de dire qu' l'automne vous fait la bise, mais qu' l'hiver, y vous baise profond. Là, c'est juste un p'tit bisou d'automne. »

Dieu fasse que je ne connaisse jamais l'hiver véritable, alors. Asha elle-même s'en voyait épargner le pire ; elle était la prise du roi, après tout. Tandis que d'autres allaient le ventre vide, on la nourrissait. Alors que d'autres grelottaient, elle avait chaud. Pendant que d'autres s'échinaient à travers la neige sur des chevaux fourbus, elle voyageait dans un chariot sur un lit de fourrures, sous un toit en toile épaisse qui tenait la neige en respect, confortable dans ses chaînes.

C'étaient les chevaux et les hommes du rang qui souffraient le plus. Deux écuyers des terres de l'Orage poignardèrent un homme d'armes en se querellant pour la place la plus proche du feu. La nuit suivante, des archers prêts à tout pour un peu de chaleur réussirent, on ne savait comment, à bouter le feu à leur tente, ce qui eut au moins la vertu de réchauffer les pavillons qui la jouxtaient. « Qu'est-ce qu'un chevalier sans cheval ? était la devinette qui circulait parmi les hommes. Un bonhomme de neige avec une épée. » Tout cheval qui tombait était débité sur place pour sa viande. Les provisions avaient elles aussi commencé à s'épuiser.

Cossepois, Delépi, Digitale et d'autres seigneurs sudiers pressèrent le roi de dresser le camp, le temps que la tempête passât. Stannis n'en avait nulle intention. Il n'écouta pas plus les gens de la reine, quand ils vinrent l'exhorter à faire une offrande à leur vorace dieu rouge.

C'est par Justin Massey, moins dévot que la plupart, qu'elle eut vent de l'affaire. « Un sacrifice prouvera que notre foi brûle toujours aussi sincère, Sire », avait déclaré Clayton Suggs au roi. Et Godry Mort-des-Géants avait repris : « Les vieux dieux du Nord ont déchaîné cette tempête contre nous. Seul R'hllor peut y mettre fin. Nous devons lui offrir un incroyant.

— La moitié de mon armée est composée d'incroyants, avait riposté Stannis. Je ne veux pas de bûcher. Priez plus fort. »

Pas de bûcher ce jour, et aucun demain… mais si les neiges continuent, combien de temps avant que la détermination du roi ne commence à faiblir ? Asha n'avait jamais partagé la foi de son oncle Aeron dans le dieu Noyé, mais cette nuit-là, elle pria avec autant de ferveur Celui Qui Réside Sous les Vagues que jamais Tifs-trempés lui-même. La tempête ne faiblit pas. La marche continua, ralentissant pour tituber, puis ramper. Cinq milles constituèrent une bonne journée. Puis trois. Puis deux.

Au neuvième jour de la tempête, tout le camp vit les capitaines et commandants entrer sous la tente du roi, trempés et las, pour poser un genou en terre et rapporter leurs pertes de la journée.

« Un homme mort, trois disparus.

— Six chevaux perdus, dont le mien.

— Deux morts, dont un chevalier. Quatre chevaux tombés. Nous en avons remis un debout. Les autres sont perdus. Des destriers et un palefroi. »

La dîme du froid, Asha l'entendit nommer. C'était le train de bagages qui souffrait le plus : chevaux morts, hommes perdus, chariots qui versaient et se brisaient. « Les chevaux pataugent dans la neige, annonça Justin Massey au roi. Les hommes s'égarent ou s'assoient pour mourir.

— Qu'ils s'assoient, trancha le roi Stannis. Nous continuons. »

Les Nordiens se comportaient mieux, avec leurs poneys et leurs pattes d'ours. Donnel Flint le Noir et son demi-frère Artos ne perdirent qu'un homme à eux deux. Les Lideuil, les Wull et les Norroit n'en perdirent aucun. Une des mules de Morgan Lideuil avait disparu, mais il semblait convaincu que les Flint l'avaient volée.

Cent lieues, de Motte-la-Forêt à Winterfell. Trois cents milles à vol de corbeau. Quinze jours. Le quinzième jour de marche arriva et s'en fut, et ils avaient franchi moins de la moitié de cette distance. Une piste de chariots brisés et de cadavres gelés s'étirait derrière eux, enfouie sous les rafales de neige. Le soleil, la lune et les étoiles avaient disparu depuis si longtemps qu'Asha en vint à se demander si elle les avait rêvés.

Ce fut au vingtième jour de la progression qu'elle fut enfin délivrée de ses chaînes aux chevilles. En fin d'après-midi, un des chevaux qui tiraient son chariot creva dans ses guides. On ne put pas lui trouver de remplacement ; on avait besoin des chevaux de trait restants pour mouvoir les chariots contenant les vivres et le fourrage. Quand ser Justin Massey vint les rejoindre, il leur dit de débiter le cheval mort et de démanteler le chariot pour en faire du bois de chauffage. Puis il ôta les fers autour des chevilles d'Asha, massant ses mollets raides. « Je n'ai pas de monture à vous donner, madame, lui dit-il, et si nous tentions de chevaucher en double, ce serait la fin pour mon cheval également. Vous devrez marcher. »

Sous son poids, la cheville d'Asha la lançait à chaque pas. *Le froid ne tardera guère à l'engourdir,* se dit-elle. *Dans une heure, je ne sentirai plus mes pieds du tout.* Elle ne se trompait qu'à moitié ; il fallut moins de temps que ça. Lorsque les ténèbres arrêtèrent la colonne, titubant, elle regrettait le confort de sa prison roulante. *Les fers m'ont affaiblie.* Le repas du soir la vit si éreintée qu'elle s'endormit à table.

Au vingt-sixième jour de la marche de quinze jours, on finit les légumes. Au trente-deuxième, le picotin et le fourrage. Asha se demanda combien de temps on pouvait vivre de viande de cheval crue et à demi gelée.

« Branche jure que nous ne sommes qu'à trois jours de Winterfell », annonça ser Richard Horpe au roi, ce soir-là, après la dîme du froid.

« *À condition* de laisser derrière nous les plus faibles, rectifia Corliss Penny.

— On ne peut plus sauver les plus faibles, insista Horpe. Ceux qui sont encore assez forts doivent atteindre Winterfell ou ils périront aussi.

— Le Maître de la Lumière nous livrera le château, assura ser Godry Farring. Si lady Mélisandre était avec nous… »

Finalement, au terme d'une journée de cauchemar où la colonne n'avança que d'un seul mille et perdit une douzaine de chevaux et quatre hommes, lord Cossepois se retourna vers les Nordiens. « Cette marche était une folie. Il en meurt chaque jour davantage, et pour quoi ? Pour une fille ?

— La fille du Ned », riposta Morgan Lideuil. Il était le cadet de trois fils, si bien que les autres Loups l'appelaient Lideuil le Deux, quoique rarement à portée d'oreille. C'était Morgan qui avait failli tuer Asha au cours du combat près de Motte. Il était venu la trouver, plus tard durant la marche, afin de lui demander pardon… de l'avoir traitée de *conne* dans l'ardeur de la bataille, mais non point d'avoir tenté de lui fendre le crâne à coups de hache.

« La fille du Ned, reprit Grand Quartaut Wull en écho. Et nous les aurions déjà pris, elle et le château, si votre bande de coquins de sudiers minaudiers ne compissaient pas leurs chausses satinées devant un peu de neige.

— *Un peu* de neige ? » La molle bouche de jouvencelle de Cossepois se tordit de fureur. « Vos mauvais conseils nous ont forcés à cette marche, Wull. Je commence à vous soupçonner d'être depuis le départ une créature de Bolton. Est-ce ainsi qu'il en va ? Vous a-t-il envoyé susurrer des paroles empoisonnées à l'oreille du roi ? »

Grand Quartaut lui rit au nez. « Lord Petit Pois. Si vous étiez un homme, je vous tuerais pour ça, mais mon épée est forgée de trop bon acier pour la souiller avec le sang d'un poltron. » Il but une gorgée de bière et s'essuya la bouche. « Oui-da, des hommes meurent. D'autres mourront avant que nous voyions Winterfell. Eh bien ? C'est la guerre. À la guerre, des hommes meurent. C'est dans l'ordre des choses. Comme il en a toujours été. »

Ser Corliss Penny jeta au chef de clan un regard incrédule. « Est-ce que vous *cherchez* à périr, Wull ? »

La question parut amuser le Nordien. « Je veux vivre éternellement dans un pays où l'été dure mille ans. Je veux un castel dans les nuages d'où je pourrai contempler le monde à mes pieds. Je veux avoir de nouveau vingt et six ans. Quand j'avais vingt et six ans, je pouvais combattre tout le jour et baiser toute la nuit. Ce que les hommes veulent n'a aucune importance.

» L'hiver est presque sur nous, petit. Et l'hiver, c'est la mort. Je préfère que mes hommes périssent en se battant pour la petite du Ned que seuls et affamés dans la neige, en pleurant des larmes qui leur gèlent sur les joues. Personne ne chante ceux qui finissent ainsi. Quant à moi, je suis vieux. Cet hiver sera mon dernier. Pourvu que je me baigne dans le sang des Bolton avant de mourir. Je veux le sentir m'éclabousser la face quand ma hache mordra profondément dans un crâne de Bolton. Je veux le lécher sur mes lèvres, et mourir avec ce goût sur ma langue.

— *Oui-da!* gueula Morgan Lideuil. *Sang et combat!* »

Ensuite, tous les hommes des collines se mirent à brailler, à cogner sur la table leurs gobelets et leurs cornes à boire, remplissant de leur vacarme la tente du roi.

Asha Greyjoy aurait elle aussi accueilli un combat favorablement. *Une bataille, pour clore toutes ces misères. L'acier qui s'entrechoque, la neige qui rosit, les boucliers fracassés et les membres tranchés, et tout serait dit.*

Le lendemain, les éclaireurs du roi trouvèrent par fortune un village de paysans abandonné entre deux lacs – un pauvre lieu racorni, guère plus de quelques huttes, une maison commune et une tour de guet. Richard Horpe ordonna la halte, bien que ce jour-là l'armée n'eût pas progressé de plus d'un demi-mille et qu'il y eût encore plusieurs heures avant la tombée de la nuit. Le lever de lune était passé depuis longtemps quand le train des bagages et l'arrière-garde arrivèrent à la traîne. Asha était parmi eux.

« Il y a du poisson dans ces lacs, déclara Horpe au roi. Nous creuserons des trous dans la glace. Les Nordiens savent comment s'y prendre. »

Même dans son épaisse cape en fourrure et sa lourde armure, Stannis ressemblait à un homme qui a un pied dans la tombe. Le peu de chair qu'il portait sur sa haute carrure longiligne à Motte-la-Forêt avait fondu durant la marche. On discernait sous la peau la forme de son crâne, et il crispait si fort la mâchoire qu'Asha craignit qu'il ne se brisât les dents. « Pêchez, en ce cas, dit-il, sectionnant chaque mot d'un coup de dents. Mais nous reprendrons la route au point du jour. »

Pourtant, quand l'aube parut, le camp s'éveilla à la neige et au silence. Le ciel vira du noir au blanc, sans paraître plus lumineux. Asha Greyjoy se réveilla, courbatue et glacée sous la pile de ses fourrures de nuit, en train d'écouter les ronflements de l'Ourse. Elle n'avait jamais connu de femme qui ronflât si bruyamment, mais elle s'y était accoutumée au fil de la marche, et désormais en tirait même quelque réconfort. C'était le silence qui la troublait. Nulle trompette qui sonnât pour enjoindre aux hommes de monter en selle, de former la colonne et de se préparer à partir. Nulle trompe de guerre n'appelait les Nordiens. *Quelque chose ne va pas.*

Asha s'extirpa de ses fourrures de nuit et se fraya un chemin hors de la tente, trouant le mur de neige qui les avait enfermés durant la nuit. Ses fers tintèrent quand elle se remit debout et aspira l'air glacé du matin. La neige tombait encore, plus drue que lorsqu'elle s'était faufilée sous la tente. Les lacs avaient disparu, de même que les bois. Elle distinguait les formes des autres tentes et des cabanes, et la lueur orange trouble du fanal qui brûlait au sommet de la tour de guet, mais pas la tour elle-même. La tempête avait gobé le reste.

Quelque part devant eux, Roose Bolton les attendait derrière les remparts de Winterfell, mais l'ost de Stannis Baratheon était bloqué par les neiges, immobile, ceinturé par la glace et la neige, en train de périr de faim.

DAENERYS

La chandelle était presque consumée. Il en restait moins d'un pouce, émergeant d'une flaque tiède de cire fondue pour jeter sa lumière sur le lit de la reine. La flamme commençait à mourir. *Elle s'éteindra avant très longtemps,* constata Daenerys, *et lorsqu'elle s'éteindra, une nouvelle nuit aura passé.*

L'aube venait toujours trop vite.

Elle n'avait pas dormi, ne pouvait pas dormir, ne voulait pas dormir. Elle n'avait même pas osé clore ses yeux, de crainte de trouver le matin en les rouvrant. Si elle en avait eu le pouvoir, elle aurait fait durer leurs nuits une éternité. Mais elle ne pouvait, au mieux, que rester éveillée pour savourer chacun de ces instants de délice, avant que l'aurore ne les réduisît à des souvenirs qui s'effaçaient.

À côté d'elle, Daario Naharis dormait aussi paisiblement qu'un nouveau-né. Il avait un talent pour le sommeil, se vantait-il, souriant à sa manière arrogante. En campagne, il prétendait dormir le plus souvent en selle, afin d'être dispos s'il devait affronter une bataille. Soleil ou pluie battante, peu importait. « Un guerrier incapable de dormir n'a bientôt plus la force de se battre », disait-il. Jamais les cauchemars ne le troublaient, non plus. Quand Daenerys lui avait raconté comment Serwyn au Bouclier-Miroir était hanté par les fantômes de tous les chevaliers qu'il avait tués, Daario s'était borné à rire. « Si ceux que j'ai tués revenaient m'ennuyer, je les tuerais de nouveau. » *Il a une conscience d'épée-louée,* comprit-elle alors. *C'est-à-dire aucune.*

Daario dormait sur le ventre, les légères couvertures de drap emmêlées autour de ses longues jambes, son visage à demi enfoui dans les oreillers.

Daenerys laissa courir sa main sur le dos de l'homme, suivant la ligne de sa colonne vertébrale. Il avait la peau douce au toucher, presque glabre. *Une peau de soie et de satin.* Elle aimait le sentir sous ses doigts. Elle aimait glisser les doigts dans ses cheveux, masser ses mollets pour en chasser la douleur après une longue journée en selle, soupeser sa queue et la sentir durcir contre sa paume.

Si elle avait été une femme ordinaire, elle aurait volontiers passé toute sa vie à toucher Daario, à tracer le dessin de ses cicatrices et à lui faire raconter comment il avait obtenu chacune. *J'abandonnerais ma couronne s'il me le demandait*, se dit Daenerys… Mais il ne le lui avait pas demandé, et ne le lui demanderait jamais. Daario pouvait chuchoter des mots d'amour quand ils ne faisaient qu'un, mais elle savait qu'il aimait la reine dragon. *Si je renonçais à ma couronne, il ne voudrait plus de moi.* D'ailleurs, les rois qui perdaient leur couronne perdaient souvent leur tête aussi, et elle ne voyait aucune raison pour qu'il en allât autrement avec une reine.

La chandelle vacilla une dernière fois et mourut, noyée dans sa propre cire. Les ténèbres avalèrent le lit de plume et ses deux occupants, pour envahir chaque recoin de la chambre. Daenerys enveloppa de ses bras son capitaine et se pressa contre son dos. Elle buvait son odeur, savourait la chaleur de sa chair, la sensation de sa peau contre la sienne. *Souviens-toi*, s'enjoignit-elle. *Souviens-toi de son contact.* Elle l'embrassa sur l'épaule.

Daario roula vers elle, les yeux ouverts. « Daenerys. » Il eut un sourire paresseux. C'était un autre de ses talents ; il s'éveillait d'un coup, comme un chat. « C'est l'aube ?

— Pas encore. Il nous reste un moment.

— Menteuse. Je vois tes yeux. Le pourrais-je si la nuit était noire ? » D'un coup de pied Daario se dégagea des couvertures et s'assit. « La pénombre. Le jour sera bientôt ici.

— Je ne veux pas que cette nuit finisse.

— Non ? Et pourquoi ça, ma reine ?

— Tu sais bien.

— Le mariage ? » Il rit. « Épouse-moi, à la place.

— Tu sais que je ne le peux pas.

— Tu es une reine. Tu peux faire ce que tu veux. » Il glissa une main le long de la jambe de la reine. « Combien de nuits nous reste-t-il ?

Deux. Rien que deux. « Tu connais la réponse. Cette nuit et la suivante, et nous devrons arrêter tout ceci.

— Épouse-moi, et nous aurons toutes les nuits à jamais. »

Si je le pouvais, je le ferais. Le *khal* Drogo avait été son soleil et ses étoiles, mais il était mort depuis si longtemps que Daenerys avait presque oublié à quoi cela ressemblait, d'aimer et d'être aimée. Daario l'avait aidée à se souvenir. *J'étais morte, et il m'a ramenée à la vie. Je dormais, et il m'a réveillée. Mon brave capitaine.* Néanmoins, sa hardiesse prenait de trop grandes proportions, dernièrement. Au retour de sa dernière sortie, il avait jeté aux pieds de Daenerys la tête d'un seigneur yunkaïi et avait embrassé la reine dans la salle devant tout le monde, jusqu'à ce que Barristan Selmy les séparât tous les deux. Ser Grand-Père avait été tellement courroucé que Daenerys eut peur que le sang coulât. « Nous ne pouvons nous marier, mon amour. Tu sais pourquoi. »

Il descendit du lit de la reine. « Épouse donc Hizdahr. Je le gratifierai d'une belle paire de cornes en cadeau de noces. Les Ghiscaris aiment bien se pavaner avec des cornes. Ils en sculptent avec leurs propres cheveux, des peignes, de la cire et des fers. » Daario trouva ses chausses et les enfila. Il ne s'embarrassait pas de petit linge.

« Une fois que je serai mariée, me désirer sera de la haute trahison. » Daenerys remonta la couverture sur ses seins.

« En ce cas, je devrai être un traître. » Il enfila par-dessus sa tête une tunique en soie bleue et redressa avec les doigts les pointes de sa barbe. Il l'avait fraîchement teinte pour Daenerys, faisant passer cet ornement pileux du mauve au bleu, tel qu'il avait été à sa première rencontre avec elle. « Je porte ton odeur », dit-il en reniflant ses doigts et en grimaçant un sourire.

Daenerys aimait la façon dont sa dent en or brillait quand il souriait. Elle aimait les poils fins de son torse. Elle aimait la vigueur de ses bras, le son de son rire, cette façon qu'il avait de toujours la regarder dans les yeux quand il glissait sa queue en elle. « Tu es beau », laissa-t-elle échapper tandis qu'elle le regardait chausser ses bottes de monte et les lacer. Certains jours, il la laissait s'en charger pour lui, mais pas aujourd'hui, apparemment. *Cela aussi, c'est terminé.*

« Pas assez beau pour qu'on m'épouse. » Daario décrocha son baudrier du crochet où il l'avait suspendu.

« Où vas-tu ?

— Je sors dans ta ville, dit-il, boire un tonnelet ou deux et chercher une bagarre. Voilà trop longtemps que j'ai pas tué un homme. Je devrais peut-être aller trouver ton promis. »

Daenerys lui jeta un oreiller. « Tu vas laisser Hizdahr en paix !

— Comme ma reine l'ordonne. Donnes-tu audience, aujourd'hui ?

— Non. Demain, je serai une femme mariée, et Hizdahr sera roi. Qu'il donne audience, lui. C'est son peuple.

— Certains, oui ; d'autres sont le tien. Ceux que tu as libérés.

— Me ferais-tu la leçon ?

— Ceux que tu appelles tes enfants. Ils réclament leur mère.

— Mais oui. Tu me *fais la leçon*.

— À peine, mon cœur de lumière. Tu viendras donner audience ?

— Après mon mariage, peut-être. Après la paix.

— Cet *après* dont tu parles ne vient jamais. Tu devrais donner audience. Mes nouveaux hommes croient pas en ton existence. Ces Erre-au-Vent qui se sont ralliés. Nés et élevés à Westeros, pour la plupart, bourrés d'histoires sur les Targaryen. Ils veulent en voir un de leurs propres yeux. La Guernouille a un présent pour toi.

— La "Guernouille" ? demanda-t-elle en pouffant. Et qui est-ce ? »

Il haussa les épaules. « Un petit Dornien. Il est écuyer du grand chevalier qu'on appelle Vertes-tripes. Je lui ai dit qu'il pouvait me confier son présent et que je le transmettrais, mais il a refusé.

— Oh, voilà une grenouille fort sage. *"Donne-moi le cadeau."* » Elle lui jeta l'autre oreiller. « L'aurais-je vu un jour ? »

Daario caressa sa moustache dorée. « Volerais-je ma douce reine ? Si c'était un présent digne de toi, je l'aurais moi-même déposé entre tes douces mains.

— En gage de ton amour ?

— Sur ce point, je dirai rien, mais je lui ai assuré qu'il pourrait te le remettre. Tu ferais pas passer Daario Naharis pour un menteur ? »

Daenerys était incapable de refuser. « Comme tu voudras. Amène ta grenouille à l'audience demain. Les autres aussi. Tes

Ouestriens. » Il serait agréable d'entendre la Langue Commune parlée par d'autres que ser Barristan.

« Aux ordres de ma reine. » Daario s'inclina très bas avec un grand sourire et prit congé, sa cape volant derrière lui.

Daenerys s'assit dans le désordre des draps, les bras serrés autour des genoux, si mélancolique qu'elle n'entendit pas Missandei entrer discrètement avec du pain, du lait et des figues. « Votre Grâce ? Êtes-vous souffrante ? Dans le noir de la nuit, ma personne vous a entendue crier. »

Daenerys prit une figue. Elle était noire et rebondie, encore humide de rosée. *Hizdahr me fera-t-il jamais crier ?* « C'est le vent que tu as entendu. » Elle mordit dans le fruit, mais il avait perdu toute saveur, maintenant que Daario s'en était allé. Avec un soupir, elle se leva, appela Irri pour qu'elle lui apportât une robe, puis, d'un pas distrait, sortit sur sa terrasse.

Ses ennemis la cernaient. Il n'y avait jamais moins d'une douzaine de navires halés sur la côte. Certains jours, il pouvait y en avoir jusqu'à une centaine, lorsque les soldats débarquaient. Les Yunkaïis apportaient même du bois par la mer. Derrière leurs tranchées, ils construisaient des catapultes, des scorpions, de hauts trébuchets. Par les nuits calmes, elle entendait les marteaux résonner dans l'air chaud et sec. *Mais pas de tours de siège. Pas de bélier.* Ils ne tenteraient pas de prendre Meereen d'assaut. Ils attendraient derrière leurs lignes de siège, en lui jetant des pierres jusqu'à ce que la famine et la maladie aient mis son peuple à genoux.

Hizdahr m'apportera la paix. Il le doit.

Ce soir-là, ses cuisiniers lui rôtirent un cabri avec des dattes et des carottes, mais Daenerys ne put en manger qu'une seule bouchée. La perspective d'affronter Meereen une fois de plus l'épuisait. Le sommeil lui vint difficilement, même lorsque Daario revint, tellement ivre qu'il tenait à peine sur ses jambes. Sous ses couvertures, elle se tourna et se retourna, rêvant qu'Hizdahr l'embrassait… mais il avait les lèvres bleues et tuméfiées et, quand il s'enfonça en elle, sa virilité avait la froideur de la glace. Elle se redressa dans un désordre de cheveux et de draps. Son capitaine dormait auprès d'elle, pourtant elle était seule. Elle voulait le secouer, le réveiller, lui demander de la tenir, de la baiser, de l'aider à oublier, mais elle savait que, si elle le faisait, il se bornerait à sourire, à bâiller et à lui dire : « Ce n'était qu'un rêve, ma reine. Rendors-toi. »

Elle choisit d'enfiler une robe à capuchon et de sortir sur sa terrasse. Elle alla jusqu'au parapet et s'y tint, contemplant d'en haut la cité, comme elle l'avait fait cent fois déjà. *Ce ne sera jamais ma cité. Je n'y serai jamais chez moi.*

La pâle lueur rosée de l'aurore la surprit toujours sur sa terrasse, endormie sur l'herbe sous une fine couverture de rosée. « J'ai promis à Daario de tenir audience aujourd'hui, annonça Daenerys à ses caméristes quand elles la réveillèrent. Aidez-moi à trouver ma couronne. Oh, et des vêtements à me mettre, quelque chose de léger et de frais. »

Elle descendit une heure plus tard. « *Que tous s'agenouillent devant Daenerys Typhon-Née, l'Imbrûlée, Reine de Meereen, Reine des Andals, des Rhoynars et des Premiers Hommes,* Khaleesi *de la Grande Mer d'Herbe, Briseuse des fers et Mère des Dragons* », clama Missandei.

Reznak mo Reznak s'inclina avec un radieux sourire. « Votre Magnificence, vous embellissez chaque jour. Je crois que la perspective de ce mariage vous rend rayonnante. Ô, ma lumineuse reine ! »

Daenerys poussa un soupir. « Faites venir le premier pétitionnaire. »

Il y avait si longtemps qu'elle n'avait pas donné audience que la charge d'affaires était presque écrasante. Le fond de la salle était une dense masse de gens, et quelques altercations éclatèrent sur des questions de préséance. Inévitablement, ce fut Galazza Galare qui s'avança, la tête haute, le visage dissimulé derrière un voile vert scintillant. « Votre Splendeur, peut-être vaudrait-il mieux que nous parlions en privé.

— J'aimerais en avoir le temps, répondit Daenerys avec douceur. Je dois me marier demain. » Sa dernière rencontre avec la Grâce Verte ne s'était pas bien déroulée. « Que désirez-vous de moi ?

— Je voudrais vous parler de l'arrogance d'un certain capitaine de vos épées-louées. »

Elle ose dire cela dans une audience publique ? Daenerys sentit une bouffée de colère. *Elle a du courage, je lui accorde ça, mais si elle croit que je vais tolérer une nouvelle leçon, elle ne pourrait pas se tromper davantage.* « La trahison de Brun Ben Prünh nous a tous choqués, dit-elle, mais votre avertissement vient trop tard. Et à présent, je sais que vous voulez regagner votre temple afin d'y prier pour la paix. »

La Grâce Verte s'inclina. « Je prierai également pour vous. »
Un nouveau soufflet, nota Daenerys, la couleur lui montant au visage.

Suivit une fastidieuse procédure que la reine connaissait bien. Elle siégea sur ses coussins, en écoutant, balançant un pied avec impatience. Jhiqui lui apporta à midi un plateau de figues et de jambon. Il semblait ne pas y avoir de fin aux quémandeurs. Chaque fois qu'elle en renvoyait deux souriants, il en partait un avec des yeux rougis ou des grommellements.

Le couchant approchait quand Daario Naharis apparut avec ses nouveaux Corbeaux Tornade, les Ouestriens qui s'étaient ralliés à lui après avoir quitté les Erre-au-Vent. Daenerys se surprit à leur jeter des coups d'œil tandis qu'un requérant s'éternisait en discours. *C'est mon peuple. Je suis leur reine légitime.* Le groupe semblait peu reluisant, mais qu'attendre d'autre de mercenaires ? Le plus jeune ne devait pas avoir un an de plus qu'elle ; le plus âgé avait dû voir passer soixante fois la date de sa naissance. Quelques-uns arboraient des signes de richesse : des bandeaux en or sur le bras, des tuniques en soie, des baudriers cloutés d'argent. *Du butin.* Pour la plupart, leurs vêtements étaient de coupe banale, et témoignaient d'un usage soutenu.

Quand Daario les fit avancer, elle vit que l'un d'eux était une femme, grande, blonde, toute couverte de maille. « La belle Meris » l'appela son capitaine, bien que « belle » fût le dernier qualificatif qui serait venu à l'idée de Daenerys. Elle mesurait six pieds de haut et n'avait pas d'oreilles, son nez était fendu, ses deux joues portaient de profondes cicatrices et elle avait les yeux les plus froids que la reine ait vus. Quant au reste...

Hugues Sylvegué était mince et morose, long de jambes, long de visage, vêtu avec une élégance passée. Tyssier était court et musclé, avec des araignées tatouées sur son front, son torse et ses bras. Le rougeaud Orson Roche se prétendait chevalier, comme l'efflanqué Lucifer Long. Will des Forêts jeta à Daenerys un coup d'œil égrillard, alors même qu'il ployait le genou. Dick Chaume avait des yeux du bleu des myosotis, des cheveux d'une blancheur de filasse et un sourire troublant. Le visage de Jack le Rouquin était masqué derrière une buissonnante barbe orange, et un discours inintelligible. « Il s'est sectionné la moitié de la langue d'un coup de dents, à sa première bataille », lui expliqua Sylvegué.

Les Dorniens paraissaient différents. « N'en déplaise à Votre Grâce, annonça Daario, ces trois sont Vertes-tripes, Gerrold et Guernouille. »

Vertes-tripes était énorme, et chauve comme un caillou, avec des bras assez épais pour rivaliser même avec Belwas le Fort. Gerrold était un grand jeune homme svelte, aux mèches blondies par le soleil et aux yeux rieurs, bleu-vert. *Ce sourire lui a gagné le cœur de plus d'une donzelle, je le gagerais.* Sa cape était faite de laine douce et brune doublée de soie des sables, un vêtement de belle facture.

Guernouille, l'écuyer, était le plus jeune des trois, et le moins impressionnant, un jeune homme solennel et trapu, brun d'œil et de poil. Il avait le visage carré, un front haut, une mâchoire lourde et un nez large. Le chaume sur ses joues et son menton le faisait passer pour un gamin qui tente de laisser pousser sa première barbe. Daenerys n'avait pas la moindre idée de la raison pour laquelle on l'appelait Guernouille. *Peut-être sait-il sauter plus loin que les autres.*

« Vous pouvez vous relever, dit-elle. Daario me dit que vous nous venez de Dorne. Les Dorniens seront toujours bienvenus à ma cour. Lancehélion est demeurée loyale à mon père lorsque l'Usurpateur lui a volé son trône. Vous avez dû affronter bien des périls pour venir jusqu'à moi.

— Bien trop », répondit le séduisant Gerrold, aux cheveux blondis par le soleil. « Nous sommes partis six de Dorne, Votre Grâce.

— Mes condoléances pour vos pertes. » La reine se tourna vers son massif compagnon. « Vertes-tripes, voilà une curieuse sorte de nom.

— Une plaisanterie, Votre Grâce. Qui me vient des navires. J'ai eu le vert-mal durant tout le trajet depuis Volantis. Des haut-le-cœur et... enfin, je ne devrais pas dire. »

Daenerys pouffa. « Je pense pouvoir deviner, ser. C'est bien *ser*, n'est-ce pas ? Daario me dit que vous êtes chevalier.

— Ne vous déplaise, Votre Grâce, nous sommes tous les trois chevaliers. »

Daenerys jeta un coup d'œil vers Daario et nota un éclair de colère sur son visage. *Il ne savait pas.* « J'ai besoin de chevaliers », dit-elle.

Les soupçons de ser Barristan étaient éveillés. « On s'arroge aisément le rang de chevalier, si loin de Westeros. Êtes-vous prêts à soutenir cette vantardise à l'épée ou à la lance ?

— S'il le faut, répondit Gerrold, bien que je ne prétende pas qu'aucun de nous soit l'égal de Barristan le Hardi. Votre Grâce, j'implore votre pardon, mais nous nous sommes présentés à vous sous de faux noms.

— J'ai connu quelqu'un d'autre qui a agi ainsi un jour, déclara Daenerys. Un certain Arstan Barbe-Blanche. Allons, dites-moi vos noms véritables.

— Volontiers... Mais si nous pouvons implorer l'indulgence de la reine, y a-t-il un endroit avec moins d'yeux et d'oreilles ? »

Un entrelacs de petits jeux. « Comme vous voulez. Skahaz, fais évacuer ma cour. »

Le Crâne-ras rugit des ordres. Ses Bêtes d'airain firent le reste, guidant hors de la salle le reste des Ouestriens et les pétitionnaires du jour. Ses conseillers demeurèrent.

« À présent, décida Daenerys, vos noms. »

Le séduisant jeune Gerrold s'inclina : « Ser Gerris Boisleau, Votre Grâce. Mon épée vous appartient. »

Vertes-tripes croisa ses bras sur son torse. « Et ma masse d'armes. Je suis ser Archibald Ferboys.

— Et vous, ser ? demanda la reine au jeune Guernouille.

— N'en déplaise à Votre Grâce, puis-je d'abord offrir mon présent ?

— Si vous le souhaitez », répondit Daenerys avec curiosité.

Mais alors que Guernouille s'avançait, Daario vint s'interposer en tendant une main gantée. « Donne-moi ce présent. »

Avec un visage de marbre, le jeune homme trapu se pencha, délaça sa botte et retira un parchemin jauni d'un rabat caché à l'intérieur.

« Est-ce là votre présent ? Un bout d'écriture ? » Daario arracha le parchemin des mains du Dornien et le déroula, plissant les yeux pour scruter les sceaux et les paraphes. « Très joli, tout cet or et ces rubans, mais je ne sais pas lire vos pattes de mouche ouestriennes.

— Apportez-le à la reine, ordonna ser Barristan. Tout de suite. »

Daenerys sentit la colère monter dans la salle. « Je ne suis qu'une jeune fille, et il faut remettre leur présent aux jeunes filles, dit-elle sur un ton badin. Daario, je vous en prie, ne me taquinez pas. Donnez-le-moi. »

Le parchemin était rédigé en Langue Commune. La reine le déploya lentement, étudiant les sceaux et les paraphes. Quand elle vit le nom de ser Willem Darry, son cœur battit un peu plus vite. Elle le lut une fois complètement, puis une deuxième.

« Pouvons-nous savoir ce que cela dit, Votre Grâce ? demanda ser Barristan.

— C'est un pacte secret, répondit Daenerys, conclu à Braavos alors que j'étais encore petite fille. Ser Willem Darry a signé pour nous : l'homme qui nous a soustraits à Peyredragon, mon frère et moi, avant que les hommes de l'Usurpateur puissent nous prendre. Le prince Oberyn Martell a signé pour Dorne, avec le Seigneur de la Mer de Braavos pour témoin. » Elle tendit le parchemin à ser Barristan, afin qu'il pût le lire lui-même. « L'alliance doit se sceller par un mariage, y explique-t-on. En retour pour l'aide de Dorne afin de jeter à bas l'Usurpateur, mon frère Viserys devra prendre pour reine la fille du prince Doran, Arianne. »

Le vieil homme lut lentement le pacte. « Si Robert l'avait su, il aurait écrasé Lancehélion comme il a jadis écrasé Pyk et pris les têtes du prince Doran et de la Vipère Rouge… et très probablement celle de cette princesse de Dorne par la même occasion.

— Nul doute la raison pour laquelle le prince Doran a choisi de garder ce pacte secret, suggéra Daenerys. Si mon frère Viserys avait su qu'une princesse de Dorne l'attendait, il aurait fait la traversée vers Lancehélion dès qu'il aurait été en âge de se marier.

— Abattant par la même occasion la masse d'armes de Robert sur lui, et sur Dorne également, compléta Guernouille. Mon père se satisfaisait d'attendre le jour où le prince Viserys aurait trouvé son armée.

— Ton père ?

— Le prince Doran. » Il retomba un genou en terre. « Votre Grâce, j'ai l'honneur d'être Quentyn Martell, prince de Dorne et votre plus féal sujet. »

Daenerys éclata de rire.

Le prince dornien rougit, tandis que la cour de la reine et ses conseillers lui lançaient des regards intrigués. « Votre Splendeur ? dit Skahaz Crâne-ras en langue ghiscarie. Pourquoi riez-vous ?

— Ils l'appellent *Guernouille*, dit-elle, et nous venons tout juste de comprendre pourquoi. Dans les Sept Couronnes, les contes pour enfants parlent de grenouilles qui se changent en princes enchantés lorsqu'elles sont embrassées par l'élue de leur cœur. » Souriant aux chevaliers de Dorne, elle reprit en Langue Commune : « Dites-moi, prince Quentyn, êtes-vous enchanté ?

— Non, Votre Grâce.

— C'est bien ce que je craignais. » *Ni enchanté ni enchanteur, hélas. Dommage que ce soit lui, le prince, et non celui aux larges épaules et aux cheveux blonds.* « Cependant, vous êtes venu chercher un baiser. Vous avez l'intention de m'épouser. Est-ce bien là le principe ? Le cadeau que vous m'apportez est votre douce personne. Au lieu de Viserys et de votre sœur, vous et moi devons sceller ce pacte, si je veux Dorne.

— Mon père espérait que vous me trouveriez acceptable. »

Daario Naharis jeta un rire dédaigneux. « Je dis que tu es un chiot. À ses côtés, la reine a besoin d'un homme, pas d'un nourrisson qui braille. Tu n'es pas un mari digne d'une telle femme. Quand tu te lèches les lèvres, est-ce que tu y sens encore le goût du lait de ta mère ? »

Ser Gerris Boisleau se rembrunit à ces paroles. « Surveille ta langue, mercenaire. Tu parles à un prince de Dorne.

— Et à sa nourrice, j'imagine. » Daario frottait du pouce la poignée de son épée et souriait dangereusement.

Skahaz grimaça, comme lui seul savait le faire. « Pour Dorne, le petit pourrait convenir, mais Meereen a besoin d'un roi de sang ghiscari.

— Je connais ce Dorne, déclara Reznak mo Reznak. Dorne se résume à du sable et à des scorpions, et de sinistres montagnes rouges qui cuisent au soleil. »

Le prince Quentyn lui répondit : « Dorne représente cinquante mille piques et épées, jurées au service de notre reine.

— Cinquante mille ? se gaussa Daario. J'en compte trois.

— *Cela suffit*, intervint Daenerys. Le prince Quentyn a traversé la moitié du monde pour m'offrir ce présent, je ne veux pas le voir traité sans courtoisie. » Elle se tourna vers les Dorniens. « Si seulement vous étiez arrivés un an plus tôt. Je suis promise en mariage au noble Hizdahr zo Loraq.

— Il n'est pas encore trop tard... hasarda ser Gerris.

— C'est à moi d'en juger, assura Daenerys. Reznak, veille à ce que le prince et ses compagnons reçoivent des appartements appropriés à leur haute naissance, et que leurs désirs soient satisfaits.

— À vos ordres, Votre Splendeur. »

La reine se leva. « Bien, nous en avons terminé pour aujourd'hui. »

Daario et ser Barristan la suivirent jusqu'en haut de l'escalier menant à ses appartements. « Voilà qui change tout, déclara le vieux chevalier.

— Voilà qui ne change rien, répondit Daenerys tandis qu'Irri lui retirait sa couronne. À quoi servent trois hommes ?

— Trois chevaliers, corrigea Selmy.

— Trois menteurs, dit Daario d'un ton noir. Ils m'ont trompé.

— Et acheté, en plus, je n'en doute pas. » Il ne se donna pas la peine de le nier. Daenerys déroula le parchemin pour l'examiner de nouveau. *Braavos. Ceci a été établi à Braavos, pendant que nous vivions dans la maison à la porte rouge.* Pourquoi ressentait-elle une aussi curieuse impression ?

Elle se remémora son cauchemar. *Il y a parfois du vrai dans les rêves.* Hizdahr zo Loraq serait-il à la solde des conjurateurs, était-ce là le sens de son rêve ? Ce rêve aurait-il été un message ? Les dieux lui disaient-ils d'écarter Hizdahr et d'épouser plutôt ce prince de Dorne ? Quelque chose chatouilla sa mémoire. « Ser Barristan, quelles sont les armes de la maison Martell ?

— Un soleil en majesté, transpercé d'une lance. »

Le fils du soleil. Un frisson la traversa. « Des ombres et des chuchotements. » Que lui avait dit d'autre Quaithe ? *La jument pâle et le fils du soleil. Il y avait un lion dans l'affaire, en sus, et un dragon. Ou bien serait-ce moi, ce dragon ?* « Défie-toi du sénéchal parfumé. » Cela, elle s'en souvenait. « Des rêves et des prophéties. Pourquoi faut-il toujours qu'ils s'expriment par énigmes ? J'ai horreur de ça. Oh, laissez-moi, ser. C'est demain le jour de mes noces. »

Cette nuit-là, Daario la prit de toutes les façons dont un homme peut prendre une femme, et elle se donna à lui sans nulle réticence. La dernière fois, alors que le soleil se levait, elle usa de sa bouche pour le raidir à nouveau, comme Doreah le lui avait appris il y avait longtemps, puis elle le monta avec tant de fougue que la blessure du capitaine se remit à saigner et que, l'espace d'un délicieux battement de cœur, elle ne sut plus dire s'il était en elle, ou elle en lui.

Mais quand le soleil se leva sur le jour de ses noces, Daario l'imita, revêtant sa tenue et bouclant son baudrier avec ses catins d'or lustré. « Où vas-tu ? lui demanda Daenerys. Je t'interdis de faire une sortie aujourd'hui.

— Ma reine est cruelle, répliqua son capitaine. Si je ne peux pas tuer tes ennemis, comment vais-je me distraire pendant qu'on te marie ?

— À la tombée de la nuit, je n'aurai plus d'ennemis.

— C'est encore que l'aurore, douce reine. Le jour est long. Assez de temps pour une dernière sortie. Je te rapporterai la tête de Brun Ben Prünh en cadeau de noces.

— Pas de tête, insista Daenerys. Un jour, tu m'as apporté des fleurs.

— Qu'Hizdahr t'offre des fleurs. Certes, il n'est pas du genre à se pencher pour cueillir un pissenlit, mais il a des serviteurs qui seront heureux de le faire à sa place. Ai-je ta permission d'aller ?

— Non. » Elle voulait qu'il restât à la serrer dans ses bras. *Un jour il partira et ne reviendra pas*, se dit-elle. *Un jour, un archer plantera une flèche dans son torse, ou dix hommes se jetteront sur lui avec des piques, des épées, des haches, dix hommes qui voudront devenir des héros.* Cinq d'entre eux mourraient, mais cela ne rendrait pas le chagrin de Daenerys plus aisé à supporter. *Un jour, je le perdrai comme j'ai perdu mon soleil et mes étoiles. Mais par pitié, dieux, pas aujourd'hui.* « Reviens au lit et embrasse-moi. » Personne ne l'avait jamais embrassée comme Daario Naharis. « Je suis ta reine, et je t'ordonne de me baiser. »

Elle avait dit cela sur le ton de la plaisanterie, mais les yeux de Daario se firent durs à ces paroles. « Baiser une reine est un travail de roi. Ton noble Hizdahr pourra s'en charger, une fois que vous serez mariés. Et s'il se révèle de trop haute naissance pour une tâche qui donne si chaud, il a des serviteurs qui auront également plaisir à s'en charger à sa place. Ou tu pourrais faire venir le petit Dornien dans ton lit, et son ami au joli minois aussi, pourquoi pas ? » Il quitta la chambre à grands pas.

Il va effectuer une sortie, comprit Daenerys, *et s'il prend la tête de Ben Prünh, il entrera durant le banquet de noces et la jettera à mes pieds. Que les Sept me préservent. Pourquoi ne pouvait-il pas être mieux né ?*

Quand il fut parti, Missandei apporta à la reine un frugal repas, fromage de chèvre et olives, avec des raisins secs en dessert. « Votre Grâce a besoin de déjeuner d'autre chose que de vin. Vous êtes toute menue et, assurément, vous aurez besoin de toutes vos forces, aujourd'hui. »

La réflexion fit rire Daenerys, de la part d'une gamine si menue. Elle s'appuyait tant sur la petite scribe qu'elle l'oubliait souvent : Missandei venait tout juste d'avoir onze ans. Elles partagèrent la nourriture sur la terrasse. Tandis que Daenerys grignotait une olive, la Naathie la considéra avec des yeux d'or fondu et lui déclara : « Il n'est pas trop tard pour leur dire que vous avez décidé de ne pas vous marier. »

Et pourtant si, songea la reine avec tristesse. « Hizdahr est d'un sang noble et ancien. Notre union rassemblera mes affranchis et son peuple. Lorsque nous ne ferons plus qu'un, la cité nous imitera.

— Votre Grâce n'aime pas le noble Hizdahr. Ma personne estime que vous préféreriez avoir un autre pour mari. »

Je ne dois pas penser à Daario aujourd'hui. « Une reine aime où elle doit, non où elle veut. » Tout appétit l'avait quittée. « Emporte cette nourriture, dit-elle à Missandei. Il est temps que je prenne mon bain. »

Ensuite, alors que Jhiqui séchait Daenerys en la tamponnant, Irri approcha avec son *tokar.* Daenerys enviait aux caméristes dothrakies leurs pantalons lâches en soie des sables et leurs gilets peints. Elles seraient beaucoup plus au frais qu'elle dans son *tokar,* avec sa lourde frange de perles naines. « Aidez-moi à enrouler ça autour de moi, je vous prie. Je ne peux pas me dépêtrer seule de toutes ces perles. »

Elle aurait dû être dévorée d'anticipation en songeant à son mariage et à la nuit qui suivrait, elle le savait. Elle se rappela la nuit de ses premières noces, quand le *khal* Drogo l'avait déflorée sous les étoiles intruses. Elle se souvenait combien elle avait eu peur, et combien elle était excitée. En irait-il de même avec Hizdahr ? *Non. Je ne suis plus la fille que j'étais, et il n'est pas mon soleil et mes étoiles.*

Missandei réémergea de la pyramide. « Reznak et Skahaz sollicitent l'honneur d'escorter Votre Grâce jusqu'au Temple des Grâces. Reznak a ordonné de préparer votre palanquin. »

Les Meereenais allaient rarement à cheval, dans l'enceinte de la cité. Ils préféraient les palanquins, les litières et les chaises à porteurs, posées sur les épaules de leurs esclaves. « Les chevaux souillent les rues, lui avait expliqué un homme de Zahk. Pas les esclaves. » Daenerys avait affranchi les esclaves ; pourtant, palanquins, litières et chaises à porteurs encombraient les rues comme par le passé, et aucun d'entre eux ne flottait par magie dans les airs.

« La journée est trop chaude pour s'enfermer dans un palanquin, décida Daenerys. Faites seller mon argenté. Je ne voudrais point rejoindre le seigneur mon époux sur le dos de porteurs.

— Votre Grâce, insista Missandei, ma pauvre personne le déplore, mais vous ne pouvez pas chevaucher en *tokar.* »

La petite scribe avait raison, comme bien souvent. Le *tokar* n'était pas un vêtement conçu pour la monte. Daenerys fit une moue. « Tu as raison. Pas le palanquin, pourtant. Je suffoquerais, derrière ces tentures. Fais-leur préparer une chaise à porteurs. » Si elle devait arborer ses oreilles de lapin, que tous les lapins puissent la voir.

Quand Daenerys effectua sa descente, Reznak et Skahaz tombèrent à genoux. « Votre Excellence brille d'un tel éclat que vous aveuglerez tout homme qui osera vous regarder », déclara Reznak. Le sénéchal portait un *tokar* de samit bordeaux avec des franges dorées. « Hizdahr zo Loraq est très fortuné, de vous avoir... et vous, de l'avoir, lui, si je puis avoir la hardiesse de le dire. Cette union va sauver notre cité, vous verrez.

— Nous prions pour cela. Je veux planter mes oliviers et les voir fructifier. » *Quelle importance si les baisers d'Hizdahr ne me contentent pas ? La paix me satisfera. Suis-je une reine ou une simple femme ?*

« Les foules grouillent comme des nuées de mouches, aujourd'hui. » Le Crâne-ras était vêtu d'une jupe plissée noire et d'un plastron à la musculature moulée, et il avait sous son bras un casque d'airain conformé en tête de serpent.

« Ai-je à craindre les mouches ? Tes Bêtes d'airain me protégeront de tout mal. »

Le crépuscule régnait en permanence dans la base de la Grande Pyramide. Des murs de trente pieds d'épaisseur étouffaient le tumulte des rues et gardaient la chaleur au-dehors, si bien qu'il faisait frais et sombre à l'intérieur. L'escorte se constituait face aux portes. Les chevaux, les mules et les ânes étaient placés dans les stalles contre le mur de l'ouest, les éléphants contre le mur de l'est. En même temps que sa pyramide, Daenerys avait acquis trois de ces énormes animaux bizarres. Ils lui rappelaient des mammouths gris et chauves, malgré leurs défenses raccourcies et dorées ; et leurs yeux étaient tristes.

Elle trouva Belwas le Fort en train de manger des raisins, tandis que Barristan Selmy surveillait un garçon d'écurie qui assurait la sangle de son gris pommelé. Les trois Dorniens se trouvaient avec lui, en pleine discussion, mais ils s'interrompirent quand la reine apparut. Leur prince mit un genou en terre. « Votre Grâce, je me dois de vous implorer. Les forces de mon père déclinent, mais son dévouement à votre cause reste aussi fort que jamais. Si mes façons ou ma personne vous ont déplu, j'en ai de la peine, mais...

— Si vous voulez me plaire, ser, soyez heureux pour moi, lui répondit Daenerys. C'est aujourd'hui le jour de mes noces. On dansera dans la Cité Jaune, je n'en doute pas. » Elle poussa un soupir. « Levez-vous, mon prince, et souriez. Un jour, je reviendrai à Westeros pour faire valoir mes droits au trône de mon père, et je me tournerai vers Dorne pour son aide. Mais en ce jour, les Yunkaïis ont encerclé d'acier ma cité. Je peux mourir avant que de voir les Sept Couronnes. Hizdahr peut mourir. Westeros peut être engloutie sous les flots. » Daenerys lui embrassa la joue. « Venez. Il est temps que je me marie. »

Ser Barristan l'aida à monter dans sa chaise à porteurs. Quentyn rejoignit ses compatriotes. Belwas le Fort beugla pour faire ouvrir les portes, et Daenerys Targaryen fut portée dans le soleil. Selmy vint se placer à sa hauteur sur son gris pommelé.

« Dites-moi, demanda Daenerys tandis que la procession se dirigeait vers le Temple des Grâces, si mon père et ma mère avaient été libres de suivre leur cœur, qui auraient-ils épousé ?

— C'était il y a longtemps, Votre Grâce ne les connaîtrait pas.

— Mais vous le savez, vous. Dites-moi. »

Le vieux chevalier inclina la tête. « La reine votre mère avait toujours à l'esprit son devoir. » Il était beau dans son armure d'or et d'argent, sa grande cape blanche flottant à ses épaules, mais on aurait dit un homme qui souffrait, à l'entendre, comme si chaque mot était un calcul que son rein devait éliminer. « Petite fille, cependant... Elle s'était une fois entichée d'un jeune chevalier des terres de l'Orage qui avait porté sa faveur durant un tournoi et l'avait nommée reine d'amour et de beauté. Une brève chose.

— Qu'est devenu ce chevalier ?

— Il a rangé sa lance le jour où la dame votre mère a épousé votre père. Il est ensuite devenu fort pieux, et on l'entendit dire que seule la Jouvencelle pouvait remplacer la reine Rhaella dans son cœur. C'était une passion impossible, bien entendu. Un chevalier fieffé n'est point un consort digne d'une princesse de sang royal. »

Et Daario Naharis n'est qu'une épée-louée, indigne même de boucler les éperons d'or d'un chevalier fieffé. « Et mon père ? Y avait-il une femme qu'il aimait plus que sa reine ? »

Ser Barristan parut mal à l'aise sur sa selle. « Aimait... Aimait, non. Peut-être le mot *voulait* conviendrait-il mieux, mais... ce n'étaient que ragots de cuisine, des rumeurs de lavandières et de garçons d'écurie...

— Je veux savoir. Je n'ai jamais connu mon père. Je veux tout savoir de lui. Le bon et le... reste.

— Si vous l'ordonnez. » Le chevalier blanc choisit ses mots avec soin. « Le prince Aerys... Dans sa jeunesse, il s'était entiché d'une certaine dame de Castral Roc, cousine de Tywin Lannister. Lorsque Tywin et elle se sont mariés, votre père a abusé du vin au banquet de noces et on l'a entendu clamer que c'était grande pitié que le droit du seigneur à la première nuit ait été aboli. Plaisanterie d'après boire, rien de plus, mais Tywin Lannister n'était pas homme à oublier de telles paroles, ni les... les libertés prises par votre père au moment du coucher. » Son visage s'empourpra. « J'en ai trop dit, Votre Grâce. Je...

— *Gracieuse reine, quelle heureuse rencontre !* » Une autre procession était venue accoster la sienne, et Hizdahr zo Loraq lui souriait depuis sa propre chaise à porteurs. *Mon roi.* Daenerys se demanda où se trouvait Daario Naharis, ce qu'il faisait. *Si nous étions dans une histoire, il arriverait au galop juste au moment où nous atteindrions le temple, pour défier Hizdahr et remporter ma main.*

Côte à côte, les processions de la reine et d'Hizdahr zo Loraq traversèrent lentement Meereen, jusqu'à ce qu'enfin le Temple des Grâces se dressât devant eux, ses dômes d'or clignotant au soleil. *Comme c'est beau,* essaya de se dire la reine, mais, en son for intérieur, une petite idiote ne pouvait s'empêcher de chercher Daario autour d'elle. *S'il t'aimait, il viendrait t'enlever à la pointe de l'épée, comme Rhaegar a emporté sa Nordienne,* insistait la gamine en elle, mais la reine savait que c'était pure sottise. Même si son capitaine avait la folie de s'y risquer, les Bêtes d'airain l'abattraient avant qu'il n'approchât à cent pas d'elle.

Galazza Galare les attendait devant les portes du temple, entourée par ses sœurs en blanc, rose et rouge, bleu, or et pourpre. *Elles sont moins nombreuses que par le passé.* Daenerys chercha des yeux Ezzara, et ne la trouva pas. *La dysenterie l'aurait-elle emportée, elle aussi ?* Bien que la reine ait laissé les

Astaporis mourir de faim sous ses murs pour empêcher la propagation de l'épidémie, celle-ci se propageait quand même. Beaucoup avaient été frappés : des affranchis, des épées-louées, des Bêtes d'airain, et même des Dothrakis, bien que, jusqu'ici, aucun Immaculé n'ait été atteint. Elle pria pour que le pire fût passé.

Les Grâces firent avancer un fauteuil d'ivoire et une coupe d'or. Retenant délicatement son *tokar* afin de ne pas marcher sur ses franges, Daenerys Targaryen s'installa sur le siège de velours du fauteuil, et Hizdahr zo Loraq se mit à genoux, lui délaça les sandales et lava ses pieds tandis que cinquante eunuques chantaient et que dix mille yeux contemplaient la scène. *Il a les mains douces*, songea-t-elle, tandis que des chrêmes parfumés coulaient entre ses doigts de pied. *S'il a le cœur aussi doux, je pourrais m'attacher à lui, avec le temps.*

Quand ses pieds furent lavés, Hizdahr les sécha avec une serviette moelleuse, lui relaça les sandales et l'aida à se relever. Main dans la main, ils suivirent la Grâce Verte à l'intérieur du temple, où l'air était chargé d'encens et où les dieux de Ghis se dressaient, revêtus d'ombre dans leurs alcôves.

Quatre heures plus tard, ils émergeaient à nouveau, comme mari et femme, liés ensemble par le poignet et la cheville avec des chaînes d'or jaune.

JON

La reine Selyse s'abattit sur Châteaunoir avec sa fille, le fou de cette dernière, ses servantes et ses dames de compagnie, et une escorte de chevaliers, d'épées liges et d'hommes d'armes, forte de cinquante éléments. *Tous gens de la reine,* Jon Snow le savait. *Ils peuvent bien suivre Selyse, mais c'est Mélisandre qu'ils servent.* La prêtresse rouge l'avait averti de leur arrivée presque un jour avant celle du corbeau de Fort-Levant porteur du même message.

Il accueillit la reine et son escorte devant l'écurie, accompagné par Satin, Bowen Marsh et une demi-douzaine de gardes en longues capes noires. Se présenter devant cette reine sans sa propre escorte aurait été impolitique, si la moitié de ce qu'on racontait sur elle était vrai. Elle aurait pu le prendre pour un garçon d'écurie et lui remettre les rênes de son cheval.

Les neiges s'étaient enfin déplacées vers le sud, leur laissant un répit. Il y avait même dans l'air un soupçon de douceur quand Jon Snow posa un genou en terre devant la reine sudière. « Votre Grâce. Châteaunoir vous souhaite la bienvenue, à vous et aux vôtres. »

La reine Selyse le toisa. « Je vous en remercie. Veuillez m'escorter jusqu'à votre lord Commandant.

— Mes frères m'ont choisi pour cet honneur. Je suis Jon Snow.

— Vous ? On vous disait jeune, mais… » La reine Selyse avait le visage pincé et pâle. Elle arborait une couronne d'or roux avec des pointes en forme de flammes, jumelle de celle que portait Stannis. « … Vous pouvez vous lever, lord Snow. Voici ma fille, Shôren.

— Princesse. » Jon inclina la tête. Shôren était une enfant au physique ingrat, encore enlaidie par la léprose qui avait laissé son cou et une partie de sa joue raide, grise et craquelée. « Mes frères et moi sommes à votre service », déclara-t-il à la jeune fille.

Shôren rougit. « Merci, messire.

— Je crois que vous connaissez mon parent, ser Axell Florent ? poursuivit la reine.

— Par corbeau, uniquement. » *Et divers rapports.* Les lettres qu'il avait reçues de Fort-Levant avaient eu beaucoup à dire sur Axell Florent, et peu qui fût bon. « Ser Axell.

— Lord Snow. » Homme massif, Florent avait la jambe courte et le torse épais. Un poil rêche couvrait ses joues et ses bajoues et pointait de ses oreilles et de ses narines.

« Mes loyaux chevaliers, poursuivit la reine Selyse. Ser Nabert, ser Benethon, ser Brus, ser Patrek, ser Dorden, ser Malegorn, ser Lambert, ser Perkin. » Chacun de ces dignes personnages s'inclina à son tour. Elle ne se donna pas la peine de présenter son fou, mais les clarines accrochées à son couvre-chef muni d'andouillers et le tatouage mi-parti sur ses joues rondes le rendaient difficile à négliger. *Bariol.* Les lettres de Cotter Pyke l'avaient également évoqué. Pyke affirmait qu'il était simple d'esprit.

Puis la reine désigna un autre curieux membre de son entourage : un grand flandrin étique dont la taille était encore accentuée par un invraisemblable chapeau comportant trois étages de feutre mauve. « Et voici l'honorable Tycho Nestoris, un émissaire de la Banque de Fer de Braavos, venu traiter avec Sa Grâce le roi Stannis. »

Le banquier retira son chapeau et exécuta une ample révérence. « Lord Commandant. Je vous remercie, vous et vos frères, de votre hospitalité. » Il parlait la Langue Commune de façon impeccable, avec juste un infime soupçon d'accent. Plus grand que Jon d'une demi-tête, le Braavien arborait une barbiche en ficelle qui jaillissait de son menton pour lui descendre pratiquement à la taille. Ses robes étaient d'un mauve sévère, bordé d'hermine. Un grand col raide encadrait son visage étroit. « J'espère que nous ne vous dérangerons pas trop.

— Point du tout, messire. Vous êtes tout à fait bienvenu. » *Davantage que cette reine, à parler franc.* Cotter Pyke avait envoyé un corbeau en avant-garde afin de les avertir de l'arrivée du banquier. Jon Snow n'avait guère pensé à autre chose depuis lors.

Jon se retourna vers la reine. « Les appartements royaux dans la tour du Roi ont été préparés pour Votre Grâce pour aussi longtemps qu'il vous plaira de rester avec nous. Voici notre lord Intendant, Bowen Marsh. Il trouvera des quartiers pour vos hommes.

— Que c'est aimable de nous faire de la place. » Certes, les mots de la reine étaient courtois, mais le ton laissait entendre : *Ce n'est que votre devoir, et vous avez intérêt à ce que ces quartiers me plaisent.* « Nous ne séjournerons pas longtemps avec vous. Quelques jours, tout au plus. Nous avons l'intention de poursuivre jusqu'à notre nouveau siège de Fort Nox dès que nous serons reposés. Le voyage depuis Fort-Levant a été épuisant.

— Comme vous voudrez, Votre Grâce, répondit Jon. Vous devez avoir froid et faim, j'en suis sûr. Un repas chaud vous attend dans notre salle commune.

— Fort bien. » La reine jeta un coup d'œil sur la cour. « Mais tout d'abord, nous souhaiterions nous entretenir avec la dame Mélisandre.

— Bien entendu, Votre Grâce. Elle a ses appartements dans la tour du Roi, également. Par ici, si vous voulez bien. » La reine Selyse hocha la tête, prit sa fille par la main et permit qu'il les guidât hors de l'écurie. Ser Axell, le banquier braavien et le reste de son groupe suivirent, comme autant de canetons bardés de laine et de fourrures.

« Votre Grâce, déclara Jon Snow, mes ouvriers ont fait tout leur possible pour préparer Fort Nox à vous recevoir... Une grande partie reste toutefois en ruine. C'est un vaste château, le plus grand sur le Mur, et nous n'avons réussi à en restaurer qu'une fraction. Vous auriez peut-être plus de confort à Fort-Levant. »

La reine Selyse renifla. « Nous en avons terminé avec Fort-Levant. Nous ne nous y sommes pas plu. Une reine doit être maîtresse sous son toit. Nous avons jugé que votre Cotter Pyke était un personnage vulgaire et désagréable, querelleur et ladre. »

Vous devriez entendre ce que Cotter dit de vous. « Je suis marri de l'entendre, mais je crains que Votre Grâce ne trouve les conditions à Fort Nox encore moins à son goût. Nous parlons d'une forteresse, et non d'un palais. Un lieu sinistre, et froid. Tandis que Fort-Levant...

— Fort-Levant *n'est pas sûr.* » La reine posa une main sur l'épaule de sa fille. « Voici l'héritière légitime du roi. Un jour, Shôren siégera sur le Trône de Fer et gouvernera les Sept Couronnes. On doit la protéger de tout, et c'est à Fort-Levant que se portera l'attaque. Ce Fort Nox est l'endroit que mon époux a élu pour siège, et c'est là que nous résiderons. Nous... *oh !* »

Une ombre énorme émergea de derrière la carcasse de la tour du lord Commandant. La princesse Shôren poussa un hurlement et trois des chevaliers de la reine eurent de concert le souffle perceptiblement coupé. Un autre jura. « *Que les Sept nous préservent* », dit-il, oubliant tout à fait son nouveau dieu rouge sous l'empire du choc.

« Ne craignez rien, enjoignit Jon. Il n'est pas dangereux, Votre Grâce. Voici Wun Wun.

— Wun Weg Wun Dar Wun. » La voix du géant gronda comme un quartier de roc dévalant un flanc de montagne. Il tomba à genoux devant eux. Même agenouillé, il les dépassait. « À genoux reine. Petite reine. » Des paroles que lui avait apprises Cuirs, sans aucun doute.

Les yeux de la princesse Shôren devinrent aussi grands que des assiettes à soupe. « C'est un *géant* ! Un véritable géant, comme dans les contes. Mais pourquoi parle-t-il d'une si drôle façon ?

— Il ne connaît pour l'instant que quelques mots de la Langue Commune, expliqua Jon. Dans leur propre pays, les géants emploient la Vieille Langue.

— Puis-je le toucher ?

— Il vaudrait mieux éviter, la mit en garde sa mère. Regarde-le. Quelle créature crasseuse. » La reine tourna son expression de déplaisir vers Jon. « Lord Snow, que fait cette chose bestiale de notre côté du Mur ?

— Wun Wun est un hôte de la Garde de Nuit, comme vous. »

La réponse n'eut pas l'heur de plaire à la reine. Ni à ses chevaliers. Ser Axell grimaça d'un air dégoûté, ser Brus gloussa avec nervosité, ser Nabert commenta : « On m'avait raconté que tous les géants étaient morts.

— Presque tous. » *Ygrid les a pleurés.*

« Dans le noir, les géants dansent. » Bariol traîna des pieds en un grotesque pas de gigue. « Je sais, je sais, hé hé hé. » À Fort-Levant, quelqu'un lui avait cousu une cape bigarrée en peaux de castor, toisons de mouton et fourrures de lapin. Son couvre-chef s'enorgueillissait d'andouillers d'où se balançaient des clarines et de longs rabats en fourrure d'écureuil, qui lui pendaient sur les oreilles. Chacun de ses pas le faisait tintinnabuler.

Wun Wun le regarda, bouche bée de fascination, mais, quand le géant tendit la main vers lui, le fou recula d'un bond, en sonnaillant. « Oh non, oh non, oh non ! » Le mouvement fit se redresser le géant d'un sursaut. La reine se saisit de la princesse Shôren pour la haler en arrière, ses chevaliers portèrent la main à leurs épées et, dans son alarme, Bariol pivota, perdit pied et tomba le cul dans une pile de neige.

Wun Wun se mit à rire. Le rire d'un géant aurait ridiculisé le rugissement d'un dragon. Bariol se couvrit les oreilles, la princesse Shôren enfouit son visage dans les fourrures de sa mère et le plus hardi des chevaliers de la reine s'avança, l'acier à la main. Jon leva un bras pour lui barrer le passage. « Vous avez *tout intérêt* à ne pas le mettre en colère. Rengainez votre acier, ser. Cuirs, ramène Wun Wun à Hardin.

— Manger main'nant, Wun Wun ? demanda le géant.

— Manger maintenant », acquiesça Jon. À Cuirs, il annonça : « Je vais faire envoyer un boisseau de légumes pour lui, et de la viande pour toi. Allume un feu. »

Cuirs grimaça un sourire. « Je vais le faire, m'sire, mais Hardin est froide comme un os. Peut-être pourriez-vous faire envoyer du vin pour nous réchauffer, m'sire ?

— Pour toi. Pas pour lui. » Wun Wun n'avait jamais goûté de vin avant de venir à Châteaunoir, mais, depuis lors, il y avait pris goût. *Beaucoup trop.* Jon avait pour l'heure assez de soucis sans ajouter un géant ivre au brouet. Il se retourna vers les chevaliers de la reine. « Le seigneur mon père avait coutume de dire qu'un homme ne devrait jamais tirer son épée à moins d'avoir l'intention de s'en servir.

— J'en avais bien l'intention. » Le chevalier était rasé de près et cuit au soleil ; sous une cape de fourrure blanche, il portait un surcot en tissu d'argent frappé d'une étoile bleue à cinq pointes. « Je m'étais laissé dire que la Garde de Nuit protégeait le royaume contre de tels monstres. Personne n'avait parlé de les garder comme animaux familiers. »

Encore un imbécile de chevalier sudier. « Et vous êtes… ?

— Ser Patrek du Mont-Réal, ne vous déplaise, messire.

— Je ne sais comment l'on observe les droits des invités sur votre mont, ser. Dans le Nord, nous les tenons pour sacrés. Wun Wun est un hôte, ici. »

Ser Patrek sourit. « Dites-moi, lord Commandant, si les Autres se présentaient, avez-vous prévu de leur offrir également l'hospitalité ? » Le chevalier se tourna vers sa reine. « Votre Grâce, la tour du Roi est là-bas, si je ne me trompe pas. Puis-je avoir l'honneur ?

— Comme vous voudrez. » La reine lui prit le bras et passa devant les hommes de la Garde de Nuit sans leur accorder un regard de plus.

Ces flammes sur sa couronne sont son trait le plus chaleureux. « Lord Tycho, appela Jon. Un moment, s'il vous plaît. »

Le Braavien s'arrêta. « Je ne suis point lord. Rien qu'un humble serviteur de la Banque de Fer.

— Cotter Pyke m'informe que vous êtes arrivé à Fort-Levant avec trois navires. Une galéasse, une galère et une cogue.

— C'est cela même, messire. La traversée peut être périlleuse en cette saison. Un seul navire pourrait sombrer, alors que trois ont la ressource de se secourir mutuellement. La Banque de Fer agit toujours avec prudence en de telles entreprises.

— Peut-être avant votre départ pourrions-nous avoir un entretien en particulier ?

— Je suis à votre service, lord Commandant. Et à Braavos, nous avons coutume de dire qu'aucun moment ne vaut le présent. Cela vous convient-il ?

— Cela en vaut bien un autre. Voulez-vous m'accompagner dans mes appartements, ou souhaitez-vous voir le sommet du Mur ? »

Le banquier leva les yeux, vers l'endroit où la glace s'érigeait, vaste et pâle contre le ciel. « Je crains qu'il ne fasse un froid cruel, au sommet.

— En effet, et beaucoup de vent aussi. On apprend à marcher à bonne distance du bord. Des hommes ont été emportés par le vent. Quoi qu'il en soit. Le Mur n'a pas d'équivalent sur terre. Vous n'aurez peut-être jamais une autre occasion de le voir.

— Sans nul doute, je me repentirai de ma prudence sur mon lit de mort, mais, après une longue journée en selle, une pièce chauffée me paraît préférable.

— Mes appartements, donc. Satin, du vin chaud, si tu veux bien. »

Les appartements de Jon derrière l'armurerie, s'ils étaient assez tranquilles, n'étaient pas particulièrement douillets. Son feu s'était éteint depuis un moment ; Satin n'avait pas, pour l'alimenter, la diligence d'Edd-la-Douleur. Le corbeau de Mormont les accueillit par son glapissement de « Grain ! » Jon pendit sa cape. « Vous veniez rencontrer Stannis, est-ce bien cela ?

— C'est cela, messire. La reine Selyse nous a suggéré d'envoyer par corbeau un message à Motte-la-Forêt afin d'informer Sa Grâce que j'attendais son bon plaisir à Fort Nox. L'affaire dont je dois l'entretenir est trop délicate pour la confier à des missives.

— Des dettes. » *Qu'est-ce que cela pourrait être d'autre ?* « Les siennes ? Ou celles de son frère ? »

Le banquier pressa ses doigts ensemble. « Il ne serait pas convenable que je discute de l'existence ou de l'absence d'une dette de lord Stannis. Quant au roi Robert… nous avons en effet eu le plaisir d'assister Sa Grâce dans son besoin. Tant que Robert vivait, tout allait bien. À présent, toutefois, le Trône de Fer a cessé tout remboursement. »

Les Lannister pourraient-ils vraiment être aussi sots ? « Vous n'avez tout de même pas l'intention de tenir Stannis responsable des dettes de son frère.

— Les dettes s'attachent au Trône de Fer, déclara Tycho, et c'est l'occupant de ce siège qui doit les payer. Puisque le jeune roi Tommen et ses conseillers manifestent tant de réticence, nous avons l'intention d'aborder le sujet avec le roi Stannis. S'il se révélait plus digne de notre confiance, nous aurions bien entendu grand plaisir à lui prêter toute l'aide dont il a besoin.

— *Aide*, criailla le corbeau. *Aide, aide, aide.* »

Jon avait subodoré une grande partie de tout ceci dès l'instant où il avait appris que la Banque de Fer dépêchait au Mur un émissaire. « Aux dernières nouvelles, Sa Grâce avançait sur Winterfell afin d'affronter lord Bolton et ses alliés. Vous pouvez l'y aller chercher si vous le désirez, mais cela comporte des risques. Vous pourriez vous retrouver mêlé à sa guerre. »

Tycho inclina son chef. « Nous qui servons la Banque de Fer affronterons la mort tout aussi souvent que vous qui servez le Trône de Fer. »

Est-ce donc là qui je sers ? Jon Snow n'en était plus très sûr. « Je peux vous fournir des chevaux, des provisions et des guides, tout le nécessaire pour vous conduire jusqu'à Motte. De là, vous devrez vous arranger vous-même pour rejoindre Stannis. » *Et vous risquez bien de trouver sa tête au bout d'une pique.* « Cela aura un prix.

— *Prix*, glapit le corbeau de Mormont. *Prix, prix.*

— Il y a toujours un prix, n'est-ce pas ? » Le Braavien eut un sourire. « Que demande la Garde ?

— Vos vaisseaux, pour commencer. Avec leurs équipages.

— Tous les trois ? Comment regagnerai-je Braavos ?

— Je n'aurai besoin d'eux que pour un seul voyage.

— Un voyage périlleux, j'imagine. *Pour commencer*, disiez-vous ?

— Nous avons également besoin d'un prêt. Assez d'or pour nous nourrir jusqu'au printemps. Pour acheter des vivres et louer les vaisseaux qui nous les apporteront.

— Au printemps ? » Tycho poussa un soupir. « Ce n'est pas possible, messire. »

Que lui avait donc dit Stannis ? *Vous marchandez comme une vieillarde avec un cabillaud, lord Snow. Ned Stark vous aurait-il enfanté avec une poissonnière ?* Peut-être, qui savait ?

Il fallut le plus gros d'une heure pour que l'impossible devînt possible, et une heure encore avant qu'ils s'accordassent sur les conditions. La carafe de vin chaud qu'avait apportée Satin les aida à régler les points les plus épineux. Le temps que Jon Snow signât le parchemin qu'avait établi le Braavien, tous deux étaient à demi ivres et fort mécontents. Jon jugeait que c'était bon signe.

Les trois navires braaviens porteraient la flotte de Fort-Levant à onze bâtiments, en comptant le baleinier ibbénien réquisitionné par Cotter Pyke sur l'ordre de Jon, une galère de commerce de Pentos enrôlée de même, et trois vaisseaux de guerre lysiens malmenés, vestiges de l'ancienne flotte de Sladhor Saan drossés vers le Nord par les tempêtes d'automne. Les trois navires de Saan avaient eu un sérieux besoin de radoub, mais l'ouvrage devait être désormais terminé.

Onze navires, ce n'était pas assez prudent, mais s'il attendait davantage, le peuple libre serait mort quand la flotte de secours arriverait à Durlieu. *Prends la mer à présent, ou pas du tout.* Savoir si la mère Taupe et son peuple seraient assez désespérés pour confier leur vie à la Garde de Nuit, en revanche…

Le jour avait décliné quand Tycho et lui quittèrent ses appartements. La neige avait commencé à tomber. « Notre répit aura été bref, dirait-on. » Jon serra plus étroitement sa cape contre lui.

« L'hiver est presque sur nous. Le jour où j'ai quitté Braavos, il y avait de la glace sur les canaux.

— Trois de mes hommes sont passés par Braavos, il n'y a pas longtemps, lui confia Jon. Un vieux mestre, un chanteur et un jeune intendant. Ils escortaient à Villevieille une jeune sauvageonne et son enfant. Je suppose que vous ne les auriez pas vus, par le plus grand des hasards ?

— Je crains que non, messire. Des Ouestriens traversent chaque jour Braavos, mais la plupart arrivent et partent du port du Chiffonnier. Les vaisseaux de la Banque de Fer s'amarrent au port Pourpre. Si vous le souhaitez, je peux me renseigner sur leur sort quand je rentrerai chez moi.

— Inutile. Ils devraient déjà être rendus sains et saufs à Villevieille.

— Espérons-le. Le détroit est périlleux à cette époque de l'année, et dernièrement de troublants rapports ont fait état de navires étranges, parmi les Degrés de Pierre.

— Sladhor Saan ?

— Le pirate lysien ? On raconte qu'il serait de retour dans ses parages habituels, c'est exact. Et la flotte de guerre de lord Redwyne se faufile également par le Bras Cassé. Pour rentrer chez elle, certainement. Mais ces hommes et leurs navires sont connus de nous. Non, ces autres voiles… venues de plus loin à l'est, peut-être… On entend de curieuses histoires de dragons.

— Si seulement nous en avions un ici. Un dragon pourrait un peu réchauffer la situation.

— Vous plaisantez, messire. Vous me pardonnerez de ne pas rire. À Braavos, nous descendons de ceux qui ont fui Valyria et le courroux de ses seigneurs dragons. Nous ne plaisantons pas sur le chapitre des dragons. »

Non, je suppose. « Toutes mes excuses, lord Tycho.

— Elles ne sont pas nécessaires, lord Commandant. Voilà que je m'aperçois que j'ai faim. Prêter d'aussi importantes quantités d'or ouvre l'appétit. Auriez-vous la bonté de m'indiquer le chemin de votre salle à manger ?

— Je vais vous y accompagner personnellement. » Jon tendit la main. « Par ici. »

Une fois sur place, ne pas rompre le pain avec le banquier aurait manqué de courtoisie, aussi Jon envoya-t-il Satin leur chercher un repas. La tentation de voir des nouveaux venus avait attiré pratiquement tous les hommes qui n'étaient pas de quart ou en train de dormir, et la cave était bondée et chaude.

La reine elle-même était absente, de même que sa fille. Sans doute en ce moment même s'installaient-elles dans la tour du Roi. Mais ser Brus et ser Malegorn étaient présents, régalant l'assemblée des frères de nouvelles de Fort-Levant et d'au-delà de la mer. Trois dames de la reine étaient assises en un groupe, servies par leurs demoiselles de compagnie et une douzaine d'admirateurs de la Garde de Nuit.

Plus près de la porte, la Main de la Reine s'attaquait à une paire de chapons, curant la viande sur les os et arrosant de bière chaque bouchée. Lorsqu'il aperçut Jon Snow, Axell Florent envoya promener son os, s'essuya la bouche du revers de la main et approcha d'un pas dégagé. Avec ses jambes arquées, son torse en barrique et ses oreilles proéminentes, il présentait un aspect comique, mais Jon se gardait bien de rire de lui. Cet oncle de la reine Selyse avait été parmi les premiers à la suivre et à accepter le dieu rouge de Mélisandre. *S'il n'est pas un fratricide, il est ce qui en est le plus proche.* Le frère d'Axell Florent avait été brûlé par Mélisandre, l'avait informé mestre Aemon. Pourtant, ser Axell avait fait tant et moins pour s'y opposer. *Quelle sorte d'homme peut rester sans bouger, en regardant son propre frère brûler vif ?*

« Nestoris, salua Axell, et le lord Commandant. Puis-je me joindre à vous ? » Il se posa sur le banc avant qu'ils aient pu répondre. « Lord Snow, si je puis vous poser la question… cette princesse sauvageonne dont Sa Grâce le roi Stannis nous a parlé dans ses lettres… où peut-elle bien se trouver, messire ? »

À de longues lieues d'ici, se dit Jon. *Si les dieux sont bons, elle devrait déjà avoir rejoint Tormund Fléau-d'Ogres.* « Val est la sœur cadette de Della, qui était l'épouse de Mance Rayder et la mère de son fils. Le roi Stannis a capturé Val et l'enfant après la mort en couches de Della, mais elle n'est pas princesse, pas au sens où vous l'entendez. »

Ser Axell haussa les épaules. « Peu importe ce qu'elle est. À Fort-Levant, les hommes disaient la drôlesse accorte. J'aimerais en juger de mes propres yeux. Il y a de ces sauvageonnes, ma foi, qu'un homme se devrait de retourner pour pouvoir accomplir son devoir conjugal. Ne vous déplaise, lord Commandant, produisez-la, que nous lui jetions un coup d'œil.

— Ce n'est pas un cheval qu'on présente à l'inspection, ser.

— Je promets de ne pas lui compter les dents. » Florent eut un sourire. « Oh, ne craignez rien, je la traiterai avec toute la déférence qui lui est due. »

Il sait que je ne l'ai pas. Il n'y a pas de secrets, dans un village, et pas davantage à Châteaunoir. Si l'absence de Val n'était pas ouvertement évoquée, certains hommes savaient, et dans la salle commune, le soir, les frères parlaient. *Qu'a-t-il entendu dire ?* se demanda Jon. *Qu'en croit-il ?* « Pardonnez-moi, ser, mais Val ne nous rejoindra pas.

— J'irai la voir. Où gardez-vous la drôlesse ? »

Loin de toi. « Quelque part, en sécurité. Il suffit, ser. »

Le visage du chevalier s'assombrit. « Messire, auriez-vous oublié qui je suis ? » Son haleine sentait la bière et les oignons. « Dois-je parler à la reine ? Un mot de Sa Grâce et je puis faire livrer cette sauvageonne nue dans la grande salle pour notre inspection. »

Le tour de force serait joli, même pour une reine. « La reine n'abuserait jamais ainsi de notre hospitalité, répliqua Jon en espérant dire vrai. À présent, je crains de devoir prendre congé, avant que de manquer à mes devoirs d'hôte. Lord Tycho, je vous prie de m'excuser.

— Mais bien sûr, fit le banquier. Ce fut un plaisir. »

Dehors, la neige tombait de plus en plus lourdement. De l'autre côté de la cour, la tour du Roi s'était muée en une ombre massive, les chutes de neige masquant les lumières à ses fenêtres.

De retour dans ses appartements, Jon trouva le corbeau du Vieil Ours perché sur le dossier du fauteuil de chêne et de cuir, derrière la table sur tréteaux. L'oiseau commença à réclamer à manger à grands glapissements, dès l'instant où Jon entra. Dans le sac à côté de la porte, ce dernier prit une poignée de grains séchés et il les sema sur le sol, puis s'empara du fauteuil.

Tycho Nestoris avait laissé derrière lui un exemplaire de leur accord. Jon le lut trois fois. *Ça a été facile*, jugea-t-il. *Plus simple que je n'osais l'espérer. Plus simple que ça n'aurait dû.*

Il en tirait une sensation de malaise. Les subsides braaviens permettraient à la Garde de Nuit d'acheter au Sud de la nourriture quand leurs propres réserves s'épuiseraient, assez de provisions pour tenir jusqu'au terme de l'hiver, quelle que fût sa longueur. *Un hiver long et rigoureux endettera si profondément la Garde que nous ne nous en sortirons jamais*, se remit Jon en tête, *mais si le choix balance entre les dettes et la mort, mieux vaut emprunter.*

Ce qui ne signifiait pas que cela lui plaisait pour autant. Et au printemps, quand viendrait l'heure de rembourser tout cet or, cela lui plairait encore moins. Tycho Nestoris lui avait donné l'impression d'être un homme cultivé et courtois, mais la Banque de Fer de Braavos avait une réputation redoutable en matière de collecte des dettes. Chacune des neuf Cités libres possédait une banque, voire plus pour certaines, qui se disputaient chaque pièce comme des chiens autour d'un os, mais la Banque de Fer était plus riche et plus puissante que toutes les autres combinées. Lorsque des princes n'honoraient pas leurs dettes auprès des banques mineures, les banquiers ruinés vendaient femmes et enfants comme esclaves et s'ouvraient les veines. Lorsque des princes ne pouvaient rembourser la Banque de Fer, de nouveaux princes surgissaient de nulle part pour leur ravir le trône.

Comme ce pauvre Tommen tout dodu va peut-être le découvrir sous peu. Sans nul doute, les Lannister avaient de bonnes raisons pour refuser d'honorer les dettes du roi Robert, mais cela restait néanmoins une folie. Si Stannis n'avait pas la nuque trop raide pour accepter leurs conditions, les Braaviens lui fourniraient tout l'or et l'argent dont il aurait besoin, une somme suffisante pour acheter une douzaine de compagnies d'épées-louées, graisser la patte de cent lords, continuer à payer, nourrir, vêtir et armer ses hommes. *Sauf si Stannis gît mort sous les remparts de Winterfell, il vient peut-être de remporter le Trône de Fer.* Il se demanda si *cela*, Mélisandre l'avait vu dans ses feux.

Jon s'enfonça dans son fauteuil, bâilla, s'étira. Demain, il rédigerait des ordres pour Cotter Pyke. *Onze vaisseaux pour Durlieu. Ramenez-en autant que vous pourrez, les femmes et les enfants d'abord.* Il était temps qu'ils hissent la voile. *Devrais-je y aller moi-même, cependant, ou laisser Cotter s'en charger ?* Le Vieil Ours avait pris la tête d'une patrouille. *Oui-da. Et il n'en était jamais revenu.*

Jon ferma les yeux. Rien qu'un moment...

... et s'éveilla, raide comme une planche, avec le corbeau du Vieil Ours qui grommelait « Snow, Snow » et Mully qui le secouait. « M'sire, on vous demande. Vous d'mande pardon, m'sire. On a trouvé une fille.

— Une fille ? » Jon se rassit, se frottant les yeux du revers des deux mains pour chasser le sommeil. « Val ? Est-ce que Val est revenue ?

— Pas Val, m'sire. C'est d'ce côté du Mur, là. »

Arya. Jon se redressa. Ce devait être elle.

« Fille, hurla le corbeau. *Fille, fille.*

— Ty et Dannel l'ont rencontrée à deux lieues au sud d'La Mole. I' traquaient des sauvageons qu'ont décampé sur la route

Royale. Ils les ont ram'nés aussi, et pis après, i' tombent sur la fille. Elle est d'la haute, m'sire, et elle vous demande.

— Combien, avec elle ? » Il alla à sa cuvette, s'éclaboussa d'eau le visage. Dieux, mais qu'il était fatigué.

« Aucun, m'sire. L'arrive toute seule. Son cheval était crevé sous elle. Rien qu'la peau et les côtes, y avait, boiteux et tout écumant. I' l'ont détaché et zont amené la fille pour l'interroger. »

Une fille grise sur un cheval agonisant. Les feux de Mélisandre n'avaient pas menti, semblait-il. Mais qu'étaient devenus Mance Rayder et ses piqueuses ? « Où est la fille, à présent ?

— Dans les appartements de mestre Aemon, m'sire. » Les hommes de Châteaunoir les appelaient encore ainsi, alors qu'à cette heure-ci, le vieux mestre devait être bien au chaud, sain et sauf à Villevieille. « La fille, l'était bleue d'froid, elle tremblait comme tout, alors Ty, l'a voulu que Clydas y jette un coup d'œil.

— C'est bien. » Jon avait l'impression d'avoir retrouvé ses quinze ans. *Petite sœur.* Il se leva et endossa sa cape.

La neige tombait toujours quand il traversa la cour avec Mully. Une aube dorée se levait à l'est, mais, à la fenêtre de lady Mélisandre dans la tour du Roi, une lueur rougeâtre continuait de danser. *Elle ne dort donc jamais ? À quel jeu joues-tu, prêtresse ? Avais-tu confié à Mance une autre tâche ?*

Il voulait croire que ce serait Arya. Il voulait revoir son visage, lui sourire et lui ébouriffer les cheveux, lui dire qu'elle était en sécurité. *Mais elle ne le sera pas. Winterfell est incendiée et détruite, il n'y a plus de lieux sûrs.*

Il ne pouvait pas la garder ici avec lui, malgré toute l'envie qu'il en avait. Le Mur n'était pas un lieu pour une femme, et encore moins pour une jeune fille de noble naissance. Pas question non plus de la confier à Stannis ou à Mélisandre. Le roi ne songerait qu'à la marier avec un de ses hommes, Horpe ou Massey ou Godry Mort-des-Géants, et seuls les dieux savaient à quel usage la femme rouge pourrait vouloir l'employer.

La meilleure solution qu'il vît consistait à l'expédier à Fort-Levant, en demandant à Cotter Pyke de la placer sur un navire en partance pour quelque part, de l'autre côté de la mer, hors d'atteinte de tous ces rois querelleurs. On devrait attendre que tous les navires soient revenus de Durlieu, bien entendu. *Elle pourrait rentrer à Braavos avec Tycho Nestoris. Peut-être la Banque de Fer pourrait-elle aider à trouver une noble famille pour la recueillir.* Braavos était la Cité libre la plus proche, cependant... Ce qui rendait le choix à la fois le meilleur et le pire.

Lorath ou Port-Ibben pourraient être plus sûrs. Où qu'il l'envoie, cependant, Arya aurait besoin d'argent pour vivre, d'un toit au-dessus de sa tête, de quelqu'un pour la protéger. Ce n'était qu'une enfant.

Les anciens appartements de mestre Aemon étaient si chauds que le subit nuage de buée quand Mully ouvrit la porte suffit à les aveugler tous les deux. À l'intérieur, un nouveau feu flambait dans l'âtre, les bûches crépitant et crachotant. Jon enjamba une jonchée de vêtements trempés. « *Snow, Snow, Snow* », croas-sèrent d'en haut les corbeaux. La fille était recroquevillée près du feu, enveloppée dans une cape de laine noire trois fois plus vaste qu'elle, et elle dormait à poings fermés.

Elle ressemblait assez à Arya pour faire hésiter Jon, mais un instant seulement. Une fille de grande taille, maigre et dégingan-dée, toute en jambes et en coudes, aux cheveux bruns noués en une tresse épaisse et retenus par des bandelettes de cuir. Elle avait un visage allongé, un menton pointu, de petites oreilles.

Mais elle était trop vieille, bien trop vieille. *Cette fille a presque mon âge.* « Est-ce qu'elle a mangé ? demanda Jon à Mully.

— Rien que du pain et un bouillon, messire. » Clydas se leva d'un fauteuil. « Il vaut mieux procéder lentement, comme disait toujours mestre Aemon. Un peu plus, et elle ne l'aurait peut-être pas digéré. »

Mully opina. « Dannel avait une des saucisses de Hobb et lui en a proposé une bouchée, mais elle en a pas voulu. »

Jon ne pouvait lui en faire grief. Les saucisses de Hobb se composaient de lard, de sel et d'ingrédients auxquels mieux valait ne pas trop réfléchir. « Peut-être devrions-nous la laisser se reposer. »

C'est alors que la fille se redressa, serrant la cape contre ses petits seins pâles. Elle parut désorientée. « Où... ?

— Châteaunoir, madame.

— Le Mur. » Ses yeux s'emplirent de larmes. « J'y suis arrivée. »

Clydas s'approcha. « Ma pauvre enfant. Quel âge avez-vous ?

— Seize ans à mon prochain anniversaire. Et je ne suis pas une enfant, mais une femme faite et fleurie. » Elle bâilla, couvrit sa bouche avec la cape. Un genou nu pointa à travers ses replis. « Vous ne portez pas de chaîne. Vous êtes un mestre ?

— Non, répondit Clydas. Mais j'ai été au service de l'un d'eux. »

C'est vrai qu'elle ressemble un peu à Arya, songea Jon. *Affamée et amaigrie, mais elle a des cheveux de la même couleur, et les yeux.* « On m'apprend que vous m'avez demandé. Je suis...

— ... Jon Snow. » La fille rejeta sa tresse en arrière. « Ma maison et la vôtre sont liées par le sang et l'honneur. Écoutez-moi, parent. Mon oncle Cregan est lancé à mes trousses. Vous ne devez pas le laisser me ramener à Karhold. »

Jon la dévisageait. *Je connais cette fille.* Il y avait *quelque chose* dans ses yeux, dans sa façon de se tenir, de parler. Un instant, le souvenir lui échappa. Puis lui revint. « Alys Karstark. »

Cela amena le fantôme d'un sourire aux lèvres de la fille. « Je n'étais pas sûre que vous vous souviendriez. J'avais six ans, la dernière fois que vous m'avez vue.

— Vous êtes venue à Winterfell avec votre père. » *Le père qu'a décapité Robb.* « Je ne me souviens plus pourquoi. »

Elle rougit. « Afin que je rencontre votre frère. Oh, il y avait un autre prétexte, mais c'était la raison véritable. J'avais presque le même âge que Robb, et mon père jugeait que nous pourrions faire un beau couple. Il y a eu un banquet. J'ai dansé avec vous et avec votre frère. Lui, il a été très courtois et m'a dit que je dansais très bien. Vous, vous avez été bourru. Mon père a dit qu'il fallait s'y attendre, avec un bâtard.

— Je me souviens. » Il ne mentait qu'à moitié.

« Vous êtes encore un peu bourru, dit la fille, mais je vous pardonne, si cela peut me sauver de mon oncle.

— Votre oncle... s'agirait-il de lord Arnolf ?

— Il n'est pas lord, répliqua Alys avec mépris. Le lord légitime est mon frère Harry et, par la loi, je suis son héritière. Une fille a préséance sur un oncle. L'oncle Arnolf est un simple gouverneur. En fait, c'est mon grand-oncle, l'oncle de *mon père*. Cregan est son fils. Je suppose que ça fait de lui mon cousin, mais nous l'avons toujours appelé oncle. Et à présent, ils se sont mis en tête de me le faire appeler époux. » Elle serra le poing. « Avant la guerre, j'étais promise à Daryn Corbois. Nous attendions simplement ma floraison pour nous marier, mais le Régicide a tué Daryn au Bois-aux-Murmures. Mon père m'a écrit qu'il me trouverait un lord sudier à épouser, mais il ne l'a jamais fait. Votre frère Robb lui a coupé la tête pour avoir tué des Lannister. » Sa bouche se tordit. « Il me semblait que la seule raison pour laquelle nous avions marché vers le Sud était de tuer des Lannister.

— Ce n'était pas... aussi simple. Lord Karstark a tué deux prisonniers, madame. Des garçons désarmés, des écuyers dans une cellule. »

Elle n'en parut pas surprise. « Mon père n'a jamais autant beuglé que le Lard-Jon, mais son ire n'en était pas moins dangereuse. Et il est mort, maintenant, lui aussi. Comme votre frère. Mais nous sommes encore en vie, vous et moi. Y a-t-il querelle de sang entre nous, lord Snow ?

— Quand un homme prend le noir, il laisse derrière lui ses querelles. La Garde de Nuit n'a aucune querelle avec Karhold, ni avec vous.

— Bien. Je craignais... J'ai supplié mon père de laisser un de mes frères comme gouverneur, mais aucun d'eux n'aurait voulu manquer la gloire et les rançons à remporter dans le Sud. À présent, Torr et Edd sont morts. Aux dernières nouvelles que nous avons eues, Harry était prisonnier à Viergétang, mais c'était il y a presque un an. Il se peut qu'il soit mort lui aussi. Je ne savais plus où me tourner, sinon vers le dernier fils d'Eddard Stark.

— Pourquoi pas le roi ? Karhold s'est déclaré pour Stannis.

— Mon *oncle* s'est déclaré pour Stannis, dans l'espoir de pousser les Lannister à prendre la tête de ce pauvre Harry. Si mon frère venait à périr, Karhold m'échoirait, mais mes oncles guignent mon héritage pour s'en emparer. Dès que Cregan m'aura fait un enfant, ils n'auront plus besoin de moi. Il a déjà enterré deux épouses. » Elle essuya une larme avec colère, comme Arya aurait pu le faire. « Voulez-vous m'aider ?

— Les affaires de mariages et d'héritages concernent le roi, madame. J'écrirai en votre nom à Stannis, mais... »

Alys Karstark éclata de rire, mais c'était un rire de découragement. « Écrivez, mais n'attendez point de réponse. Stannis sera mort avant que de recevoir votre message. Mon oncle y veillera.

— Que voulez-vous dire ?

— Arnolf se hâte vers Winterfell, certes, mais uniquement afin de planter son poignard dans le dos de votre roi. Il a depuis longtemps embrassé le parti de Roose Bolton... Pour l'or, la promesse d'un pardon et la tête de ce pauvre Harry. Lord Stannis court au massacre. Aussi ne peut-il m'aider, et ne le ferait point, même s'il le pouvait. » Alys s'agenouilla devant lui, agrippant la cape noire. « Vous êtes mon seul espoir, lord Snow. Au nom de votre père, je vous en supplie. Protégez-moi. »

LA PETITE AVEUGLE

Ses nuits étaient éclairées par des étoiles lointaines et le reflet du clair de lune sur la neige, mais à chaque aube elle s'éveillait aux ténèbres.

Elle ouvrit les yeux et fixa en aveugle le noir qui l'enveloppait, son rêve s'effaçant déjà. *Si beau.* Elle s'humecta les lèvres, en se souvenant. Le bêlement des moutons, la terreur dans les yeux du berger, le bruit produit par les chiens tandis qu'elle les tuait un par un, les grondements de sa meute. Le gibier était plus rare depuis les premières neiges, mais la nuit dernière ils avaient fait bombance. De l'agneau, du chien, du mouton et la chair d'un homme. Certains de ses petits cousins gris craignaient les hommes, même morts, mais pas elle. La viande était de la viande, et les hommes étaient du gibier. Elle était la louve des nuits.

Mais uniquement dans ses rêves.

La petite aveugle roula sur le côté, s'assit, se mit debout d'un bond, s'étira. Sa couche était un matelas bourré de chiffons sur un bat-flanc de pierre froide et elle était toujours courbatue et raide au réveil. Elle alla à sa cuvette, sur de petits pieds nus et calleux, silencieuse comme une ombre, s'aspergea le visage d'eau fraîche, puis s'essuya. *Ser Gregor,* ressassa-t-elle. *Dunsen, Raff Tout-Miel, ser Ilyn, ser Meryn, la reine Cersei.* Sa prière du matin. Vraiment ? *Non,* rectifia-t-elle, *pas la mienne. Je ne suis personne. c'est la prière de la louve des nuits. Un jour, elle les retrouvera, les traquera, humera leur peur, savourera leur sang. Un jour.*

Elle localisa son petit linge en tas, le renifla pour s'assurer que ses dessous étaient assez propres pour les porter, les enfila dans les ténèbres. Sa tenue de servante pendait à l'endroit où elle l'avait accrochée – une longue tunique en laine écrue rêche, qui grattait. Elle la fit claquer et l'enfila par-dessus sa tête en un seul mouvement fluide et exercé. Les bas passèrent en dernier. Un noir et un blanc. Le noir portait des points de couture tout en haut, le blanc aucun ; elle pouvait les différencier au toucher, s'assurer qu'elle enfilait chacun sur le bon pied. Si maigres qu'elles fussent, ses jambes avaient de la vigueur et du ressort, et s'allongeaient chaque jour. Elle s'en félicitait. Un danseur d'eau avait besoin de bonnes jambes. Beth l'aveugle n'était pas danseuse d'eau, mais elle ne serait pas éternellement Beth.

Elle connaissait le chemin des cuisines, mais son nez l'y aurait conduite, même dans le cas contraire. *Piments et poisson frit*, jaugea-t-elle, humant en remontant le couloir, *et du pain frais sorti du four d'Umma*. Ces fumets lui faisaient gronder l'estomac. La louve des nuits s'était repue, mais cela ne remplissait pas le ventre de la petite aveugle. La viande des rêves ne nourrissait pas, elle l'avait tôt appris.

Elle déjeuna de sardines, frites dans de l'huile de piment et servies si chaudes qu'on s'y brûlait les doigts. Elle sauça le fond d'huile avec un quignon de pain arraché à la miche matinale d'Umma et arrosa le tout d'un gobelet de vin coupé d'eau, savourant les goûts et les odeurs, le contact rugueux de la croûte du pain sous ses doigts, l'onctuosité de l'huile, la piqûre du piment quand il entra dans l'écorchure à demi guérie sur le dos de sa main. *Écoute, renifle, goûte, palpe*, se répéta-t-elle. *Il y a bien des façons de connaître le monde pour ceux qui ne voient pas.*

Quelqu'un était entré dans la pièce derrière elle, se déplaçant sur des sandales souples et matelassées dans un silence de souris. Les narines de l'aveugle se dilatèrent. *L'homme plein de gentillesse*. Les hommes avaient une odeur différente des femmes, et il y avait dans l'air un soupçon d'orange, au surplus. Le prêtre aimait à mâcher des écorces d'orange pour s'adoucir l'haleine, chaque fois qu'il en trouvait.

« Et qui es-tu, ce matin ? » l'entendit-elle demander, tandis qu'il prenait son siège en bout de table. *Tac-tac*, entendit-elle, puis un minuscule craquement. *Il casse son premier œuf.*

« Personne, répondit-elle.

— Mensonge. Je te connais. Tu es la petite mendiante aveugle.

— Beth. » Elle avait connu une Beth, autrefois, à Winterfell, quand elle était Arya Stark. Peut-être était-ce pour cela qu'elle avait choisi ce nom. Ou peut-être simplement parce qu'il se mariait si bien au mot *aveugle*.

« Pauvre enfant, dit l'homme plein de gentillesse. Voudrais-tu retrouver tes yeux ? Demande, et tu verras. »

Il posait chaque matin la même question. « Je les voudrai peut-être demain. Pas aujourd'hui. » Elle avait un visage d'eau dormante, qui cache tout et ne révèle rien.

« Comme tu voudras. » Elle l'entendit écaler l'œuf ; puis un léger tintement argentin quand il prit la cuillère à sel. Il aimait ses œufs bien salés. « Où ma pauvre petite aveugle est-elle allée mendier hier soir ?

— À l'auberge de L'Anguille verte.

— Et quelles sont les trois nouveautés que tu sais et que tu ne savais pas la dernière fois que tu nous as quittés ?

— Le Seigneur de la Mer est toujours malade.

— Ce n'est pas une nouveauté. Le Seigneur de la Mer était malade hier, et il le sera encore demain.

— Ou mort.

— Quand il sera mort, ce sera une nouveauté. »

Quand il sera mort, il faudra choisir, et alors, les couteaux sortiront. Ainsi en allait-il à Braavos. À Westeros, à un roi mort succédait son fils aîné, mais les Braaviens n'avaient pas de rois. « Tormo Fregar sera le nouveau Seigneur de la Mer.

— Est-ce là ce qu'on raconte à l'auberge de L'Anguille verte ?

— Oui. »

L'homme plein de gentillesse mordit dans son œuf. La fille l'entendit mastiquer. Il ne parlait jamais la bouche pleine. Il déglutit et dit : « Certains prétendent qu'il y a de la sagesse dans le vin. Ceux-là sont des imbéciles. Dans d'autres auberges, on murmure d'autres noms, n'en doute pas. » Il mordit de nouveau dans l'œuf, mastiqua, avala. « Quelles sont les trois nouveautés que tu *sais*, et que tu ne savais pas avant ?

— Je *sais* que certains *disent* que Tormo Fregar sera à coup sûr le prochain Seigneur de la Mer, répondit-elle. Des ivrognes.

— C'est mieux. Et que sais-tu d'autre ? »

Il neige sur le Conflans, à Westeros, faillit-elle répondre. Mais il lui aurait demandé comment elle le savait, et elle ne pensait pas qu'il apprécierait sa réponse. Elle se mordilla la lèvre, passant en revue la soirée de la veille. « La catin S'vrone porte un enfant. Elle n'est pas sûre du père, mais elle croit que ce pourrait être l'épée-louée tyroshie qu'elle a tuée.

— C'est bon à savoir. Quoi d'autre ?

— La Reine des Tritons a choisi une nouvelle Sirène pour remplacer celle qui s'est noyée. C'est la fille d'une servante des Prestayn, treize ans, désargentée, mais jolie.

— Elles le sont toutes, au départ, déclara le prêtre, mais tu ne peux savoir qu'elle est jolie, à moins de l'avoir vue de tes propres yeux, et tu n'en as pas. Qui es-tu, enfant ?

— Personne.

— Beth l'aveugle, la petite mendiante, voilà qui je vois. Une piètre menteuse, celle-là. Va effectuer tes tâches. *Valar morghulis.*

— *Valar dohaeris.* » Elle ramassa son bol et son gobelet, son couteau et sa cuillère, et se remit debout. En dernier lieu, elle empoigna son bâton. Il mesurait cinq pieds de long, était mince et souple, épais comme son pouce, avec du cuir pour envelopper la hampe à un pied du sommet. *Mieux que des yeux, une fois qu'on apprend à s'en servir*, lui avait assuré la gamine abandonnée.

C'était un mensonge. Ils lui mentaient souvent, pour la mettre à l'épreuve. Aucun bâton ne valait une paire d'yeux. Mais c'était un bon instrument à avoir, aussi le gardait-elle toujours près d'elle. Umma avait pris l'habitude de l'appeler la Canne, mais les noms n'avaient pas d'importance. Elle était elle. *Personne. Je ne suis personne. Rien qu'une petite aveugle, une servante de Celui-qui-a-Maints-Visages.*

Chaque soir, au repas, la gamine abandonnée lui apportait une coupe de lait en lui disant de l'avaler. La boisson avait un drôle de goût, une amertume que la petite aveugle avait vite appris à détester. Même la légère odeur qui la mettait en garde sur sa nature avant que le liquide touche sa langue lui donnait vite envie de vomir, mais elle vidait sa coupe quand même.

« Combien de temps dois-je rester aveugle ? demandait-elle.

— Jusqu'à ce que les ténèbres te soient aussi douces que la lumière, répondait la gamine abandonnée, ou jusqu'à ce que tu nous demandes tes yeux. Demande et tu verras. »

Et ensuite, vous me renverrez. Mieux valait être aveugle. Ils ne la feraient pas céder.

Le jour où elle s'était réveillée aveugle, elle avait été prise par la main par la gamine abandonnée et conduite par les caves et les tunnels du roc sur lequel était bâtie la Demeure du Noir et du Blanc, au sommet de degrés escarpés jusqu'au temple proprement dit. « Compte les marches en montant, lui avait recommandé la gamine. Laisse tes doigts effleurer le mur. Il y a des marques, là, invisibles à l'œil, mais claires au toucher. »

Ce fut sa première leçon. Il y en avait eu bien d'autres.

Les après-midi étaient consacrés aux poisons et aux potions. Elle avait l'odorat, le toucher et le goût pour l'aider, mais le toucher et le goût pouvaient être dangereux quand on pile des poisons et, avec certaines des concoctions les plus toxiques de la gamine, même l'odorat était rien moins que sûr. Les bouts de petit doigt brûlés et les cloques aux lèvres lui devinrent familiers et, un jour, elle s'était rendue si malade qu'elle n'avait pu garder de nourriture plusieurs jours durant.

Le dîner était dévolu aux cours de langues. La petite aveugle comprenait le braavien et le parlait de façon passable, elle avait même perdu la plus grosse partie de son accent barbare, mais l'homme plein de gentillesse n'était pas satisfait. Il insistait pour qu'elle améliorât son haut valyrien et apprît aussi les langues de Lys et de Pentos.

Le soir, elle jouait aux mensonges avec la gamine, mais sans yeux pour voir, le jeu était bien différent. Parfois, elle ne pouvait se fonder que sur le ton de la voix et sur le choix des mots ; d'autres fois, la gamine abandonnée l'autorisait à poser les mains sur son visage. Au début, le jeu était bien plus difficile, pratiquement impossible... Mais juste au moment où elle était prête à hurler de frustration, tout devint beaucoup plus facile. Elle apprit à *entendre* les mensonges, à les détecter dans le jeu des muscles autour de la bouche et des yeux.

Nombre de ses autres tâches n'avaient pas varié, mais en y vaquant, elle trébuchait contre les meubles, se cognait dans les murs, laissait choir les plateaux et se perdait totalement, irrémédiablement, à l'intérieur du temple. Une fois, elle avait failli basculer la tête la première dans l'escalier, mais dans une autre existence Syrio Forel lui avait enseigné l'équilibre, lorsqu'elle était la fille nommée Arya, et sans savoir comment, elle se reprit et se rattrapa à temps.

Certaines nuits, elle aurait pu s'endormir en pleurant, si elle avait encore été Arry, Belette ou Cat, ou même Arya de la maison Stark... Mais pour personne, pas de larmes. Sans yeux, même la tâche la plus simple devenait périlleuse. Vingt fois elle se brûla en travaillant avec Umma aux cuisines. Une fois, en coupant les oignons, elle s'entama le doigt jusqu'à l'os. À deux reprises, incapable de retrouver sa propre chambre dans la cave, elle dut dormir par terre, au pied des marches. Tous les recoins et les alcôves rendaient le temple traître, même après que la petite aveugle eut appris à utiliser ses oreilles ; la façon dont ses pas se répercutaient contre le plafond et résonnaient autour des jambes des trente hautes statues des dieux donnait l'impression que les murs eux-mêmes se mouvaient, et le bassin d'eau noire et immobile jouait également d'étranges tours avec le son.

« Tu as cinq sens, avait dit l'homme plein de gentillesse. Apprends à te servir des quatre autres, tu recevras moins d'estafilades, d'égratignures et de croûtes. »

Elle sentait désormais les courants d'air sur sa peau. Elle pouvait localiser les cuisines à l'odeur, différencier à leur parfum les hommes des femmes. Elle reconnaissait Umma, les serviteurs et les acolytes à la cadence de leurs pas, pouvait les distinguer les uns des autres avant qu'ils s'approchent assez pour les flairer (mais pas la gamine ou l'homme plein de gentillesse, qui ne faisaient presque aucun bruit, à moins de le vouloir). Les cierges qui brûlaient dans le temple avaient aussi leurs arômes ; même ceux qui n'étaient pas parfumés laissaient échapper de leurs mèches de légères fumerolles. Ils auraient tout aussi bien pu crier, une fois qu'elle eut appris à utiliser son nez.

Les morts aussi avaient leurs relents. Une des corvées de la petite aveugle consistait à les trouver dans le temple chaque matin, partout où ils avaient choisi de s'étendre et de fermer les yeux après avoir bu au bassin.

Ce matin-là, elle en découvrit deux.

Un homme était mort au pied de l'Étranger, une unique chandelle vacillant au-dessus de lui. La petite aveugle sentait sa chaleur, et l'odeur qu'elle dégageait lui chatouillait les narines. Le cierge, elle le savait, brûlait avec une flamme rouge sombre ; pour ceux qui avaient des yeux, le cadavre aurait paru baigné d'une lueur rubiconde. Avant d'appeler les serviteurs pour qu'ils l'emportent, elle s'agenouilla et palpa le visage du mort, suivant la ligne de sa mâchoire, caressant des doigts ses joues et son nez, touchant ses cheveux. *Des cheveux frisés et épais. Un visage séduisant, sans rides. Il était jeune.* Elle se demanda ce qui l'avait amené ici en quête du don de mort. Souvent, des spadassins agonisants prenaient le chemin de la Demeure du Noir et du Blanc pour hâter leur trépas, mais cet homme ne portait aucune blessure qu'elle pût détecter.

Le deuxième corps était celui d'une vieille femme. Elle s'était endormie sur une banquette de rêve, dans l'une des alcôves cachées où des cierges spéciaux invoquaient des visions de choses aimées et perdues. Une mort agréable, et douce, avait coutume de dire l'homme plein de gentillesse. Les doigts de la petite aveugle lui apprirent que la vieille avait expiré un sourire au visage. Elle n'était pas morte depuis longtemps. Son corps était encore tiède au contact. *Elle a la peau si douce, comme un vieux cuir mince qu'on a plié et ridé mille fois.*

Quand les serviteurs arrivèrent pour emporter le cadavre, la petite aveugle les suivit. Elle se laissa guider par le bruit de leurs pas, mais lorsqu'ils descendirent, elle compta. Elle connaissait par cœur le décompte de toutes les marches. Sous le temple existait un dédale de caves et de tunnels où même des hommes avec deux bons yeux se perdaient souvent, mais la petite aveugle en avait appris chaque pouce, et elle avait son bâton pour l'aider à retrouver son chemin, si sa mémoire devait être prise en défaut.

On étendit les cadavres dans la crypte. La petite aveugle se mit à l'ouvrage dans le noir, dépouillant les morts de leurs chaussures, vêtements et autres possessions, vidant leur bourse et comptant leurs pièces. Distinguer une pièce d'une autre au seul toucher était une des premières choses que lui avait enseignées la gamine, après qu'on lui eut ôté ses yeux. Les monnaies braaviennes étaient de vieilles amies ; elle n'avait besoin que de frôler du bout des doigts leur avers pour les reconnaître. Les pièces d'autres pays étaient plus difficiles, en particulier celles qui venaient de loin. Les honneurs volantains étaient les plus courants, de petites monnaies pas plus grosses qu'un sol, avec une couronne d'un côté et un crâne de l'autre. Les espèces lysiennes, ovales, représentaient une femme nue. D'autres pièces étaient frappées de navires, d'éléphants ou de chèvres. Celles de Westeros portaient une tête de roi sur l'avers et un dragon au revers.

La vieille n'avait pas de bourse, pas la moindre richesse, sinon un anneau à un doigt maigre. Sur le bel homme, elle trouva quatre dragons d'or de Westeros. Elle laissait courir le charnu de son pouce sur le plus usé, en essayant de décider quel roi il représentait, quand elle entendit la porte s'ouvrir doucement derrière elle.

« Qui va là ? demanda-t-elle.

— Personne. » La voix était grave, dure, froide.

Et se déplaçait. La petite aveugle fit un pas de côté, saisit son bâton et le leva sèchement pour se protéger le visage. Du bois claqua contre le bois. La force du coup faillit lui arracher le bâton des mains. Elle tint bon, frappa en retour... et ne rencontra que le vide à l'endroit où il aurait dû être. « Pas là, dit la voix. Tu es aveugle ? »

Elle ne répondit pas. Parler ne servirait qu'à brouiller les sons qu'il pouvait produire. Il se déplaçait, elle le savait. *À droite ou à gauche ?* Elle sauta sur la gauche, balança son bâton à droite, ne rencontra rien. Un cuisant coup de taille par-derrière la frappa à l'arrière des jambes. « Tu es sourde ? » Elle pivota, bâton à la main gauche, tournoyant, manquant son coup. Sur sa gauche elle entendit un bruit de rire. Elle frappa à droite.

Cette fois-ci, le coup porta. Son bâton choqua celui de l'homme. L'impact envoya une secousse dans le bras de la petite aveugle. « Bien », commenta la voix.

La petite aveugle ne savait pas à qui appartenait la voix. Un des acolytes, supposait-elle. Elle ne se souvenait pas avoir jamais entendu cette voix auparavant, mais qui pouvait dire si les serviteurs du dieu Multiface ne changeaient pas de voix aussi aisément que de visage ? À part elle, la Demeure du Noir et du Blanc abritait deux serviteurs, trois acolytes, Umma la cuisinière et les deux prêtres qu'elle avait baptisés la gamine abandonnée et l'homme plein de gentillesse. D'autres allaient et venaient, parfois par des issues secrètes, mais il n'y avait que ceux-là qui vivaient ici. Son ennemi pouvait être n'importe lequel d'entre eux.

La jeune fille fila sur un côté, son bâton virevoltant, entendit un son derrière elle, pivota dans cette direction et frappa le vide. Et tout de suite, son propre bâton se retrouva entre ses jambes, les embarrassant alors qu'elle tentait de tourner de nouveau, lui écorchant le tibia. Elle trébucha et tomba sur un genou, si durement qu'elle se mordit la langue.

Là, elle se figea. *Immobile comme la pierre. Où est-il ?*

Derrière elle, il rit. Il la tapa sèchement sur une oreille, puis lui frappa les phalanges alors qu'elle cherchait à se relever. Le bâton tomba à grand bruit sur la pierre. Elle poussa un sifflement de fureur.

« Vas-y. Ramasse-le. J'ai fini de te rosser pour aujourd'hui.

— Personne ne me rosse. » La fillette avança à quatre pattes jusqu'à ce qu'elle eût retrouvé son bâton, puis se remit debout d'un bond, meurtrie et sale. La crypte était immobile et silencieuse. Il avait disparu. Vraiment ? Il se tenait peut-être juste à côté d'elle sans qu'elle en sût rien. *Écoute sa respiration*, se dit-elle, mais il n'y avait rien. Elle laissa passer encore un moment, puis déposa son bâton et reprit son ouvrage. *Si j'avais mes yeux, je le laisserais en sang.* Un jour, l'homme plein de gentillesse les lui rendrait, et elle leur montrerait, à tous.

Le cadavre de la vieille était frais, à présent, le corps du spadassin raidissait. La fille avait l'habitude. Presque tous les jours, elle passait plus de temps avec les morts qu'avec les vivants. Ses amis du temps où elle était Cat des Canaux lui manquaient ; le vieux Brusco avec son mal de dos, ses filles, Talea et Brea, les histrions du *Navire*, Merry et ses putains au Havre-Heureux, toutes les autres fripouilles et canailles des quais. C'était par-dessus tout Cat elle-même qui lui manquait, plus encore que ses yeux. Elle avait aimé être Cat, plus qu'elle n'avait aimé être Saline, Pigeonneau, Belette ou Arry. *En tuant ce chanteur, j'ai tué Cat.* L'homme plein de gentillesse lui avait confié qu'ils lui auraient ôté ses yeux de toute façon, pour l'aider à apprendre à utiliser ses autres sens, mais pas avant six mois. Les acolytes aveugles étaient monnaie courante dans la Demeure du Noir et du Blanc, mais peu à un aussi jeune âge qu'elle. La fillette ne regrettait pas, cependant. Dareon était un déserteur de la Garde de Nuit ; il méritait de mourir.

Elle en avait dit autant à l'homme plein de gentillesse. « Tu es donc un dieu, pour décider de qui doit vivre et qui doit mourir ? lui demanda-t-il. Nous offrons le don à ceux qu'a marqués Celui-qui-a-Maints-Visages, après des prières et des sacrifices. Il en a toujours été ainsi, depuis le début. Je t'ai conté la fondation de notre ordre, la façon dont le premier d'entre nous a répondu aux prières des esclaves qui demandaient la mort. Au début, le don n'était accordé qu'à ceux qui le réclamaient... Mais un jour, le premier d'entre nous a entendu un esclave prier non pour sa propre mort, mais pour celle de son maître. Il la souhaitait avec une telle ferveur qu'il offrit tout ce qu'il possédait, afin que sa prière fût exaucée. Et il apparut à notre premier frère que ce sacrifice plairait à Celui-qui-a-Maints-Visages, si bien que cette nuit-là il exauça la prière. Ensuite, il alla voir l'esclave et lui dit : "Tu as offert tout ce que tu possédais pour la mort de cet homme, mais les esclaves ne possèdent rien d'autre que leur vie. Voilà ce que le dieu désire de toi. Pour le reste de tes jours sur cette terre, tu le serviras." Et dès lors, ils furent deux. » La main de l'homme se referma autour du bras de la petite aveugle, avec douceur, mais fermeté. « Tous les hommes doivent mourir. Nous ne sommes que les instruments de la mort, et non point la mort même. En tuant ce chanteur, tu t'es parée des pouvoirs de dieu. Nous tuons les hommes, mais nous n'avons pas la présomption de les juger. Comprends-tu ? »

Non, pensa-t-elle. « Oui, dit-elle.

— Tu mens. Et voilà pourquoi tu dois désormais marcher dans les ténèbres jusqu'à ce que tu trouves la voie. À moins que tu ne désires nous quitter. Il te suffit de demander, et tu pourras recouvrer tes yeux. »

Non, pensa-t-elle. « Non », dit-elle.

Ce soir-là, après dîner et une courte session à jouer aux mensonges, la petite aveugle attacha autour de sa tête une bande de chiffon pour cacher ses yeux inutiles, trouva son écuelle de mendiante et pria la gamine de l'aider à adopter le visage de Beth. La gamine lui avait rasé la tête quand ils lui avaient ôté les yeux ; une coupe de baladin, appelait-elle cela, car nombre d'acteurs agissaient de même afin que leurs perruques s'ajustassent mieux. Mais cela convenait aussi aux mendiants et aidait à préserver leur crâne des puces et des poux. Il lui fallait plus qu'une perruque, cependant. « Je pourrais te couvrir de plaies purulentes, annonça la gamine, mais ensuite, aubergistes et taverniers te chasseraient de leur pas de porte. » Elle la dota plutôt de cicatrices de vérole et d'une verrue de baladin sur une joue, avec un poil noir qui en saillait. « C'est laid ? voulut savoir l'aveugle.

— Ce n'est pas joli.

— Parfait. » Elle ne s'était jamais souciée d'être jolie, même quand elle était cette idiote d'Arya Stark. Seul son père l'avait ainsi qualifiée. *Lui, et Jon Snow, parfois.* Sa mère avait coutume de dire qu'elle *pourrait* être jolie si elle voulait bien se laver, se brosser les cheveux et prendre plus soin de sa mise, comme le faisait sa sœur. Pour sa sœur, les amis de sa sœur et tous les autres, elle avait simplement été Arya la Ganache. Mais ils étaient tous morts, désormais, même Arya, tout le monde sauf son demi-frère Jon. Certaines nuits, elle entendait parler de lui, dans les tavernes et les bordels du port du Chiffonnier. Le Bâtard Noir du Mur, l'avait appelé quelqu'un. *Même Jon ne reconnaîtrait jamais Beth l'aveugle, je parie.* Cette idée l'attrista.

Pour vêtements, elle portait des haillons, fanés et élimés ; des haillons chauds et propres, néanmoins. Par-dessous, elle cachait trois poignards – un dans une botte, un dans sa manche et un dans un fourreau au creux de ses reins. Dans l'ensemble, les Braaviens étaient un peuple obligeant, plus enclin à aider la pauvre petite aveugle qu'à lui vouloir du mal, mais il existait toujours des crapules qui verraient en elle une cible aisée pour un vol ou un viol. Les lames leur étaient réservées, bien que, jusqu'ici, la petite aveugle n'ait pas eu à y recourir. Une sébile de bois fendu et une corde de chanvre pour ceinture en complétaient sa tenue.

Elle s'en fut tandis que le Titan rugissait la venue du couchant et, au sortir de la porte du temple, descendit les marches en les comptant, puis elle tapota de sa canne jusqu'au pont qui lui fit franchir le canal vers l'île des Dieux. Elle sentait que le brouillard était épais à cette façon poisseuse qu'avaient ses vêtements de lui coller à la peau, et à l'humidité de l'air sur ses mains nues. Les brouillards de Braavos jouaient des tours bizarres avec les sons, elle l'avait découvert. *La moitié de la ville sera à moitié aveugle, cette nuit.*

Longeant les temples, elle entendit les acolytes de la Secte de la Sagesse étoilée au sommet de leur tour des visions, chantant aux étoiles du soir. Un filet de fumée aromatique était suspendu dans l'air, l'attirant par un trajet tortueux jusqu'à l'endroit où les prêtres rouges avaient allumé les grands braseros de fer, devant la demeure du Maître de la Lumière. Bientôt, elle perçut même la chaleur dans l'air, tandis que les fidèles de R'hllor le Rouge élevaient leurs voix en prières, psalmodiant : « *Car la nuit est sombre et pleine de terreurs.* »

Pas pour moi. Ses nuits étaient baignées de lune et remplies des chants de sa meute, avec le goût de la viande rouge arrachée à l'os, les odeurs chaudes et familières de ses cousins gris. Elle n'était seule et aveugle que pendant le jour.

Elle n'était pas étrangère au front de quai. Cat avait souvent arpenté les docks et les ruelles du port du Chiffonnier afin de vendre des huîtres, des palourdes et des coques pour Brusco. Avec son chiffon, son crâne rasé et son poireau, elle ne ressemblait plus à ce qu'elle avait été à l'époque, mais, par simple précaution, elle garda ses distances avec le Bateau et le Havre-Heureux, et les autres lieux où l'on avait bien connu Cat.

Elle identifiait chaque auberge et chaque taverne à son odeur. Le Chalandier noir sentait la saumure. Chez Pynto, ça empestait le vin aigre, le fromage puant et Pynto lui-même, qui ne changeait jamais de vêtements ni ne se lavait les cheveux. Au ravaudeur de voiles, l'air enfumé s'épiçait en permanence des arômes de la viande en train de rôtir. La Maison des sept lampes embaumait l'encens, Le Palais de satin le parfum de jolies donzelles qui rêvaient de devenir des courtisanes.

Chaque lieu avait aussi ses sons propres. Chez Moroggo et à l'auberge de L'Anguille verte, des chanteurs se produisaient presque chaque soir. À l'auberge du Proscrit, c'étaient les clients eux-mêmes qui se chargeaient des chansons, avec des voix avinées, en une cinquantaine de langues. La Maison des brumes était toujours envahie de perchistes descendus de leurs barques serpents, pour discuter des dieux et des courtisanes, et débattre si le Seigneur de la Mer était oui ou non un imbécile. Le Palais de satin était beaucoup plus paisible, un lieu de tendresses chuchotées, de doux froissements de robes en soie et de petits rires de filles.

Beth allait mendier dans un établissement différent chaque nuit. Elle avait vite appris qu'aubergistes et taverniers étaient plus enclins à tolérer sa présence si elle n'était pas un épisode fréquent. La nuit précédente, elle l'avait passée devant l'auberge de L'Anguille verte, aussi ce soir obliqua-t-elle à droite plutôt qu'à gauche après le pont Sanglant et se dirigea-t-elle vers chez Pynto à l'autre bout du port du Chiffonnier, juste en bordure de la Ville Noyée. Aussi gueulard et puant qu'il pût être, Pynto avait un cœur tendre derrière ses vêtements crasseux et ses éclats de voix. La plupart du temps, il la laissait entrer se mettre au chaud, si l'endroit n'était pas trop bondé et, à l'occasion, il lui donnait même un pichet de bière et une croûte à manger, tout en la régalant de ses histoires. Dans son jeune temps, Pynto avait été le plus notoire pirate des Degrés de Pierre, à l'entendre raconter les choses : il n'aimait rien tant que de discourir abondamment de ses exploits.

Elle avait de la chance, ce soir. La taverne était presque vide, et elle put s'attribuer un recoin tranquille pas loin du feu. À peine s'était-elle installée et avait-elle croisé les jambes que quelque chose vint lui frôler la cuisse. « Encore toi ? » s'exclama la petite aveugle. Elle lui gratta la tête derrière une oreille et le chat lui sauta sur les genoux et se mit à ronronner. Les chats pullulaient, à Braavos, et nulle part plus que chez Pynto. Le vieux pirate avait la conviction qu'ils lui portaient bonheur et débarrassaient sa taverne de la vermine. « Tu me connais, toi, hein ? » chuchota-t-elle. Les chats ne se laissaient pas abuser par des verrues d'histrion. Ils se souvenaient de Cat des Canaux.

La soirée fut bonne, pour la petite aveugle. Pynto, d'humeur joviale, lui offrit une coupe de vin coupé d'eau, un morceau de fromage puant et la moitié d'une tourte aux anguilles. « Pynto est un très brave homme », annonça-t-il, puis il s'installa pour lui raconter la fois où il s'était emparé de la cargaison d'épices, une histoire qu'elle avait déjà entendue une douzaine de fois.

Au fil des heures, la taverne se remplit. Pynto eut bientôt trop à faire pour lui accorder grande attention, mais plusieurs de ses clients réguliers laissèrent choir des pièces dans sa sébile de mendiante. D'autres tables étaient occupées par des étrangers : des baleiniers ibbéniens qui puaient le sang et la graisse, un duo de spadassins avec de l'huile parfumée dans les cheveux, un homme gras venu de Lorath qui se plaignit que les boxes de Pynto étaient trop étriqués pour sa panse. Et plus tard, trois Lysiens, des marins débarqués du *Grand-Cœur*, une galère ravagée par la tempête qui s'était traînée jusqu'à Braavos la veille au soir pour se voir saisie ce matin par les gardes du Seigneur de la Mer.

Les Lysiens choisirent la table la plus proche de l'âtre et discutèrent de façon discrète autour de godets de tafia noir goudron, parlant à voix basse pour n'être entendus de personne. Mais elle était Personne et elle en saisit presque chaque mot. Et un moment, il lui sembla aussi les voir, par les prunelles jaunes et fendues du matou qui ronronnait sur ses genoux. Il y avait un vieux et un jeune, et un qui avait perdu une oreille, mais tous trois avaient les cheveux blanc-blond et la peau lisse et claire de Lys, où le sang des anciennes Possessions gardait toute sa vigueur.

Le lendemain matin, quand l'homme plein de gentillesse lui demanda quelles étaient les trois nouvelles choses qu'elle savait et ne savait pas avant, elle était prête.

« Je sais pourquoi le Seigneur de la Mer a fait saisir le *Grand-Cœur*. Il transportait des esclaves. Des centaines, femmes et enfants, ligotés ensemble à fond de cale. » À Braavos, fondée par des esclaves en fuite, le commerce des esclaves était interdit.

« Je sais d'où venaient les esclaves. C'étaient des sauvageons de Westeros, d'un endroit appelé Durlieu. Un ancien site de ruines, maudit. » Sa vieille nourrice lui avait raconté les histoires sur Durlieu, à Winterfell, au temps où elle était encore Arya Stark. « Après la grande bataille où le Roi au-delà du Mur a été tué, les sauvageons se sont enfuis, mais une sorcière des bois leur a prédit que, s'ils allaient à Durlieu, des vaisseaux viendraient les transporter dans un lieu chaud. Pourtant, aucun navire n'est venu, excepté ces deux pirates lysiens, le *Grand-Cœur* et l'*Éléphant*, qu'une tempête avait poussés vers le Nord. Ils ont jeté l'ancre au large de Durlieu pour effectuer des réparations, et ils ont vu les sauvageons. Mais il y en avait des milliers et ils n'avaient pas de place pour tout le monde. Alors, ils ont décidé de ne prendre que les femmes et les enfants. Les sauvageons n'avaient plus rien à manger, aussi les hommes ont-ils envoyé leurs femmes et leurs filles. Mais dès que les navires ont été au large, les Lysiens les ont poussées à la cale et ligotées. Ils avaient l'intention de toutes les vendre à Lys. Seulement, ils ont croisé une autre tempête, et les vaisseaux ont été séparés. Le *Grand-Cœur* a été tellement endommagé que son capitaine n'a pas eu d'autre choix que de faire escale ici. L'*Éléphant*, lui, a peut-être réussi à rallier Lys. Les Lysiens de chez Pynto estimaient qu'il allait revenir avec d'autres navires. Le prix des esclaves grimpe, à les entendre, et il reste des milliers de femmes et d'enfants à Durlieu.

— C'est bon à savoir. Ça fait deux. Y en a-t-il une troisième ?

— Oui. Je sais que c'est vous qui m'avez frappée. » Son bâton fulgura et frappa les doigts de l'homme, envoyant le bâton de celui-ci valdinguer au sol.

Le prêtre fit la grimace et retira la main d'un geste vif. « Et comment une fillette aveugle pourrait-elle le savoir ? »

Je t'ai vu. « Je vous en ai donné trois. Je n'ai pas besoin de vous en donner quatre. » Peut-être demain lui parlerait-elle du chat qui l'avait suivie jusque chez elle la nuit dernière depuis chez Pynto, le chat qui se cachait sur les poutres, et les regardait d'en haut. *Peut-être pas, non.* S'il pouvait avoir des secrets, elle en aurait aussi.

Ce soir-là, Umma servit au dîner des crabes en croûte de sel. Quand on lui présenta sa coupe, la petite aveugle fronça le nez et la but en trois longues gorgées. Puis elle hoqueta et lâcha la coupe. Elle avait la langue en feu et, quand elle avala une coupe de vin, le brasier se propagea dans sa gorge et remonta dans ses narines.

« Le vin n'aidera pas, et l'eau ne fera qu'alimenter le feu, lui dit la gamine. Mange ça. » On lui pressa dans la main un quignon de pain. La petite aveugle n'en fit qu'une bouchée, mastiqua, avala. Cela aida. Un deuxième morceau aida davantage.

Et au matin, quand la louve des nuits la quitta et qu'elle ouvrit les yeux, elle vit une chandelle de suif brûler où il n'y avait pas de chandelle la veille au soir, sa flamme incertaine ondulant comme une putain au Havre heureux. Elle n'avait jamais rien vu d'aussi beau.

UN FANTÔME À WINTERFELL

On trouva le mort au pied de la chemise du rempart, la nuque brisée ; seule sa jambe gauche dépassait de la neige qui l'avait enseveli durant la nuit.

Si les chiennes de Ramsay ne l'avaient pas dégagé, il aurait pu rester enfoui jusqu'au printemps. Le temps que Ben-les-Os les fasse reculer, Jeyne la Grise avait tant dévoré du visage du mort que la moitié de la journée passa avant qu'ils aient une certitude sur son identité : un homme d'armes de quarante et quatre ans, monté au Nord avec Roger Ryswell. « Un ivrogne, déclara Ryswell. Il pissait du haut du mur, je parie. Il a glissé et il est tombé. » Personne ne le contredit. Mais Theon Greyjoy se demanda pourquoi l'on irait gravir les marches glissantes de neige jusqu'au chemin de ronde dans la nuit noire, juste pour pisser un coup.

Tandis que la garnison déjeunait ce matin-là de pain rassis frit dans la graisse de bacon (le bacon alla aux seigneurs et aux dames), on ne discuta guère d'autre chose que du cadavre, sur les bancs.

« Stannis a des amis à l'intérieur du château », Theon entendit un sergent marmonner. C'était un homme des Tallhart, un vieux avec trois arbres brodés sur un surcot plein d'accrocs. On venait de relever la garde. Des hommes arrivaient du froid, tapant des pieds pour décrocher la neige de leurs bottes et de leurs chausses tandis qu'on servait le repas de midi – du boudin, des poireaux et du pain bis tout chaud tiré des fours.

« Stannis ? s'esclaffa un des cavaliers de Roose Ryswell. Stannis étouffe sous les neiges, à l'heure qu'il est. À moins qu'il soit reparti au galop vers le Mur, sa queue gelée entre ses jambes.

— Il pourrait avoir dressé le camp à cinq pieds de nos murs avec cent mille hommes, commenta un archer aux couleurs de Cerwyn. On en verrait pas un seul, à travers c'te tempête. »

Interminable, incessante, impitoyable, la neige tombait jour et nuit. Des congères escaladaient les murs et comblaient les créneaux au long des remparts, de blancs édredons couvraient chaque toit, les tentes ployaient sous son poids. On tendait des cordes d'une salle à une autre pour aider les hommes à ne pas se perdre en traversant les cours. Les sentinelles se pressaient dans les tourelles de garde, afin de réchauffer leurs mains à demi gelées sur des braseros luisants, cédant le chemin de ronde aux sentinelles en neige dressées par les écuyers, qui devenaient chaque nuit plus grosses et plus étranges, au fur et à mesure que le vent et les éléments exerçaient sur elles leurs caprices. D'hirsutes barbes de glace descendaient le long des piques serrées dans leurs poings de neige. Hosteen Frey en personne, qu'on avait entendu bougonner qu'un peu de neige ne lui faisait pas peur, perdit une oreille à une engelure.

Les chevaux rassemblés dans les cours souffrirent le plus. Les couvertures jetées sur leur dos pour les garder au chaud s'imbibaient et gelaient si on ne les changeait pas souvent. Quand on alluma des feux pour tenir le froid en respect, ils causèrent plus de mal que de bien. Les palefrois craignaient le feu et se débattirent pour fuir, se blessant et blessant les autres montures qui se tordaient dans leurs lignes. Seules les bêtes dans les écuries étaient en sécurité au chaud, mais les écuries étaient déjà combles.

« Les dieux se sont retournés contre nous, entendit-on le vieux lord Locke déclarer dans la grande salle. Voici leur courroux. Un vent aussi froid que l'enfer lui-même et des chutes de neige qui ne s'arrêtent plus. Nous sommes maudits.

— C'est *Stannis*, le maudit, insista un homme de Fort-Terreur. C'est lui qui est là dehors, sous la tempête.

— Lord Stannis pourrait avoir plus chaud qu'on ne le pense, eut la sottise d'observer un franc-coureur. Sa sorcière sait invoquer le feu. Son dieu rouge fait peut-être fondre ces neiges. »

C'était une imprudence, Theon le sentit immédiatement. L'homme avait parlé trop fort et à portée de Dick le Jaune, d'Alyn le Rogue et de Ben-les-Os. Quand l'histoire parvint à lord Ramsay, il envoya ses Gars du Bâtard s'emparer de l'homme et l'entraîner dehors sous la neige. « Puisque tu sembles tant apprécier Stannis, nous allons t'envoyer vers lui », déclara-t-il. Damon Danse-pour-moi administra au franc-coureur quelques coups de son long fouet graissé. Puis, tandis que l'Écorcheur et Dick le Jaune pariaient sur le temps qu'il faudrait à son sang pour geler, Ramsay fit traîner l'homme jusqu'à la porte des remparts.

Les grandes portes principales de Winterfell étaient closes et barrées, et tellement prises par les glaces et la neige qu'il faudrait casser la carapace afin de libérer la herse, avant de pouvoir la lever. Il en allait à peu près de même avec la porte du Veneur, bien que là, au moins, la glace ne fût pas un problème, puisque la porte avait été récemment utilisée. Ce qui n'était pas le cas de la porte de la route Royale, et la glace avait saisi les chaînes du pont-levis qui étaient dures comme la pierre. Ce qui ne laissait que la porte des Remparts, une petite poterne en arche dans la chemise intérieure. À peine une demi-porte, en vérité. Elle possédait un pont-levis qui enjambait la douve prise par les glaces. Mais, faute de sortie correspondante à travers le rempart extérieur, elle n'offrait d'accès qu'à l'enceinte, et non point au monde au-delà.

Le franc-coureur ensanglanté, protestant toujours, fut transporté sur le pont et en haut de l'escalier. Là, l'Écorcheur et Alyn le Rogue l'empoignèrent par les bras et les jambes et le jetèrent du haut du mur vers le sol, quatre-vingts pieds plus bas. Les congères étaient montées si haut qu'elles avalèrent entièrement l'homme… Mais des archers sur le chemin de ronde affirmèrent l'avoir aperçu un peu plus tard, traînant une jambe cassée dans la neige. L'un d'eux lui empluma la croupe d'une flèche tandis que l'homme partait en se tortillant. « Il sera mort d'ici une heure, promit lord Ramsay.

— À moins qu'il ne pompe la queue de lord Stannis avant le coucher du soleil, riposta Pestagaupes Omble.

— Il lui faudra prendre garde à ne la point casser, s'esclaffa Rickard Ryswell. S'il y a par là un homme dans ces neiges, il doit avoir la queue gelée raide.

— Lord Stannis est égaré dans la tempête, commenta lady Dustin. Il se trouve à des lieues d'ici, en train de mourir, si ce n'est déjà fait. Que l'hiver fasse son œuvre. Encore quelques jours et les neiges les enseveliront, tant lui que son armée. »

Et nous par la même occasion, songea Theon, s'ébahissant de la folie de la dame. Lady Barbrey, étant du Nord, aurait dû y songer. Les anciens dieux écoutaient peut-être.

Le repas du soir se composa de gruau de pois et de pain de la veille, et cela excita également des murmures parmi les simples soldats ; au haut bout de la table, on voyait les lords et chevaliers dîner de jambon.

Theon était penché sur une écuelle de bois pour finir sa portion de pois, quand un léger contact sur son épaule lui fit lâcher sa cuillère. « Ne me touchez jamais », lança-t-il, se tordant vers le bas pour attraper l'ustensile par terre avant qu'une des filles de Ramsay puisse s'en emparer. « Ne me touchez *jamais*. »

Elle s'assit à côté de lui, trop près, encore une lavandière d'Abel. Celle-ci était jeune, quinze ans, seize peut-être, avec une crinière de cheveux blonds qui aurait eu besoin d'un bon lavage, et une paire de lèvres boudeuses qui auraient eu besoin d'un bon baiser. « Y a des filles qui aiment toucher, dit-elle, avec un léger demi-sourire. Ne vous déplaise, m'sire, j' suis Houssie. »

Houssie la putain, se dit-il, mais elle n'était pas vilaine. Jadis il aurait pu rire et l'attirer sur ses genoux, mais ce temps était révolu. « Que veux-tu ?

— Voir les cryptes. Où elles sont, m'sire ? Vous voulez me les montrer ? » Houssie jouait avec une mèche de ses cheveux, l'enroulant autour de son petit doigt. « Profondes et noires, à ce qu'ils disent. Un bon endroit pour toucher. Avec tous les rois morts qui regardent.

— C'est Abel qui t'envoie à moi ?

— Ça se pourrait. Ou ça se pourrait que je sois venue de mon propre chef. Mais si c'est Abel que vous voulez, j' peux aller le chercher. Il vous chantera une jolie ballade, m'sire. »

Chaque mot qu'elle prononçait persuadait Theon qu'il s'agissait d'une sorte de feinte. *Mais de qui, et à quelle fin ?* Que pouvait lui vouloir Abel ? C'était un simple chanteur, un maquereau avec un luth et un sourire faux. *Il veut savoir comment j'ai pris le château, mais pas pour en tirer une chanson.* La réponse lui vint. *Il veut savoir comment nous sommes entrés, afin de pouvoir sortir.* Lord Bolton avait pris tout Winterfell dans un carcan de surveillance plus serré que les langes d'un marmot. Nul ne pouvait entrer ou sortir sans son assentiment. *Il veut fuir, lui et ses lavandières.* Theon ne pouvait l'en blâmer, néanmoins il répondit : « Je ne veux nullement avoir affaire avec Abel, ni avec toi, ni aucune de tes sœurs. Laissez-moi, c'est tout. »

Dehors, la neige dansait et tourbillonnait. Theon chercha à tâtons son chemin vers le mur, puis suivit celui-ci jusqu'à la porte des Remparts. Il aurait pu confondre les gardes avec deux des bonshommes de neige de Petit Walder s'il n'avait pas vu les panaches blancs de leur souffle. « Je veux aller me promener sur les murs », leur dit-il, sa propre haleine gelant dans les airs.

« Fait foutrement froid, là-haut, l'avertit l'un des deux.

— Fait foutrement froid ici en bas, répliqua l'autre. Mais fais donc à ta guise, tourne-casaque. » Il fit signe à Theon de passer.

Les marches étaient couvertes de neige et glissantes, traîtresses dans le noir. Une fois qu'il eut atteint le chemin de ronde, il ne lui fallut pas longtemps pour repérer l'endroit d'où on avait jeté le franc-coureur. Il démolit la cloison de neige fraîchement tombée qui comblait le créneau et se pencha entre les merlons. *Je pourrais sauter*, se dit-il. *Il a survécu, pourquoi pas moi ?* Il sauterait, et… *Et après, quoi ? Se casser la jambe et mourir sous la neige ? Te traîner plus loin jusqu'à ce que tu périsses gelé ?*

C'était de la folie. Ramsay le traquerait, avec les filles. Jeyne la Rouge, et Jez, et Helicent, le tailleraient en pièces si les dieux étaient cléments. Ou pire, on pourrait le reprendre vivant. « Il faut que je me souvienne de mon *nom* », chuchota-t-il.

Le lendemain matin, l'écuyer grisonnant de ser Aenys Frey fut retrouvé tout nu, mort de froid dans le vieux cimetière du château, son visage tellement dissimulé sous le givre qu'il semblait porter un masque. Ser Aenys supposa que l'homme avait trop bu et qu'il s'était perdu dans la tempête, bien que nul ne sût expliquer pour quelle raison il avait retiré ses vêtements avant de sortir. *Encore un ivrogne*, constata Theon. Le vin pouvait noyer une armée de soupçons.

Puis, avant la fin du jour, on retrouva un arbalétrier lige des Flint dans les écuries, le crâne fendu. La ruade d'un cheval, déclara lord Ramsay. *Une massue, plus probablement*, décida Theon.

Tout cela paraissait tellement familier, comme un spectacle de baladins qu'il aurait déjà vu. Seuls en avaient changé les acteurs. Roose Bolton tenait le rôle qu'interprétait Theon la dernière fois et les morts, ceux d'Aggar, de Gynir Nez-Rouge et de Gelmarr le Hargneux. *Schlingue était là-bas, aussi*, se souvenait-il, *mais un autre Schlingue, un Schlingue aux mains couvertes de sang et aux mensonges qui coulaient de ses lèvres, doux comme le miel. Schlingue, Schlingue, ça commence comme chafouin.*

Ces morts déclenchèrent dans la grande salle des querelles ouvertes entre les seigneurs de Roose Bolton. Certains commençaient à perdre patience. « Combien de temps allons-nous devoir attendre ici sur notre cul ce roi qui n'arrive pas ? voulut savoir ser Hosteen Frey. Nous devrions porter le combat contre Stannis et en terminer avec lui.

— Quitter le château ? » croassa Harbois Stout le manchot. Le ton de sa voix laissait entendre qu'il préférerait se faire trancher l'autre bras. « Voulez-vous donc nous faire charger à l'aveuglette dans la neige ?

— Pour combattre lord Stannis, il nous faudrait d'abord le trouver, fit observer Roose Ryswell. Nos éclaireurs sortent par la porte du Veneur, mais, ces derniers temps, aucun d'eux ne revient. »

Lord Wyman Manderly se claqua son ample bedaine. « Blancport ne craint pas de chevaucher à vos côtés, ser Hosteen. Menez-nous, et mes chevaliers galoperont derrière vous. »

Ser Hosteen se retourna vers le gros homme. « Assez près pour me planter une pique dans le dos, assurément. Où sont mes parents, Manderly ? Dites-le-moi. Vos invités, qui vous ont ramené votre fils.

— Ses os, voulez-vous dire. » Manderly harponna une pièce de jambon avec son poignard. « Je me souviens clairement d'eux. Rhaegar au dos rond, avec sa langue melliflue. Le hardi ser Jared, si prompt à tirer l'épée. Symond le maître espion, toujours à sonnailler des monnaies. Ils ont ramené chez lui les ossements de Wendel. C'est Tywin Lannister qui m'a rendu Wylis, sauf et en son entier, comme il l'avait promis. Un homme de parole, lord Tywin, que les Sept préservent son âme. » Lord Wyman jeta la viande dans sa bouche, la mastiqua bruyamment, claqua des lèvres et poursuivit : « Il y a maints dangers sur la route, ser. J'ai offert à vos frères des présents d'invités quand nous avons pris congé de Blancport. Nous avons fait serment de nous revoir aux noces. Tant et plus se sont portés témoins de nos adieux.

— Tant et plus ? ironisa Aenys Frey. Ou vous et les vôtres ?

— Que suggérez-vous, Frey ? » Le sire de Blancport se frotta les lippes de la manche. « Votre ton ne me plaît point du tout, ser. Non, je ne le digère pas.

— Sortez dans la cour, sac de suif, et je vous donnerai bien autre chose à digérer », riposta ser Hosteen.

Wyman Manderly éclata de rire, mais une douzaine de ses chevaliers se levèrent d'un même élan. Il échut à Roger Ryswell et à Barbrey Dustin de les apaiser par des paroles posées. Roose Bolton ne dit rien du tout. Mais Theon Greyjoy vit dans ses yeux pâles une expression qu'il n'y avait encore jamais vue – un malaise, et même un soupçon de peur.

Cette nuit-là, la nouvelle écurie s'effondra sous le poids de la neige qui l'avait ensevelie. Vingt-six chevaux et deux garçons périrent, écrasés par le poids du toit ou étouffés sous la neige. Il fallut la plus grande partie de la matinée pour dégager les corps. Lord Bolton apparut brièvement dans la grande cour pour inspecter la scène, puis il ordonna que les chevaux restants fussent conduits à l'intérieur, en même temps que les montures encore attachées au même endroit. Et les hommes n'avaient pas sitôt fini de dégager les morts et d'équarrir les chevaux qu'on découvrit un nouveau cadavre.

On ne pouvait pas balayer celui-ci d'un geste négligent en l'attribuant à une chute d'ivrogne ou une ruade de cheval. Le mort était un des favoris de Ramsay, l'homme d'armes trapu, scrofuleux et malgracieux qu'on appelait Dick le Jaune. Savoir si ce jaune avait concerné l'intégralité de sa personne resterait difficile à déterminer. On lui avait tranché le jaquemart pour le lui fourrer en bouche avec tant de vigueur qu'on lui avait cassé trois dents, et quand les cuisiniers le trouvèrent dehors, sous les cuisines, enfoui jusqu'au cou dans une congère, tant le jaquemart que l'homme étaient bleus de froid. « Brûlez le corps, ordonna Roose Bolton, et veillez à ne pas ébruiter ceci. Je ne veux pas voir l'histoire se répandre. »

L'histoire ne s'en répandit pas moins. À midi, la plus grande partie de Winterfell l'avait entendue, pour beaucoup de la bouche de Ramsay Bolton, dont Dick le Jaune avait été un des « gars ». « Quand nous trouverons l'homme qui a commis cela, promit lord Ramsay, je l'écorcherai tout vif, pour griller sa couenne jusqu'à ce qu'elle croustille, et la lui ferai ingurgiter jusqu'à la dernière bouchée. » On diffusa la nouvelle : le nom du tueur rapporterait un dragon d'or.

Lorsque arriva le soir, on aurait pu couper la puanteur dans la grande salle au couteau. Avec des centaines de chevaux, de chiens et d'hommes serrés sous un seul toit, le sol baveux de boue et de neige fondante, de crottin de cheval, de crottes de chien et même d'excréments humains, l'air chargé des remugles de chien mouillé, de laine humide et de couvertures de cheval détrempées, on ne pouvait trouver aucun réconfort sur les bancs bondés, mais il y avait à manger. Les cuisiniers servirent de généreuses tranches de cheval frais, grillées sur l'extérieur et saignantes au cœur, avec des oignons rôtis et des panais... Et pour une fois, la piétaille ordinaire mangea aussi bien que les lords et les chevaliers.

La viande de cheval était trop coriace pour les décombres des dents de Theon. Ses tentatives de mastication lui infligèrent une douleur atroce. Aussi écrasa-t-il panais et oignons tout ensemble avec le plat de son poignard et en fit-il son repas. Ensuite, il découpa le cheval en tout petits morceaux, qu'il suça chacun avant de le recracher. De cette façon au moins, il en tirait le goût, et quelque substance de la graisse et du sang. L'os dépassait ses possibilités, aussi le jeta-t-il aux chiennes et regarda-t-il Jeyne la Grise s'enfuir avec, tandis que Sara et Saule claquaient des dents à ses trousses.

Lord Bolton ordonna à Abel de jouer pour eux, tandis qu'ils mangeaient. Le barde chanta *Lances de fer*, puis *La Pucelle d'hiver*. Quand Barbrey Dustin réclama quelque chose de plus enjoué, il leur interpréta *La Reine retira sa sandale, et le Roi sa couronne* et *La Belle et l'Ours*. Les Frey se joignirent aux chants, et des Nordiens cognèrent même du poing sur la table au refrain, en beuglant : « *L'ours ! L'ours !* » Mais le vacarme alarma les chevaux, aussi les chanteurs cessèrent-ils et la musique mourut-elle.

Les Gars du Bâtard se réunirent sous un porte-flambeau du mur où une torche brûlait avec force fumée. Luton et l'Écorcheur jouaient aux dés. Grogne avait une femme sur les genoux, un sein dans sa main. Damon Danse-pour-moi, assis, graissait son fouet. « *Schlingue* », appela-t-il. Il frappa le fouet contre son mollet, comme on le ferait pour attirer un chien. « Tu recommences à puer, Schlingue. »

À cela, Theon n'avait rien à répondre, hormis un « oui » tout bas.

« Lord Ramsay a l'intention de te découper les lèvres, quand tout ceci sera fini », déclara Damon en lustrant son fouet avec un chiffon graisseux.

Mes lèvres sont allées entre les jambes de sa dame. Cette insolence ne peut demeurer impunie. « Comme vous le dites. »

Luton s'esclaffa. « I' m' semble bien qu'il en a envie. »

— Décampe, Schlingue, lança l'Écorcheur. Tu pues, ça me tourne l'estomac. » Les autres rirent.

Il s'enfuit sans délai, avant qu'ils ne changent d'avis. Ses tourmenteurs ne le suivraient pas au-dehors. Pas tant qu'il y avait à manger et à boire, à l'intérieur, des filles qui consentaient et des feux qui réchauffaient. Lorsqu'il quitta la salle, Abel chantait *Celles que fait éclore le printemps.*

Dehors, la neige tombait si fort que Theon ne voyait pas à plus de trois pieds devant lui. Il se retrouva tout seul dans un désert de blancheur, encadré de part et d'autre par des murs de neige à hauteur de poitrine. Quand il leva la tête, les flocons lui frôlèrent les joues comme de doux baisers froids. Il entendait sonner la musique dans la salle derrière lui. Une chanson douce à présent, et triste. Un instant, il se sentit presque en paix.

Plus loin, il rencontra un homme qui marchait à grands pas en sens opposé, une cape à capuchon claquant derrière lui. Quand ils se retrouvèrent face à face, leurs regards se croisèrent brièvement. L'homme posa une main sur son poignard. « Theon Tourne-Casaque. Theon tueur des siens.

— Non. Jamais... J'étais fer-né.

— Fourbe, voilà tout ce que tu as toujours été. Comment se fait-il que tu respires encore ?

— Les dieux n'en ont pas fini avec moi », répondit Theon en se demandant s'il s'agissait du tueur, du promeneur nocturne qui avait plongé le guilleri de Dick le Jaune dans sa gorge et poussé l'écuyer de Roger Ryswell du haut des remparts. Curieusement, il ne ressentait aucune crainte. Il retira le gant de sa main gauche. « Lord Ramsay n'en a pas fini avec moi. »

L'homme regarda et rit. « Je te laisse à lui, en ce cas. »

Theon avança difficilement dans la tempête jusqu'à ce que ses bras et ses jambes soient caparaçonnés de neige, ses mains et ses pieds engourdis de froid, puis il monta de nouveau sur le chemin de ronde de la muraille intérieure. Ici en haut, à cent pieds de hauteur, un peu de vent soufflait, qui remuait la neige. Tous les créneaux étaient comblés. Theon dut donner un coup de poing dans une paroi de neige pour y pratiquer un trou... et constater qu'il ne distinguait rien au-delà des douves. De la muraille extérieure, ne subsistait plus qu'une ombre vague et des lumières brouillées qui flottaient dans le noir.

Le monde a disparu. Port-Réal, Vivesaigues, Pyk et les îles de Fer, l'ensemble des Sept Couronnes, tous ces lieux qu'il avait connus, tous ceux dont les livres lui avaient parlé, ou dont il avait rêvé, disparu tout cela. Ne subsistait plus que Winterfell. Il était pris au piège ici, avec les fantômes. Les vieux fantômes de la crypte et les plus récents, qu'il avait lui-même créés, Mikken et Farlen, Gynir Nez-Rouge, Aggar, Gelmarr le Hargneux, la femme du meunier de la Gland et ses deux jeunes fils, et tout le reste. *Mon œuvre. Mes fantômes. Ils sont ici, tous, et ils sont en colère.* Il songea aux cryptes et à ces épées disparues.

Theon regagna ses quartiers. Il se dépouillait de ses vêtements trempés quand Walton Jarret d'Acier le trouva. « Viens avec moi, tourne-casaque. Sa Seigneurie te réclame. »

Il n'avait pas de vêtements propres et secs, aussi renfila-t-il les mêmes hardes humides et suivit. Jarret d'Acier le ramena au Grand Donjon, et à la salle privée qui appartenait jadis à Eddard Stark. Lord Bolton n'était pas seul. Lady Dustin était assise avec lui, blême de mine et sévère ; une broche en fer représentant une tête de cheval retenait la cape de Roger Ryswell ; Aenys Frey, debout près du feu, avait ses joues pincées rougies de froid.

« On me dit que tu te promènes dans le château, commença lord Bolton. Des hommes ont affirmé t'avoir vu dans l'écurie, dans les cuisines, dans les baraquements, sur le chemin de ronde. On t'a observé près des ruines des donjons écroulés, devant l'ancien septuaire de lady Catelyn, entrer et sortir du bois sacré. Le nies-tu ?

— Non, m'sire. » Theon prit soin de bien grasseyer le mot. Il savait que cela plaisait à lord Bolton. « Je ne puis dormir, m'sire. Je marche. » Il gardait la tête baissée, fixée sur les vieux roseaux défraîchis qui jonchaient le sol. Il n'était pas prudent de regarder Sa Seigneurie en face.

« J'étais enfant ici, avant la guerre. Pupille d'Eddard Stark.

— Tu étais otage, riposta Bolton.

— Oui, m'sire. Otage. » *J'étais chez moi, cependant. Pas réellement chez moi, mais le meilleur foyer que j'aie jamais connu.*

« Quelqu'un tue mes hommes.

— Oui, m'sire.

— Pas toi, j'espère ? » La voix de Bolton se fit encore plus douce. « Tu ne me repaierais pas de toutes mes bontés par tant de traîtrise.

— Non, m'sire, pas moi. Jamais. Je... Je me promène, c'est tout. »

Lady Dustin prit la parole. « Retire tes gants. »

Theon leva brusquement la tête. « Je vous en prie, non. Je... Je...

— Fais ce qu'elle te dit, insista ser Aenys. Montre-nous tes mains. »

Theon retira ses gants et brandit ses mains pour qu'ils les voient. *Ce n'est pas comme si je me tenais nu devant eux. Ce n'est pas aussi terrible.* Sa main gauche avait trois doigts, sa droite quatre. Ramsay n'avait retiré que le petit doigt de l'une, l'annulaire et l'index de l'autre.

« C'est le Bâtard qui t'a fait ça, dit lady Dustin.

— Ne vous en déplaise, madame, je... je le lui ai demandé. » Ramsay lui faisait toujours demander. *Ramsay me fait toujours implorer.*

« Pourquoi ferais-tu ça ?

— Je... Je n'avais pas besoin d'autant de doigts.

— Quatre suffisent. » Ser Aenys Frey caressa la barbe brune éparse qui poussait comme une queue de rat sur son menton fuyant. « Quatre à la main droite. Il pourrait encore tenir une épée. Un poignard. »

Lady Dustin en rit. « Tout le monde est-il donc si sot, chez les Frey ? Mais regardez-le. Tenir un poignard ? C'est à peine s'il a la force de tenir une cuillère. Vous imaginez-vous vraiment qu'il aurait pu vaincre l'ignoble créature du Bâtard et lui enfoncer sa virilité dans la gorge ?

— Tous les morts étaient de solides gaillards, commenta Roger Ryswell, et aucun d'entre eux n'a été poignardé. Le tourne-casaque n'est point notre tueur. »

Les yeux pâles de Roose Bolton étaient rivés sur Theon, aussi tranchants que le couteau de l'Écorcheur. « J'incline vers la même opinion. Force mise à part, il n'a pas en lui le cran de trahir mon fils. »

Roger Ryswell poussa un grognement. « Si ce n'est lui, qui d'autre ? Stannis a introduit un homme à lui dans le château, la chose est claire. »

Schlingue n'est pas un homme. Pas Schlingue. Pas moi. Il se demanda si lady Dustin leur avait parlé des cryptes, des épées disparues.

« Nous devons chercher du côté de Manderly, bougonna ser Aenys Frey. Lord Wyman ne nous aime point. »

Ryswell n'était pas convaincu. « Il aime les steaks, les côtelettes et les tourtes de viande, en revanche. Rôder dans le château la nuit exigerait qu'il quittât la table. La seule fois où il le fait, c'est quand il se retire au cabinet d'aisances pour l'une de ses sessions d'une heure.

— Je ne prétends pas que lord Wyman agit lui-même. Il a amené trois cents hommes avec lui. Cent chevaliers. N'importe lequel d'entre eux aurait pu...

— Travail du soir n'est point œuvre de ser, déclara lady Dustin. Et lord Wyman n'est pas seul à avoir perdu de la famille à vos Noces Pourpres, Frey. Imaginez-vous que Pestagaupes vous tienne en plus grande affection ? Si vous ne séquestriez pas le Lard-Jon, il vous déviderait les entrailles et vous forcerait à les manger, comme lady Corbois a mangé ses propres doigts. Les Flint, les Cerwyn, les Tallhart, les Ardoise... Tous avaient des hommes avec le Jeune Loup.

— La maison Ryswell aussi, ajouta Roger Ryswell.

— Et même les Dustin de Tertre-bourg. » Lady Dustin ouvrit ses lèvres en un mince sourire carnassier. « Le Nord se souvient, Frey. »

La bouche d'Aenys Frey frémit de colère. « Stark nous a déshonorés. Voilà de quoi vous feriez mieux de vous souvenir, Nordiens. »

Roose Bolton massa ses lèvres gercées. « Ces disputes ne nous avanceront à rien. » Il claqua des doigts à l'adresse de Theon. « Tu es libre, va-t'en. Prends garde où tu t'égares. Sinon, ce pourrait être toi qu'on retrouvera demain, avec un sourire rouge.

— Vous dites vrai, m'sire. » Theon renfila ses gants sur ses mains mutilées et prit congé, boitant sur son pied estropié.

L'heure du loup le découvrit éveillé, enveloppé dans plusieurs couches de laine lourde et de fourrure graisseuse, en train d'accomplir un nouveau circuit de la chemise intérieure, espérant assez s'épuiser pour trouver le sommeil. Ses jambes étaient matelassées de neige jusqu'aux genoux, sa tête et ses épaules portaient un suaire blanc. Sur cette portion du mur, le vent lui arrivait en face, et la neige en fondant coulait sur ses joues comme des larmes de glace.

Puis il entendit la trompe.

Long mugissement grave, le son parut rester en suspens au-dessus des remparts, s'attarder dans l'air noir, s'insinuer au plus profond des os de tous les hommes qui l'entendaient. Tout au long des remparts du château, les sentinelles se tournèrent vers l'appel, crispant leurs mains autour des hampes de leurs piques. Dans les salles et les donjons en ruine de Winterfell, des lords intimèrent silence à d'autres, des chevaux renâclèrent, et des dormeurs remuèrent dans leurs recoins obscurs. L'appel de la trompe de guerre ne s'était pas plus tôt éteint qu'un tambour se mit à battre : *Bam damne Bam damne Bam damne*. Et un nom courut des lèvres de chacun à celles de son voisin, écrit en petits nuages de souffle : *Stannis*, chuchotaient-ils, *Stannis est là, Stannis est arrivé, Stannis, Stannis, Stannis*.

Theon frissonna. Baratheon ou Bolton, il n'en avait cure. Sur le Mur, Stannis avait fait cause commune avec Jon Snow, et Jon le décapiterait en un battement de cœur. *Tirés des griffes d'un bâtard pour périr aux mains d'un autre, quelle farce*. Theon aurait ri tout haut, s'il s'était rappelé comment faire.

Le tambour semblait émaner du Bois-aux-Loups, par-delà la porte du Veneur. *Ils sont juste sous les remparts*. Theon avança le long du chemin de ronde, un homme parmi la vingtaine qui agissait de même. Mais même lorsqu'ils atteignirent les bastions flanquant la porte proprement dite, il n'y avait rien à voir, au-delà du rideau blanc.

« Auraient-ils l'intention de *souffler* nos murs ? plaisanta un Flint quand la trompe de guerre résonna de nouveau. Peut-être s'imagine-t-il avoir trouvé le Cor de Joramun.

— Stannis serait-il assez niais pour prendre le château d'assaut ? demanda une sentinelle.

— C'est pas Robert, déclara un homme de Tertre-bourg. Il va nous assiéger, vous verrez. Pour essayer de nous réduire par la faim.

— Il va s'y geler les couilles, déclara une autre sentinelle.

— Nous devrions porter le combat contre lui », déclara un Frey.

Mais faites donc, se dit Theon. *Sortez à cheval dans la neige et crevez-y. Laissez Winterfell aux fantômes, et à moi*. Roose Bolton accueillerait volontiers un tel combat, il le sentait. *Il a besoin d'en terminer avec tout cela*. Le château était trop rempli pour soutenir un long siège, et la loyauté de trop de lords présents restait indécise. Le bouffi Wyman Manderly, Pestagaupes Omble, les hommes des maisons Corbois et Tallhart, les Locke et les Flint et les Ryswell, tous étaient des *Nordiens*, jurés à la maison Stark depuis des générations sans nombre. C'était la fille qui les retenait ici, le sang de lord Eddard, mais cette fille n'était qu'un stratagème d'histrions, un agneau paré de la peau du loup-garou. Aussi, pourquoi ne pas envoyer les Nordiens se battre contre Stannis avant que la farce ne soit éventée ? *Massacre dans la neige. Et chaque homme qui tombe représente pour Fort-Terreur un ennemi de moins.*

Theon se demanda si on l'autoriserait à combattre. Là, au moins, il pourrait mourir comme un homme, l'épée à la main. C'était un présent que jamais Ramsay ne lui ferait, mais lord Roose le pourrait. *Si je l'implore. J'ai fait tout ce qu'il a demandé de moi, j'ai joué mon rôle, j'ai accordé la main de la fille.*

La mort était la plus douce délivrance qu'il pût souhaiter.

Dans le bois sacré, la neige continuait à fondre en touchant le sol. La vapeur montait des étangs chauds, embaumée d'une odeur de mousse et de boue et de décomposition. Un brouillard tiède flottait dans l'air, changeant les arbres en sentinelles, en hauts soldats enveloppés dans des capes de pénombre. Durant les heures de jour, le bois de vapeurs était souvent rempli de Nordiens venus prier les anciens dieux, mais à cette heure-ci Theon Greyjoy découvrit qu'il l'avait pour lui tout seul.

Et au cœur du bois, le barral attendait avec ses lucides yeux rouges. Theon s'arrêta au bord du bassin et inclina la tête devant ce visage rouge sculpté. Même d'ici, il entendait le martèlement, *Bam damne Bam damne Bam damne Bam damne.* Comme un tonnerre au loin, le son semblait monter de partout à la fois.

La nuit était dénuée de vent, la neige tombait droit d'un ciel froid et noir, et pourtant les feuilles de l'arbre-cœur frissonnaient son nom. « Theon, semblaient-elles chuchoter. Theon. »

Les anciens dieux, se dit-il. *Ils me connaissent. Ils savent mon nom. J'étais Theon de la maison Greyjoy. J'étais pupille d'Eddard Stark, un ami et un frère pour ses enfants.* « De grâce. » Il tomba à genoux. « Une épée, c'est tout ce que je demande. Laissez-moi mourir Theon, et non point Schlingue. » Les larmes ruisselaient sur ses joues, avec une impossible chaleur. « J'étais fer-né. Un fils... un fils de Pyk, des Îles. »

Une feuille voleta d'en haut, frôla son front et se posa sur l'étang. Elle flotta sur l'eau, rouge avec cinq doigts, telle une main sanglante. « ... Bran », murmura l'arbre.

Ils savent. Les dieux savent. Ils ont vu ce que j'ai fait. Et pendant un étrange moment, il sembla que c'était le visage de Bran qui était gravé dans le tronc blême du barral, qui le contemplait avec des yeux rouges, lucides et tristes. *Le fantôme de Bran*, pensa-t-il, mais c'était de la folie. Pourquoi Bran voudrait-il le hanter ? Il avait éprouvé de l'affection pour l'enfant, il ne lui avait jamais fait de mal. *Ce n'est pas Bran que nous avons tué. Ni Rickon. Ce n'étaient que des fils de meunier, du moulin sur la Gland.* « Il me fallait deux têtes, sinon ils se seraient moqué de moi... auraient ri de moi... Ils...

— À qui parles-tu ? » demanda une voix.

Theon pivota sur lui-même, terrifié à l'idée que Ramsay l'avait découvert, mais ce n'étaient que les lavandières – Houssie, Aveline et une autre dont il ne savait pas le nom. « Les fantômes, laissa-t-il échapper. Ils me chuchotent des choses. Ils... ils connaissent mon nom.

— Theon Tourne-Casaque. » Aveline lui attrapa l'oreille, la tordit. « Il te fallait deux têtes, hein ?

— Sinon, les hommes auraient *ri* de lui », ajouta Houssie.

Elles ne comprennent pas. Theon se libéra d'une secousse. « Que me voulez-vous ? demanda-t-il.

— Toi », répondit la troisième lavandière, une femme plus mûre, à la voix grave, avec des mèches grises dans les cheveux.

« Je t'avais dit. Je veux te toucher, tourne-casaque. » Houssie sourit. Dans sa main apparut une lame.

Je pourrais crier, réfléchit Theon. *Quelqu'un entendra. Le château est rempli d'hommes en armes.* Il serait mort avant que du secours n'arrive, certes, son sang imprégnant le sol pour nourrir l'arbre-cœur. *Et quel mal y aurait-il à cela ?* « Touche-moi, dit-il. Tue-moi. » Sa voix renfermait plus de désespoir que de défi. « Allez-y. Exécutez-moi, comme vous avez tué les autres. Dick le Jaune et le reste. C'était vous. »

Houssie rit. « Comment cela se pourrait-il ? Nous sommes des femmes. Des tétons et des conets. Bonnes à baiser, et non à craindre.

— Le Bâtard t'a fait du mal ? demanda Aveline. Tranché les doigts, hein ? Écorché tes mignons petits orteils ? Cassé tes dents ? Pauvre chou. » Elle lui tapota la joue. « C'est fini tout ça, je te l'promets. T'as prié et les dieux nous ont envoyées. Tu veux mourir, Theon ? On te l'accorde. Une bonne mort rapide, c'est à peine si tu souffriras. » Elle sourit. « Mais pas avant que t'aies chanté pour Abel. Il t'attend. »

TYRION

« Lot quatre-vingt-dix-sept. » Le commissaire-priseur fit claquer son fouet. « Un couple de nains, bien dressés pour votre divertissement. »

On avait installé le bloc des enchères à l'endroit où le large flot brun de la Skahazadhan se jetait dans la baie des Serfs. Tyrion Lannister sentait le sel dans l'air, mêlé à la puanteur de la tranchée des latrines creusée derrière l'enclos des esclaves. La chaleur ne le dérangeait pas autant que l'humidité. L'air même semblait peser sur lui, comme une couverture humide et chaude posée sur sa tête et ses épaules.

« Chien et cochon compris dans le lot, annonça le commissaire-priseur. Les nains les montent. Enchantez les invités de votre prochain banquet ou employez-les pour une folie. »

Les enchérisseurs, assis sur des bancs de bois, sirotaient des boissons fruitées. Quelques-uns étaient éventés par leurs esclaves. Beaucoup portaient des *tokars*, ce curieux vêtement qu'affectionnaient les vieilles familles de la baie des Serfs, aussi élégant que malcommode. D'autres étaient vêtus de façon plus courante – des hommes en tuniques et en capes capuchonnées, des femmes en soies colorées. Des putains ou des prêtresses, sans doute ; si loin en Orient, il devenait difficile de distinguer les deux.

En retrait derrière les bancs, échangeant des plaisanteries et se gaussant du déroulement de l'affaire, se tenait un groupe d'Occidentaux. *Des épées-louées*, Tyrion le savait. Il apercevait des épées, des poignards et des miséricordes, quelques haches de jet, de la maille sous les capes. Leurs cheveux, leurs barbes, leurs visages désignaient la plupart comme des habitants des Cités libres, mais çà et là quelques-uns auraient pu être Ouestriens. *Est-ce qu'ils achètent ? Ou sont-ils simplement venus assister au spectacle ?*

« Qui ouvre les enchères pour la paire ?

— Trois cents, lança une matrone sur un antique palanquin.

— Quatre », contra un Yunkaïi monstrueusement obèse, de la litière sur laquelle il se vautrait comme un léviathan. Entièrement emballé de soie jaune frangée d'or, il paraissait aussi gros que quatre Illyrio. Tyrion plaignit les esclaves qui devaient le porter. *Au moins, on nous épargnera cette tâche. Quelle joie d'être nain.*

« Et un », dit une vieillarde en *tokar* violet. Le commissaire-priseur lui jeta un regard aigre, mais ne refusa pas l'enchère.

Les marins du *Selaesori Qhoran*, vendus à la pièce, étaient partis à des prix allant de cinq cents à neuf cents pièces d'argent. Les matelots expérimentés représentaient une marchandise de prix. Aucun n'avait opposé la moindre résistance lorsque les esclavagistes avaient abordé leur cogue dévastée. Pour eux, il ne s'agissait que de changer de propriétaire. Les officiers du bord étaient des hommes libres, mais la veuve du front de quai leur avait rédigé une convention, s'engageant, dans une telle éventualité, à acquitter leur rançon. Les trois doigts ardents survivants n'avaient pas encore été vendus, mais ils appartenaient au Maître de la Lumière et pouvaient s'attendre à ce qu'un temple rouge les rachetât. Les flammes tatouées sur leur visage constituaient leur convention.

Tyrion et Sol n'avaient aucune assurance de ce genre.

« Quatre cent cinquante, enchérit-on.

— Quatre quatre-vingts.

— Cinq cents. »

Certaines enchères étaient lancées en haut valyrien, d'autres dans la langue bâtarde de Ghis. Quelques acheteurs faisaient signe d'un doigt, d'une rotation de poignet ou d'un mouvement de leur éventail peint.

« Je suis contente qu'ils nous gardent ensemble », chuchota Sol.

Le commissaire-priseur leur jeta un regard comminatoire. « On ne parle pas. »

Tyrion pressa l'épaule de Sol. Des mèches de cheveux, blond pâle et noirs, collaient à son front, les lambeaux de sa tunique à son dos. En partie à cause de la sueur, en partie à cause du sang séché. Il n'avait pas eu la sottise d'affronter les esclavagistes, comme l'avait fait Jorah Mormont, mais cela ne voulait pas dire qu'il avait évité toute punition. Dans son cas, c'était sa langue qui lui avait valu des coups de fouet.

« Huit cents.

— Et cinquante.

— Et un. »

Nous valons autant qu'un marin, constata Tyrion. Mais peut-être était-ce Jolie Cochonne que les acheteurs guignaient. *Pas facile de trouver un cochon bien dressé.* Ils n'enchérissaient assurément pas en fonction du poids.

À neuf cents pièces d'argent, les enchères commencèrent à s'essouffler. À neuf cent cinquante et une (enchère de la vieillarde), elles s'arrêtèrent. Le commissaire-priseur était excité, toutefois, et il n'eut de cesse que les nains donnassent à la foule un avant-goût de leur spectacle. On mena Croque et Jolie Cochonne sur l'estrade. Sans selle ni bride, la monte s'en révéla malaisée. À l'instant où la truie se mettait en route, Tyrion dégringola de sa croupe pour atterrir sur la sienne, provoquant des tempêtes de rires chez les enchérisseurs.

« Mille, renchérit le monstrueux obèse.

— Et un. » La vieillarde, encore une fois.

La bouche de Sol était figée en un rictus de sourire. *Bien dressée pour votre divertissement.* Son père devait répondre de bien des choses, dans le petit enfer qu'on réservait sans doute quelque part aux nains.

« Douze cents. » Le léviathan en jaune. À côté de lui, un esclave lui tendit une boisson. *Du citron, certainement.* La façon dont ces yeux jaunes étaient rivés sur le bloc mettait Tyrion mal à l'aise.

« Treize cents.

— Et un », ajouta la vieillarde.

Mon père disait toujours qu'un Lannister valait dix fois plus que n'importe quel homme ordinaire.

À seize cents, le rythme commença de nouveau à fléchir, si bien que le marchand d'esclaves invita certains des acheteurs à venir examiner les nains de près. « La femme est jeune, promit-il. Vous pourriez les accoupler, tirer des petits un beau revenu.

— Il a la moitié du nez emportée », se plaignit la vieillarde, une fois qu'elle les eut inspectés de près. Son visage ridé se fripa de mécontentement. Elle avait la chair blanche des larves ; emballée dans son *tokar* violet, elle ressemblait à une prune moisie. « Il a pas les yeux semblables, non plus. Vilaine créature.

— Vous n'avez point encore vu le meilleur de moi, madame. » Tyrion s'empoigna l'entrejambe, au cas où le sous-entendu lui aurait échappé.

La Harpie siffla devant l'outrage, et Tyrion reçut un coup de fouet sur le dos, une coupure piquante qui le fit choir à genoux. Le goût du sang lui emplit la bouche. Il sourit et cracha.

« Deux mille », lança une nouvelle voix, à l'arrière des gradins.

Et qu'est-ce qu'une épée-louée irait faire d'un nain ? Tyrion se remit debout pour mieux voir. Le nouvel enchérisseur était un homme d'âge mûr, aux cheveux blancs, mais grand et musclé, avec une peau brune et tannée, et une barbe poivre et sel, coupée court. À demi dissimulées sous une cape d'un pourpre fané se trouvaient une longue épée et une paire de poignards.

« Deux mille cinq cents. » Une voix de femme, cette fois-ci ; une jeune femme, courte, la taille épaisse et la poitrine lourde, vêtue d'une armure ornementée. Sa cuirasse d'acier noir sculpté, marqueté d'or, dépeignait une harpie prenant son essor, des chaînes pendant de ses serres. Une paire d'esclaves soldats l'élevaient à hauteur d'épaule sur un pavois.

« Trois mille. » L'homme à la peau brune se fraya un chemin à travers la foule, ses compagnons mercenaires poussant les acheteurs pour dégager le passage. *Oui. Approchez-vous.* Tyrion savait se comporter avec des épées-louées. Il n'imaginait pas un seul instant que cet homme avait envie de le voir cabrioler durant les banquets. *Il me connaît. Il a l'intention de me ramener à Westeros pour me vendre à ma sœur.* Le nain se frotta la bouche pour cacher son sourire. Cersei et les Sept Couronnes se trouvaient à une moitié de monde de là. Tant et plus de choses pouvait se produire avant d'y parvenir. *J'ai retourné Bronn. Laissez-moi la moitié d'une chance et il se pourrait bien que je retourne celui-ci aussi.*

La vieillarde et la fille sur le pavois abandonnèrent la lutte à trois mille, mais pas l'obèse en jaune. De ses yeux jaunes, il jaugea les épées-louées, passa vivement sa langue sur ses dents jaunes et annonça : « Cinq mille pièces d'argent pour le lot. »

L'épée-louée fronça les sourcils, haussa les épaules et se détourna.

Sept enfers. Tyrion en était absolument certain, il ne voulait pas devenir la propriété de l'immense lord Pansejaune. La seule vue de ce personnage, avachi sur sa litière, cette montagne de chair jaunâtre aux petits yeux jaunes et porcins, et aux tétons aussi gros que Jolie Cochonne pressés contre la soie de son *tokar*, suffisait à donner la chair de poule au nain. Et on aurait pu couper au couteau l'odeur qui émanait de lui, même sur le bloc.

« S'il n'y a plus d'enchères...

— Sept mille », s'écria Tyrion.

Des rires ondulèrent sur les gradins. « Le nain veut s'acheter lui-même », commenta la fille sur le pavois.

Tyrion lui lança un sourire lascif. « Un esclave rusé mérite un maître rusé, et vous avez tous l'air de parfaits idiots. »

La remarque provoqua de nouveaux rires des enchérisseurs, et une moue du commissaire-priseur, qui tripota son fouet avec indécision, en se demandant si tout cela pouvait œuvrer à son bénéfice.

« Cinq mille, et une insulte ! s'écria Tyrion. Je joute, je chante, je lance d'amusants traits d'esprit, je baiserai votre femme et je la ferai hurler. Ou la femme de votre ennemi, si vous préférez, quelle meilleure façon de l'humilier ? Donnez-moi une arbalète, vous n'en reviendrez pas. Des hommes de trois fois ma taille tremblent et frémissent quand nous nous affrontons de part et d'autre d'une table de *cyvosse*. À l'occasion, j'ai même tâté de la cuisine. J'offre *dix* mille pièces d'argent pour moi-même ! Et je peux les garantir, je le peux, je le peux. Mon père m'a enseigné à toujours payer mes dettes. »

L'épée-louée au manteau pourpre se retourna. Ses yeux croisèrent ceux de Tyrion par-dessus les rangées des autres enchérisseurs, et il sourit. *Voilà un sourire chaleureux*, jugea le nain. *Amical. Mais, diantre, qu'il a les yeux froids. Je ne tiens peut-être pas tant que ça à ce qu'il nous achète, lui non plus, finalement.*

L'énormité jaune se tortillait sur sa litière, une expression d'agacement sur son visage en forme de tarte. Il murmura en ghiscari quelques paroles aigres que Tyrion ne comprit pas, mais le ton de sa voix était assez clair. « Était-ce une nouvelle enchère ? » Le nain inclina la tête. « J'offre tout l'or de Castral Roc. »

Il entendit le fouet avant que de le sentir, un sifflement dans l'air, aigu et sec. Tyrion grogna sous l'impact, mais cette fois-ci, il réussit à rester debout. Ses pensées le ramenèrent le temps d'un éclair aux tout débuts de son périple, lorsque son problème le plus pressant avait été de décider quel vin boire avec ses escargots du matin. *Voilà ce qu'on gagne à chasser les dragons.* Un rire lui jaillit des lèvres, éclaboussant le premier rang d'acheteurs de sang et de postillons.

« Vous êtes vendus », annonça le commissaire-priseur. Puis il le frappa de nouveau, parce qu'il le pouvait. Cette fois-ci, Tyrion tomba.

Un des gardes le remit sur ses pieds avec brusquerie. Un autre, avec la hampe de sa pique, poussa Sol à descendre de l'estrade. On guidait déjà l'article suivant pour prendre leur place. Une fille, quinze ou seize ans, qui ne venait pas du *Selaesori Qhoran*, cette fois-ci. Tyrion ne la connaissait pas. *Le même âge que Daenerys Targaryen, ou peu s'en faut.* Le marchand d'esclaves eut vite fait de la mettre nue. *Au moins, on nous a épargné cette humiliation.*

Tyrion jeta un coup d'œil, par-dessus le camp yunkaïi, aux remparts de Meereen. Ces portes paraissaient si proches... Et si l'on pouvait se fier aux discussions dans les enclos des esclaves, Meereen demeurait une cité libre. Dans l'enceinte de ces murs croulants, l'esclavage et le commerce des esclaves étaient toujours interdits. Il lui suffisait d'atteindre ces portes, de les franchir, et il serait de nouveau un homme libre.

Mais c'était difficilement possible, à moins d'abandonner Sol. *Elle voudrait emporter sa truie et son chien avec elle.*

« Ce ne sera pas si terrible, non ? chuchota Sol. Il a payé si cher pour nous. Il sera bon avec nous, non ? »

Tant que nous l'amuserons. « Nous sommes trop précieux pour qu'il nous maltraite », la rassura-t-il, le sang des deux derniers coups de fouet coulant toujours dans son dos. *Quand notre spectacle deviendra ennuyeux, cependant... Et c'est bien le cas, il devient ennuyeux...*

Le factotum de leur maître attendait pour prendre livraison d'eux, avec un chariot tiré par une mule et deux soldats. Il avait un long visage étroit et, au bout du menton, une barbe liée avec du fil d'or ; sa chevelure raide, rouge sombre, s'élevait de ses tempes pour former une paire de mains griffues. « Quelles charmantes petites créatures vous faites, dit-il. Vous me rappelez mes propres enfants... enfin, vous me les rappelleriez si mes petits n'étaient pas morts. Je prendrai grand soin de vous. Dites-moi vos noms.

— Sol. » Sa voix était un murmure, menu et effrayé.

Tyrion, de la maison Lannister, seigneur légitime de Castral Roc, lamentable vermisseau. « Yollo.

— Yollo le Hardi. Sol la Brillante. Vous êtes la propriété du noble et valeureux Yezzan zo Qaggaz, érudit et guerrier, révéré au sein des Judicieux de Yunkaï. Estimez-vous heureux, car Yezzan est un maître bon et bienveillant. Considérez-le comme vous considéreriez votre père. »

Volontiers, songea Tyrion, mais, cette fois-ci, il tint sa langue. Ils devraient bientôt se produire devant leur nouveau maître, il n'en doutait pas, et ne pouvait se permettre de recevoir un autre coup de fouet.

« Votre père aime ses trésors particuliers, et il vous chérira, expliquait le factotum. Et moi, considérez-moi comme vous considériez la nourrice qui s'occupait de vous lorsque vous étiez petits. Nourrice, tous mes enfants m'appellent ainsi.

— Lot quatre-vingt-dix-neuf, annonça le commissaire-priseur. Un guerrier. »

La fille s'était rapidement vendue, et on la remettait à son nouvel acquéreur, ses vêtements serrés contre de petits seins aux pointes roses. Deux esclavagistes traînèrent Jorah Mormont sur le bloc pour lui succéder. Le chevalier était nu, hormis un pagne, le dos mis à vif par le fouet, le visage tellement enflé qu'il en était presque méconnaissable. Des chaînes lui entravaient poignets et chevilles. *Un petit échantillon du repas qu'il m'avait préparé,* se dit Tyrion, et pourtant il constata qu'il ne tirait aucun plaisir des déboires du grand chevalier.

Même enchaîné, Mormont paraissait dangereux, une brute massive aux gros bras épais et aux épaules arrondies. Tout ce poil noir et hirsute sur son torse le faisait sembler plus animal qu'humain. Ses deux yeux étaient pochés, deux cavités sombres dans ce visage bouffi de façon grotesque. Sur une joue, il portait une marque : un masque de démon.

Quand les esclavagistes avaient envahi le *Selaesori Qhoran,* ser Jorah les avait accueillis l'épée à la main, en éliminant trois avant de succomber sous le nombre. Leurs compagnons de navire l'auraient volontiers tué, mais le capitaine le leur interdit ; un combattant valait toujours une coquette somme. Aussi avait-on attaché Mormont au banc de nage, pour le battre presque jusqu'à la mort, l'affamer et le marquer.

« Grand et fort, celui-ci, déclara le commissaire-priseur. Il regorge de vigueur. Il offrira un beau spectacle, dans les arènes de combat. Je commence à trois cents. Qui veut relancer ? »

Personne.

Mormont n'accordait aucune attention à la foule disparate ; ses yeux étaient fixés au-delà des lignes de siège, sur la ville lointaine avec ses vieux remparts de brique multicolore. Tyrion savait lire ce regard aussi aisément qu'un livre : *si près et pourtant si loin.* Le pauvre diable était revenu trop tard. Daenerys Targaryen était mariée, leur avaient appris les gardes des enclos, hilares. Elle avait élu pour roi un esclavagiste de Meereen, aussi riche qu'il était noble, et une fois la paix signée et scellée, les arènes de combat de Meereen rouvriraient. D'autres esclaves soutenaient que les gardes mentaient, que jamais Daenerys Targaryen ne conclurait de paix avec des esclavagistes. *Mhysa*, l'appelaient-ils. Quelqu'un lui expliqua que cela signifiait *Mère*. Bientôt, la reine d'argent sortirait de sa cité pour écraser les Yunkaïis et briser leurs fers, se chuchotaient-ils entre eux.

Et ensuite, elle nous préparera une tarte au citron et fera un bisou sur nos bobos et nous serons tous guéris, se dit le nain. Il n'avait aucune confiance dans les sauvetages royaux. Si besoin était, il veillerait lui-même à leur délivrance. Pour Sol et lui, les champignons coincés dans le bout de sa botte suffiraient. Croque et Jolie Cochonne devraient se débrouiller tout seuls.

Nourrice poursuivit l'éducation des nouveaux trophées de son maître. « Faites tout ce qu'on vous dit et rien de plus, et vous vivrez comme de petits lords, dorlotés, choyés, promit-il. Désobéissez… Mais jamais vous ne désobéiriez, n'est-ce pas ? Pas mes mignons. » Il tendit la main et pinça la joue de Sol.

« Alors, deux cents, annonça le commissaire-priseur. Une grande brute comme lui, ça vaut trois fois ce prix. Quel garde du corps il ferait ! Aucun ennemi n'osera s'en prendre à vous !

— Venez, mes petits amis, dit Nourrice. Je vais vous montrer votre nouveau domicile. À Yunkaï, vous habiterez dans la pyramide d'or de Qaggaz et dînerez dans de la vaisselle d'argent, mais ici nous vivons simplement, dans d'humbles tentes de soldats.

— Qui m'en offrira cent ? » cria le commissaire-priseur.

Cela attira enfin une enchère, mais de seulement cinquante pièces d'argent. L'enchérisseur était un homme maigre en tablier de cuir.

« Et un », annonça la vieillarde en *tokar* violet.

Un des soldats souleva Sol pour l'installer à l'arrière de la charrette à mule. « Qui est cette vieille femme ? lui demanda le nain.

— Zahrina, dit l'homme. Combattants bon marché, elle. Viande pour héros. Vous ami mort bientôt. »

Ce n'était pas mon ami. Et pourtant, Tyrion Lannister se vit se tourner vers Nourrice pour dire : « Vous ne pouvez pas le lui laisser. »

Nourrice le regarda en plissant les yeux. « Quel est ce bruit que tu fais ? »

Tyrion tendit le doigt. « Celui-là. Il fait partie de notre spectacle. La Belle et l'ours. Jorah joue l'ours, Sol la Belle et moi le brave chevalier qui la sauve. Je danse autour de lui et je le frappe dans les couilles. C'est très drôle. »

Le factotum plissa les yeux pour mieux distinguer le bloc des enchères. « Lui ? » Les enchères pour Jorah Mormont avaient atteint deux cents pièces d'argent.

« Et un, renchérit la vieillarde en *tokar* violet.

— Votre ours. Je vois. » Nourrice disparut dans la foule, se pencha sur l'énorme Yunkaïi sur sa litière, chuchota à son oreille. Son maître opina, ses bajoues ballottant, puis leva son éventail. « Trois cents », lança-t-il d'une voix essoufflée.

La vieille se raidit et se détourna.

« Pourquoi as-tu fait ça ? demanda Sol, dans la Langue Commune.

Très bonne question, admit Tyrion. *Pourquoi l'ai-je fait ?* « Ton spectacle devenait ennuyeux. Tout baladin a besoin d'un ours danseur. »

Elle lui jeta un regard de reproche, puis se retira à l'arrière du chariot et s'assit, entourant Croque de ses bras comme si le chien était son dernier véritable ami au monde. *C'est peut-être le cas.*

Nourrice revint avec Jorah Mormont. Deux des esclaves soldats de leur maître le jetèrent à l'arrière de la carriole, entre les nains. Le chevalier ne résista pas. *Toute envie de lutter l'a quitté au moment où il a appris que sa reine était mariée*, comprit Tyrion. Un chuchotement avait accompli ce que les poings, les fouets et les massues n'avaient pas obtenu : le briser. *J'aurais dû le laisser à la vieillarde. Il va nous être aussi utile qu'une paire de tétons sur une cuirasse.*

Nourrice grimpa à l'avant de la carriole et saisit les rênes, et ils se mirent en route, traversant le camp des assiégeants jusqu'au bivouac de leur nouveau maître, le noble Yezzan zo Qaggaz. Quatre esclaves soldats marchaient au pas à leurs côtés, deux de chaque côté de la carriole.

Sol ne pleura pas, mais elle avait les yeux rouges et pitoyables, et ne les leva jamais de Croque. *Est-ce qu'elle s'imagine que tout ça va disparaître si elle ne le regarde pas ?* Ser Jorah Mormont ne voyait rien ni personne. Assis, recroquevillé, il méditait dans ses chaînes.

Tyrion regardait tout et tout le monde.

Le campement yunkaï n'était pas un seul camp, mais une centaine, édifiés côte à côte selon un croissant autour des murailles de Meereen, une cité de soie et de toile avec ses propres avenues et ses ruelles, ses tavernes et ses puterelles, ses bons quartiers et ses mauvais. Entre les lignes de siège et la baie, des tentes avaient poussé comme des champignons jaunes. Certaines étaient petites et dérisoires, rien de plus qu'une bâche de toile tachée pour s'abriter de la pluie et du soleil, mais à côté d'elles se dressaient des tentes casernes assez grandes pour accueillir une centaine de dormeurs, et des pavillons de soie vastes comme des palais, avec des harpies qui brillaient au sommet de leurs mâts de faîte. Certains camps étaient ordonnés, avec des tentes disposées en cercles concentriques autour de la fosse du feu, les armes et les cuirasses entassées autour de l'anneau central, les lignes des chevaux à l'extérieur. Ailleurs, semblait régner un pur chaos.

Les plaines autour de Meereen, sèches et cuites au soleil, s'étiraient, plates et nues, sur de longues lieues dénuées d'arbres, mais les navires yunkaïs avaient apporté du Sud du bois et des peaux de bœufs, assez pour édifier six énormes trébuchets. Ils étaient disposés sur trois côtés de la cité, tous sauf la berge du fleuve, entourés d'amas de pierres brisées et de barils de poix et de résine qui n'attendaient plus qu'une torche. Un des soldats qui escortaient la carriole vit dans quelle direction regardait Tyrion et il lui confia avec orgueil que chacun des trébuchets avait reçu un nom : Brise-Dragon, la Mégère, la Fille de la Harpie, la Méchante Sœur, le Spectre d'Astapor et le Poing de Mazdhan. Dominant de quarante pieds les tentes, les trébuchets constituaient les plus remarquables points de repère du camp des assiégeants. « À leur seule vue, la reine dragon est tombée à genoux, se vanta l'homme. Et elle va rester comme ça, à sucer la noble queue d'Hizdahr, sinon nous réduirons ses murailles en miettes. »

Tyrion vit un grand esclave qu'on fouettait, un coup après l'autre, jusqu'à ce que son dos ne soit plus que du sang et de la viande crue. Une file d'hommes passa, chargés de fers, cliquetant à chaque pas ; ils tenaient des piques et portaient des épées courtes, mais des chaînes les reliaient, poignet à poignet et cheville à cheville. L'air sentait la viande rôtie et il vit un homme écorcher un chien pour le mettre dans la marmite.

Il vit les morts aussi, et entendit les agonisants. Sous la fumée en suspension, l'odeur des chevaux et le vif goût salé de la baie, persistait un remugle de sang et de merde. *Une dysenterie,* comprit-il, en observant deux épées-louées qui emportaient le cadavre d'un troisième hors d'une tente. Ses doigts commencèrent à s'agiter. La maladie pouvait anéantir une armée plus vite que n'importe quelle bataille, avait-il entendu son père dire, une fois.

Raison de plus pour s'échapper, et vite.

À un quart de mille de là, il trouva une bonne occasion d'y réfléchir. Une foule s'était assemblée autour de trois esclaves capturés pendant une tentative d'évasion. « Je sais que mes petits trésors sont gentils et obéissants, déclara Nourrice. Voyez ce qui arrive à ceux qui essaient de s'enfuir. »

On avait attaché les captifs à une rangée de solives, et un duo de frondeurs les utilisait pour mettre leurs talents à l'épreuve. « Des Tolosiens, leur dit un des gardes. Les meilleurs frondeurs du monde. Ils lancent des balles en plomb mou, plutôt que des cailloux. »

Tyrion n'avait jamais perçu l'intérêt des frondes, alors que les arcs avaient une bien meilleure portée… Mais il n'avait encore jamais vu de Tolosiens à l'œuvre. Leurs balles de plomb causaient énormément plus de dégâts que les pierres lisses employées par d'autres frondeurs, et plus que n'importe quel arc, également. L'une d'elles frappa le genou d'un des captifs, et la rotule explosa dans une gerbe de sang et d'os, qui laissa le bas de la jambe de l'homme pendre par le cordon rouge sombre d'un tendon. *Ma foi, en voilà un qui n'ira plus courir,* reconnut Tyrion tandis que l'homme se mettait à hurler. Ses cris se mélangèrent dans l'air du matin aux rires des filles de camp et aux malédictions de ceux qui avaient parié une coquette somme que le frondeur manquerait son coup. Sol détourna les yeux, mais Nourrice l'attrapa sous le menton et lui tordit le cou en sens inverse. « Regarde, ordonna-t-il. Toi aussi, l'ours. »

Jorah Mormont leva la tête et dévisagea Nourrice. Tyrion vit la tension dans ses bras. *Il va l'étrangler, et ce sera la fin, pour nous tous.* Mais le chevalier se borna à grimacer, puis il se tourna pour observer le sanglant spectacle.

À l'est, les massifs remparts de briques de Meereen ondulaient à travers la chaleur matinale. Voilà le refuge que ces pauvres idiots avaient essayé d'atteindre. *Mais combien de temps restera-t-il un refuge ?*

Les trois candidats à l'évasion étaient morts avant que Nourrice ait repris les rênes. La carriole reprit sa route avec fracas.

Le camp de leur maître se trouvait au sud-est de la Mégère, presque dans son ombre, et s'étalait sur un hectare ou deux. L'humble tente de Yezzan zo Qaggaz se révéla être un palais de soie citron. Des harpies dorées se dressaient sur le mât central de chacun des neuf toits pointus, brillant au soleil. Des tentes plus modestes la cernaient de tous côtés. « Ce sont les lieux où vivent les cuisiniers, les concubines et les guerriers de notre noble maître, et quelques parents en moindre faveur, leur expliqua Nourrice, mais vous aurez le rare privilège de dormir dans le propre pavillon de Yezzan, mes petits chéris. Il prend plaisir à conserver près de lui ses trésors. » Il regarda Mormont en se rembrunissant. « Pas toi, l'ours. Tu es gros et laid, tu seras enchaîné dehors. » Le chevalier ne réagit pas. « Mais d'abord, vous devez tous recevoir vos colliers. »

Les colliers étaient en fer, légèrement dorés pour les faire scintiller à la lumière. Le nom de Yezzan était ciselé dans le métal en glyphes valyriens, et deux minuscules clochettes étaient attachées sous les oreilles, si bien que chaque pas de celui qui le portait produisait un joyeux petit tintement. Jorah Mormont reçut le sien dans un silence morose, mais Sol fondit en larmes tandis qu'on assujettissait le sien. « Qu'il est lourd ! » se plaignit-elle.

Tyrion lui pressa la main. « C'est de l'or massif, mentit-il. À Westeros, des dames de haute naissance rêvent d'un tel collier. » *Mieux vaut un collier qu'une marque. On peut toujours retirer un collier.* Il se souvint de Shae, et de la façon dont la chaîne d'or avait lui tandis qu'il la serrait de plus en plus étroitement autour de sa gorge.

Ensuite, Nourrice fit attacher les chaînes de ser Jorah à un poteau près du feu des cuisines, tandis qu'il escortait les deux nains à l'intérieur du pavillon du maître et leur indiquait où ils dormiraient, dans une alcôve dotée d'un tapis et séparée de la tente principale par des parois de soie jaune. Ils partageraient cet espace avec d'autres trésors de Yezzan : un gamin avec des jambes torses et velues, des « pattes de bouc » ; une fille à deux têtes, originaire de Mantarys ; une femme à barbe ; et une ondulante créature appelée Douceur qui se vêtait d'opales et de dentelle de Myr. « Vous essayez de décider si je suis un homme ou une femme », leur dit Douceur quand on la présenta aux nains. Puis elle souleva ses jupes et leur montra ce qui se trouvait dessous. « Je suis les deux, et c'est moi que le maître préfère. »

Une galerie de monstres, comprit Tyrion. *Quelque part, il y a un dieu qui se tord de rire.* « Ravissant, répondit-il à Douceur, qui avait les cheveux pourpres et des yeux violets, mais nous espérions être les plus jolis, pour une fois. »

Douceur ricana, mais cela n'amusa pas Nourrice. « Réserve tes plaisanteries pour ce soir, quand vous vous produirez devant notre noble maître. Si vous lui plaisez, vous serez bien récompensés. Sinon... » Il gifla Tyrion en pleine figure.

« Il faudra faire attention avec Nourrice, leur dit Douceur après le départ du factotum. C'est le seul véritable monstre, ici. » La femme à barbe parlait un type incompréhensible de ghiscari, le garçon chèvre un sabir guttural de marin appelé la langue du commerce. La fille à deux têtes était simple d'esprit ; une tête, pas plus grosse qu'une orange, ne parlait pas du tout, l'autre avait les dents limées et était susceptible de grogner si l'on approchait trop de sa cage. Mais Douceur parlait couramment quatre langues, dont le haut valyrien.

« À quoi ressemble le maître ? demanda Sol avec inquiétude.

— Il a les yeux jaunes et il pue, répondit Douceur. Il y a dix ans, il est allé à Sothoros et depuis lors, il pourrit de l'intérieur. Faites-lui oublier qu'il se meurt, même un court moment, et il peut se montrer très généreux. Ne lui refusez rien. »

Ils n'eurent que l'après-midi pour apprendre la vie des biens matériels. Les esclaves personnels de Yezzan remplirent d'eau chaude un baquet et les nains eurent la permission de se baigner – Sol d'abord, puis Tyrion. Ensuite, un autre esclave étala un onguent cuisant sur les coupures de son dos afin de les empêcher de se mortifier, avant de les couvrir d'une compresse fraîche. On coupa les cheveux de Sol, et on tailla la barbe de Tyrion. On leur donna des babouches souples et des vêtements neufs, simples, mais propres.

Alors que tombait le soir, Nourrice revint leur annoncer qu'il était temps d'endosser leur plate de baladins. Yezzan recevait le commandant suprême des forces yunkaïies, le noble Yurkhaz zo Yunzak, et on attendait d'eux une représentation. « Faut-il détacher votre ours ?

— Pas ce soir, répondit Tyrion. Commençons par jouter devant notre maître, et gardons l'ours pour une autre occasion.

— Fort bien. Une fois vos cabrioles achevées, vous aiderez comme serveurs et échansons. Veillez à ne rien renverser sur les invités, ou il vous en cuira. »

Un jongleur entama les festivités de la soirée. Puis vint un énergique trio d'acrobates. Après eux, le garçon aux pattes de bouc apparut et exécuta une gigue grotesque, tandis qu'un des esclaves de Yurkhaz jouait d'une flûte en os. Tyrion eut presque envie de lui demander s'il connaissait *Les Pluies de Castamere*. En attendant leur tour de se produire, il observa Yezzan et ses invités. Le pruneau humain occupant la place d'honneur, à l'évidence le commandant suprême des forces yunkaïies, paraissait aussi formidable qu'un étron mou. Une douzaine d'autres seigneurs yunkaïis étaient à son service. Deux capitaines épées-louées se trouvaient également présents, chacun accompagné d'une douzaine d'éléments de sa compagnie. L'un d'eux était un Pentoshi élégant, aux cheveux gris, vêtu de soie à l'exception de sa cape, une loque cousue de dizaines de bandeaux de tissus déchirés et tachés de sang. L'autre capitaine était l'homme qui avait essayé de les acheter ce matin-là, l'enchérisseur à la peau mate et à la barbe poivre et sel. « Brun Ben Prünh, le nomma Douceur. Capitaine des Puînés. »

Un Ouestrien, et un Prünh de surcroît. De mieux en mieux.

« Vous passez ensuite, les informa Nourrice. Soyez amusants, mes petits chéris, ou vous regretterez de ne pas l'avoir été. »

Tyrion n'avait pas maîtrisé la moitié des anciens tours de Liard, mais il savait chevaucher la truie, tomber quand il le devait, rouler et bondir de nouveau sur ses pieds. Tout cela reçut un excellent accueil. Le spectacle de petites personnes qui couraient comme des ivrognes et se frappaient avec des armes en bois semblait aussi désopilant dans un camp d'assiégeants sur les bords de la baie des Serfs qu'au banquet de noces de Joffrey à Port-Réal. *Le mépris,* songea Tyrion, *ce langage universel.*

C'était leur maître Yezzan qui riait le plus fort et le plus long-temps chaque fois qu'un de ses nains faisait une chute ou rece-vait un coup, tout son vaste corps agité comme du suif dans un tremblement de terre ; ses invités attendaient de voir la réaction de Yurkhaz zo Yunzak avant de l'imiter. Le commandant suprême paraissait si frêle que Tyrion eut peur que rire ne le tuât. Quand le casque de Sol fut arraché par un coup et s'envola sur les genoux d'un Yunkaïi renfrogné en *tokar* rayé vert et or, Yurkhaz gloussa comme une poule. Quand le lord en question plongea la main dans le casque et en retira un gros melon mauve ruisselant de pulpe, il chuinta jusqu'à ce que son visage vire au même coloris que le fruit. Il se retourna vers son hôte et mur-mura quelque chose qui fit pouffer et se pourlécher leur maître... bien qu'un soupçon de colère passât dans ces yeux jaunes plissés, sembla-t-il à Tyrion.

Après le numéro, les nains se dépouillèrent de leur armure de bois et des tenues trempées de sueur au-dessous pour se changer et revêtir les tuniques jaunes propres qu'on leur avait fournies pour servir. On confia à Tyrion une carafe de vin mauve, à Sol une carafe d'eau. Ils circulèrent sous la tente en remplissant les coupes, leurs pieds chaussés de babouches chuchotant sur les épais tapis. La tâche était plus pénible qu'il n'y paraissait. Sous peu, Tyrion ressentit de mauvaises crampes dans ses jambes, et une des entailles sur son dos avait recommencé à saigner, le rouge transperçant le tissu jaune de sa tunique. Tyrion se mordit la langue et continua à verser.

La plupart des invités ne leur accordaient pas plus d'attention qu'aux autres esclaves... mais un Yunkaïi ivre clama que Yezzan devrait faire baiser les deux nains ensemble, et un autre exigea de savoir comment Tyrion avait perdu son nez. *Je l'ai fourré dans le con de ta femme, et elle l'a sectionné d'un coup de dents*, manqua-t-il répondre... Mais la tempête l'avait convaincu qu'il ne tenait pas à mourir tout de suite, aussi se borna-t-il à dire : « On me l'a tranché pour punir mon insolence, seigneur. »

C'est alors qu'un lord en *tokar* bleu frangé d'yeux de tigre se souvint que Tyrion s'était vanté de son talent au *cyvosse*, pen-dant la vente aux enchères. « Mettons-le à l'épreuve », proposa-t-il. On apporta aussitôt une table et ses pièces. À peine quelques instants plus tard, le seigneur, le visage rubicond, envoyait promener la table avec fureur, dispersant les pièces sur les tapis, sous les rires des Yunkaïis.

« Tu aurais dû le laisser gagner », chuchota Sol.

Brun Ben Prünh souleva la table renversée en souriant. « Et maintenant, essaie avec moi, nain. Quand j'étais plus jeune, les Puînés ont pris un contrat avec Volantis. J'y ai appris le jeu.

— Je ne suis qu'un esclave. À mon noble maître de décider du moment où je joue et de l'adversaire que j'affronte. » Tyrion se retourna vers Yezzan. « Maître ? »

L'idée parut amuser le seigneur jaune. « Quels enjeux proposez-vous, capitaine ?

— Si je gagne, donnez-moi cet esclave, répondit Prünh.

— Non, décida Yezzan zo Qaggaz. Mais si vous parvenez à vaincre mon nain, vous aurez le prix que je l'ai payé, en or.

— Conclu », dit l'épée-louée. Les pièces culbutées furent ramassées sur le tapis et ils s'assirent pour jouer.

Tyrion remporta la première manche. Prünh gagna la seconde, pour le double des enjeux. Tandis qu'ils s'installaient pour une troisième manche, le nain étudia son adversaire. Brun de peau, les joues et la mâchoire couvertes d'une barbe courte de poils raides gris et blancs, le visage raviné par mille rides et quelques anciennes cicatrices, Prünh avait la mine aimable, en particulier quand il souriait. *Le fidèle serviteur*, décida Tyrion. *L'oncle préféré de tout le monde, débordant de petits rires, de vieilles maximes et de sagesse un peu fruste.* Tout cela était un masque. Ces sourires ne montaient jamais jusqu'aux yeux de Prünh, où la cupidité se cachait derrière un voile de prudence. *Affamé, mais méfiant, celui-là.*

L'épée-louée jouait presque aussi mal que le seigneur yunkaïi, mais il privilégiait la régularité et la ténacité sur la hardiesse. Ses dispositions d'ouverture changeaient à chaque fois, mais demeuraient pourtant identiques – classiques, défensives, passives. *Il ne joue pas pour gagner*, comprit Tyrion. *Il joue pour ne pas perdre.* La tactique avait fonctionné au cours de leur deuxième partie, quand le petit homme s'était trop dispersé sur un assaut imprudent. Elle n'opéra pas à la troisième, ni à la quatrième, ni à la cinquième, qui fut aussi leur dernière.

Vers la fin de cet ultime affrontement, avec sa forteresse en ruine, son dragon mort, des éléphants face à lui et de la cavalerie lourde qui prenait son arrière-garde dans un mouvement tournant, Prünh leva les yeux en souriant et déclara : « Yollo a encore gagné. La mort en quatre coups.

— En trois. » Tyrion tapota son dragon. « J'ai eu de la chance. Peut-être devriez-vous frictionner mon crâne un bon coup avant notre prochaine partie, capitaine. Un peu de cette chance pourrait déteindre sur vos doigts. » *Tu perdras quand même, mais la partie y gagnera peut-être en intérêt.* En souriant, il s'écarta de la table de *cyvosse*, reprit sa carafe de vin et recommença à servir, laissant un Yezzan zo Qaggaz considérablement enrichi et un Brun Ben Prünh considérablement appauvri. Au cours de la troisième partie, son titanesque maître avait sombré dans un sommeil aviné, sa coupe échappant à ses doigts jaunis pour répandre son contenu sur le tapis, mais peut-être serait-il content au réveil.

Lorsque Yurkhaz zo Yunzak, commandant suprême des forces yunkaïies, prit congé, soutenu par une paire de solides esclaves, il sembla donner aux autres invités le signal du départ général. Une fois que la tente fut vide, Nourrice réapparut pour annoncer aux serviteurs qu'ils pouvaient faire leur propre banquet avec les restes. « Dépêchez-vous de manger. Tout ceci devra être nettoyé avant que vous alliez dormir. »

Tyrion était à genoux, les jambes douloureuses et son dos ensanglanté hurlant de douleur, en train d'essayer d'effacer la tache de vin renversé laissée sur le tapis par le noble Yezzan, quand le factotum lui tapota gentiment la joue avec le bout de son fouet. « Yollo. Tu t'es bien comporté. Toi et ton épouse.

— Ce n'est pas mon épouse.

— Ta putain, alors. Debout, tous les deux. »

Tyrion se leva maladroitement, une jambe tremblant sous lui. Il avait les cuisses nouées, tellement saisies de crampes que Sol dut lui tendre la main pour l'aider à se remettre debout. « Qu'avons-nous fait ?

— Tant et plus, déclara le factotum. Nourrice vous a dit que vous seriez récompensés si vous satisfaisiez votre père, n'est-ce pas ? Bien que le noble Yezzan répugne à perdre ses petits trésors, comme vous l'avez vu, Yurkhaz zo Yunzak l'a convaincu qu'il serait égoïste de garder d'aussi cocasses gambades pour lui seul. Réjouissez-vous ! Pour célébrer la signature de la paix, vous aurez l'honneur de jouter dans la Grande Arène de Daznak. Ils seront des milliers à venir vous voir ! Des dizaines de milliers ! Et, oh, que nous allons rire ! »

JAIME

Le château de Corneilla était ancien. Entre ses vieilles pierres, la mousse poussait dru, entoilant ses murs comme des varices sur des jambes de vieillarde. Deux énormes tours flanquaient la porte principale du château et de plus petites défendaient chaque angle de ses remparts. Toutes étaient carrées. Des tours rondes ou des demi-lunes résistaient mieux aux catapultes, puisque la courbure du mur avait plus de chances de dévier les pierres, mais Corneilla précédait cette habile découverte des architectes.

Le château dominait la large vallée fertile que les cartes et les hommes avaient appelée le val Nerbosc, le val du Bois noir. Val, certes, c'en était un, sans aucun doute, mais nul bois n'avait poussé ici depuis plusieurs millénaires, qu'il fût noir, brun ou vert. Jadis, oui, mais les haches avaient depuis longtemps abattu les arbres. Des maisons, des moulins et des redoutes s'étaient dressés où autrefois se tenaient de hauts chênes. Le sol nu et boueux se ponctuait çà et là de congères de neige en train de fondre.

Dans l'enceinte du château, en revanche, persistait encore un peu de forêt. La maison Nerbosc révérait les anciens dieux et pratiquait comme l'avaient fait les Premiers Hommes avant l'arrivée des Andals à Westeros. Certains arbres de leur bois sacré étaient réputés aussi anciens que les tours carrées de Corneilla, et singulièrement l'arbre-cœur, un barral de taille colossale dont les ramures supérieures se voyaient à des lieues, tels des doigts osseux griffant le ciel.

Lorsque Jaime Lannister et son escorte, sinuant à travers le moutonnement des collines, pénétrèrent dans le val, il ne restait plus grand-chose des champs, des fermes et des vergers qui avaient jadis entouré Corneilla – rien que de la boue et des cendres et, ici ou là, les coquilles noircies de maisons et de moulins. Dans cette désolation croissaient mauvaises herbes, ronces et orties, mais rien qu'on pût qualifier de récolte. Partout où Jaime portait son regard, il voyait la main de son père, même dans les ossements qu'ils apercevaient parfois en bordure de route. Des moutons, pour la plupart, mais on voyait également des chevaux, du bétail et, de temps en temps, un crâne humain ou un squelette décapité dont les herbes folles envahissaient la cage thoracique.

Corneilla n'était pas encerclée par de grands osts, comme cela s'était passé à Vivesaigues. Ici, le siège était une affaire plus intime, un nouveau pas dans une danse qui remontait à bien des siècles. Au mieux, Jonos Bracken avait cinq cents hommes autour du château. Jaime ne voyait ni beffroi de siège, ni boutoir, ni catapulte. Bracken n'avait nulle intention d'enfoncer les portes de Corneilla ni de prendre d'assaut ses hauts remparts épais. Sans perspective de renforts, il se satisfaisait de réduire son rival par la faim. Assurément, il y avait eu au début du siège des sorties et des escarmouches, et des échanges de flèches ; au bout de la moitié d'un an, tout le monde était trop épuisé pour s'adonner à de pareilles sottises. L'ennui et la routine, les ennemis de la discipline, avaient pris le dessus.

Il est grand temps de régler ceci, songeait Jaime Lannister. Maintenant que Vivesaigues était en sécurité dans les mains des Lannister, Corneilla constituait le dernier bastion de l'éphémère royaume du Jeune Loup. Une fois qu'elle aurait capitulé, le travail de Jaime sur le Trident serait achevé et il serait libre de revenir à Port-Réal. *Au roi*, se dit-il, mais une autre partie de lui souffla : *à Cersei.*

Il devrait l'affronter, il s'en doutait. En supposant que le Grand Septon ne l'avait pas mise à mort quand il regagnerait la cité. « *Viens tout de suite* », écrivait-elle dans la lettre qu'il avait fait brûler par Becq à Vivesaigues. « *Aide-moi. Sauve-moi. J'ai besoin de toi aujourd'hui comme jamais je n'ai eu besoin de toi auparavant. Je t'aime. Je t'aime. Je t'aime. Viens tout de suite.* » Son besoin d'aide était réel, Jaime n'en doutait pas. Quant au reste... *Elle a baisé avec Lancel, Osmund Potaunoir, et*

Lunarion pour ce que j'en sais... Même s'il était revenu, il n'aurait pu espérer la sauver. Elle était coupable de toutes les trahisons dont on l'accusait, et Jaime avait une main d'épée en moins.

Lorsque la colonne arriva des champs au petit trot, les sentinelles les considérèrent avec plus de curiosité que de peur. Nul ne sonna l'alarme, ce qui convenait fort bien à Jaime. Le pavillon de lord Bracken ne se révéla pas très compliqué à localiser. C'était le plus grand du camp, et le mieux situé ; sis au sommet d'une légère éminence, près d'un ruisseau, il jouissait d'une vue dégagée sur deux des portes de Corneilla.

La tente était marron, comme l'étendard qui claquait à son mât central, où l'étalon rouge de la maison Bracken se cabrait sur son blason d'or. Jaime donna ordre de mettre pied à terre et indiqua aux hommes qu'ils pouvaient aller fraterniser s'ils le souhaitaient. « Pas vous deux, précisa-t-il à ses porte-bannière. Restez tout près. Ça ne prendra pas longtemps. » Jaime sauta d'Honneur pour se diriger d'un pas décidé vers la tente de Bracken, son épée cliquetant dans son fourreau.

Les gardes en poste devant le rabat de la tente échangèrent un coup d'œil inquiet à son approche. « Messire, dit l'un. Devons-nous vous annoncer ?

— Je m'annoncerai tout seul. » Jaime écarta le rabat avec sa main dorée et s'inclina pour le passer.

Ils étaient bel et bien en pleine action quand il entra, tant préoccupés de leur copulation qu'aucun ne remarqua sa venue. La femme avait les yeux clos. Ses mains agrippaient le poil rude et brun sur le dos de Bracken. Elle hoquetait chaque fois qu'il la tabourait. Sa Seigneurie avait la tête enfouie entre ses seins, les mains nouées sur ses hanches. Jaime s'éclaircit la gorge. « Lord Jonos. »

Les yeux de la femme s'ouvrirent tout grand et elle poussa un cri de surprise. Jonos Bracken roula de sur elle, saisit son fourreau et se redressa, l'acier nu à la main, en sacrant. « *Par sept foutus enfers*, commença-t-il, *qui ose...* » Puis il vit la cape blanche et la cuirasse dorée de Jaime. La pointe de son épée retomba. « Lannister ?

— Je suis navré d'interrompre vos plaisirs, messire, déclara Jaime avec un demi-sourire, mais je suis quelque peu pressé. Pouvons-nous parler ?

— Parler. Certes. » Lord Jonos rengaina son épée. Il n'était point si grand que Jaime, mais plus lourd, avec une carrure épaisse et des bras qui auraient excité l'envie d'un forgeron. Un chaume court et brun couvrait ses joues et son menton. Il avait les yeux bruns aussi, pleins d'une colère mal dissimulée. « Je n'étais pas averti de votre arrivée, messire. Elle me prend au dépourvu.

— Il me semblait que c'était vous qui la preniez », répondit Jaime en adressant un sourire à la femme dans le lit. Elle avait une main posée sur le sein gauche et l'autre entre ses jambes, ce qui laissait son sein droit exposé. Ses aréoles, plus sombres que celles de Cersei, avaient le triple de leur taille. Quand elle sentit le regard de Jaime, elle se couvrit le sein droit, mais cela exposa son minon. « Toutes les filles du camp sont-elles si pudiques ? s'étonna-t-il. Si un homme veut vendre ses navets, il lui faut les exposer.

— Vous lorgnez mes navets depuis que zêtes entré, ser. » La femme trouva la couverture et la tira assez haut pour se couvrir jusqu'à la taille, puis elle leva une main pour écarter ses cheveux de ses yeux. « Et puis, 'sont pas à vendre. »

Jaime haussa les épaules. « Pardonnez-moi si je vous ai prise pour ce que vous n'êtes pas. Mon petit frère a connu cent catins, je n'en doute pas, mais je n'ai couché qu'avec une seule.

— C'est une prise de guerre. » Bracken récupéra son haut-de-chausses sur le plancher et le fit claquer pour le déployer. « Elle appartenait à une des épées liges de Nerbosc jusqu'à ce que je lui fende le crâne en deux. Baisse donc tes mains, bonne femme. Messire Lannister veut pouvoir regarder ces tétons. »

Jaime ignora la remarque. « Vous enfilez vos chausses à l'envers, messire », prévint-il Bracken. Tandis que Jonos jurait, la femme se glissa hors du lit pour ramasser ses vêtements épars, ses doigts voletant nerveusement de ses seins à sa fente tandis qu'elle se penchait, se tournait et tendait la main. Ses efforts pour se dissimuler étaient curieusement provocants, beaucoup plus que si elle avait simplement vaqué toute nue à sa tâche. « Avez-vous un nom, la femme ? lui demanda-t-il.

— Ma mère m'a nommée Hildy, ser. » Elle enfila une chemise sale par-dessus sa tête et secoua ses cheveux pour les dégager. Elle avait la figure presque aussi crasseuse que les pieds, et assez de poil entre les jambes pour passer pour la sœur de Bracken, mais il y avait tout de même en elle quelque chose d'attrayant. Ce nez épaté, sa crinière hirsute… ou la manière dont elle exécuta une petite courbette après avoir enfilé son jupon. « Avez-vous vu mon autre chaussure, m'sire ? »

La question sembla irriter lord Bracken. « Mais pour qui me prends-tu, foutre ? Ta femme de chambre, pour que j'aille te quérir tes chaussures ? Va pieds nus, s'il le faut. Mais file.

— Cela signifie-t-il que vous ne m'emmènerez pas chez vous, m'sire, pour prier auprès de votre petite femme ? » En riant, Hildy jeta à Jaime un coup d'œil impudent. « Avez-vous une petite femme, ser ? »

Non, j'ai une sœur. « De quelle couleur est ma cape ?

— Blanche, répondit-elle, mais votre main est d'or massif. Ça me plaît, chez un homme. Et vous préférez quoi chez une femme, m'sire ?

— L'innocence.

— Chez une femme, j'ai dit. Pas chez votre fille. »

Il songea à Myrcella. *Il faudra aussi que je le lui dise.* Les Dorniens pourraient ne pas apprécier. Doran Martell l'avait promise à son fils avec l'idée qu'elle était du même sang que Robert. *Des nœuds et des entrelacs,* se dit Jaime en regrettant de ne pouvoir trancher tout cela d'un prompt coup d'épée. « J'ai prêté serment, dit-il à Hildy avec lassitude.

— Pas de navets pour vous, en ce cas, repartit la drôlesse avec impudeur.

— *Décampe* », rugit lord Jonos à son adresse.

Ce qu'elle fit. Mais en se glissant devant Jaime, serrant une chaussure et le tas de ses vêtements, elle tendit la main vers le bas et lui pressa la queue à travers le haut-de-chausses. « *Hildy* », lui rappela-t-elle avant de déguerpir, à demi vêtue, hors de la tente.

Hildy, se dit Jaime, songeur. « Et comment se porte madame votre épouse ? demanda-t-il à lord Jonos quand la fille eut disparu.

— Que voulez-vous que j'en sache ? Interrogez son septon. Lorsque votre père a incendié notre château, elle a décidé que les dieux nous punissaient. Désormais, elle ne fait plus que prier. » Jonos avait enfin passé son haut-de-chausses dans le bon sens et se le laçait. « Qu'est-ce qui vous amène ici, messire ? Le Silure ? Nous avons appris qu'il s'était enfui.

— Vraiment ? » Jaime s'assit sur un tabouret. « Pas par le bougre en personne, par hasard ?

— Ser Brynden n'est pas assez fou pour accourir chez moi. J'ai de l'affection pour le personnage, je ne le nie point. Cela ne me retiendra pas de le coller aux fers s'il présente sa trogne près de moi ou des miens. Il sait que j'ai ployé le genou. Il aurait dû en faire autant, mais il a toujours été cabochard. Son frère aurait pu vous en dire autant.

— Tytos Nerbosc n'a pas ployé le genou, fit observer Jaime. Se pourrait-il que le Silure ait cherché refuge à Corneilla ?

— Il pourrait, mais pour le trouver, il devrait franchir mes lignes de siège et, aux dernières nouvelles, il ne lui était point poussé des ailes. Tytos aura lui-même bientôt besoin d'un refuge. Ils en sont réduits aux rats et aux racines, là-dedans. Il capitulera avant la prochaine pleine lune.

— Il capitulera avant que le soleil se couche. J'ai l'intention de lui présenter des conditions et de l'accepter de nouveau dans la paix du roi.

— Je vois. » Lord Jonos se tortilla pour enfiler une tunique de laine brune portant l'étalon rouge de Bracken brodé sur l'avant. « Voulez-vous prendre une corne de bière, messire ?

— Non, mais ne vous desséchez point à cause de moi. »

Bracken se remplit une corne, en but la moitié et s'essuya la bouche. « Vous parliez de conditions. De quel genre ?

— Les termes habituels. On exigera de lord Nerbosc qu'il confesse sa trahison et abjure ses allégeances aux Stark et aux Tully. Il prêtera solennellement serment devant les hommes et les dieux de demeurer dorénavant féal vassal d'Harrenhal et du Trône de Fer, et je lui accorderai le pardon au nom du roi. Nous prélèverons un ou deux pots d'or, bien entendu. Le prix de la rébellion. Je demanderai également un otage, afin de garantir que Corneilla ne se soulèvera plus.

— Sa fille, suggéra Bracken. Nerbosc a six fils, mais une seule fille. Il en raffole. Une morveuse petite drôlesse, elle ne doit pas avoir plus de sept ans.

— C'est jeune, mais elle pourrait convenir. »

Lord Jonos vida sa corne de bière et l'envoya promener. « Et qu'en est-il des terres et des châteaux qui nous ont été promis ?

— De quelles terres parlez-vous ?

— La rive orientale de la Veuve, de la crête de l'Arbalète jusqu'au Pacage au Rut, et toutes les îles de la rivière. Les moulins de Meueblé et du Seigneur, les ruines de Fort d'Alluve, de la Ravissée, la vallée de la Bataille, Vieilleforge, les villages de Boucle, Nerboucle, Cairns et la Mare-argile, et le bourg de Tomballuve. Bois-aux-Vespes, le bois de Lorgen, Vertebutte et les Tétons de Barba. Chez les Nerbosc, on les appelle les Tétons de

Missy, mais ce furent d'abord ceux de Barba. La Miélaie et toutes les ruches. Tenez, je vous les ai indiqués, si vous voulez jeter un coup d'œil, messire. » Il farfouilla sur une table et exhiba une carte tracée sur parchemin.

Jaime la prit de sa main valide, mais dut employer celle en or pour l'ouvrir et la maintenir à plat. « Voilà beaucoup de terres, observa-t-il. Vous allez accroître vos domaines d'un quart. »

La bouche de Bracken se figea dans un pli obstiné. « Toutes ces terres appartenaient autrefois à la Haye-Pierre. Les Nerbosc nous les ont volées.

— Et ce village ici, entre les Tétons ? » Jaime tapota la carte d'une phalange dorée.

« L'Arbre-sous. Celui-là nous appartenait aussi, jadis, mais c'est un fief royal depuis cent ans. Laissez cela en dehors. Nous ne demandons que les terres volées par les Nerbosc. Le seigneur votre père avait promis de nous les restituer, si nous réduisions lord Tytos pour lui.

— Et pourtant en arrivant à cheval, j'ai vu voler des bannières de Tully sur les murs du château, ainsi que le loup-garou de Stark. Cela semblerait indiquer que lord Tytos n'a pas été réduit.

— Nous l'avons chassé du champ de bataille, lui et les siens, et enfermés dans Corneilla. Donnez-moi assez d'hommes pour prendre les murailles d'assaut, messire, et je réduirai tout le lot à la tombe.

— Si je vous donnais assez d'hommes, c'est eux qui réduiraient, et non pas vous. Auquel cas, je devrais me récompenser moi-même. » Jaime laissa la carte s'enrouler de nouveau. « Je vais conserver ceci, si je puis.

— La carte est à vous. Les terres sont à nous. On dit qu'un Lannister paie toujours ses dettes. Nous avons combattu pour vous.

— Pas moitié tant que contre nous.

— Le roi nous a pardonné cela. J'ai perdu mon neveu sous vos épées, et mon fils naturel. Votre Montagne a volé ma récolte et brûlé tout ce qu'il ne pouvait point emporter. Il a passé mon château à la torche et violé une de mes filles. J'exige dédommagement.

— La Montagne n'est plus, ni mon père, lui répondit Jaime, et certains trouveraient votre tête un dédommagement suffisant. Vous vous êtes déclaré pour Stark, après tout, et lui avez été loyal jusqu'à ce que lord Walder le tue.

— L'assassine, lui et une douzaine de braves de mon propre sang. » Lord Jonos détourna la tête et cracha. « Certes, j'ai été loyal envers le Jeune Loup. Ainsi que je le serai envers vous, tant que vous me traiterez avec justice. J'ai ployé le genou, car je ne voyais pas de sens à mourir pour des morts, non plus qu'à verser le sang des Bracken pour une cause perdue.

— Un homme prudent. » *Même si certains pourraient juger plus honorable la conduite de lord Nerbosc.* « Vous aurez vos terres. Une partie, tout au moins. Puisque vous avez réduit les Nerbosc en partie. »

Cela parut satisfaire lord Jonos. « Nous serons contents de toute portion que vous jugerez équitable, messire. Si je puis offrir un conseil, cependant, il ne sert de rien d'agir avec trop de bonté avec ces Nerbosc. Ils ont la cautèle dans le sang. Avant l'arrivée des Andals à Westeros, la maison Bracken régnait sur cette rivière. Nous étions rois et les Nerbosc nos vassaux, mais ils nous ont trahis et ont usurpé la couronne. Chaque Nerbosc est né tourne-casaque. Vous feriez bien de vous en souvenir quand vous établirez vos conditions.

— Oh, je n'y manquerai pas », promit Jaime.

Quand il quitta Bracken et le camp des assiégeants pour les portes de Corneilla, Becq passa devant lui, porteur d'une bannière de paix. Avant qu'ils aient atteint le château, vingt paires d'yeux les observaient depuis les remparts de la porte de garde. Il fit arrêter Honneur au bord des douves, une profonde tranchée bordée de pierre, aux eaux vertes asphyxiées d'écume. Jaime allait ordonner à ser Kennos de sonner de la trompe de Sarocq quand le pont-levis commença à s'abaisser.

Lord Tytos Nerbosc vint à sa rencontre dans la large cour, monté sur un destrier aussi efflanqué que lui. Très grand et très maigre, le sire de Corneilla avait le nez busqué, les cheveux longs et une barbe éparse poivre et sel où le sel surpassait le poivre. Incrusté en argent sur la cuirasse de son armure écarlate polie figurait un arbre blanc nu et mort, entouré de corneilles en onyx qui prenaient leur essor. Une cape en plumes de corneilles frémissait à ses épaules.

« Lord Tytos, dit Jaime.

— Ser.

— Merci de me permettre d'entrer.

— Je ne dirai pas que vous êtes le bienvenu. Je ne nierai pas non plus que j'espérais votre arrivée. Vous êtes ici pour mon épée.

— Je suis ici pour mettre un terme à tout cela. Vos hommes ont vaillamment combattu, mais votre guerre est perdue. Êtes-vous prêt à capituler ?

— Devant le roi. Pas devant Jonos Bracken.

— Je comprends. »

Nerbosc hésita un moment. « Souhaitez-vous que je mette pied à terre et que je m'agenouille devant vous ici et maintenant ? »

Cent yeux les observaient. « Le vent est froid et la cour boueuse, décida Jaime. Vous pourrez vous agenouiller sur le tapis dans vos appartements, une fois que nous nous serons accordés sur les conditions.

— Vous êtes chevaleresque, déclara lord Tytos. Venez, ser. Mon château manque peut-être de nourriture, mais jamais de courtoisie. »

Les appartements de Nerbosc se trouvaient au premier étage d'un caverneux donjon de bois. Un feu flambait dans l'âtre quand ils entrèrent. La pièce était vaste et aérée, avec de grands madriers de chêne noirci en soutènement du haut plafond. Des tapisseries de laine couvraient les murs, et une paire de larges portes à meneaux donnaient sur le bois sacré. À travers leurs épais carreaux losangés de verre jaune, Jaime aperçut les ramures noueuses de l'arbre qui avait inspiré les armes du châ-teau. C'était un barral ancien et colossal, dix fois plus grand que celui du Jardin de Pierre de Castral Roc. Mais celui-ci était nu et mort.

« Les Bracken l'ont empoisonné, expliqua son hôte. Depuis mille ans il n'a pas produit une feuille. Dans mille autres, il se sera changé en pierre, disent les mestres. Les barrals ne pour-rissent jamais.

— Et les corneilles ? demanda Jaime. Où sont-elles ?

— Elles arrivent au crépuscule et restent posées là toute la nuit. Par centaines. Elles couvrent l'arbre comme un noir feuillage, chaque branche et chaque brindille. Elles viennent depuis des millénaires. Comment, pourquoi, nul ne saurait le dire, et pourtant l'arbre les attire chaque soir. » Nerbosc s'assit dans un fauteuil à haut dossier. « L'honneur exige que je vous interroge sur mon seigneur suzerain.

— Ser Edmure est prisonnier et fait route vers Castral Roc. Son épouse demeurera aux Jumeaux jusqu'à la naissance de son enfant. Ensuite elle et le marmot le rejoindront. Tant qu'il n'essaiera pas de s'évader ni de fomenter une rébellion, Edmure aura longue vie.

— Longue et amère. Une vie sans honneur. Jusqu'à son dernier jour, les hommes diront qu'il a eu peur de se battre. »

Injustement, songea Jaime. *C'est pour son enfant qu'il a eu peur. Il savait de qui je suis le fils, mieux que ma propre tante.* « Le choix lui appartenait. Son oncle nous aurait fait verser le sang.

— Nous sommes en accord sur ce point. » La voix de Nerbosc ne trahissait rien. « Qu'avez-vous fait de ser Brynden, si je puis vous poser la question ?

— Je lui ai proposé de prendre le noir. Mais il a fui. » Jaime sourit. « L'auriez-vous ici, par hasard ?

— Non.

— Me le diriez-vous, si vous l'aviez ? »

Ce fut au tour de Tytos Nerbosc de sourire.

Jaime joignit les mains, ses doigts d'or à l'intérieur de ceux de chair. « Peut-être est-il temps que nous parlions de conditions.

— Est-ce ici que je dois me mettre à genoux ?

— Si cela vous plaît. Ou nous pouvons dire que vous l'avez fait. »

Lord Nerbosc resta assis. Ils parvinrent rapidement à un accord sur les points principaux : confession, féauté, pardon, une certaine somme d'or et d'argent à verser. « Quelles terres demandez-vous ? » s'enquit lord Tytos. Quand Jaime lui tendit la carte, il jeta un seul coup d'œil et eut un petit rire. « Bien entendu. Le tourne-casaque doit recevoir sa récompense.

— Oui, mais moindre qu'il l'imagine, pour un moindre service rendu. De laquelle de ces terres consentirez-vous à vous séparer ? »

Lord Tytos réfléchit un moment. « Haie-du-Bois, la crête de l'Arbalète et Boucle.

— Une ruine, une crête et quelques taudis ? Allons, messire. Vous devez souffrir, pour votre trahison. Il voudra au moins un des moulins. » Les moulins étaient une précieuse source d'impôts. Le seigneur percevait un dixième de tout le grain moulu.

« Le moulin du Seigneur, en ce cas. Meuleblé est à nous.

— Et un village de plus. Cairns ?

— J'ai des ancêtres ensevelis sous les rochers de Cairns. » Il regarda de nouveau la carte. « Donnez-lui la Miélaie et ses ruches. Tout ce sucre le rendra gras et lui gâtera les crocs.

— Conclu, donc. Sinon pour un dernier détail.

— Un otage.

— Oui, messire. Vous avez une fille, ce me semble ?

— Bethany. » Lord Tytos parut défait. « Mais j'ai aussi deux frères et une sœur. Deux tantes veuves. Des nièces, des neveux et des cousins. Je pensais que vous consentiriez...

— Ce doit être un enfant de votre sang.

— Bethany n'a que huit ans. Une enfant douce, pleine de rires. Elle ne s'est jamais éloignée de plus d'une journée de cheval de mon castel.

— Pourquoi ne pas lui permettre de voir Port-Réal ? Sa Grâce a pratiquement le même âge qu'elle. Il serait ravi d'avoir une nouvelle amie.

— Une amie qu'il pourra pendre, si le père de cette amie le mécontentait ? demanda lord Tytos. « J'ai quatre fils. Envisageriez-vous de prendre plutôt l'un d'eux ? Ben a douze ans et il rêve d'aventure. Il pourrait vous servir d'écuyer, s'il plaît à Votre Seigneurie.

— J'ai plus d'écuyers que je n'en sais que faire. Chaque fois que je vais pisser, ils se battent pour le droit de me tenir la queue. Et vous avez six fils, messire, et non pas quatre.

— Autrefois. Robert était mon benjamin, mais jamais vigoureux. Il est mort il y a neuf jours, d'un relâchement des entrailles. Lucas a été assassiné aux Noces Pourpres. La quatrième épouse de Walder Frey était une Nerbosc, mais la parenté ne compte pas plus que le droit de l'hôte, aux Jumeaux. J'aimerais ensevelir Lucas sous l'arbre, mais les Frey n'ont point encore jugé bon de me rendre ses os.

— Je veillerai à ce qu'ils le fassent. Lucas était-il votre aîné ?

— Le cadet. Mon aîné est Brynden, et mon héritier. Puis vient Hoster. Un amateur de lecture, je le crains.

— Il y a aussi des livres, à Port-Réal. Je me souviens que mon petit frère en lisait de temps en temps. Peut-être votre fils aimerait-il les consulter. J'accepterai Hoster comme otage. »

Le soulagement de Nerbosc fut perceptible. « Merci, messire. » Il hésita un moment. « Si je puis être si hardi, vous feriez bien d'exiger également un otage de lord Jonos. Une de ses filles. En dépit de toutes ses galipettes, il ne s'est pas avéré assez mâle pour engendrer des fils.

— Il a eu un fils bâtard tué à la guerre.

— Vraiment ? Certes, Harry était bâtard, mais savoir si c'est Jonos qui lui a donné le jour, voilà une question plus épineuse.

C'était un garçon aux cheveux clairs, et à belle mine. Jonos n'affiche ni les uns ni l'autre. » Lord Tytos se remit debout. « Me ferez-vous l'honneur de dîner avec moi ?

— Une autre fois, messire. » Le château crevait de faim ; il ne servirait à rien que Jaime leur volât la nourriture de la bouche. « Je ne puis m'attarder. Vivesaigues attend.

— Vivesaigues ? Ou Port-Réal ?

— Les deux. »

Lord Tytos n'essaya pas de le dissuader. « Hoster peut être prêt à partir dans l'heure. »

Il le fut. Le garçon rejoignit Jaime aux écuries, une couverture de couchage jetée sur une épaule et un boisseau de rouleaux sous le bras. Il ne pouvait avoir plus de seize ans, et pourtant il était encore plus grand que son père, presque sept pieds de haut, tout en jambes, en tibias et en coudes, un garçon dégingandé et gauche avec une mèche rebelle. « Lord Commandant. Je suis Hoster, votre otage. Hos, ils m'appellent. » Il sourit.

Est-ce qu'il prend tout cela à la plaisanterie ? « Et, je vous prie, qui sont-*ils* ?

— Mes amis. Mes frères.

— Je ne suis pas votre ami, et je ne suis pas votre frère. » Cela balaya tout net ce sourire du visage du drôle. Jaime se tourna vers lord Tytos. « Messire, qu'il n'y ait point ici de malentendu. Lord Béric Dondarrion, Thoros de Myr, Sandor Clegane, Brynden Tully, cette Cœurdepierre… Tous ceux-là sont hors-la-loi et rebelles, des ennemis du roi et de tous ses féaux sujets. Si je devais apprendre que vous ou les vôtres les cachez, les protégez ou les assistez en quelque manière, je n'hésiterai pas à vous renvoyer le chef de votre fils. J'espère que vous le comprenez. Comprenez ceci également : je ne suis point Ryman Frey.

— Non. » Toute trace de chaleur avait quitté la bouche de lord Nerbosc. « Je sais à qui j'ai affaire. Régicide.

— Fort bien. » Jaime monta en selle et tourna Honneur vers la porte. « Je vous souhaite bonne récolte et la joie de la paix du roi. »

Il ne chevaucha pas loin. Lord Jonos Bracken l'attendait devant Corneilla, tout juste hors de portée d'une bonne arbalète. Il était monté sur un destrier caparaçonné et avait revêtu sa plate et sa maille, et un grand heaume d'acier gris orné d'un cimier en crin de cheval. « Je les ai vus amener la bannière du loup-garou, dit-il quand Jaime l'atteignit. Est-ce fait ?

— Fait et conclu. Rentrez chez vous ensemencer vos champs. »

Lord Jonos leva sa visière. « Je gage que j'ai plus de champs à ensemencer que lorsque vous êtes entré dans ce château.

— Boucle, Haie-du-Bois, la Miélaie et toutes ses ruches. » Il en oubliait une. « Oh, et la crête de l'Arbalète.

— Un moulin, insista Bracken. Il me faut un moulin.

— Le moulin du Seigneur. »

Lord Jonos émit un renâclement de dérision. « Certes, cela fera l'affaire. Pour le moment. » Il désigna Hoster Nerbosc, qui chevauchait en arrière avec Peck. « Est-ce cela qu'il a vous a donné comme otage ? On vous a abusé, ser. Un avorton, celui-ci. De l'eau en lieu de sang. Sa taille n'y fait rien, n'importe laquelle de mes filles saurait le casser en deux comme une branche morte.

— Combien de filles avez-vous, messire ? lui demanda Jaime.

— Cinq. Deux de ma première femme et trois de ma troisième. » Trop tard, il parut comprendre qu'il avait pu en dire trop.

« Envoyez-en une à la cour. Elle aura le privilège de servir la reine régente. »

Le visage de Bracken s'assombrit quand il prit conscience de la teneur de ces paroles. « Est-ce ainsi que vous payez la Haye-Pierre de son amitié ?

— Servir la reine est un grand honneur, rappela Jaime à Sa Seigneurie. Vous voudrez sans doute insister auprès d'elle sur ce point. Nous espérons voir l'enfant avant la fin de l'année. » Sans attendre la réponse de lord Bracken, il toucha avec légèreté Honneur de ses éperons dorés et s'en fut au trot. Ses hommes se mirent en formation et le suivirent dans un flot de bannières. Le château et le camp furent vite perdus derrière eux, voilés par la poussière de leurs sabots.

Ni les hors-la-loi ni les loups ne les avaient ennuyés en route vers Corneilla, aussi Jaime décida-t-il de rentrer par un trajet différent. Si les dieux étaient bons, il pourrait tomber sur le Silure, ou inciter Béric Dondarrion à quelque attaque imprudente.

Ils suivaient la Veuve quand le jour vint à manquer. Jaime appela son otage à l'avant et lui demanda où trouver le plus proche gué, et le garçon les y conduisit. Tandis que la colonne traversait dans des gerbes d'eau, le soleil se coucha derrière une paire de collines herbeuses. « Les Tétons », annonça Hoster Nerbosc.

Jaime se remémora la carte de lord Bracken. « Il y a un village entre ces collines.

— L'Arbre-sous, confirma le gamin.

— Nous allons y camper cette nuit. » S'il y avait sur place des villageois, ils connaîtraient peut-être la présence de ser Brynden ou des hors-la-loi. « Lord Jonos a fait un commentaire sur la possession de ces tétons », rappela-t-il au fils Nerbosc tandis qu'ils faisaient route vers les collines qui s'assombrissaient et les derniers feux du jour. « Les Bracken les appellent par un nom et les Nerbosc par un autre.

— Certes, messire. Depuis une centaine d'années. Auparavant, c'étaient les Tétons de la Mère, ou juste les Tétons. Il y en a deux, et on trouvait qu'elles ressemblaient…

— Je vois bien à quoi elles ressemblent. » Jaime se retrouva à penser à la femme sous la tente, et à la manière dont elle avait voulu cacher ses grandes aréoles brunes. « Qu'est-ce qui a changé, il y a cent ans ?

— Aegon l'Indigne a pris Barba Bracken pour maîtresse, répondit l'amateur de livres. C'était une fille fort mamelue, dit-on, et un jour que le roi visitait la Haye-Pierre, il s'en alla chasser, vit les Tétons, et…

— … leur donna le nom de sa maîtresse. » Aegon IV était mort longtemps avant la naissance de Jaime, mais il se souvenait assez de l'histoire de son règne pour deviner ce qui s'était passé ensuite. « Seulement plus tard, il a délaissé la fille pour se lier avec une Nerbosc, est-ce bien ce qui est advenu ?

— Lady Melissa, confirma Hoster. Missy, on l'appelait. Il y a une statue d'elle dans notre bois sacré. Elle était *beaucoup* plus belle que Barba Bracken, mais fine, et on entendit Barba clamer que Missy était plate comme un garçon. Quand le roi Aegon l'entendit, il…

— … il lui a donné les tétons de Barba. » Jaime rit. « Comment tout a-t-il commencé, entre les Nerbosc et les Bracken ? Est-ce consigné par écrit ?

— Oui, messire, assura le garçon, mais certaines chroniques ont été rédigées par leurs mestres et d'autres par les nôtres, des siècles après les événements qu'elles ont l'ambition de rapporter. Cela remonte à l'Âge des Héros. Les Nerbosc étaient rois, en ce temps-là. Les Bracken étaient des nobliaux, renommés par leur élevage de chevaux. Plutôt que de payer au roi son juste dû, ils employèrent l'or que leur rapportaient les chevaux pour engager des épées et le renverser.

— Quand cela est-il arrivé ?

— Cinq cents ans avant les Andals. Mille, s'il faut en croire *L'Histoire véritable*. Seulement, nul ne sait quand les Andals ont traversé le détroit. *L'Histoire véritable* dit que quatre mille ans se sont écoulés depuis lors, mais certains mestres affirment qu'il n'y en a eu que deux. Au-delà d'un certain point, toutes les dates s'embrouillent et se mélangent, et la clarté de l'histoire cède la place à la brume des légendes. »

Il plairait à Tyrion, celui-là. Ils pourraient causer du crépuscule à l'aube, à discuter de livres. Un moment, son amertume vis-à-vis de son frère fut oubliée, jusqu'à ce qu'il se souvînt ce qu'avait fait le Lutin. « Alors, vous vous disputez une couronne que l'un de vous a prise à l'autre au temps où les Castral tenaient encore Castral Roc, est-ce là la racine de tout ? La couronne d'un royaume qui n'existe plus depuis des millénaires ? » Il eut un petit rire. « Tant d'années, tant de guerres, tant de rois... On pourrait penser que quelqu'un aurait conclu une paix.

— Certains l'ont fait, messire. Bien des certains. Nous avons eu cent paix avec les Bracken, nombre d'entre elles scellées par des mariages. Il y a du sang de Nerbosc dans chaque Bracken, et du sang de Bracken chez chaque Nerbosc. La Paix du Vieux Roi a duré un demi-siècle. Et puis, une fraîche querelle a éclaté, et les vieilles blessures se sont rouvertes et ont recommencé à saigner. C'est ainsi qu'il en va toujours, dit mon père. Tant que les hommes se souviendront des torts causés à leurs ancêtres, aucune paix ne durera jamais. Aussi, nous continuons, siècle après siècle, et nous haïssons les Bracken et ils nous haïssent. Mon père assure que cela n'aura jamais de fin.

— Cela pourrait, pourtant.

— Comment, messire ? Les anciennes blessures ne guérissent jamais, affirme mon père.

— Mon père aussi avait une maxime. Jamais ne blesse un adversaire que tu peux tuer. Les morts ne crient pas vengeance.

— Leurs fils, si, remarqua Hoster sur un ton désolé.

— Pas si tu tues également les fils. Interroge les Castral sur ce compte, si tu m'en crois. Demande à lord et lady Tarbeck, ou aux Reyne de Castamere. Demande au prince de Peyredragon. » Un instant, les nuages d'un rouge profond qui couronnaient les collines à l'ouest lui rappelèrent les enfants de Rhaegar, tout enveloppés dans leurs capes écarlates.

« Est-ce pour cela que vous avez tué tous les Stark ?

— Pas tous. Les filles de lord Eddard vivent encore. L'une d'elles vient tout juste d'être mariée. L'autre... » *Brienne, où es-tu ? L'as-tu retrouvée ?* « ... si les dieux sont bons, elle oubliera qu'elle a été une Stark. Elle épousera quelque forgeron épais ou un aubergiste à la trogne grasse, lui garnira sa maison d'enfants et n'aura jamais raison de craindre qu'un chevalier s'en vienne briser leurs crânes contre un mur.

— Les dieux sont bons », déclara son otage sur un ton incertain.

Continue à le croire. Jaime fit tâter de ses éperons à Honneur. L'Arbre-sous se révéla un plus grand village que Jaime ne s'y attendait. La guerre était passée par ici, aussi ; des vergers noircis et le squelette calciné de maisons démolies en témoignaient. Mais pour chaque maison en ruine, on en avait rebâti trois nouvelles. À travers le bleu du crépuscule qui montait, Jaime nota du chaume frais sur une vingtaine de toits, et des portes taillées dans du bois encore vert. Entre une mare à canards et une forge, il trouva l'arbre qui donnait son nom au lieu, un chêne, ancien et haut. Ses racines torses serpentaient pour entrer et sortir de la terre comme un nid de lents serpents bruns, et des centaines de vieux sous de cuivre avaient été cloués sur son énorme tronc.

Becq contempla l'arbre, puis les maisons vides. « Où sont passés les gens ?

— Ils se cachent », répondit Jaime.

À l'intérieur des habitations, on avait éteint les feux, mais certains fumaient encore, et aucun n'était froid. La chèvre que Harry Merrell le Bouillant découvrit en train de fourrager dans un potager était la seule créature vivante en vue... Mais le village avait une redoute aussi solide que n'importe laquelle dans le Conflans, avec d'épais murs de pierre hauts de douze pieds, et Jaime sut que c'était là qu'il trouverait les villageois. *Ils se sont cachés derrière ces murs quand les pillards sont venus, c'est pour cela qu'il existe encore un village ici. Et ils s'y cachent de nouveau, de moi.*

Il mena Honneur jusqu'aux portes de la redoute. « Holà de la place. Nous ne vous voulons aucun mal. Nous sommes des gens du roi. »

Des visages apparurent sur le mur au-dessus de la porte. « C'est des gens du roi qu'ont brûlé not' village, lui lança un des hommes. Et avant ça, c'est d'aut' gens du roi qu'ont volé nos moutons. Ils étaient pour un autre roi, mais ça a pas fait grande différence à nos moutons. Des gens du roi ont tué Harsley et ser Ormond, et ont violé Lacey jusqu'à ce qu'elle meure.

— Pas mes hommes, répondit Jaime. Voulez-vous ouvrir ces portes ?

— Quand vous serez partis, ouais. »

Ser Kennos vint se placer près de lui. « Nous pourrions aisément enfoncer la porte, ou l'incendier.

— Pendant qu'ils nous laissent tomber des pierres dessus, ou nous hérissent de plumes. » Jaime secoua la tête. « La besogne serait sanglante, et pour quoi ? Ces gens ne nous ont fait aucun mal. Nous nous abriterons dans les maisons, mais je ne veux pas qu'on y vole rien. Nous avons nos propres provisions. »

Tandis qu'une demi-lune grimpait dans le ciel, ils attachèrent leurs chevaux sur le pré communal et dînèrent de mouton salé, de pommes séchées et de fromage sec. Jaime mangea frugalement et partagea une outre de vin avec Becq et Hos l'otage. Il essaya de dénombrer les sous cloués au vieux chêne, mais il y en avait trop et il perdait sans cesse le compte. *À quoi sert donc tout ça ?* Le petit Nerbosc le lui expliquerait, s'il lui posait la question, mais cela gâcherait le mystère.

Il posta des sentinelles afin de veiller à ce que personne ne franchît les confins du village. Il dépêcha également des éclaireurs, pour s'assurer qu'aucun ennemi ne les prenait par surprise. Minuit approchait quand deux cavaliers revinrent avec une femme qu'ils avaient capturée. « Elle est arrivée à cheval, en toute impudence, et elle a demandé à vous parler, m'sire. »

Jaime se remit rapidement debout. « Je ne pensais pas vous revoir si tôt, madame. » *Bonté des dieux, elle paraît avoir vieilli de dix ans depuis la dernière fois que je l'ai vue. Et qu'est-il arrivé à son visage ?* « Ce pansement… vous avez été blessée…

— Une morsure. » Elle toucha la poignée de son épée, l'épée qu'il lui avait donnée. *Féale.* « Messire, vous m'avez chargée d'une quête.

— La fille. Vous l'avez retrouvée ?

— En effet », dit Brienne, la Pucelle de Torth.

« Où est-elle ?

— À un jour de cheval d'ici. Je peux vous conduire à elle, ser… Mais vous devrez venir seul. Sinon, le Limier la tuera. »

JON

« R'hllor, chanta Mélisandre, ses bras levés sous la neige qui tombait, tu es la lumière dans nos yeux, le feu dans nos cœurs, la chaleur dans nos ventres. À toi le soleil qui réchauffe nos jours, à toi les étoiles qui nous gardent dans le noir de la nuit.

— *Louons tous R'hllor, le Maître de la Lumière* », répondirent les invités de la noce en un unisson hésitant, avant qu'une rafale glacée n'emporte leurs paroles. Jon Snow releva le capuchon de sa cape.

La neige tombait légèrement, ce jour, une maigre poudre de flocons dansant dans l'air, mais le vent soufflait de l'est dans l'axe du Mur, froid comme le souffle du dragon de glace dans les histoires que racontait sa vieille nourrice. Même le feu de Mélisandre frissonnait ; les flammes se tassaient dans la fosse, crépitant bas tandis que psalmodiait la prêtresse rouge. Seul Fantôme semblait ne pas avoir conscience du froid.

Alys Karstark se pencha vers Jon. « De la neige aux noces présage d'un mariage froid. La dame ma mère le disait toujours. »

Il jeta un coup d'œil à la reine Selyse. *Une tempête de neige a dû éclater le jour où elle a épousé Stannis.* Pelotonnée sous sa mante d'hermine et entourée de ses dames, servantes et chevaliers, la reine sudière paraissait une créature fragile, pâle et ratatinée. Un sourire forcé avait gelé sur ses lèvres minces, mais ses yeux débordaient de révérence. *Elle déteste le froid, mais elle adore les flammes.* Il suffisait à Jon de la regarder pour le constater. *Sur un mot de Mélisandre, elle entrerait de son plein gré dans le feu, l'étreindrait comme un amant.*

793

Tous les gens de la reine ne semblaient pas partager sa ferveur. Ser Brus paraissait à demi ivre, la main gantée de ser Malegorn empaumait le cul de la dame sa voisine, ser Narbert bâillait et ser Patrek du Mont-Réal semblait furieux. Jon Snow commençait à comprendre pourquoi Stannis les avait laissés auprès de sa reine.

« La nuit est sombre et pleine de terreurs, récita Mélisandre. Seuls nous naissons et seuls nous mourrons, mais en traversant cette vallée obscure, nous puisons notre force l'un de l'autre, et de toi, notre maître. » Ses soieries et ses satins écarlates tourbillonnaient à chaque rafale. « Ils sont deux qui s'avancent ce jour pour unir leurs vies, afin d'affronter ensemble les ténèbres de ce monde. Emplis de feu leurs cœurs, seigneur, qu'ils puissent suivre ta voie brillante pour toujours main dans la main.

— *Maître de la Lumière, protège-nous* », s'exclama la reine Selyse. D'autres voix reprirent le répons en écho. Les fidèles de Mélisandre : des dames pâles, des servantes grelottantes, ser Axell, ser Narbert et ser Lambert, des hommes d'armes en maille de fer et des Thenns couverts de bronze, et même quelques-uns des frères noirs de Jon. « *Maître de la Lumière, bénis tes enfants.* »

Mélisandre tournait le dos au Mur, sur un côté de la fosse profonde où flambait son feu. Le couple à unir lui faisait face de l'autre côté du fossé. Derrière eux se tenait la reine, avec sa fille et son bouffon tatoué. La princesse Shôren était bardée de tant de fourrures qu'elle paraissait toute ronde, respirant par bouffées blanches à travers l'écharpe qui couvrait la plus grande part de son visage. Ser Axell Florent et les gens de la reine entouraient le groupe royal.

Bien que peu de membres de la Garde de Nuit fussent réunis autour du feu de la fosse, d'autres regardaient depuis les toits et les fenêtres, et les degrés du grand escalier en Z. Jon prit bonne note de ceux qui se trouvaient là, et de ceux qui n'y étaient pas. Certains hommes étaient pris par leurs obligations ; beaucoup qui quittaient juste leur tour de garde dormaient profondément. Mais d'autres avaient choisi d'être absents pour manifester leur désapprobation. Othell Yarwyck et Bowen Marsh figuraient parmi les absents. Le septon Chayle avait émergé brièvement du septuaire, en tripotant son cristal à sept côtés sur la lanière autour de son cou, pour se retirer de nouveau à l'intérieur dès le début des prières.

Mélisandre éleva ses mains, et le feu dans la fosse bondit vers ses doigts, comme un grand chien rouge qui saute pour attraper une friandise ; un tourbillon d'étincelles s'éleva à la rencontre des flocons qui descendaient. « Oh, Maître de la Lumière, nous te remercions, chanta-t-elle pour les flammes voraces. Nous te remercions de Stannis le brave, par ta grâce notre roi. Guide-le et défends-le, R'hllor. Protège-le des fourberies des méchants hommes et accorde-lui la force d'écraser les serviteurs des ténèbres.

— *Accorde-lui la force* », répondirent la reine Selyse, ses chevaliers et ses dames. « *Accorde-lui le courage. Accorde-lui la sagesse.* »

Alys Karstark glissa son bras sous celui de Jon. « Combien de temps encore, lord Snow ? Si je dois périr ensevelie sous cette neige, j'aimerais mourir mariée.

— Bientôt, madame, bientôt, assura Jon Snow.

— *Nous te rendons grâces pour le soleil qui nous réchauffe,* entonna la reine. *Nous te remercions pour les étoiles qui veillent sur nous dans le noir de la nuit. Nous te remercions pour nos âtres et pour nos torches qui tiennent en respect la sauvagerie des ténèbres. Nous te rendons grâces pour la clarté de nos esprits, le feu dans nos ventres et dans nos cœurs.* »

Et Mélisandre dit : « Qu'ils approchent, ceux qui veulent s'unir. » Les flammes jetaient sa silhouette contre le Mur derrière elle, et son rubis luisait sur la pâleur de sa gorge.

Jon se tourna vers Alys Karstark. « Madame. Êtes-vous prête ?

— Oui. Oh oui.

— Vous n'avez pas peur ? »

La jeune fille sourit d'une façon qui rappela tellement à Jon sa petite sœur qu'il en eut presque le cœur brisé. « À lui d'avoir peur de moi. » Les flocons de neige fondaient sur ses joues, mais elle avait les cheveux enveloppés dans un toron de dentelle que Satin avait trouvé on ne savait où, et la neige avait commencé à s'y amasser, lui posant une couronne de givre. Elle avait les joues vivement rougies et ses yeux pétillaient.

« La dame d'Hiver. » Jon lui pressa la main.

Le Magnar de Thenn attendait debout auprès du feu, vêtu comme pour la bataille, de fourrures, de cuir et d'écailles de bronze, une épée de bronze à la hanche. Son front dégarni le faisait paraître plus vieux que son âge, mais quand il se tourna pour regarder sa promise approcher, Jon vit le jeune homme en lui. Il avait les yeux gros comme des noix, mais était-ce le feu, la prêtresse ou la femme qui avaient placé cette peur en lui, Jon n'aurait su le dire. *Alys a dit plus vrai qu'elle ne le pensait.*

« Qui amène cette femme pour la marier ? demanda Mélisandre.

— Moi, répondit Jon. Voici que se présente Alys de la maison Karstark, une femme adulte et fleurie, de noble sang et noble lignée. » Il donna une dernière pression à sa main et recula pour rejoindre les autres.

« Qui vient revendiquer cette femme ? poursuivit Mélisandre.

— Moi ! » Sigorn se frappa le torse. « Le Magnar de Thenn.

— Sigorn, demanda Mélisandre, veux-tu partager ton feu avec Alys, et la réchauffer quand la nuit sera sombre et pleine de terreurs ?

— Moi jure. » La promesse du Magnar formait dans l'air une nuée blanche. La neige mouchetait ses épaules. Il avait les oreilles rouges. « Par les flammes du dieu rouge, je réchauffe elle tous mes jours.

— Alys, jures-tu de partager ton feu avec Sigorn, et de le réchauffer quand la nuit sera sombre et pleine de terreurs ?

— Jusqu'à ce qu'il ait le sang bouillant. » Son manteau de vierge était la laine noire de la Garde de Nuit. Le soleil des Karstark cousu sur le dos était composé de la même fourrure blanche qui la doublait.

Les yeux de Mélisandre brillèrent aussi fort que le rubis à sa gorge. « Alors, venez à moi et ne faites qu'un. » Quand elle leur fit signe, un mur de flammes monta en rugissant, léchant les flocons de neige d'ardentes langues orange. Alys Karstark prit son Magnar par la main.

Côte à côte ils sautèrent le fossé.

« Deux sont entrés dans les flammes. » Une rafale souleva les robes écarlates de la femme rouge, jusqu'à ce qu'elle les rabatte. « Il en émerge un. » Ses cheveux cuivrés dansaient autour de sa tête. « Ce que le feu a uni, nul ne peut le disjoindre.

— *Ce que le feu a uni, nul ne peut le disjoindre* », répéta l'écho, venu des hommes de la reine, des Thenns, et même de quelques frères noirs.

Sauf les rois et les oncles, se dit Jon Snow.

Cregan Karstark était arrivé un jour plus tard que sa nièce. Avec lui s'en venaient quatre hommes d'armes à cheval, un pisteur et une meute de chiens, flairant la piste de lady Alys comme si elle était un cerf. Jon Snow les avait attendus sur la route Royale, à une demi-lieue au sud de La Mole, avant qu'ils puissent se présenter à Châteaunoir, se prévaloir des droits de l'hôte ou exiger des pourparlers. Un des hommes de Karstark avait tiré un carreau d'arbalète contre Ty, et l'avait payé de sa vie. Cela en laissait quatre, et Cregan lui-même.

Par chance, ils avaient une douzaine de cellules de glace. *De la place pour tout le monde.*

Comme tant d'autres sujets, l'héraldique s'arrêtait au Mur. Les Thenns n'avaient pas de blasons familiaux comme la coutume en demandait chez la noblesse des Sept Couronnes, aussi Jon avait-il demandé aux intendants d'improviser. Il estimait qu'ils avaient fait de la belle ouvrage. Le manteau d'épouse que Sigorn accrocha autour des épaules de lady Alys montrait un disque de bronze sur champ de laine blanche, entouré de flammes, composées de lambeaux de soie vermillon. L'écho du soleil des Karstark était présent pour ceux qui se donnaient la peine de le voir, mais différencié afin de rendre le blason adéquat pour la maison Thenn.

Le Magnar avait pratiquement arraché le manteau de pucelle des épaules d'Alys, mais en accrochant sur elle son manteau d'épouse, il se montra presque tendre. Comme il se penchait pour l'embrasser sur la joue, leurs souffles se mêlèrent. De nouveau les flammes rugirent. Les gens de la reine entonnèrent un chant de louanges. Jon entendit Satin chuchoter : « Est-ce fini ?

— Fini et bien fini, marmonna Mully, et tant mieux. Ils sont mariés et je suis à moitié gelé. » Il était emmitouflé dans ses plus beaux noirs, des vêtements de laine si neufs qu'ils avaient à peine eu l'occasion de faner, mais le vent avait rendu ses joues aussi rouges que ses cheveux. « Hobb a fait chauffer du vin avec de la cannelle et des clous de girofle. Ça nous réchauffera un peu.

— C'est quoi, la giroffe ? » voulut savoir Owen Ballot.

La neige avait commencé à descendre plus fort et le feu dans sa fosse s'éteignait. La foule se disloqua peu à peu pour s'écouler hors de la cour, gens de la reine, gens du roi et peuple libre également, tous pressés de quitter le vent et le froid. « Serez-vous au banquet avec nous, messire ? demanda Mully à Jon Snow.

— Brièvement. » Sigorn pourrait interpréter son absence comme un affront. *Et ce mariage est mon œuvre, après tout.* « J'ai d'abord d'autres affaires à régler, cependant. »

Jon traversa la cour jusqu'à la reine Selyse, Fantôme sur ses talons. Ses bottes crissaient à travers des piles de vieille neige. Dégager à la pelle les chemins entre les bâtiments devenait de plus en plus fastidieux ; de plus en plus, les hommes recouraient à ces passages souterrains qu'ils appelaient les tunnels de ver.

« ... un si beau rituel, disait la reine. Je sentais sur nous le regard ardent de notre seigneur. Oh, vous n'imaginez pas combien de fois j'ai supplié Stannis de nous marier de nouveau, une véritable union de corps et d'esprits bénie par le Maître de la Lumière. Je sais que je pourrais donner plus d'enfants à Sa Grâce, si nous étions liés par le feu. »

Pour lui donner plus d'enfants, tu aurais d'abord besoin de le faire entrer dans ton lit. Même au Mur, il était de notoriété générale que Stannis Baratheon négligeait son épouse depuis des années. On ne pouvait qu'imaginer la réaction de Sa Grâce à l'idée d'un second mariage en plein milieu de sa guerre.

Jon s'inclina. « S'il plaît à Votre Grâce, le banquet attend. »

La reine jeta à Fantôme un coup d'œil soupçonneux, puis leva la tête vers Jon. « Certainement. Lady Mélisandre connaît le chemin. »

La prêtresse rouge intervint. « Je dois veiller à mes feux, Votre Grâce. Peut-être R'hllor m'accordera-t-il un aperçu de Sa Grâce le roi. Une vision d'une grande victoire, peut-être.

— Oh. » La reine Selyse parut dépitée. « Certainement... prions pour une vision de notre maître...

— Satin, conduis Sa Grâce à sa place », demanda Jon.

Ser Malegorn s'avança. « J'escorterai Sa Grâce au banquet. Nous n'avons pas besoin de votre... intendant. » La façon dont l'homme avait traîné sur le dernier mot apprit à Jon que le chevalier avait envisagé d'employer un autre terme. *Mignon ? Favori ? Bardache ?*

Jon s'inclina de nouveau. « Comme vous voudrez. Je vous rejoindrai sous peu. »

Ser Malegorn offrit son bras, et la reine Selyse le prit avec raideur. Son autre main se posa sur l'épaule de sa fille. Les canetons royaux se disposèrent derrière eux pour traverser la cour, marchant à la musique des clarines sur le couvre-chef du bouffon. « Sous la mer, les tritons s'empiffrent de soupe d'étoile de mer, et tous les serviteurs sont des crabes, proclama Bariol tandis qu'ils avançaient. Je le sais, je le sais, hé, hé, hé. »

Le visage de Mélisandre s'assombrit. « Cette créature est dangereuse. Plus d'une fois, je l'ai aperçue dans mes flammes. Parfois, il y a des crânes autour de lui, et ses lèvres sont rouges de sang. »

Étonnant que tu n'aies pas fait brûler ce malheureux. Il suffirait de glisser un mot à l'oreille de la reine, et Bariol irait alimenter ses feux. « Vous voyez des bouffons dans vos feux, mais pas une trace de Stannis ?

— Quand je le cherche, je ne vois que de la neige. »

La même réponse inutile. Clydas avait dépêché un corbeau à Motte-la-Forêt pour avertir le roi de la traîtrise d'Arnolf Karstark, mais l'oiseau avait-il atteint Sa Grâce à temps, Jon l'ignorait. Le banquier de Braavos était lui aussi parti à la recherche de Stannis, accompagné par les guides que lui avait fournis Jon, mais entre la guerre et le temps, ce serait un miracle qu'il le trouvât. « Le sauriez-vous, si le roi était mort ? demanda Jon à la prêtresse rouge.

— Il n'est pas mort. Stannis est l'élu du Maître, destiné à mener le combat contre les ténèbres. Je l'ai vu dans les flammes, lu dans d'anciennes prophéties. Quand saignera l'étoile rouge et que s'amasseront les ténèbres, Azor Ahaï renaîtra dans la fumée et le sel pour réveiller des dragons de pierre. Peyredragon est le lieu de fumée et de sel. »

Jon avait déjà entendu tout cela. « Stannis Baratheon était sire de Peyredragon, mais il n'y est pas né. Il est né à Accalmie, comme ses frères. » Il fronça les sourcils. « Et qu'en est-il de Mance ? S'est-il lui aussi perdu ? Que montrent vos feux ?

— La même chose, je le crains. Rien que de la neige. »

La neige. Il neigeait abondamment au sud, Jon le savait. À deux jours de cheval d'ici, on disait la route Royale impraticable. *Mélisandre sait cela aussi.* Et à l'est, une terrible tempête faisait rage sur la baie des Phoques. Au dernier rapport, la flotte disparate qu'ils avaient assemblée pour sauver le peuple libre de Durlieu était toujours blottie à Fort-Levant, bloquée au port par des mers démontées. « Vous voyez des cendres danser dans le courant d'air chaud.

— Je vois des crânes. Et vous. Je vois votre visage chaque fois que je regarde dans les flammes. Le danger dont je vous ai averti est tout proche, désormais.

— Des poignards dans le noir, je sais. Vous pardonnerez mes doutes, madame. *Une fille grise sur un cheval qui crève, fuyant un mariage,* voilà ce que vous disiez.

— Je ne me trompais pas.

— Vous n'avez pas vu juste. Alys n'est pas Arya.

— La vision était vraie. C'est ma lecture qui était erronée. Je suis aussi mortelle que vous, Jon Snow. Tous les mortels s'égarent.

— Même les lords Commandants. » Mance Rayder et ses piqueuses n'étaient pas rentrés, et Jon ne pouvait s'empêcher de se demander si la femme rouge avait menti délibérément. *Joue-t-elle sa propre partie ?*

« Vous feriez bien de garder votre loup près de vous, messire.

— Fantôme est rarement bien loin. » Le loup géant leva la tête au bruit de son nom. Jon le gratta derrière les oreilles. « Mais à présent, veuillez m'excuser. Fantôme, à moi. »

Creusées dans la base du Mur et fermées de lourdes portes de bois, les cellules de glace se déclinaient de petites à minuscules. Certaines étaient assez grandes pour permettre à un homme de faire les cent pas, d'autres si réduites que les prisonniers étaient contraints de s'asseoir ; la plus étroite était même trop exiguë pour permettre cela.

Jon avait attribué à son principal captif la plus grande cellule, un seau pour y chier, assez de fourrure pour l'empêcher de geler et une outre de vin. Il fallut aux gardes quelque temps pour ouvrir la cellule, car de la glace s'était formée à l'intérieur de la serrure. Des charnières rouillées hurlèrent comme des âmes damnées quand Wick Taillebois écarta suffisamment le battant pour permettre à Jon de se glisser à l'intérieur. Une odeur vaguement fécale l'accueillit, quoique moins suffocante qu'il ne s'y attendait. Même la merde gelait par un froid aussi rude. Jon Snow voyait confusément son propre reflet à l'intérieur des parois de glace.

Dans un coin de la cellule, un empilement de fourrures s'élevait presque à hauteur d'homme. « Karstark, lança Jon Snow. Réveillez-vous. »

Les fourrures remuèrent. Certaines avaient gelé ensemble, et le givre qui les couvrait scintilla quand elles bougèrent. Un bras émergea, puis un visage – des cheveux bruns, emmêlés, collés, striés de gris, deux yeux féroces, un nez, une bouche, une barbe. La glace formait une croûte sur la moustache du prisonnier, des grumeaux de morve gelée. « Snow. » Son souffle s'éleva en vapeur dans l'air, embuant la glace derrière sa tête. « Vous n'avez aucun droit de me retenir. Les lois de l'hospitalité…

— Vous n'êtes pas mon hôte. Vous êtes venu au Mur sans mon consentement, armé, pour emporter votre nièce contre son gré. Lady Alys a reçu le pain et le sel. Elle est une invitée. Vous êtes un prisonnier. » Jon laissa ces mots en suspens un moment, puis ajouta : « Votre nièce est mariée. »

Les lèvres de Cregan Karstark se retroussèrent sur ses dents. « Alys m'était promise. » Bien qu'ayant dépassé les cinquante ans, il avait été un colosse en entrant dans la cellule. Le froid lui avait dérobé beaucoup de cette vigueur, le laissant raide, affaibli. « Le seigneur mon père...

— Votre père est gouverneur, et non point lord. Et un gouverneur n'a aucun droit de conclure des pactes de mariage.

— Mon père, Arnolf, est sire de Karhold.

— Le fils passe avant l'oncle, selon toutes les lois que je connais. »

Cregan se poussa pour se remettre debout et écarta d'un coup de pied les fourrures où se prenaient ses chevilles. « Harrion est mort. »

Ou le sera bientôt. « La fille aussi passe avant un oncle. Si son frère est mort, Karhold revient à lady Alys. Et elle a accordé sa main en mariage à Sigorn, Magnar de Thenn.

— Un sauvageon. Un sale sauvageon meurtrier. » Les mains de Cregan se serrèrent en poings. Les couvraient des gants de cuir, doublés de fourrure pour les assortir à la cape qui pendait, collée et raide, de ses larges épaules. Son surcot de laine noire était frappé de l'éclatant soleil blanc de sa maison. « Je vous vois pour ce que vous êtes, Snow. Moitié loup et moitié sauvageon, rejeton de vile extraction d'un traître et d'une putain. Vous voulez livrer une vierge de haute naissance au lit d'un sauvage puant. L'avez-vous d'abord essayée vous-même ? » Il rit. « Si vous avez l'intention de me tuer, faites-le et soyez maudit comme meurtrier des vôtres. Stark et Karstark ne sont qu'un seul sang.

— Mon nom est Snow.

— *Bâtard.*

— Coupable. De cela, à tout le moins.

— Que ce Magnar vienne à Karhold. Nous lui trancherons la tête et la fourrerons dans un lieu d'aisances, afin de pouvoir lui pisser dans la bouche.

— Sigorn conduit deux cents Thenns, fit observer Jon, et lady Alys estime que Karhold lui ouvrira ses portes. Deux de vos hommes lui ont déjà juré allégeance et confirmé tout ce qu'elle avait à dire sur les plans que votre père a fomentés avec Ramsay Snow. Vous avez à Karhold des parents proches, me dit-on. Un mot de vous pourrait leur sauver la vie. Cédez le château. Alys pardonnera aux femmes qui l'ont trahie et laissera les hommes prendre le noir. »

Cregan secoua la tête. Des glaçons s'étaient formés autour de la broussaille de ses cheveux et tintèrent doucement quand il bougea. « Jamais, dit-il. Jamais, jamais, jamais. »

Je devrais offrir sa tête en présent de noces à lady Alys et à son Magnar, se dit Jon, mais il n'osait pas en courir le risque. La Garde de Nuit ne prenait pas parti dans les querelles du royaume ; certains pourraient juger qu'il avait déjà accordé trop d'assistance à Stannis. *Que je décapite cet imbécile, et ils raconteront que je tue des Nordiens pour offrir leurs terres aux sauvageons. Que je le libère, et il s'ingéniera à mettre en pièces tout ce que j'ai accompli avec lady Alys et le Magnar.* Jon se demanda ce que ferait son père, comment son oncle aurait traité ce problème. Mais Eddard Stark était mort, Benjen Stark perdu dans les désolations glacées au-delà du Mur. *T'y connais rien, Jon Snow.*

« C'est bien long, jamais, dit Jon. Vous aurez peut-être des sentiments différents demain, ou dans un an. Tôt ou tard, le roi Stannis reviendra au Mur, cependant. Quand cela arrivera, il vous fera exécuter… à moins que vous ne portiez une cape noire. Quand un homme prend le noir, tous ses crimes sont effacés. » *Même un homme tel que toi.* « À présent, veuillez me pardonner, je dois assister à un banquet. »

Après le froid mordant des cellules de glace, il faisait si chaud dans la cave bondée que Jon se sentit suffoquer à l'instant où il descendit les marches. L'air puait la fumée, la viande grillée et le vin chaud. Au moment où Jon s'installa à sa place sur l'estrade, Axell Florent portait un toast. « Au roi Stannis et à son épouse, la reine Selyse, Lumière du Nord ! beugla ser Axell. À R'hllor, Maître de la Lumière, puisse-t-il tous nous défendre ! Une terre, un dieu, un roi !

— *Une terre, un dieu, un roi !* » reprirent les gens de la reine.

Jon but avec les autres. Si Alys Karstark trouverait beaucoup de joie dans son mariage, Jon n'aurait pu le dire, mais cette nuit au moins devrait être dévolue aux festivités.

Les intendants commencèrent à apporter le premier plat, une soupe à l'oignon parfumée avec des morceaux de chèvre et de carottes. Pas précisément une chère royale, mais nourrissante ; cela avait assez de saveur et vous réchauffait le ventre. Owen Ballot empoigna le violon, et plusieurs membres du peuple libre se joignirent à lui avec cornemuses et tambours. *Ces mêmes cornemuses et tambours dont ils ont joué pour accompagner l'attaque de Mance Rayder contre le Mur.* Jon trouvait leur son plus agréable, à présent. Avec la soupe arrivèrent des miches de pain brun grossier, tout chaud sorties du fournil. Le sel et le beurre trônaient sur les tables. Cette vision rendit Jon morose. Ils avaient de bonnes provisions de sel, lui avait confirmé Bowen Marsh, mais le beurre aurait disparu d'ici une lune.

Le vieux Flint et le Norroit avaient reçu des places de grand prestige juste en dessous de l'estrade. Les deux hommes étaient trop vieux pour marcher avec Stannis ; ils avaient envoyé à leur place leurs fils et petits-fils. Mais ils n'avaient pas traîné à descendre sur Châteaunoir pour les noces. Chacun avait amené au Mur une nourrice, également. Celle des Norroit avait quarante ans, avec les plus grosses mamelles que Jon Snow ait jamais vues. Celle des Flint en avait quatorze et une poitrine plate comme celle d'un garçon, bien qu'elle ne manquât pas de lait. Entre elles deux, l'enfant que Val appelait Monstre semblait prospérer.

De cela dans l'ensemble, Jon était reconnaissant... mais il ne croyait pas un instant que d'aussi vétustes guerriers seraient descendus de leurs collines simplement pour cela. Chacun avait amené une escorte de combattants – cinq pour le vieux Flint, douze pour le Norroit, tous vêtus de peaux en loques et de cuirs cloutés, aussi farouches que la trogne de l'hiver. Certains portaient de longues barbes, d'autres des cicatrices, d'autres encore les deux ; tous adoraient les anciens dieux du nord, ces mêmes dieux adorés par le peuple libre de l'autre côté du Mur. Et pourtant, ils étaient là, siégeant à un mariage béni par un bizarre dieu rouge venu d'au-delà des mers.

Mieux vaut ça qu'un refus de boire. Ni Flint ni Norroit n'avaient renversé leur coupe pour répandre leur vin sur le sol. Cela pouvait témoigner d'une certaine acceptation. *Ou peut-être ont-ils simplement horreur de gaspiller du bon vin sudier. Ils n'ont pas dû en goûter souvent dans leurs collines rocailleuses.*

Entre les plats, ser Axell Florent conduisit la reine Selyse sur l'espace réservé à la danse. D'autres suivirent leur exemple – d'abord les chevaliers de la reine, en couples avec leurs dames.

Ser Brus fit danser la princesse Shôren pour la première fois, puis prit son tour avec la mère. Ser Narbert dansa avec chacune des dames de compagnie de Selyse à tour de rôle.

Les hommes de la reine surpassaient ses dames en effectif par trois contre une, aussi même les plus humbles servantes se trouvèrent-elles sollicitées pour danser. Après quelques chansons, des frères noirs se souvinrent de talents appris dans les cours et les châteaux de leur enfance, avant que leurs péchés les expédiassent au Mur, et ils descendirent à leur tour sur la piste. Cette vieille fripouille d'Ulmer de Bois-du-Roi se révéla aussi habile pour la danse qu'il l'était à l'arc, régalant sans doute ses partenaires de ses histoires sur la Fraternité Bois-du-Roi, lorsqu'il chevauchait avec Simon Tignac et Ben Gros-Bide et qu'il aidait Wenda Faonblanc à apposer sa marque ardente sur les fesses de ses captifs de haut rang. Satin n'était que grâce, dansant tour à tour avec trois servantes, mais ne présumant jamais de s'approcher d'une dame de haute naissance. Jon jugea cela prudent. Il n'aimait pas la façon dont certains chevaliers de la reine considéraient l'intendant, en particulier ser Patrek du Mont-Réal. *Celui-là a envie de verser un peu de sang*, se dit-il. *Il cherche une provocation.*

Quand Owen Ballot commença à danser avec Bariol le bouffon, les rires résonnèrent contre la voûte. Ce spectacle fit sourire lady Alys. « Dansez-vous souvent, ici, à Châteaunoir ?

— Chaque fois que nous avons un mariage, madame.

— Vous pourriez danser avec moi, vous savez. Ce ne serait que courtoisie. Vous avez dansé avec moi, naguère.

— Naguère ? la taquina Jon.

— Quand nous étions enfants. » Elle brisa un quignon de pain et le lança sur lui. « Comme vous le savez bien.

— Vous devriez danser avec votre époux, madame.

— Mon Magnar n'est pas homme à danser, je le crains. Si vous refusez de danser avec moi, au moins versez-moi un peu de vin chaud.

— À vos ordres. » Il fit signe qu'on lui apportât une carafe.

« Bien, déclara Alys tandis que Jon versait. Me voilà donc une femme mariée. Un époux sauvageon avec son propre petit camp de sauvageons.

— Ils se nomment le peuple libre. Enfin, la plupart. Les Thenns sont un peuple à part, en fait. Très ancien. » Ygrid le lui avait raconté. *T'y connais rien, Jon Snow.* « Ils viennent d'une vallée cachée au nord des Crocgivre, entourée de hauts pics, et pendant des millénaires ils ont eu plus de commerce avec les géants qu'avec les autres hommes. Ça les a rendus différents.

— Différents, dit-elle, mais plutôt comme nous.

— Certes, madame. Les Thenns ont des lords et des lois. » *Ils savent ployer le genou.* « Des mines, ils extraient l'étain et le cuivre pour fabriquer du bronze, ils forgent leurs propres armes et leurs armures, plutôt que de les voler. Un peuple fier, et brave. Mance Rayder a dû vaincre le vieux Magnar à trois reprises avant que Styr ne l'accepte comme Roi d'au-delà du Mur.

— Et les voici maintenant de notre côté du Mur. Chassés de leurs forteresses des montagnes et poussés dans ma chambre à coucher. » Elle eut un sourire caustique. « C'est ma faute. Le seigneur mon père m'avait demandé de charmer votre frère Robb, mais je n'avais que six ans et je ne savais pas comment faire. »

Certes, mais t'en voilà maintenant presque seize, et nous devons prier pour que tu saches charmer ton nouvel époux. « Madame, comment se présente la situation à Karhold, pour vos provisions ?

— Pas bien. » Alys soupira. « Mon père a emmené tant de nos hommes au Sud avec lui que seuls sont restés les femmes et les jeunes garçons pour engranger la récolte. Eux, et les hommes trop âgés ou trop estropiés pour partir à la guerre. Les récoltes se sont étiolées dans les champs, ou ont été écrasées dans la boue par les pluies d'automne. Et voilà que les neiges sont arrivées. L'hiver sera rude. Peu d'anciens y survivront, et nombre d'enfants périront aussi. »

C'était une histoire que tout Nordien connaissait bien. « La grand-mère maternelle de mon père était une Flint des montagnes, lui confia Jon. Les Premiers Flint, comme ils se nomment. Ils soutiennent que les autres Flint sont du sang de fils cadets, qui ont dû quitter les montagnes pour trouver de la nourriture, des terres et des femmes. Là-haut, la vie a toujours été rude. Lorsque les neiges tombent et que la nourriture se fait rare, leurs jeunes doivent voyager jusqu'à la ville d'hiver ou se faire engager au service de l'un ou l'autre château. Les vieux rassemblent toutes les forces qui leur restent et annoncent qu'ils partent chasser. On en retrouve certains, au printemps. La plupart, on ne les revoit jamais.

— Il en va de même à Karhold. »

Cela ne le surprit pas. « Quand vos vivres commenceront à manquer, madame, souvenez-vous de nous. Envoyez vos vieillards au Mur. Ici, au moins, ils ne mourront pas seuls dans la neige, sans rien que des souvenirs pour se réchauffer. Envoyez-nous aussi des jeunes, si vous en avez de trop.

— Il en sera comme vous dites. » Elle lui toucha la main. « Karhold se souvient. »

On découpait l'orignac. Il sentait meilleur que Jon n'avait de raison de l'espérer. En même temps que trois grands plateaux de légumes rôtis pour Wun Wun, il fit envoyer une portion à Cuirs à la tour d'Hardin, puis en dévora lui-même une confortable tranche. *Hobb Trois-Doigts s'est distingué.* Cela avait posé quelque souci. Hobb était venu le trouver, deux nuits plus tôt, en se plaignant qu'il avait rejoint la Garde de Nuit pour tuer des sauvageons, et pas pour leur préparer des repas. « D'ailleurs, j'en ai jamais fait, des banquets d'noces, m'sire. Les frères noirs, ils prennent pas d'femmes. C'est dans le serment, j'vous jure. »

Jon arrosait le rôti avec une gorgée de vin chaud quand Clydas apparut tout près de son coude. « Un oiseau », annonça-t-il, et il glissa un parchemin dans la main de Jon. La note était scellée d'un point de cire noir et dur. *Fort-Levant*, sut Jon, avant même de rompre le sceau. La lettre avait été écrite par mestre Harmune ; Cotter Pyke ne savait lire ni écrire. Mais les mots étaient ceux de Pyke, consignés comme il les avait prononcés, bruts et sans détour.

Mers calmes, ce jour. Onze vaisseaux mettent la voile pour Durlieu avec la marée du matin. Trois braaviens, quatre lysiens, quatre des nôtres. Deux des lysiens à peine en état de naviguer. Nous risquons de noyer plus de sauvageons que nous n'en sauverons. Votre ordre. Vingt corbeaux à bord, et mestre Harmune. Enverrai rapports. Je commande de la Serre, Frippes-au-Sel est second sur le Merle. Ser Glendon garde Fort-Levant.

« Noires ailes, noires nouvelles ? s'enquit Alys Karstark.

— Non, madame. Cette nouvelle était attendue depuis longtemps. » *Pourtant, la dernière partie me trouble.* Glendon Houëtt était un homme aguerri, un homme de poigne, un choix logique pour commander en l'absence de Cotter Pyke. Mais il était aussi ce qui ressemblait le plus à un ami dont Alliser Thorne pouvait se vanter, et une sorte d'acolyte de Janos Slynt, même si cela n'avait pas duré. Jon se souvenait encore comment Houëtt l'avait arraché à son lit, et le contact de sa botte qui lui percutait les côtes. *Pas l'homme que j'aurais choisi.* Il enroula le parchemin et le plaça dans sa ceinture.

Ce fut ensuite le plat de poisson, mais tandis qu'on retirait les arêtes du brochet, lady Alys entraîna le Magnar sur la piste de danse. À sa façon de se mouvoir, on percevait clairement que Sigorn n'avait jamais dansé auparavant, mais il avait assez bu de vin chaud pour que la chose ne parût pas importante.

« Une vierge du Nord et un guerrier sauvageon, liés ensemble par le Maître de la Lumière. » Ser Axell Florent se glissa sur le siège vacant de lady Alys. « Sa Grâce approuve. Je suis proche d'elle, messire, aussi, je connais son sentiment. Le roi Stannis approuvera également. »

Sauf si Roose Bolton a planté sa tête au bout d'une pique.

« Tous n'approuvent pas, hélas. » La barbe de ser Axell était un pinceau râpé sous son menton affaissé ; des poils rudes lui sortaient des oreilles et des narines. « Ser Patrek estime qu'il aurait été un meilleur parti pour lady Alys. Il a perdu ses terres en venant dans le Nord. »

— Ils sont nombreux dans cette salle à avoir perdu bien davantage, répliqua Jon, et plus encore qui ont perdu la vie au service du royaume. Ser Patrek devrait s'estimer heureux. »

Axell Florent sourit. « Le roi pourrait en dire autant s'il était ici. Et pourtant, il faut bien envisager des accommodements pour les féaux chevaliers de Sa Grâce, sûrement ? Ils l'ont suivi si loin, et à un tel coût. Et nous nous devons de lier ces sauvageons au roi et au royaume. Ce mariage est un bon premier pas, mais je sais que la reine se réjouirait de voir également mariée la princesse sauvageonne. »

Jon poussa un soupir. Il était las d'expliquer que Val n'était pas vraiment une princesse. Malgré toutes les fois où il l'avait répété, ils ne semblaient jamais entendre. « Vous êtes obstiné, ser Axell, je vous accorde cela.

— M'en blâmez-vous, messire ? On ne remporte pas aisément un tel trophée. Une fille nubile, ai-je entendu dire, et point déplaisante à voir. De bonnes hanches, une bonne poitrine, bien faite pour pondre des enfants.

— Qui les concevrait, ces enfants ? Ser Patrek ? Vous ?

— Qui de mieux placé ? Nous autres Florent avons dans nos veines le sang des anciens rois Jardinier. Lady Mélisandre pourrait célébrer le rituel, comme elle l'a fait pour lady Alys et le Magnar.

— Il ne vous manque qu'une promise.

— On y remédie aisément. » Le sourire de Florent était tellement faux qu'il paraissait douloureux. « Où est-elle, lord Snow ? L'avez-vous déplacée dans un autre de vos châteaux ? Griposte ou Tour Ombreuse ? La Tanière aux Putes, avec les autres drôlesses ? » Il se pencha plus près. « Il en est pour raconter que vous l'avez mise de côté pour votre propre plaisir. Cela ne m'importe point, tant qu'elle n'est pas grosse d'un enfant. Je lui ferai mes propres fils. Si vous l'avez rompue à la selle, ma foi... Nous sommes tous deux des hommes qui connaissent la vie, n'est-ce pas ? »

Jon en avait entendu assez. « Ser Axell, si vous êtes vraiment la Main de la Reine, je plains Sa Grâce. »

Le visage de Florent se colora de colère. « Alors, c'est donc vrai. Vous avez l'intention de vous la conserver pour vous. Je le vois bien, à présent. Le bâtard guigne le siège de son père. »

Le bâtard a refusé le siège de son père. Si le bâtard avait voulu Val, il lui suffisait de la demander. « Vous allez devoir m'excuser, ser, dit-il, j'ai besoin de prendre l'air. » *Ça empeste, ici.* Sa tête se tourna. « C'était une trompe. »

D'autres avaient entendu aussi. La musique et les rires moururent aussitôt. Les danseurs se figèrent sur place, aux aguets. Même Fantôme dressa les oreilles. « Vous avez entendu ? » demanda la reine Selyse à ses chevaliers.

— Une trompe de guerre, Votre Grâce », déclara ser Narbert.

La main de la reine papillonna jusqu'à sa gorge. « Serions-nous attaqués ?

— Non, Votre Grâce, assura Ulmer du Bois-du-Roi. Ce sont les guetteurs sur le Mur, voilà tout. »

Un coup, se dit Jon. *Des patrouilleurs qui reviennent.*

Puis on sonna de nouveau. Le bruit sembla emplir la cave.

« Deux coups », fit Mully.

Frères noirs, Nordiens, peuple libre, Thenns, gens de la reine, tous se turent, pour écouter. Cinq battements de cœur s'écoulèrent. Dix. Vingt. Puis Owen Ballot gloussa, et Jon Snow put de nouveau respirer. « Deux coups, annonça-t-il. Des sauvageons. » *Val.*

Tormund Fléau-d'Ogres était enfin arrivé.

DAENERYS

La salle retentissait de rires yunkaïs, de chants yunkaïs, de prières yunkaïies. Des danseurs évoluaient ; des musiciens exécutaient d'étranges mélodies à grand renfort de cloches, de couinements et d'outres ; les chanteurs interprétaient de vieilles ballades d'amour dans la langue impénétrable de l'antique Ghis. Le vin coulait à flots – non point la piètre piquette de la baie des Serfs, mais les riches crus liquoreux de La Treille et le vinsonge de Qarth, que parfumaient des épices inconnues. Sur l'invitation du roi Hizdahr, les Yunkaïis étaient venus signer la paix et assister à la renaissance des arènes de combat de Meereen, réputées au plus loin. Pour leur faire fête, le noble époux de Daenerys Targaryen avait ouvert les portes de la Grande Pyramide.

J'exècre tout cela, songeait-elle. *Comment en suis-je arrivée à boire et à sourire avec des hommes que je voudrais écorcher vifs ?*

On servait une douzaine de variétés de viandes et de poissons : du chameau, du crocodile, de la pieuvre chanteuse, du canard laqué et des larves épineuses, avec de la chèvre, du jambon et du cheval pour ceux dont les goûts inclinaient moins vers l'exotisme. Et du chien. Aucun banquet ghiscari n'aurait été complet sans son plat de chien. Les cuisiniers d'Hizdahr savaient préparer l'animal de quatre façons différentes. « Les Ghiscaris mangent tout ce qui nage, vole ou rampe, l'homme et le dragon exceptés, l'avait avertie Daario. Et le dragon, ils en mangeraient aussi, je parie, pour peu que la moindre occasion se présente. » Toutefois, la viande seule n'assurait pas un repas, aussi y avait-il de même des fruits, des graines, des légumes. L'air embaumait des fragrances du safran, de la cannelle, du clou de girofle, du poivre et d'autres aromates de grand prix.

À peine Daenerys avala-t-elle une bouchée. *C'est la paix*, se répétait-elle. *Ce que je voulais, ce pour quoi j'ai œuvré, la raison de mon mariage avec Hizdahr. Alors, pourquoi tout cela a-t-il un tel goût de défaite ?*

« Ça ne durera plus très longtemps, mon amour, lui avait certifié Hizdahr. Les Yunkaïis vont bientôt se retirer et, avec eux, leurs alliés et leurs séides. Nous aurons tout ce que nous désirions. La paix, des vivres, le commerce. Notre port est de nouveau ouvert, et les navires ont le loisir d'aller et de venir.

— Ils nous en donnent la *permission*, certes, avait-elle riposté, mais leurs navires de guerre ne bougent pas. Ils peuvent refermer les doigts sur notre gorge dès qu'ils le souhaiteront. *Ils ont installé un marché aux esclaves en vue de mes remparts !*

— *À l'extérieur* de nos remparts, douce reine. C'était une des conditions de la paix, que les Yunkaïis soient comme auparavant libres de trafiquer des esclaves, sans qu'on leur porte atteinte.

— Dans leur propre cité. Pas en un lieu où je dois en être témoin. » Les Judicieux avaient établi leurs enclos d'esclaves et l'estrade des ventes juste au sud de la Skahazadhan, à l'endroit où le vaste fleuve brun se jetait dans la baie des Serfs. « Ils me rient au nez, et exécutent toute une mise en scène pour exhiber mon impuissance à les arrêter.

— Des poses et des postures, assura son noble époux. Une mise en scène, tu le dis toi-même. Qu'ils se livrent donc à leurs simagrées. Une fois qu'ils seront partis, nous convertirons ce qu'ils ont laissé derrière eux en marché aux fruits.

— Une fois qu'ils seront partis, répéta Daenerys. Et quand partiront-ils ? On a signalé des cavaliers sur l'autre rive de la Skahazadhan. Des éclaireurs dothrakis, selon Rakharo, que suit un *khalasar*. Ils doivent avoir des captifs. Des hommes, des femmes et des enfants, des présents pour les marchands d'esclaves. » Les Dothrakis n'achetaient ni ne vendaient rien : ils offraient des cadeaux et en recevaient. « Voilà pourquoi les Yunkaïis ont dressé leur marché. Ils repartiront d'ici avec des milliers de nouveaux esclaves. »

Hizdahr zo Loraq haussa les épaules. « Mais ils repartiront. Voilà ce qui importe, mon amour. Yunkaï s'adonnera au trafic d'esclaves, pas Meereen, tel est l'accord conclu. Supporte un petit moment encore, et cela disparaîtra. »

Aussi Daenerys siégea-t-elle en silence durant le repas, enveloppée d'un *tokar* vermillon et de noires pensées, ne parlant que lorsqu'on s'adressait à elle, songeant aux hommes et aux femmes qu'on achetait ou vendait sous ses murailles, tandis qu'on festoyait ici, dans la cité. Que son noble époux prononce les discours et rie aux mauvaises plaisanteries yunkaïies. Tel était le privilège du roi, et tel son devoir.

Une grande part de la conversation autour de la table roulait sur les affrontements qui auraient lieu le lendemain. Barséna Cheveux-noirs allait se mesurer à un sanglier, défenses contre poignard. Khrazz disputerait un combat singulier, de même que le Félin moucheté. Et au cours du dernier affrontement de la journée, Goghor le Géant se mesurerait à Belaquo Briseur-d'os. Avant le coucher du soleil, l'un des deux serait mort. *Aucune reine n'a les mains nettes*, se répétait Daenerys. Elle songea à Doreah, à Quaro, à Eroeh... à une petite fille qu'elle n'avait jamais rencontrée et qui se nommait Hazzéa. *Mieux vaut que quelques-uns périssent dans l'arène, plutôt que des milliers devant les portes. Tel est le prix de la paix. Je l'acquitte volontiers. Si je regarde en arrière, c'en est fait de moi.*

Le commandant suprême yunkaïi, Yurkhaz zo Yunzak, aurait pu avoir connu la Conquête d'Aegon, à juger sur sa mine. Ridé, édenté, le dos cassé, il fut porté jusqu'à la table par deux vigoureux esclaves. Les autres seigneurs yunkaïis n'étaient guère plus impressionnants. L'un d'eux était menu et courtaud, bien que les esclaves qui le servaient fussent d'une taille et d'une maigreur grotesques. Le troisième était jeune, musclé et séduisant, mais tellement ivre que Daenerys avait du mal à comprendre un traître mot de ce qu'il disait. *Comment ai-je pu être acculée dans une telle situation par pareilles créatures ?*

Les épées-louées étaient une autre affaire. Chacune des quatre compagnies libres au service de Yunkaï avait délégué son commandant. Les Erre-au-Vent étaient représentés par le noble pentoshi qu'on appelait le Prince en Guenilles, les Longues Lances par Gylo Rhegan, qui ressemblait plus à un cordonnier qu'à un soldat, et parlait par murmures. Barbesang, de la Compagnie du Chat, produisait assez de vacarme pour lui et une douzaine d'autres. Colosse doté d'une grande barbe en broussaille et d'un prodigieux appétit pour le vin et les femmes, il beuglait, rotait, pétait avec la force d'un coup de tonnerre, et pinçait toutes les servantes qui passaient à portée de main. De temps en temps, il en attrapait une pour l'asseoir sur ses genoux, lui pétrir les seins et la palper entre les jambes.

Les Puînés eux aussi étaient représentés. *Si Daario était ici, ce repas s'achèverait en bain de sang.* Aucune promesse de paix n'aurait jamais pu convaincre son capitaine de laisser Brun Ben Prünh entrer dans Meereen et la quitter vivant. Daenerys avait juré qu'il n'adviendrait aucun mal aux sept envoyés et commandants, mais cela n'avait pas satisfait les Yunkaïis. Ils avaient également exigé d'elle des otages. Pour contrebalancer les trois nobles Yunkaïis et les quatre capitaines mercenaires, Meereen avait envoyé dans le camp des assiégeants sept des siens : la sœur d'Hizdahr, deux de ses cousins, Jhogo le Sang-coureur de Daenerys, Groleo son amiral, le capitaine immaculé Héro, et Daario Naharis.

« Je laisse mes filles avec toi, avait déclaré son capitaine en lui tendant son baudrier et ses garces dorées. Prends-en soin pour moi, mon amour. Il ne faudrait pas qu'elles se livrent à de sanglantes facéties parmi les Yunkaïis. »

Le Crâne-ras était absent, lui aussi. Le premier geste d'Hizdahr après son couronnement avait été de lui retirer le commandement des Bêtes d'Airain pour lui substituer son propre cousin, le replet et blafard Marghaz zo Loraq. *C'est pour le mieux. Selon la Grâce Verte, une affaire de sang versé oppose Loraq et Kandaq, et jamais le Crâne-ras n'a fait mystère de son dédain envers le seigneur mon époux. Et Daario…*

Daario se comportait de façon toujours plus insensée, depuis les noces de Daenerys. Il ne prisait guère la paix de celle-ci, moins encore son mariage, et il avait été furieux d'avoir été dupé par les Dorniens. Quand le prince Quentyn leur avait révélé que les autres Ouestriens s'étaient engagés dans les Corbeaux Tornade sur les ordres du Prince en Guenilles, seule l'intervention de Ver Gris et de ses Immaculés avait retenu Daario de tous les tuer. Les faux déserteurs avaient été emprisonnés en lieu sûr dans les tréfonds de la pyramide… Mais la rage de Daario continuait à s'envenimer.

Il sera plus en sécurité comme otage. Mon capitaine n'est pas fait pour la paix. Daenerys ne pouvait courir le risque qu'il abattît Brun Ben Prünh, ridiculisât Hizdahr devant la cour, provoquât les Yunkaïis ou remît en question l'accord pour lequel elle avait tant cédé. Daario représentait la guerre et l'affliction. Désormais, elle devrait le garder hors de son lit, de son cœur et d'elle. S'il ne la trahissait pas, il la dompterait. Elle ne savait laquelle de ces éventualités l'effrayait davantage.

Une fois les ripailles achevées et les reliefs des plats à demi mangés débarrassés – pour être distribués aux pauvres réunis en bas, à l'insistance de la reine –, on emplit de hautes flûtes en verre d'une liqueur épicée sombre comme l'ambre, venue de Qarth. Alors débutèrent les attractions.

Une troupe de castrats yunkaïis, propriété de Yurkhaz zo Yunzak, chanta pour eux des odes dans l'ancienne langue du Vieil Empire, de leurs voix hautes et suaves, d'une impossible pureté. « As-tu jamais entendu pareil chant, mon amour, s'enquit Hizdahr. Ils ont des voix de dieux, non ?

— Certes, mais je me demande s'ils n'auraient pas préféré conserver des fruits d'hommes. »

Tous les artistes étaient des esclaves. La condition avait été incluse dans les accords de paix : les détenteurs d'esclaves auraient permission de faire entrer leur cheptel dans Meereen sans craindre de les voir affranchis. En retour, les Yunkaïis avaient promis de respecter les droits et les libertés des anciens esclaves que Daenerys avait affranchis. Un marché équitable, avait jugé Hizdahr, mais qui laissait un goût infâme dans la bouche de la reine. Elle but une nouvelle coupe de vin pour le faire passer.

« Si tel est ton bon plaisir, Yurkhaz sera ravi de nous donner les chanteurs, je n'en doute pas, disait son noble époux. Un présent pour sceller notre paix, un ornement pour notre cour. »

Il nous offrira ces castrats, songea Daenerys, *et puis il rentrera chez lui en fabriquer d'autres. Le monde regorge de petits garçons.*

Les acrobates qui suivirent échouèrent également à la toucher, même lorsqu'ils formèrent une pyramide humaine haute de neuf niveaux, avec une petite fille toute nue à son sommet. *Est-ce censé représenter ma pyramide ?* s'interrogea la reine. *La fillette au sommet, est-ce moi ?*

Par la suite, le seigneur son époux conduisit ses invités sur la terrasse inférieure, afin que les visiteurs venus de la Cité Jaune pussent contempler Meereen de nuit. Coupe de vin en main, les Yunkaïis se promenèrent par petits groupes sous les citronniers et les fleurs nocturnes, et Daenerys se retrouva face à face avec Brun Ben Prünh.

Il s'inclina très bas. « Votre Splendeur. Vous êtes superbe. Enfin, vous l'avez toujours été. Aucun de ces Yunkaïis est à moitié aussi joli. J'avais pensé apporter un présent pour vos noces, mais les enchères sont montées trop haut pour ce vieux Brun Ben.

— Je ne veux pas de tes présents.

— Celui-là aurait pu vous plaire. La tête d'un vieil ennemi.

— La tienne ? demanda-t-elle d'une voix charmante. Tu m'as trahi.

— Voilà une bien rude façon de décrire la chose, si vous m'en voulez pas de le dire. » Brun Ben gratta sa barbe tachée de gris et de blanc. « On est passés du côté des vainqueurs, c'est tout. Comme on avait fait avant. La décision vient pas seulement de moi, non plus. J'ai demandé l'avis de mes hommes.

— Et donc, ce sont *eux* qui m'ont trahie, c'est ce que tu veux dire ? Pourquoi ? Ai-je mal traité les Puînés ? Ai-je lésiné sur vos gains ?

— Jamais de la vie, mais tout se résume pas à une question de monnaie, Votre Toute-Puissance. J'ai appris ça y a longtemps, à ma première bataille. Le lendemain du combat, je fouillais parmi les morts, pour chercher un petit complément de butin, disons. Et je tombe sur un cadavre à qui la hache d'un guerrier avait tranché le bras à hauteur de l'épaule. Il était couvert de mouches et caparaçonné de sang séché, c'est sans doute pour ça que personne d'autre y avait touché. Mais, par-dessous, il portait un gambison clouté, qu'avait l'air d'être en beau cuir. J'ai estimé qu'il m'irait pas trop mal, alors j'ai chassé les mouches et je l'ai découpé pour le dégager. Mais il était bougrement plus lourd qu'il aurait dû. Sous la doublure, le type avait cousu une fortune en pièces. *De l'or*, Votre Splendeur, du bel or jaune. Assez pour qu'un homme vive comme un lord jusqu'à la fin de ses jours. Et quel bien il en avait retiré ? Il était là vautré, étalé dans le sang et la boue, avec son putain de bras en moins. Et la voilà, la leçon, vous voyez ? L'argent est doux et l'or est notre mère, mais une fois qu'on est mort, ça vaut moins que le dernier étron que vous chiez en crevant. Je vous l'ai dit une fois : les mercenaires, y a les vieux et y a les hardis, mais les vieux mercenaires hardis, ça existe pas. Mes gars ont pas envie de crever, c'est tout, et quand je leur ai dit que vous pouviez pas lâcher vos dragons contre les Yunkaïis, eh ben, ma foi... »

Tu m'as vue vaincue, compléta Daenerys, *et qui suis-je pour prétendre que tu te trompais ?* « Je comprends. » Elle aurait pu en terminer là, mais elle était curieuse. « Assez d'or pour vivre comme un lord, as-tu dit. Qu'as-tu fait de toute cette fortune ? »

Brun Ben rit. « Comme un couillon de morveux que j'étais, j'en ai parlé à un gars que je prenais pour mon ami, qui en a parlé au sergent, et mes compagnons d'armes sont arrivés et m'ont soulagé de ce fardeau. Le sergent a déclaré que j'étais trop jeune, que j'allais le gaspiller en putains, et tout ça. Mais il m'a autorisé à conserver le gambison. » Il cracha par terre. « Faut jamais se fier à une épée-louée, madame.

— J'ai appris cela. Un jour, il faudra que je veille à te remercier de cette leçon. »

Les yeux de Brun Ben pétillèrent. « Pas la peine. Je sais bien quel genre de remerciements vous avez en tête. » Il s'inclina de nouveau et se retira.

Daenerys se tourna pour contempler sa cité. Au-delà de ses remparts, les tentes jaunes des Yunkaïis se dressaient en bord de mer selon des rangées ordonnées, protégées par les fossés que leur avaient creusés leurs esclaves. Deux légions de fer venues de la Nouvelle-Ghis, formées et armées de la même façon que les Immaculés, campaient de l'autre côté du fleuve, au nord. Deux légions ghiscaries supplémentaires avaient dressé le camp à l'est, coupant la route vers le col de Khyzai. Les lignes de chevaux et les feux de cuisine des compagnies libres s'étiraient au sud. Le jour, des filets de fumée s'accrochaient au ciel comme des rubans gris élimés. La nuit, on voyait des feux au loin. Tout au bord de la baie se trouvait l'abomination : le marché aux esclaves à ses portes. Elle ne le voyait pas, pour l'instant, avec le soleil couché, mais elle savait qu'il était là. Cela ne servait qu'à accroître son courroux.

« Ser Barristan ? » appela-t-elle à voix basse.

Le chevalier blanc apparut aussitôt. « Votre Grâce.

— Qu'avez-vous entendu ?

— Suffisamment. Il n'a pas tort. Ne vous fiez jamais à une épée-louée. »

Ni à une reine, songea Daenerys. « Y a-t-il parmi les Puînés un homme qu'on pourrait convaincre de... d'éliminer... Brun Ben ?

— Comme Daario Naharis a naguère éliminé les autres capitaines des Corbeaux Tornade ? » Le vieux chevalier parut mal à l'aise. « Peut-être. Je n'en puis rien savoir, Votre Grâce. »

Non, reconnut-elle en son for intérieur, *tu es trop honnête et trop honorable.* « Sinon, les Yunkaïis emploient trois autres compagnies.

— Des crapules et des coupeurs de gorge, la racaille de cent champs de bataille, la mit en garde ser Barristan, avec des capitaines largement aussi fourbes que Prünh.

— Je ne suis qu'une jeune fille et je m'y connais peu en de tels domaines, mais il me semble que nous leur *demandons* d'être fourbes. Une fois, il doit vous en souvenir, j'ai convaincu les Puînés et les Corbeaux Tornade de nous rejoindre.

— Si Votre Grâce souhaite s'entretenir en privé avec Gylo Rhegan ou le Prince en Guenilles, je pourrais les faire venir dans vos appartements.

— L'heure ne s'y prête pas. Trop d'yeux, trop d'oreilles. On noterait leur absence, même si vous parveniez à les écarter des Yunkaïis sans être remarqué. Nous devons trouver un moyen plus discret d'entrer en contact avec eux... pas ce soir, mais bientôt.

— Comme vous l'ordonnerez. Mais je crains de ne pas être particulièrement qualifié pour une telle tâche. À Port-Réal, on laissait ce genre de besogne à lord Littlefinger ou à l'Araignée. Nous autres vieux chevaliers sommes des hommes simples, uniquement bons à nous battre. » Il tapota la poignée de son épée.

« Nos prisonniers, suggéra Daenerys. Les Ouestriens qui nous sont arrivés des Erre-au-Vent, avec les trois Dorniens. Nous les détenons toujours en cellule, n'est-ce pas ? Employons-les.

— Les libérer, voulez-vous dire ? Est-ce bien sage ? On les a envoyés ici gagner votre confiance par cautèle, afin de trahir Votre Grâce à la première occasion.

— En ce cas, ils ont échoué. Je n'ai aucune confiance en eux, et jamais n'en aurai. » À parler franc, Daenerys commençait à oublier comment l'on se fiait à quiconque. « Nous pouvons néanmoins user d'eux. Il y avait une femme. Meris. Renvoyez-la, en... en gage de ma considération. Si leur capitaine est un habile homme, il comprendra.

— La femme est la pire du lot.

— D'autant mieux. » Daenerys réfléchit un moment. « Nous devrions sonder les Longues Lances, également. Et la Compagnie du Chat.

— Barbesang. » La mine sombre de ser Barristan se rembrunit encore. « N'en déplaise à Votre Grâce, nous ne tenons nullement à avoir affaire à lui. Votre Grâce est trop jeune pour se rappeler les Rois à neuf sous, mais ce Barbesang est taillé dans la même brutale étoffe. Il n'y a nul honneur en lui, rien que de la soif... d'or, de gloire, de sang.

— Vous en savez plus long que moi sur de tels hommes, ser. »
Si Barbesang était réellement la plus déshonorable et cupide des
épées-louées, il pourrait être le plus aisé à retourner, mais elle
répugnait à aller contre les conseils de ser Barristan en de telles
affaires. « Faites comme vous le jugerez préférable. Mais agissez
vite. Si la paix d'Hizdahr devait se rompre, je veux être prête. Je
n'ai pas confiance en ces esclavagistes. » *Je n'ai pas confiance en
mon époux.* « Ils se retourneront contre nous au premier signe
de faiblesse.

— Les Yunkaïis s'affaiblissent, eux aussi. La caquesangue
s'est enracinée chez les Tolosiens, à ce qu'on dit, et, sur l'autre
berge du fleuve, elle se propage au sein de la troisième Légion
ghiscarie. »

La jument pâle. Daenerys soupira. *Quaithe m'avait mise en
garde contre l'arrivée de la jument pâle. Elle m'a également parlé
du prince de Dorne, le fils du soleil. Elle m'a dit tant et plus de
choses, mais tout cela par énigmes.* « Je ne puis compter sur une
épidémie pour me sauver de mes ennemis. Libérez la Belle
Meris. Sur-le-champ.

— Comme vous l'ordonnez. Bien que... Votre Grâce, si je
puis avoir l'audace, il y a une autre voie...

— La voie de Dorne ? » Daenerys poussa un nouveau soupir.
Les trois Dorniens étaient présents au banquet, ainsi qu'il
convenait avec une personnalité du rang du prince Quentyn,
bien que Reznak eût pris soin de les installer aussi loin que
possible de son mari. Hizdahr ne paraissait pas d'un naturel
jaloux, mais aucun homme ne serait enchanté par la présence
d'un prétendant rival aux côtés de sa nouvelle épouse. « Le
jeune homme semble agréable et courtois, mais...

— La maison Martell est d'une ancienne noblesse, et a été
une amie féale de la maison Targaryen depuis plus d'un siècle,
Votre Grâce. J'ai eu l'honneur de servir sous le grand-oncle du
prince Quentyn parmi les sept de votre père. Le prince Lewyn
était le compagnon d'armes le plus vaillant qu'on pût souhaiter.
Quentyn Martell charrie le même sang, plaise à Votre Grâce.

— Il m'aurait plu qu'il se présentât avec ces cinquante mille
épées dont il parle, au lieu d'apporter deux chevaliers et un parchemin. Un parchemin protégera-t-il mon peuple des Yunkaïis ?
S'il était arrivé à la tête d'une flotte...

— Lancehélion n'a jamais été une puissance maritime,
Votre Grâce.

— Non. » Daenerys connaissait assez l'histoire de Westeros pour le savoir. Nymeria avait échoué dix mille navires sur les côtes sablonneuses de Dorne. Mais, en épousant son prince de Dorne, elle les avait tous incendiés afin de se détourner de la mer à jamais. « Dorne est trop loin. Pour plaire à ce prince, il me faudrait abandonner mon peuple. Vous devriez le renvoyer chez lui.

— Les Dorniens ont la réputation d'être obstinés, Votre Grâce. Les ancêtres du prince Quentyn ont combattu les vôtres pendant pratiquement deux siècles. Il ne partira pas sans vous. »

Alors, il mourra ici, conclut Daenerys, *à moins qu'il ne me cache autre chose sur lui-même.* « Est-il toujours à l'intérieur ?

— En train de boire avec ses chevaliers.

— Amenez-le-moi. Il est temps qu'il rencontre mes enfants. »

L'ombre d'un doute passa sur le long visage solennel de Barristan Selmy. « À vos ordres. »

Le roi de Daenerys riait avec Yurkhaz zo Yunzak et les autres seigneurs yunkaïis. La reine supposa qu'elle ne lui manquerait pas, mais donna à tout hasard à ses cameristes instruction de lui répondre qu'elle satisfaisait un besoin naturel, s'il s'inquiétait d'elle.

Ser Barristan attendait près de l'escalier, avec le prince de Dorne. Le visage carré de Martell était animé et rubicond. *Trop de vin*, en conclut la reine, en dépit de tous les efforts qu'il déployait pour le dissimuler. À l'exception de la guirlande de soleils en cuivre qui ornementait sa ceinture, le Dornien était vêtu simplement. *On l'appelle Guernouille*, se remémora Daenerys. Elle en voyait la raison. L'homme n'était pas séduisant.

Elle sourit. « Mon prince. Le chemin est long jusqu'en bas. Vous y tenez, vous en êtes sûr ?

— S'il plaît à Votre Grâce.

— Alors, venez. »

Une paire d'Immaculés descendait les marches devant eux, porteurs de flambeaux ; derrière venaient deux Bêtes d'Airain, l'une masquée en poisson, l'autre en faucon. Même ici, dans sa propre pyramide, en cette faste nuit de paix et de célébration, ser Barristan insistait pour qu'elle conservât autour d'elle des gardes, partout où elle se rendait. La petite compagnie effectua la descente en silence, s'arrêtant à trois reprises pour se rafraîchir en cours de route. « Le Dragon a trois têtes, déclara Daenerys quand ils furent parvenus sur le dernier palier. Mon mariage ne doit pas représenter le terme de tous vos espoirs. Je sais pourquoi vous êtes ici.

— Pour vous, affirma Quentyn, tout de gauche galanterie.

— Non. Pour le feu et le sang. »

De son box, un des éléphants barrit à leur adresse. Un rugissement souterrain lui répondit, faisant rosir Daenerys d'une chaleur soudaine. Le prince Quentyn, alarmé, leva les yeux. « Les dragons sentent sa présence », lui expliqua ser Barristan.

Tout enfant sent la présence de sa mère, se dit Daenerys. *Quand les mers seront asséchées et quand les montagnes auront sous le vent le frémissement de la feuille...* « Ils m'appellent. Venez. » Elle prit le prince Quentyn par la main pour le conduire à la fosse où étaient confinés deux de ses dragons. « Restez au-dehors », ordonna-t-elle à ser Barristan tandis que les Immaculés ouvraient les immenses portes de fer. « Le prince Quentyn me protégera. » Elle entraîna le prince dornien à l'intérieur avec elle, pour aller se placer au-dessus de la fosse.

Les dragons tournèrent le cou, pour les considérer avec des prunelles ardentes. Viserion avait rompu une chaîne et fondu les autres. Il s'accrochait au plafond de la fosse comme une énorme chauve-souris blanche, ses griffes plantées profond dans le croulement des briques brûlées. Rhaegal, encore entravé, rongeait une carcasse de taureau. Les ossements sur le sol de la fosse formaient une couche plus épaisse que la dernière fois qu'elle était descendue ici, et les parois et le sol étaient noirs et gris, cendres plus que brique. Ils ne tiendraient plus longtemps... mais derrière eux, il n'y avait que de la terre et de la pierre. *Des dragons peuvent-ils forer à travers la roche, comme les dragons ardents de l'ancienne Valyria ?* Elle espérait que non.

Le prince de Dorne était devenu aussi blanc que du lait. « Je... j'avais entendu qu'il y en avait trois.

— Drogon chasse. » Il n'avait pas besoin d'en savoir davantage. « Le crème est Viserion, le vert Rhaegal. Je leur ai donné le nom de mes frères. » Sa voix résonnait contre la pierre carbonisée des murs. Une voix qui semblait ténue – celle d'une petite fille, pas d'une reine et d'une conquérante, pas les accents joyeux d'une toute nouvelle épouse.

Rhaegal rugit en réponse, et le feu emplit la fosse, une pique de rouge et jaune. Viserion répondit, de ses flammes or et orange. Quand il battit des ailes, un nuage gris de cendre satura l'air. Autour de ses pattes, ses chaînes brisées sonnèrent et raclèrent le sol. Quentyn Martell recula d'un bond d'un pied de long.

Une femme plus cruelle aurait pu rire de lui ; Daenerys lui pressa la main et confia : « Ils m'effraient aussi. Il n'y a pas de honte à cela. Dans le noir, mes enfants ont sombré dans la sauvagerie et la fureur.

— Vous... vous avez l'intention de les monter ?

— L'un d'eux. Tout ce que je connais des dragons se limite à ce que m'a raconté mon frère quand j'étais petite, et au peu que j'ai lu dans les livres, mais on affirme que même Aegon le Conquérant n'a jamais osé enfourcher Vhagar ou Meraxès, non plus que ses sœurs n'ont monté Balerion la Terreur noire. Les dragons vivent plus longtemps que les hommes, des siècles pour certains, si bien que Balerion a connu d'autres cavaliers après la mort d'Aegon... mais aucun cavalier n'a jamais chevauché deux dragons. »

Viserion émit un nouveau chuintement. De la fumée monta d'entre ses crocs, et ils purent voir au fond de sa gorge bouillonner un feu doré.

« Ce sont... des créatures terrifiantes.

— *Des dragons,* Quentyn. » Daenerys se dressa sur la pointe des pieds et l'embrassa avec légèreté, un baiser sur chaque joue. « J'en suis un, aussi. »

Le jeune prince déglutit. « Je... j'ai également en moi le sang du dragon, Votre Grâce. Je peux remonter ma lignée jusqu'à la première Daenerys, la princesse Targaryen qui fut la sœur du roi Daeron le Bon et l'épouse du prince de Dorne. Il a bâti pour elle les Jardins Aquatiques.

— Les Jardins Aquatiques ? » De Dorne ou de son histoire, elle savait tant et moins, à dire vrai.

« Le palais préféré de mon père. J'aurais plaisir à vous les montrer un jour. Ils sont tout de marbre rose, avec des bassins et des fontaines, dominant la mer.

— Cela semble superbe. » Elle l'écarta de la fosse. *Sa place n'est pas ici. Il n'aurait jamais dû venir.* « Vous devriez retourner là-bas. Ma cour n'est pas pour vous un lieu sûr, je le crains. Vous avez plus d'ennemis que vous ne le savez. Vous avez ridiculisé Daario, et il n'est pas homme à oublier un tel affront.

— J'ai mes chevaliers. Mes boucliers liges.

— Deux chevaliers. Daario a cinq cents Corbeaux Tornade. Et vous feriez bien de vous méfier également du seigneur mon mari. Il paraît un homme doux et agréable, je le sais, mais ne vous y trompez pas. La couronne d'Hizdahr tire son pouvoir de la mienne, et il jouit de l'allégeance de certains des plus redoutables guerriers du monde. Si l'un d'eux s'imaginait gagner sa faveur en disposant d'un rival...

— Je suis prince de Dorne, Votre Grâce. Je ne fuirai pas devant des esclaves et des épées-louées. »

Alors, tu es vraiment sot, prince Guernouille. Daenerys lança à ses sauvages enfants un dernier regard appuyé. Elle entendit hurler les dragons tandis qu'elle guidait de nouveau le jeune homme jusqu'à la porte, et elle vit jouer les lumières sur les briques, reflet de leurs feux. *Si je regarde en arrière, c'en est fait de moi.* « Ser Barristan a dû requérir deux chaises à porteurs afin de nous transporter jusqu'à la salle du banquet, mais l'ascension peut quand même être épuisante. » Derrière eux, les grandes portes de fer se refermèrent avec un choc formidable. « Parlez-moi de cette autre Daenerys, je connais moins l'histoire du royaume de mon père que je le devrais. Je n'ai jamais eu de mestre, en grandissant. » *Rien qu'un frère.*

« J'y aurai plaisir, Votre Grâce », répondit Quentyn.

La minuit était amplement passée quand leurs derniers invités prirent congé et que Daenerys se retira dans ses appartements pour y rejoindre son seigneur et roi. Hizdahr au moins était heureux, encore qu'assez ivre. « Je tiens mes promesses, lui lança-t-il tandis qu'Irri et Jhiqui les vêtaient pour leur coucher. Tu désirais la paix, et la voilà. »

Et tu désirais du sang, que je devrai sous peu te donner, songea en retour Daenerys, qui déclara en fait : « Je suis reconnaissante. »

L'exubérance de cette journée avait enflammé la passion de son époux. À peine les caméristes de la reine se furent-elles retirées pour la nuit qu'il lui arracha sa robe et la jeta à la renverse sur le lit. Daenerys glissa ses bras autour de lui et lui laissa libre cours. Dans son état d'ébriété, elle savait qu'il ne resterait pas longtemps en elle.

Elle voyait juste. Après, il approcha sa bouche de l'oreille de Daenerys et chuchota : « Puissent les dieux nous accorder d'avoir conçu un fils, ce soir. »

Les paroles de Mirri Maz Duur résonnèrent dans sa tête. *Quand le soleil se lèvera à l'ouest pour se coucher à l'est. Quand les mers seront asséchées et quand les montagnes auront sous le vent le frémissement de la feuille. Quand votre sein se ranimera, quand vous porterez un enfant vivant. Alors, il vous sera rendu, mais alors seulement.* Le sens en était limpide ; le *khal* Drogo avait autant de chances de revenir d'entre les morts qu'elle de donner naissance à un enfant vivant. Mais il était des secrets qu'elle ne pouvait se résoudre à partager, fût-ce avec un mari, aussi laissa-t-elle tous ses espoirs à Hizdahr zo Loraq.

Son noble époux ne tarda pas à sombrer dans un profond sommeil. Daenerys ne sut que se tourner et se retourner auprès de lui. Elle aurait voulu le secouer, le réveiller, le prier de l'étreindre, de l'embrasser, de la baiser à nouveau, mais, même s'il accomplissait tout cela, il se rendormirait ensuite, en la laissant seule dans les ténèbres. Elle se demanda ce que faisait Daario. Était-il incapable lui aussi de trouver le repos ? Pensait-il à elle ? L'aimait-il sincèrement ? La haïssait-il d'avoir épousé Hizdahr ? *Jamais je n'aurais dû l'accepter dans mon lit.* Il n'était qu'une épée-louée, et non un consort digne d'une reine ; pourtant...

Je le savais depuis le début, mais je l'ai quand même fait.

« Ma reine ? » interrogea une voix douce dans le noir.

Daenerys sursauta. « Qui est là ?

— Rien que Missandei. » La scribe naathie s'approcha du lit. « Ma personne vous a entendu pleurer.

— Pleurer ? Je ne pleurais pas. Pourquoi pleurerais-je ? J'ai ma paix, j'ai mon roi, j'ai tout ce qu'une reine peut souhaiter. Tu as fait un mauvais rêve, voilà tout.

— Vous dites vrai, Votre Grâce. » Elle s'inclina et se tourna pour partir.

« Reste, lui demanda Daenerys. Je ne veux pas demeurer seule.

— Sa Grâce est avec vous, fit observer Missandei.

— Sa Grâce rêve, mais je ne trouve pas le sommeil. Demain, je vais devoir me baigner dans le sang. Le prix de la paix. » Elle eut un pâle sourire et tapota le lit. « Viens. Assieds-toi. Parle avec moi.

— Si tel est votre bon plaisir. » Missandei s'installa auprès d'elle. « De quoi allons-nous discuter ?

— De chez toi. De Naath. De papillons et de frères. Parle-moi de ce qui te rend heureuse, de ce qui te fait éclater de rire et de tous tes plus doux souvenirs. Rappelle-moi qu'il y a encore du bon en ce monde. »

Missandei fit de son mieux. Elle bavardait encore quand Daenerys s'endormit enfin pour rêver d'étranges visions de fumée et de feu, à demi formées.

Le matin arriva trop vite.

THEON

Le jour surgit exactement comme l'avait fait Stannis : sans qu'on l'eût vu venir.

Winterfell était réveillé depuis des heures, ses chemins de ronde et ses tours grouillant d'hommes vêtus de laine, de maille et de cuir, qui attendaient une attaque qui jamais ne vint. Le temps que le ciel commençât à s'éclaircir, le battement des tambours s'était effacé, bien que des trompes de guerre sonnassent trois fois encore, chaque fois un peu plus près. Et toujours la neige tombait.

« La tempête va cesser aujourd'hui, insistait bruyamment un des palefreniers survivants. Allons, quoi ! On n'est même pas encore en hiver ! » Theon aurait ri, s'il avait osé. Il se souvenait des contes de la vieille nourrice, des blizzards qui faisaient rage quarante jours et quarante nuits, un an, ou dix... des tourmentes qui engloutissaient châteaux, villes et royaumes entiers sous une centaine de pieds de neige.

Assis au fond de la grande salle, non loin des chevaux, il observait Abel, Aveline et une lavandière aux cheveux bruns, vive et menue, nommée Escurel, s'attaquer à de larges tranches de pain bis rassis, frit dans la graisse de bacon. Pour sa part, Theon déjeuna d'une chope de bière brune, fumeuse de levure et assez épaisse pour étouffer son monde. Encore quelques chopes, et peut-être le plan d'Abel ne semblerait-il plus aussi insensé.

Roose Bolton entra, bâillant, les yeux pâles, accompagné de sa grassouillette épouse enceinte, Walda la Grosse. Plusieurs lords et capitaines l'avaient précédé, parmi lesquels Pestagaupes Omble, Aenys Frey et Roger Ryswell. Plus loin au long de la table siégeait Wyman Manderly, dévorant saucisses et œufs pochés, tandis qu'à côté de lui le vieux lord Locke enfournait des cuillerées de gruau dans sa bouche édentée.

Lord Ramsay ne tarda pas à apparaître à son tour, bouclant son baudrier tandis qu'il se dirigeait vers le haut bout de la salle. *Il est d'humeur massacrante ce matin.* Theon savait le discerner. *Les tambours l'ont tenu éveillé toute la nuit,* supposa-t-il, *ou quelqu'un l'a irrité.* Un mot de travers, un regard inconsidéré, un rire à contretemps, tout cela pouvait soulever l'ire de Sa Seigneurie et coûter à quelqu'un une lanière de peau. *De grâce, m'sire, ne regardez pas par ici.* Il suffirait à Ramsay d'un coup d'œil pour tout comprendre. *Il le lira sur mon visage. Il saura. Il sait toujours tout.*

Theon se tourna vers Abel. « Ça ne marchera jamais. » Il gardait la voix si basse que même les chevaux n'auraient pu surprendre ses paroles. « Nous serons pris avant que de quitter le château. Même si nous nous échappons, lord Ramsay nous traquera, lui, Ben-les-Os et les filles.

— Lord Stannis se trouve devant les murs, et pas loin, à en juger par le raffut. Il nous suffit simplement de parvenir jusqu'à lui. » Les doigts d'Abel dansaient sur les cordes de son luth. Le chanteur avait la barbe brune, bien que ses cheveux eussent largement viré au gris. « Si le Bâtard se lance à nos trousses, il pourrait vivre assez longtemps pour le regretter. »

Dis-toi ça, pensa Theon. *Crois-y. Répète-toi que c'est vrai.* « Ramsay usera de tes femmes comme de proies, expliqua-t-il au chanteur. Il les chassera à courre, les violera et donnera leurs cadavres à dévorer à ses dogues. Si leur traque lui procure du plaisir, il pourrait gratifier de leurs noms sa prochaine portée de chiennes. Toi, il t'écorchera. Lui, l'Écorcheur et Damon Danse-pour-moi, ils s'en feront un jeu. Tu les supplieras de te tuer. » Il saisit le bras du chanteur avec une main mutilée. « Tu as juré que tu ne me laisserais pas retomber entre ses griffes. J'ai ta parole sur ce point. » Il avait besoin de l'entendre encore.

« La parole d'Abel, assura Escurel. Forte comme le chêne. » Abel pour sa part se borna à hausser les épaules. « Quoi qu'il arrive, mon prince. »

Sur l'estrade, Ramsay se disputait avec son père. Ils étaient trop éloignés pour que Theon distinguât leurs paroles, mais la peur sur le visage rond et rose de Walda la Grosse était éloquente. Il entendit toutefois Wyman Manderly réclamer un supplément de saucisses et Roger Ryswell rire à quelque saillie d'Harbois Stout, le manchot.

Theon se demanda s'il verrait jamais les demeures liquides du dieu Noyé, ou si son fantôme s'attarderait ici, à Winterfell. *Mort, c'est mort. Plutôt mort que Schlingue.* Si le plan d'Abel échouait, Ramsay rendrait leur agonie longue et pénible. *Il m'écorchera de pied en cap cette fois-ci, et nulle mesure de supplication ne mettra un terme aux tourments.* Aucune douleur qu'avait jamais ressentie Theon n'approchait de celle que l'Écorcheur savait conjurer avec un petit couteau à dépecer. Abel apprendrait vite la leçon. Et pour quoi ? *Jeyne, son nom est Jeyne, et elle n'a pas des yeux de la bonne couleur.* Un baladin tenant un rôle. *Lord Bolton le sait, et Ramsay, mais les autres sont aveugles, même ce foutu barde avec ses sourires madrés. La plaisanterie se joue à tes dépens, Abel, aux tiens et à ceux de tes putains assassines. Vous allez crever pour une fille qui n'est pas la bonne.*

Il était passé à un cheveu de leur avouer la vérité, lorsque Aveline l'avait livré à Abel dans les ruines de la tour Brûlée, mais au tout dernier instant il avait tenu sa langue. Le chanteur semblait résolu à fuir avec la fille d'Eddard Stark. S'il savait que l'épouse de lord Ramsay n'était qu'une simple gamine d'intendant, eh bien...

Les portes de la grande salle s'ouvrirent avec fracas.

Un vent glacial entra en tourbillons, et un nuage de cristaux de givre scintilla, bleu-blanc dans l'air. En son sein avança d'un pas résolu ser Hosteen Frey, gansé de neige jusqu'à la taille, un corps dans ses bras. Tout au long des bancs, les hommes posèrent coupes et cuillères pour contempler bouche bée l'affreux spectacle. Le silence se fit dans la salle.

Encore un meurtre.

De la neige se détacha de la cape de ser Hosteen alors qu'il marchait vers le haut bout de la table, ses pas résonnant sur le parquet. Une douzaine de chevaliers et d'hommes d'armes de Frey entrèrent à sa suite. Theon reconnut l'un d'entre eux, un gamin – Grand Walder, le plus petit, avec son visage de renard et sa maigreur de brindille. Son torse, ses bras et sa cape étaient éclaboussés de sang.

L'odeur fit hennir les chevaux. Des chiens émergèrent de sous les tables, en flairant l'air. Des hommes se levèrent de leur banc.

Le corps dans les bras de ser Hosteen scintillait à la lueur des flambeaux, tout enarmuré d'un givre rosé. Le froid à l'extérieur lui avait gelé le sang.

« Le fils de mon frère Merrett. » Hosteen Frey déposa le cadavre sur le sol devant l'estrade. « Saigné comme un pourceau et enfoncé sous une congère. *Un enfant.* »

Petit Walder, se dit Theon. *Le plus grand.* Il jeta un coup d'œil vers Aveline. *Elles sont six*, se remémora-t-il. *N'importe laquelle d'entre elles aurait pu faire ça.* Mais la lavandière perçut son regard. « C'est pas notre ouvrage, affirma-t-elle.

— Tais-toi », lui intima Abel.

Lord Ramsay descendit de l'estrade jusqu'à l'enfant mort. Son père se leva avec plus de lenteur, les yeux pâles, le visage de marbre, solennel. « C'est un forfait ignoble. » Pour une fois, Roose Bolton s'exprimait assez haut pour que sa voix portât. « Où a-t-on découvert le corps ?

— Sous le donjon en ruine, messire, expliqua Grand Walder. Çui qu'a les vieilles gargouilles. » Les gants du garçon étaient nappés du sang de son cousin. « Je lui ai dit de pas sortir seul, mais il a répondu qu'il devait retrouver un homme qui lui devait de l'argent.

— Quel homme ? demanda Ramsay. Qu'on me donne son nom. Indique-le-moi, petit, et je t'offre une cape de sa peau.

— Il n'en a rien dit, messire. Uniquement qu'il avait gagné la somme aux dés. » Le jeune Frey hésita. « C'étaient des hommes de Blancport qui lui apprenaient à jouer aux dés. Je ne saurais dire lesquels, mais c'étaient eux.

— Messire, tonna Hosteen Frey. Nous connaissons l'homme qui a fait ceci. Qui a tué cet enfant, et tous les autres. Oh, pas de ses propres mains, non. Il est trop suiffeux, trop pleutre pour tuer lui-même. Mais sur son ordre. » Il se retourna vers Wyman Manderly. « Le niez-vous ? »

Le sire de Blancport sectionna une saucisse en deux d'un coup de dents. « Je le confesse... » Avec la manche, il essuya la graisse sur ses babines. « Je le confesse, je ne sais pas grand-chose sur ce pauvre garçon. L'écuyer de lord Ramsay, non ? Quel âge avait l'enfant ?

— Neuf ans, à son dernier anniversaire.

— Si jeune, prononça Wyman Manderly. Mais peut-être est-ce au fond une bénédiction. S'il avait vécu, en grandissant il serait devenu un Frey. »

Ser Hosteen percuta du pied le plateau de la table, le propulsant sur ses tréteaux jusque contre la bedaine boursouflée de lord Wyman. Coupes et plats volèrent, les saucisses s'éparpillèrent à la ronde, et une douzaine d'hommes de Manderly se levèrent en sacrant. Certains se saisirent de couteaux, de vaisselle, de carafes, de tout ce qui pouvait servir d'arme.

Ser Hosteen Frey arracha sa longue épée à son fourreau et bondit en direction de Wyman Manderly. Le sire de Blancport essaya de s'écarter dans un sursaut, mais le plateau de la table le clouait à son siège. La lame tailla trois des replis de son quadruple menton avec une gerbe de sang rouge vif. Lady Walda poussa un cri et saisit le bras du seigneur son époux. « Arrêtez, s'écria Roose Bolton. *Arrêtez, vous êtes fous.* » Ses propres hommes se ruèrent en avant tandis que les Manderly sautaient par-dessus les bancs pour s'en prendre aux Frey. L'un d'eux se jeta avec un poignard sur ser Hosteen, mais le grand chevalier pivota et lui trancha le bras à l'épaule. Lord Wyman se remit debout avec effort, pour s'écrouler aussitôt. Le vieux lord Locke réclama à grands cris un mestre, tandis que Manderly se convulsait sur le sol comme un morse assommé, dans une mare de sang qui allait grandissant. Autour de lui, les dogues se disputaient les saucisses.

Il fallut une quarantaine des piquiers de Fort-Terreur pour séparer les combattants et mettre un terme au carnage. Sur le sol gisaient déjà, morts, six hommes de Blancport et deux Frey. Une douzaine d'autres étaient blessés et un des gars du Bâtard, Luton, agonisait à grand bruit, réclamant sa mère en tentant de renfourner une poignée d'entrailles visqueuses par une blessure béante à son ventre. Lord Ramsay le réduisit au silence, arrachant une pique à l'un des hommes de Jarret d'Acier pour la ficher dans la poitrine de Luton. Et tout du long, les poutres continuaient à résonner de cris, de prières et de jurons, des hennissements des chevaux terrifiés et des grondements des chiennes de Ramsay. Walton Jarret d'Acier dut cogner une dizaine de fois du bout de sa pique contre le sol avant que la salle s'apaisât suffisamment pour qu'on entendît Roose Bolton.

« Je vois que vous avez tous soif de sang », déclara le sire de Fort-Terreur. Mestre Rhodry se tenait à côté de lui, un corbeau sur son bras. À la clarté des flambeaux, le plumage noir de l'oiseau brillait comme de l'huile de charbon. *Trempé*, comprit Theon. *Et dans la main de Sa Seigneurie, un parchemin. Il doit être mouillé aussi. Noires ailes, noires nouvelles.* « Plutôt que d'user de vos épées les uns contre les autres, vous devriez les essayer contre lord Stannis. » Lord Bolton déroula le parchemin. « Son ost se trouve à moins de trois journées d'ici à cheval, prisonnier des neiges et mourant de faim et, pour ma part, je suis las d'attendre son bon plaisir. Ser Hosteen, rassemblez vos chevaliers et vos hommes d'armes aux portes principales. Puisque vous bouillez tant d'impatience à vous battre, vous porterez notre premier coup. Lord Wyman, réunissez vos hommes de Blancport près de la porte est. Ils effectueront eux aussi une sortie. »

L'épée d'Hosteen Frey était rougie presque jusqu'à la garde. Des éclaboussures de sang lui piquetaient les joues comme des taches de rousseur. Il abaissa sa lame et répliqua : « À vos ordres, messire. Mais une fois que je vous aurai livré le chef de Stannis Baratheon, j'ai bien l'intention de finir de trancher celui de lord La Graisse. »

Quatre chevaliers de Blancport avaient formé un cercle autour de lord Wyman, tandis que mestre Medrick s'activait sur lui afin d'étancher le flot de sang. « Il vous faudra nous passer sur le corps d'abord, ser », déclara le plus âgé d'entre eux, un ancien au visage dur, blanchi sous le harnois, dont le surcot maculé de sang arborait trois sirènes d'argent sur un champ violet.

« Volontiers. Un par un ou tous à la fois, peu me chaut.

— *Assez* », rugit lord Ramsay, en brandissant sa pique ensanglantée. « Encore une menace, et je vous embroche tous moi-même. Le seigneur mon père a parlé ! Réservez votre courroux pour Stannis le prétendant. »

Roose Bolton hocha la tête avec approbation. « Il dit juste. Vous aurez assez de temps pour vous battre entre vous une fois que nous en aurons fini avec Stannis. » Il tourna la tête, ses pâles yeux froids fouillant la salle jusqu'à trouver Abel le barde, auprès de Theon. « Barde, appela-t-il, viens nous donner quelque air apaisant. »

Abel s'inclina. « Comme il plaira à Votre Seigneurie. » Luth à la main, il avança d'une démarche guillerette jusqu'à l'estrade, enjambant avec souplesse un cadavre ou deux, pour s'asseoir en tailleur au haut bout de la table. Au moment où il commença à jouer – une triste et douce mélodie que Theon Greyjoy ne reconnut pas – ser Hosteen, ser Aenys et leurs congénères Frey tournèrent les talons pour mener leurs chevaux hors de la salle.

Aveline saisit Theon par le bras. « Le bain. Il faut que ce soit maintenant. »

Il s'arracha à sa poigne. « De jour ? On va nous voir.

— La neige nous dissimulera. Tu es sourd ? Bolton dépêche ses épées. Nous devons rejoindre le roi Stannis avant eux.

— Mais... Abel...

— Abel saura s'occuper de lui-même », marmonna Escurel.

C'est de la folie. Insensé, absurde, perdu d'avance. Theon vida le fond de sa bière et se leva à contrecœur. « Va trouver tes sœurs. Il faut beaucoup d'eau pour remplir la baignoire de Madame. »

Escurel s'enfuit, de son pas toujours léger. Aveline escorta Theon hors de la salle. Depuis qu'elle et ses sœurs l'avaient découvert dans le bois sacré, une d'entre elles était attachée en permanence à ses pas, sans jamais le quitter des yeux. Elles n'avaient aucune confiance en lui. *Et pourquoi en auraient-elles ? Schlingue j'étais, et Schlingue je pourrais redevenir. Schlingue, Schlingue, ça commence comme chafouin.*

Dehors, la neige tombait toujours. Les bonshommes de neige dressés par les écuyers avaient enflé en géants monstrueux, hauts de dix pieds et épouvantablement déformés. En prenant le chemin du bois sacré, Aveline et lui se virent encadrés étroitement par de blancs remparts ; les passages reliant le donjon, la tour et la grande salle s'étaient changés en un dédale de tranchées verglacées, déblayées toutes les heures à la pelle pour les maintenir praticables. On pouvait aisément se perdre dans un tel labyrinthe givré, mais Theon Greyjoy en connaissait chaque tour et détour.

Même le bois sacré blanchissait. Une pellicule de glace s'était déposée sur l'étang au pied de l'arbre-cœur, et le visage sculpté sur son tronc pâle s'était paré d'une moustache de petits glaçons. À cette heure, ils ne pouvaient espérer avoir les anciens dieux pour eux seuls. Aveline entraîna Theon à l'écart des Nordiens qui priaient devant l'arbre, vers un recoin retiré le long du mur des casernements, près d'une mare de boue tiède qui puait l'œuf pourri. Même la boue givrait sur les bords, remarqua Theon. « L'hiver vient... »

Aveline lui jeta un regard dur. « Tu n'as aucun droit de prononcer la mise en garde de lord Eddard. Pas toi. Jamais. Après ce que tu as fait...

— Tu as tué un gamin, toi aussi.

— Ce n'était pas moi. Je te l'ai dit.

— Les mots sont du vent. » *Ils ne valent pas mieux que moi.*
Nous sommes exactement pareils. « Vous avez tué les autres,
pourquoi pas lui ? Dick le Jaune...

— ... puait autant que toi. Un vrai porc.

— Et Petit Walder était un porcelet. Son meurtre a déclenché
les hostilités entre les Frey et les Manderly, c'était adroit, vous...

— *Pas nous.* » Aveline l'empoigna par la gorge et le repoussa
contre le mur de la caserne, gardant le visage à un pouce du
sien. « Répète encore ça et je t'arrache ta langue de menteur,
fratricide. »

Il sourit à travers ses dents cassées. « Tu ne le feras pas. Vous
avez besoin de ma langue pour franchir l'obstacle des gardes.
Besoin de mes mensonges. »

Aveline lui cracha au visage. Puis elle le lâcha et essuya ses
mains gantées sur ses cuisses, comme si le simple fait de le toucher l'avait souillée.

Theon savait qu'il n'aurait pas dû l'agacer. À sa façon, cette
fille était aussi dangereuse que l'Écorcheur ou que Damon
Danse-pour-Moi. Mais il était frigorifié et épuisé, sa tête battait,
il n'avait pas dormi depuis des jours. « J'ai commis des horreurs... trahi les miens, retourné ma casaque, ordonné la mort
d'hommes qui se fiaient à moi... Mais je ne suis pas un
fratricide.

— Les fils Stark n'ont jamais été tes frères, certes. Nous le
savons. »

Le fait était exact, mais ce n'était pas ce que Theon entendait
par là. *Ils n'étaient pas de mon sang, mais je ne leur ai néanmoins*
fait aucun mal. Les deux que nous avons tués n'étaient que les
fils d'un meunier. Theon ne voulait pas songer à leur mère. Il
connaissait l'épouse du meunier depuis des années, il avait
même couché avec elle. *De gros seins lourds, avec de larges aréoles*
sombres, une bouche agréable, un rire joyeux. Autant de plaisirs
que je ne goûterai jamais plus.

Mais il ne servirait à rien de raconter à Aveline tout cela.
Jamais elle ne croirait à ses dénégations, pas plus que lui aux
siennes. « J'ai du sang sur les mains, mais pas le sang de frères,
déclara-t-il avec lassitude. Et j'ai été puni.

— Pas assez. » Aveline lui tourna le dos.

Idiote. Toute créature brisée qu'il était, Theon avait encore
son poignard avec lui. Il aurait eu beau jeu de le faire coulisser

hors du fourreau pour le lui planter entre les omoplates. Cela au moins demeurait parmi ses capacités, malgré ses dents manquantes ou cassées, et tout le reste. Il se pourrait même que ce fût de la miséricorde – un trépas plus rapide et plus propre que celui que connaîtraient ses sœurs et elle, si Ramsay les attrapait.

Schlingue aurait pu le faire. Il l'aurait fait, dans l'espoir de complaire à lord Ramsay. Ces traînées avaient l'intention d'enlever l'épouse de ce dernier ; Schlingue ne pouvait laisser se perpétrer un tel acte. Mais les anciens dieux l'avaient reconnu, et appelé Theon. *Fer-né, j'étais fer-né, fils de Balon Greyjoy et héritier légitime de Pyk.* Les moignons de ses doigts le démangeaient et dansaient, mais il conserva son poignard au fourreau.

Lorsque Escurel revint, les quatre autres l'accompagnaient ; Myrte, maigre et grisonnante, Saule Œil-de-sorcière avec sa longue tresse noire, Frenya à la taille lourde et aux seins énormes, Houssie avec son coutelas. Vêtues en servantes de plusieurs couches de triste coutil gris, elles portaient des capes en laine brune doublées de fourrure de lapin. *Pas d'épées*, nota Theon. *Ni haches, ni masse, pas d'autres armes que des poignards.* La cape de Houssie était retenue par une agrafe en argent et Frenya arborait une cordelière de chanvre, serrée autour du milieu du corps, des hanches aux seins. Celle-ci la faisait paraître encore plus massive que nature.

Myrte avait pour Aveline une tenue de servante. « Les cours grouillent d'imbéciles, les mit-elle en garde. Ils ont l'intention de faire une sortie.

— Des agenouillés, répliqua Saule avec un bruit de mépris. Leur seigneurial seigneur a parlé, faut obéir.

— Ils vont mourir, pépia Houssie, ravie.

— Eux et nous, intervint Theon. Même si nous passons l'obstacle des gardes, comment avez-vous l'intention de faire sortir lady Arya ? »

Houssie sourit. « Six femmes qui entrent, six qui sortent. Qui regarde des servantes ? Nous donnerons à la fille Stark la tenue d'Escurel. »

Theon jeta un coup d'œil à cette dernière. *Elles ont pratiquement la même taille. Ça pourrait marcher.* « Et Escurel, comment sortira-t-elle ? »

L'intéressée répondit elle-même. « Par une fenêtre, et tout droit jusqu'au bois sacré. J'avais douze ans la première fois que mon frère m'a emmenée pour une razzia au sud de ton Mur.

C'est là que j'ai reçu mon nom. Mon frère trouvait que je ressemblais à un écureuil qui court sur un arbre. Je l'ai escaladé six fois, ce Mur, depuis. Aller et retour. J' me dis que j'arriverai à descendre d'une tour de pierre.

— Satisfait, tourne-casaque ? demanda Aveline. Allons, en route. »

Les cuisines de Winterfell, vastes comme une caverne, occupaient une dépendance dédiée, bien séparée des salles et des donjons principaux du château, en cas d'incendie. À l'intérieur, les fumets évoluaient d'heure en heure – un parfum sans cesse changeant de rôts, de poireaux et d'oignons, de pain cuit. Roose Bolton avait posté des gardes à la porte de la cuisine. Avec tant de bouches à satisfaire, chaque miette de nourriture était précieuse. Les cuisinières et les marmitons eux-mêmes étaient surveillés en permanence. Mais les gardes connaissaient Schlingue. Ils aimaient le railler, quand il venait chercher l'eau chaude du bain de lady Arya. Aucun d'eux n'osait aller plus loin que cela, cependant. On savait bien que Schlingue était le familier de lord Ramsay.

« Le Prince qui pue s'en vient quérir de l'eau chaude », annonça un garde lorsque Theon et ses servantes parurent devant lui. Il ouvrit pour eux la porte d'une poussée. « Allez, dépêchez, avant que toute cette bonne chaleur se sauve. »

À l'intérieur, Theon crocha au passage un galopin par le bras. « De l'eau pour m'dame, petit, ordonna-t-il. Six pleins seaux, et veille à c'qu' l'eau soit bien chaude. Lord Ramsay la veut toute rose et propre.

— Bien, m'sire, répondit le gamin. Tout d'suite, m'sire. »

« Tout d'suite » nécessita plus de temps que ne l'aurait préféré Theon. Aucune des grandes marmites n'était propre, aussi le galopin dut-il en récurer une avant de la remplir d'eau. Ensuite, elle sembla requérir un temps infini avant de s'agiter à gros bouillons et deux fois plus longtemps pour que six seaux de bois soient pleins. Et tout ce temps, les filles d'Abel attendaient, leur visage dissimulé sous leurs cagoules. *Elles s'y prennent mal.* Les vraies servantes taquinaient sans cesse les marmitons, contaient fleurette aux cuisiniers, quémandaient une bouchée de ceci, une miette de cela. Aveline et ses sœurs conspiratrices ne voulaient pas attirer l'attention, mais leur silence morose incita bientôt les gardes à leur lancer des regards intrigués. « Où qu'elles sont, Maisie, Jez et les autres ? demanda l'un d'eux à Theon. Celles qui viennent d'habitude ?

— Elles ont fâché lady Arya, mentit-il. Son eau était froide avant d'atteindre sa baignoire, la dernière fois. »

L'eau chaude emplissait l'air de volutes de vapeur, faisant fondre les flocons de neige qui descendaient. La procession retraversa dans l'autre sens le labyrinthe des tranchées aux parois de glace. À chaque pas qui faisait tanguer le contenu des seaux, l'eau refroidissait. Les passages étaient encombrés de soldats : des chevaliers en armure, avec surcots en laine et capes fourrées, des hommes d'armes chargés de piques en travers des épaules, des archers portant leurs arcs sans la corde et des boisseaux de flèches, des francs-coureurs, des valets d'écurie menant des palefrois. Les hommes de Frey exhibaient l'emblème aux deux tours, ceux de Blancport arboraient triton et trident. Ils fendaient la tempête dans des directions opposées et se jetaient des regards méfiants en se croisant, mais on ne tirait pas l'épée. Pas ici. *Ce sera peut-être une autre affaire dans les bois.*

Une demi-douzaine de guerriers d'expérience de Fort-Terreur gardaient les portes du Grand Donjon. « Putain ! Encore un bain ? » s'écria leur sergent en voyant les seaux d'eau fumante. Il avait enfoncé les mains sous les aisselles pour se protéger du froid. « Elle en a pris un hier au soir. Comment est-ce qu'on peut se salir dans son propre lit ? »

Plus aisément que tu ne crois, quand on le partage avec Ramsay, songea Theon, en se remémorant la nuit de noces et ce que lui et Jeyne avaient été contraints de faire. « Ordres de lord Ramsay.

— Entrez, alors, avant que l'eau ne gèle », leur enjoignit le sergent. Deux des gardes poussèrent le double vantail pour l'ouvrir.

L'entrée était pratiquement aussi froide que l'air du dehors. Houssie tapa ses bottes pour en décrocher la neige et baissa la cagoule de sa cape. « J'aurais cru que ce serait plus difficile. » Son souffle givra dans l'air.

« Il y a encore des gardes en haut de la porte de Sa Seigneurie, la prévint Theon. Des hommes de Ramsay. » Il n'osait pas les appeler les Gars du Bâtard, pas ici. On ne savait jamais qui risquait d'entendre. « Gardez la tête baissée et les capuchons levés.

— Fais ce qu'il dit, Houssie, déclara Aveline. Y en a qui connaissent ton visage. On a pas besoin de problèmes de ce genre. »

Theon ouvrit la voie dans la montée de l'escalier. *J'ai grimpé cet escalier mille fois auparavant.* Enfant, il les gravissait en courant ; pour descendre, il sautait les marches trois par trois. Une fois, il avait bondi tout droit contre la vieille nourrice, qu'il avait jetée par terre. Cela lui avait valu la pire fessée qu'il avait jamais reçue à Winterfell, bien qu'elle fût presque tendre comparée aux raclées que lui infligeaient ses frères, sur Pyk. Robb et lui avaient livré bien des combats héroïques sur ces marches, s'estoquant à grands coups d'épées de bois. Une excellente pratique, ça ; cela vous faisait comprendre la difficulté de s'ouvrir un passage jusqu'au sommet d'un escalier en spirale face à une opposition déterminée. Ser Rodrik aimait à dire qu'un bon guerrier pouvait en retenir une centaine, s'il combattait en position haute.

Cela remontait loin, toutefois. Tous étaient morts, désormais. Jory, le vieux ser Rodrik, lord Eddard, Harwin et Hullen, Cayn et Desmond, et Tom le Gros, Alyn qui rêvait de chevalerie, Mikken qui lui avait donné sa première vraie épée. Même la vieille nourrice, selon toute vraisemblance.

Et Robb. Robb, qui avait été plus un frère pour Theon que n'importe quel fils né des œuvres de Balon Greyjoy. *Assassiné aux Noces pourpres, massacré par les Frey. J'aurais dû être à ses côtés. Où étais-je ? J'aurais dû périr avec lui.*

Theon s'arrêta si brusquement que Saule faillit percuter son dos. La porte de la chambre à coucher de Ramsay se dressait devant lui. Et, pour la garder, il y avait deux des Gars du Bâtard, Alyn le Rogue et Grogne.

Les anciens dieux doivent nous vouloir du bien. Grogne n'avait pas de langue et Alyn le Rogue pas de tête, aimait à répéter lord Ramsay. L'un était brutal, l'autre méchant, mais tous deux avaient passé le plus clair de leur vie au service de Fort-Terreur. Ils exécutaient les ordres.

« J'ai de l'eau chaude pour lady Arya, leur annonça Theon.

— Essaie d'te laver, toi, Schlingue, répliqua Alyn le Rogue. Tu pues la pisse de cheval. » Grogne bougonna une approbation. Ou peut-être ce bruit voulait-il exprimer un rire. Mais Alyn déverrouilla la porte de la chambre, et Theon fit signe aux femmes de passer.

Aucune aube n'avait paru dans cette pièce. Les ombres recouvraient tout. Une ultime bûche crépitait pauvrement dans les braises expirantes de l'âtre, et une chandelle vacillait sur la table, auprès d'un lit défait, vide. *La fille a filé,* fut la première pensée de Theon. *Elle s'est jetée par la fenêtre, de désespoir.* Mais ici, les volets des fenêtres étaient clos contre la tempête, calfatés par des carapaces de neige plaquée et de givre. « Où est-elle ? » interrogea Houssie. Ses sœurs vidèrent leurs seaux dans le grand baquet rond en bois. Frenya referma la porte de la chambre et y colla le dos. « *Où est-elle ?* » répéta Houssie. Dehors, un cor sonnait. *Une trompe. Les Frey, qui s'assemblent pour la bataille.* Theon sentait ses doigts manquants le démanger.

Puis il la vit. Elle était recroquevillée dans le recoin le plus noir de la chambre, par terre, roulée en boule sous une pile de peaux de loups. Theon ne l'aurait jamais repérée sans la façon dont elle tremblait. Jeyne avait tiré sur elle les fourrures afin de se cacher. *De nous ? Ou attendait-elle le seigneur son époux ?* La pensée que Ramsay pouvait surgir lui donna envie de hurler. « Madame. » Theon n'arrivait pas à l'appeler Arya et il n'osait l'appeler Jeyne. « Inutile de vous cacher. Ce sont des amies. »

Les fourrures remuèrent. Un œil apparut, brillant de larmes. *Sombre, trop sombre. Un œil brun.* « Theon ?

— Lady Arya. » Aveline s'approcha. « Il vous faut nous suivre, et promptement. Nous sommes venues vous mener auprès de votre frère.

— Mon frère ? » Le visage de la fille émergea de sous les peaux de loups. « Je... je n'ai pas de frère. »

Elle a oublié qui elle est. Elle a oublié son nom. « C'est vrai, répondit Theon, mais vous en avez eu naguère. Trois. Robb, Bran et Rickon.

— Ils sont morts. Je n'ai plus de frères.

— Zavez un demi-frère, lui dit Aveline. Lord Corbac, qu'il est.

— Jon Snow ?

— Nous allons vous conduire à lui, mais faut venir sur-le-champ. »

Jeyne remonta les peaux de loups jusqu'à son menton. « Non. C'est une ruse. C'est lui, c'est mon... mon seigneur, mon doux seigneur, c'est lui qui vous a envoyés, c'est juste une sorte de mise à l'épreuve pour s'assurer que je l'aime. Oui, oui, je l'aime plus que tout. » Une larme coula sur sa joue. « Dites-le, dites-le-lui. Je ferai ce qu'il voudra... tout ce qu'il voudra... avec lui ou... ou avec le chien, ou... de grâce... il n'aura nul besoin de me couper les pieds, je ne tenterai pas de m'enfuir, jamais, je lui donnerai des fils, je le jure, je le jure... »

Aveline siffla doucement. « Les dieux maudissent cet homme.

— Je suis une *bonne* fille, geignit Jeyne. Ils m'ont *dressée*. »

Saule grimaça. « Faites-la arrêter de chialer, quelqu'un. L'autre garde est muet, pas sourd. Ils vont finir par entendre.

— Fais-la *se lever*, tourne-casaque. » Houssie avait son poignard à la main. « Fais-la se lever, sinon c'est moi qui m'en charge. *Il faut qu'on parte.* Remets-moi cette petite conne debout et secoue-la pour lui faire retrouver un peu de courage.

— Et si elle crie ? » s'inquiéta Aveline.

Nous sommes tous morts, répondit dans sa tête Theon. *Je leur avais dit que c'était une folie, mais aucune n'a voulu m'écouter.* Abel les avait tous perdus. Tous les chanteurs étaient à demi fous. Dans les ballades, le héros sauvait toujours la belle du château du monstre, mais la vie n'était pas une ballade, pas plus que Jeyne n'était Arya Stark. *Ses yeux n'ont pas la bonne couleur. Et il n'y a pas de héros, ici, rien que des putains.* Néanmoins, il s'agenouilla à côté d'elle, abaissa les fourrures, lui toucha la joue. « Tu me connais. Je suis Theon, tu te souviens. Moi aussi, je te connais. Je sais ton nom.

— Mon nom ? » Elle secoua la tête. « Mon nom... c'est... »

Il lui posa un doigt sur les lèvres. « Nous pourrons en discuter plus tard. Il faut que tu fasses silence, maintenant. Viens avec nous. Avec moi. Nous allons t'emmener loin d'ici. Loin de lui. »

Elle écarquilla les yeux. « De grâce, chuchota-t-elle. Oh, de grâce. »

Theon glissa la main dans celle de Jeyne. Les moignons de ses doigts perdus fourmillèrent tandis qu'il halait la jeune femme afin de la mettre debout. Les peaux de loups churent autour d'elle. Au-dessous, elle était nue, ses petits seins pâles marqués de traces de dents. Il entendit une des femmes hoqueter de surprise. Aveline lui fourra un ballot de vêtements entre les mains. « Habille-la. Il fait froid, dehors. » Escurel s'était dévêtue jusqu'au petit linge, et fouillait dans un coffre en cèdre sculpté, en quête de quelque chose de plus chaud. Finalement, elle opta pour un des pourpoints matelassés de lord Ramsay, et une paire de chausses usées qui battaient sur ses jambes comme les voiles d'un navire dans la tempête.

Avec l'aide d'Aveline, Theon fit entrer Jeyne Poole dans les vêtements d'Escurel. *Si les dieux sont bons et que les gardes sont aveugles, elle pourrait faire illusion.* « À présent, nous allons sortir et descendre les marches, annonça Theon à la jeune femme. Tiens la tête baissée et le capuchon enfoncé. Suis Houssie. Ne cours pas, ne crie pas, ne dis rien, ne regarde personne en face.

— Reste près de moi, demanda Jeyne. Ne me quitte pas.

— Je serai juste à côté de toi », promit Theon tandis qu'Escurel se coulait dans le lit de lady Arya et remontait la couverture.

Frenya ouvrit la porte de la chambre.

« Alors, tu l'as bien lavée, Schlingue ? » demanda Alyn le Rogue, quand ils émergèrent. Grogne pinça le sein de Saule au passage. Ils eurent de la chance que l'homme l'eût choisie. S'il avait porté la main sur Jeyne, elle aurait probablement poussé un hurlement. Et là, Houssie aurait ouvert la gorge de Grogne avec le coutelas dissimulé dans sa manche. Saule se contenta de se tordre pour se dégager et passer.

Un instant, Theon fut presque pris de vertige. *Ils n'ont pas jeté un regard. Ils n'ont rien vu. On a fait passer la fille sous leur nez !*

Mais sur les marches, sa peur revint. Et s'ils rencontraient l'Écorcheur, Damon Danse-pour-Moi ou Walton Jarret d'Acier ? Ou Ramsay en personne ? *Que les dieux me préservent, pas Ramsay, n'importe qui sauf lui.* À quoi bon extraire la fille de sa chambre à coucher ? Ils étaient toujours à l'intérieur du château, avec toutes les portes fermées et barrées, et des remparts grouillant de sentinelles. Selon toute probabilité, les gardes à l'extérieur du donjon allaient les arrêter. Houssie et son coutelas ne serviraient pas à grand-chose contre six hommes bardés de maille, avec épées et piques.

À moins de dix pas de la porte, Aveline laissa choir son seau vide, et ses sœurs l'imitèrent. Le Grand Donjon était déjà invisible derrière elles. La cour était un désert blanc, rempli de sons à demi perçus qui résonnaient curieusement au sein de la tempête. Les tranchées de glace s'élevèrent autour d'eux, leur arrivant d'abord aux genoux, puis à la taille, puis plus haut que leurs têtes. Ils étaient au cœur de Winterfell, entourés de toutes parts par le château, mais on n'en discernait aucun signe. Ils auraient aussi bien pu être perdus dans les Contrées de l'éternel hiver, mille lieues au-delà du Mur. « Il fait froid », geignit Jeyne Poole tandis qu'elle avançait d'un pas mal assuré aux côtés de Theon.

Et ça ne tardera pas à empirer. Au-delà des remparts du château attendait l'hiver avec ses crocs de glace. *Si nous parvenons jusque-là.* « Par ici », indiqua-t-il quand ils arrivèrent à un embranchement où se croisaient trois tranchées.

« Frenya, Houssie, allez avec eux, ordonna Aveline. On va suivre, avec Abel. Ne nous attendez pas. » Et sur ces mots, elle pivota et plongea dans la neige, en direction de la grande salle. Saule et Myrte se hâtèrent à sa suite, leurs capes claquant dans le vent.

De plus en plus insensé, estima Theon Greyjoy. L'évasion avait paru invraisemblable, avec les six femmes d'Abel au complet ; avec seulement deux, elle semblait impossible. Mais ils étaient allés trop loin pour ramener la fille dans sa chambre et feindre que rien de tout ceci n'était arrivé. Aussi prit-il Jeyne par le bras pour l'entraîner le long du chemin qui menait à la porte des Remparts. *Rien qu'une demi-porte*, se remémora-t-il. *Même si les gardes nous autorisent à passer, il n'y a aucune issue à travers le mur extérieur.* Par d'autres nuits, les gardes avaient laissé sortir Theon, mais chaque fois il était venu seul. Il ne s'en tirerait pas si facilement avec trois servantes aux basques, et si les gardes jetaient un coup d'œil en dessous du capuchon de Jeyne et reconnaissaient l'épouse de lord Ramsay...

Le passage se tordit vers la gauche. Là, face à eux, derrière un voile de neige qui tombait, béait la porte des Remparts, flanquée d'une paire de gardes. Sous la laine, la fourrure et le cuir, ils paraissaient grands comme des ours. Ils brandissaient des piques de huit pieds de long. « Qui va là ? » lança l'un des deux. Theon ne reconnut pas la voix. L'essentiel des traits de l'homme étaient recouverts par l'écharpe qui lui entourait le visage. On ne voyait que ses yeux. « Schlingue, c'est toi ? »

Oui, avait-il l'intention de dire. Mais il s'entendit répondre : « Theon Greyjoy. Je... je vous ai amené des filles.

— Les malheureux, s'apitoya Houssie. Vous devez être gelés. Viens, que je te réchauffe. » Elle contourna la pointe de la pique du garde et tendit la main vers son visage, dégageant l'écharpe à demi gelée pour lui coller un baiser à pleine bouche. Et à l'instant où leurs lèvres se touchèrent, sa lame trancha la chair de son cou, juste en dessous de l'oreille. Theon vit les yeux de l'homme s'écarquiller. Il y avait du sang sur les lèvres de Houssie quand elle recula d'un pas, et du sang qui coulait de la bouche de l'homme quand il s'effondra.

Le deuxième garde était encore abasourdi, désorienté, quand Frenya empoigna sa pique par la hampe. Ils luttèrent un moment, tirant jusqu'à ce que la femme lui arrachât l'arme des doigts et le percutât à la tempe avec le manche. Alors que l'homme reculait en chancelant, elle renversa la pique pour lui planter le fer dans le ventre avec un grognement.

Jeyne Poole poussa un long cri suraigu.

« Oh, putain de merde, commenta Houssie. Pour le coup, les agenouillés vont nous tomber dessus, y a pas de doute. *Courez !* »

Theon plaqua une main sur la bouche de Jeyne, l'attrapa avec l'autre par la taille et l'entraîna au-delà des gardes, celui qui était mort et celui qui mourait, pour passer la porte et franchir les douves gelées. Et peut-être les anciens dieux veillaient-ils encore sur eux : on avait laissé le pont-levis baissé, pour permettre aux défenseurs de Winterfell d'effectuer plus rapidement la traversée entre la chemise et le mur extérieur. Derrière eux sonnèrent des alarmes et des bruits de pieds qui couraient, puis l'éclat d'une trompette, venu du chemin de ronde de la chemise.

Sur le pont-levis, Frenya s'arrêta et se retourna. « Continuez. Je vais retenir les agenouillés ici. » Elle serrait encore la pique ensanglantée dans ses grandes mains.

Theon titubait quand il atteignit le pied de l'escalier. Il jeta la jeune femme sur son épaule et entama l'ascension. Jeyne avait désormais cessé de se débattre, et elle était si menue, d'ailleurs… mais, sous la neige qui les saupoudrait, le verglas rendait les degrés glissants et, à mi-chemin, Theon perdit l'équilibre et tomba durement sur un genou. Il ressentit une douleur si intense qu'il faillit lâcher la fille et, l'espace d'un demi-battement de cœur, il craignit de ne pouvoir aller plus loin. Mais Houssie le releva et, à eux deux, ils finirent par haler Jeyne jusqu'au chemin de ronde.

En s'adossant contre un merlon, le souffle court, Theon entendit crier en contrebas, à l'endroit où Frenya se battait dans la neige contre une demi-douzaine de gardes. « De quel côté ? cria-t-il à Houssie. Où est-ce qu'on va, à présent ? *Comment est-ce qu'on sort ?* »

La fureur sur le visage de Houssie se changea en horreur. « Oh, bordel de merde. La corde. » Elle éclata d'un rire de folle. « *C'est Frenya qui a la corde.* » Puis elle poussa un grognement et s'agrippa le ventre. Un carreau venait d'en jaillir. Quand elle l'empoigna d'une main, du sang lui suinta entre les doigts. « Des agenouillés sur la chemise… », hoqueta-t-elle avant qu'un second vireton n'apparût entre ses seins. Houssie crocha le merlon le plus proche et tomba. La neige qu'elle avait délogée l'ensevelit avec un choc étouffé.

Des cris montèrent à leur gauche. Jeyne Poole fixait Houssie à ses pieds tandis que la couverture de neige qui la nappait virait du blanc au rouge. Sur la muraille interne l'arbalétrier devait être occupé à recharger, Theon le savait. Il partit vers la droite, mais il y avait des hommes qui arrivaient de cette direction également, courant vers eux, épée à la main. Loin au nord, il entendit sonner une trompe de guerre. *Stannis*, songea-t-il, affolé. *Stannis est notre seul espoir, si nous pouvons l'atteindre.* Le vent hurlait, et la fille et lui étaient pris au piège.

L'arbalète claqua. Un carreau passa à moins d'un pied de lui, crevant la carapace de neige gelée qui avait bouché le plus proche créneau. D'Abel, Aveline, Escurel et les autres, il n'y avait aucun signe. La fille et lui étaient seuls. *S'ils nous prennent vivants, ils nous livreront à Ramsay.*

Theon attrapa Jeyne par la taille et sauta.

DAENERYS

Le ciel était d'un bleu implacable, sans la moindre bouffée nuageuse en vue. *Bientôt, les briques cuiront au soleil,* songea Daenerys. *Sur le sable, les combattants sentiront la chaleur à travers les semelles de leurs sandales.*

Jhiqui fit glisser la robe de soie de Daenerys de ses épaules et Irri l'aida à entrer dans son bain. Les feux du soleil levant miroitaient à la surface de l'eau, brisés par l'ombre du plaqueminier. « Même si les arènes doivent rouvrir, Votre Grâce est-elle tenue de s'y rendre en personne ? » interrogea Missandei tandis qu'elle lavait les cheveux de la reine.

« La moitié de Meereen sera là pour me voir, tendre cœur.

— Votre Grâce, ma personne sollicite la permission de dire que la moitié de Meereen sera là pour regarder des hommes saigner et mourir. »

Elle n'a pas tort, reconnut la reine, *mais cela n'a pas d'importance.*

Bientôt, Daenerys fut aussi propre qu'elle pouvait l'être. Elle se remit debout, dans de légères éclaboussures. L'eau lui ruissela le long des jambes ou perla sur ses seins. Le soleil s'élevait dans le ciel, et son peuple ne tarderait pas à s'assembler. Elle aurait préféré se laisser dériver toute la journée dans les eaux parfumées du bassin, à grignoter des fruits glacés sur des plateaux d'argent, en rêvant d'une maison à la porte rouge, mais une reine se devait à son peuple, et non à elle-même.

Jhiqui apporta une serviette moelleuse pour la sécher, en la tapotant. « *Khaleesi,* quel *tokar* voulez-vous, ce jour ? s'enquit Irri.

— Celui en soie jaune. » La reine des lapins ne pouvait paraître sans ses longues oreilles. La soie jaune était légère et fraîche, et il régnerait dans l'arène une chaleur de fournaise. *Les sables rouges cuiront la plante des pieds de ceux qui vont mourir.* « Et par-dessus, les longs voiles rouges. » Les voiles empêcheraient le vent de lui projeter du sable dans la bouche. *Et le rouge masquera d'éventuelles éclaboussures de sang.*

Tandis que Jhiqui se chargeait de brosser les cheveux de Daenerys et Irri de peindre ses ongles, elles bavardaient gaiement en discutant des combats de la journée. Missandei réapparut. « Votre Grâce. Le roi vous prie de le rejoindre quand vous serez habillée. Et le prince Quentyn est ici avec ses Dorniens. Ils sollicitent une entrevue, n'en déplaise à Votre Grâce. »

Peu de choses ne me déplairont pas, aujourd'hui. « Quelque autre jour. »

À la base de la Grande Pyramide, ser Barristan les attendait auprès d'un palanquin ouvert et ornementé, entouré de Bêtes d'Airain. *Ser Grand-Père*, se dit Daenerys. Malgré son âge, il paraissait grand et plein de prestance dans l'armure qu'elle lui avait donnée. « Je serais plus heureux si vous aviez aujourd'hui des gardes immaculés à vos côtés, Votre Grâce, déclara le vieux chevalier, tandis qu'Hizdahr allait saluer son cousin. La moitié de ces Bêtes d'Airain sont des affranchis novices. » *Et l'autre moitié, des Meereeniens aux allégeances douteuses,* ne voulut-il pas dire. Selmy se défiait de tous les Meereeniens, même des crânes-ras.

« Et novices ils resteront, jusqu'à ce que nous les mettions à l'épreuve.

— Un masque peut dissimuler bien des choses, Votre Grâce. Celui qui se cache derrière son masque de chouette est-il cette même chouette qui vous gardait hier, ou le jour d'avant ? Comment le savoir ?

— Comment Meereen aura-t-elle jamais confiance dans les Bêtes d'Airain, si nous n'en avons pas ? Ce sont de braves et vaillants guerriers, sous ces masques. Je remets ma vie entre leurs mains. » Daenerys sourit à ser Barristan. « Vous vous inquiétez trop, ser. Je vous aurai près de moi, de quelle autre protection ai-je besoin ?

— Je suis un vieil homme, Votre Grâce.

— Belwas le Fort sera également à mes côtés.

— À vos ordres. » Ser Barristan baissa la voix. « Votre Grâce. Nous avons libéré cette Meris, comme vous l'aviez demandé.

Avant de partir, elle a souhaité vous parler. C'est moi qui suis allé la rencontrer, en fait. Elle prétend que leur Prince en Guenilles avait depuis le début l'intention de rallier les Erre-au-Vent à votre cause. Qu'il l'a envoyée ici traiter en secret avec vous, mais que les Dorniens les ont démasqués et trahis avant qu'elle ait pu initier ses propres approches. »

Trahison sur trahison, songea la reine avec lassitude. *Tout cela n'aura-t-il jamais de fin ?* « Quelle part de ses dires croyez-vous ?

— Tant et moins, Votre Grâce, mais telles ont été ses paroles.

— Se rallieront-ils à nous, au besoin ?

— Elle le prétend. Mais cela aura un prix.

— Versez-le. » Meereen avait besoin de fer, pas d'or.

« Le Prince en Guenilles ne se contentera pas de numéraire, Votre Grâce. Meris déclare qu'il veut Pentos.

— Pentos ? » Les yeux de la reine se rétrécirent. « Comment pourrais-je lui donner Pentos ? La cité se trouve à une moitié de monde d'ici.

— Il serait disposé à patienter, a laissé entendre cette Meris. Jusqu'à ce que nous marchions sur Westeros. »

Et si je ne marche jamais sur Westeros ? « Pentos appartient aux Pentoshis. Et maître Illyrio habite à Pentos. C'est lui qui a arrangé mon mariage avec le *khal* Drogo et qui m'a donné mes œufs de dragon. Qui vous a envoyé à moi, ainsi que Belwas, et Groleo. Je lui dois énormément. Je refuse de rembourser cette dette en livrant sa cité à une épée-louée. C'est non. »

Ser Barristan inclina la tête. « Votre Grâce est sage.

— As-tu jamais vu journée se présenter sous de meilleurs auspices, mon amour ? » commenta Hizdahr zo Loraq lorsqu'elle le rejoignit. Il aida Daenerys à monter dans le palanquin, où deux hauts trônes étaient installés côte à côte.

« De meilleurs auspices pour toi, peut-être. Moins pour ceux qui vont devoir mourir avant le coucher du soleil.

— Tous les hommes doivent mourir, répondit Hizdahr, mais tous n'auront pas droit à une mort glorieuse, avec les ovations de la cité qui résonnent à leurs oreilles. » Il leva une main à l'adresse des soldats aux portes. « Ouvrez. »

La plaza qui s'étendait devant la pyramide de Daenerys était pavée de briques multicolores, et la chaleur en montait par ondoiements. Partout, les gens se pressaient. Certains se déplaçaient dans des litières ou en chaises à porteurs, d'autres chevauchaient des ânes, beaucoup allaient à pied. Neuf sur dix se dirigeaient vers l'ouest, en suivant la large artère de brique qui menait à l'arène de Daznak. Quand les plus proches badauds aperçurent le palanquin qui émergeait de la pyramide, des vivats s'élevèrent, pour se propager sur toute la plaza. *Comme c'est étrange*, songea la reine. *Ils m'applaudissent, sur cette même plaza où j'ai fait empaler cent soixante-trois Grands Maîtres.*

Un énorme tambour ouvrait la voie à la procession royale pour dégager le passage à travers les rues. Entre chaque coup, un héraut crâne-ras en cotte de disques en bronze poli criait à la foule de s'écarter. *Boumm.* « Ils approchent ! » *Boumm.* « Faites place ! » *Boumm.* « La reine ! » *Boumm.* « Le roi ! » *Boumm.* Derrière le tambour marchaient des Bêtes d'Airain, à quatre de front. Certaines portaient des casse-tête, d'autres des bâtons ; toutes étaient revêtues de jupes plissées, de sandales de cuir et de capes bigarrées cousues de carrés multicolores, en écho aux briques polychromes de Meereen. Leurs masques flamboyaient au soleil : des sangliers et des taureaux, des faucons et hérons, des lions et des tigres et des ours, des serpents à la langue bifide et de hideux basilics.

Belwas le Fort, qui n'aimait guère les chevaux, marchait devant eux dans son gilet clouté, sa bedaine brune couturée de cicatrices ballottant à chaque pas. Irri et Jhiqui suivaient montées, avec Aggo et Rakharo, puis Reznak dans une chaise à porteurs dotée d'un auvent pour protéger sa tête du soleil. Ser Barristan Selmy chevauchait au côté de Daenerys, son armure fulgurant au soleil. Une longue cape lui tombait des épaules, décolorée jusqu'à la blancheur de l'os. À son bras gauche s'accrochait un grand bouclier blanc. Un peu en arrière venait Quentyn Martell, le prince dornien, avec ses deux compagnons.

La colonne avançait lentement au pas en suivant la longue rue de brique. *Boumm.* « Ils approchent ! » *Boumm.* « Notre reine. Notre roi. » *Boumm.* « Faites place. »

Daenerys entendait derrière elle ses caméristes débattre du vainqueur de la dernière rencontre de la journée. Jhiqui inclinait pour le gigantesque Goghor, plus proche du taureau que de l'homme, jusque par l'anneau de bronze qu'il portait dans le nez. Irri insistait : le fléau de Belaquo Briseur-d'os signerait la perte du géant. *Mes caméristes sont dothrakies*, se remémorat-elle. *La mort chevauche avec chaque* khalasar. Le jour où elle avait épousé le *khal* Drogo, les *arakhs* avaient brillé à son repas de noces, et des hommes étaient morts tandis que d'autres buvaient ou s'accouplaient. Chez les seigneurs du cheval, la vie et la mort allaient main dans la main et une jonchée de sang, disait-on, consacrait un mariage. Ses nouvelles noces ne tarderaient pas à être noyées sous le sang. Quelle bénédiction cela représenterait ?

Boumm, boumm, boumm, boumm, boumm, boumm, tonnèrent les battements du tambour, plus rapides qu'avant, subitement furieux et impatients. Ser Barristan tira son épée tandis que la colonne faisait brutalement halte entre les pyramides rose et blanc de Pahl, et vert et noir de Naqqan.

Daenerys se tourna. « Pourquoi nous sommes-nous arrêtés ? »

Hizdahr se leva. « Le passage est bloqué. »

Un palanquin renversé leur barrait la route. Un de ses porteurs s'était écroulé sur les briques, vaincu par la chaleur. « Allez secourir cet homme, ordonna Daenerys. Écartez-le de la rue avant qu'on ne le piétine et donnez-lui à manger et à boire. On dirait à le voir qu'il n'a rien pris depuis quinze jours. »

Ser Barristan jetait des regards soucieux à droite et à gauche. Des visages ghiscaris apparaissaient aux terrasses, toisant la rue avec des yeux froids et indifférents. « Votre Grâce, cette halte ne me plaît pas. Ce pourrait être un traquenard. Les Fils de la Harpie...

— ... ont été jugulés, acheva Hizdahr zo Loraq. Pourquoi chercheraient-ils à porter la main sur ma reine alors qu'elle m'a choisi pour roi et consort ? À présent, qu'on aide cet homme, comme ma douce reine l'a ordonné. » Il prit Daenerys par la main et sourit.

Les Bêtes d'Airain exécutèrent les ordres. Daenerys les regarda opérer. « Ces porteurs étaient des esclaves, avant que j'arrive. Je les ai affranchis. Et pourtant, ce palanquin ne s'est pas allégé pour autant.

— C'est vrai, admit Hizdahr, mais on paie ces hommes pour en supporter le poids, désormais. Avant ton arrivée, cet homme qui a trébuché aurait eu au-dessus de lui un surveillant, occupé à écorcher son dos à coups de fouet. Au lieu de cela, on lui porte secours. »

C'était vrai. Une Bête d'Airain en masque de sanglier avait proposé au porteur de litière une outre d'eau. « Je dois me contenter de menues victoires, je suppose, commenta la reine.

— Un pas, et encore un pas et, bientôt, nous courrons tous. Ensemble, nous créerons une nouvelle Meereen. » Devant eux, la rue s'était enfin dégagée. « Allons-nous continuer ? »

Que pouvait-elle faire, sinon acquiescer ? *Un pas, et encore un pas, mais vers où est-ce que je me dirige ?*

Aux portes de l'arène de Daznak, deux massifs guerriers de bronze s'affrontaient en un combat mortel. L'un d'eux maniait une épée, l'autre une hache ; le sculpteur les avait représentés au moment où ils se tuaient mutuellement, leurs lames et leurs corps formant une arche au-dessus.

L'art de la mort, songea Daenerys.

Elle avait bien des fois vu les arènes de combat, de sa terrasse. Les plus petites criblaient la face de Meereen comme des marques de vérole ; les plus grandes ouvraient des plaies béantes, rouges et suppurantes. Aucune qui se comparât à celle-ci, toutefois. Belwas le Fort et ser Barristan les encadrèrent tandis que son époux et elle passaient en dessous des bronzes, pour émerger au sommet d'une large cuvette en brique ceinturée par des niveaux descendants de gradins, chacun d'une couleur différente.

Hizdahr zo Loraq la mena jusqu'en bas, à travers le noir, l'indigo, le bleu, le vert, le blanc, le jaune et l'orange, jusqu'au rouge, où les briques écarlates prenaient la nuance des sables en contrebas. Autour d'eux des camelots vendaient des saucisses de chien, des oignons rôtis et des embryons de chiots piqués sur un bâton, mais Daenerys n'en avait nul besoin. Hizdahr avait approvisionné leur loge de carafes de vin et d'eau douce glacés, de figues, de dattes, de melons et de grenades avec des noix de pécan et des poivrons et une grande jatte de sauterelles au miel. Belwas le Fort poussa un beuglement : « *Des sauterelles !* », en s'emparant de la jatte, et se mit à les croquer par poignées.

« Elles sont succulentes, fit valoir Hizdahr. Tu devrais en goûter quelques-unes toi aussi, mon amour. On les roule dans les épices avant le miel, si bien qu'elles sont sucrées et piquantes à la fois.

— Ça explique pourquoi Belwas transpire, commenta Daenerys. Je crois que je vais me contenter de figues et de dattes. »

De l'autre côté de l'arène, les Grâces étaient assises dans des robes flottantes aux multiples couleurs, groupées autour de la silhouette austère de Galazza Galare, seule parmi elles à porter du vert. Les Grands Maîtres de Meereen occupaient les bancs rouges et orange. Les femmes étaient voilées, et les hommes avaient peigné et laqué leurs chevelures en formes de cornes, de mains et de pointes. La parentèle d'Hizdahr, de l'ancienne lignée des Loraq, semblait affectionner les *tokars* mauves, indigo et lilas, tandis que ceux des Pahl étaient striés de rose et blanc. Les émissaires de Yunkaï, intégralement vêtus de jaune, remplissaient la loge jouxtant celle du roi, chacun d'eux accompagné de ses esclaves et de ses serviteurs. Les Meereeniens de moindre naissance se pressaient sur les gradins supérieurs, moins proches du carnage. Sur les bancs noirs et indigo, les plus élevés et écartés des sables, s'entassaient les affranchis et le reste du petit peuple. Les épées-louées avaient été installées là-haut, également, nota Daenerys, leurs capitaines placés parmi les simples soldats. Elle aperçut le visage tanné de Brun Ben, et le rouge ardent des moustaches et des longues tresses de Barbesang.

Le seigneur son époux se mit debout et leva les bras. « *Grands Maîtres !* Ma reine est venue ce jour, afin de manifester son amour envers vous, son peuple. De par sa grâce et avec sa permission, je vous accorde à présent l'art de la mort. *Meereen !* Fais entendre à la reine Daenerys ton amour ! »

Dix mille gorges rugirent leurs remerciements ; puis vingt mille ; puis toutes. Ils ne scandaient pas son nom, que peu d'entre eux auraient su prononcer. En vérité, ils criaient « *Mère !* ». Dans l'ancienne langue morte de Ghis, cela se disait *Mhysa*. Ils tapèrent des pieds, se claquèrent le ventre et hurlèrent : « *Mhysa, Mhysa, Mhysa* » jusqu'à ce que l'arène tout entière semblât trembler. Daenerys laissa le bruit déferler sur elle. *Je ne suis pas votre mère*, aurait-elle pu leur hurler en retour, *je suis celle de vos esclaves, de chaque enfant qui a jamais péri sur ces sables tandis que vous vous gorgiez de sauterelles au miel.* Derrière elle, Reznak se pencha pour lui souffler à l'oreille : « Votre Magnificence, entendez comme ils vous aiment ! »

Non, elle le savait bien, *ils aiment leur art de la mort.* Lorsque les ovations commencèrent à diminuer, elle se permit de s'asseoir. Leur loge se trouvait à l'ombre, mais Daenerys sentait un martèlement sous son crâne. « Jhiqui, demanda-t-elle, de l'eau fraîche, s'il te plaît. J'ai la gorge très sèche.

— C'est Khrazz qui va avoir l'honneur de la première mort du jour, lui annonça Hizdahr. Il n'y a jamais eu de meilleur combattant.

— Belwas le Fort était meilleur », insista Belwas le Fort.

Khrazz était un Meereenien d'humbles origines – un homme de haute taille, avec une crête de cheveux raides, rouge-noir, qui courait au centre de son crâne. Son ennemi était un piqueur à peau d'ébène venu des îles d'Été, dont les assauts d'estoc tinrent un moment Khrazz en respect. Mais une fois que son épée courte éluda la pointe de la pique, ne resta plus qu'une boucherie. Quand elle fut achevée, Khrazz découpa le cœur de l'homme noir, le brandit au-dessus de sa tête, rouge et ruisselant, et mordit dedans.

« Khrazz croit que le cœur des braves le rend plus fort », expliqua Hizdahr. Jhiqui murmura son approbation. Daenerys avait un jour dévoré le cœur d'un étalon pour apporter de la force à son fils à naître… mais cela n'avait pas sauvé Rhaego lorsque la *maegi* l'avait assassiné dans le ventre de Daenerys. *Trois trahisons te faut vivre. Elle était la première, Jorah la seconde, Brun Ben Prünh la troisième.* En avait-elle terminé avec les traîtres ?

« Ah, nota Hizdahr avec satisfaction. Voici maintenant le Félin moucheté. Regarde comme il se déplace, ma reine. Un poème sur deux pieds. »

L'ennemi qu'avait trouvé Hizdahr pour ce poème ambulant était aussi grand que Goghor et aussi large que Belwas, mais lent. Ils se battaient à six pieds de la loge de Daenerys quand le Félin moucheté lui sectionna les tendons. Lorsque l'homme s'écroula à genoux, le Félin plaqua un pied contre son dos et une main autour de sa tête, et il lui ouvrit la gorge d'une oreille à l'autre. Les sables rouges burent son sang, le vent ses derniers mots. La foule hurla son approbation.

« Mauvais combat, belle mort, jugea Belwas le Fort. Belwas le Fort pas aimer quand ils crient. » Il avait fini toutes les sauterelles au miel. Il laissa fuser un rot et avala une rasade de vin.

Des Qarthiens pâles, des Estiviens noirs, des Dothrakis à la peau cuivrée, des Tyroshis à barbe bleue, des Agnelets, des Jogos Nhais, des Braaviens graves, des demi-hommes à la peau mouchetée des jungles de Sothoros – ils venaient des bouts du monde mourir dans l'arène de Daznak. « Celui-ci est très prometteur, ma douceur », signala Hizdahr à propos d'un jeune Lysien aux longues mèches blondes qui flottaient au vent… Mais son ennemi agrippa une poignée de ces cheveux, tira dessus pour déséquilibrer l'adolescent, et l'éventra. Dans la mort, il paraissait encore plus jeune qu'il ne l'avait été une lame à la main. « Un enfant, protesta Daenerys. Ce n'était qu'un enfant.

— Seize ans, insista Hizdahr. Un homme fait, qui a librement choisi de risquer sa vie pour l'or et la gloire. Aucun enfant ne meurt aujourd'hui à Daznak, comme l'a décrété ma douce reine dans sa sagesse. »

Encore une menue victoire. Peut-être ne puis-je pas rendre mon peuple bon, se dit-elle, *mais je devrais au moins essayer de le rendre un peu moins mauvais.* Daenerys aurait également souhaité proscrire les rencontres entre femmes, mais Barséna Cheveux-noirs avait protesté qu'elle avait autant que n'importe quel homme le droit de risquer sa vie. La reine avait aussi souhaité interdire les folies, ces combats bouffons où estropiés, nains et vieillardes s'en prenaient les uns aux autres à coups de couperets, de torches et de marteaux (plus ineptes étaient les combattants et plus cocasse la folie, de l'avis général), mais Hizdahr avait assuré que son peuple ne l'en aimerait que plus si elle riait avec eux, et argumenté que, sans de telles gambades, les estropiés, les nains et les vieillardes périraient de faim. Aussi Daenerys avait-elle cédé.

La coutume voulait qu'on condamnât les criminels à l'arène ; elle avait accepté de ressusciter cette pratique, mais pour certains crimes uniquement. « On peut contraindre les assassins et les violeurs à se battre, ainsi que tous ceux qui persistent à pratiquer l'esclavage, mais ni les voleurs, ni les débiteurs. »

Les combats d'animaux étaient toujours autorisés, cependant. Daenerys regarda un éléphant se débarrasser promptement d'une meute de six loups rouges. Ensuite, un taureau affronta un ours dans une bataille sanglante qui laissa les deux animaux agoniser en lambeaux. « La chair n'est pas perdue, intervint Hizdahr. Les bouchers utilisent les carcasses afin de préparer pour les affamés un bouillon revigorant. Tout homme qui se présentera aux Portes du Destin aura droit à un bol.

— Une bonne loi », jugea Daenerys. *Vous en avez tellement peu.* « Nous devons veiller à maintenir cette tradition. »

Après les combats d'animaux, vint une feinte bataille, opposant six fantassins à six cavaliers, les premiers armés de boucliers et d'épées longues, les seconds d'*arakhs* dothrakis. Les faux chevaliers étaient revêtus de hauberts de mailles, tandis que les faux Dothrakis ne portaient aucune armure. Au début, les cavaliers semblèrent prendre l'avantage, piétinant deux de leurs adversaires et tranchant l'oreille d'un troisième, et puis les chevaliers survivants commencèrent à s'attaquer aux montures et, un par un, les cavaliers vidèrent les étriers et périrent, au grand écœurement de Jhiqui. « Ce n'était pas un vrai *khalasar*, décréta-t-elle.

— Ces dépouilles ne sont pas destinées à votre revigorant ragoût, j'espère, commenta Daenerys tandis qu'on évacuait les morts.

— Les chevaux, si, répondit Hizdahr. Pas les hommes.

— Viande de cheval et oignons rendent forts », expliqua Belwas.

La bataille fut suivie de la première folie du jour, un tournoi que se livraient deux nains jouteurs, offerts par un des seigneurs yunkaïis invités par Hizdahr au spectacle. L'un chevauchait un chien, l'autre une truie. On avait repeint de frais leurs armures de bois, afin que l'un arborât le cerf de l'usurpateur Robert Baratheon, l'autre le lion d'or de la maison Lannister. Cela avait été fait à l'intention de Daenerys, clairement. Leurs cabrioles ne tardèrent pas à faire hoqueter de rire Belwas, bien que le sourire de Daenerys fût pâle et forcé. Quand le nain en rouge dégringola de sa selle pour se mettre à courir dans les sables aux trousses de sa truie, tandis que le nain monté sur le chien galopait à sa poursuite en lui claquant les fesses avec une épée de bois, elle déclara : « C'est bouffon et absurde, mais…

— Patience, ma douceur, lui dit Hizdahr. Ils vont lâcher les lions. »

Daenerys lui jeta un regard interloqué. « Des lions ?

— Trois. Les nains ne s'y attendront pas. »

Elle fronça les sourcils. « Les nains ont des épées de bois. Des armures de bois. Comment veux-tu qu'ils combattent contre des lions ?

— Mal, répondit Hizdahr. Mais peut-être nous surprendront-ils. Le plus probable, c'est qu'ils vont pousser des hurlements, courir en tous sens et tenter d'escalader les parois de l'arène. C'est ce qui fait de tout cela une folie. »

L'idée ne plut pas à Daenerys. « Je l'interdis.

— Douce reine. Tu ne veux pas décevoir ton peuple.

— Tu m'as juré que les combattants seraient des adultes qui avaient librement consenti à risquer leurs vies pour de l'or et des honneurs. Ces nains n'ont pas accepté de se battre contre des lions avec des épées de bois. Tu vas arrêter ça. Sur-le-champ. »

La bouche du roi se pinça. L'espace d'un battement de cœur, Daenerys crut discerner un éclair de colère dans ses yeux placides. « Comme tu l'ordonnes. » Hizdahr fit signe à son maître d'arène. « Pas de lions », dit-il quand l'homme s'approcha au petit trot, le fouet à la main.

« Quoi, même pas un, Votre Magnificence ? Mais ce n'est pas drôle !

— Ma reine a parlé. Il ne sera fait aucun mal aux nains.

— Ça ne va pas plaire au public.

— Alors, fais venir Barséna. Ça devrait les apaiser.

— Votre Excellence est la mieux placée pour juger. » Le maître d'arène fit claquer son fouet et cria des ordres. On chassa les nains, avec leur truie et leur chien, tandis que les spectateurs manifestaient leur désapprobation par des sifflets, et des jets de cailloux et de fruits pourris.

Un rugissement s'éleva à l'entrée sur les sables de Barséna Cheveux-noirs, nue à l'exception d'un pagne et de sandales. Grande, basanée, la trentaine, elle se mouvait avec la grâce sauvage d'une panthère. « Barséna est très populaire, commenta Hizdahr tandis que les clameurs enflaient jusqu'à emplir l'arène. La femme la plus brave que j'aie jamais vue.

— Combattre des femmes n'est pas si brave, déclara Belwas le Fort. Combattre Belwas le Fort serait brave.

— Aujourd'hui, elle affronte un sanglier », annonça Hizdahr.

Certes, se dit Daenerys, *parce que tu n'as pas réussi à trouver de femme pour la combattre, si ventrue que soit la bourse offerte.* « Et pas avec une épée de bois, semble-t-il. »

Le sanglier était une bête énorme, aux défenses aussi longues qu'un avant-bras d'homme et de petits yeux noyés de rage. Daenerys se demanda si le sanglier qui avait tué Robert Baratheon avait eu aussi féroce aspect. *Une créature effroyable, une mort effroyable.* L'espace d'un instant, elle ressentit presque de la peine pour l'Usurpateur.

« Barséna est très rapide, expliquait Reznak. Elle va danser avec le sanglier, Votre Magnificence, et le lacérer quand il passera près d'elle. Il ruissellera de sang avant de s'écrouler, vous verrez. »

Tout commença exactement comme il l'avait prédit. Le sanglier chargea, Barséna pivota pour l'esquiver, l'argent de sa lame étincelant au soleil. « Elle aurait besoin d'une pique », estima ser Barristan, tandis que Barséna bondissait par-dessus la deuxième charge de la bête. « Ce n'est pas ainsi que l'on combat un sanglier. » Il ressemblait à un grand-père bougon, comme le répétait Daario.

La lame de Barséna dégouttelait de rouge, mais le sanglier ne tarda pas à se figer. *Il est plus malin qu'un taureau*, comprit Daenerys. *Il va cesser de charger*. Barséna parvint à la même conclusion. Poussant des cris, elle approcha du sanglier, lançant son couteau d'une main à l'autre. Quand la bête recula, elle l'insulta et la frappa sur la hure, en essayant de la provoquer... avec succès. Cette fois-ci, elle sauta un instant trop tard, et une défense lui ouvrit la cuisse gauche du genou jusqu'à l'aine.

Une plainte monta de trente mille gorges. Empoignant sa jambe lacérée, Barséna laissa choir son couteau et tenta de s'éloigner en claudiquant, mais avant qu'elle ait progressé de deux pas, le sanglier la chargea derechef. Daenerys détourna la tête. « Était-ce assez brave ? » interrogea-t-elle Belwas le Fort, tandis qu'un hurlement retentissait à travers les sables.

« Combattre des cochons est brave, mais crier si fort n'est pas brave. Ça fait mal dans les oreilles de Belwas le Fort. » L'eunuque massa sa panse gonflée, couturée d'anciennes cicatrices blanches. « Ça donne mal au ventre de Belwas le Fort, aussi. »

Le sanglier plongea le groin dans le ventre de Barséna et se mit à en extirper les entrailles. La puanteur dépassait ce que la reine pouvait endurer. La chaleur, les mouches, les cris de la foule... *Je ne peux plus respirer*. Elle souleva son voile et le laissa s'envoler. De la même façon, elle retira son *tokar*. Les perles cliquetèrent les unes contre les autres tandis qu'elle déroulait la soie.

« *Khaleesi ?* lui demanda Irri. Que faites-vous ?

— Je retire mes oreilles de lapin. » Une douzaine d'hommes armés de piques à sangliers firent irruption dans l'arène pour chasser la bête du cadavre et la repousser dans son enclos. Le maître d'arène les accompagnait, un long fouet barbelé à la main. Lorsqu'il le fit claquer en direction du sanglier, la reine se leva. « Ser Barristan, voulez-vous bien me raccompagner jusqu'à mon jardin ? »

Hizdahr parut décontenancé. « Ce n'est pas terminé. Une folie, avec six vieillardes, et trois autres combats. Belaquo et Goghor !

— Belaquo va gagner, trancha Irri. C'est connu.

— Ce n'est *pas* connu, riposta Jhiqui. Belaquo va mourir.

— L'un ou l'autre mourra, coupa Daenerys. Et celui qui survivra mourra un autre jour. J'ai eu tort de venir.

— Belwas le Fort a mangé trop de sauterelles. » Le large visage brun de l'eunuque affichait une expression de nausée. « Belwas le Fort a besoin de lait. »

Hizdahr l'ignora. « Magnificence, le peuple de Meereen est venu célébrer notre union. Tu les as entendus te saluer. Ne rejette pas leur amour.

— Ils ont acclamé mes oreilles de lapin, pas moi. Emmène-moi loin de cet abattoir, mon époux. » Elle distinguait les grognements du sanglier, les cris des piqueurs, le claquement du fouet du maître d'arène.

« Douce dame, non. Reste encore un petit moment. Pour la folie, et un dernier combat. Ferme les paupières, personne ne s'en apercevra. Ils seront occupés à regarder Belaquo et Goghor. Ce n'est pas le moment de... »

Une ombre passa comme une onde sur son visage.

Le tumulte et les cris expirèrent. Dix mille voix se turent. Tous les yeux se tournèrent vers le ciel. Un vent chaud caressa les joues de Daenerys et, par-dessus les pulsations de son cœur, elle entendit battre des ailes. Deux piquiers se précipitèrent vers un abri. Le maître d'arène se figea sur place. Le sanglier revint en soufflant à Barséna. Belwas le Fort poussa un gémissement, quitta son siège en trébuchant et tomba à genoux.

Au-dessus d'eux tous tournoyait le dragon, sombre contre le soleil. Il avait des écailles noires, des yeux, des cornes et des plaques dorsales rouge sang. Depuis toujours le plus grand du trio, Drogon avait encore crû en vivant dans la nature. Ses ailes, noires comme le jais, atteignaient vingt pieds d'envergure. Il en battit une fois en survolant de nouveau les sables, et ce bruit résonna comme un coup de tonnerre. Le sanglier leva le mufle, en grognant... et les flammes l'engloutirent, un feu noir veiné de rouge. Daenerys perçut la vague de chaleur à trente pieds de distance. Le hurlement d'agonie de la bête parut presque humain. Le dragon s'abattit sur la carcasse et planta ses griffes dans la chair fumante. Commençant à se repaître, il n'opéra aucune distinction entre Barséna et le sanglier.

« Oh, dieux, gémit Reznak, il est en train *de la dévorer !* » Le sénéchal se couvrit la bouche. Belwas le Fort vomissait à grand bruit. Une étrange expression passa sur le long visage blême d'Hizdahr zo Loraq – pour partie peur, pour partie désir, pour partie ravissement. Il se lécha les lèvres. Daenerys vit les Pahl remonter les marches en un flot, agrippant leurs *tokars* et trébuchant sur les franges dans leur hâte à s'enfuir. D'autres suivirent.

Certains couraient, se bousculaient. Davantage restèrent à leur place.

Un homme prit sur lui de se conduire en héros.

C'était un des piquiers envoyés refouler le sanglier vers son enclos. Était-il ivre, ou fou ? À moins qu'il n'ait adoré de loin Barséna Cheveux-noirs, ou qu'il n'ait entendu chuchoter l'histoire de la petite Hazzéa. Mais peut-être était-ce simplement un homme ordinaire qui voulait que les bardes chantent sa gloire. Il fila vers l'avant, sa pique pour le sanglier entre les mains. Ses talons firent voler le sable rougi, et des cris retentirent sur les gradins. Drogon leva la tête, du sang lui ruisselant des crocs. Le héros lui bondit sur le dos et planta le fer de lance à la base du long cou écailleux du dragon.

Daenerys et Drogon hurlèrent d'une seule voix.

Le héros pesa sur sa pique, usant de sa masse pour enfoncer la pointe plus avant encore. Drogon se cambra vers le haut avec un chuintement de douleur. Sa queue cingla latéralement l'air. Daenerys vit la tête du dragon tourner au bout de ce long cou de serpent, ses ailes noires se déplier. Le tueur de dragon perdit l'équilibre et alla culbuter sur le sable. Il tentait de se remettre debout quand les crocs du dragon claquèrent fermement sur son avant-bras. « Non », voilà tout ce que l'homme eut le temps de crier. Drogon lui arracha le bras au niveau de l'épaule, et le jeta de côté comme un chien pourrait lancer un rat dans une fosse à vermine.

« Tuez-le, cria Hizdahr zo Loraq aux autres piquiers. *Tuez cette bête !* »

Ser Barristan retint Daenerys étroitement. « Détournez les yeux, Votre Grâce.

— *Lâchez-moi !* » Daenerys se tordit pour échapper à son étreinte. Le monde sembla ralentir au moment où elle franchissait le parapet. En atterrissant dans l'arène, elle perdit une sandale. Se mettant à courir, elle sentit le sable, brûlant et grossier, entre ses orteils. Ser Barristan l'appelait. Belwas le Fort vomissait encore. Elle redoubla de vitesse.

Les piquiers couraient, eux aussi. Certains se précipitaient vers le dragon, piques à la main. D'autres s'enfuyaient, jetant leurs armes dans leur fuite. Le héros tressautait sur le sable, le sang clair se déversant du moignon déchiqueté à son épaule. Sa pique demeura plantée dans le dos de Drogon, tanguant quand le dragon battit des ailes. De la fumée s'élevait de la blessure. Quand les autres piques commencèrent à fermer le cercle autour de lui, le dragon cracha du feu, arrosant de sa flamme noire deux des hommes. Sa queue fouetta sur le côté et prit par surprise le maître d'arène qui se coulait derrière lui, le brisant en deux. Un autre assaillant attaqua en visant ses yeux jusqu'à ce que le dragon le saisît entre ses mâchoires et lui déchirât le ventre. Les Meereeniens hurlaient, sacraient, gueulaient. Daenerys entendit la course de quelqu'un derrière elle. « Drogon, hurla-t-elle. *Drogon.* »

Il tourna la tête. De la fumée monta d'entre ses crocs. Son sang fumait aussi, en gouttant sur le sol. Il battit à nouveau des ailes, soulevant une suffocante tempête de sables écarlates. Daenerys entra en trébuchant dans la nuée brûlante et rouge, en toussant. Il claqua des dents.

Elle n'eut que le temps de dire : « Non. » *Non, pas moi, tu ne me reconnais pas ?* Les dents noires se refermèrent à quelques pouces de son visage. *Il avait l'intention de m'arracher la tête.* Elle avait du sable dans les yeux. Elle trébucha sur le cadavre du maître d'arène et tomba sur le postérieur.

Drogon rugit. Le fracas emplit l'arène. Un vent de fournaise avala Daenerys. Le long cou écailleux du dragon s'étira vers elle. Lorsqu'il ouvrit la gueule, elle vit entre ses crocs noirs des morceaux d'os broyés et de chair calcinée. Il avait des yeux en fusion. *Je contemple l'enfer, mais je ne dois pas détourner les yeux.* Jamais elle n'avait été aussi convaincue d'une chose. *Si je fuis, il me brûlera et me dévorera.* En Westeros, les septons évoquaient sept enfers et sept cieux, mais que les Sept Couronnes et leurs dieux étaient loin ! Si elle mourait ici, se demanda Daenerys, le dieu cheval des Dothrakis écarterait-il les herbes avant de la revendiquer pour son *khalasar* stellaire, afin qu'elle puisse galoper dans les terres nocturnes, auprès du soleil étoilé de sa vie ? Ou les dieux courroucés de Ghis dépêcheraient-ils leurs harpies pour s'emparer de son âme et l'entraîner dans les tourments ? Drogon lui rugit au visage, d'un souffle assez brûlant pour lui cloquer la peau. Sur sa droite, Daenerys entendit Barristan s'écrier : « *Moi !* Attaque-moi. Par ici ! *Moi !* »

Dans les fosses rouges et embrasées des yeux de Drogon, Daenerys aperçut son propre reflet. Comme elle paraissait menue, et faible, fragile, effrayée. *Je ne peux pas lui laisser sentir ma peur.* Elle rampa dans le sable, repoussant le cadavre du maître d'arène, et ses doigts frôlèrent la poignée de son fouet.

Ce contact la rendit plus brave. Le cuir était chaud, vivant. Drogon rugit de nouveau, avec tant d'éclat qu'elle faillit en lâcher le fouet. Il claqua des crocs à son adresse.

Daenerys le frappa. « *Non* », hurla-t-elle, balançant le fouet avec toute la force qu'elle avait en elle. D'une saccade, le dragon retira sa tête. « *Non* », hurla-t-elle une nouvelle fois. « *NON !* » Les ardillons éraflèrent le museau du dragon. Drogon se redressa, couvrant Daenerys sous l'ombre de ses ailes. Elle fit cingler la mèche contre le ventre écailleux de la bête, répétant le coup jusqu'à en avoir le bras endolori. Le long cou serpentin se banda comme un arc. Avec un sifflement, il cracha sur elle du feu noir. Daenerys plongea sous les flammes, maniant le fouet en criant : « Non, *non, non. Couché !* » Il répondit par un rugissement de peur et de fureur, et rempli de douleur. Ses ailes battirent une fois, deux fois…

… et se replièrent. Le dragon poussa un ultime chuintement et s'étendit sur le ventre, de tout son long. Du sang noir coulait de la blessure à l'endroit où la pique l'avait transpercé, fumant aux endroits où il dégouttait sur les sables brûlants. *Il est du feu fait chair*, songea-t-elle, et *moi aussi*.

Daenerys Targaryen bondit sur le dos du dragon, empoigna la pique et l'arracha. Le fer en était à demi fondu, son métal porté au rouge luisait. Elle le rejeta. Drogon se tordit sous elle, contractant ses muscles en réunissant ses forces. L'air était saturé de sable. Daenerys ne voyait rien, ne pouvait plus respirer, ne pouvait plus penser. Les ailes noires claquèrent comme le tonnerre et, soudain, les sables écarlates chutèrent au-dessous d'elle.

Prise de vertige, Daenerys ferma les paupières. Quand elle les rouvrit, elle aperçut sous elle, à travers une brume de larmes et de poussière, les Meereeniens qui refluaient comme une marée sur les gradins pour aller se répandre dans les rues.

Elle avait toujours le fouet au poing. Elle le fit siffler d'un coup léger contre l'encolure de Drogon et cria : « *Plus haut !* » Son autre main se retint aux écailles, ses doigts cherchant fébrilement une prise. Les larges ailes noires de Drogon brassaient les airs. Daenerys sentait sa chaleur entre ses cuisses. Son cœur lui paraissait sur le point d'éclater. *Oui*, se dit-elle, *oui, maintenant, maintenant, vas-y, vas-y, emporte-moi, emporte-moi, VOLE !*

JON

Ce n'était pas un géant que Tormund Fléau-d'Ogres, mais les dieux lui avaient accordé un torse large et un ventre massif. Mance Rayder l'avait surnommé Tormund Cor-Souffleur pour la puissance de ses poumons, et avait coutume de dire que Tormund était capable, de son rire, de balayer la neige des cimes. Dans son courroux, ses beuglements rappelaient à Jon les barrissements d'un mammouth.

Ce jour-là, Tormund beugla maintes fois, et avec vigueur. Il rugit, il cria, il tapa du poing sur la table si fort qu'une carafe d'eau se renversa et se vida. Une corne d'hydromel ne se trouvait jamais très loin de sa main, si bien que les nuées de postillons qui accompagnaient ses menaces se sucraient de miel. Il traita Jon Snow de poltron, de menteur, de tourne-casaque, le maudit d'être un bougre d'agenouillé au cœur noir, un voleur et un charognard de corbac, l'accusa de vouloir embourrer le peuple libre par-derrière. En deux occasions, il jeta sa corne à boire à la tête de Jon, mais seulement après l'avoir vidée. Tormund n'était point homme à gâcher du bon hydromel. Jon laissa tout cela déferler sur lui. Jamais il n'éleva la voix lui-même, ni ne répondit à la menace par la menace, mais il ne lâcha pas non plus davantage de terrain qu'il n'était dès le départ préparé à en concéder.

Finalement, alors que les ombres de l'après-midi s'étiraient à l'extérieur de la tente, Tormund Fléau-d'Ogres – Haut-Disert, Cor-Souffleur et Brise Glace, Tormund Poing-la-Foudre, Époux-d'Ourses, sire Hydromel de Cramoisi, Parle-aux-Dieux et Père Hospitalier – tendit sa main. « Tope là, et qu' les dieux me pardonnent. Y a cent mères qui m' pardonneront jamais, ça, j'le sais. »

Jon serra la main offerte. Les paroles de son serment lui résonnaient dans le crâne. *Je suis l'épée dans les Ténèbres. Je suis le veilleur aux remparts. Je suis le feu qui flambe contre le froid, la lumière qui rallume l'aube, le cor qui secoue les dormeurs, le bouclier protecteur des Royaumes humains.* Et pour lui, un nouveau refrain : *Je suis le garde qui a ouvert la porte et laissé entrer les cohortes de l'ennemi.* Il aurait donné tant et plus pour savoir s'il agissait au mieux. Mais il était allé trop loin pour faire demi-tour. « Topé et conclu », déclara-t-il.

La poigne de Tormund broyait les phalanges. Voilà au moins chez lui une chose qui n'avait pas changé. Sa barbe était identique aussi, bien que, sous cette broussaille de poil blanc, le visage eût considérablement maigri et qu'il y eût des rides profondes gravées dans ces joues rubicondes. « Mance aurait dû t' tuer lorsqu'il en avait l'occasion », dit-il en s'efforçant de son mieux de transformer la main de Jon en bouillie et en os. « De l'or contre du gruau, et des garçons... c'est cruel, comme prix. Où il est passé, le gentil p'tit gars que j'ai connu ? »

On l'a nommé lord Commandant. « Un marché équitable laisse les deux camps mécontents, ai-je ouï dire. Trois jours ?

— Si je vis jusque-là. Certains des miens vont m' cracher à la gueule en entendant ces termes. » Tormund libéra la main de Jon. « Tes corbacs vont râler aussi, si j' les connais bien. Et j' devrais. J'ai tué tant de tes bougres noirs que j'en ai perdu le compte.

— Mieux vaudrait ne pas en faire si bruyamment mention quand vous viendrez au sud du Mur.

— Har ! » Tormund s'esclaffa. Cela non plus n'avait pas changé ; il riait encore facilement et souvent. « Sages paroles. J' voudrais pas mourir becqu'té par ta bande de corbacs ! » Il flanqua une claque dans le dos de Jon. « Une fois qu' tout mon peuple sera à l'abri derrière ton Mur, on partagera un peu de viande et d'hydromel, toi et moi. D'ici là... » Le sauvageon retira le torque de son bras gauche et le lança à Jon, puis procéda de même avec son jumeau au bras droit. « Ton premier paiement. J' tiens ces deux-là de mon père, et lui du sien. Maintenant, ils sont à toi, salaud de voleur noir. »

Les bracelets étaient en vieil or, massif, lourd, gravé des runes anciennes des Premiers Hommes. Tormund Fléau-d'Ogres les arborait depuis que Jon le connaissait ; ils semblaient faire autant partie de lui que sa barbe. « Les Braaviens vont les fondre pour en récupérer l'or. Ça me paraît dommage. Tu devrais peut-être les conserver.

— Non. J' refuse qu'on raconte que Tormund Poing-la-Foudre a poussé le peuple libre à céder ses trésors alors qu'il gardait les siens. » Il sourit. « Mais j' vais garder l'anneau qu'je porte autour du membre. L'est bien plus gros qu' ces babioles. Sur toi, il servirait de torque. »

Jon ne put se retenir de rire. « Tu ne changes pas.

— Oh, que si. » Le sourire s'évapora comme neige en été. « J' suis pas çui que j'étais à Cramoisi. J'ai vu trop de morts, et pire encore. Mes fils… » Le chagrin tordit le visage de Tormund. « Dormund est tombé durant la bataille du Mur, lui qu'était à moitié un enfant. C'est un chevalier d'un de tes rois qui lui a réglé son compte, une ordure en acier gris avec des papillons de nuit sur son bouclier. J'ai vu le coup, mais mon p'tit était mort avant que j'aie pu le r'joindre. Et Torwynd… c'est l'froid qui l'a pris. Toujours dolent, qu'il était, çui-là. Il est mort comme ça, d'un coup, une nuit. Et le pire, c'est qu'avant même qu'on sache qu'il était mort, il s'est r'levé, tout pâle, avec les yeux tout bleus. J'ai dû m'en charger moi-même. Ça a été dur, Jon. » Des larmes brillaient dans ses yeux. « Il était pas bien solide, faut dire, mais ç'avait été mon p'tit gars, avant, et je l'aimais. »

Jon posa une main sur l'épaule de Tormund. « Je suis vraiment désolé.

— Pourquoi ? T'avais rien à voir là-dedans. T'as du sang sur les mains, ouais ; moi aussi. Mais pas l'sien. » Tormund secoua la tête. « J'ai encore deux fils vigoureux.

— Ta fille… ?

— Munda. » Cela ramena le sourire de Tormund. « Elle a pris c't Échalas Ryk pour époux, tu crois ça, toi ? Il a plus de couilles que de cervelle, ce gamin, si tu veux mon avis, mais il la traite plutôt correctement. J' lui ai dit, si jamais il lui fait du mal, j' lui arrache la queue et j' le fouette au sang avec ! » Il assena à Jon une autre bourrade cordiale. « Temps que tu rentres. Si on t' garde encore, ils vont s'imaginer qu'on t'a bouffé.

— À l'aube, donc. Dans trois jours. Les garçons d'abord.

— J'avais bien entendu les dix premières fois, corbac. On pourrait croire qu'on s' fait pas confiance, nous deux. » Il cracha. « Les garçons d'abord, oui-da. Les mammouths feront le tour. Assure-toi bien que Fort-Levant s'attende à les voir. Moi, j' veillerai à c' qu'y ait pas de bagarre ni de cohue vers ta foutue porte. On sera bien tous sages et en ordre, des canetons à la file. Et ça s'ra moi, la mère cane ! Har ! » Tormund raccompagna Jon hors de sa tente.

À l'extérieur, le jour était lumineux et le ciel dégagé. Le soleil était revenu dans le ciel après quinze jours d'absence et, au sud, le Mur se dressait, blanc bleuté et miroitant. Il existait un dicton, que Jon avait entendu les vétérans à Châteaunoir répéter : *le Mur a plus d'humeurs que le roi Aerys le Fol*, disaient-ils, ou parfois : *le Mur a plus d'humeurs qu'une femme*. Quand le temps était couvert, il semblait bâti de roc blanc. Par les nuits sans lune, il était noir charbon. Durant les tourmentes, on l'aurait cru taillé dans la neige. Mais lors de journées comme celle-ci, on ne pouvait confondre sa glace avec quoi que ce soit d'autre. Par de telles journées, le Mur miroitait avec l'éclat d'un cristal de septon, chaque crevasse, chaque fissure, soulignées de soleil, tandis que des arcs-en-ciel transis dansaient et mouraient derrière des ondoiements diaphanes. Par de telles journées, le Mur était beau.

L'aîné de Tormund se tenait près des chevaux, en train de causer avec Cuirs. Toregg le Grand, on l'appelait parmi le peuple libre. Bien qu'il mesurât à peine plus d'un pouce que Cuirs, il dominait son père d'un bon pied. Harse, le solide gars de La Mole qu'on surnommait Tocard, était blotti près du feu, le dos tourné aux deux autres. Cuirs et lui étaient les seuls hommes que Jon avait amenés avec lui aux pourparlers ; davantage aurait pu être interprété comme un signe de peur, et vingt hommes n'auraient pas été plus utiles que deux, si Tormund avait été d'humeur à verser le sang. Fantôme était la seule protection dont Jon eût besoin ; le loup géant savait flairer les ennemis, même ceux qui masquaient leur animosité sous des sourires.

Fantôme avait disparu, toutefois. Jon retira un de ses gants noirs, porta deux doigts à sa bouche et siffla. « *Fantôme !* À moi ! »

D'en haut résonna un soudain claquement d'ailes. Le corbeau de Mormont s'abattit de la branche d'un vieux chêne pour venir se percher sur la selle de Jon. « *Grain* », grommela-t-il, dodelinant de la tête d'un air sage. Puis Fantôme émergea d'entre deux arbres, Val à ses côtés.

Ils semblent faits l'un pour l'autre. Val était tout de blanc vêtue ; des culottes de laine blanche enfoncées dans de hautes bottes d'un cuir teint en blanc, une cape en peau d'ours blanc, agrafée à l'épaule par un visage en barral sculpté, une tunique blanche avec des attaches en os. Son souffle aussi était blanc… mais elle avait les yeux bleus, une longue tresse couleur de miel sombre et des pommettes rougies par le froid. Voilà bien longtemps que Jon n'avait pas vu si charmant spectacle.

« Est-ce que vous cherchiez à me voler mon loup ? lui demanda-t-il.

— Et pourquoi non ? Si chaque femme avait un loup géant, les hommes seraient bien plus aimables. Même les corbacs.

— Har ! s'esclaffa Tormund Fléau-d'Ogres. Fais pas assaut de mots avec celle-là, lord Snow, elle est trop fine mouche pour des gens comme toi et moi. Vole-la vite, ça vaut mieux, avant que Toregg se réveille et qu'il s'en empare le premier. »

Qu'avait dit de Val ce balourd d'Axell Florent ? « *Une fille nubile, et point déplaisante à voir. De bonnes hanches, une bonne poitrine, bien faite pour pondre des enfants.* » Fort juste, tout cela, mais la sauvageonne dépassait tellement cette description. Elle l'avait prouvé en retrouvant Tormund, quand des patrouilleurs vétérans de la Garde y avaient échoué. *Elle n'est pas princesse, mais elle ferait une digne épouse pour n'importe quel lord.*

Mais ces ponts étaient coupés depuis bien longtemps, et Jon avait lui-même officié. « Toregg a la voie libre, annonça-t-il. J'ai prononcé des vœux.

— C'est pas ça qui va la déranger. Pas vrai, ma fille ? »

Val tapota le long couteau en os sur sa hanche. « Lord Corbac est le bienvenu s'il veut se glisser une nuit dans mon lit, s'il l'ose. Une fois chaponné, il éprouvera bien plus d'aisance à respecter ses vœux.

— *Har !* s'esclaffa de nouveau Tormund. T'entends ça, Toregg ? Garde tes distances, avec celle-là ! J'ai déjà une fille, j'en ai pas b'soin d'deux. » Secouant la tête, le chef sauvageon replongea sous sa tente.

Tandis que Jon grattait Fantôme derrière l'oreille, Toregg apporta le cheval de Val pour elle. Elle montait encore le poney gris que lui avait donné Mully au jour de son départ du Mur, une créature borgne, hirsute et contrefaite. Alors qu'elle le tournait vers le Mur, elle demanda : « Comment se porte le petit monstre ?

— Deux fois plus gros que lorsque vous nous avez quittés, et trois fois plus bruyant. Quand il veut la tétée, on l'entend brailler jusqu'à Fort-Levant. » Jon enfourcha sa propre monture.

Val vint se ranger à sa hauteur. « Alors... Je vous ai ramené Tormund, comme je l'avais dit. Et maintenant ? Il faut que je regagne mon ancienne cellule ?

— Votre ancienne cellule est occupée, désormais. La reine Selyse s'est approprié la tour du Roi. Vous souvient-il de la tour d'Hardin ?

— Celle qui semble prête à s'écrouler ?

— Elle a cet aspect depuis cent ans. Je vous ai fait préparer le dernier étage, madame. Vous y aurez plus d'espace que dans la tour du Roi, même si ce ne sera pas aussi confortable. Personne ne l'a jamais appelée le palais d'Hardin.

— Je placerai toujours la liberté avant le confort.

— Vous aurez toute liberté d'aller et de venir dans l'enceinte du château, mais je regrette de dire que vous devez demeurer captive. Je peux toutefois vous promettre que vous ne serez pas importunée par les visiteurs indésirables. Ce sont mes propres hommes qui gardent la tour d'Hardin, et non ceux de la reine. Et Wun Wun dort dans le hall d'entrée.

— Un géant pour protecteur ? Même Della n'aurait pu se vanter d'autant. »

Les sauvageons de Tormund les regardèrent passer, sortant la tête de tentes et d'appentis en toile tendus sous des arbres dénudés. Pour tout homme en âge de combattre, Jon vit trois femmes et autant d'enfants, des créatures aux visages hâves, aux joues creuses et aux regards perdus. Quand Mance Rayder avait mené le peuple libre contre le Mur, ses fidèles poussaient devant eux de larges troupeaux de moutons, de chèvres et de pourceaux, mais les seuls animaux visibles désormais étaient les mammouths. Sans la férocité des géants, on les aurait dévorés aussi, Jon n'en doutait pas. Une carcasse de mammouth représentait beaucoup de viande.

Jon repéra également des signes de maladie. Cela l'inquiéta plus qu'il n'aurait su le dire. Si la bande de Tormund était affamée et malade, qu'en était-il des milliers qui avaient suivi la mère Taupe à Durlieu ? *Cotter Pyke ne tardera sans doute plus à les rejoindre. Si les vents ont été propices, sa flotte pourrait fort bien se trouver en ce moment même sur le chemin du retour à*

Fort-Levant, avec tous ceux du peuple libre qu'il aura pu entasser à bord.

« Comment les choses se sont-elles passées avec Tormund ? demanda Val.

— Posez-moi la question dans un an. Le plus dur m'attend encore. La partie où je dois convaincre les miens de s'attabler au repas que je leur ai préparé. Aucun d'entre eux ne va en apprécier le goût, je le crains.

— Laissez-moi vous aider.

— Vous l'avez fait. Vous m'avez ramené Tormund.

— Je peux accomplir davantage. »

Pourquoi pas ? se dit Jon. *Ils sont tous convaincus qu'elle est princesse.* Val avait la figure du rôle et montait comme si elle était née à cheval. *Une princesse guerrière*, décida-t-il, *et non une de ces graciles créatures, assise toute droite dans sa tour, à brosser sa chevelure en attendant qu'un chevalier vienne à sa rescousse.* « Je dois informer la reine de cet accord, poursuivit-il. Si vous voulez la rencontrer, vous êtes la bienvenue, si vous pouvez vous astreindre à ployer le genou. » Il ne faudrait surtout pas que Sa Grâce soit froissée avant même qu'il ait ouvert la bouche.

« Puis-je rire en m'agenouillant ?

— Absolument pas. Ce n'est pas un jeu. Un fleuve de sang sépare nos deux peuples, ancien, rouge et profond. Stannis Baratheon est une des rares personnes qui soient disposées à admettre les sauvageons dans le royaume. J'ai besoin que sa reine soutienne ce que j'ai fait. »

Le sourire mutin de Val mourut. « Vous avez ma parole, lord Snow. Je serai pour votre reine une princesse sauvageonne convenable. »

Elle n'est pas ma reine, aurait-il pu répondre. *Et s'il faut dire le vrai, le jour de son départ ne saurait arriver trop vite à mon goût. Et, si les dieux sont bons, elle emportera Mélisandre avec elle.*

Ils chevauchèrent en silence sur le reste du trajet, Fantôme trottant sur leurs talons. Le corbeau de Mormont les suivit jusqu'à la porte, puis s'enleva vers le haut d'un battement d'ailes tandis que le reste de l'équipage mettait pied à terre. Tocard ouvrit la voie avec un brandon pour éclairer le passage à travers le tunnel de glace.

Une petite cohorte de frères noirs attendait à la porte lorsque Jon et ses compagnons émergèrent au sud du Mur. Ulmer de

Bois-du-Roi figurait parmi eux, et ce fut le vieil archer qui s'avança, afin de parler pour les autres. « N' vous déplaise, m'sire, les gars, y s'demandaient. Y aura-t-y la paix, m'sire ? Ou le fer et le sang ?

— La paix, répondit Jon Snow. Dans trois jours, Tormund Fléau-d'Ogres conduira son peuple à travers le Mur. En amis, et non en ennemis. Certains pourraient même venir grossir nos rangs, comme frères. Ce sera à nous de les accueillir. À présent, retournez à vos tâches. » Jon remit à Satin les rênes de son cheval. « Je dois rencontrer la reine Selyse. » Sa Grâce s'estimerait offensée qu'il ne vînt pas la voir sur-le-champ. « Ensuite, j'aurai des lettres à écrire. Apporte dans mes quartiers du parchemin, des plumes et un pot de noir de mestre. Ensuite, convoque Marsh, Yarwyck, le septon Cellador et Clydas. » Cellador serait à moitié soûl, et Clydas était un piètre succédané à un véritable mestre, mais ils étaient tout ce dont il disposait. *Jusqu'au retour de Sam.* « Les Nordiens également. Flint et Norroit. Cuirs, toi aussi, tu devras être présent.

— Hobb prépare des tartes à l'oignon, signala Satin. Dois-je leur demander de tous vous retrouver au dîner ? »

Jon y réfléchit. « Non. Dis-leur de venir me rejoindre au sommet du Mur, au coucher du soleil. » Il se tourna vers Val. « Madame. Suivez-moi, si vous voulez bien.

— Le corbac ordonne, la captive se doit d'obéir. » Elle parlait sur un ton espiègle. « Votre reine doit être terrible, si les jambes d'hommes faits ploient sous eux quand ils se présentent devant elle. Aurais-je dû revêtir de la maille, plutôt que de la laine et des fourrures ? Ces vêtements m'ont été donnés par Della, je préférerais ne pas les tacher de sang.

— Si les mots faisaient couler le sang, vous auriez motif à quelque crainte. Je crois que votre tenue n'a pas grand-chose à redouter, madame. »

Ils se dirigèrent vers la tour du Roi, en suivant des chemins fraîchement déblayés entre des monticules de neige sale. « J'ai entendu raconter que votre reine portait une grande barbe noire. »

Jon savait qu'il ne devrait pas sourire, mais il ne put s'en empêcher. « Une simple moustache. Très duveteuse. On peut en compter les poils.

— Je suis très déçue. »

En dépit de son désir tant proclamé d'être maîtresse en son propre domaine, Selyse Baratheon ne semblait guère pressée d'abandonner le confort de Châteaunoir pour les ombres de Fort-Nox. Elle conservait des gardes, bien entendu – quatre hommes, en faction à la porte, deux dehors sur le parvis, deux à l'intérieur près du brasero. Pour les commander, ser Patrek du Mont-Réal, revêtu de sa parure blanche, bleue et argent de chevalier, sa cape un semis d'étoiles à cinq branches. Quand on le présenta à Val, le chevalier tomba un genou en terre pour lui baiser le gant. « Vous êtes encore plus charmante qu'on ne me l'avait dit, princesse, déclara-t-il. La reine m'a tant et plus vanté votre beauté.

— Voilà qui est singulier, car elle ne m'a jamais vue. » Val tapota ser Patrek sur la tête. « Allons, debout maintenant, ser agenouillé. Debout, debout... » Elle donnait l'impression de parler à un chien.

Jon eut toutes les peines du monde à ne pas rire. Le visage de marbre, il annonça au chevalier qu'ils requéraient audience auprès de la reine. Ser Patrek envoya un des hommes d'armes gravir en courant l'escalier pour demander si Sa Grâce acceptait de les recevoir. « Le loup restera ici, toutefois », insista ser Patrek.

Jon s'y attendait. La proximité du loup géant angoissait la reine Selyse, presque autant que celle de Wun Weg Wun Dar Wun. « Fantôme, pas bouger. »

Ils trouvèrent Sa Grâce en train de broder au coin du feu, tandis que son fou dansait au son d'une musique qu'il était seul à entendre, dans le tintement des grelots accrochés à ses andouillers. « Le corbeau, le corbeau, s'exclama Bariol en voyant paraître Jon. Sous la mer, blancs comme neige sont les corbeaux, je sais, je sais, ohé, ohé. » La princesse Shôren était pelotonnée sur la banquette bordant la fenêtre, son capuchon remonté pour cacher le pire de la léprose qui la défigurait.

Il n'y avait aucune trace de lady Mélisandre. De cela au moins, Jon fut reconnaissant. Tôt ou tard, il devrait affronter la prêtresse rouge, mais il préférait que ce ne fût pas en présence de la reine. « Votre Grâce. » Il posa un genou en terre. Val l'imita.

La reine Selyse mit son ouvrage de côté. « Relevez-vous.

— S'il plaît à Votre Grâce, puis-je lui présenter la dame Val ? Sa sœur Della était...

— ... la mère du marmot braillard qui nous empêche de dormir la nuit. Je sais qui elle est, lord Snow. » La reine renifla. « Vous avez de la chance qu'elle nous soit revenue avant le roi mon époux, sinon la situation aurait pu mal tourner pour vous. Très mal, en vérité.

— Êtes-vous la princesse des sauvageons ? s'enquit Shôren auprès de Val.

— Certains m'appellent ainsi, répondit Val. Ma sœur était l'épouse de Mance Rayder, le Roi au-delà du Mur. Elle est morte en lui donnant un fils.

— Je suis princesse, moi aussi, mais je n'ai jamais eu de sœur. J'ai eu un cousin, naguère, avant qu'il ne prenne la mer. Ce n'était qu'un bâtard, mais je l'aimais bien.

— Franchement, Shôren, intervint sa mère. Je suis sûre que le lord Commandant n'est pas venu entendre parler des incartades de Robert. Bariol, sois un gentil bouffon et conduis la princesse dans sa chambre. »

Les grelots sonnaillèrent sur le couvre-chef du fou. « Allons, allons, chantonna-t-il. Venez avec moi sous la mer, allons, allons, allons. » Il prit la petite princesse par une main et l'entraîna hors de la pièce, en sautillant.

« Votre Grâce, commença Jon, le chef du peuple libre a accepté mes conditions. »

La reine Selyse donna un infime hochement de tête. « Le vœu du seigneur mon époux a toujours été d'accorder sanctuaire à ces peuples sauvages. Tant qu'ils respectent la paix du roi, ils sont bienvenus en notre royaume. » Elle pinça les lèvres. « On me dit qu'ils ont d'autres géants avec eux. »

Ce fut Val qui répondit. « Presque deux cents, Votre Grâce. Et plus de quatre-vingts mammouths. »

La reine frémit. « Affreuses créatures. » Jon ne sut pas si elle parlait des mammouths ou des géants. « Quoique de tels animaux puissent être utiles au seigneur mon époux dans ses batailles.

— Il se peut, Votre Grâce, reprit Jon, mais les mammouths sont trop gros pour franchir notre porte.

— Ne peut-on élargir la porte ?

— Ce… ce ne serait pas sage, je pense. »

Selyse renifla. « Si vous le dites. Vous êtes sans doute versé en ces questions. Où avez-vous l'intention d'établir ces sauvageons ? Assurément, La Mole n'est point assez vaste pour contenir… combien sont-ils ?

— Quatre mille, Votre Grâce. Ils nous aideront à installer des garnisons dans nos châteaux abandonnés, afin de mieux défendre le Mur.

— On m'a laissé entendre que ces châteaux étaient des ruines. Des lieux sinistres, tristes et froids, à peine plus que des amoncellements de décombres. À Fort-Levant, on nous a parlé de rats et d'araignées. »

Le froid a dû tuer les araignées, désormais, songea Jon, *et les rats fourniront une utile source de viande, quand l'hiver sera venu.* « Tout cela est vrai, Votre Grâce... mais même des ruines offrent quelque abri. Et le Mur se dressera entre eux et les Autres.

— Je vois que vous avez considéré tout cela avec soin, lord Snow. Je suis convaincue que le roi Stannis sera satisfait lorsqu'il rentrera triomphant de sa bataille. »

En supposant qu'il rentre.

« Bien entendu, poursuivit la reine, les sauvageons doivent commencer par reconnaître Stannis comme leur roi et R'hllor comme leur dieu. »

Et nous y voilà, face à face dans le goulet d'étranglement. « Votre Grâce, pardonnez-moi. Tels ne sont pas les termes de notre accord. »

Le visage de la reine se durcit. « Une sérieuse négligence. » Les vagues traces de chaleur qu'avait contenues sa voix s'évanouirent sur-le-champ.

« Le peuple libre ne s'agenouille pas, lui exposa Val.

— Alors on l'agenouillera, déclara la reine.

— Faites cela, Votre Grâce, et nous nous soulèverons de nouveau à la première occasion, promit Val. Et nous prendrons les armes. »

Les lèvres de la reine se pincèrent, et son menton fut pris d'un léger frémissement. « Vous êtes insolente. Je suppose qu'on ne peut pas s'attendre à autre chose, de la part d'une sauvageonne. Nous devrons vous trouver un époux qui vous enseignera la courtoisie. » La reine tourna ses regards vers Jon. « Je n'approuve pas, lord Commandant. Et le seigneur mon époux ne le fera pas non plus. Je ne puis vous retenir d'ouvrir votre porte, nous le savons fort bien tous les deux. Mais je vous promets que vous en répondrez quand le roi reviendra de la bataille. Peut-être souhaiterez-vous y réfléchir à deux fois.

— Votre Grâce. » Jon mit de nouveau un genou en terre. Cette fois-ci, Val ne suivit pas son exemple. « Je regrette que mes actes vous aient déplu. J'ai agi selon ce que j'estimais être le mieux. Ai-je votre autorisation de me retirer ?

— Vous l'avez. Sans délai. »

Une fois au-dehors, et hors de portée des hommes de la reine, Val laissa éclater son courroux. « Vous m'avez menti sur sa barbe. Cette femme a plus de poil au menton que je n'en ai entre les cuisses. Et la fille... son visage...

— La léprose.

— Nous appelons ça la mort grise.

— Elle n'est pas toujours mortelle, chez les enfants.

— Au nord du Mur, si. La ciguë est un remède sûr, mais un oreiller ou une lame opère aussi bien. Si j'avais donné naissance à cette pauvre enfant, je lui aurais accordé le don de miséricorde depuis longtemps. »

C'était une Val que Jon n'avait encore jamais vue. « La princesse Shôren est la fille unique de la reine.

— Je les plains toutes deux. L'enfant n'est pas saine.

— Si Stannis remporte sa guerre, Shôren deviendra l'héritière du trône de Fer.

— Alors, je plains vos Sept Couronnes.

— Les mestres disent que la léprose n'est pas...

— Que les mestres croient ce qu'ils veulent. Demandez à une sorcière des bois, si vous voulez la vérité. La mort grise sommeille, mais ce n'est que pour se réveiller. *Cette enfant n'est pas saine !*

— C'est une jeune fille qui semble gentille. Vous ne pouvez pas savoir...

— Si. Vous n'y connaissez rien, Jon Snow. » Val le saisit par le bras. « Je veux qu'on sorte le monstre d'ici. Lui, et ses nourrices. On ne peut pas les laisser dans la même tour que la morte. »

Jon dégagea sa main d'une secousse. « *Elle n'est pas morte.*

— Si. Sa mère ne le voit pas. Vous non plus, apparemment. Cependant, la mort est là. » Elle s'éloigna de lui, s'arrêta, se retourna. « Je vous ai amené Tormund Fléau-d'Ogres. Amenez-moi mon monstre.

— Si je le peux, je le ferai.

— Faites-le. Vous avez une dette envers moi, Jon Snow. »

Jon la regarda s'éloigner à grands pas. *Elle se trompe. Il faut qu'elle se trompe. La léprose n'est pas aussi mortelle qu'elle le prétend, pas chez les enfants.*

Fantôme avait à nouveau disparu. Le soleil était bas à l'ouest. *Un gobelet de vin épicé me ferait du bien, en ce moment précis. Et deux, encore davantage.* Mais cela devrait attendre. Il avait des adversaires à affronter. Des adversaires de la pire sorte : des frères.

Il trouva Cuirs qui patientait près de la cage à poulie. Tous deux montèrent ensemble. Plus ils s'élevaient et plus le vent forcissait. À cinquante pieds de hauteur, la lourde cage se mit à tanguer à chaque rafale. De temps en temps elle raclait contre le Mur, déclenchant de petites averses cristallines de glace qui scintillaient au soleil dans leur chute. Ils dépassèrent les plus hautes tours du château. À quatre cents pieds de hauteur, le vent avait des crocs, et il tirait sur sa cape noire, si bien qu'elle claquait bruyamment contre les barreaux de fer. À sept cents, il transperçait Jon tout net. *Le Mur m'appartient*, se remémora Jon, tandis que les hommes se balançaient dans la cage, *pour deux jours encore, au moins.*

Jon sauta sur la glace, remercia les hommes qui actionnaient la poulie et adressa un signe de tête aux piquiers en faction. Tous deux portaient des cagoules en laine enfoncée sur leur tête, si bien qu'on ne pouvait rien voir de leur visage, sinon leurs yeux, mais Jon reconnut Ty à la tresse brouillonne de noirs cheveux graisseux qui lui tombait dans le dos, et Owen à la saucisse qu'il avait enfoncée dans le fourreau à sa hanche. Il les aurait reconnus, de toutes façons, rien qu'à leur posture. *Un bon seigneur doit connaître ses hommes.* Son père avait un jour déclaré cela devant Robb et lui, à Winterfell.

Jon s'avança jusqu'au bord du Mur et baissa le regard vers la zone de bataille où avait péri l'ost de Mance Rayder. Il se demanda où était Mance, à cette heure. *T'a-t-il jamais retrouvée, petite sœur ? Ou n'étais-tu qu'une ruse dont il a usé pour que je le relâche ?*

Voilà si longtemps qu'il n'avait plus vu Arya. À quoi ressemblait-elle, à présent ? La reconnaîtrait-il, seulement ? *Arya sous-mes-pieds. Elle avait tout le temps le visage sale.* Aurait-elle encore cette petite épée qu'il avait demandé à Mikken de forger à son intention ? *Frappe avec le bout pointu*, lui avait-il dit. Sages paroles pour sa nuit de noces, si la moitié de ce qu'il avait entendu dire sur Ramsay Snow était véridique. *Ramène-la à la maison, Mance. J'ai sauvé ton fils de Mélisandre et je vais maintenant sauver quatre mille personnes de ton peuple libre. Cette unique petite fille, tu me la dois.*

Dans la forêt hantée au nord, les ombres de l'après-midi se faufilaient entre les arbres. Le ciel à l'occident était un embrasement rouge, mais à l'est pointaient les premières étoiles. Jon

Snow plia les doigts de sa main d'épée, se remémorant tout ce qu'il avait perdu. *Sam, bon gros couillon, tu m'as joué un tour bien cruel en me faisant lord Commandant. Un lord Commandant n'a pas d'amis.*

« Lord Snow ? intervint Cuirs. La cage monte.

— Je l'entends. » Jon s'écarta du bord.

Les premiers à accomplir l'ascension furent les chefs de clan Flint et Norroit, vêtus de fourrures et de fer. Le Norroit ressemblait à un vieux goupil – ridé et menu de carrure, mais vif et l'œil rusé. Torghen Flint avait une demi-tête de moins mais devait peser le double – un homme rogue et trapu aux mains aussi massives que des jambons, noueuses, avec des articulations rougies, qui s'appuyait lourdement sur une canne en prunellier, tandis qu'il avançait sur la glace en clopinant. Puis vint Bowen Marsh, emmitouflé dans une peau d'ours. Ensuite, Othell Yarwyck. Enfin le septon Cellador, dans une semi-ébriété.

« Marchons ensemble », leur proposa Jon. Ils suivirent le Mur vers l'ouest, empruntant des passages semés de gravier en direction du soleil couchant. Une fois qu'ils se furent éloignés de cinquante pas de la guérite de réchauffage, Jon déclara : « Vous savez pourquoi je vous ai convoqués. Dans trois jours, la porte s'ouvrira, pour permettre à Tormund et à son peuple de franchir le Mur. Nous avons beaucoup à faire, en préparation. »

Un silence accueillit son annonce. Puis Othell Yarwyck objecta : « Lord Commandant, il y a *des milliers de...*

— ... de sauvageons efflanqués, épuisés, affamés, loin de chez eux. » Jon indiqua du doigt les lueurs de leurs feux de camp. « Les voilà. Quatre mille, selon Tormund.

— J'en compte trois mille, d'après leurs feux. » Pour Bowen Marsh, compter et mesurer était une raison d'exister. « Plus de deux fois autant à Durlieu avec la sorcière des bois, nous dit-on. Et ser Denys évoque dans ses messages de grands camps dans les montagnes, au-delà de la tour Ombreuse... »

Jon ne le nia pas. « Tormund affirme que le Chassieux a l'intention de retraverser le pont des Crânes. »

La Vieille Pomme Granate effleura sa cicatrice. Il l'avait reçue en défendant le pont à la dernière tentative du Chassieux pour s'ouvrir un chemin à travers les Gorges. « Le lord Commandant n'a sûrement pas l'intention de permettre à ce... ce démon de passer, lui aussi ?

— Pas de grand cœur. » Jon n'avait pas oublié les têtes que lui avait laissées le Chassieux, avec des cavités sanglantes où s'étaient trouvés leurs yeux. *Jack Bulwer le Noir, Hal le Velu, Garth Plumegrise. Je ne peux les venger, mais je n'oublierai pas leurs noms.* « Mais pourtant si, messire, lui aussi. Nous ne pouvons faire un choix au sein du peuple libre, en décidant que celui-ci passera, et point celui-là. La paix doit signifier la paix pour tous. »

Le Norroit se racla la gorge et cracha par terre. « Autant faire la paix avec les loups et les corneilles qui s'nourrissent de carognes.

— La paix règne, dans mes cachots, bougonna le Vieux Flint. Donnez-moi le Chassieux.

— Combien de patrouilleurs le Chassieux a-t-il tués ? interrogea Othell Yarwyck. Combien de femmes a-t-il violées, tuées ou capturées ?

— Trois d'ma lignée, déclara le Vieux Flint. Et celles qu'y prend pas, il leur crève les yeux.

— Quand un homme revêt le noir, ses crimes sont pardonnés, leur rappela Jon. Si nous voulons voir le peuple libre se battre à nos côtés, nous devons pardonner leurs crimes passés comme nous le ferions des nôtres.

— Jamais le Chassieux dira les vœux, insista Yarwyck. Il prendra pas le noir. Même les autres razzieurs ont pas confiance en lui.

— Il n'est pas utile d'avoir confiance en un homme pour se servir de lui. » *Sinon, comment pourrais-je vous utiliser tous ?* « Nous avons besoin du Chassieux, et d'autres comme lui. Qui mieux qu'un sauvageon connaît les étendues sauvages ? Qui mieux qu'un homme qui les a combattus connaît nos ennemis ?

— Tout ce que connaît le Chassieux, c'est le viol et le meurtre, contra Yarwyck.

— Une fois le Mur franchi, les sauvageons seront trois fois plus nombreux que nous, fit observer Bowen Marsh. Et cela, en ne comptant que la bande de Tormund. Ajoutez-y les hommes du Chassieux et ceux de Durlieu, et ils auront assez de forces pour en finir avec la Garde en une seule nuit.

— Le nombre ne suffit pas à remporter une guerre. Vous ne les avez pas vus. La moitié d'entre eux sont morts sur pied.

— Je les préférerais encore morts sous terre, déclara Yarwyck. Ne vous en déplaise, messire.

— Il m'en *déplaît*. » La voix de Jon était aussi froide que le vent qui faisait claquer leurs capes. « Il y a des enfants, dans ce camp, par centaines, par milliers. Des femmes, aussi.

— Des piqueuses.

— Quelques-unes. Ainsi que des mères, des grand-mères, des veuves et des pucelles... et vous les condamneriez toutes à périr, messire ?

— Des frères ne devraient point se disputer, intervint le septon Cellador. Agenouillons-nous et prions l'Aïeule d'éclairer notre voie vers la sagesse.

— Lord Snow, annonça le Norroit, où vous avez l'intention de loger vos sauvageons ? Pas sur *mes terres*, j'espère ?

— Certes, renchérit le Vieux Flint. Si vous les voulez installer sur le Don, c't une folie qui regarde que vous, mais veillez à ce qu'ils s'égarent pas, sinon j' vous renverrai leurs têtes. L'hiver est proche, j' veux pas d'autres bouches à nourrir.

— Les sauvageons demeureront sur le Mur, assura Jon. La plupart seront logés dans un des châteaux abandonnés. » La garde avait désormais des garnisons installées à Glacière, Longtertre, Sablé, Griposte et Noirlac, toutes sérieusement en sous-effectif, mais dix châteaux restaient encore vides, à l'abandon. « Des hommes avec femmes et enfants, tous les orphelins, filles et garçons, en dessous de dix ans, les vieilles, les mères veuves, toutes les femmes qui ne souhaitent pas combattre. Nous enverrons les piqueuses rejoindre leurs sœurs à Longtertre, et les hommes non mariés dans les autres forts que nous avons rouverts. Ceux qui prendront le noir s'établiront ici ou seront postés à Fort-Levant, ou à Tour Ombreuse. Tormund s'établira à Chêne Égide, afin qu'on puisse le conserver à portée de main. »

Bowen Marsh poussa un soupir. « Si leurs épées ne nous tuent pas, leurs bouches le feront. De grâce, comment le lord Commandant se propose-t-il de nourrir Tormund et ses multitudes ? »

Jon avait anticipé la question. « Par Fort-Levant. Nous ferons venir la nourriture par navires, autant qu'il sera nécessaire. De Conflans, des terres de l'Orage et du Val d'Arryn, de Dorne et du Bief, de l'autre côté du détroit, des Cités libres.

— Et tous ces vivres seront payés... comment, si je puis poser la question ? »

Avec l'or de la Banque de Fer de Braavos, aurait pu rétorquer Jon. Mais il annonça : « J'ai accepté que le peuple libre conserve ses fourrures et ses peaux. Ils en auront besoin pour se tenir chaud quand viendra l'hiver. Ils devront céder toute autre richesse. L'or et l'argent, l'ambre, les pierres précieuses, les sculptures, tout ce qui a de la valeur. Nous l'expédierons de l'autre côté du détroit pour le vendre dans les Cités libres.

— Toute la fortune des sauvageons, commenta le Norroit. Voilà qui devrait vous payer un boisseau d'orge. Deux, peut-être.

— Lord Commandant, pourquoi ne pas leur demander de céder leurs armes, également ? » s'enquit Clydas.

En entendant sa question, Cuirs se mit à rire. « Vous voulez que le peuple libre se batte à vos côtés contre l'ennemi commun. Et comment, sans armes ? Voudriez-vous nous voir cribler les spectres de boules de neige ? Ou allez-vous nous donner des bâtons, pour les frapper avec ? »

Les armes que possèdent la plupart des sauvageons ne valent guère mieux que des bâtons, se dit Jon. Des gourdins de bois, des haches en pierre, des casse-tête, des piques à la pointe durcie au feu, des couteaux d'os, de silex et de verredragon, des boucliers d'osier, des armures d'os ou de cuir bouilli. Les Thenns forgeaient le bronze, et des razzieurs comme le Chassieux arboraient des épées d'acier ou de fer, volées sur des cadavres... Mais même celles-là étaient souvent d'une grande ancienneté, émoussées par des années d'emploi soutenu et piquetées de rouille.

« Jamais Tormund Fléau-d'Ogres n'acceptera de désarmer son peuple, répliqua Jon. Sans être le Chassieux, il n'est point poltron, non plus. Si j'avais exigé cela de lui, le sang aurait coulé. »

Le Norroit tripota sa barbe. « Vous pouvez installer vos sauvageons dans les forts en ruine, lord Snow, mais comment les contraindrez-vous à y rester ? Qu'est-ce qui les retiendra de partir au sud, vers des terres plus agréables et plus chaudes ?

— Les *nôtres*, précisa le Vieux Flint.

— Tormund m'a donné sa parole. Il servira jusqu'au printemps à nos côtés. Le Chassieux et leurs autres capitaines prêteront le même serment, sinon nous ne les laisserons pas passer. »

Le Vieux Flint secoua la tête. « Ils nous trahiront.

— La parole du Chassieux vaut rien, expliqua Othell Yarwyck.

— Ce sont des sauvages sans dieux, affirma le septon Cellador. Même dans le Sud, la fourberie des sauvageons est réputée. »

Cuirs croisa les bras. « La bataille, là, en bas ? J'étais de l'autre côté, vous vous souvenez ? À présent, je porte le noir comme vous, et j'apprends à vos gamins à tuer. Y en a qui pourraient me traiter de tourne-casaque. Ça se peut... mais je suis pas plus sauvage que vous autres, les corbacs ! On a des dieux, nous aussi. Les mêmes que ceux qu'on respecte à Winterfell.

— Les dieux du Nord, et avant même qu'on ait élevé ce Mur, compléta Jon. Voilà sur quels dieux Tormund a juré. Il tiendra parole. Je le connais, comme je connaissais Mance Rayder. J'ai marché un temps à leurs côtés, vous vous rappelez sans doute.

— J'avais pas oublié », commenta le lord Intendant.

Non, songea Jon. *De ta part, le contraire m'aurait étonné.*

« Mance Rayder a prêté serment, lui aussi, continua Marsh. Il a juré de pas porter de couronne, de pas prendre femme, de pas engendrer. Et puis il a retourné sa casaque et fait tout cela, et il a mené un ost terrible contre le royaume. Ce sont les vestiges de cet ost qui attendent, au-delà du Mur.

— Les vestiges brisés.

— On peut reforger une épée brisée. On peut tuer, avec une épée brisée.

— Le peuple libre n'a ni lois, ni lords, dit Jon, mais ils aiment leurs enfants. Voulez-vous bien reconnaître cela, au moins ?

— C'est pas leurs enfants qui nous importent. Nous redoutons les pères, pas les fils.

— Moi aussi. Aussi ai-je insisté pour avoir des otages. » *Je ne suis pas l'idiot confiant pour lequel tu me prends... Pas plus que je ne suis à moitié sauvageon, quoi que tu puisses en penser.* « Cent garçons, entre les âges de huit et seize ans. Un fils de chacun de leurs chefs et capitaines, le reste choisi par tirage au sort. Les garçons aideront comme pages et écuyers, libérant nos propres hommes pour d'autres tâches. Certains pourront choisir de prendre le noir, un jour. On a vu plus étrange. Le reste nous servira d'otages pour assurer la loyauté de leurs géniteurs. »

Les Nordiens se dévisagèrent. « Des otages, répéta le Norroit sur un ton songeur. Tormund a accepté ça ? »

C'était cela ou regarder mourir son peuple. « Il a nommé cela mon prix du sang, répondit Jon Snow, mais il paiera.

— Certes, et pourquoi pas ? » Le Vieux Flint tapa de sa canne contre la glace. « Des pupilles, on a toujours appelé ça, quand Winterfell exigeait de nous des garçons, mais c'étaient des otages et ils s'en portaient pas plus mal.

— Sauf ceux dont les pères déplaisaient aux rois d'l'Hiver, fit le Norroit. Ceux-là, y rentraient chez eux raccourcis d'une tête.

Alors, dis-moi, mon garçon... si tes amis sauvageons se montrent traîtres, t'auras le cran de faire ce qu'y faudra ? »

Demande à Janos Slynt. « Tormund Fléau-d'Ogres sait qu'il vaut mieux ne pas me mettre au défi. Je peux vous sembler un gamin encore vert, lord Norroit, mais je demeure un fils d'Eddard Stark. »

Et pourtant, même cela ne parut pas apaiser son lord Intendant. « Vous dites que ces garçons serviront comme écuyers. Le lord Commandant ne sous-entend quand même pas qu'on les formera au maniement *des armes* ? »

La colère de Jon éclata. « Non, messire, j'entends par là qu'on leur apprendra à coudre des dessous en dentelle. Bien sûr, qu'on les formera au maniement des armes ! Et de même, ils baratteront le beurre, couperont du bois de chauffage, nettoieront les écuries, videront les pots de chambre et porteront des messages... et, entre-temps, on les exercera à manier une pique, une épée et un arc. »

Marsh vira à une nuance plus sombre de rouge. « Le lord Commandant devra excuser mon franc-parler, mais je n'ai aucune façon plus modérée de dire ceci. Huit mille ans durant, les hommes de la Garde de Nuit se sont tenus sur le Mur et ont combattu ces sauvageons. Et maintenant, vous avez l'intention de les laisser passer, de les abriter dans nos châteaux, de les nourrir, de les vêtir et de leur apprendre à se battre. Lord Snow, dois-je vous le rappeler ? *Vous avez prononcé un serment.*

— Je sais ce que j'ai juré. » Jon récita les paroles. « *Je suis l'épée dans les Ténèbres. Je suis le veilleur aux remparts. Je suis le feu qui flambe contre le froid, la lumière qui rallume l'aube, le cor qui secoue les dormeurs, le bouclier protecteur des Royaumes humains.* Étaient-ce ces mêmes paroles que vous avez prononcées quand vous avez vous-même prêté serment ?

— En effet. Comme le lord Commandant le sait bien.

— Êtes-vous certain que je n'en ai pas oublié ? Celles qui parlent du roi et de ses lois, et de la façon dont nous devons défendre chaque pied de cette terre et nous accrocher à chaque château en ruine ? Que dit-elle, précisément ? » Jon attendit une réponse. Il n'en vint aucune. « *Je suis le bouclier protecteur des Royaumes humains.* Voilà les termes. Alors, dites-moi, messire – que sont ces sauvageons, sinon des hommes ? »

Bowen Marsh ouvrit la bouche. Aucun mot n'en sortit. Une rougeur monta sur son cou.

Jon Snow se détourna. La dernière clarté du soleil commençait à s'effacer. Il regarda les crevasses sur le Mur virer du rouge au gris, puis au noir, de bandeaux ardents à des flots de glace noire. En contrebas, lady Mélisandre devait allumer son feu nocturne et entonner : *Maître de la lumière, défends-nous, car la nuit est sombre et pleine de terreurs.*

« L'hiver vient, dit enfin Jon, brisant le pesant silence, et avec lui viennent les marcheurs blancs. C'est au Mur que nous les arrêterons. Le Mur a été *construit* pour les arrêter... Mais il faut des gardes sur le Mur. La discussion est close. Nous avons beaucoup à faire avant que la porte ne s'ouvre. Il faudra nourrir, habiller et loger Tormund et son peuple. Certains d'entre eux sont malades et auront besoin de soins. Cela vous échoira, Clydas. Sauvez-en autant que vous le pourrez. »

Clydas cligna ses yeux roses et troubles. « Je ferai de mon mieux, Jon. Messire, je veux dire.

— Nous aurons besoin de préparer tous les chariots et les carrioles pour transporter le peuple libre jusqu'à leurs nouveaux logis. Othell, vous y veillerez. »

Yarwyck fit une grimace. « Bien, lord Commandant.

— Lord Bowen, vous percevrez le péage. L'or et l'argent, l'ambre, les torques, les bracelets et les colliers. Triez tout cela, comptez-le, veillez à ce que cela parvienne en toute sécurité à Fort-Levant.

— Oui, lord Snow », dit Bowen Marsh.

Et Jon se souvint : « *De la glace, a-t-elle dit, et des dagues dans le noir. Du sang gelé, rouge et dur, et l'acier nu.* » Il fit jouer sa main d'épée. Le vent se levait.

CERSEI

Chaque nuit paraissait plus froide que la précédente.

La cellule ne disposait ni d'un âtre ni d'un brasero. L'unique ouverture était trop haute pour lui permettre de voir l'extérieur, et trop étroite pour se faufiler à travers, mais plus qu'assez large pour laisser entrer le froid. Cersei avait déchiré la première camisole qu'on lui avait donnée, exigeant qu'on lui rendît ses propres vêtements, mais cela n'avait eu d'autre résultat que de la laisser grelotter toute nue. Quand on lui avait tendu une nouvelle chemise, elle l'avait enfilée et les en avait remerciées, ses mots lui restant en travers de la gorge.

L'embrasure laissait également entrer les bruits. C'était le seul moyen pour la reine d'apprendre ce qui se passait en ville. Les septas qui lui apportaient à manger ne lui en disaient mot.

Cela l'ulcérait. Jaime allait venir la chercher, mais comment saurait-elle qu'il était arrivé ? Cersei espérait seulement qu'il n'aurait pas la sottise de partir en avant-garde de son armée. Il aurait besoin de toutes ses épées pour se charger de la horde dépenaillée des Pauvres Compagnons qui cernaient le Grand Septuaire. Cersei demandait souvent des nouvelles de son jumeau, mais ses geôlières ne lui répondaient pas. Elle les interrogeait également sur le sort de ser Loras. Aux dernières nouvelles, le Chevalier des Fleurs agonisait sur Peyredragon de blessures reçues pendant la prise de la forteresse. *Qu'il crève*, se disait Cersei, *et qu'il se hâte*. La mort du jeune homme libérerait une place dans la Garde Royale, et cela pourrait représenter pour elle le salut. Mais les septas restaient bouche close, tant sur Loras Tyrell que sur Jaime.

Lord Qyburn avait été son dernier et unique visiteur. Le monde où elle vivait comptait une population de quatre personnes : elle-même et ses trois geôlières, pieuses et inflexibles. La septa Unella avait une solide charpente et des manières hommasses, des mains calleuses et des traits ingrats, maussades. La septa Moelle avait des cheveux blancs et raides et de petits yeux mauvais plissés en permanence par le soupçon, aux aguets sur un visage ridé aussi tranchant qu'un fer de hache. La septa Scolera avait une silhouette courte et épaisse, des seins pesants, une peau olivâtre et une odeur de rance, comme du lait sur le point de tourner. Elles lui apportaient le manger et l'eau, vidaient son pot de chambre et emportaient à l'occasion sa chemise pour la laver, la laissant se pelotonner nue sous sa couverture jusqu'à ce qu'on la lui restituât. Parfois, Scolera lui lisait des passages de *L'Étoile à sept branches* ou du *Livre des Prières sacrées*, mais pour le reste, aucune d'entre elles ne lui adressait la parole ni ne répondait à la moindre de ses questions.

Elle les haïssait et les méprisait toutes les trois, presque autant qu'elle haïssait et méprisait les hommes qui l'avaient trahie.

De faux amis, des serviteurs félons, des hommes qui avaient juré un amour éternel, même des hommes de son propre sang... tous, ils l'avaient abandonnée lorsqu'elle avait eu besoin d'eux. Osney Potaunoir, cette chiffe molle, avait capitulé sous le fouet, déversant dans l'oreille du Grand Moineau des secrets qu'il aurait dû emporter dans la tombe. Ses frères, de la racaille des rues qu'elle avait élevée à un noble rang, s'étaient contentés de rester assis sur leurs mains. Aurane Waters, son amiral, avait fui en mer avec les dromons qu'elle avait fait construire pour lui. Orton Merryweather était reparti à toutes jambes à Longuetable, en emmenant son épouse Taena, qui avait été la seule amie véritable de la reine en cette effroyable période. Harys Swyft et le Grand Mestre Pycelle l'avaient laissée croupir en captivité, offrant le royaume précisément à ceux qui avaient conspiré contre elle. Il n'y avait plus de traces nulle part de Meryn Trant et de Boros Blount, protecteurs jurés du roi. Même son cousin Lancel, qui protestait naguère de son amour pour elle, figurait parmi ses accusateurs. Son oncle avait refusé de l'aider à gouverner, alors qu'elle le voulait faire Main du Roi.

Et Jaime...

Non, cela, elle ne pouvait le croire, ne voulait le croire. Jaime accourrait ici dès qu'il apprendrait dans quelle situation elle se trouvait. « *Viens tout de suite* », lui avait-elle écrit. « *Aide-moi. Sauve-moi. J'ai besoin de toi aujourd'hui comme jamais je n'ai eu besoin de toi auparavant. Je t'aime. Je t'aime. Je t'aime. Viens tout de suite.* » Qyburn avait juré de veiller à ce que la lettre parvînt à son jumeau, quelque part dans le Conflans avec son armée. Qyburn n'était jamais revenu, toutefois. Pour ce qu'elle en savait, il pouvait être mort, sa tête fichée au bout d'une pique au-dessus des portes du Donjon de la ville. À moins qu'il ne se morfondît dans l'un des noirs cachots sous le Donjon Rouge, sans que la lettre ait été envoyée. Cent fois la reine s'était enquise de lui, mais ses geôlières n'en voulaient rien dire. Elle n'avait qu'une unique certitude : Jaime n'était pas venu.

Pas encore, se répétait-elle. *Mais bientôt. Et une fois qu'il sera là, le Grand Moineau et ses garces chanteront sur un autre ton.*

Elle exécrait ce sentiment d'impuissance.

Elle avait menacé, mais ses menaces avaient été accueillies par des visages de bois et de sourdes oreilles. Elle avait ordonné, mais on avait ignoré ses ordres. Elle avait invoqué la clémence de la Mère, en appelant à la compréhension naturelle entre femmes, mais ces trois septas flétries avaient dû se séparer de leur féminité en prononçant leurs vœux. Elle avait essayé la séduction, en leur parlant d'un ton affable, en acceptant tout nouvel outrage avec humilité. Rien ne les fit fléchir. Elle leur avait offert des récompenses, promis sa mansuétude, des honneurs, de l'or, des charges élevées à la cour. Elles avaient traité ses promesses de même manière que ses menaces.

Et elle avait prié. Oh, comme elle avait prié. Elles ne demandaient que des prières, aussi leur en servit-elle, et les leur servit-elle à genoux comme si elle était une vulgaire traînée des rues, et non point une fille du Roc. Elle avait appelé dans ses prières le soulagement, la délivrance, Jaime. À haute voix elle avait supplié les dieux de défendre son innocence, en silence elle avait demandé que ses accusateurs fussent frappés de morts subites et douloureuses. Elle avait prié jusqu'à se mettre les genoux à vif et en sang, jusqu'à en avoir la langue si lasse et si lourde qu'elle s'en serait étouffée. Toutes les prières qu'on lui avait apprises enfant revinrent à l'esprit de Cersei dans sa cellule, et elle en inventa de nouvelles, selon ses besoins, sollicitant la Mère et la Pucelle, le Père et le Guerrier, l'Aïeule et le Forgeron. Elle avait même invoqué l'Étranger. *Qu'importe le dieu quand le besoin parle.* Les Sept se montrèrent aussi sourds que leurs servantes terrestres. Cersei leur adressa tous les mots qu'elle avait en elle, leur donna tout sauf des larmes. *Cela, ils ne l'auront jamais*, se jura-t-elle.

Elle exécrait ce sentiment de faiblesse.

Si les dieux lui avaient attribué la force qu'ils avaient accordée à Jaime et à ce fat fier-à-bras de Robert, elle aurait pu s'évader par ses propres moyens. *Oh, que n'ai-je une épée et le talent pour la manier.* Elle avait un cœur de guerrière, mais les dieux dans leur aveugle malveillance l'avaient dotée d'un corps de faible femme. La reine avait essayé de s'opposer aux septas, au début, mais elles avaient eu le dessus. Elles étaient trop nombreuses, et plus robustes qu'elles n'y paraissaient. D'horribles vieillardes, toutes autant qu'elles étaient, mais le temps qu'elles avaient consacré à prier, à briquer, et à rosser des novices à coups de bâton les avait endurcies comme des racines.

Et elles lui refusaient tout repos. Nuit et jour, chaque fois que la reine fermait les paupières pour dormir, une de ses geôlières apparaissait pour la réveiller et exiger la confession de ses péchés. Elle était accusée d'adultère, de fornication, de haute trahison et même de meurtre, car Osney Potaunoir avait avoué avoir étouffé le dernier Grand Septon sur son ordre. « Je suis venue t'entendre relater tous tes crimes et fornications », grondait la septa Unella, en secouant la reine pour l'éveiller. La septa Moelle lui déclarait que c'étaient ses péchés qui la privaient de repos. « Seuls les innocents connaissent la quiétude d'un sommeil paisible. Reconnais tes péchés, et tu dormiras comme un nouveau-né. »

Veille, sommeil et encore veille, chaque nuit était mise en pièces par les rudes mains de ses bourrelles, et chaque nuit était plus froide et plus cruelle que la précédente. Les heures du hibou, du loup et du rossignol, le lever et le coucher de la lune, le crépuscule et l'aube défilaient devant elle en titubant comme autant de pochards. Quelle heure était-il ? Quel jour était-on ? Où était-elle ? Était-ce un rêve, ou s'était-elle éveillée ? Les petites échardes de sommeil qu'on lui autorisait se muaient en rasoirs, qui lui tailladaient l'entendement. Chaque matin la trouvait plus hagarde que la veille, épuisée et fiévreuse. Elle avait perdu toute notion de la durée de son emprisonnement dans cette cellule, dans les hauteurs d'une des sept tours du grand Septuaire de Baelor. *Je vais vieillir et mourir ici*, se disait-elle, au désespoir.

Cersei ne pouvait permettre que cela advînt. Son fils avait besoin d'elle. Le royaume avait besoin d'elle. Elle devait se libérer, quel qu'en fût le risque. Son monde s'était rétréci à une cellule de six pieds carrés, un pot de chambre, une paillasse toute en creux et en bosses, et une couverture de laine brune, aussi mince que ses espoirs, qui lui grattait la peau, mais elle demeurait l'héritière de lord Tywin, une fille du Roc.

Épuisée par son manque de sommeil, grelottant sous le froid qui s'insinuait chaque nuit dans la cellule de la tour, tantôt fiévreuse et tantôt affamée, Cersei en arriva enfin à la conclusion qu'elle devait se confesser.

Cette nuit-là, quand la septa Unella arriva pour l'arracher au sommeil, elle trouva la reine qui attendait à genoux. « J'ai péché », déclara Cersei. Elle avait la langue lourde en bouche, les lèvres gercées, irritées. « J'ai péché fort gravement. Je le vois, à présent. Comment ai-je pu être si aveugle si longtemps ? L'Aïeule m'a visitée avec sa lampe brandie bien haut et, à sa lumière sacrée, j'ai vu la route que je devais suivre. Je veux de nouveau être propre. Je ne recherche que l'absolution. Je vous en prie, bonne septa, je vous en supplie, conduisez-moi devant le grand Septon, afin que je puisse confesser mes crimes et mes fornications.

— Je le lui dirai, Votre Grâce, répondit la septa Unella. Sa Sainteté Suprême en sera fort aise. C'est seulement au travers de la confession et d'une sincère repentance que nos âmes immortelles peuvent trouver le salut. »

Et durant le reste de cette longue nuit, elles la laissèrent dormir. Des heures et des heures de sommeil bienheureux. Pour une fois, le hibou, le loup et le rossignol se succédèrent sans laisser trace ni souvenir de leur passage, tandis que Cersei faisait un long et doux rêve où Jaime était son époux et leur fils vivait encore.

Le matin venu, la reine se sentit presque redevenue elle-même. Quand ses geôlières vinrent la chercher, elle leur adressa un fort pieux verbiage, et leur réitéra sa détermination à confesser ses péchés et à être pardonnée de tout ce qu'elle avait commis.

« Nous nous réjouissons de l'entendre, assura la septa Moelle.

— Votre âme sera soulagée d'un gros poids, commenta la septa Scolera. Vous vous sentirez beaucoup mieux, après, Votre Grâce. »

Votre Grâce. Ces deux simples mots la firent tressaillir de joie. Durant son interminable captivité, ses geôlières ne s'étaient pas souvent donné la peine de cette élémentaire courtoisie.

« Sa Sainteté Suprême attend », annonça la septa Unella.

Cersei baissa la tête, humble et obéissante. « Pourrais-je avoir d'abord la permission de prendre un bain ? Je ne suis pas dans une condition décente pour me trouver en sa présence.

— Vous vous laverez plus tard, si Sa Sainteté Suprême l'autorise, répondit la septa Unella. C'est la propreté de votre âme immortelle qui devrait vous préoccuper pour l'heure, et non de telles vanités de la chair. »

Les trois septas lui firent emprunter l'escalier de la tour, la septa Unella ouvrant le chemin, et les septas Moelle et Scolera sur ses talons, comme si elles craignaient qu'elle pût chercher à fuir. « Voilà si longtemps que je n'ai eu de visite, murmura Cersei à voix basse au cours de la descente. Comment se porte le roi ? Je ne pose cette question qu'en tant que mère, inquiète pour son enfant.

— Sa Grâce est en bonne santé, répondit la septa Scolera, et bien protégée, nuit et jour. La reine est auprès de lui, en permanence. »

C'est moi, la reine ! Elle ravala les mots, sourit et dit : « Je suis heureuse de le savoir. Tommen l'apprécie tellement. Je n'ai jamais cru aux horreurs qu'on avait racontées sur son compte. » Margaery Tyrell avait-elle d'une façon ou d'une autre réussi à se dépêtrer des accusations de fornication, d'adultère et de haute trahison ? « Y a-t-il eu un procès ?

— Bientôt, dit la septa Scolera. Mais son frère...

— *Chut !* » La septa Unella se retourna pour jeter par-dessus son épaule un regard noir à Scolera. « Tu jacasses trop, vieille idiote. Il ne nous appartient pas d'aborder de tels sujets. »

Scolera baissa la tête. « Je te prie de me pardonner. »

Elles effectuèrent le reste de la descente en silence.

Le Grand Moineau reçut Cersei dans son sanctuaire, une austère chambre à sept côtés où les visages grossièrement sculptés des Sept fixaient les parois de pierre, avec des expressions presque aussi aigres et désapprobatrices que Sa Sainteté Suprême en personne. Quand Cersei entra, le Grand Septon était assis derrière une table sommaire, occupé à écrire. Il n'avait pas changé depuis la dernière fois qu'elle s'était trouvée en sa présence, le jour où il l'avait fait arrêter et emprisonner. C'était toujours un homme maigre aux cheveux gris, à la silhouette fine, dure et décharnée, au visage ridé avec des traits anguleux, aux yeux soupçonneux. Au lieu des riches robes de ses prédécesseurs, il portait une tunique informe en laine écrue qui lui arrivait aux chevilles. « Votre Grâce, lança-t-il en guise de salutation. J'ai cru comprendre que vous désiriez vous confesser. »

Cersei tomba à genoux. « Oui, Votre Sainteté Suprême. L'Aïeule m'a visitée durant mon sommeil, sa lampe brandie haut...

— Mais bien sûr. Unella, restez ici et prenez note de ce que dira Sa Grâce. Scolera, Moelle, vous avez ma permission de vous retirer. » Il pressa les doigts de ses mains les uns contre les autres, le même geste qu'elle avait vu son père exécuter mille fois.

La septa Unella prit un siège derrière Cersei, déploya un parchemin, plongea une plume dans l'encre de mestre. Cersei sentit une pointe de peur. « Une fois que je me serai confessée, aurai-je le droit de...

— On traitera Votre Grâce selon ses péchés. »

Cet homme est implacable, comprit-elle, une fois de plus. Elle se concentra un moment. « Que la Mère prenne pitié de moi, en ce cas. J'ai couché avec des hommes en dehors des liens du mariage. Je le confesse.

— Qui ? » Les yeux du Grand Septon étaient rivés sur les siens.

Cersei entendait Unella écrire derrière elle. Sa plume produisait un léger grattement. « Lancel Lannister, mon cousin. Et Osney Potaunoir. » Les deux hommes avaient avoué avoir couché avec elle, il ne lui servirait à rien de le nier. « Ses frères, également. Tous les deux. » Elle n'avait aucun moyen de savoir ce que pouvaient dire Osfryd ou Osmund. Mieux valait confesser trop de choses que pas assez. « Cela n'excuse pas mon péché, Votre Sainteté Suprême, mais j'étais seule et j'avais peur. Les dieux m'ont pris le roi Robert, mon amour et mon protecteur. J'étais seule, entourée de conspirateurs, de faux amis et de traîtres qui complotaient la mort de mes enfants. Je ne savais pas à qui me fier, aussi ai-je... ai-je employé le seul moyen dont je disposais pour lier les Potaunoir à moi.

— Par cela, vous entendez vos attributs féminins ?

— Ma chair. » Elle pressa une main contre son visage, en frémissant. Quand elle la baissa de nouveau, elle avait les yeux trempés de larmes. « Oui. Que la Pucelle me pardonne. Mais j'ai agi pour mes enfants, pour le royaume. Je n'y ai point pris de plaisir. Les Potaunoir... ce sont des hommes durs, et cruels, et ils ont usé de moi avec rudesse, mais que pouvais-je faire d'autre ? Tommen avait besoin autour de lui d'hommes auxquels je puisse me fier.

— Sa Grâce était protégée par la Garde Royale.

— La Garde Royale a assisté sans pouvoir intervenir à la mort de son frère Joffrey, assassiné à son propre banquet de noces. J'ai vu mourir un fils, je n'aurais pas pu supporter d'en perdre un autre. J'ai péché, je me suis livrée à une fornication débridée, mais je l'ai fait pour Tommen. Que Votre Sainteté Suprême me pardonne, mais j'aurais ouvert mes cuisses à tous les hommes de Port-Réal si tel avait été le prix à payer pour préserver mes enfants.

— Le pardon ne vient que des dieux. Qu'en est-il de ser Lancel, qui était votre cousin, et l'écuyer du seigneur votre époux ? L'avez-vous accueilli dans votre lit pour gagner sa loyauté, lui aussi ?

— Lancel. » Cersei hésita. *Prudence*, se dit-elle, *Lancel a dû tout lui raconter.* « Lancel m'aimait. C'était à moitié un enfant, mais je n'ai jamais douté de son dévouement, envers moi et envers mon fils.

— Et cependant vous l'avez quand même corrompu.

— Je me sentais seule. » Elle ravala un sanglot. « Je venais de perdre mon époux, mon fils, le seigneur mon père. J'étais régente, mais une reine demeure femme, et les femmes sont de fragiles réceptacles, aisément tentés... Votre Sainteté Suprême sait la vérité de tout cela. On a même vu de pieuses septas céder au péché. J'ai puisé du réconfort auprès de Lancel. Il était doux, tendre, et j'avais besoin de quelqu'un. C'était mal, je le sais, mais je n'avais personne d'autre... Une femme a *besoin* qu'on l'aime, elle a besoin d'un homme à ses côtés, elle... elle... » Elle éclata en sanglots incontrôlables.

Le Grand Septon ne fit pas un geste pour la consoler. Il resta assis, fixant sur elle ses yeux durs, avec la même immobilité de pierre que les statues des Sept dans le septuaire au-dessus. De longs moments s'écoulèrent, mais enfin les larmes de Cersei se tarirent entièrement. Elle avait les yeux rouges et brûlants d'avoir pleuré et se sentait au bord de la pâmoison.

Le Grand Moineau n'en avait toutefois pas terminé avec elle. « Ces péchés sont de nature triviale, déclara-t-il. On connaît bien la perversité des veuves, et toutes les femmes sont au fond des gourgandines, rompues à employer leurs charmes et leur beauté pour imposer leur volonté aux hommes. Il n'y a en cela nulle trahison, tant que vous ne vous êtes pas écartée de la couche nuptiale du vivant de Sa Grâce le roi Robert.

— Jamais, souffla-t-elle, en frémissant. *Jamais*, je le jure. »

Il ne prêta aucune attention à ces mots. « On a porté contre Votre Grâce d'autres accusations, des crimes bien plus graves que de simples fornications. Vous reconnaissez que ser Osney Potaunoir était votre amant, et ser Osney insiste pour dire qu'il a étouffé mon prédécesseur à votre requête. Il insiste, de plus, pour affirmer qu'il a commis un faux témoignage contre la reine Margaery et ses cousines, en racontant des actes de fornication, d'adultère et de haute trahison, là encore à votre demande.

— Non, protesta Cersei. Ce n'est pas vrai. J'aime Margaery comme si elle était ma fille. Et l'autre… Je me suis plainte du Grand Septon, je le reconnais. Il était une créature de Tyrion, faible et corrompue, une offense à votre sainte Foi. Votre Sainteté Suprême sait cela aussi bien que moi. Il se peut qu'Osney ait cru que sa mort me contenterait. En ce cas, je porte une partie du blâme… Mais un meurtre ? Non. De cela, je suis innocente. Conduisez-moi au septuaire et je me placerai devant le siège de jugement du Père pour en jurer la vérité.

— En son temps, répondit le Grand Septon. Vous êtes également accusée d'avoir conspiré à la mort du seigneur votre époux, notre roi défunt et bien-aimé Robert, Premier du Nom. »

Lancel, songea Cersei. « Robert a été tué par un sanglier. M'accuse-t-on à présent d'être une change-peau ? Un zoman ? Suis-je accusée d'avoir tué Joffrey, également, mon propre fils chéri, mon premier-né ?

— Non. Simplement votre époux. Le niez-vous ?

— Certes, je le nie. Face aux dieux et aux hommes, je le nie. »

Il hocha la tête. « En dernier lieu, et pire que tout, il est des gens pour affirmer que vos enfants n'ont point été engendrés par le roi Robert, qu'ils sont des bâtards nés de l'inceste et de l'adultère.

— Stannis l'affirme, répliqua aussitôt Cersei. Mensonge, mensonge, mensonge criant. Stannis guigne le trône de Fer, mais les enfants de son frère lui font obstacle, aussi lui faut-il prétendre qu'ils ne sont point nés de son frère. Cette lettre immonde… Elle ne contient pas une once de vérité. Je le nie. »

Le Grand Septon plaça ses deux mains à plat sur la table, et poussa pour se lever. « Bien. Lord Stannis s'est détourné de la vérité des Sept pour adorer un démon rouge, et sa foi impie n'a nulle place en ces Sept Couronnes. »

Voilà qui était presque rassurant. Cersei hocha la tête.

« Quand bien même, poursuivit le Grand Septon, ce sont de terribles accusations, et le royaume doit savoir si elles ont quelque fondement. Si Votre Grâce a dit vrai, nul doute qu'un procès prouvera votre innocence. »

Un procès, malgré tout. « J'ai confessé...

— ... certains péchés, certes. Vous en niez d'autres. Votre procès séparera les vérités des mensonges. Je demanderai aux Sept de pardonner les péchés que vous avez confessés et prierai pour qu'on vous juge innocente de ces autres accusations. »

Cersei se releva lentement de sa position agenouillée. « Je m'incline devant la sagesse de Votre Sainteté Suprême, dit-elle. Mais si je pouvais implorer une seule goutte de la clémence de la Mère, je... Voilà bien longtemps que je n'ai vu mon fils, s'il vous plaît... »

Les yeux du vieil homme étaient des éclats de silex. « Il ne serait pas convenable de vous autoriser à voir le roi, tant que vous n'avez pas été purgée de vos perversités. Vous avez accompli le premier pas sur la voie qui vous remettra sur le droit chemin, cependant, et, à la lumière de cela, je vous permets d'autres visiteurs. Un par jour. »

La reine fondit de nouveau en larmes. Cette fois-ci, ses pleurs étaient sincères. « Vous êtes trop bon. Merci.

— La Mère est miséricordieuse. C'est à elle que doivent aller vos remerciements. »

Moelle et Scolera attendaient pour la ramener dans sa cellule de la tour. Unella les suivait de près. « Nous avons toutes prié pour Votre Grâce », confia la septa Moelle tandis qu'elles montaient. « Oui, renchérit la septa Scolera, et vous devez vous sentir tellement plus légère, à présent, propre et innocente comme une pucelle au matin de ses noces. »

Le matin de mes noces, j'ai baisé avec Jaime, se souvint la reine. « En effet, dit-elle, je sens comme une seconde naissance, comme si on avait percé un abcès purulent et que, désormais, je puisse enfin entamer ma guérison. Je m'envolerais presque. » Elle imagina le plaisir qu'elle aurait à percuter du coude le visage de la septa Scolera pour l'envoyer dégringoler l'escalier en spirale. Si les dieux étaient bons, cette vieille conne ridée se heurterait à la septa Unella pour l'entraîner dans sa chute.

« C'est bon de vous voir à nouveau sourire, commenta Scolera.

— Sa Sainteté Suprême a déclaré que je pourrais recevoir des visiteurs ?

— En effet, confirma la septa Unella. Si Votre Grâce nous indique qui elle souhaite voir, nous les avertirons. »

Jaime, j'ai besoin de Jaime. Mais si son jumeau se trouvait en ville, pourquoi n'était-il pas venu à elle ? Elle serait mieux avisée peut-être de laisser Jaime de côté jusqu'à ce qu'elle ait des notions plus précises de la situation au-delà des murs du grand Septuaire de Baelor. « Mon oncle, décida-t-elle. Ser Kevan Lannister, le frère de mon père. Est-il en ville ?

— Oui, répondit la septa Unella. Le lord Régent a élu résidence dans le Donjon Rouge. Nous allons tout de suite l'envoyer quérir.

— Merci », dit Cersei, qui nota : *Lord Régent, vraiment ?* Elle ne pouvait prétendre en être surprise.

Un cœur humble et pénitent se révéla avoir des avantages qui dépassaient largement celui d'avoir une âme lavée de tout péché. Cette nuit-là, on déménagea la reine dans une cellule plus grande, deux étages plus bas, avec une fenêtre par laquelle elle pouvait vraiment regarder, et des couvertures chaudes et douces pour son lit. Et quand vint l'heure du dîner, au lieu du pain rassis et du gruau d'avoine, on lui servit un chapon rôti, une assiette de légumes frais saupoudrés de brisures de noix, et un monticule de purée de panais baignant dans le beurre. Cette nuit-là, elle se glissa dans son lit le ventre plein pour la première fois depuis son arrestation, et dormit d'une traite durant les noires veilles de la nuit sans être jamais dérangée.

Le lendemain, avec l'aube arriva son oncle.

Cersei n'avait pas achevé son petit déjeuner quand la porte s'ouvrit largement et que ser Kevan Lannister la franchit. « Laissez-nous », lança-t-il à ses geôlières. La septa Unella fit sortir Scolera et Moelle et referma la porte derrière elle. La reine se mit debout.

Ser Kevan paraissait plus vieux que lors de leur dernière entrevue. C'était un grand gaillard, les épaules larges et la taille épaisse, avec une barbe blonde taillée ras qui suivait la ligne de sa mâchoire lourde, et de courts cheveux blonds en pleine déroute sur son front. Une grosse cape en laine, teinte en écarlate, était retenue sur une épaule par une broche d'or en forme de tête de lion.

« Merci d'être venu », dit la reine.

Son oncle se rembrunit. « Tu devrais t'asseoir. Il y a des choses que je me dois de t'apprendre... »

Elle ne voulait pas s'asseoir. « Vous êtes encore en colère contre moi. Je l'entends dans votre voix. Pardonnez-moi, mon oncle. J'ai eu tort de vous jeter mon vin à la tête, mais...

— Crois-tu que j'ai cure d'une coupe de vin ? Lancel est mon *fils*, Cersei. Ton propre neveu. Si je suis furieux contre toi, la raison vient de là. Tu aurais dû veiller sur lui, le guider, lui trouver une fille convenable de bonne famille. Et au lieu de ça, tu...

— Je sais. Je sais. » *Lancel me désirait plus que je ne l'ai jamais désiré. Et il me désire encore, je le parierais.* « J'étais seule, j'étais faible. Je vous en prie. Mon oncle. Oh, mon oncle. C'est tellement bon de voir votre visage, votre doux, votre si doux visage. J'ai commis des horreurs, je le sais, mais je ne pourrais pas supporter que vous me haïssiez. » Elle jeta ses bras autour de lui, lui baisa la joue. « Pardonnez-moi. Pardonnez-moi. »

Ser Kevan soutint l'étreinte le temps de quelques battements de cœur avant de lever enfin ses propres bras pour la rendre. L'accolade fut brève et gênée. « Ça suffit », déclara-t-il, d'une voix encore atone et froide. « Tu es pardonnée. À présent, assieds-toi. Je t'apporte de rudes nouvelles, Cersei. »

Ces mots effrayèrent la reine. « Est-il arrivé quelque chose à Tommen ? Par pitié, non. Je me suis tant inquiétée pour mon fils. Personne ne veut rien me dire. Par pitié, dites-moi que Tommen va bien.

— Sa Grâce va bien. Il demande souvent de tes nouvelles. » Ser Kevan posa les mains sur les épaules de Cersei, la maintint à distance.

« Jaime, alors ? Est-ce Jaime ?

— Non. Jaime est toujours dans le Conflans, quelque part.

— Quelque part ? » Cette expression ne lui plut guère.

« Il a pris Corneilla et accepté la capitulation de lord Nerbosc, mais sur le chemin du retour vers Vivesaigues, il a abandonné sa suite pour partir avec une femme.

— Une femme ? » Cersei le regarda sans comprendre. « Quelle femme ? Pourquoi ? Où sont-ils allés ?

— Nul ne le sait. Nous n'avons plus eu de nouvelles de lui. La femme était peut-être la fille de l'Étoile-du-Soir, lady Brienne. »

Elle. La reine se souvenait de la Pucelle de Torth, une créature énorme, laide, gauche qui s'habillait dans de la maille d'homme. *Jamais Jaime ne me quitterait pour un tel être. Mon corbeau n'est jamais parvenu jusqu'à lui, sinon il serait venu.*

« Nous avons reçu des nouvelles du débarquement d'épées-louées dans tout le Sud, disait ser Kevan. Torth, les Degrés de Pierre, le cap de l'Ire... Où Stannis a-t-il trouvé les moyens d'engager une compagnie libre, j'aimerais énormément le savoir. Je n'ai pas les forces pour me charger d'eux, pas ici. Mace Tyrell en dispose, mais il refuse de se déplacer tant que la question de sa fille n'aura pas été réglée. »

Un bourreau trancherait promptement le problème. Cersei se moquait comme d'une guigne de Stannis, ou de ses mercenaires. *Que les Autres l'emportent, et les Tyrell avec lui. Qu'ils se massacrent les uns les autres, le royaume ne s'en portera que mieux.* « De grâce, mon oncle, sortez-moi d'ici.

— Comment ? Par la force des armes ? » Ser Kevan avança jusqu'à la fenêtre et regarda au-dehors, sourcils froncés. « Il me faudrait transformer ce lieu sacré en abattoir. Et je n'ai pas les hommes pour ce faire. La plus grande part de nos troupes se trouvait à Vivesaigues avec ton frère. Je n'ai pas eu le temps de lever une nouvelle armée. » Il se retourna pour lui faire face. « J'ai discuté avec Sa Sainteté Suprême. Il ne te libérera pas tant que tu n'auras pas expié tes péchés.

— J'ai confessé.

— *Expié*, ai-je dit. Aux yeux de la ville. Une marche...

— Non. » Elle savait ce que son oncle allait conseiller et ne voulait point l'entendre. « Jamais. Expliquez-le-lui, si vous devez encore vous entretenir avec lui. Je suis reine, et non une putain des quais.

— Il ne t'adviendrait aucun mal. Nul ne touchera...

— Non, répéta-t-elle, avec plus de dureté. Plutôt mourir. »

Ser Kevan n'en fut pas ému. « Si tel est ton souhait, tu risques de le voir exaucé sous peu. Sa Sainteté Suprême est déterminée à te faire juger pour régicide, déicide, inceste et haute trahison.

— Déicide ? » Elle faillit en rire. « En quelle occasion ai-je tué un dieu ?

— Le Grand Septon parle ici-bas pour les Sept. Frappe-le, et tu frappes les dieux eux-mêmes. » Son oncle leva la main avant qu'elle pût protester. « Il ne sert à rien d'évoquer ces choses. Pas ici. Il sera bien temps d'en débattre au cours d'un procès. » Il parcourut la cellule des yeux. Son visage s'exprimait avec une éloquence extrême.

Quelqu'un nous écoute. Même ici, même maintenant, elle ne pouvait s'aventurer à s'exprimer librement. Elle reprit son souffle. « Qui me jugera ?

— La Foi, répondit son oncle, à moins que tu n'insistes pour avoir un jugement par combat. Auquel cas, tu devras désigner comme champion un chevalier de la Garde Royale. Quelle qu'en soit l'issue, ton règne est terminé. Je tiendrai le rôle de régent pour Tommen jusqu'à sa majorité. Mace Tyrell a été nommé Main du Roi. Le Grand Mestre Pycelle et ser Harys Swyft poursuivront comme de coutume, mais Paxter Redwyne est désormais lord Amiral et Randyll Tarly a accepté la charge de justicier. »

Des bannerets de Tyrell, tous les deux. Tout le gouvernement du royaume était remis entre les mains de ses ennemis. La parentèle de la reine Margaery. « Margaery est également accusée. Elle, et ses belles cousines. Comment se fait-il que les moineaux l'aient libérée, et pas moi ?

— Randyll Tarly a insisté. Il a été le premier à atteindre Port-Réal quand cette tourmente a éclaté, et il a apporté son armée avec lui. Les filles Tyrell passeront quand même en jugement, mais les charges contre elles sont faibles, Sa Sainteté Suprême le reconnaît. Tous les hommes cités comme amants de la reine ont nié l'accusation ou se sont rétractés, à l'exception de ton chanteur estropié, qui paraît à demi fou. Si bien que le Grand Septon a placé les filles sous la garde de Tarly et que lord Randyll a prêté un serment sacré de les livrer au jugement quand l'heure viendrait.

— Et ses accusateurs ? demanda la reine. Qui les détient ?

— Osney Potaunoir et le Barde Bleu sont ici, au-dessous du septuaire. Les jumeaux Redwyne ont été déclarés innocents, et Hamish le Harpiste est mort. Les autres se trouvent au cachot dans les profondeurs du Donjon Rouge, sous la responsabilité de ton séide, Qyburn. »

Qyburn, songea Cersei. C'était bien, au moins un fétu de paille auquel se raccrocher. Lord Qyburn était leur geôlier, et lord Qyburn était capable d'opérer des miracles. *Et des horreurs. Il est aussi capable d'opérer des horreurs.*

« Il y a plus, et pire. Est-ce que tu vas *t'asseoir* ?
— M'asseoir ? » Cersei secoua la tête. Que pouvait-il y avoir de pire ? On allait la juger pour haute trahison alors que la petite reine et ses cousines s'envolaient, libres comme l'oiseau. « Dites-moi. Qu'y a-t-il ?
— Myrcella. Nous avons reçu de graves nouvelles de Dorne.
— *Tyrion* », dit-elle aussitôt. Tyrion avait expédié sa petite fille à Dorne, et Cersei avait dépêché ser Balon Swann afin de la ramener à la maison. Tous les Dorniens étaient des serpents, et les Martell étaient les pires du lot. La Vipère Rouge avait même essayé de défendre le Lutin, et frôlé d'un cheveu la victoire qui aurait permis au nain d'échapper au blâme pour la mort de Joffrey. « C'est lui. Il était à Dorne tout ce temps, et voilà qu'il s'est emparé de ma fille. »

Ser Kevan grimaça à ces mots. « Myrcella a été attaquée par un chevalier dornien du nom de Gerrold Dayne. Elle est vivante, mais blessée. Il lui a lacéré le visage, elle... Je suis désolé... elle a perdu une oreille.

— Une oreille. » Cersei le fixa, atterrée. *Ce n'était qu'une enfant, ma précieuse princesse. Et elle était si jolie.* « Il lui a tranché l'oreille. Et le prince Doran et ses chevaliers dorniens, où étaient-ils ? Ils n'ont pas su défendre une petite fille ? Où était Arys du Rouvre ?

— Tué en la défendant. Dayne l'a occis, dit-on. »

L'Épée du Matin avait été un Dayne, se souvenait la reine, mais il était mort depuis longtemps. Qui était ce ser Gerrold, et pourquoi voudrait-il du mal à sa fille ? Elle ne voyait aucun sens à tout cela sinon que... « Tyrion a perdu la moitié de son nez dans la bataille de la Néra. Lacérer le visage de Myrcella, lui couper une oreille... Je vois les petites mains crasseuses du Lutin dans toute cette affaire.

— Le prince Doran n'a rien dit de ton frère. Et Balon Swann écrit que Myrcella attribue tout cela à Gerrold Dayne. Sombre Astre, comme on l'appelle. »

Elle eut un rire amer. « Qu'on l'appelle comme on veut, il tire les marrons du feu pour mon frère. Tyrion a des amis parmi les Dorniens. Le Lutin a manigancé cela depuis le début. C'est Tyrion qui a promis Myrcella au prince Trystan. À présent, je comprends pourquoi.

— Tu vois Tyrion dans chaque ombre.

— C'est une créature des ombres. Il a tué Joffrey. Il a tué Père. Croyez-vous qu'il va s'arrêter là ? Je craignais que le Lutin fût toujours à Port-Réal, en train de comploter quelque mal-veillance contre Tommen, mais en fait il a dû gagner Dorne pour tuer d'abord Myrcella. » Cersei arpentait sa cellule. « J'ai besoin d'être auprès de Tommen. Ces chevaliers de la Garde Royale sont aussi inutiles que des tétons sur une cuirasse. » Elle se retourna vers son oncle. « Ser Arys a été tué, disiez-vous ?

— Aux mains de ce Sombre Astre, oui.

— Mort. Il est bien mort, vous en êtes certain ?

— C'est ce qu'on nous a rapporté.

— Alors il y a une place libre dans la Garde Royale. On doit immédiatement la combler. Il faut protéger Tommen.

— Lord Tarly dresse une liste de chevaliers dignes de consi-dération, à soumettre à votre frère, mais, jusqu'à ce que Jaime réapparaisse…

— Le roi peut décerner le manteau blanc à quelqu'un. Tommen est un bon garçon. Dites-lui qui nommer et il le nommera.

— Et qui voudrais-tu voir nommer ? »

Elle n'avait pas de réponse immédiate. *Mon champion aura besoin de porter un nouveau nom, autant qu'un nouveau visage.* « Qyburn saura. Reposez-vous sur lui sur ce compte. Nous avons eu nos différends, mon oncle, vous et moi. Mais, pour le sang que nous partageons et l'amour que vous portiez à mon père, pour le salut de Tommen et celui de sa pauvre sœur muti-lée, faites ce que je vous demande. Allez voir lord Qyburn de ma part, apportez-lui un manteau blanc, et dites-lui que l'heure est venue. »

LE GARDE DE LA REINE

« Vous étiez l'homme de la reine, expliqua Reznak mo Reznak. Le roi désire avoir autour de lui ses propres hommes, quand il donne audience. »

Je demeure l'homme de la reine. Aujourd'hui, demain, à jamais, jusqu'à mon dernier souffle ou le sien. Barristan Selmy refusait de croire à la mort de Daenerys Targaryen.

Peut-être était-ce pour cette raison qu'on l'écartait. *Un par un, Hizdahr nous éloigne tous.* Belwas le Fort vacillait à la porte de la mort dans le temple, aux bons soins des Grâces Bleues... bien que Selmy les soupçonnât à demi de parachever l'ouvrage entamé par ces sauterelles au miel. Skahaz Crâne-ras avait été démis de sa charge. Les Immaculés s'étaient retirés dans leur casernement. Jhogo, Daario Naharis, l'amiral Groleo et Héro des Immaculés demeuraient les otages des Yunkaïis. Aggo, Rakharo, et le reste du *khalasar* de la reine avaient été expédiés sur l'autre rive du fleuve, à la recherche de leur reine perdue. Même Missandei avait été remplacée : le roi n'estimait pas convenable d'employer comme héraut une enfant, une ancienne esclave naathie, par-dessus le marché. *Et à présent, moi.*

Il fut un temps où il aurait considéré ce congé comme une tache sur son honneur. Mais c'était en Westeros. Dans le nid de vipères qu'était Meereen, l'honneur apparaissait aussi cocasse qu'une cotte bipartie de bouffon. Et cette méfiance était mutuelle. Hizdahr zo Loraq pouvait bien être le consort de sa reine, jamais il ne serait son roi. « Si Sa Grâce souhaite que je quitte la cour...

— Sa Splendeur, corrigea le sénéchal. Non, non, non, vous m'avez mal compris. Son Excellence doit recevoir une délégation de Yunkaïis, pour discuter du retrait de leurs armées. Il se pourrait qu'ils demandent... euh... réparation pour ceux qui ont perdu la vie face au courroux du dragon. Une situation délicate. Le roi estime qu'il vaudra mieux qu'ils voient sur le trône un roi meereenien, sous la protection de guerriers meereeniens. Assurément, vous pouvez comprendre cela, ser. »

Je comprends plus que tu ne le penses. « Pourrais-je savoir quels hommes Sa Grâce a choisis pour le protéger ? »

Reznak mo Reznak afficha son gluant sourire. « De terribles guerriers, qui ont beaucoup d'affection pour Son Excellence. Goghor le Géant. Khrazz. Le Félin moucheté. Belaquo Briseur-d'os. Tous des héros. »

Tous des combattants d'arène. Ce choix ne surprenait pas ser Barristan. Hizdahr zo Loraq occupait une position difficile, sur son nouveau trône. Voilà dix mille ans que Meereen n'avait plus eu de roi, et certains, même parmi l'Ancien Sang, estimaient qu'ils auraient pu choisir plus méritant que lui. À l'extérieur de la cité campaient les Yunkaïis, leurs épées-louées et leurs alliés ; à l'intérieur, se trouvaient les Fils de la Harpie.

Et le nombre des protecteurs du roi allait chaque jour diminuant. La maladresse d'Hizdahr avec Ver Gris lui avait coûté les Immaculés. Quand Sa Grâce avait essayé de les placer sous le commandement d'un sien cousin, comme il l'avait fait avec les Bêtes d'Airain, Ver Gris avait informé le roi qu'ils étaient des hommes libres et ne recevaient d'ordres que de leur Mère. Quant aux Bêtes d'Airain, la moitié était des affranchis et le reste des crânes-ras, sans doute toujours réellement loyaux à Skahaz mo Kandaq. Les combattants d'arène représentaient le seul soutien fiable du roi Hizdahr, face à un flot d'ennemis.

« Puissent-ils défendre Sa Grâce contre toutes les menaces. » Le ton de ser Barristan ne laissait rien soupçonner de ses sentiments véritables ; il avait appris à les cacher à Port-Réal, bien des années auparavant.

« Sa *Magnificence*, insista Reznak mo Reznak. Vos autres devoirs demeurent inchangés, ser. Si cette paix devait échouer, Sa Splendeur souhaiterait encore que vous commandiez ses forces contre les ennemis de notre cité. »

Il a au moins un grain de bon sens. Belaquo Briseur-d'os et Goghor le Géant pourraient servir de boucliers à Hizdahr, mais l'idée que l'un ou l'autre conduisît une armée à la bataille était tellement ridicule que le vieux chevalier faillit en sourire. « Je suis aux ordres de Sa Grâce.

— Pas *Grâce*, protesta le sénéchal. C'est une appellation ouestrienne. Sa Splendeur, Sa Lumière, Son Excellence. »

Sa Fatuité conviendrait davantage. « Comme vous voudrez. »

Reznak s'humecta les lèvres. « Alors, nous en avons terminé. »

Cette fois-ci, son sourire onctueux signifiait un congé. Ser Barristan se retira, heureux de laisser derrière lui la puanteur du parfum du sénéchal. *Un homme devrait sentir la sueur, pas les fleurs.*

La Grande Pyramide de Meereen mesurait huit cents pieds de haut de la base au sommet. Les appartements du sénéchal se situaient au deuxième niveau. Ceux de la reine, et ceux de Selmy, occupaient le sommet. *Une longue ascension, pour un homme de mon âge,* estima ser Barristan en l'entamant. Il lui était arrivé de l'accomplir cinq ou six fois par jour, pour les affaires de la reine, comme en attestaient les douleurs dans ses genoux et au creux de ses reins. *Viendra un jour où je ne pourrai plus affronter ces marches,* songea-t-il, *et ce jour viendra plus tôt que je ne le souhaiterais.* Avant qu'il n'arrive, ser Barristan devait veiller à ce que quelques-uns de ses protégés au moins fussent prêts à le remplacer auprès de la reine. *Je les ferai moi-même chevaliers quand ils en seront dignes, et je leur donnerai à chacun un cheval et des éperons d'or.*

Les appartements royaux étaient figés et silencieux. Hizdahr n'y avait pas élu résidence, préférant établir sa propre suite dans les profondeurs du cœur de la Grande Pyramide, entouré de toutes parts par de massifs murs de brique. Mezzara, Miklaz, Qezza et le reste des jeunes échansons de la reine – des otages, en réalité, mais Selmy, comme la reine, s'y était tellement attaché qu'il avait du mal à les envisager sous ce terme – avaient suivi le roi, tandis qu'Irri et Jhiqui s'en allaient avec les autres Dothrakis. Seule demeurait Missandei, petit fantôme solitaire qui hantait les appartements de la reine, au sommet de la pyramide.

Ser Barristan sortit sur la terrasse. Le ciel sur Meereen avait la couleur de la chair des cadavres – terne, lourd et blafard, couvert par une masse ininterrompue de nuages, d'un horizon à l'autre. Le soleil se cachait derrière ce mur. Il se coucherait sans qu'on le vît, comme il s'était levé ce matin-là. La nuit serait chaude, encore une de ces nuits de transpiration, suffocante et moite, sans le moindre souffle d'air. Depuis trois jours, la pluie menaçait, sans que tombât la moindre goutte. *L'arrivée de la pluie serait un soulagement. Elle pourrait aider à laver la cité.*

D'ici, il avait une vue sur quatre moindres pyramides, les remparts à l'ouest de la cité et les camps des Yunkaïis sur les côtes de la baie des Serfs, où une épaisse colonne de fumée grasse montait en se tordant comme un monstrueux serpent. *Les Yunkaïis qui incinèrent leurs morts*, comprit-il. *La jument pâle traverse au galop les camps des assiégeants.* En dépit de tous les efforts de la reine, la maladie s'était propagée, tant dans l'enceinte de la ville qu'à l'extérieur. Les marchés de Meereen étaient fermés, ses rues vides. Le roi Hizdahr avait permis aux arènes de rester ouvertes, mais le public était clairsemé. Les Meereeniens avaient même commencé à éviter le Temple des Grâces, selon certains rapports.

Les esclavagistes trouveront moyen de blâmer Daenerys de cela aussi, songea avec amertume ser Barristan. Il les entendait presque chuchoter – les Grands Maîtres, les Fils de la Harpie, les Yunkaïis, tous en train de se raconter que sa reine était morte. La moitié de la cité en avait la conviction, bien que, pour l'heure, les gens n'eussent pas le courage de le répéter à voix haute. *Mais bientôt, je pense.*

Ser Barristan se sentait très fatigué et très vieux. *Où sont passées toutes ces années ?* Ces derniers temps, chaque fois qu'il s'agenouillait pour boire dans un bassin tranquille, il voyait le visage d'un étranger le contempler des profondeurs de l'eau. Quand ces pattes d'oie étaient-elles apparues autour de ses pâles yeux bleus ? Depuis combien de temps ses cheveux avaient-ils passé du soleil à la neige ? *Des années, vieil homme. Des décennies.*

Pourtant, cela semblait hier seulement qu'il avait accédé au rang de chevalier, après le tournoi à Port-Réal. Il se souvenait encore du contact de l'épée du roi Aegon sur son épaule, léger comme le baiser d'une pucelle. Les mots s'étaient étranglés dans sa gorge, quand il avait prononcé ses vœux. Au banquet, ce soir-là, il avait mangé des côtes de cochon sauvage, préparées à la mode de Dorne avec du poivre dragon, si fort qu'il lui emportait la gueule. Quarante-sept ans, et son goût lui restait encore à la mémoire. Et cependant, il n'aurait su dire ce qu'il avait eu à dîner dix jours plus tôt, la totalité des Sept Couronnes en eût-elle dépendu. *Du chien bouilli, probablement. Ou un autre plat immonde qui n'avait pas meilleur goût.*

Selmy s'émerveilla, et ce n'était pas la première fois, des étranges aléas qui l'avaient conduit ici. Il était chevalier de Westeros, un homme des terres de l'Orage et des marches de Dorne ; sa place se trouvait dans les Sept Couronnes, pas ici, sur les berges torrides de la baie des Serfs. *Je suis venu ramener Daenerys chez elle.* Et pourtant, il l'avait perdue, tout comme il avait perdu son père, et son frère. *Même Robert. Avec lui aussi, j'ai failli.*

Peut-être Hizdahr était-il plus sage que Selmy ne le pensait. *Il y a dix ans, j'aurais pressenti ce que Daenerys avait l'intention de faire. Il y a dix ans, j'aurais été assez prompt pour la retenir.* Mais là, il était demeuré abasourdi tandis qu'elle sautait dans la fosse, à crier son nom, puis à courir en vain à ses trousses à travers les sables écarlates. *Je suis devenu vieux et lent.* Rien d'étonnant à ce que Naharis l'appelât ser Grand-Père, par moquerie. *Daario aurait-il réagi avec plus de rapidité s'il s'était trouvé aux côtés de la reine, ce jour-là ?* Selmy pensait savoir la réponse à cette question, bien qu'elle ne lui plût pas.

Il en avait encore rêvé la nuit précédente : Belwas le Fort à genoux, vomissant bile et sang, Hizdahr excitant les tueurs de dragon, les hommes et les femmes qui fuyaient terrorisés, se battant dans les escaliers, se piétinant, s'époumonant et hurlant. Et Daenerys...

Elle avait les cheveux embrasés. Elle tenait le fouet dans sa main et elle criait, puis elle était sur le dos du dragon, en vol. Le sable soulevé par Drogon qui prenait son essor avait blessé les yeux de ser Barristan, mais à travers un voile de larmes, il avait regardé l'animal s'enlever de l'arène, ses grandes ailes noires gifler les épaules des guerriers de bronze aux portes.

Le reste, il l'avait appris plus tard. Devant ces mêmes portes se trouvait une foule compacte de gens. Paniqués par l'odeur du dragon, les chevaux en contrebas s'étaient cabrés de terreur, battant l'air de leurs sabots ferrés. Étalages de nourriture et palanquins avaient été pareillement renversés, les hommes jetés à terre et piétinés. On avait lancé des piques, tiré à l'arbalète. Certains carreaux avaient atteint leur cible. Le dragon s'était violemment tordu dans les airs, fumant de ses blessures, la fille agrippée à son dos. Puis il avait craché son feu.

Il avait fallu aux Bêtes d'Airain le reste de la journée et une bonne partie de la nuit pour collecter les cadavres. Le bilan s'élevait finalement à deux cent quatorze tués, trois fois autant de brûlés et de blessés. Drogon avait désormais quitté la cité depuis longtemps, aperçu pour la dernière fois haut au-dessus de la Skahazadhan, volant vers le nord. De Daenerys Targaryen, on n'avait retrouvé aucune trace. Certains juraient l'avoir vue tomber. D'autres soutenaient avec insistance que le dragon l'avait emportée pour la dévorer. *Ils se trompent.*

Ser Barristan ne connaissait des dragons que ce que tout enfant entend dans les contes, mais il connaissait les Targaryen. Daenerys *avait chevauché* ce dragon, comme jadis Aegon sur Balerion.

« Elle est peut-être en train de voler jusque chez elle, se dit-il à voix haute.

— Non, murmura derrière lui une voix douce. Elle ne ferait pas ça, ser. Elle ne rentrerait pas chez elle sans nous. »

Ser Barristan se retourna. « Missandei. Ma petite. Depuis combien de temps es-tu debout là ?

— Pas longtemps. Ma personne regrette de vous avoir dérangé. » Elle hésita. « Skahaz mo Kandaq souhaite s'entretenir avec vous.

— Le Crâne-ras ? Tu lui as parlé ? » C'était imprudent, très imprudent. Il y avait une profonde inimitié entre le roi et Skahaz, et la fillette était assez fine pour le savoir. Skahaz n'avait fait aucun mystère de son opposition au mariage de la reine, chose qu'Hizdahr n'avait pas oubliée. « Il est ici ? Dans la pyramide ?

— Quand il le désire. Il va et vient, ser. »

Oui. Ça ne m'étonne pas. « Qui t'a dit qu'il voulait s'entretenir avec moi ?

— Une Bête d'Airain. Elle portait un masque de hibou. »

Elle portait un masque de hibou lorsqu'elle t'a parlé. Désormais, ce pourrait être un chacal, un tigre, un pangolin. Ser Barristan avait pris ces masques en haine depuis le début, et jamais davantage que maintenant. Des hommes droits n'auraient nul besoin de se cacher le visage. Quant au Crâne-ras...

À quoi pouvait-il donc songer ? Après qu'Hizdahr avait transmis le commandement des Bêtes d'Airain à son cousin Marghaz zo Loraq, Skahaz avait été nommé gouverneur du Fleuve, chargé de tous les bacs et les dragues, et des fossés d'irrigation qui bordaient la Skahazadhan sur cinquante lieues, mais le Crâne-ras avait refusé cet office ancien et honorable, ainsi que l'avait présenté Hizdahr, préférant se retirer dans la modeste pyramide de Kandaq. *Sans la reine pour le protéger, il court un très gros risque en venant ici.* Et si l'on voyait ser Barristan lui parler, des soupçons pourraient également tomber sur le chevalier.

L'odeur de tout cela ne lui plaisait guère. La situation puait la fourberie, les chuchotis et les mensonges, les complots ourdis dans le noir, toutes ces choses qu'il espérait avoir laissées derrière lui avec l'Araignée, lord Littlefinger et leurs congénères. Barristan Selmy n'était point un érudit, mais il avait souvent jeté un coup d'œil dans les pages du Livre Blanc, où étaient consignées les actions de ses prédécesseurs. Certains avaient été des héros, d'autres des faibles, des canailles ou des poltrons. La plupart n'étaient que des hommes – plus vifs et plus forts que le commun des mortels, plus habiles avec une épée et un bouclier, mais toujours vulnérables à l'orgueil, à l'ambition, au désir, à l'amour, à la colère, à la jalousie, à la cupidité, à la soif de l'or, au pouvoir et à tous les autres défauts qui affligeaient les moindres mortels. Les meilleurs surmontaient leurs défauts, accomplissaient leur devoir et mouraient l'épée à la main. Les pires...

Les pires étaient ceux qui s'adonnaient au jeu des trônes. « Tu saurais retrouver ce hibou ? demanda-t-il à Missandei.

— Ma personne peut essayer, ser.

— Dis-lui que je discuterai avec... avec notre ami... après la tombée du jour, près des écuries. » On fermait et on barrait les portes principales de la pyramide au coucher du soleil. À cette heure-là, les écuries seraient tranquilles. « Assure-toi que c'est le même hibou. » Il ne faudrait pas qu'une autre Bête d'Airain apprenne l'affaire.

« Ma personne comprend. » Missandei se retourna comme pour s'en aller, puis suspendit son mouvement un instant et dit : « On raconte que les Yunkaïis ont cerné la cité de scorpions, pour cribler de carreaux d'acier le ciel, au cas où Drogon reviendrait. »

Ser Barristan avait entendu dire cela, aussi. « Tuer un dragon en plein ciel n'est pas une mince affaire. À Westeros, beaucoup ont essayé d'abattre Aegon et ses sœurs. Personne n'y a réussi. »

Missandei hocha la tête. Difficile de juger si elle se sentait rassurée. « Croyez-vous qu'ils la retrouveront, ser ? Les prairies sont tellement vastes, et les dragons ne laissent aucune trace, dans le ciel.

— Aggo et Rakharo sont du sang de son sang... et qui connaît la mer Dothrak mieux que des Dothrakis ? » Il lui pressa l'épaule. « Ils la retrouveront si quelqu'un le peut. » *Si elle est encore en vie.* D'autres *khals* sillonnaient les herbes, des seigneurs du cheval avec des *khalasars* dont les cavaliers se comptaient par dizaines de milliers. Mais la fillette n'avait pas besoin d'entendre de telles choses. « Tu l'aimes bien, je le sais. Je te jure que je la garderai en sécurité. »

Ces paroles semblèrent apporter un peu de réconfort à la fillette. *Les mots sont du vent, pourtant,* songea ser Barristan. *Comment pourrais-je protéger la reine, alors que je ne suis pas à ses côtés ?*

Barristan Selmy avait connu bien des rois. Il était né durant le règne troublé d'Aegon l'Invraisemblable, chéri du petit peuple, avait reçu de ses mains sa dignité de chevalier. Le fils d'Aegon, Jaehaerys lui avait accordé le manteau blanc quand il avait vingt et trois ans, après qu'il avait tué Maelys le Monstrueux durant la guerre des Rois à Neuf Sous. Avec ce même manteau, il s'était tenu près du trône de Fer tandis que la folie dévorait Aerys, le fils de Jaehaerys. *Je m'y tenais, je voyais, j'entendais et je n'ai cependant rien fait.*

Mais non. Ce n'était pas juste. Il avait accompli son devoir. Certaines nuits, ser Barristan s'interrogeait : ne l'avait-il pas trop bien accompli ? Il avait prononcé ses vœux sous les yeux des dieux et des hommes, l'honneur lui interdisait d'y contrevenir... mais respecter ces vœux était devenu ardu, au cours des dernières années du règne du roi Aerys. Il avait assisté à certaines choses qu'il avait douleur à se rappeler, et plus d'une fois il s'était demandé quelle part du sang répandu souillait ses propres mains. S'il ne s'était pas rendu à Sombreval pour tirer Aerys des geôles de lord Sombrelyn, le roi aurait fort bien pu y périr, tandis que Tywin Lannister mettait la ville à sac. Alors, le prince Rhaegar serait monté sur le trône de Fer, peut-être pour panser les plaies du royaume. Sombreval avait été son heure de gloire, et pourtant le souvenir lui laissait un goût âcre sur la langue.

C'étaient ses échecs qui le hantaient la nuit, cependant. *Jaehaerys, Aerys, Robert. Trois rois morts. Rhaegar, qui aurait été un meilleur roi que n'importe lequel d'entre eux. La princesse Elia et les enfants. Aegon, un bébé encore, Rhaenys avec son chaton.* Morts, tous, et pourtant lui vivait toujours, qui avait juré de les protéger. Et à présent Daenerys, sa reine enfant, brillante et glorieuse. *Elle n'est pas morte. Je refuse de le croire.*

L'après-midi apporta à ser Barristan un bref répit dans ses doutes. Il le passa dans la salle d'entraînement au troisième niveau de la pyramide, à travailler avec ses garçons, à leur apprendre l'art de l'épée et du bouclier, du cheval et de la lance… et de la chevalerie, le code qui faisait du chevalier davantage qu'un combattant d'arène. Daenerys aurait besoin autour d'elle de protecteurs de son âge, une fois qu'il aurait disparu, et ser Barristan était résolu à les lui fournir.

Les jeunes gens qu'il formait allaient de huit ans jusqu'à vingt. Il avait commencé avec plus de soixante d'entre eux, mais l'entraînement s'était révélé trop rigoureux pour beaucoup. Moins de la moitié de ce nombre demeurait à présent, certains montrant énormément de promesses. *Sans roi à garder, j'aurai plus de temps pour les entraîner, désormais*, jugea-t-il en allant d'une paire à l'autre, les regardant se battre ensemble avec des épées émoussées et des piques à la tête arrondie. *De braves garçons. De basse extraction, certes, mais certains feront de bons chevaliers, et ils aiment la reine. Sans elle, tous auraient fini aux arènes. Le roi Hizdahr a ses combattants d'arène, mais Daenerys aura des chevaliers.*

« Levez bien le bouclier, lança-t-il. Montrez-moi comment vous frappez. Tous ensemble, à présent. En haut, en bas, en bas, en bas, en haut, en bas… »

Selmy prit un repas simple sur la terrasse de la reine, ce soir-là, tandis que le soleil se couchait. À travers la pourpre du crépuscule, il vit les feux s'éveiller un à un dans les grandes pyramides à degrés, tandis que les briques multicolores de Meereen viraient au gris, puis au noir. Des ombres s'amassaient en contrebas dans les rues et les venelles, créant des bassins et des fleuves. Au crépuscule, la cité paraissait paisible, et même belle. *C'est l'épidémie, pas la paix*, se dit le vieux chevalier avec sa dernière gorgée de vin.

Il ne souhaitait pas se faire remarquer ; aussi, quand il eut fini son souper, troqua-t-il son manteau blanc de la Garde Régine contre une cape de voyage brune et cagoulée, d'un genre que portait n'importe quel homme ordinaire. Il conserva son épée et son poignard. *Il pourrait encore s'agir d'un piège.* Il avait peu confiance en Hizdahr et moins encore en Reznak mo Reznak. Le sénéchal parfumé pouvait bien tremper dans l'affaire, et essayer de l'attirer dans une réunion secrète, afin de pouvoir capturer à la fois ser Barristan et Skahaz, en les accusant de conspirer contre le roi. *Si le Crâne-ras parle de trahison, il ne me laissera d'autre choix que de l'arrêter. Hizdahr est le consort de ma reine, même si cela ne me plaît guère. Je lui dois ma loyauté, pas à Skahaz.*

Mais était-ce bien vrai ?

Le premier devoir de la Garde Royale était de défendre le roi contre toute atteinte et toute menace. Les chevaliers blancs avaient eux aussi juré d'obéir aux ordres du roi, de préserver ses secrets, de conseiller quand on le leur demandait et de se taire quand on ne leur demandait rien. À strictement parler, c'était purement au roi de décider s'il fallait étendre sa protection à d'autres individus, même à ceux de sang royal. Certains rois jugeaient normal et approprié d'assigner la Garde Royale au service et à la défense de leurs épouses et de leurs enfants, de leurs frères et sœurs, tantes, oncles et cousins à des degrés plus ou moins éloignés et, à l'occasion, peut-être aussi à leurs maîtresses et à leurs bâtards. Mais d'autres préféraient employer à ces tâches les chevaliers et hommes d'armes de la maison, tout en réservant les sept à leur garde personnelle, jamais éloignée d'eux.

Si ma reine m'avait ordonné de protéger Hizdahr, je n'aurais pas eu d'autre choix que d'obéir. Mais Daenerys Targaryen n'avait jamais établi de Garde de la Reine spécifique, même pour elle-même, ni donné d'ordres en ce qui concernait son consort. *Le monde était plus simple quand j'avais un lord Commandant pour décider de ce genre de choses*, songea Selmy. *Maintenant que je suis le lord Commandant, le juste chemin est difficile à déterminer.*

Quand il arriva enfin au bas de la dernière volée de marches, il se retrouva tout seul au milieu des couloirs éclairés de torches enclos dans les massifs murs de brique de la pyramide. Les grandes portes étaient fermées, barrées, ainsi qu'il s'y attendait. Quatre Bêtes d'Airain montaient la garde à l'extérieur de ces portes, quatre autres à l'intérieur. Ce furent celles-là que rencontra le vieux chevalier – des hommes de forte carrure, masqués en sanglier, en ours, en campagnol et en manticore.

« Tout est calme, ser, lui annonça l'ours.

— Veillez à ce que cela continue. » Il n'était pas inouï pour ser Barristan d'effectuer une ronde de nuit, afin de s'assurer de la sécurité de la pyramide.

Plus loin dans les profondeurs de l'édifice, on avait posté quatre autres Bêtes d'Airain pour garder les portes de fer donnant sur la fosse où étaient enchaînés Viserion et Rhaegal. La lumière des torches se reflétait sur leurs masques – singe, bélier, loup, crocodile.

« Les a-t-on nourris ? s'enquit ser Barristan.

— Oui, ser, répondit le singe. Un mouton chacun. »

Et combien de temps encore cela suffira-t-il, je me le demande ? Au fur et à mesure que les dragons grandissaient, leur appétit suivait.

Il était temps de trouver le Crâne-ras. Ser Barristan dépassa les éléphants et la jument argentée de la reine, pour gagner le fond de l'écurie. Un baudet poussa sur son passage un vague renâclement, et quelques chevaux bronchèrent sous l'éclat de la lanterne. À ces détails près, régnaient l'obscurité et le silence.

Puis une ombre se détacha de l'intérieur d'une stalle vide pour constituer une nouvelle Bête d'Airain, vêtue d'une jupe noire plissée, de grèves et d'une cuirasse musculaire. « Un chat ? » commenta Barristan Selmy en voyant le bronze sous la cagoule. Lorsque le Crâne-ras avait commandé les Bêtes d'Airain, sa préférence allait à un masque en tête de serpent, impérieux et effrayant.

« Les chats se glissent partout, répondit la voix familière de Skahaz mo Kandaq. Personne ne leur accorde d'attention.

— Si Hizdahr apprenait votre présence ici...

— Qui la lui dira ? Marghaz ? Marghaz sait ce que je souhaite qu'il sache. Les Bêtes m'appartiennent toujours. Ne l'oubliez pas. » Le masque étouffait la voix du Crâne-ras, mais Selmy entendit la colère qu'elle contenait. « Je tiens l'empoisonneur.

— Qui ça ?

— Le confiseur d'Hizdahr. Son nom ne vous dirait rien. L'homme n'était qu'un instrument. Les Fils de la Harpie ont enlevé sa fille et juré de la lui rendre saine et sauve une fois que la reine serait morte. Belwas et le dragon ont sauvé Daenerys. Personne n'a sauvé la fille. Elle a été rendue à son père en pleine nuit, en neuf morceaux. Un pour chacune de ses années de vie.

— Pourquoi ? » Le doute le rongeait. « Les Fils avaient cessé leurs tueries. La paix d'Hizdahr...

— … est un leurre. Pas au début, non. Les Yunkaïis craignaient notre reine, ses Immaculés, ses dragons. Ce pays a déjà connu les dragons. Yurkhaz zo Yunzak a lu les chroniques historiques, il savait. Hizdahr aussi. Pourquoi pas la paix ? Daenerys la voulait, ils le voyaient bien. Elle la voulait trop. Elle aurait dû marcher sur Astapor. » Skahaz s'approcha encore. « C'était avant. L'arène a tout changé. Daenerys disparue, Yurkhaz mort. À la place d'un vieux lion, une meute de chacals. Barbesang… En voilà un qui n'a pas de goût pour la paix. Et il y a plus. Bien pire. Volantis a lancé sa flotte contre nous.

— Volantis. » La main d'épée de Selmy le démangea. *Nous avons conclu la paix avec Yunkaï. Pas avec Volantis.* « Vous en êtes certain ?

— Certain. Leurs Bontés le savent. Leurs amis aussi. La Harpie, Reznak, Hizdahr. Le roi ouvrira aux Volantains les portes de la ville dès qu'ils arriveront. Tous ceux que Daenerys a libérés seront de nouveau réduits en esclavage. Même ceux qui n'ont jamais connu la servitude se verront dotés de colliers à leur taille. Vous risquez de finir vos jours dans une arène de combat, vieil homme. Khrazz vous dévorera le cœur. »

Il avait mal au crâne. « Il faut prévenir Daenerys.

— Commencez par la trouver. » Skahaz l'empoigna par l'avant-bras. Ses doigts ressemblaient à du fer. « Nous ne pouvons pas l'attendre. J'ai parlé avec les Frères Libres, les Fils de la Mère, les Boucliers Loyaux. Ils n'ont aucune confiance en Loraq. Nous devons écraser les Yunkaïis. Mais nous avons besoin des Immaculés. Ver Gris vous écoutera, vous. Parlez-lui.

— À quelle fin ? » *Ses propos sont une trahison. Une conspiration.*

— Pour vivre. » Les yeux du Crâne-ras étaient des flaques d'ombre sous le bronze du masque de chat. « Nous devons frapper avant l'arrivée des Volantains. Briser le siège, tuer les seigneurs esclavagistes, retourner leurs épées-louées. Les Yunkaïis ne s'attendent pas à une attaque. J'ai des espions dans leur camp. La maladie y règne, dit-on, pire chaque jour. La discipline est entrée en pourrissement. Les seigneurs sont soûls plus souvent qu'à leur tour, se gobergent dans des banquets, vantent les richesses qu'ils se partageront à la chute de Meereen, se disputent la primauté. Barbesang et le Prince en Guenilles se méprisent. Personne ne s'attend à un combat. Pas maintenant. La paix d'Hizdahr nous a tous endormis, croient-ils.

— Daenerys a signé cette paix, répondit ser Barristan. Il ne nous appartient pas de la rompre sans sa permission.

— Et si elle est morte ? demanda Skahaz. Que ferons-nous alors, ser ? Je dis qu'elle voudrait que nous protégions sa cité. Ses enfants. »

Ses enfants étaient les affranchis. *Mhysa, l'appelaient-ils – tous ceux dont elle a brisé les chaînes. « Mère ».* Le Crâne-ras n'avait pas tort. Daenerys voudrait voir ses enfants protégés. « Et Hizdahr ? Il demeure son consort. Son roi. Son époux.

— Son empoisonneur. »

Est-ce bien vrai ? « Où est votre preuve ?

— La couronne qu'il porte en est la preuve suffisante. Le trône sur lequel il siège. Ouvrez les yeux, vieil homme. Voilà la seule raison pour laquelle il avait besoin de Daenerys, tout ce qu'il a jamais voulu. Une fois qu'il l'a eu obtenu, à quoi bon partager le pouvoir ? »

À quoi bon, en effet ? Il avait régné une telle chaleur, dans l'arène. Il voyait encore l'air vibrer au-dessus des sables écarlates, sentait le sang versé par ceux qui avaient péri pour leur divertissement. Et il entendait encore Hizdahr presser sa reine de goûter aux sauterelles au miel. *Elles sont succulentes… sucrées et piquantes… Et cependant, lui-même n'y a pas touché…* Selmy se massa la tempe. *Je n'ai pas prononcé de serment envers Hizdahr zo Loraq. Quand bien même l'aurais-je fait qu'il m'a écarté, tout comme Joffrey m'avait chassé.* « Ce… ce confiseur. Je veux l'interroger moi-même. Seul à seul.

— Est-ce une condition ? » Le Crâne-ras se croisa les bras en travers de la poitrine. « Accordé, alors. Interrogez-le tant que vous voudrez.

— Si… si ce qu'il a à dire me convainc… si je vous rejoins dans ce, cette… j'aurais besoin de votre parole qu'aucun mal ne sera fait à Hizdahr zo Loraq jusqu'à… à moins que… qu'on ne puisse prouver qu'il a joué un rôle dans tout cela.

— Pourquoi êtes-vous si soucieux d'Hizdahr, vieil homme ? S'il n'est pas la Harpie, il en est le fils aîné.

— Tout ce que je sais avec certitude, c'est qu'il est le consort de la reine. Je veux votre parole sur ce point, ou, je le jure, je me dresserai contre vous. »

Skahaz eut un sourire sauvage. « Eh bien, soit ! Ma parole. Aucun mal à Hizdahr jusqu'à ce que sa culpabilité soit prouvée. Mais quand nous aurons la preuve, j'ai l'intention de le tuer de mes propres mains. Je veux lui arracher les entrailles et les lui exhiber avant de le laisser crever. »

Non, pensa le vieux chevalier. *Si Hizdahr a conspiré pour tuer ma reine, je m'occuperai moi-même de lui, mais il aura droit à une mort rapide et propre.* Les dieux de Westeros étaient bien loin d'ici ; toutefois, ser Barristan Selmy s'accorda le temps d'une prière silencieuse, demandant à l'Aïeule d'éclairer son chemin vers la sagesse. *Pour les enfants*, se dit-il. *Pour la cité. Pour ma reine.*

« Je vais parler à Ver Gris », déclara-t-il.

LE PRÉTENDANT DE FER

Le *Chagrin* apparut seul à l'aube, ses voiles noires nettement dessinées contre le rose pâle des cieux au matin.

Cinquante-quatre, conclut Victarion avec amertume quand on le réveilla, *et il navigue seul*. En silence, il maudit la malveillance du dieu des Tempêtes, sa rage pesant comme une pierre noire au creux de son ventre. *Où sont passés mes vaisseaux ?*

Il avait levé l'ancre des Boucliers avec quatre-vingt-treize bâtiments, sur la centaine qui avait jadis constitué la Flotte de Fer, une flotte qui n'appartenait pas à un unique lord, mais au trône de Grès lui-même, gouvernée et pilotée par des hommes en provenance de toutes ses îles. Des navires certes plus petits que les énormes dromons de guerre des terres vertes, mais trois fois plus gros que n'importe lequel de leurs navires classiques, avec des coques profondes et des éperons féroces, dignes d'affronter la marine du roi au combat.

Dans les Degrés de Pierre, ils avaient fait provision de grain, de gibier et d'eau douce, après l'interminable voyage au long de la côte sinistre et stérile de Dorne, avec ses récifs et ses tourbillons. Là, le *Fer Vainqueur* avait capturé un navire marchand ventru, la grande cogue *Noble Dame*, à destination de Villevieille via Goëville, Sombreval et Port-Réal, avec une cargaison de morue salée, d'huile de baleine et de hareng mariné. La nourriture représenta une addition bienvenue à leurs réserves. Cinq autres prises dans le chenal Redwyne et le long de la côte dornienne – trois cogues, une galéasse et une galère – avaient amené leurs effectifs à quatre-vingt-dix-neuf.

Quatre-vingt-dix-neuf navires avaient quitté les Degrés en trois flottes orgueilleuses, avec l'ordre de se rejoindre au large de la pointe sud de l'île des Cèdres. Quarante-cinq étaient désormais parvenus de l'autre côté du monde. De ceux de Victarion, vingt-deux s'étaient traînés, par groupes de trois ou quatre, parfois en solitaire ; quatorze de ceux de Ralf le Boiteux ; neuf seulement de ceux qui avaient pris la mer avec Ralf Maisonpierre le Rouge. Ralf le Rouge lui-même comptait parmi les disparus. À leur nombre, la flotte avait ajouté neuf prises nouvelles conquises en mer, aussi le total atteignait-il cinquante-quatre... mais les bâtiments capturés étaient des cogues et des bateaux de pêche, des navires de commerce et des transports d'esclavagistes, et non des vaisseaux de guerre. Au combat, ils seraient de piètres remplacements pour les vaisseaux perdus par la Flotte de Fer.

Le dernier navire à faire son apparition avait été la *Terreur des Vierges*, trois jours plus tôt. La veille, trois bâtiments étaient apparus ensemble au sud – sa *Noble Dame* captive, voguant lourdement entre la *Providence des Charognards* et le *Baiser de Fer*. Mais le jour précédent et celui encore avant, il n'y avait rien eu et, préalablement, seule la *Jeyne sans Tête* et la *Peur*, puis deux jours encore de mers désolées et de cieux sans nuages après l'apparition de Ralf le Boiteux avec les vestiges de son escadre. Le *Lord Quellon*, la *Veuve Blanche*, la *Lamentation*, la *Désolation*, le *Leviathan*, la *Dame de Fer*, le *Vent de la Faucheuse* et le *Marteau de guerre*, avec six autres bâtiments à la traîne, dont deux, battus par les tempêtes, en remorque.

« Les tempêtes, avait grommelé Ralf le Boiteux en venant se présenter devant Victarion. Trois gros ouragans et, entre eux, des vents mauvais. Des vents rouges qui soufflaient de Valyria, puant la cendre et le soufre, et des noirs, qui nous rafalaient vers cette côte de perdition. Ce voyage est maudit depuis le départ. L'Œil de Choucas vous craint, messire, sinon pourquoi vous envoyer si loin ? Il a pas l'intention qu'on en revienne. »

Victarion avait pensé la même chose en affrontant la première tempête à une journée au large de l'Antique Volantis. *Si les dieux n'avaient pas en horreur ceux qui tuent les gens de leur sang*, remâchait-il, *Euron Œil de Choucas aurait dix fois péri de ma main*. Tandis que la mer se brisait autour de lui et que le pont montait et s'abattait sous ses pieds, il avait vu le *Banquet de Dagon* et la *Marée rouge* entrer si violemment en collision que tous deux avaient éclaté en esquilles. *L'œuvre de mon frère*, avait-il jugé. C'étaient les deux premiers vaisseaux qu'il perdait dans son propre tiers de la flotte. Mais non point les derniers.

Aussi avait-il frappé deux fois le Boiteux en pleine face et lancé : « Le premier coup, c'est pour les vaisseaux que tu as perdus, le second, pour tes histoires de malédictions. Parle encore une fois comme ça et je te cloue la langue au mât. L'Œil de Choucas sait créer des muets, mais moi aussi. » La pulsation douloureuse dans sa main gauche rendit le ton plus dur qu'il ne l'aurait été sinon, mais Victarion en pensait chaque mot. « D'autres navires viendront. Les tempêtes se sont calmées, désormais. J'aurai ma flotte. »

Un singe sur le mât au-dessus d'eux hurla sa dérision, presque comme s'il percevait la frustration du capitaine. *Sale bestiole piaillarde.* Il aurait pu expédier un homme à ses trousses là-haut, mais les singes semblaient raffoler de ces jeux et s'y étaient révélés plus agiles que son équipage. Les hurlements lui résonnaient dans ses tympans, pourtant, et aggravaient encore la douleur de sa main.

« Cinquante-quatre », maugréa-t-il. Ç'aurait été trop espérer que de s'attendre à trouver la Flotte de Fer au complet au terme d'un aussi long voyage... Mais soixante-dix, voire quatre-vingts vaisseaux – le dieu Noyé aurait au moins pu lui accorder ça. *Si seulement nous avions avec nous le Tifs-trempés, ou un autre prêtre.* Victarion avait célébré un sacrifice avant de lever l'ancre, et un second dans les Degrés de Pierre, où il avait scindé sa flotte en trois, mais peut-être avait-il prononcé la mauvaise prière. *C'est ça, ou alors le dieu Noyé n'a aucun pouvoir ici.* De plus en plus, il en venait à craindre qu'ils n'eussent navigué trop loin, dans des mers inconnues où même les dieux étaient étrangers... mais il ne confiait ces doutes qu'à sa noiraude, à qui manquait une langue pour les répéter.

Quand apparut le *Chagrin*, Victarion fit venir Wulfe-qu'une-oreille. « J'aurai deux mots à dire au Mulot. Fais prévenir Ralf le Boiteux, Tom Pas-de-sang et le Berger noir. Faut rappeler tous les groupes de chasseurs, et les camps à terre devront être levés au point du jour. Chargez tous les fruits que vous pourrez récolter et rembarquez les cochons. Nous les abattrons au fur et à mesure des besoins. Que le *Squale* reste sur place pour indiquer à d'éventuels retardataires la route que nous avons prise. » Le bâtiment aurait besoin de ce délai pour effectuer des réparations ; les tempêtes n'en avaient guère laissé que la coque. Ce qui les ramènerait à cinquante-trois, mais impossible de procéder autrement. « La flotte lève l'ancre demain, avec la marée du soir.

— À vos ordres, répondit Wulfe, mais un jour de plus pourrait représenter un navire supplémentaire, lord Capitaine.

— Oui-da. Et dix de plus en faire dix, ou pas un seul. Nous avons trop perdu de jours à espérer une voile. Notre victoire aura d'autant plus de goût que nous vaincrons avec une flotte réduite. » *Et je me dois d'atteindre la reine dragon avant les Volantains.*

À Volantis, il avait vu les galères embarquer des provisions. Toute la cité paraissait soûle. On apercevait marins, soldats et vagabonds danser dans les rues en compagnie de nobles et de gras négociants et, dans chaque auberge et gargote, on levait sa coupe aux nouveaux triarques. On ne causait que de l'or, des pierreries et des esclaves qui afflueraient à Volantis une fois que la reine dragon serait morte. Une journée de comptes rendus de ce genre et Victarion ne put en supporter davantage ; il paya les vivres et l'eau à prix d'or, malgré la honte qu'il en éprouvait, et reprit la mer avec sa flotte.

Les tempêtes avaient dû égailler et retarder les Volantains, tout comme elles l'avaient fait de ses propres bâtiments. Si la fortune souriait à Victarion, nombre de leurs vaisseaux de guerre avaient sombré ou s'étaient échoués. Mais pas tous. Aucun dieu n'avait tant de bonté, et les galères vertes rescapées avaient très bien pu déjà contourner Valyria. *Ils vont filer vers le nord en direction de Meereen et de Yunkaï, de grands dromons de guerre regorgeant d'esclaves soldats. Si le dieu des Tempêtes les a épargnés, ils pourraient avoir atteint le golfe de Douleur. Trois cents navires, voire cinq cents.* Leurs alliés croisaient déjà au large de Meereen : des Yunkaïis et des Astaporis, des hommes de la Nouvelle-Ghis et de Qarth, de Tolos et le dieu des Tempêtes savait d'où encore, même les propres vaisseaux de guerre de Meereen, ceux qui avaient fui la ville avant sa chute. Face à tout cela, Victarion alignait cinquante et quatre bâtiments. Cinquante et trois, sans le *Squale*.

L'Œil de Choucas avait traversé la moitié du monde, pillant et razziant, de Qarth à Grand Banian, faisant escale dans des ports sans foi ni loi au-delà desquels seuls s'aventuraient les insensés. Euron avait même bravé la mer Fumeuse et survécu pour s'en vanter. *Et cela, avec un seul navire. S'il peut se rire des dieux, alors moi aussi.*

« Bien, capitaine », répondit Wulfe-qu'une-oreille. Il ne valait pas la moitié de Nutt le Barbier, mais l'Œil de Choucas lui avait volé Nutt. En l'élevant au titre de lord Bouclier de Chêne, son frère s'était approprié le bras droit de Victarion. « Destination Meereen, toujours, hein ?

— Où voudrais-tu aller, sinon ? C'est à Meereen que m'attend la reine dragon. » *La plus belle femme du monde, s'il faut en croire mon frère. Elle a des cheveux d'or blanc et des yeux d'améthyste.*

Espérait-il trop en supposant que, pour une fois, Euron avait dit la vérité ? *Peut-être.* La fille se révélerait probablement être une garce tavelée de vérole avec des seins qui lui battaient les genoux et, en guise de « dragons », des lézards tatoués des marais de Sothoryos. *Mais si elle correspond à tout ce que clame Euron...* Ils avaient entendu vanter la beauté de Daenerys Targaryen de la bouche de pirates des Degrés et de gras marchands de l'Antique Volantis. Ça pourrait être vrai. Et Euron n'en avait certes pas fait don à Victarion ; l'Œil de Choucas avait l'intention de la garder pour lui. *Il m'envoie comme un domestique la lui ramener. Comme il hurlera quand je la garderai pour moi !* Que les hommes murmurent. Ils avaient trop loin navigué et trop perdu pour que Victarion mît cap à l'ouest sans sa prise.

Le capitaine fer-né referma sa main valide en un poing. « Va faire exécuter mes ordres. Et puis trouve-moi le mestre, où qu'il se cache, et envoie-le dans ma cabine.

— Bien. » Wulfe s'en fut en clopinant.

Victarion Greyjoy se retourna vers la proue, parcourant sa flotte du regard. Les longs vaisseaux couvraient la mer, voiles ferlées et rames embarquées, flottant à l'ancre ou halés sur la plage de sable pâle. *L'île des Cèdres.* Où étaient-ils, ces cèdres ? Noyés quatre cents ans plus tôt, de toute évidence. Victarion était descendu à terre une douzaine de fois pour chasser de la viande fraîche, et il n'avait toujours pas vu l'ombre d'un seul.

Selon le mestre efféminé dont Euron l'avait encombré à Westeros, ces lieux s'appelaient jadis « L'île des Cent Batailles », mais les guerriers qui avaient livré les batailles en question étaient tous tombés en poussière depuis des siècles. *L'île des Singes, voilà comment on devrait l'appeler.* Elle avait des cochons, également : les plus massifs et les plus noirs que Fer-né ait jamais vus, et une abondance de marcassins couinant dans les taillis, des créatures effrontées qui n'avaient pas la peur de l'homme. *Mais ils apprenaient.* Les cambuses de la Flotte de Fer se remplissaient de jambons fumés, de porc salé et de bacon.

Les singes, en revanche... les singes étaient une plaie. Victarion avait interdit à ses hommes d'introduire à bord la moindre de ces démoniaques créatures, et pourtant, sans qu'on sût comment, la moitié de sa flotte en était désormais infestée, y compris son propre *Fer Vainqueur*. Il en voyait en ce moment précis se balancer d'espars en vergues, d'un navire à l'autre. *Que ne donnerais-je pour une arbalète.*

Victarion n'aimait pas cette mer, ni ces infinis cieux sans nuages, ni le soleil ardent qui leur martelait la tête et cuisait les ponts jusqu'à chauffer assez les planches pour brûler des pieds nus. Il n'aimait pas ces ouragans, qui semblaient surgir de nulle part. Les tempêtes sévissaient souvent sur les mers autour de Pyk, mais on pouvait au moins subodorer leur arrivée. Ces bourrasques méridionales étaient sournoises comme des femmes. Même l'eau n'avait pas la bonne couleur – un turquoise miroitant à proximité de la côte et, plus au large, un bleu si foncé qu'il confinait au noir. Victarion avait la nostalgie des flots gris-vert de chez lui, avec leurs houles et leurs déferlantes.

Cette île des Cèdres ne lui plaisait pas non plus. Certes, la chasse y était bonne, mais les forêts étaient trop vertes et tranquilles, débordant d'arbres tordus et de bizarres fleurs bariolées, sans commune mesure avec ce que ses hommes avaient jamais pu rencontrer, et des horreurs rôdaient parmi les décombres des palais et les débris des statues de Vélos l'engloutie, à une demi-lieue au nord du cap où la flotte tanguait à l'ancre. La dernière fois que Victarion avait passé la nuit à terre, des rêves noirs l'avaient perturbé et, à son réveil, il avait la bouche remplie de sang. Le mestre assurait qu'il s'était mordu la langue dans son sommeil, mais il vit là un présage envoyé par le dieu Noyé, afin de l'avertir : qu'il s'attardât ici trop longtemps, et il se noierait dans son propre sang.

Le jour où le Fléau s'était abattu sur Valyria, racontait-on, une muraille d'eau de trois cents pieds de haut avait déferlé sur l'île, noyant des centaines de milliers d'hommes, de femmes et d'enfants, ne laissant pour raconter les événements que quelques pêcheurs qui se trouvaient en mer et une poignée de piquiers vélosiens en faction dans une solide tour de pierre sur la plus haute colline de l'île, d'où ils avaient vu les vallées au-dessous d'eux se changer en mer démontée. La belle Vélos avec ses palais de cèdre et de marbre rose avait disparu en un battement de cœur. À l'extrémité nord de l'île, les anciens murs de brique et les pyramides à degrés du port esclavagiste de Ghozaï avaient subi le même sort.

Tant de noyés... Le dieu Noyé sera fort, là-bas, avait estimé Victarion en choisissant l'île pour la réunion des trois parties de sa flotte. Mais il n'était pas prêtre. Et s'il s'était complètement fourvoyé ? Peut-être le dieu Noyé avait-il détruit l'île dans son courroux. Son frère Aeron aurait su la réponse, mais le Tifs-trempés était resté sur les îles de Fer à prêcher contre l'Œil de Choucas et son règne. *Aucun impie ne peut s'asseoir sur le trône de Grès.* Et cependant, les capitaines et les rois avaient crié en faveur d'Euron aux états généraux de la royauté, le préférant à Victarion et à d'autres hommes pieux.

Le soleil du matin se reflétait sur l'eau en éclats de lumière trop vive pour la regarder en face. La tête de Victarion commençait à le faire souffrir, mais cela venait-il du soleil, de sa main ou des doutes qui l'agitaient, il n'aurait su le dire. Il regagna sa cabine sous le pont, dans la fraîcheur et l'ombre. La noiraude savait ce qu'il voulait sans qu'il eût même à le demander. Tandis qu'il se glissait sur son siège, elle prit un linge doux et humide dans la cuvette et le posa sur son front. « Bien, commenta-t-il. Bien. Et à présent, la main. »

La noiraude ne répondit rien. Euron lui avait coupé la langue avant de donner la fille à Victarion. Pour celui-ci, il n'y avait aucun doute : l'Œil de Choucas avait probablement couché avec elle, aussi. C'était dans la nature de son frère. *Euron offre des présents empoisonnés,* s'était rappelé le capitaine, le jour où la noiraude était montée à bord. *Je ne veux pas de ses restes.* Il avait alors décidé de lui trancher la gorge et de la jeter à la mer, un sacrifice sanglant au dieu Noyé. Sans comprendre pourquoi, cependant, il n'avait jamais vraiment mis sa menace à exécution.

La situation avait bien évolué, depuis. Avec la noiraude, Victarion pouvait parler. Jamais elle ne se risquait à répliquer. « Le *Chagrin* est le dernier, lui annonça-t-il tandis qu'elle lui retirait le gant. Le reste a perdu sa route, pris du retard ou sombré. » Il grimaça quand la femme insinua la pointe de son coutelas sous le linge souillé qui bandait sa main de bouclier. « Il y en aura qui jugeront que je n'aurais pas dû diviser la flotte. Des imbéciles. Nous avions quatre-vingt-dix et neuf vaisseaux... un encombrant troupeau à guider de par les mers jusqu'aux bouts de la terre. Si je les avais conservés ensemble, les vaisseaux plus rapides se seraient trouvés otages des plus lents. Et où collecter les provisions pour tant de bouches ? Jamais port n'accueillerait en ses eaux tant de vaisseaux de guerre. Les tempêtes nous auraient dispersés, de toute façon. Comme des feuilles semées sur la mer d'Été. »

Il avait préféré scinder la vaste flotte en escadres, et les envoyer chacune vers la baie des Serfs par une route différente. Les vaisseaux les plus rapides avaient été confiés à Ralf Maison-pierre le Rouge, pour suivre la route des corsaires, le long du littoral septentrional de Sothoryos. Mieux valait éviter les cités mortes qui pourrissaient sur cette côte de fièvres et de moiteur, tous les marins le savaient, mais sur les îles du Basilic, dans les villages de boue et de sang qui grouillaient d'esclaves en fuite, d'esclavagistes, d'écorcheurs, de putains, de chasseurs, d'hommes mouchetés et de pire encore, on pouvait toujours se procurer des provisions, lorsqu'on ne craignait pas d'acquitter le prix du fer.

Les navires plus grands, plus lourds et plus lents avaient pris la direction de Lys, afin d'y vendre les prisonniers capturés sur les Boucliers, les femmes et les enfants d'Houëttlord et d'autres îles, en même temps que des hommes qui avaient préféré la capi-tulation à la mort. Victarion n'avait que mépris pour de tels faibles. Quand bien même, cette vente lui laissait un mauvais goût en bouche. Rendre serf un homme, ou femme-sel une cap-tive, cela était bel et bon, mais les hommes n'étaient point des chèvres ou de la poulaille qu'on achetait et vendait pour de l'or. Il était content de laisser cette vente à Ralf le Boiteux, qui emploierait les sommes obtenues à charger ses lourds bâtiments de vivres pour la longue et lente traversée diagonale vers l'orient.

Ses propres vaisseaux s'étaient traînés en suivant les Terres Disputées pour embarquer à Volantis de la nourriture, du vin et de l'eau douce avant d'obliquer vers le sud et contourner Valyria. C'était la route de l'est la plus usitée, ainsi que la plus fortement fréquentée, riche en prises à capturer et en petites îles où l'on pouvait s'abriter des tempêtes, procéder à des répara-tions, et renouveler les provisions, au besoin.

« Cinquante et quatre navires, c'est trop peu, confia-t-il à la noiraude, mais je ne peux plus attendre. La seule façon... » Il grogna quand elle décolla le bandage, arrachant par la même occasion une croûte séchée. Dessous, la chair était verte et noire à l'endroit où l'épée l'avait entaillée. « … la seule façon d'y parvenir consiste à prendre les esclavagistes par surprise, comme je l'ai fait une fois à Port-Lannis. Surgir de la mer et les écraser, puis s'emparer de la fille et mettre les voiles avant que les Volantains ne fondent sur nous. » Victarion n'était pas un poltron, mais ce n'était pas non plus un imbécile ; il ne pouvait défaire trois cents vaisseaux avec cinquante-quatre. « Elle sera mon épouse et tu seras sa servante. » Une servante dénuée de langue ne pourrait jamais laisser échapper de secrets.

Il aurait pu en dire plus long, mais le mestre se présenta à ce moment-là, toquant à la porte de la cabine avec la timidité d'une souris. « Entre, lança Victarion, et barre la porte. Tu sais pourquoi tu es ici.

— Lord Capitaine. » Le mestre ressemblait à une souris, également, avec ses robes grises et sa petite moustache brune. *Est-ce qu'il se figure que ça le fait paraître plus viril ?* Il s'appelait Kerwin. Il était très jeune, vingt et deux ans, peut-être. « Puis-je examiner votre main ? » demanda-t-il.

Question idiote. Les mestres avaient leur utilité, mais Victarion n'éprouvait que mépris pour ce Kerwin. Avec ses joues roses et lisses, ses mains douces et ses boucles brunes, il paraissait plus féminin que la plupart des filles. En montant la première fois à bord du *Fer Vainqueur*, il affichait aussi un petit sourire goguenard, mais une nuit, au large des Degrés de Pierre, il avait souri à celui qu'il ne fallait pas, et Burton Humble lui avait cassé quatre dents. Peu après, Kerwin était venu geindre auprès du capitaine que quatre membres de l'équipage l'avaient traîné en cale pour user de lui comme d'une femme. « Voilà comment on y met bon ordre », avait rétorqué Victarion en faisant claquer un poignard sur la table qui les séparait. Kerwin avait pris la lame – trop apeuré pour refuser, avait jugé le capitaine – mais il ne s'en était jamais servi.

« Ma main est là, répondit Victarion. Examine tout ton soûl. »

Mestre Kerwin posa un genou à terre pour mieux inspecter la blessure. Il alla jusqu'à la renifler, comme un chien. « Je vais devoir faire couler le pus. La couleur… Lord Capitaine, l'estafilade ne guérit pas. Je vais peut-être devoir vous amputer la main. »

Ils en avaient déjà discuté. « Si tu me coupes la main, je te tue. Mais d'abord, je t'attacherai au bastingage et j'offrirai ton cul à tout l'équipage. Allons, vas-y.

— Ce sera douloureux.

— Comme toujours. » *La vie n'est que douleur, imbécile. Il n'y est nulle joie, sinon dans les demeures liquides du dieu Noyé.* « Vas-y. »

Le mioche – difficile de considérer quelqu'un d'aussi rose et doux comme un homme – posa le tranchant de la dague contre la paume du capitaine et incisa. Le pus qui en gicla était épais et jaune comme du lait tourné. La noiraude fronça du nez à l'odeur, le mestre s'étrangla, et Victarion lui-même sentit son estomac se retourner. « Coupe plus profond. Purge tout. Fais-moi voir le sang. »

Mestre Kerwin enfonça le poignard. Cette fois-ci, la douleur était là, mais avec le pus monta le sang, un sang si sombre qu'il semblait noir à la lueur de la lanterne.

Du sang. C'était bien. Victarion émit un grognement approbateur. Il resta assis sans frémir tandis que le mestre épongeait, exprimait et retirait le pus avec des carrés de linge doux bouillis dans du vinaigre. Le temps qu'il ait terminé, l'eau claire de la cuvette s'était changée en soupe écumante. Cette seule vision aurait rendu malade n'importe qui. « Emporte-moi cette saleté et file. » D'un signe de tête, Victarion indiqua la noiraude. « Elle pourra me panser. »

Même après la fuite du mioche, la puanteur demeura. Ces derniers temps, on ne pouvait plus y échapper. Le mestre avait suggéré qu'il vaudrait mieux vider la blessure sur le pont, à l'air frais et au soleil, mais Victarion s'y était catégoriquement opposé. Pas question que son équipage assistât à un tel spectacle. Une moitié de monde les séparait de chez eux, c'était trop loin pour leur laisser voir que leur capitaine de fer commençait à rouiller.

Sa main gauche continuait à le torturer – une douleur sourde, mais persistante. Quand il ferma le poing, elle s'aiguisa, comme si un coutelas se plantait dans son bras. *Pas un coutelas, une flamberge. Une longue flamberge, maniée par un fantôme.* Serry, tel était son nom. Chevalier et héritier de Bouclier du Sud. *Je l'ai tué, mais de sa tombe il me larde. Du cœur brûlant de l'enfer où j'ai pu l'expédier, il frappe son acier dans ma main et tord la lame.*

Victarion se remémorait le combat comme s'il l'avait livré hier. Son bouclier en miettes pendait inutile à son bras ; aussi, quand l'épée de Serry s'était abattue, fulgurante, avait-il levé la main pour la retenir. Le jouvenceau avait été plus vigoureux qu'il ne paraissait : la lame avait mordu à travers l'acier à l'écrevisse du gantelet et traversé le gant matelassé au-dessous, jusqu'au charnu de sa paume. *Une griffure de chaton*, avait jugé Victarion par la suite. Il avait lavé la coupure, versé dessus du vinaigre bouilli, pansé la plaie et n'y avait plus guère songé, comptant bien que la douleur s'effacerait et que la main guérirait avec le temps.

Mais, de fait, la blessure s'était infectée, jusqu'à ce que Victarion se demandât si la lame de Serry n'avait pas été empoisonnée. Pourquoi, sinon, la coupure refusait-elle de guérir ? L'idée le mettait en fureur. Un homme, un vrai, ne tuait pas par le poison. À Moat Cailin, les diables des tourbières avaient tiré des flèches empoisonnées sur ses hommes, mais qu'attendre d'autre, de la part de créatures aussi dégénérées ? Serry avait été chevalier, un chevalier de haute naissance. Le poison était bon pour les pleutres, les femmes et les Dorniens.

« Sinon Serry, qui d'autre ? demanda-t-il à la noiraude. Serait-ce l'œuvre de cette souris de mestre ? Les mestres sont experts en sortilèges et autres tours. Il pourrait en employer un pour m'empoisonner, dans l'espoir que je lui laisserai me couper la main. » Plus il y songeait, et plus l'idée paraissait vraisemblable. « C'est l'Œil de Choucas qui me l'a donnée, cette lamentable créature. » Euron avait capturé Kerwin sur le Bouclier Vert, où ce dernier était au service de lord Chester, à surveiller ses corbeaux et instruire ses enfants, à moins que ce ne fût l'inverse. Et qu'elle avait couiné, la souris, quand un des muets d'Euron l'avait livrée à bord du *Fer Vainqueur*, en la traînant par cette laisse si commode qu'elle portait autour du cou. « S'il se venge pour cela, il me fait grand tort. C'est Euron qui a insisté pour qu'on s'empare de lui, afin de l'empêcher de causer des ennuis avec ses oiseaux. » Son frère lui avait également donné trois cages de corbeaux, de manière que Kerwin pût expédier des rapports sur leur voyage, mais Victarion lui avait interdit d'en lâcher. *Que l'Œil de Choucas cuise dans son jus et s'interroge.*

La noiraude lui pansait la main avec des linges propres, les enveloppant six fois autour de sa paume, quand Longuesaigues

Pyke s'en vint cogner à la porte de la cabine et annoncer que le capitaine du *Chagrin* était monté à bord avec un prisonnier. « Y raconte qu'y nous ramène un sorcier, capitaine. Y dit qu'y l'a repêché en mer.

— Un sorcier ? » Se pourrait-il que le dieu Noyé lui ait dépêché un présent, ici, à l'autre bout du monde ? Son frère Aeron aurait su le dire, mais Aeron avait vu la majesté des demeures aquatiques du dieu Noyé sous la mer avant d'être rendu à la vie. Victarion éprouvait vis-à-vis de son dieu une crainte salutaire, comme le devrait tout homme, mais il plaçait sa foi dans l'acier. Il contracta sa main blessée, avec une grimace, puis il enfila son gant et se leva. « Montre-moi ce conjurateur. »

Le maître du *Chagrin* les attendait sur le pont. Un petit homme, velu autant que laid, Sparr par la naissance. Les hommes le surnommaient le Mulot. « Lord Capitaine, commença-t-il quand Victarion apparut, voilà Moqorro. Un don que nous envoie le dieu Noyé. »

Le conjurateur était un véritable monstre, aussi grand que Victarion lui-même et deux fois plus large, avec un ventre comme un rocher et une crinière de cheveux d'un blanc d'os qui encadraient son visage comme une crinière de lion. Sa peau était noire. Pas le brun noisette des Estiviens sur leurs vaisseaux cygnes, ni l'ocre brun des seigneurs du cheval dothrakis, non plus que la coloration terre et fusain de la peau de la noiraude ; *noir*. Plus noir que le charbon, plus que le jais, plus que l'aile d'un corbeau. *Brûlé*, décida Victarion, *comme un homme qui a rôti à un brasier jusqu'à ce que la chair crame, se recroqueville et lui tombe, fumante, des os.* Les feux qui l'avaient calciné dansaient sur ses joues et sur son front, d'où ses yeux regardaient au travers d'un masque de flammes figées. *Des tatouages d'esclave*, identifia le capitaine. *Des marques mauvaises.*

« On l'a trouvé accroché à une vergue brisée, expliqua le Mulot. L'a passé dix jours dans l'eau après qu' son navire a sombré.

— S'il avait passé dix jours dans l'eau, il serait mort ou il aurait perdu la raison à force de boire de l'eau de mer. » L'eau de mer était sacrée ; Aeron Tifs-trempés et d'autres prêtres pouvaient l'employer pour bénir les gens et en avaler de temps en temps une gorgée ou deux, afin de raffermir leur foi, mais nul mortel ne pouvait boire à la mer profonde plusieurs jours de suite et espérer survivre. « Tu te prétends conjurateur ? demanda Victarion au prisonnier.

— Non, capitaine », répondit l'homme noir dans la Langue Commune. Sa voix était si grave qu'elle semblait sourdre du fond des mers. « Je ne suis qu'un humble serviteur de R'hllor, maître de la Lumière. »

R'hllor. Un prêtre rouge, donc. Victarion avait vu ses semblables dans des cités étrangères, en train de veiller sur leurs feux sacrés. Ceux-là avaient arboré de riches robes rouges, en soie, velours et laine d'agneau. Celui-ci portait des haillons fanés, maculés de sel, dont les lambeaux se plaquaient à ses jambes épaisses et pendaient en loques sur son torse... Mais quand le capitaine examina ces guenilles de plus près, il lui apparut qu'elles avaient pu être rouges un jour. « Un prêtre rose, annonça Victarion.

— Un prêtre démon », s'exclama Wulfe-qu'une-oreille. Il cracha.

« P't' êt' que ses robes ont pris feu et qu'il a sauté par-d'sus bord pour les éteindre », suggéra Longuesaigues Pyke, déclenchant un éclat de rire général. Même les singes s'en amusèrent. Les bestioles jacassèrent dans les hauteurs, et l'une d'elles balança une poignée de ses propres excréments qui vint s'écraser sur les planches du pont.

Victarion Greyjoy se méfiait des rires. Leur écho lui inspirait invariablement le sentiment confus d'être la cible d'une plaisanterie qui lui échappait. Souvent, Euron Œil de Choucas s'était raillé de lui, quand ils étaient enfants. De même Aeron, avant de devenir le Tifs-trempés. Leurs moqueries se présentaient souvent sous une livrée de louanges et, en certaines occasions, Victarion n'avait même pas eu conscience qu'on se moquait de lui. Pas avant d'entendre les rires. Alors la colère montait, bouillonnant au fond de sa gorge jusqu'à ce que son fiel soit près de l'étouffer. Voilà ce que lui inspiraient les singes. Leurs facéties n'amenaient pas même un sourire sur le visage du capitaine, au contraire de son équipage, qui rugissait de rire, gueulait et lançait des coups de sifflet.

« Envoyez-le rejoindre le dieu Noyé avant qu'il n'attire sur nous une malédiction, le pressa Burton Humble.

— Un navire envoyé par le fond, et lui seul s'accroche aux débris, commenta Wulfe-qu'une-oreille. Où qu'il est passé, l'équipage ? Est-ce qu'il aurait invoqué des démons pour les dévorer ? Qu'est-ce qu'il est devenu, son navire ?

— Une tempête. » Moqorro croisa ses bras sur son torse. Il ne paraissait pas inquiet, malgré tous ces hommes autour de lui qui réclamaient sa mort. Même les singes ne semblaient guère apprécier ce conjurateur. Ils bondissaient de drisse en drisse, dans les airs, en hurlant.

Victarion hésitait. *Il est sorti de la mer. Pourquoi le dieu Noyé l'a-t-il rejeté, sinon parce qu'il voulait que nous le trouvions ?* Son frère Euron avait ses petits conjurateurs personnels. Peut-être le dieu Noyé voulait-il que Victarion eût aussi le sien. « Qu'est-ce qui te fait raconter que cet homme est un conjurateur ? interrogea-t-il le Mulot. Je ne vois qu'un prêtre rouge en loques.

— J'ai cru pareil, capitaine... mais y *sait* des choses. Y savait qu'on se dirigeait vers la baie des Serfs, avant même qu'on lui ait dit, et y savait que zétiez là, au large de c't' île. » Le petit homme hésita. « Lord Capitaine, y m'a dit... y m'a dit qu' zalliez mourir à coup sûr si on l'conduisait pas à vous.

— Que *moi*, j'allais mourir ? » Victarion laissa échapper un renâclement de dérision. *Tranchez-lui la gorge et jetez-le à la mer*, se préparait-il à dire, quand une pointe de souffrance dans sa main blessée se planta dans son bras, remontant presque jusqu'au coude, une douleur si intense que ses mots se changèrent en bile au fond de sa gorge. Il tituba et se raccrocha au bastingage pour ne pas tomber.

« Le sorcier a j'té un sort au capitaine », lança une voix.

D'autres reprirent le cri. « *Coupez-lui la gorge ! Tuez-le avant qu'il invoque des démons contre nous !* » Longuesaigues Pyke fut le premier à tirer son coutelas. « *NON !* beugla Victarion. Arrière ! Tous ! Pyke, range ta lame. Mulot, repars sur ton navire. Humble, conduis ce sorcier dans ma cabine. Le reste, reprenez vos tâches. » Pendant la moitié d'un battement de cœur, il ne fut pas certain qu'ils allaient obéir. Ils restaient sur place, en grommelant, la moitié avec un coutelas tiré, s'entre-regardant tous en quête d'une décision. La merde de singe plut autour d'eux, *plaf, plaf, plaf*. Personne ne bougea jusqu'à ce que Victarion attrapât le conjurateur par un bras et l'entraînât vers l'écoutille.

Lorsqu'il ouvrit la porte de la cabine du capitaine, la noiraude se retourna vers lui, muette et souriante... mais quand elle vit le prêtre rouge à ses côtés, ses lèvres se retroussèrent sur ses dents, et elle poussa un sifflement de fureur soudaine, à la manière d'un serpent. Victarion la gifla d'un revers de sa main valide, l'envoyant rouler sur le plancher. « La paix, femme. Du vin pour nous deux. » Il pivota vers l'homme noir. « Le Mulot a dit vrai ? Tu as vu ma mort ?

— Cela, et plus encore.

— Où ça ? Quand ? Est-ce que je mourrai au combat ? » Sa main valide s'ouvrait et se refermait. « Si tu me mens, je te fends le crâne comme un melon et je donne ta cervelle à manger aux singes.

— Votre mort est avec nous en cette heure, messire. Montrez-moi votre main.

— Ma main ? Que sais-tu de ma main ?

— Je vous ai vu dans les feux nocturnes, Victarion Greyjoy. Vous avancez à travers les flammes, grave et féroce, votre grande hache ruisselant de sang, aveugle aux tentacules qui vous enserrent le poignet, le cou et la cheville, les fils noirs qui vous font danser.

— *Danser ?* » Victarion frémit de colère. « Tes feux nocturnes mentent. Je n'ai pas été conçu pour la danse, et je ne suis le pantin de personne. » Il arracha son gant et brandit sa mauvaise main sous le nez du prêtre rouge. « Tiens. C'est ça, que tu voulais ? » Le linge propre était déjà barbouillé de sang et de pus. « Il portait une rose sur son bouclier, celui qui m'a fait ça. Je me suis griffé la main sur une épine.

— Même la plus légère égratignure peut se révéler mortelle, lord Capitaine, mais si vous m'y autorisez, je vais guérir ceci. J'ai besoin d'une lame. En argent, ce serait l'idéal, mais le fer suffira. D'un brasero également. Je me dois d'allumer un feu. Ce sera douloureux. Terriblement douloureux, une souffrance comme vous n'en avez jamais connu. Mais lorsque nous en aurons terminé, votre main vous sera restituée. »

Tous les mêmes, ces hommes de magie. La souris m'a mis en garde contre la douleur, elle aussi. « Je suis fer-né, prêtre. Je me ris de la douleur. Tu auras ce que tu demandes… mais si tu échoues et que ma main ne guérit pas, je te couperai la gorge moi-même et je te donnerai à la mer. »

Moqorro s'inclina, ses yeux sombres brillant. « Qu'il en soit ainsi. »

On ne revit pas le capitaine de fer ce jour-là, mais, au fil des heures, l'équipage de son *Fer Vainqueur* rapporta avoir entendu des accès de rire dément en provenance de la cabine du capitaine, un rire grave, sombre et fou, et quand Longuesaigues Pyke et Wulfe-qu'une-oreille essayèrent d'ouvrir la porte de la cabine, ils la trouvèrent barrée. Plus tard, ce fut un chant, une complainte étrange et aiguë dans une langue que le mestre identifia

comme du haut valyrien. C'est alors que les singes abandonnèrent le bord, poussant des cris en sautant à la mer.

Le coucher du soleil venu, tandis que la mer virait à un noir
d'encre et que le soleil boursouflé teignait le ciel d'un rouge
profond et sanglant, Victarion remonta sur le pont. Il était torse
nu, son bras gauche ensanglanté jusqu'au coude. Tandis que son
équipage s'assemblait en échangeant chuchotements et coups
d'œil, il éleva une main calcinée et noircie. Des filets de fumée
sombre montèrent de ses doigts quand il désigna le mestre.
« Lui. Qu'on lui tranche la gorge et qu'on le jette à la mer, et
nous aurons des vents favorables jusqu'à Meereen. » Moqorro
avait vu cela dans ses feux. Il avait également vu que la garce
était mariée, mais quelle importance ? Ce ne serait pas la première femme que Victarion Greyjoy rendrait veuve.

TYRION

Le guérisseur entra sous la tente en murmurant des amabilités, mais une inspiration de l'air vicié et un coup d'œil à Yezzan zo Qaggaz y mirent bon ordre. « La jument pâle », déclara l'homme à Douceur.

Mais quelle stupeur, commenta Tyrion en son for intérieur. *Qui s'en serait douté ? Hormis n'importe qui doté d'un nez et moi, avec ma moitié d'un.* Yezzan brûlait de fièvre, s'agitant spasmodiquement dans une flaque de ses propres excréments. Sa merde s'était changée en une bouillie brune striée de sang... et il échoyait à Yollo et Sol de lui torcher son cul jaune. Même avec de l'assistance, leur maître était incapable de soulever son propre poids ; toutes ses forces déclinantes étaient mobilisées dès qu'il fallait rouler sur un côté.

« Mes arts ne prévaudront pas ici, annonça le guérisseur. La vie du noble Yezzan repose entre les mains des dieux. Tenez-le au frais si vous le pouvez. D'après certains, cela peut aider. Apportez-lui de l'eau. » Ceux qu'avait contaminés la jument pâle avaient perpétuellement soif, avalant des volumes d'eau entre chaque diarrhée. « De l'eau fraîche et pure, autant qu'il sera capable d'en boire.

— Pas l'eau du fleuve, commenta Douceur.

— En aucune façon. » Et sur ces mots, le guérisseur décampa.

Nous avons besoin de fuir, nous aussi, estima Tyrion. Il était un esclave muni d'un collier d'or et de petits grelots qui tintaient de notes pimpantes à chaque pas qu'il faisait. *Un des trésors spéciaux de Yezzan. Un honneur impossible à distinguer d'une condamnation à mort.* Yezzan zo Qaggaz aimait à conserver ses chéris près de lui, si bien que la tâche de s'occuper de lui avait échu à Yollo, Sol, Douceur et ses autres trésors, quand il était tombé malade.

Pauvre vieux Yezzan. Son Altesse du lard n'était pas le plus mauvais des maîtres possibles. Douceur avait eu raison sur ce point. En servant durant ses banquets nocturnes, Tyrion avait vite appris que Yezzan occupait le premier rang parmi les seigneurs yunkaïis partisans de respecter la paix avec Meereen. La plupart des autres se bornaient à patienter, en attendant l'arrivée des armées de Volantis. Quelques-uns voulaient prendre immédiatement la ville d'assaut, de crainte que les Volantains ne les privassent de leur part de gloire et du plus beau butin. Yezzan n'en voulait rien savoir. Non plus qu'il n'avait consenti à renvoyer les otages de Meereen via trébuchet, comme l'avait proposé Barbesang, l'épée-louée.

Mais tant et plus de choses peuvent changer en deux jours. Deux jours plus tôt, Nourrice était robuste et en bonne santé. Deux jours plus tôt, Yezzan n'avait pas entendu battre les sabots fantômes de la jument pâle. Deux jours plus tôt, les flottes de l'Antique Volantis se trouvaient à deux jours de navigation supplémentaires. Et maintenant...

« Est-ce que Yezzan va mourir ? » demanda Sol, de cette voix qui signifiait : *Par pitié, dis-moi que ce n'est pas vrai.*

« Nous allons tous mourir.

— De la caquesangue, je voulais dire. »

Douceur leur lança à tous deux un regard affolé. « Il ne faut *pas* que Yezzan meure. » L'hermaphrodite caressait le front de leur gigantesque maître, repoussant en arrière les cheveux trempés de sueur. Le Yunkaïi gémit, et une nouvelle marée de liquide brun déferla sur ses jambes. Sa couche était souillée et puante, mais ils n'avaient aucun moyen de le déplacer.

« Certains maîtres affranchissent leurs esclaves, au moment de mourir », fit observer Sol.

Douceur gloussa. C'était un bruit sinistre. « Les favorites, seulement. Ils les libèrent des peines de ce monde, afin qu'elles accompagnent leur maître bien-aimé dans la tombe et qu'elles le servent dans l'au-delà. »

Douceur est bien placé pour savoir. Il sera le premier à avoir la gorge tranchée.

Le jeune chèvre-pied prit la parole. « La reine d'argent...

— ... est morte, affirma Douceur. N'y pense plus ! Le dragon l'a emportée de l'autre côté du fleuve. Elle s'est noyée dans la mer Dothrak.

— On peut pas se noyer *dans de l'herbe*, riposta le chèvre-pied.

— Si nous étions libres, suggéra Sol, nous pourrions retrouver la reine. Ou, du moins, partir à sa recherche. »

Toi sur ton chien, moi sur ma truie, à la chasse du dragon à travers la mer Dothrak. Tyrion gratta sa cicatrice afin de se retenir de rire. « Le dragon en question a déjà manifesté un goût marqué pour le rôti de porc. Et le rôti de nain est deux fois plus savoureux.

— Ce n'était qu'un souhait, répondit Sol d'un air pensif. Nous pourrions prendre la mer. Les navires ont recommencé à circuler, maintenant que la guerre est finie. »

Finie ? Tyrion avait tendance à en douter. Des parchemins avaient été signés, mais une guerre ne se livre pas sur des bouts de papier.

« Nous pourrions partir pour Qarth, continua Sol. Les rues y sont pavées de jade, me disait toujours mon frère. Les murs de la ville sont une des merveilles du monde. Quand nous nous produirons à Qarth, l'or et l'argent pleuvront sur nous, tu verras.

— Certains des navires dans la baie sont qarthiens, lui rappela Tyrion. Lomas Grandpas a vu les murailles de Qarth. Je me contenterai de ses livres. Je suis allé aussi loin à l'est que j'en ai l'intention. »

Douceur tapotait le visage fiévreux de Yezzan avec un linge humide. « Il faut que Yezzan vive. Sinon, nous mourrons tous avec lui. La jument pâle n'emporte pas tous ses cavaliers. Le maître se rétablira. »

C'était un mensonge éhonté. Ce serait un miracle si Yezzan vivait un jour de plus. Son Altesse du lard agonisait déjà d'on ne savait quelle atroce maladie ramenée de Sothoryos, semblait-il à Tyrion. Son trépas allait simplement se voir précipité. *Une miséricorde, en vérité.* Mais pas d'un genre auquel le nain tenait pour sa propre part. « Le guérisseur a dit qu'il avait besoin d'eau fraîche. Nous allons y veiller.

— C'est charitable de votre part. » Douceur paraissait abattue. Cela dépassait la simple crainte de se faire trancher la gorge ; seule parmi les trésors de Yezzan, elle semblait éprouver un attachement sincère pour leur volumineux maître.

« Sol, viens avec moi. » Tyrion ouvrit le rabat de la tente et la fit sortir dans la chaleur d'une matinée meereenienne. L'air, moite et étouffant, offrait cependant un soulagement bienvenu après les miasmes de sueur, de merde et de maladie qui imprégnaient l'atmosphère dans le pavillon palatial de Yezzan.

« L'eau va aider le maître, déclara Sol. Le guérisseur l'a dit, ce doit être vrai. De l'eau fraîche.

— L'eau fraîche n'a pas aidé Nourrice. » *Pauvre vieux Nourrice.* Les soldats de Yezzan l'avaient jeté sur la carriole des morts, la veille au crépuscule, une victime de plus de la jument pâle. Lorsque des hommes meurent toutes les heures, personne n'inspecte de trop près un mort de plus, surtout un personnage aussi universellement haï que Nourrice. Les autres esclaves de Yezzan avaient refusé d'approcher le surveillant dès que les crampes s'étaient manifestées, aussi était-ce Tyrion qui avait dû le tenir au chaud et lui apporter à boire. *Du vin coupé d'eau, du jus de citron sucré et une bonne soupe bien brûlante, un potage de queue de chien, enrichi de tranches de champignons dans le bouillon. Avale tout, mon brave Nounou, il faut renouveler cette merde liquide qui te gicle du cul.* Le dernier mot qu'avait prononcé Nounou avait été : « Non. » Et les derniers qu'il ait jamais entendus : « Un Lannister paie toujours ses dettes. »

Tyrion avait caché à Sol la vérité de l'affaire, mais elle devait comprendre la situation exacte de leur maître. « Je serais stupéfait que Yezzan vive jusqu'à l'aube. »

Elle lui étreignit le bras. « Que va-t-il nous arriver ?

— Il a des héritiers. Des neveux. » Quatre d'entre eux étaient venus de Yunkaï avec Yezzan pour commander ses esclaves soldats. L'un d'eux était mort, occis par des épées-louées Targaryen au cours d'une sortie. Les trois autres se répartiraient très probablement les esclaves de Sa Jaune Ventripotence. Savoir si l'un de ces neveux partageait la dilection de Yezzan pour les estropiés, les phénomènes et les grotesques, était beaucoup plus problématique. « L'un d'entre eux pourrait hériter de nous. Ou nous pourrions nous retrouver sur le marché, vendus aux enchères.

— Non. » Elle écarquilla les yeux. « Pas ça. De grâce.

— La perspective ne m'enchante pas davantage. »

À quelques pas de là, six des esclaves soldats de Yezzan, accroupis dans la poussière, lançaient les osselets en faisant circuler une outre de main en main. L'un d'eux, le sergent qu'on appelait le Balafré, était une sombre brute au crâne aussi lisse que la pierre et à la carrure de bœuf. *Proche du bœuf par la ruse, également*, se rappela Tyrion.

Il se dandina jusqu'à eux. « Balafré, aboya-t-il, le noble Yezzan a besoin d'eau pure et fraîche. Emmène deux hommes et rapporte autant de seaux que vous pourrez en tenir. Et ne traîne pas. »

Les soldats interrompirent leur partie. Le Balafré se remit debout, fronçant sa protubérante arcade sourcilière. « T'as dit quoi, le nain ? Tu te prends pour qui ?

— Tu sais qui je suis. Yollo. Un des trésors de ton maître. Maintenant, exécute ce que je t'ai dit. »

Les soldats éclatèrent de rire. « Allez, Balafré, gouailla l'un d'eux, et traîne pas. Le singe de Yezzan t'a donné un ordre.

— On dit *pas* aux soldats ce qu'il faut faire, déclara le Balafré.

— Des soldats ? » Tyrion feignit la perplexité. « Je ne vois que des esclaves. Tu portes un collier autour du cou, exactement comme moi. »

Le sauvage revers de main que lui flanqua le Balafré l'envoya rouler à terre, et lui éclata la lèvre. « Le collier de Yezzan. Pas le tien. »

Tyrion essuya du dos de la main le sang de sa lèvre fendue. Lorsqu'il voulut se remettre debout, une jambe s'effaça sous lui, et il retomba à genoux. Il eut besoin de l'aide de Sol pour se relever. « Douceur a dit qu'il fallait de l'eau au maître, insista-t-il avec son plus beau geignement.

— Douceur a qu'à aller se faire foutre. Il peut même faire ça tout seul. On reçoit pas d'ordres de ce monstre, non plus. »

Non, songea Tyrion. Même parmi les esclaves, il y avait les seigneurs et les paysans, comme il n'avait pas tardé à l'apprendre. L'hermaphrodite, de longue date le favori particulier de leur maître, avait été cajolé, gâté, et pour cela, les autres esclaves du noble Yezzan le haïssaient.

Les soldats avaient coutume de recevoir les ordres de leurs maîtres et de leur surveillant. Mais Nourrice était mort, et Yezzan trop mal en point pour désigner un successeur. Quant aux trois neveux, à la première rumeur de sabots de la jument pâle, ces braves hommes libres s'étaient souvenus d'affaires pressantes les requérant ailleurs.

« L... l'eau, insista Tyrion, pleurnichard. Pas celle du fleuve, le guérisseur a dit. De l'eau pure, de l'eau fraîche du puits. »

Le Balafré grogna. « Eh ben, vas-y, toi. Et traîne pas.

— Nous ? » Tyrion échangea avec Sol un regard désemparé. « C'est lourd, de l'eau. Nous ne sommes pas aussi forts que vous. Est-ce que... est-ce qu'on pourrait prendre la carriole avec la mule ?

— Prends tes jambes.

— Nous allons devoir faire une douzaine de voyages.

— Faites-en cent. J'en ai rien à foutre.

— Mais tous les deux, tout seuls... jamais nous ne pourrons transporter toute l'eau dont le maître a besoin.

— Utilisez votre ours, suggéra le Balafré. Il est probablement bon qu'à ça, à aller chercher de l'eau. »

Tyrion recula. « Comme vous voulez, maître. »

Le Balafré grimaça un sourire. *Oh, « maître », ça lui a plu, ça.* « Morgo, apporte les clés. Vous allez remplir les seaux et vous revenez tout de suite, le nain. Tu sais ce qui arrive aux esclaves qui essaient de s'enfuir.

— Apporte les seaux », ordonna Tyrion à Sol. Il partit avec le dénommé Morgo chercher ser Jorah dans sa cage.

Le chevalier ne s'était pas bien adapté à la servitude. Quand on lui avait demandé de jouer les ours et d'enlever la belle damoiselle, il s'était montré maussade et peu coopératif, tenant son rôle sans la moindre conviction, lorsqu'il daignait prendre part à leur spectacle. Bien qu'il n'eût pas tenté de s'évader, ni exercé de violence contre ses geôliers, il ignorait en général leurs ordres ou répondait par des imprécations à voix basse. Rien de tout cela n'avait amusé Nourrice, qui avait manifesté son mécontentement en confinant Mormont dans une cage en fer et en le faisant battre chaque soir tandis que le soleil sombrait dans la baie des Serfs. Le chevalier recevait les coups en silence : on n'entendait que les jurons grommelés par les esclaves qui le frappaient et les chocs mats de leurs bâtons qui cognaient la chair meurtrie et endolorie de ser Jorah.

Cet homme n'est qu'une coquille vide, avait pensé Tyrion, la première fois qu'il avait vu rosser le grand chevalier. *J'aurais dû tenir ma langue et laisser Zahrina l'emporter. Il aurait sans doute connu un sort préférable.*

Mormont émergea du confinement étroit de sa cage, tordu, clignant les paupières, les deux yeux pochés et le dos tout encroûté de sang séché. Il avait le visage tellement tuméfié et enflé que ce n'était quasiment plus une figure humaine. Il était nu, hormis son pagne, une guenille jaune et crasseuse. « Tu vas les aider à porter de l'eau », lui indiqua Morgo.

Pour toute réponse, ser Jorah lui adressa un regard renfrogné. *Il est des hommes qui préféreraient mourir libres que de vivre en esclave, je suppose.* Pour sa part, Tyrion ne souffrait pas de cette affliction, mais si Mormont assassinait Morgo, les autres esclaves pourraient négliger d'observer ce distinguo entre eux. « Viens », intervint-il avant que le chevalier ne commette un acte de bravoure imbécile. Il s'éloigna en se dandinant, en espérant que Mormont allait suivre.

Pour une fois, les dieux furent bons. Mormont suivit.

Deux seaux pour Sol, deux pour Tyrion, et quatre pour ser Jorah, deux dans chaque main. Le puits le plus proche se situait au sud-ouest de la Mégère, aussi partirent-ils dans cette direction, les grelots de leurs colliers tintinnabulant gaiement à chaque pas. Personne ne leur prêta attention. Ce n'étaient que des esclaves qui allaient chercher de l'eau pour leur maître. Porter un collier, en particulier un collier doré frappé du nom de Yezzan zo Qaggaz, conférait certains avantages. Le tintement de leurs clochettes proclamait leur valeur à quiconque était doté d'oreilles. Un esclave n'avait que l'importance de son maître ; Yezzan était l'homme le plus riche de la Cité Jaune, et il avait fourni à la guerre six cents esclaves soldats, même s'il ressemblait à une monstrueuse limace jaune et qu'il puait la pisse. Leurs colliers leur permettaient de se déplacer partout où ils le souhaitaient dans l'enceinte du camp.

Jusqu'à ce que Yezzan meure.

Les Lords de la Sonnaille faisaient s'exercer leurs esclaves soldats sur le champ voisin. Le fracas des chaînes qui les entravaient produisait une discordante musique métallique tandis qu'ils défilaient au pas cadencé sur le sable et se rangeaient en formation avec leurs longues piques. Ailleurs, des équipes d'esclaves élevaient des rampes de pierre et de sable sous leurs mangonneaux et leurs scorpions, les dirigeant vers le ciel, afin de mieux défendre le camp en cas de retour du dragon noir. Les voir transpirer et jurer en hissant les lourds engins sur les plans inclinés fit sourire le nain. On notait également beaucoup d'arbalètes. Un homme sur deux en portait une, semblait-il, avec un plein carquois de viretons accroché à la hanche.

Si quelqu'un avait eu l'idée de lui poser la question, Tyrion aurait pu leur conseiller de ne pas se donner tant de peine. À moins qu'une des longues piques en fer d'un scorpion frappe un œil par hasard, ces joujoux avaient peu de chance de faire mordre la poussière au monstre chéri de la reine. *On ne tue pas un dragon si facilement. Si vous le chatouillez avec tout ce fourbi, vous allez uniquement réussir à le mettre en colère.*

C'était aux yeux qu'un dragon était le plus vulnérable. Les yeux et le cerveau, derrière. Pas le ventre, contrairement à ce qu'affirmaient certains vieux contes. Les écailles en ce point étaient tout aussi coriaces que celles du dos et des flancs du dragon. Et pas le gosier, non plus. C'était de la folie. Autant essayer, pour ces apprentis tueurs de dragon, d'éteindre un incendie à coups de pique. *De la goule d'un dragon la mort sort, mais point n'y entre*, avait écrit le septon Barth dans sa *Surnaturelle Histoire*.

Plus loin encore, deux légions de la Nouvelle-Ghis se faisaient face, une muraille de boucliers répondant à une autre, alors que des sergents en demi-heaumes de fer empanachés de crin de cheval gueulaient des ordres dans leur incompréhensible dialecte. À l'œil nu, les Ghiscaris paraissaient plus formidables que les soldats esclaves yunkaïis, mais Tyrion entretenait quelques doutes. On avait pu armer les légionnaires et les organiser sur le modèle des Immaculés... mais les eunuques ne connaissaient pas d'autre existence, tandis que les Ghiscaris étaient des citoyens libres qui servaient des périodes de trois ans.

La file devant le puits s'étirait sur un quart de mille.

Il n'y avait qu'une poignée de puits à moins d'une journée de marche de Meereen, aussi l'attente était-elle toujours longue. Le plus gros de l'ost yunkaïi puisait son eau potable à la Skahazadhan, ce qui, Tyrion le savait avant même la mise en garde du guérisseur, était une très mauvaise idée. Si les plus malins veillaient à remonter en amont des latrines, ils ne s'en trouvaient pas moins en aval de la cité.

Qu'il restât encore des puits utilisables à moins d'une journée de marche de la cité prouvait d'ailleurs la candeur de Daenerys Targaryen en matière de science des sièges. *Elle aurait dû empoisonner chaque puits. Dès lors, tous les Yunkaïis boiraient au fleuve. On verrait alors combien de temps leur siège durerait.* C'est ainsi qu'aurait procédé le seigneur son père, Tyrion n'en doutait pas une seconde.

Chaque fois qu'ils avançaient d'une place dans la file, les grelots de leurs colliers sonnaillaient joyeusement. *Un tintement si primesautier qu'il me donnerait envie d'énucléer le monde à la petite cuillère.* Désormais, Griff, Canard et Haldon Demi-Mestre avaient dû arriver en Westeros avec leur jeune prince. *Je devrais être auprès d'eux... mais non. J'avais bien besoin de me payer une putain. Ça ne me suffisait pas de tuer ma famille, il me fallait encore de la chatte et du vin pour sceller ma déchéance, et me voilà, au mauvais bout du monde, harnaché d'un carcan d'esclave muni de petits grelots d'or pour annoncer mon arrivée. En calculant mes pas de danse, je parviendrais sans doute à interpréter* Les Pluies de Castamere.

Il n'était point de site mieux choisi pour apprendre les dernières nouvelles et rumeurs que les abords du puits. « J'sais bien ce que j'ai vu, disait un vieil esclave au collier de fer rouillé tandis que Tyrion et Sol progressaient avec la file, et j'ai vu le dragon arracher des bras et des jambes, déchirer des hommes en deux, les réduire en cendres et en os. Les gens s'sont mis à courir, en essayant d'sortir d'cette arène, mais moi qu'étais v'nu voir un spectacle, par tous les dieux d'Ghis, j'en ai vu un. J'étais en haut, aux pourpres, alors je m'suis dit que l'dragon viendrait sans doute pas m'embêter.

— La reine a enfourché le dragon et elle s'est envolée, insista une grande femme brune.

— Elle a voulu, corrige le vieux, mais elle pouvait pas s'retenir. Les arbalètes ont blessé le dragon et la reine, elle a été touchée, en plein entr' ses beaux p'tits nichons roses, à c' qu'on m'a dit. C'est là qu'elle est tombée. Elle est morte dans le caniveau, écrasée par une roue de chariot. J' connais une fille qui connaît un type qui l'a vue mourir. »

En pareille compagnie, le silence était une grande sagesse, mais Tyrion ne put se contenir. « On n'a pas retrouvé de cadavre », observa-t-il.

Le vieux fronça les sourcils. « Et t'en sais quoi, toi ?

— Y zétaient là, intervint la femme. C'est eux, les nains qui joutaient, ceux qu'ont fait un tournoi d'vant la reine. »

Le vieux plissa les yeux en les toisant, comme s'il voyait Tyrion et Sol pour la première fois. « C'est vous qu'étaient sur les cochons. »

Notre notoriété nous précède. Tyrion esquissa une courbette de courtisan et se retint de préciser que l'un des cochons était en réalité un chien. « La truie que je monte est en fait ma sœur. Nous avons le même nez, vous avez remarqué ? Un sorcier lui a jeté un sort, mais, si vous lui donnez un bon gros baiser baveux, elle se transformera en femme splendide. Le problème, c'est qu'en apprenant à la connaître, vous n'aurez qu'une envie : l'embrasser à nouveau pour rétablir le sortilège. »

Des rires éclatèrent tout autour de lui. Même le vieux s'y joignit. « Alors, vous l'avez vue, dit le petit rouquin derrière eux. Zavez vu la reine. Elle est aussi belle qu'on le raconte ? »

J'ai vu une svelte jeune femme avec des cheveux d'argent, enveloppée dans un tokar, aurait-il pu leur répondre. *Son visage était voilé, et je ne me suis jamais approché suffisamment pour bien la voir. J'étais juché sur une truie.* Daenerys Targaryen était assise dans la loge du propriétaire, auprès de son roi ghiscari, mais Tyrion avait eu le regard attiré par le chevalier en armure blanche et or, derrière elle. Bien que ses traits fussent dissimulés, le nain aurait reconnu Barristan Selmy n'importe où. *Illyrio avait au moins raison sur ce point*, se souvenait-il d'avoir pensé. *Est-ce que Selmy va me reconnaître, en revanche ? Et si oui, comment va-t-il réagir ?*

Il avait failli s'identifier à cet instant-là, mais quelque chose l'avait retenu – méfiance, poltronnerie, instinct, appelez cela comme vous voudrez. Il n'imaginait pas Barristan le Hardi l'accueillir avec autre chose que de l'hostilité. Selmy n'avait jamais approuvé la présence de Jaime dans sa précieuse Garde Royale. Avant la rébellion, le vieux chevalier le jugeait trop jeune, pas assez aguerri ; par la suite, on l'avait entendu affirmer que le Régicide devrait troquer son manteau blanc contre un noir. Et Tyrion avait commis des crimes bien pires. Jaime avait tué un dément. Tyrion avait planté un vireton dans le bas-ventre de son géniteur, un homme que ser Barristan avait connu et servi des années durant. Il aurait pu courir le risque malgré tout, mais, à cet instant-là, Sol avait asséné un coup contre son bouclier et le moment s'enfuit, pour ne plus se représenter.

« La reine nous a regardés jouter, disait Sol aux autres esclaves, mais c'est la seule fois que je l'ai vue.

— Zavez dû voir le dragon », le pressa le vieux.

Si seulement. Les dieux ne lui avaient même pas accordé cela. Tandis que Daenerys Targaryen prenait son essor, Nourrice refermait avec un claquement des fers autour de leurs chevilles afin de s'assurer qu'ils ne tenteraient pas de s'évader sur le chemin du retour vers leur maître. Si seulement le surveillant avait pris congé après les avoir menés à l'abattoir, ou s'il avait fui avec le reste des esclavagistes lorsque le dragon s'était abattu du ciel, les deux nains auraient pu sortir libres d'un pas tranquille. *Ou, plus probablement, à toutes jambes, dans un carillon de clochettes.*

« Y avait-il même un dragon ? demanda Tyrion en haussant les épaules. Tout ce que je sais, c'est qu'on n'a trouvé aucune reine morte. »

Le vieux n'était pas convaincu. « Bah, y zont trouvé des cadavres par centaines. Ils les ont traînés dans l'arène pour les brûler, alors qu'une bonne moitié étaient déjà croustis à cœur. Ça s' peut qu'ils l'ont pas r'connue, toute cramée et tout écrasée, avec le sang. Ou qu'y l'ont r'connue et qu'y zont décidé de pas l'dire, pour vous faire tenir tranquilles, vous autres esclaves.

— *Nous autres ?* riposta la brune. Toi aussi, tu portes un collier.

— Çui de *Ghazdor*, s'enorgueillit le vieux. J'le connais depuis qu'j'suis né. C'est comme qui dirait un frère, pour moi. Les esclaves comme vous, la lie d'Astapor et de Yunkaï, vous chouinez qu'vous voulez être libres, mais moi, j'céderais pas mon collier à la reine dragon, même si elle proposait d'me sucer la queue en échange. »

Tyrion ne débattit pas sur ce point. L'aspect le plus insidieux de la captivité tenait à la facilité avec laquelle on s'y accoutumait. L'existence de la plupart des esclaves ne différait pas tant de celle d'un serviteur à Castral Roc, lui semblait-il. Certes, certains propriétaires d'esclaves et leurs surveillants étaient brutaux et cruels, mais il en allait de même avec quelques seigneurs ouestriens, leurs intendants et leurs baillis. La plupart des Yunkaïis traitaient leur cheptel assez correctement, du moins tant que celui-ci accomplissait ses tâches et ne causait pas de problèmes… et ce vieillard avec son collier rouillé et sa loyauté farouche envers lord Ballotte-bajoues, son propriétaire, n'avait rien d'exceptionnel.

« Ghazdor au Grand-cœur ? demanda Tyrion d'une voix suave. Notre maître Yezzan a souvent évoqué son intelligence. » Le commentaire de Yezzan, en vérité, se résumait plutôt à : *J'ai plus d'intelligence dans ma fesse gauche que Ghazdor et ses frères n'en ont en commun.* Tyrion jugea prudent d'omettre les termes exacts.

Midi arriva puis s'en fut avant que Sol et lui parvinssent au puits, où un esclave unijambiste efflanqué tirait l'eau. Il les regarda en plissant les yeux, d'un air soupçonneux. « C'est toujours Nourrice qui vient chercher l'eau de Yezzan, avec quatre hommes et une carriole tirée par une mule. » Il laissa choir le seau dans l'eau, une fois de plus. On entendit une éclaboussure amortie. L'unijambiste laissa le seau se remplir, puis il commença à le hisser vers le haut. Ses bras, couverts de coups de soleil, pelaient. Malgré leur aspect malingre, ils étaient tout en muscles.

« La mule a crevé, répondit Tyrion. Et Nourrice aussi, pauvre homme. Et maintenant, Yezzan lui-même a enfourché la jument pâle, et six de ses soldats ont la chiasse. Je pourrais avoir deux pleins seaux ?

— Comme tu veux. » Le bavardage s'arrêta là. *Tu n'entendrais pas un bruit de sabots ?* Le mensonge sur les soldats avait considérablement accéléré la cadence de l'unijambiste.

Ils prirent le chemin du retour, chacun des nains chargé de deux seaux remplis à ras bord d'eau fraîche, et ser Jorah de deux seaux dans chaque main. La chaleur du jour augmentait, l'air semblait aussi lourd et moite que de la laine humide, et les récipients semblaient peser davantage à chaque pas. *Un long trajet sur de courtes jambes.* L'eau clapotait dans les seaux à chaque enjambée, lui giclant sur les mollets, tandis que ses grelots scandaient une chanson de marche. *Si j'avais su que j'en arriverais là, père, je vous aurais peut-être laissé vivre.* À un demi-mille à l'est, s'élevait un noir panache de fumée à l'endroit où l'on avait bouté le feu à une tente. *On brûle les morts de la nuit dernière.* « Par ici », annonça Tyrion en secouant la tête vers la droite.

Sol lui jeta un coup d'œil interloqué. « Ce n'est pas par là qu'on est arrivés.

— Nous ne tenons pas à respirer cette fumée. Elle grouille d'humeurs malignes. » Ce n'était pas un mensonge. *Pas complètement.*

Sol ne tarda pas à avoir le souffle court, s'évertuant sous le poids de ses seaux. « J'ai besoin de me reposer.

— Comme tu voudras. » Tyrion déposa les seaux d'eau au sol, pas fâché de faire halte. Il commençait à ressentir de féroces crampes dans les jambes, aussi se choisit-il un rocher idoine pour s'asseoir et se masser les cuisses.

« Je pourrais te les masser, proposa Sol.

— Je sais où se trouvent les contractures. » Malgré l'affection qu'il éprouvait peu à peu pour la fille, il restait mal à l'aise dès qu'elle le touchait. Il se tourna vers ser Jorah. « Encore quelques raclées, et tu seras plus laid que moi, Mormont. Dis-moi, est-ce qu'il te reste un peu de volonté de te battre ? »

L'imposant chevalier leva deux yeux pochés et le regarda comme s'il considérait un insecte. « Assez pour te rompre le cou, Lutin.

— Très bien. » Tyrion souleva de nouveau ses seaux. « Dans ce cas, par ici. »

Sol fronça les sourcils. « Non. C'est à gauche. » Elle pointa le doigt. « La Mégère se dresse là-bas.

— Et la Méchante Sœur ici. » Tyrion indiqua l'autre direction d'un hochement de tête. « Fais-moi confiance, insista-t-il. On ira plus vite par mon chemin. » Il se mit en route, tout tintant de grelots. Sol suivrait, il le savait.

Parfois, il enviait tous les jolis rêves que faisait la jeune femme. Elle lui rappelait Sansa Stark, l'enfant qu'il avait épousée et perdue. En dépit de toutes les horreurs qu'avait endurées Sol, elle semblait toujours confiante. *Elle devrait savoir, depuis le temps. Elle est plus âgée que Sansa. Et naine. Elle se conduit comme si elle l'avait oublié, comme si elle était de haute naissance, et accorte à regarder, au lieu d'être une esclave dans une ménagerie de phénomènes.* Souvent, la nuit, Tyrion l'entendait prier. *Une perte de salive. S'il y a des dieux qui écoutent, ce sont des dieux monstrueux ; ils nous tourmentent pour s'amuser. Qui d'autre aurait créé un tel monde, aussi rempli de captivité, de sang et de souffrances ? Qui d'autre nous aurait modelés de la sorte ?* Parfois, il avait envie de la gifler, de la secouer, de lui hurler aux oreilles, n'importe quoi pour la tirer de ses rêves. *Personne ne va nous sauver,* voulait-il lui crier. *Le pire reste à venir.* Et pourtant, sans savoir pourquoi, il ne parvenait pas à prononcer ces mots. Plutôt que de flanquer une bonne gifle dans cette trogne laide et lui arracher ses œillères, il se surprenait à lui presser l'épaule ou à la serrer contre lui. *Chaque contact est un mensonge. Je lui ai donné tant de fausse monnaie qu'elle s'imagine à moitié être riche.*

Il lui avait même caché la vérité sur l'arène de Daznak.

Des lions. Ils allaient lâcher des lions sur nous. L'ironie aurait été charmante. Peut-être aurait-il eu le temps d'émettre un court gloussement sarcastique avant d'être taillé en pièces.

Personne ne lui avait révélé la fin qu'on avait prévue pour eux, pas de façon explicite, mais il n'avait pas eu de mal à le deviner, sous les briques de l'arène de Daznak, dans le monde caché en dessous des gradins, le domaine obscur des combattants d'arène et des serviteurs qui s'occupaient d'eux, des vifs et des morts – les cuisiniers qui les nourrissaient, les forgerons qui les armaient, les barbiers chirurgiens qui les saignaient, les rasaient et pansaient leurs blessures, les putains qui les honoraient, avant et après les combats, les commis aux cadavres qui traînaient les perdants hors des sables à l'aide de chaînes et de crocs d'acier.

Le visage de Nourrice avait fourni à Tyrion son premier indice. Après leur numéro, Sol et lui avaient regagné la cave éclairée de torches où se réunissaient les combattants, avant et après les rencontres. Certains étaient assis à aiguiser leurs armes ; d'autres sacrifiaient à d'étranges dieux, ou apaisaient leur nervosité avec du lait de pavot avant de sortir mourir. Ceux qui avaient livré bataille et gagné jouaient aux dés dans un coin, riant comme seuls le peuvent des hommes qui ont regardé la mort en face et survécu.

Nourrice versait à un employé de l'arène des monnaies d'argent sur un pari perdu quand il aperçut Sol qui menait Croque. La perplexité dans ses prunelles s'évanouit en un demi-battement de cœur, mais pas avant que Tyrion ait saisi ce qu'elle signifiait. *Nounou n'espérait pas notre retour.* Il avait regardé à la ronde d'autres visages. *Aucun d'entre eux ne s'attendait à ce que nous revenions. Nous devions mourir là dehors.* Le dernier fragment tomba en place quand il entendit un dresseur de fauves se plaindre bruyamment auprès du maître d'arène. « Les lions ont faim. Deux jours qu'ils ont rien mangé. On m'avait demandé de pas les nourrir, j'ai obéi. La reine devrait payer la viande.

— Aborde le sujet avec elle la prochaine fois qu'elle donnera audience », riposta le maître d'arène.

Maintenant encore, Sol ne se doutait de rien. Quand elle avait évoqué l'arène, son plus grand souci avait été que si peu de gens eussent ri. *Ils se seraient pissé dessus de rire, si l'on avait lâché les lions,* faillit lui rétorquer Tyrion. En lieu de quoi, il lui avait pressé l'épaule.

Soudain, Sol s'arrêta. « On n'est pas sur le bon chemin.

— Non. » Tyrion posa ses seaux par terre. Les anses avaient creusé de profonds sillons dans ses doigts. « Voilà les tentes que nous cherchons, là-bas.

— Les Puînés ? » Un sourire bizarre fendit le visage de ser Jorah. « Si tu t'imagines trouver de l'aide là-bas, tu ne connais pas Brun Ben Prünh.

— Oh, que si. Prünh et moi avons disputé cinq parties de *cyvosse*. Brun Ben Prünh est rusé, tenace, pas dépourvu d'intelligence... mais prudent. Il aime laisser son adversaire prendre les risques tandis qu'il se tient en retrait et qu'il maintient ouvertes toutes ses options, afin de réagir à la bataille selon ses développements.

— La bataille ? Quelle bataille ? » Sol s'écarta de lui. « Nous devons *rentrer*. Le maître a besoin d'eau fraîche. Si nous traînons, on nous fouettera. Et Jolie Cochonne et Croque sont restés là-bas.

— Douceur veillera à ce qu'on s'occupe d'eux », mentit Tyrion. Fort probablement, le Balafré et ses amis ne tarderaient pas à dîner d'un jambon, de bacon et d'un succulent ragoût de chien, mais Sol n'avait pas besoin qu'on le lui dise. « Nourrice est mort et Yezzan agonise. La nuit pourrait tomber avant qu'on commence à s'inquiéter de notre absence. Jamais nous n'aurons de meilleure occasion que maintenant.

— *Non*. Tu sais ce qu'ils font, quand ils attrapent des esclaves qui ont tenté de s'évader. Tu le *sais*. Je t'en prie. Jamais on ne nous laissera quitter le camp.

— Nous n'avons pas quitté le camp. » Tyrion reprit ses seaux. Il s'en fut d'un dandinement rapide, sans un regard en arrière. Mormont suivit le mouvement, restant à sa hauteur. Au bout d'un moment, il entendit les bruits de Sol qui se hâtait sur ses traces, au bas d'une pente sablonneuse jusqu'à un cercle de tentes dépenaillées.

Le premier garde apparut alors qu'ils approchaient des lignes de chevaux, un piquier mince dont la barbe bordeaux le signalait comme un Tyroshi. « Qu'est-ce que c'est que ça ? Et vous trimbalez quoi, dans vos seaux ?

— De l'eau, répondit Tyrion. Ne vous déplaise.

— De la bière me plairait davantage. » Un fer pointu lui piqua les reins – un deuxième garde, arrivé derrière eux. Tyrion retrouva Port-Réal dans sa voix. *De la racaille de Culpucier.* « On s'est égaré, le nain ? s'enquit le garde.

— Nous sommes venus rejoindre votre compagnie. »

Un seau glissa de la main de Sol et se renversa. La moitié de l'eau s'en était répandue avant qu'elle réussît à le redresser.

« Nous avons suffisamment d'imbéciles, dans la compagnie. Pourquoi en prendrions-nous trois de plus ? » Du fer de sa pique, le Tyroshi tapota le collier, en faisant tintinnabuler sa clochette. « Moi, je vois là un esclave en fuite. Trois esclaves en fuite. À qui, le collier ?

— À la Baleine Jaune. » Ces derniers mots prononcés par un troisième homme, attiré par leurs voix – un drôle de bougre, maigre, la mâchoire mal rasée, les dents tachées de rouge par la surelle. *Un sergent*, reconnut Tyrion à la façon dont les deux autres s'en remettaient à lui. Il portait un crochet à l'endroit où aurait dû se trouver sa main droite. *Si ce n'est pas l'ombre bâtarde de Bronn, en plus méchant, je suis Baelor le Bien-Aimé.* « Ceux-là sont les nains que Ben a essayé d'acheter, expliqua le sergent aux piquiers en plissant les yeux. Mais le grand... Autant l'amener, lui aussi. Tous les trois. »

Le Tyroshi fit un signe de sa pique. Tyrion avança. L'autre épée-louée – un jouvenceau, à peine plus qu'un enfant, avec du duvet sur les joues et des cheveux couleur de paille sale – saisit Sol sous un bras. « Oh, la mienne a des nichons », s'exclama-t-il en riant. Il fourra une main sous la tunique de Sol, simplement pour vérifier.

« Contente-toi de l'amener », trancha le sergent.

Le jouvenceau jeta Sol sur son épaule. Tyrion ouvrit la marche, aussi vite que ses jambes rabougries le permettaient. Il savait où ils allaient : la grande tente de l'autre côté de la fosse du feu, ses parois de toile peinte craquelées et fanées par des années de soleil et de pluie. Quelques épées-louées se retournèrent pour les regarder passer, et une fille de camp ricana, mais personne ne fit mine d'intervenir.

À l'intérieur de la tente, ils trouvèrent des tabourets pliants et une table sur tréteaux, un râtelier de piques et de hallebardes, un sol couvert de tapis élimés d'une demi-douzaine de couleurs conflictuelles, et trois officiers. L'un était mince et élégant, avec une barbe pointue, une lame de spadassin et un justaucorps rose à crevés. Un autre, grassouillet et dégarni, avait des taches d'encre aux doigts et une plume serrée dans une main.

Le troisième était l'homme qu'il cherchait. Tyrion s'inclina. « Capitaine.

— Nous les avons surpris en train de s'infiltrer dans le camp. » Le jouvenceau laissa choir Sol sur le tapis.

« Des fuyards, déclara le Tyroshi. Avec des seaux.

— Des seaux ? » répéta Brun Ben Prünh. Comme personne ne se risquait à fournir une explication, il lança : « Retournez à vos postes, les enfants. Et pas un mot de tout ça à quiconque. » Une fois qu'ils furent partis, il sourit à Tyrion. « Venu livrer une nouvelle partie de *cyvosse*, Yollo ?

— Si vous le souhaitez. J'ai grand plaisir à vous battre. J'entends raconter que vous êtes doublement tourne-casaque, Prünh. Un homme selon mon cœur. »

Le sourire de Brun Ben ne monta jamais jusqu'à ses yeux. Il scruta Tyrion comme un homme pourrait étudier un serpent qui parlait. « Pourquoi es-tu ici ?

— Pour exaucer vos rêves. Vous avez essayé de nous acheter aux enchères. Ensuite, vous avez essayé de nous remporter au *cyvosse*. Même quand j'avais un nez, je n'étais point si séduisant que je soulevais de telles passions... sinon chez quelqu'un qui pouvait connaître ma valeur véritable. Eh bien, me voici, sans frais de prise en charge. À présent, soyez un ami, envoyez quérir votre forgeron et retirez-nous ces colliers. Je ne supporte plus de pisser au son du carillon.

— Je ne tiens pas à avoir d'ennui avec ton noble maître.

— Yezzan a des soucis plus pressants que la disparition de trois esclaves. Il caracole sur la jument pâle. Et pourquoi penserait-on à venir nous chercher ici ? Vous avez assez d'épées pour décourager tous ceux qui viendraient fouiner par ici. Peu de risques pour beaucoup de gain. »

Le bouffon en justaucorps rose à crevés chuinta. « Ils ont introduit la maladie parmi nous. Au cœur même de nos tentes. » Il se tourna vers Ben Prünh. « Dois-je lui trancher la tête, capitaine ? Nous pourrons jeter le reste dans la fosse des latrines. » Il tira une épée, une fine lame de spadassin au pommeau orné de joyaux.

« Prenez bien garde à ma tête, conseilla Tyrion. Je ne voudrais pas que mon sang s'en vienne vous éclabousser. Le sang charrie les maladies. Et vous allez être obligé de bouillir nos vêtements, ou les brûler.

— J'ai bien envie de les brûler avec toi dedans, Yollo.

— Ce n'est pas mon vrai nom. Mais vous le savez bien. Vous le savez depuis la première fois où vous avez posé les yeux sur moi.

— Ça se peut.

— Je vous connais, moi aussi, messire. Vous êtes moins mauve et plus brun que les Prünh de chez moi mais, à moins que votre nom ne soit un mensonge, vous êtes ouestrien, par le sang sinon par la naissance. La maison Prünh est féale de Castral Roc, et il se trouve que j'en connais quelque peu l'histoire. Votre branche est née d'un noyau craché de l'autre côté de la mer, sans doute. Un fils cadet de Viserys Prünh, je parie. Les dragons de la reine avaient de l'affection pour vous, non ? »

Cette remarque parut amuser l'épée-louée. « Qui te l'a dit ?

— Personne. La plupart des histoires que l'on entend sur les dragons sont de la pâture pour sots. Des dragons qui parlent, des dragons qui amassent l'or et les joyaux, des dragons à quatre pattes avec des ventres gros comme des éléphants, des dragons faisant assaut d'énigmes avec les sphinx... sornettes que tout cela. Mais dans les vieux livres, il y a également des vérités. Non seulement je sais que les dragons de la reine vous aimaient bien, mais je sais pourquoi.

— Ma mère disait que mon père avait une goutte de sang de dragon.

— Deux gouttes. Ça, ou une queue de six pieds de long. Vous connaissez l'histoire ? Moi, oui. Bref, vous êtes un Prünh malin, vous savez donc que mon chef vaut une seigneurie... à Westeros, à la moitié du monde d'ici. Le temps que vous la rapportiez là-bas, il n'en restera plus que de l'os et des asticots. Ma tendre sœur niera que la tête m'appartient et vous flouera de la récompense promise. Vous connaissez les reines. Toutes d'inconstantes salopes, et Cersei est la pire du lot. »

Brun Ben se gratta la barbe. « Je pourrais te livrer vivant et gigotant, en ce cas. Ou plonger ta tête dans un bocal et la confire dans la saumure.

— Ou vous joindre à moi. C'est la stratégie la plus habile. » Tyrion sourit. « Je suis né puîné. J'étais destiné à cette compagnie.

— Les Puînés n'ont pas de place pour les bateleurs, commenta avec dédain le spadassin en rose. C'est de guerriers que nous avons besoin.

— Je vous en ai ramené un. » Tyrion lança un coup de pouce en direction de Mormont.

— Cette créature ? » Le spadassin s'esclaffa. « La brute est hideuse, mais ses cicatrices ne suffisent pas à faire un Puîné. »

Tyrion leva ses yeux vairons au ciel. « Lord Prünh, qui sont ces deux amis à vous ? Le rose m'agace. »

Le spadassin tordit sa lippe, tandis que l'individu à la plume gloussait devant son insolence. Mais ce fut Jorah Mormont qui fournit leurs noms. « Pot-à-l'Encre est le trésorier de la compagnie. Le paon se fait appeler Kasporio le Rusé, mais Kasporio le Connard serait mieux adapté. Un sale type. »

Certes, dans son état tuméfié, le visage de Mormont était méconnaissable, mais sa voix n'avait pas changé. Kasporio lui jeta un regard surpris, tandis que les rides autour des yeux de Prünh se plissaient d'amusement. « Jorah *Mormont* ? C'est bien toi ? Moins fier que lorsque tu as décampé, quand même. Faut-il toujours t'appeler *ser* ? »

Les lèvres enflées de ser Jorah se tordirent en un sourire grotesque. « Donne-moi une épée et tu pourras m'appeler comme tu voudras, Ben. »

Kasporio recula d'un pas. « Tu... Elle t'a chassé...

— Je suis revenu. Traite-moi d'idiot. »

Un idiot amoureux. Tyrion s'éclaircit la gorge. « Vous pourrez parler du bon vieux temps plus tard... une fois que j'aurai fini d'expliquer pourquoi ma tête vous serait plus utile sur mes épaules. Vous découvrirez, lord Prünh, que je sais être très généreux avec mes amis. Si vous en doutez, demandez à Bronn. Demandez à Shagga, fils de Dolf. Demandez à Timett, fils de Timett.

— Et qui sont ces gens ? demanda le dénommé Pot-à-l'Encre.

— De braves gaillards qui m'ont juré leurs épées et ont grandement prospéré en conséquence de ces services. » Il haussa les épaules. « Oh, très bien : j'ai menti en disant *braves*. Ce sont des crapules sanguinaires, comme vous autres.

— Possible, commenta Brun Ben. Comme il se peut que tu aies simplement inventé ces noms. *Shagga*, disais-tu ? C'est un nom de femme, non ?

— Certes, il ne manque pas de poitrine. La prochaine fois que nous nous croiserons, je jetterai un œil sous ses culottes pour m'en assurer. C'est un plateau de *cyvosse* que je vois là-bas ? Approchez-le et disputons donc cette fameuse partie. Mais pour commencer, je pense, une coupe de vin. J'ai la gorge sèche comme un vieil os, et je vois qu'il va me falloir pas mal discuter. »

JON

Cette nuit-là, il rêva de sauvageons qui sortaient en hurlant des bois, avançant au mugissement lugubre des trompes de guerre et au roulement des tambours. *Bam DAMNE Bam DAMNE Bam DAMNE*, tonnait la rumeur, un millier de cœurs battant à l'unisson. Certains portaient des piques, d'autres des arcs ou des haches. Nombre d'entre eux avaient des chariots en os, tractés par des attelages de chiens grands comme des poneys. En leur sein marchaient à pas lourds des géants hauts de quarante pieds, avec des massues de la taille de chênes.

« Tenez bon, criait Jon Snow. Repoussez-les. » Il se dressait au sommet du Mur, seul. « Des flammes, criait-il, abreuvez-les de flammes », mais il n'y avait personne pour l'écouter.

Ils sont tous partis. Ils m'ont abandonné.

Des traits brûlants fusaient en chuintant, escortés de traînées ardentes. Des épouvantails frères dégringolaient, leurs capes noires embrasées. « *Snow* », criailla un aigle tandis que l'ennemi grimpait sur la glace comme autant d'araignées. Jon était caparaçonné de glace noire, mais sa lame flambait rouge à son poing. Au fur et à mesure que les morts gagnaient le sommet du Mur, il les rejetait en bas, pour qu'ils mourussent de nouveau. Il tua une barbe grise et un jouvenceau imberbe, un géant, un échalas aux dents limées, une fille aux épais cheveux roux. Trop tard, il reconnut Ygrid. Elle disparut aussi vite qu'elle avait surgi.

Le monde fondit en un brouillard rouge. Jon frappait, taillait et estoquait. Il abattit Donal Noye et éventra Dick Follard – Sourd-Dick. Qhorin Mimain s'écroula à genoux, essayant en vain d'étancher le flot de sang à son cou. « C'est *moi*, le seigneur de Winterfell », hurla Jon. Devant lui à présent se tenait Robb, ses cheveux trempés de neige fondante. Grand-Griffe lui emporta la tête. Puis une main noueuse agrippa brutalement Jon par l'épaule. Il pivota vivement...

... et s'éveilla, face à un corbeau qui lui picorait le torse. « *Snow* », cria l'oiseau. Jon lui lança une gifle. Hurlant son mécontentement, le corbeau s'envola vers un des montants du lit pour le considérer d'un œil mauvais dans la pénombre qui précède l'aube.

Le jour avait paru. C'était l'heure du loup. D'ici peu, le soleil se lèverait et quatre mille sauvageons se déverseraient à travers le Mur. *Une folie.* Jon Snow laissa sa main brûlée courir dans ses cheveux et s'interrogea encore une fois sur son geste. Dès la porte ouverte, il ne serait plus possible de revenir en arrière. *C'est le Vieil Ours qui aurait dû traiter avec Tormund. Ou Jaremy Rykker, Qhorin Mimain, Denys Mallister, ou tout autre homme d'expérience. Ou mon oncle.* Cependant, il était trop tard pour remâcher de tels doutes. À chaque choix ses risques, à chaque décision ses conséquences. Il jouerait la partie jusqu'à sa conclusion.

Il se leva et s'habilla dans le noir, tandis qu'à l'autre bout de la pièce, le corbeau de Mormont marmottait. « *Grain* », déclara l'oiseau, puis « *Roi* » et « *Snow, Jon Snow, Jon Snow* ». Voilà qui était singulier. Jamais encore l'oiseau n'avait prononcé son nom complet, pour autant que Jon s'en souvînt.

Il déjeuna dans la cave en compagnie de ses officiers. Pain frit, œufs au plat, boudin et gruau d'orge composaient le repas, arrosé de petite bière jaune. Tout en mangeant, ils récapitulèrent une fois de plus les préparatifs. « Tout est prêt, assura Bowen Marsh. Si les sauvageons respectent les termes de l'accord, tout se déroulera comme vous l'avez ordonné. »

Si ce n'est pas le cas, tout risque de sombrer dans le sang et le carnage. « Souvenez-vous, dit Jon, les gens de Tormund ont faim, ils ont froid, ils ont peur. Certains d'entre eux nous haïssent autant que les haïssent certains d'entre nous. Nous dansons sur de la glace pourrie, ici, eux et nous. Une fissure et nous tombons tous. Si le sang coule aujourd'hui, il vaudrait mieux que ce ne soit pas l'un d'entre nous qui se risque à férir le premier coup ou, je le jure par les anciens dieux et les nouveaux, j'aurai la tête de celui qui l'aura porté. »

Des « Oui », des hochements de tête et des marmonnements tels que « À vos ordres », « Ce sera fait » ou « Bien, messire » lui répondirent. Et un par un, ils se levèrent, bouclèrent en place leur épée, endossèrent leurs chaudes capes noires et ils sortirent dans le froid.

Le dernier à quitter la table fut Edd Tallett, Edd-la-Douleur, arrivé de Longtertre dans la nuit, avec six chariots. Les frères noirs appelaient désormais la forteresse Tertre aux Catins. On avait envoyé Edd réunir toutes les piqueuses que ses chariots pourraient transporter, afin de les ramener pour rejoindre leurs sœurs.

Jon le regarda saucer avec un bout de pain du jaune d'œuf qui coulait. Il éprouvait un curieux réconfort à revoir le faciès morose d'Edd. « Comment avancent les réfections ? demanda-t-il à son ancien intendant.

— Encore dix ans et ça devrait aller, répliqua Edd de son habituel ton maussade. Les lieux étaient envahis par les rats quand on s'est installé. Les piqueuses ont tué la vermine. Désormais, les lieux sont envahis par les piqueuses. Y a des jours, j' regrette les rats.

— Que t'en semble, d'être placé sous Emmett-en-Fer ?

— En règle générale, c'est Maris la Noire qu'est placée sous lui. Moi, j'ai les mules. Orties soutient qu'on est apparentés. C'est vrai qu'on a la même trogne toute en long, mais je suis loin d'être aussi cabochard. Et puis, jamais j'ai connu leurs mères, sur mon honneur. » Il finit ses œufs et poussa un soupir. « Ah, que c'est bon, un œuf au plat bien coulant. De grâce, m'sire, laissez point les sauvageons nous bouffer tous nos poulets. »

Dans la cour, le ciel à l'orient commençait tout juste à s'éclaircir. Il n'y avait pas le plus petit nuage en vue. « Nous avons une belle journée pour notre affaire, semblerait-il, jugea Jon. Une journée claire, chaude et ensoleillée.

— Le Mur va pleurer. Et l'hiver qu'est presque sur nous ! C'est pas naturel, m'sire. Mauvais signe, si m'en croyez. »

Jon sourit. « Et s'il neigeait ?

— Pire signe.

— Quel genre de temps préférerais-tu ?

— Le genre où on reste chez soi, répondit Edd-la-Douleur. Ne vous en déplaise, m'sire, faudrait que j' retourne à mes mules. J' leur manque, quand j' suis pas là. J' pourrais pas en dire autant des piqueuses. »

Ils se séparèrent là, Tallett pour la route de l'est, où attendaient ses chariots, Jon Snow pour l'écurie. Satin attendait près de son cheval, qu'il avait fait seller et brider, un ardent coursier gris à la crinière aussi noire et brillante que de l'encre de mestre. Ce n'était pas le genre de monture qu'aurait choisi Jon pour une patrouille, mais en ce matin, tout ce qui comptait était d'impressionner et, pour ce faire, l'étalon était le choix idéal.

Son escorte attendait, elle aussi. Jon n'avait jamais aimé s'entourer de gardes, mais il lui paraissait prudent en ce jour de conserver à ses côtés quelques hommes de confiance. Ils offraient une image sévère, avec leur maille annelée, leurs demi-heaumes de fer et leurs capes noires, avec de hautes piques dans les mains et, à leur ceinture, des épées et des poignards. Pour cette tâche, Jon avait dédaigné tous les gamins et les vieillards à ses ordres, choisissant huit hommes dans la fleur de l'âge : Ty et Mully, Gaucher Lou, Grand Lideuil, Rory, Fulk la Puce, Garrett Vertelance. Et Cuirs, le nouveau maître d'armes de Châteaunoir, afin de montrer au peuple libre que même un homme qui avait combattu pour Mance au cours de la bataille sous le Mur pouvait trouver une place d'honneur au sein de la Garde de Nuit.

Une coloration rouge profond avait point à l'est, le temps qu'ils se rassemblent tous à la porte. *Les étoiles s'éteignent*, nota Jon. À leur prochaine apparition, elles brilleraient sur un monde à jamais changé. Quelques hommes de la reine observaient, debout près des braises du feu nocturne de lady Mélisandre. Quand Jon jeta un regard vers la tour du Roi, il aperçut un éclair de rouge derrière une fenêtre. De la reine Selyse, il ne vit aucun signe.

C'était l'heure. « Ouvrez la porte, ordonna Jon Snow doucement.

— *Ouvrez la porte !* » rugit Grand Lideuil. Sa voix était un tonnerre.

Sept cents pieds plus haut, les sentinelles l'entendirent et portèrent leur trompe de guerre à leurs lèvres. L'appel retentit, se répercutant contre le Mur et à travers le monde. *Ahouuuuuuuuu-uuuuuuuuuuu.* Une interminable sonnerie. Depuis mille ans ou plus, ce signal annonçait le retour au bercail des patrouilleurs. Aujourd'hui, il revêtait un autre sens. Aujourd'hui, il appelait le peuple libre à son nouveau bercail.

À l'autre extrémité du long tunnel, les portes s'ouvrirent et des barreaux de fer se déverrouillèrent. Rose, or et mauve, la lumière de l'aube miroitait contre la glace, en hauteur. Edd-la-Douleur n'avait pas eu tort. Le Mur ne tarderait point à pleurer. *Les dieux veuillent qu'il soit seul à le faire.*

Satin les guida sous la glace, éclairant avec une lanterne en fer leur chemin à travers la pénombre du tunnel. Jon suivait, menant son cheval. Puis ses gardes. Derrière eux venaient Bowen Marsh et ses intendants, une vingtaine, chaque homme affecté à une tâche précise. Au-dessus d'eux, Ulmer de Bois-du-Roi tenait le Mur. Une quarantaine des meilleurs archers de Châteaunoir se dressaient auprès de lui, prêts à répondre au moindre signe de trouble en contrebas par une averse de flèches.

Au nord du Mur, Tormund Fléau-d'Ogres attendait, monté sur un petit poney malingre qui semblait bien trop fluet pour soutenir son poids. Il avait avec lui ses deux fils survivants, le grand Toregg et le jeune Dryn, en même temps que trois fois vingt guerriers.

« *Har !* s'exclama Tormund. Des gardes, à présent ? Allons, où est passée ta confiance, corbac ?

— Tu as amené plus d'hommes que moi.

— C'est ma foi vrai. Approche, mon garçon. Je veux que mon peuple te voie. J'ai des milliers de gens qu'ont jamais vu un lord Commandant, des adultes à qui on a raconté quand ils étaient mioches que vous autres patrouilleurs, zalliez les manger tout crus s'ils se tenaient pas sages. Y zont besoin de voir un gars ordinaire, à longue figure, dans sa vieille cape noire. Y zont besoin d'apprendre qu'y a rien à craindre de la Garde de Nuit. »

Voilà une leçon que je préférerais ne leur point enseigner. Jon dégagea sa main brûlée de son gant, porta deux doigts à sa bouche et siffla. Fantôme jaillit de la porte. Le cheval de Tormund fit un si rude écart que le sauvageon faillit en vider les étriers. « Rien à craindre ? répéta Jon. Fantôme, au pied.

— Zêtes un salaud au cœur noir, lord Corbac. » Tormund Cor-Souffleur emboucha sa propre trompe. Le son ricocha sur la glace comme un roulement de tonnerre, et les premiers représentants du peuple libre commencèrent à s'écouler vers la porte.

De l'aube au crépuscule, Jon regarda les sauvageons défiler.

Les otages ouvrirent la voie – cent garçons de huit à seize ans. « Le prix du sang que vous avez demandé, lord Corbac, déclara Tormund. J'espère que les lamentations de leurs pauvres mères vont pas hanter tes rêves la nuit. » Certains garçons étaient conduits à la porte par une mère ou un père, d'autres par un frère ou une sœur aînés. Davantage encore vinrent seuls. À quatorze ou quinze ans, un garçon était presque un homme, et ils ne voulaient pas qu'on les vît s'accrocher aux jupes d'une femme.

Deux intendants décomptaient les jouvenceaux au passage, consignant chaque nom sur de longs parchemins en peau de mouton. Un troisième collectait leurs objets précieux pour péage et inscrivait cela aussi. Les enfants se rendaient en un lieu où aucun n'était jamais allé, servir un ordre qui était l'ennemi des leurs depuis des millénaires, et pourtant Jon ne voyait pas de larmes, n'entendait aucune mère se lamenter. *C'est un peuple de l'hiver*, se remémora-t-il. *Les larmes vous gèlent sur les joues, au pays d'où ils viennent.* Pas un seul otage ne regimba ni n'essaya de se défiler quand vint son tour de pénétrer dans ce tunnel obscur.

Presque tous les garçons étaient maigres, certains au-delà de l'émaciation, avec des flancs creusés et des bras comme des branchettes. Jon ne s'attendait guère à mieux. Sinon, ils se présentaient sous toutes les formes, toutes les tailles et toutes les couleurs. Il en vit des grands et des petits, des bruns et des noirauds, des blond miel et des blond roux, et des rouquins qui avaient reçu le baiser du feu, comme Ygrid. Il vit des gamins avec des cicatrices, des claudications, des visages marqués de vérole. Beaucoup des plus âgés avaient les joues duveteuses ou de vagues petites moustaches, mais l'un d'eux possédait autant de barbe que Tormund. Certains étaient vêtus de belles fourrures douces, d'autres de cuir bouilli et de pièces d'armure dépareillées, la plupart de laine et de peaux de phoque, quelques-uns de haillons. Il y en avait un qui allait tout nu. Beaucoup avaient des armes : des piques affûtées, des masses à tête de pierre, des couteaux faits d'os, de pierre ou de verredragon, des massues hérissées de pointes, des rets, et même, çà et là, une vieille épée rongée de rouille. Les jeunes Pieds Cornés marchaient sans ciller pieds nus dans les congères. D'autres mioches avaient à leurs bottes des pattes d'ours et avançaient sur la surface de ces mêmes congères, sans jamais s'enfoncer sous la carapace. Six garçons arrivèrent à cheval, deux sur des mules. Deux frères se présentèrent avec une bique. Le plus grand otage mesurait six pieds et demi, mais avait un visage de bébé ; le plus petit était un avorton qui revendiquait neuf ans, mais n'en paraissait pas plus de six.

Méritant mention particulière, les fils des hommes de renom. Tormund prit soin de les signaler au passage. « Le petit, là, est le fils de Soren Fend-l'Écu, dit-il d'un grand flandrin. Lui, avec les cheveux roux, c'en est un de Gerrick Sangderoi. Y descend de la lignée d'Raymun Barberouge, à l'en croire. La lignée du p'tit frère de Barberouge, si tu veux la vérité. » Deux garçons se ressemblaient assez pour être jumeaux, mais Tormund insista : c'étaient des cousins, nés à un an d'intervalle. « L'un a pour père Harle le Veneur, l'autre Harle Beauminois, tous les deux avec la même femme. Les pères se détestent. Je s'rais toi, j'en enverrai un à Fort-Levant, et l'autre à ta tour Ombreuse. »

D'autres otages furent désignés comme des fils d'Howd l'Errant, de Brogg, de Devyn Écorchephoque, Kyleg Oreille-en-Bois, Morna Masque-Blanc, le grand Morse...

« *Le grand Morse ?* Vraiment ?

— Y portent de drôles de noms, le long d'la Grève glacée. »

Trois otages étaient fils d'Alfyn Freux-buteur, un pillard tristement célèbre, tué par Qhorin Mimain. Du moins Tormund l'affirma-t-il catégoriquement.

« Ils n'ont pas l'air de frères, commenta Jon.

— Des d'mi-frères, nés de mères différentes. Alfyn avait le membre tout p'tit, encore plus que le tien, mais il a jamais été timide quand y s'agissait de le fourrer que'q' part. Il a un fils dans chaque village, çui-là. »

D'un gamin rachitique au faciès de rat, Tormund déclara : « Çui-là est un d'ceux de Varamyr Sixpeaux. Tu t' souviens de Varamyr, lord Corbac ? »

Il s'en souvenait. « Un change-peau.

— Oui-da, c'en était un. Et un mauvais petit drôle, en sus. Mort, maintenant, très probablement. Plus personne l'a vu depuis la bataille. »

Deux garçons étaient des filles travesties. Quand Jon les vit, il envoya Rory et Grand Lideuil pour les lui ramener. L'une d'elles approcha avec une certaine docilité, l'autre résista à coups de pied et de dent. *Ça pourrait mal finir.* « Ces deux-là, leurs pères sont-ils renommés ?

— Har ! Ces maigrichons ? M'étonnerait. Choisis par tirage au sort.

— Ce sont des filles.

— Ah bon ? » Tormund plissa les yeux pour les scruter du haut de sa selle. « Moi et lord Corbac, on a parié pour savoir lequel de vous deux avait le plus gros membre. Baissez-moi ces culottes et montrez-nous. »

Un des filles vira au rouge. L'autre jeta un regard noir de défi. « Fous-nous la paix, Tormund Fléau-des-Narines. Laisse-nous passer.

— *Har !* T'as gagné, corbac. Zont pas une queue à elles deux. Mais la p'tite manque pas d'couilles. Ça sera une piqueuse, plus tard. » Il appela ses propres hommes. « Allez leur dénicher une tenue de fille à porter, avant que lord Snow nous mouille son petit linge.

— Je vais avoir besoin de deux garçons pour les remplacer.

— Comment ça ? » Tormund se gratta la barbe. « Un otage est un otage, d'mon point d'vue. Ta grosse épée peut trancher une tête de fille aussi facilement qu' celle d'un gars. Les pères aiment aussi leurs filles. Enfin, la plupart. »

Ce ne sont pas leurs pères qui m'inquiètent. « Mance a-t-il jamais chanté l'histoire de Danny Flint le Rebelle ?

— Pas qu' je me souvienne. C'était qui ?

— Une fille qui s'est habillée en garçon pour prendre le noir. Sa chanson est triste et belle. Pas ce qui lui est arrivé. » Dans certaines versions de la chanson, son fantôme arpentait encore Fort-Nox. « J'enverrai les filles à Longtertre. » Les seuls autres hommes là-bas étaient Emmett-en-Fer et Edd-la-Douleur, en qui il se fiait. Il ne pouvait en dire autant de tous ses frères.

Le sauvageon comprit. « Zêtes de sales oiseaux, chez les cor-bacs. » Il cracha par terre. « Deux garçons de plus, en ce cas. Tu les auras. »

Lorsque quatre-vingt-dix et neuf otages se furent succédé devant eux pour traverser le Mur, Tormund Fléau-d'Ogres fit venir le dernier. « Mon fils, Dryn. Veille à ce qu'on s'occupe bien de lui, corbac, ou je ferai roustir ton foie noir avant de le manger. »

Jon inspecta de près le gamin. *L'âge de Bran, ou celui qu'il aurait eu, si Theon ne l'avait pas tué.* Dryn n'avait rien de la douceur de Bran, toutefois. C'était un garçon massif, aux jambes courtes, aux bras épais et au large visage rouge – une version miniature de son père, avec une crinière de cheveux brun sombre. « Il me servira de page, promit Jon à Tormund.

— T'as entendu ça, Dryn ? Va pas t' prendre de grands airs. » À Jon il déclara : « Faudra lui flanquer une bonne raclée, de temps en temps. Mais gare à ses dents, par contre. Y mord. » Il tendit la main vers le bas pour reprendre sa trompe, qu'il leva pour souffler un nouvel appel.

Cette fois-ci, ce furent les guerriers qui s'avancèrent. Et pas seulement une centaine. *Cinq cents*, jaugea Jon Snow tandis qu'ils sortaient du couvert des arbres, *peut-être même un millier*. Un sur dix allait sur sa monture, mais tous venaient armés. En travers du dos ils portaient des boucliers d'osier ronds, tendus de peaux et de cuir bouilli, arborant des images peintes de serpents et d'araignées, de têtes tranchées, de massues sanglantes, de crânes fracassés et de démons. Certains étaient affublés d'acier volé, de pièces d'armure disparates et cabossées récupérées sur les cadavres de patrouilleurs tués. D'autres s'étaient caparaçonnés d'ossements, à la manière de Clinquefrac. Tous portaient des fourrures et du cuir.

Ils avaient avec eux des piqueuses, dont les longues chevelures flottaient librement. Jon ne pouvait les regarder sans se remémorer Ygrid : le reflet du feu dans ses cheveux, l'expression de son visage lorsqu'elle s'était dévêtue pour lui dans la grotte, le son de sa voix. « T'y connais rien, Jon Snow », lui avait-elle cent fois répété.

Ça demeure aussi vrai maintenant que ça l'était alors. « Tu aurais pu envoyer les femmes en premier, dit-il à Tormund. Les mères et les jeunes filles. »

Le sauvageon lui lança un regard madré. « Ouais, j'aurais pu. Comme tes corbacs auraient pu décider de fermer la porte. Que'q' guerriers de l'autre côté, ma foi, les portes restent ouvertes, comme ça, pas vrai ? » Il sourit. « J' l'ai acheté, ton foutu canasson, Jon Snow. Ça veut pas dire que j' vais pas lui compter les dents. Mais va pas croire que moi et les miens, on aurait pas confiance en toi. On a autant confiance en toi que toi en nous. » Il poussa un renâclement. « T'en voulais, des guerriers, non ? Eh ben, les voilà. Chacun vaut six de tes noirs corbacs. »

Jon ne put qu'en sourire. « Tant que vous réservez ces armes à notre ennemi commun, je suis satisfait.

— J't'ai donné ma parole là-d'sus, non ? La parole de Tormund Fléau-d'Ogres. Solide comme le fer, qu'elle est. » Il se tourna pour cracher par terre.

Au sein du flot de guerriers se trouvaient les pères de bien des otages de Jon. Certains le regardaient au passage avec des yeux froids et noirs, leurs doigts jouant avec la poignée de leur épée.

D'autres lui souriaient comme une famille perdue depuis long-temps, bien que certains de ces sourires affectassent Jon Snow plus que n'importe quel regard mauvais. Aucun ne plia le genou, mais beaucoup lui prêtèrent serment. « Ce qu'a juré Tormund, je le jure », déclara Brogg, un homme taciturne aux cheveux noirs. Soren Fend-l'Écu inclina la tête d'un pouce et gronda : « La hache de Soren est à vous, Jon Snow, si jamais vous en avez le besoin. » Gerrick Sangderoi avec sa barbe rousse amena trois filles. « Elles f'ront d'excellentes épouses et donneront à leurs maris d'vigoureux fils de sang royal, fanfaronna-t-il. Comme leur père, elles descendent de Raymun Barberouge, qu'a été Roi d'au-delà du Mur. »

Le sang signifiait tant et moins, au sein du peuple libre, Jon le savait. Ygrid le lui avait enseigné. Les filles de Gerrick avaient en commun avec elle des cheveux rouge flamme, bien que ceux d'Ygrid eussent formé une masse de boucles, alors que les leurs pendaient longs et raides. *Le baiser du feu.* « Trois princesses, toutes plus charmantes les unes que les autres, répondit-il à leur père. Je veillerai à ce qu'elles soient présentées à la reine. » Selyse Baratheon les aimerait davantage qu'elle n'avait apprécié Val, soupçonnait-il ; elles étaient plus jeunes et considérablement plus intimidées. *Assez accortes d'apparence, mais leur père paraît bien sot.*

Howd l'Errant prononça son serment sur son épée, une pièce de fer piquetée et ébréchée comme Jon n'en avait jamais vu de pareille. Devyn Écorchephoque lui offrit un couvre-chef en peau de phoque, Harle le Veneur un collier de griffes d'ours. Morna la guerrière sorcière retira son masque de barral juste le temps de baiser sa main gantée et de jurer d'être son homme lige, ou sa femme lige, comme il le préférerait. Et ainsi de suite, encore et encore.

Au passage, chaque guerrier se dépouillait de ses trésors et les jetait dans un des chariots que les intendants avaient placés devant la porte. Pendentifs d'ambre, torques en or, poignards sertis de pierreries, broches d'argent ornées de joyaux, bracelets, bagues, coupes niellées et hanaps dorés, trompes de guerre et cornes à boire, un peigne en jade vert, un collier de perles d'eau douce... tout cela cédé et dûment enregistré par Bowen Marsh. Un homme se délesta d'une tunique d'écailles d'argent qu'on avait assurément ouvrée à l'intention de quelque grand seigneur. Un autre présenta une épée brisée portant trois saphirs sur la garde.

Et il y avait des objets plus étranges : un mammouth jouet fabriqué en véritable poil de mammouth, un phallus d'ivoire, un casque élaboré avec un crâne de licorne, corne comprise. Combien de nourriture de tels objets paieraient-ils dans les Cités libres, Jon Snow eût été incapable de le dire.

Après les cavaliers vinrent les hommes de la Grève glacée. Jon regarda rouler devant lui une douzaine de leurs grands chariots en os, un par un, dans un fracas qui rappelait Clinquefrac. La moitié continuait à rouler comme auparavant ; d'autres avaient remplacé leurs roues par des patins. Ils glissaient en douceur sur les congères, tandis que les chariots à roues s'enlisaient et s'enfonçaient.

Les chiens qui tiraient les chariots étaient d'impressionnants animaux, aussi grands que des loups géants. Les femmes étaient vêtues de peaux de phoque, certaines portaient des nourrissons à la mamelle. Les enfants plus âgés suivaient leurs mères et levaient vers Jon des yeux aussi sombres et durs que les pierres qu'ils serraient. Certains hommes arboraient sur leurs chapeaux des andouillers, et d'autres des défenses de morse. Les deux clans ne s'appréciaient pas, détecta rapidement Jon. Quelques rennes efflanqués fermaient la marche, les grands chiens claquant des mâchoires aux basques des retardataires.

« Méfie-toi de ceux-là, Jon Snow, le mit en garde Tormund. Un peuple de sauvages. Les hommes sont mauvais et les femmes sont pires. » Il prit une gourde sur sa selle et la tendit à Jon. « Tiens. Ça t' les fera peut-être paraître moins féroces. Et ça t' réchauffera pour la nuit. Non, vas-y, tu peux la garder. Bois un bon coup. »

Elle contenait un hydromel si puissant qu'il tira des larmes des yeux de Jon et lui vrilla des filaments de feu dans la poitrine. Il but une grande gorgée. « Tu es un brave homme, Tormund Marmot-d'Ogres. Pour un sauvageon.

— Meilleur qu' pas mal de monde, ça s' peut. Mais pas aussi bon qu' d'autres. »

Et toujours les sauvageons arrivaient, tandis que le soleil se traînait dans le ciel bleu lumineux. Juste avant midi, le mouvement se suspendit quand un char à bœuf se bloqua dans un coude à l'intérieur du tunnel. Jon Snow alla personnellement y regarder de plus près. Le chariot était désormais fermement coincé. Les hommes qui suivaient menaçaient de le débiter en morceaux et d'abattre le bœuf sur pied, tandis que le charretier et sa famille juraient de les tuer s'ils s'y aventuraient. Avec l'assistance de Tormund et de son fils Toregg, Jon réussit à éviter que les sauvageons n'en vinssent à faire couler le sang, mais il fallut pratiquement une heure avant que le passage ne soit rétabli.

« Zavez besoin d'une porte plus grande, se plaignit Tormund auprès de Jon, en levant un regard morose vers le ciel, où venaient d'éclore quelques nuages. Ça va trop lentement, comme ça, bordel. Autant aspirer la Laiteuse avec un roseau. *Har.* Si j'avais le cor de Joramun. J'y soufflerais un bon coup, et on grimperait à travers les décombres.

— Mélisandre a brûlé le cor de Joramun.

— Ah ouais ? » Tormund se claqua la cuisse et hurla de rire. « Elle a brûlé c'te belle trompe ancienne, oui-da. C'est un péché, moi j' dis, foutre. Mille ans, qu'elle avait. On l'avait découverte dans une tombe de géant, et aucun d'entre nous avait jamais vu si grande trompe. Ça doit être pour ça que Mance a eu l'idée de te raconter que c'était celle de Joramun. Il voulait que vous autres corbacs croyiez qu'il avait en son pouvoir le moyen d'faire crouler votre foutu Mur à vos genoux. Mais le véritable cor, on l'a jamais trouvé, malgré tout c' qu'on a fouillé. Sinon, tous les agenouillés de vos Sept Couronnes auraient eu des morceaux de glace pour se rafraîchir leur vin durant tout l'été. »

Jon se retourna sur sa selle, sourcils froncés. *Et Joramun sonna du cor de l'Hiver et il réveilla les géants dans la terre.* Cette énorme trompe avec ses bandes de vieil or, incisées de runes anciennes... Mance Rayder lui avait-il menti, ou était-ce Tormund qui mentait à présent ? *Si le cor de Mance n'était qu'une feinte, où se cache la vraie trompe ?*

Dans l'après-midi, le soleil disparut, la journée vira au gris venteux. « Ciel de neige », prédit Tormund d'un air sinistre.

D'autres avaient lu le même présage dans ces plates nuées blanches. Il parut les inciter à se hâter. L'humeur commença à s'aigrir. Un homme fut poignardé alors qu'il essayait de se faufiler devant d'autres qui stationnaient dans la colonne depuis des heures. Toregg arracha le poignard à l'agresseur et extirpa les deux hommes de la presse pour les renvoyer au camp sauvageon et recommencer tout au début.

« Tormund, dit Jon en regardant quatre vieilles femmes tirer une pleine carriole d'enfants vers la porte, parle-moi de notre ennemi. Je voudrais savoir tout ce qu'on peut apprendre sur les Autres. »

Le sauvageon se frotta la bouche. « Pas ici, marmonna-t-il, pas de ce côté d'votre Mur. » Le vieil homme jeta un coup d'œil inquiet aux arbres dans leurs manteaux blancs. « Y sont jamais loin, tu sais. Y sortent pas le jour, pas quand not' vieux soleil brille, mais va pas t'imaginer qu' ça veut dire qu'y sont partis. Les ombres disparaissent jamais. Ça se peut que tu les voies pas, mais elles s'accrochent en permanence à tes talons.

— Vous ont-elles gênés, durant votre voyage vers le sud ?

— Elles sont jamais sorties en force, si c'est c' que tu veux dire, mais elles nous accompagnaient tout de même, en nous grignotant sur les bords. J'aime pas penser au nombre d'avant-coureurs qu'on a perdus ; rester à la traîne ou s'écarter du groupe, c'était un coup à y laisser la vie. À chaque tombée de la nuit, on encerclait nos campements de feux. Elles aiment pas trop le feu, sur ce point y a pas de doute. Mais avec l'arrivée des neiges… Certaines nuits, nos feux avaient l'air de se ratatiner et de crever. Les nuits comme ça, on trouvait toujours des morts, au matin. À moins qu'y te trouvent les premiers. La nuit où Torwynd… mon petit, il… » Tormund détourna la tête.

« Je sais », commenta Jon Snow.

Tormund retourna la tête. « T'y connais rien. Ouais, t'as tué un mort, j'ai entendu dire ça. Mance en a tué cent. On peut combattre les morts, mais quand arrivent leurs maîtres, quand se lèvent les brumes blanches… Comment tu combats *du brouillard*, corbac ? Des ombres avec des dents… un air si froid que t'as mal quand tu respires, comme un poignard en pleine poitrine… Tu sais rien, tu peux pas savoir… Ton épée, elle peut trancher *le froid* ? »

Nous verrons bien, se dit Jon, se remémorant ce que Sam lui avait révélé, ce qu'il avait déniché dans ses vieux bouquins. Grand-Griffe avait été forgée dans les feux de l'ancienne Valyria, forgée dans la flamme des dragons et chargée de sortilèges. *De l'acierdragon, comme l'appelait Sam. Plus solide que n'importe quel acier commun, plus léger, plus dur, plus acéré…* Mais des mots dans un livre étaient une chose. La véritable mise à l'épreuve viendrait lors de la bataille.

« Tu n'as pas tort, répondit Jon. Je ne sais pas. Et si les dieux sont bons, je ne saurai jamais.

— Les dieux sont rarement bons, Jon Snow. » Tormund indiqua le ciel d'un signe de tête. « Les nuages montent. Déjà, il fait plus froid, plus sombre. Ton Mur pleure plus. Regarde. » Il pivota pour appeler son fils, Toregg. « Repars au camp et secoue-les. Les malades et les blessés, les endormis et les poltrons, mets-les debout. Boute le feu à leurs tentes, au besoin. La porte doit se fermer à la tombée de la nuit. Tout homme qui n'aura pas passé le Mur à ce moment-là a intérêt à prier pour que les Autres le trouvent avant moi. C'est entendu ?

— Entendu. » Toregg donna du talon dans son cheval et remonta la colonne au galop.

Les sauvageons passaient, et passaient. Le jour s'assombrit, exactement comme l'avait annoncé Tormund. Des nuages nappèrent le ciel d'un horizon à l'autre, et la chaleur s'enfuit. On se bouscula davantage à la porte, quand des hommes, des chèvres et des taureaux cherchèrent à se faufiler les uns devant les autres. *C'est plus que de l'impatience*, comprit Jon. *Ils ont peur. Guerriers, piqueuses, pillards, ils ont peur de ces bois, des ombres qui se meuvent entre les arbres. Ils veulent placer le Mur entre eux, avant que la nuit ne tombe.*

Un flocon de neige dansa dans les airs. Puis un autre. *Dansez avec moi, Jon Snow*, pensa-t-il. *Vous allez danser avec moi, d'ici guère de temps.*

Et toujours les sauvageons se succédaient. Certains progressaient plus vite, à présent, se pressant pour traverser le champ de bataille. D'autres – les vieux, les jeunes, les faibles – parvenaient à peine à se mouvoir. Durant la matinée, le champ avait été couvert d'une épaisse couverture de vieille neige, dont la carapace blanche brillait au soleil. Désormais, le champ était brun, noir et boueux. Le passage du peuple libre avait changé le sol en gadoue et en glaise : les roues en bois des chariots et les sabots des chevaux, les patins d'os, de corne et de fer, les lourdes bottes, les sabots des cochons, des vaches et des taureaux, ceux, noirs et nus, du peuple des Pieds Cornés, tout cela avait laissé sa marque. La fange ralentissait encore davantage la colonne. « Il vous faut une porte plus grande », se plaignit Tormund derechef.

À la fin de l'après-midi, la neige tombait avec régularité, mais le fleuve de sauvageons s'était réduit à un ruisseau. Des colonnes de fumée montaient des arbres où s'était dressé leur camp. « Toregg, expliqua Tormund. Il brûle les morts. Y en a toujours qui s'endorment et se réveillent pas. On les retrouve dans leurs tentes, ceux qu'en ont une, recroquevillés et gelés. Toregg sait c' qu'y faut faire. »

Le temps que Toregg émerge du bois, le ruisseau ne donnait plus qu'un filet. À ses côtés chevauchaient une douzaine de guerriers armés de piques et d'épées. « Mon arrière-garde, dit Tormund avec un sourire qui exposa les trous de sa dentition. Zavez des patrouilleurs, chez les corbacs. On en a aussi. Eux, je les ai laissés au camp, au cas où on serait attaqués avant d'être tous partis.

— Tes meilleurs hommes.

— Ou les pires. Chacun de ceux-là a tué un corbac. »

Au sein des cavaliers, un homme avançait à pied, un animal énorme trottant sur ses talons. *Un sanglier*, comprit Jon. *Un monstrueux sanglier*. Deux fois plus grosse que Fantôme, la créature était couverte d'un crin rude et noir et portait des défenses longues comme un bras d'homme. Jon n'avait jamais vu sanglier si gigantesque ni si laid. L'homme près de lui n'avait rien non plus d'une beauté ; massif, le sourcil noir, il avait le nez épaté, la bajoue lourde, assombrie de poil mal rasé, des yeux petits, noirs et rapprochés.

« Borroq. » Tormund détourna la tête pour cracher.

« Un change-peau. » Ce n'était pas une question. Sans concevoir comment, Jon le savait.

Fantôme tourna la tête. La neige en tombant avait masqué l'odeur du sanglier, mais à présent le loup l'avait flairé. Il s'avança devant son maître, les crocs découverts en un grondement silencieux.

« *Non !* coupa Jon. Fantôme, aux pieds. Reste ici. *Reste !*

— Les sangliers et les loups, commenta Tormund. Vaudrait mieux garder ta bestiole sous clé, cette nuit. Je veillerai à c' que Borroq en fasse autant avec son goret. » Il leva les yeux vers le ciel qui s'obscurcissait. « C'est les derniers, et c'est pas trop tôt. Y va neiger toute la nuit, j' le sens. S'rait temps que j'aille jeter un coup d'œil à c' qu'y a, de l'autre côté de toute c'te glace.

— Passe devant, lui indiqua Jon. J'ai l'intention d'être le dernier à traverser la glace. Je te rejoindrai au banquet.

— Banquet ? *Har !* En voilà, un mot que j'aime entendre. » Le sauvageon tourna son poney vers le Mur et lui claqua la croupe. Toregg et ses cavaliers suivirent, mettant pied à terre devant la porte pour guider leurs montures durant la traversée. Bowen Marsh s'attarda le temps de superviser ses intendants qui halaient les derniers chariots dans le tunnel. Il ne resta plus que Jon Snow et ses gardes.

Le change-peau s'arrêta à dix pas de là. Son monstre grattait la boue du sabot en soufflant par les naseaux. Un saupoudrage de neige couvrait le dos noir et bossu de la bête. Il renâcla et baissa la hure et, pendant la moitié d'un battement de cœur, Jon eut l'impression qu'il allait charger. De part et d'autre de lui, ses hommes couchèrent leurs piques.

« Frère, dit Borroq.

— Tu ferais mieux de continuer. Nous allons fermer la porte.

— Fais-le, commenta Borroq. Ferme-la bien et verrouille-la. Ils arrivent, corbac. » Il afficha un des plus laids sourires qu'ait jamais vus Jon, et se dirigea vers la porte. Le sanglier avança à sa suite. La neige en tombant couvrait leurs traces derrière eux.

« C'est fini, alors », commenta Rory quand ils eurent disparu.

Non, se dit Jon Snow, *ça ne fait que commencer.*

Bowen Marsh l'attendait au sud du Mur, avec une tablette couverte de chiffres. « Trois mille cent et dix-neuf sauvageons ont franchi la porte ce jour, lui annonça le lord Intendant. Soixante de vos otages ont été envoyés à Fort-Levant et à Tour Ombreuse après avoir été nourris. Edd Tallett a ramené six chariots de femmes vers Longtertre. Le reste demeure avec nous.

— Pas pour longtemps, lui promit Jon. Tormund a l'intention de conduire ses hommes jusqu'à Bouclier-Égide dans un jour ou deux. Le reste suivra, dès que nous aurons décidé de leur destination.

— À vos ordres, lord Snow. » Le ton était raide. Il suggérait que Bowen Marsh savait où il les aurait envoyés, lui.

Le château auquel revint Jon ne ressemblait guère à celui qu'il avait quitté ce matin-là. Depuis qu'il le connaissait, Châteaunoir avait été un lieu de silence et d'ombres, où une maigre compagnie d'hommes en noir se déplaçaient comme des fantômes dans les ruines d'une forteresse qui avait jadis abrité dix fois leurs effectifs. Tout cela avait changé. À présent, des lumières brillaient à des fenêtres où jamais Jon Snow n'avait vu briller de lueur. Des voix inconnues résonnaient dans les cours, et le peuple libre allait et venait sur des sentiers verglacés qui n'avaient connu, depuis des années, que les bottes noires des corbacs. Devant le vieux baraquement de Flint, il croisa une douzaine d'hommes qui se lançaient de la neige. *Ils jouent*, songea Jon avec stupeur, *des adultes qui jouent comme des enfants, à se jeter des boules de neige, comme le faisaient Bran et Arya, dans le temps, et Robb et moi avant eux.*

L'ombre et le silence continuaient à régner dans la vieille armurerie de Donal Noye, toutefois, et plus encore dans les appartements de Jon, à l'arrière de la forge froide. Mais à peine eut-il retiré sa cape que Dannel passa la tête par la porte pour annoncer que Clydas apportait un message.

« Fais-le entrer. » Jon alluma une lampe avec un charbon ardent de son brasero et trois chandelles avec la lampe.

Clydas entra, tout rose et clignant les paupières, le parchemin serré dans une main douce. « Pardonnez-moi, lord Commandant. Vous devez être exténué, je le sais, mais j'ai pensé que vous voudriez voir ceci tout de suite.

— Vous avez bien fait. » Jon lut :

À Durlieu, avec six navires. Mers démontées. Merle *perdu avec tout l'équipage, deux vaisseaux lysiens échoués sur Skane, voies d'eau dans la* Serre. *Situation très mauvaise ici. Sauvageons mangent leurs morts. Créatures mortes dans les bois. Capitaines braaviens ne prennent à bord que femmes et enfants. Avons été traités d'esclavagistes par sorcières. Tentative de prendre à l'abordage* Corbeau des Tempêtes *repoussée, six membres d'équipage morts, nombreux sauvageons. Plus que huit corbeaux. Créatures mortes dans l'eau. Envoyez secours par voie de terre, mers ravagées par tempêtes. De la* Serre, *par la main de mestre Harmune.*

Cotter Pyke avait apposé au-dessous sa marque furibonde.

« Est-ce grave, messire ? demanda Clydas.

— Assez, oui. » *Créatures mortes dans les bois. Créatures mortes dans l'eau. Six vaisseaux rescapés, sur les onze qui avaient pris la mer.* Jon Snow enroula le parchemin, la mine sombre. *La nuit tombe,* conclut-il, *et voici que ma guerre commence.*

LE CHEVALIER ÉCARTÉ

« *Agenouillez-vous tous devant Sa Magnificence Hizdahr zo Loraq, quatorzième de ce Noble Nom, roi de Meereen, fils de Ghis, Octarque de l'Ancien Empire, Maître de la Skahazadhan, Consort des Dragons et Sang de la Harpie* », rugit le héraut. Sa voix se répercuta contre le sol de marbre et sonna entre les colonnes.

Ser Barristan Selmy glissa une main sous les replis de sa cape et libéra son épée dans son fourreau. On n'autorisait aucune lame en présence du roi, sinon celles de ses protecteurs. Il semblait qu'il comptât encore dans ce nombre, en dépit de son renvoi. Personne n'avait tenté de lui retirer son épée, en tout cas.

Daenerys Targaryen avait préféré donner audience sur un banc d'ébène poli, lisse et simple, couvert des coussins trouvés par ser Barristan afin de le rendre plus confortable. Le roi Hizdahr avait remplacé le banc par deux imposants trônes en bois doré, aux hauts dossiers sculptés en forme de dragons. Le roi siégeait dans le trône de droite, une couronne d'or sur la tête et un sceptre orné de joyaux dans une main pâle. Le deuxième trône demeurait vacant.

Le trône important, songea ser Barristan. *Aucun siège dragon ne peut remplacer un dragon, aussi alambiquées que soient ses ornementations.*

À la droite des trônes jumeaux se dressait Goghor le Géant, un énorme bloc humain, au visage brutal et balafré. À gauche, on trouvait le Félin moucheté, une peau de léopard jetée en travers d'une épaule. En retrait derrière eux, Belaquo Briseur-d'os et Khrazz avec ses yeux froids. *Tous des tueurs expérimentés*, estima Selmy, *mais c'est une chose d'affronter dans l'arène un ennemi dont on annonce l'arrivée au son des trompes et des tambours, et une autre de repérer un tueur caché avant qu'il ne puisse frapper.*

Le jour tout neuf était frais, et pourtant ser Barristan se sentait éreinté, comme s'il avait combattu toute la nuit. Plus il vieillissait et moins il semblait requérir de sommeil. Au temps où il était écuyer, il pouvait dormir dix heures par nuit et bâiller encore en entrant d'un pas trébuchant sur la lice d'entraînement. À trente et six ans, il découvrait que cinq heures par nuit lui suffisaient amplement. La nuit précédente, à peine avait-il dormi. Sa chambre à coucher était un simple réduit jouxtant les appartements de la reine ; des quartiers d'esclaves, à l'origine. Ses meubles comprenaient un lit, un pot de chambre, une garde-robe pour ses vêtements, et même une chaise, si l'envie de s'asseoir le prenait. Sur une table de chevet, il conservait une chandelle en cire d'abeille et une petite sculpture du Guerrier. Bien qu'il ne fût pas un homme pieux, la figurine l'aidait à se sentir moins seul dans cette bizarre cité étrangère, et c'était vers elle qu'il se tournait, aux veilles obscures de la nuit. *Protège-moi de ces doutes qui me rongent*, avait-il prié, *et donne-moi la force d'accomplir ce qui est juste*. Mais ni la prière ni l'aube ne lui avaient apporté de certitude.

Le vieux chevalier trouva la salle tout aussi bondée qu'à l'ordinaire, mais ce furent surtout les visages absents que Barristan Selmy remarqua : Missandei, Belwas, Ver Gris, Aggo, Jhogo et Rakharo, Irri et Jhiqui, Daario Naharis. La place dévolue au Crâne-ras était occupée par un gros homme portant cuirasse musculaire et masque de lion, ses lourdes jambes dépassant d'une jupe de lanières en cuir : Marghaz zo Loraq, cousin du roi et nouveau commandant des Bêtes d'Airain. Selmy avait déjà conçu un solide mépris à l'encontre de l'homme. Il avait connu ses pareils, à Port-Réal – flagorneur vis-à-vis de ses supérieurs, cassant avec les inférieurs, aussi aveugle que prétentieux, et par trop bouffi d'orgueil.

Skahaz pourrait être dans la salle, lui aussi, s'aperçut Selmy, *sa vilaine trogne dissimulée derrière un masque*. Une quarantaine de Bêtes d'Airain se tenaient entre les colonnes, la lumière des torches flamboyant sur le bronze poli de leurs masques. Le Crâne-ras pourrait être n'importe laquelle d'entre elles.

La salle bruissait du brouhaha de cent voix basses, résonnant entre les piliers et le sol de marbre. La tonalité générale était menaçante, irritée. Elle rappelait à Selmy le bourdonnement d'un nid de frelons un instant avant que tout l'essaim n'en jaillisse. Et sur les visages de la foule, il lisait la colère, le chagrin, le soupçon, la peur.

À peine le héraut du roi eut-il rappelé la cour à l'ordre que le sordide commença. Une femme entreprit de se lamenter sur un frère qui était mort dans l'arène de Daznak, une autre sur les dégâts subis par son palanquin. Un gros homme arracha ses bandages pour exhiber à la cour son bras brûlé, et l'endroit où la chair encore à vif suppurait. Et quand un homme en *tokar* bleu et or se mit à parler d'Harghaz le Héros, un affranchi derrière lui le bouscula pour le précipiter au sol. Il fallut six Bêtes d'Airain pour les séparer et les entraîner hors de la salle. *Renard, faucon, otarie, sauterelle, lion et crapaud.* Selmy se demanda si les masques revêtaient pour ceux qui les portaient une signification particulière. Les mêmes hommes reprenaient-ils chaque jour les mêmes masques, ou changeaient-ils chaque matin de visage ?

« Silence ! adjurait Reznak mo Reznak. « Je vous en prie ! Je vous répondrai pour peu que vous…

— Est-ce vrai ? s'écria une affranchie. Est-ce que notre mère est morte ?

— Non, non, non, piailla Reznak. La reine Daenerys rentrera à Meereen en temps et en heure, dans toute sa puissance et sa majesté. Dans l'intervalle, Son Excellence le roi Hizdahr se…

— Il n'est pas mon roi », s'exclama un affranchi.

Une bousculade éclata parmi les hommes. « *La reine n'est pas morte*, proclama le sénéchal. Ses Sang-coureurs ont été dépêchés sur l'autre rive de la Skahazadhan afin de retrouver Sa Grâce et de la rendre à son seigneur aimant et à ses loyaux sujets. Chacun dispose de dix cavaliers d'élite, et chaque homme de trois chevaux rapides, afin de voyager vite et loin. Nous retrouverons la reine Daenerys. »

Un Ghiscari de haute taille en robe de brocart prit ensuite la parole, d'une voix aussi sonore que glacée. Le roi Hizdahr changea de position sur son trône dragon, affichant un visage de marbre tandis qu'il s'efforçait de son mieux de paraître concerné, mais calme. Une fois de plus, ce fut son sénéchal qui répondit.

Ser Barristan laissa les paroles onctueuses de Reznak glisser sur lui. Ses années dans la Garde Royale lui avaient enseigné la technique d'écouter sans entendre, particulièrement utile lorsque l'orateur s'évertuait à prouver que les mots n'étaient que du vent. Au fond de la salle, il aperçut le petit prince de Dorne et ses deux compagnons. *Jamais ils n'auraient dû venir. Martell n'a aucune conscience du danger. Daenerys était sa seule amie à la cour, et elle n'est plus là.* Il se demanda s'ils comprenaient ce qui se disait. Même lui n'arrivait pas toujours à démêler le sens de la langue ghiscarie bâtarde que parlaient les esclavagistes, en particulier quand le débit était rapide.

Le prince Quentyn écoutait avec attention, cependant. *Celui-là est bien le fils de son père.* Court et trapu, banal de visage, il semblait un bon garçon, mesuré, raisonnable, obéissant... mais pas le genre qui fait battre plus vite le cœur d'une jeune fille. Et Daenerys Targaryen, quoi qu'elle pût être par ailleurs, était encore une jeune femme, comme elle l'affirmait elle-même quand il lui plaisait de jouer l'innocence. Comme toutes les bonnes reines, elle plaçait son peuple au premier plan – sinon, elle n'aurait jamais épousé Hizdahr zo Loraq – mais la jouvencelle en elle continuait d'avoir faim de poésie, de passion et de rire. *Elle désire le feu, et Dorne lui envoie de la boue.*

Avec de la boue, on pouvait faire une compresse pour calmer une fièvre. Dans la boue, on pouvait planter des graines et faire pousser une récolte pour nourrir ses enfants. La boue nourrissait quand le feu ne savait que consumer, mais immanquablement les sots, les enfants et les jeunes filles préféraient le feu.

Derrière le prince, ser Gerris Boisleau chuchotait quelque chose à Ferboys. Ser Gerris était tout ce que son prince n'était pas : grand, svelte, séduisant, la grâce du bretteur et l'esprit du courtisan. Selmy n'en doutait pas, plus d'une jeune Dornienne avait passé les doigts dans ces cheveux blondis par le soleil et chassé ce sourire narquois de ses lèvres à force de baisers. *Si celui-là avait été le prince, les choses auraient pu tourner autrement*, ne put-il s'empêcher de penser... mais Boisleau avait un peu trop de charme à son goût. *Monnaie contrefaite*, jugeait le vieux chevalier. Il avait connu de tels hommes dans le passé.

Ce qu'il murmurait devait être amusant, car son massif ami chauve étouffa un soudain pouffement, assez sonore pour que le roi lui-même tournât la tête vers les Dorniens. En voyant le prince, Hizdahr zo Loraq se rembrunit.

Cette moue ne plut guère à ser Barristan. Et quand le roi fit signe à son cousin Marghaz d'approcher, qu'il se pencha pour lui chuchoter à l'oreille, cela lui plut encore moins.

Je n'ai pas prêté serment à Dorne, se répéta-t-il. Mais Lewyn Martell avait été son Frère juré, au temps où les liens dans la Garde Royale s'ancraient encore profondément. *Je n'ai pas pu aider le prince Lewyn au Trident, mais je peux à présent aider son neveu.* Martell dansait sur un nid de vipères, sans même voir les serpents. Sa présence prolongée ici, même après que Daenerys s'était donnée à un autre sous le regard des dieux et des hommes, aurait ulcéré n'importe quel époux, et la reine n'était plus là pour protéger Quentyn du courroux d'Hizdahr. *Cependant...*

L'idée le frappa comme une gifle en plein visage. Quentyn avait grandi à la cour de Dorne. Complots et poisons ne lui étaient pas étrangers. Et le prince Lewyn n'était pas son unique oncle. *Il est parent de la Vipère Rouge.* Daenerys en avait pris un autre pour consort, mais, si Hizdahr périssait, elle serait libre de se marier de nouveau. *Le Crâne-ras aurait-il pu se tromper ? Qui pouvait dire si les sauterelles visaient Daenerys ? La loge appartenait au roi. Et s'il avait été la victime prévue depuis le début ?* La mort d'Hizdahr aurait rompu la paix fragile. Les Fils de la Harpie auraient repris leurs meurtres, les Yunkaïis leur guerre. Daenerys aurait pu ne plus avoir de meilleur choix que Quentyn et son pacte de mariage.

Ser Barristan luttait encore contre ce soupçon quand il entendit le son de lourdes bottes gravir les abrupts degrés de pierre au fond de la salle. Les Yunkaïis étaient arrivés. Trois des Judicieux conduisaient la procession venue de la Cité Jaune, chacun avec sa suite en armes. Un esclavagiste portait un *tokar* de soie bordeaux frangé d'or, un autre un *tokar* rayé fauve et orange, le troisième une cuirasse ornementée de scènes érotiques ouvragées en jade et en nacre. Le capitaine mercenaire Barbesang les accompagnait, une besace en cuir jetée en travers d'une puissante épaule, et une expression de satisfaction et de meurtre au visage.

Pas de Prince en Guenilles, nota Selmy. *Ni Brun Ben Prünh.* Ser Barristan jaugea Barbesang avec calme. *Donne-moi la moitié d'un prétexte pour danser avec toi, et nous verrons qui rira le dernier.*

Reznak mo Reznak se faufila en avant. « Judicieux, votre présence nous honore. Sa Splendeur le roi Hizdahr souhaite la bienvenue à ses amis de Yunkaï. Nous avons cru comprendre...

— Comprends ceci. » Barbesang tira de son sac une tête tranchée et la jeta au sénéchal.

Reznak poussa un glapissement de peur et sauta de côté. La tête rebondit et continua à rouler, semant des gouttelettes de sang sur le sol de marbre mauve, pour aller s'arrêter au pied du trône dragon du roi Hizdahr. À travers toute la salle, des Bêtes d'Airain couchèrent leurs lances. Goghor le Géant vint s'interposer d'un pas lourd devant le trône du roi, et le Félin moucheté et Khrazz se campèrent de part et d'autre de lui afin de dresser un rempart.

Barbesang s'esclaffa. « Il est mort. Il vous mordra pas. »

Prudemment, très prudemment, le sénéchal approcha de la tête et la souleva avec délicatesse par ses cheveux. « L'amiral Groleo. »

Ser Barristan jeta un coup d'œil vers le trône. Il avait servi sous tant de rois qu'il ne put se retenir d'imaginer la réaction probable de chacun à une telle provocation. Aerys se serait rétracté dans un frémissement d'horreur, se blessant sans doute aux pointes du trône de Fer, puis il aurait hurlé à ses hommes d'armes de tailler les Yunkaïis en pièces. Robert aurait réclamé sa masse de bataille pour infliger à Barbesang le même sort. Même Jaehaerys, que beaucoup jugeaient faible, aurait ordonné l'arrestation de Barbesang et des esclavagistes yunkaïis.

Hizdahr resta figé, un homme pétrifié. Reznak déposa la tête sur un coussin de satin aux pieds du roi, puis s'écarta précipitamment, sa bouche tordue par une moue de dégoût. À plusieurs pas de lui, ser Barristan sentait le lourd parfum floral du sénéchal.

Le mort levait des yeux chargés de reproche. Du sang séché lui brunissait la barbe, mais un filet rouge continuait à suinter de son cou. À le regarder, il avait fallu plus d'un coup pour séparer sa tête de son corps. Au fond de la salle, les pétitionnaires commençaient à s'éclipser. Une des Bêtes d'Airain arracha son masque de faucon en bronze et se mit à vomir son petit déjeuner.

Barristan Selmy n'était pas étranger aux chefs tranchés. Celui-ci, cependant... Il avait traversé la moitié du monde avec ce vieil arpenteur des océans, de Pentos jusqu'à Qarth, et de nouveau jusqu'à Astapor. *Groleo était un brave homme. Il ne méritait pas une telle fin. Tout ce qu'il souhaitait, c'était rentrer chez lui.* Le chevalier se tendit, aux aguets.

« Ceci, déclara enfin le roi Hizdahr, ce n'est pas... Nous ne sommes pas contents, ce... Que signifie ce... ce... »

L'esclavagiste en *tokar* bordeaux présenta un parchemin. « J'ai l'honneur d'être porteur de ce message de la part du conseil des maîtres. » Il déploya le rouleau. « Il est ici inscrit : *Sept sont entrés à Meereen pour signer les accords de paix et assister dans l'Arène de Daznak aux jeux de célébration. Pour garantie de leur sécurité, sept otages nous ont été confiés. La Cité Jaune pleure son noble fils, Yurkhaz zo Yunzak, qui a péri de cruelle façon alors qu'il était l'hôte de Meereen. Le sang doit payer le sang.* »

À Pentos, Groleo avait une épouse. Des enfants, des petits-enfants. *Pourquoi lui, entre tous les otages ?* Jhogo, Héro et Daario Naharis avaient tous des combattants sous leurs ordres, mais Groleo avait été un amiral sans flotte. *Ont-ils tiré à la courte paille, ou ont-ils jugé Groleo le moins précieux pour nous, le moins susceptible de provoquer des représailles ?* s'interrogea le chevalier… il était cependant plus facile de poser la question que d'y répondre. *Je n'ai aucun talent pour démêler de tels nœuds.*

« Votre Grâce, lança ser Barristan. S'il vous plaît de vous souvenir, le noble Yurkhaz est mort par accident. Il a trébuché sur les marches en essayant de fuir le dragon et a été piétiné par ses propres esclaves et compagnons. Cela, ou son cœur a lâché sous l'empire de la terreur. Il était vieux.

— Qui est cet homme, qui parle sans la permission du roi ? » demanda le seigneur yunkaïi en *tokar* rayé, un petit homme au menton fuyant et aux dents trop grandes pour sa bouche. Selmy lui trouvait une mine de lapin. « Les seigneurs de Yunkaï doivent-ils écouter divaguer des gardes ? » Il secoua les perles qui frangeaient son *tokar*.

Hizdahr zo Loraq semblait incapable de détacher ses yeux de la tête. Ce fut seulement quand Reznak lui chuchota quelques mots à l'oreille qu'il se reprit enfin. « Yurkhaz zo Yunzak était votre commandant suprême, dit-il. Lequel d'entre vous parle au nom de Yunkaï, désormais ?

— Nous tous, riposta le lapin. Le conseil des maîtres. »

Le roi Hizdahr recouvra quelque acier dans son attitude. « Alors, vous portez tous la responsabilité de ce viol de notre paix. »

Le Yunkaï cuirassé en répondit : « Notre paix n'a pas été violée. Le sang paie pour le sang, une vie pour une autre. Afin de démontrer notre bonne foi, nous vous restituons trois de vos otages. » Les rangées de fer s'écartèrent derrière lui. On fit avancer trois Meereeniens, qui retenaient leurs *tokars* – deux femmes et un homme.

« Ma sœur, commenta avec raideur Hizdahr zo Loraq. Cousins. » Il désigna d'un geste la tête qui saignait. « Retirez ceci de notre vue.

— L'amiral était un homme de la mer, lui rappela ser Barristan. Peut-être Votre Magnificence pourrait-elle demander aux Yunkaïis de nous restituer son corps, afin que nous puissions l'ensevelir sous les vagues ? »

Le seigneur aux dents de lapin agita une main. « Si tel est le bon plaisir de Votre Splendeur, il en sera fait ainsi. En gage de notre respect. »

Reznak mo Reznak s'éclaircit bruyamment la gorge. « Sans vouloir vous offenser, il me semble toutefois que Son Excellence la reine Daenerys Targaryen vous a confié, euh... sept otages. Les trois autres...

— Les autres resteront nos hôtes, annonça le seigneur yunkaïi cuirassé, jusqu'à ce que les dragons aient été détruits. »

Un silence s'abattit sur la salle. Puis montèrent des murmures et des chuchotements, des jurons marmonnés, des prières susurrées, l'agitation des frelons dans leur ruche. « Les dragons..., commença le roi Hizdahr.

— ... sont des monstres, ainsi que chacun l'a vu, dans l'arène de Daznak. Aucune paix véritable n'est possible tant qu'ils vivront.

— Sa Magnificence la reine Daenerys est Mère des Dragons. Elle seule peut... »

Le mépris de Barbesang lui coupa la parole. « Elle n'est plus. Brûlée, dévorée. Des herbes folles poussent dans son crâne fracturé. »

Un rugissement salua ces mots. Certains commencèrent à lancer des cris et des jurons. D'autres frappèrent du pied, sifflant en signe d'approbation. Il fallut le choc des manches de piques des Bêtes d'Airain contre le sol pour que la salle retrouvât le silence.

Pas une seconde ser Barristan ne détacha les yeux de Barbesang. *Il est venu dans le but de piller une ville, et la paix d'Hizdahr l'a floué de son butin. Il fera tout son possible pour provoquer le bain de sang.*

Hizdahr zo Loraq se leva lentement de son trône dragon. « Je dois consulter mon conseil. Cette audience est levée.

— *Agenouillez-vous tous devant Sa Magnificence Hizdahr zo Loraq, quatorzième de ce Noble Nom, roi de Meereen, fils de Ghis, Octarque de l'Ancien Empire, Maître de la Skahazadhan, Consort des Dragons et Sang de la Harpie*», clama le héraut. Des Bêtes d'Airain pivotèrent entre les colonnes pour former une ligne, puis commencèrent à avancer lentement au pas cadencé, faisant sortir de la salle les pétitionnaires.

Les Dorniens eurent moins de chemin à parcourir que d'autres. Ainsi qu'il convenait à son rang et à sa station, Quentyn Martell avait obtenu des appartements à l'intérieur de la Grande Pyramide, deux niveaux plus bas – une suite splendide avec son propre cabinet d'aisances et une terrasse ceinturée de murs. Peut-être était-ce pour cette raison qu'il s'attarda avec ses compagnons, attendant que la cohue se fût éclaircie avant de prendre le chemin de l'escalier.

Ser Barristan les observa, méditatif. *Que voudrait Daenerys ?* se demanda-t-il. Il pensait le savoir. Le vieux chevalier traversa la salle d'un pas déterminé, sa longue cape blanche se balançant derrière lui. Il rattrapa les Dorniens au sommet des marches. « La cour de votre père n'a jamais été moitié si animée, entendit-il Boisleau plaisanter.

— Prince Quentyn, appela Selmy. Puis-je solliciter un mot ? »

Quentyn Martell se retourna. « Ser Barristan. Bien entendu. Mes appartements se trouvent au niveau inférieur.

Non. « Il ne m'appartient pas de vous conseiller, prince Quentyn… Mais à votre place, je ne regagnerais point mes appartements. Vos amis et vous devriez descendre l'escalier et vous en aller. »

Le prince Quentyn écarquilla les yeux. « M'en aller de la pyramide ?

— De la ville. Rentrer à Dorne. »

Les Dorniens se regardèrent. « Nos armes et armures sont restées dans nos appartements, déclara Gerris Boisleau. Sans parler de l'essentiel de l'argent que nous possédons encore.

— Une épée se remplace, fit valoir ser Barristan. Je peux vous fournir assez d'argent pour la traversée jusqu'à Dorne. Prince Quentyn, le roi a noté votre présence, aujourd'hui. Il a froncé les sourcils. »

Gerris Boisleau rit. « Devrions-nous avoir peur d'Hizdahr zo Loraq ? Vous l'avez vu, à l'instant. Il tremblait devant les Yunkaïis. Ils lui ont envoyé *une tête*, et il n'a rien fait. »

Quentyn Martell opina. « Un prince est bien avisé de réfléchir avant d'agir. Ce roi... je ne sais que penser de lui. La reine aussi m'a mis en garde contre lui, c'est vrai, mais...

— Elle vous a mis en garde ? » Selmy fronça les sourcils. « Que faites-vous encore ici ? »

Le prince Quentyn rougit. « Le pacte de mariage...

— ... a été conclu entre deux morts et ne contenait pas un mot sur la reine et sur vous. Il promettait la main de votre sœur au frère de la reine, un autre mort. Il n'a aucune valeur. Jusqu'à votre arrivée ici, Sa Grâce en ignorait l'existence. Votre père sait bien garder ses secrets, prince Quentyn. Trop bien, je le crains. Si la reine avait connu à Qarth l'existence de ce pacte, elle aurait pu ne jamais se détourner vers la baie des Serfs, mais vous êtes venu trop tard. Je n'ai aucune envie de frotter de sel vos plaies, pourtant Sa Grâce a un nouvel époux et un ancien *amant de cœur*, et semble les préférer tous deux à vous. »

La colère fulgura dans les yeux sombres du prince. « Le nobliau ghiscari n'est pas un consort digne de la reine des Sept Couronnes.

— Il ne vous appartient pas de juger. » Ser Barristan s'interrompit, en se demandant s'il n'en avait pas déjà trop dit. *Non. Dis-lui le reste.* « L'autre jour, dans l'arène de Daznak, une partie de la nourriture dans la loge royale était empoisonnée. C'est pur hasard si Belwas le Fort a tout mangé. Les Grâces Bleues disent que seules sa taille et sa force monstrueuses l'ont sauvé, mais il s'en est fallu de peu. Il pourrait encore mourir. »

Sur le visage du prince Quentyn, le choc était manifeste. « Du poison... à l'intention de Daenerys ?

— D'elle ou d'Hizdahr. Des deux, peut-être. Mais la loge était celle de Sa Grâce le roi. Il a procédé à tous les arrangements. Si le poison venait de lui... ma foi, il aura besoin d'un bouc émissaire. Qui de mieux qu'un rival venu d'un pays lointain, sans aucun ami à la cour ? Qui de mieux qu'un soupirant éconduit par la reine ? »

Quentyn Martell blêmit. « *Moi ?* Jamais je ne... vous ne pouvez imaginer que j'ai eu quelque chose à voir dans... »

C'était la vérité, ou il excelle en matière de comédie. « D'autres le pourraient, répondit ser Barristan. La Vipère Rouge était votre oncle. Et vous avez de bonnes raisons de souhaiter la mort du roi Hizdahr.

— Et d'autres aussi, suggéra Gerris Boisleau. Naharis, par exemple. Le...

968

— L'*amant de cœur* de la reine », compléta ser Barristan, avant que le chevalier dornien puisse dire quoi que ce soit qui souillât l'honneur de Daenerys. « C'est le terme dont vous usez, à Dorne, n'est-ce pas ? » Il n'attendit pas une réponse. « Le prince Lewyn était mon Frère juré. En ce temps-là, peu de choses restaient secrètes, dans la Garde Royale. Je sais qu'il avait une amante de cœur. Il n'estimait pas qu'il y eût de honte à cela.

— Non, admit Quentyn, écarlate. Mais…

— Daario tuerait Hizdahr en un éclair s'il l'osait, enchaîna ser Barristan. Mais pas avec du poison. Jamais. Et Daario ne se trouvait pas là, de toute façon. Hizdahr serait ravi de le blâmer pour les sauterelles, néanmoins… mais le roi pourrait encore avoir besoin des Corbeaux Tornade, et il les perdra s'il semble prêter la main à la mort de leur capitaine. Non, mon prince. Si Sa Grâce a besoin d'un empoisonneur, il se tournera vers vous. » Il avait exposé tout ce qu'il pouvait dire sans risque. Encore quelques jours, si les dieux leur souriaient, et Hizdahr zo Loraq ne régnerait plus sur Meereen… mais impliquer le prince Quentyn dans le bain de sang qui s'annonçait ne servirait à rien. « Si vous tenez à demeurer à Meereen, vous seriez bien inspiré de prendre vos distances avec la cour et d'espérer qu'Hizdahr vous oubliera, conclut ser Barristan. Et je continue de penser qu'un navire pour Volantis serait plus sage, mon prince. Quelle que soit la voie que vous choisirez, je vous souhaite tout le bien possible. »

Avant qu'il ait avancé de trois pas, Quentyn Martell l'appela. « Barristan le Hardi, vous appelle-t-on.

— Certains. » Selmy avait remporté cette épithète à l'âge de dix ans, frais émoulu écuyer, et si vaniteux et sot, cependant, qu'il s'était mis dans l'idée qu'il pouvait jouter contre des chevaliers expérimentés et éprouvés. Aussi avait-il emprunté un palefroi et de la plate dans l'armurerie de lord Dondarrion et était-il entré en lice à Havrenoir en tant que chevalier mystère. *Même le héraut riait. J'avais les bras si maigres qu'en couchant ma lance, j'avais toutes les peines du monde à empêcher la pointe de labourer le sol.* Lord Dondarrion aurait eu le plein droit de lui ordonner de descendre de cheval et de lui administrer une fessée, mais le prince des Libellules avait pris en pitié ce petit imbécile dans son armure mal ajustée et lui avait montré assez de respect pour relever son défi. Une charge avait suffi. Le prince Duncan l'avait ensuite aidé à se relever et lui avait ôté son casque. « Un enfant, avait-il proclamé devant la foule. Un enfant hardi. » *Il y avait cinquante-trois ans. Combien sont encore en vie, de ceux qui se trouvaient là, à Havrenoir ?*

« Quel nom croyez-vous qu'on me donnera, si je devais rentrer à Dorne sans Daenerys ? demanda le prince Quentyn. Quentyn le Prudent ? Quentyn le Poltron ? Quentyn le Couard ? »

Le Prince qui arriva trop tard, répondit dans sa tête le vieux chevalier… mais si un chevalier de la Garde Royale ne retient aucune autre leçon, il apprend à garder sa langue. « Quentyn l'Avisé », suggéra-t-il. Et il espéra que c'était la vérité.

LE PRÉTENDANT ÉCONDUIT

L'heure des fantômes était presque venue quand ser Gerris Boisleau rentra à la pyramide pour rapporter qu'il avait déniché Fayots, Bouquine et le vieux Bill les Os dans une des caves les moins reluisantes de Meereen, à boire du vin jaune et à regarder des esclaves dénudés s'entre-tuer à mains nues et à dents limées.

« Fayots a dégainé une lame et proposé un pari pour vérifier si les déserteurs avaient la panse gorgée de boue jaune, rapporta ser Gerris, aussi lui ai-je jeté un dragon et demandé si de l'or jaune suffirait. Il a donné un coup de dents dans la pièce et m'a demandé ce que j'avais l'intention d'acheter. Quand je le lui ai dit, il a rangé son coutelas et voulu savoir si j'étais ivre ou fou.

— Qu'il croie ce qu'il voudra, du moment qu'il transmet le message, commenta Quentyn.

— Cela, au moins, il le fera. Je parierais que vous aurez votre entrevue, également, ne serait-ce que pour que le Guenilleux puisse demander à la Belle Meris de vous tailler le foie en tranches et de le frire aux petits oignons. Nous devrions écouter Selmy. Quand Barristan le Hardi dit de fuir, le sage lace ses chaussures. Il nous faut trouver un navire en partance pour Volantis tant que le port est encore ouvert. »

Cette seule mention suffit à colorer de vert les bajoues de ser Archibald. « Plus jamais de navires. Plutôt retourner à Volantis à cloche-pied. »

Volantis, songea Quentyn. *Ensuite Lys, et la maison. Retour par le trajet aller, les mains vides. Trois braves qui sont morts, et pour quoi ?*

Ce serait bon de revoir la Sang-vert, de visiter Lancehélion et les Jardins Aquatiques, et de respirer l'air pur et doux des montagnes à Ferboys, plutôt que les miasmes chauds, humides et infects de la baie des Serfs. Son père ne prononcerait pas un mot de reproche, Quentyn le savait, mais la déception serait là, dans ses yeux. Sa sœur afficherait son dédain, les Aspics des Sables se moqueraient de lui avec des sourires acérés comme des épées, et lord Ferboys, son second père, qui avait envoyé son propre fils avec lui pour assurer sa sécurité...

« Je ne veux pas vous retenir ici, annonça Quentyn à ses amis. C'est à moi que mon père a confié cette tâche, et non à vous. Rentrez chez vous, si c'est ce que vous souhaitez. Par tous les moyens qui vous plairont. Je reste. »

Le mastodonte haussa les épaules. « Alors, le Buveur et moi, on reste aussi. »

La nuit suivante, Denzo D'han se présenta à la porte du prince Quentyn pour discuter des conditions. « Il vous rencontrera demain, près du marché aux épices. Cherchez une porte marquée d'un lotus mauve. Frappez deux coups et appelez à la liberté.

— Entendu, dit Quentyn. Arch et Gerris m'accompagneront. Il peut amener deux hommes, lui aussi. Pas plus.

— Si tel est le bon plaisir de mon prince. » Oh, certes, les mots du guerrier poète étaient courtois, mais la malveillance aiguisait le ton de sa voix, et la moquerie brillait dans ses yeux. « Venez au coucher du soleil. Et veillez à ce qu'on ne vous suive pas. »

Les Dorniens quittèrent la Grande Pyramide une heure avant le couchant, au cas où ils se fourvoieraient en route ou rencontreraient quelques difficultés à localiser le lotus mauve. Quentyn et Gerris avaient ceint leur baudrier d'épée. Le mastodonte portait sa masse de guerre accrochée en travers de son large dos.

« Il n'est pas encore trop tard pour renoncer à cette folie », insista Gerris tandis qu'ils descendaient une ruelle fétide en route pour le vieux marché aux épices. L'air était saturé par une odeur de pisse et ils entendaient gronder les roues ferrées d'une carriole des morts en avant d'eux. « Le vieux Bill les Os avait coutume de raconter que la Belle Meris pouvait étirer l'agonie d'un homme sur toute une lune. Nous leur avons *menti*, Quent. On s'est servis d'eux pour parvenir ici, et ensuite on est passés chez les Corbeaux Tornade.

— Comme nous en avions reçu l'ordre.

— Le Guenilleux n'a jamais voulu que nous le fassions pour de bon, toutefois, intervint le mastodonte. Ses autres gars, ser Orson et Dick Chaume, Hugues Sylvegué, Will des Forêts, toute la bande, ils moisissent encore au fond de je ne sais quelle geôle grâce à nous. Ça m'étonnerait que ça ait beaucoup plu au Guenilleux.

— Non, admit le prince Quentyn, mais l'or lui plaît, par contre. »

Gerris s'esclaffa. « Dommage que nous n'en ayons pas. Vous avez confiance en cette paix, Quent ? Pas moi. La moitié de la cité traite le tueur de dragon de héros, et l'autre crache du sang à la simple mention de son nom.

— Harzou », glissa le mastodonte.

Quentyn fronça les sourcils. « Il s'appelait Harghaz.

— Hizdahr, Houmzoum, Hagnag, quelle importance ? Moi, je les appelle tous Harzou. Et c'était pas un tueur de dragon. Il a juste réussi à se faire roustir le cul, tout noir et croustillant.

— Il était brave. » *Aurais-je le courage d'affronter ce monstre sans rien d'autre qu'une pique ?*

« Il est mort bravement, c'est ce que vous voulez dire.

— Il est mort en gueulant », précisa Arch.

Gerris posa la main sur l'épaule de Quentyn. « Même si la reine revenait, elle serait toujours mariée.

— Pas si je flanque au roi Harzou une petite tape avec ma masse, suggéra le mastodonte.

— Hizdahr, corrigea Quentyn. Il s'appelle Hizdahr.

— Un bécot de mon marteau, et plus personne ne se souciera de son nom exact », assura Arch.

Ils ne comprennent pas. Ses amis avaient perdu de vue leur véritable objectif, ici. *La route passe par elle, mais ne s'arrête pas à elle. Daenerys fournira les moyens d'atteindre l'objectif, mais elle n'est pas l'objectif proprement dit.* « "Le Dragon a trois têtes, m'a-t-elle dit. Mon mariage ne doit pas signifier la fin de tous vos espoirs, a-t-elle ajouté. Je sais pourquoi vous êtes venu. Pour le feu et le sang." J'ai dans les veines du sang Targaryen, vous le savez. Je peux remonter ma lignée jusqu'à...

— On se fout de votre lignée, coupa Gerris. Les dragons n'auront rien à foutre de votre sang, sinon pour son goût, peut-être. On n'apprivoise pas un dragon avec une leçon d'histoire. Ce sont des monstres, pas des mestres. Quent, est-ce vraiment ce que vous avez l'intention de faire ?

— C'est ce que je dois faire. Pour Dorne. Pour mon père. Pour Cletus, et Will, et mestre Kedry.

— Ils sont morts, rappela Gerris. Ils s'en foutent.

— Tous morts, acquiesça Quentyn. Pour quoi ? Pour m'amener ici, afin que j'épouse la reine dragon. Une grande aventure, disait Cletus. Des routes du démon et des mers démontées, et au terme de tout cela, la plus belle femme du monde. Un conte à narrer à nos petits-enfants. Mais jamais Cletus n'aura d'enfants, à moins qu'il n'ait laissé un bâtard dans le ventre de cette drôlesse qu'il aimait bien, à la taverne. Jamais Will n'aura de noces. Leurs morts devraient avoir un sens. »

Gerris indiqua du doigt un cadavre affalé contre un mur de briques, une nuée de mouches vertes et luisantes empressées autour de lui. « Et sa mort à lui, en a-t-elle eu, du sens ? »

Quentyn regarda le corps avec dégoût. « Il est mort de dysenterie. Restez bien à l'écart. » La jument pâle était entrée dans les murs de la ville. Rien de très étonnant à ce que les rues parussent tellement vides. « Les Immaculés vont lui envoyer la carriole des morts.

— Je n'en doute pas. Mais là n'était pas ma question. C'est la vie des hommes qui a du sens, et non leur mort. J'aimais Will, et Cletus aussi, mais cela ne nous les ramènera pas. C'est une erreur, Quent. On ne peut pas se fier aux épées-louées.

— Ce sont des hommes comme tous les autres. Ils veulent de l'or, de la gloire, du pouvoir. Je ne me fie qu'à cela. » *À cela et à mon propre destin. Je suis prince de Dorne, et le sang des dragons coule dans mes veines.*

Le soleil s'était enfoncé au-dessous des remparts de la cité quand ils trouvèrent enfin le lotus mauve peint sur la porte de bois usé d'un petit taudis en brique, accroupi dans un alignement de galetas similaires sous l'ombre de la grande pyramide jaune et verte de Rhazdar. Quentyn toqua deux coups, selon les instructions. Une voix rogue répondit à travers l'huis, grondant quelque chose d'inintelligible dans la langue bâtarde de la baie des Serfs, un méchant mélange d'ancien ghiscari et de haut valyrien. Dans la même langue, le prince répondit : « Liberté. »

La porte s'ouvrit. Par précaution, Gerris entra le premier, Quentyn tout de suite sur ses talons, et le mastodonte pour fermer la marche. À l'intérieur, l'atmosphère s'embrumait de fumée bleuâtre, dont l'odeur douce ne pouvait tout à fait masquer des remugles plus profonds de pisse, de vinasse et de viande gâtée. L'espace était bien plus vaste qu'il n'en avait donné l'impression à l'extérieur, se prolongeant sur la droite et la gauche dans les taudis voisins. Ce qui avait semblé, de la rue, constituer une douzaine d'habitations se révéla à l'intérieur former une longue salle.

À cette heure-ci, l'établissement n'était qu'à moitié rempli. Quelques-uns des clients attardèrent sur les Dorniens des regards las, hostiles ou curieux. Le reste se pressait à l'extrémité de la salle, autour de la fosse où une paire d'hommes nus luttaient au couteau, sous les encouragements du public.

Quentyn ne vit aucun signe des hommes qu'ils venaient rencontrer. Puis une porte qu'il n'avait pas remarquée s'ouvrit et en émergea une vieille femme, une créature ratatinée en *tokar* rouge sombre frangé de minuscules crânes dorés. Elle avait la peau blanche comme du lait de jument, la chevelure si clairsemée qu'il vit la peau rose en dessous. « Dorne, dit-elle, Zahrina moi. Lotus mauve. Là descendre, trouver vous eux. » Elle leur tint la porte en leur indiquant de passer.

Au-delà partait une volée de marches en bois, escarpées et tortueuses. Cette fois-ci, le mastodonte ouvrait la voie et Gerris formait l'avant-garde, le prince entre eux deux. *Un deuxième sous-sol.* La descente fut longue, et il faisait si noir que Quentyn dut tâtonner pour éviter de glisser. Presque arrivé au bas de l'escalier, ser Archibald tira sa dague.

Ils émergèrent dans une cave en brique d'une taille triple de celle du bouge au-dessus. D'énormes cuves de bois bordaient les parois aussi loin que portât le regard du prince. Une lanterne rouge était pendue à un crochet juste à côté de la porte, et sur une barrique renversée qui faisait office de table palpitait la flamme d'une chandelle noire suiffeuse. C'était l'unique lumière.

Caggo Tue-les-Morts allait et venait devant les cuves à vin, son *arakh* noir pendu à sa hanche. Debout, la Belle Meris berçait une arbalète, les yeux aussi froids et morts que deux pierres grises. Denzo D'han barra la porte après l'entrée des Dorniens, puis prit position devant elle, les bras croisés en travers de la poitrine.

Un de trop, songea Quentyn.

Le Prince en Guenilles en personne siégeait à la table, sirotant une coupe de vin. À la clarté jaune de la chandelle, ses cheveux d'un gris argenté semblaient presque dorés, bien que les poches sous ses yeux fussent tracées à la taille de fontes de selle. Il portait une cape de voyage en laine brune, avec une cotte de mailles argentée qui luisait au-dessous. Cela dénotait-il une traîtrise ou la simple prudence ? *Une vieille épée-louée est une épée-louée prudente.* Quentyn s'approcha de la table. « Messire. Vous paraissez différent sans votre cape.

— Ma parure de loques ? » Le Pentoshi haussa les épaules. « Piètre habit… Et pourtant, il remplit mes ennemis de peur et sur le champ de bataille la vue de mes guenilles qui flottent au vent donne plus de cœur au ventre à mes hommes que n'importe quelle bannière. Et si je veux me déplacer sans être vu, il n'est besoin que de m'en débarrasser pour devenir quelconque et banal. » Il désigna d'un geste le banc en face de lui. « Asseyez-vous. J'ai cru comprendre que vous êtes prince ? Si j'avais su. Quelque chose à boire ? Zahrina propose à manger, également. Son pain est rassis et son ragoût innommable. De la graisse et du sel, avec un ou deux bouts de viande. Du chien, prétend-elle, mais je crois plus probable que ce soit du rat. Ça ne vous tuera pas. J'ai découvert qu'on ne doit se méfier que des nourritures appétissantes. Les empoisonneurs choisissent invariablement les mets les plus attirants.

— Vous avez amené trois hommes, fit valoir ser Gerris, un sous-entendu dans la voix. Nous nous étions mis d'accord sur deux chacun.

— Meris n'est pas un homme. Meris, ma douce, défais ta chemise, montre-lui.

— Ce ne sera pas nécessaire », coupa Quentyn. Si les racontars qu'il avait entendus disaient vrai, la Belle Meris ne portait sous cette camisole que les cicatrices laissées par les hommes qui lui avaient tranché les seins. « Meris est une femme, je suis d'accord. Vous avez quand même biaisé sur les termes.

— Guenilleux et biaiseur, quelle fripouille je suis. Trois contre deux n'est pas un bien gros avantage, on se doit de le reconnaître, mais ça compte quand même. En ce monde, l'homme doit apprendre à saisir au vol tous les dons que les dieux élisent de lui envoyer. C'est une leçon que j'ai apprise à un certain coût. Je vous l'offre, en témoignage de ma bonne foi. » Il indiqua de nouveau le siège. « Asseyez-vous et dites ce que vous êtes venu dire. Je promets de ne pas vous faire tuer avant de vous avoir entendu jusqu'au bout. C'est le moins que je puisse faire pour un collègue prince. Quentyn, c'est bien ça ?

— Quentyn, de la maison Martell.

— Guernouille vous va mieux. Je n'ai pas coutume de boire avec des menteurs et des déserteurs, mais vous avez piqué ma curiosité. »

Quentyn s'assit. *Une parole malheureuse et tout ceci pourrait tourner au sang en un demi-battement de cœur.* « Je vous prie de nous pardonner notre tromperie. Seuls faisaient voile vers la baie des Serfs les navires loués pour vous conduire jusqu'à la guerre. »

Le Prince en Guenilles haussa les épaules. « Chaque tourne-casaque a son histoire. Vous n'êtes pas les premiers à me jurer vos épées, prendre mon argent et détaler. Ils ont tous des *raisons*. "Mon petit était malade", "Ma femme me fait cocu" ou "Les autres hommes me forcent tous à leur sucer la bite". Un charmant garçon, le dernier, mais je n'ai pas excusé sa désertion. Un autre personnage m'a déclaré que notre cuisine était tellement exécrable qu'il devait fuir avant qu'elle le rende malade. Alors, je lui ai fait couper un pied, je l'ai rôti et le lui ai fait manger. Et puis je l'ai nommé cuisinier du camp. Nos repas se sont améliorés de façon significative et, une fois son contrat achevé, il en a signé un autre. Vous, en revanche… Plusieurs de mes meilleurs éléments sont claquemurés dans les cachots de la reine grâce à votre langue de menteurs, et je doute que vous sachiez même cuisiner.

— Je suis prince de Dorne, répliqua Quentyn. J'avais un devoir envers mon père et mon peuple. Il existait un pacte secret de mariage.

— J'ai entendu dire ça. Et quand la reine d'argent a vu votre bout de parchemin, elle est tombée dans vos bras, c'est ça ?

— Non, intervint la Belle Meris.

— Non ? Oh, je me souviens. Votre épouse s'est envolée sur un dragon. Eh bien, quand elle reviendra, n'oubliez pas de nous inviter à vos noces. Les hommes de la compagnie adoreraient trinquer à votre bonheur, et j'aime beaucoup les mariages ouestriens. La nuit de noces, particulièrement, sauf que… Oh, un instant… » Il se tourna vers Denzo D'han. « Denzo, il me semblait que tu m'avais dit que la reine dragon avait déjà épousé je ne sais quel Ghiscari.

— Un noble meereenien. Riche. »

Le Prince en Guenilles se retourna vers Quentyn. « Se pourrait-il que ce soit vrai ? Sûrement pas. Et votre pacte de mariage, alors ?

— Elle lui a ri au nez », commenta la Belle Meris.

Jamais Daenerys n'avait ri. Le reste de Meereen pouvait bien le considérer comme une amusante curiosité, tel le roi estivien en exil que le roi Robert gardait à Port-Réal, mais la reine s'était adressée à lui avec douceur. « Nous sommes arrivés trop tard, expliqua Quentyn.

— Quel dommage que vous n'ayez pas déserté plus tôt. » Le Prince en Guenilles but délicatement son vin. « Donc… pas de mariage pour le prince Guernouille. Est-ce pour cette raison que vous revenez vers moi à grands sauts ? Mes trois braves petits Dorniens auraient-ils décidé d'honorer leurs contrats ?

— Non.

— C'est contrariant.

— Yurkhaz zo Yunzak est mort.

— Nouvelles défraîchies. Je l'ai vu périr. Le pauvre homme a vu un dragon et a trébuché en tentant de s'enfuir. Et alors, un millier de ses plus proches amis l'ont piétiné. Je ne doute pas que la Cité Jaune baigne dans les larmes. M'avez-vous fait venir pour boire à sa mémoire ?

— Non. Les Yunkaïis ont-ils choisi un nouveau commandant ?

— Le conseil des Judicieux a été incapable de s'accorder. Yezzan zo Qaggaz avait le plus de soutiens, mais le voilà qui vient de crever à son tour. Les Judicieux font tourner entre eux le commandement suprême. Aujourd'hui, notre chef est celui que vos amis ont surnommé le Conquérant ivrogne. Demain, ce sera lord Ballotte-Bajoues.

— Le Lapin, corrigea Meris. Ballotte-Bajoues était hier.

— Je prends bonne note de la correction, ma tendre. Nos amis yunkaïis ont eu la bonté de nous fournir une liste. Je dois m'astreindre à plus d'assiduité dans sa consultation.

— Yurkhaz zo Yunzak était l'homme qui vous a engagés.

— Il a signé notre contrat au nom de sa cité. C'est exact.

— Meereen et Yunkaï ont conclu la paix. Le siège va être levé et les armées dispersées. Il n'y aura pas de bataille, pas de massacre, pas de cité à mettre à sac et à piller.

— La vie est pleine de déceptions.

— Combien de temps croyez-vous que les Yunkaïis voudront continuer à payer les gages de quatre compagnies libres ? »

Le Prince en Guenilles but une gorgée de vin et répondit : « Une question déprimante. Mais tel est notre mode de vie, dans

les compagnies libres. Une guerre s'achève, une autre commence. Par chance, il y a toujours quelqu'un qui se bat contre
quelqu'un d'autre, quelque part. Ici, peut-être. En ce moment
même, alors que nous buvons, Barbesang presse nos amis yunkaïis d'offrir une nouvelle tête au roi Hizdahr. Affranchis et
esclavagistes se lorgnent mutuellement le cou en aiguisant leurs
couteaux, les Fils de la Harpie complotent dans leurs pyramides, la jument pâle foule de ses sabots l'esclave autant que le
maître, nos amis de la Cité Jaune regardent la mer et, quelque
part dans les plaines herbues, un dragon grignote la chair tendre
de Daenerys Targaryen. Qui gouverne Meereen ce soir ? Qui la
gouvernera demain ? » Le Pentoshi haussa les épaules. « Il y a
une chose dont je suis certain. Quelqu'un aura besoin de nos
épées.

— J'en ai besoin, moi. Dorne vous engagera. »

Le Prince en Guenilles jeta un coup d'œil à la Belle Meris. « Il
ne manque pas de culot, le Guernouille. Dois-je lui rafraîchir la
mémoire ? Mon cher prince, le dernier contrat que nous avons
signé, vous en avez usé pour torcher votre joli cul rose.

— Je paierai le double de ce que les Yunkaïis peuvent vous
verser.

— Et vous paierez en or à signature du contrat, c'est bien ça ?

— Je vous paierai une partie à notre arrivée à Volantis, le
reste quand je serai rentré à Lancehélion. Nous avons apporté
de l'or avec nous en prenant la mer, mais il aurait été difficile
de le dissimuler, une fois que nous avons rejoint la compagnie,
aussi l'avons-nous confié aux banques. Je peux vous montrer
les papiers.

— Ah. Des papiers. Mais nous serons payés *le double*.

— Deux fois plus de papiers, précisa la Belle Meris.

— Le reste, vous le toucherez à Dorne, insista Quentyn. Mon
père est un homme d'honneur. Si j'appose mon sceau sur un
accord, il en acceptera les termes. Vous avez ma parole sur ce
point. »

Le Prince en Guenilles finit son vin, retourna sa coupe et la
posa entre eux. « Bien. Voyons donc si j'ai compris. Un menteur
et violeur de serment avéré souhaiterait conclure avec nous un
contrat et nous payer de promesses. Et pour quels services ? Je
me demande. Mes Erre-au-Vent devront-ils écraser les Yunkaïis
et mettre à sac la Cité Jaune ? Défaire un *khalasar* dothraki sur
le champ de bataille ? Vous escorter chez vous jusqu'à votre

père ? Ou vous contenterez-vous de nous voir vous livrer la reine Daenerys dans votre lit, humide et consentante ? Parlez sans détours, prince Guernouille. Que désirez-vous de moi et des miens ?

— J'ai besoin de votre aide pour voler un dragon. »

Caggo Tue-les-Morts gloussa. La Belle Meris arqua les lèvres en un demi-sourire. Denzo D'han siffla.

Le Prince en Guenilles se contenta de se renverser en arrière sur son tabouret et de dire : « Le double ne paie pas des dragons, petit prince. Même une grenouille devrait savoir cela. Les dragons coûtent cher. Les hommes qui paient en promesses devraient au moins avoir le bon sens de promettre *davantage*.

— Si vous voulez que je triple…

— Ce que je veux, coupa le Prince en Guenilles, c'est Pentos. »

LE GRIFFON RESSUSCITÉ

Il envoya tout d'abord les archers.

Balaq le Noir commandait mille arcs. Dans sa jeunesse, Jon Connington partageait le dédain de la plupart des chevaliers vis-à-vis des archers, mais l'exil lui avait apporté la sagesse. À sa façon, la flèche était aussi mortelle que l'épée, si bien que, durant le long voyage, il avait insisté pour que Harry Paisselande, le Sans-Terre, séparât le commandement de Balaq en dix compagnies de cent hommes et plaçât chaque compagnie à bord d'un navire différent.

Six de ces navires étaient restés assez groupés pour conduire leurs passagers sur les côtes du cap de l'Ire (les quatre autres traînaient, mais finiraient par arriver, assuraient les Volantains, quoique Griff estimât tout aussi probable qu'ils fussent perdus ou eussent accosté ailleurs), ce qui laissait à la compagnie six cents arcs. Pour la tâche en cours, deux cents se révélèrent suffisants. « Ils essaieront d'envoyer des corbeaux, prévint-il Balaq le Noir. Surveillez la tour des mestres. Ici. » Il la désigna sur la carte qu'il avait tracée dans la boue de leur camp. « Abattez tout oiseau qui quitte le château.

— Ça nous faisons », répondit l'Estivien.

Un tiers des hommes de Balaq employaient des arbalètes, un autre tiers l'arc oriental à double courbe, en corne et en tendon. Meilleurs encore, les arcs droits en if que portaient les archers de sang ouestrien, et meilleurs que tous ceux-là, les arcs droits d'orcœur chéris par Balaq le Noir lui-même et ses cinquante Estiviens. Seul un arc en os de dragon avait une portée supérieure à celle d'un en orcœur. Quel que fût leur arc, tous les hommes de Balaq étaient des vétérans endurcis à l'œil perçant, qui avaient prouvé leur valeur dans cent batailles, raids et escarmouches. À la Griffonnière, ils en donnèrent une nouvelle preuve.

Le château s'élevait sur les côtes du cap de l'Ire, sur un escarpement en pierre rouge sombre cerné sur trois côtés par les flots agités de la baie des Naufrageurs. Sa seule approche était défendue par un châtelet, derrière lequel s'étirait la longue crête dénudée que les Connington appelaient le goulet du Griffon. Forcer ce gosier pourrait être une sanglante affaire, car la crête exposait les attaquants aux piques, aux pierres et aux flèches des défenseurs dans les deux tours rondes flanquant les portes principales du château. Et une fois ces portes atteintes, les défenseurs pourraient leur déverser de l'huile bouillante sur la tête. Griff s'attendait à perdre une centaine d'hommes, plus peut-être.

Ils en perdirent quatre.

On avait laissé les bois gagner sur le pré devant le châtelet, si bien que Franklyn Flowers eut l'opportunité d'exploiter ce couvert pour se dissimuler et mener ses hommes à une vingtaine de pas des portes, avant d'émerger avec le bélier qu'ils avaient fabriqué au camp. Le fracas du bois contre le bois attira deux hommes sur le chemin de ronde ; les archers de Balaq le Noir les abattirent tous deux avant qu'ils aient pu se frotter les yeux pour en chasser le sommeil. Les portes se révélèrent fermées mais non point barrées ; au deuxième coup de boutoir, elles cédèrent et les hommes de ser Franklyn avaient franchi la moitié du goulet avant qu'une trompe de guerre ne sonnât l'alarme au château proprement dit.

Le premier corbeau prit son essor alors que leurs grappins montaient en parabole au-dessus de la chemise du château, le second quelques instants plus tard. Aucun des volatiles n'avait franchit cent pas qu'une flèche l'abattait. Un garde à l'intérieur jeta un seau d'huile bouillante sur les premiers hommes à atteindre les portes, mais comme il n'avait pas eu le temps de la faire chauffer, le seau causa plus de dégâts que son contenu. Bientôt, des épées sonnèrent en une demi-douzaine de lieux au long des remparts. Les hommes de la Compagnie Dorée se hissèrent à travers les merlons et coururent sur le chemin de ronde, au cri de : « Un griffon ! Un griffon ! », l'ancien cri de guerre de la maison Connington, ce qui dut désorienter encore davantage les défenseurs.

Tout fut achevé en quelques minutes. Griff remonta le goulet sur un coursier blanc aux côtés d'Harry Paisselande. Alors qu'ils approchaient du château, il vit un troisième corbeau s'envoler de la tour du mestre, pour être aussitôt transpercé par la flèche de Balaq le Noir lui-même. « Plus messages », déclara-t-il à ser Franklyn Flowers dans le baillage. Le vol de départ suivant de la tour du mestre, ce fut celui du mestre lui-même. À la façon dont il battait des bras, on aurait pu le confondre avec un autre oiseau.

Ce fut la fin de toute résistance. Les gardes qui restaient avaient jeté leurs armes. Et, aussi promptement que cela, la Griffonnière appartint de nouveau à Jon Connington et il en fut de nouveau lord.

« Ser Franklyn, dit-il, fouillez le donjon et les cuisines, et faites-en sortir tous les gens que vous trouverez. Malo, agissez de même avec la tour du mestre et l'armurerie. Ser Brendel, les écuries, le septuaire et le casernement. Rassemblez-les dans le baillage, et essayez de ne pas tuer ceux qui n'insistent pas pour mourir. Nous voulons gagner à notre cause les terres de l'Orage, et nous n'y parviendrons pas par un massacre. Veillez à vérifier sous l'autel de la Mère, il y a là un escalier dérobé qui conduit à une cache secrète. Et un autre sous la tour nord-ouest qui descend directement dans la mer. Personne ne doit s'échapper.

— Cela n'arrivera pas, m'sire », promit Franklyn Flowers.

Connington les regarda filer, puis fit signe au demi-mestre. « Haldon, charge-toi de la roukerie. J'aurai des messages à envoyer, tantôt.

— Espérons qu'ils nous ont laissé quelques corbeaux. »

Même Harry Sans-Terre était impressionné par la célérité de leur victoire. « Jamais j'aurais cru que ce serait si simple », confessa le capitaine général, tandis qu'ils entraient dans la grande salle pour jeter un coup d'œil au Trône du Griffon sculpté et doré, où cinquante générations de Connington avaient siégé pour gouverner.

« Les choses se compliqueront. Jusqu'ici, nous les avons pris à l'improviste. Ça ne peut durer éternellement, quand bien même Balaq le Noir abattrait tous les corbeaux du royaume. »

Paisselande examina les tapisseries fanées aux murs, les fenêtres en ogive avec leur myriade de carreaux losangés en verre blanc et rouge, les râteliers de piques, d'épées et de masses de combat. « Qu'ils viennent. Cet endroit est capable de résister à vingt fois notre nombre, du moment que nous avons assez de provisions. Et vous dites qu'il y a une issue par la mer ?

— En dessous. Une crique cachée sous la crête, qui n'apparaît qu'à marée basse. » Mais Connington n'avait aucune intention d'attendre « qu'ils viennent ». La Griffonnière était robuste mais petite, et tant qu'ils siégeraient ici, ils paraîtraient petits, eux aussi. Toutefois, il y avait dans les parages un autre château, considérablement plus grand et inexpugnable. *Empare-t'en et le royaume tremblera.* « Vous allez devoir m'excuser, capitaine général. Le seigneur mon père est enterré sous le septuaire, et voilà trop d'années que je n'ai pas prié pour lui.

— Bien sûr, messire. »

Pourtant, quand ils se séparèrent, Jon Connington ne se dirigea pas vers le septuaire. En réalité, ses pas le menèrent jusqu'au toit de la tour de l'est, la plus haute de la Griffonnière. En grimpant, il se remémorait de précédentes ascensions – cent fois avec le seigneur son père, qui aimait se tenir là pour regarder les bois, les rocs et la mer et savoir que tout ce qu'il contemplait appartenait à la maison Connington, et une (une seule !) avec Rhaegar Targaryen. Le prince Rhaegar et son escorte, au retour de Dorne, s'étaient attardés ici une quinzaine de jours. *Il était si jeune, alors, et je l'étais davantage. Des jouvenceaux, tous les deux.* Au banquet de bienvenue, le prince avait pris sa harpe aux cordes d'argent et joué pour eux. *Une ballade d'amour et de destin funeste,* se souvenait Jon Connington, *et toutes les femmes dans la salle pleuraient quand il a reposé sa harpe.* Pas les hommes, bien entendu. Et surtout pas son père, dont la terre était le seul amour. Lord Armond Connington avait passé toute la soirée à essayer de gagner le prince à sa cause dans sa dispute avec lord Morrigen.

La porte donnant sur le toit de la tour était si bien bloquée qu'à l'évidence, nul ne l'avait franchie depuis des années. Il dut y mettre un coup d'épaule pour la forcer à s'ouvrir. Mais lorsque Jon Connington émergea sur le haut chemin de ronde, la perspective était aussi grisante que dans son souvenir : la crête, avec ses rochers sculptés par le vent et ses pointes déchiquetées, la mer en contrebas qui grondait et rongeait le pied du château comme une bête jamais quiète, le ciel et les nuages sur des lieues sans fin, la forêt avec ses coloris automnaux. « Votre père a de magnifiques terres », avait déclaré le prince Rhaegar, debout à l'endroit exact où se tenait Jon en cet instant. Et le jouvenceau qu'il était avait répondu : « Un jour, elles m'appartiendront toutes. » *Comme si cela pouvait impressionner un prince qui devait hériter du royaume entier, de La Treille jusqu'au Mur.*

Et la Griffonnière était bel et bien devenue sienne, en temps et en heure, même si cela n'avait duré que quelques courtes années. D'ici, Jon Connington avait gouverné de vastes contrées s'étendant à bien des lieues, à l'ouest, au nord et au sud, tout comme son père, et le père de son père avant lui. Mais jamais son père et le père de son père n'avaient perdu leurs terres. Lui, si. *Je me suis élevé trop haut, j'ai aimé trop fort, j'ai osé trop loin. J'ai voulu saisir une étoile, j'ai surestimé mes capacités, et je suis tombé.*

Après la bataille des Cloches, lorsque Aerys Targaryen, en un accès insensé d'ingratitude et de soupçon, l'avait dépouillé de ses titres et exilé, les terres et la seigneurie étaient demeurées entre les mains de la maison Connington, revenant à son cousin, ser Ronald, l'homme que Jon, en partant à Port-Réal pour servir le prince Rhaegar, avait nommé gouverneur. Robert Baratheon avait parachevé la destruction des griffons après la guerre. Le cousin Ronald avait été autorisé à conserver son château et sa tête, mais il avait perdu son titre de lord, pour n'être plus désormais que le chevalier de la Griffonnière, et on lui avait confisqué neuf dixièmes de ses terres afin de les répartir entre des seigneurs circonvoisins qui avaient soutenu les revendications de Robert.

Ronald Connington était mort depuis des années. L'actuel chevalier de la Griffonnière, son fils Ronnet, était parti à la guerre dans le Conflans, racontait-on. Cela valait mieux. D'expérience, Jon Connington savait que les gens se battent pour ce qu'ils estiment leur appartenir, même ce qu'ils ont acquis par un vol. L'idée de célébrer son retour en tuant un membre de sa famille ne lui chantait guère. Le père de Ronnet le Rouge avait été prompt à profiter de la chute du seigneur son cousin, assurément, mais, à l'époque, son fils était un enfant. Jon Connington n'éprouvait même pas envers le défunt ser Ronald autant de haine qu'il l'aurait pu. La faute lui incombait.

À Pierremoûtier, par son arrogance, il avait tout perdu.

Robert Baratheon se cachait quelque part dans le bourg, blessé et seul. Jon Connington le savait, comme il savait que la tête de Robert au bout d'une pique mettrait instantanément un terme à la rébellion. Il était jeune et rempli d'orgueil. Comment en eût-il été autrement ? Le roi Aerys l'avait nommé sa Main et lui avait donné une armée, et il avait l'intention de prouver qu'il était digne de sa confiance, de l'amour de Rhaegar. Il tuerait de sa main le seigneur rebelle, et se taillerait une niche dans les chroniques historiques des Sept Couronnes.

Aussi fondit-il sur Pierremoûtier, bloqua-t-il la ville et lança-t-il des recherches. Ses chevaliers passèrent de maison en maison, enfonçant chaque porte, visitant chaque cave. Il avait même envoyé des hommes ramper dans les égouts ; pourtant, sans qu'il sût comment, Robert continuait à lui échapper. Les gens de la ville le *cachaient*. Ils le déplaçaient d'un refuge secret à un autre, toujours en avance d'une étape sur les hommes du roi. La ville entière était un nid de traîtres. Pour finir, ils avaient dissimulé l'usurpateur dans un bordel. Quel genre de roi fallait-il être, pour s'abriter derrière des jupes de femmes ? Et cependant, tandis que les recherches s'éternisaient, Eddard Stark et Hoster Tully s'abattirent sur la ville avec une armée rebelle. S'ensuivirent cloches et bataille, Robert émergea de son lupanar, épée à la main, et il avait failli occire Jon sur le parvis du vieux septuaire qui avait donné son nom à la ville.

Des années durant, par la suite, Jon Connington se répéta que la faute ne lui revenait pas, qu'il avait fait tout ce qu'on pouvait humainement faire. Ses soldats avaient fouillé chaque recoin et taudis, il avait offert pardons et récompenses, pris des otages qu'il avait suspendus dans des cages à corbeaux, jurant qu'ils n'auraient ni manger ni boire tant que Robert ne lui aurait pas été livré. Tout cela en vain. « Tywin Lannister en personne n'aurait rien pu accomplir de plus », avait-il soutenu un soir devant Cœurnoir, durant sa première année d'exil.

« En cela, tu te trompes, lui avait répliqué Myles Tignac. Lord Tywin ne se serait pas donné la peine de procéder à des fouilles. Il aurait incendié la ville et tout ce qui y vivait. Hommes et enfants, enfançons à la mamelle, nobles chevaliers et saints septons, porcs et putains, rats et rebelles, il aurait mis le feu à tout cela. Une fois les flammes retombées, quand ne seraient restées que cendres et braises, il aurait envoyé ses hommes à la recherche des ossements de Robert Baratheon. Plus tard, lorsque Stark et Tully seraient arrivés avec leur ost, il leur aurait offert à tous deux le pardon, qu'ils auraient accepté, avant de rentrer chez eux la queue basse. »

Il n'avait pas tort, admit Jon Connington après réflexion, accoudé sur les remparts de ses ancêtres. *Je voulais la gloire d'avoir occis Robert en combat singulier, mais pas le surnom de « boucher ». Ainsi Robert m'a-t-il échappé, pour tuer Rhaegar au Trident.* « J'ai failli le père, se jura-t-il, mais je ne faillirai pas le fils. »

Le temps que Connington ait effectué sa descente, ses hommes avaient réuni dans le baillage la garnison du château et le petit peuple survivant. Bien que ser Ronnet fût effectivement quelque part dans le Nord avec Jaime Lannister, la Griffonnière n'était pas totalement dénuée de griffons. Parmi les prisonniers on comptait le frère cadet de Ronnet, Raymund, sa sœur Alynne et son fils naturel, un gamin sauvage aux cheveux roux qu'ils appelaient Ronald Storm. Tous constitueraient d'utiles otages si Ronnet le Rouge devait revenir pour tenter de reprendre le château qu'avait volé son père. Connington ordonna qu'ils fussent sous bonne garde enfermés dans la tour ouest. À ces mots, la fille fondit en larmes et le bâtard essaya de mordre le piquier le plus proche de lui. « Arrêtez, tous les deux, aboya-t-il à leur adresse. Il ne vous sera fait aucun mal, à moins que Ronnet le Rouge ne se révèle être un parfait imbécile. »

Seuls quelques captifs avaient servi ici au temps où Jon Connington était encore seigneur du lieu : un sergent blanchi sous le harnois, aveugle d'un œil ; quelques-unes des lavandières ; un palefrenier qui était un gamin lors de la rébellion de Robert ; le cuisinier, devenu monstrueusement gras ; l'armurier du château. Griff s'était laissé pousser la barbe durant le voyage, pour la première fois depuis maintes années et, à sa surprise, elle s'était révélée surtout rousse, bien que çà et là la cendre apparût dans le feu. Vêtu d'une longue tunique rouge et blanche brodée des deux griffons de sa maison, combattant contre-chargés, il semblait une version plus âgée et plus sévère du jeune seigneur qui avait été l'ami et compagnon du prince Rhaegar… mais les hommes et les femmes de la Griffonnière continuaient de le considérer avec des yeux d'étrangers.

« Certains d'entre vous me connaissent, leur déclara-t-il. Les autres apprendront à le faire. Je suis votre seigneur légitime, rentré d'exil. Mes ennemis vous ont raconté que j'étais mort. Chansons et mensonges, comme vous le constatez par vous-mêmes. Servez-moi aussi fidèlement que vous avez servi mon cousin, et il n'adviendra rien de mal à aucun de vous. »

Il les fit avancer un par un, demanda à chaque homme son nom, puis le pria de ployer le genou et de lui jurer allégeance. Tout se déroula rapidement. Les soldats de la garnison – seuls quatre avaient survécu à l'attaque, le vieux sergent et trois novices – déposèrent leur épée à ses pieds. Personne ne regimba. Personne ne périt.

Ce soir-là, dans la grande salle, les vainqueurs festoyèrent de rôts et de poisson frais pêché, arrosés de riches crus de vin rouge tirés des caves du château. Jon Connington présidait sur le Trône du Griffon, partageant le haut bout de la table avec Harry Paisselande le Sans-Terre, Balaq le Noir, Franklyn Flowers et les trois jeunes griffons qu'ils avaient faits prisonniers. Les enfants étaient de son sang et il estimait de son devoir d'apprendre à les connaître, mais quand le bâtard annonça : « Mon père va vous tuer », il jugea qu'il en avait assez appris, leur ordonna de regagner leurs cellules et s'excusa de quitter la table.

Haldon Demi-Mestre avait été absent au banquet. Lord Jon le trouva dans la tour du mestre, courbé sur une pile de parchemins, des cartes étalées tout autour de lui. « Tu espères déterminer la position du reste de la compagnie ? lui demanda Connington.

— Si seulement je le pouvais, messire. »

Dix mille hommes avaient pris la mer à Volon Therys, avec toutes leurs armes, des chevaux, des éléphants. Un peu moins de la moitié étaient jusqu'ici parvenus en Westeros, à la destination prévue ou dans ses parages, une portion de côte déserte en lisière de la forêt pluviale... Des terres familières à Jon Connington, puisqu'elles lui avaient un jour appartenu.

Quelques années plus tôt seulement, jamais il n'aurait risqué un débarquement au cap de l'Ire ; les seigneurs de l'Orage montraient trop de farouche loyauté envers la maison Baratheon et le roi Robert. Mais avec le double trépas de Robert et de son frère Renly, tout avait changé. Stannis était un homme trop dur et trop froid pour inspirer grande fidélité, quand bien même il ne se serait pas trouvé à l'autre bout du monde, et les terres de l'Orage avaient peu de raisons d'aimer la maison Lannister. Quant à Jon Connington, il ne manquait point d'amis, par ici. *Certains des plus anciens seigneurs doivent encore se souvenir de moi, et leurs fils ont dû entendre les histoires. Et tous jusqu'au dernier savent qui étaient Rhaegar, et son jeune fils dont on a éclaté le crâne contre un mur de pierre froide.*

Par bonheur, son navire avait été parmi les premiers à atteindre leur destination. Dès lors, il ne s'était agi que de dresser le camp, de réunir ses hommes au fur et à mesure qu'ils touchaient terre et d'agir promptement, avant que les nobliaux locaux aient le moindre soupçon du péril. En cela, la Compagnie Dorée avait prouvé sa valeur. Le chaos qui aurait inévitablement retardé une telle marche avec un ost assemblé à la hâte à partir de chevaliers de maison et d'enrôlements locaux ne s'était jamais manifesté. Ces hommes étaient les héritiers d'Aigracier, et la discipline était leur lait maternel.

« À cette heure-ci demain, nous devrions avoir pris trois châteaux », jugea-t-il. La force qui s'était emparée de la Griffonnière représentait un quart de leur puissance disponible ; ser Tristan Rivers s'était simultanément mis en route pour le siège de la maison Morrigen à Nid de Corbeaux, et Laswell Peake pour Castelpluie, la forteresse des Wylde, chacun avec une unité de taille comparable. Le reste de leurs hommes était demeuré au camp afin de garder leur site de débarquement et le prince, sous le commandement du trésorier volantain de la compagnie, Gorys Edoryen. Leurs effectifs continueraient à grossir, il fallait l'espérer ; chaque jour de nouveaux navires arrivaient tant bien que mal. « Nous avons toujours trop peu de chevaux.

— Et pas d'éléphants », lui rappela le demi-mestre. Aucune des grandes cogues transportant les pachydermes n'avait encore fait son apparition. Ils les avaient vues pour la dernière fois à Lys, avant que la tempête ne dispersât la moitié de la flotte. « Des chevaux, cela se trouve en Westeros. Les éléphants…

— … n'ont pas d'importance. » Les énormes bêtes seraient utiles dans une bataille rangée, sans nul doute, mais du temps s'écoulerait encore avant qu'ils aient assez de puissance pour affronter leurs ennemis sur le champ de bataille. « Ces parchemins t'ont-ils appris quoi que ce soit d'utile ?

— Oh, tant et plus, messire. » Haldon lui adressa un sourire pincé. « Les Lannister se créent aisément des ennemis, mais semblent avoir plus de difficultés à conserver leurs amis. Leur alliance avec les Tyrell s'effiloche, d'après ce que je lis ici. La reine Cersei et la reine Margaery se disputent le petit roi comme deux chiennes un os de poulet, et toutes deux ont été accusées de trahison et de débauche. Mace Tyrell a abandonné son siège d'Accalmie pour marcher de nouveau sur Port-Réal et sauver sa fille, ne laissant derrière lui qu'une force symbolique qui tient les hommes de Stannis enfermés dans leur château. »

Connington s'assit. « Dis-m'en plus long.

— Au Nord, les Lannister s'appuient sur les Bolton, et dans le Conflans sur les Frey, deux maisons depuis longtemps renommées pour leur fourberie et leur cruauté. Lord Stannis Baratheon demeure en rébellion ouverte, et les Fer-nés des îles se sont également désigné un roi. Personne ne semble parler du Val, ce qui me laisse penser que les Arryn n'ont pris aucune part à tout cela.

— Et Dorne ? » Le Val était bien loin ; Dorne était voisine.

« Le benjamin du prince Doran a été promis à Myrcella Baratheon, ce qui tendrait à indiquer que les Dorniens ont pris le parti de la maison Lannister, mais ils ont une armée sur les Osseux et une autre à la Passe-du-Prince, qui attendent...

— Qui attendent. » Il se rembrunit. « Et qu'attendent-elles ? » Sans Daenerys et ses dragons, leurs espoirs se focalisaient sur Dorne. « Écris à Lancehélion. Doran Martell doit savoir que le fils de sa sœur est encore vivant et qu'il est revenu chez lui réclamer le trône de son père.

— À vos ordres, messire. » Le demi-mestre jeta un coup d'œil à un autre parchemin. « Nous n'aurions pas pu mieux calculer notre débarquement. Nous avons des amis et alliés potentiels de tous côtés.

— Mais pas de dragons, rappela Jon Connington. Aussi, pour gagner ces alliés à notre cause, nous faut-il quelque chose à leur offrir.

— L'or et les terres sont les encouragements traditionnels.

— Si seulement nous avions l'un ou les autres. Certains peuvent se satisfaire de promesses d'or et de terres, mais Paisselande et ses hommes voudront la primeur sur les plus beaux champs et châteaux, ceux qui ont été enlevés à leurs ancêtres lorsqu'ils ont fui en exil. Non.

— Vous avez, monseigneur, un prix à offrir, fit observer Haldon Demi-Mestre. La main du prince Aegon. Une alliance par le mariage, pour amener sous nos bannières quelque noble maison. »

Une épouse pour notre brillant prince. Jon Connington ne se souvenait que trop bien des noces du prince Rhaegar. *Ella n'avait jamais été digne de lui. Dès le début, elle avait été frêle et souffreteuse, et l'enfantement l'avait encore affaiblie.* Après la naissance de la princesse Rhaenys, sa mère avait gardé le lit la moitié d'une année, et la naissance du prince Aegon avait failli signer sa perte. Elle ne serait plus capable d'avoir des enfants, avaient ensuite annoncé les mestres au prince Rhaegar.

« Daenerys Targaryen pourrait bien rentrer un jour chez elle, répondit Connington au demi-mestre. Aegon doit être libre de l'épouser.

— Votre avis est sage, messire. En ce cas, nous pourrions envisager d'offrir à des alliés potentiels un moindre prix.

— Que suggères-tu ?

— Vous. Vous n'êtes pas marié. Un grand seigneur, encore dans la force de l'âge, sans héritiers sinon ces cousins que nous venons de déposséder, fils d'une ancienne maison dotée d'une belle et solide forteresse, et de larges et riches terres qui seront sans nul doute restituées et peut-être agrandies par la gratitude du souverain, une fois que nous aurons triomphé. Vous vous êtes forgé un nom en tant que guerrier et, comme Main du roi Aegon, vous parlerez avec sa voix et régnerez sur ce royaume en tous points, sauf le titre. J'imagine que plus d'un lord ambitieux pourrait brûler de marier sa fille à un tel homme. Peut-être même le prince de Dorne. »

Jon Connington lui répondit par un long regard glacé. Par moments, le demi-mestre l'agaçait presque autant que le nain l'avait fait. « Je ne crois pas, non. » *La mort me remonte à travers le bras. Aucun homme ne doit jamais le savoir, aucune épouse non plus.* Il se remit debout. « Prépare la lettre au prince Doran.

— À vos ordres, messire. »

Cette nuit-là, Jon Connington dormit dans les appartements du seigneur, dans le lit qui avait autrefois été celui de son père, sous un poussiéreux baldaquin en velours rouge et blanc. Il s'éveilla à l'aube au bruit de la pluie qui tombait et au timide cognement à la porte d'un serviteur inquiet de savoir de quoi son nouveau seigneur déjeunerait. « Des œufs à la coque, du pain frit et des haricots. Et un pichet de vin. La pire piquette de la cave.

— La… la *pire*, m'sire ?

— Tu m'as bien entendu. »

Quand on lui eut apporté la nourriture et le vin, il barra la porte, vida le pichet dans une cuvette et y baigna sa main. Lady Lemore avait prescrit au nain un traitement de bains et de frictions de vinaigre, lorsqu'elle craignait qu'il n'eût contracté la grisécaille, mais exiger un pichet de vinaigre chaque matin risquait de dévoiler le pot aux roses. Il devrait se contenter de vin, mais ne voyait pas de raison de gaspiller un bon cru. Il avait désormais les ongles de quatre doigts noirs, quoique le pouce fût encore épargné. Sur le médius, le gris avait progressé au-delà de la deuxième phalange. *Je devrais les trancher*, se dit-il, *mais comment expliquer la perte de deux doigts ?* Il ne pouvait laisser découvrir sa léprose. Aussi étrange que cela pût paraître, des hommes qui auraient affronté la bataille d'un cœur léger et risqué la mort pour sauver un compagnon abandonneraient ce même compagnon en un battement de cœur, s'il se révélait porteur de la grisécaille. *J'aurais dû laisser ce maudit nain se noyer.*

Plus tard ce jour-là, habillé et de nouveau ganté, Connington procéda à une inspection du château et fit demander à Harry Sans-Terre et à ses capitaines de venir le rejoindre pour un conseil de guerre. Neuf d'entre eux se réunirent dans la salle privée : Connington et Paisselande, Haldon Demi-Mestre, Balaq le Noir, ser Franklyn Flowers, Malo Jayn, ser Brendel Broigne, Dick Cole et Lymond Gesse. Le demi-mestre avait de bonnes nouvelles. « Des informations sont arrivées au camp, envoyées par Marq Mandragore. Les Volantains l'ont débarqué sur ce qui s'est révélé être Estremont, avec près de cinq cents hommes. Il s'est emparé de Vertepierre. »

Estremont était une île au large du cap de l'Ire, jamais envisagée comme l'un de leurs objectifs. « Ces enfoirés de Volantains sont tellement pressés de se débarrasser de nous qu'ils nous jettent sur le premier lopin de terre qu'ils croisent, déclara Franklyn Flowers. Je vous parie que nous avons des gars disséminés à travers la moitié de ces foutus Degrés, en plus.

— Avec mes éléphants », renchérit Harry Paisselande sur un ton lugubre. Ses éléphants manquaient fort à Harry Sans-Terre.

« Mandragore n'avait pas d'archers avec lui, intervint Lymond Gesse. Savons-nous si Vertepierre a pu envoyer des corbeaux avant de tomber ?

— Je le présume, oui, répondit Jon Connington, mais quels messages pouvaient-ils porter ? Au mieux, l'annonce confuse de razzieurs venus de la mer. » Avant même de lever l'ancre à Volon Therys, il avait donné pour instruction à ses capitaines de ne déployer aucune bannière au cours de ces premières attaques – ni les dragons tricéphales du prince Aegon, ni ses propres griffons, ni les crânes et étendards de bataille dorés de la Compagnie. Que les Lannister soupçonnent Stannis Baratheon, des pirates des Degrés, des hors-la-loi de la forêt ou tous ceux qu'ils auraient envie de blâmer. Si les rapports parvenant à Port-Réal étaient confus et contradictoires, ce n'en serait que mieux. Plus le trône de Fer tarderait à réagir et plus ils auraient de temps pour réunir leurs forces et gagner des alliés à leur cause. « Il devrait y avoir des navires sur Estremont : c'est une île, après tout. Haldon, envoie à Mandragore ordre de laisser une garnison derrière lui et d'amener le reste de ses hommes au cap de l'Ire, en même temps que d'éventuels nobles captifs.

— À vos ordres, messire. Il se trouve que la maison Estremont est liée par le sang avec les deux rois. De bons otages.

— De bonnes rançons, jugea Harry Sans-Terre, guilleret.

— Il est également temps que nous fassions venir le prince Aegon, annonça lord Jon. Il sera plus en sécurité ici, derrière les remparts de la Griffonnière, que dans le camp.

— Je vais envoyer un cavalier, assura Franklyn Flowers, mais l'idée de rester en sécurité ne va pas trop plaire au jouvenceau, je vous le dis. Il veut se trouver au plus fort des événements. »

Nous le voulions tous, à son âge, se remémora lord Jon.

« L'heure est-elle venue de lever sa bannière ? s'enquit Gesse.

— Pas encore. Que Port-Réal imagine qu'il s'agit d'un simple lord qui rentre d'exil avec des épées-louées pour revendiquer son héritage. Une vieille histoire connue, tout cela. Je vais même écrire au roi Tommen en ce sens, et solliciter un pardon et la restitution de mes terres et de mes titres. Cela leur donnera matière à remâcher quelque temps. Et pendant qu'ils temporiseront, nous contacterons en secret de probables amis dans les terres de l'Orage et le Bief. Et à Dorne. » C'était l'étape cruciale. De moindres seigneurs pourraient s'unir à leur cause par peur des coups ou espoir de gain, mais seul le prince de Dorne avait le pouvoir de défier la maison Lannister et ses alliés. « Par-dessus tout, nous devons avoir Doran Martell avec nous.

— Peu de chances pour cela, jugea Paisselande. Le Dornien a peur de son ombre. Pas vraiment le genre audacieux. »

Pas plus que toi. « Certes, le prince Doran est un homme prudent. Jamais il ne se ralliera à nous, à moins qu'il ne soit convaincu que nous l'emporterons. Aussi, pour le convaincre, devons-nous montrer notre force.

— Si Peake et Rivers réussissent, nous contrôlerons la plus grande partie du cap de l'Ire, suggéra Paisselande. Quatre châteaux en autant de jours, voilà un début splendide, mais nous ne sommes encore qu'à la moitié de nos forces. Nous devons attendre le reste de mes hommes. Nous manquons également de chevaux et d'éléphants. Attendons, je dis. Amassons nos forces, gagnons quelques nobliaux à notre cause, laissons Lysono Maar envoyer ses espions pour apprendre ce que nous pourrons de nos ennemis. »

Connington jeta au grassouillet capitaine-général un regard froid. *Cet homme n'est ni Cœurnoir, ni Aigracier, ni Maelys. Il attendrait que les sept enfers soient pris par les glaces s'il le pouvait, plutôt que de risquer une nouvelle série d'ampoules.* « Nous n'avons pas traversé la moitié du monde pour attendre. Notre meilleure chance est de frapper fort et vite, avant que Port-Réal sache qui nous sommes. J'ai l'intention de prendre Accalmie. Une forteresse quasi inexpugnable, et la dernière tête de pont de Stannis Baratheon dans le Sud. Une fois qu'elle sera à nous, elle nous fournira une place forte sûre où nous réfugier au besoin, et sa conquête démontrera notre force. »

Les capitaines de la Compagnie Dorée échangèrent des regards. « Si Accalmie est toujours tenue par des hommes fidèles à Stannis, c'est à lui que nous la prendrons, et non aux Lannister, objecta Brendel Broigne. « Pourquoi ne pas faire cause commune avec lui contre les Lannister ?

— Stannis est le frère de Robert, de cette même engeance qui a provoqué la chute de la maison Targaryen, lui rappela Jon Connington. De plus, il se trouve à mille lieues d'ici, avec on ne sait quelles maigres forces encore sous ses ordres. Entre nous s'étend tout le royaume. Le simple fait de l'atteindre exigerait la moitié d'un an, et il a tant et moins à nous offrir.

— Si Accalmie est tellement inexpugnable, comment comptez-vous vous en emparer ? voulut savoir Malo.

— Par la ruse. »

Harry Paisselande marqua son désaccord. « Nous devrions attendre.

— Nous le ferons. » Jon Connington se remit debout. « Dix jours. Pas davantage. Il nous faudra tout ce temps pour nous préparer. Au matin du onzième jour, nous partirons pour Accalmie. »

Le prince vint les rejoindre quatre jours plus tard, caracolant en tête d'une colonne de cent chevaux, avec trois éléphants progressant lourdement à l'arrière. Lady Lemore l'accompagnait, de nouveau revêtue d'une robe blanche de septa. En tête venait ser Rolly Canardière, une cape blanche comme neige flottant à ses épaules.

Un homme solide, et un vrai, songea Connington en regardant Canard mettre pied à terre, *mais point digne de la Garde Royale.* Il avait fait de son mieux pour dissuader le prince d'attribuer à Canardière le manteau, lui faisant observer qu'il valait mieux garder cet honneur en réserve pour des guerriers de plus grand renom, dont la féauté ajouterait du lustre à leur cause, et les fils cadets de grands seigneurs, dont le soutien leur serait nécessaire dans la lutte à venir, mais le jouvenceau n'en avait point démordu. « Canard mourrait pour moi, au besoin, avait-il déclaré, et voilà tout ce que je demande à ma Garde Royale. Le Régicide était un guerrier de grand renom, et fils d'un grand seigneur, en sus. »

Du moins l'ai-je convaincu de laisser les autres six places vacantes, sinon Canard pourrait bien avoir six canetons à sa traîne, chacun plus aveuglément convenable que l'autre. « Escortez Sa Grâce jusqu'à ma salle privée, ordonna-t-il. Sur-le-champ. »

Le prince Aegon Targaryen n'était point tout à fait si obéissant que l'avait été Griff le Jeune, toutefois. Presque une heure s'écoula avant qu'il parût enfin dans la salle privée, Canard à ses côtés. « Lord Connington, déclara-t-il, votre château me plaît. »

« Votre père a des terres splendides », avait-il dit. *Ses cheveux d'argent flottaient dans le vent, et ses yeux étaient d'un mauve profond, plus sombre que ceux de ce jouvenceau.* « Il me plaît aussi, Votre Grâce. Je vous en prie, prenez un siège. Ser Rolly, nous n'aurons plus besoin de vous, à présent.

— Non, je veux que Canard reste ici. » Le prince s'assit. « Nous avons discuté avec Paisselande et Flowers. Ils nous ont parlé de l'attaque que vous projetez contre Accalmie. »

Jon Connington ne laissa pas paraître sa fureur. « Et Harry Sans-Terre a-t-il essayé de vous convaincre de la retarder ?

— Il l'a fait, en effet, répondit le prince, mais je m'y refuse. Harry est une vieille fille, non ? Vous avez pleinement raison, messire. Je veux que l'attaque ait bien lieu… avec une modification. J'ai l'intention de la mener moi-même. »

LE SACRIFICE

Sur le pré du village, les gens de la reine dressaient leur bûcher.

Ou devait-on dire sur la banquise du village ? La neige montait partout jusqu'aux genoux, sauf aux endroits où les hommes l'avaient dégagée, afin de pratiquer, à la hache, à la pelle et au pic des trous dans le sol gelé. Des tourbillons de vent venus de l'ouest poussaient de nouvelles chutes de flocons à la surface des lacs pris par la glace.

« Vous ne tenez pas à regarder ça, déclara Aly Mormont.

— Non, mais je vais le faire quand même. » Asha Greyjoy était la fille de la Seiche, pas une donzelle dorlotée incapable de supporter le spectacle de choses laides.

La journée avait offert obscurité, froid et famine, comme la veille et la journée d'avant. Elles en avaient passé l'essentiel sur la glace, à grelotter auprès de deux orifices qu'elles avaient percés dans le plus petit des lacs gelés, des lignes de pêche serrées dans des mains embarrassées de mitaines. Il y avait peu de temps encore, elles pouvaient espérer hameçonner un ou deux poissons chacune, et des hommes du Bois-aux-Loups plus expérimentés dans la pêche sur glace en sortaient quatre ou cinq. Aujourd'hui, Asha n'était revenue qu'avec un coup de froid qui la pénétrait jusqu'à l'os. Aly ne s'était pas mieux comportée. Voilà trois jours que ni l'une ni l'autre n'avait attrapé de poisson.

L'Ourse essaya encore. « Moi, je ne tiens pas à regarder ça. »

Ce n'est pas toi que les gens de la reine ont envie de brûler. « Alors, va-t'en. Tu as ma parole, je ne m'enfuirai pas. Où irais-je ? À Winterfell ? » Asha en rit. « Nous n'en sommes qu'à trois jours de cheval, à ce qu'on m'a dit. »

Six hommes de la reine s'échinaient à planter deux énormes troncs de pin dans des trous creusés par six autres hommes de la reine. Asha n'avait pas besoin d'en demander la destination. Elle la connaissait. *Des poteaux*. La nuit tomberait bientôt sur eux, et il fallait nourrir le dieu rouge. *Une offrande de sang et de feu*, comme l'appelaient les hommes de la reine, *afin que le Maître de la Lumière puisse tourner son œil ardent sur nous et fondre ces neiges trois fois maudites.*

« Même en ce lieu de peur et ténèbres, le Maître de la Lumière nous protège », avait déclaré ser Godry Farring aux hommes qui s'étaient rassemblés pour regarder enfoncer les poteaux à coups de masse dans leurs trous.

« Qu'est-ce que votre dieu sudier a à voir avec *la neige* ? » s'enquit Artos Flint. Sa barbe noire se couvrait d'une carapace de glace. « C'est le courroux des anciens dieux descendu sur nous. C'est eux que nous devrions apaiser.

— Ouais, renchérit Wull le Grand Quartaut. Rahlou le Rouge, y signifie rien, par ici. Zallez simplement réussir à nous mettre les anciens dieux en colère. Y nous observent, d'puis leur île. »

Le hameau s'étendait entre deux lacs, dont le plus grand se piquetait d'îlots boisés qui crevaient la glace comme les poings glacés d'un géant noyé. D'un d'entre eux s'élevait un ancien barral tors, à la souche et aux branches aussi blanches que les neiges qui l'environnaient. Huit jours plus tôt, Asha était allée à pied avec Aly Mormont contempler de plus près les fentes de ses yeux rouges et sa bouche sanglante. *Ce n'est que de la sève*, s'était-elle répété, *la sève rouge qui coule à l'intérieur de ces barrals*. Mais ses prunelles restaient sceptiques : voir, c'était croire, et elles voyaient du sang coagulé.

« C'est vous, les Nordiens, qui avez attiré ces neiges sur nous, insista Corliss Penny. Vous et vos arbres démons. R'hllor nous sauvera.

— R'hllor nous condamnera », rétorqua Artos Flint.

La vérole emporte les dieux de vos maisons, songea Asha Greyjoy.

Ser Godry Tueur-de-Géants inspecta les poteaux, en cognant un pour s'assurer qu'il était fermement planté. « Bien. Bien. Ils conviendront. Ser Clayton, faites approcher le sacrifice. »

Ser Clayton Suggs était le solide bras droit de Godry. *Ou devrait-on dire son bras malade ?* Asha n'aimait pas ser Clayton. Alors que Farring semblait animé d'une farouche dévotion à son dieu rouge, Suggs était simplement cruel. Elle l'avait vu devant les feux nocturnes, observer, les lèvres entrouvertes et les yeux avides. *Ce n'est pas le dieu qu'il aime, mais les flammes,* en avait-elle conclu. Lorsqu'elle avait demandé à ser Justin si Suggs avait toujours été ainsi, il avait fait une moue. « Sur Peyredragon, il s'adonnait au jeu en compagnie des bourreaux et leur prêtait main-forte pour l'interrogatoire des prisonniers, en particulier lorsqu'il s'agissait de jeunes femmes. »

Cela ne surprit pas Asha. Suggs prendrait un plaisir tout particulier à la brûler, elle n'en doutait pas. *À moins que les tempêtes ne s'apaisent.*

Depuis dix-neuf jours, ils se trouvaient à trois jours de Winterfell. *Cent lieues de Motte-la-Forêt jusqu'à Winterfell. Trois cents milles à vol de corbeau.* Mais aucun d'eux n'était un corbeau, et la tempête ne faiblissait pas. Chaque matin, Asha s'éveillait en espérant voir le soleil, pour n'affronter qu'une nouvelle journée de neige. La tourmente avait enseveli chaque hutte, chaque taudis sous un monticule de neige sale, et les congères monteraient bientôt assez haut pour engloutir à son tour la maison commune.

Et il n'y avait rien à manger, en dehors de leurs chevaux qui dépérissaient, des poissons pêchés dans les lacs (plus rares chaque jour), et des quelques maigres proies que leurs chasseurs arrivaient à dénicher dans ces forêts froides et mortes. Comme chevaliers et seigneurs du roi s'arrogeaient la part du lion en viande de cheval, il en restait tant et moins pour les hommes ordinaires. Rien de très étonnant, par conséquent, à ce qu'ils eussent commencé à dévorer leurs propres morts.

Asha avait été aussi horrifiée que les autres quand l'Ourse lui avait rapporté la nouvelle : on avait découvert quatre hommes de Cossepois en train d'équarrir un de ceux du défunt lord Fell, taillant des pièces de viande dans ses cuisses et ses fesses pendant que son avant-bras tournait sur une broche. Mais elle ne pouvait feindre la surprise. Ces quatre-là n'étaient pas les premiers à goûter à la chair humaine au cours de cette terrible marche, elle l'aurait gagé – simplement les premiers qu'on découvrait.

Par arrêt du roi, les quatre hommes de Cossepois paieraient de leur vie ce banquet... et, en brûlant, mettraient un terme à la tempête, proclamaient les gens de la reine. Asha Greyjoy n'avait aucune foi en leur dieu rouge ; néanmoins, elle priait pour qu'ils dissent vrai. Sinon, d'autres bûchers suivraient, et ser Clayton pourrait bien voir ses désirs aboutir.

Les quatre cannibales étaient nus quand ser Clayton les poussa devant lui, leurs poignets liés dans le dos par des lanières de cuir. Le plus jeune d'entre eux pleurait en trébuchant dans la neige. Deux autres marchaient comme des hommes déjà morts, les yeux fixés sur le sol. Asha fut étonnée de constater combien ils paraissaient ordinaires. *Pas des monstres,* comprit-elle, *rien que des hommes.*

Le plus âgé des quatre avait été leur sergent. Lui seul restait crâne, jetant son venin aux gens de la reine qui l'aiguillonnaient avec leurs piques. « J' vous emmerde tous, et votre dieu rouge aussi, lançait-il. T'entends, Farring ? *Tueur-de-Géants ?* J'étais content quand ton con de cousin a crevé, Godry. On aurait dû l'bouffer, lui aussi, il sentait tellement bon quand on l'a rôti. J' parie que c'était un régal, ce gamin, bien tendre et juteux. » Un coup de manche de pique précipita l'homme à genoux, mais sans le faire taire. En se relevant, il cracha une giclée de sang et de dents cassées et continua tout de bon. « Le meilleur, c'est la queue, bien grillée à la broche. Une petite saucisse bien grasse. » Pendant qu'on l'enveloppait de chaînes, il poursuivit ses imprécations. « Corliss Penny, viens-t'en par ici. D'où ça vient, comme nom, Penny ? C'était la gourmandise préférée de ta mère ? Et toi, Suggs, immonde salope, tu... »

Ser Clayton ne prononça pas un mot. Un coup rapide ouvrit la gorge du sergent, libérant un flot de sang sur son torse.

Le pleurnicheur redoubla de lamentations, son corps secoué par chaque sanglot. Il était si maigre qu'Asha pouvait lui compter les côtes. « Non, suppliait-il, je vous en prie, il était mort, il était mort et on avait faim, *pitié...*

— C'est le sergent qui a été le plus malin, confia Asha à Aly Mormont. Il a poussé Suggs à le tuer. » Elle se demanda si la même ruse pourrait fonctionner deux fois, au cas où son tour devrait venir un jour.

On enchaîna les quatre victimes dos à dos, deux par poteau. Elles restèrent accrochées là, trois vivants et un mort, tandis que les dévots du Maître de la Lumière entassaient sous leurs pieds des bûches fendues et des branches cassées, puis arrosaient d'huile de lampe les amas. Ils se devaient d'agir avec célérité. La neige tombait dru, comme toujours, et le bois serait bientôt détrempé.

« Où est le roi ? » s'enquit ser Corliss Penny.

Quatre jours plus tôt, un des écuyers du roi avait succombé au froid et à la faim, un gamin du nom de Bryen Farring, un parent de ser Godry. Stannis Baratheon s'était tenu, le visage dur, auprès du bûcher funéraire tandis que le corps de l'enfant était livré aux flammes. Puis le roi s'était retiré dans sa tour de guet. Il n'en avait plus émergé depuis... bien que, de temps en temps, on aperçût Sa Grâce sur le toit de la tour, silhouettée contre le feu du fanal qui y brûlait nuit et jour. *En train de parler au dieu rouge*, affirmaient certains. *D'invoquer lady Mélisandre*, insistaient d'autres. Que ce fût l'un ou l'autre, il semblait à Asha Greyjoy que le roi était désemparé et qu'il appelait à l'aide.

« Canty, allez trouver le roi et prévenez-le que tout est prêt, ordonna ser Godry au plus proche homme d'armes.

— Le roi est ici. » C'était la voix de Richard Horpe.

Par-dessus son armure de plates et de mailles, ser Richard portait son gambison matelassé, frappé des trois sphinx à tête de mort sur champ de cendre et d'os. Le roi Stannis marchait à ses côtés. Derrière eux, s'évertuant pour se maintenir à leur hauteur, Arnolf Karstark clopinait en s'appuyant sur une canne de prunellier. Lord Arnolf les avait rejoints huit jours plus tôt. Le Nordien apportait un fils, trois petits-fils, quatre cents piques, quarante archers, une douzaine de lanciers à cheval, un mestre et une cage de corbeaux... mais seulement assez de provisions pour alimenter les siens.

Karstark, au vrai, n'était point un seigneur, avait-on laissé entendre à Asha, simplement le gouverneur de Karhold tant que le seigneur véritable demeurerait prisonnier des Lannister. Décharné, voûté et tordu, avec une épaule gauche plus haute d'un demi-pied que la droite, il avait le cou maigre, des yeux gris louchons et des dents jaunies. Seuls quelques poils blancs le séparaient encore de la calvitie ; sa barbe fourchue était mi-partie blanche et grise, mais toujours en bataille. Asha trouvait à ses sourires quelque chose de rance. Et cependant, à en croire les ragots, c'était à Karstark qu'échoirait Winterfell s'ils s'en emparaient. Quelque part dans un lointain passé, la maison Karstark avait bourgeonné de la maison Stark, et lord Arnolf avait été le premier des bannerets d'Eddard Stark à se déclarer en faveur de Stannis.

À ce qu'en savait Asha, les Karstark adoraient ces anciens dieux du Nord qu'ils partageaient avec les Wull, les Norroit, les Flint et les autres clans des collines. Elle se demanda si lord Arnolf était venu assister à cette mise au bûcher à la requête du roi, afin d'être le témoin direct de la puissance du dieu rouge.

À la vue de Stannis, deux des hommes attachés aux poteaux se mirent à implorer grâce. Le roi écouta en silence, la mâchoire crispée. Puis il indiqua à Godry Farring : « Vous pouvez commencer. »

Le Tueur-de-Géants leva les bras. « *Maître de la Lumière, entends-nous.*

— *Maître de la Lumière, défends-nous*, psalmodièrent les gens de la reine, *car la nuit est sombre et pleine de terreurs.* »

Ser Godry leva la tête vers le ciel qui s'assombrissait. « *Nous te rendons grâce pour le soleil qui nous réchauffe et t'implorons de nous le rendre, ô Seigneur, qu'il puisse éclairer notre chemin vers tes ennemis.* » Des flocons de neige fondaient sur son visage. « *Nous te rendons grâce pour les étoiles qui veillent sur nous, la nuit, et t'implorons d'arracher ce voile qui les masque, afin que nous puissions nous réjouir de nouveau à la vue de leur gloire.*

— *Maître de la Lumière, protège-nous*, prièrent les gens de la reine, *et tiens en respect les ténèbres sauvages.* »

Ser Corliss Penny s'avança, brandissant la torche à deux mains, il lui fit décrire des cercles autour de sa tête, afin d'aviver les flammes. Un des captifs se mit à geindre.

« *R'hllor*, entonna ser Godry, *nous te donnons à présent quatre mauvais hommes. D'un cœur joyeux et sincère, nous les livrons à tes feux purificateurs, que les ténèbres de leur âme puissent être consumées. Que leur chair odieuse soit brûlée et calcinée, que leurs esprits puissent s'élever, libres et purs, afin de monter dans la lumière. Accepte leur sang, ô Maître, et fais fondre les entraves de glace qui enchaînent tes serviteurs. Entends leur douleur, et accorde à nos épées la force, que nous puissions répandre le sang de tes ennemis. Accepte ce sacrifice, et indique-nous le chemin de Winterfell, afin que nous puissions défaire les incroyants.* »

— *Maître de la Lumière, accepte ce sacrifice* », reprirent en écho une centaine de voix. Ser Corliss alluma le premier bûcher avec la torche, puis l'enfonça dans le bois à la base du second. Quelques filets de fumée commencèrent à s'élever. Les captifs se mirent à tousser. Les premières flammèches parurent, timides comme des donzelles, pointant et dansant de bûche en jambe.

En quelques instants, les deux poteaux furent engloutis par les flammes.

« *Il était mort,* hurla celui qui pleurait, tandis que les flammes lui léchaient les jambes. On l'a retrouvé mort... Pitié... on avait *faim...* » Les feux gagnèrent ses couilles. Alors que le poil autour de sa queue commençait à s'embraser, ses plaintes se dissocièrent en un long hurlement inarticulé.

Asha Greyjoy sentit un goût de bile au fond de sa gorge. Sur les îles de Fer, elle avait vu des prêtres de son propre peuple trancher la gorge de serfs et offrir leurs corps à la mer en l'honneur du dieu Noyé. Une cérémonie brutale, mais celle-ci était pire.

Ferme les yeux, s'enjoignit-elle. *Bouche-toi les oreilles. Détourne-toi. Tu n'as pas besoin de regarder ça.* Les gens de la reine chantaient un péan de louanges à R'hllor le Rouge, mais elle ne distinguait pas les paroles sous les hurlements. La chaleur des flammes lui battait le visage ; pourtant, elle frissonna. L'air se chargea de fumée et de la puanteur de la chair brûlée, et un des corps tressautait encore contre les chaînes portées au rouge qui le rivaient au poteau.

Au bout d'un moment, les cris cessèrent.

Sans un mot, le roi Stannis s'en fut, retournant à la solitude de sa tour de guet. *Retour au feu de son fanal,* comme le savait Asha, *à scruter la flamme en quête de réponses.* Arnolf Karstark voulut boitiller à sa suite, mais ser Richard Horpe le saisit par le bras et l'orienta vers la maison commune. Le public commença à s'éloigner, chacun vers son propre feu et le maigre souper qu'il pourrait trouver.

Clayton Suggs se coula aux côtés d'Asha. « Le con de fer a-t-il goûté le spectacle ? » Son haleine puait la bière et l'oignon. *Il a des yeux de porc,* estima Asha. C'était approprié ; son bouclier et son surcot arboraient un cochon ailé. Suggs avança le museau si près d'elle qu'elle aurait pu compter les points noirs sur son nez, et annonça : « Il y aura plus grande foule encore pour vous voir vous trémousser contre un poteau. »

Il n'avait pas tort. Les Loups ne l'aimaient pas ; elle était fernée et devait répondre des crimes de son peuple, pour Moat Cailin, Motte-la-Forêt et Quart-Torrhen, pour des siècles de pillages au long de la côte rocheuse, pour tout ce que Theon avait commis à Winterfell.

« Lâchez-moi, ser. » Chaque fois que Suggs s'adressait à elle, elle avait la nostalgie de ses haches. Asha était aussi douée pour la danse du doigt que n'importe quel homme des îles, et avait ses dix doigts pour preuve. *Si seulement je pouvais danser avec celui-ci.* Certains hommes avaient un visage qui exigeait une barbe. Celui de ser Clayton exigeait une hache plantée entre les deux yeux. Mais elle en était dépourvue ici, aussi le mieux qu'elle pût faire était-il de se dégager. Cela ne réussit qu'à serrer encore la poigne de ser Clayton, les doigts gantés s'enfonçant dans son bras comme des griffes de fer.

« Madame vous a prié de la lâcher, intervint Aly Mormont. Vous seriez bien inspiré de l'écouter, ser. Lady Asha n'est point faite pour le bûcher.

— Elle le sera, insista Suggs. Nous avons trop longtemps abrité en notre sein cette adoratrice du démon. » Il relâcha néanmoins sa prise sur le bras d'Asha. On ne provoquait pas l'Ourse inutilement.

Ce fut l'instant que Justin Massey choisit pour apparaître. « Le roi a d'autres projets pour notre précieuse captive », déclara-t-il avec son sourire facile. Il avait les joues rougies de froid.

« Le roi ? Ou toi ? » Suggs renâcla avec dédain. « Manigance tant que tu voudras, Massey. Elle ira quand même au feu, elle et son sang de roi. Il y a de la puissance dans le sang des rois, disait la femme rouge. La puissance de complaire à notre maître.

— Que R'hllor se contente des quatre que nous venons de lui envoyer.

— Quatre rustres de basse extraction. Un sacrifice de misère. Ce n'est pas cette racaille qui pourrait arrêter la neige. Elle, oui. »

L'Ourse éleva la voix. « Et si tu la brûles et que les neiges continuent à tomber, qu'arrivera-t-il ? Qui brûleras-tu ensuite ? Moi ? »

Asha ne put retenir sa langue. « Et pourquoi pas ser Clayton ? Peut-être R'hllor apprécierait-il les siens. Un fidèle qui chantera ses louanges tandis que les flammes lui lèchent la queue. »

Ser Justin rit. Suggs fut moins amusé. « Ricane bien, Massey. Si la neige continue à tomber, nous verrons bien qui rira encore. » Il jeta un coup d'œil aux morts sur les poteaux, sourit et s'en fut rejoindre ser Godry et les autres gens de la reine.

« Mon champion », déclara Asha à Justin Massey. Il méritait au moins cela, quels qu'aient été ses motifs. « Merci pour ce sauvetage, ser.

— Cela ne vous gagnera pas d'amis parmi les gens de la reine, fit observer l'Ourse. Auriez-vous perdu votre foi en R'hllor le Rouge ?

— J'ai perdu ma foi en bien davantage, lui répondit Massey dont l'haleine formait une pâle brume dans l'air. Mais je crois encore au repas du soir. Voulez-vous vous joindre à moi, mesdames ? »

Aly Mormont secoua la tête. « Je n'ai point d'appétit.

— Moi non plus. Mais mieux vaudrait cependant vous forcer à avaler un peu de viande de cheval, ou vous risquez de regretter sous peu de ne pas l'avoir fait. Nous avions huit cents chevaux en prenant la route à Motte. La nuit dernière, le compte était descendu à soixante-quatre. »

Cela ne la choqua pas. Presque tous leurs grands destriers étaient tombés, y compris celui de Massey. La plupart des palefrois avaient péri, également. Même les poneys des Nordiens se mettaient à faillir, faute de fourrage. Mais à quoi bon des chevaux ? Stannis ne marchait plus vers aucun but. Le soleil, la lune et les étoiles avaient disparu depuis si longtemps qu'Asha commençait à penser qu'elle les avait rêvés. « Je vais manger. »

Aly secoua la tête. « Pas moi.

— Permettez-moi de m'occuper de lady Asha, en ce cas, lui dit ser Justin. Vous avez ma parole, je ne la laisserai pas s'évader. »

L'Ourse donna son assentiment à contrecœur, sourde à l'ironie dans la voix de Massey. Ils se séparèrent là, Aly pour regagner sa tente, ser Justin et Asha pour aller à la maison commune. Laquelle ne se situait pas loin – mais les congères étaient profondes, le vent soufflait en rafales et les pieds d'Asha ressemblaient à des blocs de glace. Elle sentait à chaque pas un coup de poignard dans sa cheville.

Si petite et misérable qu'elle fût, la maison commune était le plus grand bâtiment du village, aussi les seigneurs et les capitaines se l'étaient-ils arrogée, tandis que Stannis s'installait dans la tour de guet en pierre au bord du lac. Deux gardes en flanquaient la porte, appuyés à de longues piques. L'un d'eux souleva pour Massey le rabat graissé de la porte, et ser Justin escorta Asha pour le passer jusqu'à la chaleur bienfaisante qui régnait à l'intérieur.

Des bancs et des tables sur tréteaux couraient de part et d'autre de la salle, offrant de la place à cinquante personnes...

bien que le double de ce nombre y fût entassé. Une fosse à feu avait été creusée au milieu du sol en terre battue, avec une rangée de trous pour la fumée dans le toit au-dessus. Les Loups avaient pris coutume de s'asseoir d'un côté de la fosse, les chevaliers et seigneurs sudiers de l'autre.

Les Sudiers avaient piteuse allure, jugea Asha – maigres, les joues creuses, certains pâles et malades, d'autres avec des visages rougis et gercés par le vent. Par contraste, les Nordiens semblaient en pleine santé, de grands hommes rougeauds à la barbe en broussaille, vêtus de fourrures et de fer. Ils avaient certes faim et froid, eux aussi, mais la marche avait été plus aisée pour eux, grâce à leurs poneys et à leurs pattes d'ours.

Asha retira ses mitaines en fourrure, grimaçant en pliant les doigts. La douleur fulgura dans ses jambes quand ses pieds à demi gelés commencèrent à se réchauffer dans la touffeur ambiante. En fuyant, les paysans avaient abandonné derrière eux une bonne quantité de tourbe, aussi l'air était-il chargé de fumée et de l'odeur riche et terreuse d'un sol en combustion. Asha accrocha sa cape à une cheville derrière la porte après en avoir secoué la neige qui s'y était accrochée.

Ser Justin leur trouva des places sur le banc et alla chercher à manger pour eux deux – de la bière et des morceaux de viande de cheval, calcinés en surface et saignants à l'intérieur. Asha but une gorgée de bière et se jeta sur le cheval. Sa portion était plus petite que la dernière qu'elle ait goûtée, mais le seul fumet suffisait à faire gargouiller son ventre. « Grand merci, ser, dit-elle, le sang et la graisse lui coulant sur le menton.

— Justin. J'insiste. » Massey découpa sa viande en morceaux et en piqua un de son poignard.

Plus loin à la table, Will Pourprée clamait à ceux qui l'entouraient que Stannis reprendrait sa marche sur Winterfell d'ici trois jours. Il le tenait de la bouche d'un des palefreniers qui s'occupait des chevaux du roi. « Sa Grâce a vu la victoire dans ses feux, expliquait Pourprée, une victoire qu'on chantera mille ans, autant dans les châteaux des seigneurs que dans les cabanes de paysans. »

Justin Massey leva les yeux de son plat de cheval. « La dîme du froid a atteint quatre-vingts la nuit dernière. » Il dégagea un morceau de tendon d'entre ses dents et le jeta au plus proche chien. « Si nous prenons la route, nous périrons par centaines.

— Nous périrons par milliers si nous restons ici, répliqua ser Humfrey Clifton. Continuons ou mourons, je dis.

— Continuons *et* mourons, voilà ma réponse. Et si nous atteignons Winterfell, que ferons-nous alors ? Comment prendrons-nous le château ? La moitié de nos hommes sont si affaiblis qu'ils parviennent à peine à poser un pied devant l'autre. Allez-vous les envoyer escalader des murailles ? Construire des engins de siège ?

— Nous devrions rester ici jusqu'à ce que le temps change », estima ser Folcœur Wylde, un vieux chevalier cadavérique dont la nature démentait le prénom. Asha avait entendu des rumeurs prétendant que les hommes d'armes pariaient entre eux sur les prochains grands chevaliers et seigneurs qui mourraient. Ser Folcœur s'était nettement détaché parmi les favoris. *Et combien d'argent a-t-on placé sur moi, je me demande ? Peut-être est-il encore temps d'engager un pari.* « Ici au moins nous avons quelque abri, insistait Wylde, et il y a du poisson dans les lacs.

— Trop peu de poissons et trop de pêcheurs », contesta lord Cossepois sur un ton lugubre. Il avait de bonnes raisons de parler sur ce ton : c'étaient ses hommes que ser Godry venait de faire brûler, et on en avait entendu suggérer dans cette même salle que Cossepois en personne savait certainement ce qu'ils faisaient, voire qu'il avait pris part à leurs banquets.

« Il a pas tort », bougonna Ned Bosc, un des éclaireurs de Motte. Ned Sans-Nez, on l'appelait ; des engelures lui avaient pris le bout du nez deux hivers plus tôt. Woods connaissait le Bois-aux-Loups aussi bien que n'importe quel homme vivant. Les plus arrogants seigneurs du roi avaient appris à prêter l'oreille, quand il parlait. « J' les connais, ces lacs. Zêtes mis dessus comme des asticots sur une charogne, par centaines. Zavez percé tant d'trous dans la glace que c'est grand miracle si y en a pas eu davantage qui sont tombés au travers. Du côté de l'île, par endroits, on dirait un fromage attaqué par les souris. » Il secoua la tête. « Les lacs, c'est fini. Les avez épuisés.

— Raison de plus pour nous mettre en marche, insista Humfrey Clifton. Si notre destin veut que nous mourions, mourons l'épée à la main. »

C'était la même dispute que le soir précédent et celui d'avant. *Continuons et mourons, restons ici et mourons, battons en retraite et mourons.*

« Libre à vous de périr à votre guise, Humfrey, déclara Justin Massey. Pour ma part, je préférerais vivre pour connaître un autre printemps.

— Certains pourraient considérer cette attitude comme lâche, riposta lord Cossepois.

— Plutôt lâche que cannibale. »

Le visage de Cossepois se tordit avec une fureur soudaine. « Vous...

— La mort fait partie de la guerre, Justin. » Ser Richard Horpe se tenait dans l'encadrement de la porte, ses cheveux sombres trempés de neige fondante. « Ceux qui marcheront avec nous auront leur part de tout le butin que nous prendrons à Bolton et à son bâtard, et une plus grande de gloire éternelle. Ceux qui sont trop faibles pour avancer devront se débrouiller tout seuls. Mais vous avez ma parole, nous enverrons des vivres dès que nous aurons pris Winterfell.

— *Vous ne prendrez pas Winterfell !*

— Oh, que si ! » Le caquètement venait du haut bout de la table, où Arnolf Karstark siégeait avec son fils Arthor et trois petits-fils. Lord Arnolf se repoussa contre la table pour se lever, tel un vautour se retirant de sa proie. Une main tachetée crocha l'épaule de son fils pour s'y soutenir. « Nous le prendrons, pour le Ned et pour sa fille. Oui-da, et pour le Jeune Loup aussi, qu'on a si cruellement massacré. Moi et les miens, nous vous ouvrirons la voie, au besoin. J'en ai dit autant à Sa Bonne Grâce le roi. *Marchez*, je lui ai dit et, avant que la lune soit passée, nous nous baignerons tous dans le sang des Frey et des Bolton. »

Des hommes commencèrent à taper du pied, à marteler de leur poing le plateau de la table. Presque tous étaient des Nordiens, nota Asha. De l'autre côté de la fosse du feu, les seigneurs sudiers siégeaient en silence sur leurs bancs.

Justin Massey attendit que le tumulte s'apaisât. Puis il déclara : « Voilà un admirable courage, lord Karstark, mais ce n'est pas le courage qui jettera bas les murailles de Winterfell. Comment comptez-vous prendre le château, je vous prie ? À coups de boules de neige ? »

Un des petits-fils d'Arnolf lui répondit : « Nous abattrons des arbres pour en faire des béliers et enfoncer les portes.

— Et nous mourrons. »

Un autre petit-fils se fit entendre. « Nous construirons des échelles et nous escaladerons les remparts.

— Et nous mourrons. »

Arthor Karstark, fils cadet de lord Arnolf, prit la parole. « Nous dresserons des tours de siège.

— Et nous mourrons, et nous mourrons, et nous mourrons. »
Ser Justin leva les yeux au ciel. « Bonté des dieux, êtes-vous tous
fous, chez les Karstark ?

— *Des dieux ?* reprit Richard Horpe. Vous vous oubliez
Justin. Nous n'avons qu'un dieu, ici. Ne parlez pas de démons
en la présente compagnie. Seul le Maître de la Lumière peut
nous sauver, à présent. N'en êtes-vous pas d'accord ? » Il posa
la main sur la poignée de son épée, comme pour souligner ses
mots, mais ses yeux ne quittèrent pas le visage de Justin Massey.

Sous ce regard, ser Justin perdit de sa superbe. « Le Maître
de la Lumière, certes. Ma foi est aussi profonde que la vôtre,
Richard, vous le savez.

— C'est votre courage que je mets en doute, Justin, pas votre
foi. Vous avez prêché la défaite à chaque étape du trajet depuis
que nous avons quitté Motte-la-Forêt. Je finis par me demander
de quel côté vous êtes. »

Une rougeur monta sur le cou de Massey. « Je ne resterai pas
ici pour me faire insulter. » Il arracha sa cape humide du mur
avec tant de force qu'Asha l'entendit se déchirer, puis passa d'un
pas furieux devant Horpe et franchit la porte. Une bouffée d'air
froid traversa la salle, soulevant les cendres du foyer et avivant
un instant ses flammes.

Brisé aussi vite que cela, observa Asha. *Mon champion est
taillé dans le saindoux.* Cependant, ser Justin restait l'un des
seuls à pouvoir objecter si les gens de la reine tentaient de la
brûler. Aussi se remit-elle debout pour revêtir sa propre cape et
le suivre dans la tempête de neige.

Elle se perdit avant d'avoir fait dix pas. Asha voyait le feu du
fanal flamber au sommet de la tour de guet, une vague lueur
orange flottant dans les airs. À tous autres égards, le village
avait disparu. Elle était seule, dans un monde blanc de neige et
de silence, à se frayer un passage dans des congères qui lui montaient jusqu'aux cuisses. « *Justin ?* » appela-t-elle. Pas de
réponse. Quelque part sur sa gauche, elle entendit un cheval
renâcler. *La pauvre bête semble nerveuse. Peut-être sait-elle
qu'elle fournira le repas de demain.* Asha serra plus fort sa cape
autour d'elle.

Elle se retrouva sur le pré communal sans s'en apercevoir. Les
poteaux en pin se dressaient toujours, calcinés et charbonneux,
mais pas totalement consumés. Les chaînes cerclant les morts
avaient désormais refroidi, elle le constata, mais elles retenaient

encore les cadavres dans leur étreinte de fer. Un corbeau s'était perché sur l'un d'eux, tiraillant les lambeaux de chair brûlée qui s'accrochaient encore au crâne noirci. Les rafales de neige avaient couvert les cendres à la base du bûcher, montant le long de la jambe du mort, jusqu'à la cheville. *Les vieux dieux cherchent à l'ensevelir*, pensa Asha. *Ce n'est pas leur ouvrage.*

« Regarde bien, petite conne, énonça derrière elle la voix grave de Clayton Suggs. Tu seras aussi jolie qu'eux une fois qu'on t'aura rôtie. Dis-moi, ça hurle, un encornet ? »

Dieu de mes pères, si vous pouvez m'entendre dans vos domaines aquatiques sous les vagues, accordez-moi juste une petite hache de jet. Le dieu Noyé ne répondit pas. Il répondait rarement. C'était le problème, avec les dieux. « Avez-vous vu ser Justin ?

— Cet imbécile minaudier ? Qu'est-ce que tu lui veux, sale conne ? Si c'est pour te baiser, je suis plus homme que Suggs. »

Conne, encore ? Étrange comme les hommes tels que Massey employaient ce mot pour rabaisser la femme, alors que c'était la seule partie d'elles qu'ils prisaient. Et Suggs était pire que Lideuil le Deux. *Quand il dit ce mot, il le pense.* « Votre roi castre les hommes qui commettent un viol », lui rappela-t-elle.

Ser Clayton ricana. « Le roi est à moitié aveugle, à force de scruter les feux. Mais t'inquiète pas, conne, je te violerai pas. Faudrait que je te tue, ensuite, et je préfère te voir brûler. »

Encore le cheval. « Vous entendez ?

— Entendre quoi ?

— Un cheval. Non, des chevaux. Plusieurs. » Elle tourna la tête, dressant l'oreille. La neige jouait d'étranges tours avec les sons. Il était difficile de déterminer de quelle direction venaient les bruits.

« C'est des facéties d'encornet, c'est ça ? J'entends rien du… » Suggs grimaça. « Bordel de merde. Des cavaliers. » Il tâtonna sur son baudrier, ses mains malhabiles dans leurs gants de fourrure et de cuir, et réussit enfin à arracher sa longue épée du fourreau.

Mais les cavaliers étaient déjà sur eux.

Ils émergèrent de la tourmente comme une troupe de spectres, des gaillards sur de petits chevaux, rendus plus imposants encore par le volume de fourrures qu'ils portaient. Des épées balançaient à leur hanche, chantant leur douce mélodie d'acier en branlant dans les fourreaux. Asha vit une hache de bataille sanglée à la selle de l'un d'eux, une masse au dos d'un autre.

Des boucliers, aussi, mais tellement dissimulés sous la neige et la glace qu'on ne pouvait lire les armes qui y figuraient. En dépit de toutes les couches de laine, de fourrure et de cuir bouilli qu'elle portait, Asha se sentit nue face à eux. *Une trompe*, se dit-elle, *il faut que je trouve une trompe pour alerter le camp.*

« Cours, pauvre conne, gueula ser Clayton. Cours avertir le roi, lord Bolton nous attaque. » Toute brute qu'il fût, Suggs ne manquait pas de courage. L'épée à la main, il avança à travers la neige, se plaçant entre les cavaliers et la tour du roi, son fanal luisant derrière lui comme l'œil orange d'un dieu inconnu. « Qui va là ? Halte ! *Halte !* »

Le cavalier de tête tira sur ses rênes devant lui. Derrière en venaient d'autres, une vingtaine, peut-être. Asha n'eut pas le temps de les compter. Il pouvait y en avoir des centaines d'autres, là-bas, dans la tempête, en train de fondre sur eux, sous le couvert des ténèbres et des tourbillons de neige. Ceux-ci, toutefois…

Trop nombreux pour être des éclaireurs, et trop peu pour constituer une avant-garde. Et deux d'entre eux étaient tout de noir vêtus. *La Garde de Nuit*, comprit-elle soudain. « Qui êtes-vous ? lança-t-elle.

— Des amis, répondit une voix à demi familière. Nous vous avons cherchée à Winterfell, mais nous n'y avons découvert que Freuxchère Omble en train de battre tambour et de sonner de la trompe. Il nous a fallu quelque temps pour vous retrouver. » Le cavalier sauta de selle, retira sa cagoule et s'inclina. Sa barbe était tellement épaisse et tellement prise par la glace, qu'un instant Asha ne le reconnut point. Puis la lumière se fit. « *Tris ?* dit-elle.

— Madame. » Tristifer Botley mit un genou en terre. « Pucelle est ici, également. Roggon, Âpre-langue, Phalanges, Corneille… six d'entre nous, tous ceux qui étaient assez valides pour chevaucher. Cromm a péri de ses blessures.

— De quoi s'agit-il ? voulut savoir ser Clayton Suggs. Vous êtes des siens ? Comment avez-vous échappé aux cachots de Motte ? »

Tris se remit debout et essuya la neige de son genou. « Sybelle Glover s'est vu offrir une coquette rançon pour notre liberté et a choisi de l'accepter au nom du roi.

— Quelle rançon ? Qui verserait du bon argent pour la racaille des mers ?

— Moi, ser. » Celui qui venait de parler s'avança sur son poney. Il était très grand et très maigre, avec de si longues jambes qu'on s'émerveillait que ses pieds ne touchassent pas terre. « J'avais besoin d'une solide escorte pour me conduire en toute sécurité jusqu'au roi, et lady Sybelle de quelques bouches en moins à nourrir. » Une écharpe masquait les traits de l'échalas, mais sur son crâne était perché le plus étrange couvre-chef qu'Asha eût vu depuis sa dernière escale à Tyrosh, une tour de tissu doux sans rebord, évoquant trois cylindres empilés les uns sur les autres. « On m'avait laissé entendre que je pourrais trouver ici le roi Stannis. Il est fort important que je m'entretienne sur-le-champ avec lui.

— Et qui, au nom des sept enfers puants, êtes-vous donc ? » L'échalas glissa avec grâce à bas de son poney, retira son singulier chapeau et s'inclina. « J'ai l'honneur d'être Tycho Nestoris, humble serviteur de la Banque de Fer de Braavos. »

De toutes les créatures étranges qui auraient pu jaillir de la nuit au galop, un banquier braavien était bien la dernière à laquelle se serait attendue Asha Greyjoy. C'était vraiment trop invraisemblable. Elle ne put se retenir de rire. « Le roi Stannis a pris ses quartiers dans la tour de guet. Ser Clayton sera ravi de vous conduire à lui, je n'en doute pas.

— Ce serait fort urbain. Le temps est une considération capitale. » Le banquier la scruta avec des yeux sombres et perçants. « Vous êtes la dame Asha de la maison Greyjoy, si je ne m'abuse.

— Asha de la maison Greyjoy, certes. Les opinions divergent quant à savoir si je suis ou non une dame. »

Le Braavien sourit. « Nous vous avons apporté un présent. » Il fit signe aux hommes qui le suivaient. « Nous nous attendions à trouver le roi à Winterfell. Hélas, le château a été englouti sous la même tempête de neige. Au pied de ses remparts, nous avons découvert Mors Omble avec une troupe de jeunes gens non aguerris, qui espéraient l'arrivée du roi. Il nous a confié ceci. »

Une gamine et un vieillard, jugea Asha tandis qu'on les laissait tous les deux choir brutalement devant elle dans la neige. La gamine grelottait violemment, même sous ses fourrures. Si elle n'avait pas eu si peur, elle aurait même pu être jolie, bien que le bout de son nez fût noirci par une engelure. Le vieillard… personne ne le trouverait jamais séduisant. Elle avait vu des épouvantails mieux en chair. Son visage était un crâne tendu de peau, ses cheveux, blancs comme l'os et crasseux. Et qu'il *puait* ! Sa seule vue emplit Asha de révulsion.

Il leva les yeux. « Ma sœur. Tu vois. Cette fois-ci, je t'ai reconnue. »

Le cœur d'Asha cessa un instant de battre. « *Theon ?* »

Les lèvres de l'homme se retroussèrent sur ce qui aurait pu être un sourire. La moitié des dents manquaient, et la moitié de celles qui restaient étaient cassées et fracturées. « Theon, répéta-t-il. Mon nom est Theon. On se doit de connaître *son nom*. »

VICTARION

Noire était la nuit, et argent la mer quand la Flotte de Fer fondit sur sa proie.

Ils la repérèrent dans les passes séparant l'île des Cèdres des collines accidentées de l'arrière-pays astapori, exactement comme le prêtre noir Moqorro l'avait annoncé. « Ghiscari », cria Longuesaigues Pyke depuis le nid de pie. Victarion Greyjoy regarda sa voile grossir depuis le gaillard d'avant. Bientôt, il fut en mesure de distinguer ses rames qui montaient et descendaient, et le long sillage blanc derrière le bâtiment qui brillait au clair de lune, comme une cicatrice sur la mer.

Pas un vrai vaisseau de guerre, comprit Victarion. *Une galère de commerce, et une grosse.* Elle constituerait une belle prise. Il fit signe à ses capitaines de donner la chasse. Ils allaient aborder le navire et s'en emparer.

Le capitaine de la galère avait désormais compris le péril. Il changea de route pour obliquer vers l'ouest, se dirigeant vers l'île des Cèdres, avec l'espoir peut-être de s'abriter dans une crique cachée ou de précipiter ses poursuivants sur les récifs déchiquetés bordant la côte nord-est. Mais sa galère était lourdement chargée, et le vent favorisait les Fer-nés. Le *Chagrin* et le *Fer Vainqueur* coupèrent la route du fuyard, tandis que l'*Épervier* et l'agile *Danseur du Doigt* se ruaient derrière elle. Même alors, le capitaine ghiscari n'abattit pas ses bannières. Le temps que la *Lamentation* vînt bord à bord avec la proie, raclant son flanc bâbord et brisant ses rames, les deux navires étaient si proches des ruines hantées de Ghozaï qu'on pouvait entendre jacasser les singes tandis que les premières lueurs de l'aube déferlaient sur les pyramides écroulées de la ville.

Leur prise s'appelait l'*Aube ghiscarie*, déclara le capitaine de la galère quand on le livra enchaîné à Victarion. Originaire de la Nouvelle-Ghis, elle y revenait via Yunkaï après avoir commercé à Meereen. L'homme ne parlait aucune langue décente, rien qu'un ghiscari guttural, lardé de borborygmes et de chuintements, une des plus laides langues que Victarion Greyjoy eût jamais entendues. Moqorro traduisit les paroles du capitaine dans la Langue Commune de Westeros. La guerre de Meereen était remportée, selon le capitaine ; la reine dragon était morte et un Ghiscari du nom d'Hizdak gouvernait désormais la ville.

Victarion lui fit arracher la langue pour prix de ses mensonges. Daenerys Targaryen n'était *pas* morte, lui assurait Moqorro ; son dieu rouge, R'hllor, lui avait montré le visage de la reine dans ses feux sacrés. Le capitaine ne supportait pas le mensonge, aussi fit-il jeter le capitaine, pieds et poings liés, par-dessus bord, en sacrifice au dieu Noyé. « Ton dieu rouge recevra son dû, promit-il à Moqorro, mais les mers sont gouvernées par le dieu Noyé.

— Il n'y a d'autres dieux que R'hllor et l'Autre, dont on ne peut prononcer le nom. » Le prêtre sorcier était vêtu de noir funèbre, à l'exception d'un soupçon de fil d'or au col, aux manchettes et au revers. Il n'y avait pas de tissu rouge à bord du *Fer Vainqueur*, mais il n'était pas acceptable que Moqorro se déplaçât dans les haillons souillés de sel qu'il portait lorsque le Mulot l'avait tiré de l'océan, aussi Victarion avait-il ordonné à Tom Boisdeflotte de lui coudre de nouvelles robes à partir de ce qui était disponible, et il avait même fait don à cette fin d'une partie de ses tuniques. Celles-là étaient noir et or, puisque les armes de la maison Greyjoy présentaient une seiche d'or sur champ noir, et les bannières et voiles de leurs navires proclamaient le même emblème. Le vermillon et l'écarlate de la tenue des prêtres rouges étaient étrangers aux Fer-nés, mais Victarion comptait que ses hommes accepteraient plus aisément Moqorro une fois revêtu des couleurs des Greyjoy.

Il espérait en vain. Harnaché de noir de pied en cap, avec un masque de flammes rouges et orange tatoué sur le visage, le prêtre paraissait plus sinistre que jamais. L'équipage l'évitait quand il arpentait le pont, et les hommes crachaient par terre si son ombre passait par mégarde sur eux. Même le Mulot, qui avait tiré le prêtre rouge des flots, avait pressé Victarion de l'offrir au dieu Noyé.

Mais Moqorro avait de ces côtes étrangères une connaissance dont les Fer-nés étaient dépourvus, ainsi que des secrets des dragons. *L'Œil de Choucas s'est attaché des sorciers, pourquoi pas moi ?* Son sorcier noir était plus puissant que les trois d'Euron, même si vous les aviez jetés dans une marmite et fait bouillir pour les réduire à un seul. Que le Tifs-Trempés désapprouve – Aeron et sa piété étaient bien loin.

Aussi Victarion serra-t-il sa main brûlée en un poing puissant pour déclarer : « L'*Aube ghiscarie* n'est pas un nom digne d'un vaisseau de la Flotte de Fer. Pour toi, sorcier, je vais le rebaptiser le *Courroux du dieu rouge.* »

Son sorcier inclina la tête. « Comme le désirera le capitaine. » Et de nouveau les vaisseaux de la Flotte de Fer furent au nombre de cinquante et quatre.

Le lendemain, une soudaine bourrasque s'abattit sur eux. Là encore, Moqorro l'avait prédit. Quand le grain passa, on découvrit que trois vaisseaux avaient disparu. Victarion n'avait aucun moyen de savoir s'ils avaient sombré, s'étaient échoués ou avaient été déviés de leur course. « Ils savent où nous allons, déclara-t-il à son équipage. S'ils sont toujours à flot, nous nous retrouverons. » Le capitaine fer-né n'avait pas le temps d'attendre les retardataires. Pas quand sa promise était cernée par les ennemis. *La plus belle femme du monde a un besoin urgent de ma hache.*

D'ailleurs, Moqorro lui assura que les trois bâtiments n'étaient pas perdus. Chaque soir, le prêtre sorcier allumait un feu sur le gaillard d'avant du *Fer Vainqueur*, et il allait et venait autour des flammes, en psalmodiant des prières. Les lueurs du brasier faisaient briller sa peau noire comme l'onyx poli et Victarion aurait parfois pu jurer que les flammes de son tatouage dansaient, elles aussi, se tordant et se ployant, se fondant les unes dans les autres, changeant de couleur à chaque mouvement de la tête du prêtre.

« Le prêtre noir attire les démons sur nous », entendit-on un rameur déclarer. Lorsqu'on rapporta cette réflexion à Victarion, il fit fouetter le coupable jusqu'à ce que son dos ne fût que sang, des épaules jusqu'aux fesses. Aussi, quand Moqorro déclara : « Vos ouailles égarées regagneront le troupeau au large de l'île nommée Yaros », le capitaine répliqua-t-il : « Prie pour qu'ils le fassent, prêtre. Sinon, tu pourrais être le prochain à tâter de mon fouet. »

La mer était bleue et verte et le soleil flambait dans un ciel bleu et vide quand la Flotte de Fer fit sa deuxième prise, dans les eaux au nord-ouest d'Astapor.

Cette fois-ci, c'était une cogue myrienne appelée la *Colombe*, à destination de Yunkaï avec escale à la Nouvelle-Ghis, chargée d'une cargaison de tapis, de vin vert doux et de dentelles myriennes. Son capitaine possédait un œil de Myr qui rapprochait les objets lointains – deux lentilles de verre placées dans une série de tubes de bronze, habilement agencés de façon que chaque section coulissât à l'intérieur de la suivante, jusqu'à ce que l'œil n'eût plus que la taille d'un poignard. Victarion revendiqua pour lui-même ce trésor. Il rebaptisa la cogue *Pie-grièche*. On garderait son équipage pour en exiger rançon, décréta le capitaine. Ce n'étaient ni des esclaves ni des esclavagistes, mais des Myriens libres et des matelots d'expérience. De tels hommes valaient de belles sommes. Venue de Myr, la *Colombe* ne leur apporta pas des nouvelles fraîches de Meereen ou de Daenerys, rien que des rapports dépassés sur des cavaliers dothrakis aperçus le long de la Rhoyne, le départ de la Compagnie Dorée et d'autres faits déjà sus de Victarion.

« Que vois-tu ? » demanda le capitaine à son prêtre noir, ce soir-là, alors que Moqorro se tenait devant son feu nocturne. « Qu'est-ce qui nous menace, demain ? Encore de la pluie ? » Il lui semblait la sentir dans l'air.

« Des cieux gris et de forts vents, répondit Moqorro. Pas de pluie. Derrière, viennent les tigres. Devant nous attend ton dragon. »

Ton dragon. Victarion aimait le son de la formule. « Révèle-moi quelque chose que j'ignore, prêtre.

— Le capitaine ordonne et j'obéis », répondit Moqorro. L'équipage avait pris coutume de l'appeler la Flamme noire, un nom attribué par Steffar le Bègue, qui n'arrivait pas à prononcer « Moqorro ». Quel que fût son nom, le prêtre avait de vrais pouvoirs. « Ici, la côte court d'ouest en est, annonça-t-il à Victarion. Lorsqu'elle obliquera vers le Nord, tu rencontreras deux autres lièvres. Rapides, et dotés de bien des pattes. »

Et il en fut ainsi. Cette fois, la proie se révéla être une paire de galères, longues, fines et rapides. Ralf le Boiteux fut le premier à les repérer, mais elles ne tardèrent pas à distancer la *Désolation* et le *Maigre Espoir*, aussi Victarion envoya-t-il l'*Aile de Fer*, l'*Épervier* et le *Baiser du Kraken* pour les rattraper. Il n'avait pas navire plus rapide que ces trois-là. La poursuite occupa la plus grande partie de la journée, mais enfin les deux galères furent prises à l'abordage et capturées, après des combats brefs mais brutaux.

Les navires voguaient à vide, découvrit Victarion, en route vers la Nouvelle-Ghis pour y charger vivres et armes à l'intention des légions ghiscaries campées devant Meereen... et pour apporter à la guerre des légionnaires frais, afin de remplacer tous ceux qui avaient péri. « Des hommes tués au combat ? » demanda Victarion. Les équipages des galères répondirent par la négative ; les morts venaient d'une dysenterie. La jument pâle, l'appelaient-ils. Et comme le capitaine de l'*Aube ghiscarie*, les capitaines des galères répétèrent le mensonge de la mort de Daenerys Targaryen.

« Embrassez-la pour moi dans l'enfer où vous pourrez bien la retrouver », lança Victarion. Il réclama sa hache et les décapita sur-le-champ. Puis il mit également à mort les équipages, ne préservant que les esclaves enchaînés aux avirons. Il brisa lui-même leurs entraves et déclara qu'ils étaient désormais des hommes libres et qu'ils auraient le privilège de ramer pour la Flotte de Fer, un honnour que tout gamin des îles de Fer rêvait d'obtenir quand il serait grand. « La reine dragon affranchit les esclaves. Moi aussi », proclama-t-il.

Il rebaptisa les galères le *Fantôme* et la *Revenante*. « Car j'ai l'intention de les faire revenir hanter ces Yunkaïs », affirma-t-il ce soir-là à la noiraude après avoir pris son plaisir avec elle. Ils étaient proches maintenant, de plus en plus chaque jour. « Nous nous abattrons sur eux comme la foudre », assura-t-il en malaxant la poitrine de la femme. Il se demanda si son frère Aeron ressentait la même chose quand le dieu Noyé s'adressait à lui. Il entendait presque la voix du dieu monter des abysses de la mer. *Tu me serviras bien, capitaine,* semblaient dire les vagues. *C'est à cette fin que je t'ai créé.*

Mais il nourrirait également le dieu rouge, le dieu du feu de Moqorro. Le bras qu'avait guéri le prêtre était affreux à voir : du craquant de porc, du coude au bout des doigts. Parfois, quand Victarion fermait le poing, la peau se fendait et fumait ; toutefois, le bras était plus vigoureux qu'il ne l'avait jamais été. « Deux dieux m'accompagnent, désormais, annonça-t-il à la noiraude. Aucun ennemi ne pourrait tenir, face à deux dieux. » Puis il la fit rouler sur le dos et la prit une fois de plus.

Quand les falaises de Yaros apparurent à tribord de leurs proues, il trouva ses trois navires perdus qui l'attendaient, conformément à la promesse de Moqorro. Victarion offrit au prêtre un torque d'or en récompense.

Il devait à présent prendre une décision : risquer les passes, ou contourner l'île avec la Flotte de Fer ? Le souvenir de Belle

Île ulcérait encore la mémoire du capitaine fer-né. Stannis Baratheon avait fondu sur la Flotte de Fer à la fois par le nord et par le sud, alors qu'ils étaient engoncés dans le chenal séparant l'île du continent, infligeant à Victarion sa plus écrasante défaite. Mais contourner Yaros lui coûterait un temps inestimable. Avec Yunkaï si proche, le trafic dans les passes serait probablement dense, mais Victarion ne s'attendait à rencontrer des vaisseaux de guerre yunkaïis qu'une fois arrivé plus près de Meereen.

Que ferait l'Œil de Choucas ? Il médita longtemps sur cette question, puis transmit le signal à ses capitaines. « Nous traversons les passes. »

Ils firent trois prises supplémentaires avant que Yaros ne diminuât en poupe. Le Mulot et le *Chagrin* capturèrent une galéasse dodue, tandis que Manfryd Merlyn du *Milan* s'emparait d'une galère de commerce. Leurs cales débordaient de marchandises, vins et soieries, épices, bois précieux et des parfums plus précieux encore, mais les navires eux-mêmes représentaient la véritable prise. Plus tard le même jour, un ketch de pêcheurs fut arraisonné par le *Sept Crânes* et la *Terreur des Serfs*. C'était un petit bâtiment, lent et crasseux, qui méritait à peine qu'on l'abordât. Victarion fut mécontent de découvrir qu'il avait fallu deux de ses vaisseaux pour réduire les pêcheurs à merci. Ce fut pourtant de leur bouche qu'il apprit le retour du dragon noir. « La reine d'argent a disparu, lui raconta le maître du ketch. Elle s'est envolée sur son dragon, au-delà de la mer Dothrak. »

— Où se situe cette mer Dothrak ? voulut-il savoir. Je vais la traverser avec la Flotte de Fer et je retrouverai la reine, où qu'elle soit. »

Le pêcheur s'esclaffa. « Voilà un spectacle qui mériterait d'être vu. La mer Dothrak est couverte d'herbes, imbécile. »

Il n'aurait pas dû répondre cela. Victarion le saisit à la gorge avec sa main brûlée pour le soulever tout entier en l'air. Le cognant en arrière contre le mât, il serra jusqu'à ce que le visage du Yunkaïi devînt aussi noir que ces doigts qui s'enfonçaient dans sa chair. L'homme décocha des coups de pied et se tortilla un moment, essayant en vain de se dégager de l'emprise du capitaine. « Quand on traite Victarion Greyjoy d'imbécile, on ne survit pas pour s'en vanter. » Lorsqu'il ouvrit sa main, le corps avachi de l'homme s'écroula sur le pont. Longuesaigues Pyke et Tom Boisdeflotte le balancèrent par-dessus bord, une nouvelle offrande au dieu Noyé.

« Ton dieu Noyé est un démon, déclara par la suite Moqorro le prêtre noir. Il n'est qu'un serf de l'Autre, le dieu obscur dont on ne doit pas dire le nom.

— Prends garde, prêtre, l'avertit Victarion. Il y a à bord de ce vaisseau des hommes pieux qui t'arracheraient la langue pour avoir prononcé de tels blasphèmes. Ton dieu rouge recevra son dû, je le jure. Ma parole est de fer. Demande à n'importe lequel de mes hommes. »

Le prêtre noir courba la tête. « Il n'en est pas besoin. Le Maître de la Lumière m'a montré votre valeur, lord Capitaine. Chaque nuit dans mes feux, j'aperçois la gloire qui vous attend. »

Ces paroles satisfirent considérablement Victarion Greyjoy, ainsi qu'il le rapporta cette nuit-là à la noiraude. « Mon frère Balon était un grand homme, dit-il, mais j'accomplirai ce qu'il n'a pas réussi. Les îles de Fer seront à nouveau libres, et l'Antique Voie sera rétablie. Même Dagon en a été incapable. » Presque cent années avaient passé depuis que Dagon Greyjoy avait siégé sur le trône de Grès, mais les Fer-nés contaient toujours ses exploits dans les razzias et les batailles. Au temps de Dagon, un roi faible siégeait sur le trône de Fer, ses yeux chassieux fixés sur l'autre rive du détroit où bâtards et exilés ourdissaient des rébellions. Aussi lord Dagon avait-il pris le large à Pyk, pour s'approprier la mer du Couchant. « Il a tiré la barbe du lion dans son antre et fait des nœuds à la queue du loup-garou, mais même Dagon n'a pas pu vaincre les dragons. Mais je ferai mienne la reine dragon. Elle partagera ma couche et me donnera nombre de fils vaillants. »

Cette nuit-là, la Flotte de Fer comptait soixante vaisseaux.

Les voiles inconnues se firent plus fréquentes au nord de Yaros. Ils se trouvaient très près de Yunkaï, et la côte, entre la Cité Jaune et Meereen, devait grouiller de navires de commerce et de ravitailleurs qui allaient et venaient, aussi Victarion guida-t-il la Flotte de Fer vers des eaux plus profondes, hors de vue de la terre. Même là, ils croisaient d'autres vaisseaux. « Que nul n'échappe pour avertir nos ennemis », ordonna le capitaine fer-né. Nul n'échappa.

La mer était verte et le ciel gris le matin où le *Chagrin*, la *Garce guerrière* et le *Fer Vainqueur* de Victarion capturèrent la galère d'esclaves de Yunkaï dans les eaux au plein nord de la Cité Jaune. Dans ses cales se trouvaient vingt jouvenceaux parfumés et quatre-vingts filles, destinés aux maisons de plaisir de Lys. L'équipage n'aurait jamais imaginé rencontrer un péril si près de leurs eaux, et les Fer-nés eurent peu de mal à s'en emparer. Elle s'appelait la *Pucelle Consentante*.

Victarion passa les esclavagistes au fil de l'épée, puis il envoya ses hommes dans la cale libérer les rameurs de leurs chaînes. « À présent, vous ramez pour moi. Ramez dur, et vous prospérerez. » Il partagea les filles entre ses capitaines. « Les Lysiens auraient fait de vous des catins, leur annonça-t-il, mais nous vous avons sauvées. Vous ne devez plus désormais servir qu'un seul homme au lieu d'une multitude. Celles qui contenteront leur capitaine pourront devenir femmes-sel, un statut honorable. » Il ligota les garçons parfumés de chaînes et les précipita à la mer. C'étaient des créatures contre nature, et le navire sentit meilleur dès qu'il fut débarrassé de leur présence.

Pour lui-même, Victarion se réserva les sept plus belles filles. L'une avait des cheveux d'or roux et des taches de rousseur sur les seins. Une autre s'épilait entièrement. Une autre encore, timide comme une souris, avait des cheveux et des yeux marron. Une avait les plus gros seins qu'il ait jamais vus. La cinquième était une créature toute menue, aux cheveux noirs et raides et à la peau dorée. Elle avait des yeux de la couleur de l'ambre. La sixième était blanche comme le lait, avec des anneaux d'or passés dans la pointe de ses seins et ses lèvres inférieures ; la septième, noire comme l'encre de pieuvre. Les esclavagistes de Yunkaï les avaient formées à la méthode des sept soupirs, mais ce n'était pas pour cette raison que Victarion les voulait. Sa noiraude suffisait à satisfaire ses appétits jusqu'à ce qu'il atteigne Meereen et puisse revendiquer sa reine. Un homme n'avait cure de chandelles, quand le soleil l'attendait.

Il rebaptisa la galère le *Cri de l'esclavagiste*. Avec elle, les vaisseaux de la Flotte de Fer comptaient soixante et un bâtiments. « Chaque navire que nous capturons nous rend plus forts, déclara Victarion à ses Fer-nés, mais désormais, les choses vont se compliquer. Demain ou le jour d'après, nous risquons de croiser des vaisseaux de guerre. Nous entrons dans les eaux de Meereen, où nous attendent les flottes de notre ennemi. Nous rencontrerons des navires esclavagistes des trois Cités de l'Esclavage, des vaisseaux de Tolos, d'Elyria et de la Nouvelle-Ghis, voire des bâtiments de Qarth. » Il veilla à ne pas évoquer les galères vertes de l'Antique Volantis qui devaient sûrement remonter le golfe de Douleur en ce moment même. « Ces escla-vagistes sont de faibles créatures. Vous les avez vus fuir devant nous, entendus couiner quand nous les passions au fil de l'épée. Chaque homme parmi vous en vaut vingt des leurs, car nous seuls sommes de fer. Souvenez-vous-en la prochaine fois que nous repérerons la voilure de quelque esclavagiste. Ne faites pas de quartier et n'en espérez aucun. Quel besoin avons-nous de quartier ? Nous sommes les Fer-nés, et deux dieux veillent sur nous. Nous nous emparerons de leurs vaisseaux, écraserons leurs espoirs et changerons leur baie en sang. »

À ces mots, une grande clameur monta. Le capitaine répondit par un hochement de tête, visage fermé, puis ordonna qu'on fît monter sur le pont les sept filles qu'il s'était attribuées. Il embrassa chacune sur les joues et les entretint de l'honneur qui les attendait, bien qu'elles ne comprissent pas ses paroles. Puis il les fit embarquer à bord du ketch de pêche qu'ils avaient cap-turé, fit trancher les filins et y bouter le feu.

« Avec cette offrande d'innocence et de beauté, nous hono-rons les deux dieux », proclama-t-il, tandis que les vaisseaux de guerre de la Flotte de Fer dépassaient à la rame le ketch en flammes. « Que ces filles renaissent dans la lumière, sans être souillées par la concupiscence des mortels, ou qu'elles des-cendent vers les demeures liquides du dieu Noyé, pour y fes-toyer, danser et rire jusqu'à ce que les mers se tarissent. »

Vers la fin, avant que le ketch fumant ne fût englouti par la mer, les cris des sept beautés se changèrent en chant de joie, sembla-t-il à Victarion Greyjoy. Un grand vent se leva alors, un vent qui gonfla leurs voiles et les poussa vers le nord-nord-est, en direction de Meereen et de ses pyramides de brique poly-chrome. *Sur les ailes du chant, je vole vers toi, Daenerys*, pensa le capitaine de fer.

Cette nuit-là, pour la première fois, il exposa la trompe de dragon que l'Œil de Choucas avait trouvée parmi les décombres fumants de la grande Valyria. C'était un objet tordu, six pieds d'une extrémité à l'autre, luisant et noir, cerclé d'or rouge et de sombre acier valyrien. *La trompe infernale d'Euron*. Victarion laissa courir sa main sur sa longueur. La trompe était aussi chaude et lisse que les cuisses de la noiraude, et si brillante qu'il pouvait discerner dans ses profondeurs une réplique déformée de ses propres traits. D'étranges inscriptions sorcières avaient été incisées dans les bandeaux qui la cerclaient. « Des glyphes valyriens », les avait appelées Moqorro.

Cela au moins, Victarion le savait déjà. « Que disent-ils ?

— Tant et plus. » Le prêtre noir indiqua du doigt une bande d'or. « Ici, la trompe est nommée : *Je suis Dompte-dragon*, dit-elle. L'avez-vous jamais entendue sonner ?

— Une fois. » Un des bâtards de son frère avait sonné de la trompe infernale aux états généraux de la royauté, sur Vieux Wyk. Un homme monstrueux, énorme, crâne rasé, des torques en or, en jais et en jade cerclant des bras épaissis par les muscles, et un grand faucon tatoué en travers de son torse. « Le son qu'elle a émis... Cela brûlait, en quelque sorte. Comme si j'avais des os incandescents, qu'ils cuisaient ma chair de l'intérieur. Ces inscriptions ont brillé, portées au rouge, puis à blanc, et on avait mal à les regarder en face. Il semblait que le son ne se tairait jamais. On aurait dit un long cri. Mille cris, tous fondus en un seul.

— Et l'homme qui a sonné de la trompe, qu'est-il devenu ?

— Il est mort. Il y avait des cloques sur ses lèvres, après. Son oiseau saignait, aussi. » Le capitaine se frappa la poitrine. « Le faucon, juste ici. Le sang dégoulinait de chaque plume. J'ai entendu dire que l'homme était tout brûlé à l'intérieur, mais ce pouvait être une histoire.

— Une histoire vraie. » Moqorro retourna la trompe infernale, examinant les lettres singulières qui rampaient sur un deuxième bandeau d'or. « Ici, cela dit : *Aucun mortel qui me sonnera n'y survivra.* »

Avec amertume, Victarion médita sur la duplicité des frères. *Les présents d'Euron sont toujours empoisonnés.* « L'Œil de Choucas a juré que cette trompe asservirait les dragons à ma volonté. Mais à quoi cela me servira-t-il si c'est au prix de ma vie ?

— Ton frère n'a pas sonné du cor lui-même. Tu ne dois pas le faire non plus. » Moqorro indiqua du doigt le bandeau d'acier. « Ici. *Du sang pour le feu, du feu pour le sang.* Peu importe qui souffle dans la trompe. Les dragons viendront au maître de la trompe. Tu dois en *devenir* le maître. Avec du sang. »

LA LAIDERONNE

Onze serviteurs du dieu Multiface se réunirent cette nuit-là dans le soubassement du temple, plus qu'elle n'en avait jamais vus assemblés en une seule fois. Seul le nobliau et le gros lard arrivèrent par la porte principale ; le reste emprunta des chemins secrets, à travers des tunnels et des passages dérobés. Ils portaient leurs robes de noir et blanc, mais, en prenant place sur son siège, chaque homme retira sa cagoule pour exposer le visage qu'il avait choisi d'exhiber ce jour. Les hauts fauteuils étaient sculptés dans l'ébène et le barral, comme en surface les portes du temple. Les fauteuils d'ébène arboraient sur le dossier des visages de barral, ceux de barral des figures taillées dans l'ébène.

Un autre acolyte se tenait de l'autre côté de la salle, avec une carafe de vin rouge sombre. Elle avait l'eau. Chaque fois qu'un des serviteurs souhaitait boire, il levait les yeux ou faisait signe d'un doigt replié, et l'un, voire les deux, venait remplir sa coupe. Mais pour l'essentiel ils restèrent debout, à guetter des coups d'œil qui ne venaient jamais. *Je suis taillée dans la pierre*, se répéta-t-elle. *Je suis une statue, comme les Seigneurs de la Mer qui se dressent au bord du Canal des Héros.* L'eau pesait lourd, mais la fillette avait de la force dans les bras.

Les prêtres employaient la langue de Braavos, même si, une fois, pendant quelques minutes, trois d'entre eux débattirent avec animation en haut valyrien. La fille comprenait leurs mots, dans l'ensemble, mais ils parlaient à voix basse, et elle ne saisissait pas tout. « Je connais cet homme », entendit-elle déclarer un prêtre au visage de victime de la peste. « Je connais cet homme », confirma en écho le gros lard tandis qu'elle lui versait à boire. Mais le beau type décréta : « Je lui ferai le don, je ne le connais pas. » Plus tard, le bigleux annonça la même chose à propos de quelqu'un d'autre.

Au bout de trois heures de vin et de paroles, les prêtres se retirèrent... tous sauf l'homme plein de gentillesse, la gamine abandonnée et celui dont le visage portait les marques de la peste. Ses joues étaient couvertes de chancres purulents, et ses cheveux étaient tombés. Du sang coulait d'une narine et formait une croûte à l'angle de chaque œil. « Notre frère voudrait s'entretenir avec toi, mon enfant, lui annonça l'homme plein de gentillesse. Assieds-toi, si tu veux. » Elle prit place sur un siège en bois de barral avec un visage d'ébène. Les bubons saignants n'avaient pour elle rien de terrible. Elle vivait dans la Demeure du Noir et du Blanc depuis trop longtemps pour s'effrayer d'un faux visage.

« Qui es-tu ? demanda Face de Peste quand ils furent seuls.

— Personne.

— C'est faux. Tu es Arya de la maison Stark, qui se mord la lèvre et ne sait pas dire un mensonge.

— Je l'étais. Je ne suis plus elle, maintenant.

— Pourquoi es-tu ici, menteuse ?

— Pour servir. Pour apprendre. Pour changer de visage.

— Commence par changer de cœur. Le don du dieu Multiface n'est pas un jouet d'enfant. Tu voudrais tuer à tes propres fins, pour ton propre plaisir. Le nies-tu ? »

Elle se mordit la lèvre. « Je... »

Il la gifla.

Le coup lui laissa la joue cuisante, mais elle savait qu'elle l'avait mérité. « Merci. » Avec assez de gifles, elle apprendrait peut-être à ne plus se mordiller la lèvre. C'était *Arya* qui faisait ça, pas la louve des nuits. « Je ne le nie pas.

— Tu mens. Je lis la vérité dans tes yeux. Tu as des yeux de loup et le goût du sang. »

Ser Gregor, ne put-elle s'empêcher de penser. *Dunsen, Raff Tout-miel, ser Ilyn, ser Meryn, la reine Cersei.* Si elle parlait, elle devrait mentir, et il le saurait. Elle garda le silence.

« Tu étais un chat, me dit-on. Qui rôdait dans des ruelles puant le poisson, et vendait des coques et des moules contre une poignée de menue monnaie. Une petite vie, bien appropriée à une petite créature de ton genre. Demande, et on peut te la rendre. Va pousser ta carriole, vends tes coques à la criée, sois heureuse. Tu as le cœur trop tendre pour être l'une de nous. »

Il a l'intention de me chasser. « Je n'ai pas de cœur. Je n'ai qu'un vide. J'ai tué des tas de gens. Je pourrais vous tuer, si je le voulais.

— Goûterais-tu la douceur de cela ? »

Elle ne connaissait pas la réponse juste. « Peut-être.

— Alors, ta place n'est pas ici. La mort n'apporte aucune douceur dans cette demeure. Nous ne sommes ni des guerriers, ni des soldats, ni des spadassins qui se pavanent, tout boursouflés de vanité. Nous ne tuons pas pour servir un seigneur, pour engraisser notre bourse, pour flatter notre vanité. Jamais nous n'accordons le don pour notre satisfaction. Non plus que nous ne choisissons ceux que nous tuons. Nous ne sommes que les serviteurs du dieu Multiface.

— *Valar dohaeris.* » *Tous les hommes doivent servir.*

« Tu connais la devise, mais tu as trop d'orgueil pour servir. Un serviteur doit être humble et obéissant.

— J'obéis. Je suis capable d'être plus humble que n'importe qui. »

Cela le fit rire doucement. « Tu seras la déesse de l'humilité en personne, j'en suis certain. Mais pourras-tu en acquitter le prix ?

— Quel prix ?

— Le prix, c'est toi. Le prix, c'est tout ce que tu possèdes, et tout ce que tu pourras jamais espérer posséder. Nous avons pris tes yeux et te les avons rendus. Ensuite, nous prendrons tes oreilles, et tu marcheras dans le silence. Tu nous donneras tes jambes, et tu ramperas. Tu ne seras la fille de personne, l'épouse de personne, la mère de personne. Ton nom sera un mensonge, et même le visage que tu présenteras ne sera pas le tien. »

Elle faillit se mordre de nouveau la lèvre, mais cette fois-ci se retint et s'arrêta. *Mon visage est un bassin obscur, qui dissimule tout, qui n'expose rien.* Elle songea à tous les noms qu'elle avait portés : Arry, Belette, Pigeonneau, Cat des Canaux. Elle songea à la petite idiote de Winterfell qui s'appelait Arya Ganache. Les noms n'avaient aucune importance. « Je peux payer le prix. Donnez-moi un visage.

— Les visages se gagnent.

— Dites-moi comment.

— Accorde à un certain homme un certain don. En es-tu capable ?

— Quel homme ?

— Personne que tu connaisses.

— Je ne connais pas beaucoup de monde.

— C'est l'un d'eux. Un étranger. Personne que tu aimes, personne que tu haïsses, personne que tu aies jamais connu. Le tueras-tu ?

— Oui.

— Alors, demain, tu seras de nouveau Cat des Canaux. Porte ce visage, observe, obéis. Et nous verrons si tu es vraiment digne de servir Celui-qui-a-Maints-Visages. »

Ainsi, le lendemain, revint-elle chez Brusco et ses filles, dans la maison sur le canal. Les yeux de Brusco s'écarquillèrent en la voyant, et Brea poussa un petit cri.

« *Valar morghulis*, lança Cat en manière de salut.

— *Valar dohaeris* », répondit Brusco.

Ensuite, ce fut comme si elle n'était jamais partie.

Elle eut son premier aperçu de l'homme qu'elle devait tuer plus tard dans la matinée, alors qu'elle poussait sa carriole à travers les rues pavées en bordure du port Pourpre. C'était un vieillard, âgé bien au-delà de cinquante ans. *Il a trop longtemps vécu*, essaya-t-elle de se dire. *Pourquoi devrait-il avoir tant d'années alors que mon père a eu droit à si peu ?* Mais Cat des Canaux n'avait pas de père, aussi garda-t-elle cette pensée pour elle-même.

« *Coques, moules et palourdes*, cria Cat lorsqu'il la croisa, *huîtres, crevettes et grosses moules vertes.* » Elle alla jusqu'à lui sourire. Parfois, un sourire suffisait à les faire s'arrêter et acheter. Le vieil homme ne lui rendit pas son amabilité. Lui adressant une grimace, il poursuivit sa route, marchant dans une flaque. Les pieds de Cat en furent éclaboussés.

Il est dénué de courtoisie, songea-t-elle en le regardant s'éloigner. *Il a le visage dur et mauvais.* L'homme avait le nez pincé et aigu, les lèvres minces, les yeux petits et rapprochés. Ses cheveux avaient viré au gris, mais la barbiche pointue au bout de son menton demeurait noire. Cat jugea qu'il devait la teindre et s'étonna qu'il n'eût pas également teint ses cheveux. Il avait une épaule plus haute que l'autre, ce qui lui donnait une démarche de guingois.

« C'est un mauvais homme, annonça-t-elle ce soir-là, en regagnant la Demeure du Noir et du Blanc. Il a des lèvres cruelles, des yeux mauvais et une barbiche de malfaisant. »

L'homme plein de gentillesse gloussa. « C'est un homme comme n'importe quel autre, avec en lui de la lumière et des ténèbres. Il ne t'appartient pas de le juger. »

La remarque la laissa perplexe. « Les dieux l'ont-ils jugé ?

— Certains dieux, peut-être. À quoi servent les dieux, sinon à siéger en tribunal des hommes ? Le dieu Multiface ne pèse pas les âmes, toutefois. Il décerne son don aux meilleurs autant qu'aux pires. Sinon, les bons vivraient éternellement. »

Les mains du vieil homme étaient son pire trait, décida Cat le lendemain, en le regardant de derrière sa carriole. Il avait des doigts longs et osseux, toujours en mouvement, pour se gratter la barbe, se tirer l'oreille, tambouriner sur une table, s'agiter, s'agiter, s'agiter. *Ses mains ressemblent à deux grandes araignées blanches.* Plus elle observait ces mains et plus elle en venait à les haïr.

« Il remue trop les mains, leur dit-elle, au temple. Il doit être rempli de peur. Le don lui apportera la paix.

— Le don apporte la paix à tous les hommes.

— Quand je le tuerai, il me regardera dans les yeux et me remerciera.

— S'il fait cela, tu auras échoué. Il vaudrait mieux qu'il ne te remarque même pas. »

Le vieil homme était un genre de négociant, conclut Cat après l'avoir observé quelques jours. Son commerce devait être lié à la mer, bien qu'elle ne l'eût jamais vu mettre le pied à bord d'un bateau. Il passait ses journées assis chez un vendeur de potage près du port Pourpre, une tasse de soupe à l'oignon en train de refroidir près de son coude tandis qu'il manipulait des papiers et de la cire à cacheter, et discutait sur un ton sec avec un défilé de capitaines, d'armateurs et d'autres marchands, dont aucun ne semblait beaucoup l'aimer.

Et pourtant, ils lui apportaient de l'argent : des bourses de cuir qu'arrondissaient l'or, l'argent et les pièces carrées en fer de Braavos. Le vieil homme les comptait avec soin, triant les pièces et les empilant proprement, par catégories. Jamais il ne les regardait. Il se bornait à les mordre, toujours du côté gauche de sa bouche, où il avait gardé toutes ses dents. De temps en temps, il en faisait tournoyer une comme une toupie sur la table et écoutait le son qu'elle produisait en tombant en bout de course.

Et une fois toutes les pièces comptées et goûtées, le vieil homme griffonnait quelques mots sur un parchemin, le frappait de son sceau et le donnait au capitaine. Sinon, il secouait la tête et repoussait les pièces de l'autre côté de la table. Chaque fois qu'il faisait ça, l'autre homme devenait rouge et fâché, ou pâle et comme effrayé.

Cat ne comprenait pas. « Ils lui offrent de l'or et de l'argent, mais il ne leur donne que son écriture. Est-ce qu'ils sont idiots ?

— Quelques-uns, probablement. La plupart sont simplement prudents. Certains cherchent à l'amadouer. Mais ce n'est pas un personnage qu'on amadoue aisément.

— Mais qu'est-ce qu'il leur vend ?

— Il rédige pour chacun une convention. Si leurs vaisseaux sombrent dans une tempête ou sont capturés par des pirates, il promet de leur verser la valeur du navire et de tout son contenu.

— C'est un genre de pari ?

— En quelque sorte. Un pari que tout capitaine souhaite perdre.

— Oui, mais s'ils gagnent...

— ... ils perdent leurs navires, souvent même leurs vies. Il y a du péril en mer, et jamais plus qu'en automne. Sans nul doute, plus d'un capitaine qui a coulé dans une tempête a tiré quelque mince réconfort d'une convention conclue à Braavos, en sachant que sa veuve et ses enfants ne manqueront pas. » Un sourire triste lui toucha les lèvres. « C'est une chose que de rédiger une telle convention, cependant, et une autre que de la respecter. »

Cat comprit. *L'un d'entre eux doit le haïr. L'un d'entre eux est venu à la Demeure du Noir et du Blanc et a prié le dieu de le prendre.* Elle demanda de qui il s'agissait, mais l'homme plein de gentillesse ne voulut pas le lui dire. « Il ne t'appartient pas de te mêler de telles affaires, dit-il. Qui es-tu ?

— Personne.

— Personne jamais ne doit poser ces questions. » Il lui prit les mains. « Si tu ne peux pas accomplir cette tâche, il ne t'est besoin que de le dire. Il n'y a aucune honte à cela. Certains sont faits pour servir le dieu Multiface et d'autres, point. Parle, et je te soulagerai de cette tâche.

— Je l'accomplirai. J'ai dit que je l'accomplirai, et je l'accomplirai. »

Mais *comment* ? Voilà qui était plus difficile.

Il avait des gardes. Deux, un grand maigre et un petit gros. Ils l'accompagnaient partout, de l'instant où il quittait sa maison le matin jusqu'à son retour le soir. Ils veillaient à ce que personne ne s'approchât du vieil homme sans sa permission. Une fois, un ivrogne faillit le bousculer en titubant, alors qu'il revenait de chez le marchand de potage, mais le grand s'interposa, heurta fermement l'homme et le jeta par terre. Chez le marchand de potage, le courtaud goûtait toujours la soupe à l'oignon le premier. Le vieil homme attendait que la soupe eût refroidi avant de la boire, assez longtemps pour s'assurer que son garde ne souffrait d'aucun effet contraire.

« Il a peur, comprit-elle, ou sinon, il sait que quelqu'un veut le tuer.

— Il ne sait rien, répondit l'homme plein de gentillesse, mais il s'en doute.

— Les gardes l'accompagnent partout, même quand il s'écarte pour aller se soulager, mais il ne les suit pas quand eux y vont. Le grand est le plus vif. J'attendrai qu'il aille se soulager, j'entrerai chez le marchand de potage et je poignarderai le vieil homme dans l'œil.

— Et l'autre garde ?

— Il est lent et sot. Je peux le tuer aussi.

— Es-tu un boucher du champ de bataille, pour abattre tous ceux qui te barrent le passage ?

— Non.

— Je l'espère bien. Tu es une servante du dieu Multiface, et nous qui servons Celui-qui-a-Maints-Visages n'accordons son don qu'à ceux qui ont été marqués et choisis. »

Elle comprit. *Tue-le. Ne tue que lui.*

Il lui fallut plus de trois jours d'observation avant de trouver la méthode, et un autre jour pour s'entraîner avec son canif. Roggo le Rouge lui en avait enseigné l'emploi, mais elle n'avait plus dû fendre de bougette depuis avant qu'on lui ait retiré ses yeux. Elle voulait être certaine qu'elle savait encore procéder. *Douceur et rapidité, c'est comme ça qu'on fait, sans hésiter*, se dit-elle, et elle fit glisser la petite lame hors de sa manche, encore et encore et encore. Quand elle eut établi à sa satisfaction qu'elle avait gardé le souvenir du geste, elle affûta l'acier contre une pierre à aiguiser jusqu'à ce que son fil luisît d'un bleu argenté à la lueur de la chandelle. L'autre partie était plus délicate, mais la gamine abandonnée était là pour l'aider. « J'accorderai demain le don à l'homme, annonça-t-elle au petit déjeuner.

— Celui-qui-a-Maints-Visages sera content. » L'homme plein de gentillesse se leva de table. « Beaucoup de gens connaissent Cat des Canaux. Si on la voit commettre cet acte, ça pourrait attirer des ennuis à Brusco et à ses filles. Il est temps que tu prennes un autre visage. »

La petite ne sourit pas, mais à l'intérieur, elle était satisfaite. Elle avait perdu Cat une fois, et en avait porté le deuil. Elle ne voulait pas la perdre à nouveau. « De quoi aurai-je l'air ?

— Tu seras laide. Les femmes détourneront le regard en te voyant. Les enfants te dévisageront et te montreront du doigt. Les hommes forts auront pitié de toi, et certains pourraient verser une larme. Personne parmi ceux qui te verront ne t'oubliera de sitôt. Viens. »

L'homme plein de gentillesse décrocha de son support la lanterne de fer et guida la petite devant le bassin noir et immobile et les rangées de dieux sombres et silencieux, jusqu'aux degrés à l'arrière du temple. La mioche leur emboîta le pas, au cours de la descente. Nul ne dit rien. On n'entendait que le frottement feutré de pieds chaussés de sandales contre la pierre. Dix-huit marches les menèrent aux caves, où cinq passages voûtés divergeaient comme les doigts d'une main. Ici en bas, l'escalier devenait plus étroit et plus escarpé, mais la petite l'avait descendu et remonté mille fois en courant et il ne recelait plus rien qui l'effrayât. Vingt-deux marches encore et ils arrivèrent dans les soubassements. Là, les tunnels étaient étriqués et tordus, d'obscurs trous de ver serpentant à l'intérieur du grand rocher. Un passage était barré par une lourde porte en fer. Le prêtre suspendit la lanterne à un crochet, glissa une main à l'intérieur de sa robe et en sortit une clé ornementée.

La chair de poule courut sur les bras de la petite. *Le sanctuaire.* Ils allaient continuer encore plus bas, jusqu'au troisième niveau, vers les salles secrètes où n'étaient admis que les prêtres.

La clé cliqueta trois fois, très doucement, lorsque l'homme plein de gentillesse la fit tourner dans la serrure. La porte s'ouvrit sur des gonds de fer lubrifiés, sans faire de bruit. Au-delà, encore, des marches, taillées dans le roc massif. Le prêtre reprit la lanterne et ouvrit la voie. La petite suivit la lumière, comptant les degrés en descendant. *Quatre cinq six sept.* Elle se prit à regretter de ne pas avoir apporté son bâton. *Dix onze douze.* Elle savait le nombre de marches qui séparaient le temple de la cave, la cave des soubassements, elle avait même compté celles de l'étroit escalier en colimaçon qui montait en spirale vers les greniers, et les échelons raides de l'échelle en bois conduisant à la porte donnant sur le toit et au perchoir secoué par les vents, au-dehors.

Cet escalier-ci était inconnu d'elle, en revanche, et cela le rendait périlleux. *Vingt et un, vingt et deux, vingt et trois.* À chaque marche, l'air semblait refroidir un peu plus. Quand le décompte atteignit trente, elle sut qu'ils se trouvaient même plus bas que les canaux. *Trente et trois, trente et quatre.* Jusqu'à quelle profondeur iraient-ils ?

Elle avait atteint cinquante et quatre quand les marches s'arrêtèrent enfin devant une nouvelle porte en fer. Celle-ci n'était pas verrouillée. L'homme plein de gentillesse la poussa pour l'ouvrir et la franchit. Elle le suivit, la gamine abandonnée sur ses talons. Leurs pas résonnèrent dans le noir. L'homme plein de gentillesse leva sa lanterne et en ouvrit complètement les clapets. La lumière se déversa sur les murs qui les entouraient.

Mille visages la contemplaient.

Ils pendaient aux murs, devant et derrière elle, en haut, en bas, partout où elle posait les yeux, partout où elle se tournait. Elle vit des visages vieux et des visages jeunes, des pâles et des sombres, lisses et ridés, tachés de son et semés de cicatrices, séduisants et laids, hommes et femmes, garçons et filles, et même des bébés, des visages souriants et des renfrognés, des visages remplis d'avidité, de rage et de concupiscence, des visages glabres et des visages hérissés de poil. *Des masques*, se reprit-elle, *ce ne sont que des masques*, mais alors même que cette pensée la traversait, elle sut que ce n'était pas vrai. C'étaient des peaux.

« Est-ce qu'elles t'effraient, mon enfant ? demanda l'homme plein de gentillesse. Il n'est pas trop tard pour nous quitter. Est-ce vraiment ce que tu veux ? »

Arya se mordit la lèvre. Elle ignorait ce qu'elle voulait. *Si je pars, où irai-je ?* Elle avait lavé et dépouillé cent cadavres, les créatures mortes ne l'effrayaient pas. *Ils les descendent ici et découpent leur visage, et alors ?* Elle était la louve des nuits, ce n'était pas un bout de peau qui pouvait lui faire peur. *Des capuchons de cuir, voilà tout ce que c'est, ils ne peuvent pas me faire de mal.* « Faites-le », bredouilla-t-elle.

Il la conduisit à l'autre bout de la salle, le long d'une rangée de galeries menant à des passages secondaires. La lumière de sa lanterne illumina chacun d'eux à son tour. Un tunnel était tapissé d'ossements humains, son toit soutenu par des colonnes de crânes. Un autre s'ouvrait sur un escalier en spirale qui s'enfonçait encore plus bas. *Combien de caves y a-t-il ?* s'interrogea-t-elle. *Est-ce qu'elles descendent éternellement ?*

« Assieds-toi », ordonna le prêtre. Elle s'assit. « À présent, ferme les yeux, enfant. » Elle ferma les yeux. « Tu vas avoir mal, la prévint-il, mais la douleur est le prix du pouvoir. Ne bouge pas. »

Figée comme la pierre, se dit-elle. Elle resta assise sans remuer. L'incision fut rapide, la lame tranchante. En toute logique, le métal aurait dû être froid contre sa chair, mais il paraissait chaud, en réalité. Elle sentit le sang ruisseler sur son visage, un rideau rouge et fluctuant qui tombait sur son front, ses joues et son menton, et elle comprit pourquoi le prêtre lui avait fait fermer les yeux. Quand le sang arriva à ses lèvres, il avait un goût de sel et de cuivre. Elle le lécha et frissonna.

« Apporte-moi le visage », dit l'homme plein de gentillesse. La mioche ne répondit rien, mais la fille entendit ses sandales susurrer sur le sol de pierre. À elle, il prescrivit : « Bois ça » et plaça une coupe dans sa main. Elle la but immédiatement, d'une gorgée. Le liquide était très acide, comme lorsqu'on mord dans un citron. Il y avait mille ans de ça, elle avait connu une petite fille qui adorait les gâteaux au citron. *Non, ce n'était pas moi, ce n'était qu'Arya.*

« Les comédiens changent de visage grâce à des artifices, expliquait l'homme plein de gentillesse, et les conjurateurs emploient des charmes, tissant la lumière et le désir pour créer des illusions qui abusent l'œil. Ces arts, tu les apprendras, mais ce que nous faisons ici plonge plus profond. Les sages peuvent percer l'artifice, et les charmes se dissolvent sous des regards pénétrants, mais le visage que tu vas revêtir sera aussi vrai et aussi matériel que celui avec lequel tu es née. Garde les paupières closes. » Elle sentit les doigts de l'homme lui tirer les cheveux en arrière. « Ne bouge pas. Tu vas éprouver une sensation bizarre. Tu pourrais être prise de vertige, mais tu ne dois pas bouger. »

Alors, elle perçut une secousse et un froissement léger tandis qu'on abaissait le nouveau visage sur l'ancien. Le cuir frotta contre son front, sec et raide, mais, dès qu'il fut imprégné de son sang, il s'attendrit pour s'assouplir. Ses joues s'échauffèrent, rosirent. Elle sentait son cœur palpiter sous son sein et, pendant un long moment, elle ne réussit pas à reprendre son souffle. Des mains se refermèrent sur sa gorge, dures comme la pierre, pour l'étrangler. Ses propres mains se tendirent pour griffer les bras de son agresseur, mais il n'y avait personne. Un terrible sentiment de peur l'envahit, et elle entendit un bruit, un horrible craquement, accompagné d'une douleur aveuglante. Un visage flotta devant elle, gras, barbu, brutal, sa bouche tordue de rage. Elle entendit le prêtre lui conseiller : « Respire, enfant. Expire la peur. Chasse les ombres. Il est mort. Elle est morte. Sa douleur est partie. *Respire.* »

En frissonnant, la fille prit une profonde inspiration et constata qu'il disait vrai. Personne ne l'étranglait, nul ne la frappait. Et pourtant, sa main tremblait quand elle la porta à son visage. Elle passa les doigts sur ses traits, de haut en bas, comme elle avait un jour vu Jaqen H'ghar le faire à Harrenhal. Quand il avait fait ce geste, tout son visage avait ondoyé et changé. Lorsqu'elle l'imita, rien ne se passa. « Au contact, il semble inchangé.

— Pour toi, dit le prêtre. Il ne se ressemble pas.

— Pour d'autres yeux, tu as le nez et la mâchoire brisés, détailla la gamine abandonnée. Tu as un côté du visage enfoncé à l'endroit où ta pommette a été cassée, et il te manque la moitié des dents. »

Elle tâtonna avec sa langue à l'intérieur de sa bouche, sans trouver ni manques ni dents brisées. *De la sorcellerie*, pensa-t-elle. *Je porte un nouveau visage. Un visage laid, fracassé.*

« Tu feras peut-être de mauvais rêves quelque temps, la mit en garde l'homme plein de gentillesse. Son père la battait si souvent, avec tant de brutalité qu'elle ne s'est jamais vraiment affranchie de la douleur ou de la peur, avant de venir à nous.

— Vous avez tué son père ?

— Elle a sollicité le don pour elle-même, pas pour lui. »

Vous auriez dû le tuer.

Il dut lire ses pensées. « La mort a fini par venir pour lui, comme elle vient pour tous les hommes. Comme elle devra venir pour un homme en particulier, demain. » Il souleva la lampe. « Nous en avons terminé ici. »

Pour cette fois. Tandis qu'ils rebroussaient chemin par l'escalier, les orbites vides des peaux sur les murs semblèrent la suivre. Un moment, elle vit presque leurs lèvres bouger, se chuchoter de noirs et doux secrets, sur un ton trop bas pour l'ouïe.

Le sommeil ne lui vint pas aisément, cette nuit-là. Empêtrée dans ses couvertures, elle se tourna et se retourna dans la chambre obscure et froide, mais, où qu'elle se tournât, elle voyait les visages. *Ils n'ont pas d'yeux, mais ils me voient.* Elle aperçut au mur le visage de son père. Près de lui étaient accrochés la dame sa mère et, au-dessous, ses trois frères, tous alignés.

Non. C'était une autre fille. Je ne suis personne, et mes seuls frères portent des robes de noir et de blanc. Pourtant, là était le chanteur noir, là le palefrenier qu'elle avait tué avec Aiguille, là l'écuyer boutonneux de l'auberge au carrefour, et là-bas, le garde dont elle avait tranché la gorge pour les faire sortir d'Harrenhal. Le Titilleur était accroché au mur, aussi, les noirs orifices qui étaient ses yeux baignés de malveillance. Le voir ramena en elle la perception de la dague dans sa main tandis qu'elle la plongeait dans son dos, encore, et encore, et encore.

Quand le jour se leva enfin sur Braavos, il apparut gris, sombre et couvert. La fille avait espéré du brouillard, mais les dieux ignorèrent ses prières, comme souvent les dieux. L'air était dégagé et froid, et le vent mordait cruellement. *Un bon jour pour tuer*, se dit-elle. D'elle-même, une prière lui vint aux lèvres. *Ser Gregor, Dunsen, Raff Tout-miel, ser Ilyn, ser Meryn, la reine Cersei.* Elle articula les noms en silence. Dans la Demeure du Noir et du Blanc, on ne savait jamais qui pouvait entendre.

Les caves étaient remplies de vieux vêtements, des affaires récupérées sur ceux qui venaient à la Demeure du Noir et du Blanc pour boire la paix dans le bassin du temple. On pouvait tout trouver, ici, depuis les haillons de mendiant jusqu'à de riches soieries et brocarts. *Un laideron devrait s'habiller avec laideur*, décida-t-elle, aussi opta-t-elle pour une cape brune tachée, râpée sur les bords, une tunique verte moisie qui empestait la poiscaille, et une lourde paire de bottes. En tout dernier lieu, elle empauma son canif.

Rien ne pressait, aussi décida-t-elle de faire le long détour par le port Pourpre. Elle traversa le pont, jusqu'à l'île des Dieux. Ici, entre les temples, Cat des Canaux avait vendu des coques et des moules, chaque fois que coulait le sang du cycle lunaire de Talea, la fille de Brusco, et qu'elle devait rester couchée. Elle s'attendait à moitié à trouver aujourd'hui Talea en train de vendre ses denrées, peut-être face à la Garenne, où se dressaient les modestes autels abandonnés de tous les petits dieux oubliés, mais c'était absurde. La journée était trop froide, et Talea n'aimait pas s'éveiller si tôt. La statue devant le temple de la Dame éplorée de Lys versait des larmes d'argent quand passa la laideronne. Dans les Jardins de Gelenei se dressait un arbre doré haut de cent pieds avec des feuilles d'argent battu. Le feu des torches brillait derrière des vitraux en verre plombé, dans le temple de bois du Maître de l'Harmonie, présentant une demi-centaine de papillons dans toute la richesse de leurs coloris.

Une fois, se souvint la petite, la Femme du Matelot l'avait amenée faire sa tournée avec elle en lui contant des anecdotes sur les dieux les plus insolites de la ville. « Là, c'est la demeure du Pâtre suprême. Cette tour aux trois tourelles appartient à Trios Tricéphale. La première tête dévore les mourants, et les ressuscités émergent de la troisième. Je ne sais pas ce qu'est censée faire celle du milieu. Voilà les Pierres du dieu de Silence, et là, l'entrée du Dédale du Concepteur. Seuls ceux qui apprendront à suivre le bon chemin trouveront la voie de la sagesse, selon les prêtres du Dessin. Au-delà, au bord du canal, c'est le temple d'Aquan le Taureau rouge. Tous les treize jours, ses prêtres tranchent la gorge d'un veau d'un blanc immaculé et offrent des coupes de sang aux mendiants. »

Ce n'était pas un treizième jour, apparemment ; le parvis du Taureau rouge était vide. Les dieux frères, Semosh et Selloso, rêvaient dans des temples jumeaux sur des berges opposées du canal noir, reliés par un pont de pierre sculptée. La fillette le franchit en ce point pour se diriger vers les quais, avant de traverser le port du Chiffonnier et longer les flèches et les dômes à demi engloutis de la Ville noyée.

Un groupe de matelots lysiens sortaient en titubant du *Havre Heureux* quand elle passa devant, mais la fillette n'aperçut aucune des putains. Le *Navire* était fermé, l'air délaissé, sa troupe de bateleurs sans doute encore au lit. Mais plus loin, sur le quai, elle aperçut auprès d'un baleinier ibbénien le vieil ami de Cat, Tagganaro, qui échangeait des balles avec Casso, roi des Phoques, tandis que son plus récent tire-laine s'activait dans la foule des badauds. Lorsqu'elle fit halte pour regarder et écouter un moment, Tagganaro lui jeta un coup d'œil sans la reconnaître, mais Casso aboya et battit des nageoires. *Il me reconnaît,* songea la fillette, *à moins que ce ne soit l'odeur de poisson.* Elle se hâta de reprendre sa route.

Le temps qu'elle parvienne au port Pourpre, le vieil homme était retranché chez le marchand de potage à sa table habituelle, et comptait une bourse de pièces tout en marchandant avec le capitaine d'un navire. Le grand garde maigre le surplombait. Le petit courtaud était assis près de la porte, d'où il avait un bon point de vue sur tous les nouveaux venus. Cela n'avait aucune importance. Elle n'avait pas l'intention d'entrer. Elle alla plutôt se percher à vingt pas de là, sur une bitte de bois, tandis que les à-coups du vent lui tiraillaient la cape avec des doigts spectraux.

Même par un jour gris et froid comme celui-ci, le port ne manquait pas d'activité. Elle nota des matelots en quête de catins, et des catins en quête de matelots. Deux spadassins à la mise fripée passèrent, appuyés l'un sur l'autre dans une traversée titubante des quais, leurs épées cliquetant au fourreau. Un prêtre rouge se hâta, ses robes d'écarlate et de vermillon claquant au vent.

Il était presque midi quand elle vit l'homme qu'elle voulait, un riche armateur qu'elle avait vu traiter avec le vieil homme à trois reprises déjà. Grand, chauve et massif, il portait une lourde cape en riche velours brun bordé de fourrure, et une ceinture de cuir brun, ornementée de lunes et d'étoiles d'argent. Quelque mésaventure lui avait laissé une patte folle. Il avançait lentement, appuyé sur une canne.

Il conviendrait autant qu'un autre, et mieux que la plupart, décida la laideronne. Elle sauta de son perchoir et lui emboîta le pas. Une douzaine d'enjambées la plaça juste derrière lui, son canif dégainé. L'homme portait sa bourse sur la droite, à sa ceinture, mais sa cape gênait la petite. La lame fulgura, souple et vive, une profonde entaille à travers le velours, sans qu'il sentît rien. Roggo le Rouge aurait souri de voir le geste. Elle glissa la main à travers la fente, perça la bourse de son canif, s'emplit le poing d'or...

Le gros homme se retourna. « Qu'est-ce... »

Le mouvement embarrassa le bras de la fillette dans les plis de la cape alors qu'elle retirait la main. Une pluie de pièces tomba autour de leurs pieds. « Larronne ! » Le gros homme leva sa canne pour la frapper. D'un coup de pied, elle faucha sa mauvaise jambe, s'écarta sur un pas de danse et détala alors qu'il s'écroulait, croisant une mère avec son enfant. D'autres pièces lui coulèrent des doigts pour rebondir au sol. Derrière elle, montaient des cris de « Au voleur ! Au voleur ! ». Un aubergiste bedonnant qui passait tenta avec maladresse de la saisir par le bras, mais elle le contourna, fila devant une putain hilare, courant à toutes jambes vers la plus proche venelle.

Cat des Canaux avait connu ces ruelles, et la laideronne s'en souvenait. Elle plongea sur la gauche, sauta une murette, bondit par-dessus un petit canal et se coula par une porte pas fermée dans une resserre poussiéreuse. Tous les bruits de poursuite s'étaient désormais effacés, mais il valait mieux en être sûre. Elle se tapit derrière des caisses et attendit, bras croisés autour de ses genoux. Elle attendit pratiquement une heure, avant de décider qu'elle pouvait y aller, escalada le flanc du bâtiment et progressa par les toits, gagnant les parages du Canal des Héros. L'armateur avait dû ramasser ses pièces et sa canne, et repris sa route en claudiquant jusque chez le marchand de potage. Il devait boire un bol de bouillon chaud en se plaignant au vieil homme de la laideronne qui avait tenté de lui dérober sa bourse.

L'homme plein de gentillesse l'attendait à la Demeure du Noir et du Blanc, assis au bord du bassin du temple. La laideronne s'assit près de lui et déposa une pièce sur le bord de bassin qui les séparait. C'était de l'or, portant un dragon sur une face et un roi sur l'autre.

« Le dragon d'or de Westeros, commenta l'homme plein de gentillesse. Et où as-tu pris cela ? Nous ne sommes pas des voleurs.

— Je ne volais pas. J'ai pris une des siennes, mais je lui ai laissé une des nôtres. »

L'homme plein de gentillesse comprit. « Et avec cette pièce et les autres dans sa bourse, il a payé un certain homme. Peu de temps après, le cœur de ce dernier a lâché. Est-ce ainsi que cela s'est passé ? Très triste. » Le prêtre ramassa la pièce et la jeta dans le bassin. « Tu as tant et plus à apprendre, mais il se peut que tu ne sois pas un cas désespéré. »

Cette nuit-là, ils lui rendirent le visage d'Arya Stark.

Ils lui apportèrent également une robe, la robe épaisse et douce d'une acolyte, noire d'un côté et blanche de l'autre. « Porte ceci quand tu seras ici, lui précisa le prêtre, mais sache que tu n'en auras guère besoin pour le moment. Demain, tu partiras à Izembaro commencer ton premier apprentissage. Choisis en bas, dans la cave, les vêtements que tu voudras. Le guet de la ville recherche une laideronne, connue pour fréquenter le port Pourpre, aussi vaut-il mieux que tu aies également un nouveau visage. » Il la prit par le menton, lui tourna la tête d'un côté, puis de l'autre, et hocha la tête. « Un joli, cette fois-ci, je crois. Autant que le tien. Qui es-tu, enfant ?

— Personne », répondit-elle.

CERSEI

Durant sa dernière nuit d'emprisonnement, la reine ne trouva pas le sommeil. Chaque fois qu'elle fermait les yeux, sa tête s'emplissait de prémonitions et de fantasmes sur la journée du lendemain. *J'aurai des gardes*, se dit-elle. *Ils tiendront les foules à distance. Personne n'aura le droit de me toucher.* Le Grand Moineau le lui avait promis.

Cependant, elle avait peur. Le jour où Myrcella avait pris la mer pour Dorne, le jour des révoltes du pain, les manteaux d'or étaient postés sur tout le trajet de la procession, mais la foule en fureur avait rompu leurs lignes pour tailler en pièces le Grand Septon vieux et gras et violer à une cinquantaine de reprises Lollys Castelfoyer. Et si cette créature pâle, molle et stupide pouvait toute vêtue exciter ces animaux, quel surcroît de désir inspirerait une reine ?

Cersei arpentait sa cellule, aussi impatiente que les lions en cage qui vivaient dans les entrailles de Castral Roc lorsqu'elle était enfant, un héritage venu de son grand-père. Jaime et elle avaient coutume de se défier d'entrer dans leur cage, et une fois elle avait réuni assez de courage pour glisser une main entre deux barreaux et toucher un des énormes fauves bistre. Elle avait toujours été plus hardie que son frère. Le lion avait tourné la tête pour la contempler de ses grandes prunelles dorées. Puis il lui avait léché les doigts. Il avait la langue rugueuse comme une râpe, mais elle n'en avait pas retiré la main pour autant, pas avant que Jaime ne la saisisse par les épaules pour l'écarter avec énergie de la cage.

« À ton tour, lui avait-elle lancé ensuite. Tire-lui la crinière, je t'en mets au défi. » *Il ne l'a jamais fait. C'est à moi qu'aurait dû revenir l'épée, pas à lui.*

Pieds nus, frissonnante, elle allait et venait, une maigre couverture drapée sur ses épaules. Il lui tardait que le jour arrivât. Ce soir, tout serait terminé. *Une petite promenade, et je serai chez moi. Je serai de nouveau auprès de Tommen, dans mes propres appartements à l'intérieur de la citadelle de Maegor.* Son oncle avait déclaré que c'était la seule façon de se sauver. Mais était-ce bien vrai ? Elle ne pouvait se reposer sur son oncle, pas plus qu'elle ne se fiait à ce Grand Septon. *Je pourrais encore refuser. Insister de nouveau sur mon innocence et tout jouer sur un procès.*

Mais elle ne pouvait permettre à la Foi de la juger, comme la Margaery Tyrell projetait de le faire. Cette tactique seyait sans doute à la petite rose, mais Cersei ne comptait guère d'amis parmi les septas et les moineaux entourant ce nouveau Grand Septon. Son seul espoir reposait sur un jugement par combat, et pour cela elle avait besoin d'un champion.

Si Jaime n'avait pas perdu sa main…

Une telle route ne conduisait nulle part, cependant. La main d'épée de Jaime avait disparu, et lui aussi, envolé on ne savait où avec cette Brienne, dans le Conflans. La reine se devait de trouver un nouveau défenseur, ou l'épreuve de ce jour serait le moindre de ses soucis. Ses ennemis l'accusaient de trahison. Elle devait contacter Tommen, à n'importe quel prix. *Il m'aime. Il ne refusera rien à sa propre mère. Joffrey était têtu et imprévisible, mais Tommen est un bon petit garçon, un bon petit roi. Il fera ce qu'on lui demande.* Qu'elle demeurât ici, et elle était perdue ; et la seule façon de regagner le Donjon Rouge était de marcher. Le Grand Moineau avait été inflexible, et ser Kevan refusait de lever le petit doigt contre lui.

« Il ne m'arrivera aucun mal aujourd'hui, déclara Cersei lorsque la première lueur de l'aube effleura sa fenêtre. Seul mon orgueil en souffrira. » Ces mots sonnaient creux à ses oreilles. *Jaime pourrait encore arriver.* Elle se le représentait, chevauchant à travers les brumes du matin, son armure dorée resplendissant aux feux du levant. *Jaime, si jamais tu m'as aimée…*

Quand ses geôlières vinrent la chercher, les septas Unella, Moelle et Scolera ouvraient la procession. En leur compagnie se trouvaient quatre novices et deux des sœurs du Silence. La vue de ces sœurs du Silence dans leurs bures grises remplit la reine d'une terreur soudaine. *Pourquoi sont-elles ici ? Vais-je mourir ?* Elles s'occupaient des morts. « Le Grand Septon avait promis qu'il ne m'adviendrait rien de mal.

— Et il en sera ainsi. » La septa Unella fit signe aux novices. Elles apportèrent du savon noir, une cuvette d'eau tiède, une paire de cisailles et un long rasoir à main. La vue de l'acier fit courir un frisson en elle. *Elles ont l'intention de me raser. Une petite humiliation supplémentaire, un raisin sec dans mon gruau.* Elle leur refusa la satisfaction de l'entendre implorer. *Je suis Cersei de la maison Lannister, une lionne du Roc, reine de plein droit de ces Sept Couronnes, fille légitime de Tywin Lannister. Et les cheveux repoussent.* « Finissez-en », leur déclara-t-elle.

L'aînée des sœurs du Silence leva les cisailles. Une barbière exercée, sans doute ; son ordre procédait souvent à la toilette des nobles tués, avant de les restituer à leur famille, tâche qui comprenait la taille de la barbe et des cheveux. La femme commença par mettre à nu le crâne de la reine. Cersei, assise, resta aussi figée qu'une statue de pierre tandis que cliquetaient les cisailles. Des volées de cheveux blonds tombèrent sur le sol. On ne l'avait pas laissée, durant sa captivité en cellule, les entretenir comme il convenait, mais même sale et emmêlée, sa chevelure brillait dès que le soleil la touchait. *Ma couronne,* songea la reine. *Ils m'ont retiré l'autre couronne, et les voilà qui me volent également celle-ci.* Quand ses mèches et ses frisures formèrent un amas autour de ses pieds, une des novices lui savonna le crâne, puis la sœur du Silence racla ce qui restait avec un rasoir.

Cersei espérait que l'on s'arrêterait là, mais non. « Retirez votre camisole, Votre Grâce, ordonna la septa Unella.

— Ici ? s'étonna la reine. Pourquoi ?

— On doit vous tondre. »

Me tondre, se répéta la reine, *comme un mouton.* Elle tira la camisole par-dessus sa tête et la jeta par terre. « Faites ce que vous voudrez. »

Ensuite, ce furent encore le savon, l'eau tiède et le rasoir. Le poil sous ses bras suivit, puis ses jambes et, enfin, le léger duvet doré qui couvrait son mont. Quand la sœur du Silence s'introduisit entre ses jambes avec le rasoir, Cersei se remémora toutes les fois où Jaime s'était agenouillé ainsi que la novice le faisait à présent, pour déposer des baisers à l'intérieur de ses cuisses, et la rendre humide. Il avait des baisers toujours chauds. Le rasoir avait le froid de la glace.

Quand l'acte fut accompli, elle fut aussi nue et vulnérable que femme pouvait l'être. *Pas le moindre poil derrière lequel me cacher.* Un petit rire échappa de ses lèvres, lugubre et amer.

« Votre Grâce trouve-t-elle tout ceci amusant ? interrogea la septa Scolera.

— Non, septa », répondit Cersei. *Mais un jour, je te ferai arracher la langue avec des pinces rougies, et ce sera désopilant.*

Une des novices lui avait apporté une robe, une tunique de septa, douce et blanche, afin de la draper le temps de sa descente des marches de la tour et de sa traversée du septuaire, et d'épargner aux fidèles qu'elle pourrait croiser en chemin le spectacle de la chair nue. *Que les Sept nous protègent, quels hypocrites !* « Serai-je autorisée à porter une paire de sandales ? demanda-t-elle. Ces rues sont répugnantes.

— Point autant que vos péchés, répliqua la septa Moelle. Sa Sainteté Suprême a ordonné que vous vous présentiez telle que les dieux vous ont faite. Aviez-vous des sandales aux pieds quand vous êtes sortie du ventre de la dame votre mère ?

— Non, septa, fut obligée de dire la reine.

— Alors, vous avez votre réponse. »

Un glas commença à sonner. Le long emprisonnement de la reine était arrivé à son terme. Cersei serra la tunique plus près d'elle, reconnaissante de la chaleur qu'elle dispensait, et annonça : « Allons. » Son fils l'attendait à l'autre bout de la ville. Plus tôt elle se mettrait en route, plus tôt elle le verrait.

La pierre rugueuse des marches râpa la plante de ses pieds tandis que Cersei Lannister effectuait sa descente. Elle était entrée reine dans le septuaire de Baelor, portée dans une litière. Elle en sortait chauve, pieds nus. *Mais j'en sors. C'est tout ce qui importe.*

Le chant des cloches de la tour appelait la cité à venir témoigner de sa vergogne. Le Grand Septuaire de Baelor grouillait de fidèles assistant au service de l'aube, l'écho de leurs prières résonnant contre le dôme au-dessus d'eux, mais quand la procession de la reine fit son apparition, un silence soudain s'abattit et mille yeux se tournèrent pour la suivre tandis qu'elle descendait l'allée, croisant l'endroit où avait été exposé le corps de son père après son assassinat. Cersei passa avec hauteur, sans un coup d'œil à droite ni à gauche. Ses pieds nus claquaient sur le sol de marbre froid. Elle sentait les regards. Derrière leurs autels, les Sept semblaient observer, eux aussi.

Dans la Salle des Lampes, une douzaine de Fils du Guerrier attendaient son arrivée. Des capes aux couleurs de l'arc-en-ciel drapaient leur dos, et les cristaux qui surmontaient leurs casques scintillaient à la clarté des lampes. Leurs armures en plates d'argent étaient polies jusqu'à avoir l'éclat d'un miroir, mais par-dessous, elle le savait, chacun d'eux portait une haire. Leurs boucliers en amande arboraient tous les mêmes armoiries : une épée de cristal brillant dans les ténèbres, l'emblème ancien de ceux que le petit peuple appelait les Épées.

Leur capitaine s'agenouilla devant elle. « Peut-être Votre Grâce se souvient-elle de moi. Je suis ser Theodan le Véridique, et Sa Sainteté Suprême m'a confié le commandement de votre escorte. Mes frères et moi veillerons à ce que vous traversiez la cité en toute sécurité. »

Le regard de Cersei balaya les visages des hommes qui l'entouraient. Et il était là : Lancel, son cousin, fils de ser Kevan, qui avait naguère protesté de son amour, avant de décider qu'il aimait les dieux davantage. *Mon sang et mon traître.* Elle ne l'oublierait pas. « Vous pouvez vous lever, ser Theodan. Je suis prête. »

Le chevalier se dressa, se retourna, leva une main. Deux de ses hommes allèrent jusqu'aux portes massives qu'ils ouvrirent d'une poussée, et Cersei les franchit pour sortir à l'air libre, clignant les yeux au soleil comme une taupe chassée de son tunnel.

Du vent soufflait en rafales, et il fit voler et claquer contre ses jambes le bas de sa tunique. L'air du matin était chargé des vieux remugles familiers de Port-Réal. Elle aspira les relents de vin aigre, de pain au four, de poisson pourri et de pots de chambre, de fumée, de sueur et de pissat de cheval. Nulle fleur n'avait jamais senti si bon. Pelotonnée dans sa tunique, Cersei s'arrêta au sommet des marches de marbre tandis que les Fils du Guerrier se plaçaient en formation autour d'elle.

L'idée lui vint soudainement qu'elle s'était déjà tenue en ce même endroit, le jour où lord Eddard Stark avait perdu sa tête. *Ça n'aurait pas dû arriver. Joffrey devait l'épargner et l'envoyer au Mur.* Le fils de Stark lui aurait succédé comme seigneur de Winterfell, mais Sansa serait restée à la cour, en otage. Varys et Littlefinger avaient négocié les termes, et Ned Stark avait ravalé son précieux honneur et confessé sa trahison afin de sauver la petite tête vide de sa fille. *J'aurais conclu pour Sansa un bon mariage. Un mariage Lannister. Pas avec Joffrey, bien entendu, mais Lancel aurait pu convenir, ou un de ses frères cadets.* Petyr Baelish s'était proposé pour épouser la fille, elle s'en souvenait, mais bien entendu, c'était impossible ; il était d'une origine beaucoup trop roturière. *Si seulement Joffrey avait fait ce qu'on lui demandait. Jamais Winterfell ne serait entré en guerre, et Père se serait chargé des frères de Robert.*

Mais Joffrey avait ordonné la décollation de Stark, et lord Slynt et ser Ilyn Payne s'étaient empressés d'obéir. *C'était précisément ici*, se rappelait-elle, en considérant l'endroit. Janos Slynt avait soulevé la tête de Ned Stark par les cheveux tandis que le sang et la vie de celui-ci s'écoulaient sur les degrés et, dès lors, il n'était plus question de faire demi-tour.

Ces souvenirs semblaient tellement lointains. Joffrey était mort, ainsi que tous les fils de Stark. Même son père avait péri. Et elle se tenait là de nouveau, sur le parvis du Grand Septuaire, sauf que, cette fois-ci, c'était elle que contemplait la foule, et non Eddard Stark.

La large place de marbre en contrebas était aussi encombrée qu'au jour de la mort de Stark. Partout où elle regardait, la reine voyait des yeux. La foule semblait à égales parts formée d'hommes et de femmes. Certains avaient des enfants sur leurs épaules. Mendiants et voleurs, taverniers et négociants, tanneurs, palefreniers et bateleurs, les plus pauvres sortes de putains, toute une racaille venue voir une reine jetée dans le ruisseau. Se mêlaient à eux les Pauvres Compagnons, des créatures crasseuses, hirsutes, armées de piques et de haches et bardées de fragments de plate cabossée, de maille rouillée et de cuir craquelé, sous des surcots en tissu grossier décoloré, frappés de l'étoile à sept branches de la Foi. L'armée en loques du Grand Moineau.

Une partie d'elle guettait toujours une apparition de Jaime venu la sauver de cette humiliation, mais son jumeau n'était nulle part visible. Son oncle non plus n'était pas présent. Elle n'en fut pas surprise. Ser Kevan avait clairement exposé ses opinions au cours de sa dernière visite ; la honte de la reine ne devait aucunement entacher l'honneur de Castral Roc. Il n'y aurait pas de lions pour marcher à ses côtés, ce jour. L'épreuve lui était réservée, et à elle seule.

La septa Unella se tenait à sa droite, la septa Moelle à sa gauche, et la septa Scolera derrière elle. Si la reine cherchait à s'enfuir ou regimbait, les trois mégères la traîneraient de nouveau à l'intérieur et, cette fois-ci, elles veilleraient à ce qu'elle n'en sortît jamais.

Cersei leva la tête. Au-delà de la place, au-delà de la mer d'yeux avides, de bouches bées et de visages sales, de l'autre côté de la ville se dressaient dans le lointain la Grande Colline d'Aegon, les tours et les fortifications du Donjon Rouge, rosissant à la lueur du soleil levant. *Ce n'est pas si loin.* Une fois qu'elle aurait atteint ses portes, le pire de ses tourments serait passé. Elle retrouverait son fils. Elle aurait son champion. Son oncle le lui avait promis. *Tommen m'attend. Mon petit roi. Je peux y arriver. Je le dois.*

La septa Unella s'avança. « Une pécheresse se présente à vous, annonça-t-elle. Elle se nomme Cersei de la maison Lannister, reine douairière, mère de Sa Grâce le roi Tommen, veuve de Sa Grâce le roi Robert, et elle a commis de graves faussetés et fornications. »

La septa Moelle vint se placer à la droite de la reine. « Cette pécheresse a confessé ses fautes et imploré l'absolution et le pardon. Sa Sainteté Suprême lui a ordonné de démontrer son repentir en se dénudant de tout orgueil et de tout artifice pour se présenter, telle que les dieux l'ont faite, aux yeux des dieux et des hommes, afin d'accomplir sa marche d'expiation. »

Cersei avait un an, à la mort de son grand-père. La première action de son père en accédant au titre avait été d'expulser de Castral Roc la maîtresse de son géniteur, une roturière cupide. On l'avait dépouillée des soieries et des brocarts que lord Tytos lui avait offerts, des joyaux qu'elle s'était appropriés, et on l'avait envoyée, nue, traverser les rues de Port-Lannis, afin que l'Ouest la vît pour ce qu'elle était.

Bien que trop jeune pour assister elle-même au spectacle, Cersei en grandissant avait entendu les histoires, de la bouche de lavandières et de gardes qui avaient été présents. Ils décrivaient combien la femme avait pleuré et supplié, le désespoir avec lequel elle s'était agrippée à ses vêtements lorsqu'on lui avait commandé de se déshabiller, ses tentatives futiles pour couvrir de ses mains ses seins et son sexe tout en clopinant vers l'exil, pieds nus et dévêtue de par les rues. « L'était coquette et orgueilleuse, avant », lui avait raconté un garde, elle s'en souvenait, « tellement fière, on aurait cru qu'elle avait oublié qu'el' sortait du ruisseau. Une fois qu'on y a fait tomber ses nippes, bah ! y avait plus qu'une roulure comme les autres. »

Si ser Kevan et le Grand Moineau s'imaginaient qu'il en irait de même avec elle, ils se trompaient fort. Dans ses veines courait le sang de lord Tywin. *Je suis une lionne. Je ne tremblerai pas devant eux.*

La reine se débarrassa de sa robe.

Elle se dénuda d'un mouvement souple et posé, comme si elle se trouvait dans ses propres appartements, en train de se dévêtir pour prendre son bain sans personne d'autre que ses cméristes pour la voir. Quand le vent froid toucha sa peau, elle eut un violent frisson. Il fallut toute sa force de caractère pour ne pas tenter de se cacher avec ses mains, comme la catin de son grand-père l'avait fait. Ses doigts se serrèrent en poings, ses ongles s'enfonçant dans ses paumes. Ils la regardaient, tous ces yeux avides. Mais que voyaient-ils ? *Je suis belle*, se remémora-t-elle. Combien de fois Jaime le lui avait-il dit ? Même Robert lui avait concédé cela, au moins, quand il venait la visiter en son lit, tout ivre qu'il était, afin de lui rendre avec sa queue un hommage d'ivrogne.

Mais ils ont regardé Ned Stark de la même façon.

Elle devait bouger. Dévêtue, tondue, pieds nus, Cersei descendit avec lenteur les larges degrés de marbre. La chair de poule hérissa ses bras et ses jambes. Elle garda le menton haut, comme le devait une reine, et son escorte se déploya devant elle. Les Pauvres Compagnons bousculèrent des hommes pour ouvrir un passage à travers la foule, tandis que les Épées se rangeaient sur ses flancs. Les septas Unella, Moelle et Scolera suivaient. Derrière elles venaient les novices de blanc vêtues.

« *Putain !* » gueula quelqu'un. Une voix de femme. Les femmes étaient toujours les plus cruelles, vis-à-vis des autres femmes.

Cersei l'ignora. *Il y en aura d'autres, et de pires. Ces créatures n'ont pas de plus doux plaisir dans la vie que de railler leurs supérieurs.* Faute de pouvoir leur imposer silence, elle devait feindre de ne pas les entendre. Elle ne les verrait pas non plus. Elle garderait les yeux rivés sur la Grande Colline d'Aegon à l'autre bout de la ville, sur les tours du Donjon Rouge ondoyant dans la lumière. C'était là qu'elle trouverait son salut, si son oncle avait respecté sa part du marché.

Il avait voulu tout cela. Lui et le Grand Moineau. Et la petite rose également, je n'en doute pas. J'ai péché et je dois expier, parader ma honte sous les yeux de tous les mendiants de la ville.

Ils croient que cela brisera mon orgueil, que cela signera ma fin, mais ils se trompent.

Les septas Unella et Moelle se maintenaient à sa hauteur, la septa Scolera trottinant à leur suite, en agitant une cloche. « *Honte*, criait la vieille carne, *honte à la pécheresse, honte, honte.* » Quelque part sur la droite, une autre voix chantait en contrepoint, un vendeur de pains clamant : « Tourtes de viande, trois sous, elles sont chaudes, mes tourtes. » Le marbre était froid et lisse sous les pieds de la reine, et Cersei devait avancer avec précaution, de crainte de glisser. Leur trajet les mena devant la statue de Baelor le Bienheureux, debout, haut et serein sur son piédestal, son visage un modèle de bienveillance. Jamais à le voir on n'aurait deviné quel imbécile il avait été. La dynastie Targaryen avait produit autant de mauvais que de bons rois, mais aucun n'était aussi chéri que Baelor, ce pieux et doux roi-septon, qui aimait à parts égales le petit peuple et les dieux, et qui pourtant avait emprisonné ses propres sœurs. C'était miracle que la statue ne croulât point au spectacle de la poitrine nue de Cersei. Tyrion avait coutume de dire que le roi Baelor était terrifié par sa propre queue. Une fois, se souvenait Cersei, il avait chassé de Port-Réal toutes les putes. Il priait pour elles tandis qu'on les expulsait par les portes de la ville, racontaient les chroniques, mais refusait de les regarder.

« Traînée », hurla une voix. Encore une femme. Quelque chose s'envola de la foule. Un légume pourri. Brun et suintant, il fila au-dessus de sa tête pour s'écraser aux pieds d'un des Pauvres Compagnons. *Je n'ai pas peur. Je suis une lionne.* Elle continua d'avancer. « Tourtes chaudes, proclamait le petit boulanger. Achetez-les, mes tourtes chaudes. » La septa Scolera secouait sa cloche, en scandant : « *Honte, honte, honte à la pécheresse, honte, honte.* » Les Pauvres Compagnons leur ouvraient la voie, forçant avec leurs boucliers les hommes à s'écarter, délimitant un goulet étroit. Cersei suivait le trajet qu'ils lui indiquaient, gardant la nuque raide, les yeux sur le lointain. Chaque pas rapprochait d'elle le Donjon Rouge. Chaque pas l'amenait plus près de son fils et du salut.

La traversée de la place sembla durer un siècle, mais le marbre sous ses pieds céda enfin la place aux pavés, les boutiques, les écuries et les maisons se refermèrent tout autour d'eux et ils entamèrent la descente de la colline de Visenya.

Ici, la progression était plus lente. La rue était encaissée, les foules étroitement serrées. Les Pauvres Compagnons bousculaient ceux qui bouchaient le passage, en essayant de les faire s'écarter, mais ils ne pouvaient aller nulle part, et les gens à l'arrière de la foule poussaient en réaction. Cersei tenta de garder la tête droite, mais elle marcha dans quelque chose d'humide et de gras qui la fit déraper. Elle aurait pu tomber, mais la septa Unella lui attrapa le bras et la maintint debout. « Votre Grâce devrait faire attention où elle met les pieds. »

Cersei s'arracha à sa poigne. « Oui, septa », dit-elle d'une voix humble, bien que, sous le coup de la fureur, elle eût envie de lui cracher à la figure. La reine continua sa route, uniquement revêtue de chair de poule et d'orgueil. Elle chercha le Donjon Rouge, mais il était caché, à présent, dissimulé à son regard par les hauts bâtiments de chaque côté d'elle. « *Honte, honte* », scandait la septa Scolera, agitant sa cloche. Cersei essaya de presser le pas, mais se trouva vite bloquée par les dos des Étoiles devant elle et dut ralentir à nouveau. Tout de suite devant eux, un homme vendait des brochettes de viande rôtie dans une carriole, et la procession fit halte tandis que les Pauvres Compagnons l'évacuait du passage. À son apparence, Cersei soupçonnait la viande d'être du rat, mais son fumet emplissait l'air et la moitié des hommes autour d'eux mâchonnaient, leurs brochettes à la main, le temps de dégager suffisamment la rue pour que la reine reprît son périple. « Z'en voulez, Vot' Grâce ? » lui lança un gars. C'était une brute épaisse aux yeux porcins, avec une bedaine immense et une barbe noire mal tenue qui lui rappelèrent Robert. Lorsqu'elle se détourna avec dégoût, il lui balança le bâton de sa brochette. Celui-ci frappa la reine à la jambe et rebondit sur le pavé, et la viande à demi cuite lui laissa sur la cuisse une macule de gras et de sang.

Ici, les cris retentissaient plus fort que sur la place, lui sembla-t-il, sans doute parce que la foule était beaucoup plus proche. « Putain » et « pécheresse » étaient les épithètes les plus fréquentes, mais on lui jetait également à la face « fouteuse de frère », « conne » et « traîtresse » et, de temps en temps, elle entendait quelqu'un gueuler les noms de Stannis ou de Margaery. Les pavés sous la plante de ses pieds étaient immondes, et l'espace si réduit que la reine ne pouvait même pas contourner les flaques. *Personne n'est jamais mort de s'être mouillé les pieds*, songea-t-elle pour se consoler. Elle voulait croire que les flaques n'étaient que de l'eau de pluie, mais le pissat de cheval était tout aussi probable.

D'autres détritus plurent sur elle, des fenêtres et des balcons : des fruits à demi gâtés, des seaux de bière, des œufs qui explosaient en une puanteur sulfureuse dès qu'ils se brisaient au sol. Puis quelqu'un jeta un chat crevé par-dessus les Pauvres Compagnons et les Fils du Guerrier. La carcasse percuta le pavé avec tant de force qu'elle éclata, projetant sur le bas des jambes de la reine entrailles et asticots.

Cersei continua d'avancer. *Je suis aveugle, et sourde, et ce ne sont que des vers*, se répéta-t-elle. « *Honte, honte* », chantaient les septas, « Marrons, chauds les marrons grillés », lançait un camelot. « La reine Connin ! » articula sur un ton solennel un ivrogne depuis un balcon au-dessus d'elle, levant avec moquerie une coupe à sa santé. « Rendons tous hommage aux nichons royaux ! » *Les mots sont du vent*, se dit Cersei. *Des mots ne peuvent me faire aucun mal.*

À mi-pente de la colline de Visenya, la reine tomba pour la première fois, lorsque son pied glissa sur quelque chose qui aurait pu être le contenu d'un pot de chambre. Quand la septa Unella la releva, son genou écorché saignait. Des rires épars coururent à travers la foule, et un homme brailla en lui offrant de guérir d'un baiser le bobo. Cersei regarda derrière elle. Elle voyait encore au sommet de la colline le vaste Dôme et les sept tours de cristal du grand Septuaire de Baelor. *Ai-je réellement parcouru si peu de chemin ?* Pire, cent fois pire, elle avait perdu de vue le Donjon Rouge. « Où… Où… ?

— Votre Grâce. » Le capitaine de l'escorte s'approcha d'elle. Cersei avait oublié son nom. « Vous devez poursuivre. La foule commence à s'agiter. »

Oui, admit-elle. *À s'agiter.* « Je n'ai pas peur…

— Vous devriez. » Il la hala par le bras, l'entraînant à sa suite. Elle descendit la colline en trébuchant – plus bas, toujours plus bas –, grimaçant à chaque pas, se laissant soutenir par lui. *Ce devrait être Jaime, auprès de moi.* Il tirerait son épée d'or pour se tailler un passage à travers la foule, faisant sauter hors de leur tête les yeux de tous les hommes qui osaient poser le regard sur elle.

Les pavés étaient fendus et irréguliers, visqueux sous ses pieds, et rugueux à leur plante sensible. Son talon se posa sur un objet pointu, une pierre ou un éclat de vaisselle cassée. Cersei poussa un cri de douleur. « J'ai demandé des sandales, cracha-t-elle à la septa Unella. Vous auriez pu m'en donner, m'accorder au moins cela. » Le chevalier la tira de nouveau brutalement par le bras, comme une vulgaire fille de salle. *Aurait-il oublié qui je suis ?* Elle était reine de Westeros, il n'avait pas le droit de poser ses grosses pattes sur elle.

En approchant du pied de la colline, la pente s'adoucit et la rue commença à s'élargir. Cersei aperçut de nouveau le Donjon Rouge, tout d'écarlate brillant au soleil matinal, en haut de la colline d'Aegon. *Je dois continuer à marcher.* D'une saccade, elle se dégagea de la poigne de ser Theodan. « Vous n'avez nul besoin de me traîner, ser. » Elle poursuivit en boitant, laissant derrière elle sur les pierres la piste ensanglantée de ses empreintes de pas.

Elle traversa la boue et la crotte, saignant, grelottant, clopinant. Tout autour d'elle régnait un brouhaha. « Ma femme a de plus beaux nichons que ça », gueula un homme. Un transporteur sacra quand les Pauvres Compagnons lui ordonnèrent de déplacer son chariot. « *Honte, honte, honte à la pécheresse* », scandaient les septas. « Et çui-là, vous l'avez vu ? » lança une putain, de la fenêtre d'un bordel, en levant ses jupes pour les hommes en bas. « Il s'est pas pris moitié tant de bites qu' le sien ! » Les cloches sonnaient, sonnaient, sonnaient. « C'est pas la reine, commenta un gamin, elle est aussi ridée qu' maman. » *C'est ma pénitence*, se répéta Cersei. *J'ai fort gravement péché, voici mon expiation. Elle prendra bientôt fin, pour passer derrière moi et, dès lors, je pourrai oublier.*

La reine commença à découvrir des visages familiers. Un chauve aux favoris en broussaille la toisait avec sévérité d'une fenêtre, arborant l'expression de son père, et l'espace d'un instant, il ressembla tant à lord Tywin qu'elle trébucha. Une fille, assise sous une fontaine et douchée par les éclaboussures, la considérait avec les yeux accusateurs de Melara Cuillêtre. Elle vit Ned Stark et, auprès de lui, la petite Sansa avec ses cheveux auburn et un chien gris hirsute qui aurait pu être son loup. Chaque enfant qui se faufilait dans la foule devint son frère Tyrion, se gaussant d'elle comme il avait ricané à la mort de Joffrey. Et Joffrey était là également, son fils, son premier-né, son lumineux garçon, avec ses mèches blondes et son doux sourire, il avait de si jolies lèvres, il…

Ce fut là qu'elle chuta pour la deuxième fois.

Elle tremblait comme une feuille quand on la remit sur ses pieds. « Je vous en prie, dit-elle. Que la Mère ait pitié. J'ai confessé.

— En effet, répondit la septa Moelle. Et telle est votre pénitence.

— Ce n'est plus très loin, assura la septa Unella. Vous voyez ? » Elle tendit le doigt. « Au sommet de la colline, c'est tout. »

Au sommet de la colline. C'est tout. Elle disait vrai. Ils se trouvaient au pied de la colline d'Aegon, dominés par le château.

« Putain, s'égosilla quelqu'un.

— Fouteuse de frère, ajouta une autre voix. Abomination.

— Et ça, tu veux le pomper, Ta Grâce ? » Un homme en tablier de boucher tira sa queue de ses culottes, avec un large sourire. Peu importait. Elle était presque chez elle.

Cersei entama l'ascension.

S'il était possible, les railleries et les apostrophes fusaient plus ordurières, ici. Sa progression ne la menait pas par Culpucier, aussi ses habitants s'étaient-ils entassés sur les premières hauteurs de la colline d'Aegon afin de voir le spectacle. Les visages qui la lorgnaient derrière les boucliers et les piques des Pauvres Compagnons semblaient déformés, monstrueux, atroces. Des gorets et des enfants tout nus galopaient partout, des mendiants estropiés et des tire-laine grouillaient dans la foule comme des cafards. Elle vit des hommes aux dents limées en pointe, des vieillardes chargées de goitres gros comme leur tête, une putain avec un énorme serpent rayé lové autour de ses seins et de ses épaules, un homme aux joues et au front couverts de plaies purulentes d'où sourdait un pus gris. Ils ricanaient, se pourléchaient et la huaient tandis qu'elle passait en boitant devant eux, ses seins se soulevant et descendant sous l'effort de l'ascension. Certains gueulaient des propositions obscènes, d'autres des insultes. *Les mots sont du vent*, se disait-elle, *les mots ne peuvent me faire aucun mal. Je suis belle, la plus belle femme de tout Westeros, Jaime le dit, jamais Jaime ne me mentirait. Même Robert, Robert ne m'a jamais aimée, mais il a vu que j'étais belle, il me désirait.*

Pourtant, elle ne se sentait pas belle. Elle avait le sentiment d'être vieille, usée, sale, laide. Son ventre présentait des vergetures, conséquence des enfants qu'elle avait portés, et ses seins n'étaient plus aussi fermes que lorsqu'elle était plus jeune. Sans camisole pour les maintenir, ils s'affaissaient sur sa poitrine. *Je n'aurais pas dû faire ça. J'étais leur reine, mais à présent, ils ont vu, ils ont vu, ils ont vu. Jamais je n'aurais dû les laisser voir.* Vêtue et couronnée, elle était reine. Nue, saignante, boitant, elle n'était qu'une femme, pas si différente de leurs épouses, plus proche de leurs mères que de leurs jolies petites pucelles de filles. *Qu'ai-je fait ?*

Quelque chose dans ses yeux la piquait, lui brouillait la vue. Elle ne pouvait pas pleurer, elle refusait de pleurer, jamais ces vers de terre ne devaient la voir pleurer. Cersei se frotta les yeux du bas de la paume. Une rafale de vent froid la fit tressaillir violemment.

Et soudain, la vieillarde se tenait devant elle, debout dans la foule avec ses nichons ballants, sa peau verdâtre et verruqueuse, à ricaner avec tout le reste, ses yeux jaunes et chassieux brillant de malignité. « *Reine tu seras*, chuinta-t-elle, *jusqu'à ce qu'en survienne une autre, plus jeune et plus belle, pour te jeter à bas et s'emparer de tout ce qui te tient le plus chèrement au cœur.* »

Et là, il ne lui fut plus possible de retenir ses larmes. Elles brûlaient comme un acide en coulant sur les joues de la reine. Cersei poussa un cri aigu, se couvrit les seins d'un bras, fit glisser l'autre main pour cacher sa fente et se mit à courir, traversant en les bousculant la ligne des Pauvres Compagnons, se voûtant pour gravir la colline, jambes ployées. En chemin, elle trébucha, tomba, se leva, puis tomba à nouveau, dix pas plus loin. Brusquement, elle s'aperçut qu'elle se traînait, qu'elle grimpait à quatre pattes comme un chien, tandis que le bon peuple de Port-Réal s'écartait devant elle, riant, se gaussant et applaudissant.

Et tout d'un coup, la foule s'ouvrit et parut se dissoudre, et les portes du château furent là, devant elle, ainsi qu'une ligne de piquiers en demi-heaumes dorés et capes écarlates. Cersei entendit le son familier et rogue de son oncle aboyant des ordres et entr'aperçut du blanc de part et d'autre, alors que ser Boros Blount et ser Meryn Trant avançaient vers elle, bardés de plate blême et de manteaux neigeux. « Mon fils, s'exclama-t-elle. Où est mon fils ? Où est Tommen ?

— Pas ici. Un fils ne devrait jamais être témoin de la honte de sa mère. » Ser Kevan parlait sur un ton dur. « Couvrez-la. »

Alors Jocelyn se pencha sur elle, l'enveloppant dans une couverture douce et propre en laine verte afin de voiler sa nudité.

Une ombre tomba sur eux deux, masquant le soleil. La reine sentit de l'acier froid se glisser sous elle, une paire de grands bras en armure la soulever de terre, la porter dans les airs aussi aisément qu'elle saisissait Joffrey quand il était encore bébé. *Un géant*, se dit Cersei, prise de vertige, tandis qu'il l'emportait à grands pas vers la barbacane. Elle avait entendu dire qu'on trouvait encore des géants dans la désolation sans dieux au-delà du Mur. *Ce n'est qu'un conte. Est-ce que je rêve ?*

Non. Son sauveur était bien réel. Huit pieds de haut, peut-être davantage, avec des jambes aussi épaisses que des arbres, il avait un torse digne d'un cheval de labour et des épaules qui n'auraient pas déshonoré un bœuf. Son armure était en plate d'acier, émaillée de blanc et aussi brillante que des espoirs de pucelle, portée par-dessus de la maille dorée. Un casque lui cachait le visage. En cimier flottait un plumet soyeux aux sept couleurs arc-en-ciel de la Foi. Deux étoiles d'or à sept branches retenaient la cape flottant sur ses épaules.

Un blanc manteau.

Ser Kevan avait tenu sa part du marché. Tommen, son précieux petit garçon, avait nommé son champion dans la Garde Royale.

Cersei ne vit pas d'où Qyburn sortait, mais soudain il fut là, devant eux, pressant le pas pour égaler les longues enjambées du champion de la reine. « Votre Grâce, déclara-t-il, c'est un tel plaisir de vous voir revenue. Puis-je avoir l'honneur de vous présenter le plus récent membre de la Garde Royale ? Voici ser Robert Fort.

— Ser Robert, murmura Cersei alors qu'ils franchissaient les portes.

— N'en déplaise à Votre Grâce, ser Robert a fait un vœu sacré de silence, précisa Qyburn. Il a juré de ne point parler tant que tous les ennemis de Sa Grâce le roi ne seront pas morts et que le mal n'aura pas été bouté hors du royaume. »

Oui, songea Cersei Lannister. *Oh oui.*

TYRION

La pile de parchemins atteignait une altitude formidable. Tyrion la considéra et poussa un soupir. « J'avais compris que vous étiez une bande de frères. Est-ce là l'amour qu'un frère porte à son semblable ? Où est la confiance ? L'amitié, la camaraderie, la profonde affection que seuls des hommes qui ont combattu et saigné ensemble pourront jamais connaître ?

— Chaque chose en son temps, répondit Brun Ben Prünh.

— Quand tu auras signé », précisa Pot-à-l'Encre en aiguisant une plume. Kasporio le Rusé toucha la garde de son épée. « Si tu préfères commencer tout de suite à saigner, je s'rai ravi d'te rendre service.

— Comme c'est aimable de ta part, susurra Tyrion. Mais je ne crois pas, non. »

Pot-à-l'Encre plaça les parchemins devant Tyrion et lui tendit la plume. « Voici ton encre. De l'ancienne Volantis, qu'elle vient. Elle durera aussi longtemps que du noir de mestre qui se respecte. Il te suffit de signer et de me remettre les billets. Je me charge du reste. »

Tyrion lui adressa un sourire torve. « Est-ce que je peux les lire, d'abord ?

— Si tu veux. Elles disent toutes la même chose, dans leurs grandes lignes. Excepté celles du bas, mais nous y viendrons en temps utile. »

Oh, j'en suis bien persuadé. Pour la plupart des hommes, rejoindre une compagnie ne coûtait rien, mais il n'était pas la plupart des hommes. Il trempa la plume dans l'encrier, se pencha sur le premier parchemin, suspendit son mouvement, leva le regard. « Vous préférez que je signe *Yollo* ou *Hugor Colline* ? »

Brun Ben plissa les yeux. « Tu préfères qu'on te restitue aux héritiers de Yezzan, ou simplement qu'on te décapite ? »

Avec un rire, le nain signa le parchemin *Tyrion de la maison Lannister*. Le passant sur sa gauche à Pot-à-l'Encre, il feuilleta la pile au-dessous. « Il y en a… combien, cinquante ? Soixante ? Je croyais qu'il y avait cinq cents Puînés.

— Cinq cent treize à l'heure actuelle, précisa Pot-à-l'Encre. Quand tu signeras notre registre, tu seras le cinq cent quatorzième.

— Donc, il n'y en a qu'un sur dix qui reçoit une note ? Ça ne paraît pas très équitable. Je vous croyais tous très partageurs, dans les compagnies libres. » Il signa une nouvelle feuille.

Brun Ben gloussa. « Oh, très partageurs. Mais pas à parts égales. En cela, les Puînés ne diffèrent guère d'une famille…

— Et toutes les familles ont leurs cousins retardés. » Tyrion signa une autre note. Le parchemin craqua fermement quand il le fit glisser vers le trésorier. « Il y a des cellules dans les profondeurs de Castral Roc où le seigneur mon père garde les pires des nôtres. » Il plongea sa plume dans l'encrier. *Tyrion de la maison Lannister*, griffonna-t-il, promettant de payer au porteur du billet cent dragons d'or. *Chaque trait de plume m'appauvrit un peu plus… Ou m'appauvrirait, si je n'étais pas déjà un va-nu-pieds.* Un jour, il se mordrait peut-être les doigts de ces paraphes. *Mais pas aujourd'hui.* Il souffla sur l'encre humide, fit glisser le parchemin vers le trésorier, et signa celui de dessous. Et le suivant. Et le suivant. Et le suivant. « Tout ceci me peine terriblement, je tiens à ce que vous le sachiez, leur déclara-t-il entre deux signatures. À Westeros, on considère que la parole d'un Lannister vaut de l'or. »

Pot-à-l'Encre haussa les épaules. « Nous ne sommes pas à Westeros. Sur cette rive du détroit, nous couchons nos promesses par écrit. » Chaque fois qu'on lui remettait une feuille, il saupoudrait le paraphe de sable fin afin d'absorber l'excès d'encre, puis secouait la feuille avant de la ranger. « Les dettes tracées sur du vent tendent à… s'oublier, disons.

— Pas par nous. » Tyrion signa une nouvelle feuille. Et encore une autre. Il avait trouvé son rythme, à présent. « Un Lannister paie toujours ses dettes. »

Prünh ricana. « Certes, mais la parole d'une épée-louée ne vaut rien. »

Ma foi, la tienne, en tout cas, songea Tyrion, *et que les dieux en soient remerciés*. « C'est vrai, mais je ne serai pas une épée-louée tant que je n'aurai pas signé votre registre.

— Ça ne tardera plus, assura Brun Ben. Après les billets.

— Je danse aussi vite que je peux. » Il avait envie de rire, mais cela aurait gâché le jeu. Prünh savourait la situation, et Tyrion n'avait aucune intention de ruiner son plaisir. *Qu'il continue de croire qu'il m'a courbé pour me prendre par le cul, et je continuerai à payer des épées d'acier avec des dragons de parchemin.* Si jamais il rentrait à Westeros revendiquer son héritage, il aurait tout l'or de Castral Roc pour tenir ses promesses. Sinon, eh bien, il serait mort et ses frères tout neufs auraient ces parchemins pour se torcher le cul. Peut-être certains pointeraient-ils le museau à Port-Réal, leur chiffon à la main, en espérant convaincre sa tendre sœur de l'honorer. *Et que ne donnerais-je point pour être un cafard dans la jonchée de roseaux et assister à la scène.*

Le texte sur les parchemins changea à peu près à mi-hauteur de la pile. Tous les billets de cent dragons allaient aux sergents. Au-dessous, les montants enflaient subitement. Désormais, Tyrion promettait de verser au porteur mille dragons d'or. Il secoua la tête, rit et signa. Et une autre. Et une autre. « Bien, reprit-il tout en griffonnant, quelles seront mes tâches dans la compagnie ?

— Tu es trop laid pour servir de bougre à Bokkoko, commenta Kasporio, mais tu pourrais convenir comme chair à flèches.

— Mieux que tu ne penses, répliqua Tyrion en refusant de réagir à la provocation. Un petit homme avec un grand bouclier, ça peut rendre fou les archers. Un homme plus sage que toi m'a enseigné ça, un jour.

— Tu travailleras avec Pot-à-l'Encre, décréta Brun Ben Prünh.

— Tu travailleras *pour* Pot-à-l'Encre, rectifia Pot-à-l'Encre. À tenir les livres, compter les sommes, rédiger des contrats et des lettres.

— Volontiers. J'adore les livres.

— Que pourrais-tu faire d'autre ? ricana Kasporio. Regarde-toi. Tu es incapable de te battre.

— J'ai un jour eu la charge de tous les égouts de Castral Roc, lui répondit Tyrion d'une voix douce. Certains d'eux étaient bouchés depuis des années, mais je les ai bien vite fait s'écouler avec allégresse. » Il plongea de nouveau la plume dans l'encre. Encore une douzaine de billets et il en aurait terminé. « Peut-être devrais-je superviser les filles du camp. Il ne faudrait pas que les hommes soient bouchés, n'est-ce pas ? »

La saillie n'amusa guère Brun Ben Prünh. « T'approche pas des putains, le mit-il en garde. La plupart d'entre elles ont la vérole, et elles parlent trop. T'es pas le premier esclave en fuite à rejoindre la compagnie, mais ça veut pas dire qu'on a besoin de crier ta présence. Je veux pas te voir parader en des lieux où l'on pourrait te voir. Reste à l'intérieur tant que possible, et chie dans ton seau. Y a trop d'yeux, aux latrines. Et sors jamais du camp sans ma permission. On peut t'harnacher de l'acier d'un écuyer, raconter que t'es le bougre de Jorah, mais y en a qui perceront la ruse. Une fois que Meereen sera prise et qu'on sera en route pour Westeros, tu pourras te pavaner tout ton soûl en écarlate et or. Jusque-là, toutefois…

— … je vivrai sous un rocher sans faire le moindre bruit. Tu as ma parole là-dessus. » *Tyrion de la maison Lannister*, signa-t-il une fois de plus, dans un beau mouvement de calligraphie. C'était le dernier parchemin. Il restait trois billets, différents des autres. Deux étaient rédigés sur du beau vélin, et dûment nommés. Pour Kasporio le Rusé, dix mille dragons. Autant pour Pot-à-l'Encre, dont le vrai nom était Tybero Istarion, semblait-il. « *Tybero ?* dit Tyrion. Ça semble presque Lannister. Serais-tu quelque lointain cousin ?

— Possible. Moi aussi, je paie toujours mes dettes. C'est un devoir, pour un trésorier. Signe. »

Il signa.

La note de Brun Ben était la dernière. Celle-ci était rédigée sur un rouleau en peau de mouton. *Cent mille dragons d'or, cinq mille arpents de terre fertile, un château et un titre de lord. Eh bien, eh bien. Cela coûte cher, de travailler pour des Prünh.* Tyrion gratouilla sa cicatrice et se demanda s'il devait feindre l'indignation. Quand on taboure un homme, on s'attend à l'entendre couiner une fois ou deux. Tyrion pourrait jurer, sacrer et crier au vol de grand chemin, refuser un temps de signer, avant de céder à contrecœur, protestant tout du long. Mais il était las des comédies, aussi fit-il une grimace avant de signer et de tendre le rouleau à Brun Ben. « Vous avez la mentule aussi grosse que dans les contes, commenta-t-il. Considérez que vous m'avez baisé en beauté, lord Prünh. »

Brun Ben souffla sur la signature. « Ce fut un plaisir, Lutin. Et maintenant, intronisons-le comme l'un des nôtres. Pot-à-l'Encre, va quérir le registre. »

Le registre était un livre relié en cuir avec des charnières en fer, assez grand pour qu'on y pût déjeuner dessus. Entre ses lourdes couvertures de bois, figuraient des noms et des dates, remontant sur plus d'un siècle. « Les Puînés comptent parmi les plus vieilles des compagnies libres, commenta Pot-à-l'Encre en tournant les pages. Celui-ci est le quatrième volume. Le nom de chaque homme qui sert avec nous est consigné ici. À quelle date ils nous ont rejoints, où ils ont combattu, combien de temps ils ont servi, les circonstances de leur trépas – tout cela, dans le livre. Tu trouveras là-dedans des noms fameux, originaires de tes Sept Couronnes, pour certains. Aegor Rivers a servi un an avec nous, avant de partir fonder la Compagnie Dorée. Aigra-cier, vous l'appelez. Le Flamboyant, Aerion Targaryen – il a été Puîné. Ainsi que Rodrik Stark, le Loup errant. Non, non, pas cette encre-là. Tiens, prends celle-ci. »

Il déboucha un nouvel encrier et le déposa.

Tyrion inclina la tête de côté. « De l'encre rouge ?

— Une tradition de la compagnie, expliqua Pot-à-l'Encre. Il fut un temps où chaque nouveau venu écrivait son nom de son propre sang, mais il s'avère que, comme encre, le sang est de la merde.

— Les Lannister adorent les traditions. Prête-moi ton couteau. »

Pot-à-l'Encre leva un sourcil, haussa les épaules, fit glisser son couteau hors du fourreau et le tendit, manche en avant. *Ça continue à faire mal, Demi-Mestre, merci beaucoup*, songea Tyrion en se piquant le charnu du pouce. Il pressa pour faire choir une grosse goutte de sang dans l'encrier, échangeant le poignard contre une plume neuve, et inscrivit *Tyrion de la maison Lannister, seigneur de Castral Roc* d'une écriture ample et fière, juste en dessous du paraphe bien plus modeste de Jorah Mormont.

Et voilà qui est fait. Le nain se renversa en arrière sur le tabou-ret de camp. « Est-ce là tout ce que vous exigez de moi ? N'est-il point besoin de prêter serment ? D'égorger un bébé ? De sucer la queue du capitaine ?

— Suce ce qu'il te chante. » Pot-à-l'Encre retourna le registre et saupoudra la page d'un peu de sable fin. « Pour la plupart d'entre nous, la signature suffit, mais je m'en voudrais de décevoir un nouveau frère d'armes. Bienvenue parmi les Puînés, lord Tyrion. »

Lord Tyrion. Le nain aimait la façon dont cela sonnait à l'oreille. Les Puînés ne jouissaient peut-être pas de la brillante réputation de la Compagnie Dorée, mais ils avaient remporté au cours des siècles quelques victoires fameuses. « D'autres lords ont-ils servi dans la compagnie ?

— Des lords sans terre, répondit Brun Ben. Comme toi, Lutin. »

Tyrion sauta à bas du tabouret. « Mon frère précédent n'était absolument pas satisfaisant. J'attends mieux des nouveaux. Bien, comment fais-je pour me procurer des armes et une armure ?

— Auras-tu également besoin d'une truie à chevaucher ? s'enquit Kasporio.

— Diantre, j'ignorais que ta femme fît partie de la compagnie, répliqua Tyrion. C'est fort aimable à toi de me la proposer, mais je préférerais un cheval. »

Le spadassin vira au rouge, mais Pot-à-l'Encre éclata de rire et Brun Ben alla jusqu'à glousser. « Pot-à-l'Encre, conduis-le jusqu'aux chariots. Il pourra piocher à sa guise dans l'acier de la compagnie. La fille également. Coiffe-la d'un casque, mets-lui un peu de maille, et peut-être qu'on la prendra pour un gamin.

— Lord Tyrion, avec moi. » Pot-à-l'Encre retint le rabat de la tente pour le laisser passer en se dandinant. « Je vais demander à Fauche de t'accompagner. Prends ta femme et rejoignez-le devant la tente des cuisines.

— Ce n'est pas ma femme. Peut-être devrais-tu te charger d'elle. Tout ce qu'elle fait, ces derniers temps, c'est dormir et me lancer des regards assassins.

— Il faut la battre plus fort et la baiser plus souvent, conseilla le trésorier avec sollicitude. Amène-la, laisse-la, fais ce que bon te semblera. Fauche s'en moque. Viens me retrouver quand tu auras ton armure, et je te ferai débuter sur les registres.

— Comme tu voudras. »

Tyrion trouva Sol endormie dans un coin de leur tente, roulée en boule sur une maigre paillasse, sous une pile de draps sales. Quand il la toucha du bout de sa botte, elle roula sur elle-même, le regarda en clignant les yeux et bâilla. « Hugor ? Qu'est-ce qu'il se passe ?

— Ah, on recommence à parler, je vois ? » C'était préférable à son habituel silence renfrogné. *Tout ça pour un chien et un cochon abandonnés. Je nous ai sauvés tous les deux de l'esclavage, on pourrait imaginer qu'un brin de gratitude serait de mise.* « Si tu continues à dormir comme ça, tu risques de rater la guerre.

— Je suis triste. » Elle bâilla à nouveau. « Et fatiguée. Si fatiguée. »

Fatiguée ou malade ? Tyrion s'agenouilla près de la paillasse. « Tu as la mine pâle. » Il posa la main sur son front. *Est-ce la chaleur à l'intérieur, ou a-t-elle un peu de fièvre ?* Il n'osait pas poser la question à voix haute. L'idée de monter la jument pâle terrifiait même de rudes gaillards comme les Puînés. S'ils pensaient Sol malade, ils la chasseraient sans un instant d'hésitation. *Ils seraient même capables de nous restituer aux héritiers de Yezzan, billets ou pas.* « J'ai signé leur registre. À l'ancienne, avec du sang. Je suis désormais un Puîné. »

Sol s'assit sur sa couche, frottant ses yeux pour en chasser le sommeil. « Et moi ? Est-ce que je peux signer, également ?

— Je ne crois pas. Certaines compagnies libres ont la réputation d'accepter des femmes, mais… ma foi, ce sont les Puînés, pas les Cadettes, après tout.

— *Nous sommes*, rectifia-t-elle. Puisque tu es des leurs, tu devrais dire *nous sommes*, pas *ce sont*. Est-ce que quelqu'un a vu Jolie Cochonne ? Pot-à-l'Encre disait qu'il s'informerait. Ou Croque, a-t-on eu des nouvelles de Croque ? »

Uniquement si tu te fies à Kasporio. Le lieutenant pas si malin de Prünh prétendait que trois chasseurs d'esclaves yunkaïs visitaient les camps, en posant des questions sur deux nains en fuite. L'un d'eux portait une grande pique avec une tête de chien fichée sur son fer, selon la version que racontait Kasporio. Ce n'étaient pas le genre de nouvelles qui tirerait Sol de son lit, toutefois. « Aucune pour l'instant, mentit-il. Viens. Nous avons besoin de te dénicher une armure. »

Elle lui jeta un regard circonspect. « Une armure ? Pourquoi ?

— Quelque chose que m'a enseigné mon vieux maître d'armes. *Ne va jamais tout nu à la bataille, mon garçon,* a-t-il déclaré. Je le prends au mot. D'ailleurs, maintenant que je suis épée-louée, je devrais quand même avoir une épée à louer. » Elle ne manifestait toujours aucune intention de bouger. Tyrion la saisit par le poignet, la força à se mettre debout et lui jeta une poignée de vêtements à la face. « Habille-toi. Porte la cape avec une cagoule et garde la tête baissée. Nous sommes censés être un duo de jeunes drôles, juste au cas où les chasseurs d'esclaves seraient aux aguets. »

Fauche attendait près de la tente des cuisines en mâchonnant de la surelle quand les deux nains parurent, enveloppés dans une cape et cagoulés. « J'ai entendu dire qu' zallez vous battre pour nous, tous les deux, commenta le sergent. Vont s'en chier au froc, à Meereen. L'un de vous a déjà tué un homme ?

— Moi, répondit Tyrion. Je les fais tomber comme des mouches.

— Avec quoi ?

— La hache, le poignard, une remarque bien choisie. Mais c'est avec l'arbalète que je tue le mieux. »

Fauche se gratta une barbe de trois jours avec la pointe de son crochet. « Une saloperie, l'arbalète. T'en as tué combien, avec ça ?

— Neuf. » Assurément, son père comptait pour autant, à tout le moins. Seigneur de Castral Roc, Gardien de l'Ouest, Bouclier de Port-Lannis, Main du Roi, mari, frère, père, père, père.

« Neuf. » Avec un rire avorté, Fauche cracha une bouchée de phlegme rougi. En visant les pieds de Tyrion, peut-être, mais elle atterrit sur son genou. À l'évidence, c'était ce que « neuf » lui inspirait. Les doigts du sergent étaient couverts de taches rouges par le jus de la surelle qu'il mastiquait. Il en fourra deux feuilles dans sa bouche et lança un coup de sifflet. « *Kem !* Ramène-toi donc, 'spèce de sac à pisse ! » Kem arriva à toutes jambes. « Conduis lord et lady Lutin aux chariots, et d'mande à Mailloche de les harnacher avec l'acier de la compagnie.

— Mailloche est p't-êt' ivre mort, le mit en garde Kem.

— Pisses-y sur la gueule. Ça le réveillera. » Fauche se retourna vers Tyrion et Sol. « Y a jamais eu de nains qu'ont foutu les pieds ici, mais les gamins, on en a jamais manqué. Les fils de telle ou telle pute, des petits cons partis de chez eux pour avoir des aventures, des gitons, des écuyers, tout ça. Y s' peut qu'une partie de leur barda soit assez p'tite pour aller à des lutins. C'est les conneries qu'y portaient quand ils ont crevé, probab'ment, mais j' me doute que ça gênera pas des crevures aussi féroces que vous. Neuf, hein ? » Il secoua la tête et s'en fut.

Les Puînés conservaient les armures de la compagnie dans six gros chariots installés près du centre de leur camp. Kem ouvrit le chemin, faisant osciller sa pique comme s'il s'agissait d'un bâton. « Comment un petit gars de Port-Réal se retrouve-t-il dans une compagnie libre ? » lui demanda Tyrion.

Le jeune homme lui jeta un coup d'œil torve et méfiant. « Qui vous a dit que je venais de Port-Réal ?

— Personne. » *Chaque mot qui te sort de la bouche gueule Culpucier.* « C'est ta malice qui t'a trahi. Il n'est personne de plus rusé qu'un Port-Réalais, dit-on. »

La déclaration parut le décontenancer. « Qui dit ça ?

— Tout le monde. » *Moi.*

« Depuis quand ? »

Depuis que je viens de l'inventer. « De tout temps, mentit-il. Mon père avait coutume de le répéter. As-tu connu lord Tywin, Kem ?

— La Main. J' l'ai vu une fois r'monter la colline à ch'val. Ses hommes avaient des capes rouges et de p'tits lions sur le casque. Ils m' plaisaient bien, ces casques. » Sa bouche se pinça. « Mais la Main, j' l'ai jamais aimé. Il a mis la cité à sac. Et après, il nous a écrasés, sur la Néra.

— Tu étais là ?

— Avec Stannis. Lord Tywin s'est pointé avec le fantôme de Renly et y nous a pris de flanc. J'ai lâché ma pique et je m' suis encouru, mais aux navires, y avait un chevalier à la con qu'a dit : *Où t'as mis ta pique, gamin ? Y a pas de place pour les froussards*, et ils se sont taillés en m' laissant là, et des milliers d'autres, avec. Ensuite, j'ai entendu dire que vot' père, il expédiait ceux qu'avaient combattu avec Stannis au Mur, alors j'ai traversé l'détroit et pis j' suis entré chez les Puînés.

— Et Port-Réal te manque ?

— Ça arrive. Y a un gars qui m'manque, il… c'était un copain à moi. Et puis mon frère, Kennet, mais il est mort sur le pont des navires.

— Trop d'hommes vaillants sont tombés ce jour-là. » La cicatrice de Tyrion le démangeait furieusement. Il la gratta de l'ongle.

« La bouffe me manque, aussi, observa Kem d'un ton pensif.

— La cuisine de ta mère ?

— La cuisine de ma mère, des rats en voudraient pas. Non, y avait un vendeur de bols. Personne a jamais préparé un bol de ragoût comme lui. Tellement épais qu'on pouvait faire tenir la cuillère toute droite dedans, avec des bouts de choses et de machins. T'as déjà mangé un bol de ragoût, Mi-homme ?

— Une fois ou deux. J'appelle ça du ragoût de chanteur.

— Ah bon ? Pourquoi ?

— Ça a si bon goût que ça me donne envie de chanter. »

La remarque plut à Kem. « Du ragoût de chanteur. J'en commanderai, la prochaine fois que j'irai à Culpucier. Et toi, y te manque quoi, Mi-homme ? »

Jaime, songea Tyrion. *Shae. Tysha. Ma femme, ma femme me manque, l'épouse que j'ai à peine connue.* « Le vin, les putains et la fortune, répondit-il. Surtout la fortune. Avec la fortune, tu peux te payer le vin et les putains. » *Ça paie aussi des épées, et des Kem pour les manier.*

« C'est vrai que les pots de chambre, à Castral Roc, y sont en or massif ? voulut savoir Kem.

— Il ne faut pas croire tout ce qu'on te raconte. Surtout sur le compte de la maison Lannister.

— Tout le monde dit que les Lannister sont tous des serpents tordus.

— Des serpents ? » Tyrion rit. « Tu entends ce bruit ? C'est mon père qui rampe dans sa tombe. Nous sommes *des lions* ou, du moins, nous nous plaisons à le dire. Mais peu importe, Kem. Marche sur un serpent ou sur la queue d'un lion, et tu te retrouveras mort tout pareil. »

Tout en discutant, ils avaient atteint l'armurerie, ou ce qui en tenait lieu. Le forgeron, le fameux Mailloche, se révéla être un colosse d'aspect monstrueux, avec un bras gauche qui paraissait deux fois plus épais que le droit. « Il est plus souvent soûl que sobre, confia Kem. Brun Ben laisse faire, mais un jour, y va nous dégotter un vrai armurier. » L'apprenti de Mailloche, un jeune rouquin tout en nerfs, s'appelait Clou. *Mais bien sûr. Quel autre nom aurait-il pu avoir, sinon ?* songea Tyrion. Mailloche cuvait quand ils arrivèrent à la forge, exactement comme Kem l'avait prophétisé, mais Clou ne vit aucune objection à laisser les deux nains fourrager dans les chariots. « C'est du fer de merde, en général, les mit-il en garde, mais si vous trouvez l'emploi de que'que chose, c'est à vous. »

Sous des toits de bois ployés et de cuir durci, les haillons des chariots étaient chargés d'énormes piles de vieilles armes et de harnois. Tyrion jeta un coup d'œil circulaire et poussa un soupir, au souvenir des râteliers luisants d'épées, de piques et de halle-bardes de l'armurerie des Lannister dans les profondeurs de Castral Roc. « Ça risque de prendre un moment, déclara-t-il.

— Il y a du bon acier là-dedans, si tu arrives à le dénicher, gronda une voix grave. Rien de très joli, mais ça arrêtera une épée. »

Un chevalier massif descendit de l'arrière du chariot, bardé de pied en cap de l'acier de la compagnie. Sa grève gauche n'était guère assortie à sa droite, le gorgerin était piqué de rouille, ses canons riches et ornementés, niellés de fleurs. À sa main droite, il portait un gantelet d'acier en écrevisse ; à sa gauche, les doigts émergeaient d'une mitaine en mailles rouillées. Les pointes des pectoraux sur sa cuirasse musculaire étaient per-cées d'une paire d'anneaux de fer. Son heaume s'ornait de cornes de bélier, dont l'une était cassée.

Lorsqu'il le retira, il exposa le visage malmené de Jorah Mormont.

Il ressemble jusqu'au bout des ongles à une épée-louée, et plus du tout à la créature à moitié brisée que nous avons sortie de la cage de Yezzan, constata Tyrion. Ses ecchymoses s'étaient en majorité effacées, désormais, et les enflures de son visage avaient en grande partie dégonflé, si bien que Mormont avait presque figure humaine, de nouveau… quoiqu'il ne se ressemblât encore que vaguement. Le masque de démon que les esclavagistes lui avaient apposé au fer rouge sur la joue droite pour le signaler comme un esclave dangereux et rétif ne le quitterait jamais. Ser Jorah n'avait jamais été ce qu'on entend par *un homme sédui-sant*. La marque avait changé son visage, pour le rendre terrible.

Tyrion sourit. « Tant que je reste plus joli garçon que vous, je m'estimerai heureux. » Il se tourna vers Sol. « Prends ce cha-riot. Je commence par celui-ci.

— Ça ira plus vite si nous travaillons ensemble. » Elle ramassa un demi-heaume de fer rouillé, et s'en coiffa en pouf-fant. « Ai-je l'air effrayante ? »

Tu ressembles à un bateleur avec une marmite sur la tête. « C'est un demi-heaume. Il te faut un casque. » Il en trouva un, qu'il échangea contre le demi-heaume.

« Il est trop grand. » La voix de Sol résonnait à l'intérieur de l'acier. « Je ne vois rien à l'extérieur. » Elle retira le casque pour le jeter de côté. « Pourquoi pas le demi-heaume ?

— Il laisse le visage à découvert. » Tyrion lui pinça le nez. « J'aime bien regarder ton nez. J'aimerais autant que tu le gardes. »

Elle écarquilla les yeux. « Tu aimes bien mon nez ? »

Oh, miséricorde des Sept. Tyrion se détourna et commença à fourrager dans les piles de vieilles armures à l'arrière du chariot.

« Il y a d'autres parties de moi que tu aimes bien ? » s'enquit Sol.

Peut-être avait-elle eu l'intention de dire cela sur un ton badin. Mais en fait, elle semblait triste. « J'aime bien toutes les parties de ton corps, répondit Tyrion, avec l'espoir de couper court à toute discussion ultérieure sur le sujet, et encore plus les miennes.

— Pourquoi aurions-nous besoin d'une armure ? Nous ne sommes que des baladins. Nous faisons juste *semblant* de nous battre.

— Tu fais très bien semblant », dit Tyrion en examinant une lourde cotte en mailles de fer, si crevée de trous qu'elle paraissait mangée aux mites. *Quelle espèce de mites grignote des mailles en fer ?* « Feindre d'être mort est un excellent moyen de survivre à une bataille. Une bonne armure en est un autre. » *Bien qu'il y ait vraiment peu de cela, par ici.* À la Verfurque, il avait combattu sous des fragments dépareillés de plate pêchés dans les chariots de lord Lefford, coiffé d'un heaume en cylindre à pointe qui lui donnait l'air de s'être retourné un seau de pâtée sur le crâne. Ici, l'acier de la compagnie était pire. Pas simplement vieux et mal adapté, mais cabossé, fendu et fragile. *Qu'est-ce que c'est, ça, du sang séché, ou juste de la rouille ?* Il renifla, sans pouvoir trancher davantage.

« Tiens, une arbalète. » Sol la lui indiqua du doigt.

Tyrion y jeta un coup d'œil. « Je ne peux pas employer une poulie à étrier. Je n'ai pas les jambes assez longues. Une manivelle me serait plus utile. » Cependant, à parler franc, il ne voulait pas d'une arbalète. Les recharger prenait trop longtemps. Même en se tapissant dans une fosse de latrines en attendant que l'ennemi vienne poser culotte, ses chances de décocher plus d'un carreau n'étaient pas bonnes.

Il ramassa plutôt un fléau d'armes, le fit tourner, le reposa. *Trop lourd.* Il écarta une masse de combat (trop longue), une étoile du matin (trop lourde aussi), et une demi-douzaine d'épées longues, avant de dénicher une miséricorde qui lui plut, un méchant morceau d'acier à lame triangulaire. « Voilà qui pourrait être utile », jugea-t-il. La lame portait une tache de rouille, mais elle n'en serait que plus dangereuse. Il trouva un fourreau en bois et en cuir de taille convenable et y glissa la miséricorde.

« Une petite épée pour un petit homme ? plaisanta Sol.

— C'est une miséricorde et elle est conçue pour un grand homme. » Tyrion lui indiqua une vieille flamberge. « Voilà une épée. Essaie-la. »

Sol la saisit, la balança, fronça les sourcils. « Trop lourde.

— L'acier pèse plus que le bois. Tranche le col d'un homme avec cet engin, en revanche, et sa tête ne va pas se changer en melon. » Il lui reprit l'épée des mains et l'inspecta de plus près. « De l'acier bon marché. Et entaillé. Ici, tu as vu ? Je retire ce que j'ai dit. Tu as besoin d'une meilleure lame pour trancher les têtes.

— Mais je ne veux *pas* trancher les têtes !

— Et d'ailleurs, il ne faut pas. Porte tes coups en dessous du genou. Le mollet, les tendons, la cheville… Même les géants tombent, si on leur coupe les pieds. Une fois à terre, ils ne sont pas plus grands que toi. »

Sol paraissait à deux doigts de fondre en larmes. « La nuit dernière, j'ai rêvé que mon frère était encore en vie. Nous jouions devant un grand seigneur, à califourchon sur Croque et Jolie Cochonne, et les gens nous jetaient des roses. Nous étions tellement heureux… »

Tyrion la gifla.

C'était un coup amorti, tout bien considéré, un simple mouvement du poignet, porté presque sans aucune force. Il ne laissa même pas de marque sur la joue de la naine. Mais ses yeux se remplirent pourtant de larmes.

« Si tu veux rêver, retourne te coucher, lui dit-il. À ton réveil, nous serons toujours des esclaves en fuite au milieu d'un siège. Croque est mort. Le cochon aussi, probablement. À présent, trouve-toi une armure et enfile-la, et peu importe si ça serre. Le spectacle de baladins est terminé. Bats-toi, cache-toi ou chie-toi dessus, à ta guise, mais quelle que soit ta décision, tu le feras vêtue d'acier. »

Sol palpa la joue qu'il venait de gifler. « Nous n'aurions jamais dû nous enfuir. Nous ne sommes pas des épées-louées. Nous ne sommes pas des épées, d'aucune sorte. On n'était pas si mal, avec Yezzan. Pas si mal. Nourrice était cruel, parfois, mais pas Yezzan, jamais. Nous étions ses préférés, ses... ses...

— *Esclaves.* Le mot que tu cherches est *esclaves.*

— Esclaves, répéta-t-elle en rougissant. Nous étions ses esclaves *spéciaux*, en tout cas. Tout comme Douceur. Ses trésors. »

Ses animaux de compagnie, rectifia Tyrion, à part lui. *Et il nous aimait tant qu'il nous a envoyés dans l'arène, nous faire bouffer par les lions.*

Elle n'avait pas totalement tort. Les esclaves de Yezzan mangeaient mieux que beaucoup de paysans des Sept Couronnes et avaient moins de chance de crever de faim, l'hiver venu. Les esclaves étaient du bétail, certes. On pouvait les acheter et les vendre, les fouetter et les marquer au fer, les utiliser pour le plaisir charnel de leur propriétaire, les élever pour produire de nouveaux esclaves. En ce sens, ils ne valaient pas mieux que des chiens ou des chevaux. Mais la plupart des seigneurs traitaient assez correctement leurs chiens et leurs chevaux. Des hommes fiers pouvaient clamer qu'ils préféraient mourir libres que de vivre en esclaves, mais l'orgueil ne coûtait pas cher. Et quand l'acier rencontrait le silex, de tels hommes étaient aussi rares que des dents de dragons ; sinon, le monde n'aurait pas été rempli de tant d'esclaves. *Il n'y a jamais eu d'esclave qui n'a pas choisi de l'être,* réfléchit le nain. *Ils peuvent n'avoir le choix qu'entre la captivité ou la mort, mais le choix existe toujours.*

Tyrion Lannister ne se considérait pas comme une exception. Sa langue lui avait valu quelques zébrures dans le dos, au début, mais assez vite il avait appris les moyens de complaire à Nourrice et au noble Yezzan. Jorah Mormont avait résisté plus rudement et plus longtemps, mais il en serait arrivé au même point, au bout du compte.

Et Sol, ma foi...

Sol se cherchait un nouveau maître depuis le jour où son frère Liard avait perdu sa tête. *Elle a besoin de quelqu'un qui s'occupe d'elle, quelqu'un qui lui dise quoi faire.*

Il aurait été trop cruel de le lui déclarer, cependant. « Les esclaves spéciaux de Yezzan n'ont pas échappé à la jument pâle. Ils sont morts, tous autant qu'ils sont. Douceur a été le premier à partir. » Leur énorme maître avait péri le jour de leur évasion, lui avait appris Brun Ben Prünh. Ni lui, ni Kasporio, ni aucune des autres épées-louées ne connaissait le sort des membres de la ménagerie des phénomènes de Yezzan... mais s'il fallait mentir à la Jolie Sol pour lui éviter de se morfondre, alors il lui mentirait. « Si tu veux redevenir une esclave, je te trouverai un bon maître quand la guerre sera finie, et je te vendrai pour une somme d'or suffisante pour rentrer chez moi, lui promit Tyrion. Je te trouverai un gentil Yunkaïi qui te posera un nouveau collier doré, avec de petites cloches dessus qui tinteront partout où tu iras. Mais pour commencer, il faut que tu survives à ce qui va venir. Personne n'achète des comédiens morts.

— Ni des nains morts, commenta Jorah Mormont. Nous risquons tous de nourrir les vers, d'ici à ce que la bataille s'achève. Les Yunkaïis ont perdu cette guerre, même s'il leur faudra peut-être du temps pour s'en rendre compte. Meereen a une armée d'infanterie immaculée, la meilleure du monde. Et Meereen a des dragons. Trois, une fois que la reine sera revenue. Et elle reviendra. Elle le doit. Notre camp se résume à une quarantaine de nobliaux yunkaïis, chacun avec ses singes mal entraînés. Des esclaves sur des échasses, des esclaves enchaînés... ils ont peut-être des troupes d'aveugles ou d'enfants rachitiques, ça ne m'étonnerait pas d'eux.

— Oh, je sais, répondit Tyrion. Les Puînés sont du côté des perdants. Ils ont besoin de retourner encore une fois leur casaque, et de le faire tout de suite. » Il sourit. « Laisse-moi faire. »

LE BRISEUR DE ROI

Ombre pâle et ombre obscure, les deux conspirateurs se retrouvèrent au calme dans l'armurerie, au deuxième niveau de la Grande Pyramide, entre des râteliers de piques, des boisseaux de viretons et des murs garnis des trophées de batailles oubliées.

« Ce soir », annonça Skahaz mo Kandaq. Le mufle de bronze d'une chauve-souris vampire regardait Selmy de sous la cagoule de sa cape rapiécée. « Tous mes hommes seront en place. Le mot de passe est *Groleo*.

— Groleo. » *Ça s'imposait, je suppose.* « Oui. Ce qu'on lui a fait... vous étiez à l'audience ?

— Un garde parmi quarante. Attendant tous que le tabard vide sur le trône nous donne l'ordre d'abattre Barbesang et le reste. Croyez-vous que les Yunkaïis auraient jamais osé présenter à *Daenerys* la tête de son otage ? »

Non, répondit dans sa tête Selmy. « Hizdahr a semblé horrifié.

— Pure feinte. Ses propres parents, des Loraq, lui ont été restitués sains et saufs. Vous avez vu ça. Les Yunkaïis nous ont interprété une farce de baladins, avec le noble Hizdahr dans le premier rôle. Le motif n'a jamais été Yurkhaz zo Yunzak. Les autres esclavagistes auraient volontiers piétiné eux-mêmes ce vieil imbécile. Il s'agissait de fournir à Hizdahr un prétexte pour tuer les dragons. »

Ser Barristan remâcha la phrase. « Oserait-il ?

— Il a osé tuer sa reine. Pourquoi pas ses bêtes ? Si nous n'agissons pas, Hizdahr va hésiter un moment, de façon à donner des gages de sa réticence et à offrir aux Judicieux une occasion de le débarrasser du Corbeau Tornade et du Sang-coureur. Et *là*, il agira. Ils veulent voir les dragons morts avant que la flotte volantaine n'arrive. »

Certes, cela se comprend. Tout s'emboîtait. Ce qui ne voulait pas dire que cela plaisait davantage à Barristan Selmy. « Ça n'arrivera pas. » Sa reine était la Mère des Dragons, il ne permettrait pas qu'on mît en péril ses enfants. « L'heure du loup. La partie la plus noire de la nuit, où le monde entier dort. » Il avait entendu ces mots pour la première fois de la bouche de Tywin Lannister, devant les murs de Sombreval. *Il m'a donné une journée pour faire sortir Aerys. Si je ne revenais pas avec le roi à l'aube du jour suivant, il prendrait la ville par le fer et par le feu, m'a-t-il annoncé. C'est à l'heure du loup que je suis parti, et à l'heure du loup que nous avons émergé.* « Ver Gris et les Immaculés fermeront et barreront les portes au point du jour.

— Mieux vaut attaquer au point du jour, jugea Skahaz. Jaillir par les portes et déferler sur les lignes de siège, écraser les Yunkaïis alors qu'ils sortent en titubant de leurs lits.

— Non. » Ils en avaient déjà discuté, tous les deux. « Il y a une paix en cours, signée et scellée par Sa Grâce la reine. Nous ne serons pas les premiers à la rompre. Une fois que nous aurons capturé Hizdahr, nous mettrons en place un conseil afin de gouverner à sa place et d'exiger que les Yunkaïis restituent nos otages et retirent leurs armées. S'ils devaient refuser, alors, et alors seulement, nous les informerons que la paix est rompue, et nous sortirons leur livrer bataille. Votre méthode serait un déshonneur.

— Votre méthode est une stupidité, riposta le Crâne-ras. L'heure est idéale. Nos affranchis sont prêts. Ils ont soif. »

Sur ce point au moins, il disait vrai, Selmy le savait. Symon Dos-Zébré des Frères libres, et Mollono Yos Dob des Boucliers Loyaux étaient tous deux impatients d'en découdre, avides de faire leurs preuves et de laver tous les torts qu'ils avaient endurés dans un flot de sang yunkaïi. Seul Marselen des Fils de la Mère partageait les doutes de ser Barristan. « Nous en avons discuté. Vous avez accepté d'employer ma méthode.

— J'ai accepté, bougonna le Crâne-ras, mais c'était avant Groleo. La tête. Les esclavagistes n'ont aucun honneur.

— Nous, si », répliqua ser Barristan.

Le Crâne-ras marmonna quelque chose en ghiscari, puis déclara : « Comme vous voudrez. Mais nous regretterons votre honneur de vieillard avant que la partie soit terminée, je le pense. Et les gardes d'Hizdahr ?

— Sa Grâce conserve deux hommes auprès d'elle quand elle dort. Un à la porte de sa chambre à coucher, le deuxième à l'intérieur, dans une alcôve adjacente. Ce soir, ce seront Khrazz et Cuir d'acier.

— Khrazz, grommela le Crâne-ras. Cela ne me plaît pas.

— Il n'est pas besoin d'en venir à faire couler le sang, lui dit ser Barristan. J'ai l'intention de parler à Hizdahr. S'il comprend que nous n'avons pas l'intention de le tuer, il peut ordonner à ses gardes de se rendre.

— Et sinon ? Hizdahr ne doit pas nous échapper.

— Il ne s'échappera pas. » Selmy ne craignait pas Khrazz, et Cuir d'acier moins encore. Ce n'étaient que des combattants d'arène. La terrible collection d'anciens esclaves de combat d'Hizdahr donnait au mieux des gardes médiocres. La vitesse, la force et la férocité, ils les possédaient, et une certaine habileté aux armes, mais les jeux du sang étaient un piètre entraînement pour protéger les rois. Dans l'arène, leurs ennemis s'annonçaient dans un fracas de trompes et de tambours et, une fois la bataille terminée et remportée, les vainqueurs pouvaient aller se faire panser et boire du lait de pavot pour la douleur, en sachant que la menace était passée et qu'ils étaient libres de boire, de festoyer et de courir la gueuse jusqu'au combat suivant. Mais pour un chevalier de la Garde Royale, la bataille n'était jamais vraiment gagnée. Les menaces surgissaient de partout et de nulle part, à toute heure du jour ou de la nuit. Aucune trompette ne précédait l'ennemi : vassaux, serviteurs, amis, frères, fils, épouses même – n'importe lequel d'entre eux pouvait cacher une arme sous son manteau et le meurtre dans son cœur. Pour chaque heure de combat, un chevalier de la Garde Royale en passait dix mille à observer et à attendre, debout dans l'ombre en silence. Les combattants d'arène du roi Hizdahr exprimaient déjà leur ennui et leur impatience face à leurs nouvelles attributions, et des hommes qui s'ennuyaient étaient négligents, lents à réagir.

« Je me chargerai de Khrazz, affirma ser Barristan. Assurez-vous simplement que je ne dois pas affronter de Bêtes d'Airain en sus.

— Ne craignez rien. Nous aurons mis Marghaz aux fers avant qu'il puisse causer des problèmes. Je vous l'ai dit, les Bêtes d'Airain m'appartiennent.

— Vous disiez avoir des hommes parmi les Yunkaïis ?

— Des infiltrés et des espions. Reznak en a davantage. »

On ne peut pas se fier à Reznak. Il sent trop bon et pue trop fort. « Il faut que quelqu'un libère nos otages. Si nous ne récupérons pas les nôtres, les Yunkaïis en useront contre nous. »

Le rire dédaigneux de Skahaz passa par les narines de son masque. « Parler de sauvetage est aisé. Il est plus ardu de le mettre en œuvre. Que les esclavagistes menacent.

— Et s'ils font plus que de menacer ?

— Vous manqueraient-ils tant, vieil homme ? Un eunuque, un sauvage et une épée-louée ? »

Héro, Jhogo et Daario. « Jhogo est le Sang-coureur de la reine, du sang de son sang. Ils ont traversé ensemble le désert rouge. Héro est le lieutenant de Ver Gris. Et Daario... » *Elle aime Daario.* Il l'avait lu dans les yeux de la reine quand elle regardait l'homme, entendu dans sa voix quand elle parlait de lui. « ... Daario est vaniteux et téméraire, mais il est cher à Sa Grâce. Il faut le sauver, avant que ses Corbeaux Tornade ne décident de prendre les affaires en main. On peut y parvenir. J'ai un jour à Sombreval ramené le père de la reine en sûreté, alors qu'un seigneur rebelle le tenait en captivité, mais...

— ... vous ne pourriez jamais vous glisser sans vous faire remarquer au sein des Yunkaïis. Chacun d'eux connaît votre visage, désormais. »

Je pourrais dissimuler mon visage, comme toi, se dit Selmy, mais il savait que le Crâne-ras disait vrai. Sombreval remontait à une autre vie. Il était trop vieux pour de tels exploits héroïques. « Alors, nous devons trouver un autre moyen. Un autre sauveteur. Quelqu'un connu des Yunkaïis, dont la présence dans leur camp n'éveillera aucune attention...

— Daario vous appelle *ser Grand-Père*, lui rappela Skahaz. Je ne dirai pas comment il me nomme. Si nous étions les otages, vous et moi, risquerait-il sa peau pour nous ? »

Improbable, se dit-il, mais il répondit : « Il pourrait.

— Daario nous pisserait peut-être dessus, si nous brûlions. Sinon, n'attendez de lui aucune aide. Que les Corbeaux Tornade se choisissent un autre capitaine, un qui saura rester à sa place. Si la reine ne revient pas, le monde sera plus pauvre d'une épée-louée. Qui le regrettera ?

— Et quand elle reviendra ?

— Elle pleurera, s'arrachera les cheveux et maudira les Yunkaïis. Pas nous. Pas de sang sur nos mains. Vous pourrez la réconforter. Racontez-lui un conte du temps jadis, elle aime ça. Pauvre Daario, son vaillant capitaine… Non, jamais elle ne l'oubliera… Mais mieux vaut pour nous tous qu'il soit mort, non ? Pour Daenerys, aussi. »

Pour Daenerys, et pour Westeros. Daenerys Targaryen aimait son capitaine, mais c'était l'enfant en elle qui parlait, et non la reine. *Le prince Rhaegar aimait Lyanna, sa dame, et des milliers ont péri à cause de cela. Daemon Feunoyr aimait la première Daenerys, et s'est soulevé pour se rebeller quand on la lui a refusée. Aigracier et Freuxsanglant aimaient tous deux Shaïra Astredes-mers, et les Sept Couronnes ont saigné. Le Prince des Libellules aimait tant Jenny de Vieilles-Pierres qu'il a écarté une couronne, et que Westeros a payé la dot en cadavres.* Les trois fils du cinquième Aegon s'étaient tous mariés par amour, en contravention avec les vœux de leur père. Et parce que cet invraisemblable monarque avait lui-même suivi son cœur en choisissant sa reine, il permit à ses enfants d'agir à leur guise, suscitant des ennemis mortels où il aurait pu avoir de solides amis. La trahison et les troubles s'étaient ensuivis, aussi sûrement que la nuit suit le jour, s'achevant à Lestival dans la sorcellerie, le feu et la douleur.

Son amour pour Daario est un poison. Un poison plus lent que les sauterelles, mais, au bout du compte, aussi mortel. « Il reste encore Jhogo, rappela ser Barristan. Lui, et Héro. Tous deux chers à Sa Grâce.

— Nous avons nous aussi des otages, lui rappela Skahaz Crâne-ras. Si les esclavagistes tuent l'un des nôtres, nous tuerons un des leurs. »

Un instant, ser Barristan ne comprit pas de qui il parlait. Puis la réponse lui vint. « Les échansons de la reine ?

— *Des otages*, insista Skahaz mo Kandaq. Grazhar et Qezza sont du même sang que la Grâce Verte. Mezzara est une Merreq, Kezmya une Pahl, Azzak un Ghazîn. Bhakaz est un Loraq, la propre famille d'Hizdahr. Tous sont fils et filles des pyramides. Zhak, Quazzar, Uhlez, Hazkar, Dhazak, Yherizan, tous des enfants des Grands Maîtres.

— D'innocentes fillettes et des garçons au visage doux. » Ser Barristan en était venu à bien les connaître durant le temps où ils avaient servi la reine, Grazhar et ses rêves de gloire, Mezzara la timide, Miklaz le paresseux, Kezmya, coquette et jolie, Qezza avec ses grands yeux tendres et sa voix d'ange, Dhazzar le danseur, et le reste. « Des enfants.

— Des Enfants de la Harpie. Seul le sang peut payer pour le sang.

— C'est ce qu'a dit le Yunkaï qui nous a apporté la tête de Groleo.

— Il n'avait pas tort.

— Je ne le permettrai pas.

— À quoi bon des otages, si on ne peut pas les toucher ?

— Nous pourrions peut-être offrir trois enfants contre Daario, Héro et Jhogo, admit ser Barristan. Sa Grâce…

— … n'est pas ici. C'est à vous et moi de faire ce qu'il faut. Vous savez que j'ai raison.

— Le prince Rhaegar avait deux enfants, lui répondit ser Barristan. Une petite fille, Rhaenys et un nourrisson, Aegon. Lorsque Tywin Lannister a pris Port-Réal, ses hommes les ont tous les deux tués. Il a enveloppé les corps dans des capes rouges pour les offrir au nouveau roi. » *Et qu'a dit Robert en les voyant ? A-t-il souri ?* Barristan Selmy avait été gravement blessé au Trident, aussi la vision du présent de lord Tywin lui avait-elle été épargnée, mais il se posait souvent la question. *Si je l'avais vu sourire sur les dépouilles sanglantes des enfants de Rhaegar, aucune armée sur Terre n'aurait pu m'empêcher de le tuer.* « Je ne souffrirai pas qu'on assassine des enfants. Acceptez-le, ou je ne prendrai aucune part à tout ceci. »

Skahaz eut un petit rire. « Vous êtes un vieil entêté. Vos gamins au visage doux ne grandiront que pour devenir des Fils de la Harpie. Tuez-les maintenant ou vous les tuerez plus tard.

— On tue des hommes pour les torts qu'ils ont commis, pas pour ceux qu'ils pourront commettre un jour. »

Le Crâne-ras décrocha une hache du mur, l'examina et poussa un grognement. « Soit. Aucun mal à Hizdahr ni à nos otages. Cela vous satisfera-t-il, ser Grand-Père ? »

Rien de tout ceci ne me satisfera jamais. « Je m'en contenterai. L'heure du loup. N'oubliez pas.

— J'ai peu de chances de l'oublier, ser. » Bien que la bouche d'airain de la chauve-souris ne bougeât pas, ser Barristan perçut le sourire sous le masque. « Voilà longtemps que Kandaq attend cette nuit. »

C'est ce que je redoute. Si le roi Hizdahr était innocent, ce qu'ils faisaient aujourd'hui serait une trahison. Mais comment pouvait-il être innocent ? Selmy l'avait entendu presser Daenerys de goûter les sauterelles empoisonnées, crier à ses hommes de tuer le dragon. *Si nous n'agissons pas, Hizdahr tuera les dragons et ouvrira les portes aux ennemis de la reine. Nous n'avons là-dessus pas le choix.* Cependant, il avait beau tourner et retourner le problème, il n'y trouvait aucun honneur.

Le reste de la journée fila à une vitesse d'escargot.

En un autre lieu, il le savait, le roi Hizdahr délibérait avec Reznak mo Reznak, Marghaz zo Loraq, Galazza Galare et ses autres conseillers meereeniens, afin de décider de la meilleure façon de répondre aux exigences de Yunkaï... mais Barristan Selmy ne participait plus à de tels conseils. Pas plus qu'il n'avait de souveraine sous sa garde. Aussi effectua-t-il une tournée de la pyramide, du sommet à la base, pour vérifier que les sentinelles se tenaient toutes à leur poste. Cela requit pratiquement toute la matinée. Il passa l'après-midi auprès de ses orphelins, alla jusqu'à prendre lui-même l'épée et le bouclier afin de mettre plus vigoureusement à l'épreuve quelques-uns des enfants les plus âgés.

Certains d'entre eux s'entraînaient pour les combats de l'arène quand Daenerys Targaryen s'était emparée de Meereen et les avait libérés de leurs chaînes. Ceux-là étaient bien familiarisés avec l'épée, la pique et la hache de bataille avant même que ser Barristan ne les prît en charge. Quelques-uns étaient peut-être prêts. *Le gamin des îles du Basilic, pour commencer. Tumco Lho.* Noir comme l'encre de mestre, mais vif et robuste, le meilleur bretteur-né que Selmy ait vu depuis Jaime Lannister. *Larraq, aussi. Le Fouet.* Ser Barristan n'appréciait pas son style de combat, mais on ne pouvait douter de son talent. Larraq avait des années de travail devant lui avant de maîtriser les armes propres au chevalier, l'épée, la lance et la masse, mais il était mortel avec son fouet et son trident. Le vieux chevalier l'avait averti que son fouet serait inutile face à un ennemi en armure... jusqu'à ce qu'il voie comment Larraq en usait, le faisant claquer autour des chevilles de ses adversaires pour les renverser à terre d'une traction. *Pas encore un chevalier, mais un combattant farouche.*

Larraq et Tumco étaient ses meilleurs éléments. Après eux, le Lhazaréen, celui que les autres appelaient l'Agneau rouge, bien qu'il fût, pour le moment, tout pétri de férocité mais dépourvu de technique. Les frères aussi, peut-être, trois Ghiscaris de vile naissance, livrés en esclavage pour régler les dettes de leur père.

Cela en faisait six. *Six, sur vingt-sept.* Selmy en aurait préféré davantage, mais six était un bon début. Les autres, plus jeunes pour la plupart, étaient plus familiarisés avec le métier à tisser, la charrue et le pot de chambre qu'avec l'épée et le bouclier, mais ils travaillaient dur et apprenaient vite. Quelques années comme écuyers, et ser Barristan pourrait présenter à sa reine six chevaliers supplémentaires. Quant à ceux qui ne seraient jamais prêts, ma foi, tous les enfants n'étaient pas destinés à devenir chevaliers. *Le royaume a besoin de fabricants de bougies, d'aubergistes et d'armuriers, également.* C'était aussi vrai à Meereen que ça l'était en Westeros.

En les regardant s'entraîner, ser Barristan étudia la possibilité d'adouber chevaliers sur-le-champ Tumco et Larraq, et peut-être aussi l'Agneau rouge. Il fallait un chevalier pour faire un chevalier et, si les événements devaient mal tourner au soir venu, l'aube pourrait le trouver mort ou emprisonné dans un cachot. Qui adouberait ses écuyers, alors ? D'un autre côté, la réputation d'un jeune chevalier dépendait en partie au moins de l'honneur de celui qui lui avait conféré ce titre. Il ne serait pas bon du tout pour les jeunes que l'on apprît qu'ils avaient reçu leurs éperons d'un traître, et cela pourrait les expédier dans l'oubliette voisine de la sienne. *Ils méritent mieux*, décida ser Barristan. *Plutôt une longue vie d'écuyer qu'une brève existence de chevalier sali.*

Tandis que l'après-midi se fondait dans le soir, il demanda à ses protégés de déposer leurs épées et leurs boucliers et de se réunir autour de lui. Il leur parla de ce qu'être chevalier signifiait. « C'est la chevalerie qui fait le véritable chevalier, et non une épée, dit-il. Sans honneur, un chevalier n'est qu'un vulgaire tueur. Mieux vaut mourir avec honneur que de vivre sans lui. » Les jeunes le regardaient d'un air étrange, lui parut-il, mais un jour, ils comprendraient.

Ensuite, revenu au sommet de la pyramide, ser Barristan trouva Missandei parmi des empilements de rouleaux et de livres, en train de lire. « Reste ici cette nuit, mon enfant, lui conseilla-t-il. Quoi qu'il arrive, quoi que tu voies ou que tu entendes, ne quitte pas les appartements de la reine.

— Ma personne entend. Si elle peut demander…

— Il ne vaut mieux pas. » Ser Barristan sortit seul sur les jardins en terrasse. *Je ne suis pas fait pour ceci*, songea-t-il en contemplant la cité déployée devant lui. Les pyramides s'éveillaient, une par une, des lanternes et des torches s'animant d'une palpitation lumineuse tandis que s'amassaient les ombres dans les rues en contrebas. *Complots, ruses, chuchotements, mensonges, des secrets* qui en contiennent d'autres, et je ne sais comment, j'y suis désormais mêlé.

Peut-être aurait-il dû y être habitué, à présent. Le Donjon Rouge aussi avait ses secrets. *Et même Rhaegar.* Le prince de Peyredragon ne lui avait jamais accordé la confiance qu'il avait placée en Arthur Dayne. Harrenhal en avait fourni la preuve. *L'année du printemps trompeur.*

Le souvenir en demeurait amer. Le vieux lord Whent avait annoncé le tournoi peu après une visite de son frère, ser Oswell Whent de la Garde Royale. Avec Varys pour chuchoter à son oreille, le roi Aerys s'était convaincu que son fils conspirait à le déposer, que le tournoi de Whent n'était qu'une ruse pour offrir à Rhaegar un prétexte de rencontrer autant de grands seigneurs qu'on en pourrait rassembler. Aerys n'avait plus posé le pied hors du Donjon Rouge depuis Sombreval, et pourtant, subitement, il annonça qu'il accompagnerait le prince Rhaegar à Harrenhal ; dès lors, tout avait mal tourné.

Si j'avais été meilleur chevalier… Si j'avais désarçonné le prince dans cette dernière joute, comme j'en avais désarçonné tant d'autres, c'est à moi que serait revenu le choix de la reine d'amour et de beauté…

Rhaegar avait élu Lyanna Stark de Winterfell. Barristan Selmy aurait choisi autrement. Non point la reine, qui n'était pas présente. Ni Elia de Dorne, bien qu'elle fût bonne et douce ; si elle avait été choisie, on aurait pu éviter bien des guerres et des maux. Son choix se serait porté sur une jeune pucelle, fraîchement arrivée à la cour, une des damoiselles de compagnie d'Elia… bien que, comparée à Ashara Dayne, la princesse dornienne ne fût qu'une fille de cuisine.

Même après toutes ces années, ser Barristan se rappelait encore le sourire d'Ashara, l'éclat de son rire. Il lui suffisait de clore les paupières pour la voir, avec ses longs cheveux bruns qui tombaient sur ses épaules et ces obsédants yeux mauves. *Daenerys a les mêmes yeux.* Parfois, lorsque la reine le regardait, il avait l'impression de contempler la fille d'Ashara…

Mais la fille d'Ashara était mort-née, et la gente dame de Selmy s'était peu après précipitée d'une tour, folle de chagrin à cause de l'enfant qu'elle avait perdu, peut-être aussi à cause de l'homme qui l'avait déshonorée à Harrenhal. Elle avait péri sans savoir que ser Barristan l'aimait. *Comment l'eût-elle su ?* Il était un chevalier de la Garde Royale, voué au célibat. Rien de bon n'aurait pu venir d'un aveu de ses sentiments. *Rien de bon n'est venu du silence, non plus. Si j'avais désarçonné Rhaegar et couronné Ashara reine d'amour et de beauté, se serait-elle tournée vers moi plutôt que vers Stark ?*

Il ne le saurait jamais. Mais de tous ses échecs, aucun autre ne hantait Selmy autant que celui-là.

Le ciel était couvert, l'air chaud, moite, étouffant, et cependant quelque chose dans l'atmosphère lui donnait des fourmillements le long de l'échine. *La pluie*, jugea-t-il. *Un orage monte. Si ce n'est pas pour ce soir, ce sera demain.* Ser Barristan se demanda s'il vivrait assez longtemps pour le voir. *Si Hizdahr a sa propre Araignée, je suis déjà pratiquement mort.* Si les choses devaient en arriver là, il avait l'intention de mourir comme il avait vécu, sa longue épée à la main.

Lorsque les dernières lueurs se furent estompées à l'ouest, derrière les voiles des vaisseaux qui sillonnaient la baie des Serfs, ser Barristan retourna à l'intérieur, appela deux serviteurs et leur demanda de chauffer de l'eau pour un bain. L'entraînement avec ses écuyers durant l'après-midi lui avait laissé une impression d'être souillé, suant.

L'eau, quand elle arriva, était juste tiède, mais Selmy s'attarda dans le bain jusqu'à ce qu'elle fût froide, et se frictionna l'épiderme à presque se l'écorcher. Aussi propre qu'il pouvait l'être, il se leva, se sécha et revêtit une tenue blanche. Bas, petit linge, tunique en soie, gambison, tout cela lavé de frais et décoloré. Par-dessus, il revêtit l'armure que la reine lui avait offerte en témoignage d'estime. La cotte était dorée, finement ouvragée, ses mailles souples comme un bon cuir, les plates nappées d'émail, dur comme la glace et éclatant comme la neige fraîchement tombée. Son poignard se logea sur une hanche, son épée sur l'autre, accrochée à un baudrier en cuir blanc aux boucles dorées. En tout dernier lieu, il décrocha sa longue cape blanche et la fixa sur ses épaules.

Le heaume, il le laissa à son crochet. L'étroite fente pour les yeux limitait son champ de vision, et il avait besoin de voir, pour ce qui venait. Les salles de la pyramide étaient sombres, la nuit, et les ennemis pouvaient arriver d'un côté ou de l'autre. D'ailleurs, aussi splendides à voir que fussent les ailes de dragons ornées qui décoraient le heaume, elles pouvaient trop aisément retenir une épée ou une hache. Il les garderait pour son prochain tournoi, si les Sept lui en accordaient un.

En armes et armure, le vieux chevalier attendit, assis dans la pénombre de sa petite chambre jouxtant les appartements de la reine. Les visages de tous les rois qu'il avait servis et faillis flottèrent devant ses yeux dans l'obscurité, ainsi que ceux des frères qui avaient servi à ses côtés dans la Garde Royale. Il se demanda combien d'entre eux auraient agi comme il se préparait à le faire. *Certains, sûrement. Mais pas tous. D'aucuns n'auraient pas hésité à tuer le Crâne-ras pour la traîtrise de sa conduite.* À l'extérieur de la pyramide, il commença à pleuvoir. Assis dans le noir, ser Barristan écoutait. *On croirait des larmes,* pensa-t-il. *On dirait que pleurent des rois morts.*

Vint l'heure de partir.

La Grande Pyramide de Meereen avait été construite en écho à cette Grande Pyramide de Ghis dont Lomas Grandpas avait jadis visité les ruines colossales. Comme son antique prédécesseur dont les salles de marbre rouge étaient désormais le séjour des chauves-souris et des araignées, la pyramide meereenienne s'enorgueillissait de trente et trois niveaux, nombre apparemment sacré pour les dieux de Ghis. Ser Barristan entama seul la longue descente, sa cape blanche ondulant derrière lui tandis qu'il progressait. Il emprunta la voie de service, non point le grand escalier de marbre veiné, mais la volée de marches plus étroite, plus abrupte et plus directe dissimulée dans l'épaisseur des murs de brique.

Douze niveaux plus bas, il trouva le Crâne-ras qui attendait, ses traits ingrats toujours cachés par le masque qu'il avait porté le matin, la chauve-souris vampire. Six Bêtes d'Airain se tenaient auprès de lui. Toutes arboraient des faciès d'insectes, identiques entre eux.

Des sauterelles, se rendit compte Selmy. « Groleo, dit-il.

— Groleo, répondit une des sauterelles.

— J'ai encore d'autres sauterelles, si besoin est, dit Skahaz.

— Six devraient suffire. Et les hommes aux portes ?

— Des hommes à moi. Vous n'aurez pas de problèmes. »

Ser Barristan empoigna le Crâne-ras par le bras. « Ne versez de sang que si vous le devez. Demain, nous réunirons un conseil et nous annoncerons à la cité ce que nous avons fait, et pourquoi.

— Comme vous voudrez. Que la fortune vous sourie, vieil homme. »

Chacun partit de son côté. Les Bêtes d'Airain se rangèrent derrière ser Barristan tandis qu'il poursuivait sa descente.

Les appartements du roi étaient enfouis au cœur même de la pyramide, aux seizième et dix-septième niveaux. En atteignant ces étages, Selmy trouva les portes conduisant à l'intérieur de l'édifice fermées par des chaînes, avec deux Bêtes d'Airain postées en sentinelles. Sous les cagoules de leurs capes cousues de loques, l'une était un rat, l'autre un taureau.

« Groleo, annonça ser Barristan.

— Groleo, répondit le taureau. Troisième salle à droite. » Le rat déverrouilla la chaîne. Ser Barristan et son escorte pénétrèrent dans un étroit corridor de service en brique rouge et noire, éclairé par des torches. Leurs pas résonnèrent sur le sol tandis qu'ils croisaient deux pièces pour entrer dans la troisième sur la droite.

Devant les portes en bois dur donnant sur les appartements du roi se tenait Cuir d'acier, un combattant d'arène plus jeune, pas encore considéré comme un membre du premier cercle. Ses joues et son front étaient marqués de complexes tatouages en vert et noir, d'antiques glyphes de sorcier valyrien censés conférer à sa chair et à sa peau la dureté de l'acier. Des inscriptions similaires couvraient son torse et ses bras ; savoir si elles arrêteraient réellement une épée ou hache restait à démontrer.

Même sans cela, Cuir d'acier paraissait formidable – un jeune homme svelte à la musculature nerveuse, qui dominait ser Barristan d'un demi-pied. « Qui va là ? » lança-t-il en élevant sa longue hache sur le côté de façon à leur barrer le passage. Lorsqu'il vit ser Barristan, et les sauterelles d'airain à sa suite, il l'abaissa de nouveau. « Vieux ser.

— N'en déplaise au roi, je dois m'entretenir avec lui.

— Il est tard.

— Il est tard, mais l'affaire est pressante.

— Je peux demander. » Cuir d'acier cogna la hampe de sa longue hache contre la porte menant aux appartements du roi. Un judas coulissa. L'œil d'un enfant apparut. Une voix d'enfant appela à travers le vantail. Cuir d'acier répondit. Ser Barristan entendit le bruit d'une lourde barre qu'on retirait. La porte s'ouvrit.

« Vous seulement, précisa Cuir d'acier. Les Bêtes attendront ici.

— À votre guise. » Ser Barristan adressa un signe de tête aux sauterelles. L'une d'elles lui rendit le signe. Seul, Selmy se glissa par la porte.

Sombres et aveugles, cernés de toutes parts par des murs de brique épais de huit pieds, les appartements que le roi avait faits siens étaient spacieux et luxueux, à l'intérieur. De fortes poutres en chêne noir soutenaient les hauts plafonds. Le sol était couvert de tapis de soie venus de Qarth. Sur les murs étaient accrochées des tapisseries inestimables, anciennes et très fanées, dépeignant la gloire de l'Antique Empire de Ghis. La plus grande figurait les derniers survivants d'une armée valyrienne défaite passant sous le joug pour être enchaînés. L'arche qui menait à la chambre royale était gardée par deux amants en bois de santal, sculptés, polis et huilés. Ser Barristan les jugea de mauvais goût, mais sans doute avaient-ils pour rôle d'exciter les sens. *Plus vite nous quitterons ce pays, mieux cela vaudra.*

Un brasero de fer procurait l'unique lumière. Auprès de lui se tenaient deux des échansons de la reine, Draqaz et Qezza. « Miklaz est parti réveiller le roi, expliqua Qezza. Pouvons-nous vous apporter du vin, ser ?

— Non. Je vous remercie.

— Vous pouvez vous asseoir, proposa Draqaz en indiquant un banc.

— Je préfère rester debout. » Il entendait des voix passer sous l'arche, venues de la chambre à coucher. L'une d'elles était celle du roi.

Il fallut encore un bon petit moment avant que le roi Hizdahr zo Loraq, quatorzième de ce Noble Nom, émergeât en bâillant, nouant la ceinture qui refermait sa robe de chambre. Celle-ci était en satin vert, richement ornementée de perles et de fil d'argent. En dessous, le roi était totalement nu. C'était une bonne chose. Un homme nu se sent vulnérable et est moins enclin à des actes d'héroïsme suicidaire.

La femme que ser Barristan aperçut en train de jeter un coup d'œil par l'arche, derrière une tenture vaporeuse, était nue elle aussi, ses seins et ses hanches masqués en partie seulement par la soie qui volait.

« Ser Barristan. » Hizdahr bâilla de nouveau. « Quelle heure est-il ? Y a-t-il des nouvelles de ma douce reine ?

— Aucune, Votre Grâce. »

Hizdahr poussa un soupir. « Votre *Magnificence*, je vous prie. Quoiqu'à cette heure-ci, il serait plus juste de dire *Votre Somnolence.* » Le roi alla vers la desserte se verser une coupe de vin, mais il n'en restait qu'un filet au fond de la carafe. Un éclair d'agacement traversa son visage. « Miklaz, du vin. Tout de suite.

— Oui, Votre Excellence. »

— Emmène Draqaz avec toi. Une bouteille d'Auré de La Treille, et une de rouge, le liquoreux. Et pas votre pisse jaune, merci bien. Et la prochaine fois que je trouve ma carafe à sec, je pourrais bien faire tâter de la badine à tes jolies petites fesses roses. » Le garçon détala à toutes jambes, et le roi se tourna de nouveau vers Selmy. « J'ai rêvé que vous aviez retrouvé Daenerys.

— Les rêves peuvent mentir, Votre Grâce.

— *Votre Splendeur* conviendrait. Qu'est-ce qui vous amène à moi à cette heure, ser ? Des problèmes dans la cité ?

— La cité est paisible.

— Vraiment ? » Hizdahr parut décontenancé. « Pourquoi êtes-vous venu ?

— Pour poser une question. Magnificence, êtes-vous la Harpie ? »

La coupe de vin d'Hizdahr lui glissa entre les doigts, rebondit sur le tapis et roula au sol. « Vous venez dans ma chambre à coucher au plus noir de la nuit pour me demander ça ? Est-ce que vous êtes fou ? » C'est seulement alors que le roi parut remarquer que ser Barristan portait sa plate et sa maille. « Que... pourquoi... comment osez-vous...

— Le poison était-il votre œuvre, Magnificence ? »

Le roi Hizdahr recula d'un pas. « Les sauterelles ? Ce... c'était le Dornien. Quentyn, ce soi-disant prince. Demandez donc à Reznak si vous doutez de moi.

— En avez-vous la preuve ? Reznak l'a-t-il ?

— Non, sinon, je les aurais fait arrêter. Peut-être devrais-je le faire malgré tout. Marghaz leur arrachera une confession, je n'en doute pas. Ce sont tous des empoisonneurs, ces Dorniens. Reznak raconte qu'ils adorent des serpents.

— Ils en mangent, répondit ser Barristan. C'était votre arène, votre loge, vos sièges. Du vin doux et des coussins moelleux, figues, melons et sauterelles au miel. Vous avez tout fourni. Vous avez pressé Sa Grâce de goûter les sauterelles, mais vous n'y avez pas touché vous-même.

— Je... je tolère mal les épices fortes. C'était mon épouse. Ma reine. Pourquoi aurais-je voulu l'empoisonner ? »

C'était, dit-il. Il la croit morte. « Vous seul pouvez répondre à cela, Magnificence. Il se pourrait que vous ayez voulu installer une autre femme à sa place. » Ser Barristan hocha la tête en direction de la fille qui épiait timidement depuis la chambre. « Celle-là, peut-être ? »

Le roi regarda autour de lui, affolé. « *Elle ?* Ce n'est rien. Une esclave. » Il leva les mains. « Je m'exprime mal. Pas une esclave. Une affranchie. Formée pour le plaisir. Même un roi a des besoins, elle... elle ne vous concerne en rien, ser. Jamais je ne ferais de mal à Daenerys. Jamais.

— Vous avez encouragé la reine à goûter aux sauterelles. Je vous ai entendu.

— Je pensais qu'elles pourraient lui plaire. » Hizdahr battit en retraite d'un pas encore. « Relevées et sucrées à la fois.

— Relevées, sucrées et empoisonnées. De mes propres oreilles, je vous ai entendu ordonner aux hommes dans l'arène de tuer Drogon. Le leur crier. »

Hizdahr s'humecta les lèvres. « Le monstre dévorait la chair de Barséna. Les dragons se nourrissent d'hommes. Il tuait, il brûlait...

— ... brûlait des hommes qui avaient l'intention d'attenter à la vie de votre reine. Des Fils de la Harpie, très probablement. Vos amis.

— Pas mes amis.

— Vous le dites, et cependant, quand vous leur avez demandé de cesser de tuer, ils ont obéi. Pourquoi le feraient-ils si vous n'étiez pas des leurs ? »

Hizdahr secoua la tête. Cette fois, il ne répondit pas.

« Dites-moi la vérité, insista ser Barristan, l'avez-vous jamais aimée, même un peu ? Ou n'était-ce qu'envers la couronne que s'exerçait votre concupiscence ?

— Ma concupiscence ? Vous osez me parler de *concupiscence* ? » La bouche du roi se tordit de colère. « J'ai éprouvé du désir pour la couronne, certes... mais pas la moitié de ce qu'elle ressentait pour son mercenaire. Peut-être est-ce son précieux capitaine qui a cherché à l'empoisonner, pour l'avoir écarté. Et si j'avais mangé de ses sauterelles aussi, eh bien, ce n'en aurait été que mieux.

— Daario est un tueur, mais pas un empoisonneur. » Ser Barristan s'avança vers le roi. « Êtes-vous la Harpie ? » Cette fois-ci, il posa la main sur la poignée de sa longue épée. « Dites-moi la vérité, et je vous promets une mort rapide et propre.

— Vous présumez par trop, ser, riposta Hizdahr. J'en ai fini avec ces questions, et avec vous. Vous êtes renvoyé de mon service. Quittez Meereen sur-le-champ, et je vous laisserai la vie.

— Si vous n'êtes pas la Harpie, donnez-moi son nom. » Ser Barristan tira son épée du fourreau. Le fil tranchant intercepta la lumière du brasero, se mua en une ligne de feu orange.

Hizdahr céda. « Khrazz ! » hurla-t-il, trébuchant en un mouvement de recul vers sa chambre à coucher. « Khrazz ! *Khrazz !* »

Ser Barristan entendit une porte s'ouvrir, quelque part à sa gauche. Il se retourna à temps pour voir Khrazz émerger de derrière une tapisserie. Il se mouvait avec lenteur, encore engourdi de sommeil, mais il avait en main son arme préférée : un *arakh* dothraki, long et courbe. Une arme de taille, conçue pour permettre à un cavalier d'infliger de longues et profondes coupures. *Une arme meurtrière contre des ennemis à demi nus, dans l'arène ou sur le champ de bataille.* Mais ici, dans un espace confiné, la dimension de la lame jouait contre son porteur, et Barristan Selmy était bardé de plates et de mailles.

« Je suis venu pour Hizdahr, annonça le chevalier. Jette ton acier et écarte-toi, et il ne sera pas nécessaire que tu en pâtisses. »

Khrazz s'esclaffa. « Vieillard, je vais te dévorer le cœur. » Les deux hommes étaient de taille équivalente, mais Khrazz était plus lourd de trente livres et plus jeune de quarante ans, avec une peau pâle, des yeux morts et une crête de cheveux raides rouge-noir qui lui courait du front à la base de la nuque.

« Alors, approche », lui répondit Barristan le Hardi.

Et Khrazz approcha.

Pour la première fois de toute la journée, Selmy se sentit assuré. *Voilà ce pour quoi je suis fait*, se dit-il. *La danse, la douce chanson de l'acier, une épée à la main et un ennemi face à moi.*

Le combattant d'arène était vif, d'une vivacité foudroyante, aussi rapide que n'importe quel adversaire que ser Barristan avait affronté. Dans ses grandes mains, l'*arakh* devenait une image floue et chuintante, un orage d'acier qui semblait attaquer le vieux chevalier de trois côtés à la fois. La plupart des coups visaient sa tête. Khrazz n'était pas un imbécile. Sans son casque, Selmy était particulièrement vulnérable au-dessus du cou.

Il bloqua calmement les attaques, sa longue épée cueillant chaque coup de taille pour le dévier. Les lames sonnèrent et sonnèrent encore. Ser Barristan battit en retraite. Au bord de son champ de vision, il vit les échansons qui observaient avec des yeux aussi grands et aussi blancs que des œufs de poule. Khrazz sacra et changea un coup porté haut en coup bas, trompant pour une fois la lame du vieux chevalier, avec pour seul résultat de voir sa lame déraper sans effet sur une grève d'acier blanc. La réplique de Selmy trouva l'épaule gauche du combattant, fendant le lin fin pour mordre la chair au-dessous. Sa tunique jaune commença à virer au rose, puis au rouge.

« Seuls les poltrons s'habillent de fer », déclara Khrazz en se mouvant selon un cercle. Personne ne portait d'armure dans les arènes de combat. Les foules venaient pour le sang : la mort, les démembrements et les hurlements de souffrance, la musique des sables écarlates.

Ser Barristan tourna avec lui. « Le poltron en question va vous tuer, ser. » L'homme n'était pas chevalier, mais son courage méritait au moins cette courtoisie. Khrazz ne savait pas combattre un homme en armure. Ser Barristan lisait dans ses yeux : le doute, la perplexité, les commencements de la peur. Le combattant d'arène attaqua de nouveau, en criant cette fois-ci, comme si le bruit pouvait abattre son ennemi, quand l'acier y avait échoué. L'*arakh* frappa bas, haut, encore bas.

Selmy bloqua les coups vers sa tête et laissa son armure parer le reste, tandis que sa propre lame ouvrait la joue du combattant de l'œil à la bouche, puis lui dessinait une entaille crue et rouge en travers de la poitrine. Le sang coula des blessures de Khrazz. Cela sembla seulement l'exciter davantage. De sa main libre, il saisit le brasero pour le renverser, répandant braises et charbons ardents aux pieds de Selmy. Ser Barristan les franchit d'un bond. Khrazz frappa au bras et le toucha, mais l'*arakh* ne put qu'ébrécher l'émail dur avant de rencontrer l'acier au-dessous.

« Dans l'arène, ce coup t'aurait emporté le bras, vieillard.

— Nous ne sommes pas dans l'arène.

— *Retire cette armure !*

— Il n'est pas trop tard pour déposer votre épée. Rendez-vous.

— Crève », cracha Khrazz... mais alors qu'il levait son *arakh*, la pointe frôla une des tentures du mur et s'y prit. C'était la seule occasion dont ser Barristan eût besoin. D'un coup en taille, il ouvrit le ventre du combattant, para l'*arakh* qui se dégageait, puis acheva Khrazz d'un rapide coup d'estoc au cœur tandis que les entrailles du combattant glissaient hors de lui comme une nichée d'anguilles grasses.

Le sang et les viscères tachèrent les tapis de soie du roi. Selmy recula d'un pas. La longue épée dans sa main était rouge sur la moitié de sa longueur. Çà et là, les tapis avaient commencé à charbonner aux endroits où étaient tombées quelques braises éparses. Il entendit sangloter la pauvre Qezza. « N'aie pas peur, déclara le vieux chevalier. Je ne te veux pas de mal, mon enfant. Je ne veux que le roi. »

Il essuya son épée à un rideau pour la nettoyer et pénétra à grands pas dans la chambre à coucher, où il trouva Hizdahr zo Loraq, quatorzième de Son Noble Nom, caché et gémissant derrière une tenture. « Épargnez-moi, supplia-t-il. Je ne veux pas mourir.

— Rares sont ceux qui veulent. Mais tous les hommes meurent quand même. » Ser Barristan rengaina son épée et hissa Hizdahr pour le remettre debout. « Venez. Je vais vous escorter jusqu'à une cellule. » Dans l'intervalle, les Bêtes d'Airain avaient dû désarmer Cuir d'acier. « Vous resterez prisonnier jusqu'au retour de la reine. Si l'on ne peut rien prouver à votre encontre, il ne vous sera fait aucun mal. Vous avez ma parole de chevalier. » Il prit le roi par le bras pour le guider hors de la chambre à coucher. Il se sentait la tête curieusement légère, presque comme s'il était gris. *J'étais un Garde du roi. Que suis-je, à présent ?*

Miklaz et Draqaz étaient revenus avec le vin d'Hizdahr. Ils se tenaient dans l'encadrement de la porte, serrant les carafes contre leur poitrine et considérant avec de grands yeux le cadavre de Khrazz. Qezza pleurait toujours, mais Jezhene était apparue pour la consoler. Elle serrait contre elle la fillette plus jeune, en lui caressant les cheveux. Quelques-uns des autres échansons, debout derrière elles, regardaient. « Votre Excellence, intervint Miklaz, le noble Reznak mo Reznak nous prie de… de vous demander de venir tout de suite. »

Le garçon s'adressa au roi comme si ser Barristan n'était pas là, comme s'il n'y avait pas un mort vautré sur le tapis, le sang de sa vie teignant lentement la soie en rouge. *Skahaz aurait dû placer Reznak sous bonne garde jusqu'à ce que nous soyons certains de sa loyauté. Quelque chose aurait-il mal tourné ?* « De venir où ? demanda ser Barristan au gamin. Où le sénéchal veut-il qu'aille Sa Grâce ?

— Dehors. » Miklaz sembla découvrir sa présence. « Dehors, ser. Sur la te… la terrasse. Pour voir.

— Pour voir quoi ?

— Les d… d… les dragons. Les dragons sont lâchés, ser. »

Que les Sept nous préservent, pensa le vieux chevalier.

LE DOMPTEUR DE DRAGONS

La nuit progressa à pas noirs et lents. L'heure de la chauve-souris céda la place à celle de l'anguille, l'heure de l'anguille à celle des fantômes. Le prince, étendu dans son lit, contemplait le plafond, rêvait tout éveillé, se souvenait, imaginait, se retournait sous sa fine couverture de drap, l'esprit enfiévré par des songes de feu et de sang.

Finalement, désespérant de trouver le repos, Quentyn Martell se rendit dans sa salle privée où il se versa une coupe de vin qu'il but dans le noir. Le goût était doux et apaisant sur sa langue, aussi alluma-t-il une chandelle et se versa-t-il une deuxième coupe. *Le vin m'aidera à dormir*, se dit-il, mais c'était un mensonge et il le savait.

Il fixa la chandelle un long moment, puis il posa sa coupe et plaça sa paume au-dessus de la flamme. Il fallut toute sa volonté pour l'abaisser jusqu'à ce que la flamme lui touchât la paume, et quand elle le fit, il retira précipitamment sa main avec un cri de douleur.

« Quentyn ? Vous êtes fou ? »

Non, juste terrifié. Je ne veux pas brûler. « Gerris ?

— Je vous ai entendu remuer.

— Je n'arrivais pas à dormir.

— Et les brûlures seraient un remède ? Un peu de lait chaud et une berceuse vous feraient du bien. Ou, mieux encore, je pourrais vous conduire au Temple des Grâces et vous trouver une fille.

— Une putain, tu veux dire.

— On les appelle des Grâces. On en trouve de différentes couleurs. Seules les rouges baisent. » Gerris s'assit de l'autre côté de la table. « Les septas devraient adopter la coutume chez nous, si vous m'en croyez. Avez-vous remarqué que les vieilles septas ressemblent toujours à des pruneaux ? Voilà ce qu'on récolte, à une vie de chasteté. »

Quentyn jeta un coup d'œil vers la terrasse, où les ombres de la nuit s'étalaient, épaisses, entre les arbres. Il entendit le doux susurrement de l'eau qui tombe. « C'est la pluie ? Tes putains ont dû partir.

— Pas toutes. Il y a des petits nids d'amour dans les jardins de plaisir, et elles y attendent chaque nuit d'être choisies par un homme. Celles qu'on n'a pas choisies doivent attendre le lever du soleil, en se sentant seules et délaissées. Nous pourrions les consoler.

— Elles pourraient me consoler, c'est ce que tu veux dire.

— Ça aussi.

— Ce n'est pas de ce genre de consolation que j'ai besoin.

— Je ne suis pas d'accord. Daenerys Targaryen n'est pas la seule femme au monde. Vous voulez mourir vieux garçon ? »

Quentyn ne voulait pas mourir du tout. *Je veux rentrer à Ferboys et embrasser tes deux sœurs, épouser Gwyneth Ferboys, la voir s'épanouir en beauté, avoir un enfant d'elle. Je veux participer à des tournois, chasser au faucon et à courre, aller visiter ma mère à Norvos, lire certains de ces livres que m'envoie mon père. Je veux que Cletus, Will et mestre Kaedry vivent de nouveau.* « Crois-tu que Daenerys apprécierait d'apprendre que j'ai couché avec je ne sais quelle gueuse ?

— Ça se pourrait. Les hommes ont du goût pour les pucelles, mais les femmes aiment les hommes qui connaissent leur affaire dans la chambre à coucher. C'est une autre sorte d'escrime. On doit s'entraîner pour y exceller. »

La plaisanterie toucha un point sensible. Jamais Quentyn ne s'était senti aussi enfant que lorsqu'il s'était tenu devant Daenerys Targaryen, en quémandant sa main. L'idée de coucher avec elle le terrifiait presque autant que l'avaient fait ses dragons. Et s'il échouait à la satisfaire ? « Daenerys a un *amant de cœur*, dit-il, sur la défensive. Mon père ne m'a pas dépêché ici pour amuser la reine dans sa chambre. Tu sais pourquoi nous sommes ici.

— Vous ne pouvez l'épouser. Elle a un mari.

— Elle n'aime pas Hizdahr zo Loraq.

— Quel rapport entre l'amour et le mariage ? Un prince devrait savoir cela. Votre père s'est marié par amour, à ce qu'on dit. Quelle joie en a-t-il retiré ? »

Tant et moins. Doran Martell et son épouse norvoshie avaient passé une moitié de leur mariage séparés et l'autre à se disputer. C'était le seul acte inconsidéré qu'avait jamais commis son père, à l'en croire, la seule fois qu'il avait suivi son cœur au lieu de sa tête, et il avait eu tout loisir de le regretter amèrement. « Tous les risques ne conduisent pas à la ruine, insista-t-il. C'est mon devoir. Mon destin. » *Tu es censé être mon ami, Gerris. Pourquoi faut-il que tu te gausses de mes espoirs ? J'ai assez de doutes sans que tu jettes de l'huile sur le feu de ma peur.* « Ce sera ma grande aventure.

— Il y a des hommes qui meurent, dans les grandes aventures. »

Il n'avait pas tort. Cela aussi figurait dans les contes. Le héros part avec ses amis et ses compagnons, affronte maints dangers, rentre triomphalement chez lui. Mais certains de ses compagnons ne rentrent pas du tout. *Le héros ne meurt jamais, toutefois. Il faut que je sois le héros.* « Je n'ai besoin que de courage. Veux-tu que Dorne se souvienne de moi pour mon échec ?

— Dorne risque peu de longtemps se souvenir de nous. »

Quentyn suçait la brûlure sur sa paume. « Dorne se souvient d'Aegon et de ses sœurs. On n'oublie pas si aisément des dragons. Ils se souviendront de Daenerys, aussi.

— Pas si elle est morte.

— Elle est vivante. » *Il le faut.* « Elle est perdue, mais je peux la retrouver. » *Et quand j'y arriverai, elle me regardera avec ces mêmes yeux dont elle couve son épée-louée. Une fois que je me serai montré digne d'elle.*

« À califourchon sur un dragon ?

— Je monte à cheval depuis l'âge de six ans.

— Et vous avez vidé les étriers à deux ou trois reprises.

— Ce qui ne m'a jamais empêché de remonter en selle.

— Vous n'avez jamais vidé les étriers mille pieds au-dessus du sol, fit observer Gerris. Et il est rare que les chevaux transforment leurs cavaliers en cendres et os calcinés. »

Je connais les dangers. « Je ne veux pas en entendre davantage. Tu as ma permission de partir. Trouve-toi un navire et file à la maison, Gerris. » Le prince se leva, souffla la chandelle et retourna se glisser dans son lit aux draps trempés de sueur. *J'aurais dû embrasser une des jumelles Boisleau, peut-être même les deux. J'aurais dû les embrasser tant que j'en avais la possibilité. J'aurais dû aller à Norvos voir ma mère et le lieu qui lui a donné le jour, afin qu'elle sache que je ne l'avais pas oubliée.* Il entendait la pluie tomber, dehors, tambourinant contre les briques.

Le temps que l'heure du loup les rattrape, il pleuvait avec constance, une chute d'eau qui s'abattait en un torrent dur et froid qui ne tarderait pas à changer les rues en briques de Meereen en rivières. Les trois Dorniens déjeunèrent dans la froidure qui prélude à l'aube – un repas simple, à base de fruits, de pain et de fromage, arrosé de lait de chèvre. Lorsque Gerris fit mine de se verser une coupe de vin, Quentyn le retint. « Pas de vin. Il sera bien temps de boire après.

— Espérons », répondit Gerris.

Le mastodonte jeta un coup d'œil en direction de la terrasse. « J' savais qu'il allait pleuvoir, commenta-t-il d'un ton morose. J'avais mal dans les os, hier au soir. Ils m' font toujours souffrir avant que le temps vire à la pluie. Ça va pas plaire aux dragons. Le feu et l'eau, ça se mélange pas, c'est un fait reconnu. On allume un bon feu pour la cuisine, une bonne flambée, et puis il se met à pleuvoir comme vache qui pisse, et voilà : vot' bois est tout trempé, et les flammes sont mortes. »

Gerris rit doucement. « Les dragons ne sont pas de bois, Arch.

— Y en a, si. Le vieux roi Aegon, le coureur de jupons, il a construit des dragons de bois pour nous conquérir. D'accord, ça a mal fini. »

Pour nous aussi, ça le pourrait, songea le prince. Il n'avait cure des folies et des échecs d'Aegon l'Indigne, mais il était rempli de doutes et de craintes. Les plaisanteries forcées de ses amis ne servaient qu'à lui donner une migraine. *Ils ne comprennent pas. Tout dorniens qu'ils soient, moi, je suis Dorne. Dans bien des années, lorsque je serai mort, ce sera cette ballade qu'on chantera sur moi.* Il se leva avec brusquerie. « Il est l'heure. »

Ses amis se mirent debout. Ser Archibald termina son lait de chèvre et essuya du revers d'une main énorme la moustache que le lait lui avait dessinée sur la lèvre supérieure. « Je vais chercher nos tenues de baladins. »

Il revint avec le ballot qu'ils avaient récupéré auprès du Prince en Guenilles à leur deuxième rencontre. À l'intérieur se trouvaient trois longues capes capuchonnées, composées de myriades de petits carrés de tissu cousus ensemble, trois gourdins, trois épées courtes, trois masques en bronze poli. Un taureau, un lion et un singe.

Tout le nécessaire pour devenir une Bête d'Airain.

« Ils risquent de demander un mot de passe, les avait mis en garde le Prince en Guenilles en leur remettant le paquet. Ce sera *chien*.

— Vous en êtes certain ? lui avait demandé Gerris.

— Assez pour parier une vie dessus. »

Le prince ne se méprit pas sur le sens de ces mots. « La mienne.

— Probablement.

— Comment avez-vous appris leur mot de passe ?

— Nous avons rencontré des Bêtes d'Airain, et Meris le leur a aimablement demandé. Un prince devrait savoir qu'on ne pose pas de telles questions, Dornien. À Pentos, nous avons un dicton : *Ne demande jamais au boulanger ce qu'il met dans sa tourte. Mange donc.* »

Mange donc. Ça ne manquait pas de sagesse, supposa Quentyn.

« Je serai le taureau », annonça Arch.

Quentyn lui tendit le masque approprié. « Pour moi, le lion.

— Ce qui me laisse faire le singe. » Gerris appliqua le masque de singe contre son visage. « Comment font-ils pour respirer là-dedans ?

— Contente-toi de le porter. » Le prince n'était pas d'humeur à plaisanter.

Le ballot contenait également un fouet – un méchant ouvrage en vieux cuir doté d'une poignée en bronze et en os, assez résistante pour écorcher un bœuf. « C'est pour quoi faire ? s'enquit Arch.

— Daenerys a employé un fouet pour mater le monstre noir. » Quentyn enroula la lanière et l'accrocha à sa ceinture. « Arch, amène également ta masse. Nous pourrions en avoir besoin. »

Pénétrer de nuit dans la Grande Pyramide de Meereen n'était pas entreprise aisée. Chaque jour au coucher du soleil, on fermait et barrait les portes, et elles restaient closes jusqu'au point du jour. Des gardes étaient postés à chaque entrée, d'autres patrouillaient sur la première terrasse, d'où ils surplombaient toute la rue. Naguère, la garde était assurée par des Immaculés. Désormais, des Bêtes d'Airain s'en chargeaient. Et cela ferait toute la différence, espérait Quentyn.

On relevait les gardes au lever du soleil, mais il restait encore une heure avant l'aube quand les trois Dorniens descendirent par l'escalier de service. Autour d'eux, les murs étaient bâtis de brique de cent couleurs, mais les ombres les muaient toutes en gris jusqu'à ce que les touchât la lumière de la torche que portait Gerris. Ils ne rencontrèrent personne au cours de la longue descente. On n'entendait qu'un son, le frottement de leurs bottes sur le sol usé.

Les portes principales de la pyramide ouvraient sur la plaza centrale de Meereen, mais les Dorniens se dirigèrent vers une issue annexe qui donnait dans une ruelle. C'étaient les entrées utilisées dans le passé par les esclaves quand ils vaquaient aux affaires de leurs maîtres, celles par lesquelles petit peuple et négociants allaient et venaient pour effectuer leurs livraisons.

Les portes de bronze massif étaient closes par une lourde barre de fer. Devant elles se tenaient deux Bêtes d'Airain, armées de gourdins, de piques et d'épées courtes. La lumière des torches rutilait sur le bronze poli de leurs masques – un rat et un renard. Quentyn indiqua au mastodonte de rester en retrait dans l'ombre. Puis Gerris et lui avancèrent de conserve.

« Vous êtes en avance », fit observer le renard.

Quentyn haussa les épaules. « On peut repartir, si tu préfères. Libre à toi de monter notre garde. » Il ne parlait pas du tout comme un Ghiscari, il le savait ; mais la moitié des Bêtes d'Airain étaient des affranchis, avec toutes sortes de langues maternelles, aussi son accent n'éveilla-t-il aucune attention.

« Mon cul, oui, riposta le rat.

— Donne-nous le mot de passe du jour, demanda le renard.

— Chien », répondit le Dornien.

Les deux Bêtes d'Airain échangèrent un coup d'œil. Pendant trois longs battements de cœur, Quentyn craignit que quelque chose n'eût mal tourné, que, d'une façon ou d'une autre, la Belle Meris et le Prince en Guenilles n'eussent obtenu un mot de passe erroné. Puis le renard grogna. « Va pour chien, déclara-t-il. Les portes sont à vous. » Tandis qu'ils s'éloignaient, le prince reprit sa respiration.

Ils ne disposaient pas de beaucoup de temps. La véritable relève ne tarderait pas. « Arch », appela-t-il, et le mastodonte apparut, la lueur de la torche brillant sur le masque de taureau. « La barre, vite. »

La barre de fer était épaisse et lourde, mais bien graissée. Ser Archibald n'eut aucun problème à la soulever. Tandis qu'il la tenait dressée sur une extrémité, Quentyn tira sur les portes pour les ouvrir et Gerris les franchit, en agitant sa torche. « Faites-le entrer maintenant. Dépêchez-vous. »

Le chariot de boucher attendait au-dehors, dans la ruelle. Le cocher donna un petit coup de fouet à la mule et entra avec fracas, les roues cerclées de fer parcourant les briques avec des claquements sonores. La carcasse équarrie d'un bœuf remplissait le plateau du chariot, auprès de deux moutons morts. Une demi-douzaine d'hommes pénétrèrent à pied. Cinq portaient des capes et des masques de Bêtes d'Airain, mais la Belle Meris ne s'était pas donné la peine de se déguiser. « Où est ton seigneur ? demanda-t-il à Meris.

— Je n'ai pas de *seigneur*, riposta-t-elle. Si tu parles de ton collègue prince, il est à proximité, avec cinquante hommes. Fais sortir ton dragon et il assurera ton départ en toute sécurité, comme promis. C'est Caggo qui commande, ici. »

Ser Archibald considéra le chariot de boucher d'un œil torve. « Cette carriole suffira, pour contenir un dragon ? s'enquit-il.

— Elle devrait. Elle a contenu deux bœufs. » Tue-les-Morts était vêtu en Bête d'Airain, son visage couturé de cicatrices dissimulé derrière un masque de cobra, mais l'*arakh* noir familier qui lui battait la hanche le trahissait. « On nous a dit que ces bêtes-ci sont plus petites que le monstre de la reine.

— La fosse a ralenti leur croissance. » Les lectures de Quentyn suggéraient que la même chose était advenue dans les Sept Couronnes. Aucun des dragons nés et élevés à Port-Réal dans Fossedragon n'avait jamais approché de la taille de Vhagar ou de Meraxès, et moins encore de celle de la Terreur noire, le monstre du roi Aegon. « Avez-vous amené suffisamment de chaînes ?

— Combien de dragons avez-vous ? riposta la Belle Meris. On a assez de chaînes pour dix, dissimulées sous la viande.

— Parfait. » Quentyn se sentait la tête légère. Rien de tout cela ne semblait tout à fait réel. Un moment, il avait le sentiment de participer à un jeu, le suivant à un cauchemar, à un mauvais rêve où il se retrouverait en train d'ouvrir une porte de ténèbres, en sachant que l'horreur et la mort l'attendaient de l'autre côté, et impuissant cependant à se retenir. Il avait les paumes moites de sueur. Il les essuya contre ses cuisses et annonça : « Il y aura d'autres gardes devant la fosse.

— Nous le savons, dit Gerris.

— Il faut que nous soyons prêts pour eux.

— On l'est », assura Arch.

Une crampe contracta le ventre de Quentyn. Il fut pris d'une envie subite de se soulager, mais il savait qu'il ne pouvait plus s'esquiver, désormais. « Alors, par ici. » Rarement avait-il eu tant l'impression de n'être qu'un enfant. Et pourtant, ils le suivirent ; Gerris et le mastodonte, Meris, Caggo et les autres Erre-au-Vent. Deux des épées-louées avaient sorti des arbalètes d'une cache à l'intérieur du chariot.

À la sortie des écuries, le rez-de-chaussée de la Grande Pyramide se changeait en labyrinthe, mais Quentyn Martell avait traversé les lieux en compagnie de la reine et avait conservé le trajet en mémoire. Ils franchirent trois énormes arches de brique, puis empruntèrent une pente de pierre fortement inclinée vers les fondations, longeant cachots et chambres de torture et croisant deux profondes citernes de pierre. Leurs pas résonnaient contre les murs avec un bruit mat, le chariot de boucher grondant derrière eux. Le mastodonte saisit une torche sur une applique du mur pour ouvrir la voie.

Enfin, une lourde porte double en fer se dressa devant eux, mangée de rouille et menaçante, barrée par une longueur de chaîne dont chaque maillon avait le diamètre d'un bras d'homme. La taille et l'épaisseur de ces portes suffirent à faire douter Quentyn Martell du bon sens de cette équipée. Pire encore, les portes étaient visiblement déformées par les tentatives de quelque chose à l'intérieur pour sortir. Le vantail de fer se crevassait, fendu en trois endroits, et le coin supérieur de la porte de gauche semblait en partie fondu.

Quatre Bêtes d'Airain gardaient la porte. Trois tenaient de longues piques ; la quatrième, un sergent, était armée d'une épée courte et d'un poignard. Son masque sculpté figurait une tête de basilic. Les trois autres portaient des masques d'insectes. *Des sauterelles*, remarqua Quentyn. « Chien », dit-il.

Le sergent se crispa.

Il n'en fallait pas plus pour que Quentyn Martell s'aperçût que quelque chose n'allait pas. « Emparez-vous d'eux », coassa-t-il au moment où la main du basilic filait vers son épée courte.

Il était vif, ce sergent. Le mastodonte l'était davantage. Il jeta la torche sur la plus proche sauterelle, tendit la main derrière lui et détacha sa masse de guerre. La lame du basilic venait à peine de sortir de son fourreau de cuir que la pointe de la masse lui percuta la tempe, défonçant le bronze fin de son masque et la chair et l'os au-dessous. Le sergent chancela d'un demi-pas sur le côté, avant que ses genoux ne se dérobassent sous lui et qu'il ne s'abattît sur le sol, tout son corps secoué de spasmes grotesques.

Quentyn le regarda, pétrifié, l'estomac retourné. Sa propre arme reposait encore au fourreau. Il n'avait pas même tendu la main pour la saisir. Ses yeux étaient rivés sur le sergent en train d'agoniser en tressautant devant lui. La torche tombée sur le sol commençait à s'éteindre, faisant bondir et se tordre chacune des ombres en une monstrueuse parodie des soubresauts du mort. Le prince ne vit pas la pique de la sauterelle qui filait vers lui jusqu'à ce que Gerris entre en collision avec lui, pour l'écarter. Le fer de la pique érafla la joue de la tête de lion qu'il portait. Cependant, le choc fut si violent qu'il faillit lui arracher le masque. *Elle m'aurait transpercé la gorge*, comprit le prince, abasourdi.

Gerris jura tandis que les sauterelles le cernaient. Quentyn entendit un bruit de course. Puis les épées-louées surgirent des ombres. Un des gardes leur jeta un coup d'œil, juste assez longtemps pour que Gerris contournât la défense de sa pique. Il plongea la pointe de son épée sous le masque d'airain et remonta la lame dans la gorge de l'homme qui le portait, au moment où la deuxième sauterelle voyait un carreau d'arbalète naître sur sa poitrine.

La dernière sauterelle laissa choir sa pique. « Je me rends, je me rends.

— Non. Tu meurs. » D'un revers de son *arakh*, Caggo décapita l'homme, l'acier valyrien tranchant la chair, l'os et les tendons comme s'ils n'étaient que suif. « Trop de bruit, déplora-t-il. Tous ceux qui ont des oreilles ont dû entendre.

— *Chien*, dit Quentyn. Le mot de passe du jour devait être *chien*. Pourquoi n'ont-ils pas voulu nous laisser passer ? On nous avait dit…

— On t'avait dit que ton plan était de la folie, t'as oublié ? coupa la Belle Meris. Fais ce que tu es venu faire. »

Les dragons, se remémora le prince Quentyn. *Oui, nous sommes venus pour les dragons.* Il se sentit le cœur au bord des lèvres. *Qu'est-ce que je fiche ici ? Père, pourquoi ? Quatre morts en autant de battements de cœur, et dans quel but ?* « Le feu et le sang, murmura-t-il, le sang et le feu. » Le sang formait une flaque à ses pieds, imprégnant le sol en brique. Le feu se trouvait derrière ces portes. « Les chaînes… Nous n'avons pas de clé…

— J'ai la clé », intervint Arch. Il abattit sa masse avec rapidité et vigueur. Des étincelles volèrent lorsque la tête de l'arme percuta la serrure. Encore, encore et encore. Au cinquième choc, le verrou céda et les chaînes tombèrent, avec un tel fracas que Quentyn fut convaincu que toute la pyramide l'avait entendu. « Amenez le chariot. » Les dragons seraient plus dociles une fois qu'ils seraient rassasiés. *Qu'ils s'empiffrent de mouton grillé.*

Archibald Ferboys empoigna les portes de fer et les écarta. Leurs charnières rouillées émirent un double hurlement, au bénéfice de tous ceux qui avaient pu dormir durant la destruction de la serrure. Une bouffée de chaleur les assaillit soudain, chargée en relents de cendres, de soufre et de viande brûlée.

Au-delà des portes, régnait l'obscurité, de profondes et lugubres ténèbres qui semblaient vivantes, menaçantes, avides. Quentyn sentit qu'existait dans le noir quelque chose de ramassé, de patient. *Guerrier, accorde-moi le courage,* pria-t-il. Il ne voulait pas faire ce qu'il allait faire, mais il ne voyait aucune autre solution. *Pourquoi Daenerys m'aurait-elle montré les dragons, sinon ? Elle veut que je fasse mes preuves pour elle.* Gerris lui tendit une torche. Il franchit les portes.

Le vert est Rhaegal, le blanc Viserion, se remémora-t-il. *Emploie leur nom, donne-leur des ordres, parle-leur, avec calme mais avec autorité. Dompte-les, comme Daenerys a dompté Drogon dans l'arène.* La jeune femme avait été seule, uniquement vêtue de voiles de soie, mais intrépide. *Je ne dois pas avoir peur. Elle l'a fait, j'en suis capable aussi.* L'important était de ne pas laisser voir sa peur. *Les animaux sentent la crainte, et les dragons…* Que savait-il des dragons ? *Qu'est-ce que quiconque connaît aux dragons ? Ils ont disparu du monde depuis plus d'un siècle.*

Le rebord de la fosse se trouvait juste devant lui. Quentyn approcha avec lenteur, promenant la torche d'un côté à l'autre. Les parois, le sol et le plafond buvaient la lumière. *Calcinés,* comprit-il. *Des briques complètement carbonisées, réduites en cendres.* La température de l'air augmentait à chaque pas qu'il faisait. Il commença à transpirer.

Deux yeux s'élevèrent devant lui.

Ils étaient de bronze, plus brillants que des boucliers polis, luisant de leur propre chaleur, brûlant derrière un voile de fumée qui montait des naseaux du dragon. La lumière de la torche de Quentyn baigna des écailles vert sombre, le vert de la mousse dans le profond des bois au couchant, juste avant que ne s'estompent les dernières lueurs. Puis le dragon ouvrit la gueule, et la lumière et la chaleur déferlèrent sur eux. Derrière la barrière des crocs noirs et aigus, il aperçut une clarté de fournaise, les reflets d'un feu couvant, cent fois plus flamboyant que sa torche. Le dragon avait une tête plus large que celle d'un cheval, et son cou s'étira, interminable, se déroulant comme un grand serpent vert tandis que la tête montait, jusqu'à ce que ces deux yeux luisants de bronze le toisent de haut.

Vertes, se dit le prince, *il a des écailles vertes.* « Rhaegal », lança-t-il. Sa voix s'étrangla dans sa gorge ; n'en émergea qu'un coassement brisé. *Guernouille,* put-il seulement penser, *je redeviens Guernouille.* « La nourriture, croassa-t-il, la mémoire lui revenant. Apportez la viande. »

Le mastodonte l'entendit. Arch s'évertua à décharger du chariot une des carcasses de moutons par deux de ses pattes, puis il tourna sur lui-même et la balança dans la fosse.

Rhaegal la happa dans les airs. Sa tête pivota en un éclair et d'entre ses mâchoires explosa une pique de flammes, un orageux tourbillon de feu orange et jaune veiné de stries vertes. Le mouton brûlait avant d'avoir entamé sa chute. Avant que la dépouille fumante pût heurter les briques, les dents du dragon se refermèrent sur elle. Un nimbe de flammes continua de palpiter autour du corps. L'air empestait la laine cramée et le soufre. *La puanteur du dragon.*

« Je croyais qu'il y en avait deux », observa le mastodonte.

Viserion. Oui. Où est passé Viserion ? Le prince abaissa sa torche pour jeter quelque lumière dans la pénombre en contrebas. Il voyait le dragon vert déchirer la carcasse fumante du mouton, sa longue queue fouettant d'un côté à l'autre tandis qu'il dévorait. Autour de son cou on apercevait un épais collier de fer, d'où pendaient trois pieds d'une chaîne rompue. Des maillons brisés parsemaient le sol de la fosse, entre les ossements noircis – des torsades de métal, en partie fondues. *Rhaegal était enchaîné au mur et au sol, la dernière fois que je suis venu,* se souvint le prince, *mais Viserion était accroché au plafond.* Quentyn recula d'un pas, leva la torche et pencha la tête en arrière.

Un moment, il ne vit au-dessus de lui que les cintres de briques noircies, calcinées par la flamme des dragons. Un filet de cendres attira son regard. Une forme pâle, à demi dissimulée, qui bougeait. *Il s'est creusé une grotte,* comprit le prince. *Une tanière dans la brique.* La Grande Pyramide de Meereen avait des fondations massives et épaisses, de façon à soutenir le poids de l'énorme structure qui les coiffait ; même les cloisons intérieures étaient trois fois plus épaisses que la chemise de fortification de n'importe quel château. Mais Viserion s'y était foré un trou, par les flammes et les griffes, une tanière assez grande pour y dormir.

Et nous venons de le réveiller. Il voyait une sorte d'énorme serpent blanc se dérouler à l'intérieur du mur, à l'endroit où la paroi s'incurvait pour rejoindre le plafond. De nouvelles cendres plurent, et une portion de brique effritée se détacha. Le serpent se révéla être un cou et une queue, puis le long mufle cornu du dragon apparut, ses yeux luisant dans le noir comme des braises d'or. Ses ailes craquetèrent en s'étirant.

Tous les plans de Quentyn avaient déserté son crâne. Il entendait Caggo Tue-les-Morts crier des ordres à ses épées-louées. *Les chaînes, il les envoie chercher les chaînes,* se dit le prince de Dorne. Le plan avait été de nourrir les bêtes et de les entraver en profitant de leur torpeur, exactement comme l'avait fait la reine. Un dragon, ou de préférence les deux.

« Encore de la viande », appela Quentyn. *Une fois que les animaux seraient rassasiés, ils deviendraient somnolents.* Il avait vu la méthode fonctionner avec des serpents, à Dorne, mais ici, avec ces monstres… « Apportez… apportez… »

Viserion s'élança du plafond, déployant ses ailes de cuir blême, les ouvrant totalement. La chaîne brisée qui pendait à son cou se balançait follement. Sa flamme illumina la fosse, or pâle veiné de rouge et d'orange, et l'air vicié explosa en une nuée de cendres chaudes et de soufre, sous les battements répétés des ailes blanches.

Une main saisit Quentyn par l'épaule. La torche lui vola des doigts pour aller rebondir sur le sol, puis plongea dans la fosse, toujours allumée. Il se retrouva face à face avec un singe d'airain. *Gerris.* « Quent, ça ne va pas marcher. Ils sont trop sauvages, ils… »

Le dragon vint se poser entre les Dorniens et la porte, avec un rugissement qui aurait mis en fuite mille lions. Sa tête oscillait d'un côté à l'autre, tandis qu'il inspectait les intrus – les Dorniens, les Erre-au-Vent, Caggo. Finalement et plus longuement, la bête fixa la Belle Meris, en la flairant. *La femme*, comprit Quentyn. *Il sait que c'est une femme. Il cherche Daenerys. Il veut sa mère et ne comprend pas son absence.*

Quentyn s'arracha à la poigne de Gerris. « Viserion », appela-t-il. *Le blanc est Viserion.* L'espace d'un demi-battement de cœur, il craignit de s'être mépris. « Viserion », appela-t-il à nouveau, tâtonnant pour empoigner le fouet qui lui pendait à la ceinture. *Elle a dompté le noir avec un fouet. Je dois en faire autant.*

Le dragon connaissait son nom. Il tourna la tête, et son regard s'attarda pendant trois longs battements de cœur sur le prince dornien. Des feux livides brûlaient derrière les noirs poignards brillants de ses crocs. Ses yeux étaient des lacs d'or fondu et de la fumée montait de ses naseaux.

« Couché », ordonna Quentyn. Puis il toussa, et toussa à nouveau.

L'air était chargé de fumée et l'odeur de soufre le prenait à la gorge.

Viserion perdit tout intérêt. Le dragon se retourna vers les Erre-au-Vent et avança lourdement vers la porte. Peut-être flairait-il le sang des gardes morts, ou la viande dans la carriole de boucher. À moins qu'il vînt seulement maintenant de s'apercevoir que la porte était ouverte.

Quentyn entendit crier les épées-louées, Caggo qui réclamait des chaînes et la Belle Meris qui hurlait à quelqu'un de s'écarter. Le dragon se mouvait au sol de façon pataude, comme un homme qui avançait sur les genoux et les coudes, mais plus rapidement que ne l'aurait cru le prince dornien. Lorsque les Erre-au-Vent tardèrent trop à lui dégager le passage, Viserion poussa un nouveau rugissement. Quentyn entendit le cliquetis des chaînes, le vrombissement grave d'une arbalète.

« Non, hurla-t-il, non, pas ça, *pas ça* », mais il était trop tard. *L'imbécile*, eut-il juste le temps de penser tandis que le vireton ricochait sur le cou de Viserion pour disparaître dans les ténèbres. Une ligne de feu fulgura dans son sillage – du sang de dragon, luisant de rouge et d'or.

L'arbalétrier cherchait un nouveau carreau quand les crocs du dragon se refermèrent sur son cou. L'homme portait un masque de Bête d'Airain, la face terrible d'un tigre. Lorsqu'il lâcha son arme pour tenter d'écarter les mâchoires de Viserion, la flamme se vomit par la gueule du tigre. Les yeux de l'homme crevèrent avec de douces détonations, et le bronze se mit à couler autour de ses orbites. Le dragon arracha un morceau de chair, l'essentiel du cou de l'épée-louée, puis l'avala pendant que le cadavre embrasé s'écroulait à terre.

Les autres Erre-au-Vent battaient en retraite. Tout ceci dépassait ce que même la Belle Meris était capable de soutenir. La tête cornue de Viserion balançait entre eux et sa proie, mais, au bout d'un moment, il oublia les mercenaires et ploya le cou pour arracher une nouvelle bouchée sur le mort. Le bas d'une jambe, cette fois-ci.

Quentyn laissa son fouet se dérouler. « Viserion », appela-t-il, plus fort cette fois-ci. Il pouvait y arriver, il allait réussir, son père l'avait expédié à l'autre bout de la terre à cette fin, il n'y faillirait pas. « *Viserion !* » Il fit siffler la mèche en l'air avec un claquement qui résonna contre les parois noircies.

La tête pâle se leva. Les grands yeux dorés se rétrécirent. Des fumerolles montèrent en spirale des naseaux du dragon.

« Couché », ordonna le prince. *Il ne faut pas lui laisser flairer ta peur.* « Couché, couché, *couché !* » Il ramena le fouet et en cingla le museau du dragon. Viserion émit un chuintement.

Et soudain un vent chaud le bouscula et il entendit le bruit d'ailes de cuir, l'air s'emplit de cendres et d'escarbilles, un rugissement monstrueux se répercuta sur les briques calcinées et carbonisées, il entendit ses amis pousser des cris affolés. Gerris criait son nom, encore et encore, et le mastodonte beuglait : « Derrière vous, derrière vous, *derrière vous !* »

Quentyn se retourna et jeta son bras gauche devant son visage pour protéger ses yeux du souffle de fournaise. *Rhaegal*, se répéta-t-il, *le vert, c'est Rhaegal.*

Quand il leva son fouet, il vit que la lanière brûlait. Sa main aussi. Toute sa personne, il était tout entier embrasé.

Oh, pensa-t-il. Puis il se mit à hurler.

JON

« Qu'ils meurent », trancha la reine Selyse.

C'était la réponse à laquelle s'attendait Jon Snow. *Voilà une reine qui ne faillit jamais à décevoir.* Cela n'amortissait pas le coup pour autant. « Votre Grâce, s'entêta-t-il, ils meurent de faim par milliers, à Durlieu. Beaucoup sont des femmes…

— … et des enfants, oui. Cela est fort triste. »

La reine attira sa fille plus près d'elle et l'embrassa sur la joue. *La joue que ne flétrit pas la léprose*, ne manqua pas d'observer Jon. « Nous sommes navrée pour les petits, bien entendu, mais nous devons nous montrer raisonnable. Nous n'avons pas de nourriture pour eux, et ils sont trop jeunes pour aider le roi mon époux dans ses guerres. Mieux vaut qu'ils renaissent dans la lumière. »

Ce qui était simplement une façon plus atténuée de dire : *qu'ils meurent.*

La salle était envahie de monde. La princesse Shôren se tenait près du siège de sa mère, debout, Bariol assis en tailleur à ses pieds. Derrière la reine se dressait ser Axell Florent. Mélisandre d'Asshaï restait plus près du feu, le rubis à sa gorge palpitant à chacun de ses souffles. La femme rouge avait elle aussi sa cour – l'écuyer Devan Mervault et deux des gardes que lui avait laissés le roi.

Les protecteurs de la reine Selyse étaient rangés le long du mur, une ligne de chevaliers étincelants : ser Malegorn, ser Benethon, ser Narbert, ser Patrek, ser Dorden, ser Brus. Avec tant de sauvageons assoiffés de sang qui infestaient Châteaunoir, Selyse conservait nuit et jour ses boucliers liges autour d'elle. Tormund Fléau-d'Ogres avait rugi en l'apprenant. « Elle a peur qu'on l'enlève, c'est ça ? J'espère qu' t'as pas été lui parler d'la taille de mon membre, Jon Snow, y a d'quoi terrifier n'importe quelle femme. J'ai toujours rêvé d'en avoir une moustachue. » Puis il rit sans pouvoir s'arrêter.

Il ne rirait plus, en ce moment.

Jon avait perdu assez de temps ici. « Je suis désolé de vous avoir dérangée, Votre Grâce. La Garde de Nuit va s'occuper de cette affaire. »

Les narines de la reine se dilatèrent. « Vous avez l'intention de chevaucher quand même vers Durlieu. Je le lis sur votre visage. *Qu'ils meurent*, ai-je dit, et vous persistez dans cette grande folie. Ne le niez pas.

— Je dois agir comme il me paraît préférable. Avec tout le respect que je vous dois, Votre Grâce, le Mur m'appartient, et, de même, cette décision.

— C'est exact, admit Selyse, et vous en répondrez au retour du roi. Ainsi que d'autres décisions que vous avez prises, je le crains. Mais je vois que vous êtes sourd au bon sens. Faites ce que devez. »

Ser Malegorn éleva la voix. « Lord Snow, qui mènera cette patrouille ?

— Vous proposeriez-vous, ser ?

— Ai-je l'air si sot ? »

Bariol se leva d'un bond. « Moi, je mènerai ! » Ses grelots tintèrent joyeusement. « Nous marcherons dans la mer et en ressortirons. Sous les vagues, nous chevaucherons les hippocampes, et des sirènes souffleront dans des conques pour annoncer notre arrivée, oh, oh, oh. »

Tout le monde éclata de rire. Même la reine Selyse se permit un mince sourire. Jon s'en amusa moins. « Je ne demanderai jamais à mes hommes d'accomplir ce que je ne pourrais faire moi-même. J'ai l'intention de prendre la tête de la patrouille.

— Quelle hardiesse, commenta la reine. Nous vous approuvons. Ensuite, un barde composera sans doute sur vous une exaltante ballade, et nous aurons un lord Commandant plus circonspect. » Elle but une gorgée de vin. « Passons à d'autres sujets. Axell, ayez donc l'amabilité de faire entrer le roi sauvageon.

— À l'instant, Votre Grâce. » Ser Axell franchit une porte et revint un instant plus tard avec Gerrick Sangderoi. « Gerrick de la maison Barberouge, annonça-t-il. Roi des Sauvageons. »

Gerrick Sangderoi était un homme de grande taille, long de cuisse et large d'épaule. La reine l'avait habillé de vieux vêtements du roi, apparemment. Nettoyé et peigné, accoutré de velours verts et d'une aumusse en hermine, ses longs cheveux roux lavés de frais et sa barbe ardente taillée et raccourcie, le sauvageon avait toutes les apparences d'un roi sudier. *Il pourrait entrer dans la salle du trône à Port-Réal, sans que nul sourcille,* jugea Jon.

« Gerrick est le roi véritable et légitime des sauvageons, déclara la reine, descendant par les mâles en ligne ininterrompue de leur grand roi Raymun Barberouge, alors que l'usurpateur Mance Rayder était né d'une roturière, et engendré par un de vos frères noirs. »

Non, aurait pu corriger Jon, *Gerrick est né d'un frère cadet de Raymun Barberouge.* Pour le peuple libre, cela comptait à peu près autant que de descendre du cheval de Raymun. *Ils n'y connaissent rien, Ygrid. Et, ce qui est pire, ils n'apprendront jamais.*

« Gerrick a eu la bonté d'accorder la main de sa fille aînée à mon bien-aimé Axell, afin qu'ils soient unis par le Maître de la Lumière en noces sacrées, annonça la reine Selyse. Ses autres filles se marieront en même temps – sa cadette avec ser Brus Buckler, et la benjamine avec ser Malegorn de Pourprétang.

— Sers. » Jon inclina la tête en direction des chevaliers en question. « Puissiez-vous trouver le bonheur avec vos promises.

— Sous la mer, les hommes épousent les poissons. » Bariol exécuta un petit pas de danse, en agitant ses clochettes. « Que oui, que oui, que oui. »

La reine Selyse renifla de nouveau. « On célèbre quatre mariages aussi aisément que trois. Il est grand temps que cette Val s'établisse, lord Snow. J'ai décidé qu'elle épouserait mon brave et féal chevalier, ser Patrek du Mont-Réal.

— A-t-on prévenu Val, Votre Grâce ? s'enquit Jon. Chez le peuple libre, quand un homme désire une femme, il l'enlève et prouve de cette manière sa force, sa ruse et son courage. Le prétendant court le risque d'une féroce rossée si la famille de la femme le surprend, et de pire que cela, si elle-même ne le juge pas digne.

— Coutume de sauvages », jugea Axell Florent.

Ser Patrek se borna à glousser. « Aucun homme n'a jamais eu motif de douter de mon courage. Aucune femme ne le fera jamais. »

La reine Selyse avança les lèvres en cul de poule. « Lord Snow, puisque lady Val est étrangère à nos coutumes, veuillez me l'envoyer, que je puisse l'instruire des devoirs d'une noble dame envers le seigneur son époux. »

Voilà qui va donner des merveilles, je le sens. Jon se demanda si la reine serait toujours aussi impatiente de voir Val épouser un de ses propres chevaliers si elle connaissait les sentiments de Val vis-à-vis de Shôren. « Comme vous le désirez, répondit-il, bien que, si je puis parler librement…

— Non, je ne crois pas. Vous pouvez nous laisser. »

Jon Snow plia le genou, inclina la tête et se retira.

Il descendit les marches deux par deux, saluant en route d'un signe de tête les gardes de la reine. Sa Grâce avait posté des hommes sur chaque palier pour la préserver des sauvageons meurtriers. À la moitié de l'escalier, une voix l'appela d'en haut. « Jon Snow. »

Jon se retourna. « Lady Mélisandre.

— Nous devons parler.

— Vraiment ? » *Je ne crois pas.* « Madame, mes devoirs m'appellent.

— C'est de ces devoirs que je voudrais vous parler. » Elle entama la descente, le bord de ses robes écarlates se balançant par-dessus les marches. On aurait dit qu'elle flottait. « Où est votre loup géant ?

— Il dort dans mes appartements. Sa Grâce n'autorise pas Fantôme en sa présence. Elle affirme qu'il effraie la princesse. Tant que Borroq et son sanglier sont dans les parages, je ne puis le laisser divaguer. » Le change-peau devait accompagner Soren Fend-l'Écu à La Roque une fois que les chariots transportant à Verposte le clan Écorchephoque seraient revenus. En attendant, Borroq avait établi sa résidence dans une des anciennes tombes jouxtant le cimetière du château. La compagnie d'hommes depuis longtemps morts semblait lui convenir davantage que celle des vivants, et son sanglier paraissait fort aise de fouir entre les tombeaux, bien à l'écart des autres bêtes. « Cette créature a une taille de taureau et des défenses aussi longues que des épées. Fantôme s'en prendrait à lui s'il était libre, et l'un ou les deux ne survivraient pas à la rencontre.

— Borroq est le moindre de vos soucis. Cette patrouille…

— Un mot de vous aurait pu convaincre la reine.

— Selyse a raison sur ce point, lord Snow. *Qu'ils meurent.* Vous ne pouvez les sauver. Vos vaisseaux sont perdus…

— Il en demeure six. Plus de la moitié de la flotte.

— Vos vaisseaux sont perdus. *Tous.* Pas un homme ne reviendra. J'ai vu cela dans mes feux.

— Vos feux ont déjà pu mentir.

— J'ai commis des erreurs, je l'ai reconnu, mais…

— Une fille grise sur un cheval agonisant. Des poignards dans le noir. Un prince promis, né de la fumée et du sel. Vous ne commettez *que* des erreurs, ce me semble, madame. Où est Stannis ? Qu'en est-il de Clinquefrac et de ses piqueuses ? *Où est ma sœur ?*

— Toutes vos questions recevront des réponses. Tournez votre regard vers les cieux, lord Snow. Et quand vous aurez vos réponses, faites-moi venir. L'hiver est presque sur nous, à présent. Je suis votre seul espoir.

— Un espoir de sot. » Jon se détourna et s'en fut.

Dehors, Cuirs errait dans la cour. « Toregg est revenu, rapporta-t-il quand Jon parut. Son père a installé son peuple à Bouclier-Égide et sera de retour cet après-midi avec quatre-vingts combattants. Qu'en a dit la reine à barbe ?

— Sa Grâce ne peut fournir aucune assistance.

— Trop occupée à s'épiler les poils du menton, c'est ça ? » Cuirs cracha par terre. « Peu importe. Les hommes de Tormund et les nôtres suffiront. »

Ils suffiront pour que nous parvenions là-bas, peut-être. C'était le voyage de retour qui inquiétait Jon Snow. En revenant, ils seraient ralentis par des milliers de membres du peuple libre, nombre d'entre eux malades et affamés. *Un fleuve d'humanité se mouvant moins vite qu'un fleuve de glace.* Cela les laisserait vulnérables. *Des créatures mortes dans les bois. Des créatures mortes dans les eaux.* « Combien d'hommes suffisent ? demanda-t-il à Cuirs. Cent ? Deux cents ? Cinq cents ? Mille ? *Devrais-je prendre plus d'hommes, ou moins ?* Une patrouille plus réduite atteindrait plus vite Durlieu… Mais à quoi bon les épées, sans vivres ? La mère Taupe et son peuple en étaient déjà venus à dévorer leurs morts. Pour les nourrir, il aurait besoin de chariots et de charrettes, et de bêtes de trait pour les tirer – des chevaux, des bœufs, des chiens. Plutôt que de filer à travers bois, ils seraient condamnés à se traîner. « Il reste beaucoup de décisions à prendre. Fais passer le mot. Je veux voir tous les chefs dans la salle aux Écus quand débutera la garde du soir. Tormund devrait être rentré, à ce moment-là. Où puis-je trouver Toregg ?

— Avec le petit monstre, probablement. Il s'est entiché d'une des nourrices, à ce que je me suis laissé dire. »

Il s'est entiché de Val. Elle avait une sœur reine, pourquoi pas elle aussi ? Tormund avait autrefois songé à se proclamer Roi d'au-delà du Mur, avant que Mance ne l'emporte sur lui. Toregg le Grand caressait peut-être le même rêve. *Plutôt lui que Gerrick Sangderoi.* « Laisse-les en paix, dit Jon. Je parlerai à Toregg plus tard. » Il leva les yeux, au-delà de la tour du Roi. Le Mur était d'un blanc terne, le ciel au-dessus plus blanc. *Un ciel de neige.* « Prie simplement pour que nous n'essuyions pas une nouvelle tempête. »

Devant l'armurerie, Mully et la Puce montaient la garde en grelottant. « Vous ne devriez pas être à l'intérieur, plutôt que dans ce vent ? leur demanda Jon.

— Ça f'rait du bien, m'sire, répondit Fulk la Puce, mais vot' loup est pas d'humeur à avoir d'la compagnie, aujourd'hui. »

Mully opina. « L'a failli me bouffer, j' vous l'dis.

— *Fantôme ?* » Jon était abasourdi.

« Sauf si Vot' Seigneurie a un aut' loup blanc, ouais. J' l'ai jamais vu comme ça, m'sire. Tout sauvage, j'veux dire. »

Il disait vrai, comme Jon le découvrit par lui-même, quand il se glissa par les portes. Le loup géant blanc ne tenait pas en place. Il allait et venait, d'un bout à l'autre de l'armurerie, longeant la forge froide dans un sens puis dans l'autre. « Du calme, Fantôme, appela Jon. Aux pieds. Assis, Fantôme. *Aux pieds.* » Et pourtant, quand il fit mine de le toucher, le loup se hérissa et montra les crocs. *C'est ce foutu sanglier. Même ici, Fantôme renifle sa sale odeur.*

Le corbeau de Mormont semblait agité, lui aussi. « *Snow*, ne cessait de glapir l'oiseau. *Snow, snow, snow.* » Jon le chassa, demanda à Satin d'allumer un feu, puis il l'envoya chercher Bowen Marsh et Othell Yarwyck. « Et apporte un pichet de vin chaud, par la même occasion.

— Trois coupes, m'sire ?

— Six. Mully et la Puce ont l'air d'avoir besoin d'un petit quelque chose de chaud. Tu en auras besoin aussi. »

Lorsque Satin fut parti, Jon s'assit et jeta un nouveau coup d'œil sur les cartes des territoires au nord du Mur. Le trajet le plus court jusqu'à Durlieu suivait la côte... à partir de Fort-Levant. Les bois étaient moins denses en bord de mer, le pays pour l'essentiel des plaines, des collines moutonnantes et des marais salants. Et quand les tempêtes d'automne s'abattaient en hurlant, la côte recevait du grésil, de la grêle et des pluies verglaçantes, plutôt que de la neige. *Les géants se trouvent à Fort-Levant, et d'après Cuirs, certains nous aideront.* À partir de Châteaunoir, le chemin était plus difficile, passant directement par le cœur de la forêt hantée. *Si la neige monte déjà à une telle épaisseur au Mur, jusqu'où atteindra-t-elle là-bas ?*

Marsh entra en reniflant, Yarwyck avec la mine sombre. « Encore une tempête, annonça le Premier Constructeur. Comment pouvons-nous travailler par un temps pareil ? J'ai besoin de davantage d'ouvriers.

— Emploie le peuple libre », répondit Jon.

Yarwyck secoua la tête. « Ils causent plus d'ennuis qu' ça n'en vaut la peine, ceux-là. Négligents, étourdis, paresseux... y a des bons charpentiers çà et là, je dis pas, mais c'est à peine si on trouve un maçon et, pour les forgerons, pas grand-monde. L'échine est solide, ça se peut, mais ils ne font pas ce qu'on leur dit. Et nous, avec toutes ces ruines à retransformer en forteresses. C'est pas possible, messire. J' vous le dis en vérité. C'est pas faisable.

— Ce sera fait, assura Jon, ou ils vivront dans des ruines. »

Un lord avait besoin autour de lui d'hommes sur lesquels il pouvait compter pour le conseiller avec honnêteté. Marsh et Yarwyck n'étaient pas des lèche-bottes, et c'était fort bien... Mais ils ne lui étaient que rarement utiles. De plus en plus, il constatait qu'il connaissait leur réaction avant même de la leur demander.

Surtout en ce qui concernait le peuple libre, où leur désapprobation était chevillée dans l'os. Lorsque Jon avait confié La Roque à Soren Fend-l'Écu, Yarwyck avait protesté que l'endroit était trop isolé. Comment savoir quelles vilenies Soren pourrait ourdir, là-bas, dans les collines ? Quand il avait attribué Bouclier-Égide à Tormund Fléau-d'Ogres et Porte Reine à Morna Masque Blanc, Marsh avait fait observer que désormais Châteaunoir aurait de chaque côté des ennemis à même de les isoler aisément du reste du Mur. Quant à Borroq, Othell Yarwyck clamait que les bois au nord de La Roque regorgeaient de san-gliers sauvages. Qui savait si le change-peau n'allait pas lever sa propre armée de pourceaux ?

Mont-Frimas et La Givrée étaient encore dépourvues de gar-nisons, aussi Jon leur avait-il demandé leur opinion sur ceux des chefs et seigneurs de guerre sauvageons restants qui convien-draient le mieux pour les tenir. « Nous avons Brogg, Gavin le Troqueur, le grand Morse… Howd l'Errant marche seul, d'après Tormund, mais il y a encore Harle le Veneur, Harle Beauminois, Doss l'Aveugle… Ygon Père-Ancien dirige un groupe, mais la plupart sont ses propres fils et petits-fils. Il a dix-huit épouses, dont la moitié ont été volées au cours de razzias. Lequel de ceux-ci…

— Aucun, avait tranché Bowen Marsh. Je connais tous ces hommes par leurs actes. Nous devrions leur passer la corde autour du col, et non leur donner nos châteaux.

— Certes, avait renchéri Yarwyck. Le mauvais, le pis et le pire : piètre choix. Autant nous présenter une meute de loups, messire, et nous demander par lequel nous préférons avoir la gorge arrachée. »

Il en alla encore de même avec Durlieu. Satin servit pendant que Jon leur narrait son audience avec la reine. Marsh écouta avec attention, ignorant le vin chaud, tandis que Yarwyck buvait une coupe, et une deuxième. Mais Jon n'avait pas plus tôt fini que le lord Intendant déclarait : « Sa Grâce est sage. Qu'ils meurent. »

Jon se rassit. « Est-ce là le seul conseil que vous puissiez offrir, messire ? Tormund nous amène quatre-vingts hommes. Com-bien devrions-nous en envoyer ? Ferons-nous appel aux géants ? Aux piqueuses de Longtertre ? Si nous avons des femmes avec nous, cela pourrait tranquilliser le peuple de la mère Taupe.

— Eh bien, envoyez donc des femmes. Et des géants. Envoyez des marmots au sein. Est-ce là ce que vous désirez entendre, messire ? » Bowen Marsh frictionna la cicatrice qu'il avait rem-portée à la bataille du pont des Crânes. « Envoyez-les tous. Plus nous en perdrons, et moins nous aurons de bouches à nourrir. »

Yarwyck ne fut pas plus utile. « Si les sauvageons de Durlieu ont besoin d'être sauvés, que des sauvageons aillent là-bas s'en charger. Tormund connaît la route de Durlieu. À l'écouter parler, il est capable de tous les sauver avec son membre énorme. »

Tout ceci était inutile, jugea Jon. *Inutile, vain et sans espoir.* « Merci de vos conseils, messires. »

Satin les aida à rendosser leurs capes. Quand ils traversèrent l'armurerie, Fantôme vint les renifler, la queue dressée, le poil hérissé. *Mes frères.* La Garde de Nuit avait besoin de chefs avec la sagesse de mestre Aemon, le savoir de Samwell Tarly, le courage de Qhorin Mimain, la force entêtée du Vieil Ours, la compassion de Donal Noye. Mais elle ne disposait que d'eux.

Dehors, la neige tombait dru. « Y a un vent du sud, observa Yarwyck. Il rabat la neige tout contre le Mur. Zavez vu ? »

Il disait vrai. L'escalier en zigzag était enseveli pratiquement jusqu'au premier palier, constata Jon, et les portes de bois des cellules de glace et des réserves avaient disparu derrière un mur de blanc. « Combien y a-t-il d'hommes en cellules de glace ? demanda-t-il à Bowen Marsh.

— Quatre vivants. Deux morts. »

Les cadavres. Jon les avait presque oubliés. Il avait espéré apprendre quelque chose des corps qu'ils avaient ramenés du bosquet de barrals, mais les morts s'étaient entêtés à demeurer morts. « Il faudra dégager ces cellules.

— Dix intendants et dix pelles devraient y suffire, déclara Marsh.

— Employez également Wun Wun.

— À vos ordres. »

Dix intendants et un géant eurent vite raison des congères, mais même quand les portes furent de nouveau dégagées, Jon ne fut pas satisfait. « Ces cellules seront de nouveau enfouies, au matin. Nous ferions mieux de déplacer les prisonniers avant qu'ils périssent étouffés.

— Karstark aussi, m'sire ? interrogea Fulk la Puce. On pourrait pas le laisser grelotter jusqu'au printemps, lui ?

— Si seulement. » Cregan Karstark avait pris coutume de hurler la nuit, ces derniers temps, et de cribler d'excréments gelés quiconque venait lui apporter à manger. Cela ne l'avait pas rendu populaire auprès de ses gardes. « Menez-le à la tour du lord Commandant. Il sera très bien, enfermé dans le soubassement. » Quoique en partie effondré, l'ancien séjour du Vieil Ours serait plus chaud que les cellules de glace. Ses caves étaient dans l'ensemble demeurées intactes.

Cregan donna des coups de pied aux gardes quand ils passèrent la porte, se tordit et les bouscula lorsqu'ils s'emparèrent de lui, allant jusqu'à essayer de les mordre. Mais le froid l'avait affaibli, et les hommes de Jon étaient plus massifs, plus jeunes et plus vigoureux. Ils le traînèrent au-dehors, toujours se débattant, et le halèrent jusqu'à son nouveau domicile, à travers une neige qui leur montait jusqu'aux cuisses.

« Que souhaiterait le lord Commandant que nous fassions de ses cadavres ? demanda Marsh une fois que les vivants eurent été déplacés.

— Laissez-les. » Si la tempête les ensevelissait, fort bien. Il serait sans doute nécessaire de les brûler, tôt ou tard, mais pour l'heure, ils étaient entravés par des chaînes de fer à l'intérieur de leurs cellules. Cela, et le fait d'être morts, devraient suffire à les garder inoffensifs.

Tormund Fléau-d'Ogres calcula son retour à la perfection, se présentant avec fracas, accompagné de ses guerriers, quand les pelles eurent terminé tout l'ouvrage. Ne semblaient l'avoir accompagné que cinquante hommes, en lieu des quatre-vingts promis à Cuirs par Toregg, mais on n'appelait pas Tormund Haut-Parleur pour rien. Le sauvageon arriva, le visage rubicond, criant qu'on lui apportât une corne de bière et quelque chose de chaud à manger. Il avait de la glace dans la barbe et plus encore pris dans sa moustache.

Quelqu'un avait déjà parlé à Poing-la-Foudre de Gerrick Sangderoi et de sa nouvelle mise. « Roi des Sauvageons ? rugit Tormund. Har ! Roi de mon cul velu, plutôt !

— Il a l'air fort royal, commenta Jon.

— Il a une petite bite rouge pour accompagner tout son poil roux, voilà ce qu'il a. Raymun Barberouge et ses fils sont morts à Lonlac, grâce à tes foutus Stark et au Géant Soûl. Pas le petit frère. Zêtes jamais demandé pourquoi on l'appelait le Choucas rouge ? » La bouche de Tormund se fendit en un sourire aux dents écartées. « Premier à détaler du champ de bataille, oh ouais. On a composé une chanson là-d'sus, par la suite. Le barde cherchait une image pour l'décrire : un vol rapide et bas, couvert de sang. Alors… » Il s'essuya le nez. « Si les chevaliers de vot' reine veulent de ses filles, grand bien leur fasse.

— *Filles*, piailla le corbeau de Mormont. *Filles, filles.* »

Cela fit de nouveau éclater de rire Tormund. « Là, voilà un oiseau qui a du bon sens. Combien t'en demandes, Snow ? J' t'ai donné un fils, la moindre des choses s'rait de me donner ce foutu oiseau.

— Je le ferais volontiers, répondit Jon, mais tu serais bien capable de le manger. »

Cela aussi fit rugir de rire Tormund. « *Manger* », croassa le corbeau sur un ton sombre, dans des battements d'ailes noires. « *Grain ? Grain ? Grain ?*

— Il faut que nous discutions de la patrouille, poursuivit Jon. Je veux que nous parlions d'une seule voix dans la salle aux Écus, nous devons... » Il s'interrompit quand Mully pointa le nez par la porte, la mine sombre, pour annoncer que Clydas avait apporté une lettre.

« Dis-lui de te la laisser. Je la lirai plus tard.

— À vos ordres, m'sire, sauf que... Clydas a pas l'air d'êt' dans son état normal... Il est plus blanc que rose, si vous voyez c' que je veux dire... pis, il tremble.

— Noires ailes, noires nouvelles, marmonna Tormund. C'est pas ce que vous dites, chez les Agenouillés ?

— On dit aussi : *Saigne le rhume, mais, pour la fièvre, festoie,* lui répondit Jon. On dit : *Ne bois jamais avec un Dornien par pleine lune.* On dit beaucoup de choses. »

Mully ajouta son grain de sel. « Ma grand-mère, elle disait toujours : *Les amis d'été fondent comme neige d'été, mais les amis d'hiver sont amis à jamais.*

— Je pense que ça suffira, comme sagesse, pour le moment, coupa Jon Snow. Aie l'obligeance de faire entrer Clydas. »

Mully n'avait pas eu tort : le vieil intendant tremblait, en effet, le visage aussi pâle que les neiges au-dehors. « Je me conduis comme un sot, lord Commandant, mais... cette lettre m'épouvante. Vous voyez, ici ? »

Bâtard était le seul mot inscrit à l'extérieur du rouleau. Ni *lord Snow*, ni *Jon Snow* ou *Lord Commandant*. Simplement *Bâtard*. Et la lettre était scellée d'une coulée de cire rose et dure. « Vous avez eu raison de venir tout de suite », jugea Jon. *Vous avez raison d'avoir peur.* Il brisa le sceau, aplatit le parchemin et lut.

Ton faux roi est mort, bâtard. Lui et tout son ost ont été écrasés en sept jours de bataille. J'ai son épée magique. Dis-le à sa putain rouge.

Les amis de ton faux roi sont morts. Leurs têtes sur les remparts de Winterfell. Viens les voir, bâtard. Ton faux roi a menti, et toi aussi. Tu as raconté au monde que tu avais brûlé

le Roi d'au-delà du Mur. En réalité, tu l'as envoyé à Winter-
fell me voler mon épouse.

Je reprendrai mon épouse. Si tu veux récupérer Mance
Rayder, viens le chercher. Je le tiens en cage aux yeux de tout
le Nord, pour preuve de tes mensonges. La cage est froide,
mais je lui ai confectionné un chaud manteau avec la peau
des six putains qui l'ont accompagné à Winterfell.

Je veux restitution de mon épouse. Je veux la reine du faux
roi. Je veux sa fille et sa sorcière rouge. Je veux sa princesse
sauvageonne. Je veux son petit prince, le marmot sauvageon.
Et je veux mon Schlingue. Envoie-les-moi, bâtard, et je ne
t'importunerai pas, toi et tes noirs corbacs. Prive-m'en, et je
t'arracherai ton cœur de bâtard pour le dévorer.

C'était signé :

Ramsay Bolton,
Lord légitime de Winterfell.

« Snow ? interrogea Tormund Fléau-d'Ogres. À te voir, on
dirait que la tête sanglante de ton père vient de rouler hors de
ce papier. »

Jon Snow ne répondit pas tout de suite. « Mully, aide Clydas
à regagner ses appartements. La nuit est noire et la neige doit
rendre les chemins glissants. Satin, accompagne-les. » Il tendit
la lettre à Tormund Fléau-d'Ogres. « Tiens, vois par toi-même. »

Le sauvageon jeta à la lettre un coup d'œil dubitatif et la
rendit tout de suite. « Sale apparence... mais Tormund Poing-
la-Foudre avait mieux à faire que d'apprendre à faire parler les
papiers pour lui. Ils n'ont jamais rien de bon à raconter, pas
vrai ?

— Pas souvent », reconnut Jon Snow. *Noires ailes, noires nou-*
velles. Peut-être y avait-il plus de vérité dans ces vieux dictons
qu'il ne l'avait cru. « Elle a été envoyée par Ramsay Snow. Je
vais te lire ce qu'il a écrit. »

Quand ce fut fait, Tormund poussa un sifflement. « Har. Bou-
grerie, y a pas d'erreur. Et c'est quoi, cette histoire de Mance ?
Il l'a mis en cage, c'est ça ? Comment il a pu, quand des centaines ont vu ta sorcière rouge brûler l'homme ? »

C'était Clinquefrac, faillit répondre Jon. *C'était de la sorcelle-*
rie. Un charme, comme elle a appelé ça. « Mélisandre... *surveillez*
les cieux, a-t-elle dit. » Il déposa la lettre. « Un corbeau dans

une tempête. Elle a vu ceci arriver. » *Quand vous aurez vos réponses, faites-moi venir.*

« Tout ça pourrait bien être une pleine outre de mensongeries. » Tormund se gratta sous la barbe. « Si j'avais une jolie plume d'oie et une bouteille d'encre de mestre, j' pourrais écrire qu' j'ai le membre aussi long et épais qu' le bras, ça le changerait pas pour autant.

— Il détient Lumière. Il parle de têtes sur les remparts de Winterfell. Il sait pour les piqueuses et leur nombre. » *Il sait, pour Mance Rayder.* « Non. Il y a du vrai, là-dedans.

— J'irai pas dire qu' t'as tort. T'as l'intention de faire quoi, corbac ? »

Jon plia les doigts de sa main d'épée. *La Garde de Nuit ne prend pas parti.* Il serra le poing, le rouvrit. *Ce que vous proposez n'est rien de moins qu'une trahison.* Il songea à Robb, des flocons de neige fondant sur ses cheveux. *Tue l'enfant pour laisser naître l'homme.* Il songea à Bran, escaladant le mur d'une tour, agile comme un marmouset. Au rire essoufflé de Rickon. À Sansa, qui brossait la toison de Lady en chantant pour elle-même. *T'y connais rien, Jon Snow.* Il songea à Arya, aux cheveux aussi emmêlés qu'un nid d'oiseau. *Je lui ai confectionné un chaud manteau avec la peau des six putains qui l'ont accompagné à Winterfell… Je veux restitution de mon épouse… Je veux restitution de mon épouse… Je veux restitution de mon épouse…*

« Je crois que nous avons intérêt à réviser le plan », déclara Jon Snow.

Ils discutèrent pendant presque deux heures.

À la relève de la garde, Harse et Rory avaient remplacé Fulk et Mully à la porte de l'armurerie. « Avec moi », leur intima Jon, le moment venu. Fantôme aurait suivi aussi, mais lorsque le loup trottina sur leurs talons, Jon l'empoigna par la peau du cou et réussit à le forcer de nouveau à l'intérieur. Borroq ferait peut-être partie des gens assemblés dans la salle aux Écus. La dernière chose dont il eût besoin en ce moment précis était de voir son loup massacrer le sanglier du change-peau.

La salle aux Écus constituait l'une des plus anciennes parties de Châteaunoir, une longue salle de banquet en pierre noire, traversée de courants d'air, aux poutres de chêne noircies par des siècles de fumée. Aux temps où la Garde de Nuit était beaucoup plus nombreuse, ses murs étaient décorés de rangées d'écus en bois aux vifs coloris. À l'époque comme aujourd'hui, quand un chevalier prenait le noir, la tradition lui imposait de délaisser ses armoiries d'origine pour adopter l'écu noir traditionnel de la fraternité. On accrochait les écus ainsi répudiés dans la salle aux Écus.

Des centaines de chevaliers, cela signifiait des centaines d'écus. Des faucons et des aigles, des dragons et des griffons, des soleils et des cerfs, des loups et des vouivres, des manticores, des taureaux, des arbres et des fleurs, des harpes, des piques, des crabes et des seiches, des lions rouges et des lions d'or, des lions échiquetés, des hiboux, des agneaux, des pucelles et des tritons, des étalons, des étoiles, des seaux et des boucles, des écorchés, des pendus et des ardents, des haches, des flamberges, des tortues, des licornes, des ours, des plumes, des araignées, des serpents et des scorpions et cent autres charges héraldiques avaient orné les murs de la salle aux Écus, exécutés en plus de couleurs qu'aucun arc-en-ciel jamais rêvé.

Mais quand un chevalier mourait, on décrochait son bouclier afin qu'il l'accompagnât sur son bûcher ou sur sa tombe et, au cours des années et des siècles, de moins en moins de chevaliers avaient pris le noir. Vint le jour où il ne fut plus raisonnable pour les chevaliers de Châteaunoir de dîner à part. On délaissa la salle aux Écus. Comme salle de banquet, elle laissait beaucoup à désirer – elle était sombre, sale, pleine de courants d'air et difficile à chauffer en hiver, ses caves étaient infestées de rats, ses poutres de bois massif vermoulues et festonnées de toiles d'araignée.

Mais elle était vaste, et assez longue pour accueillir deux cents personnes, et la moitié de ce nombre en plus si l'on serrait les rangs. À l'entrée de Jon et de Tormund, une rumeur parcourut la salle, comme des guêpes s'agitant dans un nid. Les sauvageons étaient plus nombreux que les corbacs en un rapport de cinq contre un, à en juger par le peu de noir qu'il voyait. Moins d'une douzaine d'écus demeuraient en place, tristes objets gris à la peinture écaillée et au bois fendu de longues craquelures. Mais des torches neuves brûlaient dans les appliques en fer qui bordaient les murs, et Jon avait ordonné que l'on apportât des bancs et des tables. Des hommes confortablement assis étaient plus enclins à prêter l'oreille, lui avait un jour dit mestre Aemon ; les hommes debout tendaient à gueuler davantage.

Au haut bout de la salle se dressait une plate-forme affaissée. Jon y grimpa, Tormund Fléau-d'Ogres à ses côtés, et il leva les mains pour réclamer le silence. Les guêpes n'en bourdonnèrent que plus fort. Alors Tormund porta à ses lèvres sa trompe de guerre, et il sonna un appel. La clameur emplit la salle, résonnant contre les solives au-dessus de leurs têtes. Le silence tomba.

« Je vous ai convoqués pour dresser des plans visant à secourir Durlieu, commença Jon Snow. Par milliers, les hommes et les femmes du peuple libre y sont rassemblés, pris au piège et mourant de faim, et on nous a signalé des créatures mortes dans les bois. » Sur sa gauche, il vit Marsh et Yarwyck. Othell était entouré de ses constructeurs, tandis que Bowen avait auprès de lui Wick Taillebois, Gaucher Lou et Alf de Bouecoulant. À sa droite, Soren Fend-l'Écu était assis, les bras croisés sur la poitrine. Plus loin en retrait, Jon vit Gavin le Troqueur, et Harle Beauminois chuchoter ensemble. Ygon Père-Ancien siégeait au milieu de ses épouses, Howd l'Errant en solitaire. Borroq était adossé à un mur, dans un coin sombre. Miséricordieusement, on ne voyait son sanglier nulle part. « Les vaisseaux que j'ai envoyés emporter la mère Taupe et son peuple ont été malmenés par les tempêtes. Nous devons dépêcher l'aide que nous pourrons par voie de terre, ou les laisser périr. » Deux des chevaliers de la reine Selyse étaient venus également, nota Jon. Ser Narbert et ser Benethon se tenaient près de la porte au bas de la salle. Mais le reste des gens de la reine brillaient par leur absence. « J'avais espéré conduire moi-même la patrouille et ramener autant de sauvageons qu'il en pouvait survivre au voyage. » Un éclair rouge au fond de la salle attira l'œil de Jon. Lady Mélisandre venait d'arriver. « Mais je découvre à présent que je ne puis aller à Durlieu. La patrouille sera conduite par Tormund Fléau-d'Ogres, que vous connaissez tous. Je lui ai promis autant d'hommes qu'il en exigera.

— *Et tu s'ras où, l'corbac ?* tonna Borroq. Caché ici, à Châteaunoir avec ton chien blanc ?

— Non. Je pars vers le sud. » Alors, Jon leur lut la lettre qu'avait écrite Ramsay Snow.

La salle aux Écus explosa.

Tous les hommes commencèrent à crier en même temps. Ils se levèrent d'un bond, secouant le poing. *Les limites du pouvoir d'apaisement d'un banc confortable.* On brandissait des épées, on entrechoquait haches et boucliers. Jon jeta un regard vers Tormund. Le Fléau-d'Ogres sonna de sa trompe une nouvelle fois, deux fois plus longtemps et deux fois plus fort que la première fois.

« La Garde de Nuit ne prend aucune part aux guerres des Sept Couronnes », leur rappela Jon quand un simulacre de calme fut rétabli. « Il ne nous appartient pas de nous opposer au Bâtard de Bolton, de venger Stannis Baratheon, de défendre sa veuve et sa fille. Cette *créature* qui taille des capes dans des peaux de femmes a juré de m'arracher le cœur, et j'ai l'intention de lui faire répondre de ces paroles… mais je ne demanderai pas à mes frères de rompre leurs vœux.

» La Garde de Nuit partira pour Durlieu. Je chevauche seul vers Winterfell, à moins… » Jon s'interrompit. « … y a-t-il ici un homme qui viendra se tenir auprès de moi ? »

Le rugissement fut tout ce qu'il aurait pu espérer, un tumulte si sonore que deux anciennes rondaches se décrochèrent des murs. Soren Fend-l'Écu était debout, ainsi que l'Errant. Toregg le Grand, Brogg, Harle le Veneur autant que Harle Beauminois, Ygon Père-Ancien, Doss l'aveugle, et même le grand Phoque. *J'ai mes épées*, se dit Jon Snow, *et nous venons te chercher, Bâtard.*

Yarwyck et Marsh s'éclipsaient, nota-t-il, et tous leurs hommes avec eux. Ça n'avait aucune importance. Il n'avait pas besoin d'eux, désormais. Il ne *voulait pas* d'eux. *Personne ne pourra jamais dire que j'ai forcé mes frères à rompre leurs vœux. S'il y a parjure, le crime me concerne, et ne concerne que moi seul.* Et voilà que Tormund Fléau-d'Ogres lui administra force claques dans le dos, souriant à claire-voie d'une oreille à l'autre. « Bien parlé, corbac. Et maintenant, qu'on serve l'hydromel ! Lie-les à toi et soûle-les, c'est comme ça qu'on procède. On finira par faire de toi un sauvageon, petit. Har ! »

— Je vais faire demander de la bière », répondit Jon, l'esprit ailleurs. Mélisandre avait disparu, s'aperçut-il, ainsi que les chevaliers de la reine. *J'aurais dû aller d'abord voir Selyse. Elle a le droit de savoir que son seigneur est mort.* « Tu devras m'excuser. Je te laisse les soûler.

— Har ! Une tâche à laquelle j' suis particulièrement apte, corbac. Va donc ! »

Harse et Rory encadrèrent Jon à sa sortie de la salle aux Écus. *Je devrais m'entretenir avec Mélisandre après avoir vu la reine*, songeait-il. *Si elle a pu voir un corbeau dans une tempête, elle peut trouver Ramsay Snow pour moi.* Puis il entendit les clameurs, et un rugissement si sonore qu'il parut secouer le Mur lui-même. « Ça vient de la tour d'Hardin, m'sire », rapporta

Harse. Il aurait pu en dire davantage, mais le hurlement lui coupa la parole.

Val, fut la première pensée de Jon. Mais ce n'était pas un cri de femme. *C'est un homme dans les souffrances de l'agonie.* Il se mit à courir. Harse et Rory galopèrent à ses basques. « Des spectres ? » demanda Rory. Jon se posait la question. Ses cadavres avaient-ils pu s'évader de leurs chaînes ?

Les hurlements avaient cessé quand ils parvinrent à la tour d'Hardin, mais Wun Weg Wun Dar Wun rugissait toujours. Le géant secouait par une jambe un cadavre ensanglanté, de la même façon qu'Arya agitait sa poupée quand elle était petite, la maniant comme un fléau d'armes quand on la menaçait de légumes. *Mais Arya n'a jamais mis sa poupée en pièces.* Le bras d'épée du mort se trouvait à plusieurs pas de là, la neige en dessous virant au rouge.

« Lâche-le, cria Jon. Wun Wun, *lâche-le.* »

Wun Wun n'entendit pas ou ne comprit pas. Le géant saignait, lui aussi, d'entailles d'épées au ventre et sur le bras. Il balança le chevalier mort contre la pierre grise de la tour, encore, encore et encore, jusqu'à ce que la tête de l'homme fût une pulpe rouge comme un melon d'été. La cape du chevalier claquait dans l'air froid. En laine blanche, elle avait été, bordée de tissu d'argent, avec un motif d'étoiles bleues. Le sang et l'os volaient en tous sens.

Des hommes se déversèrent des donjons et des tours environnants. Des Nordiens, le peuple libre, des gens de la reine... « Formez un cordon, leur ordonna Jon Snow. Faites-les reculer. Tout le monde, mais en particulier les gens de la reine. » Le mort était ser Patrek du Mont-Réal ; sa tête avait en grande partie disparu, mais ses armoiries étaient aussi distinctives que son visage. Jon ne voulait pas courir le risque de voir ser Malegorn, ser Brus ou n'importe quel autre chevalier de la reine chercher à le venger.

Wun Weg Wun Dar Wun rugit encore une fois, tordit et tira l'autre bras de ser Patrek. Celui-ci s'arracha de l'épaule dans une gerbe de sang rouge vif. *Comme un enfant qui effeuille une marguerite*, songea Jon. « Cuirs, parle-lui, calme-le. L'Ancienne Langue, il comprend, l'Ancienne Langue. *En arrière*, les autres. Rangez votre acier, nous l'effrayons. » Ne voyaient-ils pas que le géant avait été blessé ? Jon devait mettre un terme à tout ceci, ou il y aurait d'autres morts. Ils n'avaient aucune notion de la puissance de Wun Wun. *Une trompe, il me faut une trompe.* Il vit luire l'acier, se tourna de ce côté. « *Pas de lames !* » hurla-t-il. « Wick, range tout de suite ce… »

Poignard, avait-il l'intention de dire. Quand Wick Taillebois frappa en visant sa gorge, le mot se changea en grognement. Jon se tordit pour esquiver l'arme, juste assez pour qu'elle l'égratignât à peine. *Il m'a coupé.* Quand il porta la main au côté de son cou, du sang coula entre ses doigts. « *Pourquoi ?*

— Pour la Garde. » Wick le frappa de nouveau. Cette fois-ci, Jon lui attrapa le poignet et lui tordit le bras en arrière jusqu'à ce que Wick lâchât le poignard. L'intendant dégingandé recula, mains levées comme pour dire : *pas moi, ce n'était pas moi.* Des hommes criaient, Jon tendit la main vers Grand-Griffe, mais ses doigts étaient devenus raides et gourds. Il ne savait pourquoi, il semblait incapable de libérer l'épée de son fourreau.

Puis Bowen Marsh se tint devant lui, des larmes lui coulant sur les joues. « Pour la Garde. » Il porta à Jon un coup au ventre. Lorsqu'il retira la main, le poignard resta fiché à l'endroit où il l'avait planté.

Jon tomba à genoux. Il trouva la garde du poignard et l'arracha. Dans l'air froid de la nuit, la blessure fumait. « Fantôme », chuchota-t-il. La douleur l'engloutit. *Frappe-les avec le bout pointu.* Quand le troisième poignard le perça entre les omoplates, il poussa un grognement et tomba la tête la première dans la neige. Il ne sentit jamais le quatrième poignard. Rien que le froid…

LA MAIN DE LA REINE

Le prince de Dorne mit trois jours à mourir.

Il exhala son dernier soupir tremblant dans le noir lugubre de l'aube, alors qu'une pluie froide tombait en chuintant d'un ciel obscur pour changer en torrents les rues de brique de la vieille ville. La pluie avait noyé le plus gros des incendies, mais des fumerolles montaient encore de la ruine calcinée qui avait été la pyramide d'Hazkar, et la grande pyramide noire d'Yherizan, où Rhaegal avait établi son antre, se dressait dans la pénombre comme une grosse femme parée de brillants joyaux orange.

Peut-être les dieux ne sont-ils pas sourds, après tout, songea ser Barristan Selmy en observant ces brasillements au loin. *Sans la pluie, les incendies auraient pu consumer tout Meereen, à l'heure actuelle.*

Il ne voyait aucun signe des dragons, mais il n'en attendait aucun. Les dragons n'aimaient pas la pluie. Une fine balafre rouge marquait l'horizon d'orient, à l'endroit où le soleil apparaîtrait bientôt peut-être. Cela rappela à Selmy le premier sang qui affleure sur une blessure. Souvent, même avec une profonde entaille, le sang venait avant la douleur.

Il se tenait auprès des garde-corps au plus haut niveau de la Grande Pyramide, scrutant le ciel comme il le faisait chaque matin, avec la conscience que l'aube devait venir et l'espoir que sa reine viendrait avec elle. *Elle ne nous a pas abandonnés, jamais elle n'abandonnerait son peuple*, se répétait-il, quand il entendit le râle d'agonie du prince sortir des appartements de la reine.

Ser Barristan rentra. L'eau de pluie ruisselait sur sa cape blanche et ses bottes laissaient des traces trempées sur le sol et les tapis. Sur son ordre, on avait étendu Quentyn Martell dans le propre lit de la reine. Il avait été un chevalier, et un prince de Dorne, de plus. Le laisser mourir dans le lit qu'il avait traversé la moitié d'un monde pour atteindre semblait un geste de bonté. Le lit était irrécupérable – les draps, les couvertures, les oreillers, le matelas, tout cela empestait le sang et la fumée, mais ser Barristan estimait que Daenerys le lui pardonnerait.

Missandei était assise au bord du matelas. Elle était restée auprès du prince nuit et jour, satisfaisant les besoins qu'il parvenait à exprimer, lui donnant de l'eau et du lait de pavot quand il avait assez de force pour boire, prêtant attention aux quelques mots torturés qu'il hoquetait par moments, lui faisant la lecture quand il se taisait, dormant sur sa chaise à son chevet. Ser Barristan avait demandé à quelques échansons de la reine de l'aider, mais la vision de ce brûlé dépassait ce que pouvaient endurer les plus hardis. Et les Grâces Bleues ne s'étaient même pas déplacées, bien qu'il les eût fait mander à quatre reprises. Peut-être la dernière avait-elle été emportée par la jument pâle, désormais.

La petite scribe naathie leva les yeux quand il approcha. « Honoré ser. Le prince a dépassé la douleur, désormais. Ses dieux dorniens l'ont emporté chez lui. Vous voyez ? Il sourit. »

Comment vois-tu cela ? Il n'a plus de lèvres. Il aurait été plus charitable que les dragons le dévorent. Au moins, cela aurait été rapide. Ceci... *Le feu est une atroce façon de mourir. Rien d'étonnant si la moitié des enfers sont constitués de flammes.* « Couvre-le. »

Missandei tira la couverture sur le visage du prince. « Qu'allons-nous faire de lui, ser ? Il est tellement loin de chez lui.

— Je veillerai à ce qu'il soit restitué à Dorne. » *Mais comment ? Sous forme de cendres ?* Cela exigerait encore du feu, et ser Barristan n'en pouvait supporter l'idée. *Nous devrons dépouiller ses os de leur chair. Des scarabées, pas de mise à bouillir.* Les sœurs du Silence s'en seraient chargées, chez eux, mais on était ici dans la baie des Serfs. La plus proche sœur du Silence se trouvait à dix mille lieues de distance. « Tu devrais aller dormir, à présent, petite. Dans ton propre lit.

— Si ma personne peut se permettre, sèr, vous devriez en faire autant. Vous ne dormez pas durant toute la nuit. »

Depuis bien des années, petite. Plus depuis le Trident. Le Grand Mestre Pycelle lui avait enseigné un jour que les vieux n'avaient pas autant besoin de sommeil que les jeunes, mais c'était plus que cela. Il avait atteint l'âge où il répugnait à fermer les yeux, de crainte de ne les jamais rouvrir. D'autres hommes pouvaient souhaiter mourir dans leur lit, pendant leur sommeil, mais ce n'était pas le trépas d'un chevalier de la Garde Royale.

« Les nuits sont trop longues, expliqua-t-il à Missandei, et il y a tant et plus à faire, toujours. Ici, comme dans les Sept Couronnes. Mais tu en as fait assez pour le moment, petite. Va te reposer. » *Et si les dieux sont cléments, tu ne rêveras pas de dragons.*

Une fois la fillette partie, le vieux chevalier rabattit la couverture pour regarder une dernière fois le visage de Quentyn Martell, ou ce qu'il en subsistait. Le prince avait été tant décharné qu'on distinguait le crâne au-dessous. Ses orbites étaient des flaques de pus. *Il aurait dû demeurer à Dorne. Il aurait dû rester une grenouille. Tous les hommes ne sont pas faits pour danser avec les dragons.* En couvrant de nouveau le jeune homme, il se surprit à se demander s'il y aurait quelqu'un pour couvrir le corps de sa reine, ou si son cadavre resterait à gésir dans les hautes herbes de la mer Dothrak, sans personne pour la pleurer, contemplant en aveugle le ciel jusqu'à ce que la chair tombât de ses os.

« Non, déclara-t-il à voix haute. Daenerys n'est pas morte. Elle montait ce dragon. Je l'ai vu de mes deux yeux. » Il avait cent fois répété la même chose, déjà… mais chaque jour qui passait rendait la phrase plus difficile à croire. *Ses cheveux étaient embrasés, j'ai vu cela, aussi. Elle brûlait… et si je ne l'ai pas vue tomber, des centaines jurent qu'eux l'ont vu.*

Le jour s'était avancé sur la ville. Bien que la pluie continuât à tomber, une vague lumière imbibait le ciel à l'est. Et avec le soleil arriva le Crâne-ras. Skahaz avait revêtu sa tenue familière : une jupe noire plissée, des grèves et une cuirasse musculaire. Le masque de bronze sous son bras était nouveau – une tête de loup à la langue pendante. « Eh bien, déclara-t-il en guise de salut, cet imbécile est mort, donc ?

— Le prince Quentyn a expiré juste avant le point du jour. » Selmy n'était pas surpris que Skahaz le sût. Les nouvelles voyageaient vite à l'intérieur de la pyramide. « Le conseil est-il réuni ?

— Ils attendent en bas le bon plaisir de la Main. »

Je ne suis pas une Main, voulait s'écrier une partie de lui. *Je ne suis qu'un simple chevalier, le protecteur de la reine. Je n'ai jamais voulu cela.* Mais avec la disparition de la reine et le roi aux fers, il fallait que quelqu'un gouvernât, et ser Barristan ne se fiait nullement au Crâne-ras. « Y a-t-il eu des nouvelles de la Grâce Verte ?

— Elle n'est pas encore revenue en ville. » Skahaz était opposé à l'envoi de la prêtresse. Galazza Galare elle-même ne s'était pas offerte à cette tâche. Elle irait pour la paix, elle y avait consenti, mais Hizdahr zo Loraq était mieux indiqué pour traiter avec les Judicieux. Ser Barristan ne cédait cependant pas aisément, et en fin de compte la Grâce Verte avait courbé la tête et juré d'agir de son mieux.

« Dans quel état est la ville ? demanda Selmy au Crâne-ras.

— Toutes les portes sont fermées et barrées, comme vous l'avez ordonné. Nous traquons toutes les épées-louées et les Yunkaïis restés à l'intérieur de l'enceinte, et nous expulsons ou nous arrêtons ceux que nous trouvons. La plupart semblent s'être terrés. À l'intérieur des pyramides, sans aucun doute. Les Immaculés montent la garde sur les remparts et les tours, préparés à tout assaut. Deux cents personnes de haute naissance sont rassemblées sur la place, debout en *tokar* sous la pluie, et réclament audience en hurlant. Elles exigent la libération d'Hizdahr et ma mort, et vous demandent de tuer ces dragons. Quelqu'un leur a raconté que les chevaliers excellaient à cet emploi. Les hommes continuent à extraire des cadavres de la pyramide d'Hazkar. Les Grands Maîtres d'Yherizan et d'Uhlez, eux, ont abandonné leurs pyramides aux dragons. »

Ser Barristan savait déjà tout cela. « Et le décompte du boucher ? demanda-t-il en redoutant la réponse.

— Vingt et neuf.

— *Vingt et neuf ?* » C'était bien pire que ce qu'il aurait jamais imaginé. Les Fils de la Harpie avaient repris leur guerre de l'ombre deux jours plus tôt. Trois meurtres la première nuit, neuf la seconde. Mais passer de neuf à vingt et neuf en une seule nuit…

— Le compte franchira les trente avant midi. Pourquoi une si grise mine, vieil homme ? Qu'espériez-vous ? La Harpie exige la remise en liberté d'Hizdahr, et elle a donc renvoyé ses fils dans les rues, couteau en main. Les morts sont tous des affranchis et des crânes-ras, comme auparavant. L'un d'eux était un des miens, une Bête d'Airain. On a laissé le signe de la Harpie à proximité des corps, tracé à la craie sur la chaussée ou gravé sur un mur. Il y avait également des messages. *Les dragons doivent mourir*, ont-ils écrit, et *Harghaz le héros*. On a également vu *Mort à Daenerys*, avant que la pluie ne lave les mots.

— L'impôt sur le sang…

— Deux mille neuf cents pièces d'or de chaque pyramide, certes, bougonna Skahaz. Il sera perçu… mais jamais la perte de quelques pièces d'or ne retiendra la main de la Harpie. Seul le sang le peut.

— Selon vous. » *Encore les otages. Il les tuerait jusqu'au dernier si je le lui permettais.* « J'avais entendu les cent premières fois. Non.

— La Main de la reine, grommela Skahaz avec dégoût. Une main de vieille femme, à mon avis, ridée, faible. Je prie pour que Daenerys nous revienne vite. » Il abaissa son masque de loup en airain sur son visage. « Votre conseil va commencer à s'impatienter.

— Ils sont le conseil de la reine, et non le mien. » Selmy troqua sa cape détrempée contre une sèche et boucla son baudrier, puis il accompagna le Crâne-ras pour descendre l'escalier.

La salle des colonnes était vide de pétitionnaires, ce matin. Bien qu'il eût adopté le titre de Main, ser Barristan n'aurait pas eu l'effronterie de tenir audience en l'absence de la reine, et il refusait à Skahaz mo Kandaq de le faire. Les grotesques trônes dragon d'Hizdahr avaient été retirés sur ordre de ser Barristan ; mais il n'avait pas réinstallé le simple banc garni de coussins qui avait eu la faveur de la reine. À la place, on avait dressé une grande table ronde au centre de la salle, entourée de hauts sièges où les hommes pouvaient s'asseoir et débattre en égaux.

Ils se levèrent quand ser Barristan arriva au pied des degrés de marbre, Skahaz Crâne-ras à ses côtés. Marselen des Fils de la Mère était présent, avec Symon Dos-Zébré, commandant des Frères Libres. Les Boucliers Loyaux s'étaient choisi un nouveau commandant, un Estivien à la peau noire du nom de Tal Toraq, leur ancien capitaine, Mollono Yos Dob, ayant été emporté par la jument pâle. Ver Gris était là pour les Immaculés, assistés par trois sergents eunuques portant calottes de bronze à pointe. Les Corbeaux Tornade étaient représentés par deux mercenaires vétérans, un archer appelé Jokin et le guerrier à la hache, balafré et lugubre, qu'on nommait simplement le Veuf. Tous deux assumaient en commun le commandement de la compagnie en l'absence de Daario Naharis. La plus grande partie du *khalasar* de la reine avait accompagné Aggo et Rakharo pour la chercher sur la mer Dothrak, mais le *jaqqa rhan* Rommo, un bigleux aux jambes arquées, était là afin de parler pour les cavaliers restés en arrière.

Et, face à ser Barristan, siégeaient à la table quatre des anciens gardes du roi Hizdahr, les combattants d'arène Goghor le Géant, Belaquo Briseur-d'os, Camarron du Compte et le Félin moucheté. Selmy avait insisté pour qu'ils fussent présents, en dépit des objections de Skahaz Crâne-ras. Ils avaient autrefois aidé Daenerys Targaryen à s'emparer de la ville, et l'on ne devait pas l'oublier. Même s'ils étaient des brutes imprégnées de sang et des tueurs, ils avaient à leur manière été loyaux... au roi Hizdahr, certes, mais aussi à la reine.

Dernier à arriver, Belwas le Fort entra pesamment dans la salle.

L'eunuque avait vu la mort en face, de si près qu'il eût bien pu lui baiser les lèvres. L'expérience l'avait marqué. Il paraissait avoir perdu une soixantaine de livres, et la peau brun sombre qui jadis se tendait sur un torse et une bedaine massifs, traversée par cent cicatrices effacées, pendait à présent sur lui en replis flasques et avachis, ballottant comme une robe taillée trop ample de trois tailles. Son pas aussi avait ralenti, et semblait un peu indécis.

Malgré tout, le cœur du vieux chevalier se réjouit de le voir. Il avait naguère traversé le monde avec Belwas le Fort et savait pouvoir compter sur lui, si tout ceci devait finir par se régler à l'épée. « Belwas. Nous sommes heureux que tu aies pu te joindre à nous.

— Blanchebarbe. » Belwas sourit. « Où sont le foie et les oignons ? Belwas est pas si fort qu'avant, doit manger, redevenir grand. Ils rendent Belwas le Fort malade. Quelqu'un doit mourir. »

Quelqu'un mourra. Beaucoup de quelqu'uns, très probablement. « Assieds-toi, mon ami. » Quand Belwas fut assis et qu'il eut croisé les bras, ser Barristan poursuivit. « Quentyn Martell est mort ce matin, juste avant l'aube. »

Le Veuf ricana. « Le Cavalier du dragon.

— Je dis que c'est un imbécile », lança Symon Dos-Zébré.

Non, rien qu'un enfant. Ser Barristan n'avait pas oublié les folies de sa propre jeunesse. « Ne dites pas de mal des morts. Le prince a payé un prix effroyable pour son geste.

— Et les autres Dorniens ? demanda Tal Taraq.

— Prisonniers, pour l'heure. » Aucun des Dorniens n'avait opposé la moindre résistance. Archibald Ferboys étreignait le corps brûlé et fumant de son prince quand les Bêtes d'Airain l'avait découvert, comme ses mains brûlées pouvaient en témoigner. Il les avait utilisées pour étouffer les flammes qui avaient englouti Quentyn Martell. Gerris Boisleau se tenait au-dessus d'eux, l'épée à la main, mais il avait lâché l'arme à l'instant où les sauterelles avaient paru. « Ils partagent une cellule.

— Qu'ils partagent un gibet, jugea Symon Dos-Zébré. Ils ont lâché deux dragons sur la ville.

— Ouvrez les arènes et donnez-leur des épées, les pressa le Félin moucheté. Je les tuerai tous deux tandis que tout Meereen hurlera mon nom.

— Les arènes de combat demeureront closes, déclara Selmy. Le sang et le bruit ne serviraient qu'à attirer les dragons.

— Tous les trois, peut-être, suggéra Marselen. Le monstre noir est venu une première fois, pourquoi pas une autre ? Cette fois, avec notre reine. »

Ou sans elle. Si Drogon revenait à Meereen sans que Daenerys le chevauchât, le sang et les flammes exploseraient dans la cité, de cela ser Barristan ne doutait nullement. Toute jeune fille qu'elle fût, Daenerys Targaryen était la seule chose qui les retenait ensemble.

« Sa Grâce reviendra quand elle reviendra, coupa ser Barristan. Nous avons conduit mille moutons dans l'arène de Daznak, rempli l'arène de Ghrazz de taureaux et l'Arène d'or de bêtes qu'Hizdahr zo Loraq avait collectées pour ses jeux. » Jusqu'ici les deux dragons manifestaient du goût pour le mouton, revenant à l'arène de Daznak chaque fois qu'ils avaient faim. Si l'un ou l'autre chassait des hommes à l'intérieur ou à l'extérieur de la ville, ser Barristan n'en avait pas encore entendu parler. Les seuls Meereeniens que les dragons avaient tués depuis Harghaz le Héros avaient été les esclavagistes assez sots pour s'opposer à Rhaegal quand il avait cherché à établir son antre au sommet de la pyramide d'Hazkar. « Nous avons des sujets plus pressants à discuter. J'ai envoyé la Grâce Verte chez les Yunkaïis pour arranger la libération de nos otages. Je l'attends vers midi avec leur réponse.

— Avec des mots, déclara le Veuf. Les Corbeaux Tornade connaissent les Yunkaïis. Leurs langues sont des vers qui se tortillent dans un sens ou un autre. La Grâce Verte reviendra avec des mots de vers, pas avec le capitaine.

— Qu'il plaise à la Main de la reine de se rappeler : les Judicieux détiennent Héro, également, glissa Ver Gris. Ainsi que le seigneur du cheval Jhogo, Sang-coureur de la reine.

— Sang de son sang, renchérit Rommo le Dothraki. Il faut le libérer. L'honneur du *khalasar* l'exige.

— Il sera libéré, assura ser Barristan, mais nous devons d'abord attendre de voir si la Grâce Verte peut accomplir... »

Skahaz Crâne-ras frappa du poing sur la table. « La Grâce Verte n'accomplira *rien*. En ce moment même, peut-être conspire-t-elle avec les Yunkaïis, alors que nous siégeons ici. Pour *arranger*, disiez-vous ? *Arranger ?* Et quelle sorte d'*arrangements* ?

— Une rançon, lui répondit ser Barristan. Pour chaque homme, son poids en or.

— Les Judicieux n'ont nul besoin de notre or, ser, déclara Marselen. Ils sont plus riches que vos seigneurs ouestriens, tous autant qu'ils sont.

— Leurs mercenaires voudront de l'or, cependant. Que sont des otages, pour eux ? Si les Yunkaïis refusent, cela plantera une lame entre leurs employés et eux. » *Du moins je l'espère.* C'était Missandei qui lui avait suggéré cette astuce. Jamais une telle idée ne lui serait venue à lui. À Port-Réal, les pots-de-vin étaient du ressort de Littlefinger, tandis que lord Varys avait pour tâche de susciter les divisions parmi les ennemis de la Couronne. Ses propres attributions avaient été plus directes. *Âgée de onze ans – et cependant Missandei est aussi habile que la moitié des hommes assis à cette table, et plus sage que n'importe lequel d'entre eux.* « J'ai donné pour instruction à la Grâce Verte de ne présenter cette offre que lorsque tous les commandants yunkaïis seront rassemblés pour l'entendre.

— Ils refuseront quand même, insista Symon Dos-Zébré. Ils répéteront qu'ils veulent voir les dragons morts, et le roi rétabli.

— Je prie pour que vous ayez tort. » *Et crains que vous n'ayez raison.*

« Vos dieux sont loin, ser Grand-Père, commenta le Veuf. Je ne crois pas qu'ils entendent vos prières. Et quand les Yunkaïis nous renverront la vieille pour vous cracher à la gueule, qu'adviendra-t-il, alors ?

— *Le feu et le sang* », répondit Barristan Selmy à voix basse, si basse.

Un long moment, personne ne dit mot. Puis Belwas le Fort se claqua la panse et dit : « Mieux que le foie et oignons », et Skahaz Crâne-ras regarda par les fentes de son masque de loup et dit : « Vous rompriez la paix du roi Hizdahr, vieillard ?

— Je la fracasserais. » Jadis, il y avait très longtemps, un prince l'avait nommé Barristan le Hardi. Une partie de cet enfant vivait encore en lui. « Nous avons installé un fanal au sommet de la pyramide où se dressait auparavant la Harpie. Du bois sec imbibé d'huile, couvert pour le protéger de la pluie. Si l'heure devait sonner, et je prie pour qu'elle ne vienne point, nous allumerons ce fanal. Les flammes seront votre signal de vous déverser par les portes pour attaquer. Chacun de vous aura un rôle à jouer, aussi chacun doit être prêt à tout instant, du jour ou de la nuit. Nous détruirons nos ennemis, ou nous serons nous-mêmes détruits. » Il leva la main pour faire signe à ses écuyers qui attendaient. « J'ai fait préparer des cartes pour vous montrer la disposition de nos ennemis, leurs camps, les lignes de siège et les trébuchets. Si nous réussissons à écraser les esclavagistes, les épées-louées les abandonneront. Je sais que vous avez des inquiétudes et des questions. Exposez-les ici. Quand nous quitterons cette table, nous devons tous penser avec un même esprit, vers un même objectif.

— Mieux vaut envoyer chercher à manger et à boire, alors, suggéra Symon Dos-Zébré. Tout cela prendra du temps. »

Cela prit le reste de la matinée et la majeure partie de l'après-midi. Capitaines et commandants se disputèrent au-dessus des cartes comme des poissonnières autour d'un seau de crabes. Points faibles et forts, comment tirer le meilleur parti de leur petite compagnie d'archers, savoir s'il fallait utiliser les éléphants pour briser les lignes yunkaïies ou les tenir en réserve, qui aurait l'honneur de conduire la première vague, s'il valait mieux déployer la cavalerie sur les flancs ou en avant-garde.

Ser Barristan laissa chaque homme exposer son opinion. Tal Toraq estimait qu'ils devraient marcher sur Yunkaï dès qu'ils auraient rompu les lignes ; la Cité Jaune serait pratiquement sans défense, aussi les Yunkaïis n'auraient-ils pas d'autre choix que de lever le siège pour les suivre. Le Félin moucheté proposa de mettre l'ennemi au défi de produire un champion capable de l'affronter, lui, en combat singulier. L'idée séduisit Belwas le

Fort, mais il insista pour que ce fût lui qui combattît et non le Félin. Camarron du Compte avança un plan pour s'emparer des vaisseaux amarrés le long du fleuve et profiter de la Skahazadhan pour amener trois cents combattants d'arène prendre les Yunkaïis à revers. Chacun des présents s'accorda à déclarer que les Immaculés constituaient leurs meilleures troupes, mais aucun n'était d'accord sur la meilleure façon de les employer. Le Veuf voulait utiliser les eunuques comme un poing de fer de façon à enfoncer le cœur des défenses yunkaïies. Marselen jugeait qu'il vaudrait mieux les placer à chaque extrémité de la ligne de bataille principale, où ils pourraient repousser chaque tentative de l'ennemi pour les prendre de flanc. Symon Dos-Zébré souhaitait les scinder en trois blocs à répartir au sein des trois compagnies d'affranchis. Ses Frères Libres étaient braves et piaffaient de combattre, affirmait-il, mais sans les Immaculés pour leur donner une armature, il craignait que ses troupes sans expérience n'eussent pas la discipline nécessaire face à des épées-louées aguerries.

Et quand tout cela eut été discuté, débattu et décidé, Symon Dos-Zébré souleva un dernier point. « En tant qu'esclave à Yunkaï, j'ai aidé mes maîtres à traiter avec les compagnies libres et veillé au paiement de leurs soldes. Je connais les mercenaires, et je sais que les Yunkaïis ne peuvent pas payer des sommes suffisantes pour affronter le feu de dragons. Aussi, je vous le demande… si la paix devait échouer et qu'on devait livrer cette bataille, les dragons viendront-ils ? Se joindront-ils au combat ? »

Ils viendront, aurait pu répondre ser Barristan. *Le bruit les attirera, les cris et les hurlements, l'odeur du sang. Cela les attirera sur le champ de bataille, tout comme le rugissement dans l'arène de Daznak avait attiré Drogon vers les sables écarlates. Mais quand ils seront là, sauront-ils discerner un camp de l'autre ?* Il en doutait. Aussi dit-il simplement : « Les dragons feront ce qu'ils feront. S'ils viennent, il se peut que la seule ombre de leurs ailes suffise à faire perdre courage aux esclavagistes et à les mettre en fuite. » Puis il les remercia et leur donna à tous congé.

Ver Gris s'attarda après le départ des autres. « Nos personnes seront prêtes quand le fanal sera allumé. Mais la Main doit savoir que, lorsque nous attaquerons, les Yunkaïis tueront les otages.

— Je ferai tout ce qui est en mon pouvoir pour l'empêcher, mon ami. J'ai une… idée. Mais je vous prie de m'excuser. Il est grand temps que les Dorniens apprennent la mort de leur prince. »

Ver Gris inclina la tête : « Ma personne obéit. »

Ser Barristan prit avec lui deux de ses chevaliers nouvellement adoubés pour descendre aux cachots. Le chagrin et la culpabilité avaient déjà conduit à la folie des hommes valeureux, et Archibald Ferboys et Gerris Boisleau avaient tous deux joué un rôle dans le trépas de leur ami. Mais, quand ils atteignirent la cellule, il pria Tum et l'Agneau rouge d'attendre à l'extérieur tandis qu'il entrait annoncer aux Dorniens que l'agonie du prince était terminée.

Ser Archibald, le grand chauve, n'eut rien à dire. Assis au bord de sa paillasse, il fixait ses mains bandées dans leurs pansements de drap. Ser Gerris donna un coup de poing dans un mur. « Je lui ai dit que c'était une folie. Je l'ai supplié de rentrer chez nous. Votre garce de reine n'avait rien à faire de lui, tout le monde le voyait. Il a traversé le monde pour offrir son amour et sa féauté, et elle lui a ri au nez.

— Elle n'a jamais ri, répondit Selmy. Si vous la connaissiez, vous le sauriez.

— Elle l'a repoussé. Il a offert son cœur, et elle le lui a rejeté et s'en est allée baiser avec son épée-louée.

— Vous feriez bien de surveiller votre langue, ser. » Ser Barristan n'aimait pas ce Gerris Boisleau et ne lui permettrait pas d'insulter Daenerys. « La mort du prince Quentyn a été de son propre fait, et du vôtre.

— *Du nôtre ?* En quoi sommes-nous en faute, ser ? Quentyn était notre ami, certes. Un peu sot, vous pourriez le dire, mais tous les rêveurs sont des sots. Cependant, avant toute chose et au final, il était notre prince. Nous lui devions obéissance. »

Barristan Selmy ne pouvait disputer la vérité de cet argument. Il avait passé le plus clair de sa propre vie à obéir aux ordres d'ivrognes et de déments. « Il est arrivé trop tard.

— Il a offert son cœur, répéta ser Gerris.

— Elle avait besoin d'épées, et non de cœurs.

— Il lui aurait également donné les piques de Dorne.

— Si seulement il l'avait fait. » Personne plus que Barristan Selmy n'aurait souhaité que Daenerys considérât avec faveur le prince dornien. « Mais il est arrivé trop tard, et cette folie... S'attacher des épées-louées, libérer deux dragons sur la ville... c'était une folie et pire qu'une folie. C'était une trahison.

— Ce qu'il a fait, il l'a fait pour l'amour de la reine Daenerys, insista Gerris Boisleau. Pour prouver qu'il était digne de sa main. »

Le vieux chevalier en avait assez entendu. « Ce qu'a fait le prince Quentyn, il l'a fait pour Dorne. Me prenez-vous pour quelque aïeul gâteux ? J'ai passé ma vie auprès des rois, des reines et des princes. Lancehélion a l'intention de prendre les armes contre le trône de Fer. Non, ne vous donnez pas la peine de le nier. Doran Martell n'est pas homme à lever ses piques sans espoir de victoire. C'est le devoir qui a amené le prince Quentyn ici. Le devoir, l'honneur, la soif de gloire… jamais l'amour. Quentyn était ici pour les dragons, et non pour Daenerys.

— Vous ne le connaissiez pas, ser. Il…

— Il est mort, Buveur. » Ferboys se leva. « Les mots le ramèneront pas. Cletus et Will aussi sont morts. Alors, ferme ta gueule avant que j'y colle mon poing dessus. » Le grand chevalier se tourna vers Selmy. « Qu'avez-vous l'intention de faire de nous ?

— Skahaz Crâne-ras veut vous pendre. Vous avez tué quatre de ses hommes. Quatre des hommes *de la reine*. Deux étaient des affranchis qui suivaient Sa Grâce depuis Astapor. »

Ferboys ne parut pas surpris. « Les hommes bêtes, ouais. J'en ai tué qu'un, la tête de basilic. Les épées-louées se sont chargées des autres. Mais peu importe, j' sais.

— Nous protégions Quentyn, protesta Boisleau. Nous…

— La *ferme*, Buveur. Il sait. » À ser Barristan, le grand chevalier dit : « Pas besoin de venir discuter si zaviez l'intention de nous pendre. Donc, s'agit pas de ça, hein ?

— Non. » *En voilà un qui n'a peut-être pas l'esprit si lent qu'il y paraît*. « Vous m'êtes plus utiles vivants que morts. Servez-moi et après, je ferai en sorte qu'un navire vous ramène à Dorne et je vous donnerai les os du prince Quentyn à rapporter au seigneur son père. »

Ser Archibald fit la grimace. « Pourquoi faut-il qu' ce soit toujours des navires ? Mais quelqu'un doit reconduire Quentyn chez lui, cependant. Que demandez-vous de nous, ser ?

— Vos épées.

— Vous en avez des milliers.

— Les affranchis de la reine n'ont pas encore connu les combats. Les épées-louées, je n'ai pas confiance en eux. Les Immaculés sont des soldats valeureux… mais point des guerriers. Point des *chevaliers.* » Il se tut. « Que s'est-il passé quand vous avez essayé de vous emparer des dragons ? Racontez-moi. »

Les Dorniens échangèrent un coup d'œil. Puis Boisleau répondit : « Quentyn avait affirmé au Prince en Guenilles qu'il pouvait les contrôler. C'était dans son sang, a-t-il expliqué. Il avait du sang de Targaryen.

— Le sang des dragons.

— Oui. Les mercenaires étaient censés nous aider à enchaîner les dragons pour les conduire sur les quais.

— Le Guenilleux avait arrangé un navire, déclara Ferboys. Un grand, au cas où on aurait les deux dragons. Et Quentyn allait en monter un. » Il regarda ses mains bandées. « Du moment qu'on est entrés, on sentait bien que rien allait marcher. Les dragons étaient trop sauvages. Les chaînes… Y avait des bouts de chaînes brisées partout, des *grosses*, avec des maillons de la taille de vot' tête, mélangés à tous ces ossements, brisés et fendus. Et Quentyn, les Sept le préservent, on avait l'impression qu'il allait se chier dessus. Caggo et Meris étaient pas aveugles, ils l'ont vu, eux aussi. Et puis, un des arbalétriers a tiré. Peut-être qu'ils avaient depuis le début l'intention de tuer les dragons, et qu'ils se servaient juste de nous pour arriver jusqu'à eux. On peut jamais savoir, avec le Loqueteux. Expliquez ça comme vous voudrez, c'était pas malin. Le vireton a simplement réussi à mettre les dragons en colère, et ils étaient déjà pas de très bonne humeur. Ensuite… ensuite, ça a mal tourné.

— Et les Erre-au-Vent se sont envolés, poursuivit ser Gerris. Quent hurlait, couvert de flammes, et ils n'étaient plus là. Caggo, la Belle Meris, il n'y avait que le mort.

— Bah, t'espérais quoi, Buveur ? Un chat tue les souris, un cochon se vautre dans la boue et un mercenaire décampe quand on a le plus besoin de lui. On peut pas leur en vouloir. C'est dans la nature de la bête.

— Il n'a pas tort, dit ser Barristan. Qu'a promis le prince Quentyn au Prince en Guenilles, en échange de toute cette aide ? »

Il n'eut pas de réponse. Ser Gerris regarda ser Archibald. Ser Archibald considéra ses mains, le sol, la porte.

« Pentos, proposa ser Barristan. Il lui a promis Pentos. Dites-le. Rien de ce que vous dites ne peut plus aider ou nuire au prince Quentyn, à présent.

— Oui-da, répondit ser Archibald sur un ton malheureux. C'était Pentos. Ils ont tracé des marques sur un papier, tous les deux. »

Il y a une chance, ici. « Nous avons encore des Erre-au-Vent dans les cachots. Ces faux déserteurs.

— Je me souviens, dit Ferboys. Paisselande, Chaume, ceux-là. Certains d'entre eux étaient pas trop mauvais bougres, pour des épées-louées. D'autres, ma foi, ça leur ferait p'têt' pas de mal de mourir. Qu'en est-il d'eux ?

— J'ai l'intention de les renvoyer au Prince en Guenilles. Et vous avec eux. Vous serez deux parmi des milliers. Votre présence dans les camps yunkaïis devrait passer inaperçue. Je veux que vous apportiez un message au Prince en Guenilles. Dites-lui que je vous ai dépêchés, que je parle avec la voix de la reine. Dites-lui que nous paierons son prix s'il nous livre nos otages, sains et saufs. »

Ser Archibald fit la grimace. « La Guenille a plus de chances de nous confier tous les deux à la Belle Meris. Il le fera pas.

— Pourquoi pas ? La tâche est assez simple. » *Comparée à un enlèvement de dragons.* « J'ai un jour tiré de Sombreval le père de la reine.

— C'était en Westeros, dit Gerris Boisleau.

— Nous sommes à Meereen.

— Arch n'est même pas en mesure de tenir une épée, avec ses mains.

— Il ne devrait pas en avoir besoin. Vous aurez les épées-louées avec vous, si je ne méjuge point mon homme. »

Gerris Boisleau repoussa en arrière sa crinière de cheveux décolorés par le soleil. « Pourrions-nous avoir un moment pour en discuter entre nous ?

— Non, répondit Selmy.

— Je vais le faire, proposa ser Archibald, du moment qu'y a pas de foutus bateaux dans l'histoire. Le Buveur va le faire aussi. » Il sourit. « Il le sait pas encore, mais il va le faire. »

Et ce fut conclu.

La partie facile, du moins, se dit Barristan Selmy en reprenant la longue ascension jusqu'au sommet de la pyramide. La partie difficile, il l'avait laissée entre les mains dorniennes. Son grand-père aurait été horrifié. Les Dorniens étaient des chevaliers, en titre du moins, bien que seul Ferboys lui parût posséder l'acier véritable du titre. Boisleau avait un beau minois, une langue agile et une chevelure magnifique.

Le temps que le vieux chevalier regagnât les appartements de la reine au sommet de la pyramide, le cadavre du prince Quentyn avait été enlevé. Quand Selmy entra, six des jeunes échansons jouaient à un jeu d'enfant, assis en cercle sur le sol tandis que chacun à son tour faisait tourner une dague sur elle-même. Lorsqu'elle s'arrêtait en tanguant, ils coupaient une mèche de cheveux à celui ou celle vers qui la lame pointait. Enfant aux Éteules, ser Barristan avait joué avec ses cousins à un jeu similaire… bien qu'à Westeros, pour autant qu'il s'en souvînt, on s'embrassât, également. « Bhakaz, appela-t-il. Une coupe de vin, si tu veux bien. Grazhar, Azzak, je vous confie la porte. J'attends la Grâce Verte. Faites-la entrer dès qu'elle arrivera. Sinon, je ne souhaite pas qu'on me dérange. »

Azzak se remit debout. « À vos ordres, lord Main. »

Ser Barristan sortit sur la terrasse. La pluie avait cessé, bien qu'une muraille de nuages gris ardoise cachât le soleil couchant tandis qu'il descendait dans la baie des Serfs. Quelques filets de fumée montaient encore des pierres noircies d'Hazdar, tordus comme des rubans par le vent. Loin à l'est, au-delà des remparts de la ville, il vit des ailes pâles se mouvoir au-dessus d'une lointaine ligne de collines. *Viserion*. En train de chasser, sans doute, ou de voler pour le simple plaisir de voler. Il se demanda où était Rhaegal. Jusqu'ici, le dragon vert s'était montré plus dangereux que le blanc.

Quand Bhakaz lui apporta son vin, le vieux chevalier but une longue gorgée et envoya l'enfant chercher de l'eau. Quelques coupes de vin pouvaient bien être l'idéal pour l'aider à dormir, mais il aurait besoin de toute sa lucidité quand Galazza Galare rentrerait de ses pourparlers avec l'ennemi. Aussi but-il son vin largement coupé d'eau, tandis que le monde sombrait dans l'obscurité autour de lui. Il était extrêmement las, et rempli de doutes. Les Dorniens, Hizdahr, Reznak, l'assaut… agissait-il comme il fallait ? Agissait-il comme Daenerys l'aurait voulu ? *Je n'ai pas été fait pour ceci.* D'autres Gardes royaux avaient servi comme Main avant lui. Pas beaucoup, mais quelques-uns. Il avait lu leur histoire dans le Livre blanc. Et maintenant, il se demandait, curieux, s'ils s'étaient sentis aussi perdus et désorientés que lui.

« Lord Main. » Grazhar se tenait à la porte, une lampe à la main. « La Grâce Verte est arrivée. Vous avez voulu être prévenu.

— Fais-la entrer. Et allume des chandelles. »

Galazza Galare avait une suite de quatre Grâces Roses. Une aura de sagesse et de dignité semblait la nimber, que ser Barristan ne pouvait s'empêcher d'admirer. *C'est une femme forte, et elle a été une fidèle amie de Daenerys.* « Lord Main », dit-elle, son visage caché derrière de chatoyants voiles verts. « Puis-je m'asseoir ? Mes vieux os sont fourbus.

— Grazhar, un siège pour la Grâce Verte. » Les Grâces Roses se disposèrent derrière elle, les yeux baissés et les mains jointes devant elles. « Puis-je vous proposer un rafraîchissement ? s'enquit ser Barristan.

— Ce serait bien volontiers, ser Barristan. J'ai la gorge sèche à force de parler. Un jus de fruits, peut-être ?

— Comme vous voudrez. » Il fit signe à Kezmya et lui demanda d'apporter à la prêtresse un gobelet de jus de citron, adouci de miel. Pour le boire, la prêtresse dut retirer son voile, et Selmy se vit rappeler combien elle était âgée, au fond. *De vingt ans mon aînée, ou plus.* « Si la reine était ici, je sais qu'elle se joindrait à moi pour vous remercier de tout ce que vous avez fait pour nous.

— Sa Magnificence a toujours été fort aimable. » Galazza Galare vida son verre et rajusta son voile. « Y a-t-il eu d'autres nouvelles de notre douce reine ?

— Aucune pour l'instant.

— Je prierai pour elle. Et qu'en est-il du roi Hizdahr, si je puis avoir l'audace de demander ? Aurai-je la permission de visiter Sa Splendeur ?

— Bientôt, j'espère. Il est sain et sauf, je vous le promets.

— Je suis heureuse de l'entendre dire. Les Judicieux de Yunkaï ont réclamé de ses nouvelles. Vous ne serez pas surpris d'apprendre qu'ils souhaitent voir le noble Hizdahr restauré sur-le-champ à sa place légitime.

— Il le sera, si l'on peut prouver qu'il n'a pas tenté de tuer notre reine. Jusque-là, Meereen sera gouvernée par un conseil des loyaux et des justes. Il y a pour vous une place à ce conseil. Je sais que vous avez beaucoup à nous apprendre à tous, Votre Bienveillance. Nous avons besoin de votre sagesse.

— Je crains que vous ne me flattiez avec de vides amabilités, lord Main. Si vraiment vous me considérez comme sage, écoutez-moi à présent. Libérez le noble Hizdahr et rendez-lui le trône.

— Seule la reine peut cela. »

Sous ses voiles, la Grâce Verte poussa un soupir. « La paix que nous avons œuvré si dur à forger frissonne comme une feuille au vent d'automne. Nous vivons des jours terribles. La mort parcourt nos rues, montée sur la jument pâle venue d'Astapor, trois fois maudite. Des dragons hantent nos cieux, se repaissant de la chair des enfants. Des centaines prennent la mer, mettant les voiles pour Yunkaï, Tolos et Qarth, et tout refuge qui voudra d'eux. La pyramide d'Hazkar s'est effondrée en une ruine fumante, et de nombreux membres de cette ancienne lignée gisent morts sous ses pierres noircies. Les pyramides d'Uhlez et d'Yherizan sont devenues des antres de monstres, et leurs maîtres des mendiants sans foyer. Mon peuple a perdu tout espoir et s'est retourné contre les dieux eux-mêmes, dévouant leurs nuits à l'ivresse et à la fornication.

— Et au meurtre. Les Fils de la Harpie ont tué trente personnes, cette nuit.

— Je l'apprends avec chagrin. Raison supplémentaire de libérer le noble Hizdahr zo Loraq, qui a arrêté une fois de tels meurtres. »

Et comment a-t-il accompli cela, à moins d'être lui-même la Harpie ? « Sa Grâce a accordé sa main à Hizdahr zo Loraq, en a fait son roi et son consort, a rétabli l'art de la mort comme il l'en priait instamment. En retour, il lui a offert des 1sauterelles empoisonnées.

— En retour, il lui a offert la paix. Ne la rejetez pas, ser, je vous en supplie. La paix est la perle inestimable. Hizdahr est un Loraq. Jamais il ne souillerait ses mains avec du poison. Il est innocent.

— Comment pouvez-vous en avoir la certitude ? » *À moins que vous ne connaissiez l'empoisonneur.*

« Les dieux de Ghis me l'ont dit.

— Mes dieux sont les Sept, et les Sept sont restés cois sur cette affaire. Votre Sagesse, avez-vous présenté mon offre ?

— À tous les seigneurs et capitaines de Yunkaï, comme vous m'en aviez donné l'ordre... Cependant, je crains que leur réponse ne vous plaise pas.

— Ils ont refusé ?

— Oui. Aucune quantité d'or ne rachètera vos gens, m'a-t-on dit. Seul le sang des dragons pourra les libérer. »

C'était la réponse à laquelle s'attendait ser Barristan, à défaut de celle qu'il espérait. Sa bouche se pinça.

« Je sais que ce n'étaient pas les mots que vous souhaitiez entendre, dit Galazza Galare. Toutefois, pour ma part, je comprends. Ces dragons sont des bêtes terribles. Yunkaï les redoute… et à bon droit, vous ne pouvez le nier. Nos chroniques parlent des seigneurs dragons de la terrible Valyria et de la dévastation qu'ils ont semée sur les peuples de l'ancienne Ghis. Même votre propre reine, jeune et belle, Daenerys, qui se présente comme la Mère des Dragons… nous l'avons vue brûler, ce jour-là, dans l'arène… Elle non plus n'était pas à l'abri du courroux du dragon.

— Sa Grâce n'est pas… Elle…

— … est morte. Puissent les dieux lui accorder un doux repos. » Des larmes brillèrent derrière ses voiles. « Que ses dragons périssent aussi. »

Selmy tâtonnait en quête d'une réponse quand il entendit un lourd bruit de pas. La porte s'ouvrit à la volée et Skahaz mo Kandaq entra en coup de vent, quatre Bêtes d'Airain derrière lui. Quand Grazhar essaya de lui barrer le passage, il rejeta l'enfant sur un côté.

Ser Barristan se remit immédiatement debout. « Qu'y a-t-il ?

— Les trébuchets, gronda le Crâne-ras. Tous les six. »

Galazza Galare se leva. « Voilà comment Yunkaï répond à vos propositions, ser. Je vous ai averti que leur réponse ne vous plairait pas. »

Ils ont donc choisi la guerre. Soit. Ser Barristan se sentit curieusement soulagé. La guerre, il la comprenait. « S'ils croient briser Meereen en lançant des pierres…

— Pas des pierres. » La voix de la vieille femme était pleine de chagrin et de peur. « Des cadavres. »

DAENERYS

La colline formait une île de pierre dans un océan de vert.

Il fallut à Daenerys la moitié de la matinée pour en descendre. Le temps qu'elle parvînt au pied, elle était hors de souffle. Ses muscles la faisaient souffrir et elle se sentait comme prise d'un début de fièvre. Les rochers lui avaient mis les mains à vif. *Mais elles vont mieux qu'avant*, décida-t-elle en triturant une cloque crevée. Elle avait la peau rose et sensible, et un fluide pâle et laiteux suintait de ses paumes crevassées, mais ses brûlures guérissaient.

La colline paraissait plus grande, vue d'ici. Daenerys avait pris l'habitude de l'appeler Peyredragon, du nom de l'ancienne citadelle où elle était née. Elle n'avait conservé aucun souvenir de l'autre Peyredragon, mais elle n'oublierait pas celle-ci de sitôt. Des broussailles sèches et des buissons épineux couvraient ses premières pentes ; plus haut, un chaos déchiqueté de roc nu s'élançait, escarpé et soudain, vers le ciel. Là, au sein de rochers fracassés, de crêtes tranchantes comme des rasoirs et de pics en aiguille, Drogon avait établi son antre dans une caverne peu profonde. Il y vivait depuis quelque temps, avait compris Daenerys en voyant la colline pour la première fois. L'air sentait la cendre, chaque rocher, chaque arbre en vue étaient brûlés et noircis, le sol semé d'os cuits et brisés, et pourtant, il y était chez lui.

Daenerys connaissait l'attrait d'un lieu à soi.

Deux jours plus tôt, en escaladant une pointe rocheuse, elle avait aperçu de l'eau au sud, une mince ligne qui avait brièvement miroité alors que le soleil se couchait. Un ruisseau, avait décidé Daenerys. Menu, mais il la conduirait à un plus gros, et celui-ci se jetterait dans une petite rivière, et dans cette partie du monde, toutes les rivières étaient vassales de la Skahazadhan. Une fois qu'elle aurait retrouvé la Skahazadhan, Daenerys n'aurait qu'à la descendre vers l'aval jusqu'à la baie des Serfs.

Certes, elle eût préféré revenir à Meereen sur les ailes d'un dragon. Mais ce n'était pas une envie que semblait partager Drogon.

Les seigneurs dragons de l'antique Valyria contrôlaient leurs montures avec des sortilèges de sujétion et des cors sorciers. Daenerys se contentait d'un mot et d'un fouet. À califourchon sur le dos du dragon, elle avait souvent l'impression de totalement réapprendre à monter. Si elle fouettait sa jument argentée sur le flanc droit, l'animal partait à gauche, car le premier instinct d'un cheval le poussait à fuir le danger. Lorsqu'elle claquait de son fouet le flanc droit de Drogon, il obliquait à droite, car le premier instinct du dragon l'incitait toujours à l'attaque. Parfois, cependant, l'endroit où elle frappait semblait sans importance : il allait par moments où l'envie le portait et l'entraînait avec lui. Ni le fouet ni les paroles ne pouvaient faire dévier Drogon s'il ne souhaitait pas modifier sa route. Le fouet l'agaçait plus qu'il ne le blessait, avait-elle fini par comprendre ; ses écailles étaient devenues plus dures que de la corne.

Et aussi loin que le dragon volât chaque jour, à la tombée de la nuit, un instinct l'attirait toujours chez lui, à Peyredragon. *Chez lui, mais non chez moi.* Elle était chez elle à Meereen, avec son époux et son amant. Assurément, là était sa place.

Continue à avancer. Si je regarde en arrière, c'en est fait de moi.

Des souvenirs l'accompagnaient. Des nuages vus d'en haut. Des chevaux, gros comme des fourmis tonnant à travers les herbes. Une lune d'argent, presque assez proche pour la toucher. Des rivières courant, lumineuses et bleues, en contrebas, scintillant au soleil. *Reverrai-je jamais de tels spectacles ?* Sur le dos de Drogon, elle se sentait *complète*. Là-haut dans le ciel, les malheurs de ce monde ne la touchaient pas. Comment pourrait-elle abandonner cela ?

Le temps était venu, cependant. Une enfant pouvait passer sa vie à jouer, mais elle était une femme faite, une reine, une épouse, la mère de milliers. Ses enfants avaient besoin d'elle. Drogon avait plié sous le fouet, elle devait agir de même. Elle devait coiffer de nouveau sa couronne et revenir à son banc d'ébène et aux bras de son noble époux.

Hizdahr, aux tièdes baisers.

Le soleil était chaud, ce matin-là, le ciel bleu, sans nuages. C'était bien. Les vêtements de Daenerys étaient à peine plus que des loques et ne lui apportaient pas grand-chose, en termes de chaleur. Une de ses sandales lui avait glissé du pied au cours de son vol insensé depuis Meereen, et elle avait laissé l'autre près de la caverne de Drogon, préférant marcher pieds nus plutôt qu'à moitié chaussée. Son *tokar* et ses voiles, elle les avait abandonnés dans l'arène, et sa camisole de lin n'avait jamais été prévue pour supporter la chaleur des jours et le froid des nuits de la mer Dothrak. La sueur, l'herbe et la terre l'avaient tachée, et Daenerys en avait arraché une bande sur le bord afin de panser son tibia. *Je dois paraître une bien pauvre créature, dépenaillée et morte de faim*, songea-t-elle, *mais si le temps reste chaud, je ne gèlerai pas.*

Son séjour avait été solitaire et, durant sa plus grande partie, elle avait souffert de ses blessures et de la faim... et en dépit de tout cela, elle avait été étrangement heureuse, ici. *Quelques douleurs, un ventre creux, des frissons la nuit... quelle importance quand vous pouvez voler ? Je le referais volontiers.*

À Meereen, Jhiqui et Irri devaient l'attendre au sommet de sa pyramide, se répétait-elle. Missandei, sa douce scribe, aussi, et tous ses petits pages. Ils lui apporteraient à manger, et elle pourrait se baigner dans le bassin sous le plaqueminier. Il serait agréable de se sentir à nouveau propre. Daenerys n'avait nul besoin d'un miroir pour savoir qu'elle était couverte de crasse.

Elle avait faim, également. Un matin, elle avait trouvé des oignons sauvages qui poussaient à mi-pente sur le flanc sud, et plus tard, le même jour un légume rougeâtre et feuillu qui aurait pu être une curieuse variété de chou. Peu importe ce dont il s'était agi, ça ne l'avait pas rendue malade. En dehors de cela et d'un poisson qu'elle avait attrapé dans le bassin qu'alimentait une source devant la caverne de Drogon, elle avait survécu de son mieux sur les restes du dragon, des os brûlés et des pièces de viande fumante, moitié carbonisée et moitié crue. Elle avait besoin de davantage, elle le savait. Un jour, elle avait tapé dans le crâne fendu d'un mouton avec le côté de son pied nu et l'avait envoyé dévaler la colline en rebondissant. En le regardant dégringoler la pente escarpée vers la mer des herbes, elle avait compris qu'elle devait le suivre.

Daenerys se lança dans la traversée des hautes herbes à une allure soutenue. La terre était chaude entre ses orteils. L'herbe avait la même taille qu'elle. *Elle n'a jamais paru si profonde quand je montais mon argentée, que je chevauchais auprès du soleil étoilé de ma vie en tête de son* khalasar. En marchant, elle tapotait sa cuisse avec le fouet du maître d'arène. Cet objet et les hardes sur son dos étaient tout ce qu'elle avait emporté de Meereen.

Bien qu'elle avançât dans un royaume verdoyant, ce n'était pas le vert riche et intense de l'été. Même ici, l'automne imprimait sa présence, et l'hiver ne tarderait plus, derrière. L'herbe était plus pâle que dans ses souvenirs, un vert délavé et maladif, près de virer au jaune. Puis viendrait le brun. Les herbes se mouraient.

Daenerys Targaryen n'était pas une étrangère à la mer Dothrak, le grand océan végétal qui s'étendait de la forêt de Qohor jusqu'à la Mère des Montagnes et au Nombril du Monde. Elle l'avait vue pour la première fois alors qu'elle était encore enfant, tout juste mariée au *khal* Drogo, en route vers Vaes Dothrak pour être présentée aux vieillardes du *dosh khaleen*. La vue de toute cette herbe s'étirant devant elle lui avait coupé le souffle. *Le ciel était bleu, l'herbe verte, et j'étais remplie d'espoir.* Ser Jorah l'accompagnait, à l'époque, son vieil ours bougon. Elle avait Irri, Jhiqui et Doreah pour s'occuper d'elle, le soleil étoilé de sa vie pour la tenir au cours de la nuit, lui dont l'enfant grandissait en elle. *Rhaego. Je voulais l'appeler Rhaego, et le* dosh khaleen *a déclaré qu'il serait l'étalon qui montera le monde.* Elle n'avait plus été aussi heureuse depuis ces jours à Braavos, confus dans sa mémoire, où elle vivait dans la maison à la porte rouge.

Mais dans le désert rouge, toute sa joie s'était changée en cendres. Le soleil étoilé de sa vie avait chu de son cheval, la *maegi* Mirri Maz Duur avait assassiné Rhaego dans son ventre et Daenerys avait étouffé de ses propres mains la coquille vide du *khal* Drogo. Ensuite, le grand *khalasar* de Drogo s'était brisé. Ko Pono s'était proclamé *khal* et avait pris de nombreux cavaliers avec lui, et bien des esclaves aussi. Ko Jhaqo s'était déclaré *khal*, et il était parti avec bien davantage. Mago, son Sang-coureur, avait violé et tué Eroeh, une enfant que Daenerys avait un jour sauvée de lui. Seule la naissance de ses dragons au sein du feu et de la fumée du bûcher funéraire du *khal* Drogo avait épargné à Daenerys elle-même d'être traînée de nouveau à Vaes Dothrak pour y vivre le restant de ses jours parmi les vieillardes du *dosh khaleen*.

Le trône de fer

Le feu m'a brûlé les cheveux, mais sinon il m'a laissée intacte.
Il en était allé de même dans l'arène de Daznak. De cela, elle se
souvenait, mais beaucoup de ce qui avait suivi était flou. *Tant
de gens, qui hurlaient et se bousculaient.* Elle se rappelait les chevaux qui se cabraient, une carriole de nourriture qui éparpillait
des melons en se renversant ; d'en bas une pique avait fusé,
suivie d'une volée de carreaux d'arbalète. L'un d'eux était passé
si près que Daenerys l'avait senti lui frôler la joue. D'autres
avaient ricoché sur les écailles de Drogon, s'étaient logés entre
elles ou avait déchiré la membrane de ses ailes. Elle se remémorait le dragon qui se tordait sous elle, frissonnant sous les
impacts, tandis qu'elle tentait désespérément de s'agripper à son
dos squameux. Les blessures fumaient. Daenerys vit un des viretons s'embraser soudain. Un autre tomba, décroché par le battement des ailes de Drogon. En contrebas, des hommes
virevoltaient, engainés de flamme, les mains levées, comme pris
dans la frénésie d'une folle danse. Une femme en *tokar* vert
tendit la main vers un enfant en pleurs, l'attirant entre ses bras
pour le protéger du brasier. Daenerys vit la couleur, intense,
mais pas le visage de la femme. Des gens les piétinèrent tandis
qu'ils gisaient entrelacés sur les briques. Certains étaient
embrasés.

Ensuite, tout cela s'était effacé, les bruits s'estompant, les
gens rapetissant, les piques et les flèches retombant au-dessous
d'eux tandis que Drogon se hissait dans le ciel à coups de griffes.
De plus en plus haut il l'avait emportée, bien au-dessus des pyramides et des arènes, ses ailes déployées pour capter l'air chaud
montant des briques de la ville, cuisant au soleil. *Si je tombe et
que je meurs, cela en aura quand même valu la peine*, s'était-elle
dit.

Plein nord, ils avaient volé, par-delà le fleuve, Drogon planant
sur des ailes déchirées et trouées, à travers des nuages qui défilaient comme les bannières d'un ost fantomatique. Daenerys
aperçut les côtes de la baie des Serfs et l'ancienne route valyrienne qui courait en les suivant à travers les sables et la désolation jusqu'à disparaître à l'ouest. *La route qui s'en va chez moi.*
Puis il n'y eut rien sous eux, que de l'herbe qui ondulait au vent.
Y avait-il des milliers d'années écoulées depuis ce premier vol ?
Parfois, elle en avait bien l'impression.

Le soleil devint plus chaud en montant dans le ciel, et elle
sentit sous peu sa tête lui cogner. Les cheveux de Daenerys

1140

repoussaient, mais lentement. « J'ai besoin d'un chapeau », déclara-t-elle à voix haute. Sur les hauteurs de Peyredragon, elle avait tenté de s'en confectionner un, tressant des tiges d'herbes comme elle avait vu des femmes dothrakies le faire lorsqu'elle était avec Drogo, mais, soit elle employait une variété d'herbe qui ne convenait pas, soit elle était simplement dénuée du talent nécessaire. Tous ses chapeaux tombaient en pièces entre ses doigts. *Essaie encore*, dit-elle pour s'encourager. *Tu réussiras mieux la prochaine fois. Tu es le sang du dragon, tu peux fabriquer un chapeau.* Elle essaya, encore et encore, mais sa dernière tentative n'avait pas davantage abouti que la première.

L'après-midi était là quand Daenerys trouva le ruisseau qu'elle avait aperçu du haut de la colline. C'était un ru, un filet d'eau, une saignée pas plus large que son bras... et son bras avait maigri à chaque jour passé sur Peyredragon. Daenerys recueillit de l'eau dans sa main et s'en éclaboussa le visage. Quand elle plaça ses mains en coupe, ses phalanges s'enlisèrent dans la vase au fond du ruisseau. Elle aurait préféré une eau plus fraîche, plus claire... mais non, si elle devait accrocher ses espoirs à des vœux, elle souhaiterait qu'on vînt à son secours.

Elle s'agrippait encore à l'espoir qu'on suivrait ses traces. Ser Barristan pourrait venir en quête d'elle ; premier de sa Garde Royale, il s'était juré de défendre la vie de sa reine au prix de la sienne. Et ses Sang-coureurs n'étaient pas étrangers à la mer Dothrak, et leurs vies étaient liées à la sienne. Son époux, le noble Hizdahr zo Loraq, pourrait dépêcher des groupes de recherche. Et Daario... Daenerys se le représentait, chevauchant vers elle à travers les hautes herbes, souriant, sa dent en or brillant aux feux du soleil couchant.

Seulement, Daario avait été livré aux Yunkaïis, comme otage, pour assurer qu'aucun mal n'adviendrait aux capitaines yunkaïis. *Daario et Héro, Jhogo et Groleo, et trois parents d'Hizdahr.* Désormais, tous les otages avaient été restitués, certainement. Toutefois...

Elle se demanda si les lames de son capitaine étaient encore accrochées au mur auprès du lit de la reine, en attendant que Daario revînt les récupérer. « *Je laisse mes filles avec toi*, avait-il déclaré. *Prends-en soin pour moi, mon amour.* » Et elle se demanda ce que les Yunkaïis savaient du prix qu'elle attachait à son capitaine. Elle avait posé la question à ser Barristan, l'après-midi où les otages étaient partis. « Ils auront entendu les ragots, avait-il répondu. Naharis a même pu se targuer de la grande… considération que Votre Grâce lui témoigne. Si vous voulez bien me pardonner de le dire, la modestie n'est pas une des vertus du capitaine. Il tire grand orgueil de sa… de son habileté à l'épée. »

Il se vante de coucher avec moi, tu veux dire. Mais Daario n'aurait pas été assez sot pour se vanter ainsi parmi ses ennemis. *C'est sans importance. En ce moment, les Yunkaïis doivent rentrer chez eux.* C'était pour cette raison qu'elle avait agi comme elle l'avait fait. Pour la paix.

Elle se retourna vers le chemin qu'elle avait parcouru, vers Peyredragon qui s'élevait au-dessus des plaines herbues comme un poing serré. *Ça paraît si près. Je marche depuis des heures, et pourtant l'impression demeure que je pourrais tendre le bras et le toucher.* Il n'était pas trop tard pour rebrousser chemin. Il y avait du poisson dans le bassin qu'alimentait la source, près de la caverne de Drogon. Elle en avait attrapé un le premier jour là-bas, elle pourrait en pêcher d'autres. Et il y aurait des restes, des os calcinés où s'accrochaient encore des lambeaux de viande, les reliquats des chasses du dragon.

Non, se dit Daenerys. *Si je regarde en arrière, c'en est fait de moi.* Elle pourrait vivre des années sur les rochers cuits au soleil de Peyredragon, chevauchant Drogon le jour et grignotant ses reliefs à chaque nuit tombante, tandis que le grand océan d'herbe virait de l'or à l'orange, mais ce n'était pas pour cette existence qu'elle était née. Aussi tourna-t-elle de nouveau le dos à la colline au loin et se boucha-t-elle les oreilles au chant d'essor et de liberté que susurrait le vent en jouant dans les crêtes rocailleuses de la colline. Le ruisseau courait vers le sud-sud-est, pour autant qu'elle pût en juger. Elle le suivit. *Conduis-moi au fleuve, c'est tout ce que je te demande. Conduis-moi au fleuve et je ferai le reste.*

Les heures s'écoulèrent lentement. Le ruisseau obliquait d'un côté et de l'autre, et Daenerys l'accompagnait, marquant une cadence sur sa jambe avec le fouet, en s'efforçant de ne pas songer au chemin qu'elle avait parcouru, ni aux battements sous son crâne, ni à son ventre creux. *Fais un pas. Puis le suivant. Encore un pas. Et encore.* Que pouvait-elle faire d'autre ?

Le calme régnait, sur sa mer. Quand soufflait le vent, l'herbe soupirait tandis que les tiges frottaient les unes contre les autres, chuchotant dans une langue que seuls comprenaient les dieux.

De temps en temps, le petit cours d'eau gazouillait en contournant une pierre. La boue giclait entre les orteils de Daenerys. Des insectes bourdonnaient autour d'elle, des libellules indolentes, des guêpes vertes luisantes et des moustiques qui piquaient, presque trop petits pour être visibles. Elle les giflait distraitement quand ils se posaient sur ses bras. Une fois, elle surprit un rat qui buvait au ruisseau, mais il s'enfuit en la voyant paraître, détalant entre les tiges pour disparaître dans les hautes herbes. Parfois elle entendait des oiseaux chanter. Le son lui faisait gronder l'estomac, mais elle n'avait pas de rets pour les prendre, et jusqu'ici elle n'avait pas croisé de nids. *Autrefois, je rêvais de voler, et maintenant que j'ai volé, je rêve de dérober des œufs.* L'idée la fit rire. « Les hommes sont fous, et les dieux plus encore », expliqua-t-elle aux herbes, et les herbes susurrèrent leur assentiment.

Trois fois ce jour-là elle aperçut Drogon. La première, il était si loin qu'il aurait pu s'agir d'un aigle, disparaissant dans les nuages et en ressortant en planant, mais Daenerys connaissait désormais sa silhouette, même quand il n'était plus qu'une petite tache. La deuxième fois, il passa devant le soleil, ses noires ailes déployées, et le monde s'obscurcit. La dernière fois, il vola juste au-dessus d'elle, si près qu'elle entendait battre ses ailes. L'espace d'un demi-battement de cœur, Daenerys crut qu'il la traquait, mais il continua son vol sans lui prêter aucune attention, et disparut quelque part à l'est. *C'est aussi bien*, estima-t-elle.

Le soir la prit presque à l'improviste. Alors que le soleil dorait les lointaines aiguilles de Peyredragon, Daenerys tomba sur un petit mur de pierre brisé, couvert par la végétation. Peut-être avait-il appartenu à un temple, ou à la demeure du seigneur du village. D'autres ruines s'étendaient plus loin – un vieux puits, et certains cercles dans l'herbe qui marquaient l'emplacement où s'étaient dressées quelques masures. On les avait construites en torchis, jugea Daenerys, mais de longues années de vent et de pluie les avaient réduites à rien. Daenerys en trouva huit avant que le soleil ne se couchât, mais il aurait pu y en avoir davantage plus loin, dissimulées dans les herbes.

Le mur de pierre avait mieux survécu que le reste. Bien qu'il ne dépassât nulle part trois pieds de hauteur, l'angle où il rencontrait un autre muret de moindre hauteur offrait cependant un abri contre les éléments, et la nuit montait rapidement.

Daenerys se blottit dans ce recoin, s'arrangeant une sorte de nid en arrachant des poignées de l'herbe qui croissait autour des ruines. Elle était très lasse, et de nouvelles ampoules étaient apparues sur ses deux pieds, y compris une paire assortie au petit doigt de chaque. *Ça doit venir de ma façon de marcher*, pensa-t-elle en pouffant.

Tandis que le monde s'obscurcissait, Daenerys se rencogna et ferma les yeux, mais le sommeil refusa de venir. La nuit était froide, le sol dur, son ventre vide. Elle se retrouva à songer à Meereen, à Daario, son amour, et à Hizdahr, son mari, à Irri et Jhiqui et à la douce Missandei, à ser Barristan, Reznak et Skahaz Crâne-ras. *Craignent-ils que je sois morte ? Je me suis envolée sur le dos d'un dragon. Vont-ils croire qu'il m'a dévorée ?* Elle se demanda si Hizdahr était toujours roi. Sa couronne lui venait d'elle, pourrait-il la conserver en son absence ? *Il voulait tuer Drogon. Je l'ai entendu. « Tuez-le, a-t-il crié, tuez cet animal »*, et il avait au visage une expression avide. Et Belwas le Fort était à genoux, secoué de vomissements et de trépidations. *Du poison. C'était forcément du poison. Les sauterelles au miel. Hizdahr m'a encouragée à en manger, mais Belwas a tout mangé.* Elle avait fait d'Hizdahr son roi, l'avait mis dans son lit, avait rouvert pour lui les arènes, il n'avait aucune raison de souhaiter sa mort. Et cependant, qui cela pouvait-il être d'autre ? Reznak, son sénéchal parfumé ? Les Yunkaïis ? Les Fils de la Harpie ?

Au loin, un loup hurla. Ce son la rendit triste et solitaire, mais pas moins affamée. Tandis que la lune s'élevait au-dessus des plaines d'herbe, Daenerys sombra enfin dans un sommeil agité.

Elle rêva. Tous ses soucis se détachaient d'elle, et toutes ses douleurs aussi, et elle paraissait flotter vers le haut, dans le ciel. Elle volait encore une fois, tournoyant, riant, dansant, tandis que les étoiles cabriolaient autour d'elle et lui chuchotaient des secrets à l'oreille. « Pour aller au nord, tu dois voyager vers le sud. Pour atteindre l'ouest, tu dois aller à l'est. Pour avancer, tu dois rebrousser chemin. Pour toucher la lumière, tu dois passer sous l'ombre.

— Quaithe ? appela Daenerys. Où êtes-vous, Quaithe ? »

Puis elle vit. *Son masque est fait de lumière d'étoiles.*

« Rappelle-toi qui tu es, Daenerys, chuchotèrent les étoiles avec la voix d'une femme. Les dragons le savent. Et toi ? »

Le lendemain matin, elle s'éveilla courbaturée, percluse de douleurs et de crampes, avec des fourmis qui lui couraient sur les bras, les jambes et le visage. Quand elle comprit ce qu'elles étaient, elle écarta d'un coup de pied les tiges d'herbe brune qui lui avaient servi de couche et de couverture, et se remit debout tant bien que mal. Elle était couverte de piqûres, de petites bosses rouges qui démangeaient et cuisaient. *D'où sortent toutes ces fourmis ?* Pour se débarrasser d'elles, Daenerys frotta ses bras, ses jambes et son ventre. Elle laissa courir une paume sur le chaume de son crâne, à l'endroit où ses cheveux avaient brûlé, et elle sentit d'autres fourmis sur sa tête, et une qui lui descendait sur la nuque. Elle les gifla et les écrasa sous ses pieds nus. Il y en avait tellement...

Il s'avéra que la fourmilière se situait de l'autre côté de son mur. Daenerys s'étonna que les insectes eussent réussi à l'escalader et à la trouver. Pour eux, cet amas de pierres devait les surplomber avec l'énormité du Mur de Westeros. *Le plus grand mur du monde*, répétait son frère Viserys, aussi fier que s'il l'avait bâti de ses mains.

Viserys lui racontait des histoires de chevaliers si pauvres qu'ils étaient obligés de dormir sous les haies anciennes qui poussaient au long des chemins des Sept Couronnes. Daenerys aurait donné tant et plus pour une belle haie bien épaisse. *De préférence sans fourmilière.*

Le soleil se levait tout juste. Quelques étoiles brillantes s'attardaient dans le cobalt du ciel. *Peut-être l'une d'elles est-elle le* khal *Drogo, assis sur son étalon ardent dans les terres de la nuit, qui me sourit d'en haut.* Peyredragon était toujours visible audessus des herbes. *Elle paraît si proche. Je dois me trouver à des lieues, désormais, mais on dirait que je pourrais y revenir en une heure.* Elle avait envie de se recoucher, de fermer les yeux et de s'abandonner au sommeil. *Non, je dois poursuivre. Le ruisseau. Borne-toi à longer le ruisseau.*

Daenerys prit un instant pour s'assurer de son orientation. Il ne faudrait pas partir dans la mauvaise direction et perdre son ruisseau. « Mon ami, commenta-t-elle à voix haute. Si je reste près de mon ami, je ne m'égarerai pas. » Elle aurait dormi au bord de l'eau si elle avait osé, mais il y avait des animaux qui venaient y boire, la nuit. Elle avait vu leurs traces. Daenerys ne ferait pas un grand banquet pour un loup ou un lion, mais mieux valait un maigre repas que pas de repas du tout.

Une fois qu'elle fut certaine de se diriger vers le sud, elle compta ses pas. Le ruisseau apparut au bout de huit. Daenerys mit ses mains en coupe pour boire. L'eau lui infligea des crampes d'estomac, mais on supportait des crampes plus facilement que la soif. Elle n'avait rien d'autre à boire que la rosée du matin qui luisait sur les hautes herbes, et pas de nourriture du tout, à moins qu'elle ne tînt à manger de l'herbe. *Je pourrais essayer de manger des fourmis.* Les petites jaunes étaient trop infimes pour beaucoup la nourrir, mais il y en avait des rouges dans l'herbe, et elles étaient plus grosses. « Je suis perdue en mer, décida-t-elle en claudiquant au bord de son ru sinueux, alors peut-être que je trouverai des crabes, ou un beau gros poisson. » Son fouet claquait doucement contre sa cuisse. *Flap, flap, flap.* Un pas à la fois, et le ruisseau la ramènerait chez elle.

Juste après midi, elle atteignit un buisson qui poussait près du ruisseau, ses branches torses couvertes de baies dures et vertes. Daenerys les lorgna d'un œil soupçonneux, puis en cueillit une sur une branche, qu'elle grignota. La pulpe en était acide et croquante, avec un arrière-goût amer qui lui parut familier. « Dans le *khalasar*, ils utilisaient ce genre de baies pour assaisonner les rôtis », décida-t-elle. Le dire à haute voix renforça sa conviction. Son estomac grondait, et Daenerys se retrouva à cueillir des baies à deux mains pour les jeter dans sa bouche.

Une heure plus tard, son estomac commença à être tordu de crampes si fortes qu'elle ne put pas continuer. Elle passa le reste de la journée à vomir une bouillie verte. *Si je reste ici, je vais mourir. Je suis peut-être déjà en train d'agoniser.* Le dieu cheval des Dothrakis écarterait-il les herbes et la prendrait-il dans son *khalasar* d'étoiles, afin qu'elle chevauchât dans les terres de la nuit avec le *khal* Drogo ? En Westeros, les morts de la maison Targaryen étaient livrés aux flammes, mais qui, ici, allumerait son bûcher ? *Ma chair ira nourrir les loups et les charognards,* songea-t-elle avec tristesse, *et les vers creuseront leurs tunnels dans mon ventre.* Ses yeux revinrent vers Peyredragon. La colline semblait plus petite. Elle voyait de la fumée s'élever de son sommet sculpté par les vents, à des milles d'elle. *Drogon est rentré de sa chasse.*

Le coucher du soleil la trouva accroupie dans l'herbe, en train de gémir. Chacune de ses selles était plus molle que la précédente et sentait plus mauvais. Le temps que la lune se levât, elle chiait de l'eau brune. Plus elle buvait et plus elle chiait, mais plus elle chiait et plus elle avait soif, et sa soif l'envoyait à quatre pattes jusqu'au ruisseau pour aspirer plus d'eau. Lorsqu'elle ferma enfin les yeux, Daenerys ne savait pas si elle aurait assez de force pour les rouvrir.

Elle rêva de son frère mort.

Viserys ressemblait exactement à ce qu'il avait été la dernière fois qu'elle l'avait vu. Il avait la bouche tordue de souffrance, les cheveux brûlés, et son visage noir fumait aux endroits où l'or fondu lui avait coulé sur le front, sur les joues et dans les yeux.

« Tu es mort », déclara Daenerys.

Assassiné. Bien que ses lèvres n'eussent pas bougé, elle entendait quand même sa voix, qui lui chuchotait à l'oreille. *Tu n'as jamais porté mon deuil, ma sœur. Mourir sans être pleuré n'est pas facile.*

« Je t'ai aimé, jadis. »

Jadis, répéta-t-il, avec tant d'amertume qu'elle en frémit. *Tu aurais dû être mon épouse, me donner des enfants aux cheveux d'argent et aux yeux mauves, pour préserver la pureté de la lignée du dragon. Je me suis occupé de toi. Je t'ai appris qui tu étais. Je t'ai nourrie. J'ai vendu la couronne de notre mère pour continuer à te nourrir.*

« Tu m'as fait mal. Tu m'as fait peur. »

Seulement quand tu éveillais le dragon. Je t'aimais.

« Tu m'as vendue. Tu m'as trahie. »

Non. La traîtresse, c'était toi. Tu t'es retournée contre moi, contre ton propre sang. Ils m'ont floué. Ton époux chevalin et ses sauvages puants. C'étaient des tricheurs et des menteurs. Ils m'ont promis une couronne en or et m'ont donné ceci. Il toucha l'or fondu qui lui coulait lentement sur le visage, et de la fumée monta de son doigt.

« Tu aurais pu avoir ta couronne, lui dit Daenerys. Le soleil étoilé de ma vie l'aurait remportée pour toi, si seulement tu avais attendu. »

J'ai attendu assez longtemps. J'ai attendu toute ma vie. J'étais leur roi, leur roi légitime. Ils ont ri de moi.

« Tu aurais dû rester à Pentos, avec Maître Illyrio. Le *khal* Drogo devait me présenter au *dosh khaleen*, mais tu n'avais aucune raison de chevaucher avec nous. Tu as choisi de le faire. Tu as commis une erreur. »

Veux-tu réveiller le dragon, petite putain sans cervelle ? Le kha-lasar de Drogo m'appartenait. Je les lui ai achetés, cent mille hurleurs. Je les ai payés avec ta virginité.

1147

« Tu n'as jamais compris. Les Dothrakis n'achètent rien, ils ne vendent rien. Ils font des cadeaux et en reçoivent. Si tu avais attendu... »

J'ai attendu. Attendu ma couronne, mon trône, toi. Toutes ces années, et tout ce que j'en ai tiré, c'est un chaudron d'or fondu. Pourquoi t'ont-ils donné les œufs de dragon ? Ils auraient dû me revenir. Si j'avais possédé un dragon, j'aurais enseigné au monde ce que notre devise signifie. Viserys se mit à rire, jusqu'à ce que sa mâchoire se séparât en fumant de son visage et que le sang et l'or fondu se répandissent hors de sa bouche.

Quand elle se réveilla, le souffle court, ses cuisses étaient nappées de sang.

Un moment elle ne comprit pas de quoi il s'agissait. Le monde commençait tout juste à s'éclaircir et les hautes herbes chuchotaient doucement sous le vent. *Non, je vous en prie, laissez-moi dormir encore un peu. Je suis tellement fatiguée.* Elle essaya de s'enfouir de nouveau sous le tas d'herbe qu'elle avait arraché en s'endormant. Certaines des tiges semblaient humides. Avait-il de nouveau plu ? Elle s'assit, craignant de s'être souillée pendant son sommeil. Quand elle porta ses doigts devant son visage, elle sentit sur eux l'odeur du sang. *Est-ce que je suis en train de mourir ?* Puis elle vit le pâle croissant de la lune, qui flottait haut au-dessus des herbes, et l'idée lui vint que ce n'était que le sang de la lune.

Si elle n'avait pas été si malade et effrayée, cela aurait pu représenter un soulagement pour elle. Mais elle fut prise de frissons violents. Elle se frotta les doigts dans la terre et attrapa une poignée d'herbe pour s'essuyer entre les jambes. *Le dragon ne pleure pas.* Elle saignait, mais ce n'était que du sang de femme. *Cependant, la lune n'est encore qu'un croissant. Comment cela se peut-il ?* Elle essaya de se souvenir de la dernière fois qu'elle avait saigné. La dernière pleine lune ? La précédente ? Celle d'avant, encore ? *Non, ça ne peut pas remonter si loin.* « Je suis le sang du dragon », déclara-t-elle à l'herbe, à voix haute.

Autrefois, lui chuchota l'herbe, en retour, *jusqu'à ce que tu enchaînes tes dragons dans le noir.*

« Drogon a tué une petite fille. Elle s'appelait... Son nom... » Daenerys ne se souvenait plus du nom de l'enfant. Cela l'attrista tellement qu'elle en aurait pleuré si le feu n'avait pas consumé toutes ses larmes. « Jamais je n'aurai de petite fille. J'étais la Mère des Dragons. »

Certes, répondit l'herbe, *mais tu t'es retournée contre tes enfants.*

Elle avait le ventre vide, ses pieds douloureux et couverts d'ampoules, et il lui parut que les crampes s'étaient aggravées. Son ventre était rempli d'un nœud de serpents qui lui mordaient les entrailles. Elle prit une poignée de boue et d'eau avec des mains tremblantes. À midi, l'eau serait tiède, mais dans la froidure de l'aube, elle était presque fraîche et l'aida à garder les yeux ouverts. Tandis qu'elle s'éclaboussait le visage, elle vit à nouveau du sang sur ses cuisses. Le rebord déchiré de sa tunique en était taché. La vision de tant de rouge l'effraya. *Du sang de la lune, ce n'est que mon sang de la lune*, mais elle ne se rappelait pas avoir jamais eu un flot aussi important. *Se pourrait-il que ce soit l'eau ?* Si c'était l'eau, elle était perdue. Elle devait boire ou périr de soif.

« Avance, s'ordonna Daenerys. Suis le ruisseau et il te conduira à la Skahazadhan. C'est là que Daario te trouvera. » Mais il lui fallut toutes ses forces rien que pour se remettre debout et, quand elle y parvint, elle ne put que rester plantée là, fiévreuse et saignante. Elle leva les yeux vers le ciel bleu et vide, considérant le soleil en plissant les paupières. *Déjà la moitié de la matinée enfuie*, découvrit-elle avec consternation. Elle se força à progresser d'un pas, puis d'un autre, et voilà qu'elle marchait de nouveau, en suivant le petit ruisseau.

La température du jour augmenta et le soleil pesa sur sa tête et les restes brûlés de ses cheveux. L'eau lui éclaboussait la plante des pieds. Elle marchait dans le ruisseau. Depuis combien de temps faisait-elle ça ? La boue douce et molle lui était agréable entre les orteils et aidait à apaiser ses ampoules. *Dans le ruisseau ou sur le bord, je dois continuer à avancer. L'eau coule vers le bas. Le ruisseau me mènera au fleuve, et le fleuve me ramènera chez moi.*

Sauf qu'il ne le ferait pas, pas vraiment.

Meereen n'était pas chez elle, et ne le serait jamais. C'était une cité d'hommes étranges aux dieux étranges et aux cheveux plus étranges encore, d'esclavagistes enveloppés de *tokars* à franges, où la grâce s'obtenait par la fornication, la boucherie était un art et le chien un mets de choix. Meereen serait toujours la cité de la Harpie, et Daenerys ne pouvait être une harpie.

Jamais, prononça l'herbe sur le ton rogue de Jorah Mormont. *Vous étiez prévenue, Votre Grâce. Laissez donc cette cité, vous ai-je conseillé. Votre guerre se passe à Westeros, je vous l'ai dit.*

La voix n'était qu'un chuchotis et pourtant Daenerys avait la sensation qu'il marchait juste derrière elle. *Mon ours*, songea-t-elle, *mon cher vieil ours, qui m'aimait et m'a trahie.* Il lui avait tant manqué. Elle voulait voir son visage ingrat, l'entourer de ses bras et se serrer contre son torse, mais elle savait que, si elle se retournait, ser Jorah aurait disparu. « Je rêve, dit-elle. Un rêve éveillé, un réveil de marche. Je suis seule et je suis perdue. »

Perdue, parce que vous vous êtes attardée en un lieu où vous n'auriez jamais dû être, murmura ser Jorah, aussi bas que le vent. *Seule, parce que vous m'avez renvoyé.*

« Tu m'as trahie. Tu as vendu des informations sur moi, pour de l'or. »

Pour rentrer. Je n'ai jamais voulu que rentrer chez moi.

« Et moi. Tu me voulais, moi. » Daenerys l'avait lu dans ses yeux.

C'est vrai, susurra l'herbe, avec tristesse.

« Tu m'as embrassée. Je ne t'en ai jamais donné permission, mais tu l'as fait. Tu m'as vendue à mes ennemis, mais tu étais sincère quand tu m'as embrassée. »

Je vous ai bien conseillée. Gardez vos piques et vos épées pour les Sept Couronnes, vous ai-je dit. Laissez Meereen aux Meereeniens et partez à l'ouest, ai-je insisté. Vous n'avez pas voulu m'écouter.

« J'ai dû prendre Meereen ou voir mes enfants périr de faim durant leur marche. » Daenerys gardait à la mémoire la file des cadavres qu'elle avait laissés derrière elle en traversant le désert rouge. Ce n'était pas un spectacle qu'elle voulait revoir un jour. « J'ai dû conquérir Meereen pour nourrir mon peuple. »

Vous avez pris Meereen, lui rappela-t-il, *et vous vous êtes encore attardée.*

« Pour être reine. »

Vous êtes reine, riposta son ours. *À Westeros.*

« C'est tellement loin, se plaignit-elle. J'étais fatiguée, Jorah. J'étais lasse de la guerre. Je voulais me reposer, rire, planter des arbres et les voir grandir. Je ne suis qu'une jeune fille. »

Non. Vous êtes le sang du dragon. Le chuchotement s'estompait, comme si ser Jorah prenait de plus en plus de retard sur elle. *Un dragon ne plante pas d'arbres. Souvenez-vous-en. Souvenez-vous de qui vous êtes, de ce pour quoi vous êtes faite. Souvenez-vous de votre devise.*

« Feu et Sang », récita Daenerys à l'herbe qui dansait.

Une pierre roula sous son pied. Elle tomba sur un genou et poussa un cri de douleur, espérant contre tout espoir que son ours allait la serrer dans ses bras et l'aider à se relever. Quand elle tourna la tête pour le chercher, elle ne vit qu'un filet d'eau brune... et l'herbe, qui continuait à frémir doucement. *Le vent*, se dit-elle, *le vent balance les tiges et les fait danser*. Mais il n'y avait pas de vent. Le soleil la surplombait, le monde était calme et brûlant. Des nuées de moustiques emplissaient l'air et une libellule flottait au-dessus du ruisseau, filant de-ci, de-là. Et l'herbe bougeait, sans rien pour l'agiter.

Elle tâtonna dans l'eau, trouva un caillou de la grosseur de son poing, l'arracha à la boue. C'était une piètre arme, mais préférable à une main vide. Du coin de l'œil, Daenerys vit l'herbe remuer encore, sur sa droite. L'herbe tangua et s'inclina, comme devant un roi, mais aucun roi ne lui apparut. Le monde était vert et vide. Le monde était vert et silencieux. Le monde était jaune, et se mourait. *Je devrais me lever*, se reprocha-t-elle. *Il faut que je marche. Je dois suivre le ruisseau.*

À travers l'herbe monta un doux tintement argentin.

Des clochettes, songea Daenerys en souriant au souvenir du *khal* Drogo, son soleil et ses étoiles, et des grelots qu'il avait dans sa tresse. *Quand le soleil se lèvera à l'ouest pour se coucher à l'est. Quand les mers seront asséchées, et quand les montagnes auront sous le vent le frémissement de la feuille, quand mon sein se ranimera, quand je porterai un enfant vivant, alors le* khal *Drogo me sera rendu.*

Mais il n'était rien advenu de tout cela. *Des clochettes*, se répéta Daenerys. Ses Sang-coureurs l'avaient retrouvée. « Aggo, chuchota-t-elle. Jhogo. Rakharo. » Se pourrait-il que Daario les eût accompagnés ?

La mer verte s'ouvrit. Un cavalier apparut. Sa tresse était noire et brillante, sa peau aussi sombre que du cuivre poli, ses yeux avaient la forme d'amandes amères. Des clochettes chantaient dans ses cheveux. Il portait une ceinture de médaillons et un gilet peint, avec un *arakh* sur une hanche et un fouet sur l'autre. Un arc de chasse et un carquois plein de flèches pendaient à sa selle.

Un cavalier, et seul. Un éclaireur. C'était celui qui galopait en avant du *khalasar* pour repérer le gibier et la bonne herbe verte, et détecter les ennemis partout où ils pouvaient se cacher. S'il la trouvait ici, il la tuerait, la violerait ou la réduirait en esclavage. Au mieux, il la renverrait vers les vieillardes du *dosh khaleen*, où étaient censées aller les bonnes *khaleesis*, quand mourait leur *khal*.

Mais il ne la vit pas. Les herbes la dissimulaient, et il regardait ailleurs. Daenerys suivit son regard, et là-bas volait l'ombre, ses ailes largement déployées. Le dragon se situait à un mille de distance, et cependant l'éclaireur resta pétrifié jusqu'à ce que son étalon se mît à doucement hennir de peur. Puis l'homme s'éveilla comme d'un rêve, fit volter sa monture et s'en fut au galop à travers les hautes herbes.

Daenerys le regarda partir. Quand le bruit de ses sabots se fut estompé jusqu'au silence, elle commença à crier. Elle appela jusqu'à s'enrouer... et Drogon vint, renâclant dans des panaches de fumée. L'herbe s'inclina devant lui. Daenerys lui sauta sur le dos. Elle puait le sang, la sueur et la peur, mais rien de tout cela n'importait. « Pour avancer, je dois revenir en arrière », déclara-t-elle. Ses jambes nues se nouèrent autour de l'encolure du dragon. Elle lui donna un coup de pied, et Drogon se jeta vers le ciel. Le fouet avait disparu, aussi usa-t-elle de ses mains et de ses pieds pour le faire obliquer vers le nord-est, dans la direction où était parti l'éclaireur. Drogon obtempéra assez docilement : peut-être reniflait-il la peur du cavalier.

En une douzaine de battements de cœur, ils avaient dépassé le Dothraki, qui galopait, loin en contrebas. À sa droite et à sa gauche, Daenerys aperçut des espaces à l'herbe calcinée, réduite en cendres. *Drogon est déjà venu par ici*, comprit-elle. Comme un archipel d'îles grises, les marques de ses chasses ponctuaient le vert de la mer d'herbe.

Un vaste troupeau de chevaux apparut sous eux. Il y avait des cavaliers, aussi, une vingtaine ou plus, mais ils obliquèrent pour fuir à la première vue du dragon. Les chevaux s'égaillèrent en courant quand l'ombre tomba sur eux, filant à travers les herbes jusqu'à avoir les flancs blancs d'écume, ravageant le sol de leurs sabots... mais si rapides qu'ils fussent, ils ne volaient pas. Bientôt, un cheval commença à traîner derrière les autres. Le dragon fondit sur lui avec un rugissement, et subitement le malheureux animal s'embrasa, continuant cependant à courir, hennissant à chaque foulée, jusqu'à ce que Drogon se posât sur lui et lui brisât les reins. Daenerys se retint de toute son énergie au cou du dragon, afin de ne pas glisser.

La carcasse était trop lourde pour que Drogon l'emportât dans son antre, aussi consomma-t-il sa proie sur place, déchirant la chair carbonisée tandis que les herbes flambaient autour d'eux, l'air chargé de fumée et de l'odeur du crin cramé. Daenerys, morte de faim, se laissa choir du dos du dragon et elle mangea avec lui, arrachant des bouts de viande fumante au cheval mort avec ses mains nues et brûlées. *À Meereen, j'étais une reine vêtue de soie, grignotant des dattes fourrées et de l'agneau au miel*, se souvint-elle. *Que penserait mon noble époux s'il pouvait me voir en ce moment ?* Hizdahr serait horrifié, sans aucun doute. Mais Daario...

Daario éclaterait de rire, se taillerait une part de viande de cheval avec son *arakh* et viendrait s'accroupir pour se repaître à ses côtés.

Tandis que le ciel à l'ouest virait à la nuance d'une plaie sanglante, Daenerys entendit approcher un bruit de chevaux. Elle se leva, s'essuya les mains sur sa camisole en loques et alla se placer auprès de son dragon.

C'est ainsi que le *khal* Jhaqo la trouva, lorsqu'une cinquantaine de guerriers montés émergèrent des volutes de fumée.

ÉPILOGUE

« Je ne suis pas un traître, déclara le chevalier de la Griffonnière. Je suis l'homme du roi Tommen, et le vôtre. »

Un goutte-à-goutte régulier ponctuait ses paroles, la fonte de la neige coulant de sa cape pour étendre une flaque sur le sol. Il avait neigé pratiquement toute la nuit sur Port-Réal ; dehors, les congères montaient à la cheville. Ser Kevan Lannister serra sa cape plus près de lui. « C'est ce que vous dites, ser. Les mots sont du vent.

— Alors, laissez-moi en prouver la vérité avec mon épée. » La lumière des torches transformait les longs cheveux roux et la barbe de Ronnet Connington en halo ardent. « Envoyez-moi contre mon oncle, et je vous rapporterai sa tête, et celle de ce prétendu dragon, par la même occasion. »

Des piquiers Lannister en capes écarlates et demi-heaumes surmontés d'un lion s'alignaient contre le mur ouest de la salle du trône. Des gardes Tyrell en capes vertes leur faisaient face sur le mur opposé. Il régnait dans la salle du trône un froid palpable. Bien que ni la reine Cersei ni la reine Margaery ne se trouvassent parmi eux, on sentait leur présence empoisonner l'atmosphère, comme des spectres à un banquet.

Derrière la table où siégeaient les cinq membres du Conseil restreint du roi, le trône de Fer se tenait ramassé comme un grand fauve noir, ses pointes, ses griffes et ses lames à demi voilées d'ombre. Kevan Lannister percevait dans son dos sa présence, une démangeaison entre ses omoplates. On imaginait aisément le vieux roi Aerys perché là-haut, saignant d'une blessure récente, les couvant d'un regard noir. Mais en ce jour, le trône était vide. Il n'avait pas vu de raison pour que Tommen se joignît à eux. Il était plus charitable que l'enfant se tînt avec sa mère. Les Sept seuls savaient combien de temps la mère et le fils pourraient passer ensemble avant le jugement de Cersei... et son exécution éventuelle.

Mace Tyrell parlait. « Nous nous occuperons de votre oncle et de son enfant prétendu en temps utile. » La nouvelle Main du roi était assise sur un trône en chêne sculpté en forme de main, une absurde coquetterie que Sa Seigneurie avait présentée le jour où ser Kevan avait accepté de lui accorder la charge qu'il guignait. « Vous attendrez ici que nous soyons prêts à nous mettre en marche. Vous aurez alors l'occasion de prouver votre loyauté. »

Ser Kevan n'y vit point d'objection. « Escortez ser Ronnet jusqu'à ses appartements », ordonna-t-il. *Et veillez à ce qu'il y reste* apparut implicite. Si bruyantes que fussent ses protestations, le chevalier de la Griffonnière demeurait suspect. D'après les rumeurs, les mercenaires qui avaient débarqué dans le sud étaient menés par un homme de son propre sang.

Tandis que s'effaçait l'écho des pas de Connington, le Grand Mestre Pycelle branla lourdement du chef. « Son oncle s'est un jour tenu au même endroit que le petit, et il a dit au roi Aerys qu'il lui livrerait le chef de Robert Baratheon. »

Voilà comment il en va quand un homme devient aussi vieux que Pycelle. Tout ce qu'on voit ou qu'on entend vous rappelle une autre chose vue ou entendue quand vous étiez jeune. « Combien d'hommes d'armes ont accompagné ser Ronnet en ville ? s'enquit ser Kevan.

— Vingt, répondit lord Randyll Tarly, et la plupart étaient les anciens comparses de Gregor Clegane. Votre neveu Jaime les a donnés à Connington. Pour s'en débarrasser, j'imagine. Ils n'étaient pas à Viergétang depuis une journée que l'un d'eux a tué un homme et qu'un autre était accusé de viol. J'ai dû pendre le premier et castrer le second. S'il ne tenait qu'à moi, je les expédierais tous à la Garde de Nuit, et Connington avec eux. La place de cette racaille est au Mur.

— Un chien tient de son maître, déclara Mace Tyrell. Des manteaux noirs leur siéraient, j'en conviens. Je ne tolérerai pas de tels hommes dans le Guet. » On avait ajouté aux manteaux d'or une centaine de ses hommes de Hautjardin ; cependant, de toute évidence, Sa Seigneurie avait l'intention de résister à toute infusion d'Ouestriens pour équilibrer.

Plus je lui en donne, et plus il en veut. Kevan Lannister commençait à comprendre pourquoi Cersei avait conçu tant d'acrimonie à l'encontre des Tyrell. Mais le moment n'était pas venu de provoquer une querelle ouverte. Randyll Tarly et Mace Tyrell avaient tous les deux amené des armées dans Port-Réal, tandis que la meilleure part des forces de la maison Lannister demeurait dans le Conflans, et fondait rapidement. « Les hommes de la Montagne ont toujours été des guerriers, déclara-t-il sur un ton de conciliation, et nous pourrions avoir besoin de toutes les épées face à ces mercenaires. S'il s'agit bel et bien de la Compagnie Dorée, comme les chuchoteurs de Qyburn insistent…

— Appelez-les comme vous voudrez, riposta Randyll Tarly. Ils n'en restent pas moins de vulgaires aventuriers.

— Cela se peut, répondit ser Kevan. Mais plus longtemps nous ignorerons ces aventuriers, plus ils croîtront en force. Nous avons fait préparer une carte, une carte de ces incursions. Grand Mestre ? »

La carte était magnifique, peinte de main de maître sur une page du plus beau vélin, si vaste qu'elle couvrait la table. « Ici. » Pycelle tendit un doigt d'une main parsemée de taches. Quand la manche de ses robes se retroussa, on put voir un repli de chair pâle qui ballottait sous son avant-bras. « Ici et ici. Tout au long de la côte, et sur les îles. Torth, les Degrés de Pierre, même Estremont. Et nous recevons à présent des rapports selon lesquels Connington marche sur Accalmie.

— S'il s'agit bien de Jon Connington, intervint Randyll Tarly.

— Accalmie. » Lord Mace Tyrell maugréa le mot. « Il ne pourra pas s'emparer d'Accalmie. Il en serait incapable, fût-il Aegon le Conquérant. Et s'il y parvenait, eh bien, quoi ? C'est Stannis qui le détient, pour l'heure. Que le château passe d'un prétendant à l'autre, en quoi cela devrait-il nous troubler ? Je le reconquerrai une fois que l'innocence de ma fille aura été prouvée. »

Comment pourrais-tu le reconquérir, alors que tu ne l'as jamais conquis ? « Je comprends, messire, mais… »

Tyrell ne le laissa pas achever. « Ces accusations contre ma fille sont d'ignobles mensonges. Je vous le demande encore, *pourquoi* devons-nous nous prêter à cette farce de baladins ? Faites déclarer ma fille innocente par le roi Tommen, ser, et mettons un terme à ces sottises ici et maintenant. »

Fais ça, et les chuchotements suivront Margaery tout le reste de sa vie. « Nul ne doute de l'innocence de votre fille, messire, mentit ser Kevan, mais Sa Sainteté Suprême insiste pour avoir un procès. »

Lord Randyll émit un renâclement de dédain. « Que sommes-nous devenus, pour que rois et grands seigneurs doivent danser au gazouillis de moineaux ?

— Des ennemis nous cernent de toutes parts, lord Tarly, lui rappela ser Kevan. Stannis au nord, des Fer-nés à l'ouest, des épées-louées au sud. Défiez le Grand Septon, et le sang coulera également dans les caniveaux de Port-Réal. Si nous donnons l'impression de contrevenir aux dieux, cela ne servira qu'à pousser les gens pieux dans les bras de l'un ou l'autre de ces soi-disant prétendants. »

Mace Tyrell demeura de marbre. « Une fois que Paxter Redwyne aura balayé des mers les Fer-nés, mes fils reprendront les Boucliers. Les neiges se chargeront de Stannis, sinon Bolton le fera. Quant à Connington…

— Si c'est bien lui, glissa lord Randyll.

— … quant à Connington, répéta Tyrell, quelles victoires a-t-il remportées, que nous devions le redouter ? Il aurait pu mettre fin à la Rébellion de Robert à Pierremoûtier. Il a échoué. Tout comme la Compagnie Dorée a toujours échoué. Certains pourront courir les rejoindre, certes. Le royaume se porterait mieux, débarrassé de pareils sots. »

Ser Kevan aurait aimé pouvoir partager sa conviction. Il avait connu Jon Connington, vaguement - un orgueilleux jeune homme, le plus obstiné de la troupe de jeunes nobliaux qui s'étaient réunis autour du prince Rhaegar Targaryen, rivalisant pour sa royale faveur. *Arrogant, mais capable et énergique.* Cela et son habileté aux armes étaient les raisons pour lesquelles Aerys, le roi fou, en avait fait sa Main. L'inaction du vieux lord Merryweather avait permis à la rébellion de s'enraciner et de se propager, et Aerys voulait quelqu'un de jeune et de vigoureux, pour contrebalancer la jeunesse et la vigueur de Robert. « Trop tôt, avait jugé lord Tywin quand la nouvelle du choix du roi était parvenue à Castral Roc. Connington est trop jeune, trop hardi, trop avide de gloire. »

La bataille des Cloches avait prouvé la validité de ce jugement. Ser Kevan s'attendait à ce qu'Aerys n'ait ensuite d'autre choix que de faire une fois de plus appel à Tywin… Mais le Roi fou s'était tourné vers les lords Chelsted et Rossart, et il l'avait payé de sa vie et de sa couronne. *Tout cela, cependant, est arrivé il y a si longtemps. S'il s'agit bel et bien de Jon Connington, ce sera un homme différent. Plus âgé, plus dur, plus aguerri... plus dangereux.* « Connington dispose peut-être de ressources plus importantes que la Compagnie Dorée. On raconte qu'il a un prétendant Targaryen.

— Un enfant prétendu, voilà ce qu'il a, riposta Randyll Tarly.

— Cela se peut. Ou non. » Kevan Lannister avait été ici, en cette même salle, quand Tywin avait déposé les corps des enfants du prince Rhaegar au pied du trône de Fer, enveloppés dans des capes écarlates. La fillette avait été identifiable comme la princesse Rhaenys, mais le garçon... *Une horreur défigurée d'os, de cervelle et de sang, quelques poignées de cheveux blonds. Aucun d'entre nous n'a longtemps regardé. Tywin a affirmé que c'était le prince Aegon, et nous l'avons cru sur parole.* « Nous recevons des histoires qui nous arrivent d'orient également. Une seconde Targaryen, et une dont nul ne peut disputer le sang. Daenerys Typhon-Née.

— Aussi folle que son père », déclara lord Mace Tyrell.

Ce père que, si je ne m'abuse, Hautjardin et la maison Tyrell ont soutenu jusqu'à l'extrême fin et au-delà. « Folle, il se peut, déclara ser Kevan, mais si tant de fumée dérive jusqu'à l'ouest, il doit assurément y avoir quelque feu qui brûle à l'est. »

Le Grand Mestre Pycelle dodelina du chef. « Des dragons. Les mêmes histoires sont parvenues à Villevieille. Trop nombreuses pour qu'on les balaie. Une reine aux cheveux d'argent, avec trois dragons.

— À l'autre bout du monde, contra Mace Tyrell. Reine de la baie des Serfs, certes. Grand bien lui fasse.

— Sur ce point, nous pouvons partager le même avis, reconnut ser Kevan, mais la fille est du sang d'Aegon le Conquérant, et je ne pense pas qu'elle se contentera de rester éternellement à Meereen. Si elle devait atteindre ces côtes et unir ses forces à celles de lord Connington et de son prince, prétendu ou pas... Nous devons détruire Connington et son prétendant *tout de suite*, avant que Daenerys Typhon-Née puisse venir à l'ouest. »

Mace Tyrell croisa les bras. « C'est bien mon intention, ser. *Après* les procès.

— Les mercenaires se battent pour de l'argent, déclara le Grand Mestre Pycelle. Avec suffisamment d'or, nous pourrions convaincre la Compagnie Dorée de nous livrer lord Connington et le prétendant.

— Certes, si nous avions de l'or, répliqua ser Harys Swyft. Hélas, messires, nos coffres ne renferment que rats et cafards. J'ai de nouveau écrit aux banquiers myriens. S'ils acceptent de garantir les dettes de la couronne envers les Braaviens et de nous consentir un nouveau prêt, nous ne serons pas contraints à augmenter les impôts. Sinon...

— On a vu les maîtres de Pentos prêter de l'argent, eux aussi, suggéra ser Kevan. Essayez auprès d'eux. » Les Pentoshis étaient encore moins susceptibles d'aider que les usuriers myriens, mais il fallait faire cet effort. À moins de trouver une nouvelle source d'argent, ou de convaincre la Banque de Fer de se raviser, il n'aurait d'autre choix que de payer les dettes de la couronne avec l'or des Lannister. Il n'osait recourir à un surcroît d'impôts, pas au moment où les rébellions se multipliaient dans les Sept Couronnes. La moitié des seigneurs du royaume, incapables de distinguer taxation et tyrannie, décamperaient en un battement de cœur vers le plus proche usurpateur s'ils pouvaient ainsi économiser un cuivre rogné. « En cas d'échec, vous risquez bien de devoir aller à Braavos, pour traiter en personne avec la Banque de Fer. »

Ser Harys frémit. « Vraiment ?

— Vous êtes trésorier, après tout, mentionna sèchement lord Randyll.

— En effet. » La houppette de poil blanc au bout du menton de Swyft tremblota d'indignation. « Dois-je vous rappeler, messire, que ces troubles ne sont point de mon fait ? Et nous n'avons pas tous eu l'occasion de remplir nos coffres avec le sac de Viergétang et de Peyredragon.

— Je ne goûte point vos sous-entendus, Swyft, répliqua Mace Tyrell, hargneux. On n'a découvert aucune fortune à Peyredragon, je vous le garantis. Les hommes de mon fils ont retourné chaque pouce de cette île sinistre et humide sans dénicher un seul joyau ni une miette d'or. Pas plus que de trace de cette légendaire cache d'œufs de dragon. »

Kevan Lannister avait vu Peyredragon de ses yeux. Il doutait beaucoup que Loras Tyrell eût fouillé chaque pouce de l'antique forteresse. Les Valyriens l'avaient édifiée, après tout, et tous leurs ouvrages puaient la sorcellerie. Quant à ser Loras, il était jeune et enclin à tous les jugements précipités de la jeunesse ; d'ailleurs, il avait été grièvement blessé durant la prise du château. Mais rappeler à Tyrell que son fils préféré n'était pas infaillible ne serait pas de bonne politique. « S'il y avait des richesses sur Peyredragon, Stannis les aurait exhumées, déclara-t-il. Passons, messires. Nous avons deux reines à juger pour haute trahison, vous vous en souvenez peut-être. Ma nièce a choisi le jugement par combat, m'informe-t-elle. Ser Robert Fort sera son champion.

— Le géant silencieux. » Lord Randyll fit la grimace. « Dites-moi, ser, d'où sort cet homme ? voulut savoir Mace Tyrell. Pourquoi n'avions-nous jamais entendu son nom ? Il ne parle pas, il refuse de montrer son visage, jamais on ne le rencontre sans son armure. Avons-nous seulement la certitude qu'il est chevalier ? »

Nous ne savons même pas s'il est vivant. Meryn Trant prétendait que Fort ne prenait ni nourriture ni boisson et Boros Blount n'hésitait pas à affirmer qu'il n'avait jamais vu l'homme user du cabinet d'aisances. *Pourquoi le devrait-il ? Les morts ne chient point.* Kevan Lannister avait de puissants soupçons quant à l'identité réelle de ce ser Robert au-dessous de sa brillante armure blanche. Un soupçon que Mace Tyrell et Randyll Tarly partageaient sans doute. Quel que fût le visage caché sous le heaume de Fort, il devrait demeurer caché pour le moment. Le géant silencieux était le seul espoir de sa nièce. *Et prions pour qu'il soit aussi formidable qu'il le paraît.*

Mais Mace Tyrell semblait incapable de voir au-delà de la menace qui visait sa propre fille. « Sa Grâce a nommé ser Robert dans la Garde Royale, lui rappela ser Kevan, et Qyburn se porte également garant pour l'homme. Quoi qu'il en soit, nous avons besoin que ser Robert triomphe, messires. Si ma nièce est reconnue coupable de toutes ces trahisons, la légitimité de ses enfants sera remise en question. Si Tommen cesse d'être roi, Margaery cessera d'être reine. » Il laissa Tyrell ruminer un instant cette pensée. « Quoi qu'ait pu faire Cersei par ailleurs, elle demeure une fille du Roc, de mon propre sang. Je ne la laisserai pas connaître la mort des traîtres, mais j'ai pris soin de lui retirer ses crochets. Tous ses gardes ont été renvoyés et remplacés par mes propres hommes. En lieu de ses anciennes dames de compagnie, elle sera désormais servie par une septa et trois novices sélectionnées par le Grand Septon. Elle ne doit plus avoir voix au chapitre en ce qui concerne le gouvernement du royaume, ni l'éducation de Tommen. J'ai l'intention de la restituer à Castral Roc après le procès et de veiller à ce qu'elle y demeure. Que cela suffise. »

Il garda le reste pour lui. Cersei était désormais entachée, son pouvoir rendu à son terme. Du mitron au mendiant, la ville avait assisté à sa honte et, de la traînée au tanneur, de Culpucier l'Anse-Pissat, tous avaient contemplé sa nudité, leurs yeux avides s'attardant sur ses seins, son ventre et ses parties intimes. Aucune reine ne pouvait espérer régner de nouveau, après cela. Vêtue d'or, de soie et d'émeraudes, Cersei avait été une reine, avec les déesses pour seules rivales ; nue, elle n'était plus qu'humaine, une femme qui avançait en âge, avec des vergetures sur le ventre, et des seins qui avaient commencé à s'affaisser... comme les commères dans la foule s'étaient complu à le signaler à leurs époux et amants. *Mieux vaut vivre humiliée que de mourir fière*, se dit ser Kevan. « Ma nièce ne causera plus de tracas, promit-il à Mace Tyrell. Vous avez ma parole là-dessus, messire. »

Tyrell opina de mauvais gré. « Comme vous dites. Ma Margaery préfère se voir juger par la Foi, afin que le royaume tout entier puisse porter témoignage de son innocence. »

Si ta fille est aussi innocente que tu voudrais nous le faire accroire, pourquoi insistes-tu sur la présence de ton armée quand elle affrontera ses accusateurs ? aurait pu interroger ser Kevan. « Bientôt, j'espère, se borna-t-il à commenter, avant de se tourner vers Pycelle. Y a-t-il autre chose ? »

Le Grand Mestre consulta ses papiers. « Nous devrions traiter de l'héritage Rosby. Six revendications ont déjà été déposées...

— Nous pourrons régler Rosby ultérieurement. Quoi d'autre ?

— Les arrangements à prendre pour la princesse Myrcella.

— Voilà ce qu'il arrive quand on traite avec les Dorniens, commenta Mace Tyrell. Il devrait être possible de trouver meilleur parti pour la donzelle ? »

Ton propre fils, Willas, pas exemple ? Elle, défigurée par un Dornien, lui, estropié par un autre ? « Sans doute, répondit ser Kevan, mais nous avons assez d'ennemis pour ne point offenser Dorne. Si Doran Martell devait unir ses forces à celles de Connington pour soutenir ce dragon prétendu, les choses pourraient très mal tourner pour nous tous.

— Peut-être pourrions-nous convaincre nos amis dorniens de se charger de lord Connington, proposa ser Harys Swyft avec un gloussement horripilant. Cela nous épargnerait bien du sang et des problèmes.

— Certes », commenta ser Kevan avec lassitude. Il était temps d'en finir avec tout cela. « Merci, messires. Retrouvons-nous dans cinq jours. Après le procès de Cersei.

— Qu'il en soit ainsi. Puisse le Guerrier prêter de la force aux bras de ser Robert. » Les mots étaient dits avec mauvaise grâce, et l'inclinaison du menton que Mace Tyrell adressa au lord Régent constituait la plus minimale des courbettes. Mais c'était quelque chose et, de cela au moins, ser Kevan Lannister s'estimait heureux.

Randyll Tarly quitta la salle avec son suzerain, leurs piquiers en cape verte immédiatement sur leurs talons. *Le véritable danger vient de Tarly*, jugea ser Kevan en observant leur départ. *Un homme étroit, mais il a une volonté de fer et de la ruse ; un des meilleurs soldats dont puisse s'enorgueillir le Conflans. Mais comment le gagner à notre camp ?*

« Lord Tyrell ne m'aime point, déclara le Grand Mestre Pycelle d'une voix lugubre quand la Main fût partie. Cette question du thé de lune... Je n'aurais jamais abordé un tel sujet, mais la Reine douairière me l'a ordonné ! N'en déplaise au lord Régent, je dormirais plus profondément si vous pouviez me prêter quelques-uns de vos gardes.

— Lord Tyrell pourrait prendre cela en mauvaise part. »

Ser Harys Swyft tira sur sa barbiche. « J'ai grand besoin de gardes moi-même. Les temps sont périlleux. »

Certes, songea Kevan Lannister, *et Pycelle n'est pas le seul membre du conseil que notre Main souhaiterait remplacer.* Mace Tyrell avait son propre candidat à la charge de lord Trésorier : son oncle, le lord Sénéchal de Hautjardin, que les hommes appelaient Garth la Brute. *Voilà bien la dernière chose dont j'ai besoin : un autre Tyrell au Conseil restreint.* Il était déjà en minorité. Ser Harys était le père de son épouse, et l'on pouvait également compter sur Pycelle. Mais Tarly était lige de Hautjardin, de même que l'était Paxter Redwyne, lord Amiral et maître de la flotte, contournant à l'heure actuelle Dorne avec sa flotte pour se charger des Fer-nés d'Euron Greyjoy. Une fois que Redwyne rentrerait à Port-Réal, le conseil serait divisé trois contre trois, Lannister et Tyrell.

La septième voix serait celle de la Dornienne qui escortait à présent Myrcella chez elle. *La dame Nym. Mais en rien une dame, si la moitié seulement de ce que rapporte Qyburn s'avère.* Fille bâtarde de la Vipère rouge, presque aussi tristement célèbre que son père, et bien décidée à revendiquer le siège au conseil que le prince Oberyn lui-même avait si brièvement occupé. Ser Kevan n'avait pas encore jugé politique d'informer Mace Tyrell de son arrivée. La Main, il le savait, ne s'en réjouirait pas. *L'homme qu'il nous faut, c'est Littlefinger. Petyr Baelish avait un don pour sortir des dragons du néant.*

« Engagez les hommes de la Montagne, suggéra ser Kevan. Ronnet le Rouge n'en aura plus l'emploi. » Il ne croyait pas que Mace Tyrell aurait la maladresse de tenter d'assassiner Pycelle ou Swyft, mais si des gardes pouvaient les tranquilliser, qu'ils en prennent donc.

Les trois hommes sortirent ensemble de la salle du trône. Dehors, la neige tourbillonnait dans la cour extérieure, un fauve en cage qui hurlait en cherchant à se libérer. « Avez-vous jamais connu pareil froid ? demanda ser Harys.

— Le meilleur moment pour parler du froid, rétorqua le Grand Mestre Pycelle, n'est pas celui où nous y sommes plongés. » Il traversa lentement la cour pour regagner ses appartements.

Les autres s'attardèrent un instant sur le parvis de la salle du Trône. « Je ne place aucune confiance en ces banquiers myriens, confia ser Kevan à son beau-père. Vous feriez bien de vous préparer à aller à Braavos. »

Ser Harys ne parut pas enchanté par cette perspective. « S'il le faut. Mais je vous le répète, ces tracas ne sont point de mon fait.

— Non. C'est Cersei qui a décidé que la Banque de Fer devrait attendre son dû. Faut-il que je l'envoie à Braavos ? »

Ser Harys cligna les yeux. « Sa Grâce... qui... que... »

Ser Kevan vint à son secours. « C'était une plaisanterie. Une mauvaise plaisanterie. Allez retrouver un bon feu. Je compte bien faire de même. » Il enfila sèchement ses gants et s'en fut à travers la cour, courbé contre le vent, tandis que sa cape claquait et dansait derrière lui.

La douve sèche qui encerclait la citadelle de Maegor avait trois pieds de profondeur, les piques en fer qui la bordaient scintillaient de givre. La seule façon d'entrer ou de sortir de Maegor était d'emprunter le pont-levis qui enjambait ce fossé. Un chevalier de la Garde Royale était posté en permanence à son autre extrémité. Ce soir, cette corvée avait échu à ser Meryn Trant. Avec Balon Swann qui traquait à Dorne Sombre astre, le chevalier félon, Loras Tyrell gravement blessé sur Peyredragon, et

Jaime disparu dans le Conflans, ne subsistaient plus à Port-Réal que quatre des Épées blanches, et ser Kevan avait jeté Osmund Potaunoir (et son frère Osfryd) au cachot quelques heures après que Cersei eut confessé avoir eu les deux hommes pour amants. Cela ne laissait plus, pour protéger le jeune roi et la famille royale, que Trant, le peu valeureux Boros Blount et le monstre silencieux de Qyburn, Robert Fort.

J'aurai besoin de trouver de nouvelles épées pour la Garde Royale. Tommen devrait avoir sept bons chevaliers autour de lui. Dans le passé, on servait à vie dans la Garde Royale, mais cela n'avait pas empêché Joffrey de renvoyer ser Barristan Selmy pour faire une place à son chien, Sandor Clegane. Kevan pourrait mettre ce précédent à profit. *Si j'installais Lancel dans les manteaux blancs ?* se demanda-t-il. *Il y a plus d'honneur dans cette charge qu'il n'en trouvera jamais chez les Fils du Guerrier.*

Kevan Lannister suspendit sa cape trempée de neige à l'intérieur de sa salle privée, retira ses bottes et ordonna à son serviteur d'aller chercher plus de bois pour son feu. « Une coupe de vin chaud ne me déplairait pas, déclara-t-il en prenant place devant l'âtre. Occupe-t'en. »

Le feu ne tarda pas à le dégeler, et le vin lui réchauffa agréablement le ventre. Il le rendit également somnolent, aussi ne se hasarda-t-il pas à en boire une deuxième coupe. Il avait des rapports à lire, des lettres à rédiger. *Et un souper avec Cersei et le roi.* Sa nièce avait fait preuve de retenue et de docilité depuis sa marche de pénitence, les dieux en soient loués. Les novices à son service rapportaient qu'elle passait un tiers de ses heures de veille avec son fils, un autre en prières, et le reste dans sa baignoire. Elle se baignait quatre ou cinq fois par jour, se frictionnant avec des brosses en crin de cheval et un puissant savon noir, comme si elle avait l'intention de se racler la peau.

Jamais elle ne lavera cette tache, malgré toute son énergie à frotter. Kevan se souvint de l'enfant qu'elle avait été, si pleine de vie et de malice. Et lorsqu'elle avait fleuri, ahhh… y avait-il jamais eu pucelle plus accorte à regarder ? *Si Aerys avait accepté de la marier à Rhaegar, combien de morts auraient pu être évitées ?* Cersei aurait pu donner au prince les fils qu'il désirait, des lions aux yeux mauves et aux crinières d'argent… et, avec une telle épouse, Rhaegar aurait bien pu ne pas accorder plus d'un coup d'œil à Lyanna Stark. La Nordienne avait une beauté sauvage, dans son souvenir, mais, aussi fort que flambât une torche, jamais elle ne pourrait rivaliser avec le soleil levant.

Point ne servait de ressasser les batailles perdues et les routes qu'on n'avait point suivies, toutefois. C'était un vice de vieillards épuisés. Rhaegar avait épousé Elia de Dorne, Lyanna Stark était morte, Robert Baratheon avait pris Cersei pour épouse, et ils en étaient là. Et ce soir, sa propre route le conduirait dans les appartements de sa nièce, face à face avec Cersei.

Je n'ai aucune raison de me sentir coupable, se répéta ser Kevan. *Tywin le comprendrait, assurément. C'est sa fille qui a jeté l'opprobre sur notre nom, et point moi. Ce que j'ai fait, je l'ai fait pour le bien de la maison Lannister.*

Ce n'était pas comme si son frère n'avait jamais agi de même. Dans les dernières années de leur père, après le décès de leur mère, leur géniteur avait pris pour maîtresse l'accorte fille d'un fabricant de chandelles. Qu'un lord veuf s'attachât une roturière pour chaufferette n'était pas chose inouïe... mais lord Tytos ne tarda pas à faire siéger la fille avec lui dans la grande salle, la couvrant de présents et d'honneurs, allant jusqu'à lui demander son avis sur les affaires d'État. En moins d'un an, elle renvoyait les domestiques, donnait des ordres aux chevaliers de sa maison, et parlait même pour Sa Seigneurie quand son époux était indisposé. Elle acquit tant d'influence qu'on répétait dans Port-Lannis que tout homme qui souhaitait faire entendre sa requête devait s'agenouiller devant elle et parler fort dans son giron... car l'oreille de Tytos Lannister se situait entre les cuisses de sa dame. Elle avait même pris coutume de porter les joyaux de leur mère.

En fait, jusqu'au jour où le cœur du seigneur leur père avait éclaté dans sa poitrine alors qu'il gravissait une volée de marches escarpées montant au lit de la garce. Tous les arrivistes qui s'étaient déclarés amis de celle-ci et avaient cultivé sa faveur la désertèrent bien vite lorsque Tywin la fit mettre nue et promener à travers Port-Lannis jusqu'aux quais, comme une vulgaire putain. Bien qu'aucun homme n'eût posé la main sur elle, cette promenade avait signé la fin de son pouvoir. Assurément, Tywin n'aurait jamais rêvé que le même sort attendît sa propre fille dorée.

« Il le fallait », murmura ser Kevan face à son restant de vin. Il fallait apaiser Sa Sainteté Suprême. Tommen aurait besoin d'avoir la Foi derrière lui dans les batailles à venir. Et Cersei... l'enfant dorée en grandissant était devenue une femme coquette, sotte et cupide. Laissée au pouvoir, elle aurait provoqué la ruine de Tommen, comme elle l'avait fait de Joffrey.

Dehors, le vent montait, griffant les volets de la pièce. Ser Kevan se remit debout. Il était l'heure d'affronter la lionne dans son antre. *Nous lui avons coupé les griffes. Jaime, toutefois...* Mais non, il n'allait pas y songer.

Il revêtit un vieux pourpoint souvent porté, au cas où sa nièce serait d'humeur à lui jeter encore une coupe de vin à la face, mais il laissa son baudrier suspendu au dossier de son siège. Seuls les chevaliers de la Garde Royale étaient autorisés à arborer l'épée en présence de Tommen.

Ser Boros Blount était de service auprès de l'enfant roi et de sa mère quand ser Kevan entra dans les appartements royaux. Blount avait revêtu de l'écaille émaillée, le manteau blanc et un demi-heaume. Il n'avait pas bonne mine. Dernièrement, Boros avait pris une lourdeur notable au niveau du visage et du ventre, et son teint n'était pas d'une couleur saine. Et il s'appuyait contre le mur derrière lui, comme si la station debout représentait désormais un trop grand effort pour lui.

Le repas fut servi par trois novices, des jeunes filles très propres, bien nées, dont les âges s'étageaient entre douze et seize ans. Dans leurs robes de douce laine blanche, chacune paraissait plus innocente et étrangère au monde que la précédente, et cependant le Grand Septon avait insisté pour qu'aucune ne passât plus de sept jours au service de la reine, de crainte que Cersei ne les corrompît. Elles s'occupaient de la garde-robe de la reine, coulaient son bain, versaient son vin, changeaient ses draps au matin. L'une d'elle partageait chaque nuit la couche de la reine, afin de garantir qu'elle n'avait pas d'autre compagnie ; les deux autres dormaient dans la chambre qui jouxtait, tandis que la septa veillait sur elles.

Un grand échalas, une fille au visage piqué de vérole lui fit escorte pour aller en présence du roi. Cersei se leva à son entrée, et lui donna un léger baiser sur la joue. « Cher oncle, c'est tellement aimable de votre part de souper avec nous. » La reine était vêtue avec une décence de matrone, d'une robe brun sombre boutonnée jusqu'à la gorge et d'une coule verte dont le capuchon cachait son crâne rasé. *Avant sa marche, elle aurait arboré sa calvitie sous une couronne d'or.* « Venez, asseyez-vous, le pria-t-elle. Voulez-vous du vin ?

— Une coupe. » Il s'assit, encore aux aguets.

Une novice couverte de taches de rousseur remplit leurs coupes de vin chaud aromatisé. « Tommen me disait que lord

Tyrell a l'intention de rebâtir la tour de la Main », fit remarquer Cersei.

Ser Kevan opina. « La nouvelle tour sera deux fois plus haute que celle que vous avez incendiée », dit-il.

Cersei partit d'un rire de gorge. « De longues piques, de hautes tours... lord Tyrell essaierait-il de suggérer quelque chose ? »

La réflexion le fit sourire. *C'est bien qu'elle n'ait pas oublié comment l'on rit.* Quand il demanda si elle avait tout ce dont elle avait besoin, la reine répondit : « Je suis bien servie. Les filles sont aimables, et les bonnes septas s'assurent que je dis mes prières. Mais une fois que mon innocence sera prouvée, je serai fort aise que Taena Merryweather revienne à mon service. Elle pourrait amener son fils à la cour. Tommen a besoin de voir d'autres garçons, des amis de noble naissance. »

C'était une modeste requête. Ser Kevan ne vit pas de raison pour ne pas la lui accorder. Il pourrait recueillir lui-même le jeune Merryweather tandis que lady Taena accompagnait Cersei pour son retour à Castral Roc. « Je la ferai quérir après le procès », promit-il.

Le souper débuta par une soupe de bœuf et d'orge, suivie de cailles et d'un brochet rôti de presque trois pieds de long, avec des navets, des champignons et beaucoup de pain chaud et de beurre. Ser Boros goûtait chaque plat qu'on posait devant le roi. Un devoir humiliant pour un chevalier de la Garde Royale, mais peut-être le seul dont fût capable Blount, ces temps-ci... et une sage précaution, après la façon dont avait péri le frère de Tommen.

Le roi semblait plus heureux que Kevan Lannister ne l'avait vu depuis longtemps. De la soupe au dessert, Tommen gazouilla sur les exploits de ses chatons, tout en les nourrissant de bribes de brochet prises à sa royale assiette. « Le vilain chat était devant ma fenêtre, la nuit dernière, informa-t-il Kevan, à un moment donné, mais ser Bondissant a craché de colère et il s'est enfui par les toits.

— Le vilain chat ? » reprit ser Kevan, amusé. *Quel gentil petit garçon.*

« Un vieux matou tout noir avec une oreille en moins, lui expliqua Cersei. Une créature crasseuse, et de méchante humeur. Il a un jour griffé la main de Joffrey. » Elle se rembrunit. « Les chats limitent la population de rats, je sais, mais celui-là... On dit qu'il a attaqué des corbeaux dans la roukerie.

« Je demanderai aux piégeurs de disposer une ratière à son intention. » Ser Kevan ne se souvenait pas d'avoir jamais vu sa nièce si calme, si discrète, si modeste. C'était une excellente chose, supposait-il. Mais cela l'attristait, également. *Sa flamme est mouchée, elle qui flambait avec tant d'éclat.* « Vous n'avez point demandé de nouvelles de votre frère », nota-t-il tandis qu'ils attendaient les choux à la crème. Le roi avait un faible pour les choux à la crème.

Cersei leva le menton, ses yeux verts brillant à la clarté des chandelles. « Jaime ? En avez-vous reçu ?

— Aucune. Cersei, vous devez peut-être vous préparer à...

— S'il était mort, je le saurais. Nous sommes venus au monde ensemble, mon oncle. Il ne partirait pas sans moi. » Elle but du vin. « Tyrion peut partir quand il lui plaira. Vous n'avez eu aucune nouvelle de lui non plus, je suppose.

— Personne n'a cherché à nous vendre un chef de nain, dernièrement, non. »

Elle hocha la tête. « Mon oncle, puis-je vous poser une question ?

— Tout ce que vous voudrez.

— Votre épouse... Avez-vous l'intention de la faire venir à la cour ?

— Non. » Dorna était un être doux, jamais à son aise ailleurs que chez elle, avec des amis et de la famille autour d'elle. Elle s'était bien occupée de ses enfants, rêvait d'avoir des petits-enfants, priait sept fois par jour, adorait la broderie et les fleurs. À Port-Réal, elle serait aussi heureuse qu'un des chatons de Tommen dans une fosse de vipères. « La dame mon épouse n'aime point voyager. Elle se trouve bien à Port-Lannis.

— Sage la femme qui connaît sa place. »

La remarque ne lui plut guère. « Précisez ce que vous entendez par là.

— Il me semblait l'avoir fait. » Cersei tendit sa coupe. La fille aux taches de rousseur la remplit à nouveau. Les choux à la crème firent leur apparition à ce moment-là, et la conversation prit un tour plus léger. Ce fut seulement lorsque Tommen et ses chatons partirent pour la chambre à coucher royale, escortés par ser Boros, que leurs discussions s'orientèrent vers le procès de la reine.

« Les frères d'Osney ne resteront pas oisifs à le regarder mourir, le mit en garde Cersei.

— Je ne m'attendais pas à ce qu'ils le fassent. Je les ai fait tous deux arrêter. »

Elle parut décontenancée. « Pour quel crime ?

— Fornication avec une reine. Sa Sainteté Suprême dit que vous aviez confessé avoir couché avec les deux – l'auriez-vous oublié ? »

Elle rougit. « Non. Qu'allez-vous faire d'eux ?

— Le Mur, s'ils reconnaissent leur faute. S'ils nient, qu'ils affrontent ser Robert. De tels hommes n'auraient jamais dû accéder à un rang aussi haut. »

Cersei baissa la tête. « Je... je les ai mal jugés.

— Vous avez mal jugé bien des hommes, à ce qu'il semble. »

Il aurait pu en dire davantage, mais la brune novice aux joues rondes revint annoncer : « Messire, madame, pardonnez mon intrusion, mais il y a un jeune garçon en bas. Le Grand Mestre Pycelle sollicite la faveur de la présence du lord Régent, à l'instant. »

Noires ailes, noires nouvelles, fut la première pensée de ser Kevan. *Accalmie serait-elle tombée ? Ou s'agirait-il de nouvelles de Bolton, dans le Nord ?*

« Ce pourraient être des nouvelles de Jaime », aventura la reine.

Il n'y avait qu'une seule façon de le savoir. Ser Kevan se leva. « Je vous prie de m'excuser. » Avant de prendre congé, il mit un genou en terre et baisa la main de sa nièce. Si son géant silencieux échouait, ce serait peut-être le dernier baiser qu'elle connaîtrait jamais.

Le messager était un gamin de huit ou neuf ans, tellement emmitouflé dans des fourrures qu'il semblait un ourson. Trant l'avait fait attendre sur le pont-levis plutôt que de l'admettre à l'intérieur de Maegor. « Va retrouver un feu, petit, lui conseilla ser Kevan en lui glissant un sou dans la main. Je connais fort bien le chemin de la roukerie. »

La neige avait enfin cessé de tomber. Derrière un voile de nuages en lambeaux, flottait une pleine lune dodue et blanche comme une boule de neige. Les étoiles brillaient, froides et lointaines. Tandis que ser Kevan traversait la cour intérieure, le château lui parut un lieu étranger, où des crocs de glace avaient poussé à chaque donjon et à chaque tour, et où tous les chemins familiers avaient disparu sous une couverture blanche. Une fois, un glaçon long comme une pique tomba pour se briser à ses pieds. *L'automne à Port-Réal*, songea-t-il, morose. *À quoi les choses peuvent-elles bien ressembler, sur le Mur ?*

La porte fut ouverte par une domestique, une créature maigrichonne dans une robe bordée de fourrure, beaucoup trop large pour elle. Ser Kevan tapa des bottes pour décrocher la neige, retira sa cape et la lui jeta. « Le grand Mestre m'attend », annonça-t-il. La fillette hocha la tête, solennelle et silencieuse, et montra du doigt les marches.

Les appartements de Pycelle se situaient au-dessous de la roukerie, une spacieuse enfilade de pièces encombrées de râteliers de simples, de baumes et de potions, et d'étagères chargées de livres et de rouleaux. Ser Kevan les avait toujours trouvées d'une chaleur inconfortable. Pas ce soir. Une fois franchie la porte de l'appartement, le froid était tangible. De la cendre noire et des braises expirantes, voilà tout ce qu'il subsistait du feu dans l'âtre. Quelques chandelles vacillantes projetaient çà et là des flaques de lumière pâle.

Le reste était enveloppé d'ombre... sauf sous la fenêtre ouverte, où une gerbe de cristaux de glace scintillait au clair de lune, tournant dans le vent. Sur le siège de la fenêtre, un corbeau s'attardait, pâle, gros, ses plumes ébouriffées. C'était le plus gros corbeau qu'ait jamais vu Kevan Lannister. Plus grand que n'importe quel faucon de chasse de Castral Roc, plus imposant que le plus énorme hibou. Des volutes de neige dansaient autour de lui, et la lune le peignait d'argent.

Pas d'argent. De blanc. L'oiseau est blanc.

Les corbeaux blancs de la Citadelle ne transportaient pas de messages, au contraire de leurs cousins sombres. Quand ils sortaient de Villevieille, c'était dans un seul but : annoncer un changement de saison.

« L'hiver », murmura ser Kevan. Le mot forma dans l'air un brouillard blanc. Le chevalier se détourna de la fenêtre.

Puis quelque chose lui percuta la poitrine, entre les côtes, avec la dureté d'un poing de géant. L'air chassé de ses poumons, il partit en arrière, chancelant. Le corbeau blanc prit son essor, lui giflant la face de ses ailes pâles. Ser Kevan s'assit, moitié choix, moitié chute, sur le siège de la fenêtre. *Qu'est-ce que... Qui...* Un vireton s'était planté presque jusqu'à l'empennage dans sa poitrine. *Non. Non, c'est de cette façon qu'est mort mon frère.* Le sang affleurait autour de la hampe. « Pycelle, marmotta-t-il, désemparé. Aidez-moi... Je... »

Et là, il vit. Le Grand Mestre Pycelle était assis à sa table, sa tête posée sur l'oreiller du grand grimoire relié de cuir devant lui. *Il dort*, songea Kevan… jusqu'à ce qu'il clignât les yeux et vît la profonde entaille rouge dans le crâne tavelé du vieillard, et le sang en flaque autour de sa tête, maculant les pages de son livre. Tout autour de sa chandelle apparaissaient des fragments d'os et de cervelle, des îlots dans un lac de cire fondue.

Il voulait des gardes, se rappela ser Kevan. *J'aurais dû lui envoyer des gardes.* Cersei avait-elle eu raison depuis le début ? Était-ce l'œuvre de son neveu ? « Tyrion ? appela-t-il. Où… ?

— Loin d'ici », répondit une voix à demi familière.

Il se tenait dans une mare d'ombre près d'une bibliothèque, dodu, le visage pâle, les épaules arrondies, serrant une arbalète dans de douces mains poudrées. Des sandales de soie lui enveloppaient les pieds.

« Varys ? »

L'eunuque déposa l'arbalète. « Ser Kevan. Pardonnez-moi si vous le pouvez. Je n'ai pour vous aucune antipathie. Je n'ai pas agi par malveillance. C'était pour le royaume. Pour les enfants. »

J'ai des enfants. J'ai une épouse. Oh, Dorna. La douleur l'envahit. Il ferma les paupières, les rouvrit. « Il y a… il y a des centaines de gardes Lannister dans ce château.

— Mais aucun dans cette pièce, fort heureusement. Ceci me désole, messire. Vous ne méritez pas de mourir seul par une nuit si sombre et si froide. Il y en a beaucoup comme vous, de braves hommes au service de mauvaises causes… mais vous menaciez de défaire tout le bel ouvrage de la reine, de réconcilier Hautjardin et Castral Roc, de lier la Foi à votre petit roi, d'unir les Sept Couronnes sous l'égide de Tommen. Aussi… »

Une rafale de vent souffla. Ser Kevan fut secoué d'un violent frisson.

« Vous avez froid, messire ? s'enquit Varys. Pardonnez-moi. Le Grand Mestre Pycelle s'est souillé en mourant et la puanteur était tellement abominable que j'ai cru m'asphyxier. »

Ser Kevan essaya de se lever, mais ses forces l'avaient déserté. Il ne sentait plus ses jambes.

« J'ai jugé approprié d'user d'une arbalète. Vous avez tant partagé avec lord Tywin, pourquoi pas cela, aussi ? Votre nièce pensera que les Tyrell vous ont fait assassiner, peut-être de connivence avec le Lutin. Les Tyrell la soupçonneront, elle. Quelqu'un, quelque part, trouvera moyen d'accuser les Dorniens. Le doute, la division et la méfiance vont ronger le sol sous votre enfant roi, tandis qu'Aegon brandit sa bannière sur Accalmie, et que les seigneurs du royaume s'assemblent autour de lui.

— Aegon ? » Pendant un instant, il ne comprit pas. Puis il se souvint. Un bébé emmailloté dans une cape écarlate, le tissu imprégné de son sang et de sa cervelle. « Mort. Il est mort.

— Non. » L'eunuque semblait parler d'une voix plus grave. « Il est ici. Aegon est modelé pour régner depuis qu'il sait marcher. On l'a formé aux armes, ainsi qu'il convient à un futur chevalier, mais son éducation ne s'est pas arrêtée là. Il sait lire et écrire, il parle plusieurs langues, il a étudié l'histoire, le droit et la poésie. Une septa l'a instruit dans les mystères de la Foi depuis qu'il est en âge de les comprendre. Il a vécu avec des pêcheurs, travaillé de ses mains, traversé des fleuves à la nage, reprisé des filets et appris à laver ses propres vêtements, au besoin. Il sait pêcher, cuisiner, panser une blessure, il sait ce que c'est que d'avoir faim, d'être traqué, d'avoir peur. On a appris à Tommen que la royauté était son droit. Aegon sait que la royauté est son devoir, qu'un roi doit faire passer son peuple d'abord, et vivre et régner pour lui. »

Kevan Lannister essaya de crier… d'appeler ses gardes, son épouse, son frère… mais les mots ne voulaient pas venir. De sa bouche coula une bave de sang. Il tressaillit violemment.

« Je suis désolé. » Varys se tordit les mains. « Vous souffrez, je le sais, et pourtant je reste là, à bavarder comme une vieille femme sotte. Il est temps d'en finir. » L'eunuque avança les lèvres et siffla doucement.

Ser Kevan était froid comme la glace, et chaque inspiration laborieuse lui plantait une nouvelle lame de douleur dans le corps. Il perçut un mouvement, entendit le doux frottement de pieds chaussés de sandales contre la pierre. Un enfant émergea d'une mare de ténèbres, un garçonnet pâle dans une robe en loques, pas plus de neuf ou dix ans. Un autre se leva derrière le siège du Grand Mestre. La fille qui lui avait ouvert la porte était là, elle aussi. Ils l'entouraient tous, une demi-douzaine d'enfants aux visages blafards et aux yeux obscurs, garçons et filles mêlés.

Et dans leurs mains, les poignards.

REMERCIEMENTS

Ce dernier volume a été l'enfer. Trois enfers et une belle saleté. Encore une fois, mes remerciements vont à mes directeurs littéraires et mes éditeurs, dans leur longue épreuve : à Jane Johnson et Joy Chamberlain chez Voyager, et à Scott Shannon, Nita Taublib et Anne Groell chez Bantam. Leur compréhension, leur bonne humeur et leurs conseils avisés m'ont aidé durant les moments difficiles, et je ne cesserai jamais d'être reconnaissant de leur patience.

Merci également à mes agents, tout aussi patients et encourageants, Chris Lotts, Vince Gerardis, la fabuleuse Kay McCauley et feu Ralph Vicinanza. Ralph, j'aimerais que tu sois là pour partager ce moment.

Et merci à Stephen Boucher, l'Australien errant qui aide à préserver la fluidité et les ronronnements de mon ordinateur chaque fois qu'il fait halte à Santa Fe pour un petit déjeuner burrito (Noël), accompagné de bacon au jalapeño.

Pour en revenir ici, en première ligne, je dois aussi remercier mes chers amis Melinda Snodgrass et Daniel Abraham pour leurs encouragements et leur soutien, à Pati Nagle, ma webmestre qui entretient mon petit coin d'Internet, et à l'épatante Raya Golden, pour les repas, les peintures et la bonne humeur sans faille qui ont aidé à illuminer même les journées les plus sombres, à Terrapin Station. Même si elle a bel et bien tenté de me chouraver mon chat.

Si j'ai pris longtemps pour exécuter cette danse avec les dragons, elle aurait sans doute exigé deux fois plus de temps sans l'assistance de mon fidèle (et acerbe) acolyte et compagnon de voyage à l'occasion, Ty Franck, qui soigne mon ordinateur lorsque Stephen n'est pas là, repousse les hordes virtuelles affamées à mes portes, effectue mes courses, classe mes documents, prépare le café, déchire grave et compte dix mille dollars pour changer une ampoule électrique – tout en écrivant le mercredi des bouquins bien à lui, qui tapent fort.

Et en dernier lieu, mais non le moindre, tout mon amour et ma gratitude vont à ma femme, Parris, qui a dansé chaque pas de tout ceci à mes côtés. Je t'aime, Phipps.

George R.R. Martin
13 mai 2011

Le traducteur et l'éditeur remercient chaleureusement les membres La Garde de Nuit (www.lagardedenuit.com), site francophone des fans du *Trône de Fer*, pour leur aide précieuse et leur relecture attentive.

WESTEROS

LE GARÇONNET-ROI

TOMMEN BARATHEON, premier du nom, roi des Andals, de Rhoynar et des Premiers Hommes, Seigneur des Sept Couronnes, un garçon de huit ans ;
- son épouse, LA REINE MARGAERY, de la maison Tyrell, trois fois mariée, deux fois veuve, accusée de haute trahison, retenue prisonnière au Grand Septuaire de Baelor ;
  - ses compagnes et cousines, MEGGA, ALLA et ELINOR TYRELL, accusées de fornication ;
    - le fiancé d'Elinor, ALYN AMBROSE, un écuyer ;
- sa mère CERSEI, de la maison Lannister, reine douairière, dame de Castral Roc, accusée de haute trahison, retenue prisonnière au Grand Septuaire de Baelor ;
- sa fratrie :
  - son frère aîné, {LE ROI JOFFREY I BARATHEON}, mort empoisonné lors de son banquet de noces ;
  - sa sœur aînée, LA PRINCESSE MYRCELLA BARATHEON, une fille de neuf ans, pupille du prince Doran Martell à Lancehélion, fiancée à son fils Trystan ;
- ses chatons, SER BONDISSEUR, LADY MOUSTACHE et BOOTS ;
- ses oncles :
  - SER JAIME LANNISTER, dit LE RÉGICIDE, jumeau de la reine Cersei, lord Commandant de la Garde Royale ;

- TYRION LANNISTER, dit LE LUTIN, un nain, accusé et condamné pour parricide et régicide ;
- le reste de sa parentèle :
  - son grand-père, {LORD TYWIN LANNISTER}, sire de Castral Roc, gouverneur de l'Ouest, Main du Roi, assassiné aux latrines par son fils Tyrion ;
  - son grand-oncle, SER KEVAN LANNISTER, seigneur régent et protecteur du royaume, ép. Dorna Swyft ;
    - leurs enfants :
    - SER LANCEL LANNISTER, un chevalier de l'Ordre saint des Fils du Guerrier ;
    - {WILLEM}, jumeau de Martyn, assassiné à Vivesaigues ;
    - MARTYN, jumeau de Willem, un écuyer ;
    - JANEI, une enfant de trois ans ;
  - sa grand-tante, LADY GENNA LANNISTER, ép. ser Emmon Frey ;
    - leurs enfants :
    - {SER CLEOS FREY}, tué par des hors-la-loi ;
      - son fils, SER TYWIN FREY, dit TY ;
      - son fils, WILLEM FREY, un écuyer ;
    - SER LYONEL FREY, le second fils de lady Genna ;
    - {TION FREY}, un écuyer, assassiné à Vivesaigues ;
    - WALDER FREY, dit WALDER LE ROUGE, page à Castral Roc ;
  - son grand-oncle, {SER TYGETT LANNISTER}, ép. Darlessa Marpheux ;
    - leurs enfants :
    - TYREK LANNISTER, un écuyer, disparu lors des émeutes de la faim à Port-Réal ;
      - LADY ERMESANDE FENGUÉ, l'épouse enfant de Tyrek ;
  - son grand-oncle, GERION LANNISTER, perdu en mer ;
    - FÉLICITÉ HILL, sa fille bâtarde ;

- le Conseil restreint du roi Tommen :
  - SER KEVAN LANNISTER, seigneur régent ;
  - LORD MACE TYRELL, Main du Roi ;
  - GRAND MESTRE PYCELLE, conseiller et guérisseur ;
  - SER JAIME LANNISTER, lord Commandant de la Garde Royale ;

– LORD PAXTER REDWYNE, grand amiral et maître des navires ;

– QYBURN, mestre déchu et nécromancien supposé, maître des chuchoteurs ;

– l'ancien Conseil restreint de la reine Cersei :
  – {LORD GYLES ROSBY}, Grand Argentier et lord trésorier, mort d'une toux ;
  – LORD ORTON MERRYWEATHER, justicier et maître des lois, enfui à Longuetable après l'arrestation de la reine Cersei ;
  – AURANE WATERS, le Bâtard de Lamarck, grand amiral et maître des navires, enfui en mer avec la flotte royale après l'arrestation de la reine Cersei ;

– la Garde Royale de Tommen :
  – SER JAIME LANNISTER, lord Commandant ;
  – SER MERYN TRANT ;
  – SER BOROS BLOUNT, destitué puis réintégré ;
  – SER BALON SWANN, à Dorne avec la princesse Myrcella ;
  – SER OSMUND POTAUNOIR ;
  – SER LORAS TYRELL, le Chevalier des Fleurs ;
  – SER {ARYS DU ROUVRE}, mort à Dorne ;

– la cour de Tommen à Port-Réal :
  – LUNARION, bouffon et fou royal ;
  – PAT, un page de huit ans, fouetté suppléant du roi Tommen ;
  – ORLAND DE VILLEVIEILLE, barde et harpiste royal ;
  – SER OSFRYD POTAUNOIR, frère de ser Osmund et ser Osney, un capitaine du Guet ;
  – NOHO DIMITTIS, envoyé de la Banque de Fer de Braavos ;
  – {SER GREGOR CLEGANE}, dit LA MONTAGNE À CHEVAL, mort d'une blessure empoisonnée ;
  – RENNIFER LONGZEAUX, sous-geôlier chef des cachots royaux du Donjon Rouge ;

– les amants présumés de la reine Margaery :
  – WAT, un chanteur, se dénommant LE BARDE BLEU, un prisonnier rendu fou par les supplices ;
  – {HAMISH LE HARPISTE}, un chanteur âgé, mort en captivité ;

- SER MARK MULLENDORE, qui a perdu un singe et la moitié d'un bras lors de la bataille de la Néra ;
- SER TALLAD, dit LE GRAND, SER LAMBERT TOURNEBAIE, SER BAYARD NORCROIX, SER HUGH CLIFTON ;
- JALABHAR XHO, prince du Val-aux-pivoines, un exilé des îles d'Été ;
- SER HORAS REDWYNE, reconnu innocent et libéré ;
- SER HOBBER REDWYNE, reconnu innocent et libéré ;

- le principal accusateur de la reine Cersei :
  - SER OSNEY POTAUNOIR, frère de ser Osmund et ser Osfryd, tenu prisonnier par la Foi ;

- les gens de la Foi :
  - le GRAND SEPTON, père de la Foi, Voix des Sept sur la terre, un vieil homme fragile ;
    - les SEPTAS UNELLA, MOHELLE et SCOLERA, geôlières de la reine ;
    - les SEPTONS TORBERT, RAYNARD, LUCEON et OLLIDOR, certaines de Leurs Saintetés ;
    - les SEPTAS AGLANTINE et MELICENT, servant les Sept au Grand Septuaire de Baelor ;
    - SER THEODAN PUITS, dit SER THEODAN LE VÉRIDIQUE, pieux commandeur des Fils du Guerrier ;
    - les « moineaux », les plus humbles des hommes, féroces dans leur piété ;

- la population de Port-Réal :
  - CHATAYA, propriétaire d'un bordel de luxe ;
    - ALAYAYA, sa fille ;
    - ALMÉE, MAREI, deux des prostituées de Chataya ;
  - TOBHO MOTT, un maître armurier ;

- les seigneurs des terres de la Couronne, liges du Trône de Fer :
  - RENFRED RYKKER, sire de Sombreval ;
    - SER RUFUS POIREAU, chevalier estropié de la jambe gauche à son service, gouverneur du Fort Jaune à Sombreval ;
    - {TANDA CASTELFOYER}, dame de Castelfoyer, morte d'une fracture de la hanche ;

– sa fille aînée, {Falyse}, morte en hurlant dans les cellules noires ;
  – {Ser Balmain Boulleau}, époux de lady Falyse, tué lors d'une joute ;
– sa fille cadette, Lollys, faible d'esprit, dame de Castelfoyer ;
  – son fils nouveau-né, Tyrion Tanner, aux cent pères ;
  – son mari, Ser Bronn de la Néra, mercenaire devenu chevalier ;
– Mestre Frenken, servant à Castelfoyer.

La bannière du roi Tommen porte le cerf couronné Baratheon, noir sur or, et le lion Lannister, or sur écarlate, affrontés.

LE ROI SUR LE MUR

Stannis Baratheon, premier du nom, second fils de lord Steffon Baratheon et lady Cassana de la maison Estremont, sire de Peyredragon, auto-proclamé roi de Westeros ;

– avec le roi Stannis à Châteaunoir :
  – Lady Mélisandre d'Asshaï, dite la femme rouge, une prêtresse de R'hllor, le Maître de la Lumière ;
  – ses chevaliers et épées liges :
    – Ser Richard Horpe, son commandant en second ;
    – Ser Godry Farring, dit Mort-des-Géants ;
    – Ser Justin Massey ;
    – Lord Robin Cossepois ;
    – Lord Harbois Fell ;
    – Ser Clayton Suggs, Ser Corliss Penny, hommes de la reine et fervents adeptes du Maître de la Lumière ;
    – Ser William Digitale, Ser Humfrey Clifton, Ser Ormund Wylde, Ser Harry Delépi, chevaliers ;
  – ses écuyers, Devan Mervault et Bryen Farring ;
  – son prisonnier, Mance Rayder, roi d'au-delà du Mur ;
    – le fils de Rayder, le « prince des sauvageons » ;

– la nourrice du bébé, VÈRE, une sauvageonne ;
– le fils de Vère, « l'abomination », qu'elle a eu de son propre père {CRASTER} ;

– à Fort Levant :
  – LA REINE SELYSE, de la maison Florent, sa femme ;
    – LA PRINCESSE SHÔREN, leur fille, une enfant de onze ans ;
    – BARIOL, le fou tatoué de Shôren ;
  – son oncle, SER AXELL FLORENT, premier des hommes de la reine, autoproclamé Main de la Reine ;
  – ses chevaliers et épées liges, SER NARBERT GRANDISON, SER BENETHON TRÉBUCHET, SER PATREK DU MONT-RÉAL, SER DORDEN LE SÉVÈRE, SER MALEGORN DE POURPRETANG, SER LAMBERT WHITEWATER, SER PERKIN FOLLARD, SER BRUS BUCKLER ;
  – SER DAVOS MERVAULT, sire du Bois-la-Pluie, amiral du Détroit et Main du Roi dit LE CHEVALIER OIGNON ;
  – SLADHOR SAAN, de Lys, pirate et marchand, maître du *Valyrien* et d'une flotte de galères ;
  – TYCHO NESTORIS, émissaire de la Banque de Fer de Braavos.

Stannis a pris pour bannière le cœur brûlant du Maître de la Lumière ; un cœur rouge cerné de flammes orangées sur champ jaune. À l'intérieur du cœur, le cerf couronné de la maison Baratheon, noir.

LE ROI DES ÎLES ET DU NORD

Les Greyjoy de Pyk prétendent descendre du légendaire Roi Gris de l'Âge des Héros. La légende dit que le Roi Gris commandait à la mer elle-même et avait pris une sirène pour épouse. Aegon le Dragon mit fin à la lignée du dernier roi des îles de Fer, mais autorisa les Fer-nés à faire revivre leur ancienne coutume en choisissant celui qui les dirigerait. Ils choisirent lord Vickon Greyjoy de Pyk. Le blason des Greyjoy est une seiche d'or sur champ noir. Leur devise est « Nous ne semons pas ».

Euron GREYJOY, troisième du nom depuis le Roi Gris, roi des îles de Fer et du Nord, roi du Sel et du Roc, fils du Vent de Mer et Lord Ravage de Pyk, capitaine du *Silence*, dit L'ŒIL-DE-CHOUCAS ;

- son frère aîné, {BALON}, roi des îles de Fer et du Nord, neuvième de son nom depuis le Roi Gris, mort d'une chute ;
  - LADY ALANNYS de la maison Harloi, veuve de Balon ;
  - leurs enfants :
    - {RODRIK}, occis durant la première rébellion de Balon ;
    - {MARON}, occis durant la première rébellion de Balon ;
    - ASHA, capitaine du *Vent noir* et conquérante de Motte-la-Forêt, ép. Erik Forgefer ;
    - THEON, dit par les Nordiens THEON TOURNE-CASAQUE, prisonnier à Fort-Terreur ;
- son frère cadet VICTARION, lord capitaine de la flotte de Fer, maître du *Fer vainqueur* ;
- son frère le plus jeune AERON, dit TIF-TREMPE, un prêtre du dieu Noyé ;

- ses capitaines et épées liges :
  - TORWOLD DENT-BRUNE, JON MYRÈS CUL-DE-POULE, RODRIK NÉFRANC, LE RAMEUR ROUGE, LUCAS MAIN-GAUCHE MORRU, QUELLON HUMBLE, HARREN MI-CHENU, KEMMETT PYKE LE BÂTARD, QARL LE SERF, MAINDEPIERRE, RALF LE BERGER, RALF DE LORDSPORT ;

- ses hommes d'équipage :
  - {CRAGORN}, qui souffla dans le cor de l'enfer et mourut ;

- ses bannerets :
  - ERIK FORGEFER, dit ERIK BRISE-ENCLUMES ou ERIK LE JUSTE, lord Intendant des îles de Fer, gouverneur de Pyk, un vieillard jadis renommé, ép. Asha Greyjoy ;
  - les seigneurs de Pyk :
    - GERMUND BOTLEY, seigneur de Lordsport ;
    - WALDON WYNCH, seigneur de Holt de Fer ;
  - les seigneurs de Vieux-Wyk :

– Dunstan Timbal, Le Timbal, seigneur de Vieux-Wyk ;
– Norne Bonfrère de Shatterstone ;
– le Maisonpierre ;
– les seigneurs de Grand-Wyk :
– Gorold Bonfrère, seigneur de Cormartel ;
– Triston Vendeloyn, seigneur de Sealskin Point ;
– le Sparr ;
– Melfred Merlyn, seigneur de Pebbleton ;
– les seigneurs d'Orkmont :
– Alyn Orkwood, dit Orkwood d'Orkmont ;
– lord Balon Tawney ;
– les seigneurs de Salfalaise :
– lord Donnor Salfalaise ;
– lord Valleuse ;
– les seigneurs de Harloi :
– Rodrik Harloi, dit le Bouquineur, seigneur de Harloi, seigneur de Dix Tours, le Harloi des Harloi ;
– Sigfrid Harloi, dit Sigfrid poil d'argent, son grand-oncle, maître de château d'Harloi ;
– Hotho Harloi, dit Hotho le Bossu, de Tour des Moires, un cousin ;
– Boremund Harloi, dit Boremund le Bleu, maître de Colline Mégère, un cousin ;
– les seigneurs des plus petites îles et des rochers :
– Gylbert Vendeloyn, seigneur de Lumière Isolée ;

– les conquérants fer-nés :
– sur les Îles Bouclier :
– Andrik l'insouriant, seigneur de Bouclier du Sud ;
– Nutt le Barbier, seigneur de Bouclier de Chêne ;
– Maron Volmark, seigneur de Bouclier Vert ;
– ser Harras Harloi, seigneur de Bouclier Gris, le chevalier de Grisjardin ;
– à Moat Cailin :
– Ralf Kenning, gouverneur et commandant ;
– Adrack Humble, amputé d'un demi-bras ;
– Dagon Morru, qui ne s'incline devant personne ;
– à Quart-Torrhen :
– Dagmer, dit Gueule-en-deux, capitaine de *L'Écumeur* ;

– à Motte-la-Forêt :
  – Asha GREYJOY, la fille de la seiche, capitaine du *Vent noir* ;
    – son amant, QARL PUCELLE, un escrimeur ;
    – son ancien amant, TRISTIFER BOTLEY, héritier de Lordsport, dépossédé de ses terres ;
    – ses hommes d'équipage, ROGGON BARBE-ROUILLE, ÂPRE-LANGUE, ROLFE LE GNOME, LORREN LONGUE-HACHE, ROOK, FINGERS, HARL SIX-ORTEILS, DALE PAUPIÈRES-LOURDES, EARL HARLOI, CROMM, HAGEN LA TROMPE et sa fille, belle et rousse ;
    – son cousin, QUENTON GREYJOY ;
    – son cousin, DAGON GREYJOY, dit DAGON LE POIVROT.

AUTRES MAISONS
GRANDES ET PETITES

MAISON ARRYN

Les Arryn descendent des rois de la Montagne et du Val. Leur emblème est la lune-faucon blanche sur champ azur. La maison Arryn n'a pas pris part à la guerre des Cinq Rois.

ROBERT ARRYN, sire des Eyrié, défenseur du Val, un garçon maladif de huit ans, dit ROBIN ou ROBINET ;
- – sa mère, {LADY LYSA de la maison Tully}, veuve de lord Jon Arryn, morte après avoir été poussée par la porte de la Lune ;
- – son tuteur, PETYR BAELISH, dit LITTLEFINGER, sire d'Harrenhal, lord suzerain du Trident et lord protecteur du Val ;
  - – ALAYNE STONE, la fille naturelle de lord Petyr, une jeune fille de treize ans, qui est en fait Sansa Stark ;
  - – SER LOTHOR BRUNE, un mercenaire au service de lord Petyr, capitaine des gardes aux Eyrié ;
  - – OSWELL, un homme d'armes grisonnant au service de lord Petyr, parfois appelé POTAUNOIR ;
  - – SER OMBRICH DE LA GORGE OMBREUSE, surnommé LA SOURIS DÉMENTE, un chevalier errant au service de lord Petyr ;
  - – SER BYRON L'ACCORT, SER MORGARTH LE JOYEUX, chevaliers errants au service de lord Petyr ;

- – sa maisonnée et ses domestiques :

- MESTRE COLEMON, conseiller, guérisseur et tuteur ;
- MORD, un geôlier brutal avec un dentier en or ;
- GRETCHEL, MADDY et MELA, servantes ;

- ses bannerets, les seigneurs de la Montagne et du Val :
  - YOHN ROYCE, surnommé YOHN LE BRONZÉ, sire de Roches-aux-runes ;
    - son fils, SER ANDAR, héritier de Roches-aux-runes ;
- LORD NESTOR ROYCE, Surintendant du Val et gouverneur des Portes de la Lune ;
  - son fils et héritier, SER ALBAR ;
  - sa fille, MYRANDA, appelée RANDA, une veuve, toutefois presque intacte ;
  - MYA STONE, fille bâtarde du roi Robert ;
- LYONEL CORBRAY, sire de Cordial ;
  - SER LYN CORBRAY, son frère, qui porte la fameuse lame Dame Affliction ;
  - SER LUCAS CORBRAY, son plus jeune frère ;
- TRISTON SUNDERLAND, sire des Trois Sœurs ;
  - GODRIC BORRELL, sire de Dolcesœur ;
  - ROLLAND LONHAMEAU, sire de Longuesœur ;
  - ALESANDOR TORRENT, sire de Petitesœur ;
- ANYA VANBOIS, dame de Chênes-en-fer ;
  - SER MORTON, son fils aîné et héritier ;
  - SER DONNEL, le Chevalier de la Porte Sanglante ;
  - WALLACE, son plus jeune fils ;
  - HARROLD HARDYNG, son pupille, un écuyer souvent surnommé HARRY L'HÉRITIER ;
- SER SYMOND TEMPLETON, le Chevalier de Neufétoiles ;
- JON LYNDERLY, sire de Snakewood ;
- EDMUND CIRLEY, le chevalier de Wickenden ;
- GEROLD GRAFTON, sire de Goëville ;
- {ÉON VENEUR}, sire de Longarc, récemment décédé ;
  - SER GILBOIS, fils aîné et héritier de Lord Éon, maintenant appelé LORD VENEUR LE JEUNE ;
  - SER EUSTACE, le deuxième fils de lord Éon ;
  - SER HARLAN, le plus jeune fils de lord Éon ;
  - la maisonnée du jeune lord Veneur :
    - MESTRE WILLAMEN, conseiller, guérisseur, tuteur ;
- HORTON ROUGEFORT, sire de Rougefort, trois fois marié ;
  - SER JASPER, SER CREIGHTON, SER JON, ses fils ;

- SER MYCHEL, son plus jeune fils, tout juste adoubé, ép. Ysilla Royce de Roches-aux-runes ;
- BENADAR BELMORE, sire de Forchant ;

- chefs des Clans des montagnes de la Lune :
  - SHAGGA FILS DE DOLF, DES FREUX, actuellement à la tête d'une bande dans le Bois-du-Roi ;
    - TIMETT FILS DE TIMETT, DES FACES BRÛLÉES ;
    - CHELLA FILLE DE CHEYK, DES OREILLES NOIRES ;
    - CRAWN FILS DE CALOR, DES SÉLÉNITES.

La devise des Arryn est « Aussi haute qu'Honneur ».

MAISON BARATHEON

La plus jeune des grandes maisons, la maison Baratheon est née durant les guerres de la Conquête, quand Orys Baratheon, en qui la rumeur voyait le frère bâtard d'Aegon le Dragon, défit et abattit Argilac l'Arrogant, le dernier roi de l'Orage. Aegon l'en récompensa par le don du château, des terres et de la fille d'Argilac. Orys prit la fille pour épouse, et adopta la bannière, les titres et la devise de sa lignée.

Dans la 283ᵉ année après la Conquête d'Aegon, Robert, de la maison Baratheon, sire d'Accalmie, renversa le Roi Fou, Aerys II Targaryen, et s'assit sur le Trône de Fer. Ses droits à la couronne lui venaient de sa grand-mère, une fille du roi Aegon V Targaryen, mais Robert préférait affirmer tenir ses droits de son marteau de guerre.

{ROBERT BARATHEON}, premier du nom, roi des Andals, de Rhoynar et des Premiers Hommes, Seigneur des Sept Couronnes et protecteur du royaume, tué par un sanglier ;
- son épouse, la REINE CERSEI, de la maison Lannister ;
- leurs enfants :
  - le {ROI JOFFREY}, premier du nom, assassiné à son banquet de noces ;
  - la PRINCESSE MYRCELLA, pupille à Lancehélion, fiancée au prince Trystan Martell ;

- le ROI TOMMEN BARATHEON, premier du nom ;
- ses frères :
- STANNIS BARATHEON, sire rebelle de Peyredragon et prétendant au trône ;
  - sa fille, SHÔREN, onze ans ;
  - {RENLY BARATHEON}, sire rebelle d'Accalmie et prétendant au trône, assassiné à Accalmie au sein de son armée ;
- ses enfants bâtards :
- MYA STONE, une jeune fille de dix-neuf ans, au service de lord Nestor Royce, des Portes de la Lune ;
- GENDRY, un hors-la-loi du Conflans, ignorant de son ascendance ;
- EDRIC STORM, son bâtard reconnu, conçu avec lady Delena de la maison Florent, caché à Lys ;
  - SER ANDREW ESTREMONT, son cousin et tuteur ;
  - ses gardes et protecteurs :
    - SER GERALD GOÜER, LEWYS dit LA POISSARDE, SER TRISTON DE MONT-TAÏAUT, OMER LAMÛRE
- {BARRA}, sa fille bâtarde conçue avec une prostituée de Port-Réal, tuée sur ordre de sa veuve ;
- le reste de sa parentèle :
- son grand-oncle, SER ELDON ESTREMONT, sire de Vertepierre ;
  - son cousin, SER AEMON ESTREMONT, fils d'Eldon ;
    - son cousin, SER ALYN ESTREMONT, fils d'Aemon ;
  - son cousin, SER LOMAS ESTREMONT, fils d'Eldon ;
    - son cousin, SER ANDREW ESTREMONT, fils de Lomas ;

- les bannerets liges d'Accalmie, seigneurs de l'Orage :
- DAVOS MERVAULT, sire de Bois-la-Pluie, amiral du Détroit, et Main du Roi ;
  - sa femme MARYA, fille d'un caréneur ;
    - leurs fils, {DALE, BLURD, MATTHOS, MARIC}, tués à la bataille de la Néra ;
    - leur fils DEVAN, écuyer du roi Stannis ;
    - leurs fils STANNIS et STEFFON ;
- SER GILBERT FARRING, gouverneur d'Accalmie ;
  - son fils BRYEN, écuyer du roi Stannis ;
  - son cousin SER GODRY FARRING, dit MORTS-DES-GÉANTS ;

- ELBOIS DE LA NOUË, sire de Grassfield Keep, sénéchal d'Accalmie ;
- SELWYN DE TORTH, dit L'ÉTOILE DU SOIR, sire de Torth ;
  - sa fille BRIENNE, LA PUCELLE DE TORTH, dite aussi BRIENNE LA BELLE ;
    - son écuyer, PODRICK PAYNE, un garçon de dix ans ;
- SER RONNET CONNINGTON, dit RONNET LE ROUGE, Chevalier de La Griffonnière ;
  - ses frères et sœurs plus jeunes, RAYMUND et ALYNNE ;
  - son fils bâtard, RONALD STORM.
  - son cousin JON CONNINGTON, autrefois sire d'Accalmie et Main du Roi, exilé par Aerys II Targaryen et réputé mort d'excès de boisson ;
- LESTER MORRIGEN, sire de Nid de Corbeaux ;
  - son frère et héritier, SER RICHARD MORRIGEN ;
  - son frère, {SER GUYARD MORRIGEN}, dit GUYARD LE VERT, tué à la bataille de la Néra ;
- ARSTAN SELMY, sire des Éteules ;
  - son grand-oncle, SER BARRISTAN SELMY ;
- CASPER WYLDE, sire de Rain House ;
  - son oncle SER FOLCŒUR WYLDE, un chevalier âgé ;
- HARBOIS FELL, sire de Felwood ;
- HUGH GRANDISON, dit BARBE-GRISE, sire de Grandview ;
- SEBASTION ERROL, sire de Haystack Hall ;
- CLIFFORD SWANN, sire de Pierheaume ;
- BÉRIC DONDARRION, sire de Havrenoir, dit LE SEIGNEUR LA FOUDRE, un hors-la-loi du Conflans, souvent tué et présumé mort, désormais ;
- {BRYCE CARON}, sire de Séréna, tué par ser Philip Pièdre à la Néra ;
  - son vainqueur, SER PHILIPP PIÈDRE, un chevalier borgne, sire de Séréna ;
  - son demi-frère roturier, SER ROLLAND STORM, dit LE BÂTARD DE SÉRÉNA, prétendant à Séréna ;
- ROBIN COSSEPOIS, sire de Champoquet ;
- MARY MERTYNS, dame de Bosquebrume ;
- RALPH BUCKLER, sire des Bronzes ;
  - son cousin, SER BRUS BUCKLER.

Les armes des Baratheon sont un cerf noir couronné sur champ d'or. Leur devise est « Nôtre est la fureur ».

MAISON FREY

Les Frey sont des bannerets de la maison Tully, mais ils n'ont pas toujours été très respectueux de leur devoir. Au début de la guerre des Cinq Rois, Robb Stark a gagné l'allégeance de lord Walder Frey en promettant d'épouser l'une de ses filles ou petites-filles. Quand il épousa lady Jeyne Ouestrelin à la place, les Frey conspirèrent avec Roose Bolton et assassinèrent le Jeune Loup et ses partisans lors de ce qu'on appelle désormais les Noces Pourpres.

WALDER FREY, sire du Pont ;
- par sa première épouse, {LADY PERRA, de la maison Royce} :
  - {SER STEVRON FREY}, tué après la bataille de Croixbœuf ;
  - SER EMMON FREY, son second fils
  - SER AENYS FREY, meneur des forces Frey dans le Nord
    - le fils d'Aenys, AEGON BLOODBORN, un hors-la-loi ;
    - le fils d'Aenys, RHAEGAR FREY, émissaire à Blancport ;
  - PERRIANE, la fille aînée de lord Walder, ép. ser Leslyn Foin ;

- par sa deuxième épouse, {LADY CYRENNA, de la maison Swann} :
  - SER JARED FREY, émissaire à Blancport ;
  - SEPTON LUCEON, son cinquième fils ;

- par sa troisième épouse, {LADY AMAREI de la maison Crakehall} :
  - SER HOSTEEN FREY, un chevalier de grande réputation ;
  - LYTHÈNE, sa seconde fille, ép. lord Lucias Vyprin ;
  - SYMOND FREY, son septième fils, un compteur de sous, émissaire à Blancport ;
  - SER DANWELL FREY, son huitième fils ;
  - {MERRETT FREY}, son neuvième fils, pendu à Vieilles-Pierres, ép. Mariya Darry ;
    - la fille de Merrett, WALDA, surnommée WALDA LA GROSSE, ép. Roose Bolton, sire de Fort-Terreur ;
    - le fils de Merrett, WALDER, surnommé PETIT WALDER, huit ans, écuyer au service de Ramsay Bolton ;

– {SER GEREMY FREY}, son dixième fils, mort noyé ;
– SER RAYMUND FREY, son onzième fils ;

– par sa quatrième épouse, {LADY ALYSSA, de la maison Nerbosc} :
  – LOTHAR FREY, son douzième fils, dit LOTHAR LE BOITEUX ;
  – SER JAMMOS FREY, son treizième fils ;
    – le fils de Jammos, WALDER, dit GRAND WALDER, âgé de huit ans, un écuyer au service de Ramsay Bolton ;
  – SER WHALEN FREY, son quatorzième fils ;
  – MORYA, sa troisième fille, ép. ser Flement Brax ;
  – TYTA, sa quatrième fille, dite TYTA LA PUCELLE ;

– par sa cinquième épouse, {LADY SARYA de la maison Whent} :
  – pas de progéniture ;

– par sa sixième épouse, {LADY BETHANY de la maison Rosby} :
  – SER PERWYN FREY, le quinzième fils de lord Walder ;
  – {SER BENFREY FREY}, le seizième fils de lord Walder, mort d'une blessure reçue lors des Noces Pourpres ;
  – MESTRE WILLAMEN, son dix-septième fils, en service à Longarc ;
  – OLYVAR FREY, son dix-huitième fils, anciennement écuyer de Robb Stark ;
  – ROSLIN, sa cinquième fille, ép. lord Edmure Tully lors des Noces Pourpres, enceinte de son enfant ;

– par sa septième épouse, {LADY ANNARA de la maison Farring} :
  – ARGYNE, sa sixième fille, une jeune fille de quatorze ans ;
  – WENDEL, son dix-neuvième fils, page à Salvemer ;
  – COLMAR, son vingtième fils, onze ans, et promis à la Foi ;
  – WALTYR, dit TYR, son vingt-et-unième fils, dix ans ;
  – ELMAR, son vingt-deuxième et dernier fils, un garçon de neuf ans, brièvement fiancé à Arya Stark ;
  – SHOREI, sa septième fille et plus jeune enfant, une fille de sept ans ;

– sa huitième épouse, LADY JOYEUSE, de la maison Erongué :
  – actuellement enceinte ;

– les enfants naturels de lord Walder, de mères diverses :
  – WALDER RIVERS, dit WALDER LE BÂTARD ;
  – MESTRE MELWYS, en service à Rosby ;
  – JEYNE RIVERS, MARTYN RIVERS, RYGER RIVERS, RONEL RIVERS, MELLARA RIVERS, et d'autres.

MAISON LANNISTER

Les Lannister de Castral Roc demeurent le principal soutien aux prétentions du roi Tommen Baratheon au Trône de Fer. Ils s'enorgueillissent de descendre de Lann le Futé, le légendaire filou de l'Âge des Héros. L'or de Castral Roc et de la Dent d'Or ont fait d'eux la plus opulente des grandes maisons. L'emblème des Lannister est un lion d'or sur champ écarlate. Leur devise est « Je rugis ! ».

{TYWIN LANNISTER}, sire de Castral Roc, Bouclier de Port-Lannis, gouverneur de l'Ouest, et Main du Roi, assassiné par son fils nain dans ses latrines ;
– les enfants de lord Tywin :
  – CERSEI, jumelle de Jaime, veuve du roi Robert I Baratheon, captive au Grand Septuaire de Baelor ;
  – SER JAIME, jumeau de Cersei, dit LE RÉGICIDE, lord Commandant de la Garde Royale ;
    – ses écuyers, JOSMYN DOMBECQ, GARRETT PAEGE, LEW PIPER ;
    – SER ILYN PAYNE, un chevalier sans langue, auparavant Justice du Roi et bourreau ;
    – SER RONNET CONNINGTON, dit RONNET LE ROUGE, Chevalier de La Griffonnière, envoyé à Viergétang avec un prisonnier ;
    – SER ADDAM MARPHEUX, SER FLEMENT BRAX, SER ALYN GERBLANCE, SER STEFFON SWYFT, SER HUM-FREY SWYFT, SER LYLE CRAKEHALL dit LE SANGLIER, SER JON BETTLEY dit L'IMBERBE, chevaliers servants dans l'armée de ser Jaime à Vivesaigues ;
  – TYRION, dit LE LUTIN, nain et parricide, un fugitif en exil au-delà du Détroit ;

– la maisonnée de Castral Roc :
  – MESTRE CREYLEN, guérisseur, tuteur et conseiller ;
  – VYLAR, capitaine des gardes ;
  – SER BENEDICT BROOM, maître d'armes ;
  – WAT BLANCHERISETTE, un chanteur ;

– la fratrie de lord Tywin et leurs descendants :
  – SER KEVAN LANNISTER, ép. Dorna de la maison Swyft ;
  – LADY GENNA, ép. ser Emmon Frey, désormais sire de Vivesaigues ;
    – le fils aîné de Genna, {SER CLEOS FREY}, ép. Jeyne de la maison Darry, tué par des hors-la-loi ;
      – le fils aîné de Cleos, SER TYWIN FREY, surnommé TY, désormais héritier de Vivesaigues ;
      – le second fils de Cleos, WILLEM FREY, un écuyer ;
    – les fils cadets de Genna, SER LYONEL FREY, {TION FREY}, WALDER FREY dit WALDER LE ROUGE ;
  – {SER TYGETT LANNISTER}, mort de la vérole ;
    – TYREK, le fils de Tygett, porté disparu et présumé mort ;
      – LADY ERMESANDE FENGUÉ, l'enfant-épouse de Tyrek ;
  – {GERION LANNISTER}, disparu en mer ;
    – FÉLICITÉ HILL, la fille bâtarde de Gerion, onze ans ;

– les autres parents proches de lord Tywin :
  – {SER STAFFORD LANNISTER}, un cousin et frère de l'épouse de lord Tywin, tué à la bataille de Croixbœuf ;
    – CERENNA et MYRIELLE, les filles de Stafford ;
    – SER DAVEN LANNISTER, le fils de Stafford ;
  – SER DAMION LANNISTER, un cousin, ép. lady Shiera Crakehall ;
    – leur fils SER LUCION ;
    – leur fille LANNA, ép. lord Antario Jast ;
  – LADY MARGOT, une cousine, ép. lord Titus Peake ;

– bannerets et épées liges, seigneurs de l'ouest :
  – DAMON MARPHEUX, sire de Cendremarc ;
  – ROLAND CRAKEHALL, sire de Crakehall ;
  – SEBASTON FARMAN, sire de Belle Île ;
  – TYTOS BRAX, sire de Corval ;
  – QUENTEN FLÉAUFORT, sire de Fléaufort ;
  – SER HARYS SWYFT, beau-père de ser Kevan Lannister ;

- REGENARD ESTREN, sire de Wyndhall ;
- GAWEN OUESTRELIN, sire de Falaise ;
- LORD SELMOND GERBLANCE ;
- TERRENCE KENNING, sire de Kayce ;
- LORD ANTARIO JAST ;
- LORD ROBIN MORELAND ;
- LADY ALYSANNE LEFFORD ;
- LEWYS LYDDEN, sire d'Antrecombe ;
- LORD PHILIPP PRÜNH ;
- LORD GARRISON PRESTRE ;
- SER LORENT LORCH, un chevalier fieffé ;
- SER GARTH VERCHAMPS, un chevalier fieffé ;
- SER LYMOND VIKAIR, un chevalier fieffé ;
- SER RAYNARD ROUXTIGRE, un chevalier fieffé ;
- SER MANFRYD IF, un chevalier fieffé ;
- SER TYBOLT CUILLÊTRE, un chevalier fieffé.

MAISON MARTELL

Dorne fut la dernière des Sept Couronnes à jurer fidélité au Trône de Fer. Parenté, coutumes, géographie, et histoire, tout concourait à séparer les Dorniens du reste du royaume. Dorne ne prit pas part au déclenchement de la guerre des Cinq Rois, mais quand Myrcella Baratheon fut fiancée au prince Trystan, Lancehélion se déclara en faveur du roi Joffrey. La bannière des Martell est un soleil rouge percé d'une lance d'or. Leur devise est « Insoumis, invaincus, intacts ».

DORAN NYMEROS MARTELL, sire de Lancehélion, prince de Dorne ;
  - son épouse, MELLARIO de la cité libre de Norvos ;
  - leurs enfants :
  - LA PRINCESSE ARIANNE, héritière de Lancehélion ;
  - LE PRINCE QUENTYN, récemment adoubé chevalier, pupille à Ferboys ;
  - LE PRINCE TRYSTAN, fiancé à Myrcella Baratheon ;
    - SER GASCOYNE DE LA SANG-VERT, son bouclier lige ;

- sa fratrie :
  - {LA PRINCESSE ELIA}, violée et assassinée lors du sac de Port-Réal ;
    - sa fille, {RHAENYS TARGARYEN}, assassinée lors du sac de Port-Réal ;
    - son fils, {AEGON TARGARYEN}, un bébé au sein, assassiné lors du sac de Port-Réal ;
  - {LE PRINCE OBERYN MARTELL, surnommé LA VIPÈRE ROUGE}, tué par ser Gregor Clegane lors d'un duel judiciaire ;
    - ELLARIA SAND, l'amante de cœur du prince Oberyn, fille naturelle de lord Harmen Uller ;
    - LES ASPICS DES SABLES, les filles bâtardes d'Oberyn ;
      - OBARA, la fille d'Oberyn et d'une prostituée de Villevieille ;
      - NYMERIA, surnommée LADY NYM, la fille d'Oberyn et d'une noble de Volantis ;
      - TYERNE, la fille d'Oberyn et d'une septa ;
      - SARELLA, la fille d'Oberyn et d'une capitaine marchande originaire des îles d'Été ;
      - ELIA, la fille d'Oberyn et d'Ellaria Sand ;
      - OBELLA, la fille d'Oberyn et d'Ellaria Sand ;
      - DOREA, la fille d'Oberyn et d'Ellaria Sand ;
      - LOREZA, la fille d'Oberyn et d'Ellaria Sand ;

- la cour du prince Doran
  - aux Jardins Aquatiques :
    - AREO HOTAH, de Norvos, capitaine des gardes ;
    - MESTRE CALEOTTE, conseilleur, guérisseur et tuteur ;
  - à Lancehélion :
    - MESTRE MYLES, conseiller, guérisseur et tuteur ;
    - RICASSO, sénéchal à Lancehélion, vieux et aveugle ;
    - SER MANFREY MARTELL, gouverneur de Lancehélion ;
    - LADY ALYSE LABRIAUX, trésorière ;

- sa pupille, LA PRINCESSE MYRCELLA BARATHEON, fiancée au prince Trystan ;
  - son bouclier lige, {SER ARYS DU ROUVRE}, tué par Areo Hotah ;
  - sa chambrière et compagne de jeu, ROSAMUND LANNISTER, une cousine éloignée ;

– ses bannerets, les seigneurs de Dorne :
– ANDERS FERBOYS, sire de Ferboys, Gardien de la Voie de Pierre, le Sangderoy ;
  – YNYS, sa fille aînée, ép. RYON ALLYRION
  – SER CLETUS, son fils et héritier ;
  – GWYNETH, sa plus jeune fille, une enfant de douze ans ;
– HARMEN ULLER, sire de Denfert ;
– DELONNE ALLYRION, dame de La Grâcedieu ;
  – RYON ALLYRION, son fils et héritier ;
– DAGOS FORREST, sire de La Tombe-du-Roy ;
– LARRA NOIRMONT, dame de Noirmont ;
– NYMELLA TOLAND, dame de Spectremont ;
– QUENTYN QORGYLE, sire du Grès ;
– SER DEZIEL DALT, le Chevalier de Boycitre ;
– FRANKLYN POULET, sire de Touche-au-Ciel, surnommé LE VIEUX FAUCON, Gardien de la Passe-du-Prince ;
– SER SYMON SANTAGAR, le Chevalier de Bois-moucheté ;
– EDRIC DAYNE, sire des Météores, un écuyer ;
– TREBOR JORDAYNE, sire du Tor ;
– TREMOND GARGALEN, sire de Salrivage ;
– DAERON VAITH, sire des Dunes Rouges.

MAISON STARK

La lignée des Stark remonte à Brandon le Bâtisseur et aux rois de l'Hiver. Pendant des milliers d'années, ils régnèrent depuis Winterfell en tant que rois du Nord, jusqu'à ce que Torrhen Stark, le roi qui ploya le genou, choisît de jurer fidélité à Aegon le Dragon plutôt que de lui livrer bataille.

Quand lord Eddard Stark fut exécuté par le roi Joffrey, les hommes du Nord abjurèrent leur loyauté au Trône de Fer et proclamèrent le fils de lord Eddard, Robb, roi du Nord. Durant la guerre des Cinq Rois, il remporta toutes ses batailles, mais il fut trahi et assassiné par les Frey et les Bolton aux Jumeaux lors du mariage de son oncle.

{ROBB STARK}, roi du Nord, roi du Trident, sire de Winterfell, surnommé LE JEUNE LOUP, assassiné lors des Noces Pourpres ;

- {VENT GRIS}, son loup-garou, tué lors des Noces Pourpres ;
- sa fratrie légitime :
  - SANSA, sa sœur, ép. Tyrion de la maison Lannister ;
    - {LADY}, son loup-garou, tué à Darry ;
  - ARYA, une fillette de onze ans, disparue et présumée morte ;
    - NYMERIA, son loup-garou, rôdant dans le Conflans ;
  - BRANDON, appelé BRAN, un garçon infirme de neuf ans, héritier de Winterfell, présumé mort ;
    - ÉTÉ, son loup-garou ;
  - RICKON, un garçon de quatre ans, présumé mort ;
    - BROUSAILLE, son loup-garou, noir et sauvage ;
    - OSHA, une sauvageonne autrefois captive à Winterfell ;
- son demi-frère bâtard, JON SNOW, de la Garde de Nuit ;
  - FANTÔME, le loup-garou de Jon, blanc et silencieux ;
- le reste de sa famille :
  - son oncle, BENJEN STARK, premier patrouilleur de la Garde de Nuit, disparu lors d'une patrouille au-delà du Mur, présumé mort ;
  - sa tante, {LYSA ARRYN}, dame des Eyrié ;
    - son fils, ROBERT ARRYN, sire des Eyrié et défenseur du Val, un garçon maladif ;
  - son oncle, EDMURE TULLY, sire de Vivesaigues, retenu captif depuis les Noces Pourpres ;
    - LADY ROSLIN, de la maison Frey, l'épouse d'Edmure, enceinte ;
  - son grand-oncle, SER BRYNDEN TULLY, surnommé LE SILURE, anciennement gouverneur de Vivesaigues, désormais pourchassé ;

- les bannerets de Winterfell, les seigneurs du Nord :
  - JON OMBLE, surnommé LE LARD-JON, sire d'Âtre-lès-Confins, captif aux Jumeaux ;
    - {JON}, surnommé P'TIT JON, le fils aîné et héritier du Lard-Jon, tué lors des Noces Pourpres ;
    - MORS surnommé FREUXCHÈRE, oncle du Lard-Jon, gouverneur d'Âtre-lès-Confins ;
    - HOTHER surnommé PESTAGAUPES, oncle du Lard-Jon, également gouverneur d'Âtre-lès-Confins ;
  - {CLEY CERWYN}, sire de Castel-Cerwyn, tué à Winterfell ;

— JONELLE, sa sœur, une damoiselle de trente-deux ans ;
— ROOSE BOLTON, sire de Fort-Terreur ;
    — {DOMERIC}, son fils légitime et héritier, mort d'un mauvais mal de ventre ;
    — WALTON surnommé JARRET D'ACIER, le capitaine de Roose ;
    — RAMSAY BOLTON, son fils naturel, surnommé LE BÂTARD DE BOLTON, sire de Corbois ;
        — WALDER FREY et WALDER FREY, surnommés GRAND WALDER et PETIT WALDER, écuyers de Ramsay ;
        — BEN-LES-OS, maître de chenil à Fort-Terreur ;
        — {SCHLINGUE}, un homme d'armes notoire pour sa pestilence, tué en se faisant passer pour Ramsay ;
        — les Gars du Bâtard, hommes d'armes de Ramsay :
            — DICK LE JAUNE, DAMON DANSE-POUR-MOI, LUTON, ALYN LE ROGUE, L'ÉCORCHEUR, GROGNE ;
— {RICKARD KARSTARK}, sire de Karhold, décapité par le Jeune Loup pour avoir assassiné des prisonniers ;
    — {EDDARD}, son fils, tué au Bois-aux-Murmures ;
    — {TORRHEN KARSTARK}, son fils, tué au Bois-aux-Murmures ;
    — HARRION KARSTARK, son fils, détenu à Viergétang ;
    — ALYS, la fille de lord Rickard, une jeune fille de quinze ans ;
    — son oncle, ARNOLF, gouverneur de Karhold ;
        — CREGAN, le fils ainé d'Arnolf ;
        — ARTHOR, le fils cadet d'Arnolf ;
— WYMAN MANDERLY, sire de Blancport, extrêmement gras ;
    — SER WYLIS MANDERLY, son fils aîné, très gras, captif à Harrenhal ;
        — la femme de Wylis, LEONA de la maison Woolfield ;
            — WYNAFRYD, leur fille ainée ;
            — WYLLA, leur plus jeune fille ;
    — {SER WENDEL MANDERLY}, son second fils, tué lors des Noces Pourpres ;
    — SER MARLON MANDERLY, son cousin, commandant de la garnison de Blancport ;
    — MESTRE THEOMORE, conseiller, tuteur, guérisseur ;

- WEX, un garçon de onze ans, autrefois écuyer de Theon Greyjoy, muet ;
- SER BARTIMUS, un vieux chevalier, unijambiste et borgne, souvent ivre, gouverneur de l'Antre du Loup ;
  - GARTH, geôlier et bourreau ;
    - sa hache, MADAME LOU ;
  - THERRY, un jeune garde-clefs ;
- MAEGE MORMONT, dame de l'Île-aux-Ours, l'Ourse ;
  - {DACEY}, sa fille aînée et héritière, tuée lors des Noces Pourpres ;
  - ALYSANE, sa fille, la Jeune Ourse ;
  - LYRA, JORELLE, LYANNA, ses plus jeunes filles ;
  - {JEOR MORMONT}, son frère, lord Commandant de la Garde de Nuit, tué par ses propres hommes ;
    - SER JORAH MORMONT, son fils en exil ;
- HOWLAND REED, sire de Griseaux, un Paludier ;
  - sa femme, JYANA, du peuple des Paludiers ;
  - leurs enfants :
    - MEERA, une jeune chasseresse ;
    - JOJEN, un garçon doué du don de vervue ;
- GALBART GLOVER, maître de Motte-la-Forêt, célibataire ;
  - ROBETT GLOVER, son frère et héritier ;
    - l'épouse de Robett, SYBELLE de la maison Locke ;
  - BENJICOT BRANCHE, NED BOSC dit SANS-NEZ, hommes du Bois-aux-Loups, lige de Motte-la-Forêt ;
- {SER HELMAN TALLHART}, maître de Quart-Torrhen, tué à Sombreval ;
  - {BENFRED}, son fils et héritier, tué par les Fer-nés sur les Roches ;
  - EDDARA, sa fille, captive à Quart-Torrhen ;
  - {LEOBALD}, son frère, tué à Winterfell ;
    - la femme de Leobald, BERENA de la maison Corbois, captive à Quart-Torrhen ;
    - leurs fils, BRANDON et BEREN, également captifs à Quart-Torrhen ;
- RODRIK RYSWELL, sire des Rus ;
  - BARBREY DUSTIN, sa fille, dame de Tertre-bourg, veuve de lord William Dustin ;
    - HARBOIS STOUT, son homme-lige, un nobliau de Tertre-bourg ;
  - {BETHANY BOLTON}, sa fille, seconde femme de lord Roose Bolton, morte d'une fièvre ;

- ROGER RYSWELL, RICKARD RYSWELL, ROOSE RYSWELL, ses cousins querelleurs et bannerets ;
- LYESSA FLINT, dame de La Veuve ;
- ONDREW LOCKE, sire de Châteauvieux, un vieillard ;

- les chefs des clans des montagnes :
  - HUGO WULL, surnommé GRAND QUARTAUT ou LE WULL, chef de son clan ;
  - BRANDON NORROIT, surnommé LE NORROIT, chef de son clan ;
    - BRANDON NORROIT, le Jeune, son fils ;
  - TORREN LIDEUIL, surnommé LE LIDEUIL, chef de son clan.
    - DUNCAN LIDEUIL, son fils ainé, surnommé GRAND LIDEUIL, un homme de la Garde de Nuit ;
    - MORGAN LIDEUIL, son fils cadet, surnommé LIDEUIL LE DEUX ;
    - RICKARD LIDEUIL, son plus jeune fils, surnommé PETIT LIDEUIL ;
  - TORGHEN FLINT, des Premiers Flint, surnommé LE FLINT, ou VIEUX FLINT ;
    - BLACK DONNEL FLINT, son fils et héritier ;
    - ARTOS FLINT, son fils cadet, demi-frère de Donnel.

Le blason des Stark représente un loup-garou gris courant sur un champ blanc glacé. Leur devise est « L'hiver vient ».

MAISON TULLY

Lord Edmyn Tully de Vivesaigues fut l'un des premiers seigneurs riverains à jurer fidélité à Aegon le Conquérant. Le roi Aegon le récompensa en élevant la maison Tully à la suzeraineté du Trident. L'emblème des Tully est une truite argentée bondissante, sur champ ondé de bleu et de rouge. Leur devise est « Famille, Devoir, Honneur ».

EDMURE TULLY, sire de Vivesaigues, capturé lors de son mariage et retenu prisonnier par les Frey ;

– son épouse, LADY ROSLIN, de la maison Frey, désormais enceinte ;

– sa sœur, {LADY CATELYN STARK}, veuve de lord Eddard Stark de Winterfell, tuée lors des Noces Pourpres ;

– sa sœur, {LADY LYSA ARRYN}, veuve de lord Jon Arryn du Val, tuée en étant poussée du haut des Eyrié ;

– son oncle, SER BRYNDEN TULLY, dit LE SILURE, auparavant gouverneur de Vivesaigues, désormais un hors-la-loi ;

– sa maisonnée à Vivesaigues :
  – MESTRE VYMAN, conseiller, guérisseur et tuteur ;
  – SER DESMOND GRELL, maître d'armes ;
  – SER ROBIN RYGER, capitaine des gardes ;
    – LONG-LOU, ELBOIS, DELP, gardes ;
  – UTHERYDES VAN, intendant de Vivesaigues ;

– ses bannerets, les seigneurs du Trident :
  – TYTOS NERBOSC, sire de Corneilla ;
    – BRYNDEN, son fils aîné et héritier ;
    – {LUCAS}, son fils cadet, tué lors des Noces Pourpres ;
    – HOSTER, son troisième fils, liseur ;
    – EDMUND et ALYN, ses fils les plus jeunes ;
    – BETHANY, sa fille de huit ans ;
    – {ROBERT}, son plus jeune fils, mort de diarrhée ;
  – JONOS BRACKEN, sire de La Haye-Pierre ;
    – BARBARA, JAYNE, CATELYN, BESS et ALYSANNE, ses cinq filles ;
    – HILDY, une fille à soldats ;
  – JASON MALLISTER, sire de Salvemer, prisonnier dans son propre château ;
    – PATREK, son fils, emprisonné avec son père ;
    – SER DENYS MALLISTER, l'oncle de lord Jason, un homme de la Garde de Nuit ;
  – CLEMENT PIPER, sire de Château-Rosières ;
    – son fils et héritier, SER MARQ PIPER, capturé lors des Noces Pourpres ;
  – KARYL VANCE, sire de Bel Accueil ;
  – NORBERT VANCE, le sire aveugle d'Atranta ;
  – THEOMAR PETIBOIS, sire de La Glandée ;
  – WILLIAM MOUTON, sire de Viergétang ;
    – ELEANOR, sa fille et héritière, ép. Dickon Tarly, de Corcolline ;

- SHELLA WHENT, dame dépossédée de Harrenhal ;
- SER HALMON PAEGE ;
- LORD LYMOND BONRU.

MAISON TYRELL

Les Tyrell accédèrent au pouvoir en tant qu'intendants des rois du Bief, bien qu'ils prétendent descendre de Garth Mainverte, le roi jardinier des Premiers Hommes. Quand le dernier roi de la maison Jardinier fut tué sur le Champ de Feu, son intendant Harlen Tyrell livra Hautjardin à Aegon le Conquérant. Aegon lui concéda la place et la suzeraineté sur le Bief. Lord Mace Tyrell s'est déclaré en faveur de Renly Baratheon au commencement de la guerre des Cinq Rois, et lui a accordé la main de sa fille Margaery. À la mort de Renly, Hautjardin a fait alliance avec la maison Lannister, promettant Margaery au roi Joffrey.

MACE TYRELL, sire de Hautjardin, gouverneur du Sud, Défenseur des Marches, et Grand Maréchal du Bief ;
- son épouse, LADY ALERIE, de la maison Hightower de Villevieille ;
- leurs enfants :
  - WILLOS, leur fils aîné, héritier de Hautjardin ;
  - SER GARLAN, dit LE PREUX, leur fils cadet, récemment nommé sire de Rubriant ;
    - l'épouse de Garlan, LADY LEONETTE de la maison Fossovoie ;
  - SER LORAS, le Chevalier des Fleurs, leur plus jeune fils, un frère juré de la Garde Royale, blessé sur Peyredragon ;
  - MARGAERY, leur fille, deux fois mariée et deux fois veuve ;
    - les compagnes et dames d'honneur de Margaery :
    - ses cousines, MEGGA, ALLA, et ELINOR TYRELL ;
      - le promis d'Elinor, ALYN AMBROSE, un écuyer ;
    - LADY ALYSANNE BULWER, LADY ALYCE GRACEFORD, LADY TAENA MERRYWEATHER, MEREDITH CRANE dite MERRY, SEPTA NYSTERICA, ses compagnes ;
- sa mère, la veuve Lady OLENNA de la maison Redwyne, surnommée LA REINE DES ÉPINES ;

– ses sœurs :
- – LADY MINA, ép. Paxter Redwyne, sire de La Treille ;
  - – son fils, SER HORAS REDWYNE, surnommée HORREUR ;
  - – son fils, SER HOBBER REDWYNE, surnommé BAVEUR ;
  - – sa fille, DESMERA REDWYNE, âgée de seize ans ;
- – LADY JANNA, mariée à ser Jon Fossovoie ;
– ses oncles :
- – son oncle, GARTH TYRELL, surnommée LA BRUTE, lord sénéchal de Hautjardin ;
  - – les fils bâtards de Garth, GARSE et GARRETT FLOWERS ;
- – son oncle, SER MORYN TYRELL, lord Commandant du Guet de Villevieille ;
- – son oncle, MESTRE GORMON, en service à la Citadelle ;
– son cousin, {SER QUENTIN}, tué à Cendregué ;

– la maisonnée de Mace à Hautjardin :
- – MESTRE LOMYS, conseiller, guérisseur, et tuteur ;
- – IGON VYRWEL, capitaine des gardes ;
- – SER VORTIMER CRANE, maître d'armes ;
- – BEURBOSSES, fou et bouffon, considérablement gras ;

– ses bannerets, les seigneurs du Bief :
- – RANDYLL TARLY, sire de Corcolline, commandant l'armée du roi Tommen sur le Trident ;
- – PAXTER REDWYNE, sire de La Treille ;
  - – SER HORAS et SER HOBBER, ses fils jumeaux ;
  - – le guérisseur de lord Paxter, MESTRE BALLABAR ;
- – ARWYN DU ROUVRE, dame de Vieux Rouvre ;
- – MATHIS ROWAN, sire de Boisdoré ;
- – LEYTON HIGHTOWER, Voix de Villevieille, seigneur du Port ;
- – HUMFREY HOUËTT, sire de Bouclier de Chêne ;
  - – FALIA FLOWERS, sa fille bâtarde ;
- – OSBERT SERRY, sire de Bouclier du Sud ;
- – GUTHOR GRIMM, sire de Bouclier Gris ;
- – MORIBALD CHESTER, sire de Bouclier Vert ;
- – ORTON MERRYWEATHER, sire de Longuetable ;
  - – LADY TAENA, son épouse, une femme de Myr ;
    - – RUSSELL, son fils, un garçon de six ans ;

– LORD ARTHUR AMBROSE ;
– LORENT CASWELL, sire de Pont-l'Amer ;

– ses chevaliers et épées liges :
– SER JON FOSSOVOIE, des Fossovoie pomme-verte ;
– SER TANTON FOSSOVOIE, des Fossovoie pomme-rouge.

L'emblème des Tyrell est une rose d'or sur champ vert d'herbe. Leur devise est « Plus haut, plus fort ».

LES FRÈRES JURÉS
DE LA GARDE DE NUIT

JON SNOW, le Bâtard de Winterfell, neuf cent quatre-vingt-dix-huitième lord Commandant de la Garde de Nuit ;
– FANTÔME, son loup-garou blanc ;
– son aide de camp, EDDISON TALLETT, dit EDD-LA-DOULEUR ;

– à Châteaunoir :
– MESTRE AEMON (TARGARYEN), guérisseur et conseiller, un homme aveugle, âgé de cent deux ans ;
– l'intendant d'Aemon, CLYDAS ;
– l'intendant d'Aemon, SAMWELL TARLY, gras et liseur ;
– BOWEN MARSH, lord Intendant ;
– HOBB TROIS-DOIGTS, intendant et chef cuisinier ;
– {DONAL NOYE}, armurier et forgeron manchot, tué à la porte par Mag le Puissant ;
– OWEN dit BALLOT, TIM LE BÉBÈGUE, MULLY, CUGEN, DONNEL HILL dit GENTIL DONNEL HILL, GAUCHER LOU, JEREN, TY, DANNEL, WICK TAILLEBOIS, intendants ;
– OTHELL YARWYCK, premier constructeur ;
– BOTTE-EN-RAB, HALDER, ALBETT, MUID, ALF DE BOUECOULANT, constructeurs ;
– SEPTON CELLADOR, un dévot alcoolique ;
– JACK BULWER LE NOIR, premier patrouilleur ;

- DYWEN, KEDGE ŒILBLANC, BEDWYCK dit GÉANT, MATTHAR, GARTH PLUMEGRISE, ULMER DU BOIS-DU-ROI, ELRON, GARRETT VERTELANCE, FULK LA PUCE, PYPAR dit PYP, GRENN dit AUROCH, BERNARR dit BERNARR-LE-NOIR, TIM STONE, RORY, BEN LA BARBE, TOM GRAINDORGE, GOADY, DUNCAN LIDEUIL dit GRAND LIDEUIL, LUKE OF LONGTOWN, HAL LE VELU, patrouilleurs ;
- CUIRS, un sauvageon devenu corbac ;
- SER ALLISER THORNE, ancien maître d'armes ;
- LORD JANOS SLYNT, ancien commandant du Guet de Port-Réal, brièvement sire d'Harrenhal ;
- EMMETT-EN-FER, anciennement de Fort-Levant, maître d'armes ;
  - HARSE surnommé TOCARD, les jumeaux ARRON et EMRICK, SATIN, HOP ROBIN, recrues en formation ;

- à Tour Ombreuse :
- SER DENYS MALLISTER, commandant ;
  - son intendant et écuyer, WALLACE MASSEY ;
  - MESTRE MULLIN, guérisseur et conseiller ;
  - {QUORIN MIMAIN, SIEUR DALPONT, EBBEN}, patrouilleurs, tués au-delà du Mur ;
  - VIPRE, un patrouilleur, perdu à pied dans le col Museux ;

- à Fort-Levant :
- COTTER PYKE, un bâtard des îles de Fer, commandant de la place ;
  - MESTRE HARMUNE, guérisseur et conseiller ;
  - VIEILLES FRIPES-AU-SEL, capitaine du *Merle* ;
  - SER GLENDON HOUËTT, maître d'armes ;
  - SER MAYNARD HOLT, capitaine de *La Serre* ;
  - RUSS GRAINDORGE, capitaine du *Corbeau des tempêtes*.

LES SAUVAGEONS, OU LE PEUPLE LIBRE

MANCE RAYDER, roi d'au-delà du Mur, captif à Châteaunoir ;
- son épouse, {DELLA}, morte en couches ;

– leur bébé nouveau-né, né durant la bataille, pas encore nommé ;
  – VAL, la sœur cadette de Della, « la princesse sauvageonne », captive à Châteaunoir ;
    – {JARL}, amant de Val, mort d'une chute ;

– ses capitaines, chefs et pillards :
  – LE SEIGNEUR DES OS, surnommé par dérision CLINQUEFRAC, un pillard et chef d'une bande de guerriers, captif à Châteaunoir ;
    – {YGRID}, une jeune piqueuse, amante de Jon Snow, tuée durant l'attaque de Châteaunoir ;
    – RYK, surnommé ÉCHALAS RYK, un membre de sa bande ;
    – RAGWYLE, LENYL, membres de sa bande ;
  – TORMUND, sire Hydromel de Cramoisi, dit FLÉAU-D'OGRES, HAUT-DISERT, COR-SOUFFLEUR et BRISE GLACE, mais aussi POING-LA-FOUDRE, ÉPOUX-D'OURSES, PARLE-AUX-DIEUX, et PÈRE HOSPITALIER ;
    – les fils de Tormund, TOREGG LE GRAND, TORWYND TOUTOU, DORMUND et DRYN, sa fille MUNDA ;
  – LE CHASSIEUX, un pillard fameux, chef d'un groupe de guerriers ;
  – {HARMA}, dite LA TRUFFE, tuée au pied du Mur ;
    – HALLECK, son frère ;
  – {STYR}, Magnar de Thenn, tué pendant l'attaque de Châteaunoir ;
    – SIGORN, le fils de Styr, le nouveau Magnar de Thenn ;
  – VARAMYR, dit SIXPEAUX, un zoman et mutant, appelé BOSSE dans son enfance ;
    – LE BORGNE, MATOISE, CHASSEUR, ses loups ;
    – son frère {CABOSSE}, tué par un chien ;
    – son père d'adoption, {HAGGON}, un zoman et un chasseur ;
  – CIRSE, une piqueuse, dure et revêche ;
  – {RONCES, GRISELLA}, zomans, morts depuis longtemps ;
  – BORROQ, dit LE SANGLIER, un zoman redouté ;
  – GERRICK SANGDEROI, de la lignée de Raymun Barberouge ;
    – ses trois filles ;
  – SOREN FEND-L'ÉCU, un guerrier réputé ;

- MORNA MASQUE-BLANC, la sorcière guerrière, une pillarde ;
- YGON PÈRE ANCIEN, un chef de clan aux dix-huit épouses ;
- LE GRAND PHOQUE, meneur sur la Grève glacée ;
- MÈRE TAUPE, une sorcière des bois, douée du don de prophétie ;
- BROGG, GAVIN LE TROQUEUR, HARLE LE VENEUR, HARLE BEAUMINOIS, HOWD L'ERRANT, DOSS L'AVEUGLE, KYLEG OREILLE-EN-BOIS, DEVYN ÉCOR-CHEPHOQUE, chefs et meneurs parmi le peuple libre ;
- {ORELL}, surnommé ORELL L'AIGLE, un zoman tué par Jon Snow au col Museux ;
- {MAG MAR TUN DOH WEG, dit MAG LE PUISSANT}, un géant, tué par Donal Noye à la porte de Châteaunoir ;
- WUN WEG WUN DAR WUN, dit WUN WUN, un géant ;
- AVELINE, HOUSSIE, ESCUREL, SAULE ŒIL-DE-SORCIÈRE, FRENYA, MYRTE, piqueuses, prisonnières au Mur.

AU-DELÀ DU MUR

- Dans la forêt hantée :
  - BRANDON STARK, appelé BRAN, prince de Winterfell et héritier du Nord, un garçon estropié de neuf ans ;
    - ses compagnons et protecteurs :
      - MEERA REED, une jeune fille de seize ans, fille de lord Howland Reed de Griseaux ;
      - JOJEN REED, son frère, treize ans, affligé par la vervue ;
      - HODOR, un simple d'esprit de sept pieds de haut ;
    - son guide, MAINS-FROIDES, vêtu de noir, peut-être autrefois un membre de la Garde de Nuit, désormais un mystère ;

- Au manoir de Craster :
  - les traîtres, autrefois membres de la Garde de Nuit :
    - SURIN, qui a assassiné Craster ;
    - OLLO LE MANCHOT, qui a tué le vieil Ours, Jeor Mormont ;

- GARTH DE VERPASSÉ, MAUNOIS, GRUBBS, ALAN DE ROSBY, anciens patrouilleurs ;
- PIED-BOT KARL, OSS L'ORPHELIN, BILL ROUSCAILLE, anciens intendants.

- Dans les cavernes sous une colline creuse :
- LA CORNEILLE À TROIS YEUX, également dite LE DERNIER DES VERVOYANTS, sorcier et arpenteur de rêves, autrefois un homme de la Garde de Nuit nommé BRYNDEN, à présent plus arbre qu'homme ;
- Les enfants de la forêt, ceux qui chantent la chanson de la terre, derniers de leur race mourante :
  - FEUILLE, FRÊNE, ÉCAILLES, DAGUE NOIRE, BOUCLE-NEIGE, CHARBONS.

ESSOS, AU-DELÀ DU DÉTROIT

À BRAAVOS

FERREGO ANTARYON, Seigneur de la Mer de Braavos, malade aux forces déclinantes ;
- QARRO VOLENTIN, première épée de Braavos, son protecteur ;
- BELLEGERE OTHERYS, dite LA PERLE NOIRE, une courtisane descendant de la reine pirate du même nom ;
- LA DAME VOILÉE, LA REINE DES TRITONS, SÉLÉNOMBRE, LA FILLE DU CRÉPUSCULE, LE ROSSIGNOL, LA POÉTESSE, courtisanes célèbres ;
- L'HOMME PLEIN DE GENTILLESSE et LA GAMINE, servants du dieu Multiface à la Demeure du Noir et du Blanc ;
  - UMMA, la cuisinière du temple ;
  - LE BEAU TYPE, LE GROS LARD, LE NOBLIAU, LA BOUILLE AUSTÈRE, LE BIGLEUX et LE CRÈVE-LA-FAIM, serviteurs secrets de Celui-qui-a-Maints-Visages ;
- ARYA de la maison Stark, une novice servant à la Demeure du Noir et du Blanc, également connue sous les noms D'ARRY, NAN, BELETTE, PIGEONNEAU, SALINE, et CAT DES CANAUX ;
- BRUSCO, un poissonnier ;
  - ses filles, TALEA et BREA ;
- MERALYN, dite MERRY, propriétaire du Havre heureux, un bordel près du port des Chiffonniers ;

– LA Femme du Matelot, une prostituée au Havre heureux ;
– Lanna, sa fille, une jeune prostituée ;
– Roggo le Rouge, Gyloro Dothare, Gyleno Dothare, un écrivaillon nommé Quill, Cossomo le Conjurateur, clients du Havre heureux ;
– Tagganaro, un voleur et tire-laine des quais ;
– Casso, le Roi des Phoques, son phoque apprivoisé ;
– S'Vrone, une prostituée des quais aux penchants meurtriers ;
– La Fille Soûle, une prostituée aux humeurs changeantes.

DANS L'ANTIQUE VOLANTIS

– les triarques régnants :
– Malaquo Maegyr, triarque de Volantis, un tigre ;
– Doniphos Paenymion, triarque de Volantis, un éléphant ;
– Nyessos Vhassar, triarque de Volantis, un éléphant ;

– gens de Volantis :
– Benerro, grand prêtre de R'hllor, le Maître de la Lumière ;
– son bras droit, Moqorro, un prêtre de R'hllor ;
– La Veuve du front de fleuve, une riche affranchie de la cité, dite également La Gueuse de Vogarro ;
– ses féroces protecteurs, Les Fils de la Veuve ;
– Sol, une naine et bateleuse ;
– son cochon, Jolie ;
– son chien, Croque ;
– {Liard}, frère de Sol, bateleur nain, assassiné et décapité ;
– Alios Qhaedar, un candidat à la fonction de triarque ;
– Parquello Vaelaros, un candidat à la fonction de triarque ;
– Belicho Staegone, un candidat à la fonction de triarque ;
– Grazdan Mo Eraz, un émissaire de Yunkaï.

DANS LA BAIE DES SERFS

– à Yunkaï, la Cité Jaune :
  – YURKHAZ ZO YUNZAK, commandant suprême des armées et des Alliés de Yunkaï, un vieil esclavagiste noble d'une naissance irréprochable ;
  – YEZZAN ZO QAGGAZ, surnommé par dérision LA BALEINE JAUNE, monstrueusement obèse, malade, immensément riche ;
    – NOURRICE dite NOUNOU, son esclave garde-chiourme ;
    – DOUCEUR, un esclave hermaphrodite, son trésor ;
    – LE BALAFRÉ, un esclave sergent et soldat ;
    – MORGO, un esclave soldat ;
  – MORGHAZ ZO ZHERZYN, un noble souvent pris de boisson, surnommé par dérision LE CONQUÉRANT IVROGNE ;
  – GORZHAK ZO ERAZ, un noble esclavagiste, surnommé par dérision TROGNE-DE-GRUAU ;
  – FAEZHAR ZO FAEZ, un noble esclavagiste, connu sous le nom du LIÈVRE ;
  – GHAZDOR ZO AHLAQ, un noble esclavagiste, surnommé par dérision LORD BALLOTTE-BAJOUES ;
  – PAEZHAR ZO MYRAQ, un noble de petite taille, surnommé par dérision le RAMIER ;
  – CHEZDHAR ZO RHAEZN, MAEZON ZO RHAEZN, GRAZDAN ZO RHAEZN, frères nobles, surnommés par dérision les LORDS DE LA SONNAILLE,
  – L'AURIGE, LE MAÎTRE DES FAUVES, LE HÉROS PARFUMÉ, nobles esclavagistes ;

– à Astapor, la Cité Rouge :
  – CLEON LE GRAND, dit LE ROI BOUCHER ;
  – CLEON II, son successeur, roi pendant huit jours ;
  – LE ROI COUPE-GORGE, un barbier qui trancha la gorge de Cleon II pour voler sa couronne ;
  – LA REINE PUTAIN, concubine de Cleon II, revendiqua le trône après son meurtre.

LA REINE AU-DELÀ DE LA MER

DAENERYS TARGARYEN, première du nom, reine de Meereen, reine des Andals, de Rhoynar et des Premiers Hommes, suzeraine des Sept Couronnes et Protectrice du Royaume, Khaleesi de la grande mer herbeuse, dite DAENERYS DU TYPHON, L'IMBRÛLÉE, LA MÈRE DES DRAGONS ;

– ses dragons, DROGON, VISERION, RHAEGAL ;
– son frère, {RHAEGAR}, prince de Peyredragon, tué par Robert Baratheon au Trident ;
  – la fille de Rhaegar, {RHAENYS}, tuée lors du sac de Port-Réal ;
  – le fils de Rhaegar, {AEGON}, un bébé, tué lors du sac de Port-Réal ;
– son frère, {VISERYS}, troisième du nom, surnommé LE ROI MENDIGOT, couronné d'or en fusion ;
– son seigneur et époux, {DROGO}, un khal des Dothrakis, mort d'une blessure infectée ;
  – son fils et celui de Drogo, mort-né, {RHAEGO}, tué dans le sein par la maegi Mirri Maz Duur ;

– ses protecteurs :
– SER BARRISTAN SELMY, dit BARRISTAN LE HARDI, lord Commandant de la Garde Régine ;
  – ses apprentis, écuyers en formation pour l'adoubement :
    – TUMCO LHO, des îles du Basilic ;
    – LARRAQ, dit LE FOUET, de Meereen ;
    – L'AGNEAU ROUGE, un affranchi lhazaréen ;
    – les FRÈRES, trois frères ghiscaris ;
    – BELWAS LE FORT, eunuque et ancien esclave de combat ;
    – ses sang-coureurs dothrakis :
      – JHOGO, le fouet, sang de son sang ;
      – AGGO, l'arc, sang de son sang ;
      – RAKHARO, l'arakh, sang de son sang ;

– ses capitaines et commandants :
  – DAARIO NAHARIS, un flamboyant mercenaire tyroshi, commandant de la compagnie des Corbeaux Tornade ;
  – BEN PRÜNH, surnommé BRUN BEN PRÜNH, un mercenaire bâtard, commandant la compagnie des Puînés ;

– VER GRIS, un eunuque, commandant des Immaculés, une compagnie d'infanterie eunuque ;
  – HERO, un capitaine immaculé, commandant en second ;
  – BOUCLIER LOYAL, un lancier immaculé ;
– MOLLONO YOS DOB, commandant des Boucliers Fidèles, une compagnie d'affranchis ;
– SIMON DOS-ZÉBRÉ, commandant des Frères Libres, une compagnie d'affranchis ;
– MARSELEN, commandant des Hommes de la Mère, une compagnie d'affranchis, eunuque et frère de Missandei ;
– GROLEO de Pentos, anciennement capitaine de la grande cogue *Saduleon*, maintenant amiral sans flotte ;
– ROMMO, un *jaqqa rhan* dothrak ;

– sa cour à Meereen :
  – REZNAK MO REZNAK, son sénéchal, chauve et obséquieux ;
  – SKAHAZ MO KANDAQ, dit LE CRÂNE-RAS, commandant au crâne rasé des Bêtes d'Airain, son guet de la ville ;

– ses servantes et chambrières :
  – IRRI et JHIQUI, deux jeunes femmes dothrakies ;
  – MISSANDEI, une scribe et traductrice naathie ;
  – GRAZDAR, QEZZA, MEZZARA, KEZMYA, AZZAK, BHAKAZ, MIKLAZ, DHAZZAR, DRAQAZ, JHEZANE, enfants des pyramides de Meereen, ses échansons et pages ;

– gens de Meereen, nobles ou roturiers :
  – GALAZZA GALARE, la Grâce Verte, grande prêtresse au Temple des Grâces ;
    – GRAZDAN ZO GALARE, son cousin, un noble ;
  – HIZDAHR ZO LORAQ, un riche noble meereenien, de vieille lignée ;
    – MARGHAZ ZO LORAQ, son cousin ;
  – RYLONA RHÉE, affranchie et harpiste ;
  – {HAZZÉA}, la fille d'un paysan, âgée de quatre ans ;
  – GOGHOR LE GÉANT, KHRAZZ, BELAQUO BRISEUR-D'OS, CAMARRON DU COMPTE, ITHOKE L'INTRÉPIDE, LE FÉLIN MOUCHETÉ, BARSÉNA CHEVEUX-NOIRS, CUIR D'ACIER, gladiateurs et esclaves affranchis ;

– ses alliés inconstants, faux amis et ennemis connus :
  – SER JORAH MORMONT, ancien sire de l'Île-aux-Ours ;
  – {MIRRI MAZ DUUR}, épouse divine et maegi, servante du Pâtre Suprême de Lhazar ;
  – XARO XHOAN DAXOS, un prince marchand de Qarth ;
  – QUAITHE, une larve-noue masquée originaire d'Asshaï ;
  – ILLYRIO MOPATIS, un magistrat de la Cité libre de Pentos, qui a arrangé le mariage de Daenerys avec le khal Drogo ;
  – CLEON LE GRAND, roi-boucher d'Astapor ;

– les soupirants de la reine :
  – dans la baie des Serfs :
    – DAARIO NAHARIS, originaire de Tyrosh, un mercenaire et commandant des Corbeaux Tornade ;
    – HIZDAHR ZO LORAQ, un riche noble meereenien ;
    – SKAHAZ MO KANDAQ, dit LE CRÂNE-RAS, un noble de Meereen de moindre rang ;
    – CLEON LE GRAND, roi-boucher d'Astapor ;
  – à Volantis :
    – le PRINCE QUENTYN MARTELL, fils aîné de Doran Martell, sire de Lancehélion et prince de Dorne ;
      – ses boucliers liges et compagnons :
        – {SER CLETUS FERBOYS}, héritier de Ferboys, tué par des corsaires ;
        – SER ARCHIBALD FERBOYS, cousin de Cletus, dit LE MASTODONTE ;
        – SER GERRIS BOISLEAU,
        – {SER WILLIAM PUITS}, tué par des corsaires ;
        – {MESTRE KAEDRY}, tué par des corsaires ;
  – sur la Rhoyne :
    – GRIFF LE JEUNE, un garçon aux cheveux bleus, âgé de dix-huit ans ;
      – son père adoptif, GRIFF, un mercenaire, autrefois membre de la Compagnie Dorée ;
      – ses compagnons, enseignants et protecteurs :
        – SER ROLLY CANARDIÈRE, dit CANARD, un chevalier ;
        – SEPTA LEMORE, une femme de la Foi ;
        – HALDON, dit LE DEMI-MESTRE, son précepteur ;
        – YANDRY, maître et capitaine de la *Farouche Pucelle* ;
          – YSILLA, son épouse ;

– en mer :
  – VICTARION GREYJOY, lord Capitaine de la flotte de Fer, dit LE CAPITAINE DE FER ;
    – sa bouillotte, une femme basanée sans langue, un cadeau d'Euron l'Œil-de-Choucas ;
    – son guérisseur, MESTRE KERWIN, venu de Bouclier Vert, un cadeau d'Euron l'Œil-de-Choucas ;
    – son équipage sur le *Fer vainqueur* :
      – WULFE-QU'UNE-OREILLE, RAGNOR PYKE, LONGUESAIGUES PYKE, TOM BOISDEFLOTTE, BURTON HUMBLE, QUELLON HUMBLE, STEFFAR LE BÈGUE ;
    – ses capitaines :
      – RODRICK SPARR, dit LE MULOT, capitaine du *Chagrin* ;
      – RALF MAISONPIERRE LE ROUGE, capitaine du *Bouffon rouge* ;
      – MANFRYD MERLYN, capitaine du *Milan* ;
      – RALF LE BOITEUX, capitaine du *Lord Quellon* ;
      – TOM MORRU, dit TOM PAS-DE-SANG, capitaine du *Lamentation* ;
      – DAEMON BERGER, dit LE BERGER NOIR, capitaine du *Poignard*.

Les Targaryen sont le sang du dragon, descendants des hauts seigneurs des antiques Possessions de Valyria, leur lignage marqué par des yeux lilas, indigos ou violets, et des cheveux d'or argenté. Pour préserver son sang et le garder pur, la maison Targaryen a souvent uni les frères aux sœurs, les cousins aux cousines, et les oncles aux nièces. Le fondateur de la dynastie, Aegon le Conquérant, prit ses deux sœurs pour épouses et leur donna à chacune un fils. La bannière des Targaryen est un dragon à trois têtes, rouge sur champ noir, les trois têtes représentant Aegon et ses sœurs. La devise des Targaryen est « Feu et Sang ».

LES MERCENAIRES, HOMMES ET FEMMES DES COMPAGNIES LIBRES

LA COMPAGNIE DORÉE, forte de dix mille hommes, de loyauté incertaine :
- HARRY SANS-TERRE PAISSELANDE, capitaine général ;
WATKYN, son écuyer et laquais ;
- {SER MYLES TIGNAC dit CŒURNOIR}, mort depuis quatre ans, l'ancien capitaine général ;
- BALAQ LE NOIR, un homme des îles d'Été aux cheveux blancs, commandant des archers de la compagnie ;
- LYSONO MAAR, un mercenaire de la cité libre de Lys, maître espion de la compagnie ;
- GORYS EDORYEN, un mercenaire de la cité libre de Volantis, trésorier de la compagnie ;
- SER FRANKLYN FLOWERS, le Bâtard de Cidre, un mercenaire originaire du Bief ;
- SER MARQ MANDRAKE, un exilé fuyant l'esclavage, marqué par la vérole ;
- SER LASWELL PEAKE, un lord en exil ;
- ses frères, TORMAN et PYKEWOOD ;
- SER TRISTAN RIVERS, bâtard, hors-la-loi, exilé ;
- CASPOR HILL, HUMFREY STONE, MALO JAYN, DICK COLE, WILL COLE, LORIMAS D'ALLUVE, JON LOTHSTON, LYMOND GESSE, SER BRENDEL BROIGNE, DUNCAN FORT, DENYS FORT, CHAINS, LE JEUNE JOHN D'ALLUVE, sergents de la compagnie ;
- {SER AEGOR RIVERS, dit AIGRACIER}, un fils bâtard du roi Aegon IV Targaryen, fondateur de la compagnie ;
- {MAELYS I FEUNOYR, dit MAELYS LE MONSTRUEUX}, capitaine-général de la compagnie, prétendant au Trône de Fer de Westeros, membre des Neuf, tué pendant la guerre des Rois à Neuf Sous ;

LES ERRE-AU-VENT, deux mille cavaliers et fantassins, engagés par Yunkaï ;
- LE PRINCE EN GUENILLES, un ancien noble de la cité libre de Pentos, fondateur et capitaine ;
- CAGGO, dit TUE-LES MORTS, son bras droit ;
- DENZO D'HAN, le barde guerrier, son bras gauche ;

- HUGUES SYLVEGUÉ, sergent, ancien trésorier de la compagnie, amputé de trois doigts pour vol ;
- SER ORSON ROCHE, SER LUCIFER LONG, WILL DES FORÊTS, DICK CHAUME, Jack le ROUQUIN , mercenaires ouestriens ;
- BELLE MERIS, la tortionnaire de la compagnie ;
- BOUQUINE, un sabreur de Volantis et grand lecteur notoire ;
- FAYOTS, un arbalétrier, originaire de Myr ;
- VIEUX BILL LES OS, un homme buriné venu des îles d'Été ;
- MYRIO MYRAKIS, un mercenaire, originaire de Pentos ;

LA COMPAGNIE DU CHAT, forte de trois mille hommes, engagée par Yunkaï ;
- BARBESANG, capitaine et commandant ;

LES LONGUES LANCES, huit cents cavaliers, engagées par Yunkaï ;
- GYLO RHEGAN, capitaine et commandant ;

LES PUÎNÉS, cinq cents cavaliers, engagés par la reine Daenerys ;
- BRUN BEN PRÜNH, capitaine et commandant ;
- KASPORIO, dit KASPORIO LE RUSÉ, un spadassin, commandant en second ;
- TYBERO ISTARION, dit POT-À-L'ENCRE, trésorier de la compagnie ;
- MAILLOCHE, un forgeron et armurier ivrogne ;
- son apprenti, surnommé CLOU ;
- FAUCHE, un sergent manchot ;
- KEM, un jeune mercenaire de Culpucier ;
- BOKKOKO, un porteur de hache de redoutable réputation ;
- UHLAN, un sergent de la compagnie ;

LES CORBEAUX TORNADE, cinq cents cavaliers, engagés par la reine Daenerys ;
- DAARIO NAHARIS, capitaine et commandant ;
- LE VEUF, son commandant en second ;
- JOKIN, commandant des archers de la compagnie.

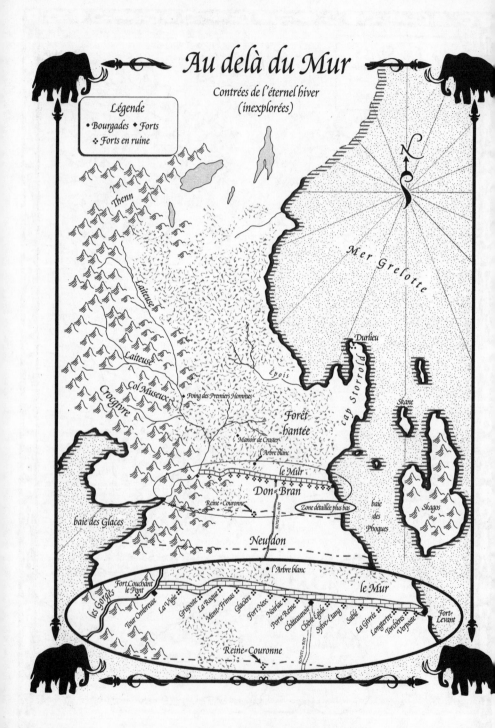

Au delà du Mur

Contrées de l'éternel hiver
(inexplorées)

Légende
- Bourgades ◆ Forts
- ❖ Forts en ruine

Thenn

Mer Grelotte

Laiteuse

Durlieu

Laiteuse

Epois

Col Museux

Crocgivre

Poing des Premiers Hommes

Skane

Forêt hantée

Manoir de Craster

L'Arbre blanc

le Milr

Don Bran

baie des Glaces

Reine-Couronne

Zone détaillée plus bas

baie des Phoques

Skagos

Neufdon

L'Arbre blanc

Fort Couchant le Pont

les Gorges

Tour Ombreuse

La Vigie

Grisoste

La Roque

Monts Frimas

Glacière

Fort Nox

Norbac

Porte Reine

Châteaunoir

Chêne-Égide

Sylve-Étang

Sablé

La Gorée

Longtertre

Torchères

Verposte

Fort Levant

le Mur

Reine-Couronne

Les Cités libres

Légende
- Cités
- Bourgades
- Ruines

Mer Grelotte

Braavos

Lorath

baie de Lorath

La Cognée

les Doigts

collines de Norvos

Norvos

Baie des Crabes

Andalos

forêt de Qohor

Le Détroit

Haute Rhoyne

Petite Rhoyne

Collines de Velours

Flotnoir

Pentos

Ghoyan Drohe

Qohor

Rhoyne

Basses Landes

Ny Sar

Qhoyne

Ar Noy

N

lac de la Dague

Torth

Champs dorés

Selhoru

baie des Naufrageurs

Mer de Myrth

Myr

les Chagrins (Chroyane)

Tyrosh

Terres Disputées

Selhorys

Péyresang

Valysar

Mer de Dorne

les Dents de Pierre

les Grises Potences

Rhoyne

Sar Mell

Volène

Dorne

Lys

côte d'Orange

Volon Therys

Volantis

© 2011 Jeffrey L. Ward

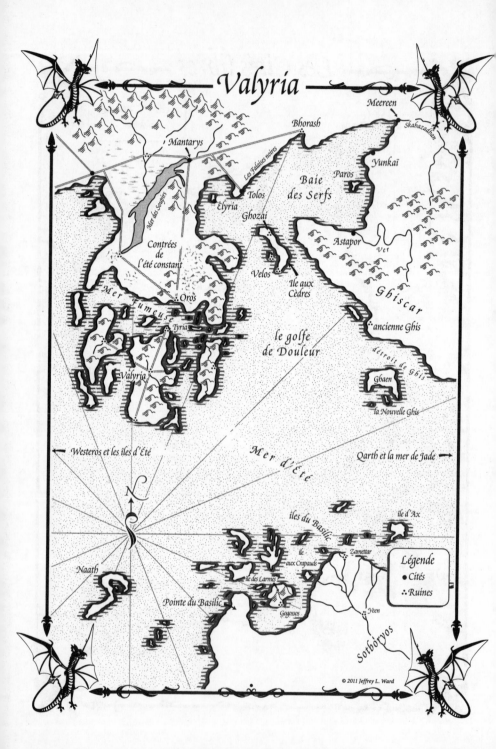

Mise en page par Meta-systems
59100 Roubaix

Achevé d'imprimer en octobre 2014
sur les presses de Normandie Roto Impression s.a.s.
61250 Lonrai
N° d'impression : 1403909
N° d'édition : L.01EUCN000664.N001
Dépôt légal : novembre 2014

Imprimé en France